中国母亲

上

杜文和 著

中国出版集团
東方出版中心

图书在版编目(CIP)数据

中国母亲/杜文和著. —上海:东方出版中心,
2012.5

ISBN 978-7-5473-0482-2

Ⅰ. ①中… Ⅱ. ①杜… Ⅲ. ①纪实文学—中国—当代
Ⅳ. ①I25

中国版本图书馆 CIP 数据核字(2012)第 069493 号

中国母亲

出版发行: 东方出版中心
地　　址: 上海市仙霞路 345 号
电　　话: 021-62417400
邮政编码: 200336
经　　销: 全国新华书店
印　　刷: 昆山亭林印刷有限责任公司
开　　本: 710×1020 毫米 1/16
字　　数: 650 千
印　　张: 43.75
印　　数: 0,001—3,250
版　　次: 2012 年 5 月第 1 版第 1 次印刷
ISBN 978-7-5473-0482-2
定　　价: 72.00 元(上下册)

谨以此书献给伟大的母亲，以及对母亲怀有感恩之心的所有善良的人们。

——题记

引　子

浙南山区的松元镇是一座谜团如云的怪镇。

连片的木屋、廊桥、古道强调着这里历史的久远与闭塞，还有纵横交错的地下暗道，不知成于什么时候也不知道作用何在，更不知道附近为什么会有凿于秦前的石窟与成于唐宋的雄关。

而几百年前的学圃堂、送子桥、接官亭至今不朽，同样令人诧异。

本书的故事就发生在这座有着众多问号的古镇。

镇郊的黄家有一个叫阿娟的女人，她用自己柔弱的肩膀，先后将四个子女送出大山，走出闭塞，使之一个个都成为博士。

当四个博士回到故乡的时候，母亲已是一个耗干了的空壳，静静地躺进了野山的土里。

目　录

第一章

黄家坐落在松元镇的尾梢上，颇有几分孤寂。

这是一座老宅，虽然破败了，当年的气势犹在。

大门的门垛上嵌着“静庐”二字的砖雕。

正屋名称“报本堂”，旧匾至今仍挂在梁上。

远处，山道弯弯。

一行送亲的队伍朝黄家逶迤而来。

唢呐声隐隐约约。

黄家门口，黄卓和黄杏走出来，搀扶住一直向远处眺望的奶奶。

奶奶把手里一炷已经燃着了的香，颤颤巍巍地递给黄卓说：“一看到那边来了，就赶紧啊，把这炮仗给奶奶点上。”

黄卓不接。

奶奶又说：“打今天起啊，你们俩，就又有妈了。”

黄卓和黄杏是双胞胎兄妹，两人互望了一眼，就又瞟向远处。

翘首远眺的奶奶似乎看到了远处的送亲队伍，急对黄卓和黄杏说：“快，快叫你爸出来。”

黄卓和黄杏又互望一眼，还是没有理睬。

奶奶提高了声音：“快，快叫你爸出来，人家送亲的都快到了，快，快叫你爸出来。”

黄杏刚想开口。

黄卓瞪了她一眼。

奶奶只好自己对门里大喊:“智清,智——清——”

新郎黄智清现在还在屋里干什么哩?

黄家堂屋的正中,摆一张四方小桌。桌上码齐了四排麻将。

这会儿黄家的男主人黄智清正在打他的麻将。他大概一时找不到搭档,干脆 个人独打。他将自己一个人虚拟成四个人,自说自话。“东风”,他叭的一声拍出一张牌,对下家说:“该你了,出牌。”

下家没有人。他便自己走到下家的位置,将牌一看,捞出一张,再叭的一声打出一张:“白皮。”

接着煞有其事地对仍然是没有人的又一个下家说:“白皮吃不吃?”

然后又走到这又一个下家的位置上认真一看,大声说:“吃一张。”再打出一张:“红中,红中要不要……”

这黄智清以一当四,围着桌子转,竟将没有搭档的一桌独脚麻将有板有眼地打了下去。

天色已是薄暮,想看热闹的村民,三三两两,从不同的方向朝黄家赶来。

人群中有背着画夹的龙大海。

还有一帮黄家孩子的同学。

山道上送亲的队伍很简约,除了乐手,就是两抬箱柜。新娘便是本书的主角——母亲。

母亲走在最后,牵着一头小牛和几只山羊。

左右有大女儿黄鹂和小女儿黄琳陪着。

送亲的队伍翻过一个山口,立即就看见了黄家。

黄家的门口这时候已经有一些热闹。

黄卓与黄杏的同学刘品仁等一帮孩子在一旁窃窃私语。

这个说:“黄卓和黄杏的爹结婚,原来娶的是黄鹂她妈。”

那个说:“不对,应该说黄鹂她妈结婚,原来嫁的是黄卓和黄杏他爹。”

“这都是废话。”刘品仁眼睛一转，“我有一个主意，我们捉弄一下黄卓怎么样？”

众人急问：“怎么捉弄？”

刘品仁挤挤眼睛。

几颗小脑袋便拢到了一起。

唢呐声声中，母亲领着两个女儿和牛、羊来到黄家门口。

黄智清这才迎出大门。

只听着热闹的人群背后，刘品仁突然一声叫：

“一对新夫妻。”

众同学接下去吼起一条声来：

“两台旧机器。”

刘品仁：“一对新夫妻啊。”

众同学合吼：“两台旧机器啊。”

“一对新夫妻啊。”

“两台旧机器啊！”

众人无不愕然。

黄卓扶着奶奶，更是眼中喷火。

忽然腔调一变，众同学又吼起一段民谣：

“小白菜啊，地里黄啊，

两三岁上，没了娘啊，

跟着爹爹还好过啊，

就怕爹爹，娶后娘啊！”

……

吼了一通，还又吼一遍。

黄卓终于忍无可忍，突然操起一根扁担，大叫一声：“刘品仁……”

母亲急忙拦住黄卓：“卓……”

黄卓一把推开母亲：“不要你管。”舞着扁担又欲再冲过去。

母亲拼命抱住黄卓：“卓……”

“不要你管，你没有权管我……”黄卓急欲推开母亲。

母亲仍是死死地抱住黄卓。

正在这时,忽又听得一声大喊:“黄智清你这个孬种。”

随着声音,便见一个四十岁上下的黄毛女人急匆匆奔来。

说话间,黄毛女人便奔到了跟前,伸出的手指几乎已经戳到了黄智清的鼻尖:“黄智清,你这个贼坯,你在骗我,果然你又结婚了,如果不是这里的吹吹打打,炮仗喇叭,我还不知道是你在结婚。好啊,好你个黄智清,什么就喜欢你一个,什么除了你不娶别的女人,全是鬼话。我可告诉你,你姑奶奶也不是省油的灯。”

围观的人越来越多。

黄智清一脸尴尬。

黄毛女人冲着黄智清不肯罢休,大声嚷嚷着:“黄智清,你要真的是男子汉大丈夫说话算话,那现在就把新娶的女人给我赶走,赶走,谁是黄家新娶的女人,新娘在哪?”

母亲开始说话:“我就是他黄智清新娶的女人。”

黄毛女人做出的样子简直就是不相信自己的眼睛,竟大笑起来。

笑声戛然而止:“你就是新娘,我以为是什么如花似玉、天仙下凡,原来是一个黄脸婆子。”

母亲从衣兜里掏出大红的结婚证书,“我没有你年轻,也没有你的姿色,但我有这个,看清楚了没有,政府发给的结婚证书。在登记领证的时候,他说过他愿意娶我,我也说过我愿意嫁他,就凭这句话,就凭这本证书,我和他已经是法定的夫妻,我现在是这黄家老屋里法定的女主人。”

周围突然响起一片掌声。

那个背着画夹的男人的掌声最响。

黄毛女人愈加气急败坏:“你神气什么,证书顶个屁事,说出来也不怕难听,我早跟他一个床上睡过,我们早已是事实上的夫妻,我要想领那本本早就领了。”

母亲仍旧是心平气和:“大妹子,你这话说出来还真有些难听。就算你跟他一床上睡过,那是他以前的事情,我现在跟他领了这本本了,我相信他今后也不会再有那些事情。”

奶奶倚着门框,手在抖着,终于说出一句:“对,这个黄家还有我老不死的在这站着，今天谁都不能挡住我儿媳妇走进这个黄家。”

黄琳一旁来了精神：“妈，不要理她，咱们进屋。”

母亲侧身举步欲走。

没想到刚才受到羞辱的黄卓，这时竟突然伸出扁担，挡住了母亲。

黄琳急了，一把推开扁担：“你想干什么？”

奶奶也大声一喝：“卓儿。”

母亲从黄卓手中拿掉扁担：“卓，你这是什么意思？”

黄卓头一昂：“我妈虽然死了，但我外婆生前说过——我爸新娶的女人必须对天风山九峰岭我妈的坟磕三个头才能进门。”

黄琳怒道：“我妈为什么要对你妈磕头？”

黄卓：“就是要磕头。”

黄琳：“就是不磕。”

黄卓：“不磕就不能进门。”

黄琳格外火了：“不进门就不进门，你以为你家是金窝银窝？你以为你这门里有绫罗绸缎？有珍珠玛瑙？”

说到这儿，黄琳一拽黄鹂：“姐，咱们走人，咱们现在就回外婆家去，谁稀罕他这个破家。”

黄鹂还真的被黄琳拉了就走。

看热闹的乡人，神经又紧张起来。

奶奶乃至黄智清都没有想到会发生这种情况，全把眼睛看着母亲。

母亲一时又成了众人的焦点。

眼看着两个女儿说走就走，母亲终于回身急喊：“鹂鹂、琳琳，回来，你们给妈回来，回来……”

鹂鹂的脚底犹豫了一下。

但黄琳还是拽了姐姐就走。

这时候母亲追了过来，上前将她们拦住。

黄琳和黄鹂还欲再走。

母亲突然甩起一巴掌，啪的一声就打在黄鹂的脸上。

黄鹂一动不动。

渐渐地，两行眼泪就刷地流了下来。

黄琳愣在当场。

所有的人也都愣在当场。

捣蛋的刘品仁被镇住了。

把门的黄卓被镇住了。

搅事的黄毛女人被镇住了。

母亲的眼泪再也忍不住了。

黄琳的眼泪也哗地流了出来。

母亲突然一把搂住黄鹂，流着泪说："鹂鹂，妈打你了。鹂鹂，妈对不起你……"

"不，妈，是我不听话，是我对不起你。"黄琳也流着眼泪抱住了母亲。

一家三口，泪流满面地抱成一团。

母亲抬起泪眼，替黄鹂抹掉眼泪："鹂鹂，你自小听话，妈从没有打过你。鹂鹂，妈打你了，你怪不怪妈？"

黄鹂含着眼泪摇摇头，也替母亲抹去眼泪："妈，我不怪你，是我不对，我是姐姐，我没拦住妹妹。"

黄琳也含着泪说："姐，是我不对，我不该……"

母亲也替黄琳抹掉眼泪："琳琳，妈不怪你，妈不怪你们。是妈对不起你，对不起你姐，是妈连累你们当着这么多人的面受了委屈。"

黄琳连忙也替母亲抹掉眼泪："妈，难不成当真是人穷志短？人家是在欺负咱们。妈，咱们要不要转身走人，现在就回外婆家去？"

母亲转向黄鹂："鹂鹂，依你看哩？你替妈拿一个主意。"

黄鹂："妈，你拿主意，我听妈的。"

黄琳："我也全听妈的。"

母亲抬起头，平静了一下，一抹泪眼，面对刘品仁，一字一顿："孩子，什么叫'一对新夫妻，两台旧机器'？这话是你爸妈教你们的？还是老师教你们的？两台旧机器又怎么样？两台旧机器现在就是一对新夫妻。"

刘品仁等人歪过脑袋，佯装望天。

母亲又转对黄卓，一脸诚恳："卓，你能惦记着你死去的妈，说明你孝顺。过了今晚，我明天就去你妈坟上给你亲妈上坟。听说明天是你亲妈的忌日，我心里还确实有话，明天要到你妈坟上给你妈说去。"

黄卓这才垂下脑袋。

母亲扬起头，嗓门一亮："家伙吹起来，炮仗放起来，迎接新娘进门。"

顿时唢呐和鞭炮声再起。

母亲牵着一头小牛和几只羊，落落大方地走进了黄家。

抬箱柜的抬了箱柜随后，箱柜在门槛上一撞，翻了，倒出的全是书本。

看客们都惊讶地看着满地的各式书本。

黄毛女人冷哼一声，一跺脚，转身就走。

看热闹的乡人也渐渐散去。

只有那个背画夹的男人，不但没走，反而放下画夹，在门外的树根上坐了下来。

黄智清不无怀疑地看了那人一眼，这才进屋。进屋后又将那人细看了一眼。

树根上坐着那个背画夹的男人，瘦劲，高个，外表邋遢，却透出艺术家气质。

他坐在哪里，有些神秘，有些怪怪地望着黄家老屋。

黄智清关门前，头伸出门外："你是谁？"

"我叫龙大海。"

"龙大海，干什么的？"

"画画。"

"画画？画什么画？"

"老屋。"

"老屋？老屋有什么好画的？"黄智清将门关上："毛病。"

他忽又想起了什么，再将门打开："你就会画什么老屋？"

龙大海说："别的也会。"

黄智清再问："会画钱吗？"

龙大海摇摇头："不会。"

黄智清："会不会画酒，画一些香烟？"

龙大海："不会。"

"这些都不会，算什么画家？说来说去，还是只会画什么老屋，这能顶个屁用？拉倒了吧你。"

黄智清重重将门关上："毛病。"

夜色真正降临了。

黄家的喜酒办得非常简单，黄智清一上桌就迫不及待地拿起酒瓶。

母亲则端起酒杯对奶奶说："妈，我敬您老一杯。"

奶奶说："你们两口子对敬一杯。"

母亲举起酒杯。

黄智清举起酒瓶："我就这个。"说着就咽咽咽一口气连喝半瓶。

黄琳和黄鹂互望了一眼。

黄杏和黄卓也互望了一眼。

母亲再次举起酒杯："为了咱们四个孩子。为了咱们四个孩子成了一家人了，为了咱们四个孩子从今而后就是兄弟姐妹，妈再喝一杯。"

黄琳看了大姐黄鹂一眼。

黄杏则看了黄卓一眼。

四个孩子又互相看了一眼。

奶奶颤颤巍巍："智清，你、你也说上两句。"

黄智清举起酒瓶："少说多喝，今晚这可是喜酒。"说着又举瓶一口。

奶奶脸色一沉："看你浑的。"

黄智清顿下酒瓶，舌头已经有些大了："要说，就阿娟，就孩子他妈说吧。"

母亲鬓角一掠："好吧，我说几句。我们两家本来就离得不远。现在更近了，现在是一家子了。"母亲说到这里，不知为什么竟有些泪光闪烁："我哩，也是苦命，孩子他爸一病就病了这么多年，再怎么治也没有治好，还是走了。"

奶奶："娟，今天是你喜日子，不说这个。"

母亲点点头："所以，我是半边人。智清哩，智清的孩子他妈也是走得早，智清也是半边人。今儿个，半边人跟半边人合在一起，就合整了，合成一个家的样子了。人家常说，一个家里，爸是一根梁，梁断了，家就塌了；妈是什么哩？妈是一道箍，一道箍桶的箍，妈不在了，这家就要散了。咱这个家哩，从今天起，梁也有了，箍也有了。这梁是不是称职，箍是不是称职，今后这个家会知道，孩子们会知道。老话说，男人好，好一个，女人好，好一窝。我知道做妈的责任。可能我没有做一个好妈的能力，但我可以说，从今晚起，黄鹂和黄琳就不是没有爹的孩子了，黄卓和黄杏也再不是没有妈的孩子了，我会尽到我做妈的责任。”

黄智清：“我两个孩子姓黄，你两个孩子原本也是姓黄，这姓黄跟姓黄，今后姓都用不着改了。”

小黄琳头一扬：“我们都还是校友，都在松元中学。我姐跟黄杏、黄卓还是同班同学。”

母亲说：“这就更好了，本来就都是熟人。现在都是兄弟姐妹了，琳琳，妈知道，卓儿和杏儿都比你大，叫一声哥哥、姐姐。”

黄琳刚想张口，忽然想起了什么：“据我所知，他们两个是双胞胎，我姐比他们两个还都大一岁，现在我姐是大姐了，要叫姐应该他们先叫。”

黄智清哈着酒气：“也好，杏，你先叫姐。”

黄杏有些小心眼，望着黄卓：“哥先叫姐，我就叫姐。”

奶奶：“卓儿，你就先叫。”

黄卓垂下脑袋。

奶奶：“卓儿。”

黄卓不理。

母亲：“一家人也别拘个你先我后，琳琳，你听妈的，你就先叫。”

黄琳嘟着嘴，低着声音：“要叫就应该他们先叫。”

黄鹂说：“算了，要别叫就都别叫了。其实，我们三个都是同班同学，平常也玩得最好，黄卓是学习委员，黄杏是数学课代表。”

黄杏说：“你是班长，干脆我和我哥就叫你班长。”

黄智清酒瓶一顿：“浑话，一家人在一个家里，怎么能称呼委员、班长？那不生分？”

黄杏噘起嘴：“反正哥叫我才叫。”

奶奶有些急了：“卓儿。”

黄卓仍是不理。

母亲便说：“琳琳，你最小，还是你先。”

黄琳望一眼黄鹂。

黄鹂略一点头。

黄琳这才站起来，朝黄卓、黄杏夸张地一鞠躬："黄卓哥、黄杏姐姐。"

黄智清对黄杏一斜眼："该你了。"

大家的目光都朝着了黄杏。

黄杏用膀子悄悄触触黄卓。

黄卓脖子一梗："干什么，你嘴又不在我嘴上。"

这时黄鹂说："行了行了，都别叫了。"

黄琳急了："不行，那我不亏了。"

黄鹂站起来："这样吧，我最大我先叫——黄卓弟弟、黄杏妹妹。我叫过你们弟弟妹妹，你们就是不叫，我也是你们姐姐了。"

黄琳嘴快："是大姐。"

黄杏鼻子一耸："是你大姐，是你一个人的大姐。"

黄琳自知失言，忙捂嘴笑了。

黄杏这才对黄鹂鞠一躬："班长姐姐，不，黄鹂姐。"

母亲笑道："鹂，他们都叫你姐了，你也该叫爸了。"

黄鹂最是懂事，立即便正正经经地对黄智清叫了一声："爸。"

黄琳最是调皮，也跟着叫了一声："爸，给你添麻烦了。"

黄智清从嘴里拔出酒瓶，含混不清地嗯了一声。

奶奶看了一眼黄杏。

黄杏也比着黄琳的调皮："妈，请妈多多关照。"

母亲在黄杏的头上轻轻地抚摸了一下。

奶奶说："还有卓哩？卓。"

黄卓把头埋得更低。

奶奶大了声音："卓。"

黄卓不应。

奶奶更加明显地颤抖起来。

母亲赶紧圆场："算了，不叫就不叫了，以后有的是时间。"

奶奶桌子一拍："卓儿。"

黄卓猛地从怀里掏出一张照片，吼了起来："我妈在这，我妈在这里。这才是我妈。"

然后对着照片上的母亲大喊："妈、妈……"

黄琳和黄鹂都看了一眼母亲。

母亲非常平静。

"你、你这畜生……"奶奶欲想站起，身子一歪，险些跌倒。

母亲赶紧扶奶奶坐下："算了，别跟孩子窝气。"

黄卓又将照片用力地塞进怀里。

奶奶哆嗦着举起酒杯："阿娟，我老不死的替你儿子敬你一杯。"

母亲赶紧接过酒杯："妈，这杯我给你喝了。"母亲一饮而尽，放下酒杯，眸中又有泪光泛动，终于道："今天是喜日子，按说哩，有些话是不该说的，但是我还是想说，我哩，这些年家境困难，为孩子他爸治病拖了一堆债。现在，我把老屋卖了，债也全数的还了。也就是说债没了，房子也没了。可以说除了孩子，除了几只羊一头小牛，一无所有，当然还有一双手。所以今后这个家就是咱们的家，就是我的家了，孩子也全都是我的孩子。我没有退路，也不会三心二意。说命也好，说缘也好，反正现在已经走到了一起，反正以后就是一家人了。绳子不也是不同的草拧成了一根的吗？咱们今后就也搓成一根绳子，有什么苦水就吐在掌心里，铆点劲，全家人都整起来，往前搓，往前拧。我来到这家，事先也知道这家一样的很穷。我图的是这老黄家祖上曾经非常风光，图的是老黄家的子女今后一样会有出息。"

黄智清的舌头似乎已经完全大了："你说得很、很对，我老黄家的祖上可不是一般的人家。这镇上的接官亭、送子桥、还、还有学圃堂，听说都是我黄家祖上造、造的，只是现在、现在败落了，妈的，现在败落了。"

说到这，又猛地喝了一口。

母亲接着说："是的，过去有过，现在没了。其实哩，这也都没有什么，这最要紧的就是要看往后，往后就看在咱们几个孩子身上。"

奶奶忽然想起了什么："卓、杏啊，你扶奶奶起来。"

黄卓和黄杏扶起奶奶。

奶奶费力地走向侧厢——那是奶奶的卧室。

卓和杏扶着奶奶进了奶奶的房间。

奶奶却对两个孩子说："你们先出去一会。"

卓和杏满怀狐疑地退出房间。

奶奶关上了房门，一个人从床下拖出一把短梯，准备爬上阁楼，好不容易歪着半边身子上了短梯。好不容易爬到一半，突然脚下一软，整个人就滚了下来。

外面的母亲等人听到响声，赶紧推门进来扶起奶奶，急问怎么回事？

奶奶坚持要大家出去。

大家只好退山。

奶奶又关上房门，继续顽强地独自爬上短梯，终于够着了阁楼。

奶奶在阁楼阴暗的墙角里扒拉着，好不容易才从砖墙里扒拉出一个包裹。

奶奶终于抱着包裹走出来了。

黄杏上前迎接："奶奶，这是什么？"

奶奶没有回答。

黄杏又道："奶奶，我来拿吧。"

奶奶还是没有说话。奶奶紧紧地将包裹抱在胸前，拖着半边没有感觉的身子走回自己的座位。

母亲忙将奶奶扶住坐下。

奶奶把包裹放在桌上。

一时间所有的目光都射向了包裹。

似醉非醉的黄智清更是睁大了眼睛。

所有的目光都透出明显的好奇。

"这是他老黄家祖传的东西，传到我手里，就已经传了、传了整整八代。这八代得多长时间？算起来也是几百年前的事了。"奶奶说得很慢。

黄杏急道："奶奶，这包裹里装的什么？是什么东西这么宝贝？"

黄卓也嘟哝一句："是什么宝贝值得这么传代，而且传来传去传了这么多代还在这里？"

黄智清醉眼里闪着亮光："打、打开看看。"

奶奶解开包裹上的粗布。

黄智清睁大了眼睛。

孩子们更是好奇。

奶奶解开一层粗布。里面还有一层红缎。再解开红缎,里面还有一层黄绫。再解开黄绫,里面是一只上了锁的木匣。

黄杏忙说:“奶奶,钥匙?”

奶奶摇摇头:“奶奶也没有钥匙。这匣子传给奶奶的时候就没有钥匙。说起来,奶奶也是跟你们一样。这匣子啊,这么多年恐怕就从没有打开过,奶奶也不知道这匣子里到底装的什么。你看这锁锈的,倒是这匣盖上有字,杏,你给大伙念念。”

黄杏站起来,咳了一声。

黄卓扫了他一眼。

黄杏忙道:“哥,你念。”

黄卓不理。

黄杏想了想,就把匣子递给黄鹂:“姐,你念。”

黄鹂笑着摇摇头。

黄琳一把夺了过来:“怎么都这么谦虚,谦来让去,能不把人急死,我来念给你们听听。”

母亲笑了:“咱们家往后恐怕就是这老小最胆大。你念就你念吧。”

奶奶也说:“行,你念。”

黄杏瞅了黄卓一眼。

黄琳故作老到地咳一声:“你们都听好了,我可念了,咳——可,可什么三百,什么,妈,这个什么字,我不认识,这些个都是篆字。”

黄杏抢过来一看:“可,可什么三百?”

黄鹂一看:“这个字好像是‘当’,当铺的‘当’。”

黄杏:“对,可当三百亩。”

黄智清最是来劲,大着舌头:“可当三百亩什么意思?”

黄鹂:“意思好像是说,价值相当于三百亩,所以叫可当三百亩。”

黄智清格外来劲:可当三百亩就是拿到当铺里能当、当他个三、三百亩。

黄琳:“里面到底是什么东西?是什么东西可当三百亩?”

黄杏:“奶奶,咱们打开看看好不好?看看里面究竟是什么时候东西可当三百亩。”

奶奶笑道："奶奶刚才说了，奶奶也没有钥匙，我的婆婆——也就是你爸的奶奶传给我的时候，就没有钥匙。"

黄智清忙道："我有办法。"

奶奶："你有什么办法？"

黄智清："找、找一把鎯头，这锁，一敲就敲、敲下来了。"

奶奶："我以为你有什么办法，就这点本事？"

黄琳捂嘴窃笑。

黄智清继续喝酒。

黄杏想了想："奶奶，三百亩能值多少钱哩？"

黄卓瞪了妹妹一眼："值多少钱？什么叫值多少钱？你是想把咱们家祖传的东西卖了？败家精。"

黄杏不服："谁说卖了？败家精？你才是败家精！"

黄卓眼一瞪："你……"

母亲连忙拦住："都别说了，谁都没有说卖，谁也不会卖，你们老黄家祖上传下的东西，都传了多少代？八九代了，能传到咱们手里就忽然地卖了？吃祖宗饭不是本事，是好儿好女，就该自己出息，反过来再替祖上争光。"

奶奶捧起匣子："阿娟，你这话我听的舒心，今天这匣子，不管匣子里装的是什么东西，也不问是贵是贱是轻是重，今天这匣子就正式传给你了。"

母亲忙道："妈，这话重了。我今天拖家带口嫁到这门里，不是图的这个。"

奶奶："娟，妈不是这个意思。"

母亲："妈，有你这话，就是相信我、看得起我。承妈这份信任，阿娟在这门里今后就是吃再多的苦也都认了。"

奶奶："娟啊，我看你也是苦命，今后在这家里，就这帮孩子，也少不了吃苦。娟啊，这匣子你给收着。这匣里装的是贵是贱，还真不知道是什么东西。"

母亲："妈，无论是什么东西那都是这老黄家祖上的东西。"

奶奶："娟啊，这老黄家八代单传，每一代都是女人当家，不交给你交给谁哩？"

母亲："交给谁要么以后再说。现在一定还得妈继续收着。"

奶奶:“娟啊,妈老了,能活过今天还不知道能不能活过明天。这个……”

母亲:“妈,真的不要说了。”

一旁的黄智清,早已经眼睛放光:“妈,她不收,我给你管着。”

奶奶:“你想保管?”

黄智清:“妈说对了。我以前也听说过祖上传下过一、一件什么宝贝,今天这还是第、第一回见着。”

奶奶:“你是不是还想着看这匣子里藏的是什么东西?”

黄智清:“妈不是不、不让看吗。”

奶奶提高了声音:“我怕的是被你一看,就什么宝贝全都飞了。”

黄智清讪讪地笑道:“妈就这、这么不相信我。”

奶奶又一层层包起木匣:“娟啊,你既然不接,与其让智清保管,还不如妈暂时收着。”

母亲说:“妈,说实在的,一个人眼睛如果光看着祖上的东西,就会依赖,就会发懒。过日子还得着眼往后,往后孩子们有了出息,那才是真正的出息。”

奶奶:“智清,你听听,这话听到了没有?”

黄智清似乎没有听见,又提起瓶子继续喝酒。

母亲这时候掏出四支钢笔:“来,一人一支。妈没有钱,就一点心意,盼你们好好读书,马上就要中考了,中考可都要考好。”

奶奶支撑着站起来:“好了,收拾收拾,今天你们都早些休息。”

母亲忽然想起了什么:“咦,你们爸哩?”

这时候大家才同时发现黄智清的位置不知什么时候已经空了。

几个孩子面面相觑。

一刹那全都静了下来。

这时候才发觉有轻微的鼾声从桌底下传了上来。

母亲端了蜡烛朝桌下一照,只见黄智清不知什么时候已经哧溜下桌子,醉倒在地上。

难堪的奶奶踹了他一脚:“智清,智——清——”

母亲赶紧从桌底下将黄智清抱了起来。

黄琳朝黄鹂挤挤眼睛。

黄鹂瞪了黄琳一眼。

黄卓和黄杏都垂下了脑袋。

母亲将黄智清搀进卧室，扶上床，又替他盖上棉被，这才离开房间。

没有想到黄智清这时候却悄悄地睁开了眼睛。

就在母亲走后不久，黄智清便蹑手蹑脚地爬了起来，又蹑手蹑脚溜进了奶奶的卧室。

黄智清溜进奶奶卧室，躲在床下。过了一会，又悄悄从床下爬了出来，冷不防抓起木匣欲走。

亏得奶奶转身发现，低声一喝："我看你又在发浑。"

黄智清这才讪讪地放下木匣。

奶奶低声训道："你看你还知不知道把这个家当个家了，这是你家里的东西，你偷什么偷？"

黄智清生怕娘再继续地骂下去，赶紧离去。

他溜回进卧室，好在母亲还没有进来，赶紧躺下继续装醉。

夜深了，黄卓在自己的房间里辗转反侧，一时难以入睡。

忽然，他半坐起来，侧耳倾听。他发觉堂屋里有窸窣的声音，便赶紧爬起，蹑起手脚踅向堂屋……

母亲新婚之夜并没有早早入睡，而是在堂屋里检查黄卓和黄杏这一对双胞胎的作业。

两个孩子的作业优秀居多。

翻着一个个"优"字，母亲露出了笑意。

突然，一双手猛地从母亲的背后伸过来，抓起作业本和书包就走。

母亲转过身："卓、卓儿……"

黄卓已快步走回自己的房间。

只听呯的一声，黄卓使劲摔上了房门。

这突然的一声，在半夜寂静的老屋里，显得非常惊人。

母亲默默地愣在原地。

厢房里的黄琳穿着短裤衩就奔了出来:“妈,怎么啦?哪里响声?”

母亲一笑:“睡吧,没有事。”

黄琳:“是起风了吗?”

母亲含糊应道:“嗯,大概是起风了,睡吧,早些睡觉,明天还要早些起床上学。”

黄琳扮了个鬼脸:“今天是妈新婚的日子,妈也早些睡觉。”

母亲笑了:“你这个丫头。”

母亲今晚的洞房,除了门上的一对“喜”字,没有花烛,也没有人闹房。

而新郎黄智清不但没有用应有的温情将母亲迎进罗帐,反而自己早已醉倒在床上,现在已经发出一阵阵鼾声。

母亲轻轻关上房门,这才感觉到浑身的疲惫,以及被人冷落的委屈。

望着似乎已经熟睡的丈夫,母亲忍不住一声叹息,这才脱了衣服上床。

母亲轻轻推了一下丈夫,轻着声音:“智清,你有没有睡着?”

黄智清嗯了一声。

母亲说:“智清,你如果没有睡着?我们就这么闭着眼睛说说话吧。”

黄智清瓮着声音,迷迷糊糊的样子:“睡,有、有什么话明、明天再说。”

母亲便不再说话。

今夜的月亮似乎特别大,也特别的圆。

黄家大女儿黄鹂现在也没有睡觉,她默坐在自己的房间里,静听着外面的动静,似乎在等待着会有什么事情将要发生。黄家的小女儿黄琳则躺在床上假睡,似乎同样也是满腹心思。

果然,母亲的卧室里发生不可思议的一幕——黄智清估摸着母亲已经睡着,竟悄悄爬了起来,准备往外走。

并没有睡着的母亲微微睁开了眼睛。

黄智清轻轻下床,蹑着手脚拨开门栓,踅出卧室。

然后又走出家门。

母亲也随着轻轻下床，也走出卧室，紧跟着出了大门。

山区的野外，月色朦胧。

黄智清在前急急奔走。

母亲在后悄悄尾随。

黄智清走得很快，几条弯路一拐，便走进了松元镇上的一户人家。

母亲也走近那户人家。

而在母亲的背后还有黄鹂。

黄鹂的背后更还有黄琳。

这户人家是黄毛女人的住处，这时候那个黄毛女人正在楼上喝酒。

黄智清这个50多岁的男人一上楼就跪在了她的脚下。

黄毛女人笑眯眯地把酒杯递到黄智清面前。

黄智清刚要去接。

黄毛女人又突然收回酒杯，猛地将酒全泼在他脸上。

母亲在门外从窗户里看到了这一切。

她举手准备拍门。想了想，还是把耳朵贴在了门缝上。

黄智清仍跪在地上，满脸酒水淋漓。

黄毛女人自顾喝酒。

黄智清哭丧着脸："我的姑奶奶，我已经认罪、道歉了那么长时间，你还不饶我？你白天要是早来一步，你就知道我是怎样当着那么多人的面羞辱那个女人的了。"

黄毛女人："你以前是怎么跟我说的？什么这辈子就喜欢你一个啦？什么这辈子再不娶别的女人！你想要我？你在骗我！"

黄智清："哎呀，我的姑奶奶，我不是说过，我这个家上有老下有小，你扛得动吗？你扛不动。我这个家又穷又破？你肯进去？你不肯进去。我白日里不是还跟你这样说过：跟她结婚，说实在的，也就是给孩子们找一个能吃苦的保姆，也就是给这个穷家招一个会持家的长工。"

黄毛女人双掌一拍:“说得好,再说一遍。”

母亲耳朵贴着门缝。

黄智清的声音清晰地传了下来:“跟她结婚,说实在的,也就是给孩子们找一个能吃苦的保姆,也就是给这个穷家招一个会持家的长工。”

黄毛女人的声音:“声音再大些,再说一遍。”

黄智清放大了的声音:“跟她结婚,说实在的,也就是给孩子们找一个能吃苦的保姆,也就是给这个家招一个会持家的长工。”

母亲愣住了,捂住了自己的耳朵。

眼泪慢慢地流了下来。

黄毛女人这才扔给黄智清一块毛巾。

黄智清这才如蒙大赦,站起来擦掉脸上酒水。

黄毛女人一把抱住黄智清,荡声大笑:“看在你听话的分上,就饶你一回。你新婚之夜不在新娘身边,跟姑奶奶还算有点情意,来,喝酒。”

……

屋内楼上浪笑声一阵阵传了出来。

母亲伸手欲想拍门。

想了想,还是转身离去。

母亲的身后,闪出大女儿黄鹂。

……

母亲又回到了黄家,又回到了自己的房间。

一切又变得静悄悄的。

窗外撒进来的月光仍是那么凄清。

母亲望着空房,望着空床,望着窗户上的双“喜”,眼泪就像烛泪一样慢慢流了下来。

这时候,门外有人轻轻地叩门。

母亲忙问:“谁?”

门外没有人答应。

母亲下床，迅速将床头柜上一双黄智清的鞋子放到床前，这才打开房门。

只见黄鹂抱着棉被，站在门外。

母亲忙问：“鹂，你怎么不睡？怎么站在这儿？”

黄鹂低声说：“妈，我今晚上陪你睡觉，要么我坐在床上陪你聊聊。”

母亲凄然一笑：“真是傻话，今晚上是妈新婚，是妈洞房花烛夜的日子，妈有你爸陪着。”

黄鹂咬着嘴唇：“妈——”

母亲仍装着若无其事的样子：“鹂，回房睡吧，噢，听话，快回房睡觉。今晚上是妈新婚，是妈洞房花烛夜的日子，妈有你爸陪着。噢，听话，回房睡吧。”

说到这，母亲怕忍不住流下眼泪被女儿看见，便立即关上了房门。

鹂鹂仍抱着被子站在门外。

母亲知道黄鹂还在门外，便对着枕头说：“孩子他爸，你酒力不好，今后就少喝一些。孩子他爸，你说这人，也是真怪，无论岁数多大，都希望有人疼着爱着。这世上，还真是男的少不得女的，女的省不得男的，婚姻，就是把男啊女的，合到一起，这少男少女，有着男欢女爱，难不成老男老女就、就不讲、不讲这个？智清，你说，你说是不是，是不是这理……”

说到这里，母亲已经哽咽难言。

新婚之夜独守空房的委屈，白天新娘不能进门的羞辱，孤儿寡母似乎是投奔别人受到冷遇那种寄人篱下的凄凉，以及现在独守空房，又要强装出新婚甜蜜的酸楚，一刹那，全都涌了出来。

母亲紧咬着嘴唇，终于忍不住失声痛哭。

但又害怕哭声让门外的女儿听到会让女儿伤心，立即又抱住枕头，把脸整个地埋在枕头里，只发出呜呜的哭声。

远处，黄智清所说的两句话，又隐隐约约地飘进了房间，久久响在耳畔——

“跟她结婚，说实话，也就是给孩子们找一个能吃苦的保姆，也就是给这个家招一个会持家的长工。”

"能吃苦的保姆,会持家的长工。"

……

母亲的眼泪打湿了一枕头。

黄鹂仍站在门口,同样是两泪潸流。

这时候,黄琳出现在背后,把一件衣服披在姐的身上。

黄鹂回望黄琳。

黄琳也是两眼泪水。

黄鹂哽咽着轻声问她:"妹,刚才的事,你、你也都看到了吗?"

黄琳哽咽着点了点头。

姐姐给妹妹抹掉眼泪。

妹妹也给姐姐抹掉眼泪。

黄鹂小着声音:"妹,咱们不哭,咱们回房睡觉。"

黄琳也小着声音:"姐,我不哭了,咱们坚强,妈才能更加坚强。咱们一哭,妈就更加哭了。"

两个孩子转身离去。

听到孩子们走远,母亲这才哇的一下哭出声来。

泪流满面的母亲抱着枕头说:"智清,咱们俩个虽不是什么天作之合,也算不得什么自由恋爱,虽是长辈牵线,媒人说合,但毕竟也是见过几次面的。虽不说知根知底,却也并不是一无了解。不错,我已经老大不小,你不也是老大不小了?咱们年岁相仿。我家境贫寒,你家日子不是也不宽裕?咱们门庭相当。不错,我嫁过来拖俩孩子,你如果真是嫌我,为什么不早说哩?为什么不早说哩……"

母亲说到这里,又坐了起来,抹掉眼泪。

黄家三个女儿一个房间。

黄鹂躺在床上睁着眼睛流泪。

黄琳也望着天花板流泪。

月光照进来,非常清柔。

黄杏听到动静，爬起来，一脸狐疑："你们这是怎么啦？"

黄鹂和黄琳不语。

黄杏说："你们不是说今晚上是咱爸咱妈大喜的日子，一定要高兴？"

黄鹂和黄琳还是不语。

这时候母亲轻轻推门进来。

黄鹂和黄琳呼地坐起。

母亲一脸无事的样子："你们怎么还没有睡哩？"

黄杏："妈，她们哭了。"

"哭什么？今天是妈是爸大喜的日子。"母亲替两个孩子擦掉眼泪。

黄琳忽然抱住母亲的脖子，轻轻叫了一声："妈。"

母亲爱怜地抚摸着女儿的头发："琳琳，是不是有什么事情？"

黄琳："妈，你把手伸出来。"

母亲："琳琳，这话什么意思？"

黄琳从书包里摸出几张创可贴，在母亲的掌心、掌根各贴一张。

母亲不解。

琳琳轻声说："妈，我小时候听人说过，把创可贴贴在手掌心里，就不会伤心。"

母亲忙问："鹂鹂，琳琳，你们知道了什么事情？"

黄鹂和黄琳互望一眼，都忍着眼泪摇摇头。

母亲伸着手掌，望着掌心里的创可贴说："有女儿的创可贴贴在妈的掌心里，妈就是有再伤心的事情，心里的伤口也会好的。"

"我也送妈一样礼物。"黄杏拿出一角很小的粽子，并剥开来送给母亲。

母亲不解："杏，这什么意思？"

黄杏歪着头："等妈吃了，我再告诉妈什么意思。"

母亲："现在就吃？"

黄杏："现在就吃。"

母亲把一角小粽子吃了。

黄杏笑了，笑得很纯："妈，这粽子里有一根很细很细的丝线，是奶奶裹的。奶奶说，妈如果把这角粽吃下去，妈的心就会永远拴在这里。妈，你会不会离开这里？"

母亲一把搂住黄杏，眼泪忍不住流了出来："杏，妈不走了，妈不会离开这里。你告诉奶奶，就说妈既然已经是这个家里的人了，妈就不会离开这里。"

黄杏点点头："妈，你也回房睡吧。"

"你们也睡，明天还要上学。"母亲站起来欲走。

黄杏说："妈，我背一首歌谣给你听听。"

母亲点点头。

黄杏拍着手，轻声说：

"月亮光光，

照着新郎，照着新娘。

月亮光光，

照着洞房，照着婚床。"

母亲笑了，笑眼里泛着泪光："睡吧，明天还要上学。"

黄智清还在那个女人家里。

黄毛女人："你总说你家有一个什么传家的宝贝，总说什么时候给我，在哪？"

黄智清："那宝贝我以前没有见过，这一回总算见着了。"

黄毛女人："是什么宝贝？"

黄智清："我也没有见着。"

黄毛女人："这不是废话？"

黄智清："这是真的，我见着的只是一个木匣。"

黄毛女人："又在骗我。"

黄智清："我骗你是小人！"

黄毛女人："木匣也行，拿来啊，在哪？我就知道你是不肯给我。"

黄智清急道："我的姑奶奶，真的不是我不肯，实在是我妈看得太紧……"

"嘭嘭……"楼下拍门声陡起。

黄智清："糟了，有人来了。"

黄毛轻描淡写一句："后墙不是有窗吗？"

黄智清如蒙大赦，赶紧就走，但走前仍没有忘记再将杯里的剩酒一饮而尽，这才小心翼翼地爬上后窗。

不料手一抖，整个人就滚了下去。

黄智清又溜回了家里。

母亲仍坐在床上："你是到哪去了？"

黄智清淡淡一句："我去把白天闹事的那个女人揍了一顿，认认真真替你出了一口恶气。"

母亲发现了他腿上的血迹："这怎么回事？"

黄智清一脸豪勇："那女人的爪子还真厉害。"

母亲便从手掌心里撕下创可贴，替他把伤口贴上。

一边贴一边说："智清，我明天想去给你孩子他妈上坟，明天是你孩子他妈去世的忌日，你能一块去吗？"

黄智清："要去，你就自个儿去吧。"

母亲："我不知道哪一座坟是。"

黄智清："天风山九峰岭，老樟树下面就是。"

母亲："得备几样小菜。"

"河沟里有鱼……"

黄智清一边说一边就呼呼地睡着了。

黄家的门外不远处有一个池塘。

第二天一早，母亲挽起裤腿下塘摸鱼。一只水桶斜浮在水面上。

没想到这事竟又引起了黄卓的愤怒。

不一会，黄鹂、黄卓、黄杏、黄琳上学经过池塘。

黄琳发现母亲，首先兴奋地叫起来："妈，你在摸鱼，逮到了没有？"

黄鹂轻声说："像你这么嚷嚷，有鱼还不逃了？"

黄琳吐吐舌头，赶紧捂住嘴。

大家都没有发现，黄卓不知想到了什么，脸色突变。

他紧紧咬着嘴唇，渐渐地，泪水便在眼眶里打转。

这时候，母亲摸到了一条鲤鱼。

"啃，妈捉到鱼喽，还是红尾巴鲤鱼。"黄琳忘情地叫了起来，但立即又想到了什么，瞥一眼大姐黄鹂，赶紧噤声。

母亲在池塘里笑了："是红尾巴鲤鱼。好兆头。鲤鱼跳龙门，兆你们读书好、成绩好，马上就要中考了，祝你们考一个状元。听说咱们黄家祖上就出过状元。"

黄杏说："咱们三个一块儿中考，哪能都考上状元？"

母亲笑道："不全都考一个状元，那就考个第一、第二、第三，全都在咱们家里也是一样。"

黄鹂问："妈，爸哩？"

母亲说："让你爸多睡一会，我反正今天不上班。"正说着，又摸上一条鱼来。

黄琳兴奋得脸上红扑扑的："今天放学回来有鱼吃了。"

说到这愣住了，她发现黄卓的泪水已经脱眶而出。

母亲在水里弯着腰没有看见，将鱼放进桶里，又一边继续摸着一边说："走吧，赶紧上学，别迟到了。"

没想到刚说到这儿，黄卓搬起一块大石头，猛地砸进池塘。

只听嘭的一声，池塘里水花四溅，母亲湿了一身。

黄卓转身就走。

黄琳怒了，拔步就追。

母亲站在池塘里："琳琳、琳琳……"

"没有事，让他们玩去。"黄智清拎着一只酒瓶出现在岸边，"小猫，小狗，越捣乱是活得越欢。"

母亲："这些孩子，会不会闹架？"

"没有什么。"黄智清又喝了一口酒，"这塘有甲鱼，那鱼没刺，下酒最好。"

黄琳一直追到松元镇终于追上了黄卓。

她超到他前面，回身站住，双手将腰一卡："你疯了吗？你为什么那样？"

黄鹂也气喘吁吁赶到："卓，你是不是心里憋着什么事情？"

黄琳："说啊，你为什么这样？你用石头砸塘，是砸水？还是砸鱼？分明是砸的咱妈。咱妈一早晨起来就下河摸鱼，为了谁？还不是为了咱们，你一个男子汉不但没有帮忙,反而背后下手。”

黄杏也气喘吁吁地赶到,小着声音说:“哥,你也确实、确实太过分了,你怎么能……”

“我怎么啦? 太过分了? 什么叫太过分了?”黄卓眼眶里饱噙着泪水,近乎是吼着说,“你忘了咱妈是怎么死的? 你忘了咱妈是死在哪里了吗?”

黄鹂:“卓,你心里有话? 有话慢慢说,说来听听。”

黄卓梗着脖子:“我心里当然有话,你们知道我妈怎么死的吗? 你们可知道我妈死在哪里? 我妈是投水死的,我妈病重不想活了,就死在后门口的那池塘里。”

黄琳小了声音:“这我们怎么知道? 就算这样,也不能发火发在咱妈身上。”

黄卓:“你妈到池塘里摸鱼,就是往我伤口上撒盐。你妈……”

黄琳郑重其事地更正一声:“咱妈,现在应该是咱妈。”

黄卓:“你妈,就你妈,你妈为什么一早上就起来偏要在那池塘里摸鱼?”

黄杏也垂下了脑袋。

黄鹂:“这事,咱妈肯定是不知道,再说这事……”

这时候学校上课的铃声响了。

下午,放学了。

黄卓绷着脸率先走出校门。

同学刘品仁蹑着手脚追了过来。

追近黄卓身后,刘品仁手在黄卓肩头一拍,同时一只食指伸了出去。

黄卓一扭头,脸颊戳在刘品仁的食指上。

背后的同学一阵哄笑。

遭到戏弄的黄卓,脸色更难看了。

刘品仁得寸进尺,嘻嘻一笑:“黄卓,你也太小气了,怎么不给咱们散一点喜糖。”

黄卓正没好气,吼了一声:“什么喜糖?”

刘品仁:“昨天你爸结婚了? 不,昨天你妈结婚了。不不,听说昨天你爸又娶媳妇了,昨天你妈又嫁人了。”

黄卓拳头一竖："你说什么？你再说一遍。"

刘品仁故作惊慌地后退几步："哟嗬，神气什么，不就结一个婚嘛，还二婚头。"

然后对几个同学一挤眼睛，低声道："一对新夫妻，两台旧机器。"

几个同学一阵哄笑。

黄卓握着拳头，回走几步，瞪着眼睛："你说什么？再说一遍。"

几个同学簇拥着刘品仁一哄而退。

黄卓一声怒吼："刘品仁，你想找死。"

这时黄鹂、黄杏、黄琳，还有一个非常漂亮的女同学嘉妮一起走出了校门。

黄鹂走到黄卓跟前："卓，你怎么啦？"

黄卓脖梗上血脉贲张，紧咬着嘴唇。

嘉妮吐吐舌头，悄问黄杏："你们是不是又有妈啦？"

黄杏点点头。

嘉妮的神情就有些落寞。

黄卓这时候突然对黄杏说："你跟我来。"

黄杏："去哪？"

黄卓一吼："我叫你跟我来，就跟我来。"

说完转身就走。

黄杏瞥一眼黄鹂。

黄鹂："去吧，跟着你哥，跟紧点，别出什么事情。"

黄杏便随着黄卓奔了开去。

黄鹂、黄琳也向嘉妮摆手离去。

嘉妮则立在原地，望着黄卓渐渐远去的背影。

刘品仁明显轻薄地凑着嘉妮的耳朵："怎么样？被黄卓甩了？一颗美丽的少女的心灵一定是在滴血。我说漂亮的嘉妮同学，被那个乡下穷小子甩了，应该是一件值得庆幸的事情。"

嘉妮垂着长长睫毛，目光很冷："你说什么？"

刘品仁露出讨好的样子："我说漂亮的嘉妮同学，被那个乡下穷小子甩了，应该是一件值得庆幸的事情。当然，也有不幸，不幸的是你已经失去了主动,如果你们之间不是他把你甩了,而是你主动把他一脚蹬了,那才体面。”

嘉妮冷冷道:“我问你刚才说了什么,你把你刚才说的再说一遍。”

刘品仁:“刚才?哦,刚才,刚才我说黄卓他爸又结婚了,或者说黄鹂她妈又结婚了。两个二婚头。”

嘉妮长睫毛扑闪了几下:“就这话也那么好笑?”

刘品仁:“哦,你是问的这个!想不想再仔细听听?”

嘉妮:“想听。”

刘品仁嘻嘻一笑:“我刚才说,两个二婚头结婚,是一对新夫妻,两台旧机器。”

然后转向身后几个同学:“你们说是不是啊!”

几个同学也一条声吼了起来:“一对新夫妻,两台旧机器。”

然后又是一阵哄笑。

嘉妮眉头一耸:“无聊。”

一跺脚,转身离去。

刘品仁望着嘉妮背影:“啧,对他黄卓还真痴情。”

几个同学异口同声:“依我们看,当然是你刘哥强啦!”

刘品仁:“当真?”

众同学:“当真。”

刘品仁:“不,你们说了不算。这话应该由嘉妮说了才算。”

一同学:“嘉妮?嘉妮恐怕未必肯说。”

刘品仁:“不,她迟早会这么说的。他黄卓算什么东西。”

说完,朝黄卓离去的方向极其鄙夷地又看了一眼。

山路上,时已黄昏。

黄卓在前疾跑。

黄杏在后紧跟。

走了一程,黄杏终于忍不住道:“哥,咱们去哪?”

黄卓:“天风山九峰岭。”

黄杏目光里显出恐慌的神色:“哥,去那干什么?”

黄卓："去那干什么？这还用问吗？今天是什么日子？"

黄杏："什么日子？"

黄卓："今天是妈去世的日子。"

黄杏："这我知道。"

黄卓："知道就好。咱们要到妈的坟前告诉妈，爸又结婚了。"

黄杏："告诉妈这个干什么？你认为妈会反对？"

黄卓："当然啦，妈在九泉之下，想反对也没有办法反对。"

黄杏："妈也不会反对。"

黄卓："你怎么这样想哩？"

黄杏："妈早就不喜欢我们了，妈在病重的时候还没有忘记骂我、打我。还狠狠地拧我的脸，还咬牙切齿地用筷子戳你的脑袋。"

黄卓："那正是妈心疼咱们的地方。妈怕她死后，我们会日夜地想她。怕我们想妈却再也见不到妈了，永远见不到妈了，怕我们会在没有人的时候流泪，会在看到别的孩子都有母亲的时候悲伤。所以妈那样做是为了让我们恨她，在她死后别再想她，这正是咱妈的伟大。"

黄杏："或许也是妈想到了我们今后迟早会有新妈，妈是故意让我们恨她，这样，我们就会爱我们的新妈。说不定妈是为了让我们喜欢咱们的新妈。"

黄卓想了想："你说咱们新妈，会对咱们好吗？"

黄杏摇摇头："我也不知道。"

"杏，你真的就不想咱们的亲妈了？"

"哥，咱们别去那地方了好不好？咱们别去了，我怕。"

"杏，你怕什么？天风山九峰岭的坟墓里躺的是咱们亲妈。"

"哥，你没有听说过那荒山上有熊、有豺狗、有花狼、有豹子？"

黄卓并没有放慢脚步，一边走一边说："杏，你就真的不想咱们亲妈了吗？"

"想。"黄杏的眼圈有些红了。

黄卓低下声音："我也想。我总是想到妈在临死前的那一天晚上，把我的脚紧紧抱在她的怀里，抱得紧紧的。妈一定是想到她今后再见不到我们了，我们也再见不到妈了。妈是想到她明天就不在世上了，想到我们还小，今后就是再没有妈的孩子了。妈舍不得离开我们,妈不忍心我们从今而后就再也没有妈了。”

黄卓说到这里流下了眼泪。

他任凭眼泪流淌,泪眼迷蒙地望着远处山上。

黄杏也流下了眼泪:“我也想妈。我记得妈躺在床上给我织那件毛衣,织着织着,就吐出了一口鲜血。我求妈放下毛衣,别织了。妈说,妈再怎么不行,妈也要织成这件毛衣,妈不能在去世之后只给你留这半截了毛衣。妈死的那一天,我发现那件毛线衣织好了,就整整齐齐地压在我枕头底下。”

黄杏咬着嘴唇,眼泪潸潸而下。

黄卓转身替黄杏抹去眼泪:“杏,咱妈以前就是待咱们再不好,也是咱们亲妈,咱们不能忘记亲妈。你记不记得有一本书上说过这么一件事情?”

黄杏睁大着泪眼。

黄卓:“那书上说,过去有一匹小马,它的妈死了。它的妈是一匹白马。后来这小马看到但凡是白的东西,就奔过去紧紧地靠着,哪怕是草垛上晒的一块白布床单,哪怕是阴山坡上没有融化的一堆积雪,它都会奔过去靠着。你说这畜生都能永远不会忘记母亲,何况咱们人哩?”

黄杏点点头。

黄卓忽然一抹泪眼,竖起耳朵:“杏,我好像听到了满文军的《懂你》。”

黄杏:“我也听到了,是山下的喇叭。”

满文军的歌声《懂你》,便隐约在山野飘荡开来:“把爱给了我,把世界给了我……”

动情的歌声,陪伴着两个孩子上山的脚步。

天风山九峰岭异常荒凉,山顶上有一座孤坟,在黄昏薄暮中显得格外凄清。

两个孩子快到山顶的时候,突然慢下了脚步。赶紧隐到一棵树后。

他们发现了什么?

他们发现了母亲,母亲正用弯弯的柴刀使劲地砍除坟头的杂草。

杂草砍净了,母亲从挂在树上的篮子里取出两碗鱼,恭恭敬敬地放在坟头。点上香。烧了纸。

然后对坟头鞠了三个躬，自言自语地说："孩子他妈，大妹子，我看你来了，你也是苦命，年纪轻轻，就丢下孩子，丢下了这个家。今天哩，我来这一是给你上坟，二来哩，是想告诉你，我和你孩子他爸结婚了。作为母亲，我知道你心里最放不下的是你的两个孩子……"

大树背后。

黄杏和黄卓互望了一眼。

坟前，母亲继续说："大妹子，这你放心，我来告诉你孩子他爸又结婚的事就是想让你放心，你的孩子又有妈了。我虽然不是他们亲妈，但我也是有着孩子的母亲。你一定和我一样，都能理解女人，理解天下所有的母亲。一个女人从她做了母亲的那一天起，只要一听到孩子的哭声，无论谁的孩子，她都会揪心。大妹子，你放心，卓和杏虽然不是我亲生，但我会负起母亲的责任，他们就是我的亲儿、亲女，我会把他们带成不像没有母亲的孩子。昨晚上我检查过他们的作业，他们都很用功，都很努力，都很优秀。这你放心，我在这里可以向你发誓，我会尽我一切力量，把孩子们拉扯成人，培养成才。我知道这是我的心愿，也是你的心愿，更是天下所有母亲的心愿。大妹子，放心。天晚了，我也该走了……"

说到这儿，黄卓和黄杏出现在了背后。

母亲一愣，忙将黄卓和黄杏拉到坟前："孩子，给你们妈磕一个头。"

黄杏望一眼黄卓，没有动弹。

母亲又重复了一句："听话，磕一个头，心里跟妈说，说自己已经好好读书了，今后一定能考上大学什么的，今后一定会有出息，让妈放心。"

黄卓便和妹妹跪下，磕了三个响头。

……

正在这时，忽听一声狼嚎如哭。

荒山野岭上顿时悸起一层恐怖。

黄杏冷不丁打了一个寒战。

母亲瞪大了眼睛，操起柴刀，迅速地拉起两个孩子就走："快，赶紧快跑。"

黄卓将手从母亲的手里甩开。

三人一路疾奔。

高一脚,低一脚,跌跌绊绊,拼命奔跑。

母亲走在最后,手里紧攥着柴刀。

前面有一堵悬崖。

奔跑在最前面的黄卓,突然脚下一滑,侧身跌下悬崖。

“卓!”母亲一声尖叫。

黄杏吓得捂住了眼睛。

跌下悬崖的黄卓,危难中下意识地用手一捞,一只手攥住了崖口上的一块裸石。

母亲紧急地赶到崖边。

只见悬崖下是万丈深渊,烟云悬浮。

黄卓一只手捞住裸石,整个人就悬挂在崖边。

随后赶到的黄杏急抽了一口冷气。

“卓、卓……”母亲趴伏在崖边,万分紧张地伸手去拽黄卓。

偏偏就还有两尺多的距离,够不着黄卓。

母亲身子向下悬探,已近乎倒挂。

“妈、妈……危险、危险……”黄杏急得在崖上使劲地拽住母亲的双脚。

“卓、卓……”母亲使劲伸出的手还是够不着黄卓。

黄卓紧捞住的那块裸石已经开始松动。

母亲几乎已经是倒挂在悬崖上了,嘴里不停地叫着:“卓、卓……”

险情格外地紧急起来。

母亲忽然想到了腰间的柴刀,急忙拔出柴刀,将刀柄递给黄卓:“卓、卓,抓住刀柄,快,快……”

黄卓一只手抓住了刀柄。

几乎与此同时,那块崖边的裸石已经坠入万丈深渊。

“卓,抓紧,抓紧……”母亲一只手握着的是柴刀的刀刃。

母子都使出了最后的力气。

刀柄向崖上一寸一寸地移动。

母亲的手已在流血。

殷红的鲜血随着刀柄而下。

引身向上的黄卓终于够着了崖口上的一棵小树。

母亲再咬牙猛一使劲。

黄卓爬上了悬崖。

“哥。”吓得脸色发白的黄杏，一把抱住黄卓，像害怕会再次掉下去似的紧紧抱住。

她忽然想到了母亲，这才松开黄卓。

只见母亲满头大汗，手在流血。

黄杏慌忙掏出手帕，替母亲扎上：“妈，刚才真是危险，吓死我了。妈，要不是你，我哥这一回可就没有命了。”

母亲抹了一把汗水：“也是你哥命大。”

黄杏：“妈，你刚才也非常危险。”

母亲：“走，赶紧下山，狼闻到血腥就会过来。”

三人便赶紧下山。

母亲还是走在最后。一只手紧攥着柴刀。

……

黄家后门外，黄琳捧着课本坐在坡上。

画家龙大海和另一个女人——他的姐姐，就隐在附近。

龙姐轻声说：“看见了吗？那孩子。”

龙大海眯起眼睛，过了一会想起什么，从贴胸口袋里掏出一张皱巴巴的素描——那是十七八年前他为一个模特儿作的画像。

龙姐仍旧轻着声音：“像吧？是不是很像？”

龙大海点点头。

他望着天空，逼回渐渐泛出的泪水。

泪眼迷蒙中，一个和黄琳一样有着长长睫毛的漂亮女孩出现在了面前。

那女孩浪漫活泼，衣衫紧身，浑身透出一股青春的气息。

那女孩张开双臂向他奔来。

龙大海闭上泪眼。

那女孩突然没了。

龙姐手臂触触弟弟，悄悄地递给他一块手帕。

龙大海拭掉眼泪："我想给她画一张像。"

龙姐："人家肯吗？"

龙大海："我去试试。"

暮色笼罩的山路上，母亲和黄杏一边走一边说话。

黄杏说："真是吓死我了，那一群狼幸亏没有追来，否则，我们三个恐怕都没有命了。"

母亲说："那也未必，如果狼真来了，我就逮住它一只崽子，看那些老狼，还敢不敢对你们下牙。"

黄杏："为什么不敢！"

母亲："它敢？它的崽也在我的手里。"

黄杏："都说动物也通人性，说不定还真是的。"

母亲："就是，这世上母子情深，别说人了，就畜生，它都知道。畜生也知道爱自己的孩子，护自己的孩子。妈给你们说一个上午的事吧。妈早晨捉鱼捉到一条黄鳝，上午回家把黄鳝放在门口的青石板上。这大热的天，青石板晒得滚烫……"

黄杏："嗯，黄鳝准被烫死。"

母亲："我忙完事情出来一看，就见那黄鳝翻来转去，后来哩，后来就奇怪了，只看见那黄鳝头和尾巴使劲靠近，将肚子拱了起来，拱成像通济河上的那座拱桥样子，也就是头和尾贴在滚烫的青石板上，肚子拱起来不让烫着。"

"为什么？"黄卓终于说话。

母亲说："是啊，为什么哩？妈也是后来才突然想起，这黄鳝是一条大肚子黄鳝，肚子里有它的仔。"

黄杏感动了："后来哩？"

母亲："后来妈把它放了。"

黄杏忙说："放得好，妈放得好。"

母亲一声叹息："孩子，你们说这畜生都知道爱子、护子，何况人哩？何况为人的母亲。杏，我说你们往后相信妈吗？"

黄杏:“相信,我相信我们的新妈或许比亲妈还亲。”

母亲:“卓,你哩?”

黄卓埋着头,嘟哝了一句:“以后的事以后再说。”

“哥,你怎么这样?今天如果不是妈,你还有命吗?”黄杏瞪了哥哥一眼,然后转对母亲:“妈,我们几个今后也会孝顺妈的。”

母亲一边走笑了:“妈不图你们孝顺,只图你们今后能有出息。”

黄杏:“妈,这孝顺还是要的,其实在动物里头,都知道孝顺。”

母亲:“是吗?说来听听。”

黄杏:“听说过去有一个人家拿了刀想杀一只老母鸡炖汤、炖汤……不说了。其实这故事我以前也是听黄琳说的,妈要听就叫琳琳讲给妈听。”

黄琳还在后门口的坡上朗朗念书。

龙大海过来:“小妹妹。”

黄琳警觉地合上书:“小妹妹?你是什么人?”

龙大海:“画画的。”

黄琳:“画画的是不是就是画家?”

龙大海:“或许可以这么说吧,其实我还算不上什么画家。”

黄琳站起来:“你倒谦虚。谦虚使人进步,再进步下去就该是画家了吧。未来的画家,你是不是有什么事情需要我的帮助?”

龙大海期期艾艾:“我想替你画一张画好吗?”

黄琳:“替我画画?画什么画?”

龙大海:“画一张速写,就是素描,不,就是给你画一张人像。”

黄琳似乎不相信自己的耳朵:“给我画像?”

龙大海:“是的。”

黄琳咯咯地大笑起来:“给我画像?咯咯咯,给我画像?”

龙大海也很开心:“是啊,就是给你画像。”

黄琳突然停住笑,一脸严肃:“不行,我告诉你,不行就是不行。”

龙大海有些摸不着头脑:“小妹妹,怎么不行?”

黄琳又咯咯地笑了,笑得弯了腰:“哎哨,真是笑死我了。画像?死人才会画像。”

龙大海笑了:“不,活人也能画像。”

“活人也能画像,你怎么不照着镜子也给自己画像?画啊、画啊。”黄琳笑得弯了腰一溜烟跑了。

她忽然发现了下山的母亲,便疯了似的奔过去:“妈、妈……”

“琳琳,慢些、慢些。”母亲伸手迎上前。

黄琳燕子一样地扑到跟前:“妈,那里有一个人。”

母亲神情有些警觉的样子:“什么人?”

黄琳:“不知道什么人,真是笑死人了,他说他要给我画像。”

母亲笑了:“你这丫头,妈还以为什么事笑死人了哩,画像又有什么?不就画像!”

黄琳忽然发觉母亲的裤子撕破了几处,而且还有血迹,忙问:“妈,你这是怎么啦?哥、姐,妈这是怎么啦?”

黄杏刚想说出刚才的事情,被母亲使了个眼色止住。

母亲甩甩腿:“没有什么,上山下山,挂破了也是有的。哎,刚才杏儿说一件事没有说完,琳,你给说说。”

黄杏:“就是那个过去有一个人家拿了刀想杀老母鸡炖汤,后来刀没有了的那个故事。”

黄琳:“噢,这个,好,我说,咳。过去有一个人家拿了刀想杀老母鸡炖汤。一转身,放在地上的刀没有了。找啊找,怎么找都找不见,真是奇怪死了。那个人家只好把老母鸡放了。墙角蹲着一群小鸡。小鸡站起来去追赶母亲,刀却出现了,原来那刚才不见了的刀是被那群小鸡蹲在了肚子底下。是一群小鸡把刀掩藏起来,是一群小鸡用集体的行为和集体的力量,力所能及地救了一回母亲。”

黄杏惭愧地低下了头:“连动物都知道孝顺,都知道救护自己的母亲。可我刚才……”

黄琳:“你刚才怎么啦?”

母亲:“没有什么事情。”

说话间已经到了家门口。

第二章

大姐黄鹂已经做好了饭菜,并端了碗盘上桌。

黄鹂看到母亲,忙说:“妈,赶紧吃饭,你今天不是夜班吗?”

母亲说:“是夜班。你爸哩?”

“我爸?”黄鹂和黄琳互看一眼,都摇摇头。

厢房里传出奶奶的咳嗽声。

黄智清又去了松元镇上那黄毛女人家里。

他这会儿正和那黄毛女人对斟,而且已经有了几分醉意。

黄毛女人:“新婚燕尔,蜜月还刚刚才开了一个头。”

黄智清:“让你笑话了。”

黄毛女人:“你说是你那蜜月的蜜甜?还是这老窖的酒香?”

黄智清:“不、不能这么比。”

黄毛女人:“怎么不能这么比?”

黄智清:“你能说树上的喜鹊好呢?还、还是屋檐下的燕子好、好哩?不好比较。”

黄毛女人劈手夺下黄智清手中的酒杯:“嗬,你还给我来一个孔夫子的卵子——文绉绉的?我可告诉你,你知道我喜欢你是喜欢你什么吗?你知道你有什么值得我喜欢?”

黄智清斜着眼睛:“萝卜、青菜,各、各有所爱,世上的事,多半说、说不清楚。”

“屁。”黄毛女人鼻头一耸:“我能喜欢你,会跟你相好上,是因为你听话,手招招就来,碗敲敲就来,脚一跺就走。”

黄智清有些不悦:“你把我当狗?”

“狗有什么不好?”黄毛女人转怒为喜地嘻嘻一笑:“你就没有看电影上这么说吗——和人相处得久了,才发现最值得信赖的还是狗。”

黄智清一饮而尽:“说来说去,你还是把我当、当狗?”

黄毛女人:“当然,我喜欢你……”说到这里压低了声音:“你不是说你老黄家有一件什么东西可当、可当三百亩?”

黄智清丢下酒杯:“不、不喝了,我该回去了。”

黄毛女人:“果然是蜜月里的蜂蜜比这老窖子里陈酒要好。”

黄智清:“见笑了,嘿,见笑了,不、不是这话,再说孩子妈今晚还是夜、夜班。”

黄毛女人:“那就再坐一会,多喝几杯。”

黄智清把半瓶酒塞进怀里:“走了。别让你男人又给撞上。”

黄毛女人:“怕什么。”

“这后窗太高”,黄智清拎起裤管,“是不是后窗太高?”

黄毛女人:“你怎不说是因为你酒喝得太高?”

“对,酒喝得太、太、太高。”黄智清踉跄下楼,跌跌歪歪。

黄家。

母亲推出自行车准备上班,出了门回头对四个孩子说:“记住了吗?不要贪玩,抓紧复习,再过两天就中考了。”

“妈,”黄琳奔出,“妈,我念一段书给你听听——唉,我有一个极不聪明的脑袋,却偏偏又有一位望子成龙望女成凤的母亲。毫不夸张地说,她把我考上大学看得比自己性命还重。母亲哟,我的母亲,记不清多少次您总是用那企盼的目光叮嘱我今后一定要考上大学;记不清多少次您总用您的目光看着我,为那可怜的成绩单而唉声叹气;记不清多少次我感动过,您年过五十,两鬓白发,仍在日夜操劳;记不清多少次接过您手中的血汗钱,我总会涌出深深的负罪的感觉;记不清多少次拿着成绩单走在回家的路上,我的脚步就渐渐变得沉重起来,尽管这可怜的成绩已经浸透了我的汗水,但仍然不能得到您的认同。妈哟,您的企盼太重。可我不能怪您,谁家都是一样,可怜天下父母心全都一样!”

“你这孩子。”铃声一响,母亲跨上自行车走了。

小镇的街道上,黄智清醉得糊里糊涂,空酒瓶仍紧紧抓在手里。

他已经分不清东南西北,嘴里嘟哝着:“家哩?我的家在、在哪里?我的家、家怎么没、没啦……”

这时一辆救护车闪灯而过。

黄智清脑子一醒:“医、医院。王娟夜、夜班。去医院找孩子他、他妈……”

然后便随着救护车消失的方向,趔趄而去。

母亲一到医院就忙开了:拖地板、抹窗户……

非常认真,非常卖力。

这时候,黄智清趔趔趄趄地来到了医院的院子里,一边走一边作呕欲吐。

终于身子一歪,坐倒在地上就吐了起来。

正在忙碌着的母亲看到了,马上奔了过来:“智清、智清,你怎么啦?”

“没、没事。”黄智清一边吐一边举起空瓶。

“你看你,又醉了,醉成这样子。”母亲急忙从地上扶起黄智清。

这时候,那个名叫刘品仁的孩子走过这里,随手扔下一块瓜皮。

他的父亲,专管医院行政的院务部刘主任——一个瘦小的男人,正从另一侧大步走来。(矮子最爱甩大步)这刘主任眼睛不好,戴着眼镜,没有注意到地上这么一块瓜皮,一脚踩了上去。

随着脚下向前一哧溜,这刘主任一屁股跌坐在一只有水的痰盂上。

刘主任气急败坏地摸到眼镜,扶着痰盂盖上的拖把手柄站起来就骂:“人哩?人都到哪里去了?”

一个保洁工过来。

刘主任就差暴跳如雷,把手上的脏水一甩:“这是这么回事?这瓜皮谁扔在这里的?”

保洁工:“谁扔的我不知道。”

“不知道就不能扫掉?”刘主任格外窝火。

保洁工非常委屈:“这不是我的包干区。”

刘主任："谁的包干区？"

保洁工吞吞吐吐："这、这是……"

母亲背着黄智清走了过来："怎么啦？刘主任，这是我的包干区。"

刘主任眼镜片背后的眼睛瞪得滚圆："你是干什么吃的？你的包干区你不打扫你干什么去了？"

母亲已经明白怎么回事，赶紧将黄智清放在回廊的长椅上："对不起，刘主任，因为他喝醉了倒在那地方……"

刘主任格外上火："我看你这是狗逮耗子多管闲事。"

母亲说："刘主任，这不是多管闲事，这是我孩子他爸。"

刘主任喉咙更响："那就更是问题。你当这是你家里？这是医院，这是你在上班，上班就禁止一切私事。"

"对不起，刘主任，我错了。"母亲赶紧掏出毛巾欲替刘主任擦去污迹。

刘主任猛地拂开："少来这一套殷勤。如果今天跌倒的不是我，而是一个老头或者老太，那祸可就闯大了。说重些就是偿命。"

醉中的黄智清猛地从躺椅上坐起来："谁在嚷嚷？谁在骂我女人？"

他举起酒瓶，趔趔趄趄就朝刘主任走了过去。

刘主任边退边吼："反了你了，你想打人？"

母亲赶紧将丈夫抱住："智清、智清……"

这时刘品仁走了过来："爸，她是黄鹂、黄琳她妈，这是黄卓、黄杏他爸。有其父必有其子，那黄卓……"

母亲不愿意了："什么叫有其父必有其子，这跟他儿子联得上吗？他是个醉人。这爹是爹，儿子是儿子。"

刘品仁："我说的是他的儿子。"

母亲重新放下黄智清："他的儿子就是我的儿子。"

刘品仁："你以为黄卓是宝贝疙瘩？"

母亲："我想他会成为宝贝疙瘩。"

刘品仁："你有这个本事？"

母亲："我有这个愿望，也有这个信心。孩子，天下做母亲的都有这个愿望和信心。"

刘主任劈口打断："王娟同志，我们现在谈的是工作，是岗位，是职责和责任。”

刘品仁：“我爸这一身脏是不是都是你给弄的？擦了，给我一点点地擦干净。”

“刘主任，这事是我不对，是我的责任，我给你擦。”母亲找了一块毛巾。

刘主任甩手就走。

母亲忙喊：“刘主任……”

刘主任冷哼一声：“你就不嫌你这一双手更脏？”

刘品仁也朝着母亲哼了一声。

母亲愣在原地，一时胸口发堵，堵着一种说不出的感觉。

黄智清却鼾声大起。

母亲默默地操起拖把，使劲地拖、使劲地拖……

那刘品仁刚才的脸色与眼神又在面前出现——

刘品仁一脸鄙夷：“有其父，必有其子，那黄卓……”

刘品仁耸起眉头：“你以为黄卓是宝贝疙瘩？”

母亲闭上眼睛，那尖刻的声音才在耳边消失。

这时候躺椅上坐着一对候诊的母子。那儿子六七岁模样，胖乎乎很是可爱。

母亲拖地板拖到了他们跟前。

只听那胖嘟嘟的男孩双手捧着妈妈的脸问：“妈，你是不是已经老啦？”

妈妈：“妈是老了。”

男孩：“妈怎么会老了哩？”

妈妈：“因为宝宝长大了啊。”

男孩：“宝宝越长越大，妈妈是不是越长越老？”

妈妈：“宝宝没有说错。”

男孩一脸稚气：“妈妈越长越老，那再以后哩？”

妈妈：“妈再以后？妈再以后就死了。”

男孩亮晶晶的眼睛里露出惊恐：“那死了以后哩？”

妈妈：“妈死了以后，就烧成灰，就变成烟。从此以后，妈就再也没有了。从此以后，妈就再也看不到宝宝了，宝宝也再也看不到妈了……”

正说到这儿，那男孩突然哇的一声大哭起来，猛地扑进妈妈怀里，紧紧地抱住妈妈的脖子，生怕妈妈会脱手而去，并且边说："我不要长大、我不要长大、妈不老，妈不要老……"

妈妈感动得流下了眼泪，也紧紧地搂着男孩说："宝宝不怕、不怕，妈不会老，宝宝就是长大，妈也不会老，妈不老了，妈永远跟宝宝都在一起。"

男孩这才抬起头，用泪眼看着妈妈，用小手拨弄着妈妈鬓角的一根根白发。

母亲在一旁听得鼻子一酸，心里在说："母亲是孩子的依靠，孩子不能没有母亲。"

于是黄鹂、黄卓、黄杏、黄琳的影子，一个一个地在自己眼前走马灯似地出现。

第二天一早，神秘的画家龙大海和他的姐姐，已经早早地守候在松元镇学校门外一个隐蔽的地方。

这时黄家四个孩子也来到了学校门口。

龙大海和姐姐走了出来。

龙姐的衣兜里兜着大小不等而且大小非常悬殊的几只桃子。

龙大海拦住黄琳："小妹妹，给你桃子。"

黄琳摇摇头，脆生生说："我妈说过，不是我们的东西不要。"

龙姐："没有关系，这也是我自家山上长的，尝个早桃的新鲜。"

黄琳望了大姐一眼，仍是摇摇头。

龙大海："没事，拿上，这是刚上市的第一批桃，按桃农的迷信，最先下树的第一批桃子，如果有人抢哩，那就是预示着今年的桃子好卖。拿上，也是为我们讨一个兆头。"

黄琳对大姐一挤眼睛："好，我就拿了。"

她一下手就拿了最大的一只桃子。

龙大海和姐姐下意识地对视了一眼。

但只见黄琳将最大的一只桃子塞进了大姐的手里："姐，拿着。"

然后又将稍大些的分别塞给了黄卓和黄杏。

最后拿起最小的一只，狠劲地咬了一口，笑了："谢谢叔叔、阿姨。"

四个孩子走了。

龙姐对龙大海使一个眼色，轻声说："怎么样？"

龙大海满意地点点头，却也一声叹息，眼睛也渐渐泛出了湿润。

松元中学门口。

刘品仁、嘉妮在内的一群同学正围着一条略显惊慌的京巴狗，在嚷嚷着什么。

黄鹂等四人也不无好奇地挤进了围圈。

只见刘品仁大声说："这是一条流浪狗，而且是纯种的京巴狗，价值至少在 500 元以上。"

众同学无不张大了嘴巴。

只听刘品仁又说："这既然是一条流浪的、没有主人的狗，那就是见者有份。但咱们有这么多人，给谁是好？给谁都不合适。但我有一个建议——"

众同学都竖起了耳朵。

刘品仁："咱们马上就要中考了，这考试一考完，可就各奔前程各奔东西了。所以，所以咱们说说理想，谁的理想好，这狗哩，就归谁了。说说，谁先说。"

同学甲："我的理想是今后当一个警察，走到哪儿你们都怕。"

同学乙："我的理想是今后把咱们这一带的老房子、古桥什么的整修整修，搞旅游，收门票赚钱。"

同学丙："我的理想是毕业以后到我舅舅在杭州的工地上打工。"

这时候母亲下夜班经过附近，便停下脚步。

刘品仁："美女嘉妮。你的理想也贡献给大学听听。"

嘉妮扑闪着长睫毛，瞟了黄卓一眼："我的理想是听我妈的……"

刚说到这就引起一阵哄笑："你哪有妈？"、"你妈不早死了？"、"你妈在地下也有理想？也会说话？"

黄卓大声正色道："谁说死了妈就没有理想？难道死了的妈生前也不会说话？"

众人不语。

刘品仁鄙夷地撇撇嘴。

嘉妮泪光泛动："我妈，我妈生前说过，我妈临死的时候也留下过遗嘱。

我妈的遗嘱就是我的理想……"

黄杏插嘴："你妈什么遗嘱？"

嘉妮："我妈的遗嘱就是要我好好念书，好好念书，把书一路念上去，所以我的理想是这次中考能考出好成绩，考上县城的重点高中，今后再考上大学，甚至、甚至读上一个研究生……"

众人一时无语，场子寂静下来。

刘品仁瞟了一眼黄卓："你哩？也给大家说说。"

黄卓想了想："我的理想也是希望这次中考能够考好，能够考出好的成绩，考上县城的重点高中，今后再考上大学，坚决地走出大山，永远地告别闭塞，如果有可能再去考一个研究生，什么硕士、博士，一路地读上去。"

众同学除了刘品仁，一致鼓掌。

黄鹂、黄杏、黄琳，还有嘉妮的掌声最响。

母亲在附近听得点着头，下意识地用袖管抹了一下眼睛。

"好了、好了。"刘品仁一挥手。

掌声停下。

刘品仁瞥了黄卓一眼："还真是人不可貌相，海水不可斗量。"然后转对众同学，"你们说这狗应该归谁？"

黄琳立即说："我哥。"

黄杏附和："对，我哥。"

刘品仁又对着其他同学挤挤眼睛："你们说这狗应该归谁？"

众同学异口同声："黄卓。"

"不。"刘品仁露出少年少有的武断，"这算什么理想？嗯，这算什么理想？什么研究生？什么硕士、博士？如果这也是理想，那么癞蛤蟆想吃天鹅肉也是理想了，那么人心不足蛇吞象也是理想了？"

黄鹂怒道："刘品仁，你不要含沙射影满嘴毒气，你这是话中带刺，出语就伤人。"

嘉妮也瞪大眼睛："大学、研究生、硕士、博士怎么就不是理想？"

"好好好，就算是理想吧，要知道人各有志，人家想当警察想打工也是理想，鸡吃粮食鸭吃螺蛳、公鸡会打鸣、母鸡会下蛋、黄鼠狼的理想就是放臭屁。还是那句话，人各有志，理想没有贵贱之分。”刘品仁说到这里，脑子一转：“既然用理想的高低来决定输赢不是办法，那就换一个比法。”

同学甲：“换什么比法？”

刘品仁：“看谁最会吹牛，谁吹牛吹得最大，这小狗就一定归他，这可是价值 500 元以上的京巴狗，我看咱们镇还就仅此一条。”

同学甲：“吹牛太简单了，我后天中考一结束就买一辆汽车。”

同学乙：“中考一结束，镇政府就会下一个文件，把这山山水水好风光都归我管，封我一个风景区的主任。”

同学丙：“中考一结束，我舅舅就会告老还乡，让我接班，那我就是杭州某工地指挥长。”

再下来，没有人说了，你看我、我看你。

刘品仁：“吹啊，再继续吹啊，这狗你们难道都不想要啦？黄卓，轮到你了。”

黄卓没有好气：“我不会吹牛。”

刘品仁：“你不会吹牛？”

黄卓大声重复了一次：“对，我不会吹牛。”

“哈哈，”刘品仁大笑起来，“黄卓最会吹牛，黄卓的吹牛最有水平，已到了硕士、博士的研究生水平了。好，今天这只价值 500 元的京巴狗就归黄卓所有。”

同学甲：“你有没有搞错，他可是说他不会吹牛。”

刘品仁：“他说他不会吹牛，那就是吹牛，那就是这牛吹得比谁都大。”

黄鹂怒道：“刘品仁，你不要欺人太甚。”

黄家三姐妹全都恼了。

刘品仁却嬉笑着抱起小狗塞到黄卓跟前：“给，这狗归你了。”

黄卓伸手一拂。

刘品仁却暗中在狗腿上一掐。

那狗忽然就对黄卓的手咬了一口。

刘品仁放下狗。小狗逃了。

黄卓望着自己的手，手上有两排牙齿印，血渗了出来。

刘品仁突然说:“啊,这狗是疯狗。”

黄卓的脸刷地就白了。

刘品仁:“啊,完了。这疯狗咬了人,人就会变疯人就会咬人,咬了谁谁就疯。”

众同学一哄而散。

只剩下黄家三姐妹还有嘉妮。

黄卓突然头一晕,险些瘫倒在地上。

“弟。”黄鹂扶住黄卓。

斜刺里奔出母亲,背靠黄卓,一弯腰就将黄卓背到身上:“快,快去防疫站。”

一边说一边心急火燎地背了就走。

黄鹂姐妹连同嘉妮紧跟在后头。

母亲一边走一边说:“卓,别怕,咱这就去防疫站打针,打一针疫苗就没有事了。卓,揪住妈,对,揪紧些,咱们要快,越快越好……”

几个孩子仍跟跑在后头。

耳听得上课铃响了。

母亲一回头:“你们几个都给妈回学校上课。”

黄鹂几个稍一迟疑,互望一眼还是跟了上去。

母亲脚下不停,只是回头一吼:“听到了没有,明天就是中考,给妈回去上课。”

黄鹂等这才停下脚步。

……

母亲背着黄卓,满头大汗地飞奔着。

路人好奇地停步张望。

母亲将黄卓背进了防疫站:“医生,这孩子被狗咬了,说不定还真是疯狗。”

医生朝旁边努努嘴。

母亲又背着黄卓奔到另一个窗口:“医生,这孩子……”

医生:“那边。”

母亲就又背着黄卓奔进另一个门里:“医生,这孩子被狗咬了一口,你看这手,说不定还是疯狗……”

那医生赶紧给黄卓打了一针,让他留置观察一会。

母亲又立即走出防疫站。

一个小偷在门外东张西望。

母亲的衣袋里露出一只塑料袋的一角。

小偷悄悄地跟了上来。

母亲走得很快。

那小偷也走得很快。

小偷悄然下手,捏住塑料袋的一角,轻轻拽出。

母亲发觉了,猛地抓住塑料袋。

小偷干脆硬抢。

母亲死命不放,一边大喊:“抓小偷啦、抓小偷啦……”一边紧紧护住那小小的塑料袋。

这时候率先冲过来的竟是黄琳。

小偷看见有人,赶紧落荒而逃。

“琳琳,你没有读书?”母亲手里紧紧地攥着那只塑料袋。

黄琳说:“姐她们明天中考。我们没有课,自修。”

“走,跟妈去买点水果。”母亲另一只手拽了黄琳就走。

很快来到一个水果摊前,母亲打开塑料袋——几乎都是五角一角的毛票:

“来半只西瓜,快一些,挑大的。”

防疫站里,黄卓打了防疫针,坐在椅子上接受观察。

母亲捧着半只西瓜和黄琳奔了进来。

“卓,吃一点西瓜。”母亲用雪糕的扁棒挖一块西瓜瓤送到黄卓嘴边。

黄卓没有动弹。

母亲急道:“卓,西瓜利尿、清火、败毒,不管那狗是不是疯狗,多吃西瓜终归是有好处没有坏处。”

黄卓仍没有动弹。

黄琳忽然抓住母亲的手:“妈,你的手指头怎么啦?”

母亲的一根无名指已经断了，已经耷拉下来，断处肿起很大。

黄琳惊叫起来："妈，你的手指断了。"

母亲说："没事，断了就接上。"

黄琳从母亲的手里拿过西瓜朝黄卓的手里一塞："自己拿着，你以为你是皇帝。你知道妈的手指是怎么断的吗？还不是为了护住那几元钱，还不是为了给你买这西瓜清火败毒。"

黄卓眼皮垂下来。

"嚓。"黄琳撕开一块手帕，动作极快，但替母亲裹手的时候却很轻很轻。

母亲抚摸着她的头发："我这琳琳最是懂事。"

黄琳："人家不是常说——女儿是妈的小棉袄，又贴身又贴心。"

母亲："妈有你们这几件小棉袄，就是再苦再累，心里也都暖和。"

黄琳轻轻裹着母亲的手："那哥哥是妈妈的什么哩？"

黄卓不语。

黄琳逼问了一句："哥，你说你是妈的什么哩？"

黄卓阴沉着脸。

黄琳："哥，你说啊。"

黄卓把手里捧着的西瓜猛地朝条椅上一顿。

黄琳呼地站了起来指着黄卓的鼻子："哥，你怎么这样？你这是给谁脸色？这个家里是妈欠你的？还是我们几个姐妹欠你的？说啊？你说啊？你被狗咬了一口，我看妈的脸都吓得白了，妈背着你到这打针，你个子比妈还高，妈的腰弯得像一张弓、一张大弓，踉踉跄跄直朝前奔，奔得那么急，那么艰难！我跟大姐、二姐在后头看得都要哭了。你那么大个头趴在妈身上心里就不觉得难受？你就没有看到妈头上的白发？"

母亲拦住："琳琳，不要说了。"

"我偏要说，就是要说。哥，你知不知妈为了买这半拉西瓜给你清火败毒，路上还遇到了小偷，为了护住身上这几元买瓜的钱——也是妈身上所有的钱，妈死活不让人抢走，连手指被掰断了都还护着这几元钱。可是你还对妈这样，你有良心吗？"

黄琳眼睛里噙满了眼泪。

"不说了，琳琳，琳琳，不说了。"母亲用一只手背替黄琳揩去眼泪。

黄卓的脸阴沉得格外难看。

“妈，我说女儿是妈的小、小棉袄……”黄琳一个劲哽泣，“难道说错了吗？我问哥，哥是妈的什么难道、难道又问错了吗？”

母亲忍着眼泪：“琳琳没有说错，也没有问错。妈替你哥回答，你哥是妈心里的小太阳，不贴身也照样暖和。你哥刚才跟那一帮孩子说，他的理想就是上大学、研究生、硕士、博士，你别说，你哥这志气，妈听了心里还真是暖和。你哥说他不会吹牛、从不吹牛，妈刚才听到那话心里还真是亮堂。”

听了这话，黄琳慢慢抓起黄卓的手：“哥、哥……”

黄卓手一甩，几乎是在吼叫：“可他们为什么总是欺负我？捉弄我？看不起我？”

他的眼睛里也噙满了泪水。

母亲替他轻轻拭去泪水：“卓，人家欺负你、捉弄你、看不起你，有妈的责任，有爸的责任。”

黄琳问：“妈有什么责任？”

母亲叹息一声：“说到底还是咱家穷，你妈你爸没有用。说大了，这跟国家一个样，国家穷了，你这个国家的人，人家就看不起你。”

黄琳道：“但世上的事，还要看谁能笑到最后，看谁最后笑得最好。”

母亲说：“生来穷，是爸妈的责任，但老来穷，就是你们自己的事了，在那就是你们没有志气。”

黄琳：“妈，不说这个了。”

母亲：“好，妈不说这个了，琳琳，你扶你哥回去。妈还有点事情。”

黄琳便扶着黄卓离开了防疫站。

母亲又走回去问那医生：“医生，这打了疯狗的疫苗，是不是就一定没事了？”

医生：“医学上从没有人敢于作出绝对的保证。”

母亲：“我的意思是说，那防疫针应该有效？”

医生烦了：“你这人怎么这么弄不清楚，跟你这么说吧，打了防疫针总比不打防疫针要好，如果咬人的狗不是疯狗那就比疯狗咬了人更好。”

母亲：“谢谢医生。”

医生：“你总算弄明白了？”

母亲:“我孩子明天就要中考了,我一是担心孩子性命,二是担心别给今天这一吓,把考试给误了。”

医生:“那你就该再去问问那条狗。”

其他医生一阵捂嘴窃笑。

母亲却自言自语:“那倒也是,是得去问问那狗。”

那只狗仍在街心里游荡。

刘品仁和几个同学躲在一条巷中得意地指手画脚:“就在狗嘴靠近黄卓的时候,我在狗腿上一掐,那狗就狠狠地咬了他黄卓一口。”

……

母亲看见了那狗,立即奔过去想捉。

小狗转身就逃。

母亲随后便追。

小狗围着街心转圈。

母亲也围着街心转圈。

狗逃向医院方向。

母亲也追向医院方向。

眼看就要逮住了小狗,刘品仁从巷子里蹿了出来:“谁?你想偷狗?抓小偷啦!有人偷狗……”

母亲上前一步将狗抱住:“刘同学,你不是说这是一条无主的流浪狗吗?”

“流浪狗?想得倒美,世上有这么好的狗能让人捡吗?这是我家的狗。给我。”刘品仁上前就欲夺狗。

母亲护住不给:“小刘同学,你听我说。”

刘品仁:“我不听你说,反正这狗是我家的,是人家送给我爸的。一般人家能有这狗吗?能买得起这么好的狗吗?给我狗。”

母亲仍护住不给:“既然这狗是有主的狗,那就更好了。小刘同学,我没有要狗的意思,我只是想把狗抱到防疫站看看,看有没有狂犬病,看有没有打过防疫针。”

刘品仁:“这你管不着。”

母亲："因为黄卓被它咬了。"

刘品仁："它怎么不咬别人。"

母亲："小刘同学，人命关天。"

刘品仁："它关天不关天关我屁事。"

"实在对不起，为了黄卓的性命，也为了我这做母亲的放心，这防疫站还是非去不可。"母亲抱了狗欲走。

刘品仁再次拦住："再不给我，我就喊我爸了。爸，有人偷狗、有人偷狗……"

刘家就在医院附近，门一开，走出了刘主任：

"怎么回事？怎么回事？"

刘品仁："她偷咱们家狗。"

母亲："是刘主任。刘主任，我没有偷狗。"

刘主任："这狗不就在你手里？你知道什么叫人赃俱获。"

母亲："刘主任，我真的不是偷狗。是这狗咬了人了。"

刘主任："人咬狗一嘴毛，狗咬人料得着。这人咬狗稀奇，狗咬人也值得大惊小怪？"

母亲："刘主任，这狗咬了我儿子了。"

刘主任："咬了你儿子你就可以把狗抢走？"

母亲："刘主任，事情是这么回事，我怕这狗是疯狗，有狂犬病……"

"胡说。"刘主任勃然大怒，"我刘家能和疯狗为伍？我刘家能把疯狗养在家里？这狗做过血清检验，打过防疫针……"

"对不起，刘主任。"母亲赶紧把狗放了，脸上露出了笑容，"你这一说，我儿子可就没有事了，你这一说，我这做母亲的，可就把心放下了。"

母亲转身就走。

刘主任脸色一威："王娟，你又在擅离职守？"

"刘主任，我今晚上的大夜班。现在已经下班。"母亲不卑不亢地走了。

刘品仁一旁说："不是一家人不进一家门，她的儿子黄卓也不是个东西。乡巴佬，不就成绩好些，就看不起人了，还常说刘品仁你什么东西，你爸不就一个小医院的院务部的小主任……"

说到这，偷看了一眼爸。

只见爸脸色铁青，刘品仁暗自一笑，进一步挑拨道："我说别看我爸芝麻绿豆官，管你妈却是管个正着。咱们就骑驴看唱本——走着瞧！”

刘主任望着远处，冷哼一声，腮帮上咬肌一阵阵搐动。

刘品仁瞥见，禁不住捂嘴窃笑。

母亲下班没有回家，而是去了竹林砍竹。

母亲脸上的阴云没有了，手上很有力气，一刀就砍倒一根竹子、一刀就砍倒一根竹子……

黄家。

黄智清提着酒瓶走进奶奶房里。

奶奶：“智清，你又在喝酒？这山上的活、地里的事，你媳妇一个人忙里忙外，你就不能帮帮、帮帮你孩子他妈？”

黄智清似乎没有听到：“妈，咱祖上先前是不是也曾经阔过？”

“阔过。阔过又怎么样？那都是老年间的事了。”

“人家都说瘦死的骆驼比马大，妈，你说、你说那匣子里，可、可当三百亩，到底是一件什么东西？”

奶奶：“你还想打这主意？”

黄智清喉咙里已经有些含混不清：“看你说、说的。”

奶奶：“那你问它干什么？”

黄智清：“我、我只是问问罢了。”

“问问罢了？”奶奶不信，“是谁叫你问的？一定是有人来叫你打听这事。”

“妈，我不问，我看看、看看行吗？看看里面到底是什么东西？”

“不行，妈做不了这个主。”

“那谁做得了这个主？”

“你媳妇。”

黄智清一脸不解：“这是我们黄家世代传下来的东西。”

“世代传下来的东西，不是传给败家的人，是传给会持家的人的。”

“你怎么知道她一定就会持家？”

奶奶说：“我第一天把匣子传给她，就是试她。她不接，说明她不打这个主意。不想意外之财的人就舍得去用自己力气。”

黄智清又猛呷了一口酒。

奶奶坐起来：“当然，你媳妇是好是坏，现在还不能最后结论。所以那匣子，妈也不断换着地方藏。”

黄智清：“妈，我就看一眼还不行吗？”

奶奶非常坚决：“不行。”

黄智清：“不行？”

奶奶：“不行。”

黄智清只好怏怏地走出房间。

晚上，一家人吃完了晚饭。

母亲一边动作极快地收拾清爽了桌子，一边说：“明天一早，除了琳琳，你们三个都要中考了。今晚放松放松。”

黄智清去一旁蹲在一张矮凳上抽烟。

黄卓一脸苦色。

黄琳则是望望这个又望望那个。

母亲端过一只晒匾。

匾里有大核桃、黄豆、芝麻。

母亲说：“孩子，妈没有多少文化，你们课堂有这样那样的实验。妈也做一个实验让你们看看。”

黄琳依旧一脸开心：“妈是做化学实验还是物理实验？”

“那个，妈不会，但，妈会这个。你们看好了。”母亲一边说一边将晒匾里的核桃装进一只很大的瓶子里。

不一会，装满了。

母亲问：“你们看看，这大瓶装满了没有？装满了吧。”

黄琳：“妈妈同学，不，老师妈妈，严格地说，是核桃已经装满了装不下了，而不是瓶子已经装满了装不下了。”

母亲再抓起黄豆，一把一把装进去，瓶子里竟又装进了许多黄豆。

“这核桃装满了，还能装进这许多黄豆，现在黄豆装满了，还可以装进许多芝麻。”母亲又开始往瓶子里再装芝麻。

黄琳笑了：“妈，这是什么实验？”

母亲说：“你们都看见了吗？卓，你也看见了吧。妈先装核桃，还可以再装黄豆，装了黄豆，还可以再装芝麻。妈如果反过来做呢，先装黄豆或者芝麻，你说这装满了黄豆、芝麻还能不能再装核桃？”

黄琳和黄杏几乎异口同声：“不能。”

母亲神情严肃起来：“卓，世上事就是这样，别人看不起咱们，嫌我们家穷，甚至欺负咱们，都是小事，不值得过分气恼，如果一个人都让这些小事装满了，那大事情、大想法就装不下了。一个人肚里没有大想法、大东西，那装得再满啊，也是芝麻和绿豆。”

黄琳：“妈这实验，高，高家庄的高。”

这时候，突然停电了。

黄鹂去找来油灯。

母亲说：“妈妈刚才做的是实验，现在再考你们一考，你们都给妈听着。你们说咱们家是不是很穷。”

黑暗中几个孩子的声音：“很穷。”

母亲：“咱们家是不是很空？”

又是黑暗中的声音：“很空。”

母亲：“是的，咱们家很穷，很空，空空荡荡，用文化人的话说，就是家徒四壁。”

黑暗里黄琳的声音：“妈还真有文化。”

母亲：“妈想考考你们的是，你们说说，咱们有什么办法让咱们这个空空荡荡的家立刻就不再空空荡荡，立刻就能被塞得满满当当？”

黑暗里没有了声音。

母亲：“说说，谁有办法？谁能在最短的时间里做到？”

黑暗里发出叽叽喳喳小声议论的声音。

“怎么样？”母亲说：“做不到是吧，是不是没有办法？妈、妈做给你们看看。”

母亲说着就“嚓”的一声擦亮火柴，点上灯。

一屋子光亮起来。

几个孩子都静静地望着母亲。

母亲缓缓地说："能把咱们穷家、空家一下子就填满了的，只一样东西，就是这亮光。"

几个孩子互看了一眼。

母亲的语调仍是那么平静，但平静中透出刚强："孩子，穷不怕，空不怕，再穷再空，只要有太阳有灯光，亮亮堂堂，就能看到希望。卓，别人的眼光不要太在意，把步子甩开，走自己的路。妈知道卓是有志气的男孩……"

黄智清已在一旁发出了鼾声。

母亲又道："卓说自己今后一定要上大学、研究生、硕士、博士，那就是想做有学问有出息的人，妈心里听得暖和，这就是这个穷家空家里亮亮堂堂的光。你们几个姐妹，一样也要有这想法。人要上去，心先要上前。妈再苦再累，也活得有滋有味，因为妈跟前有一群求上进的孩子，妈能从你们身上看到希望。"

屋子里一片寂静(除了黄智清的鼾声)。

母亲："不错，生在这个穷家是你们的痛苦，但往后你们还是苦在这个穷家就是你们的过错。是的。路上是有沟沟坎坎，不怕。心先过去，人就能过去。哪怕是冤家，也没有什么，冤家是对头，也是助手。"

黄琳最插嘴："咱妈还有理论。"

母亲："这困难，谁没碰到过困难，这痛苦，谁没有痛苦？"

黄琳头发一甩："我们老师说过——人活着不是为了痛苦，但活着却不可能没有痛苦。离开痛苦，人就会活得简单，但如果不能摆脱痛苦，人又会活得孱弱。人是在母亲的痛苦中孕育和诞生的。痛苦可以锤打出火花，但你首先必须是一块钢铁，痛苦可以磨砺出风光，但你首先必须是一把好剑。"

黄杏："妹妹说得太好了。"

黄卓也抬起了头。

黄鹂："弟，你也说几句。"

黄琳："对。哥，你也跟妈说几句。"

黄鹂："明天上午中考了，跟妈说几句，让妈放心。"

黄卓想说什么，却没有说出，神情有些忸怩。

黄杏："我哥会唱歌，而且歌唱得很好，叫哥唱一首歌。"

黄卓有唱的意思，却又不好意思。

黄杏："哥，就唱你最拿手的《懂你》，满文军的《懂你》。"

黄卓欲唱，却又低下了头。

母亲说："卓，不好意思？妈把灯熄了。"

说着就吹灭了油灯：

动情的歌声随之而起，还真有满文军的味道："你把爱给了我，把世界给了我……"

暗夜无声，唯有歌声纯净。

唱的和听的都流下了眼泪，都沉浸在动人的旋律里。

一曲终了，黄鹂重新点上灯。

却发现母亲不在了。

几个孩子奔出门外，只见母亲又骑着自行车去了镇上的方向，已经走了很远。

今晚是母亲的大夜班。

黄鹂含着泪说："刚才弟唱了《懂你》，就是要懂得妈妈的心思，明天中考，咱们三个，全都要考好。"

第二天一早，中考的铃声响了。

黄鹂、黄杏、黄卓和同学们一起涌进了学校。

而黄家堂屋里，这会儿桌上又码齐了四排麻将。

黄家的男主人黄智清又将自己一个人变成四个人，自说自话："东风。"他叭的一声打出一张牌，对下家说："该你了，出牌。"

下家没有人。他便自己走到下家的位置，将牌一看，捞回一张，再叭的打出一张："白皮。"再煞有其事地对仍然是没有人的又一个下家说："白皮吃不吃?"然后又走到这一个下家的位置上一看："吃一张。"再打出一张："红中。红中要不要?"

这黄智清以一当四，围着桌子转，竟将没有搭档的一桌独脚麻将给有板有眼地打了下去。

一个苍老的声音从厢房传出："智清，智——清……"

黄智清头也没抬："什么事情？"

厢房里他卧病在床的娘又道："你怎么总是麻将？麻将能当饭吃？"

黄智清不耐烦了："麻将碍着你什么？"

厢房里奶奶提高了声音："你也该帮帮孩子他娘，阿娟现在在哪？"

黄智清冲着厢房，声音更大："你安心养你的老病，轮不着你烦的事情别烦。她现在在哪我怎么知道？"

奶奶重重一声叹息。

老人从枕头下又摸出一封密封的信封。

她想拆开，想了想，还是把信封塞回到枕头底下。

医院里，母亲一身白大褂，使劲地拖地板、擦窗户。

另一女工过来："阿娟姐，该你下班了。"

"行，就这一块了，拖完再走。"母亲把最后一段走廊拖完，忽听到外面哗哗的声音，急推开窗户，只见外面突然下起了倾盆大雨。

"哟，我那些孩子别给大雨淋了。"母亲急忙脱下白大褂。

黄鹂、黄卓、黄杏和一群放考的同学缩在学校走廊里躲雨。

走廊里有四五部挂在走廊柱子上的投币电话。下面放一张小凳。

四五个同学争抢着站在凳子上给家里打电话，对着话筒大喊：

这个女生说："喂喂，妈，下大雨了，你怎么到现在还不来接我？我回不去了。"

那个女生说："妈，下大雨啦，快给我送一把雨伞。"

……

一旁没有妈的嘉妮望了一眼黄杏。

曾经没有妈的黄杏也望了一眼嘉妮，只见嘉妮手里捏着一枚硬币，神情有些迟迟疑疑，后来她看到边上没有什么人了，终于鼓起勇气，悄悄站上小凳，摘下话筒，左右看了一眼，便对着话筒轻轻地说："妈，下雨了，雨下得很大，你现在在哪？你有没有淋着？妈，你能不能？能不能也给我、也给我送把雨、雨伞？"

她的声音有些哽咽。

黄杏这时也站上小凳，拿起话筒："妈，下雨了，雨下得很大，你能不能？能不能也给我送一把雨伞？"

嘉妮终于恋恋不舍地放下话机。

黄卓一旁问她："嘉妮，你是给谁打的电话？"

嘉妮额头骄傲地一扬："我给我妈。"

说到这儿，眼角已经明显有了泪花。

黄杏无意地说了一句："你妈不是不在了吗？"

嘉妮望着黄杏竟没有发火，轻声说了一句："你妈不是也不在了？"

黄杏骄傲地额头一扬："我现在又有妈了。我现在就是给我妈打电话。"

嘉妮："骗人。你不是给你妈打的电话，你家里没有电话。"

黄杏："我妈在医院里上班，我可以往医院里打啊。"

嘉妮："还是骗人，这是投币电话，我看你根本就没有投币。"

黄杏非常认真："看她们一个个给妈打电话的神气的样子，好像谁没有妈似的，我也有妈。"

嘉妮抓住黄杏的手，也是一脸认真，只是小着声音："晚妈到底好还是不好？"

黄杏一字一顿："晚妈也是妈。"

嘉妮："那我跟我爸说去，晚妈就晚妈，我也要妈。"

正在这时候，门外大雨里，母亲冒雨奔来。

母亲穿着雨衣，抱着十几把各式各样的雨伞。

困在走廊里的同学欢呼起来：

"妈妈来啰。"

"雨伞来啰。"

这时，雨骤然停了。

黄鹂赶紧上前替妈接下雨伞。

黄杏则从妈身上卸下一只粥桶。

刚刚下课的黄琳也斜刺里奔了过来，像一只燕子："妈——"

母亲笑着说："雨伞拿来了，雨又不下了。"

黄琳便双手插腰，夸张地迈着四方步，嘴里大喊："妈妈驾到，雷雨回——避——”

众同学哄笑起来：

“对，妈妈就是雨伞，雨伞一到，大雨吓跑。”

“妈妈就是太阳，太阳到哪，亮到哪儿。”

……

“看你们说的，谁家的妈妈都是一样，都怕你们冷着饿着。”母亲一边说一边将粥桶里的绿豆汤盛进碗里：“来孩子们，来碗绿豆汤。龙岗绿豆，十六勺白砂糖，井水镇过，冰凉、蜜甜、清口……”

一旁的刘品仁嘴一撇，用极鄙夷的口气说：“这人真会做生意噢，绿豆汤卖到学校里来了。”

母亲朗声道：“谁渴了谁喝，想喝的就喝，我不是卖绿豆汤的，不收钱。”

同学们立即就围了上来。

漂亮的女同学嘉妮端起一碗，美美地喝了一口，甜甜地对黄卓说：“好喝，这人真好。”

黄杏立即道：“这是我妈。”

刘品仁一旁小声道：“不就一碗绿豆汤。”

小女儿黄琳给三个哥哥姐姐端上绿豆汤。

大女儿黄鹂一饮而尽，嘴一抹：“妈，你怎么不问我们考得咋样？”

母亲用袖口将黄鹂、黄卓、黄杏头上的汗水逐一拭去，这才道：“妈看你们这一头汗水，就知道你们用心了，尽力了。妈要的就是这个，这也是成绩。”

孩子们欢呼鼓噪起来：“理解万岁、母亲万岁！”

……

母亲笑着在三个孩子的肩头拍拍：“玩去吧，就是种田的耕了一块地插了一趟秧，也还要坐到田埂上歇歇脚哩，妈知道读书考试比耕地插秧还难。”

学生们在嘉妮的带头下，再一次欢呼鼓噪：“理解万岁……黄妈妈万岁！”……

那个叫刘品仁的同学又一次撇了撇嘴。

众同学一哄而散。

门口只剩下三个女儿围着母亲。

"走,他们玩去,咱们回家。"母亲说。

三个女儿帮母亲收拾起雨伞、粥桶。

画家龙大海守在街尾,一边画着素描,一边似乎在等着什么。

他见黄家的几个孩子走了过来,便从帆布包里拿出七八只大小不等的面包:"小妹妹们,饿了吧?给。"

几个孩子望了一眼母亲。

母亲则望着龙大海,似乎回忆着什么。

黄琳悄悄对母亲说:"这人有点怪怪的。"

龙大海仍把七八只面包摊在手里:"小妹妹们,拿吧,没事。"

几个孩子又望了一眼母亲。

母亲望着龙大海:"这位大兄弟你是?"

龙大海:"画画的。"

母亲没有再问下去,便对几个孩子说:"既然是叔叔给的,拿就拿吧。"

黄琳歪着脑袋,望着龙大海:"你这个叔叔,怎么总给人吃东西呢?你是不是还想给我画像。"

龙大海嘿嘿地笑了,样子倒是极为憨厚。

黄琳头发一甩:"吃就吃,恭敬不如从命,谁说天上不掉馅饼。拿。"

说着,她就挑一只最小的拿上。

龙大海久久地盯着黄琳。

"谢谢叔叔,叔叔再见。"黄琳夸张地一弯腰。

龙大海不知为什么,忽然转身就走。(害怕被人看见眼泪)

母亲感到有些奇怪。

这时黄琳叫了起来:"妈,你看,你看。"

黄琳掰开的面包里藏了一只小小的塑料袋,里面除了 10 元钱,还有一张纸条。

黄杏拿起钱,左看右看:"真是奇怪。有奖销售?不,人家可是送的。"

黄鹂拿起纸条,拆开来又交给黄琳:"妹,你给念念。"

黄琳念道:"选择了最小的面包,就是选择了谦让。为了谦让这个美德,谁都有义务给予奖励。"

黄杏说:“这真是一个怪人。”

黄琳非常开心,把 10 元钱高高地举着:“妈,我赚到钱了,哈哈,谦让是美德。美德也能赚钱。”

母亲嗔到:“琳琳没有说错,老话也说——吃亏不亏。”

黄琳举着 10 元钱,又蹦又跳:“我有钱啦,我有钱啦……”

蹦着蹦着,不知为什么竟掉下了眼泪。

母亲替黄琳拭去眼泪。

黄琳轻声说:“妈,我如果每天都能赚到 10 元钱,那要帮妈减轻多少负担。妈,这钱给你。”

母亲的眼泪突然涌了出来:“孩子,这钱妈不能要。这钱是人家对你的奖励,应该归你。”

黄琳忽然想到了什么,忙抱着黄杏的脖子轻轻说了什么。

黄杏也转身抱着黄鹂的脖子轻轻说了什么。

黄鹂便对母亲说:“妈,你先回去,我们还有点事情。”

“好吧,玩去吧,妈走了。”母亲离去。

黄家三姐妹则回头去往老街方向。

老街上有一家和记汤包店。

一群学子向汤包店方向奔去。

快到汤包店门口的时候,刘品仁在黄卓的身上溜了一眼,发现黄卓屁股后的裤子上有一块补丁绽开了,便趁他不备,挨过去悄悄一撕。

黄卓没有觉察,仍旧昂首阔步走着,屁股后面挂下来的补丁扑闪扑闪。

到了汤包店门口,这刘品仁立下脚步:“怎么样?尝尝这百年老店的蟹黄包,才是考试后真正的放松。怎么样?自己助自己,各人给各人买单。”

黄卓下意识地摸了一下自己的口袋,说:“蟹黄包有什么好吃?想吃蟹黄包还不如回家去吃螃蟹。”

刘品仁瞥了黄卓一眼:“回家去吃?回家去吃螃蟹?你家有螃蟹?你家买得起螃蟹?你知道螃蟹多少钱一斤?你妈会做蟹黄包吗?还回家去吃?怕不是囊中羞涩吧?吃不起就吃不起,口袋里没有钱就说没有钱,何必狐狸吃不到葡萄要说葡萄酸?”

众同学一阵哄笑。

黄卓脸孔臊得通红:"你说谁口袋里没有钱?"

刘品仁:"就是说你。口袋里有钱拿出来看看。"

众同学的目光齐刷刷地都睃向黄卓的裤口袋。

黄卓下意识地用手将裤口袋捂了一下。

刘品仁格外来劲:"怎么,是怕露富?口袋里有钱怎么不敢拿出来?拿出来看看啊!"

众同学跟着起哄:

"对,有钱就拿出来看看。"

"看看怕什么?"

"不肯拿出来我们可就要搜身了。"

"对,搜他口袋看看。"

黄卓僵立不动,脸孔血色贲张。

这时候,女同学嘉妮——那一个漂亮的女孩挺身而出:"比钱多钱少算什么本事,要比就比成绩。"

刘品仁:"成绩?成绩能当饭吃?成绩好就能进这百年老店吃到蟹黄包?"

嘉妮刷地抽出一张百元大票:"怎么不能?成绩好的我给他买单。"

说着,扯住黄卓就往里走。

"慢,"刘品仁伸手拦住,"分数还没有出来,你怎么知道他一定成绩就好。再说哩,上这种高档的地方消费,衣冠不整者可要谢绝入内。"

说罢,就将目光落在了黄卓的屁股上。

众同学都看到了黄卓屁股上的那块悬挂着的补丁,一阵哄笑。

黄卓一头瞥见了那块补丁。但他一言不发,一动不动,只是脸孔涨得通红。两只拳头也在慢慢攥紧。

情势紧张起来,似乎一触即发。

嘉妮急用目光制止黄卓。

黄卓突然转过身,大步离去。

屁股后的那块补丁,一路追着他扑闪扑闪。

黄卓大步疾走,走着走着,突然狂奔起来。

黄卓奔出镇外,攀上一块大石,对着旷野声嘶力竭地大喊道:“钱在哪里?我也要有钱,这世上为什么就该我黄卓穷着?我会有钱,你们等着,我会有那么一天,我黄卓会有出息……”

大喊声在山谷里回荡着。

黄家。

黄智清仍在有板有眼地以一当四地打着他的独脚麻将。

忽听哗啦啦一阵脆响,码着的麻将牌全被撸倒。

母亲阿娟出现在八仙桌前。

黄智清坏了兴头,便欲发作。

阿娟将一瓶酒朝他面前一顿。

黄智清肚里的火缩了回去。

阿娟又排出一双筷子、一只酒盅并一碟盐水豆。这才在丈夫面前坐下:“他爹,我想跟你商量一件事情。”

黄智清低头顾自喝酒。

阿娟就提高声音重复了一句:“孩子他爹,我想跟你商量一件事情。”

黄智清酒盅使劲一推:“我耳朵竖着哩,连两口酒都喝不安分。”

阿娟一边顺手将搭在桌档上的梅干菜穿在竹竿上,一边道:“早稻秧已经插上了,斑鸠坎上的黄豆也点上了……”

黄智清不无好气:“怎么?看不得我闲着?农闲就该闲着。”

阿娟:“我在医院的那份活也不是很忙,八个小时以外有的是时间。我想,咱们能不能把三道湾的那片橘子树承包下来?”

黄智清:“那多烦人。不长果子烦人,丰收了卖不出去眼看着烂掉更是心烦。”

阿娟:“那就租两台织机回来,把那柴屋收拾收拾,给轻纺市场加工土布……”

黄智清还没有等她说完,就火了:“你是嫌闲得发慌?天生的劳碌。苦命,你就是找苦吃的苦命。”

阿娟屏住心气:“孩子们读书,得要用钱。”

黄智清酒杯重重一顿:“又是读书、读书,你就知道要他们读书。”

阿娟也有些火了:“你这是什么话,天底下有做爹的不指望孩子们读书的吗?”

黄智清说:“我怎么不指望他们读书?我是说他们几个能读到初中毕业也就足够了。依我看,这趟中考本来就可以不考,考什么高中?”

阿娟说:“读书能呛死人还是能噎死人?文化总是多比少好。”

“秋呑村的二牛念过多少书吗?现在不照样是老板。镇上老麻子家的儿子,连初中都没有念完整,现在在城里都有了别墅。”黄智清振振有词。

黄家三姐妹回来了,她们走进家门口,听到父母在高声争执,不觉互望了一眼。

大女儿黄鹂使了一个眼色。

二妹黄杏和三妹黄琳便附在姐姐身后隐到窗外偷听。

只听母亲据理力争:“不错,秋呑村的二牛和镇上老麻子家的儿子都致了富了,他们也没有多少文化。但并不是就因为他们没有文化他们才致富的。如果真是这样,那就只能说明三个字——不正常。我相信文化有用,现在有用,将来更加有用。”

父亲黄智清哼了一声:“信不信由你。反正有些人没有念过多少书都很聪明,有些人念到大学也没大用。”

母亲的喉咙更响:“前一种人如果多念一些书一定更加聪明,后一种人如果不念大学更加没有用。这世上书呆子总是少数。”

父亲理屈辞穷,不免有些气急败坏起来:“反正咱们家的孩子能一个个都念到初中毕业就足足地够了。”

“不够。”母亲的情绪也激动起来:“咱们家的孩子不但念完了初中不够,就是念完了高中还要念大学,念完了大学还要往上念。”

隐在窗外的黄鹂、黄杏、黄琳都不觉吐出了舌头。

只听父亲的口气软了下来,重重地叹了一口气:“你就是心比天高,命比纸薄。上高中、读大学,四个孩子得多少学费?从小学到初中,是九年义务制,国家掏钱,一上了高中,全都要自掏腰包……”

母亲说:“自掏腰包又怎么样?自己的孩子当然是自己背上。”

“说得轻巧,就凭地里那几棵庄稼?”

“咱们不是还有手吗?”

“就凭你医院里那一点工资？九牛一毛。”

“车到山前必有路，别自己先把自己给吓住。”

“还车到山前必有路，就凭你这分量到时候能压出什么路来？你还不知道你有几斤几两？心脏有病，苦胆有病，腰子还时常发炎……”

母亲晾完了最后一把梅干菜：“都吃五谷杂粮，谁没有个大疼小痛？再怎么样也不能耽误孩子们念书。”

父亲喝完最后一口酒，推桌而起：“不要说了。他们几个念书就念到这里为止，什么初中高中？都是中学。”

母亲火了：“不行，这事不能依你。”

“不依我依谁？”黄智清一拍胸脯：“我是这里的一家之主。”

说着，打一个酒嗝，转身出门。

母亲冲着丈夫的背影，还想再说什么，忽然瞥见窗外有人：“谁？”

黄鹂、黄杏、黄琳姐妹三个依次从门外进来。

母亲忙问：“你们是不是都听到了什么？”

黄杏和黄琳瞟一眼大姐黄鹂，摇摇头。

黄鹂却道：“不，我听到了，妈为我们的事和爸吵架了。”

母亲忙问：“鹂鹂、杏、琳琳，这个门里是谁当家？”

黄鹂不语。

黄杏和黄琳更不知道如何回答。

母亲挺起胸脯：“这个门里是妈当家。豫剧《花木兰》里有一段是怎么唱的？”说到这里，头一昂就是一句高腔：“谁说咱们女子不如男？”

黄杏和黄琳连忙鼓掌：“妈唱得真好。”

黄鹂不语。眸中有泪光闪烁。

心里故意想将气氛轻松下来的母亲，见大女儿仍是脸色忧郁，便用袖管替她拭去泪花后说：

“傻丫头，发什么愣！放心，家里就是再穷也要供你们念书。不但高中，而且还要大学、研究生，一路地往高处念上去。妈除了医院里那份收入，空闲的时候可以找一些事情做做，现在的活路多了：帮茶厂炒茶，帮席厂加工竹篾，帮布厂摇纱，山坡上再养一群鹅、放几只羊……”

黄鹂却将她拦住：“妈不要说了好不好。”

“好，妈不说了。”母亲话锋一转，“这中考，你们都考得怎么样？妈想不问，却还是忍不住要问。”

黄鹂想了想：“我好像还行。”

黄杏：“我也好像还行。”

母亲：“卓哩？”

黄琳：“哥肯定考得更好。”

母亲：“是吗？听说你哥以往因为跑题、漏题而丢分的事还真不少。他人哩？”

正说到这，黄卓一脸沮丧地走了进来。

“卓，你这回中考是不是考得还行？”母亲问他。

黄卓不语。

母亲提高了声音：“卓，妈问你哩。”

“考得好不好，明后天就张榜公布了，还问什么。”黄卓径直走向后院，屁股后的那块补丁仍在扑闪扑闪着。

“咦，卓今天又怎么啦？”母亲不觉纳闷。

黄卓突然反过手抓住补丁，嚓的一撕。然后将补丁愤愤地摔在地上。

母亲一愣。

大女儿黄鹂忙道：“妈，弟就这脾气。妈，你看这是什么？”她从背后拿出一只小盒。

母亲嗔道：“平白无故买什么蛋糕？”

黄鹂说：“今天是妈的生日。”

母亲一愣：“谁说今天是妈的生日？”

黄鹂把母亲按到凳子坐下：“以前妈为我们几个过生日，谁几岁，妈就煮几个鸡蛋，剥开了，白白胖胖地摆在桌子上让大家一块吃，非常开心。我们问妈什么时候过生日，妈总说自己生日忘了，我们从没有给妈过过一次生日。”

黄杏接道：“我们现在初中毕业了，就是大人了，今后每年要给妈过生日。”

黄琳抢着说：“咱们几个商量过了，今后咱们每年的学校大考之后的这一天就是妈的生日。”

母亲非常感动，静静地望着蛋糕——不管怎么说这都是孩子们的一片心意。

母亲说："好，妈接受你们的决定，以后你们每次大考之后的第一天就是妈的生日，但要记住，再不许买什么生日礼物。"

黄琳："这就不是妈说了算了。"

母亲转身从橱里捧出一只木匣："这里是你们几个历年的奖状和成绩报告单——卓和杏的也全收在这里了，其实妈妈的生日年年都在过，这就是你们每年给妈的生日礼物。妈时常在心里掂量着，哪一个孩子给妈的礼物最重最好。"

小女儿黄琳望着两个姐姐吐了吐舌头。

母亲放下木匣，捧起蛋糕："这个算你们送给奶奶的，妈等你们明天中考的成绩。你们的成绩就是给妈的生日礼物。"

……

奶奶总是卧病在床。

母亲捧着蛋糕进来："妈，这是孩子们给你买的。"

奶奶拍拍床边，示意母亲坐下："他又跟你吵了？"

母亲："没有什么。谁家过日子没有个磕磕碰碰。"

奶奶："我知道，是为孩子们念书。孩子也有他亲生的啊，这个畜生！"

几天后，松元中学教学楼前的阅报栏里公布出了"光荣榜"，中考成绩前20名的名单都在上头。

榜前人头攒动。

黄鹂、黄卓、黄杏也匆匆赶到，使劲挤进人群。

只见高居榜首的是嘉妮，紧随其后的是黄鹂、黄杏姐妹，而榜上却没有黄卓的名字。

黄卓眼前一阵眩晕，脸色唰地拉了下来。

黄杏瞥一眼哥，用肘子轻轻捅了一下大姐黄鹂。

黄鹂便问黄卓："你是漏题了还是错题了？"

黄卓不语。

黄鹂："凭你以往总是排名第一、第二的成绩，怎么会连20名都没有排上?”

黄卓突然吼了一句:“我怎么知道?”

众人不觉一愣,都转过头来。

只见黄卓的眸中噙满泪水。

突然,刘品仁不知从什么地方挤过来,轻轻地鼓着掌,冲着近旁的嘉妮一笑:“你不是说比穷比富不如比成绩吗?某些所谓成绩最好的同学名字到哪里去了?我刘品仁虽是最后一名,也总在前20名啊。”

黄杏怒道:“你神气什么,我们姐妹俩不都在你上头,你有本事怎么不挂到第一名去?”

刘品仁大拇指一挑:“我刘品仁从不和女人争高比低,咱们要比就比男人。”

黄卓恨不能上前将他一拳打倒。

黄杏也欲反唇相讥,黄鹂将她衣摆一拽:“别理他,再仔细看看。”

黄鹂迅速点数了一下,暗道:“怎么前20名,这里只有19个人?”她忽然发现了破绽,指着第一行大声道:“你们看,有人做了手脚。这第一名被人用小刀剜了,又用纸给补上。你们看这痕迹,这是谁干的事情?”

刘品仁转身欲走。

憋足了劲的黄卓一个箭步蹿了过去……

母亲仍在医院里擦窗、抹桌、拖地板,忙得汗流浃背。

当她做完最后一件事情的时候才直起腰来,掠一掠被汗水打湿了的鬓发,走进院务主任办公室:

“刘主任,我请假一个钟点。”

刘主任摘下眼镜:“什么事情?”

“我家几个孩子中考的成绩出来了,我想去学校瞅上一眼。”

刘主任口气很冷:“谁家没有孩子?谁都想去学校看他孩子的成绩,这医院还办不办公?”

说着,就又戴上了他的近视眼镜。

母亲站了一会,欲言又止。还是退出了主任室。

校园里，黄卓与刘品仁扭打成了一团。

黄鹂和黄杏以及嘉妮一干同学，好不容易才将他们解拆开来。

两人对峙着。

刘品仁袖子一捋，又要上前。

黄卓却转身就奔，大喊着："第一名，我考上了第一名，我是第一名……"

黄家。

黄智清蹲在门槛上吸烟。

黄卓兴奋地一路奔到家门口，"爸，我考上了。"

爸的眼皮不抬，只嗯了一声。

黄卓又重复了一句："爸，我考上了。我考了第一名。"

父亲把烟斗在门槛上磕磕："第一名又怎么样？我还以为你中了什么状元？"

黄卓兴头打了折扣，但仍昂着脑袋："第一名就是状元。三个初中班180个人，我考第一还不是状元？"

"那又怎么样？"父亲仍是不屑。

黄卓的豪气泄了大半："那又怎样？那不是明摆着吗，中考考得好，不仅可以升读高中，更重要的是能够进入城里的重点高中。"

父亲说："进入高中那又怎样？"

黄卓脑袋耷拉下来，一时不知如何回答。

父亲又道："进入高中就是逮到了一个花钱的差使。"

黄卓嘟哝了一句："人家不都是一个个也巴望着读高中吗？"

父亲一脸不悦："人家是人家，咱家是咱家。念一个三年高中要花多少钱你知道吗？你们一念上高中，就是给你爹和你妈的脖子上套了绳子。考上一个，就是一道绳子，考上两个，就是两……"

黄卓低头不语，脖子仍旧梗着。

父亲想了想："你姐和你妹有没有考上？"

黄卓没有理睬。

父亲就提高了声音："爸问你哩，你姐和你妹有没有考上？"

"考上了，都考上了。"母亲在三个女儿的簇拥下跨进家门，喜滋滋地，将三张硬纸通知书擎在手里，“一个第一名，一个第三名，一个第四名，全被县里的第一中学录取了。录取通知书已经来了。”

父亲接过通知书扫了一眼。

母亲说：“可看仔细了，全是县里的第一中学，那可是重点中学。”

不料父亲不但没有像其他父亲那样露出高兴的表情，反而将通知书扔到了地上。

母亲就像被扔掉了性命似的急忙将通知书拾了起来，大声道：“天下有像你这样当父亲的吗？”

父亲避过母亲，对三个孩子说：“你们考试考得不错。爸当然高兴，你们给我老黄家长了脸了。这说明我们老黄家的孩子都还不赖。就这已经够了，别想再念什么高中。”

“不行，高中非念不可。”母亲当仁不让。

父亲来了犟劲：“说不让念就不让念。”

本来就风风火火的母亲，这时候又增添了护犊的威勇，一字一顿：“这高中不但非念不可，而且既然全考上了，就全都去念，一个都不能少。”

父亲在孩子们面前要维护自己的尊严，几乎手指点着了母亲的鼻子：“这世上念书的事就这么重要？你念过几年书？我也没有多少文化，咱们不都照样好好儿活着？”

母亲尽量压低声音：“不错，咱们是没有多少文化，咱们也照样活着。可是咱们活得艰难，活得窝囊，活得没有多大的出息。就是因为咱们没有多少文化，那就更不能让孩子们再像咱们。”

父亲将烟叶捺进烟斗里的手在微微发抖，但火气仍旧很大：“说你这女人，就是女人。使劲往上读书是城里人的事情，是大地方的时髦，咱们山村里的孩子，书念得再多、念得再多也不顶屁用。”

母亲指着梁柱和桌凳：“山村的孩子就不是人吗？咱们山村的祖先都知道以‘书香门第’为荣。就是这些桌子椅背上都刻着‘耕读传家’。你说说谁家的大人不巴望孩子读书？老话说——贼偷一半，火烧全光，只有读书读进去了就全是自己的了，谁也拿不去谁也偷不走……”

母亲还没有说完，父亲就指着母亲手里的通知书吼了起来：“不用说了，这谁不知道，可这一个孩子一个学期的学费就是几百。一年多少？上千。

三个孩子哩？一年就是几千。咱们现在可是一个余钱都没有。咱们黄家能够负担得起这么一帮孩子都念高中？是你能卖你的手背？还是我这一双光脚能够卖钱？”

母亲决不后退：“钱是人挣来的，咱们并不是缺胳膊少腿，咱们有手有脚。”

父亲握起拳头嘭嘭地擂着自己瘦弱的胸脯：“就凭我这身子骨这四两力气？”

母亲心里的火苗又腾地蹿了出来：“你怕什么？就这一点出息？家里还有我、还有我这个王娟。”

父亲用烟斗指着母亲：“别说得那么轻巧。不自量力。就你那心脏病、腰子病，还有苦胆的病……一发起来，哪一个病不要钱医？而且房间里还躺着一个老的——一个肺气肿又是半身不遂的在那儿躺着。”

正说到这儿，厢房里传出奶奶沉重的咳嗽声。

父亲和母亲都不敢再说。

黄鹂、黄卓、黄杏、黄琳一直垂头不语。

父亲将烟斗塞进嘴里，不知为什么划了几次火柴都没有划着。恼得将火柴扔在地上。

母亲捡起火柴，划亮了，用手窝住，将火苗送到父亲面前。

父亲点燃了烟斗。

母亲趁机说：“孩子他爸，你再仔细想想，这事可关系到孩子们的前途，如果……”

谁知父亲听到这儿，叭地就将烟杆拦腰折断：“不要说了。三个大的读书就读到这里为止。什么高中不高中，一个都别想再上。”

说完就破门而出。

胆子最小的黄杏，脸上已经挂下了泪珠。

第三章

这一餐晚饭，黄智清没有回来。

三个孩子垂眉不语，心事重重。

只有小女儿黄琳一会儿偷眼望望姐姐、哥哥，一会儿又偷眼望望母亲。

母亲将好菜一筷筷挟给四个孩子。然后三两口扒完饭，丢下碗说："今晚你们早些睡觉，妈出去有一点事情，恐怕要很晚才会回来。"

大女儿黄鹂起了警惕："妈，要去哪？我陪你去。"

母亲说："你在家陪着弟妹，别忘了给奶奶吃药。"

小女儿黄琳："妈，我也要去。"

"在家做你的作业。明年轮到你中考。好坏也要考得跟你哥哥姐姐一样。"母亲说着就跨出了大门。

几个孩子望着母亲渐渐远去的背影。

黄琳小声嘟哝："考得跟哥哥姐姐一个样又有什么用，还不是照样上不了高中。"

山路上，母亲迎着最后一抹夕阳急急走路。

走着走着，一件十四五年前的往事又回到了眼前——

年轻的阿娟因为难产而躺在床上在等待着死神的降临。

只见她辗转反侧，疼痛难忍，不断地锐声尖叫，其凄厉，惨不忍闻。

有时候低声呻吟，喘息微弱，失神的目光透出无助的无奈。渴望着生命的目光在绝望中一点点熄灭。

她闭上了眼睛，泪水从眼角流了出来。

额上更是大汗淋漓，伴着泪水一起蜿蜒而下。

有几次她休克了过去。

醒来时只懵懵懂懂地听人急问："是要大人还要小孩?"

年轻的父亲慌乱无主。

只有一旁的外婆在央求医生："医生，你行行好，大人小孩都要。"

医生无奈地摇了摇头。

奶奶则道："留得青山在，不怕没柴烧，那就保住大人。"

"不。我要孩子。我要孩——子……"阿娟聚起最后的一点力气，声嘶力竭地叫喊着，终于声音越来越小，渐渐就昏了过去。

迷迷糊糊中只听到谁在说："快，快请上海来的那两个医生，人家可是博士。"

"博士、博士……"

这声音在她脑际轰鸣。

山路上，母亲脚下一绊，又从往事的回忆中回到了现实。

黄家。

黄鹂、黄卓、黄杏、黄琳神情沮丧地挤在一个房间里，谁都没有说话，气氛十分压抑。

黄鹂、黄卓、黄杏的目光始终望着自己的脚尖。

黄琳望望这个望望那个，同样是大气都不敢出。

天渐渐黑了下来。

黄琳耐不住随手将电灯拉亮。

"啪"的一声。大姐黄鹂立即就将电灯拉熄。

黄琳小声说："天都黑了，还不让开灯。"

黄杏呛了一句："又不做作业，开什么灯?"

黄琳仍旧小声说："你们一个个都这样，我怕。"

黄杏哼了一声："还没有轮上你不让念书，你怕什么? 只怕我们都没有书念了，你心里说不定倒在暗暗高兴。"

黄琳头一偏:“谁说的?我跟你们一样害怕。”

黄卓吼了她一声:“别瞎掺和,你怕什么?难道轮上不让你上高中了吗?”

黄琳也来火气:“语文书上有一段民谣,不是这样说的吗——大雪洋洋下,柴火都涨价。凳子劈了当柴烧,吓得大床怕。”

黄杏臭她:“你是大床?”

黄琳也不示弱:“你是凳子。”

“都不要说了。”大姐黄鹂瞪了两个妹妹一眼,顿了顿道:“你们的入学通知书呢?都放在这里。”

说着,首先就将自己的入学通知书丢在桌上。

黄杏望了哥哥一眼,没有动弹。

“你们的入学通知书呢?”黄鹂又重复了一句。

黄杏想了一下,也将自己的入学通知书丢在桌上。

“你呢?”黄鹂的目光逼着黄卓。

黄卓极不情愿地将入学通知书朝桌上一扔:“你这是想干什么?”

一个人影站在门外,眼睛凑着门缝朝里瞅着。

月光早早地就斜射进来。

黄鹂将三张通知书拢到一起:“你们说咱们这高中念还是不念?”

黄杏又看了一眼哥哥。

黄卓没有好气地说:“念,怎么不念?考上县城的重点高中是一件容易的事情?”

黄鹂沉声道:“考上重点高中,而且能以第一名的成绩告别初中的生活,确实是一件不容易的事情。但是三个人都上高中,对于咱们这个家庭来说,更是一件不容易的事情。咱们家的家境就摆在这儿。咱们家的经济来源主要靠妈擦窗户拖地板的那一点收入。妈的一副肩膀,一头挑咱们四个,一头还有病重的奶奶。弟,咱们家穷……”

黄卓昂着脑袋:“就是因为咱们家穷,咱们才更应该读高中、上大学,甚至硕士、博士。只有这样才有可能出人头地,从根本上改变困境。否则……”

黄鹂："否则什么？"

黄卓："否则我今后就像我爸一样，除了会做地里的那一点农活之外，就只会蹲在门槛上吧哒吧哒吸烟，就只会蹲在凳子上哧溜哧溜喝酒，就只会找人噼里啪啦打麻将，或者跟你妈吵架……"

黄琳："把话说清楚——咱妈。"

黄卓似乎没有听到："而你们充其量也就只能跟你们妈一样，在医院里倒痰盂、扫走廊……"

黄琳扯着喉咙："咱妈。跟你说了，是咱妈、咱妈……"

黄卓仍似没有听到："明白了吗？也就只能在医院里倒痰盂、扫走廊！"

黄琳一旁怒道："倒痰盂、扫走廊有什么不好？不许说妈坏话。"

"你知道什么？"黄卓瞪了黄琳一眼，然后又转对黄鹂："你该知道否则什么了吧？否则，否则就永远低人一等，永远受人欺负，永远在屈辱中生存。"

黄鹂："这道理你懂，我懂，大家都懂。可是咱们三个三年高中下来得多少费用你算过没有？除了每个人六个学期的学费，还有课本费、资料费、住宿费，而且食堂吃饭又是一笔免不掉的开支。这对于城里人和有钱人家或许不算什么，可咱们家……"

黄卓仍是脖子一梗："我不管这么多，这高中我反正是非读不可。"

黄杏一旁嘟哝："哥读我也要读。"

黄鹂目光盯着墙壁，像在自言自语："姐知道你们这是要前途，想上进，但说难听了也是自私。"

三个弟妹愣了一下，全都望着姐姐。

黄鹂的眼眶里滚动着泪花，突然提高了声音："这十几年，在这个家里咱们除了读书还做过什么？我不说卓和杏，就说我和琳琳，只要一拿起锄头，妈就把锄头夺下叫我俩看书，一背起竹篓，妈就问作业做了没有？这十几年咱们帮妈做过什么？琳琳你说哩？我那天看到妈的头上有好多白发，心里一阵阵发酸。至少我这做大姐的这十几年就没帮妈做过什么。咱们三个都去县城读书，就是给做牛做马的妈妈身上又压几块石头又添几筐土。每年那么多的学费妈妈还背得动吗？面对那么多学费，妈妈没有一点发愁的样子，那是怕我们担忧，妈的内心肯定是急得流血。咱们已经大了，咱们能忍心还将绳子一根根往妈妈脖子上套吗？咱们已经大了，应该替妈分忧解愁，让妈减轻负担多活几年……”

弟妹们全都低下了头。

黄鹂继续说：“去年冬天，我和琳琳还在老家，那老家离我们现在的学校有七八里路，那时候妈还没有在医院找到工作。我记得那天下了大雪，又是我们期末考试，天冷得我直发抖。课间休息，我忽然发现妈来了。妈从怀里掏出一罐鸡汤，用棉袄裹着，走了那么多路竟还是热乎乎的。我和琳琳把鸡汤一口气喝光，人整个儿就暖和起来。妈只说了一句：好好考试。就转身走了。望着妈顶着风雪，斜着身子，艰难地往前走着——到家还有七八里山路……望着妈身后留下的一串长长的脚印，我心里像被什么堵着。再后来，我看到妈在遥远的雪地里回头向我摆手，我忍不住了，眼泪哗地就涌了出来。那时候我就心里在想妈为我们付出的太多，我毕业以后一定再不让妈再为我们操劳……”

黄鹂眼泪已顺颊而下。

黄杏终于含着泪说：“姐，你别说了，高中我不念了。”

黄琳也含泪用膀子触触黄卓：“你哩？哥。”

“我还是选择念书。”黄卓的声音弱了许多。

室内又是一片寂静。

黄琳忽然发现了门缝里嵌着的那双眼睛，吓得赶紧缩到大姐背后。

黄鹂大声一喝：“谁？”

房门猛地打开。

门口站着的竟是奶奶，一双深浊的眼睛显得昏暗无神。

“奶奶，你怎么站在这里？”黄鹂问她。

奶奶不语。

黄鹂拉亮电灯：“奶奶是进来坐一会？还是让我扶你回房休息？”

奶奶慢慢转过身去。

黄鹂连忙扶着奶奶回房间躺下。替奶奶捡起倒下的药瓶。

奶奶想说什么，结果一声重重的叹息，什么话都没说。

当黄鹂回到房间的时候，大门被人推开。父亲回来了。

父亲显然是喝酒了，而且已经有几分酩酊。

他大着舌头的那声音极不连贯：“黄、黄卓、卓，你妈到、到哪里去了？”

黄卓和姐姐妹妹在厢房里或坐或站,都没有搭腔。

随后便听到水缸盖被揭开,又掉到地上的声音。

父亲摸起一只瓢,舀了缸里的水一阵狂饮,似乎清醒了一些:“黄卓、黄鹂、黄杏,你妈去、去哪里了?”

话音刚落,母亲回来了。

父亲望着母亲:“去、去哪里了? 这个家里就你最忙,劳、劳碌的命。”

母亲:“又喝酒了? 今后要喝就在家喝。去镇上喝醉了。回来路过二头沟,如果不当心一脚滑下……”

父亲:“什么? 你这是咒我跌到二头沟摔、摔死?”

“我是怕你摔下二头沟。”母亲声音轻柔下来:“孩子他爸。你猜我刚才到哪去了? 我刚才去了一趟县城。”

父亲:“县城?”

黄鹂等几个在自己的厢房里都竖起了耳朵。

母亲在堂屋里说:“我去县城的第一中学,也就是那个重点高中看了看。那学校才像学校,比镇里中学三个还大。”

父亲不语。

母亲继续道:“我算了算时间,从咱们家到那个学校单趟三个钟头。当然,一到那个学校读书就是住校了,也用不着每天来回地走了。再说哩,那重点中学就是重点中学,听传达室的老同志说,凡进了这个学校考大学的比例是百分之九十七点五。也就是说,一百个学生有九十七个半都能考上大学……”

父亲将母亲的话粗暴地打断:“怎么? 你那个让孩子们上高中的心还没有死掉?”

母亲叹道:“就图那九十七个半,我做梦也会记住那个学校。现在孩子们已经考上了那个学校。如果是因为咱们大人负担不起而让孩子们停学,我这做母亲的会后悔一辈子,会一辈子都对不起孩子们的。”

父亲一声叹息:“精神可嘉。可惜精神不能变、变成钞票。”

四个孩子仍在静静地听着。

母亲从衣兜里摸出一叠毛票说："这你放心。我刚才顺路到我妹妹家去，我妈也在。我妈把她整个一季卖蛋的钱全给我了——263 元 8 毛。我妹当晚把一只羊卖给了邻居，也凑了 60 元给我。"

父亲："就这一点够什么？零头。"

母亲："我这个月的工资还有 300，加班费 50。晒匾里的山芋干，缸里的梅干菜，瓶子里的核桃、黄豆、芝麻，窗台上的几串老玉米，你明天去拿街上卖了，多少也能凑个几块。还有，还有我过生日人家送的几段布料，也拿去一块儿卖了。我这年纪，新衣服旧衣服还不都一样穿。"

厢房里。

黄琳用脚踢了一下黄卓，小声说："你不是嚷嚷着想上学吗？妈连布料都要卖了。"

黄卓瞪了妹妹一眼。

黄琳又道："咱们家里，妈妈最苦。操心操得多，吃饭吃得差，身上连一件像样衣服都没有。"

黄卓垂下了脑袋。

父亲磕磕烟灰："够了？够一个孩子读上半个学期的了。"

母亲说："我知道不够，但咱们还可以再想办法。咱们家不是还有一头牛吗……"

"什么，你要打牛的主意？"父亲的声音又骤然响亮起来。

母亲说："我知道牛是你的帮手，甚至是你的命根子，但这也是救急。"

"不行，别说不能卖牛，连一根牛毛都不能卖。"父亲的声音更响。

但母亲仍在耐心地说："卖了牛还可以再买。而且不是还有一条牛犊子吗？"

"不行。"父亲斩钉截铁。

母亲也很快地丢下一句："牛已经卖了，我已经收下了我妹妹家邻居胡大家的 400 元牛钱。"

父亲："你真的把牛卖了？"

母亲："卖了，人家明天就来牵牛。"

只听哗啦一声，父亲将桌子掀翻："卖了牛你去拉犁？你去耕田？你去驮庄稼……"

母亲没有回应，想等父亲火气熄下去以后再说。

父亲黄智清干脆发起了酒疯，摔东砸西，一脚将地上的鸡食盆踢出几丈开外。

母亲小着声音："孩子他爸……"

黄智清几乎是吼着说："我不听，你不要再说。"说着就捞起一只空酒瓶砸向母亲。

母亲身子一偏。

酒瓶砸出门外，在门外响起"砰"的一声。

这时候突听奶奶的房间里一阵急促的喘咳声。

母亲急忙走进奶奶房间。

听到父母又一次为他们读书的事争吵，黄鹂决意不再让母亲为难，她拿起桌上的入学通知书，走了出去。

附近有一座古亭叫接官亭。

黄鹂走进古亭，望着"接官亭"的亭匾，眉头紧锁着，目光渐渐寒凝起来。

黄卓、黄杏、黄琳也随后来到了这里。

黄鹂嚓的一声将入学通知书拦腰撕断。

这一声在寂静的旷野里似乎很响，似乎撕着了一个人的心肺。

黄琳惊叫起来："大姐——"

黄鹂没有答理，一撕又一撕，慢慢将通知书撕成了无数碎片。

随手一扔，碎片就被小风带走了。

黄鹂做完这一切有一种如释重负的感觉，轻轻地掸掸衣服，转身回家。

黄杏看了哥哥黄卓一眼，也将通知书轻轻撕碎，慢慢扔了。

黄卓犹豫片刻，终于拿出通知书。

他闭上眼睛，双手终于撕了下去。

奶奶的卧室里。

母亲扶起奶奶，手在她背上轻轻地捶着。

奶奶喘息了一会，对母亲说："你叫他进来。"

母亲说："他爸今晚喝多了一点。"

奶奶突然拍着床边："智清、智清，你给我进来。"

父亲走了进来："妈。"

奶奶不语。

父亲又走近一步："妈，你叫我……"

话犹未尽，奶奶不知哪里来那么大气力，一把揪住黄智清。

母亲和父亲都不禁一愣。

奶奶颤抖着怒声："跪下，你给我跪下。"

父亲梗立不动。

母亲忙道："妈，你歇歇，何必发这么大火？"

奶奶仍旧戟指着儿子："畜生，你跪不跪下？"

父亲仍是不动。

奶奶操起了床头的拐杖。

父亲这才在床前噗通跪下。

奶奶大声数落着，一字一顿，声色俱厉："你这个畜生，不知好歹，你媳妇这么累死累活地为着这个家，你还这么跟她粗喉咙大嗓子嚷嚷？你能，你有本事了。有本事就去自己挣钱养家糊口，在家里掀桌子摔板凳算什么男人？"

说着就一阵气喘。

母亲急忙在她背上捶着说："妈，别说了，你先歇歇。药吃了吗？我给你拿开水吃药。"

奶奶又是床边一拍。戟指儿子："你给我说一句，你是不是我儿子？"

父亲不语。

奶奶："你是不是我儿子？"

父亲脑袋一偏，嘟哝着："是不是你儿子也该问我？是你儿子好像就有喜钱似的。"

奶奶紧逼一句："是我儿子就应我一句——孩子上学你是让上还是不

让上？”

父亲的脑袋别向一边。

奶奶又是床边一拍：“你是让上还是不让上？”

父亲仍是不语。

奶奶猛地抄起床头的拐杖。

母亲忙说：“妈，你别生气，孩子是他的，他能不心疼自己的孩子，他能不为自己孩子的前程着想？”

奶奶仍然怒视着儿子：“不，我要他亲口说给我听到。说啊，孩子们上学你是让上还是不让上？”

父亲仍旧犟着脑袋。

“怎么不说话啦？跟孩子他妈吵架的那精气神到哪去了？你说还是不说？再不说我打你个畜生。”奶奶抡起拐杖，劈头就打了下来。

母亲赶紧将落下的拐杖抓住：“妈，事情已经过去了，何苦发这么大火。注意身子。”

“不，我不亲耳听到他说出这句话，我、我死不闭眼。”奶奶瞪着儿子，气得浑身发抖，“你说还是不说？天下有你这样、这样做孩子他爸爸的吗？谁家大人不指望自己的孩子成气候有出息？不上学今后怎么能穿红戴紫？怎么能？怎么能……”

奶奶掉下老泪，哽泣难言。

母亲对父亲小声说：“你就不能说一句话给妈一个安心？”

父亲沉默了一会，说：“妈，依你还不行吗。给上，给上就是了。”

母亲将父亲扶起。

父亲却双手捂脸，去一旁蹲下呜呜地哭了：“我何尝不想让他们上学？难道我这个当爸的真是畜生？谁叫咱们家穷？又有这么多孩子？我怕供不起，上了一半还不是回来？”

奶奶颤巍巍下床。

母亲欲去扶她。

奶奶却在母亲面前突然跪了下来。

母亲大惊：“妈，你这是怎么啦？”

奶奶说：“阿娟，智清没有大用，为难你了。我知道，多一个孩子读书，就是在你脖子上多架一套轭头……”

母亲扶起奶奶：“妈，你快不要这么说。”

奶奶又道：“阿娟，从明儿起，我吃的药停了。我不能帮你们，也不能拖累你们。”

母亲：“妈，看你说的，再省也不能省你那几个药钱。”

奶奶：“还有，我以前怕死了火化，现在想想，没有什么怕的，那口棺材啊，你们给我预备下的那口棺材，卖了。”

母亲把奶奶扶到床上躺下：“妈，快别想这么多了。车到山前必有路，没有跨不过的门槛。”

奶奶叹了一口气，才在床上躺下。

母亲转身出去。

奶奶一只手抖索着在枕头底下又摸出那封密封的信封。

夜深了。

黄鹂、黄卓、黄杏、黄琳一脸沮丧地回到了家里。

黄卓回到自己房间，衣服没有脱就朝床上一躺。

他辗转反侧，不能入睡。

想了想，又坐了起来。

三个女儿也都在各自的床上躺下。

月光照洒进来。

她们都睁着眼睛，谁也没有睡着。

黄琳侧身偷看两个姐姐，只见二姐黄杏的眼角有泪水爬了出来。

她想了想，悄悄下床。

堂屋里的灯光非常微弱。

母亲在忙着将一把一把的梅干菜切碎了装在坛子里。

墙角一溜排着八只菜坛。

黄琳蹑着手脚走了进来。

"你怎么还没有睡觉?"母亲颇感奇怪。

黄琳:"睡不着。"

母亲:"怎么睡不着?"

黄琳:"妈,我要不要告诉你一件事情?"

母亲嗔道:"傻丫头,跟妈还卖什么关子。"

黄琳:"妈,大姐、二姐,还有哥他们念高中的事情……"

母亲:"明年也轮到你了,所以你也关心起了这件事情?"

黄琳:"妈,他们当真都不念了?"

"念。谁说不念?"母亲停下手中的活计。

黄琳便抱住母亲的脖子,轻轻耳语了几句。

母亲闻听大惊:"在哪?"

黄琳:"接官亭那个地方。"

母亲慌忙奔出堂屋,穿过天井,奔到后院,打开后门,疯了似的疾步奔往接官亭。

黄琳吓坏了,也随后跟出。

母亲奔到了接官亭,像发了疯似地,蹲在地上疾疾地寻找着,将一张张碎纸捡拾起来,不管它是不是录取通知书,统统捡起。

黄琳也跟着帮忙。

过了一会,又一条人影慢慢向这里走来。

人影走近了。

黄琳悄声对母亲说:"妈,哥也来了。"

黄卓愣愣地站在边上。

母亲便问:"卓,高中你想不想念了?"

黄卓:"想。"

母亲几乎是冲他吼了一句:"想上还不赶快帮妈捡纸。"

黄卓急忙就蹲了下来,将早已备在手里的电筒捏亮。

三人在寂静的夜色里迅速地寻寻觅觅。

母亲不时地吩咐:"看仔细了。"

当确信再没有什么可捡的时候,母亲又问:"刚才有没有风?风是不是刮向溪流那边的?”

黄卓和黄琳你望我我望你,一时都说不上来。

母亲说:“走,回家看看能不能拼全。”

回到家,一堆碎纸屑堆在了桌上。

母亲带头两个孩子连夜拼凑。

黄琳说:“妈,你看,连糖纸都捡回来了。这里还有牛皮纸、香烟壳……”

母亲道:“妈恨不能拿梳子在那山坡上梳它一遍。宁可多了没用,缺了可就糟了。”

黄琳又道:“姐和哥他们这高中还能上吗?”

母亲:“上。”

黄卓:“我爸?”

母亲:“你爸只是一时跟妈怄气,他能不指望你们有出息?”

“妈,爸真的不反对啦?”黄杏和黄鹂不知什么时候也来到了堂屋。黄杏似乎不信。

母亲:“别说那么多了。怎么还站在那里不来帮妈一把?”

黄鹂仍站在那里不动。

母亲嗔道:“鹂鹂,你这当大姐的怎么不拦住他们?”

黄鹂:“妈,这事是我起的头。”

母亲火了:“你也这么不懂事。你知道吗,你们把这入学通知书撕碎了,就等于是撕碎了妈的心。那重点高中可不是一个等闲的学校。往年 100 个学生有 97 个半都能考上大学。妈图就图的那 97 个半。”

黄鹂没有言语。

黄杏和黄琳想说什么,但看看姐姐,也都把到嘴的话吞了回去。

母亲:“怎么?你们对将来念个大学什么的好像都没有信心。”

黄卓:“我有信心。”

母亲:“对,应该有这个信心。这念书可真是一件再重要不过的事情。为什么圆木头会滚,圆木头是加过工的,念书就是自己给自己加工。念书念得多的人,即使很穷,那也应上一句老话——伞坏了,骨子还在。妈没有多少文化,妈就是因为没有多少文化才更晓得文化的重要。我那一年生你大姐的时候,要不是那个博士……”

黄鹂堵了一句:“这件事妈不知说过多少遍了。”

母亲:“这事妈可以不说,但有一句话妈还是要再说一次——文化也是命,听到了没有? 文化就是命。”

这时晨曦已从窗棂里射了进来。

天井里也响起公鸡的报晓声。

三份通知书也已经粘贴起来。

黄鹂说:“妈,你抓紧小睡一会,天亮了还要上班。”

母亲指着黄杏的通知书说:“就这份没有拼全,还缺一块。”

众人在碎纸屑里翻寻一番。还是没有找着。

黄琳说:“那地方都已经找遍了,会不会被风刮到溪水里去了?”

“这、这怎么办?”母亲着急起来。

黄杏忽然额头一拍,从口袋摸出那缺失的一角:“在这。”

“你为什么藏起一角?”黄琳问她。

黄杏略显羞涩:“当时我想这高中念不成了,好歹留一角做个纪念。”

母亲点着三个孩子的鼻尖:“妈知道你们都想读书。妈成全你们。”

黄鹂:“那学费的事情?”

“妈就是砸锅卖铁,也会把学费给你们缴上。”母亲说这些话的时候,神情十分凝重,甚至是十分神圣。

黄杏动情地说:“妈,你真好!”

母亲嗔道:“妈有什么好的? 妈没有多少文化,妈也没有体面的工作,妈更没有钱。”

“妈就是再穷,再没有文化,也是我们的妈。只要有妈就好。”黄杏说到这儿眉梢一扬:“妈,你知道吗? 我们班有个同学,她没有妈。每到下课的时候,常有别的同学打电话回家叫妈送铅笔、送本子、送吃的,一个个娇声嗲气。她在一旁站着十分羡慕,常常望着电话出神。”

黄鹂插话:“电话就挂在我们班的走廊上。”

黄杏继续说:“就那天中考下来的时候下那大雨,大家都被困在走廊上,纷纷给妈打电话让她们送雨衣送伞,她也把一枚硬币捏在手里,迟迟疑疑,最后终于鼓起勇气拿起电话机轻声地说:‘妈,下雨了,雨下得很大,你现在在哪？你有没有淋着？妈，你能不能？你能不能也给我、也给我送一把雨、雨伞？'”

黄卓插话：“她放下电话机后，我也问她打电话给谁？”

黄杏接着说：“只见她额头骄傲地一扬：我给我妈。说这话的时候，她的眼角已经明显有了泪花。”

母亲说：“这孩子叫什么名字？”

黄杏：“嘉妮。”

母亲：“有空也带她到咱们家来玩玩。”

黄杏就瞥了哥哥黄卓一眼。

黄卓垂下了脑袋。

母亲觉察到了什么，正想发问，父亲披着衣服，趿拖着鞋子走了进来：“怎么考上一个重点高中就像中了什么状元似的，就闹得一宿都不睡觉？现在你们高兴，马上就要缴学费了，看拿什么去缴？”

母亲掏出几块钱递给父亲：“我今天调休，去那学校看看，看能不能在学费上做些减免。你去跑几家亲戚，多少也凑一点。有些远亲常年不走动了，上门不能空双手，给人家孩子买一点什么吃的。”

父亲接了钱，叹道：“这世上什么都难，借钱更是万难。”

县一中的校长室里挤满了人，大家在争先恐后地缠着校长。

母亲也来到校长室门口，只见校长晃着一大叠纸条高声说：“实在对不起，实在没有办法。今年走门路托关系的人就有这么多。但我还是那一句话：一个后门都不能开，每年为什么有那么多人想考我们县高？如果我今天把这纸条上的名字都变成咱们县高的学生，咱们县高今后就不会有这么多人报考……”

母亲在门外听得非常感动。心里在说：“是好学校就应该这样，不能马马虎虎谁都可以进来。可又难怪这些家长，可怜天下父母心，谁不想自己孩子能有一个好的学校。”

黄智清经过镇上一家酒家门口，脚下迟疑，口水倒咽了几回。

老板迎出：“哟，黄老哥，快进来坐坐。”

黄智清摇摇头。

老板:"没有钱小坐一会也不要紧。"

"谁说我没有钱?"黄智清这一回很有底气。

老板看他手里果真攥着钞票,立即就笑得格外精神:"哟,这回小弟倒是小瞧你了。老哥,这回我可进了一坛八年陈的老酒,保你三碗就醉。"

"不可能,我什么时候三碗醉过?"黄智清不信。嘴却忍不住磕巴了一下。

老板说:"那就试试。"

黄智清往往在这时候都比较硬气:"试就试试。"

老板忽然附着黄智清的耳朵嘻嘻一笑:"你的那个怎么没来?"

黄智清:"你说的是哪个没来?"

"就是黄头发的这个啊。"老板又嘻嘻笑着,握起两个拳头朝自己的胸脯一放:"就这个。"

黄智清咽了咽口水:"行,你给她打个电话,以前多半是她请我喝酒,这回咱爷们儿请她喝酒。"

县一中门口很是热闹。

挤在校长室的家长们坚持不肯散去。

一个说:"校长,我家那孩子虽说缺了几分,咱们出钱还不行吗?你说一分多少钱?"

校长:"你有多少钱?"

那人:"多少钱都行。"

校长:"我再说一遍,这里不卖学分。"

又一个家长干脆将一箱钱成捆地倒在桌上:"我给你这学校修一个操场怎样?全铺细沙,还有外国进口草皮。"

校长没有看钱:"这里不是嫌贫爱富的学校,这里只比分数高低,不比谁穷谁富。"

门口的母亲听得眼眶有些湿润。

她忽然掉头就走。

黄智清离开松元酒家的时候，已经有几分醉意。

黄毛女人向他挥手告别。

黄智清也向她挥挥手。

突然，手在半空中凝住了。

松开左手看看，空的。松开右手看看，还是空的。

但母亲的声音不时地在他耳边固执地响起："有些远亲常年不走动了。上门借钱不能空双手，给人家孩子买一点什么吃的。"

他就这么慢慢地沿街走着。

几家食品店在面前晃过。

他结果在一处窨井前立住脚步。

母亲的声音又在耳边响起："有些远亲常年不走动了。上门借钱不能空双手……"

他用脚尖试试窨井盖。

窨井盖有些松动。

他心中一喜，但第一次做这样的事毕竟害怕。他向左右看看。

左右没有人。

没有想到的是，就在他收回目光的时候，附近一家美容店里走出了儿子的同学刘品仁。

黄智清弯腰撬动窨井盖。

恰被那染了一头黄发的刘品仁发现。

那刘品仁立即缩回脑袋，隐在附近窥探。

醉意醺醺的黄智清撬起窨井盖，挟在腋下悄悄开溜。

刘品仁正要闪出叫喊捉贼，忽见一个女人（龙大海姐姐）骑着自行车过来，便又缩回墙角。

但见那女人骑到窨井前，突然车子一低，人和自行车都翻了出去。

这时刘品仁才闪出来，高声大喊："有人偷窨井盖，有人偷窨井盖啦……"

路人纷纷拢来，一阵围追，将未能逃脱的黄智清扭住。

另有几个路人扶起那个跌倒的女人，问她有没有伤着。

那个女人摇摇头，什么也没有说就推着车走了。

松元镇郊外有一座送子桥。

黄卓和女同学嘉妮并排坐在那桥的栏杆上。互相有着一二尺距离。

嘉妮拍拍自己旁边的栏杆，对黄卓使了个眼色，示意他朝自己挨近一点。

黄卓朝四周看看，神色有些犹疑。

嘉妮噘起小嘴，装出生气的样子。

黄卓这才屁股朝嘉妮挪了过去。

嘉妮等他挨着了自己，不觉扑哧失笑，嗔了他一眼。

黄卓又欢愉又紧张，神情极不自在。

嘉妮拿出一块绿豆糕，朝他嘴里一塞，飞了他一眼："怕我吃了你吗？"

黄卓："我怕被别人看见。"

"要想人不知，除非己莫为。"刘品仁突然出现在面前。

黄卓立即与嘉妮分开。

"刘品仁！刘品仁你不要胡说，什么叫'要想人不知，除非己莫为'。难道我们是小偷？"嘉妮脸孔涨得通红。

刘品仁道："说到小偷，我刚才还真的逮住了一个小偷，一个想偷大街上窨井盖的小偷。"

嘉妮撇撇嘴："你也会做那好事？"

刘品仁急了："不信带你去派出所看去，已经扭送到派出所了。"

嘉妮："如果真是这样，那也是歪打正着，算你做了一回好事。"

刘品仁瞥了黄卓一眼："我说嘉妮同学，为什么每当有某位乡下朋友在场的时候，你就这么下死劲损我？你是想拿对我的伤害来取悦于别人。"

黄卓火了："刘品仁，你这话可要说清楚，你这是什么意思？"

刘品仁："河边无水草，不养多嘴牛。"

"你……"黄卓又欲发作。

嘉妮却将黄卓护在背后，对刘品仁说："我可没有经常下死劲损你。我经常了吗？当你表现优秀的时候，我并没有吝啬我的称赞，譬如你的这一头黄发，在咱们这镇上也是够前卫够先锋的了，我佩服你的大胆。你的这种勇气并不是所有人都能具备的。"

刘品仁："这么说，你是喜欢我这一头黄头发的了？"

嘉妮:“是的,我喜欢的仅仅是你头上的这一头黄头发。”

刘品仁:“可是它是我的。”

嘉妮:“可惜它是染的。”

刘品仁:“不错,它是染的。可是它也不是的所有的人都能染得起的。”

说着就瞟了黄卓一眼。

黄卓渐渐咬紧了嘴唇,忽然转身就走。

“黄卓。”嘉妮转身欲追。

刘品仁一把将她拽住,故意大声说:“嘉妮,你想染头发吗?其实这也不难,用美术课上的藤黄颜料兑一点水,谁都能染。”

嘉妮:“你这什么意思?”

刘品仁瞥一眼黄卓远去的背影,对嘉妮狡黠地一笑:“乡下人就是乡下人,穷兮兮的也要跟咱们有钱的人扎在一起。”

说着就抓起嘉妮的一只手,冲她一乐。

嘉妮把他的手拂开。

他又去抓住嘉妮的手。

嘉妮瞥了一眼远去的黄卓。

黄家屋后。

黄鹂带着两个妹妹在种植药材。

她告诉黄杏和黄琳:“这个是元胡,这个是防风,这个是麦门冬。以前卖给药材收购站都能卖一个好价钱。现在虽说价格没有以前高了,但只要能卖掉,多少也是收入。”

黄杏说:“这个学期是赶不上了。”

黄琳说:“下个学期不是还得要交学费。”

这时候母亲回来了。

黄鹂忙问:“妈,学费能不能申请减免?看妈高兴的样子,一定是大有希望。”

母亲蹲下来将几棵药苗正了正,说:“妈没有提那事情。”

小女儿黄琳急道:“妈怎么不提那事情?妈该说——校长老师,行行好,我们家穷,学费能不能减免一半?”

黄杏也道："如果妈觉得自己从没有求过人，不好意思开口，也可以说这是特殊情况，有多少人家三个孩子一块儿考上重点高中？能减免多少就减免多少，实在不行哩，就先拖一拖，等凑齐了再缴。"

母亲摇摇头。

黄鹂："妈怎么不说？为什么不说？说了兴许有用。因为困难而酌情减免学费是国家的政策，这样的事也常常听说。"

母亲停下手头的活计："一帮傻丫头，那是什么学校？是重点高中。那样的学校多少人想进都进不去，就是找关系托人，甚至花大钱都一律不行。可咱们家，一进去就是三个，而且早早地就发来了通知。咱们能不识抬举？如果再提减免学费的事就是得寸进尺。妈不提这件事，你们今后也不许提。人家学校没有嫌穷爱富，可咱们也不能因为这个就把穷挂在嘴上。咱们家庭有家庭的困难，人家学校也有学校的困难。"

黄鹂："妈的精神非常可嘉，但学费是物质的。"

黄杏："精神毕竟代替不了物质。"

"你们别给妈文绉绉的。妈再说一次，学费的事用不着你们费心，你们现在的一门心思就是读书。"母亲的口气不容置辩。

黄卓一回到家就照镜子。

他在镜子里甩甩头发。然后找出一管藤黄颜料，挤一点在掌心里，用手指蘸水化开，试着朝头发抹了抹，再照照镜子……

忽听屋后有人急步奔来，连说："不好了、不好了……"

黄卓奔出来，赶到屋后，只见邻村的吴二爷气喘吁吁地说："阿娟，不好了……"

母亲忙道："吴二爷，别急，有什么事慢慢说。"

吴二爷："智清被人抓起来了。"

几个孩子一惊。

母亲急问："怎么回事？"

吴二爷："听说、听说……嗨，这智清也是一时糊涂。"

"究竟怎么回事？他现在在哪？"母亲追问。

吴二爷这才道："听说智清撬了街上的一块窨井盖，结果被一个黄头发的孩子发现，嚷嚷起来。这一嚷嚷……现在已经到了派出所里。”

母亲和三个女儿，急忙朝镇上奔去。

黄卓仍站在屋后。

他的眼前又晃出了黄头发刘品仁的影子以及他那副得意的样子：“说到小偷，刚才还真的逮住了一个小偷，一个想偷大街上窨井盖的小偷。”

父亲黄智清蜷缩在拘押房的角落里，听着警察的批评教育，一脸沮丧。

警察合上本子：“看你认罪认错的态度还算诚恳，可以免于刑事处罚。”

“谢谢警察同志。”黄智清鞠一躬，转身欲走。

警察伸手将他拦住：“但要罚款。”

黄智清惊讶得瞪大了眼睛：“罚款？”

警察一脸严肃：“罚款。”

黄智清脸红脖子粗：“我不认罚。”

警察仍然一脸严肃：“不认罚不行。”

黄智清跳了起来，一把翻开口袋：“罚吧、罚吧，我没有钱，看到了没有？我是一个穷光蛋，我宁可拘留坐牢，不就十天二十天吗？还包我吃喝。”

警察不语。

黄智清忽然低下声音：“拘留所里有没有人会打麻将？有没有烟抽？还有、还有酒哩？”

警察仍是不语。

黄智清竟然怒了：“你这人什么态度？”

突然门被打开。

母亲领着三个女儿站在门口。母亲一脸急切：“孩子他爸，你真糊涂，你怎么啦？你怎么会干这种事情？”

父亲捂住脸蹲了下来。

母亲继续数落：“这广播电视上常说，哪个地方的窨井盖失窃，谁谁骑车子摔了一跤，腿骨跌断。哪个地方的窨井盖又被人偷了，又是谁谁家的孩子跌进去丢了性命……”

“不要说了好不好。”父亲冲着母亲吼了起来：“我就做了这么一次瞎事，刚才已经被派出所这同志训了一顿酒工夫。”

警察一旁插话:“那是教育。”

父亲仍瞪视着母亲:“就算教育。现在又轮到你来教育我了,你想教育多长时间?三圈麻将的工夫够还是不够?”

母亲叹了一口气,转对警察:“我这孩子他爸,除了脾气犟,没有大用,人还老实,这小偷小摸的事从没有做过,这一回真是头一回,我敢担保。”

警察:“因为头一回,才教育释放。签个字,由你担保领回。”

母亲签了字。

父亲立即就要走出。

“慢。”警察又给拦住:“刚才说了,还有罚款。偷盗有罚款一条,这是罚款单,300元。”

“什么?300元!”父亲又退回拘押房,“你要罚款我就不出去了,拼它坐个十天二十天牢,看你们不给我吃喝?”

母亲:“智清,你怎么能这样说话?”

黄智清脖子一梗:“我不会赚钱,难道我还不能省钱?顶多十天二十天大牢。300元钱,靠我这双没用的手,十天二十天到哪赚去?”

“智清!”母亲声音响了起来:“在孩子们面前,咱们能说这浑话。”

黄智清嗓门更大:“要300元钱,你有这300元钱?”

母亲拿出布袋钱包:“300就300,我们认罚。”

黄杏在背后说:“妈,300元太多。”

黄琳也道:“凭什么300元,为什么就不能10元、20元?”

黄鹂拦住两个妹妹,上前说:“警察同志,一定要罚?”

警察点点头:“这是规定。”

黄鹂:“这罚得也太重了。”

警察:“罚得不重不知道痛。不教育不罚款,指不定下回还偷。”

黄智清不服:“我为什么要偷?还不是因为穷嘛。”

母亲一边数着毛票,一边道:“穷就该偷?”

三个孩子都不再说话。

只听得母亲数钱很响,响得像一把刮刀刮在人心上。

黄智清想了想,忽然狠狠地抽了自己一个耳光:“我也该死。怎么就没有想到后果?拿什么也不该拿那窨井盖!”

母亲仍在数着毛票又呛一句："窨井盖不能拿，其他就能拿啦？浑话，世上不属于我们的都不能要。"

黄鹂拦住母亲对警察说："我爸已经知错了，能不能少罚一点？"

警察："为什么你们就该少罚一点？"

黄鹂："我们缴学费的钱还不够，我们要缴学费。"

"鹂，不用说了，这也是学费。"母亲将一刀毛票递给警察："点点，300元，一分不少。"

黄智清与三个孩子心犹不甘。

母亲将她们分别一扯："走吧。"

五人离去，又听背后警察喊道："发票，给你们发票。"

父亲愤愤地说："别理他，要什么发票？又不能报销。"

母亲说："拿上，发票不能不要。"

父亲吼了一句："这发票能派什么用场？"

母亲提高了声音："拿回去贴在墙上经常看看。"

"这倒也是。"父亲声音小了许多，便回头接了发票。

他将发票在三个女儿眼前晃晃："你妈说得对，拿回去贴在墙上经常看看，看看爸为你们操心学费的事弄得这么丢人。"

三个女儿都暗中瞥了他一眼。

回到家里，母亲当先走进卧室。

父亲跟了进来。

母亲关上房门，这才对父亲说："钱借到了吗？"

父亲嘴还很硬："借到了我还做那事情？"

"借不到也不能做那事情。"母亲显然非常生气，"刚才在孩子们面前我不便过多说你。咱们是穷，但穷也要穷得清白，穷得硬气。我们不甘心受穷，但也不能做那种见不得人的事情，咱们有手有脚有气力，哪儿挣不到钱。树活一张皮，人活一副脸。偷来的，抢来的，骗来的，都有用光的时候，可是被人在背后指指戳戳一辈子，那该是什么滋味？"

父亲没有好气："我不就是第一回嘛。"

母亲说："我知道你不是坏人，平时也没有发现你做过什么品行不端的事情。我怕有个第一回就有第二回，所以才用重锤敲你。就望你听得心里生疼。但愿这是一时糊涂，这只是第一次也是最后一次。"

"我知道你为什么这么啰嗦，还不是因为心疼那300元罚款。"父亲还在强词夺理，"其实这事说起来也是怪你。"

母亲："怎么叫也是怪我？"

父亲："谁叫你那么痛快地把钱就给付了？依着我，不付。关个十天二十天就关个十天二十天，看他们能不给我饭吃？顶多一二十天。可你倒好，一五一十、一五一十、一五一十，谁要你答应得那么爽快？依着我，不付就是不付，看他们能把我怎么样。"

母亲："你倒破罐子破摔了。"

父亲："就是怪你，不是你叫我去借钱，就不会发生这样的事情。"

母亲不能不感到委屈："我叫你借钱，没叫你去偷？你知道偷一个窨井盖会闯什么样的大祸？"

父亲："我说怪你就是怪你，怎么不怪你呢？什么读书、读书，上学、上学，不读书又怎么样，不上学又怎么样？平平静静的家庭，安安稳稳的日子，就你心比天高，盼这个巴那个，自己给自己折腾罪受。"

母亲眼圈红了："孩子他爸，这是你这当爸的该说的话吗？咱们这当爹当妈的，都是自己的孩子，能不盼这个盼那个，手心手背，亏了哪一边都是不对。以前，做爹做妈的，大多数只图把孩子能够养活也就行了，现在，哪一家父母不图子女成才，不巴望自己的孩子今后有一个大的出息？"

父亲做下错事，倒还歪理挺多："说来说去还是怪你，既然这些个读书上学的事都要花钱，那你刚才为什么那么大方？一五一十、一五一十，眼皮眨都不眨。那是整整300元钱，这么一五一十、一五一十……"

母亲的眼泪哗地流了出来："孩子他爸，一个人活在世上，可以苦不怕累不怕，怕的往往就是委屈。一个人活在世上，可以流再多的汗再多的血，心里再怎样艰难，有时候就想听到亲人的一句安慰。有一句好听的话听到，也就有了，也就够了。可你？300元钱对我，对孩子们，对这个家，特别是在这时候，实在是太重要了。我心疼300元钱，我能不心疼吗？我一五一十、一五一十，脸上平静，心在滴血，心在颤抖。我一五一十、一五一十，是数出去不是数进来，我看起来毫不在乎，我能毫不在乎？那是割我的肉，割孩子们的肉。我能不心疼300元钱？我一个月才多少工资？一头牛才卖几个钱？孩子们的学费还没有着落，但数出300元钱我是没有眨一下眼睛。那是为什么？那是在我心里你远比300元钱重要。我能忍心为300元钱让你拘留？你应该知道你是这里的一家之主。"

父亲精神仍然很足："亏你还知道我是一家之主。若要依我，他们根本就不必再上高中。还不是为了他们的高中，还有你的固执。"

母亲有些火了："世上任何人做的任何坏事都能为自己找到理由。你别把你做下的那件瞎事涂上一层为了老婆孩子的光彩。这是不思悔改，我真替你害怕，你如果真的托着这层理由，理直气壮，今后什么事情干不出来？我可告诉你，你如果今后再做下这等瞎事，我和孩子们不但没有一个领情，还会怨你恨你。我把丑话说到前头。难道为了孩子们的高中，为了我的固执，你就不会有别的选择？"

父亲这才耷拉下脑袋："我能有什么别的选择？我会什么？"

母亲说："你在北方呆过，炉烤山芋的手艺不错。烤出的山芋又香又甜又糯……"

父亲立即就趾高气扬起来："不用说了，还不快去给我把炉子整整。"

母亲听到这话，立即就来到堂屋，从角落里搬出大泥炉。风风火火地刷去灰尘，填上干柴，升上火。

奶奶在房间里咳嗽。

母亲丢下手里的活，赶紧进去："妈，你药怎么没吃？"

奶奶憋住气喘："刚才嚷嚷什么？"

"没有什么？智清在街上喝酒多喝了两口。妈，快把这碗药喝了。来，我扶你起来。"母亲尽可能装着没有事的样子。

奶奶将母亲递过来的药碗轻轻推开："学费的事情有没有着落？"

母亲说："妈，这事你别操心。"

奶奶从枕头下颤颤抖抖地摸出几元钱说："我总是给你们拖累，也不能帮你们什么，这里还有几元钱，你拿去凑上。"

母亲将钱又塞回奶奶枕头下面："妈，你别担心。你看着，到开学的那一天，我会一个钱都不少地把他们三个全送到学校去，妈，快把这药喝了。"

奶奶接过药碗:“我知道,这药很贵。”

母亲说:“咱们家什么事都没有妈的身体重要。你就不想亲眼看着你的孙子、孙女们一个个走进高中?今后还要一个个都考上大学。”

奶奶叹了口气:“想,怎么不想!可是那得花钱,那得一年年花钱。可我这把老骨头,老不中用了,还得一天天拿药保着。咳,我知道,这药很贵。”

母亲在奶奶的被口上铺一条毛巾:“妈,这药贵不贵你都别去想它,咱们现在最要紧的就是赶早给你把这病治好。”

奶奶摇摇头:“我这是老病,怕是再怎么吃药也是治不好的,倒把钱给白白糟蹋了。”

母亲没有想到奶奶会在心里已经拿定了另一个主意,仍轻声安慰说:“妈,别想这么多了,快,趁热。”

奶奶想了想,将汤药喝了。

屋后,黄鹂带着两个妹妹在往一件件汗衫上绣花。

母亲走去将汗衫夺下:“加工单位收货的时间还早,你们都给我去看书,卓儿哩?”

黄琳说:“他跟同学上街玩去了。”

母亲说:“卓儿自小就不肯处在人下,心气高,想上进,妈替他高兴。但是他也有爱面子图虚荣的毛病。对有钱的孩子,既妒忌又羡慕,跟他们闹不到一块儿,又要跟他们扎堆。妈也替他担心。”

黄琳说:“我去找他回来看书。”

母亲不置可否:“妈今晚是小晚班,晚饭你们自己烧。别忘了给奶奶吃药。”

母亲说着就急急地走了。

父亲将大泥炉抱上木板车,也推着车子走了。

黄智清的木板车刚推到镇街,斜巷里就走出黄毛女人。

她看到黄智清,急忙向他招招手。

黄智清的木板车推进了斜巷。

黄家又将发生一件事情——奶奶不想活了。

堂屋的角落里有一瓶农药。瓶上画着白森森的骷髅头。

奶奶走出自己的房间，摸进堂屋。

并径直走向角落。

奶奶颤抖着的手，拿起了那瓶农药。

再说黄智清跟着黄毛女人走进黄毛女人的家里。

黄毛女人说："我看你是越来越有出息了，会沿街叫卖，卖你那什么烤红薯了。"

黄智清讪讪一笑。

黄毛女人逼了一句："是不是你那女人出的主意？"

黄智清不语。

黄毛女人："还真出息你了。"

黄智清突然冒出一句："酒哩？"

黄毛女人神情怪异地轻声一笑："我是要给你拿酒，拿酒给你压惊，听说你'进去'了？为什么进去的？为那一点小事进去，真是不值。"

说着就给黄智清倒酒："先来一杯黄的。"

黄智清喝了一口立即就龇牙咧嘴："醋，拿错了，醋。"

黄毛女人："那就来一杯白的。"

这女人显然事先已有准备。

黄智清喝了一口："哪是酒？冷水。"

黄毛女人将酒瓶在桌上重重一顿："你知道不是酒啊？我凭什么供你酒喝？还要陪你睡觉？我前世欠你的吗？你凭什么？"

黄智清慌了："你、你这是？"

黄毛女人："你总是说瘦死的骆驼比马大，你老黄家既有家底你还会到大街上偷那盖子？"

黄智清："不不，你听我说。"

黄毛女人："我再问你一次，你说你家那'可当三百亩'究竟是什么东西？"

黄智清几乎是哭丧着脸："我的姑奶奶，我真没有见过，锁总是锁着。"

黄毛女人："锁？锁可以砸掉，你什么时候抱来让你姑奶奶长长见识。"

黄智清一个劲摇头。

黄毛女人："怎么？"

黄智清双手一摊："我可是跟你说过多少遍了，我那娘，我那老不死的老东西，看得死死的，看得比命根子还要紧。我拿不出来，真的拿不出来。"

黄毛女人冷冷一笑："你拿不出来，别人可是拿得出来。行，不用劳你大驾，那'可当三百亩'究竟被你那老不死的娘藏在什么地方你总知道？"

黄智清："这、这……"

黄毛女人眉毛一竖："怎么？"

黄智清吞吞吐吐："这、这我可以告诉你一个人，就你一个人，你可别说给别人。"

黄毛女人："不想告诉我也就算了。你不愿意说，我还不想听哩。"

"我说，我说还不行吗！"黄智清赶紧附着她耳朵一阵耳语，末了在她脸上亲了一下。

黄毛女人也亲了他一下。

黄家。

奶奶颤抖着手，拧开了农药的瓶盖。

过了一会，奶奶终于将农药瓶颤抖着举到嘴边。

一群孩子聚集在送子桥头，在争执着什么。

刘品仁低下头，把脑袋送到一个个同学面前："看看，再仔细看看。这是什么黄，正宗的莫里·多夫黄。莫里·多夫唱那首'里罗里罗……'的时候，就这颜色的黄头发。"

说着就瞟了一眼黄卓："其实跟你们说了也是白说，一个个老土。穷不拉几的，光成绩好顶个什么屁用？恐怕莫里·多夫都没有见过。莫里·多夫知道吗？摇滚歌王。"

眼睛又瞟了一次黄卓。

"不对。"嘉妮挺身而出："莫里·多夫的那黄还兼一点红色。"

黄卓也道:“你那黄算什么黄毛?还莫里·多夫。藤黄颜料加一点肥皂水化开来染的。”

众人一阵哄笑。

刘品仁恼了:“你懂什么,你也配说三道四?你进过美容店吗?这是正宗的法国焗油,进口香叶水,外加摩丝,一个头 50 元只找两个硬币留一块糖你吃吃。你焗得起吗?你也配在一旁小扇煽些风凉话?没吃过海鲜,弄一根鱼腥草在手里就配笑话鲍鱼的美味?”

众人有的捂嘴窃笑,有的暗觑黄卓。

黄卓搜肠刮肚准备攻击。一时找不到适当的言辞,脸孔渐渐就涨红了。

众人不觉吐吐舌头。

这时候卖红薯的父亲推车过来。

黄智清歇下烤炉:“卓儿,给你一个红薯。孩子们,我这烤红薯可是正宗的北方嫡传,又甜又香又糯,只要一角一斤。”

刘品仁醒过神来:“黄卓,我还以为你爸是干什么的。原来你爸是卖红薯的。”

黄卓怒道:“你爸才是卖红薯的。”

刘品仁故意左看右看:“我爸卖红薯的?我爸在哪?我爸在哪卖红薯啊?”

一阵哄笑。

黄卓:“你爸有什么稀奇?”

刘品仁:“我爸是没有什么稀奇,我爸只是医院的院务部主任,但好歹也能管着你妈。”

黄卓想说什么但又没有什么好说,憋得脸红脖子粗,却又突然冲着呆立着的父亲一吼:“你还站在这里干什么?”

父亲莫名其妙,讪讪地拉起板车走了。

背后爆发出一阵哄笑。

刘品仁满面春风,环顾一周:“大家都看到了吧,刚才有人说我这头发是藤黄颜料染的。我想再过一会,他该说我这头发是南瓜汤或山芋粉抹的了。那烤山芋可是又甜又香又糯……”

黄卓恼得不行:“就说你是南瓜汤或者是山芋粉抹的那又怎样?我没有

说你是牛粪狗屎涂的，还给你留了面子。”

刘品仁忽然想起了什么，手掌一拍：“那是你爸？真是你爸？”

黄卓不屑理他：“这你管得着吗？”

刘品仁：“我是管不着，人家该归公安局和派出所管。”

黄卓血脉贲张：“你、你再说一遍。”

刘品仁：“我再说一遍又怎么样，难道还怕你把我吃掉？你爸该归公安局和派出所管。”

黄卓：“你……”

刘品仁：“你爸是小偷。昨天偷了窨井盖，今天以卖红薯为掩护，不知道又要偷什么东西了，你们都检查检查，看有没有少了什么东西……”

他正说得畅快，怒不可遏的黄卓一拳打来，正中面门。

骄横惯了的刘品仁怎能容忍自己吃了大亏，倒地后爬起来便向黄卓挥拳。

于是一场混战。

刘品仁不是黄卓对手，吃亏之后边退边道：“好你个贼坯，你给我等着，我不让你知道我的厉害我不姓刘……”

母亲在医院擦窗、抹桌、拖地板，手不停脚不歇，忙得汗流浃背。

匆匆走过的医生护士，或在院子里溜达的病人，往往都要向这么卖力的这位清洁工投去充满敬意的一瞥。

这时候，一个护士急急走来对正在忙碌着的母亲说：“阿娟姐，刘主任叫你。他在院务部办公室。叫你现在就去。”

“可知道刘主任找我有什么事？”母亲问那护士。

护士悄声说：“你是不是哪儿得罪了刘主任？”

“你这话？”母亲莫名其妙。

那护士说：“赶紧去吧。看他刚才的脸色不对，小心一点。”

母亲脱下围裙，手指梳一下被汗水粘在额上的头发，便急去院务办公室。

母亲来到院务办公室，轻轻推门进去：“刘主任找我？”

刘主任头也没抬，将桌上的一张表格朝前一推："你拿上工资单到财务科把这个月的工资结了。"

母亲说："谢谢刘主任，这一阵我还正等着钱用。可是，可是到月底还有一个星期？"

刘主任仍是头也不抬："结了这个月工资，你就别来上班了。"

不啻是五雷轰顶，母亲的身子晃了一下："刘、刘主任你说什么？"

"结了这个月工资，你就别来上班了。"

刘主任的声音像轰雷一样，一波接一波地传递过来又扩散开去："结了工资，你就别来上班了……"

母亲竭力稳住心神："刘主任，你这话的意思？是不是我王娟做错了什么事情？"

刘主任显得极不耐烦："叫你走人你就走人。"

母亲说："我想知道原因。"

刘主任道："你被辞退了。这就是今后别来上班的原因。"

"我从没有做过不明不白的事情，我需要知道我为什么走人。而且我毕竟在这里服务了多年。"母亲还没有从震惊中冷静下来。

刘主任摘下眼镜瞥了母亲一眼："正因为你在这里已经服务多年，所以虽然离发本月工资还有一个星期，但我还是建议财务科发给你足月工资。"

母亲说："多谢刘主任照顾。我想主任突然辞退我王娟，一定是我王娟做错了什么。如果主任是为了给人面子不便当面指出，能不能再给我几天时间，让我在内心再仔细想想，想想自己到底错在哪儿？"

主任："不行。"

母亲："我想到了错在哪儿立即就改。"

主任："不行。"

母亲："反正到正式发放工资还有一个星期。能不能让我再做一个星期？一者，国家不冤。二来，也给我一个或许还可以将功补过的机会。"

主任："那我还是只能回答你两个字——不行。"

这时候，黄鹂和黄杏、黄琳三姐妹正手忙脚乱地将昏迷不醒的奶奶抬进这家医院的急诊室。

黄鹂急急奔到住院处，对着窗洞说了几句什么。

窗洞里一张没有表情的脸说："不行，要住院就得先缴500元押金。"

黄鹂急道："能不能拖欠一下？先办一个手续。"

那张脸没有任何变化："不行，必须现金，这是规定。"

黄鹂便急忙去四处寻找母亲。

黄杏和黄琳则泪流满面地使劲推搡着奶奶：

"奶奶。"

"奶奶，你醒醒。"

……

一个当班的年轻医生用听筒给奶奶做了一下检查。

碰巧，院长进来。

年轻医生说："院长，这病人……"

院长瞥见农药瓶，迅速将奶奶的眼皮一翻，立即道："怎么不送抢救室抢救。"

年轻医生说："还没有办完手续。"

院长断然道："先抢救后办手续，立即送抢救室抢救。性命要紧。"

黄杏和黄琳向院长跪了下来。

院长急忙将她们姐妹拽起。

第四章

母亲在院务办公室里仍作最后的坚持:“刘主任,你听我再说一句。”

刘主任已显然是极不耐烦:“不用说了。立即领工资走人。”

母亲叹了一口气:“刘主任,我以前曾经敬重你有知识有文化,为人谦和,满肚修养……”

正说到这儿,窗户里闯进来一阵风,将门给吹得关上了。

这刘主任连忙将门拉开,像要避什么嫌疑:“咱们还是开着门说话。”

母亲显然被激怒了:“刘主任,我不会跪下来求你,更不会作践自己。我还没有学会用见不得人的办法来达到目的。开着门、关着门都是一样的话,我没有想到你骨子里也有蛮不讲理的地方。”

刘主任怒道:“你走还是不走?再不走我就要叫人了。”

母亲说:“你放心,我不是无赖。”

刘主任:“你是蚂蟥,叮住了就甩不掉的蚂蟥。”

母亲说:“刘主任,你有没有听说过‘带雏的母鸡连黄鼠狼都不怕’这句老话?我如果只是为了自己,或许你只要丢一个难看的脸色我都会立即走人。哪里找不到一口饭吃?但是我有四个孩子,除了供他们吃饭,还要供他们读书。为了这个,我才十分在意这份收入,才这么和你软说硬磨。”

“谁家没有困难?让谁走谁都有足够的理由赖着不走。”刘主任摇摇头,“怪不得下岗的工作难做,连一个体制外的临时工清退起来都这么烦。”

母亲听到这话立即就抓起桌上的工资单:“你这话怎么没有早说?如果我早知道是为了清退临时工,那就不是因为我做错了什么,我也不会磨你这么久了。”

刘主任显然是为了整整母亲："想通了就好，其实想不通也别无选择。我叫你端不成这个饭碗你就端不成这个饭碗。"

"你……"母亲的火气又腾地冒了起来。

这时黄鹂出现在门口，大声急道："妈，奶奶快不行了，奶奶喝了农药。"

"奶奶喝了农药？现在在哪？"母亲吃了一惊。

黄鹂急道："急诊室。但要先交钱。"

母亲把工资单朝女儿手里一塞："快，去财务科领妈的工资。"自己则直奔急诊室。

黄智清推着红薯烤炉沿街叫卖："买红薯喽，正宗的北方风味，糖芯红山芋，又甜又香又糯……"

一脸沮丧的黄卓从巷子里出来，迎面碰见父亲的烤炉。

父亲忙道："卓儿，肚子饿了没有？来一个，尝尝爸的手艺。"

黄卓站着不动。

父亲故意笑道："手里没钱没有关系，爸赊你一个。"

他拣了一个山芋，左手倒到右手里，口中不停吸溜嘘哈着急急地递到黄卓面前。

黄卓仍是不动。

父亲烫得直欲发火，却见儿子脸色铁青，觉得有些不妙。再又见到儿子额头上的一道抓痕，便问："你这是怎么啦？谁打你啦？"

黄卓突然抓住板车使劲一掀。

烤炉猛被翻倒，山芋滚了一地。

父亲大惊："你个狗日的东西，你疯啦？老子问你脸皮被谁抠破了难道问错了吗？"

黄卓目中噙泪："我的脸皮是被你抠破的。"

父亲怒道："被我抠破的？你昏了，我什么时候抓你脸皮了？"

"你在这卖红薯就是在破我脸皮，甚至伤得比这更深，比这更痛。"黄卓说完，一抹眼泪，掉头就走。

父亲莫名其妙，一边扶起炉子，捡拾着山芋，一边恨恨地骂着、嘟哝着……

奶奶经院长抢救,已经脱险。

母亲赶到抢救室:“妈,怎么啦?没有事吧?”

奶奶摇摇头:“何苦救我!我多活一天就给你们添一天累赘。”

“妈你怎么这么说哩?”母亲给奶奶拭去眼角的泪水:“以后可别这么想了,做长辈的能平平安安地活着就是晚辈的福气。”

院长一旁道:“原来是你母亲。”

母亲忙道:“多谢院长。感谢院长亲自出手救了孩子他奶奶一命。”

院长说:“没有事了。如果不想住院配一点药回去歇着也行。”

母亲想了想说:“院长,我还有一件事情……”

院长一愣:“噢,说吧,还有什么事情?”

母亲犹豫了一下,摇摇头,将自己被辞退的事溜到嘴边又咽了回去。

院长笑道:“怎么不说?有什么事尽管说。”

母亲想了想,还是摇摇头:“已经给院长您添麻烦了。”

一波未平,一波又起。

黄家又被两个身份不明的人盯上了,两人向黄家方向走来,鬼鬼祟祟,形迹极其可疑。

其中一个悄问另一个:“那就是黄家?”

另一个人点点头:“你说这一次咱们能不能得手?”

那人轻声说:“那就要看今晚的运气了。”

这是黄家又一个灰色的傍晚。

奶奶回到家里,回到病床上,又恢复了先前的咳嗽。

父亲仍蹲在门槛上抽烟。

儿子黄卓在门外劈柴,像对柴火有着极大的仇恨似的,真的运斤成风,斧头下得又狠又猛。

黄鹂帮着母亲烧菜做饭。

最小的黄琳和黄杏不时地互望一眼,像预见到会有什么风暴来临似的大气不敢出一声,小心翼翼地抹桌搬凳,上饭端菜。

母亲将一碗细软些的饭菜递到奶奶床前，说："妈，这是你最喜欢吃的。"

奶奶叹了一口气。

母亲又道："妈，别想那么多，身子要紧。"

奶奶："我怎么就死不掉呢？"

母亲："妈快别那么说。妈以为活着就是拖累我们，闭上眼走了我们就会轻松？其实妈用那种办法闭上眼睛那才是真正拖累我们。人家会说我这当媳妇的没有服侍好婆婆，会说就是为那几个孙子孙女儿的学费老人才走上绝路。我这当儿媳妇的脊梁骨都会被人戳碎，你那几个孙子孙女儿就是坐在课堂上也学不安心。"

奶奶叹一声，点了点头。

母亲给奶奶背后添一块靠垫，让她坐得舒服一些。

奶奶指着墙壁说："孩子他妈，你把那个匣子拿来给我。"

母亲从墙壁里掏出那只匣子，交给奶奶。

奶奶抚摸着匣子："孩子他妈，你不想知道这匣子里到底藏的什么？"

母亲摇摇头："我已经知道这是祖上传下来的东西就已经够了。"

奶奶抚摸着匣子："这匣子里到底装的什么，其实连我也不知道。你看这锁锈的，打孩子他祖奶奶也就是我的婆婆传给我的时候，我就没有打开过一回。孩子他妈，今天这匣子就正式传给你了。"

母亲忙说："妈，还是你给收着。"

"不。"奶奶这一回的语气和脸色是不容置辩，"这一回你可是收也得收下，不收也得收下。一者，妈老了，管不了事了，而且说走就走。二者哩，这一阵智清总是跟我提这匣子的事情。我想我如果不是整天瘫在这床上，这匣子恐怕早就没了。我想我今后万一有一个什么疏忽……那我就上对不起祖先，下也对不起这帮孩子。孩子他妈，今天这匣就归你管了。是守是卖，是守着继续传给后代，还是卖掉去救济当前，我都不再过问，这都是你的权利。"

母亲还欲推辞："妈……"

奶奶一摆手："娟，不用再推，事情就这么说了，你要是再推哩，就是不想接这个家了。"

"妈，你这么说，我就接下，替孩子们接下，我敢向妈保证，在我这辈子手里，不到实在万不得已，不会把它变钱。”

奶奶叹一口气：“娟，这在你手里了，就由着你全权了。娟啊，这个家，实在太苦了你了，万一不行，你啊，你就、你就……”

“妈，这匣子的分量，我会知轻知重，我不是败家的女人。”

过了一会，奶奶又指着一只过去专放拜帖的木盒说：“娟，找一块砖头装在那盒子里，再放回去。明白了吗？弄个假的放回去。”

母亲点点头。

天又晚了，两个鬼鬼祟祟的人踅到了黄家后门外，立即就找一个地方隐藏起来，显然是在伺机下手。

黄家一家人都在埋头吃饭。一点声音都没有。似乎唯恐一颗米粒掉在桌上都会像一粒火星落在草垛上那样惹来一场大火。

黄卓最先扒完，轻轻搁下筷子，推碗欲走。

果然，母亲发话了：“卓儿，今晚上你先别看书。先去和一堆泥巴把你摔坏了的炉子补上。”

黄卓站着不动。

母亲提高了声音：“你听到没有？你今晚上必须把你爸摔坏了的炉子补上。”

黄卓顶了一句：“补它干什么？”

母亲：“让你爸明天继续上街吆喝他的红薯。”

黄卓火了：“卖红薯能挣几个钱。”

母亲：“无论大钱小钱，只要是凭一双手挣来的，就都是钱。而且无论能挣多挣少，只要是钱，对咱们这个家都非常重要。”

黄卓：“我就不补。”

母亲：“为什么不补？”

黄卓不语。

母亲：“炉子是不是你掀翻的？”

黄卓：“是的。”

母亲不怒自威：“那就更加必须由你补上。”

黄卓也近乎吼了起来："干什么不挣钱？为什么偏要满大街吆喝红薯？"

母亲竭力平静情绪："你吼什么？你知道坐在你面前的是谁？你爸你妈。不错，干什么都能挣钱，但你爸除了农活之外，这烤红薯就是你爸最拿手的手艺。这手艺并不是人人都会，说洋一点也是一技之长。"

三个女儿偷看父亲。

父亲虽然不动声色，但瘪着腮帮将一口旱烟深深吸进去的感觉显然很香。

母亲又道："你爸那板车在老街上一推，炉子到哪，烤红薯的香味就能飘到哪儿，妈在医院里都能闻见。心里很甜很香，又糯。"

父亲便说："医院旁边的那条巷子太窄，板车推不进去。"

"卓儿"，母亲又重复了一次："去给你爸把炉子补上，趁现在天还亮着。"

黄卓还是不动。

母亲："听到了没有？去还是不去？你爸有这个手艺，是他的自豪和骄傲。我们得帮衬着、维护着。可你哩？你当街掀翻你爸的炉子，就等于给你爸正开心着的脸上猛甩了一记耳光……"

"算了，都不要说了。我去看看窖子里还有多少红薯。"父亲说着就出了门外。

母亲忽然想起了什么，从花布皮夹子里取出一溜纸条，递给黄卓："给妈念念。"

黄卓溜了一眼："有什么好念的？"

母亲："念念。这是妈过去扫地捡到的一张报纸，看到有这么一个标题，就剪下来藏着，一直藏到现在。念念。"

黄卓含混地嘟哝了一句："人品是最高的学历。"

母亲："大声一点，念给你大姐还有两个妹妹一块儿听听。"

"人品是最高的学历。"黄卓故意将声音念得奇大。

母亲说："你们都听到了。妈望子成龙也好，望女成凤也好，巴望来巴望去，也是盼你们真正成人，成一个有用之人。先成人后成才，否则，才也不才。卓儿，你靠妈再近一点。"

黄卓虽不情愿，却还是听话地往前挪了两步。

母亲望着他，十分动情地说："卓儿，你大了，妈够不着打你。但是妈必须告诉你,咱们家穷,你可以不甘心,不甘心往往就是动力,但你不能看不起这个家。什么叫儿不嫌母丑?庄稼是庄稼地里长出来的。你庄稼可以自己蹿起来远远地离开庄稼地,庄稼地也希望你庄稼越长越高,但你庄稼长得再高也不能嫌弃庄稼地。庄稼是庄稼地里长出来的。”

黄卓低下脑袋:“你不要说了好不好。”

“妈还是要把话说透。生而不养,是母亲的过错,养而不教,也是母亲的过错。妈知道你们长大了,要自己的面子。难道你爸上了岁数就不要自己的自尊?你爸卖红薯伤了你的脸面,你把你爸的卖红薯的炉子掀翻就不伤你爸的脸面?”

黄卓声音小了许多:“我知道错了。”

“知道错了怎么还站在这里?”母亲瞥了一眼门外。

门外,父亲已经自己在和泥修补烤炉。

黄卓走过来,磨磨蹭蹭地捋起袖子欲插手。

父亲故意板着脸大声说:“你给我放下。兔崽子,爸这点活还要你帮忙?你给我好好读你的书去。”

黄卓一时做也不是退也不是。

父亲又吼了一声:“还不读你书去?中考得个第一就不把老子放在眼里了。兔崽子,有本事将来就到高中再拿他一个第一给你妈妈看看,那才算孝顺儿子。”

黄卓就举手做了一个敬礼的样子,小声说:“爸,我对不起你。”

说完转身就走。

父亲冲着他的背影学了一个敬礼的样子,笑了:“你这兔崽子,原来你也怕你爸吼你。”

屋内,黄鹂帮母亲洗碗。想了想,终于说:“妈被人家清退了?”

母亲忙四周一看,悄声问:“鬼丫头,你怎么知道的?”

黄鹂:“我去帮你领工资,工资单上写着——清退除名,下月停发工资。”

母亲小声吩咐:“这事暂时别告诉你爸,也别让你弟、妹他们知道。”

黄鹂:“为什么?”

母亲故作轻松:“从前戏里不也常有这样的事?前方打了败仗都要封锁消息,以防动摇军心。”

黄鹂:“应该让大家知道,让大家在心里都扛一点分量。”

“这担子由妈一个人挑着也就够了,何必让那么多人都跟着惶惶不安。”母亲说到这儿,表情突然严肃起来,“特别不能告诉奶奶。”

黄鹂忧心忡忡:“这里也不能告诉,那里也不能说。可是我们开学还只有一个星期时间了,那一笔笔学费……”

母亲说:“你别替妈操心。相信妈,妈自有办法。”

“该想的办法不都想了!外婆仅有的几元钱全拿出来了,阿姨把羊卖了,咱们家的牛也已经让人牵走了。结果哩?爸去借钱,却被派出所罚款;奶奶为了省钱不想活,又赔了药费;妈指望工资,偏是丢了饭碗……只有一个星期了,还能到哪凑那一大笔学费?”黄鹂一脸忧愁。

母亲收起最后一只碗,解下围裙双手绷开了使劲一振:“别说了好不好,相信妈,妈会有办法。”

黄鹂眸中噙着泪水:“妈,你这是骗我,你是在故作轻松,你能有什么办法?”

母亲替黄鹂拭去眼角的泪水:“你弟你妹也是和你一样都替妈担心?”

黄鹂点点头:“困境摆在这儿。还有几天时间就要开学,妈在这么短的时间里到哪凑齐这上千元学费?他们嘴上不说,心里一定和我一样着急,一样发愁。”

母亲想了想:“你把他们几个都叫到后院老墙根下。”

黄丽一愣:“干嘛?”

母亲:“妈现在不说。”

黄鹂:“什么时候?”

母亲:“就现在。”

四个孩子全来了。

母亲擎着油灯带着四个孩子来到后院老墙根下:“你们都看到了什么?”

几个孩子互望一眼,摇摇头。

母亲在墙壁上用手指轻轻一捅,抠下一块砖头。墙壁顿时露出一个暗洞。

孩子们都睁大了眼睛。

母亲从墙洞里掏出一只上着锁的匣子。

几个孩子互望了一眼。

母亲将匣子极其小心地放在桌上。

孩子们顿时像过年一样开心,眼睛里都闪出了亮光。

黄卓用手试了试,似乎很重。

母亲拿出一把钥匙丢在桌上:“这是奶奶传给妈的。这是你们黄家一代代祖传下来的东西。”

黄琳问:“妈,这里装的到底是什么东西?”

黄杏说:“那‘可当三百亩’到底是什么意思?”

黄卓抓过钥匙:“我来看看里面是袁大头还是孙中山。”

母亲却把他的手按住:“这里是银元还是金条,是白玉还是翡翠,妈不知道,你爸也没有见过。连奶奶都没有见过,你们看这锁给锈的,有钥匙也没有用。妈想既然是祖上的东西,不到万不得已的时候就不能动它。一代代传下来不能传到咱们手里没了。你们说是不是这个道理?”

除了黄鹂有几分起疑之外,黄卓、黄杏、黄琳都非常高兴。气氛明显活跃起来。

母亲收起钥匙:“你们可知道妈为什么今晚上要把这个搬出来给你们看看。”

几个孩子都竖起了耳朵。

母亲说:“这阵子啊,家里气氛太闷,就像梅雨季节,天总是阴着。妈知道为什么,是因为快要开学了。你们愁学费,替妈担心,替这个家担心。妈心里感动,孩子大了,知道替妈分忧了。但妈看到你们脸上一个个都没有阳光,心里也很难受。”

黄鹂:“妈的意思?”

母亲欣然一拍匣子:“别总是忧忧愁愁,咱们家没有山穷水尽。什么叫瘦死的骆驼比马大?老黄家是有底子的人家。当然,这得用在万不得已的时候。能不用尽量不用。总之,你们管你们用功学习,用不着愁钱,有妈在背后给你们撑着。”

黄琳和黄杏笑了。

黄卓也跟着笑了。

只有黄鹂还是一脸忧愁。

母亲收起匣子:“睡吧。把开学要用的书都准备准备。心里别总是悬着,妈到时候一定能给你们准备好学费。”

夜色渐浓。

隐在屋外的那两个人从隐蔽处踅了出来。蹑手蹑脚地踅近黄家老屋。

父亲又开始坐在床上抽烟。

母亲进来:“怎么不睡?”

父亲说:“他们几个的学费不是还没有着落?”

母亲熄了灯,没有说话,只是默默地望着窗外。

过了一会,父亲说:“烤红薯也挣不了几个钱。”

母亲道:“有比没有要好。”

父亲把烟斗在床边上磕磕:“还是那句话,都怪你好强,一个个念什么高中。”

外面,一个人影站在另一个蹲着的人影的肩上。

上面一个人影攀上了奶奶房间的后窗。

母亲说:“我明天去后街龙家看看。”

父亲:“龙家?”

母亲:“这几天常在街上碰到的那个画家。我想起来了,这人从小就去了城里读书。”

父亲哼了一声:“我也想着这人怎么有些面熟。”

母亲:“他以前很少回家,现在不知为什么……”

父亲:“你以为他会有钱?”

母亲:“借借看吧……”

正说到这儿,忽听奶奶在房间颤抖着声音大叫起来:“抓贼、抓贼……”

母亲、父亲,以及四个孩子,闻声迅速赶到奶奶房里。

只见后窗洞开着。

几个孩子在黄卓率领下，跳出后窗，追向野外。

两个人影在前疾奔。

几个孩子随后追赶。

母亲扶起奶奶。

黄智清愣在原地。

奶奶颤颤抖抖：“智清，你怎么愣在这儿？孩子们都知道抓贼，就你做爹的倒是心闲？”

黄智清心里明白，慢慢走出了屋子。

奶奶被扶到床上：“我说这些日子怎么眼皮总跳？果然。”

“倒给妈料着了，真险。”母亲看见墙洞里木盒已经没了，说：“这小偷一下手就是地方，看来是早有准备，情形非常熟悉。这就怪了，这会是哪一路贼人？”

不一会，几个孩子气喘着空手而回，都惶惶地望着母亲。

母亲说：“幸亏没有偷去什么，都回去睡吧。”

黄鹂不解：“妈，咱这穷家也会有人来偷？”

黄琳说：“这小偷会是谁哩？”

这时黄智清也回来了，他心里明白，只是眉头也同样的锁着。

黄杏想了想：“这贼会不会是、会不会是那个画家？那人怪怪的，这一阵常在咱们家四周转悠，形迹可疑。”

黄智清非常赞成：“对，杏分析得不错。”

母亲说：“这没有影子的事可不能乱说。睡吧，都回去睡觉。准备开学。妈早说过，这世上只有文化、只有知识、只有学问，才归根结底是自己的，谁偷也偷不去，谁抢也抢不去。睡吧，都回房睡觉。”

第二天一早，母亲前往后街龙家。

龙家只有姐弟两人。

龙姐躺在床上。

龙大海给她递上汤药:“有没有好一点?”

龙姐摇摇头:“头还是晕,半边身子总是发麻。”

龙大海叹了一口气:“你也太不小心。”

龙姐:“我怎么知道街上那窨井会没有盖子!”

龙大海:“你说那偷了窨井盖的人当场就被逮住,你怎么不揪住他哩?”

龙姐:“我以为就摔这么一跤也没有什么。”

龙大海:“你看你这一跤摔的。”

这时门外响起狗叫。

龙大海走出,一喜:“啊,是你?”

母亲说:“多年不走动了,连狗也欺生。你是龙家的……?”

龙大海忙道:“我叫龙大海,过去在城里不常回家,乡里乡亲的,都快不认识了。来来,请家里坐。”

母亲说:“我只坐一小会。”

龙大海:“什么事这么急?”

母亲:“我婆婆病着,回头我还得带她去医院挂针。”

龙大海:“穷人无病就是福,我家也有一个病人。”

母亲忙问:“是谁?”

龙大海:“我姐。”

母亲:“什么病?”

“跌伤的。”

“跌伤的?怎么跌伤的?”母亲急问。

龙大海摇摇头。

母亲跨进卧室,走到龙姐床前:“大妹子,伤得重吗?要不要紧?”

龙姐叹道:“就这么跌了一跤,没想到……”

母亲说:“要不要看看医生,医院里我熟。”

龙姐拍拍床边:“坐、坐下说话。”

龙大海道:“看你样子好像有什么急事?”

母亲犹豫了一下说:“我家上头的三个孩子,一时全考上了高中,是县里的重点高中。眼看着要缴很大一笔学费,本来我想……没想到妹子伤在床上。”

龙姐："这伤没有什要紧，咱们凑凑，赶紧，这可是急事。"

母亲忙拦住说："那就算了。我到别处再去想想办法。大妹子，你也好好歇着。急是急不得的，到时候我再来看你。"

母亲又回到了家里。

黄鹂问："妈，你是不是出去借钱了？"

母亲说："妈只是出去走走。鹂，你去把板车推来，奶奶还要去医院再挂一针。"

松元镇上。

黄智清已经有六七分醉意地离开一家酒馆。

松元镇上。

母亲推着奶奶前往医院。

奶奶到医院挂上了吊针。

母亲对奶奶说："妈，我出去一下，有一点事，过一会就来。"

再说黄智清，酒壮英雄胆，他仗着几分醉意，准备要和黄毛女人理论理论。

他来到黄毛女人家。

黄毛女人正在发火，发火的对象竟不请自到撞到枪口上来了。

黄智清刚走进她家，黄毛女人就关上门：

"黄智清你可来了，来得正好，来得正是时候。"

黄智清喷着酒气：

"我是来得正好，我是来得正是时候，我来问你，你，你为什么……我家那东西是不是你叫人偷的？"

黄毛女人冷冷一笑："偷你什么东西了？"

黄智清："我老黄家祖传的那件东西。"

黄毛女人压着的火苗呼地就蹿了起来，她猛地搬起那只木盒，"砰"的一声砸在桌上，盒盖都震飞了："看看，睁大你狗眼看看，这就是你老黄家祖传的宝贝？你老黄家传一块砖头也是宝贝？"

黄智清醉眼斜睨,不知有没有看清。

黄毛女人为她受到愚弄感到非常愤怒:“骗子,你这个骗子。”

她突然抓起盒子里的砖头就向黄智清砸去。

一砖头砸在额头上,黄智清顿时血流满面。

医院里,母亲去往血站。

她看到病房走廊上有病人呕吐的秽物,便习惯地操起扫帚、畚斗。

正扫着,刘主任恰巧经过,立时沉下脸色:“是王娟,谁叫你又来上班?”

母亲:“是我自己。”

刘主任:“是你自己? 你有什么资格想来这里上班就来上班? 走。给我立即走人。”

母亲说:“刘主任应该没有忘记,我领了最后一个月工资,其实到足月应该还有一个星期时间。”

“好,那好,你爱做那就做吧。我可告诉你,再怎么做下去也是一分工资没有。你已经除名。”刘主任说到这甩手离去。

母亲做完了走廊里的事情来到血站,伸出胳膊。

采血员:“你也献血?”

母亲点点头:“1 000 CC。”

采血员吃了一惊:“你就不觉得一次抽这么多不太合适?”

母亲:“我急等钱用。”

采血员:“那就 400 CC 吧。”

母亲:“姑娘,多抽点没有问题。我可以自己给自己签字。”

采血员将母亲又望了一眼:“行吧,有什么不适你就立即示意。抽多少算多少。”

母亲伸出胳膊。

采血员取出针管。

母亲的眉梢下意识地颤了一下。

采血员:“是不是害怕?”

母亲故作轻松，笑了笑："不怕。"

采血员："你有没有恐血症？"

母亲："恐血症？"

采血员："就是血晕。就像恐高症一样。有人站到楼顶上朝下一看，就晕。有人一看到血，就晕。"

母亲心里咯噔了一下。

采血员："有恐血症可要早说。"

母亲想了想，摇摇头："没有。"

采血员找着了血管。

确有恐血症的母亲转过了脑袋。

大针挑进了母亲的血管。

母亲闭上了眼睛。

鲜血缓缓地进了针筒。

采血员："放松，不要紧张。"

母亲说："我不紧张，我，我心里想笑。"

采血员："想笑？"

母亲说："我看到电视上两个孩子讲故事，讲得真好。姑娘，我讲给你听听。一个孩子说，一天，面条打了馒头一拳。第二天，馒头找来包子、花卷前去报仇。他们来到面条家(母亲的额头已经沁出了汗水)，但面条不在家，门上了大锁。馒头、包子和花卷只好回去，半路上碰到方便面，于是上前一阵拳打脚踢。方便面哭着说：'我没有招你惹你们，你们为什么打我？'(抽进针筒的血越来越多)馒头说，你别以为您烫了头发我就不认识你了。"

采血员扑哧失笑："你还真逗。"

大针拔出了血管。

母亲急忙用袖管抹去额头上的虚汗。

采血员："你是院务部的保洁工阿姨，我认识你，怎么样，有没有不适？"

母亲甩甩胳膊，下意识找了一下感觉，说："没事。姑娘我想求你一件事。"

采血员："什么事？"

母亲："我想再抽个几百。"

采血员使劲摇头："那不行，这已经是过量输采。"

母亲："姑娘，我身体好，没有事。再说哩，我家里还急等着钱用。"

采血员："你就不想要命，再说我们这里也有我们的规定。"

母亲用了恳求的口吻："姑娘，算你帮忙，我求你行吧？"

采血员："不行。真的不行。"

母亲急了："这回我真的签字，生死自愿，一切都与院方无关。"

采血员："话虽这么说，出了意外，我们仍然有责任。"

母亲退了一步："那就还按照先前那样，感觉上有什么不适，我立即喊停。"

采血员也退了一步："可要说话算话，这不是闹着玩的，千万不可勉强。"

母亲点着头又伸出了胳膊。

采血员的针管又一次深深地扎进了母亲的血管里。

母亲的额头上又一次沁出了汗珠。

采血员："你很紧张？是不是有什么不适？"

母亲再一次故作轻松："没有，感觉和刚才一样，你就抽吧，我把故事再讲下去。又一个小孩说：一只麻雀碰到一只乌鸦。麻雀问乌鸦叫什么名字？乌鸦说我叫天鹅。麻雀说：天鹅都是白的，这乌鸦倒也聪明。姑娘，你知道这、这乌鸦怎么回答？"

采血员没有发现母亲的脸色已经发白："乌鸦怎么回答？"

"我、我是烧锅炉的天鹅。"母亲坚持着不让声音发颤。

采血员笑了。

"你说这乌鸦是不是、是不是……"母亲突然倒在地上。

采血员大惊："来人啊、来人啊……"

随着采血员的惊叫，附近的医护人员急急奔来。

院长也在其中："快，立即抢救。"

被抬上担架的母亲缓缓醒来："停，停下，我没有事。"

"怎么回事？"院长以为母亲还是他的职工。

母亲说："多谢院长。我来抽血。我还真有恐血症。"

院长责问采血员："怎么没有事先预防？"

母亲忙道："不，不怪她。怪我抽血超过限量。"

院长："你为什么超限量抽血？"

母亲笑了笑，什么也没有说，拿上血单走了。

"现在去哪？"

"回家。"

院长不解："回家？"

母亲说："我已经被刘主任清退。"

院长："为什么？"

母亲摇摇头："苦笑了一下。"

母亲取到了卖血的钱，将挂完了吊针的奶奶扶出注射室。

然后，母亲拉着坐在板车上的奶奶回家。

黄智清也已先一步回到了家里。

他醉意未消，对镜一照，额头上犹流着血，便忙找了创可贴对镜贴伤。结果将创可贴全贴在了镜子的玻璃上。

然后走向灶屋，忽觉脚下一软，醉倒在稻草堆上呼呼大睡起来……

天上突然掉下一个炸雷。

梦中黄智清吓一跳，惊得坐了起来。从水缸里兜一捧水抹了抹脸。

这才慢慢走出堂屋。

母亲回到家，先扶奶奶到床上躺下。

然后回到自己房间，将卖血的钱，点了一遍。

三个孩子的学费显然仍是不够。

母亲将钱包起来，塞到枕头底下。

想了想，又将钱放进一只鞋子里，再将两只鞋一合。

然后打开四抽桌的抽屉，找出一副耳环和一枚戒指。

再将合着的那一双鞋藏进抽屉里。

又找来锁把抽屉锁上，结果忙乱中锁的却是另一只抽屉。

母亲走出房间，来到堂屋，冲着后厢房："鹂鹂、鹂鹂……"

门外起风了。

闷雷还在哼哼着。

黄鹂从厢房出来:“妈,叫我?”

母亲摊开手掌里的耳环和戒指:“你给妈去一趟南街,那里有一家银楼,是老凤祥分号,去把这换成现钱。”

“妈,这是外婆给你的陪嫁,怎么能卖?”黄鹂不接。

母亲说:“外婆给妈的陪嫁,不是让妈看看的,也是为了关键时候能够派上急用。快,拿上。”

黄鹂不接:“说什么也是一个纪念。是外婆送妈出嫁的一个纪念。”

母亲道:“外婆给妈的东西让妈派上了正用,救了急,这就是最好的纪念。妈今后给你的陪嫁,也不希望只是给你当一个摆设。”

黄鹂还是不接。

“你是怕这几样卖了,妈今后没有东西给你陪嫁了?”妈妈故意这样笑问。

黄鹂摇摇头,眸中已噙满泪花。

母亲替黄鹂抹去泪水:“孩子,不可惜,妈为了你们读书、长知识、有学问,没有什么舍不得的。再说了哩,将来等你们有出息了,就给妈把这些东西再赎回来。”

黄鹂这才将母亲摊在掌心里的耳环、戒指慢慢接了过去,又慢慢对着母亲毕恭毕敬地鞠了一躬。这才咬着嘴唇,转身飞快出门离去。

不知什么时候黄杏和黄琳也来到了背后。

黄杏说:“妈,我今后有出息了,能赚钱了,我一定给妈买比这还好的耳环、戒指,都给妈戴上。”

母亲的眼睛湿润了,手轻轻地抚摸着黄杏的头:“杏,妈不盼这个,妈盼你们今后一个个都能有出息,你们有出息了,给妈添了光彩就等于给妈戴耳环戴戒指。”

黄琳则歪着头思考了一阵,一副煞有其事的样子:“妈,你猜我今后有出息了我会给妈买什么呢?”

母亲的泪水再也留不住了:“孩子,有你们这份孝心,妈就什么都有了。”

黄琳摸着母亲头上的鬓发:“妈,我想好了,等到我有出息能赚钱的时候,我给妈买一瓶最好最好的黑发膏,给妈把这白头发一根又一根全染黑,全染得黑黑的，让妈当年的年轻再回来。那时候，妈耳戴金耳环，手戴金戒指，一头黑头发，那时候的妈就是世界上最年轻最漂亮的妈。”

母亲任凭泪水顺颊而下：“孩子，妈还不知道能不能等到那一天！”

“能。”

“能，一定能。”

黄杏和黄琳也掉下了眼泪。

母亲给黄杏和黄琳抹掉眼泪。

两个孩子也给妈抹掉眼泪。

母亲终于破涕一笑：“好孩子，为了你们这几句话、这一个孝心，妈一定活着，妈一定会等到那一天的。”

……

这时父亲装模作样将炉车歇在屋檐下走了进来：“连老天爷都跟穷人作对，又要下雨了。”

母亲一惊：“孩子他爸，怎么回事？你这头上。”

黄智清讪讪一笑：“没事，墙上撞的。”

母亲：“你看你这人，有砖头砸人的，没听说人撞砖头。”

父亲黄智清嘿嘿一笑：“你也知道，还不就贪这么一口酒嘛。”

母亲：“可疼？”

父亲：“不疼，早不疼了。哎呀，我也该歇一会了。”

母亲说：“孩子他爸，劳烦你，还真不能歇着。”

父亲不悦：“又有什么事？就是伙计，东家也得给人抽一锅烟的时间。”

“实在没有办法，赶在下雨前，你能不能把缸里的那菜子和芝麻卖了。”母亲尽可能柔着声音，“若还有空，再请森工站给后山的那片竹子给估个价。好不好？帮个忙，路上你不是照样儿还可以吸烟。”

“你倒会给别人安排时间。你哩？”

母亲说：“我得去绣花厂，把加工过的绣品送去，看能不能结几元钱回来。另外，你以前给河东窑场做过半个月，连一分钱都没有拿着，我去给你催账。”

父亲一提到河东窑场就恨：“那些个狗日的东西，一个个都是黑心的畜生。”

母亲一边整理着绣品一边说："再怎么畜生，总该讲一点理吧，做一天就得付一天工钱。"

父亲怒道："我看你别去，那些掌窑的，除了不讲理，就只有蛮劲。别工钱讨不到，还要遭打。"

"越是这样的人越不能软他。我偏去试试。"母亲说。

父亲近乎吼了起来："我叫你别去你就别去。"

母亲也提高了声音："难道你累死累活就替他们白干半个月吗？再说咱们急等钱用。"

父亲非常愤怒："你怎么不听我的，那帮人真的不是东西。别去，你讨不回一分钱来。"

"有理走遍天下，我就不信讨不回一分钱来。"母亲麻利地托起绣品，朝塑料袋里一塞，挟着就走。

父亲望着母亲出门远去的背影，摇了摇头。

黄鹂出去不久，很快就又回来了。

她一回来就走进厢房，对着镜子，望着自己的一双大辫发愣。

她终于拿起剪刀。

一双乌油油大辫被慢慢剪了下来。

黄卓和两个妹妹走进厢房，都非常吃惊。

黄杏："姐，你怎么把这么好的大辫绞了？"

黄琳："你不是说你这副辫子已经养了整整十年？"

黄鹂将一双沉甸甸的辫子在手里掂掂："百年的筵席还终有一散。"

黄杏："你不是说辫子是姑娘的骄傲？"

黄鹂展颜一笑："其实姑娘留辫子有留辫的好看，不留辫子也有不留辫子的好看。"

黄琳一惊："姐，你哭了？"

"谁说的？没有。"黄鹂咬唇一笑，波光已经分明在眸子里打转。

母亲从绣花厂出来，将一叠毛票数了数，藏进贴身的衣袋。

远处的闷雷越滚越近。

黄鹂则走进了银楼。

那个叫龙大海的画家，这时候走进了黄家。

半山里有一座窑厂。

母亲来到窑场："请问这位大哥，主事的在哪？"

那老头就扬声对远处喊道："许厂长，有女人找你。"

那许厂长过来，将母亲一番打量："什么事情？"

"你认识一个叫黄智清的人吗？"母亲问他。

许厂长："认识。"

母亲："他在你这里打过工。"

许厂长："不错。只是在这里做了不到 20 天就走了。"

母亲："我是他女人，我是替他要工钱来的。"

许厂长："你要工钱？他做了不到 20 天就因为吃不了苦走了。"

母亲："我知道当初你们说定是一个月 600 元工钱。做了不到 20 天就按半个月算也得 300 元钱，可是你一分钱都没有给他。"

许厂长："谁叫他吃不了这苦，没干一个月就已经走人？"

母亲："吃不了这里的苦，也许是他没用，但也有可能是因为这里太苦，责任未必就在我男人这一方面。如果确实是因为这里太苦，不仅违反上头的有关劳动用工规定，而且还得加倍付酬。"

"哟，你还讹诈来了。"许厂长不觉将母亲又看了一眼。

母亲说："我没有讹诈的意思，我只想替我丈夫讨他半个月的工钱。其实，据我了解，因为吃不了这里的苦而离开的并不止我丈夫一个。"

许厂长哼了一声："那又怎么样？半个月工钱？想的好事。不满一个月就不能给钱。"

母亲火了："这是谁家的规定？你并没有跟我丈夫订过这样的用工合同。别说干一天就得付一天的工钱，就是干一个小时也得付一个小时的工钱。"

"那国家的干部为什么要到月底才能拿到薪水？"许厂长理由十足。

母亲："我只知道国家有计件工资制，有计时工资制。计时就是一天八小时,而没有听说过计月。”

“我还是问你那句话,为什么干部要到月底才能拿到工资?”

母亲并不是一点文化都没有的农村妇女。母亲说:“按月发工资只是一月一次结算。并不是不到一个月就算白做。退休干部如果不是月底退休,就拿不到这个月的工资?你有没有听说过退休干部都在月底退休?不到月底退休,还是要发给他一整个月的工资。”

许厂长愣了一下,立即又梗起脖子:“你丈夫干的那活也能算活?”

母亲道:“这我相信,我那丈夫不是力气活的料子。但再怎么不行,他毕竟给你干了半个多月的活。你可以打折,但不能一文不给。”

许厂长又将母亲看了几眼:“你倒蛮有道理。”

这时候风更大了。天上也开始落起雨点。

许厂长想了想:“你真想要钱?”

母亲说:“是的。”

许厂长:“就不给你那又如何?”

母亲说:“不给我我就不走。我不是要赖,因为理在我手里。”

许厂长:“你有你的理,我有我的理。钱可以给你,但有一个条件。”

“什么条件?”母亲问他。

许厂长指着一堆小山样的砖头说:“你想拿到钱可以,但先要将这一堆砖头并到那一堆砖头上去。”

不远处有一堆更高的砖头堆,真的像山一样,毛竹搭起的脚手梯令人望之目眩。

许厂长一脸得意:“害怕了吧?现在后悔还来得及。”

母亲不语。

许厂长:“我可不是故意与你一个女人为难。你丈夫没有把事情做好,而你又想要钱,那就由你先把这活给补上。”

母亲沉寂了一会,缓缓道:“当真?”

许厂长:“当真。”

母亲:“不得反悔。”

许厂长:“决不反悔。”

母亲立即操起扁担。扁担两头拴着络砖绳。

一挑60块砖头左右，大约有150多斤。

母亲的动作非常麻利，大约30块砖头一垛，摞出两垛之后，络砖绳分别一络，挑起就走。眼下的任务是将这稍小的砖堆并到那高大的砖堆上去。通往那高高的砖堆顶上的脚手梯，是毛竹绑搭起来的，悠悠晃晃，别说挑着百来斤的砖头，即使空身走上去都有些提心吊胆。

母亲硬是一担担砖头挑了上去。

又是几声炸雷，风更大了。

天很快就黑了下来。

再一声炸雷，天像被轰破了似的，豆大的雨点泼洒而下。

窑厂的工人和那许厂长都退进了屋里。

只有母亲一个人在风雨中来回穿梭奔波。

偶尔一道闪电，照映出雨箭下的影子——

母亲被砖担压得佝偻着的腰弯得很低。

随即便是一个炸雷，泥水中的母亲似乎被震了一下。

经过雨淋的脚手梯格外滑了。挑着重担的母亲脚蹬而上的时候，小心翼翼，颤颤巍巍，有时候几乎就是手脚并用地攀爬。有几次脚下一滑，险些摔下脚手梯。

退进工棚的许厂长与他的工人在摔打着扑克。

许厂长甩出一张牌："你们说那女人能不能挑完那一堆砖头？"

一工人："我想没有可能。"

又一工人："那么一大堆砖头，就是两个壮劳力忙活半天也未必就能挑完。"

再一工人："何况现在已经是傍晚，天又下着大雨。"

"我就是叫她知难而退，别想拿到一元工钱。"这许厂长又甩出一张，"出牌。"

几个工人都不约而同地又望了望门外。

天色近暮，大雨仍然在瓢泼而下。

雨水和着汗水，湿漉漉的母亲一整个就是水里爬上来的一样。

母亲仍在咬牙坚持，就是为了父亲没有拿到的那几元工资，更是为了几个孩子的学费。

下午已经卖掉那么多血的母亲，现在连一口饭都没有下肚。

母亲咬牙在泥泞里一步步坚持，心里在说："孩子们后天就要开学，我决不能空手回去、决不能空手回去……"

这声音传得很远，似乎压过了滚雷。

天黑了，黄家的饭菜都已经摆在了桌上。

父亲一个人蹲在凳子上喝酒。

四个孩子一声不响地坐在旁边。

父亲搁下酒盅："吃啊，怎么不吃？"

四个孩子没有动筷。

父亲用筷尖点点桌子："一个个怎么都在犯傻？吃啊，怎么不吃？"

黄琳白了父亲一眼："我们要等妈回来。"

门外，雨声大作。檐头水像挂着一张水帘。

窑场上。

砖堆显然矮了许多。

母亲又一次挑着一担砖登上了毛竹搭起的脚手梯。

突然，脚下一滑，砖担甩出，母亲从脚手梯上滚落下来。幸亏一根横着的钢管将母亲的衣服挂住。

母亲费了很大的气力，好不容易才从悬挂着的状态中挣扎出来。

虽然是有惊无险，母亲感觉到腿脚一阵阵剧痛。一瘸一拐地挪到路灯下一看，只见右腿被掀掉了一大块皮肉，鲜血带着雨水蜿蜒而下。

有着恐血症的母亲突然一阵头晕。

母亲扶着路灯杆，心里在说："阿娟，你就这么没有用？阿娟，你不能倒下、不能倒下……"母亲坚持着又捡起扁担。

黄家的四个孩子仍坐在饭桌旁在等待着妈妈。

桌上放着五双碗筷。

黄卓、黄杏、黄琳不时地望望大姐。

大姐黄鹂默默地望着门外黑暗的雨夜，慢慢地抓起一把雨伞。

黄琳也抓起一把伞。

黄杏和黄卓对望了一眼。

四个孩子慢慢走进了门外的雨里。

雨夜里，窑场上。

小山一样的砖堆竟然就被母亲一担一担地挑小了，挑平了。

大概到了下半夜的时分，母亲湿漉漉地出现在了工棚门口：“我男人欠下的活我已经给补上了，请你给钱。”

许厂长和几个工人拢了牌出门一看，几乎傻了。他们不敢相信地又看了看母亲。

疲惫不堪的母亲又重复了一句：“请你给钱。”

许厂长掏出 300 元钱：“给，大嫂。我这一辈子还没有佩服过别人，你是第一个。”

母亲接了钱，什么也没有说，转身就走。

一个工人找出一把破伞：“大嫂，拿一把伞。”

母亲转眼之间就已经完全被雨夜吞没。

山路上。

路滑。天黑。雨急。风狂。

母亲深一脚浅一脚地在往家里疾走。

风雨几次呛得母亲喘不过气来。

母亲咬牙坚持，结果还是眼一黑腿一软，栽倒在地上。

雨夜浓重得像一团漆。

黄家的大门仍敞开着。

没有人的桌上仍然摆放着那几碗饭菜。

父亲在旁边的一张小桌上又打起了他的独脚麻将。

山路上。

“妈,妈妈……”

昏倒的母亲隐约听到哭喊声由远而近。

哭喊声在风雨里在山峦间回转,哭喊声越来越响。

母亲终于睁开眼睛,只见自己的头顶上撑开着四把雨伞。

黄鹂使劲摇撼着自己,四个孩子一个个全是泪眼迷离。

……

雨停了。

四个孩子簇拥着母亲回到了家里。

父亲说:“怎么到现在才回来,天都快要亮了。”

黄鹂瞪了父亲一眼。

几个孩子争着给母亲打水、拿毛巾、换衣服。

劳累和疲惫似乎全都没有了,母亲脸上洋溢着幸福,看看这个又看看那个,故意绷着脸嗔道:“妈不回来,你们就不吃饭?”

父亲在一旁瓮声瓮声地说:“钱要到了吗? 要不到就该早些回来,何苦死乞白赖。那几个狗日的都是浑蛋。”

母亲什么也没有说,将 300 元钱朝桌上一放。

父亲瞪大了眼睛。

黄鹂也拿出一叠钱放在桌上:“妈,一副耳环,一枚戒指,一共 522 元。”然后又掏出一叠碎票,“这里还有 6 元钱,我把辫子卖了。”

母亲这才发现大女儿的头发剪了,心头一热,说:“鹂的头发剪了也一样漂亮。”

小女儿黄琳立即便说:“我明儿也学大姐那样把辫子剪了,说不定也能卖个几元。”

母亲动情地在她头上抚摸了一下:“你这短橛橛的毛刷子,谁要。”

这时父亲也掏出一把钱:“卖芝麻和菜子的钱全在里头。森工站的人说了,后山的毛竹还要老一老,明年才能收购。”

母亲把钱捋成一堆。一张张叠起。

黄琳偏着脑袋问:“姐姐和哥交学费的钱是不是已经够了?”

母亲摇摇头。

父亲忽然想起了什么，又摸出一叠钱："这里还有500元。"

母亲一惊："你哪来的那么多钱？"

"我哪能来那么多钱。"父亲说话的腔调有些变味，"是一个叫龙大海的画家送来的。"

母亲急了："他姐伤病在床上，能不等着钱用？这钱不该收下。"

父亲说："我怎么知道人家伤病？再说这钱也是借的。有借有还嘛。"

小女儿黄琳就将这钱也朝那钱堆上一摞："妈，现在是不是够了？"

"没有，还差一些。但妈妈还有。"母亲走进卧室。

走进卧室的母亲，掏钥匙打开抽屉，顿时愣住了，抽屉里的那双鞋子不翼而飞。钱到哪里去了？那可真是卖血的钱。学费的一部分全在这里。

母亲一阵眩晕。

眼看就要倒地，母亲顺手抓住另一只抽屉的把手。人站起来了，抽屉也被拉开了些许。

母亲眼睛一亮，这只没有锁的抽屉里倒有一双鞋子。

钱还在里面。一场虚惊。

母亲把鞋子里的钱倒在桌上。

黄智清和几个孩子都非常惊讶。

黄琳："妈，这下学费总该够了吧？"

母亲："够了。"

黄琳拿手在钱上压了压，欣喜地说："这么多钱！"

父亲冷冷道："这么多钱也只够三个人一学期的学费。下学期哩？还有书费、杂费、吃的、住的……"

母亲笑着打断："不要长困难的志气，灭自己的威风。下学期自有下学期的办法，凡事要有信心。"说到这提高了声音："孩子，你们说是不是啊？"

"是的，下学期自有下学期的办法。"小女儿黄琳鼓掌附和，却见两个姐姐和一个哥哥都垂头不语，忙吐了吐舌头。

母亲道："怎么都不说话？学费齐了，咱们今天下午就去学校报到。来，大家高兴高兴。杏，你嗓子好，给妈唱一个好听的歌让妈听听。反正天都亮了，也不用睡了。"

黄杏看了黄鹂和黄卓一眼，清清嗓子……

这时候一个人顶着晨曦走了进来。

四个孩子立时欢呼起来："外婆、外婆……"

"你怎么这么早？妈。"母亲连忙替外婆抹掉头上的露水。

外婆对几个孩子说："你们就在这两天开学了。你爸你妈就盼你们能有出息。用功归用功，身子也要当心。外婆也没有什么给你们。拿上，一个人几块钱。下课买点吃的。"

"下课不许买东西，这是学校的规定。"黄琳撅着嘴说。

外婆便笑道："好好，下课不许买，那就放学再买。"

几个孩子都不伸手，只是望着母亲。

母亲说："拿上吧，是外婆给的就拿上。"

几个孩子这才接了外婆的零钱。

外婆还在说："少些，外婆也没有别的什么能带给你们。"外婆一脸抱歉的样子。

母亲忙道："杏，你还没有唱歌，快，唱一个好听的给外婆听听。"

黄琳连忙抢道："妈，我给外婆背一首诗。这诗的名字就叫《外婆》——"

众人鼓掌。

黄琳清清嗓子：

"外婆
又老又穷，
那就是外婆。
她总是不安地说：
'我没有什么带给你。'
当我懂事的时候，
她已经长眠在地下。
有什么比你深厚、博大？
外婆，你给了我们世上最好的礼物——
那就是，我们的妈妈。"

黄琳一脸天真稚气，清澈的眸子里泛动着泪花。

堂屋里一片寂静。

母亲的眼睛潮湿了。

外婆忙说："看你这丫头，都说些什么，不说了。老姐姐哩？我去看看老姐姐。"

外婆一边说一边就走进了奶奶的房间。

晨炊袅袅升起。

雨后的小镇非常清新。

父亲将三个孩子的行装逐一地拎了拎，检验一下牢还是不牢。

三个孩子告别了奶奶和外婆，也告别了老屋。

挥一挥手，非常潇洒。

母亲陪三个孩子去县城，去那个能有九十七个半大学希望的县城第一中学。

黄琳送得最远。

她在岔路口停下脚步，既羡慕又惆怅地目送母亲一行四人远去。

眼泪渐渐掉了下来。

她突然含泪冲着远处大声说：

"姐，你给我在你房间里留一张床铺，我明年也去你们学校。"

县城第一中学，报名的学生已经陆陆续续地到了。

母亲和三个孩子也肩挑背扛地带着行李来到了学校。

进了大门没有数步，一辆轿车在他们前头戛然停住。

摇下车窗，露出刘品仁的脑袋："黄卓，脚上有没有起泡？松元镇中考状元，怎么也不弄一辆小车坐坐？"

黄鹂说："坐小车怕撞啊。前些天红松岭两辆小车一起碰翻到山崖下面，两车人都烧成了尸炭。"

母亲用肘触黄鹂低声说："丫头，积些口德。"

刘品仁脑袋仍伸出窗外，并随手扔出一串葡萄在地上："拾起来吃吃看，别吃不到葡萄却说葡萄是酸的。"

"刘品仁，有种的你就给我下来。"黄卓怒火腾地蹿上脑门，刷地就抽出了扁担。

母亲急忙将儿子挡在身后，同时也发现了车子里还坐着医院的院务部刘主任。母亲刚想说什么。

车子朝前一蹿，走了。

黄卓愣在原地。

母亲说："卓，为人处世大度一些，别一点点闲气就置在心里。"

车子的影子又出现在黄卓的面前。

他忽然问黄鹂："嘉妮好像也坐在车子里。车子里坐着的还有一个人是不是嘉妮？"

黄鹂摇摇头："姐没有看清。"

母亲忙问："谁是嘉妮？"

黄杏和黄鹂对看了一眼，都没有说话。

母亲神色有点凝重起来："你们是不是有什么事瞒着妈？"

这时候一辆三轮车骑来。

骑车的人说："把行李放上，我送你们去报到，再送你们去寝室。"

母亲摇摇头。

那人又说："放上去吧。放上，看你们这一头汗水。乡下上来的吧？"

黄卓吼了他一声："你才乡下上来的。"

母亲瞪了儿子一眼，对那人说："你到别处找生意去吧。我们是乡下上来的，没有钱？"

"不要钱，你看。"那人拉开外面的工装，露出别在胸前的红牌："我们是这学校的教师，为新生服务。"

母亲非常感动，还有几分自豪："卓，还不给老师道歉。就凭这，这学校多好。孩子，听老师话把行李放上。"

母亲说着，就从那人手里夺过把手："老师，我会骑车。"说着，跨上车就骑。

老师一旁跟着："这是你妈？"

黄鹂和黄杏异口同声："是的，我妈。"

只有黄卓，在默默地想着什么心事。

女生宿舍。

黄鹂、黄杏与嘉妮被安排在一个寝室。

当黄家姐妹进来的时候嘉妮已经在铺床叠被。

黄杏问她："嘉妮，你是和刘品仁一车子来的吗？"

嘉妮顾左右而言他："你说什么？黄杏，唷，黄鹂，你看这窗外的风景多美！"

男生宿舍。

母亲陪着儿子来到又一幢楼前，那辆小车开走了，前排坐着的果然是刘主任。

真个不是冤家不聚头，黄卓和刘品仁被安排在一个寝室。

黄卓对母亲轻声说："我想找老师换一个寝室。"

母亲问："就为那刘家的孩子？"

黄卓："跟他在一起，总有一种被压着的感觉。"

母亲："为什么？不错，咱们是农村里来的，是穷人的孩子，但一样有胳膊有腿，一样是人，自己别将自己看小了，心里就不会老觉得被人压着。做人不能自卑。自卑有时候也能生出不恰当的自尊，甚至是自傲，还看不起别人。这同样不好。"

黄卓不语，他想着另外的心思。

母亲又道："妈知道你小时候就有一点虚荣。虚荣就是爱攀比。咱们要攀比就攀比成绩。当然，成绩比别人好也不能看不起别人。"

"看你都说到哪里去了？我不想跟他住在一起，是有别的原因。"黄卓脱口而出。

"什么别的原因。"母亲警觉起来。

黄卓摇摇头。

母亲还欲再问。

黄卓明显不悦："别问了，你回去吧。"

母亲说："你已长这么大了，有什么不便说的妈也不便再问。但有一条，学校给这么好的条件让咱们念书，就不能再给学校多添麻烦，提这提那。再说哩，人跟人相处难免有疙疙瘩瘩，但要学会宽容、忍让……"

黄卓烦了："别说了好不好，我只提一个想法就惹你那么一大堆话。走吧，你回去吧，再不回去天也晚了。”

母亲要回去了。

三个孩子将母亲送出门外。

这是平生第一次长别。

每一个人的心里都装着惆怅。

一时谁也不说话。

母亲终于停下脚步：“别送了。妈走了。”

黄杏望着母亲头上的几根白发，眼眶红了。

黄鹂给母亲掸掉肩上灰尘，也无语欲泪。

母亲忍住心头的酸意，替两个女儿拭去眼泪，说：“以前住一屋里，也不觉着怎么样。这猛一离开，妈倒像有说不完的话要说。但妈不多说，第一，做人做好。第二，读书读好。要说还有第三，同学们关系搞好。妈走了。晚上睡觉别蹬被子，以前有妈给你们盖被子，现在都靠自己。再有呢，吃要吃饱，别饿着，妈供得起、供得起你们几个……好，妈不说了，妈走了。”

母亲掉头离去。

当母亲再一次回过头来的时候，黄杏奔过去说：

“妈，你在家要我唱一个好听些的歌，我还没有唱。我现在就唱给你听。”

母亲说：“妈听。”

黄杏的歌声就轻轻地飘了出来——

“在那遥远的小山村，
小啊小山村，
我那亲爱的妈妈，
已是白发鬓鬓，
过去的时光难忘怀，
难忘怀……”

歌声中，母亲走了。

走到很远的时候，母亲似乎抹了一下眼泪。

第五章

山路上。

母亲孤独的身影被夕阳拉得很长很长。

这时候,邮递员来到黄家丢下两封信:

“王娟,黄琳,有你们的信。”

黄琳奔出来:“爸,妈妈的信。”

父亲接过信,一脸狐疑:“你妈哪来的信?医院,医院有什么事情?”

黄琳则拆开自己的信,快速地溜了一眼,立即蹦了起来:“爸,我成功了,我成功了……”

父亲瞪了她一眼:“看把你高兴得这样子,什么成功了,你能成功什么?”

黄琳喜不自禁:“现在不告诉你,等妈回来我再告诉你们。”

说着就蹦到门口:“妈怎么还不回来?哟,妈回来了,妈回来了……”

黄琳飞也似的朝着远处的母亲迎了过去。

父亲则走进院子,将母亲的信拆开,自言自语:“这信,什么信?我倒看看。”

黄琳激动得双颊绯红。一奔到母亲跟前就扑到母亲怀里,气喘吁吁地说:“妈,你看,你看这个——全国奥林匹克知识竞赛浙江赛区数学一等奖。还有,妈你看这里,26 日去北京参加全国奥林匹克大赛。而且,妈,你看还有而且,而且如果成绩优异,将入选国家集训队,以备战国际奥林匹克数学竞赛。”

母亲一把将小女儿抱了起来:“琳,你比你哥哥姐姐三个还有出息。走,妈回家给你多煮几个鸡蛋。”

乐不可支的黄琳,忽然严肃起来,郑重地说:“妈,我如果得了全国比赛的金牌,你得答应我一个要求。”

母亲说:“别说一个要求,就是十个妈也答应。”

黄琳竖着食指:“就一个。”

“行,说来给妈听听。”

黄琳就附着母亲的耳朵说:“我想买一条牛仔裤。”

母亲说:“再加一件碎花短袖褂。碎花短袖褂扎进牛仔裤的裤腰里,一定是非常精神。”

“真的,一言为定。”黄琳一脸兴奋,在母亲脸上亲了一下。

“看你乐的。没想到你这丫头还能有这么出息。”母亲说,“妈明天就给你镇上去买。”

“不。”黄琳一脸认真:“咱们一言为定。我不拿到全国的金牌,衣服就一件不买。”

母亲抓着黄琳的衣摆朝下:“这是你姐穿不着的旧衣服,你也嫌短了。走,回家再说。今天20日,过几天就该去县里集合去北京了。”

母亲一回到家,父亲就说:“你被医院辞退了?”

母亲:“是的,我还没有来得及告诉你这件事情。”

“你看看这个!”父亲把信递给母亲,“经院长办公会议研究决定,恢复王娟同志医院保洁工的工作……”

母亲捧着信连看了数遍,喃喃道:“果真是天无绝人之路。没想到这事还惊动了院长。”

父亲一旁不咸不淡:“可不是,经院长办公会研究决定……你还成了人物。”

母亲容光焕发,对父亲说:“你去割一块咸肉,再打几个鸡蛋。为我恢复了工作,更为琳琳26日将去北京参加全国奥林匹克大赛。”

父亲说:“怎就不为我哩?”

母亲说:“我去镇上给你打二两酒来。”

这时一个中年男人出现在门口:“请问这是黄卓同学的家吗?”

母亲一愣:“你是?”

那男人自报家门:“我是嘉妮的父亲。嘉妮和黄卓是同班同学。”

母亲忙道:“来来,请进。这里是黄卓的家,我是他母亲。”

嘉父一脸严肃:“不进去了。我有一句话要告诉你们。我想这句话应该当面锣对面鼓地响响亮亮地丢在你家门口。”

母亲和父亲以及黄琳都不觉一愣。

“难道出了什么事情?这位大兄弟请坐。”母亲赶紧拖出一张凳子放在门口。

嘉父一字一顿:“请你们转告你们家黄卓,叫他不要再纠缠我女儿,否则一切后果由他自负。”说完,掉头欲走。

“慢。”父亲不乐意了:“你把话说说清楚,谁纠缠你女儿了?什么叫一切后果由他自负?”

嘉父立住脚步,猛然将一沓信和纸条朝地上一掷,直着大嗓门:“你们好好看看,这都是你们家黄卓写给我女儿嘉妮的信。你们仔细看看,要多肉麻就有多肉麻。这叫什么事情?才就这年纪?才一个中学生,就情啊爱的。”

母亲道:“大兄弟,先别着急。有话咱们慢慢再说。”

嘉父仍旧是怒不可遏:“我能不着急。这是引诱,这是骚扰,你们家怎么教育孩子的?怎么教育出这么个流氓?”

父亲也火了:“你别随嘴喷屎,你女儿才是流氓。”

“你儿子就是流氓。”

“你女儿更是流氓。”

两个人都瞪圆了双眼,咫尺之间,一触即发。

母亲拦住父亲,对嘉父说:“都别把话往拧里说了。本来两小无猜,即使有了谈情说爱,也是孩子话,本没有大不了的。当然,早恋不是好事,还只上中学的年龄怎么能就你情我爱……”

“不对,不是早恋,也不是什么你情我爱。”嘉父将母亲的话头粗暴地打断,“这分明只是你们家黄卓的一厢情愿,单相思……”

“不对,你才是不对。”黄琳返身奔进房间,一会儿又奔了出来,将一沓信举在手里,“你也看看,这都是你女儿嘉妮写给我哥的情书,有30封之多。一个巴掌拍不响。什么我哥一厢情愿,单相思……你以为你女儿是小公主、大小姐、白天鹅,别那么臭美。”

“住嘴。小孩插什么话?”母亲将黄琳拽到一边。

“我偏要说,谁叫他那么盛气凌人。”黄琳打开一封信,“我念一封给你们听听——望着天上的白云,多么希望白云能映出你黄卓的影子;望着山间的溪流,多么希望自己能够变成一朵落下的花瓣,顺着溪流,一直漂到你家门口……还有这一封,你们听——都怪你,黄卓,是你打破了我的平静……”

“怎么样,怎么样?”嘉父脖子一梗,“我女儿写得明明白白——都怪你,黄卓,是你打破了我的平静。”

“还有,你继续听着——”黄琳继续念下去,“黄卓,不知从什么时候起,你悄悄走进了我的心里,后来,你又每一夜每一夜地走进了我的梦里。我想把你从我的梦里赶走,却又多么希望你在我的梦里长久。真的,有你在我的梦里,那梦是多么的甜美。当又一次从梦里醒来的时候,我给你写下这封信,并悄悄送你一句英语: I Love You。”黄琳小鼻子一挑。“你们知道什么叫 I Love You? 翻译成中文就是我爱你。”

“怎么样?”父亲非常得意,“这是你女儿写给我儿子的,是你女儿在向我儿子求爱。我还没有打上门去,向你兴师问罪,你倒……”

嘉父膀手夺过黄琳捏着的信和纸条。

落款的“嘉妮”二字,一个个都化成了女儿的影子在他眼前晃动。

嘉父愣愣片刻,突然双膝一屈跪倒在地上。

母亲一惊,急忙将嘉父扶起:“大兄弟,这是怎么说的。”

嘉父流出了眼泪:“大哥大嫂,我就这一个孩子,她娘死得早,我什么事都顺着她依着她,她自小就任性。她娘临死的时候叫我答应她一件事,就是无论如何也要把女儿供上大学。我答应她,她才闭上眼睛。我至今未娶,就是想集中精力能将她拉扯进大学。可是她现在早恋了,这一早恋能不分心能不影响上学?”

父亲一旁道:“既然知道这样,就该回家管管自己的女儿,来这嚷嚷什么?”

母亲给她递上茶:“大兄弟,可怜天下父母心,你的着急我能理解。”

嘉父叹道:“这位大哥说的也是,我该管管自己的女儿。只是那孩子太是任性。我想,如果你们家黄卓不去理她——也只有这个办法,或许才能使她收心,断掉念想。”

父亲说："你这是强加于人，你女儿任性，难道我儿子就不任性？"

嘉父："如果你们不能接受我的建议，或许我们将会走上法庭。我告你们黄家放弃监护人的责任，教子不严，骚扰我女儿。"

父亲也怒了："上法庭就上法庭，我还告你女儿骚扰我儿子哩。你就没有看到过春天里田畈里耕田的那牛？这块田里的公牛，那块田里的母牛，都耕到田埂边的时候，公牛和母牛的嘴凑到一起，两家的主人还不都是各抽一鞭？"

母亲道："都说的什么事，有这样比的吗？这位大兄弟并不是真的仇我们恨我们，如果真的走上法庭，这位大兄弟的本意恐怕也只是吓阻他们两个，不让他们继续再走下去，敛起心思念书。"

"谢谢大嫂理解。真的就这意思。"嘉父一脸无奈："除了这，我别无选择。"

母亲说："这事，以前我们做家长也并不知情，谢谢你的提醒。这样吧，你先回去，我有机会找我儿子谈谈。早恋确实不好，但是如果做家长的硬生生将他们撕开，却又怕激出别的事情。我们做家长的不愿意看到她们早恋，既然已经摆到面前了，只有面对，如果他们能将对方的好感哩，都变成激励自己的动力，坏事也许也是好事……"

"谈恋爱也不是什么坏事，有什么坏的？"一旁的黄琳鼻尖一耸，转身离去。

母亲对嘉父说："你看到了吧，你看这些孩子。这样吧，反正我们会尽力而为。"

"那行。如果今后他们不再来往，今天的这些话就当我没有说过。"嘉父捡起地上他女儿的情书欲走。

"慢。"母亲伸出手来，"这些请你留下，万一哪一天真的对簿公堂，我们黄家也有一句话说。"

父亲："对，我们老黄家也不是软柿子，可以随人拿捏。"

母亲又回到了医院上班了。

刘主任一碰到就说："哟，王娟，你还亲自扫地？你现在可是腕了。"

"腕？"母亲不解："刘主任，什么腕？"

刘主任:“大腕啊。”

母亲:“大腕?”

刘主任:“可还不是?有院长给你撑腰,还不是大腕?你现在真是个人物了。”

母亲道:“主任见笑了。我一不是医生,二不是护士,只是一个临时聘用的保洁工。”

刘主任手指一顶眼镜:“那可难说,这世上的事就是那么蹊跷,明明看到遛达着的是一只猫,再一细看,竟是一只老虎。明明看到的在墙上的是一只苍蝇,一巴掌拍下去,却是一根钉子。”

母亲没有生气,而且态度非常诚恳:“我知道我又来上班,使你面子上有些难看。”

“我面子上难看一点有什么关系?”刘主任总是那么阴阳怪气,“一个敬业的、能干的、勤勤恳恳的清洁工人又回到了医院,那可是全院的光彩。”

“刘主任……”

“不敢当,你今后就叫我刘纯贵。”

母亲仍道:“刘主任,我是你手下的一个临时工,我没有别的本事,但我会加倍努力,不让你丢脸。”

“咱们院长可喜欢你这话了,你应该去给院长多说几遍,保不定院长还会将我这主任的位置给你。”说完,哼了一声,转身就走。

母亲突然想起了什么,忙道:“刘主任……”

“又什么事情?”

母亲从角落里拿出一篮玉米棒:“这里是地里刚掰下来的,不是好东西,就尝一口鲜气。”

“谢谢你的好意。”刘主任话锋一转:“我想院长更比我喜欢尝这一口鲜气。”

母亲欲想解释。

刘主任脸色一沉,露出清正廉洁的严肃:“我告诉你,王娟,你这一套是行不通的。即使在个别时候对个别人有用,但终究是行不通的。”说完,甩手就走。

母亲忍住屈辱又前追一步:“刘主任……”

“还有什么事情？”刘主任一脸诧异。

母亲：“我想明天请一天假。”

刘主任：“刚来上班就想请假？”

母亲：“我家里明天有一点事情。”

刘主任：“谁家里没有事情？”

母亲：“是急事。”

刘主任：“急事？”

母亲：“是的，我小女儿要去北京参加全国奥林匹克大赛，明天到县城集合，我去送她。”

刘主任：“我以为什么急事。不行。人家说你一贯勤勤恳恳，我怎么看你就是没有勤勤恳恳？”

母亲：“刘主任，这是特殊情况……”

刘主任：“什么特殊情况？你家有孩子别人家就没有孩子？”

母亲：“我这小女儿，与她上面的三个哥哥姐姐的来历不同。她三个哥哥姐姐去县城读书，我这做娘的都一直送到学校，如果她第一次参加全国比赛这样的一件大事我都不去送她，日后她一旦知道自己的身世，我这做母亲的无论用什么样的解释，都免不了对她的伤害。”

“不行。跟你说过不行就是不行。”这位刘主任不知道为什么一提到孩子就格外来火，“这是你家孩子的事情，不论你有什么理由，那都是私事。只要我当着一天主任，我都不允许我手下的任何人以私事影响公事。”

母亲立即换了一个折衷的办法：“要么调休。”

刘主任：“刚上班就想到了休息。”

母亲：“换班总可以吧。”

正在附近干活的另一位清洁工也道：“换班是内部劳动力调剂，有什么问题？”

“不行，我可告诉你，我明天如果看不到你的人影，就挂你一个无故旷工。我姓刘的说话算话，你就看着办吧，除非你不要这份工作，不看重这份工资。”

刘主任一字一句掷地有声，说完甩手离去。

旁边一个清洁女工说：“不要理他，明天我给你顶班。”

当天下班，母亲回到家。

堂屋里排着八只腌菜坛，母亲拿起菜刀一边切着咸菜，一边心里发愁。

摆在面前的矛盾，实难排解。一边是小女儿。小女儿取得全国竞赛的资格，来之不易。一边是工作，工作是黄家唯一的经济来源，又不能得而复失。

正在走神的当儿，菜刀一偏，母亲手指头上的皮肉被切掉一块，下意识地唷了一声。

黄琳闻声奔出："怎么啦？妈。"

母亲屈起手指："没有什么。"

黄琳抱住母亲的手，就将伤指含在嘴里一吮，然后翻出口袋布，唰地撕下一块，给母亲扎了起来。

一边扎一边道："妈，你常叫我们小心，你自己倒怎么这么大意？痛吗？"

母亲摇摇头，笑道："你这丫头，做事跟妈一样麻利，还真像妈。"

黄琳脑袋一偏："我是妈生的，能不像妈。"

母亲转过话头："琳，你身上衣裳太短，妈现在就再给你去新买一件。"

黄琳不肯："妈，咱们有过一言为定，如果我得了金牌，你再给我去买。"

母亲想了想："那行，现在不买。不过，太短了终究难看，晚上妈给你把这前后摆补上一截。"

黄琳忽然一把搂住母亲的脖子，无比亲昵地小声说："妈，你明天真的送我去县城上火车？"

母亲试探道："要么叫你爸送你？"

黄琳摇了摇头。

母亲又道："要么妈晚上去小姨家，让小姨明天送你。"

"不。别人送我，我谁都不要。如果一定要让别人送我，那就谁都别送。妈，你真的不肯送我？难怪有人说……"黄琳的眼睛里有了泪花。

母亲一惊："有人说什么？"

黄琳松开母亲的脖子，泪光莹莹的大眼里一眸哀怨与委屈："妈能送哥哥姐姐去学校，为什么就不能送我？"

母亲忙说："妈送你，妈一定送你。"

黄琳顾不得抹掉挂在颊上的泪滴，就立即破涕为笑："有妈为我壮行，我一定能考出最好的成绩。”

母亲用两个手掌根替她抹去脸上泪痕。轻轻地却是非常有力地说：“明天就是天塌下来妈也要送你去县城，一直送到你火车开出。”

黄琳忙用臂弯又勾住母亲的脖子说：“妈就是好妈。”

晚上，母亲在给黄琳的衣裳加长。

父亲坐在一旁吸烟，似乎是自言自语：“这一趟倒让四丫头长见识了。一去就去那么远，上了北京。国家还包她车票，贴她一路上零用。”

母亲一脸自豪：“那是选拔出来的，不是尖子，国家能给这么好待遇。听说一个省去北京决赛共八个。咱们县点了两个，咱们家就占了一个。”

父亲磕磕烟袋嘴：“你也别尽是得意，女孩子，再大的前途也是人家的。”

母亲：“都什么年代了，你还有这想法。”

父亲：“而且呢，这成绩一好，就有上大学的希望，这大学一上，又是一个负担。”

母亲不满地瞥了父亲一眼说：“明天我送四丫头去县城上车，捎带再把卓儿谈恋爱的事跟他说说。医院里上班的事，我已经带信给我妹妹，还有隔壁几个邻居我也跟她们说了，你明天就带她们到医院帮我上班。几个人顶我一个，他刘主任总不会再有什么意见。”

父亲哼了一声：“其实你也是没有事找事，就让四丫头一个人进城又能怎样？又给我搿这些麻烦。”

“孩子们读书求进步的事你就不知道上心。”母亲不悦。

父亲也火了：“谁知道明天你们那医院会给我怎么难看。”

母亲想说什么，又怕女儿听见，赶紧噤声。

第二天一早，母亲就和黄琳上路了。

县城火车站大门上拉着“欢送奥林匹克选手进京参赛”的横幅。

县教委组织的学生欢送队伍中就有黄鹂和黄卓还有刘品仁和嘉妮。

只是黄杏没来。

欢送的队伍在翘首以待。

刘品仁和嘉妮在悄悄说话。刘品仁全是献媚讨好的样子。

嘉妮不时被逗得咯咯娇笑。

黄鹂瞥一眼弟弟。

黄卓故意不看刘品仁和嘉妮,却又忍不住要看。

看到刘品仁和嘉妮那亲昵的样子,黄卓显然非常痛苦。

小镇的医院里,刘主任果然是说话算话。他一上班就站在门口,侦察那个叫王娟的女工,看她今天究竟是来还是不来。

其实,王娟的妹妹王香,还有黄家的几个邻居妇女早已在院子里洒扫擦抹。

黄智清也跟着忙活了一阵,但很快就一边抽烟去了。

刘主任终于发现问题,便问:“你们是谁介绍到这里来的?”

黄智清一旁站起:“王娟。”

刘主任:“王娟?”

王香:“对,我是王娟的妹妹。”

黄智清:“我是王娟的丈夫。”

还有几个妇女也齐声说自己是王娟的邻居。

刘主任冷冷一笑:“这么说,今天她王娟果然是不会来了。”

黄智清:“所以我们才来顶她。”

王香:“我姐今天有急事实在来不了。我们给她顶班。我姐怕我们一个人顶不过她一个,就来了这一帮子。”

刘主任:“看来这王娟倒还非常在乎她的这个饭碗。”

王香:“是的,这是我姐一家唯一的经济来源。”

刘主任:“可惜她饭碗保不住了。”

黄智清:“为什么?”

刘主任:“医院是什么地方?顶工是可以随便顶的吗?”

王香:“又不顶他医生护士,一个清洁工,也就抹抹窗户扫扫地。”

“不要说了,你们立即给我离开这里。”一贯斯文的刘主任露出了少有的蛮横。

父亲火了:“我们就是不立即离开这里那又怎样?”

刘主任吩咐保安："你们都给我仔细盯着，这医院里丢一块砖头少一片瓦，我都要唯你们是问。"

父亲更怒："难道我们都是小偷？"

王香一扯他胳膊："哥，姐可关照过，只是顶工不许顶嘴。"

刘主任走了。

走了几步又猛地回过身："你们离开这里也好，不离开这里也好，但我请你们转告王娟一声，她今天可以不来，明天也可以不来，后天更可以不来。"

县城火车站，掌声骤然响起。

宣传部和县教委的五六位负责人簇拥着两个斜披绶带的选手向车站门口走来。

黄鹂发现了有一个选手是自己的妹妹，以及跟在后头的母亲，急忙一捅黄卓："弟，是琳琳，你看，还有妈。"

姐弟两个奔出了欢送的队伍。

黄鹂忘情地当众抱住了黄琳："妹，是你？"

黄琳一时也激动得不知说什么是好，忙道："姐，你看，妈也来了。"

黄鹂又转身一把抱住母亲。

教委的领导立即鼓掌。

欢送的队伍也响起了掌声。

母亲说："鹂，妈嘴拙，你给妹妹交代几句。"

黄鹂就转对黄琳说："妹，姐真替你高兴。你给咱妈挣了脸，也给咱县里挣了脸。姐姐和哥都祝贺你。"

黄卓一旁也插上一句："哥和姐还要向妹妹学习。"

黄琳一时羞赧起来，轻声说："姐，我怕。"

黄鹂："怕什么？"

黄琳："我怕到了北京，一紧张，就考不到那么好了。"

黄鹂将抓着妹妹的手紧了紧："相信自己，咱们琳琳能行。姐一直就看好妹妹。姐知道，咱们琳琳越到关键时刻就越能考好。"

宣传部和教委的领导就又立即带头鼓掌。

掌声中，黄鹂迅速脱下自己的外衣："妹，姐跟你换一件。"

黄琳摇摇头，拎起一截加长的衣摆说："妈昨晚上补了半宿。穿着这，到了考场上我就会想，就会想妈也坐在旁边。"

又是一阵掌声。

母亲用袖管抹了一下眼角。

欢送的队伍里，刘品仁对嘉妮做了个不屑的眼神。

喇叭里响起了"送战友，上征程……"的歌声。

送行的队列一起跟唱。

站在送行队列里的刘品仁，悄悄一拽嘉妮，率先离去。

嘉妮瞥了一眼远处的黄卓，也悄然退场。

黄琳告别了母亲。

她和另一个选手在领导们的簇拥下走进了车站。

临消失的时候，黄琳又转身对母亲摆了摆手。

站着广场上目送的母亲突然大声说："琳琳，你就想着妈就在你旁边！记住，妈就在你旁边。"

黄鹂和黄卓分别立在母亲左右。

黄卓偷眼瞄了一下嘉妮先前所站的那个位置。

那位置已经空了。

母亲忽然想起了什么："杏呢？"

县一中女生宿舍。

黄杏躺在床上，辗转反侧，状极痛苦，而且还不时地起身呕吐。

这时候门开了，母亲突然出现在门口。

姐姐和哥站在母亲身后。

病中的黄杏乍一见到母亲，就像受到过莫大委屈，只叫了一声妈，眼泪就唰地流了出来。

母亲急忙坐到床边上，按住急欲坐起的女儿："杏，躺下莫动，哪里不舒服？"

黄杏："全身都不舒服。"

"肚子痛不？"母亲手在女儿的腹部按了按。

黄杏："不痛。"

"头哩？头痛不痛?"母亲又用手背量了量她的额头。

黄杏:"不痛。"

母亲:"有没有吃下什么脏东西?"

黄杏:"没有。"

"这倒怪了,这是什么病症?"母亲想了想,"几天了?"

黄鹂替妹妹回答:"已经四五天没有吃下什么东西了。"

母亲说:"走,赶紧去医院看看。"

两个孩子立即就将身上仅有的几元钱都掏了出来。

到了县医院,医生检查了一番:"胃病。开点药吃吃。"

母亲酌字酌句地问道:"这药灵不灵？这药一吃就好吧?"

医生:"这怎么说哩。有的人一吃就好了,有的人却也未必。这要看病,还要看人。"

母亲:"医生,这我懂。我的意思是说这孩子还在念书,不能过多地耽误上课,请医生一定看仔细了……"

医生不悦:"我怎么就不仔细了?"

母亲:"你看我这嘴,不会说话。我是说药能用得重就用得重些,既见好,还要好得快些。"

医生:"这样吧,再开一瓶吊针。"

来到输液室给女儿挂上吊瓶的时候,黄鹂和黄卓也下课后奔到了这里。

母亲对大女儿说:"鹂,你在这儿照应一下。过一会再让妹妹把这药吃了。我跟卓儿还有几句话要说。"

黄卓:"单独跟我说话?"

母亲:"是的。妈得抓紧把要说的跟你说了。妈今晚还要赶回乡下。"

黄鹂望望母亲又望望弟弟。

黄卓没精打采地跟在母亲身后走出了输液室。

走出门,来到院子里,母亲开门见山:"卓儿,你谈恋爱了?"

黄卓劈口却是反问:“你怎么问这事情?”

母亲:“儿子的事情,妈难道还有什么不能问的吗?你先回答我是不是有这回事情。”

黄卓一脸不悦:“妈,你今天这是怎么啦?”

母亲:“你不肯回答?”

黄卓:“有又怎么样?没有又怎么样?”

母亲:“幸好你还没有说没有。不然,妈就要怀疑你的诚实。你虽然没有正面回答妈,但你没有在妈面前说谎。”

黄卓急了:“这么说你都知道了?你是怎么知道的?”

母亲的眼前又出现了嘉妮父亲打上门来兴师问罪的一幕。

“我问你,你是怎么知道的?”黄卓急了,“你是不是看过我藏在席子下的信了?”

母亲点点头:“是的,妈全看到了,那是一个叫嘉妮的女孩子写给你的信。”

黄卓来了脾气,脚一跺:“你怎么能这么做?你怎么能做出这样的事情?谁叫你看我的信,谁叫你看的?”

“卓儿,你用这样的腔调跟妈说话?”母亲拍拍石凳,“你能不能坐下跟妈说话,难道真的儿子大了,妈就管不得了?”

“这是我的隐私。请你尊重我的人格,不要干涉我的自由。你懂不懂?这是我的隐私,隐私懂不懂?如果是城里孩子的母亲,如果是有文化有教养有钱人家的母亲,她们绝对不看儿女的信件。绝对不敢。连拆都不拆,可你……”黄卓怒不可遏。

母亲慢慢站了起来,眼睛瞪视着黄卓:“卓儿,你跟妈就这样说话?你还是妈的卓儿?你才来城里几天就跟妈这样说话?”

黄卓脖子一拧:“我就这样说话。”

啪的一声,母亲给了儿子一个重重的耳光。

黄卓站着不动。

泪水慢慢顺颊而下。

“不错,妈是乡下人,妈没有文化没有教养,也没有钱,可是能因为这个,妈就不是妈吗?”母亲的嘴唇显然是在发抖,“卓儿,你说的‘隐私’两个字,妈就是没有多少教养没有多少文化，其实也懂。妈什么时候拆看过你们的信翻过你们日记？你们有你们的隐私，可是妈也有妈的心事。天下哪一个做父母的不为儿女的事常常地心在悬着？如果父母没有了解这些事情的权利，不知道这些事情是怎么回事，父母的心就会揪得更紧。”

黄卓颇感委屈，一动也不动地站在那里，泪水一个劲顺颊而下。

母亲也使劲咬着嘴唇。她弄不懂在这件事情上儿子怎么会这样冲撞自己母亲。

其实只有黄卓明白，他现在的悲伤与刚才冲撞母亲的火气，一大半与失恋有关。

过了一会，母亲替黄卓揩去眼泪，轻下声音：“卓儿，这件事妈还得问你。”

黄卓梗着脖子：“还问什么？你不都已经清楚。人家城里孩子，有自己专用的抽屉。连笔记本都还上锁。可我，属于自己秘密的就在枕头和席子底下那一小块地方。”

“就这一点，就把你委屈死了？真没有出息。”母亲将黄卓按到石凳上坐下：“卓儿，妈问你，你是真的喜欢那个叫嘉妮的女孩？”

黄卓不语。

母亲凑到他跟前，用打趣的口气小声说：“难道这也是连妈都不能告诉的隐私？如果这一点都不能告诉妈，妈今后还怎么来给你张罗婚事？操办迎娶？告诉妈，是不是喜欢那个女孩？”

卓终于说：“喜欢。”

母亲又问：“你喜欢她什么？她哪里值得你喜欢？”

输液室里，黄杏还在挂着吊瓶。

黄鹂刚刚帮她服了药，她很快又将药呕吐了出来。

黄杏非常痛苦。

黄鹂十分着急。

黄杏喘着说：“姐，我觉得我这病很怪，吃什么吐什么，还不知道能不能治好。”

黄鹂忙道：“别乱想，医生不是说了，就一胃病。”

黄杏:“妈哩?”

黄鹂:“你找妈怎么?”

黄杏望望外面:“天快晚了,妈要回去也该早些走了。”

院子里,黄卓认真地想了想:“她漂亮、聪明活泼、自主性很强、有个性。”

母亲:“她喜欢你吗?”

黄卓沉默不语。过了一会说:“以前喜欢。”

母亲:“那么现在?”

黄卓不语。

母亲:“如果现在又恢复了仅仅是同学的关系,也不一定就不是一件好事。那倒也就算了。”

黄卓:“什么叫那倒也就算了?我黄卓就是孬种?”

母亲:“看你这话说到哪里去了。这是能强求的事情?人家家长不希望自己的女儿这么早就谈上恋爱。”

黄卓:“不是她家长,她家长对她施加不了影响。”

母亲:“那就是她自己。”

黄卓:“也不是。”

母亲:“那还能有别的什么原因?”

黄卓不语,只是眉头渐渐又拧紧了。

这一点母亲没有发现。母亲继续道:“反正不论什么原因,都是不谈也好。不谈就不谈,算了。这过早谈恋爱本来就不是一件好事。”

“怎么不好?”黄卓又来了火气,“你看过《钢铁是怎样炼成的吗?》?保尔·柯察金不是十五六岁就和冬妮娅有了爱情?文学家林语堂也说过:爱是嫩美的花朵,十二三岁就含苞欲放了。你知道《少年维特的烦恼》吗?少年维特为什么烦恼?”

母亲说:“卓,妈没有看过这些书。妈没有多少文化,但是妈也看电视啊。电视上的专家也没有说早谈恋爱就一定好啊。人家是这样说的——爱情是明天的事情,只有珍惜今天,把今天该做的事情做好,明天才会更加美丽。这有学问的话说得多好。”

黄卓一脸不屑。

母亲又道:“卓,早谈恋爱真的不好。先不说孩儿脸、六月天,说变就变。最重要的还是影响学习。”

黄卓:“那倒未必。这是因人而异,我就是特例。”

母亲:“你什么特例?”

黄卓:“我早就跟她好了,我成绩不但没有下滑,反而更有长进。”

母亲:“你这是跟妈说的实话?”

黄卓:“实话。”

母亲:“为什么?”

黄卓:“非常简单,人家哪一方面都比我强上十倍二十倍,我唯一的办法就是学习,唯一的资本就是努力,唯一的条件就是成绩,对于我,恋爱就是动力。”

母亲像不认识似的,又一次仔细地盯着儿子,甚至生出一丝担忧:“这么说来,你们现在的关系已经疏远,难道你的成绩就会因为这个而下降?”

黄卓一脸愁苦:“这很难说,我真不知道今后能会怎样。”

“糊涂。”母亲想给他一记棒喝,“你念书究竟为的什么? 难道仅仅为的是能够满足恋爱? 即使撇开为国家为社会不说,那还有为你为妈为这个家。”

“你不能总把自己的想法强加于人。每个人有每个人的情况,有的人就是天生为爱情活着。”黄卓完全不像乡下的孩子。

母亲又一次急了:“你真是这么想的?”

黄卓也不耐烦了:“你别说了好不好。晚自修的时间快要到了,我要走了。”说完转身就走。

母亲欲想叫住他,黄鹂急急奔来:“妈,你快,快去看看。妹妹她,快,快快……”

仍在挂着吊针的黄杏,病情不但没有减轻,而且症状越发加重,她仍在呕吐,已经吐出了黄水。而且又发起了高烧。

母亲急急赶到:“杏,没有好一点?”

黄杏摇摇头。

母亲急问:“哪里难受?”

黄杏有气无力:“恶心,想吐。一点力气都没有。”

母亲:“杏,得吃一点什么。想吃点什么?”

黄杏:“什么都不想吃,就是想吐。人,人难受。”

“杏,你在发抖?”母亲一摸她额头,“有点发烧。”

这时护士过来拔掉吊针。

母亲急道:“姑娘,这孩子有点发烧。”

护士:“生病,发烧,一般都是连着的。”

母亲:“这孩子到底是什么病?”

护士:“你问医生去。”

母亲便奔进门诊室:“医生,我那孩子药怎么都吃不进去,大针挂也挂了,还是想吐。”

那位接诊的医生说:“别急,就是药到病除也还有一个过程。”

母亲:“医生,这孩子都快四天滴水不进了。”

医生:“所以说生病是痛苦的。”

“我怕再这样下去,就是铁打的人也会垮掉。”

“接下去挂针,加一点能量合剂。”

“医生,我这孩子究竟得的什么病?”

“胃病。”

“医生。我这孩子从没有得过胃病。这病,这病是不是一定就是胃病?”

这位忙碌着的医生倒是一副好脾气,一旁候诊的病人们倒对母亲的“不敬”产生了“愤慨”,一旁小声讥笑:

“没有得过这病的就不得这病了?”

“说医生报的病不对,怎不自己去瞧出一个名堂?”

母亲理解候诊的病人“讨好”医生的心情,只当没有听见,仍对医生急切地说:“医生,求你一定一定、千万看准了,已经快四天了,再耽误不得。”

医生双手一摊:“耽误?是我耽误了吗?”

母亲忙说:“医生,我不是这个意思。我是说这孩子在学校舍不得花钱看病,以为一咬牙就顶过去了。结果在学校耽误了三天,现在再耽误不得了。医生，求你了，求你给我孩子再看一下。医生，真的再耽误不得了，这孩子还在学校念书，是重点中学，这命不能让病拖着，功课也不能让病拖下，拖下就跟不上了。医生，求你了。如果说这世上叩头真灵，我这就去叩头。如果说做母亲的割下一块肉拌在药里能给孩子治病，我这就割一块下来……”

候诊的病人们刚才还口出讥讽，现在则肃然起敬。

医生也立即站起。

输液室里，黄杏无力地依偎在姐姐的怀里。

医生随母亲来到，拿起化验单看看，又检查一番，再一次肯定地说：“没事，就是胃病。药还是继续用。”

医生走了，对于这一肯定的诊断，母亲稍稍有了一点安慰。

母亲对黄鹂说：“你回学校，别耽误了晚自修。”

黄鹂说：“我和妹妹一起回学校。”

母亲说：“不，杏跟妈回家。”

黄鹂：“妈，天快黑了。”

母亲不听，背起黄杏就走。边走边说：“杏，打吊针，镇上医院一样。再说哩，妈明天还要上班，妈一边上班一边陪你。”

出了医院。

黄鹂想给妈拦一辆三轮车。

车拦下了。

母亲背着妹妹已经快步走远。

山路上，母亲背着女儿急急赶路的影子被一抹夕阳拉得很长。

天黑了，母亲背着黄杏急急地连夜赶路。

母亲的腰弯得很低，并不时地将背上的黄杏向上耸耸。

母亲的头上已是大汗淋漓。

伏在母亲背上的黄杏明显感觉到了母亲的艰难。她哭了。她的眼泪落在母亲的脖子上。

母亲回过头:“杏,怎么啦?别哭,是不是哪里不舒服?”

黄杏摇摇头:“妈,累了就先歇一会。”

母亲:“妈不累,咱们得快,赶路就是赶时间,这病拖不得,学业也耽误不得。”

夜深沉,山野一片荒寂。

忽然,林子里的怪鸟发出一声枭叫。

黄杏将母亲的脖子抱紧了:“妈,我怕。”

母亲将女儿又朝上吃力地一耸:“杏,有妈在这,莫怕。妈以前说过,抱雏的老母鸡连黄鼠狼都不怕。”

话虽这么说,夜山依然充满了恐怖。忽然,前面出现了盏绿荧荧的眼灯。

“妈,妈……”黄杏惊恐地尖叫起来。

母亲一声狠咳。

那些兽眼并没有退去。

母亲忽然一甩头,大步迎上,并高声吼唱起来:“妹妹你大胆地往前走啊,往前走……”

那些兽眼还真的四散而去。

母亲笑了。

黄杏笑了。

笑着笑着就又眼泪流了下来。

黄杏偶一回头,惊叫起来:“妈,你看。”那声音既虚弱又充满恐惧。

背后,竟聚集着许多绿荧荧的兽眼,不紧不慢地随后跟着。

母亲将背上有气无力的黄杏朝上一耸,咬着牙,脚下步子加快。

忽然,母亲脚下被一根横藤一绊,倒下山路。

母女双双顺坡滚落山下谷底。

母亲昏了过去。

“妈,妈……”病弱的黄杏一边哭喊一边拼命摇撼着母亲。

哭喊声,凄凉、无助,在大山里显得十分的微弱,在暗夜的荒影里,惊悸地传开去,回荡起无限的恐怖。

哭喊声中,母亲终于醒来。母亲一醒来就满地乱抓:“杏,杏,你在哪?”

黄杏忙哭着把手伸到母亲的手里:“妈,妈,就在这,我在这……”

母亲一把抱住女儿:“杏,有没有跌着哪儿?有没有?杏,走,咱们回家。”

母亲爬起来,不由黄杏肯不肯,就又将黄杏背到身上,腰弯得几乎贴着了地面,抓住灌木,抓住藤草,像爬一样艰难地朝山路攀爬。

“妈,歇歇吧,妈,你太累……”黄杏有气无力地在母亲背上挣扎着欲想下来。

“杏,杏……”妈脚下一滑,又跌回谷底。

“妈,妈……”虚弱的黄杏声嘶力竭,“妈,我不想活了,你不要管我了,你走吧,我反正就这样了,我也不想活了……”

母亲一咬牙,就又站了起来,“杏,不要说了,杏,别说话省些力气。”

说着,不由女儿分说,就一弯腰又将黄杏背到了背上。咬着牙关,一步一步向山路上爬去。

黄杏的眼泪止不住成串滚下。

她想起了自己亲生的母亲——

黄卓和黄杏的亲生母亲临终前躺在床上断断续续地对黄杏说:“孩子,穷、穷人无病就是,就是福。妈不能陪、陪你们了,妈要走了,妈今后再见不到你们了,你们今后的路还长、长着……”

说到这,头一歪……

“妈——”黄杏惊哭起来。

母亲一惊:“杏,怎么啦?”

黄杏紧紧地抱着母亲的脖子:“妈,你就是我亲妈。妈,女儿给你添麻烦了。”

母亲汗水一抹,一边奋力攀爬,一边说:“孩子,快别说这话。妈记得唐山大地震的时候,广播里说过这么一件事情,说一个妈妈和一个吃奶的孩子,被困在倒塌的楼房下面,困了好多天了,吃奶的孩子眼看快要饿死,那孩子的妈妈就用瓦片玻璃割破静脉,鲜血一滴滴地滴进孩子的嘴里。后来妈妈死了,那孩子活下来了。孩子,天下哪一个妈妈不都这样?都巴望自己的孩子好好活着，而且还要活出个出息。”

黄杏在背上替母亲抹掉眼泪，抹掉汗水。

母亲终于背负着黄杏攀上了山路。

那些绿荧荧的兽眼没有了，又是一轮月明，星稀，山风轻吹。

母亲说：“杏，就趴在妈背上闭上眼睛，闭上眼睛能养一点精神。把眼闭上，妈哼一个歌给你听听。”

于是母亲哼起了一曲摇篮曲。

柔情温馨的歌声在月光下的山路上越发显现出感人的力量。

黄杏闭上眼睛就在母亲的背上很快睡着了，但似有泪珠还悬挂在她长长的睫毛上。

母亲背着黄杏回到家，天已经快要亮了。

父亲披衣出来，脸色难看：“你还回来了！”

母亲小着声音：“杏儿病了。”

父亲说：“怎么在家不病，到学校她就病了？”

母亲小着声音：“这跟学校挨得着吗？”

父亲说：“你不是总指望着一个个念书、念书、再念书。念吧。”

母亲小着声音：“这能是念书念出的病？你要去哪？”

父亲在门口站住：“我可告诉你，你别指望你的那份工作了。”

母亲放下黄杏：“人家怎么说的？”

“怎么说？你们叫王娟明天不要来，后天也不要来，以后都不要来了。”

“你现在去哪？”

“去哪？我能在家坐以待毙？一个个要吃要喝要念书，没有钱，拿什么供应？听说有个人想去深圳发财，我去看看，看能不能也跟他去深圳闯闯。”

母亲不由得警觉起来：“那人是什么人？”

父亲说：“你是问是男人还是女人？”

母亲说：“我问的是那人的人品，人品比是女人还是男人更加重要。那人的人品，你知不知道？”

父亲没有回答，似乎是顾左右而言他，临走前吩咐黄杏说：“多喝点水，水不要钱买。”

紧接着，母亲就又将黄杏背到了镇医院。

母亲问医生：“刘大夫，这孩子究竟是什么病？”

刘大夫：“可能是胃肠功能紊乱。”

母亲：“怎么总是要吐？连喝一口水都吐。”

刘大夫：“也许是伴有肠胃痉挛。”

母亲：“今天已经是第五天粒米未进了，再这样下去就是铁人也撑不住啊。”

刘大夫：“病就这样，再急也没有办法。这几瓶吊针输进去，或许症状能够缓解。”

这时候，画家龙大海也在医院里忙碌着什么。

镇医院没有输液室，挂针就在走廊上。

母亲帮着护士给黄杏挂上了吊瓶。对女儿说：“杏，妈去一趟院务部。”

“妈，别走。”黄杏不知为什么突然害怕母亲离开。

母亲看着女儿那份依恋的样子也心里不忍，但还是抚摸着她的头说：“妈旷工一天，得给领导送一份检讨书去，妈不能没有这份工作。再哩，妈给香姨打一个电话，让香姨今天来这陪你。”

黄杏想说什么，结果还是非常懂事地点点头。

院务部大门关着。

母亲来到这里，只见门口贴着一张启事：

“本院临时聘用人员王娟，曾因事解雇，虽因领导宽大，予以返招续聘，但工作一天后故态复萌，未经批准就擅离职守，经研究，立即解聘辞退。院务部”

母亲突感一阵眩晕。

母亲扶着墙镇静片刻，走到门口，欲想敲门，想了想，摇摇头。

可以料想到即使敲开了门，刘主任也绝不会给自己好的脸色。于是母亲将攥着的检讨书，折叠成一个纸条，想从门缝里塞进去。

刚塞进一点，想了想，摇摇头又抽了出来。

并且立即离开。

母亲又来到院长办公室。

院长办公室的门虚掩着。

母亲轻轻推开一道门缝，只见坐着许多人正在开会。母亲就又轻轻将门拉上了。

母亲来到电话亭，拿起电话拨通了妹妹：“香，我是娟，你姐。香，你来帮我几天行吗？杏儿病了。是的，病得不轻也不知道什么病。看了啊，就是不见好。再不行得到省城大医院看去，你来的时候顺路告诉妈一声，想办法给我再凑些钱……”

附近正巧龙大海走过。猛听到母亲声音，停下了脚步。

母亲仍抓着电话：“对，再凑些钱。你跟妈说，看病急用。香，快，得赶快。智清又不知去哪了，这杏儿在医院挂针，她奶奶也在家躺着没人照、照应……”

说到这儿，话筒突然脱手。

母亲急火攻心，心脏病复发。

悬挂着的有绳话筒里仍响着妹妹王香的急叫：“姐、姐……”

扶着电话亭的母亲终于倒在地上。

一旁龙大海慌忙奔来：“王娟，王娟你怎么啦？怎么啦？”

他火速抱起母亲，直奔急救室。

……

母亲在紧急抢救。

龙大海陪在旁边，一脸焦急。

还在输液的黄杏，已经非常虚弱。

她无力地斜靠在墙上，仍是一次次地欲吐。

黄家，肺气肿的奶奶一阵咳喘之后，下床去上马桶，脚下一绊，险些跌倒，幸得一手按住了马桶边。马桶倒下了。结果人还是跌坐在地上。

奶奶慌了，坐在地上大喊："孩子他妈、孩子他妈。智清、智清……"

老屋寂静无人。

黄智清和黄毛女人这时候正在镇上的一家酒馆的包厢里放下门帘喝酒。

店老板掀帘伸进一个脑袋，一脸神秘："二位敞开来喝，没事，我人在门外给你们守着。"

两只酒杯一碰。

黄毛女人咯咯笑道："咱们可真是棒打不散的一对野鸳鸯。"

黄智清放下酒杯讪笑说："这话没有错，人家是好了疮疤忘了痛，我可是疮疤没好就忘了痛。"说着还下意识地摸了摸伤口犹在的额头。

黄毛女人忽然一脸严肃："老黄头，咱们那事可就这么说定了。"

黄智清："我说大妹子，咱们去深圳，真的能赚到钱吗？"

黄毛女人一脸不悦："若是赚不到钱，那些从深圳回来的人，腰里鼓鼓的，难不成装的都是手纸。"

黄智清既心动又犹豫："我的意思是能赚钱当然好，只怕没那么容易。"

"啪"，黄毛女人酒盅一顿，"我知道你是怕你女人。"

黄智清立即挺起腰板，胸脯一拍，一脸豪壮："她敢？"

黄毛女人这才转怒为喜："是男子汉就该这样子。"

然后左右一看，低声道："你老黄家'可当三百亩'到底是什么宝贝？"

黄智清双手一摊："我真是不知道。"

黄毛女人鼻底一哼："你老黄家的人果然厉害，上回拿砖头塞墙洞里故意转移目标，真东西一定还在你黄家。是不是在你那女人手里？"

黄智清支支吾吾。

黄毛女人柳眉一竖："怎么不说话啦？"

黄智清直搓双手。

黄毛女人忽又嘻嘻笑了起来，凑到黄智清耳畔："咱们到了深圳，得有本钱……"

黄智清头使劲地点了一点。

急救室里，母亲缓缓醒来。

龙大海喜道："大姐，你没有事了吧？刚才真把人吓的。"

医生也对母亲说："这心脏病要的就是迅速抢救，刚才多亏这位大哥呼救及时。"

母亲望着龙大海："谢谢，我家黄杏哩？"

"黄杏？"龙大海摸不着头脑。

母亲忽然想起了什么，跳下病床就奔出门外。

黄杏又一瓶吊针快要输完。

母亲奔到这里："杏，杏，有没有好一点？"

黄杏无力地摇摇头："妈，我要回家。我怕我不会好了。妈，我怕……"

"杏，你会好的。别怕。"母亲替女儿拔了挂针，"杏，你先在这坐一小会，妈去把刚才医药的账结了，等一下就来接你回去。"

"不，你先接孩子回去，你刚才的账我去给你结清。"刚才跟着过来的龙大海转身欲走。

母亲忙问："谢谢你，你怎么也在这里？"

龙大海说："我姐自那一次大街上摔了一跤之后，身体就一直不好。今天又住院了。"

母亲："我什么时候得看看她去。"

"你先忙你的，这孩子要紧。你快走吧，那边的账我现在就去给你结了。"龙大海一脸诚恳。

母亲对龙大海说："真是太谢谢你了。上次孩子读书的学费，一时不够，也是你给凑上。这一次又是……真是太谢谢你了。"

"大姐先别说这话，该我感谢你的其实比这还多。"龙大海说到这里自知失言，忙转身就走。

母亲也来不及再问许多，只得背了黄杏赶紧回家。

母亲背着黄杏，一边走一边说："杏，妈回家给你熬粥。如果今晚上好些就好，如果还这样，妈明天就带你去省城大医院，找最好最好的好医生。"

黄杏在背上说："妈，不要去省城，我怕我这病不会好了。"

"杏，别怕，会好的，一定会好的。"母亲把背在背上的黄杏朝上耸耸。

黄家，奶奶的卧室里马桶仍倒着。

奶奶也仍然瘫坐在地上。

母亲回到家，闻到了异味，急忙将黄杏安顿到床上，赶到奶奶房间："妈，你怎么啦？"

奶奶地上一拍："我说我早该死了，你看我这活着也是遭罪，更给你们添下麻烦。"

"妈，快别这么说，没有摔着就好。"母亲将奶奶连扶带抱地弄到床上，替她换了脏衣服，又急忙将地打扫干净。

这时候父亲醉醺醺回到家里，挨着桌往凳上一坐："人哩？"

母亲走出："你回来了。"

父亲："泡一壶茶来。"

母亲："稍等一下，我去烧一瓶水。"

父亲借着醉意，桌子一擂："怎么连开水都不烧一瓶搁着？"

母亲一边忙碌着一边说："我给杏儿看病刚回来。"

父亲这才低下声来："医生说是什么病？"

母亲："说是肠胃毛病。"

父亲："那也没有什么。"

母亲："我看有一点不像，肠胃上的病能这么严重？能一连几天什么都吃不进吗？"

父亲："医生的话不听还听谁的？凡病都不要往重里去想。"

母亲："我这当妈的，也巴不得孩子这病现在就好，可是这重就是重。不是想不重它就不重。"

父亲手一挥："好好好，我也不跟你争长较短。我告诉你，我马上就要走了。”

母亲：“去哪？”

父亲：“深圳。”

母亲：“还真去深圳？”

父亲非常得意：“人家说了，在深圳那地方，只要你有挣钱的想法就能挣钱。人家下午就去深圳，他说了，一定将我引上。”

母亲：“哪个人家！”

父亲：“说了你也不一定晓得。”

母亲：“你真想定了。”

父亲：“怎么？挣钱也会犹豫？”

“这世上没有一个地方是钱堆在地上想捡就能捡到的。天上更不会掉下馒头。想赚钱，到哪都要舍得种下力气。”说话间，母亲已经把水烧开了送上。

父亲火了：“这也用得着啰嗦，烦不烦？如果不是你坚持三个孩子都去读什么高中，现在下深圳闯世界的就该是他们，我就不知道跷着二郎腿，一杯茶一袋烟地享福？如果不是家境贫穷，下学期又一个个都急等学费，我会卖老脸求人带我去深圳吃苦？不得已而为之。知道吗？不得已而为之。当然，这一路上的盘缠，而且到那地方是初来乍到，也不可能没有花费。这个，我也只能向你伸手。”

母亲叹道：“钱？又是钱。我哪来这些钱？”

父亲一脸不悦：“这做生意还要投资，就算我去深圳跑一趟买卖。”

母亲十分无奈：“不是我不支持你去深圳，做人是该出去闯闯。可是我现在实在是、实在是……连杏儿再去看病的钱都还没有着落。再说我医院里的工作又被解聘。”

“果然又被解聘！”父亲瞪大了眼睛：“谁叫你旷工？”

母亲叹道：“黄琳去北京参加奥林匹克数学大赛，说什么也是一件大事，我能不去送送？”

父亲格外火了：“又是上学、念书，都是为了这些事情……”

“别嚷嚷好不好？”母亲瞥了一眼黄杏的房间说：“你去深圳闯闯，按说也是一件正事，手里也不能没有一点钱攥着，我这里还有一件我过生日人家送的布料,另外家里还什么能变卖的,你就估算着拿去卖掉。”

父亲听到这话,立即就去了后院。

母亲一想,不对,急忙跟了过去。

父亲来到后院,将藏在老墙里的那只“可当三百亩”的匣子取了出来。

母亲急了:“你想卖什么都行,就是不能卖掉这个。”

父亲不依:“家里除了这个,还有什么能卖出钱来。”

“你就是把屋顶上瓦片揭下来卖掉我都不会心疼,就是不能卖掉这个。”母亲上前就夺。

父亲又将匣子夺了回来:“留着这,是能吃还是能穿?”

母亲说:“这是祖上传下的东西。”

父亲说:“祖上传下的东西就是要在关键时刻让后代派上急用。”

母亲:“我对几个孩子说过,不到山穷水尽,这东西都要传给他们。”

父亲:“现在还不是山穷水尽?”

“你就这点出息?就这点困难就想到了动用祖上的东西?放下,还不放下。”母亲见父亲转身欲走,急忙将他拽住。

父亲护住匣子急欲脱身。

两人就在后院争夺推搡起来。

益见虚弱的黄杏躺在床上,听着后院父母的争执,眼泪又流了下来。

就在父母争夺得不可开交,正欲反目,甚至大打出手的时候,小姨王香和外婆出现在门口。

“住手。”外婆沉声一喝。

父母松手。

外婆问:“怎么回事?”

母亲说:“妈,没有什么大事,他急等用钱想卖祖上的东西,我不肯,就这一点小事。”

外婆说:“阿香,拿一点钱给他。”

王香极不情愿地摸出几百元钱丢在桌上。

父亲这才慢慢地放下匣子,抓起钱讪讪地说:“我这也是为了赚钱。你们等着,我今天就去深圳,一赚到钱就立即寄给你们。”

说完,转身就走。

父亲走到厢房门口:“杏,你安心养病,爸这就出去赚钱。”

父亲又走到自己母亲的卧室门口,朝里望了望,欲言又止。

父亲走了。带了几百元钱盘缠。在门口又抓了晾在绳子上的几件换洗的衣褂。

母亲也来到门口,望着父亲的背影远去,心里有一种说不出的滋味。

外婆和阿姨王香坐在黄杏的床前,一脸焦急。

母亲进来。

外婆说:“阿娟,这孩子不能耽搁了,得赶紧。”

母亲点点头:“我这就去省城。”

外婆说:“拣最大的医院,挑最好的大夫。钱,妈给你带来了。”

王香取出两叠钱:“妈把老屋卖了。”

外婆说:“我老了,还能再住几年?今后就到阿香和你这里两头住住。阿娟,赶紧带孩子上路。”

母亲流下了眼泪:“妈,谢谢。”

外婆:“还说这些?快,这门口和你婆婆,有妈跟你妹管着,放心。”

母亲背着有气无力的黄杏上了汽车。

学校里,儿子又出事了。

黄卓守在校园一处僻静的树荫下。

嘉妮应约而至。

(刘品仁就隐身在附近的一丛花木旁。)

黄卓见嘉妮姗姗行来,立时就表现出年轻人的冲动,忘情地叫了一声:“嘉妮,你来了我真高兴。”

嘉妮微微一笑:“何必那么肉麻。我也不能送吃送穿送用的,你能有什么高兴?”

黄卓被呛了一下,略显局促,但还是笑着低声说:“嘉妮,我约你来,你果然还是来了。嘉妮,谢谢你给我一次解释的机会。”

嘉妮说:“我也谢谢你给我一次公开向你摊牌的机会。”

黄卓欲抓嘉妮的手。

嘉妮立即缩了回去。

黄卓有些尴尬:“嘉妮,我约你来这儿,你有没有告诉别人?”

嘉妮长睫毛一阵扑闪:“怎么?你有不可告人的目的?”

(隐在附近花木丛中的刘品仁无声地冷笑了一下)。

黄卓有些局促,四周看了看,终于道:“嘉妮,咱们以前上初中的时候,可以说是形影不离。你爸给你买回干菜脆饼,你总要偷偷地塞两个在我书包里,我妈煮山芋,我也藏两段,放到你的抽屉里。放学的时候,我们俩都想一块儿走,又怕别人取笑,后来就约好了要么我先走,在利济桥头等你,要么你先走,在学圃堂后等我。那时候我的成绩总是第一名。你的成绩总是第二名,紧追其后。”

嘉妮仰头看天:“你的记性不坏。”

黄卓:“我还记得有一回咱们打赌,说将一枚5分钱的硬币旋转三次,如果每次倒下的时候国徽朝上,咱们今后就一定会终身为伴,结果你试了三次,有两次国徽朝下,你哭了。我说这次不算,明天再试,第二天我试了三次,三次全都是国徽朝上。你突然将我猛地抱住,又一次哭了。但很快就破涕为笑。”

嘉妮眉毛一扬,语气依然很冷:“我当时怎么也没有想到你会将两枚硬币面对面粘在一起。但是你为了将硬币磨薄,整整磨了一个通宵的精神确实令人佩服。”

黄卓:“更主要的是损坏了六枚5分的硬币。三毛钱不是小事,我妈在医院蒸饭,一个月的加工费也就三毛钱。可我当时一点都没有心疼。”

“是不是现在感到了心疼?”嘉妮摸出三毛钱朝地上一扔:“还你,拿啊,拿起来啊。”

黄卓径直顺着自己的思路:“嘉妮,你还记得吗?有一回老师说煤炭是木头埋在地下变出来的。课后咱们就找了一段木头,刻上我和你两个人的名字,埋到教室后面的地下,说哪一天有人挖到这段木炭的时候还能看到咱们并排着的两个名字……”

嘉妮不耐烦了："你有完还没完了，你约我出来难道就是为了听你这陈芝麻烂谷子的旧话？"

黄卓："重温昨天，是为了今天，甚至明天。嘉妮。我真不明白，就在这短短的时间里，你怎么会变得判若两人？你对我的态度与以前相比简直就有云泥之别。"

嘉妮："你想知道原因？"

黄卓："是的。"

嘉妮："谢谢你给了我这个解释的机会，你马上就会明白。"

"不，请你且慢说来。"黄卓用手指叩叩自己脑袋，"还是由我说出来吧，我想我们之间确有误会的地方，甚至是我对不起你。在拍完毕业合影那天，你约我去紫岭关放风筝，我那天实在没有时间，我要给我奶奶去药房抓药。还有那天扣住的那只野鸽子，我真的不知道你喜欢，我交给我妈，让我妈卖了，因为要凑齐我们的学费，当时我们家能卖的都卖了。如果就是因为这一些——大概也就这一些了，嘉妮，我愿意因此而向你道歉，真诚地说一声对不起。"

说到这，黄卓向嘉妮深深地弯下腰来。

嘉妮突然纵声大笑。

（隐在附近花丛里的刘品仁，拨开枝叶向树荫处窥看。）

嘉妮放肆的笑声里显然透出嘲弄的意思。

黄卓不解："你笑什么？"

嘉妮脸色一变："我笑你想得太多。"

黄卓则一脸诚恳："因为你的冷淡与疏远，我非常痛苦。我想我现在将我的过错由我自己主动说出，有着这份诚意，也许还能够赢得你的谅解。"

嘉妮哼了一声："我笑你想得很多，怎么就没有想到问我怎么这么快就亲近上了刘品仁？"

黄卓："那就现在问你。我们俩已经好了那么长时间，你怎么又突然好上了刘品仁？"

嘉妮双手一摊："他在追我。"

黄卓一脸急切："我不也喜欢你吗？"

嘉妮眼睛一翻："人家宠我、哄我，你宠过我哄过我吗？人家会成天请我下馆子、看电影，你有这条件？他一个暑假就陪我去了三趟省城，你看这衣服，都是名牌，全他买的。女孩子往往容易在虚荣中入梦。我知道你也爱慕虚荣，可惜你的虚荣没有实力的支撑，仅仅是爱慕而已，没有实力支撑的虚荣才是真正的虚荣。你看人家刘品仁……”

（隐在花丛里的刘品仁掩嘴窃笑。他忽然竖起耳朵。）

第六章

黄卓有些愤然:“刘品仁?他刘品仁就凭这个,那算什么东西?”

嘉妮反问道:“你说应该还凭什么?凭成绩?人家考重点高中缺了一分,最后还不是和你一样进了这个中学?你跟他还有什么比的吗?还有什么可比?”

黄卓一时无话可说。

现在轮到了嘉妮的尽情发挥:“比长相?长相能当饭吃?比学问?人家游戏机玩得比谁都溜。还会电脑。一个暑假,又快拿到了驾照。你会什么?”

黄卓气得张口结舌。

(隐在花丛里的刘品仁得意洋洋。)

黄卓终于憋出一句:“你就不看人品?”

嘉妮瞥一眼花丛方向,故意大声道:“人品咋啦?人家为人豪爽,出手大方,想得到的就千方百计一定能够得到,那也属于富于进取……”

黄卓大急:“嘉妮,咱们一块同学几年,你就真的对他一点都不了解?”

嘉妮还没有来得及接话,刘品仁忍不住从花丛里鼓掌走出:“说得不对,不对……”

黄卓大怒:“刘品仁,你卑鄙,竟躲在这里偷听。”

刘品仁倒也不恼:“你以为你说得对吗?黄卓,你说嘉妮不了解我,难道你就真的了解我吗?”

黄卓愤怒道:“你别人模人样,装什么深沉?”

刘品仁依旧不恼:“你知道我有几根花花肠子?我的骨头有个几斤几

两？不错，咱们已经同学一场，你也许已经知道我爸是松元镇医院的院务主任——不大不小，正管着你妈。而我妈是镇办的文教秘书。我舅是县里的局长——是哪一个局长你没有必要知道。我大伯在县里管着十几个部门——至于管着哪些部门，我当然也不会告诉你了，你了解我吗？”

黄卓腮帮努动着：“还有什么？”

“这就够了。我刘品仁就是不上学也能够找一份好的工作。嘉妮同学想读书就读书，不想读书，要到哪儿就到哪儿上班。”刘品仁胸脯一拍，男子汉气概十足。

嘉妮十分受用，娇笑着媚了他一眼。

黄卓气得无话可说。

刘品仁越发张狂：“你姓黄的怎么不撒一泡尿照照自己？想跟我较劲？你有几斤几两我倒是清清楚楚——黄卓，男，家住农村，父亲农民，母亲清洁工人。或者说母亲曾经有一个比教理想的职业——在医院里倒倒痰盂、扫扫垃圾。”

嘉妮掩嘴而笑。

黄卓气得眼睛冒火。

得势不饶人的刘品仁继续朝本来虚荣心就极强的黄卓伤口上撒盐：“而且，听说还有一个年老的奶奶卧病在床——真应了‘老不死’那句老话。而且上下还有一群姐妹。至于黄卓本人，倒还聪明，会上山砍柴，能下河捕鱼，听说还会插秧割麦，大概还会帮他爸烤红薯满大街吆喝买卖……”

黄卓的拳头攥紧了，额上青筋暴突。

嘉妮急忙拉开刘品仁：“好了，你也别尽得便宜卖乖。走吧。”

二人嬉笑离去。

“站住。”黄卓低声一喝，戟指刘品仁，“姓刘的，有种的咱们明天这个时候在呼山桥见面。”

刘品仁：“呼山桥？呼山桥见面？什么意思？”

黄卓：“只要你一句话，敢还是不敢？”

刘品仁：“为什么要在呼山桥？”

黄卓：“因为那地方偏僻。是不是害怕？”

刘品仁：“你以为我会怕你？天大的笑话。”

黄卓："行，算你有种。明天这个时候咱们呼山桥见。"

说完，转身大步离去。

郊外，天高云淡。

刘品仁慢慢地抓住嘉妮的手。

俩人越靠越近。

刘品仁猛地抱住了嘉妮，嘴也慢慢地凑了上去。

嘉妮却突然将他推开："你坏，你为什么来这？我偷偷地告诉你黄卓要约我来这，并没有约你来啊。"

刘品仁又抓住嘉妮的手："我不来我能听到他和你会说一些什么话吗？我不来你能听得到我这样痛快地羞辱他吗？"

嘉妮："我答应过黄卓，我不会将他约我出来的事告诉别人，你让我在人生的履历上记下了失信的一笔。"

刘品仁嘴唇鄙夷地一撇："对黄卓这样的人，失信就是守信。"

嘉妮："这么说来，你答应他明天这个时候在呼山桥见面，你是不是已经想到了可以不去？"

刘品仁："不，明天这个时候我还真想去呼山桥看看。"

嘉妮似乎预感到了什么："你估计黄卓约你明天这个时候去呼山桥见面会发生什么样的事情？他是出于什么样的动机呢？又会发生什么样的结果？"

刘品仁纵声大笑："呼山桥不是鬼门关，再偏僻又怎么样？是福不是祸，是祸躲不过。将会有什么样的事情发生？结果又是如何？一切的一切，明天这个时候呼山桥就可以见出分晓。"

呼山桥下，溪水湍急。

第二天，黄卓与刘品仁几乎同时出现古桥的两头。

两人相向而来。

越走越近、越走越近……

两人终于面对面站住。

黄卓的目光里喷着怒火。

刘品仁的眼神有些犹疑。

黄卓终于开口:“你来了,算你有种。”

刘品仁四顾无人,给自己壮胆似地咳一声,胸脯一挺:“你想干什么?”

黄卓唰地拉开上衣,取出一本书掷在地上:“这本书谅你也看过,西方人的情敌与情敌之间,就两个字:决斗。”

刘品仁小眼睛里的光亮不觉惊恐地闪烁了一下。

黄卓:“怎么?怕啦?我佩服你不择手段追求女孩子的勇气,但看不起你只有总是在一个女孩子面前羞辱另一个男人的胆量。还有胆量到哪里去了,把所有胆量都拿出来啊。”

刘品仁又咳一声:“你以为我真的怕你?”

黄卓:“好,那就有种。”

附近。花木丛中。

预感到将会发生什么事情的嘉妮,早已提前来到这里隐伏下来。

公路上,公共汽车飞驰。

母亲搂着黄杏坐在车子里。

汽车就在呼山桥不远处驰过。

黄卓脸色铁青:“你说这决斗该怎么进行?”

刘品仁开始犹豫:“你想来真的?”

黄卓冷冷一笑:“咱们一人一拳,一拳接一拳,直打到对方讨饶为止,谁讨饶谁就退出竞争。如何?”

刘品仁胆气一壮:“行啊,那太简单了。”

黄卓攥紧拳头。

“慢!”刘品仁小眼珠一转,“我们应该换一种方法。”

黄卓:“什么方法?”

刘品仁:“咱们各打三拳,谁受不了谁孬。”

黄卓:“一言为定。”

刘品仁:“但有一个条件。”

黄卓:“什么条件?”

刘品仁:“既然是你提出决斗。那就应该由我先发三拳。”

“来吧。”黄卓毫不犹豫,胸脯一拍就闭上眼睛。

事不宜迟,刘品仁抓住机会,当胸砰地就是一拳。

黄卓后退半步,立即稳住。

刘品仁甩甩手臂,骤然发力,呼、呼又是两拳。打完了转身就溜。

黄卓怒不可遏,自然是不肯放过,几个箭步就撵上了那刘品仁,呼地一拳,将他打了一个仰面朝天。

及至刘品仁爬起,黄卓上前又是一拳。

刘品仁又一次跌倒。

他这一次干脆就不起来:“黄卓,你还真打?我可告诉你,我堂哥,我大伯都是县里的人物。”

黄卓似乎没有听到,一手将他拎起:“别说那么多,我只问你一句,你讨不讨饶?”

刘品仁心想好汉不吃眼前亏,小眼睛一眨:“讨饶就讨饶,我讨饶还不行吗?”

黄卓极其鄙夷地又是当胸一拳,这才扔下他扬长而去。

刘品仁恼羞成怒,爬起来急急寻找砖头石块或其他可以还击的“武器”。

桥面上空空荡荡。

他忽然眼睛一亮:河坎下面有一截铁棍。

附近。花木丛中。

嘉妮睁大了眼睛。

她的眼前就出现了铁棍狠狠砸在黄卓脑袋上,黄卓立即倒地的一幕。

她赶紧闭上了眼睛。

这刘品仁一时凶心大发,立即寻路奔下河坎,准备捡起那根铁棍。

谁知脚下一滑,跌进河里。

河水非常湍急。

刘品仁在河水里挣扎了一下便顺水而下。

(附近花木丛中的嘉妮吓坏了,一时张口结舌,竟呆在那里。)

河岸边,黄卓刚离开大桥,猛听得身后噗通水响,转身看到刘品仁在水中挣扎,也害怕起来,立即大喊:"来人啊,有人跳水啦、有人跳水啦……"

母亲背着女儿到了省城。

母亲终于找到了这家省城最大的医院。

挂号的人排着长队。

母亲急了,将黄杏放在椅子上就去插队。

"排队、排队。"

"挤紧一点,别让人插队。"

排在后面的人嚷嚷起来。

母亲连忙赔笑:"对不起、对不起,我家这孩子的病实在不能再拖了。"

"谁家的病能拖?"

"既然是急病为什么不早些来哩?"

后面的人仍然嚷嚷。

坐在附近椅子上的黄杏无力地说:"妈,咱们走吧,这病看不好了,我也不想看了。妈,咱们还是回家……"

她说着就扶住椅背站起。刚站起,脚下一软,就瘫倒在地。

母亲急忙奔回来将她抱到椅子上:"杏,挺住一点。你病会好的。这可是大医院,孩子,挺住一点,妈马上就可以找到好医生打针。"

母亲返身再去挂号,眼前令人感动的一幕出现了——

所有排队挂号的都自动朝后退了一步,最前面留出一个立即就可以挂号的空位。

这时一个护士也上前招呼母亲:"急诊可以不用挂号。"

母亲立即背起女儿直奔急诊室。

到了急诊室,母亲进门就问:"你们是不是专家?"

一个办公室里的三个医生你看我我看你。

母亲又问:“你们是不是大医院里最好的医生?”

一医生不解:“你这是什么意思?”

母亲极其急切地说:“我要请这医院最好的医生给我的孩子看病,我这孩子已经五天没有喝一口水没有吃一口饭了。医生,要多少钱都行。我这里有钱。”

母亲掏出一沓整钱。

又拿出理得整整齐齐并用橡皮筋扎住的毛票。

最后又打开一个小布袋,里面全是碎币。

“医生,我这里有钱。”母亲将钱全摊在桌上,“我请最好的医生,要能确诊我这孩子究竟得的是什么病,要能下药下准,我这孩子的病是再不能拖了。”

一医生指着一个年岁最大的医生说:“他是专家,我们这里的权威医生。”

母亲急切求救的目光便转向那位权威医生。

权威医生也算尽职,立即就将黄杏的眼皮翻了翻,又在腹部按了按,说:“赶紧验血。”

母亲立即就拿了化验单,背上女儿下楼。

电梯门口人多。

母亲便直奔楼梯。

黄杏伏在母亲背上,望着母亲被汗水打湿了的衣服,以及母亲头上的一根根白发,眼泪无声地掉了下来。

到了抽血的地方,母亲帮黄杏捋起袖管。

望着女儿变得细瘦的胳膊,母亲忍住难受,却替女儿抹去泪水说:“杏,别怕,咱们已经坚持到这大医院了,病会好的,只要这次化验化准了,药准准地用下去,病就会好了。”

黄杏也替母亲抹掉额头汗水:“妈,你也别急,我不怕。”

女儿这么乖顺。母亲越发难受。

眼看着针管在女儿细瘦的胳膊上又渐渐地抽出了那么多血,有着恐血症的母亲一阵眩晕。

母亲不敢再看,极力镇定住心神,恳求抽血的护士:“大夫,能不能少抽一点?”

护士:“量少了就很难保证化验的准确。”

母亲就搂紧了女儿,轻声说:“杏,你就靠着妈,软软地靠着,省一些气力。”

呼山桥附近,救护车鸣着紧急的喇叭,疾驰而去。

围观的人群渐渐散去。

只有黄卓呆立在那里。

黄鹂奔来:“你怎么会在这里?弟,这里出了什么事情?”

黄卓低下脑袋:“姐,我闯了大祸。”

黄鹂急问:“什么大祸?”

黄卓:“我跟刘品仁打了一架。”

黄鹂大急:“那刘品仁不是个善茬,人家躲还躲不过,你怎么倒去惹他。这可麻烦大了。”

黄卓忽道:“姐,这事可千万别告诉妈。”

在省城这家最大的医院,权威医生开出了处方。

母亲问:“医生,这究竟是什么病?”

权威医生说:“消化系统疾病,肠胃不和,伴有感染,再加上肠胃痉挛。”

母亲急了:“医生,请你再给看仔细了。我跑过了几家医院,都这么说的。”

权威医生说:“这就对了。不谋而合,一致认为,没有任何异议。”

“可是几家医院都没有任何疗效。”母亲十分着急。

权威医生:“你说这是什么病?”

母亲:“我不知道。”

权威医生:“这就对了。当以医生的诊断为准。”

母亲仍不退缩:“医生,求你再给仔细看看,我们山里人来一趟省城很不容易,就指望大医院有大医院的高明,能发现新的情况。医生,真的求你再给仔细看看,这孩子真的再不能被不明病情给耽误了。”

“怎么叫不明病情?就这病。”权威医生显然已经不悦,“行了,抓紧治疗，再耽搁可就是你病人家属的事了。下一个。”

母亲无奈。

这家医院的输液室非常讲究，是封闭式的，家属不得入陪。

黄杏被护士接进了输液室。

母亲坐在外面的条椅上守候。虽然看不到里面，但母亲的精神绷着，专注地倾听着。

似乎输进女儿静脉里的点滴，一滴滴很响，响得像鼓声一样撞击着母亲的神经，撼动着母亲的心扉。

这时一个医生经过，母亲连忙拦住，拿出几张处方：“医生，求你给看看，这上头用的药一不一样？”

医生只一瞥就说：“基本一样，这一张添了葡萄糖，这一张加进了一些能量合剂。”

一时间，母亲害怕极了，母亲虽是一个风风火火的人，但眼睛里还是流露出了难以掩饰的绝望。

母亲再无心落座，焦虑万分地走动着。

不一会，输液室的门开了，里面走出一个护士：“谁是黄杏家属？”

母亲心惊肉跳起来：“医生，我是。黄杏怎么啦？”

护士说：“黄杏输液反应强烈，不断呕吐，还有腹痛，我们暂时中止了给她的输液。”

母亲还没有听完，也不管三七二十一就奔进输液室。

母亲扶住女儿：“杏，是不是难受？”

黄杏吃力地点点头，又流出了眼泪。

母亲一时不知如何是好。

护士却在旁边催促：“请你们先出去在外面休息，过一会再进来试试。”

母亲摇摇头自言自语：“不能拖了，这病再不能这么拖了……”

母亲艰难地抉择着，终于作出又一个决断：“杏，咱们再换一个地方看看。”

黄杏：“妈，我走不动了。”

母亲：“有妈背你。”

黄杏:“妈,你也走不动了。”

“不,妈走得动。”母亲不由分说就又背起女儿。

黄杏在背上问:“妈,我重不重?”

母亲说:“杏,妈不怕你重,就怕你一天比一天轻。”

黄杏咬住嘴唇,不再说话。

母亲背着女儿走出了输液室。

母亲背着女儿来到门口,望着街上人流、车流,自己问自己:“究竟再到哪里去哩?”

一个清洁女工过来。

母亲便问:“大妹子,这省城还有没有更大的医院?”

女工:“这城里就数这医院最大。”

母亲:“还有没有别的医院,医生更好?”

女工:“你怎么啦?”

母亲:“我这孩子的病,就不知是什么病!”

女工:“杏林路上有一家疑难杂症研究所,你可以去看看。”

母亲谢过,赶紧叫了一辆三轮车。

县城里,一辆警车,鸣着警笛驰进了第一中学。

好奇的学生议论纷纷。

母女俩来到省疑难杂症研究所门诊室的时候,日已渐西。

门诊室的护士告诉母亲:“你们明天再来,这里的医生都已经下班。”

母亲一愣:“已经下班?”

护士解释说:“这里是研究所,大部分都是专家,并不坐班。”

母亲恳切央求:“大夫,能不能求你帮我打打电话,请一个专家来给我孩子看看。”

护士摇摇头。

母亲:“求你帮忙。大夫,如果要等到明天,我这孩子还真不知道能不能捱到那个时候。”

护士说:“这样吧,你们先在这里找一个地方歇着,每天下午 4 点钟左右,管教授都要到这地方遛遛,到时候逮住他请他看看。”

母亲谢过。

母亲和黄杏便在门口的敞厅里坐下。

穿堂风一阵阵掠过。

母亲从袋子里拿出面包和一瓶水:“杏,再一点都不吃就是铁打的人也撑不住了。”

黄杏小声地说:“要么喝一口水。”

水刚喝进去就又吐了出来。

母亲叹道:“究竟是什么怪病?咱们怎么摊上这病?说肠病、胃病,还有痉挛,怎么对症的药就不起作用?”

黄杏无神地眨动着眼睛,泪花又泛了出来。

风仍在一阵阵穿堂而过。

母亲脱下衣裳披在女儿的身上。

女儿忽然撕下一小块面包。

母亲连忙鼓励说:“对,使劲吃一点。”

黄杏却将捏着的那一块面包塞到了母亲的嘴里。

母亲非常感动。

黄杏又道:“妈,外面起风了,你冷不冷?”

母亲:“妈不冷。”

黄杏:“妈,我这病还真的能好吗?”

母亲:“能好,一定能好。”

黄杏:“妈,我长大了,一定,一定孝顺妈。”

母亲忍着眼泪故意道:“怎么孝顺?”

黄杏:“给妈买好吃的,还买最暖和的衣服。”

母亲:“真想孝顺妈,那就病好了赶紧上学,把落下的课补上。”

黄杏点点头:“还有,还有就是妈老的时候,老得走不动的时候,妈就坐在推车上,我和哥哥姐姐,还有妹妹,在后面推,一边推一边给妈捶背,梳头,给妈讲故事,唱好听的歌……”

母亲听得热泪盈眶,将女儿紧紧地搂在怀里。

忽听护士嚷嚷:“管教授到了。病人哩?病人在哪?”

母亲连忙应道:“在、在这。来了。这就来了……”

管教授翻了翻黄杏的眼皮,看了看胳膊和腿,二话没说,提起电话就打:“洪老,这里有一个病人,你赶紧过来看看,要快,打一辆车,车费算我的。”

看样子是有了新的发现,但这发现显然是凶多吉少。母亲忐忑不安,试问道:“医生,这病到底……”

管教授:“这病怎么拖到现在才来?有病就该早治。”

母亲说:“去过几家医院。”

管教授:“他们是不是都诊断为胃肠疾病?”

母亲不解:“你怎么知道?”

管教授正欲回答,门外一声戛然刹车声,随之一个老人进来。

管教授:“洪老,你看这孩子。”

洪老将黄杏手指和腿部一看:“过敏性紫癜,再迟就来不及了。不要转院,送急诊室抢救。”

不知是激动还是紧张,母亲的心扑通扑通地跳着,不安地问了一句:“医生这是什么病?”

管教授:“紫癜。这种病比较罕见,极容易被误诊为肠胃疾病。”

两位专家迅速戴上了白帽、口罩。

几个护士也奔跑着将各种仪器和氧气推进会诊室。

黄杏躺上手术榻被推了进去。

门关上了。

母亲惊恐不安地守在门外。

县城第一中学门口。

黄卓被戴上手铐押进警车。

姐姐黄鹂哭嚷着追了出来。

警车开动了。

黄鹂跟着警车奔跑。一边奔跑,一边撕心裂肺地哭叫。

黄卓从车窗里伸出脑袋,大声说:“姐,这事千万别告诉妈,千万别告诉妈妈。”

守在会诊室门外的母亲，突然听到室内女儿的叫声："妈，妈……"不觉一惊，不顾一切地推开门就闯了进去。

只听黄杏躺在输液台上说："妈，我饿、我肚子饿了。"

母亲听到这话，顿时收住跨进了门的脚步，转身就跑，奔上大街。

母亲在一个水果摊上急急地丢下几元钱，拎起一串香蕉就走。

母亲又在一个食品摊上丢下几元钱。挑了两瓶八宝粥。

母亲将食品捧在胸前，兴奋地奔进急诊室："杏，妈给你买吃的来了，你看，香蕉、八宝粥，还有罐头。"

管教授拦住："不，现在还不能进食。"

洪老："明天早晨再吃。"

母亲一脸的几乎不敢相信："医生，没有事了？我这孩子有救了？"

管教授："危险期已过，基本不会再有什么问题。"

洪老："放心，这病难就难在诊断，断准了，医治并不是什么问题。"

两位专家摘下白帽，脱了工作服，满脸和蔼。

母亲不知如何感谢，突然转对女儿说："杏，是有本事的人救了咱们，你今后也得像人家那样，学会本事。"

一护士掩嘴窃笑："学人家？人家两个都是博士。"

母亲脸一扬，笑着说："杏，可听见了，人家都是博士，今后你也学一个博士。"

两个专家都笑出声来。

洪老："我们该走了。"

管教授对一护士说："就在这给她再搭一张床。"

又转对母亲说："一者，你可以陪你挂针的女儿说说话。二者，免得住旅馆，房钱就可以省了。"

母亲听得非常感动，却又一时不知道如何感谢。

目送两个专家离去，母亲对他们的背影深深地鞠了一躬。

女儿在床上噗哧一笑："妈怎么像日本人了？"

母亲也笑了："你这丫头，能不谢谢人家，人家是救了你性命的恩人。"

"我知道妈还会说——看人家又是博士又是教授的，多有学问，多有知识。我可告诉你，这文化就是命，这学问就是命，知识就是命。"黄杏竭力模仿母亲的腔调，说到这，又撑不住噗哧笑了。

母亲就在女儿的脸上一刮："知道就好，还要记住。"

黄杏又道："妈，我饿。"

母亲摇摇头："医生说了，要到明天早晨。"

一护士走进来："就这么坐着也闷闷的，要不要给你们开一个电视？"

黄杏立即举起手："要。"

母亲又笑了："真是孩子没假病，说好就全好了。"

电视打开不到一会，黄杏忽然惊喜地叫了起来："妈，你看，妹妹、妹妹……"

电视里，妹妹黄琳和几个差不多大的孩子站在一个大礼堂主席台上。

一学者情绪激昂地说："我现在正式宣布，本届奥林匹克全国数学大赛揭晓……"

台上台下一片寂静。

学者语调激动："荣获本届大赛第一名的，是一位来自南方山区的农家孩子。"

主席台上的几个选手，神情非常凝重。

学者突然拉长了声音："她的名字叫黄——琳。"

台上台下顿时爆发出雷鸣般的掌声。

电视镜头也突然将黄琳推到了前面。一张漂亮而稚嫩的脸占据了整个画面。

那脸上，两行泪水慢慢顺颊而下。

她咬着嘴唇。

嘴唇似在抖动。

极度喜悦激动的母亲，泪水突然夺眶而出。

母亲捂住泪眼不敢再看。

黄杏也跟着流下了眼泪。

一旁的护士非常惊讶。

双手捂脸的母亲还是忍不住从指缝里看出去。

那里有她的女儿。

女儿站在主席台(领奖台)上,现在又移到了最中间,成了万众瞩目的焦点。

学者说:“现在请数学学会主席给第一名获得者黄琳颁发奖牌。”

一个微胖的老者健步上前,将礼宾小姐托盘里的奖牌挂到了黄琳的胸前。

又是一阵热烈的掌声。

掌声中,又有两个儿童奔上来将两束鲜花献给这位刚刚升起的新星。

黄琳略带羞涩地笑着,虽然两颊泪痕犹在,却笑得那么星光灿烂。

她仍然穿着那件衣摆上接了一截的小褂。

这时主持人伸过话筒:“祝贺你的成功,请问你现在最想说的第一句话是什么?”

黄琳不假思索:“我现在最想说的第一句话就是——谢谢妈妈。”

母亲喜极而泣。任凭泪水流淌,眼睛一眨不眨地盯着电视。

电视画面上,黄琳手持话筒:“当然,我也要感谢老师,感谢所有关心过和帮助过我的人。”顿了顿又道,“我知道我妈妈这时候不会看到我站在这里说话,因为我家里没有电视机。但我还是想借这个机会对我妈妈说——妈妈,你女儿成功了。哪怕是再微不足道的成功,女儿都会这么说:谢谢妈妈。”

黄琳向遥远的地方缓缓地弯下腰来。

台下一片肃静。

黄琳慢慢直起腰,眸中泪光闪闪:“妈妈,女儿在千里之外的北京,在北京奥林匹克全国数学大赛的领奖台上跟你说话——妈妈,我知道你现在看不到女儿,但女儿还是想对你说,妈妈,这个奖牌奖给了女儿,但在女儿的心里,这块奖牌应该奖给我亲爱的妈妈。妈妈,假如可能的话,女儿或许有一天会将妈妈请到世界的领奖台上，让太阳为妈妈奏乐，让轻风为妈妈伴舞，让女儿用最真情的爱最真情的孝，铸造出一个世界奖杯，奖给您——我的妈妈。”

台下一片泪光。

黄琳再一次向遥远的地方缓缓地弯下腰来。

母亲泣不成声，对了电视哽咽着在说：“孩子，妈妈应该谢你，你没有让妈失望，你给妈长脸了。妈、妈应该谢你……”

黄杏在一旁默默地为母亲擦泪。

母亲对着电视也缓缓地弯下腰来。

电视画面上，黄琳直起腰：“我是一个学生。我无法给母亲以物质的报答。我想在这里唱一首歌献给我妈，献给天下所有的妈妈。”

于是一曲动情的歌声袅袅升起，又弥漫开来——

“妈妈，我想对您说，话到嘴边又咽下。

妈妈，我想对您说，眼里却有点点泪花。

妈妈，烛光里的妈妈，您的黑发泛起霜花。

妈妈，烛光里的妈妈，您的脸颊印着这么多牵挂。

妈妈，烛光里的妈妈，您的腰身不再挺拔。

妈妈，烛光里的妈妈，您的眼睛为何失去了光华。

妈妈呀，女儿已经长大，不会再牵着您的衣襟走过春秋冬夏。

妈妈，相信我，女儿自有女儿的报答……”

黄琳唱得泪水盈眶。

台下听众也纷纷拭泪。

母亲忽然破涕为笑：“你看这孩子，尽说傻话。光说谢妈，把爸也忘了。你们看。衣裳穿得有一点歪，也不知道往正里拉这么一拉。”

一旁的护士更是惊讶：“怎么，这人你们认识？”

母亲一脸自豪：“她是我女儿。”

黄杏也抢道：“我妹。”

母亲立即就献宝似的从贴身口袋里摸出照片："你看，这是老大，黄鹂。这是老二，黄卓。她是老三。都念的是重点中学。电视里那个最小，也最招人疼爱。"

"那我哩？"黄杏撅起嘴唇。

母亲说："你成绩比他们几个差些，回去还要抓紧。"

黄杏撇撇嘴："他们现在比我好，以后未必，妈有没有听说过有人是'早慧'，有人却是'大器晚成'。"

母亲一把将黄杏搂在怀里："早什么也好，晚什么也好，无论早晚，妈盼的就是你们一个个早晚都能有出息。"

县城的拘留所里，黄卓使劲捶打着铁门："放我出去，放我出去……"

看守的武警过来："请你镇静，不要嚷嚷。"

黄卓仍旧发疯似的："我犯了什么罪？我没有犯罪。"

武警："你有没有犯罪，犯了什么罪，不是由你说的，得法庭裁定。"

黄卓又颓然蹲下，一脸沮丧。

省城。

黄杏病愈出院。

母亲带着女儿上车站准备回家。

晨光里，洒水车迎面过来——

"世上都说妈妈好，有妈的孩子像个宝……"

洒水车带着这熟悉的曲调驶过。

黄杏走到路中间踩水。

母亲："看你这孩子。"

黄杏："这洒水车自称是妈，我也沾一点这妈的恩泽。"

母亲："看你皮的。"

黄杏忽然附着母亲的耳朵一脸神秘："妈，病好了，比没有病的时候好像还要舒服。"

"那就快走，回学校抓紧补课。"母亲加快了脚步。

汽车一路飞驰。

车子到县城停下了。母女要在这里分手。

黄杏问:“妈不去学校看看哥哥和姐姐了?”

母亲说:“不了。妈回去还有事情。你给哥哥和姐姐都带一句话,叫他们都好好念书。”

黄杏:“还有就是向妹妹学习。”

母亲:“知道就好。妈走了。”

黄杏:“妈,坐车吧,这里到镇上有车。”

“还是妈的腿快。”母亲走了。

这时候黄鹂已回到了老家。

她急得不行,站在门外频频朝远处的山路张望。

小姨王香一边忙着收拾门口,一边问:“鹂,今天不是星期天,你从学校心急火燎赶回来,是不是有什么急事?”

黄鹂没有回答,只是一脸急切:“小姨,妈究竟什么时候才能回来?”

小姨:“还不知道,得等你妹妹病好了才能回来。”

黄鹂几次欲言又止。

小姨:“鹂鹂,你有什么事情要说就跟姨说?”

黄鹂几次欲言又止,急得就差跺脚:“也不知道妈现在在什么地方,又没有电话。也不知道什么时候才能回来。”

小姨:“难道出了什么事情?有什么事就告诉姨。”

黄鹂摇摇头:“姨,我走了。我还要赶回学校上课。”

母亲从这条山路爬上了山坡,走向回家的方向。

黄鹂从那条山路走下山坡,走向去往学校的方向。

快要碰面了。可是就在快要碰面的时候,急匆匆的黄鹂为了抄近路,岔下了另一条小路。

母女俩几乎是擦肩而过,但谁都没有看见谁。

母亲回到家里,先到奶奶房间,拿出一串香蕉:“妈,我回来了?”

奶奶问:“杏儿她?”

母亲说:“杏儿好了,幸亏了省城的专家。”

这时小姨进来:“姐,你回来了,路上有没有碰着黄鹂?”

母亲忙问:“鹂儿回来过了?今天又不是周末,她有什么事情?”

小姨:“好像有什么事情,但她没说。”

母亲忽然想起了什么:“香,你有没有看到电视?咱们家琳儿全国数学大赛拿了第一。那场面真大,有那么多人给她鼓掌。人家那么大岁数的人在给她挂上奖牌,还有童男童女给她献花。没想到这丫头站在台上还一点都不怯场。”

小姨:“姐,你今后一定有福,你那些孩子一准都有出息。”

“妈呢?咱妈哩?”母亲想起了母亲。

小姨说:“我家那口子最近跑生意忙,妈给我管门口去了。现在你回来了,我也该回去了。”

奶奶说:“孩子他姨,谢谢你。”

“奶奶怎么说这话哩!”小姨又给奶奶掖了掖被子:“奶奶,你保重。我走了。”

小姨要回家。

母亲送她一程。一边走一边说:“阿香,你回去跟妈说,她老人家卖房子的钱我一定会还。妈妈老了,我不能把妈养老的钱用没了。”

小姨说:“孩子看病已经把钱花了,今后还有他们几个读书的学费,你这几年手头不但不会宽松,我还担心你怎么负担得起这几个孩子上学的费用。”

母亲:“我也想过。其实世上也没有跨不过的坎。地里有庄稼,粮食不用买了。自留地都种雪里蕻,一季可腌八大缸梅干菜,一个孩子一星期带一茶缸,一年下饭的菜就勉强过去了。屋后种的药材,多少也能变个几文,还有山上的毛竹。”

小姨:“再怎么说,光靠地是来不了多少钱的。”

母亲:“这我也想过。好在姐离镇上近,就算医院里的活断了还可以找一份其他工作。而且八小时下班之后,还能兼职,至少能兼三份。”

小姨非常惊讶:“八小时下班以后,还能兼职?而且还至少能兼三份?”

母亲:“我说给你听听。八小时下班,一般都在5点钟左右。我知道有一个荣军老人想找一个钟点工做饭,我想我行,那就是五点半到六点半的时间。离开他家,赶紧去电影院门口摆摊摆一个钟头。一般七点半电影开场,这时候电影院门口没有人了,而饭店却开始散客,赶紧收摊,去饭店帮老板卸桌子洗碗……”

小姨不相信似的将姐姐看了又看,随后扳着手指说:“5点钟下班,5点半到6点半帮荣军老人钟点工烧饭。6点半到7点半在电影院门口摆摊,7点半以后去饭店洗碗……”

母亲笑了:“一环套一环,一天就是四份工钱。”

小姨停下脚步:“你不要命了?这可有多累你知不知道?”

母亲一脸轻松:“阿香,做母亲的无论怎么苦累,一想到这是为了孩子,你就会感到轻松。”

小姨无话可说,叹了一口气:“姐,你这母亲真是母亲。”

母亲:“不,天下的母亲都是这样。阿香,我有时候这么想过,当然,没有做上母亲的人可能没有这种感受——当一个孩子歪歪斜斜、趔趔趄趄朝你奔过来的时候,你情不自禁地就想伸手抱他。当听到孩子哭声的时候,首先心头揪紧了的就是妈。即使你骂孩子、打孩子的时候,孩子的那一副委屈的样子,眼角不断偷偷瞟过来的可怜的眼神,你更会心痛。特别是琳琳小时候有一次不听话,我打了骂了,还吓唬说从现在起就将她扔了再不要她不许她回家,你没有看见那一个才三岁的孩子,在后面哭着追着,追到就扑上来抱住我,一双猴爪似的小脏手将我抓得死紧死紧,指甲都快掐进我的肉里去了。我当时心都碎了,自己对自己说,今后再不吓唬孩子了,今后再不能吓唬……”

小姨笑道:“以后就再没有吓过?”

母亲也笑了:“那倒不是,该吓就得吓,该哄还得哄。”

小姨:“经你这一说,我那两个孩子就这么几天不见,我还真的想他们了。”

母亲:“可不是。世上别说孩子,就是小狗小猫小兔小鸡小鸭,都招人可怜讨人喜欢。”

小姨:“就是因为招人可怜讨人喜欢,才使他们能够得以长大。姐,按理,你现在应该轻松了,孩子都已经一个个长大。”

母亲:“做妈的除了把孩子养大,更重要的还是指望他们成才,今后能有出息。”

小姨:“其实这又何苦!指望成才,指望能有出息,容易的吗?累了自己也累了孩子。依我看,差不多也就行了,顺其自然。”

“不,阿香。”母亲一脸凝重,“蓝脸鸟为什么要把赖窝的小鸟拱出鸟巢?连果子狸都知道咬自己的小崽,让它学会快跑。人更不能只把孩子养活就行、养大就算……”

小姨忙道:“好了,不跟你说了。三岔路口也到了。你别再送了。回去吧。”

母亲说:“不,再陪你一程,我去河西场买一头小牛。”

小姨:“你还想养牛?”

母亲:“你想想,一头小牛 80 元钱,喂它八个月十个月草料,就是 600 元钱。能养。”

小姨摇摇头:“你是千手观音?你一心想揽那么多活,只怕千手观音也忙不过来。”

三岔路口,龙大海穿一身孝服,佩戴黑纱,捧着骨灰盒缓缓走来。骨灰盒上贴了他姐的照片。

母亲一惊:“龙家大兄弟,怎么啦?”

龙大海把骨灰盒上的照片抬高一些:“我姐去了。”

母亲几乎不敢相信自己的耳朵:“怎么会这么快?”

龙大海:“我也没有想到,就这么突然就走了。”

母亲:“大兄弟,你也这么困难,还替我垫交了学费、医药费,我知道你也等钱急用,可我……那钱还不知道什么时候才能还你。”

龙大海:“大嫂,这事千万别总记在心里,我欠你的多了。”

母亲一愣:“你欠我的?那是什么话,你什么时候欠过我的?”

龙大海避开话头:“孩子的病好了?”

母亲:“好了。”

龙大海捧着骨灰盒,沉重离去。

医院的院务部刘主任不知道为什么事情竟亲自来到了黄家：

“人哩？有没有人？”

“谁？”奶奶在病床上应了一声。

刘主任把头伸到房间里看看：“有没有人？”

奶奶说：“人老了，有病了，就不是人了？”

刘主任：“我问王娟在不在家？”

奶奶：“怎么？找她有事？”

刘主任：“她回来你告诉她，我是医院刘主任，找她有事！”

奶奶：“莫不是再给她工作？”

“叫她先看看这个。”刘主任丢下一封信，转身走了。

县城拘留所门口。

黄鹂和黄杏前来探望黄卓。

武警告诉她们：“黄卓已经不在这里。”

黄鹂：“已经不在这里？”

武警：“黄卓被判刑六个月，现在已经转往廿里坪监狱服刑。”

黄杏不敢相信：“有没有搞错？打了一架能判六个月的刑期？”

武警：“那是故意伤害，幸亏还没有造成严重后果。”

黄鹂：“我弟不是故意伤害，也许是他刘品仁自己投水。”

武警：“法庭可不听一面之词：另外再告诉你们一声，黄卓离开这里的时候就开始绝食。现在不知道情况怎么样。”

姐妹俩一听，急了。

黄杏：“姐，得赶紧给妈打一个电话。”

山路上。

母亲从河西牲口市场买了一头牛犊回家。

邻居女孩阿毛迎面急匆匆奔了过来：“阿娟婶、阿娟婶，不好了，不好了……”

母亲：“什么事情？阿毛，慢慢说。”

阿毛气喘吁吁：“黄卓他奶奶昏过去了。”

母亲把牛绳丢给阿毛，立即就跑。

母亲一路小跑地奔到家里："妈、妈，你醒醒……"

奶奶像死过去一样。

母亲扶起奶奶，又是掐人中，又是搓揉太阳穴。

奶奶终于醒了过来。

"妈，你这是怎么啦？你哪里不舒服，我这就送你上医院。"舒了一口气的母亲仍然非常着急。

奶奶睁开眼睛，摇摇头。然后拿出一封信："孩子他妈，你先看看这个。"

母亲抖开信纸，只匆匆看了几行，就立时感到一阵眩晕："怎么会哩？怎么会这样？"

奶奶："你不在家，我怕你们医院刘主任送来的信里会有什么急事，就叫阿毛给我念念，谁曾想是黄卓被开除的事情，学校凭什么开除我孙子？"

母亲喃喃道："故意伤害？我得赶紧去一趟学校。"

奶奶说："你们医院刘主任找你好像还有什么急事。"

母亲犹疑片刻："妈，我走了，你这？"

奶奶手拍着床边："智清这人真浑，离家这么多天，不打一封信，也不来一个电话，既不寄钱回来，也不说现在在哪！"

母亲安慰说："妈，我托阿毛照顾你。我尽可能快去快回。"

奶奶非常通达："孩子他妈，去吧，赶紧。"

母亲先来到院务部，轻轻地叩了叩门。

门开了。

刘主任见是母亲，立即脸色一沉："王娟，你还好意思站在这里？"

母亲："听说是你找我？"

刘主任："不错，是我找你。我想问你，是我辞退了你的临时工，你要记仇，可以报复我刘某人，一人做事一人当，刘某人不怕，但你为什么指使你的儿子企图谋害我的儿子。"

母亲一脸惶惑："谋害？刘主任，这怎么说来？"

"这也问我，你比谁都心知肚明。幸得害人不成反害己，我儿子没有少一根毫毛，你儿子哩？天网恢恢，疏而不漏。"刘主任猛地将门碰上了。

母亲在紧闭着的门口呆立片刻,转身就走。

走得很急,走得很快。

快到家的时候,邻居阿毛急匆匆迎了上来:"阿娟婶,有你电话,很急。"

母亲奔到邻居家,抓住话筒:"别急,鹂,慢慢说。妈听见了,妈这就上来。"

母亲借了一辆自行车,疾去县城。

山路崎岖。交汇车辆又多。

心急如焚的母亲几次遇险,有一次差一点摔下山沟。

黄鹂和妹妹黄杏早已等在学校门口。

母亲一到这里,就冲着两个女儿吼了起来:"你们候在这里干什么?都给我回去上课。黄卓出事,妈难受。假如因为黄卓出事,你们两个学业也耽误了,妈一下就损失三个,妈会更加难受。"

黄鹂:"妈,妹已经为养病耽误了几天课程,我陪你去廿里坪。"

母亲的态度极其坚决:"一个不要,都给我回去上课。"

黄鹂仍在坚持:"廿里坪路远。"

母亲柔下声音:"有你们跟着路就不远了?听话,都给妈回去上课。"

姐妹俩无奈,都点点头。

母亲这才又跨上车骑往廿里坪。

黄卓在廿里坪监狱,精神委顿。

他的旁边放着几碗饭菜,都没有动过。

墙壁上用血写着"绝食"两个大字。

母亲一身大汗地骑到这里:"同志,我想看看黄卓,我是他妈。"

狱警说:"黄卓认罪态度不好,在闹绝食。"

母亲说:"我是他妈,这孩子脾气犟些,还算孝顺,我可以劝他。"

黄卓见到母亲,不叫妈,也没说话,眼泪就掉了下来。

没有想到母亲在听说儿子出事的时候非常焦急,但在铁窗前见到了儿子的时候却是那么镇定与冷静:“卓,妈给你擦掉眼泪。”

黄卓不动。

母亲:“卓,你这是委屈还是后悔?”

黄卓:“委屈。”

母亲:“具体情况妈并不清楚,但妈在电话里听你姐说,你是因为打人。打人受到惩罚也会委屈?”

黄卓:“不是打人,是打架。”

母亲:“打架也不是好事。”

黄卓:“也可以说不是打架,而是决斗,公平决斗。”

母亲:“不论打人、打架,还是什么决斗,都不是你应该做的事情。你是学生。学生该做什么、不该做什么,你不知道?你还委屈?”

黄卓梗着脑袋:“反正我不是故意伤害。”

母亲:“不是故意伤害能说你故意伤害?法庭会睁着眼睛瞎说?”

黄卓:“古今中外都有冤枉。岳飞是冤枉,于谦是冤枉……”

母亲:“冤枉?你也是真的冤枉?”

黄卓目中喷火:“就是冤枉。”

母亲抓住铁窗:“卓,你把情况跟妈说说。”

黄卓:“他刘品仁说我把他打了一顿,又把他推到水里,还用砖头砸,用棍子推,还不让他上岸……其实并不是这样。他刘品仁完全是诬告。”

母亲:“这刘品仁就是妈医院那刘主任的儿子?”

黄卓:“不是这个王八蛋还能是谁?”

母亲:“你说你没有推他,他怎么到了水里?”

黄卓:“我不知道。他是自己跳下去的还是失足跌下去的,我不知道。”

母亲:“后来哩?”

黄卓:“后来他被河水冲走,是我喊了救人,才有人奔过来救了他小命。照理说我还是他的恩人。”

母亲沉吟半晌:“说的都是真话?”

黄卓:“真话。”

母亲:“那起因哩?起头为了什么事情?”

黄卓不语。

母亲:“儿子有什么事不能对妈说?是因为妈的临时工被他爸刘主任撸了?”

黄卓:“不是。”

母亲:“那又为了什么?”

黄卓不语。

这时黄鹂和黄杏也从学校来到了这里。

两姐妹悄悄地站在母亲身后。

母亲再问:“卓,到底为了什么事情?难道有话都不能跟妈说吗?”

黄杏从母亲的背后出来:“哥,跟妈说,说啊。”

黄卓吞吞吐吐,终于道:“为了嘉妮。”

母亲一声叹息:“妈跟你说过,过早处一个女朋友不是好事。”

黄卓大声抗辩:“嘉妮先是跟我好的,我也喜欢嘉妮,就他刘品仁横刀夺爱。他凭什么?就因为他家里有地位、有钱。”

母亲:“你就这点出息?妈问过你那女孩喜欢你吗?如果不喜欢,咱们无话可说。即使说过喜欢你,但因为别人家有地位、有钱就变心,也不值得留恋。如果她今后碰到比刘家更有地位、有钱的,她照样还会蹦上另一个高枝。卓,你说你糊不糊涂?就为了这个人,就为了这点事,竟闹得这样的地步,弄出这样一个结局。妈替你可惜。值吗?不值。”

黄卓不服:“这毕竟是我的初恋。”

母亲:“什么初恋?是早恋。早恋是小猫小狗的欢蹦乱跳,说散也就散了,能当得正经?能为这过家家的事置气、斗殴?”

黄卓不语。

母亲顿了顿:“卓,犯罪不同于犯病,犯病是没有办法的事情,而犯罪本来都可以避免,结果却发生了,责任在自己身上。所以探监不同于探病。探病,妈再穷也会给你带点吃的。探监,妈就是身上有钱,也不会给你买这个带那个。卓,妈的意思懂吗?你现在只能吃你的牢饭,六个月就六个月,吃牢饭就要能咂出牢饭的滋味。”

黄卓头一梗:“我偏不吃这牢饭。”

母亲:“妈看到了,这墙上的‘绝食’是你写的。但你为什么绝食?”

黄卓一脸悲情:“我绝食自有绝食的原因。”

母亲:“是因为冤枉?是因为委屈?”

黄卓:“是的,但也不仅仅只是这个。”

母亲:“那还有什么?”

黄卓近乎痛不欲生:“我坐牢了,我是坐过牢的人,我今后就是刑满释放,还能有脸做人?”

母亲:“坐过牢的就怎么不能做人?”

黄卓依然情绪激动:“你知道吗?我从小虽不说有抱负有理想,也是争胜好强,什么事都没有落在谁的后头,可是这一个跟头就跌得鼻青脸肿。今后,我这今后……”他突然双拳在凳子上一阵狠擂:“我这今后还怎么抬得起头来,我就成了坐过牢的犯人,我这活着还有什么意思……”

“不要说了。”母亲以从未有过的严厉,猛一声打断了黄卓的悲号,“你就这一点出息?你就这一点出息也敢自称有抱负有理想,事事争胜好强?如果真的就这一点出息,妈都替你感到害臊。男子汉躺下一横,站起来就是一竖,什么苦什么难什么是是非非不能担当?坐牢是惩罚现在、教训往后,不是叫你永远倒下。你还记得曾经跟妈说过的那句话吗?”

黄卓不觉看了母亲一眼。

母亲喘息了一会:“妈有一次对你说,孩子,咱们家穷,爸妈没有权势没有地位没有本事,也没有多少文化,你们一步一步迈出去迈得要比别的孩子艰难,妈只能说对不起你们,爸妈没有别的办法,一切风风雨雨都只能靠你们自己担着。你当时跟妈怎么说的?”

黄卓不语。

母亲又提高了声音:“你当时对妈说‘经历就是财富,苦难便是内涵’。妈不是没有一点文化,妈将你的这句话死死记下了。妈还记得你当时的眼睛亮闪闪的,很神气很自豪。妈当时很感动,果真是儿不嫌母丑、狗不嫌家穷,妈从内心感谢你对这个穷家的接受,对我这个苦妈的理解。难道你现在就忘记了那话?难道黑眼隼撞一回树就不再飞了。这世上坐过牢后来又做出大成就的大有人在。”

黄卓仍是不语。

母亲长叹一声:“卓,妈知道你也有你的缺点,你喜欢攀比别人的生活,总抱怨自己的家境贫困。妈先前只以为,人是要有些渴望,现在想起来你也有你的虚荣和脆弱。”

黄卓又一次激动起来：“是虚荣也好，说脆弱也罢，现在都已经晚了。”

“你不该一蹶不振。妈相信你不会一蹶不振。”母亲软下声音，“卓，把饭吃了。”

黄卓浑若没有听到。

母亲提高了声音：“卓，听到没有？振作起来，把饭吃了。”

黄卓吼着声音：“不吃。”

母亲使劲摇撼着铁窗：“你吃还是不吃？”

黄卓转过身：“就是不吃。”

母亲带着哭腔：“卓，妈要回去了。你难道忍心让妈带着不安回家？难道忍心让妈从今以后常常在噩梦中醒来。”

黄杏猛地拨开黄鹂，冲到铁窗前，几乎是声嘶力竭：“哥，你听到了没有？难道你是冷血动物？难道你的心是石头做的，妈为这个家付出了多少？妈为这个家就差把心都操碎了，你难道还想让妈伤心？哥，难道你忘了，在妈的坟前，是妈拼着命把你从悬崖峭壁下救出来的，难道你忘了你被狗咬了一口的时候，妈担心那狗有狂犬病的时候，是多么的着急。哥，你知道我这次得的是什么病吗？这次如果没有妈，我现在已经死了。哥，自从妈进了咱们家，你叫过一声妈吗？哥，你如果真的再不听妈的话，从此以后，你没有我这个做妹妹的，我也没有你这个哥，咱们一刀两断。”

黄杏说到这，忍不住掩面而哭。

黄鹂也含着眼泪怒道：“弟，你就真的不听妈的？”

黄卓突然对着母亲跪了下来：“请原谅我，算我对不起你。如果还有来世，我来世再给你报答。”

母亲什么也没有说，想了想，转身就走。

黄卓仍跪在原地：“你是好人，我黄卓来世再给你报答。”

母亲摇摇头：“用不着了，妈回去就喝农药。”

黄鹂和黄杏大急：“妈，你说什么？”

母亲转过身：“妈回去就喝农药。”

“不，妈你不能……”黄杏一脸惊恐。

黄鹂指着黄卓：“弟，你坐牢已经让妈丢脸了，你难道还要再背上逼死母亲的罪名?”

母亲表情坚毅:“卓,你要在这牢里绝食,你要是在这里面有个三长两短,你说妈能饶过自己?都说养不教父之过,其实母亲更有责任。卓,妈以前只看重你成绩却放松了其他,妈知道你早恋却没有引导,妈在你曾经提出不想跟那个姓刘的同学住一宿舍的时候,也没有往深里去想。有这三条,你走了妈还能活?卓,人生碰到这么大一点事就化不开了?你就这么大一点出息,妈能不失望?”

母亲说完就走。

黄杏一把抱住母亲,大声喊了起来:“妈,不要。妈,咱们家离不开你,姐姐妹妹都还要读书。再说你还没有享过福,一天都没有。”

母亲再一次转过身:“卓,是我儿子,就把这墙上的字擦了。”

黄卓慢慢站了起来,终于抓住袖口,用小臂把“绝食”的血书擦了。

母亲放低了声音:“吃饭,妈现在就看着你吃饭。”

黄卓还欲违拗,想了想,终于端起饭碗狼吞虎咽。

母亲的眉头舒展开来,等他搁下碗说:“卓,这六个月里,你打算做些什么?”

黄卓神色又黯淡下来:“在牢里还能做些什么?”

母亲:“读书。”

黄卓:“读书?”

母亲:“学校里的功课一天都不能落下。我明天就叫你姐把你的课本送来。”

“妈,弟弟的课本我拿来了。”黄鹂赶紧拿出课本。

母亲接过课本,递进铁窗:“卓,拿着。还是你姐晓得妈的心思。”

黄卓不接。

母亲:“卓,快些拿着。”

黄鹂:“弟,你听见了没有?”

突然,黄卓劈手夺过一摞课本,猛地掷在地上,然后又发疯似的抓起来拼命撕扯:

“我不读书了,我是坐过牢的人,我读书还有什么用。我是坐过牢的人,还有什么用?还有什么用……”

母亲突然一阵眩晕。

“妈、妈……”黄鹂大叫起来，并对黄卓一吼：“弟，你看妈都这样了，你还这样。”

母亲禁不住又一阵眩晕。

黄卓停住撕扯，从铁窗里伸出手急欲扶住母亲。

母亲定定心神，却什么都没有说就转身离去。

黄鹂对弟弟瞪了一眼：“撕啊，怎么不撕了？你这是撕妈的心你知不知道？”

黄杏对黄卓更是一字一顿：“撕啊，怎么不撕啦？如果因为你的这一撕书，撕伤了妈的心，妈有一个有三长两短，我非找你算账不可！”

说完，一跺脚，转身追赶母亲。

山路上。

黄鹂骑车带着母亲回县城学校。

黄杏骑车跟在后头。

母亲坐在黄鹂自行车后座上撩起衣角抹了一下眼睛。

黄鹂说：“妈，心放宽些，你不是常跟我们说——只要往前走，这世上没有过不了的坎坎！”

母亲嗯了一声：“妈知道了，你也把车骑好。”

母女俩一阵沉默。

母亲的泪眼里又晃出了一个小孩的影子。那影子渐渐清晰起来，那是曾经在镇医院候诊室的椅子上见到过的那个孩子——

一个两岁不到的孩子。

一个母亲抱着他，说：“妈盼望宝宝快快长大。”

那孩子奶声奶气地问：“宝宝长大了，妈是不是更大？”

那母亲：“傻瓜。宝宝长大了，妈就老了。”

孩子：“妈老了是什么样子？”

那母亲：“妈老了就是头发白了，就是脸上全是一道道皱纹，就是牙齿也掉了。”

那孩子简直不敢相信，大眼睛骨碌骨碌地盯着妈妈。他显然想象不出妈妈老了究竟是什么样子。

终于又问："妈老了以后？再以后哩？"

那母亲："再以后妈就死了。"

那孩子到这话，愣愣片刻，突然一把揪住母亲，大哭起来："妈，我不要长大、我不要长大……"

那母亲非常感动。轻轻拍着他的后背："傻儿子，妈盼你长大能有出息，不长大怎么能有出息？"

山路上。

母亲的自行车震了一下。

又一个不知谁家的两岁左右的孩子，坐在他母亲旁边翻书。一不小心，一页书撕破了。

那母亲望着他。

他急忙伸出小手说："妈妈打。打五下。"

那母亲抓住他的手，正欲打。

他忽然搂着母亲的脖子，附着母亲耳朵悄悄说："妈妈轻一点好不好，就五下。"

山路上。

自行车再一次震了一下。

母亲这才说："妈想啊，孩子小的时候，妈是他的依靠。难道长大了，长成个人样了，有了自己的脊梁和翅膀了，妈的话就半句都听不进了？"

黄杏在后面用力一蹬，车子蹿前一步，与母亲并排："妈，这不是所有的孩子都是这样。我今后长多大，妈还是妈，我今后无论走到哪，妈都是我的妈。"

"可惜卓哩？可惜卓！"母亲重重地一声叹息。

黄鹂和黄杏互瞥了一眼。

母亲不再说话，又陷入了深深的担忧。

过了一会，黄鹂又道："妈，你这在想什么了？"

母亲又一声叹息："那个刘家的孩子是被人家从河里救上来的？"

黄鹂："是的，听说差一点淹死。"

母亲不语。

黄杏忙道："妈也别想那么多，别太难过了。好在六个月，一眨眼也就过去了。"

母亲叹了一口气："儿女的失败，首先失败的就是妈。儿女的痛苦，最痛苦的也是妈。"

黄鹂："妈，真的别想那么多了。妈已经够苦的了。除了这些想不到的事情，妈的工作也没有了，还有那么大经济上的压力，我真替妈担心。"

黄杏："还是妈常说的那句话说得对，世上没有过不去的坎坎。"

母亲点点头。

三辆自行车在山道上并行着。

母女三个沉默下来。

黄卓拼命撕书的镜头又在母亲眼前出现——黄卓撕得那么狠，那么恨，那么怒，是那样的一腔绝望……

车子又在崎岖不平的山路上蹦了一下。

黄卓愤怒的影子倏忽逝去。

母亲突然想到了什么，疾忙从车子上跳了下来："鹂鹂，杏，你们先回你们学校，我还有一点事情。"

黄鹂："妈，什么事又这么紧急？"

母亲："你弟那里我还得再去一趟。"

黄杏："妈，哥现在是犯人，刚才已经见过，只怕现在就是再去也见不到。"

黄鹂："妹说得对，到病房探病人还分一个上、下午。探监是有时间的，不是想着谁就看谁，想什么时候看就什么时候看。"

固执的母亲坚持说："这，妈知道，但妈还是非去一趟不可。"

黄杏："妈就是为了再看一眼我哥？"

黄鹂："妈最难受最放不下的一定是弟撕书时的那个情景。"

母亲一脸凝重："卓狠命的撕书，是撕妈的心，也是撕他的心。撕碎的不只是课本,撕破的是他将来的前途,撕破的是他往后的日子,这一撕,说不定能将他的一生就这么毁了。”

黄鹂和黄杏几乎是异口同声:“那我们就送妈去吧。”

“不,”母亲口气极其绝断,“你们回你们学校,妈不能让你们为卓的这件事把你们的课也给误了。刚误这么一个,妈已经这么心疼,如果你们俩也给误了,那就更加要妈的命了。”

黄鹂和黄杏一时无语。

“你们赶紧现在就走。”母亲的口气简直就是不可违抗,“回到学校再给小姨打个电话,请她这两天再到咱们家照顾一下奶奶。”

母亲说完,转身就走。

第七章

县第一中学。

寄宿的学生拿着碗筷纷纷去往食堂。

刘品仁和嘉妮肩并肩。

刘品仁突然对嘉妮一挤眼睛:“人生最值得宝贵的是什么?”

嘉妮:“爱情。”

刘品仁:“不对。”

嘉妮:“你说哩?”

刘品仁:“这个问题如果去问关在牢里的黄卓同学,他就会毫不犹豫地回答——自由。”

嘉妮:“你也够损。”

刘品仁用钢勺敲敲饭盒:“你看看咱们。怎么样?自由!”

嘉妮撇撇嘴:“看你得意的样子,一副胜利者的姿态。”

刘品仁:“我知道你心里想说——你不也是被人家推下河差一点淹死?”

嘉妮:“可不是吗?”

刘品仁哼了一声,左右看看,轻声说:“我是自己掉下去的,这么脚下一滑,你想想,就这么脚下一滑,就把他黄卓顺带着踹进了监狱,我难道还没有资格摆一副胜利者的姿态?”

嘉妮故意一惊:“你是自己失足落水?”

“嘘。”刘品仁食指一竖,左右看看,“这只能是你我之间的又一个秘密。”

这时候,黄鹂骑车迎面而来。

黄鹂故意将车把手一歪,险些撞着刘品仁。

“你！”刘品仁吓出一头汗来。

他刚跳起来闪开。

黄杏的自行车也作势向刘品仁撞来。

刘品仁躲得了这边，没有躲过得那边，一个趔趄踉跄出七八步远。

两姐妹自行车响铃而去。

刘品仁站稳了，一跳脚：“你们黄家难道都想坐牢？”

看守所铁门、高墙，母亲进不去。

母亲便在墙外摆起一叠砖头，垫在脚下向大墙里张望。

脚下的砖头摇摇晃晃，母亲脚下一晃，砖头塌了，人也险些跌倒。

爬起来继续摆砖……

这时候看守所一个厨师挑着菜经过这里，说：“要看，可到后头山上看去。”

果然，母亲这才发现这看守所设在半山腰，后头是山头，于是便疾奔山头。

母亲爬上山头，目光越过屋脊，果然可以看到看守所的院子。

山头上有一棵树，母亲就站在树下。

不一会，看守所“放风”，一个个囚犯走出房间，到了院子里。

母亲一眼就看到了黄卓，一时情急，大喊起来：“卓，卓，妈在这看你——”

院子里的人都仰望着那座山头。

母亲使劲摇着手：“卓，卓，你看见妈没有？你听到妈说话吗？卓，在牢里也要看书，千万不能放下功课。卓，那课本你糊起来没有？卓，那本书你糊起来没有？”

黄卓看了母亲一会，又垂下脑袋。

母亲仍使劲地挥舞着手：“卓，你把课本糊上没有？课本碎着，就是妈的心也碎着，课本碎着，就是你真的再不肯读书了，卓，你把课本拿出来让妈看看，看是碎着，还是糊上了没有?”

这时候一个狱警过来，非常礼貌：“大妈，这里是看守重地。不得喧哗。”

母亲忙说：“小兄弟，我再喊一句好不好？就再喊一句。”

狱警没有说话。

母亲知道这是默准，赶紧双手握嘴：“卓，妈再说一句，你如果不把撕碎的课本给妈糊上，如果妈看不到你糊整了的课本，妈就在这山头站着，就是站成一棵树，站成一块石头，妈也要看到你糊起来的书……”

说到这儿，她听一声哨声，院子里囚犯就全都不见了。

母亲又站了一会，这才慢慢走下山头。

突然，母亲想到了一个办法。

母亲下山后找到看守所厨房，小心翼翼地将门推开一道小缝，又见到了那个厨师，便走进去问：“大师傅，你这里要不要帮手!”

厨师将母亲从上到下地望了一眼。

母亲说：“大师傅，我会洗碗、拖地，我会做菜烧饭。”

厨师摇摇头。

母亲又说：“大师傅，我不要工钱，我只要能有一碗饭吃，晚上有一个地方蜷蜷身子，就全行了。我是想经常地能够看到我的儿子。”

厨师终于点点头。

学校的女生宿舍里，黄鹂一脸担忧：“妈现在不知在哪？咱妈真是苦命。”

黄杏拧着眉头：“说来说去，这事都怪刘品仁，也怪她嘉妮，这就是典型的课本上说的‘二桃杀三士’。”

黄鹂不语。

“姐，你看这个。”黄杏忽然一脸神秘地从抽屉里拿出一副弹弓，对着窗外，“叭”一声，一个野果子应声落地。“姐，你看我这一手如何?”

黄鹂警觉起来：“杏，你这是什么意思？是不是想干什么?”

黄杏咬着牙齿：“我现在最恨的就是嘉妮，一看到她在对面的窗子出现，我就恶心，我就想一定要替我哥、替妈出了这口恶气。”

黄鹂伸手拿过弹弓:“妹,咱们千万不能闯祸,否则妈……”

黄杏突然扑在姐姐的怀里:“姐,妈怎么这么苦哩?可我们,可我们又不能帮妈。”

黄鹂抚摸着妹妹的头:“妹,你也知道妈的心思,咱能读书好就是帮妈,咱的成绩好就是帮妈,咱们不闯祸就是帮妈,如果咱们姐妹堆里谁再去闯了祸,再上不了课,咱妈那可真的就没法活了。”

黄杏抬起泪眼,点点头,一把将弹弓折了。

在监狱厨房里,灯光下母亲,拿出削菜的尖刀。

尖刀突然对着手指扎了下去……

第二天一早,母亲真的像一块巨石站在山头上。

只见母亲的身上别着一张张书本大的纸头,纸头上都用血写着一个个“书”字。

母亲站在山头,站成了一棵树,一块石头,站成了一本书。

放风的时候到了,院子里又涌出了许多人。

母亲看到了儿子,张口想喊,又噤住了声音,只是摆手,无声地使劲摆手。

院子的犯人都看到了山上的母亲,突然异口同声地叫起来:“妈妈,妈——妈……”

人群中的黄卓,朝着母亲,慢慢地跪了下来。

母亲的泪眼模糊了。

模糊的泪眼里所看到的全是撕碎了的课本。

撕碎了的课本像蛾子、蝴蝶一样在眼前飞舞。

耳听得一声哨声,放风结束。

山下的院子里又没有了人影。

母亲将贴在身上的一张张血写的“书”字拿下,又一张张挂在了树枝上。

树上挂满了纸头,非常醒目,很远都能看到一页页的“书”。

母亲又一阵眩晕，赶紧扶住树干。

四个孩子的身影，以及卧病在床的奶奶的影子……轮流映现到眼前。

眩晕过后，母亲对远处小声说："妈，这两天委屈你了，这两天我也照顾不上你了。妈，为了卓，我现在还得去一趟他们的学校。"

说完就急步踉跄下山。

黄家。

小姨王香和邻居小女孩阿毛在忙着照顾卧病在床的奶奶。

奶奶想起了什么，抓住阿毛的手："好乖乖，给奶奶办一件事情。"

阿毛："什么事情？"

奶奶："玉兰树上的玉兰花是不是香啦？"

阿毛："香了。"

奶奶："去给奶奶把那些玉兰花全都摘下。"

阿毛："全都摘给奶奶？"

奶奶："奶奶有用。"

阿毛："有什么用？"

奶奶："反正有用。"

阿毛："为什么全摘下来哩？"

奶奶："奶奶要，奶奶要越多越好。"

当天，母亲骑车急去学校。

学校里，长睫毛的漂亮女孩嘉妮显得非常不安。

她翻一页书，眼前就出现一个黄卓的影子，翻一页书，眼前就出现一个黄卓的影子——

一会儿，黄卓和她并肩坐在故乡的送子桥头。

一会儿，她把一个什么好吃的塞给黄卓。

一会儿，黄卓和她一二三同时亮出试卷，两人的卷子上都打的 100 满分。

……

她掩上书——

眼前又出现了她对黄卓那副公主式的凶狠样子。

她再翻开书——

又看到了黄卓既爱她又怕她的那种尴尬。

嘉妮闭上眼睛——

警卫押着黄卓呼啸而去的场景又出现在了她的面前。

她不知不觉竟掉下了莫名其妙的眼泪。

这时候刘品仁蹑着手脚走了进来,将嘉妮手中的课本突然一夺。

嘉妮吓了一跳,看清是刘品仁,一脸不悦。

刘品仁嘻嘻一笑:“怎么啦？生气了？是因为考试没有考好成绩下降？还是……”

嘉妮心烦意乱,不置可否,拎起热水瓶就走:“我要打水去了。”

竟将刘品仁一个人扔在女寝室发愣。

母亲把自行车停在校外,走进了校园。

嘉妮提着热水瓶从树丛里出来,斜走在母亲的前面。

母亲没有看到嘉妮的脸。

嘉妮也没有认出母亲就是黄卓的妈。

嘉妮埋头疾走,脑子想着什么事情,一不小心,满满的热水瓶突然撞到了电线杆上。

只听砰的一声大响,热水瓶骤然爆炸。

吓得沉浸在思考中的嘉妮一声尖叫,魂都吓出了,转过身不分青红皂白就扑到了母亲的怀里。

母亲抱住嘉妮,手在她背后轻轻地拍着:“孩子莫怕,莫怕……”

嘉妮藏在母亲怀里,竟呜呜地哭了起来。

母亲的手在嘉妮后背轻轻地拍着,轻轻地拍着:“孩子莫怕,莫怕……天黑了,关门了,月亮婆婆出来了;天亮了,鸡叫了,太阳公公出来了。爹来了,娘来了,宝宝吓出去的魂又回来了……”

嘉妮安静下来,这才想到扑在一个不知是谁的怀里,忙抬起头,吃了一惊："你是？"

母亲一笑："我是黄卓他妈。"

"黄卓他妈！"嘉妮不觉后退了一步。

母亲笑道："孩子，没有吓着就好。咱们见过，我认得你，你和我们家黄鹂、黄杏，还有黄卓都是松元镇中学的同学。我知道，你妈去世得早，你爸还到我们家来过……"

嘉妮想说什么结果没有说，转身就走。

走了数十步，又转过身，欲将地上的碎水瓶捧进垃圾箱里。

母亲急忙拦住："孩子，碎水瓶都是玻璃，扎手。"

嘉妮走了，走到远处，隐在一棵树后。

她发现母亲不知从哪里找来扫把畚箕，将碎水瓶一点点扫进垃圾箱里。

她咬着嘴唇，眼睛渐渐湿了。

女生宿舍里。

黄鹂正伏床上写着什么。

一个女同学悄悄进来，悄悄来到黄鹂身后。

黄鹂听到响动，赶紧将信纸塞进被子底下。

女同学："写的什么？老实交代。"

黄鹂："没有什么。"

女同学："还没有什么，我看到了，一开头就是'的'字结构。"

黄鹂想说什么，一抬头，见到了母亲出现在门口，忙奔了过去："妈——"

母亲："鹂鹂，我想找一下你们校长。"

黄鹂："妈，我陪你去。"

母亲走进校长室。

黄鹂在外面等着。

母亲说："校长，我是黄卓他妈。"

校长："你坐。咱们县一中可是全省的重点中学，方方面面无不先进，可是黄卓同学……"

母亲："我儿子给你们学校抹了黑，我这做母亲的有责任，我想说一声对不起。"

校长："事情已经过去，黄卓也作了退学处理，这事就不要说了。"

母亲："校长，这孩子出来之后，还能不能再来这里上学？"

校长："不行，已经除名。"

母亲："这孩子年纪还小，如果出来之后再没有书念，不但把人给荒了，说不定还会变坏。"

校长："你的心情我能理解，但是他已经不可能再回到这里的教室。"

母亲："校长……"

校长收拾起黑包，朝腋下一夹，显然是下班欲走的样子："不用说了，不是本校不肯通融，你再到其他学校看看。"

母亲只得退出校长室。

黄杏和另外一个孩子在打扫教室。

教室里一共三排桌子。

有两排已经打扫干净。但有一排桌子仍旧脏着。

黄鹂来到门口："杏，妈来了。"

黄杏迎上："妈，今天我值日。"

母亲："你先忙，扫好了咱们去吃饭。"

黄杏："已经扫好了，妈，咱们走。"

母亲探头一看："这一排怎么还脏着？"

黄杏："应该是三个人值日。本来一个人扫一排，还有一个人没有来。"

母亲："那一个人没有来，这一排就这么留着？就这么脏着？"

黄杏："是啊，那是应该她扫的啊。"

"这一排，妈替那个没有来的孩子扫掉。"母亲拿起扫把就扫。

黄杏："妈，你这是？"

母亲一边扫一边说："你们这样做，一、坏了同学之间的友谊；二、也影响了集体荣誉。人家没来，说不定有什么急事……"

黄杏上前就夺扫帚："妈，你歇着，我来。"

"不。杏儿，妈以前没有给你们说过这些道理，是妈的失职，妈应该受罚。”母亲极快地扫着。

黄杏想了想,突然转身在黑板上书下一行:“下星期由黄杏一个人值周。”

开饭的时间到了。

母女三个在餐厅坐下。

两盒蒸饭三个人吃,桌上就一瓷缸梅干菜。

邻桌的同学交头接耳:

“这就是黄卓他妈?”

“黄卓坐牢,怎么看不到她伤心的样子?”

“两盒饭三个人吃,连菜都没有。”

“听说黄鹂她们家很穷。”

……

三个人埋头吃饭,明显感受到了周围的目光。

黄杏不悦地瞥了周围一眼,对黄鹂使了一个眼色:“姐,骂她们两句。”

母亲用筷子敲了敲碗盏:“不许这样。杏,世上的每一个人都是在别人的眼皮底下做人,别人看着你没有什么错,问题是你自己有没有做错什么。妈以前只顾查看你们成绩,其实,成才重要,成人格外重要。”

这回轮到了黄鹂敲敲饭碗:“妈,吃饭。”

黄杏则道:“妈,你今晚就别回去了,跟我睡一个床。”

母亲摇摇头:“奶奶病在家没有人照应。这会儿还不知道她有没有吃饭。你小姨也不知道现在在不在那?”

黄家。

邻居女孩阿毛给奶奶送来饭菜。还有一捧白兰花。

奶奶从枕头底下摸出一信:“毛毛,刚才邮递员送来一封信,你看这信是谁写的?”

阿毛一看:“智清叔写给阿娟婶子的。”

奶奶:“念给奶奶听听。”

阿毛就拆开信,只看了几行就睁大了眼睛。

奶奶:“毛毛,念给奶奶听听。”

阿毛不敢相信似地又细看了一遍。

奶奶:“毛毛,念给奶奶听听啊,怎么不念?”

阿毛犹豫了一下,吞吞吐吐说:“奶奶,我、我不敢念。”

奶奶:“怎么不敢念?念给奶奶听听也不打紧。”

阿毛赶紧撒了一个小谎:“奶奶,我、我有好多字都不认得。”

奶奶:“真的?不是哄骗奶奶?”

阿毛:“真、真的,真的不是哄骗奶奶。”

奶奶叹道:“看你这孩子,好歹也念过几年书。”

阿毛连忙将信又塞回奶奶的枕头底下,暗中吐了吐舌头,赶紧撒腿就走。

奶奶自言自语地说:“这孩子,有什么不认识的,不就几句大白话,以前不也念过信吗?一定是吓的。看把她吓得那样子,不就一封信,信上能有什么会把你吓得那样子。”

奶奶一边说一边挣扎下床。险些跌倒,亏得抓住了床栏。好不容易抓到了拐杖,又好不容易把白兰花拢到一处。

奶奶颤巍巍从墙上摘下一顶斗笠罩在头上,大有破帽遮颜过闹市的模样。

奶奶拄一拐杖,偏着身子,一歪一歪地走出大门。

学校里,母亲坚持要连夜回家:

“妈回去了,妈今晚必须赶到家里。妈替奶奶担心,妈就怕奶奶在家没人照顾。”

黄杏:“妈,这天都快黑了。”

母亲:“不怕,回家的路,妈熟。”

黄鹂:“妈,我看你还是明天早晨再走。”

母亲摇摇头。

黄鹂和黄杏送妈到校门外。

母亲跨上车走了。

眼看着渐渐远去的母亲,黄鹂忽然想到了什么,急对黄杏说:“快,快去找一辆自行车来。”

黄杏一愣。

黄鹂拽着她就跑：“快，快去找一辆自行车追妈。”

黄杏跟在黄鹂的背后奔跑着，仍是不解地大声急问：“姐，你干什么？咱们为什么要找车追妈？”

山路上，天色渐渐地黑了。

母亲骑车来到一个三岔路口。

面前有两条道：左一条道通往松元镇老家，右一条道通往廿里坪监狱。

母亲真的是左右为难了。

母亲望望左边——左边的小道上隐约出现了黄家老屋。

望望右边——右边隐约出现了廿里坪监狱（看守所）。

再望望左边，左边黄家老屋里出现了奶奶卧床的影子。

再望望右边，右边廿里坪监狱里出现了黄卓愤怒撕书的影子。

左右为难的母亲，终于作出了艰难的抉择，而对着左边一条路跪了下来，遥望着远处大声喊着：“孩子他奶奶，对不起你了。古有忠孝不能两全。现如今是儿媳妇我王娟无法分身，孩子他奶奶，妈，你病在床上，急需的就是要人照顾，急需要儿媳妇在你面前替你端汤喂药。可是你知道吗？黄卓坐牢了，这事我瞒着你，没敢告诉你。虽说黄卓不是我生的，不是我身上掉下的肉，卓儿至今也没有叫过我一声妈，但我现在毕竟就是他的妈，就是他的娘。他现在出事了，坐牢了，这说明我这妈不像妈，我这娘不称职，我对不起他死去的娘。这孩子这一步走歪了，今后如果再破罐子破摔，我这当晚娘做后妈的，即使不被人指着脊梁骂，也是有愧有悔啊，愧的是不配做人母亲，悔的是不配做人母亲又为什么揽人孩子？妈，你能听到吗？我阿娟生来就是命不好，心性高。现在吃穿不愁了，愁的就是下一代求知识、长学问、有出息。可现在卓儿心灰意冷，连课本都撕碎了。他撕碎的哪是课本，撕碎的分明就是我这当妈的心！我知道他的心也在流血，我非得让他把撕碎的课本再糊整了不可，只要看到他心甘情愿把撕碎的课本再糊整了，他的伤口才会愈合。妈，你是一个母亲，就是从智清的没有出息，想必你也能理解另一个母亲。妈，想来想去，我现在还得要去那地方看看卓儿，妈，我看了卓儿就立即回家给你端汤喂药。”

母亲说到这里，朝着远处家的方向弯腰磕了三个头，这才站起来，跨上车，拐向右边一条山道。

松元镇的老街上，奶奶戴着大斗笠瘫坐在镇头街口。

她的面前摆着一只铝质饭盒。饭盒里排着许多白兰花。

“来啦，买花啦，买花，五元钱一枝。”奶奶在坐街卖花。

路人经过，并没有人买花。

奶奶使尽力气：“卖花啦，卖花，新鲜白玉兰，又香又大。”

终于有人丢下一枚硬币。

“白玉兰啦，白玉兰……”奶奶的声音显然是在颤抖。

这时候龙大海走了过来，他认出了奶奶，丢下 50 元钱：

“老奶奶，这花我全都要了。”

他把白兰花全都装进自己口袋。

奶奶拿着 50 元钱笑了：“孩子他妈，我这半瘫老太婆也能帮上你的忙了，你看，50 元钱，整整 50 元钱。”奶奶忽然又有些诧异，“我说你这个人，怎么一下子要那么多花哩？今后若是再要，就到我家屋后的树上摘去，想摘多少摘多少，不要你钱。”

龙大海笑了：“老人家，天快晚了，你也该回去了。”

奶奶想站起又站不起来。

龙大海赶紧扶起奶奶：“老奶奶，我送你回家。”

奶奶：“你是还要白兰花吗？”

龙大海笑道：“不是，就送你回家，行吗？”

奶奶将龙大海一番细看：“你是？你是后街那龙家的孩子？”

龙大海：“是的，我叫龙大海。”

黄鹂骑着自行车，后座上载着妹妹，也飞快地来到三岔路口，而且毫不犹豫地就拐上了右边的那条偏僻小道。

后座上的黄杏急得又叫了起来：“姐，走错道了。你要去哪？妈回家不走这条路。姐，走错了，左边左边，姐，你要去哪？姐，你走错了，回家不是这条路……”

黄鹂来不及答话，只是拼命蹬车。

黄杏仍在大叫：“姐，你这是去哪？你这是去哪儿？”

黄鹂喘着说：“一定不错，妈绝对会在这条路上。”

黄杏嘟哝着：“那咱们就走着瞧了。”

小道上，两辆自行车，一前一后，都骑得飞快。

不一会，姐妹俩终于追上了母亲。

“妈。”黄杏大叫起来。

“是你们两个？”母亲非常惊讶，“你们来这干什么？”

黄杏：“妈，你怎么走到这条道上来了？你不是回家去吗？”

母亲望着黄鹂，给她抹掉头上的汗水，柔声说：“鹂，是你的主意？”

黄鹂默默地点了点头。

母亲叹了一口气：“鹂，在咱们这个家里，就你最晓得妈的心思。”

黄鹂道：“妈，回去吧。天快黑了，你一个人在这深山的小路上……”

母亲把她的话打断：“鹂，你跟你妹回去，回你们的学校，妈那么大岁数还能怕啥？回去，都给妈回去。妈还要抓紧赶路。”

黄杏：“妈，你要去哪？”

黄鹂提高了声音：“妈，你现在赶到廿里坪，正是半夜里的时候，那地方荒无人烟，就一座监狱，前不巴村，后不靠店，你这大黑夜里住哪宿哪？难不成这大冷的天你就蹲在路边守在大牢的门口？这露天在霜里风里露水里一直到天亮那要多长时间？”

一贯倔强的母亲自然还要坚持：“鹂鹂，妈……”

黄鹂似乎比母亲还要倔强，劈口就将母亲的分辩打断：“妈，别说了。说什么我也是不会让你一个人去的。你看这路的两边，悬崖、峭壁、深渊。你看这山路，高高低低、崎崎岖岖，万一路上有一个石头什么的硌了车轮，车子一蹦跳起来，这后果……”

黄杏也插了一句：“还有，还有这山里说不定还有野狼什么的，就是蹿一条野狗出来，也会把人吓一个半死。”

“不要说了。”母亲将车把手一正，又欲上车：“你们俩都给我回去。”

黄鹂也将车把手一正：“妈执意要去也行，我们陪妈。”

母亲又从车蹬上收回脚步:“不行,你们明天还要上课。”

黄杏:“妈明天就不要上班?”

母亲一时无语,半晌才幽幽叹了一声:“妈实在是为卓儿担心,鹂鹂,妈忘不了你弟那天死命撕书的那副狠劲。那是什么?绝望,完全的绝望。鹂鹂,你没有说错,你弟死命撕书,真的就像在使劲撕妈的心啊!妈心疼,疼得心尖都在打颤。”

“妈,别说了好不好。”黄杏依偎到母亲身旁,仰脸怯怯地望着母亲。

母亲又叹了一口气:“孩子,一个人一辈子没有谁没有跌过跟头。既然已经跌倒了,没有办法,但也不是天就塌下来地就陷下去了,爬起来,膝盖上灰尘掸掉,精精神神又是一个人样。可是卓儿哩?走错了一步路,心就冷了,连书都、连书都……”

黄鹂接过话头:“妈,别说了,我知道你的意思。妈的意思是说六个月的牢就六个月的牢,咱们认了,谁叫咱们犯错。但六个月之后,是学生就应该还是一个学生。”

“妈就是这个意思。”母亲的语气中透出异常的焦急,“妈怕的就是他这几个月大牢一蹲,把心给蹲冷了。以前虽是有一些虚荣,总归还是争强好胜,求一个上进。可现在?上学没有得上,书也不想念了。一整个心灰意冷,破罐子罐摔。那撕书的样子、那样子……这比单单坐几个月的大牢还要可怕。”

黄杏:“妈,你夜赶廿里坪,就是想劝哥继续念书,别把课本丢了?”

母亲:“他是学生,坐牢也是学生,扔下的书本得赶紧捡起。”

黄鹂:“妈,我劝你还是抓紧回家,那地方就别去了。”

母亲:“怎么?”

黄鹂:“以弟弟的那个脾气,妈的一篇大道理根本就不可能说得动他。”

母亲:“妈的语重心长就真不起作用?”

黄鹂:“以弟弟现在的心境,再怎么语重心长,也是他耳边的一阵风。”

母亲一时无语。

黄鹂又道:“妈,真的别去那地方了,现在抓紧回家。弟的事情包在我的身上,我有办法叫他把丢下的书本重新捡起,我有办法让他把撕碎了的课本糊起来,让他把课本重新当成宝贝。”

母亲内心一喜:“你有什么办法?”

黄鹂:“心病需要心药。”

母亲:“你有什么心药?”

黄鹂:“暂不宜公开。”

母亲:“连妈也要保密?”

黄鹂:“妈就不相信女儿? 我可以向妈保证,我有绝对的把握。”

母亲沉默了一会,终于掉转了自行车头:“鹂鹂,妈相信你,妈也拜托你,只有你弟把自己撕碎的课本又自己给糊上了,把自己丢下的课本又自己捧上了,妈这心里啊,一块石头才会落地。”

黄鹂伸出手指头和妈的手指头无声地勾了勾。

两辆自行车载着母女三个人,原路返回。

到了三岔路口,母亲跳下车子:“鹂鹂,你弟的事妈拜托你了,求你千万抓紧。你弟被一中开除了,妈接下去的事情就是得赶紧替他再找一个学校。你的事就是千万千万别让你弟在牢里把功课给丢了。”

黄鹂:“妈,我知道了。”

母亲又添了一句:“这事比什么都要要紧。”

黄杏:“妈,你赶紧上车回去。”

母亲:“你们也回你们学校。上车,你们先走。”

眼看着姐妹俩上车离去,母亲这才上车回家。

黄杏坐在黄鹂的车座上,忍不住问道:“姐,你说心病还要心药医,你有什么心药?”

黄鹂:“暂不宜公开。”

黄杏小嘴一撇:“跟我也要保密!”

弯弯的山道显得很是荒寂,甚至还有几分险恶。

母亲全然顾不得这许多,骑着骑着,眼前就走马灯似的出现了一座座学校,不断地出现在面前的深山中,像海市蜃楼那样——

县二中。门口的空地上竖一根旗杆。

县三中。门楼简陋，但里面的操场很大。

县农中高中部。在县城郊区，略显寒酸。

……

大概已是大半夜时分，龙大海仍在黄家。

他替奶奶端茶、倒水、喂药。将杂乱的房内拾掇整齐，又将屋外的衣裳收了回来。

奶奶依靠在床上："他龙家大兄弟，别忙了。"

龙大海笑笑："你看我，闲不也是闲着。"

奶奶："嗨，今天如果不是你啊，我这老骨头，今晚上还真不知道怎么回来哩。"

龙大海："大妈，你看你都这么大岁数了，今后可再不要出去了。卖花啊，那都是孩子们的事情，哪有您这么大岁数的人坐在街头叫卖？"

奶奶一声叹息："我是舍不得我那儿媳妇，在这个家里，就靠她一个人撑着，也没有谁能帮她一把。我这老骨头还要时不时给她添一个累赘。"

龙大海："大妈，今后有什么事尽管吩咐，我就在后街住着，也近。"

奶奶又一声叹息："唉，我那智清还真不如你。"

"快别这样说。"龙大海将奶奶扶了躺下，"大妈，不早了，睡吧。"

奶奶躺下说："大海，时候不早了，我不把你当外人，要不，你就在孩子们床上睡一个晚上。"

龙大海替奶奶掖紧被子："不，大妈，我还得回去。大妈，你睡，我走了。"

奶奶点点头，睡了。

龙大海又将柴垛收拾了一下，这才从大门走了。

龙大海前脚走，母亲后脚就到了家。

母亲蹑起手脚走进奶奶房间，见奶奶已经睡着。便收拾掉床头柜上的一双碗筷，又蹑起手脚退出。

母亲去厨房洗碗，眼前又慢慢出现了黄卓在牢里的影子。

那种撕书的绝望情形，始终在母亲眼前挥之不去。

母亲心里在想：“没想到这孩子会闯这么大祸。这祸根是什么时候埋下的呢？我这当妈的怎么就没有发觉？”

母亲洗完了碗，坐在堂屋里，就着一堆干衣裳，一边折叠，一边就迷迷盹盹起来——

监狱又一次放风了，黄卓在院子里仰望后山。

后山的山头上那一棵树已经成为一道触目的风景。

树的枝丫上戳着的无数白纸页，在微风中飘动着。

一片片纸页上一个个血写的“书”字，在太阳的照耀下，闪射出一片红光。

跟着黄卓仰望的所有囚犯，突然全都跪了下来。

放风结束的哨声响了。

黄卓突然一个箭步蹿上高高的大墙，随之便越墙而出，狂奔后山，一路奔上山头，扯下满树的纸片，狠劲地撕，拼命地撕，撕碎之后，满把抛撒到空中，碎纸片纷纷扬扬，如漫天大雪。

望着天上的纸片，望望脚下的谷底深渊。

黄卓突然狂声大笑，纵身跳入崖下。

……

母亲一声惊叫。醒了。一头冷汗。

母亲蹑起脚步，来到奶奶卧室的门口，侧耳听去，见奶奶没有被惊醒，便又回到堂屋。

一抹晨霞烘托着还没有露脸的太阳。

东边的一团红晕在逐渐地饱满着。

山里的鸡叫了。

母亲从迷盹中醒来，急忙给奶奶做饭。

很快，母亲端了一碗面条走进奶奶房间，一边走一边筷子叉起面条用嘴吹着。

奶奶坐起来:“孩子他妈,你回来了,是不是学校里出了什么事情?”

母亲极力掩饰:“没有什么。妈,趁热吃了。”

奶奶叹道:“我知道你瞒着我,我猜想一定是有孩子出了什么事情。”

母亲忙道:“妈,真的没有什么事。妈,这两天我不在家,让你苦了。”

奶奶说:“快别说这话,我躺在床上,再苦又能苦到哪去?”

母亲仍是一脸歉意和不安:“妈……”

“快不要说了。”奶奶从枕头底下摸出那信:“你看,智清来的,阿毛那孩子怎么读那么多书也没有多少字眼!”

母亲抖开信纸一看,脑袋像被砸了一棍,一阵眩晕。

奶奶忙问:“孩子他妈,这是智清来的信吗?”

母亲竭力稳住情绪:“妈,是智清来的。”

奶奶好像瞧出了什么不对:“智清说什么了?”

母亲只能撒谎:“没有什么。报报平安,问问孩子。”

奶奶问:“他现在在哪?找了什么工作?工钱多少一月?能不能寄几个子回来?他信上说了吗?”

母亲装出轻松的样子:“信里没有详说。”

奶奶似乎看出了不对:“孩子他妈,你是瞒着我什么?这信你念给我听听。”

母亲:“妈,真的没有什么。”

奶奶:“孩子他妈,智清这人自小就浑,他有什么伤损你的地方,你告诉我,我来骂他。”

母亲强自一笑:“妈,真的没有什么,妈,今天我还要出去一趟。”

正说着,嘉妮的父亲一大早又一次来到这里。并且怒气冲冲,极其粗暴地在门上一阵猛拍。

母亲走了出来。

嘉父一脸火气:“我到你黄家这可是第二次了。叫你们好好管教你们儿子为什么你们就是不听?如果再这样下去,我就告你们纵容自己的儿子引诱我的女儿。”

母亲心里十分窝火,但还是没有发作,缓缓说:“怎么回事?请你把话说明白了。”

嘉父："那就跟你说明白吧，我女儿的成绩这一阵急速下滑，我问过老师，老师说这或许与早恋有关。"

母亲："你可知道你女儿在跟谁早恋？"

嘉父："还不是你儿子。"

母亲："你弄错了。我儿子没有引诱你女儿的资格。"

嘉父："别想推卸，不是你儿子，那又会是谁？"

母亲："据说是一个姓刘的同学。"

嘉父："这不可能，我知道我女儿喜欢的就是你家黄卓。"

母亲："大兄弟，以前是以前，现在是现在，你去找你女儿，再仔细问问。"

嘉父："好，我现在就去学校。如果不是，再来找你们家长算账。"

嘉父走了。

母亲收拾了一下，也匆忙在自行车的把手上挂一只篮子，骑车离开家门。

县第二中学。

母亲走进校长室，从篮子里拿出一只只桃子："这是我家门口树上长的，大家尝一个新鲜……"

校长："什么事情？"

母亲："我儿子在一中上学，出了一点事情，被开除了，能不能转学到……"

"不行。"校长将桌上的桃子又一个个拾回母亲的篮子。

母亲急了："校长，这孩子年纪小小的，不能没有书念。"

校长的理由非常简单："人家不要的学生，我们为什么收留？我们可不是收破烂的学校。"

母亲："校长，我那孩子绝对不是破烂。"

校长态度较为坚决："或许我的比喻不当，我的意思是说，一个很好的学生，别的学校为什么不要？"

母亲急道："校长，你听我解释。"

校长："对不起，不用说了，我们这里没有插班的可能，真的对不起，我要上课去了。"

上课铃响了。

母亲只得走出。

县第三中学。

母亲挎着篮子走进了学校。

不一会，母亲又走了出来。

县农中校长室。

母亲又把篮里的桃子一个个拾到桌上："请大家尝尝，这是家门口树上长的。请尝尝……"

校长："请问你有什么事情？"

母亲："你是校长？我有一个孩子叫黄卓，在县一中读书，出了点事情……"

校长："被判了刑。"

母亲低下头："是的。"

校长："现在已经被学校开除。"

母亲："你怎么知道？"

校长："教委有过通报。其实黄卓的名字我早就知道。他曾经是松元镇中考的第一名，其实也是全县的第一名……"

母亲的眸中立即就燃起希望的亮光，甚至被校长的知遇之恩感动得有点手足无措。

校长："你的意思是不是希望黄卓刑满释放之后我们能够接受？"

母亲忙道："是的，多谢校长理解，这孩子已经走了弯路，如果出来再没有书读，那就更耽搁了。"

校长："好马还失前蹄，况且浪子回头金不换。如果你和你孩子不嫌弃咱们这农中高中部的简陋，我们可以接受他的转学，让他插班。"

"多谢校长，谢谢校长。"母亲感激得不知怎样才好。

"但有一个条件。"校长的表情严肃起来。

母亲忙说："只要孩子出来能有书读，10 个条件我也答应。"

校长："插班之前必须考试。因为已经失学了一段时间，不知道还能不能跟上。"

母亲立即就说："理所当然，这是理所当然的事情。"

校长又道："照你儿子以前的成绩，来这农中读书是有些屈才，但咱们这学校离松元镇近，可以不用住校，这就省了费用，而且我们收费低……"

母亲打断："校长，这个还在其次，我想的是第一能有书读，第二、第二是这农中还能不能考上大学？"

"这问谁？你要问我，我就得问他自己。你们说是不是啊？"校长转身对在场的教师说。

教师们哄堂大笑。

母亲在农中，赶紧给县一中的黄鹂挂了电话："传达室师傅，请叫二(1)班的黄鹂听电话，我是她妈。"

黄鹂在那一头接上了电话。

母亲大声说："农中的校长同意了，可以转学插班，但要参加考试才能作最后决定，所以你弟在那地方千万不能荒了课本，要叫他振作，知道吗？振作。你说你有办法，你那办法不肯告诉妈，妈也不问你是什么办法。妈只问你，你那办法有没有效果？还有，喂，你都听到了吗？"

县一中。

黄鹂对着电话："我都听到了。妈，你这就不用问了。嗯，我会有时间就去看他。知道了，知道了妈，我知道在没有课的时候才去，我一定，请妈放心。"

黄鹂挂了电话，骑上车，疾去廿里坪。

嘉妮的父亲这时候也来到了县一中。

他迎面撞见黄杏，便问："姑娘，请问嘉妮在哪个教室？"

黄杏："嘉妮？恕不知道。"

嘉父迟疑在原地。

黄杏想起了什么："你是嘉妮什么人？"

嘉父："我是他爸。"

"你是她爸？你怎么不知道教育教育你女儿？儿不孝父之过，女不孝爹之过。她现在不在学校，说不定又到哪谈情说爱去了。你女儿可是谈恋爱的行家高手。”黄杏说完转身就走。

“你这姑娘怎么这样说话?”嘉父一脸恼怒。

廿里坪监狱。

黄卓委靡不振,一脸沮丧。

狱警进来:“黄卓,你的信。”

黄卓没精打采地拆开信,瞄了一眼,立即下意识地四周一看,精神振作起来。信上的每一个字似乎都十分烫人,瞬间就灼得他面红耳赤起来——

信上的每一个字都非常触目惊心:

“卓,请允许我用这样的口吻和语气称呼你。因为任何一个人都有深爱着另一个人的权利。我是谁你暂且别问。我自信我不是丑小鸭,其实即使是丑小鸭也有着她容光焕发的未来。

卓,当你与她的暗恋公开的时候,我曾经悄悄地哭过,哭过之后就将对你的那份爱慕深深地掩埋起来,或者说是不露痕迹地珍藏在了心底。或许正如哲人所说过的那样,爱是一粒种子一棵幼芽,当你曾经爱恋过的她不再爱你的时候,另一粒种子萌动了,另一株幼芽又钻出了曾经用理智掩埋过的土壤。

卓,你的刻苦,你的理解能力与悟性,你的出类拔萃的成绩,使你成为一棵树,摇动着那么多人的目光。如果说天妒红颜,那么奇才也同样有更多的磨难,而坚强正是男人耸立的腰杆,也正是柔情的目光最愿意投往的地方。

卓,你不必给我回信,但我希望你能够知道——I Love you(我爱你)。

一个你认识的女孩”

信上的一个个字,声音很响,像鼓点一样敲打着黄卓的心扉。

黄卓说不出是兴奋、激动,还是害羞,或许什么都有。抓着烫手的信,显得有些慌乱。

忽听远处狱警走来:“黄卓。”

黄卓急忙将信纸团进手心。

狱警走到跟前:“黄卓,有人看你。”

这时黄鹂出现在面前:“弟。”

黄卓慌忙将信纸塞进口袋。

黄鹂:“弟,妈来过电话了。妈说妈又给你找了一个学校,一出来就可以转学插班。有一条件,就是必须参加学期考试……”

黄卓不语。

黄鹂又说:“弟,妈的意思,是希望你在牢里别荒了课本。”

黄卓不置可否,却从兜里摸出几元钱交给黄鹂:“姐,那天我跟妈顶嘴,你方便的时候在妈面前代我说一声对不起。”

黄鹂:“这句话还是有机会你跟妈亲口说去。”

黄卓:“姐,我身上还有几元钱,这里反正用不着,请你带给妈,多少也是一点贴补。”

黄鹂深情地望着黄卓:“弟,妈知道你有这心意一定会非常高兴。妈不图我们什么,就图我们能有出息,我们如果能有出息就是最大的孝心。弟,姐看到你情绪不错,一整个人都振作起来了,姐很高兴,如果妈知道了,一定会更加高兴。”

黄卓垂下了脑袋:“姐,咱妈真苦。”

母亲在老家又开始了更加忙碌的生活。

她先帮一个半身不遂的老荣军忙完晚饭。

等他吃完。再匆匆涮了碗盏。

然后告辞。

转瞬之间,母亲又推着烤红薯的炉子,出现在电影院门口。

观众三三两两来到电影门口,并三三两两地买了红薯一边吃一边入场。

生意似乎不坏。

母亲一边抹着汗水,一边忙着招呼买主。

一串开场铃声,观众全都蜂拥入场。

一刹时,门口没有了一个客人。

母亲推起红薯车走了。

饭店的客人也渐渐剔着牙齿出来。

母亲这时候又出现在饭店，在帮着服务员收碗洗碟。

直到深夜，母亲才拖着疲惫的身子回到家里。

母亲给奶奶的卧室送去一瓶开水，并在床头柜上放下两只包子。

然后才回到房间。

母亲将当天收入的零钱点数一遍，仔细包好，这才又拿出枕头下父亲寄来的那封信，重新再看。

看着看着，母亲流下了眼泪。

坚强的母亲，第一次感到了孤独。

母亲对着窗外轻声说："两个人拉一辆车，正在爬坡的时候，有一个人却卸下了肩上的绳子。两个人划一条船，到了大浪卷来的时候，有一人却丢下了手头的桨。黄智清，这些孩子虽都是娘的肉，可是他们不都姓黄？……孩子是母亲的，难道做父亲的就只顾生不管养？就只管生……不管养……"

母亲泪眼迷离地望着窗外的夜色，一时无法入睡。

这时门外响起了嘭嘭的敲门声。声音非常急促。

母亲急忙披衣下床，打开门只见邻居女孩阿毛一脸紧急："快，阿娟婶，黄琳的电话，北京打来的，快……"

母亲急随阿毛奔到她家里，拿起电话："琳，我是妈。对，别急，有什么话慢慢说。什么？上海？"

电话的那头是北京的一家宾馆。

黄琳握着电话，一脸掩饰不住的兴奋："对，马上就去上海集训。全国一共选拔了15个人，组成一个国家集训队，准备去参加国际奥林匹克数学大赛。对，一个月时间。"

母亲非常开心："妈知道了，一个月就一个月，要抓住机会，好好集训……什么？有任务给妈？"

北京。

黄琳:“是的。任务非常重要。妈。我们在上海要进行一个月的封闭式集训。队里要给我们找一个临时的妈妈,大家的妈妈,负责做饭、烧菜、洗衣服,还有卫生等等。叫生活管理员,月薪 800 元。妈,快来,我们明天就到上海,你也来上海,咱们就在上海见面。”

母亲直笑:“傻丫头,大上海有那么多人,这好事能轮得着妈妈?什么?你跟队里说了,队长已经同意?你这丫头真灵。行,琳,妈明后天就来。上海哪个大学?噢,知道了,妈记下了、记下了,路在嘴上,不怕。好,就这样,你赶紧睡觉。什么?怎么睡不着?傻丫头,快要见到妈有什么好兴奋的?睡吧,抱一个枕头。行,妈晚安你也晚安。”

北京搁下电话的声音非常清晰,母亲抓着电话筒再听了听,还又轻轻地喂了一声。

阿毛在一旁窃笑。

母亲放下话筒,揩去阿毛脸上的一处脏迹,内心显然是非常兴奋:“毛毛,婶子要去上海陪琳琳姐姐,当她们十几个人的临时妈妈。就给他们烧烧饭、洗洗衣裳,还有 800 元工资。叫生活管理员。毛毛,你想不想去上海?婶子把你带上?”

阿毛摇摇头:“我怕。”

母亲在她脸上拍拍,一脸自豪:“你看琳琳姐姐!”

第二天,母亲把这消息告诉了病床上的奶奶。

奶奶说:“琳琳这孩子还真有出息。小时候命苦些,歪树上倒偏是长出好梨。你去,别惦着我。”

母亲说:“妈,我叫我妈来陪你,两个上了岁数的在一起也有话说。”

当天上午,母亲走进了妹妹家里。

过了一会,外婆送母亲出来:“你放心去就是了,门口和孩子他奶奶有我照料,没事。”

母亲说:“妈,这人啊,不论活到多大,都该说——有妈真好。”

外婆说:“所以你也要当心身子,为你那群孩子。另外,你也告诉黄卓、鹂、杏，还有琳琳，就说外婆想她。”

母亲骑上自行车走了。

自行车一路飞快。

母亲又来到了岔路口。一条通往县城，一条通往廿里坪。

母亲想了想，又去了廿里坪。

廿里坪监狱。

黄卓又拆开信，轻轻念道：“卓，你不必现在就急着给我回信，我希望在你走出监狱的那一天才知道我究竟是谁。咱们共同盼着那一天的早日到来。卓，我真羡慕你以前的成绩，现在的课程越来越难了，我是多么渴望着能得到你的帮助。这几天数学的排列组合学完了，接下去就是积分和微积分。太难了，我快跟不上了。我常这么想着，假如有你在我身边多好，我一有什么不懂就可以向你请教。当然，你现在也落下了那么多课程，新课也未必就懂……”

黄卓折起信，急忙拿出撕碎的课本，一张张糊了起来。

母亲又登上了后山的那个山头，又可以瞭望看守所的院子了。

山上的那棵树，那些挂着的纸还在。

母亲没有看到儿子糊起来的课本，心里绝不甘休。

又到放风的时候了。

忽然，母亲眼睛一亮，她又看到了黄卓。

只见黄卓朝着母亲缓缓地跪了下来，只见他双手举着那本书——那本曾经被他撕碎现在又被他糊整了的那本课本书。

母亲心头一热，眼睛忽地就潮湿了。

她眼睛一抹，刚想大喊，忽见一个狱警站在旁边。

放风结束的哨声响了。

狱警和蔼地对母亲说：“大妈，跟我来。”

监狱里。

黄卓拿出课本。

这时母亲已经走近。

母亲看见了黄卓在捧着课本。

那课本粘贴起来的痕迹还在。

母亲不想惊动儿子的学习,就隐在一旁默默地望着。

狱警一旁想说什么。

母亲连忙摆摆手示意他不要说话,并拿出一兜煮熟的了鸡蛋交给他,又指指黄卓。

狱警会意。

母亲又默望了儿子一会,转身走了。

母亲坐上了去往上海的火车。

刚闭上眼睛,黄琳的影子就到了面前。

母亲干脆拿出照片,眼睛渐渐就有些模糊了。

母亲想起了又一件往事——

母亲问放学回来的黄鹂:“你们都放学了,你妹怎么没有回来?”

黄鹂一惊:“刚才还在后头,怎么一眨眼工夫,就没了哩?”

过了好一会,一家人都已经围着桌子吃饭,黄琳才背着书包回来。

母亲问他:“琳琳,你姐早都放学了,你怎么到现在才回来?”

黄琳摇摇头:“无可奉告。”

母亲:“看你这孩子,还无可奉告。你到现在才回来,是不是有什么事情?究竟干什么去了?”

黄琳:“妈,你能不能让女儿心里留一点秘密?”

母亲:“都说女大外心,你看你,还没有成人,就跟妈隔了。我可告诉你,明天必须跟你姐她们一块回家。”

黄琳像有一脸秘密:“妈真把这事情看得这么重要?”

母亲:“是的。妈明天下班早,就在送子桥的桥头候你。”

第二天放学前,母亲果然候在桥头。

黄鹂和其他同学结伴而来。

母亲问黄鹂:“你妹琳琳哩?”

黄鹂掉头一看："咦，奇怪，妹刚才还在后头，怎么一眨眼就又不见了哩？"

她看看其他同学。

其他同学也面面相觑。

母亲埋怨黄鹂："你看你当姐的，跟你一块放学，连一个人都管不住。"

黄鹂："我们可是跟她说好了的，一定跟我一路回家，怎么一眨眼就……妈，我回去找她。"

母亲："别找了，她既然躲着远着，肯定有什么事瞒着，找也不一定就能找到。"

黄鹂："能会有什么事情？"

母亲："晚上吃饭再来问她。看她晚上还能不回来吃饭。"

晚饭摆上桌子的时候，黄琳回来了。

母亲非常严肃："琳琳，妈昨天跟你说过，今后一放学就得回家，你今天怎么又没有跟你姐她们一块回家？"

黄琳："妈，你愿不愿意我说谎？如果你不介意女儿说谎，我就告诉你，我是到别的同学家里踢毽子去了。"

母亲："妈当然不希望你说谎。实话告诉妈，这几天晚上放学都干什么去了？"

黄琳："妈，吃饭吧，咱们老师说过，饭桌上讨论问题或者责骂孩子，都是不符合饮食卫生的习惯。姐，咱们老师是不是这样说过？"

黄鹂："咱们老师还说过——只要你认为你所做的事是正确的，你都会坦然以对。"

黄琳："好了。现在不说这个。反正我做的什么事你们很快就会知道。"

母亲："你应该说，反正今天是最后一次，明天就会准时回家。妈可告诉你，你明天再不跟你姐她们一路回家，你不是存心不听妈的话就是在做着什么不能让妈知道的事，妈绝不会饶你。"

说到这，母亲筷子朝桌上一拍，推碗站起。

黄鹂瞪了黄琳一眼。

黄琳却扮了一个鬼脸。

黄鹂："还不老老实实记住，明天是自由主义最后一天的底线，明天下午放学再不与我们一块回家，别说妈不饶你，就是我也绝不饶你。”

第三天放学前，妈在门口洗菜。

黄鹂夹着课本又一次放学回家了。

母亲：“琳琳还是没有跟你们一块回来？”

黄鹂摇摇头。

母亲果真恼了：“你先回去做作业，妈就在门口等她。”

又过了好大一会，夕阳渐渐西下。

黄琳终于出现在路口。

她回到门口：“妈，我回来了。”

母亲提高了声音：“你还知道回来？妈昨天怎么跟你说了？”

黄琳把书包递过来：“妈，你先把书包拿着。”

“妈昨天跟你怎么说了？你怎么再一次到现在才放学回来？”母亲劈手就将她递给来的书包打落在地上。

这时从书包里滚出一个纸盒。

纸盒非常显眼。

“这是什么？”母亲指着纸盒。

黄琳不语。

母亲捡起纸盒，拆开一看，里面是一双软皮手套。

母亲：“这是谁给你的？”

黄琳低下声音：“是我买的。是我给妈买的。”

母亲：“给妈买的？”

黄琳声音很轻：“明天是母亲节了。妈手上常裂口子，我想给妈送一副手套。可我没有钱，我就放学帮人卖报纸，一天天攒着，终于攒够了一副手套。妈，明天是母亲节，也不知道妈能不能、能不能戴上……”

母亲听着听着，眼眶里就渐渐蓄满了泪水。母亲突然一把将小女儿搂在怀里：“琳，你怎么不早些跟妈说哩？”

黄琳：“我怕早些告诉妈，妈一定不肯。”

火车上。

母亲泪眼模糊地收起了黄琳的照片。

到了上海，母亲找到了那所大学。

大学的门垛竟是这么雄伟，大学的校园竟是这么宽大。

一直替儿女们神往着的大学就在面前，这对于母亲是多么的新鲜而又神圣。

母亲正欲向门卫打听女儿。只听一声“妈——”的惊叫。

女儿琳琳从老远就急奔过来。

母亲的心不由得颤了一下。

琳琳像燕子一样，猛地扑进了母亲的怀里。

母女俩紧紧抱在一起。

进进出出的老师同学多少都有些惊讶。

母亲似乎感觉到了四处射来的目光，便说：“好了，傻丫头，妈有话跟你说哩？”

黄琳仰起头，小声说：“妈，我可想死你了，让我再抱一小会。”说完，头又埋起进了母亲的怀里。

门卫小伙子忍不住噗哧失笑出声。

黄琳这才松开母亲，头一偏：“笑什么笑？这是我妈。”

说着，拎起行李，非常神气地挽着母亲走进了校门。

走进宿舍，母亲环顾一番，说：“琳琳，你是不是哄妈，让妈到这来看你？就给你们烧烧饭，洗几件衣服，还发工资？有这好事？”

黄琳：“咱妈是什么妈？天下最好的妈！”

母亲：“看你又是傻话。就算这好事是真的，也轮不着我这个乡下来的……”

“乡下来的又怎么样？妈占的就是这来自乡下的便宜。”黄琳左右一看，见没人，又悄悄道：“妈，为这么一个人选，争论可激烈了。陈萍萍说她妈会做扬州狮子头，杜鼎说他妈烧的红烤大虾赛过厨师，郎建华说他妈做的什锦小炒上过电视，卢宁说他妈是五星级宾馆的客房领班，每天能洗一千条被套……”

母亲：“你说你妈哩？”

黄琳：“我说我家在浙南山区一个小镇的农村，我是我们这里唯一一个农村孩子。我妈除了善良、细心、勤劳之外，还有一个你们的母亲都无法比拟的条件……”

母亲有些急了:“看你说的,妈一个农村人有什么地方能超过人家城里的妈妈?”

黄琳:“我说我妈这一个别人无法比拟的条件就是我妈是乡下人,没有固定工作,可以随叫随到。”

母亲:“这倒也是。”

黄琳:“所以就这么定了。”

“好,妈现在就开始上班。”母亲立即就将各人扔在一边的脏衣服收集起来,再开始扫地。

当晚,母亲第一次为十五个孩子端上了热腾腾的饭菜。

集训队领队站起来:“同学们,咱们以茶代酒,欢迎黄妈妈。”

一阵掌声。

母亲为了给女儿争脸,竭力不露出局促,而且还有文化、有修养、很大方地鞠了一躬:“孩子们好。”

这显然有些幽默,孩子们一阵窃笑。

领导接着说:“我宣布三条。第一,咱们都叫黄妈妈。第二,贴身的零碎衣衫自已洗。第三,每次开饭,要请黄妈妈一块入桌。黄妈妈负责料理咱们这一个月的生活起居,是生活协管员但不是保姆,是黄琳的妈妈,也是大家的妈妈。大家都是全国选拔上来的尖子。这成绩说明大家已经懂得了科学文化,但还要学会尊重人,特别是尊重勤劳的母亲,记住了没有?”

一群孩子齐声说:“记住了。”

母亲非常感动。

领队说:“欢迎黄妈妈也说几句。”

母亲一脸真诚:“孩子们,请允许我这样称呼你们。你们都是城里的孩子,我这乡下人比不上你们的妈妈,但我和你们妈妈一样,都有一颗母亲的心。一个女人从他当了母亲的那一天起,就会喜欢上所有的孩子,见到无论是谁的孩子都会多看几眼,听到无论谁家孩子的哭声都会揪心。我们乡下有一种鱼叫团鱼,把蛋下在河滩上,用沙土埋住,然后躲到一边看着,一直要看到七七四十九天小团鱼才会出壳。这期间啊,团鱼母亲要去找一点吃的,立即就会有别的团鱼母亲上岸帮她守着。这比喻不当。我的意思是说,我虽然不是你们母亲也比不上你们的母亲，但我愿意尽自己最大的努力让你们感觉到在这里跟在家并没有太大的区别。我为我的女儿能和你们在一起感到骄傲，我也为我能给你们担当一个月的临时妈妈感到自豪。"

又是一鞠躬。

一阵掌声。

一直在旁边为母亲捏着一把汗的黄琳，这时候也感动得泛出了泪光。

……

饭后。黄琳帮母亲涮碗，一边涮一边自豪地说："妈，我没有想到你也那么会说话。当时啊，我怕你说不好，心都提到喉咙眼儿上了。"

母亲嗔了女儿一眼："你以为妈就一点没有文化？"

黄琳眼睛一眨，小声说："妈，祁领队左一个大家的母亲右一个临时妈妈，把你当探班的客人，别一个月下来不给工钱。我明天再去问问，敲敲实。"

母亲笑了："看你这丫头，别问这事。到时候人家给了，咱拿。人家不给哩，咱也不要。"

黄琳忽然想起了什么："咱爸现在在哪？"

母亲："南边。"

黄琳："是深圳、珠海还是海南？"

母亲："具体也不清楚。"

黄琳："没有来信？"

母亲："来信了。"

黄琳："信上都说了些什么？"

母亲："也没说什么话。"

黄琳嘟起了小嘴："咱爸就这人，不知道顾家，心里也不知道装着孩子。就跟我们早先那个家的我爸一个样。妈，你还记得吗？那一年我只有四岁。爸骑车带我去镇上看病，我就坐在自行车的后座上。路上碰到熟人，爸赶紧下车，而且来一个后下车，左腿往后一扫，把我扫到了地上。爸都忘记了我坐在他的车子后面。妈，你说爸是不是心里没有家也不装孩子？妈，是不是所有的爸都这样？"

母亲："琳琳，现在不说你爸。"

黄琳："那姐姐好吗？"

母亲："好。"

黄琳："哥哩？"

母亲想了想："琳琳，从现在起，你就把妈当生活协管员，妈不会对你特别照顾，你也别来缠妈。你的一门心思，要保证全部用来学习。你们领导不是说了，再过几天就进入第一次淘汰考试，十五个人淘汰五个只留十个。月底是第二次淘汰考试，还要去掉四个，只留六个出国参加国际比赛。你看你能有多大把握，还不赶紧把筋抽紧。"

黄琳嘴一撅："知道了，妈。"

母亲："你赶紧去准备上课，队里请的都是大学里的教授，可不能漏了。"

黄琳仍在撒娇："妈，你今天刚来，我能不能陪你一会儿，而且我还有好多话要说。"

母亲猛地沉下脸色："天大的事都不要说了，碗也不用你刷，赶紧去准备上课。"

黄琳吐吐舌头，这才丢下手里的碗。

夜里，母亲躺在床上，总放不下家里的事情。

上学的两个女儿还没有像别人一样的校服。

家里的奶奶。

还有那头小牛。

后来又想到了牢里的黄卓。

黄卓捧在手里的那本贴补起来课本总在母亲眼前晃着，这是令母亲感到安慰的一件事情。

最后不知怎么，嘉妮父亲的影子又也来到了眼前。

母亲万万没有想到那个嘉妮的父亲这时候无意之中正在做着一件帮助了黄家的事情。

嘉父一定是为了劝说女儿不听，火了，拍案而起："你就真的不听爸的话吗，爸把你养大是白养你了。爸要的是成绩，不希望你这么早就恋爱。"

嘉妮："这么早就恋爱又怎么了？不就是恋爱……"

话没有说完，啪的一声，嘉父就给了女儿一个耳光。

没想到躲在一边的刘品仁见女友被打，冲过来照着嘉父也是一个耳光。

嘉父一时没有回过神，竟愣在那里。

嘉妮毕竟心疼父亲，歇斯底里地大叫起来："你疯啦，你敢打我爸。"说到这，甩手又给了刘品仁一个耳光。

刘品仁大恼："你才疯了，我是为你。"

嘉妮跺着脚："我不要你为我，我不稀罕……"

刘品仁手膀一抱："那好，咱们今后就桥归桥，路归路。"

嘉妮吼道："桥归桥，路归路那又怎样？"

刘品仁："那行。这一巴掌可得还我。"说着就脸色一恶，劈脸就给了嘉妮一个耳光。

"你小子也敢打我女儿。"嘉父冲了上来。

两人扭打在一起。

气得快要发抖的嘉妮突然将餐桌一把掀翻，捂着脸就奔出了饭店。

第八章

几天后，母亲又一次在给餐桌上饭。

黄琳进来："妈，今天饭后是我们的第一轮淘汰测试。这种末位淘汰法非常公平，也非常残酷。十五个人当中只留十个，有五个人今天就将被淘汰出局。"

母亲问："这淘汰出局的就得离开集训队？"

黄琳说："那是自然，马上卷铺盖回家。"

母亲："你有没有把握？"

黄琳小辫一甩："小菜一碟。"

母亲："自信是需要的，但轻视就不是好事。"

黄琳："妈，你就放心。"

母亲："妈还真有一点不太放心。"

黄琳："妈，咱们打赌，反正两个小时后就有结果。我相信我一定会比他们更好。"

母亲嗔了她一眼，想说什么，这时外面有其他同学进来用餐的脚步。

黄琳连忙嘘了一声。

这一餐早饭大家吃得很快，但显然都是心事重重。

一声铃响。

十五名集训队员全部进入考场。

母亲站在远处张望。

望了好大一会，才转身离去。

母亲将孩子们的衣裳丢进洗衣机里。

眼望着水桶的转动，母亲的心里也忐忑不安。

母亲不时地望着远处的教室。

洗衣机里的水漫出来。流到了地面，浸到了鞋子，母亲都没有发觉。

母亲久久地盯着远处的教室。

突然眼睛一亮，孩子们走出了考场。

走在最前面的黄琳急匆匆朝着洗衣房奔来。

母亲忙关了洗衣机迎过去。

黄琳一冲进洗衣房就扑到妈妈怀里哇地哭出声来。

母亲一惊："琳琳，怎么回事？"

黄琳只是大哭。

母亲镇静下来，抚摸着女儿耸动的肩头："琳琳，怎么啦？是不是没有考好？"

黄琳哭得格外伤心。

母亲安慰说："琳琳，别哭了，这次考得不好，还有下次。"

黄琳摇摇头，抬起泪眼："第一轮就淘汰五个，我现在就是这五个里的一个，别说出国参加国际比赛，现在连进入第二轮的资格都没有了。"

母亲说："是怨自己粗心还是基础不牢？"

黄琳抽泣着说："最后一道大题分值最高，以前也没有接触过这种题型，我想换一种方法计算，结果答案跟人家都不一样。"

母亲说："琳琳，考砸了也是教训，教训总要付出代价。好了，别哭了，淘汰也没有什么，大不了回家，明年再考。"

黄琳一跺脚："再考再考，什么明年再考？眼看再有一轮过关就可以出国比赛了。结果弄成了这个样子。"

母亲替女儿拭去眼泪："人生总有失败，如果真的考砸了，妈也卷铺盖跟你一块回家。"

黄琳："什么如果考砸，就是真的考砸了。"

母亲在她肩上拍拍："别想了，洗洗手准备吃饭。"

黄琳没精打采地走进餐厅，垂头丧气地坐下。

领队高声说："坐好了，都坐好了，等一会请吴教授宣布成绩。"

母亲端了饭菜来到小食堂门口一阵眩晕，很快又稳住心神，猛听到吴教授说："现在由我来宣布第一轮淘汰赛的结果。按照事先定下的规则，本轮成绩第十一名到第十五名的同学将被淘汰出局。所以我在这里非常遗憾地宣布下列五位同学已经失去了继续在这里集训的机会。"

母亲的神情紧张起来，停在门口竖起耳朵。

十五位学生同样全神贯注。

只有黄琳在捂着耳朵。

吴教授的声音像棒槌敲打母亲的心弦："丁宁、俞山山、胡琼、罗凡人、刘樽。"

母亲似乎不敢相信自己的耳朵。

又听吴教授继续道："留下的十位同学，第一名：黄琳……"

母亲身子震了一下，胸腔里一股热热的东西翻涌上来。便连忙放下菜桶，张口欲吐。

黄琳兴奋得连忙悄悄离开座位。

出了门，黄琳竭力小着声却又抑制不住兴奋地说："妈，那道题做对了，我考了第一名……"忽然一愣，"妈，你怎么啦？"

母亲急忙掩饰："没有什么，妈为你高兴。"

"不，妈吐血了？"黄琳欲夺妈的手帕。

母亲将露出血渍的手帕塞进口袋："真的没有什么，琳琳，妈为你高兴，妈为你高兴……"

说着说着，母亲流下了眼泪。

"妈，你哭了？"黄琳替妈拭去眼泪，"妈，我可是考了第一名。"

"琳琳，妈是替你高兴。走，吃饭。"母亲一抹泪，就什么事都没有的样子拎起饭菜走进餐厅。

琳琳跟在后头，悄悄将母亲口袋里带血的手怕拽了出来。

晚上，黄琳陪着母亲散步，一脸不放心："妈，你得去医院看看。"

母亲："没有事。妈这人就这样，你说你没有考好，妈非常平静，困难来了妈反而坚强。倒是一有好事哩，妈一激动一兴奋反受不了了。"

黄琳："这是妈苦事遇得太多，高兴的事儿少。今后我和哥哥姐姐几个会有接连不断的好事，总这样怎么能行？所以妈得赶紧看病，一定得把病看好。"

母亲："这是兴奋性呕吐，真的没有什么大病。"

黄琳一脸认真："就是兴奋性呕吐也得要治，今后我和哥哥姐姐都有出息了，每天都有一堆一堆的好事一个接一个地报告给妈妈，妈能总是这样呕吐？"

母亲深情地望着琳琳："看你这孩子说的。"

"我知道妈怕花钱，我这里有。"黄琳从口袋里掏出一把毛票，"我这里还有十二元八毛。"

母亲心里一酸："琳琳，妈真的没有大病。"

黄琳："都吐血了，还说没有大病。妈如果不去看病，我上课都听不进去。"

母亲忙说："好，妈明天就去看病。"

第二天，母亲去了学校医务室。

医生略一检查就对母亲说："虽说是兴奋性呕吐，但胃部有溃疡面，气管也有病理性破裂的痕迹。"说着就欲在病历卡上下笔。

母亲忙说："医生，能不能只写兴奋性呕吐，其他病情全都不写？"

医生："不行。是什么病就什么病，病历记录要的就是真实准确。"

母亲："医生，能不能另外再写一份。这一份照实写，那一份就说没有病。"

"为什么？"医生颇感奇怪。

母亲："我孩子很快就有可能要出国比赛，她现在就等着看我的病历。我怕她看到有病的病历会牵肠挂肚，影响成绩。"

医生点点头："可怜天下父母心。"

大学的集训宿舍里，黄琳在独自看书。

母亲进来轻声说："琳琳，你看妈的病历，是不是说没有病就没有什么病？"

黄琳一看病历，高兴地蹦了起来："Ok，妈妈身体健康，永远健康……"

没想到集训队的领队进来。

黄琳吐吐舌头。

领队："黄妈妈也在这里。巧了，我正想跟你说一件事情，按黄琳现在的成绩，出国参加奥林匹克国际比赛的资格应该没有什么问题。照规定，出国参赛的报名费和服装费都要选手自理。"

母亲小心翼翼："估计多少钱？"

领队："考虑到黄琳来自农村，又是贫困地区，报名费减半，600 元左右。"

母亲："谢谢领导，600 元，好，我马上就打电话回家想想办法。"

黄琳快嘴快舌："打电话给谁？给姐？给哥，还是给爸？爸不是到现在还不知道在哪？"

母亲："妈总有办法。"

黄琳忽道："老师，咱们当初可是说好了的，我妈到集训结束有 800 元工资。"

母亲："别说傻话，妈住在这里吃在这里，还顺便着照看到自己的孩子……"

领队："不。工资是应该给的。我已经算过。如果报名费从工资里扣除，还余 200 元。如果服装费也从这里扣除，也行。"

黄琳："我就穿我身上这衣服，这是我妈做的，比什么衣服都要贴身。"

领队："出国选手，按规定都要统一着装。"

母亲："行，领队同志，就按你说的去做。你们既给我工资，又给我们减免了一半报名费，我们已经非常感谢。"

黄琳："不。妈，这样的话，你回去不就又没有钱了？你不是说哥哥和姐她们都还没有校服？"

母亲："凡事都有轻重缓急，现在你最要紧。"

黄琳："妈……"

母亲杀伐决断:“不用再说,就这么定了。”

领队搓着手:“要么我再去请示一下领导。”

黄琳忽然眼睛一亮:“王老师,你怎么来了?”

松元镇中学的王敏班主任突然出现在门口,笑着说:“我是你班主任我就不能来吗? 噢,黄琳她妈也在这里。”

母亲赶紧给班主任让坐。

王老师:“黄琳,学校接到你们集训队电话,说你已经基本进入出国参赛的大名单。”

黄琳:“这就是我们的领队,张恒教授。”

两人握了握手。

王老师继续说:“学校派我来看看你。第一表示祝贺。第二希望你能站在国际领奖台上,为国争光。第三,看看你有什么困难?”

母亲忙说:“谢谢王老师,谢谢你们领导,我们没有什么困难。”

黄琳却拦在母亲面前:“不。王老师,我妈负担太重。我一个哥两个姐姐读书,加上我一共四个。我奶奶病在床上,我妈没有工作。我爸也不知道顾家。我外婆把老屋都卖了。我家早已经欠债。下学期又要缴学费了,我姐姐,还有我哥哥,她们到现在还没有校服。我妈在这里烧饭洗衣服,赚了800元工资。结果我的参赛费和服装费一扣,就又没有了。”

王老师当即表态:“你的服装费和参赛费全都由我们学校支付。”

领队:“那出国的一切其他开支,包括零用,都由我们解决。”

母亲背过脸去拭掉眼泪。

晚上,母亲和女儿对坐在灯下。

女儿明天就要出国参赛去了,母亲戴着老花眼镜给女儿缝补着什么。

黄琳则托腮歪头望着母亲,过了一会:“妈,我明天就要出国比赛去了,妈,你现在是什么心情?”

母亲老花眼镜后面的目光眨了眨:“妈的心情又高兴又舍不得。”

黄琳仍旧歪头望着母亲:“妈,我明天就要走了。那是一个很远很远的地方,而且要好多好多天,妈想不想我?”

母亲把一根线头咬断:“想,妈能不想吗? 你们书上不也常有这么一句话吗？儿行千里，母担忧。”

黄琳故意眨眨眼，一脸调皮：“我是女儿。”

母亲一脸认真：“女儿也是一样。是孩子都是风筝，都是要飞的，但无论飞到哪里，线都在妈的心里牵着。”

黄琳换了一个角度，仍是歪头望着母亲。

母亲抬起飞头：“琳琳，你怎么老是望着妈？”

黄琳：“妈，我听外婆说，我是你望大的。你一夜又一夜在灯下望着摇篮里的我，那一阵把头都望歪了，我也要望着妈，一直望到把头给望歪掉。”

母亲嗔了一句：“看你这孩子说的。”

黄琳凑到母亲跟前，忽然小下声音：“妈，我小时候漂不漂亮？”

母亲：“漂亮。”

黄琳：“听外婆说，我小时候躺在摇篮里，谁看我都会对谁笑。妈，是不是这样？”

母亲：“是的。”

黄琳：“为什么哩？”

母亲：“这又有为什么吗？这说明你乖，说明你自小儿就招人喜欢。”

“不，”黄琳摇摇头，眼睛里竟噙满了泪水。

母亲一惊：“琳琳，怎么啦？”

黄琳含着眼泪：“妈，妈我是不是捡来的孩子？”

母亲摘下了眼镜，望着黄琳：“琳琳，你怎么想到了这个上头了？”

黄琳一眸泪光：“人家说捡来的孩子躺在摇篮里，就是谁看她，她都会冲谁就笑。为什么哩？因为捡来的孩子就是苦命的孩子，苦命的孩子不会撒娇，苦命的孩子才会谁看她都会冲谁就笑，她的小心眼里也知道讨好，她必须讨好，因为她的小心眼里知道她是苦命的孩子。”

她的眼泪终于流了出来。

母亲一把搂住她，搂得很紧，简直就像怕她会失去似的：“琳琳，快别这么说这么想了，你是妈的亲骨肉心肝宝贝。”

黄琳依偎在母亲的怀里，仰脸又问：“妈，人家说亲生的母女都是肉连着肉心连着心的，说女儿想妈哩，一咬自己的手指头，妈就疼了。妈想女儿哩，也是咬一咬自已手指头，女儿也会痛了。妈，是不是这样？”

母亲："你说哩！"

黄琳作势一咬自己的手指。

母亲也拿起针来，作势扎自己的手指说："你咬你的手指，妈心痛不痛或许你不知道。但妈在妈的手上这一针扎下去，你应该知道你心里痛还是不痛。"

母亲似乎真的举针欲扎。

黄琳赶紧夺下母亲手里的针，终于破涕为笑。

母亲替女儿抹去颊上的泪痕。

黄琳一骨碌坐起来，说："妈，我说一个故事给你听听。"

母亲故意道："唷，咱们琳琳也会讲故事了，你能有什么故事？"

"妈，可听好了。"黄琳一咳，"这故事说的啊，过去有一个人家拆房子，拆墙，墙是空的，拆开一看，里面有一条被钉子钉住了两条后腿的一只壁虎，壁虎还活着。主人想起来了，这钉子是一年前钉进去的，也就是说这只壁虎在一年前就被钉在这里了，可是这只壁虎竟还活着，你说神不神奇。"

母亲摇摇头："没有什么神奇。"

黄琳几乎是睁圆了诧异的眼睛："我的妈呀，怎么还不神奇的，一年啊，整整一年，这只壁虎被钉在空墙里整整一年竟然活着还不够神奇？"

母亲神色平静："这空墙里应该还有一只壁虎妈妈。"

"哇噻。"黄琳竖着两只手指跳了起来，"妈妈伟大。"

母亲："妈可是没有说错？"

"正确，绝对的正确。"琳琳一脸兴奋，"过了一会，那主人就发现另一只壁虎妈妈。这一年来，一定是这只壁虎妈妈在喂养着这只不能动了的孩子。"

母亲一脸平静："琳琳，你出国将要参加的是数学比赛，脑子里可不能光是想着这些东西。"

黄琳："这也是数学。"

母亲："这也是数学？这是什么数学？"

黄琳立即就是一副数学的思维："妈，你想想。假定这老墙如果不拆，我们能不能确定这只被钉住的壁虎还可以继续存活多长时间？"

母亲摇摇头。

黄琳:“这就需要分析,这个量不是恒量,实际是一个变数,它受到三个条件的制约。一、壁虎妈妈自身的寿命。二、壁虎妈妈母爱的极限,也就是终于不能坚持的弃守与退却。三、这只被钉住的壁虎的自身的生命能力。”

母亲小声嘟哝:“云里雾里,可把妈弄糊涂了。”

“那就换个角度,再进行另一种思考。”黄琳一脸认真,“我们不妨还可以作这样的假定,假定这只被钉子钉住的是壁虎妈妈,那么这只壁虎会不会活着?能不能活到现在?以及还有多长时间可以存活?这也是一个不确定的数,这个数值同样受到诸多因素的影响,但有一条可以完全成立,就是这个数值的大小与小壁虎的孝心成正比。”

母亲:“话虽没有说错,但这没有答案的事能算数学?”

黄琳:“有的数学题只有一个答案,有的没有答案,有的却有几个答案。”

母亲故意嗔道:“看你这个丫头,都到妈面前卖弄来了,反正妈也不懂。”

“不,”黄琳一脸淘气,“有一道算术题,我说出来,连老师都未必能给出答案,可妈却能解答。”

母亲笑了:“这哪可能?什么算术题妈能解答,老师还不一定能够解答?那不可能。”

黄琳:“要不要说来听听?”

母亲:“别不是算术题,不是算术题妈就不听。”

黄琳:“那就请妈听好了,看是不是算术题。有一本书上说有一个地方有一种紫尾巴鸟。这鸟天冷在江南,天暖到江北。”

“这是什么算术题?不是数学,妈不听。”母亲连连摆手。

黄琳威严一咳:“妈妈同学,请坐好了,听黄老师上课。”

母亲听这一说还果真坐直了。

黄琳捂嘴一笑,又一咳:“这紫尾巴鸟并不善飞,单趟的最大飞行里程,也就是一条江宽。春天一到,紫尾巴鸟就从江南飞到江北产卵、孵化小鸟……”

母亲摇头:“这不是算术。”

黄琳一本正经:“算术就要到了。请问,秋天到了,春天孵化出的小鸟是不是要到江南过冬?是的。问题就在这里。问题在于春天孵化出来的小鸟,羽毛未丰,最大的飞行距离也就是江宽的一半,也就是这些小鸟只能飞到江的中心就再飞不动了。请问,这些小鸟要到江南过冬,如何才能飞过江去?”

母亲思考起来:“这倒还真是个问题,就不能不过江吗?”

黄琳:“不能,如果过不了江,就会在北方的雪地里冻死。”

母亲还真焦急起来:“这可怎么办?”

黄琳:“妈妈同学,我可以提示一下,鸟妈妈们可以飞过江去,但它们无负载的最大单趟飞行距离,也就是一个江宽。”

母亲想到了什么:“办法有了。”

黄琳兰花指作势将眼镜朝上一推(其实没有眼镜)忍住笑:“请举手。”

母亲还是真把手一举:“黄老师,办法有了。”

黄琳把手一背:“这位同学请讲。”

母亲站了起来:“办法简单,老鸟驮着小鸟飞呗。”

黄琳忍住笑:“上课请注意听讲,我刚才在提示里说过鸟妈妈们可以飞过江去,但它们无负载,注意了,无负载,它们无负载的最大单趟飞行距离,也就是一个江宽。如果驮上小鸟飞行,只能飞到江中心就气尽力竭。因为有这个前提,所以这道题才是一道难解的难题。”

母亲非常坚决:“没有什么难解,驮着小鸟飞过去,能送多远送多远。妈妈老了,反正老了,能将孩子送到可以单独过去的地方,就是掉到江里,也心甘情愿。”

黄琳一把扑到妈妈怀里:“妈,这是妈妈的答案。孩子应该也有孩子的答案。”

母亲:“孩子什么答案?”

黄琳:“孩子的答案,那就是出壳之后快快长大,不要到了秋天还再拖累妈妈。”

“孩子,你的孝心,妈领了。”母亲轻轻地抚摸着琳琳的头发。

……

第二天,出国参赛的选手启程了。

一阵鞭炮声响起。

六个选手鱼贯上车。

穿上制服的黄琳非常精神。她上车前对母亲挤挤眼睛、摇摇手。忽然又返身奔到母亲跟前，抱着母亲，又重重地吻了一下。

惹得周围响起一片掌声。

黄琳又抱了抱一旁的班主任王老师，这才奔上车去。

"出征国际奥林匹克"的横幅披挂在汽车两边。

开往机场的汽车就要启动了。

女儿又从车窗里伸出脑袋："妈，如果想我了，就咬一咬手指头。妈一咬手指头，我的手指头就痛了，我就知道妈在想我了。"

妈点点头，强忍着眼泪。

汽车开动了，琳琳朝母亲不断地挥手。

其他孩子也一起唱起了满文军的《懂你》——

把爱全给了我，把世界给了我……

在母亲的泪眼里，汽车越来越模糊了。

琳琳走后，母亲和王老师当天就离开了上海。

两人在车厢里坐定。

王老师忽然说："黄琳她妈，我倒想起了一件事情。今年听说医科大学要在华东六省一市招考少年班。这是个机会。按黄琳的成绩，可以试试。"

母亲问："不上高中就能直接上大学了？"

王老师说："是的，大学少年班。考试比较难，而且听说只招一个班，二十人左右。"

母亲："你看黄琳能行？"

王老师："有把握。"

母亲："什么时候？"

王老师："就下一个月。"

母亲便抓住了王老师的手："老师，这大学少年班的事，琳琳就拜托给你了。"

王老师点点头。

回到县城，母亲直奔第一中学总务科。

母亲说:“老师,我是黄鹂、黄杏的母亲。我两个孩子还没有校服。”

总务秘书说:“是的,全校就她们两姐妹没穿校服。因为她们没有交费,一套30元钱。”

母亲数出60元钱:“两套。”

总务秘书:“早该缴了。”

母亲一脸歉意:“现在才有。”

母亲离开了学校。

在校门口,母亲碰见嘉妮。

嘉妮从医院回来,一只耳朵用布包着。

母亲看到嘉妮,站住了。

嘉妮看到母亲也站住了。

母亲没有记恨,慈爱地望着嘉妮。

嘉妮嘴唇抖动着,想说什么,又欲说还休。

母亲说:“孩子,咱们认识。”

嘉妮说出的却是另一句话:“黄妈妈,我喝过你的冰糖绿豆汤。”

母亲望着嘉妮受伤的耳朵——母亲不知道是被刘品仁打伤的,说:“孩子,这耳朵可是穿耳环伤的?这只耳朵可不能再用针穿了。我们老家的老办法啊,是用两颗绿豆,在耳垂肉的两边,一边一颗,手捏了轻轻地揉,揉这么几天,两小点上肉没了,就一点薄薄的皮,然后针穿,就不会出血。孩子,你也苦命,可怜娘去世得早。”

正说到这儿,嘉妮转身就走,朝大街上一路奔跑。

母亲很是惊讶,望着嘉妮远去的背影愣了一会。

母亲没有想到自己对嘉妮的这一点关怀,竟会带来什么样的结果。母亲离开校门口,急匆匆回家。

嘉妮一路奔到法院门口,停下脚步,犹豫了一下,终于跨进了法院大门。

山路上,母亲形只影单。

起风了。风越来越大。

忽然一道闪电一个霹雳,雨就浇了下来。

母亲顶风冒雨，行走得非常艰难。

龙大海家就在镇尾附近，龙大海孤独地坐在堂屋里画画。

母亲经过门口，心想进去避避雨，犹豫了一下，还是走了。

龙大海发现雨中的那个身影像是王娟，急忙赶了出来。

但母亲已经一滑一跌地走远。

黄家。

外婆和奶奶像一对寿星，坐在堂屋里，望着屋外的雨。

那头小牛犊就卧伏在两个老人的膝下。

母亲湿漉漉地回到了家里。

外婆急忙给母亲拿衣服、烧姜茶。

奶奶也连连催促："孩子他妈，赶紧整一把热毛巾擦擦。"

外婆责怪母亲："下这么大雨，也不知道找一个地方避避。"

母亲则忙着拿出糕点分给母亲和婆婆。

奶奶问："四丫头怎么样啦？"

母亲说："出国了。坐的飞机，大概这会儿已经到了国外了。我一直送她上了车——开到机场的汽车，这才回来。"

外婆说："为儿女，你这个母亲总算做到家了。"

母亲对忙碌的外婆笑着说："妈都这么大年纪了，还不是也在为着女儿。"

雨停了。母亲一到家就又开始了忙碌。

给鸡拌料。

给牛切草。

将晾在竹匾中的干菜塞进一只只坛子。

又将屋后的药草割下来抱到门口的屋檐下晾着。

然后又操起斧头劈柴。

母亲直起腰来抹汗，忽然瞥见大女儿黄鹂远远地回来。不觉一喜，忽又一惊。

黄鹂疾跑进门，双手紧紧捂住窝着的胸口。

母亲迎了过去："鹂，你怎么啦？胸口不舒服吗？鹂……"

黄鹂这才直起腰来。

胸口窝着的是一件校服。

母亲在她胸口摸了摸："是这里不舒服吗？"

黄鹂摇摇头。

母亲："那是怎么回事？"

黄鹂抖开校服："我怕它弄脏弄湿。"

母亲一边用干毛巾替她拭去头发上雨水，一边心疼地责怪："看你这不懂事的孩子，是衣服要紧还是身子要紧？"

黄鹂将校服朝身上一披，原地转一个圈，对着母亲、奶奶、外婆："漂不漂亮？"

大家都说漂亮。

黄鹂问："妈，你哪来的钱？"

母亲说："妈去了一趟上海，在你妹妹的集训队里赚的。"

黄鹂："妹妹怎样？"

母亲："已经出国去了。"

黄鹂非常高兴："小妹还真有出息。"

母亲："你们三个今后也要向你小妹一样，个个都要有出息。"

黄鹂似乎有些不以为然："我们都有出息，那就是一个个全给妈添累。"

母亲瞪了她一眼："为了儿女，世上没有怕苦怕累的母亲，但求的就是一个个能有出息。只要累能累出好的结果，就再累也都不累。"

黄鹂想说什么，但又欲言又止，肚里似乎有着什么心事。

母亲忽然把黄鹂按到凳上坐下，自己后退一步，直直地就弯腰鞠了一躬。

黄鹂慌得赶紧跳了起来："妈，干啥？你别吓人。"

一旁的外婆和奶奶也无不惊讶。

只听母亲轻声说："鹂鹂，妈谢谢你。"

"谢我？"黄鹂一脸不解。

母亲又道："妈最不放心的就是你弟。那天妈看到了，看到你弟把撕碎的书又补整了，看到你弟在牢里没有荒下课本。妈知道这是你的功劳。妈说不动他，是你帮了妈的大忙。”

黄鹂忙道：“妈，你别再说了。再说就是存心让我惭愧。人家常说‘长兄如父’，那‘长女’也该‘如母’，可是眼看着妈年复一年、日复一日地总是这么辛辛苦苦，我作为咱们家最大的女儿，却没有能够帮妈更多地分担什么。我经常想到这事，心里总是……”

外婆插了一句，“孩子，你能有这想头，孝心也就到了。”

奶奶也说：“鹂啊，你一直来，成绩都走在你弟弟妹妹们的前头，给弟弟妹妹做了好的样子，这读书上让你妈少费些心神，也是为妈分担。”

“好了，不说这些了。”母亲转过话题，“鹂鹂，你今天一个人回家，是不是有什么事情？”

黄鹂犹豫了一下：“没有别的事，拿一点干菜。”

这时龙大海走来，背着一大塑料袋：“阿娟嫂，这袋子里是籽棉。我姐在世的时候，勤裕纱厂常把这些籽棉送来，让她剥籽，把籽棉变成皮棉，每加工一斤就是两毛钱，这活不重，闲来做做，多少也能落个几文，不知你想不想接手？”

母亲忙说：“这事要的。特别晚上，闲也是闲着。”

“那以后我就叫他们把货直接送你这里。”龙大海走了。

母亲将籽棉倒在竹匾里，蹲在地上晾晒开来。

当母亲再一次直身站起的时候，不觉眼前一黑，险些倒地，急忙抓住墙壁。

“妈，怎么啦？”黄鹂急忙扶住母亲。

母亲稳住身子：“没事，往上起来，站得太急。”

黄鹂：“妈，我扶你回屋休息。”

母亲摇摇头：“妈真的没事。你赶紧去看书做作业，妈还要去地里间苗。”

黄鹂：“我也去。”

“你别去。”母亲又一边拢着地上的劈柴一边说，“妈先去地里间苗，还要去竹林里薅草，晚上吃饭你们也别等了，妈可能晚上回来很迟。”

黄鹂：“妈晚上去哪？”

母亲：“不去哪。”

黄鹂想了想，欲言又止。

母亲："鹂，你有什么事情？"

黄鹂终于道："妈，我想下学期换一个学校。"

母亲一惊："换一个学校？换什么学校？"

黄鹂："譬如农中也行。"

母亲急了："你犯什么糊涂，你弟以后转到农中是没有办法的事情。你转什么农中？一中是重点中学，大学升学率是百分之九十七个半。妈要的就是那九十七个半。你可别糊涂。"

母亲操起锄头下地去了。

黄鹂回到自己房间，拿出成绩报告单。

门外响起外婆经过的脚步。

黄鹂急忙藏起成绩报告单。

脚步声走远。

黄鹂才又拿出成绩报告单，心中似在犹豫着什么。

晚上，外婆端出了简陋的饭菜。

黄鹂出来："外婆，咱们等妈回来再吃。"

外婆："你妈不知什么时候才能回来。唉，你妈也是苦命。"

黄鹂："外婆，妈现在在哪？"

外婆："吃吧，咱们先吃。鹂鹂，你们今后可要记住孝顺你妈。这本来应该有两个人一块儿撑着的家，现在几几乎乎就你妈一个人撑着。你妈养你们四个不易，而且偏是心大，巴望你们一个个都能考上大学。这个家，你爸既不寄一分钱回来，也不知道现在在哪。就单是钱上，要供你们四个，也要把你妈累垮。外婆晓得，你们家以前就欠着旧账，现在又欠下了不少。将来拿什么去还？而且今后你们还要继续上学继续花销。我真替她把心揪着，孩子，你们四个今后一定要听话、孝顺。你看你妈，光累不说，吃的什么？穿的什么？你看她身上那件衣裳，都穿了多少年了……"唠叨的外婆抹了一把眼泪。

黄鹂眸中也滚动泪花，急得脚一跺："外婆，我妈现在究竟在哪？"

外婆："你去电影院门口看看。"

母亲正在电影院门口卖着炉烤红薯。

黄鹂远远走来，看见了母亲。

这时一声铃响，全部进场。

只见母亲立即将板车推进附近一间破屋，锁上门又急匆匆走了。

黄鹂叫了一声。

母亲竟没有听见。

母亲来到一家饭店，又忙着收碗抹桌。

店主说："你今天迟到了5分钟。"

"我帮我妈补上行吗？"黄鹂突然出现在母亲旁边，立即动手帮着收碗抹桌。

母亲非常感动："鹂鹂，你什么时候来的？"

黄鹂不语，只埋头干活。

母亲低声嗔道："你怎么不在家看书？"

黄鹂仍是不语。

很晚很晚的时候，母女俩才回到家里。

外婆端上热好的饭菜。

黄鹂捧起饭碗："妈，我还是想换一个学校，下学期就转到农中。"

母亲："妈刚才已经说过不行。你为什么总是要动这念头？"

黄鹂："第一，农中的学费少。第二，在农中读书不用住宿，又省一笔费用。第三，农中离家近，我也可以经常回家帮妈做一点事情。"

母亲一敲饭碗："吃饭。这事再不许提了。明天一早你就回学校，把要带的干菜带上。"

黄鹂不语，推开空碗就回了自己房间。

在自己的房间，黄鹂又拿出成绩报告单。

想了想，终于下定了什么决心，轻轻关上房门。

母亲晚饭后又开始把袋里的籽棉倒下来剥籽。

不一会,黄鹂也出来挨着妈坐下来帮忙。

母亲:“鹂鹂,你明天迟一些回学校也行。妈明儿一早到镇上割一些肉蒸在干菜里让你带上,光是干菜下饭,没有油也不行。”

黄鹂:“妈,你真得答应我,我下学期转到农中好不好?”

母亲:“不行。你别担心家里的负担。妈跟你们说过,妈就是砸锅卖铁,再怎么累死累活,都要供你们把书念好。”

黄鹂终于拿出成绩报告单:“妈,你看。”

母亲接过成绩报告单不觉一惊:“语文59,数学60,英语48,物理56……怎么多红字,怎么回事?鹂鹂,你这是怎么回事?”

黄鹂:“妈,那学校里都是全县各地的尖子生,跟他们在一起我跟不上。”

母亲大急:“你以前的成绩不是一直很好?你从小学到高中,成绩报告单上没有一次挂过红。你再跟不上也不至于这样。这里一定有什么原因。鹂鹂,是什么原因跟妈说,谈恋爱啦?”

黄鹂:“没有。”

母亲:“身体原因?”

黄鹂:“不是。”

母亲:“那什么原因?”

黄鹂:“我也不知道什么原因,反正就是跟不上他们。妈,下学期我真的转学。转到农中。一者,可以陪着弟弟。二者,省些费用。三者,农中的学生成绩相对差些……”

“不成。”母亲的神情和声音完全是不容置辩,“野兔为什么跑那么快?因为它身后有狼。在猴子堆里称大王终归还是猴子。第一,你弟不用你陪他,我四个孩子已经栽了一个,还能跟着再栽一个?第二,你别总是想着替妈省钱,妈有腿有胳膊总能供得起你们。至于这第三,人不能图舒服,顺水向下漂,省心省事,但没有出息,妈不是一点看不起农中,草窝里飞出凤凰的事也是有的,但毕竟九十七个半出在一中。妈可告诉你,转学的事想都别想。”

黄鹂也和母亲一样倔犟:“可是我成绩跟不上有什么办法?”

母亲:“成绩掉下来可以往前追赶。除了开除,你别再有什么转学的念头。”

黄鹂:“难道要我留级?”

母亲斩钉截铁:“留级也要在一中呆着。”

“妈,你怎么这样不讲情理?”这个家里也就大女儿敢这样跟母亲顶嘴。

“妈就是这么不讲情理。”

母亲气冲冲奔进自己房间,抱出那只木匣,哗地全部倒在桌上:“这也怪妈不讲情理?你给妈好好看看,你们四个从小到大,从小学到高中,所有的成绩报告单和奖状都在这里。你看这里哪一个哪一回有你这样的成绩,你好好看看。这也怪妈不讲情理?”

黄鹂提高了声音:“就是不讲情理。我都长这么大了,难道连选择学校的权利都不能有吗?”

母亲也格外提高了声音:“什么叫选择的权利?在妈的眼睛里,她的儿女只能选择向上不能选择落后,只能选择努力,不能选择放松,只能选择有知识有学问的未来,而不能选择像妈这样没有文化的过去。”

黄鹂:“这也叫选择?这只能这样不能那样也叫选择?”

母亲:“这是对选择的选择。”

黄鹂嘴一撇:“妈还挺有文化。”

母亲:“你以为妈是文盲?你以为成绩掉下来就找一个末流的学校念念也叫选择?那是放任。妈告诉你,成绩再差,也得在一中呆着,别以为还有更差的学校在后头接应。那是什么,那是收容。别想着还有什么学校可以托你,没有退路。奋起直追是唯一的前途。”

黄鹂:“追不上能有什么办法。”

母亲:“鹂鹂,这不是你一贯的脾气,我可从来没有听到你说过这样泄气的话。你今天好像有些不对。”

黄鹂:“没有什么不对,因为是力不从心,只能放弃。”

“不行。”母亲一拍木匣,“妈不希望看到里面再有不及格的成绩。”过了一会,妈的口气稍稍软了一些,“这匣子里装的是你们的心血,也是你们的孝心。是妈的安慰,也是妈的自豪和骄傲。这匣子只有一次红字,琳琳那天拿回来一门不及格的成绩,妈打她了,这是妈平生唯一一次打她,看到她站在妈面前一动不动一声不响地只是流泪,妈心比刀割还痛。妈知道打不是办法,成绩也不是对你们唯一的要求,但是、但是……”

黄鹂:“妈你少说几句好不好。”

“妈不能不说。”母亲又将所有的成绩报告单捧进匣子里:“你看后来琳琳那成绩,妈不是说打就有用。她自觉了,知道用功了。鹂鹂,你是咱们家老大,应该有大的榜样。”

黄鹂不语。

“鹂鹂,妈也帮你分析分析,你是什么原因使成绩有了这么大的滑坡?是恋爱了?”

“不是跟你说过了没有?”

“是身体不好?”

“不是。”

“那又是什么原因?”

“没有原因,反正我想转学。”黄鹂推开手中撕扯着剥子的棉花,转身就走。

砰的一声,房门碰上了。

“你!”母亲霍然站起。

外婆不知什么时候也来到这里:“阿娟,看你这脾气。孩子难得回来一趟。”

深夜,黄鹂躺在床上,抱一枕头,辗转反侧。

深夜,母亲忙完棉花,也睡下了。

但母亲怎么也睡不着,两眼望着天花板出神。

母亲还是坐了起来,拉亮灯,又拿出了那张成绩报告单。心里在说:“这怎么能行,什么原因我得去问问她的老师。”

第二天天还没有亮,黄鹂就离家返校。

母亲赶出门外:“鹂鹂,等一等。”

黄鹂仍旧走得很快。

母亲追上去:“鹂鹂,这么早就回学校?天还没有大亮,别走小路。”

黄鹂:“小路近。”

母亲:“走小路要过那一片竹林,这几年林子旺盛了,狼啦野狗什么的也多了,一个人过林子危险。”

黄鹂仍在赌气:“咬就让它咬,我不怕。”

母亲:“又在发傻,要么妈陪你去。”

一条小路,由林子这边进,林子那边出。

母亲陪着女儿进了林子。

远处果然有枭鸟哭一样的啼叫,有野兽低沉的嚎吼。

有时候身边的树木突然一阵瑟动。

母女俩立即就下意识地靠在一起。

待到发现是宿鸟飞去之后,两人不觉就互望了一眼。

母亲说:“鹂鹂,妈给你唱歌。”

黄鹂:“妈还会唱歌?”

母亲就扯起了喉咙:

“妹妹你大胆地往前走啊,往前——走,莫回啊头……”

黄鹂噗哧笑了。

终于走出了林子。

母亲说:“你走吧。到学校就抓紧看书,成绩再不能掉了。也不许再有换什么学校的想法。”说完就退进了林子。

母亲很快走出林子,回到林子这一边的时候,似乎听到林子里有什么响动,想了想,就捡一根竹子,十二分警惕地再走进去想看一个究竟。

林中小道上竟是黄鹂。

母亲:“你怎么还没走。”

黄鹂:“我也怕妈危险。”

母亲想了想:“走吧,一起走,妈也去一趟县城。”

黄鹂:“去县城干什么?”

母亲:“妈有妈的事情。”

到县城的时候,天也才刚刚大亮。

母女俩在岔路口分手。黄鹂去学校。母亲则去了新华书店。

母亲一边走一边心里说:“鹂鹂这孩子的成绩一下子怎么会掉得这么快哩?这孩子从小就舍不得花钱买书,这孩子缺补。”

母亲想起了一幕幕往事——

母亲躺在病床上。

黄鹂喜滋滋进来:“妈,给,糖水罐头。”

母亲问:“鹂鹂,哪来的罐头?”

黄鹂:“买的。”

母亲:“你哪来的钱?”

黄鹂吞吞吐吐:“妈给我买书的钱,我书没有买,买了这糖水罐头。”

母亲火了,把罐头朝床上一摔:“拿去退了,退了的钱再去买书。”

黄鹂站着不动。

母亲余怒未消:“你跟妈要钱,说是买书,谁叫你买了这个?”

黄鹂眼泪出来了:“妈病了,我想给妈买点吃的又没有钱。我知道跟妈要钱给妈买吃的,妈一定不肯,所以我才骗妈,说要买书,所以才把妈给我买书的钱买了这个……”

母亲慢慢搂住了女儿:“鹂鹂,还是你们买书要紧,妈不吃这个……”

母亲一边走一边想一边心里说:“鹂鹂,妈这就到新华书店给你买书,让你补补,非让你成绩补上去不可。”

早晨,书店还没有开门。

门口停着两车书,包装纸上写着《高中题解》,母亲不觉眼睛一亮。

这时候,押车的正在卸车。

母亲走过去:“这位大兄弟,我帮你们干活,干到书店开门的时候,能不能付我够买一本书的工钱。”

一个有点负责人模样的人,愣了一下,点点头。

母亲就卖力地帮那些人接递搬卸。把书一捆捆搬到门口。

不一会,书店的大门开了。

那负责人找出20元钱给了母亲。

母亲是新华书店当天的第一个顾客。

母亲问一个营业员:"姑娘,我有一个孩子念高中,成绩跟不上,你能不能帮我看看,看买什么书有用？是不是那本《高中题解》?"

营业员嘴一努:"是的,那边就有《高中题解》。"

母亲找到了那书,伸手就欲抽书。

却被另一个服务员挡住:"不要拿书。"

母亲一愣。

营业员:"你的手脏。"

"那书我买下了。"母亲掏出20元钱。

那营业员接了钱,抽出书递给母亲。

母亲没有伸手。

营业员:"给你书啊。"

母亲:"姑娘,请你给我包上。"

营业员:"还要包上?"

母亲:"我的手脏。"

不一会,母亲来到学校,走进教务处:

"老师,我是黄鹂她妈,这本书能不能麻烦你们下课的时候交给黄鹂?"

教务处长说:"可以。"

母亲说:"我还想了解了解,我那女儿黄鹂,这一阵为什么成绩下滑得那么厉害?"

教务处长:"怎么样的下滑?"

母亲拿出成绩报告单:"老师你看,都几门不及格了。"

教务处长皱起了眉头:"不对。"

母亲:"不对?"

教务处长在墙上的成绩公布栏里查了一查:"你看这里,黄鹂同学成绩一直是名列前茅,从来都没有跌破过年级前五名。"

母亲指着成绩报告单:"这怎么回事?"

教务处长细细一看:"这成绩报告单被人改了。谁在上面要做这手脚?

这确实不是一件非同小可的事情。请你放心,这是怎么回事我们将会立即展开调查。”

母亲想到了什么,恍然大悟:“不用查,不用查了。这成绩报告单是谁改的我已经知道。”

教务处长:“是谁改的?不论是谁私自涂改我们都会作出严肃处理。”

母亲急了:“老师,千万不用处理。这成绩报告单一定是我女儿自己改的。她一定是怕我经济负担太重,苦着,累着,借口成绩跟不上,想转一个学校,转一个省钱的学校。”

教务处长:“原来是这么回事。”

母亲:“这孩子自小就贤,自小就顾惜家庭心疼她爸妈。老师,求你千万别给处分。这里成绩抹掉了,孝心却加上了,这成绩报告单比原来的分量更重。老师,求你千万别给她处分。”

教务处长:“这你放心,我们能理解你女儿,也能理解一个母亲。”

“谢谢老师。我也不打扰了。”母亲便欲辞出。

“慢着。”教务处长拦住母亲:“请稍等片刻,我这就给你补发一张成绩报告单。”

母亲忙说:“不用了,老师,真的不用再麻烦了。我已经知道她的成绩不是这上头的成绩也就行了。”

教务处长指着母亲手中的成绩报告单说:“这被涂改过了的成绩报告单能不能就留在这里?”

母亲犹豫了一会:“老师,我的孩子们所有的成绩报告单——打一年级直到现在,我都一份不少地存着。而且这一份成绩报告单虽说不及格的科目居多,虽说已经被涂改过了,但是对一个做母亲的来说,这份成绩报告单所给的安慰更多。更值得保存。老师,能不能……”

教务处长脸上并无更多的表情:“要么这样,请你把这份成绩报告单暂时留在这里。”

母亲:“暂时留在这里?”

教务处长:“对,暂时留在这里。”

母亲一脸疑惑地留下成绩报告单,走出教务处。

教务处长拿着那份被涂改过的成绩报告单走进校长室。

母亲则来到了校舍。

“妈,你还没有回去?”黄鹂将母亲拽到床边坐下,“妈,你进城到底有什么事情?”

母亲一时不语,只是目光柔柔地望着黄鹂。

黄鹂:“妈,你这是怎么啦?”

母亲将黄鹂的头发轻轻抚顺:“鹂鹂,妈已经知道这成绩报告单是你自己改的。你的孝心妈领了。妈非常感激。妈昨天骂你骂错了,妈对不起你。但妈希望你还是记住妈常说的那一句话——妈养得起你们几个,妈就是砸锅卖铁,哪怕卖血,也要供你们几个念书。这退出这重点高中,转学到农中的事今后不许再提。”

黄鹂:“妈,我是这家里的老大,我能忍心你总是这样没日没夜?你看你吃的什么穿的什么?而且还一个人揽下几个人的苦活。你身体也不好,奶奶病着,家里还有那许多债。我这么大了不能帮妈分担什么,还坐在这又是吃住,又是学费。每想到这些,我就坐立不安,甚至心里滴血。”

母亲故意板起面孔:“再不许胡思乱想,妈以前跟你说过,咱们黄家祖上就是书香门第,松元镇的学圃堂、送子桥都是你黄家祖先造的,你就不想为祖上争光?妈也跟你说过不止一次,家境再怎么样都用不着你们几个操心,妈只要活着,就有责任,也有能力。即使有个什么万一,还有后院老墙下的东西可以接济。”

黄鹂摇摇头:“我就不信,那老墙下的匣子里能有什么东西,妈这是安慰我们,也是自欺欺人。”

母亲提高了声音:“不管怎么说妈就是不许转学。如果说想着转学的目的是出于孝心,那真的转学了,转到了一个差的学校让妈整天把心悬在半空,整天把汗捏在手里,那就是对妈的忤逆。”

黄鹂非常固执:“我转一个省钱的学校,照样给妈好的成绩。”

母亲:“那也不行。”

黄鹂:“反正我有选择的自由。”

母亲着实急了:“你再这样跟妈较劲,妈只有找你们老师找你们校长。”

早已站在门口的教务处长拿着那本《高中题解》走了进来。

母亲忙说："老师，你，你看这孩子犟的。我说什么也不能让她转学。"

教务处长把那本《高中题解》递到黄鹂的手里："这是你妈给你买的。"然后又拿出那份被涂改过的成绩报告单，"这事我已经跟校长说了。"

母亲急了："老师，这涂改成绩报告单的事你跟校长说了？"

教务处长点点头："校长已经明确表示了态度。"

母亲更急："老师，校长怎么说的？"

教务处长转对黄鹂："黄鹂同学，一个优秀的学生，我们绝不会轻易放走。如果家庭困难，可以写一份申请，我们会酌情减免学费。而且依照你现在的成绩，还可以打报告领取助学奖金。"

母亲忙说："你看看你看看，你看这学校多好！你还想走吗？你还想换什么学校？"

黄鹂低下了脑袋。

母亲回去的心情显然要比来的时候轻松了许多。

成绩报告单叠着黄鹂的影子总在眼前晃荡。

母亲心里在说："鹂鹂这孩子，从小就贤。"

于是黄鹂小时候的一幕又到了眼前——

三四岁的小黄鹂不知道为了什么事情被打，躺在地上乱蹬乱滚。

几分钟后见没人理她，就静静地躺着只是哭。哭了几分钟见还是没有人理她，就不再哭了，只是眼睁睁躺在地上。

躺了几分钟还是没人理她，不知突然想到了什么就又偷偷地笑了。然后悄悄地爬起来准备出门去玩。

只听一旁做针线的母亲"唷"了一声，小黄鹂回头见母亲手指上出血，急忙掏一块小手帕给母亲包扎，并问母亲："痛吗？"

母亲问她："妈刚才打你痛不痛？"

小黄鹂："不痛。"

母亲："妈为什么打你？"

小黄鹂："鹂鹂不好好看书，还把书弄脏了。"

母亲:“今后要不要听妈的话好好看书?”

小黄鹂撅起嘴巴就是不答。

“鹂鹂这孩子从小就贤,但也死犟。”母亲自言自语着拭了一下潮湿的眼睛。

快到家门口了。

母亲突然一惊——门口怎么会有那么多人。

松元镇学校的校长、老师都聚集在门口。

一辆小车缓缓驶来。

车子里走出黄琳,还有几个干部。

黄琳一下车就见到了外婆,连忙道:“外婆,妈哩?”

外婆十分惊喜:“是琳琳,我们琳琳回来了,你看那不是你妈……”

黄琳这时也瞥见了快到门口的母亲,便一声“妈”地大叫着迎了上去,紧紧地抱住了母亲。

校长忙道:“黄妈妈,我给你介绍一下,这位是县里的高县长,这位是教育局洪局长。”

母亲已经猜到了什么,虽非常激动,却并没有不知所措,只是连连说:“请进,请进,我这家门口还从没有一次来过这么多这么大干部。”

高县长快步上前:“黄妈妈,祝贺你。这成绩是黄琳同学的,也是黄琳父母的。这既是松元镇中学的自豪,也是我们全县的骄傲。”

一片掌声。

高县长:“本届国际奥林匹克数学大赛的闭幕式我在电视里看到了。当我看到最后站在领奖台上的是我们中国人而且是本县的一个学生的时候,我把全家人都叫到了电视机前。国歌声一起,我掉下了眼泪。这是黄皮肤的自豪,这是黑眼睛的骄傲。那座大西洋海滨城市确实很美,但站在领奖台上的黄琳更美。那个晚上最耀眼的星光属于中国,而且就来自咱们县、咱们松元镇,来自这个普普通通的山村农家,我代表全县人民祝贺你们。”

一阵掌声。

校长仍在使劲鼓掌:“黄琳,你也说说。”

黄琳显得非常老练,轻咳一声:“在闭幕式结束之后,一个外国记者问我，你当时站在领奖台上好像在想着什么，你能不能告诉我们，你当时究竟想的是什么？我说我面对那么多鲜花和那么亮的灯光，我想到的是我的老家现在大概已经天亮，我的妈妈现在是在洗菜、腌菜？还是在为我们几个儿女在赶做秋天的衣服？或许已经下地干活。那个外国记者耸了耸肩膀，好像并不理解。在北京机场的欢迎仪式上，又有记者问我，你现在是不是非常激动？我说是的，是非常激动。因为我很快就要回家，很快就又要见到我的妈了。”

周围一片寂静。

母亲咬紧了嘴唇。

黄琳美丽的大眼睛里也泛动着泪花。她仰头逼回眼泪，又继续说：“在领奖的时候我曾经这样想过，这奖不是完全属于我的。”

众人略显惊讶，场面也更加寂静。

琳琳流下了眼泪：“在这领奖台上，我又将上次在北京领奖台上说的话重说了一遍。我说，妈妈，女儿现在在万里之外的外国，在国际奥林匹克数学大赛的领奖台上跟你说话。妈妈，我知道你现在看不到女儿，但女儿还是想对你说，妈妈，这块奖牌奖给了你的女儿，但在你女儿的心里，这块奖牌应该奖给你——我的妈妈。妈妈，我曾经在北京的领奖台上说过，假如有可能的话，女儿或许有一天会将妈妈请到世界的领奖台上，让太阳为妈妈奏乐，让轻风为妈妈伴舞，让女儿用最真情的爱最真情的孝，铸就一个世纪奖杯，奖给你——我的妈妈。”

周围的人全都流下了眼泪。

母亲强忍着，泪水只在眼眶里打转。

黄琳走到母亲面前：“妈，女儿的承诺兑现了，现在终于有了这样一次，妈，女儿现在给你颁奖。”

黄琳摘下贴在衬衣里的黄灿灿的金牌，“现在这奖牌，就奖给我最好的妈妈。”

说着就含着眼泪将亮闪闪的金牌挂在了母亲的脖子上。

又是一片掌声。

母亲的眼泪哗地流了出来。

在场众人无不感动。

高县长立即抓着母亲的手说："我代表全县 96 万人民，感谢黄琳，感谢你黄妈妈。"

母亲含着眼泪说："应该感谢孩子这些年的努力，还要感谢领导和政府的培养。"

"惭愧。"高县长一脸真诚，"我们关心不够。"

母亲抹掉眼泪，仔细地端详着金牌："这真是金牌？"

高县长："真是金牌。"

母亲："黄琳果真是第一名？"

高县长："果真是第一名。"

母亲："你们刚才不是说黄琳最后一个站上领奖台？"

黄琳搂着母亲的脖子，轻声说："妈，最先出来的是铜牌，然后是银牌，最后出来的才是金牌。"

母亲说："这最后一个倒成了第一名了，就像咱家，你是老小，现在就是最大。"

众人大笑。

母亲也带着眼泪笑了。

校长趁机道："黄妈妈讲话非常风趣，我们学校要开一次欢迎大会，黄妈妈到时候也要给我们讲上几句。"

母亲连忙摇手："我一个只知道油盐酱醋柴的人哪会讲话。"

高县长："大胆地说就行了，包括生活上有什么困难也可以直说，我们能帮助的一定帮助。"

黄琳倒是嘴快："我妈本是镇医院里临时工，就是为我，把工作丢了。"

高县长转对洪局长："这事就请老洪给卫生局打一声招呼，就说是我的意思。"然后转对母亲，"黄妈妈，今后有什么困难都可以直接找我，只要我能做到，一定尽力。"

说着还递了一张名片给母亲。

几乎与此同时，县第一中学礼堂里坐满了人。

法官庄严地郑重宣布："据有人检举，你校学生刘品仁纯属失足落水。经查实，黄卓并无故意伤害情节。本着有错即改的精神，本法庭宣布，原判决撤销，黄卓无罪释放。并建议学校，给予刘品仁以诬陷他人的警告处分，黄卓同学恢复学籍。本人谨代表审判庭向黄卓同学及家长表示歉意。”

黄家门口。

高县长等人与母亲一一握手。

高县长一行上车走了。

一辆警车又风驰电掣而来。

母亲不觉一愣。

警车径直开到黄家门口。

但见从警车上先后跳下黄卓、黄鹂和黄杏。

黄琳奔上前与黄鹂、黄杏紧紧地抱在一起。

母亲不敢相信似的望着黄卓：“卓，你这是？”

警车上走下一法官，态度和蔼：“请问谁是黄卓家长？”

母亲：“我是黄卓母亲，你？”

法官：“我是法院的法官，我对我们工作不实所造成的冤案，向黄妈妈道歉。”

说着，递上一份改判书。

母亲一时愣在那里：“卓，你这是？你真的没有事了？”

黄鹂：“妈，咱们回屋说话。”

警车走了。

门口还围拢着许多看热闹的人不肯散去。

母亲一回到屋里就急急地将黄卓拽到一边：“卓，这究竟怎么回事？”

黄卓：“反正没有事了。”

母亲：“我问你究竟怎么回事？是真的没有事了？”

黄杏过来：“妈，你看我像不像法官？”黄杏挺起胸脯咳一声，“据有人检举，刘品仁纯属失足落水。经查实，黄卓并无故意伤害情节。本着有错即改的精神，本法庭宣布，原判撤销，黄卓无罪释放。并建议学校，给予刘品仁以诬陷他人的警告处分，黄卓同学恢复学籍。本人谨代表审判庭向黄卓同学及家长，表示歉意。”

“卓，这是真的？不是做梦？”母亲狠狠地在自己腿上拧了一把。

黄卓点点头：“这是真的。”

母亲一挥手："今儿是礼拜天，你们都别回去，妈这就上街割肉，晚上包一顿韭菜鲜肉饺子给你们吃吃。"

黄鹂、黄卓、黄杏在母亲走了之后，立即就将黄琳围住了，问这问那。

黄琳也拿出小礼物分给哥哥姐姐。

父亲黄智清这一天也从深圳回到了松元镇。

但他没有直接回家，而是与那个黄毛女人先在饭铺里喝酒。

黄毛女人："咱们这趟回来，你可算是衣锦还乡。来，干了。"

黄智清："怎么叫衣锦还乡？"

黄毛女人："我给你买的这身衣裳还不算漂亮？"

黄智清："漂亮。"

黄毛女人："穿着漂亮的衣裳回到老家，那就叫衣锦还乡。"

黄智清顿下酒杯："可我，可我还是为这事发愁，这一回到家里，我怎么向孩子他妈说哩？"

黄毛女人："你说我这人好不好？"

黄智清："好。"

黄毛女人："对你好不好？"

黄智清："好。"

黄毛女人："你喜欢不喜欢我？"

黄智清："喜欢。"

黄毛女人："这不就得了，还有犹豫的吗？"

黄智清还在犹豫。

黄毛女人柳眉一拧："那事你不办了，咱们在南边就是鬼混，就是一对野鸳鸯。那事你不办了，今后别想再碰我一根汗毛。看你还犹不犹豫？"

"男子汉大丈夫，该不犹豫的时候就不犹豫。"黄智清终于桌子一拍，"来，干了。"

两只酒盏一碰。

母亲割了肉回来。

全家都在忙着和面包饺子。

奶奶和外婆也坐在旁边。

母亲说:“把隔壁的阿毛也叫来一块吃饭。这孩子平时帮我们不少,她爸妈在外做生意不经常归家。这孩子也怪可怜。”

黄杏说:“妹,你也该给我们说些外国的事情,外国咋样?”

黄琳说:“我们到的那个城市非常繁华。那里的人也好像很牛。”

黄杏:“怎么很牛?”

黄琳:“有一个参赛的选手是美国大小伙子。他逢人便说——美国人卖的是脑子里想出来的东西,日本人卖的是手里做出来的东西,中国人卖的是地里长出来的东西。”

黄卓:“你怎么说?”

黄琳:“我说不对,即使是这样,那也是以前的事情。以前中国人卖的是地里长出来的东西,现在中国人卖的是手里做出来的东西,今后中国人卖的就一定是脑子里想出来的东西。而且……”

黄杏:“而且什么?”

黄琳:“而且,我说而且现在中国人就已经在推广脑子里想出来的东西。”

黄杏:“那个美国大小伙子怎么说?”

黄琳:“他耸耸肩膀,双手一摊,摇摇头。我说,你不信?行,现在咱们就比比智慧,比个输赢,输一次就给赢的人10个美元。”

黄杏惊叫起来:“妹,你也太胆大了,你要是输了,你能付得起人家10个美元?”

黄卓:“你嚷嚷什么,听妹妹把话说完。后来比了吗?”

黄琳:“比了,我说我小的时候,看到人家的瓜田里长着很多很多的香瓜,其中有一只最大,最是诱人。我馋极了,我看了四周没有别人,便蹲下来想去摘瓜。我妈看到了,把我拖起来,照准屁股狠狠就是一个巴掌……”

母亲笑了:“你不说,这事我还真给忘了。”

黄杏:“这算比什么智慧?”

黄卓:“又是你多嘴。”

黄琳神秘一笑:“我问那个美国大小伙子——你说这一巴掌价值多少,

说白了就是能值多少钱?”

黄杏嘟哝:“这倒是个难题。”

黄琳笑道:“那个美国大小伙子抓耳挠腮,终于红着脸向我请教。我说我妈这一巴掌的价值是这样的——如果不打这一巴掌将来或许会要支付的社会成本加上这一巴掌之后将来或许会给予社会的贡献。也就是一个坏人的破坏性所要支付的社会成本与一个好人的创造力所带来的社会财富之和,就是这一巴掌的最终价值。”

黄鹂:“妹说得对。”

黄杏:“后来哩?”

黄琳一脸春风:“后来那个美国大小伙子只是直愣愣地望着我。这时候,有一对母女走了过来,那母亲弯着腰,腰弯得非常厉害,而女儿却非常挺拔。我随口就说,咱们再比一道题,你说那母亲高还是那女儿高?他想也不想,就脱口而出——当然是那女儿高了。我不说话,只是望着他,他非常得意,打了一个响指,说,怎么样,咱们一赢一输,可是扯平了。我说,不。他非常惊讶。我几乎是一字一句地告诉他,请你不要忘了——弓永远都比弦长,这是数学的公理,也是人生的哲理。”

黄杏使劲地鼓掌:“对,弓永远都比弦长。妹这话说得太好了,后来哩?”

黄琳:“后来他愣愣地望着我,突然弯下腰朝我恭恭敬敬地鞠了一个躬,拿出 20 美元,恭恭敬敬地送到我手里。”

说着,黄琳就拿出那 20 美元塞给母亲:“妈,你看,这是美元。妈,你以后可以昂起头对人家说,穷是暂时的,我会有钱的,我女儿现在就已经给我赚回了 20 美元。”

黄杏也非常神气:“这个是我妹卖的脑子里想出来的东西。”

母亲笑了,笑得眼睛里总有泪光。

黄杏:“妹,再后来哩?”

黄琳:“再后来,那个美国大小伙子,竟在我面前坐了下来,仰着脸问我,你家里还有些什么人哩?”

黄杏急了:“有没有提我?”

黄琳笑道:“说了,我说我家里有一个哥哥,两个姐姐,他们都非常优秀。我家里有爸、妈,有奶奶、外婆。特别是我妈,我妈是这个。”

她竖起大拇指。

母亲一手和面，一手将琳琳的大拇指朝下一按："看你说的。"

黄琳："那个美国大小伙子看着我的手指，问我，你的意思是说你妈对你很好？我说正是。他问你妈常给你买巧克力吗？我说，没有。他问，你妈带你喝咖啡吗？我说，没有。他问，你妈带你旅行去吗？我说，没有。看他的眼神有些沮丧。我告诉他，我的国家有很多地方都已经富了，但有些地方还穷，我就是来自还穷的一个地方。是的，我母亲几乎没有给我们买过巧克力，也没有买过咖啡，旅行更是谈不上了，甚至我家还没有电话，但这丝毫没有影响我妈妈在我们心里的伟大。为了我们，我妈省吃俭用，为了我们，我妈辛勤劳作，为了我们，我妈两鬓添了白发……"

母亲插话："看你说的，哪一家妈妈不都这样？"

黄杏："那美国大小伙子听了之后有什么感受？"

黄琳："他只是耸耸肩，双手一摊。"

黄杏："这个浑蛋。"

母亲："可不许骂人。"

黄琳："后来啊，后来我说，我来这之前，曾跟我妈讨论过一道数学应用题，你想不想听听？那道应用题连著名的数学权威都未必能解答得出来，但我妈解答出来了，你想不想听听？他立刻就来了精神。"

黄鹂、黄杏、黄卓都竖起了耳朵。

黄琳："这道数学应用题是这样的。我说有一个地方有一种紫尾巴鸟。这鸟天冷在江南，天暖到江北。这紫尾巴鸟并不善飞，单趟的最大飞行里程，也就一条江宽。春天一到，紫尾巴鸟就从江南飞到江北产卵，孵化小鸟。他听得非常入神。我说，秋天到了，春天孵化出来的小鸟要飞到江南过冬，但春天刚孵化出来的小鸟，羽毛未丰，最大的飞行距离，也只有江宽的一半，也就是这些小鸟只能飞到江的中心就再飞不动了。请问，这些小鸟要到江南过冬，如何才能飞过江去？如果不过江，冬天就会冻死在江北。提示一下，鸟妈妈可以飞过江去，但鸟妈妈不负载任何重量的最大单趟飞行距离，也就是一个江宽，再问一遍，这些小鸟要到江南过冬，如何才能飞过江去？"

黄杏："那他怎么回答？"

黄琳："他回答不出。我说我妈答出来了。我妈说，鸟妈妈可以驮着小鸟飞过江去。"

黄杏:"你刚才所给出的条件是鸟妈妈不驮载任何重量的最大单趟飞行距离,也才是一个江宽。"

黄琳:"是的,他也这么反问我了。但我告诉他,我妈说了——非常坚决地说了:驮着小鸟飞过去,能送多远送多远。妈妈老了,反正老了,能将孩子送到可以单独飞过去的地方,就是掉到江里,也心甘情愿。这是什么答案?这是只有妈妈才能给出的答案。"

黄杏:"那个美国大小伙子还会耸耸肩吗?"

黄琳:"是的,他又耸了耸肩,但嘴里却说,不可思议、不可思议,请你替我告诉你的妈妈,请她在遥远的中国,接受一个美国孩子的敬意。或许在一个不远的将来,我会去中国看望这位了不起的妈妈。"

几个孩子都鼓起掌来。

妈忙说:"如果人家真的来啊,你们可要早些告诉妈,让妈也好预先把这屋子收拾收拾。"

大家全都笑了。

黄琳忽然小声说:"妈,我今后想出国留学。"

黄卓:"对,琳琳说得对,我今后就要出国留学,让他们看看,我们中国人脑子里的东西值不值钱?"

黄杏:"我也要去。"

黄琳:"大姐,你哩?"

黄鹂:"如果大姐能去,大姐也去。"

母亲:"去留学是学人家脑子里的东西,不是卖自己脑子里的东西。要去也不一定都去,要是都去了,妈这水饺还给谁吃?在外国能吃到妈这一手饺子?"

四个孩子望着母亲,忽然一齐笑了。

"笑什么?妈说错了?"母亲不解。

母亲的鼻尖上沾了面粉。

黄琳:"妈,你摸摸你脸上。"

母亲用面手在脸上一摸,立时摸出个大花脸。

几个孩子格外大笑,直笑得东倒西歪。

母亲去一照镜子,自己也忍不住笑了起来。

第九章

镇上。

父亲黄智清已经喝得有几分酩酊。

舌头显然大了："来，再干、再干一杯。"

黄毛女人也舌头大了："再干就再干一杯。来。"

又是一碰。

黄家。

全家开始包饺子了。

母亲拿出一枚铜钱："孩子，咱们今天也包一次大钱饺子。以往都是过年才包大钱饺子，所有的饺子里只有一个饺子里包着大钱，谁吃到了，谁就最有福气。今天妈也包一次大钱饺子，今天就是过年，谁吃到了，今后啊，谁就会最有出息。"

说着，妈就把铜钱包进了饺子。

镇上。

黄智清一推桌子："走了，不喝了。"

黄毛女人醉眼斜睨："你可给我记住了，今晚必须把那事给办了。"

黄智清胸脯一拍："我黄智清办事，从不拖泥带水。"

刚说到这儿，一脚就踩进了水塘。

黄毛女人："我看这事不顺，还没有办就呛了水了。"

黄智清："顺，这叫水到渠成。"

黄家。

饺子上桌了。

黄家的饺子宴上第一次也摆上了酒。

“为了琳琳给咱们老黄家争了光，妈敬你一杯。”母亲一饮而尽。

“为了卓儿恢复了清白，妈也敬你一杯。”母亲一饮而尽。

“为了鹂鹂的孝心和杏儿的健康，妈也敬你们俩一杯。”母亲一饮而尽。

黄鹂：“妈，这酒不是好酒，上头，少喝点。”

母亲：“没事，妈今天高兴。”

外婆：“杏儿，你们几个不都是会唱歌吗，唱一个歌给你妈听听。”

“那就《鲁冰花》吧。”黄杏筷子一敲，大家就放声唱了起来——

“天上的星星不说话，地上的娃娃想妈妈。

夜夜想起妈妈的话，闪闪的泪光鲁冰花……”

曲调热烈而又悲情。

几个孩子的脸上还果真都泛起了泪光。

这时母亲已经有几分醉了，乘兴站了起来：

“这歌叫人听起来心里酸酸的，今天妈高兴，妈也唱一个给你们听听——

妹妹你大胆地往前走啊，

往前走，莫回啊——头……”

大家都哄笑起来。

母亲问：“妈妈唱得好不好？”

孩子们一齐叫了起来：“好。”

母亲笑了：“好，酒也不喝了，现在吃饺子，吃饺子，谁吃到有铜钱的饺子，就自个儿把铜钱收起来，悄悄儿收起来，谁也不兴问，谁也不兴说，这叫暗发，暗出息。吃，吃吧。”

于是一桌人吃饺子，几个孩子都忖着神，嚼得仔细。

黄卓吃到一枚铜钱，暗暗收起来。

不曾想黄杏也吃到一枚铜钱，也暗暗收起来。

黄鹂和黄琳同样，人均一枚。

黄琳在桌子底下朝大姐摊开手，手里有一枚铜钱。

大姐也在桌子底下摊开手。

四个孩子都在桌子底下摊手，手里都有一枚黄灿灿的铜钱。

还是黄琳嘴快："妈，我和大姐、二姐，还有哥，都吃到了一枚铜钱，你不是说只有一枚铜钱？"

母亲一时无语。

外婆说："那是你妈巴望你们四个都有出息。"

母亲趁机说："你们说妈的愿望能不能实现？"

四个孩子也是异口同声："妈的愿望一定能够实现。"

全家一齐鼓掌。

就在这兴头上，父亲醉醺醺出现在了门口。

几个孩子面面相觑。

母亲十分大度："还愣愣什么，你们爸回来了，怎么不去接啊？"

孩子们这才站起来给父亲让座。

母亲摆下酒盅："你们爸好酒。来，给你们爸上酒。"

父亲："不用了，我在街上喝了。"

母亲："那就来一碗水饺，韭菜肉馅的。"

父亲："不吃，肚子不饿。"

母亲："那就坐下先歇一会。"

父亲："不累，我已经在街上坐了好一会了。"

母亲："那我打一盆水，让你先洗一个脸。"

父亲："你看我现在这脸，不要太干净了。我现在就是、就是城里人了，不干农活了，还能脏着？"

几个孩子都不满地互望了一眼。

母亲忽然一想："你已经在街上坐了好一会了？这么说你早就回来了，就是没有回家？"

父亲大着舌头："是的。是、是又怎样？"

母亲："是就太可惜了。"

父亲："可惜、惜什么？可惜这一顿水饺没有吃着？"

母亲："我知道你早就有了比水饺更好的吃喝了，我可惜的是你没有看到刚才那么多人——还有一个个大干部，在咱们家门口欢迎琳琳归来的那场面，咱们家琳琳出过国了，而且还得了国际奥林匹克数学大赛金奖。你看这金牌！”

父亲把金牌掂掂：“我还以为是纯金的哩，如果是纯金的，倒还值个几文。”

母亲火了：“你这当爸的怎么这样说话？咱们孩子到国际上得奖图的是荣誉，不是为的挣钱。”

黄鹂、黄卓、黄杏也都不满地扫了父亲一眼。

父亲手指点着几孩子：

“你、你，还有你，我知道你们几个，往日就不怎么把爸放在眼里。不错，爸没有你们妈那样巴望你们如何如何，盼你们怎样怎样，爸也没有挣下什么，没有尽到供你们养你们的责任，你们可以恨我、骂我。但是要恨要骂趁早。只怕现在不骂，今后再骂，我就听不到了。”

黄鹂憋不住了：“爸，你这话什么意思？”

母亲立即赶在父亲搭腔之前：“孩子他爸，你能不能少说几句？或者有话等一会再说。孩子们今天聚在一起，难得双喜临门，如果算上你突然回来，那就是难得三喜临门。你这当爸的就不能让孩子们把这一顿饭高高兴兴地吃完了再说别的？”

“好吧，等你们高高兴兴吃完，我现在不说。”父亲蹲到一边抽烟。

外婆也终于发话：“智清，抽烟坐到凳子上来抽，蹲一边就一家人生分了。”

父亲没有动弹。

孩子们向外婆挤挤眼睛，示意外婆不要理他。

过了一会，父亲还是憋不住了，问母亲：

“我给你的信收到了没有？”

母亲：“收到了。”

父亲：“我这可是先礼后兵。让你到时候不感到突然，这也是顾着咱们这么多年的夫妻情分。”

母亲轻声说：“这事请你等一会再说。”

父亲恍若没有听见：“这么多天过去了，想必你心里也已经有了充分的准备了。”

母亲又提醒一次:“这事请你等一会再说。”

父亲仍在顾自道:“其实如果你心里不疙瘩着,这事办起来也快……”

母亲终于忍不住了,突然吼了一句:“这事你就不能等一会再说,等孩子们吃了饭再说难道就不行吗?”

几个孩子相视一眼,赶紧离开饭桌,拽着外婆,走进一个厢房,把门关上。

父亲:“现在是不是可以说了?”

母亲:“说吧。”

父亲:“其实我在信上已经都跟你说了。我在南边已经有了女人。”

母亲:“是因为有了女人才想跟我离婚?”

父亲:“是的。”

母亲:“不是因为我配不上你或者做下了什么对不起你的事情?”

父亲:“不是。”

母亲:“你还算坦率、诚实。你还没有凭空捏造一个我这做女人的错处,然后再把我们娘儿几个一脚蹬了。你还算得上一个好人。我自己心里一块石头也算落了地了。但是我还要问你一句,你真的喜欢那女人?”

父亲:“是的。”

母亲:“那女人也真的喜欢你?”

父亲:“不错。”

母亲:“你真的已经想定了?”

“想定了。”父亲掏出一张纸头。

几个孩子挤在门后悄悄听着。

外婆问:“你爸跟你妈吵些什么?”

黄琳脱口而出:“爸要跟妈离婚。”

外婆:“离婚?你们不去劝劝你爸?”

黄杏鼻尖一耸:“劝劝?没有用的人脾气还臭,我爸那人,说不出的味道。”

外婆叹了一口气:“这好好的一个家,刚团起来不久,再说孩子都这么大了,能这么一拆就散?”

黄卓哼了一声："你们放心，离不了的。我爸那人，离开这个家，喝西北风去。"

黄杏："他不是说外头又有了女人？"

黄卓："世上会变心的女人多了去了，我不相信人家就真的能喜欢上他。"

黄杏："难说。萝卜青菜，各有所爱。"

黄琳："听人家说，爸妈会不会离婚，做儿女的能试得出来。"

黄杏："能试得出来？"

黄琳就拿来四只梨，一人一只："人家说，把一整个梨皮削完了，如果梨皮不断，爸妈就不会离婚。如果断了，就断了。"

黄杏："那就试试。"

四个孩子就每人一只梨在手里削了起来。

外婆盯着四个孩子，目光里显然透着紧张。

堂屋里。

父亲说："其实就这么简单，只要你在这协议书上签、签一个名字，事就完了。"

母亲把离婚协议书推还到父亲面前："真的就这么简单，这么大事能这么简单？这个家你不要了？"

父亲："不要了。"

母亲："这些孩子你也不要了？"

父亲："不要了。"

母亲："你卧病在床的妈也不要了？"

父亲嗫嚅着，一时语塞。

厢房里。

四个孩子手里的梨皮都已经挂下了很长。

黄琳和黄杏似乎特别地小心翼翼。

外婆的眼神里似乎也格外紧张。

堂屋里。

母亲问:“这个家你可以不顾,这么多孩子你可以不管,生你养你把你抱大了奶大了的妈,如今病重在床上你也忍心撒手不顾?”

父亲突然跪倒在母亲面前:“阿娟,请你不要说了,这也是我左右为难的最大的一块心病,这事我想了很久,实在也没有别的办法。阿娟,我黄智清对不起你,我妈就拜托给你了。”

卧室里。

削着削着,黄鹂手中的梨皮突然断了。

紧跟着,黄卓手里的梨皮也断了。

外婆闭上了眼睛。

黄鹂:“断就断了,其实妈跟着爸也是遭罪。”

黄卓:“看爸那神气的样子,好像有什么了不起似的。不就一个乡下种田的,偶尔卖一回炉烤红薯。我没有这一个爸,还免得被人笑话。”

外婆:“别胡说,好分不如赖合着。”

堂屋里。

母亲:“老话说男人膝下有黄金,你就这点出息?”

父亲站起。

母亲:“就不能不离?孩子这么一堆也都这么大了。我们虽不是结发夫妻也说不上夫妻情深,毕竟这么多年风风雨雨走过来了。你虽然并没有把这个家看得多重,也没有给过这个家多少支撑。但你毕竟是一男人,有你在着,我一个女人的心里总还有一点依傍。孩子他爸,就真的不能不离?”

父亲:“不能不离。”

母亲:“什么原因能使你这么坚决?”

父亲:“那个女人喜欢我,我也喜欢那个女人。而且,而且我们已经住在一起。”

母亲:“能不能把这当作失足,当作一次过错?”

父亲:“没有过错,我已经感受到了实实在在的幸福。”

母亲:“如果这样,我可以成全你的幸福。”

父亲掏出一叠钱放在桌上。

母亲:“是你赚的?”

父亲:“是她给的,也算对你的一点补偿。”

母亲凄然一笑:“我王娟不是出卖丈夫或者转让丈夫的女人。”

父亲:“难道嫌少?”

母亲:“如果是因为一个女人对另一个女人的同情,你添更多的钱我都会把它撕掉。”

父亲:“那你签字。”

母亲:“我想过三两天再说,这么大事应该慎重。”

父亲:“行,再给你一天考虑考虑的时间。”

母亲的神情异常地坚毅诚恳,而且提高了声音:“不,应该考虑考虑的是你。为了一个女人,丢掉了四个孩子,究竟值不值得,你去三思三思。”

父亲抓起协议书和桌上的钱就走。

“你现在去哪?”母亲问他。

父亲顾自走出了门外。

母亲兀立在堂屋里。过了一会也走了出去。

卧室里。

外婆掉下了眼泪,对四个孩子说:“你妈真是命苦,你们往后可要知道孝顺你妈。”

四个孩子都默然无语。

黄鹂忽然想到了什么,急忙走出房门:“妈哩?妈到哪去了?”

几个弟妹也闻声奔出。

野外月光如洗,古镇一派静谧。

黄家的四个孩子在急急地寻找着母亲。

接官亭里似有人影,奔过去一看却是一捆玉米秸竖着。

鸬鹚滩似有咳嗽的声音,等到走近了,除了滩头的几棵老树哪有人影。

四个孩子你望我、我望你。心头都被一种不祥的预感紧紧攫住。

还是黄琳心直口快，忍不住将忌讳着的恐惧捅破："姐，妈会不会出什么事情？"

黄鹂立即道："快，咱们抓紧再找。"

野外有一片菜地。

母亲这时候正在菜地里修补拦鸡的篱笆。

做着做着，疲惫不堪的母亲突感到胸部有些不适，正想直起身来休息一会，猛然一跟头栽倒地上昏了过去。

几个孩子镇里镇外地找了一圈没有找到母亲。

最小的黄琳忍不住哭了，突然恐惧地大喊起来："妈——妈、妈……"

其他的也跟着大喊起来："妈——妈、妈……"

凄切张皇的呼唤，在镇外的野地里悸动着、回响着。

昏倒在地上的母亲也许是听到了冥冥中呼唤的声音，慢慢醒来。

母亲使劲咳了一声，似乎并没有发生过什么，又默默地继续修补起破损的篱笆。

黄鹂等人闻声而至。

一个个轻下脚步。

四个孩子无声地来到这里，也默默地蹲下来帮妈修补篱笆。

一时谁都没有说话。

母亲终于叹了一口气："妈跟你爸说的那些话你们都听到啦？"

孩子们点点头。

母亲说："孩子，你爸在这个家里，妈也没有过依赖。即使你爸不在这个家里，妈也不会把你们带成像没有爸的孩子。"

四个孩子都垂头不语。四野一片寂静。

过了一会，黄琳走到母亲跟前蹲下，依偎着母亲说："妈，我替你感到委屈。"

母亲轻声说："孩子，要说委屈，妈应该替你们感到委屈。人家的孩子，有爹有娘，爸惯着妈哄着，里外都有人照应。可你们？你们没有。你们今后就只有妈这一把破伞撑着，挡得了雨却遮不住风，顾得这一个又顾不了那一个。孩子，妈刚才说过，即使你爸今后离开这个家了，妈也不会把你们带成像没有爸的孩子那样。但妈毕竟只有一双手，今后万一有照应你们不周到的地方，请你们原谅，妈在这里先说一声对不起你们。”

“妈，你不要这样说了。”黄琳紧紧抓住母亲的胳膊，声音有些哽咽：“妈，是我们拖累你了。应该我们说一声对不起妈妈。自打我记事的那一天起，我看到的就只有妈一个人忙里忙外，可我们总还是不肯听话，总让你着急，总让你操心。妈，今后……”

黄杏接道：“今后我们再不惹妈生气，再不让妈着急。”

母亲拽着袖口替黄琳抹掉眼泪：“老话说狗不嫌家穷，儿不嫌母丑。还果真就是这样。你们当真都听妈的话吗？”

四个孩子几乎是不约而同：“我们都听。”

母亲站了起来：“那就好好念书，让妈高兴。”

黄鹂：“妈，这今后的日子……你真是太辛苦了。”

母亲：“只要你们能有出息，妈能苦出结果，就再苦也不苦了。你们三个大的明天还要起早赶到学校上课，现在就回去睡觉。都回去睡觉。”

四个孩子都没有动弹。

母亲说：“你看你们，一条船上断了一只桨也并不是什么天崩地陷的事情。一根橹照样可以摇船。何苦这样？都给妈振作起来。要不，你们都唱一个歌什么的给妈听听。”

孩子们还是没有吭声。

母亲又道：“要么妈唱一个歌给你们听听。还是‘妹妹你大胆地往前走’怎么样？”说着就咳了一声。随即又道：“不唱了，妈一吼起来，不成了老疯子了？走，咱们都回去。”

第二天一早，母亲塞了满满三罐干菜，让三个孩子上路。

黄卓好像有话要说，却欲言又止。

母亲忙说：“卓，这一阵你虽然课本没有荒着，毕竟是掉课了，回去得尽全力拼赶。”

黄卓还要再说什么。

黄鹂忙道："弟，别的都不要说了。就跟妈说记住了，让妈放心。"

黄卓不语。

母亲觉察到了一点什么："卓，你有事情？"

黄卓终于还是摇了摇头。

黄鹂也道："弟他还能有什么事情，一定是想说妈你也保重。"

黄杏也道："妈，请你真的保重，爸的事情也别太往心里去了。"

"妈知道了，你们赶紧上路。"母亲将三个孩子送出门口。

送走三个大的，母亲拿一套衣服走进黄琳卧室："琳琳，你看这个。"

黄琳一骨碌爬起。

"琳琳，妈妈以前说过，你如果考上第一，妈给你买一套衣裳。你看，妈买来了，牛仔裤，外加碎花小褂。"母亲一脸慈祥。

黄琳穿起来镜子里一照，果然非常精神。

"真漂亮，哪像咱们黄家的孩子，简直像公主一样。"母亲在一旁忍不住称赞。

喜滋滋的黄琳忽然想起了什么，急忙从包里拿出一件衣裳："妈，你看这个，这是我在国外给你买的。昨天人多，没敢拿出来。妈，你穿穿看。"

母亲笑了："这么鲜的衣服，你想把妈弄成个妖怪？"

黄琳不管三七二十一就把衣服给母亲穿上，还给母亲梳了个披肩发，又把母亲推到大镜子跟前，附着母亲的耳朵说："妈，爸不是想跟你打离婚吗？离就离。咱妈这么年轻，还怕今后找不到一个好的。"

"傻丫头，又在胡说。"

"妈，真的。"黄琳神情非常认真："妈，我班有一个同学，他妈死了。他爸一个人。我见过，又英俊又能干……"

母亲故意脸色一沉，"还要胡说。"

黄琳就搂着母亲亲了一下。

"傻丫头。"母亲脱下衣服："你哪来的钱？"

黄琳："考试前，组委会安排逛街，每人发 10 个美元自备午餐，我午餐没吃，正够买下这件衣服。买下这件衣服的时候我心里就想，如果明天就能回家多好，一回家我就给妈穿上。"

母亲望着黄琳，眼圈里显出湿润。

黄琳望着母亲的眼睛："妈，你这是怎么啦？"

母亲柔声道："琳琳，妈谢谢你的孝心。"

黄琳神情非常认真："妈，这算什么孝心，今后等我有出息了，我买妈最喜欢吃的给妈吃，买世上最好看的衣服让妈穿，让妈穿得漂漂亮亮的，妈想到哪里去玩就带妈到哪里去玩。"

母亲嗔道："那你首先要有出息。"

黄琳说："我一定会有出息。"

母亲："有这志气就好。"

镇上。

父亲又在和黄毛女人喝酒。

黄毛女人："事情办了？"

父亲拿出协议书："就差她签一个名字。"

黄毛女人："怎么那么黏糊，抓紧办了。办了咱们就走路，咱们到南边还要办产业，做生意。"

父亲："你说那生意一定能赚？"

黄毛女人胸脯一指："包在老娘的身上。现在就差你把手续办了，咱们到那边立马登记成家，甩手大干。"

父亲有些烦躁："我那孩子他妈，倔强起来怎么都凿不通。"

黄毛女人："泄气啦？办不成啦？泄气也就算了。"

父亲急了："谁说泄气？我何曾泄气？我没有泄气。"

黄毛女人："万一不行也得想点什么办法。"

父亲霍然而起。

庄稼地里。

母亲忙着给庄稼补苗。

黄家。

黄琳夹着课本到学校去了。

父亲黄智清也后脚来到了家里。

他在家里没有找到母亲，走出门口，忽见远处龙大海扛着一只大包向这里走来。

于是心里在想："这人来干什么？我不在家他是不是经常来这？"

转而心里怒道："我不在家，他一个大男人来这能有什么好事？看我不骂他一个狗血喷头。"

父亲做好了恶脸相向的准备。忽然又冷冷一个暗笑："你来得正好，我黄智清说不定倒要谢谢你的帮忙了。"

然后缩进一个堆柴的柴屋。

龙大海来到黄家，放下肩上鼓鼓的蛇皮袋，喊了一声："有人吗？"

（偷窥着的黄智清心里在说："怎么没有人，你看不见。"）

龙大海又喊："阿娟嫂、阿娟……"

（黄智清心里又一声冷笑："还阿娟，看这么亲热。这阿娟也是你叫得的吗？"）

龙大海叫了两声见没人回应，转身出门，迎面碰见母亲。

母亲："是龙大哥，快屋里坐下。"

龙大海："不啦，我还有事。"

母亲："坐一会，喝一杯茶再走。"

龙大海："我真有事。我姐一死，这一阵里里外外，连画画都没有工夫。"

母亲："既然这样，我也不留你了。"

（黄智清朝地上"呸"了一口。）

龙大海指着地上的蛇皮袋："这一批棉花，朵大子少，我上手挑的。还有，夏茶快要开摘，就在这门口支一口炒锅，叶子收来替人杀青，这抢时间的活，加工费不会太低。"

母亲："那就请你替我留点心，工钱多少好说。"

龙大海："行，我走了。"

母亲心里在说："这画画儿的人也懂得农活，城里待久了，也还没有忘根。"

父亲从柴屋里出来，咳一声："发什么愣啊？"

母亲转过身："你也在家？"

然后走进堂屋。

父亲跟进，掏出协议书拍在桌上："这个只要签了，我现在就走。"

母亲："你就真的这么绝情？"

父亲："这也怪我绝情？那男人是不是常来？"

母亲："什么意思？"

父亲："什么意思。坐一会啊，喝一杯茶再走。看，多亲热啊。"

母亲火了："你都想到哪里去了？"

父亲："我能想到哪里去？人家可怜嘛，什么'我姐一死，这一阵里里外外，连画画都没有工夫！'是该遭人同情。"

母亲愤怒了："你知道他龙大海姐姐是怎么死的？"

父亲："我怎么知道？这世上，有为了另一个男人而谋害亲夫的事，难道就不会有人为了钱财而谋害女人……"

"你给我住口。"母亲声色俱厉，"你有没有忘记那一次你撬下大街上窨井盖子？你记不记得当时有一个女人的自行车骑进窨井摔了一跤？"

父亲淡淡一笑："我知道你接下来就会说，那女人就是龙大海姐姐，甚至还会说就是你害了他龙大海姐姐，你该坐牢。好家伙，就这么一件事情，那边男的没了亲人，这边女的没了男人。轻轻巧巧地就孤男寡女了，自自然然。"

母亲气得一时竟说不出话来。

"其实何苦。"父亲又拿出笔来放在桌上，"其实只要你在上面写一个名字，该成全的都成全了，该有的也全都有了。"

母亲将愤怒化作轻蔑："黄智清，你我夫妻一场，我原先只知道你吃不了大苦，没有大用。没想到还有另外一层。"

父亲："另外一层什么？"

"另外一层卑鄙。"

母亲傲然地拿起笔。

卧室里。

卧病在床的奶奶在默默地流着老泪。

老人什么都听到了，什么都明白了。

母亲把笔朝桌上一扔。

父亲折了协议就走。

母亲低声一喝:“站住。”

父亲回过头。

“你真的不要这个家了。”

“是的。”

“你孩子也不要了?”

“天高任鸟飞。他们都已经成人。”

母亲的神情充满悲愤:“难道卧病在床的妈也能天高任鸟飞吗?你妈生你养你就你一个独子,你妈给你多大指望?你回来竟连妈都没有看上一眼。乌鸦都知道给老鸟哺食,羊都知道跪下来喝奶。你不能尽到父亲的责任,连儿子的孝道也没有,还算人吗?禽兽不如。你没有妈,这世上怎么有你?”

父亲这才走进奶奶的卧室。

奶奶任老泪横流:“智清,你回来了?”

父亲:“妈,我回来了。”

奶奶:“你马上又要走了?”

父亲:“是的。”

奶奶:“那就再不回来了?”

父亲:“妈……”

奶奶:“智清,你走近些,让妈再看你一眼。”

父亲靠近奶奶。

奶奶在他脸上、头上摩挲着。

突然,啪的一个耳光。

父亲直挺挺地跪了下来:“妈,我对不起你。”

奶奶不知哪来的那么大气力:“你别对不起我,我就当没有生你这个儿子,你也别说对不起这个家,这个家就当没有你这个畜生。你对不起一群孩子,孩子有你生的。你对不起你女人,孩子他妈一双肩膀扛这个家,扛着我这个老不死的,扛着一群孩子往高处里飞,她容易吗……”

奶奶喘息着再也说不下去。

父亲转一个身,又跪对母亲:“阿娟,我对不起你。”

母亲一脸坚毅与宽容:“你既然已经想定了要走,你就走吧。人都想往高处里飞。这里可以不必牵挂。你妈就是我妈,我王娟没有回天之力,但可以让老人寿尽天年。至于孩子,我会尽我全力,不至于把他们拖成像没有爸的孩子。”

“阿娟,我黄智清哪一天有出息了,会报答你的。妈,你也保重。”

父亲站起来走了。

奶奶双眼望着天花板,泪水又涌了出来。

离去的父亲,又回头望了望他黄家的这座老屋。

母亲搓了热毛巾给奶奶擦掉眼泪。

奶奶抓着母亲的一只手:“孩子他妈,苦了你了。”

母亲忍住眼泪:“妈,也苦了你了。我知道妈心里比我还苦。”

奶奶:“世上竟有这样的畜生,不知喝了什么迷魂汤了,老婆不要了,孩子不要了,家也不要了。”

母亲:“妈,我是不是做错了什么?如果是我做错了什么,害得智清连妈都不要了,那我、那我就……”

母亲委屈得嘴唇直抖,但还是竭力地忍着眼泪往下掉。

……

镇街上,放学的黄琳碰到了已经离了婚的父亲。

黄琳兴高采烈地晃着手里的一张纸头:“爸,我可以考大学了。”

黄智清脸一沉:“考什么大学,能上一个初中、高中的就不错了。上大学得要多少钱啊,你想把你妈累死?”

兴头上的黄琳横遭一盆冷水,委屈得愣在那儿。

父亲却顾自走了。

委屈的母亲走进后山的竹林,在没有人的地方,终于失声大哭了一场。

母亲自己问自己:“阿娟你是不是做错了什么?你什么地方做得不对?你贪吃了?没有。贪穿了?没有。贪玩了?没有。你比谁少鼻子少眼睛还是少一根手指头?也没有。阿娟啊,阿娟,你是个不嫌人的人,连脏猫丑狗都没有嫌过。你不嫌人,却被人嫌了。你不嫌弃人家,人家却抛弃你了。”

黄琳悄悄寻到后山,悄悄寻到林子里,悄悄地站在了妈的身后。

母亲抹一把眼泪:“人家说,一个篱笆三根桩,一个好汉三个帮。可一个家哩,一个亮亮堂堂的家,也需要桩,也得要人帮!智清啊,你还算不算男人?智清,这个刚刚好起来不久的家就又这么碎了?你不图我,不图家,难道也不图图孩子们吗?”

母亲身子一晃。

“妈。”黄琳赶紧扶住母亲。

母亲抹掉眼泪:“孩子,你们也一样都是苦命。”

黄琳:“妈,别哭了。”

母亲扬起头:“琳琳,妈不哭了。妈以前说过,爹是一根梁,梁倒了,家就塌了。妈还说过,妈是一道箍桶的箍,只要妈还在,这个家就不会散掉。”

“父爱在困难中退却,母爱却在困难中耸起一座大山。”黄琳替妈抹去眼泪。

母亲笑了:“女儿还真是妈的贴身小棉袄。琳琳,走,咱们回家。”

回到家,母亲把龙大海送来的蛇皮袋里的棉花倒出来剥子。

黄琳依偎在旁边,像有话欲说,却话到嘴边又吞了回去。

母亲察觉:“怎么啦?”

黄琳不语。

“琳琳,怎么啦?”母亲连忙放下手头的事情。

黄琳这才拿出那张纸头:“妈,今年华东医大正式决定要在华东地区招收少年班,我已经填了表格。”

母亲忙接过表格:“那是好事。什么时候?”

黄琳:“下下一个星期。”

母亲:“在哪考试?”

黄琳:“省城。”

母亲:“一共招收多少学生?”

黄琳:“二十几个。”

母亲:“你有没有把握?”

黄琳:“老师说我没有问题。”

母亲:“初中一毕业就直接是大学生了?”

黄琳:“如果考上了就是大学生了。”

“这可是天大的好事。”母亲笑逐颜开,“这么大好事你怎么还愁眉苦脸?”

黄琳:“妈,你有钱吗?上大学要用很多的钱。”

“这还用你担心?妈有钱。你看。”母亲拿出钱包。

钱包里基本都是毛票。

黄琳摇摇头:“妈,不够。”

母亲忙说:“不够没有关系,妈可以挣可以赚啊。妈现在跟你分工。”

黄琳:“分工?”

母亲:“从现在开始,你的任务是考试,妈的任务是攒钱。你向妈保证考上,妈保证在你开学的时候缴上大学的学费。”

黄琳:“妈,那可真是很大的一笔。”

母亲:“你只管操心自己的功课,这是妈的事情。这庄稼地里长钱太慢,妈还有一个挣钱的办法。”

黄琳:“什么办法?”

“妈刚才说了,你只管操心你的功课。”母亲走进自己房间,过了一会就挟了一只包走了。

母亲走到门口,忽觉一阵眩晕,赶紧扶住门框。

“妈你怎么啦?”黄琳急忙上前扶住母亲。

母亲静定了一会说:“没有事,妈就这晕晕病,都多少年了。”

说着,捡起地上的包就又欲出门。

黄琳拦住:“妈,你还是休息一会。”

“没事。”母亲还是走出门外。

黄琳:“妈,你要去哪?我陪你去。”

黄琳追上前就欲从母亲的腋下取包。

母亲的神情显然有些紧张,急忙将包紧紧地夹住:“不用你陪妈,你就给妈在家好好念书,用功做作业。准备考上,而且一定要考上。妈刚才跟你说过了,你现在的任务,就是功课,妈现在的任务,就是找钱。”

黄琳无奈。

眼看母亲渐渐走远了，黄琳眼睛一转，便尾随着悄悄地跟了上去。

母亲来到镇上的修车行，围着一辆破旧的三轮车琢磨了好大一会。

车行老板问她："这位大嫂是不是对这辆车有什么研究？"

母亲："这辆旧车能值几个钱？"

车行老板："你是想买？"

母亲："是的。"

车行老板："买回去给你丈夫拉客？"

母亲："我问你这旧车几个钱能卖？"

车行老板："180 元怎样？"

母亲："120 元。"

车行老板："你这刀也太快了。杀价能有这样杀的吗？"

母亲："130 元。"

车行老板："160 元。"

母亲："150 元。"

"给钱。"车行老板手一伸，"这车归你了。"

母亲数了数钱："还差 40 元。"

车行老板："咱这地方可是现买现卖，不来赊的。"

"那你等着。"母亲挟了包就走。

不放心母亲的黄琳也从一旁闪了出来。

镇上有一家寄售商店。

母亲走了进去，从包里拿出一件衣裳："请给估一个价，十成全新，还是外国名牌货。"

黄琳在窗外瞥见母亲拿出的是自己所买的那件衣服，不觉一惊，忙立住脚步。

只见营业员接过衣裳，照着自己身子一比，一脸欣喜："真卖？"

母亲："没有办法，手头缺钱。"

营业员："50 元。"

"60元吧。"母亲一脸难舍之情,"实话告诉你,这是我女儿大老远从外国买给我的,在那个地方还要10个美元。如果不是紧着用钱,我真还舍不得,说什么也是女儿的一片心意。"

"那就依你。"营业员点出60元钱。

母亲在将衣服递给营业员之前又最后一次穿到自己身上:"姑娘,你看穿在我身上是不是合身?"

营业员:"合身,像量着身子做出似的。"

母亲一脸自豪:"我这女儿,自小就细心,孝顺,体贴。这是她在外国买的。她如果不是把我这当妈的在心里装着,能买这么合身的衣服?"

营业员:"你也真是福气?"

母亲又恋恋不舍地拉起衣摆:"你看这样式多洋,料子多好,做工多讲究!"

营业员:"这衣服好就是你女儿好。"

母亲神情凝重起来,一声长叹:"细想起来,我这做妈的也是真浑。女儿的一片孝心,我怎么能拿来卖掉!想起来我也实在对不起我那女儿。"

黄琳在窗外咬紧了嘴唇。

母亲走出门外的时候似乎又晕了一下。

黄琳赶紧离去。

黄琳走进药店:"师傅,这里有治头晕的药吗?我妈经常头晕。"

柜台后的老中医将黄琳打量了一阵:"治头晕的药有好多种哩。"

黄琳:"我要最有效的那一种。"

老中医:"那可很贵。"

"贵不要紧,我身上有钱。"黄琳从贴身的衣兜里掏出整整齐齐的一把毛票,"你看,我真的身上有钱,整整三元六毛,是我妈给我的零花钱我省下来的。"

老中医摇摇头:"那可不够。"

黄琳:"少买一点还不行吗?只要够把我妈头晕病治好就行。"

老中医:"其实有一种药草专治头晕病,而且还不用钱买。"

黄琳一喜:"真的,什么药草?在哪?"

老中医拿出一束标本："就是这个。"

黄琳脱口而出："九叶黄花草。"

老中医："对了。"

"这我见过，咱们太白山上就有。"

黄琳对着柜台后面的老中医恭恭敬敬地鞠了一躬，转身就走。

母亲终于推着三轮车回到了门口。

没想到三轮车和自行车并不一样。自行车会骑，三轮车未必。

母亲跨上三轮车想在门口练习练习，三轮车的把手非常别扭。结果一蹬开去，三轮车就不听话了。眼看着前边有一棵大树，心里想着避开偏是三轮车就直直地撞了上去。

母亲摔倒了，爬起来顾不得自己的伤痛，先看看三轮车有没有摔坏。

似乎还好。就又跨了上去。心里在说："自行车停下来就倒我都能骑，还怕学不会你三个轮子的家伙。"

几圈下来，终于有些得心应手。

于是母亲在回家给奶奶安排了饭菜之后，找出父亲的帽子戴上，头发压进帽子。

母亲似乎就成了一个男人。

黄琳一口气奔出古镇。又一鼓作气地奔上太白山。

太白山峰峦险峻，怪石嵯峨。

黄琳一边手脚并用地朝山巅攀爬，一边放眼寻找。

在一堵悬崖上的隙缝中果然有一丛九叶黄花草。

黄琳发现了那丛九叶黄花草，心中腾起一股兴奋，蹭蹭蹭地就朝着那悬崖方向斜奔过去。

绊倒了爬起来，手被划出了鲜血也全然不顾。

到了那堵悬崖跟前，眼望着那丛九叶黄花草在微风中摇曳，黄琳奋力地攀崖而上。

她终于登上一块大石。

大石有一些松动，她没有发觉。

她踮起脚尖，伸手使劲去够那丛只差几公分就能够抓着的九叶黄花草。

脚下的石块有泥土纷纷下落。

黄琳仍没有发觉。

她身子使劲朝上一蹿，伸手采到了那丛九叶黄花草。

但大石坠下山谷。

黄琳也滚身而下，终于重重地摔到了谷底。一动也不动地昏了过去。

母亲开始以一个男人的装束，在街上蹬着三轮车拉客。

黄琳终于醒了过来。

她发现手里还紧紧攥着那丛九叶黄花草，嘴角露出了笑意。

她挣扎着爬起，一步一步捱下山去。

母亲三轮车的轮子蹬得飞快。

黄琳走近了学校，似乎感觉到腹部有些疼痛。

但她将九叶黄花草悄悄地藏进书包，拍拍身上的灰土，故作没事似地走进课堂。

……

坐在课堂上上课的黄琳感觉到腹部一阵阵绞痛。

不一会，黄琳就汗流满面。

王老师发现后，走到她跟前轻声问她："黄琳，哪里不舒服？"

黄琳："肚子痛。"

王老师："要不要送你回家？"

黄琳摇摇头，咬紧嘴唇，又捧起书本。

眼看天快黑了，母亲仍蹬着三轮车在兜客。

这时一个足有150公斤重的胖子在路边招手。

这大胖子往破三轮车上一坐，车子似乎猛地往下一沉，轮胎都瘪得扁了。

母亲："大兄弟，去哪？"

胖子："状元坊。"

母亲第一次载这么重的客人，脚下蹬得十分吃力。

黄琳放学回家先看奶奶。

奶奶问："琳啊，你头上怎么有汗？"

黄琳："肚子痛。"

奶奶："是一阵阵的？还是隐隐的？还是绞着痛？"

黄琳摇摇头回了自己房间。

母亲蹬得非常吃力，见路边有摆着打气筒修车的摊子。就跳下车给车胎打气。

胖客人歪在车上睡着了，发出一阵阵鼾声，无奈车胎被沉重地压着，气打不进去。

母亲已经累得出汗。汗珠在路灯下晶晶地闪亮着。

摊主朝母亲努努了嘴，意思是叫那个胖子下来。

母亲想了想，没有叫醒胖子，上车继续再骑。

不久有一个上坡，坡度很大。

再蹬不上去了，母亲跳下来，抓着车座往上拽。

要把这么重的车子拽上坡对于母亲的力气实在太难，手只要稍稍松一松，车子就哧溜着向下滑溜。

天快黑了，附近又没有行人可以援助。

偶尔有一辆汽车过来。

母亲希望着汽车能停下来有人帮她一把。

但汽车爬上坡就一溜烟走了。

母亲想叫胖客人且先下车。轻声叫了几次"大兄弟"。

那胖子仍旧是鼾声如雷。

母亲只得再次咬紧牙关，埋下头，弓着身子，下死命地往上拽。

汗水顺着鼻尖，顺着面颊，顺着头发，直往下淌，真是大汗淋漓。

三轮车一寸一寸地往上蹭移。

母亲的脚狠命地蹬地。鞋帮绽线了,鞋底开了口子。

三轮车终于一点一点地挪上了坡路。

母亲用围在脖子里的毛巾抹掉汗水,上车再骑。

前面不远处有一个窨井盖被人撬了。

天黑了,母亲只顾直着身子使劲蹬踩,并没有发现那个窨井,那个黑黝黝的洞口。

黄家。

黄琳的腹痛更加剧烈。她蜷缩在床上,抱着枕头忍着,汗滴如豆。

奶奶颤巍巍进来:“琳琳,把这碗姜汤喝了。”

姜汤碗在奶奶的手里抖抖索索,不断有汤泼出。

母亲仍在使劲地蹬着三轮车。

眼看离窨井越来越近。

到了窨井跟前,母亲突然瞥见,惊出一身冷汗,紧急一个刹车。

后轮猛地向上一掀。

母亲摔出三轮车。

那胖子也倒出去了,掀在一边。

胖子醒了。一堆肉在地上爬不起来。

母亲顾不得自已,忙上前扶起客人,问他有没有伤着。

恼怒的胖子一把将母亲推倒,破口大骂:“你会不会骑车?你这个笨鸟,不会骑车就在家陪你老婆孩子。”

母亲爬起来连忙道歉:“对不起,实在对不起。”

胖子仍旧不依不饶:“你以为赚钱那么好赚?没有本事就别出来赚钱。”

“对对,你说得很对。”母亲扯下脖子上毛巾替他掸灰。

“别给我晦气了。”胖子将母亲又是使劲一推。

母亲朝一旁踉跄了几步,跌倒了,帽子掉在地上。路灯下露出花白的头发。

胖子一愣:“你是女人?”

母亲倒在地上:“对不起,大兄弟。我这也是为了挣几个汗水钱给孩子念书。”

胖子指着身后的陡坡：“那么高的山坡，是你推上来的？”

母亲：“是的，大兄弟。”

胖子：“我这块头，可是二百斤的块头。”

母亲：“没有办法，大兄弟，刚才我也说了，我这也是为了挣几个汗水钱给孩子念书。”

胖子的内心显然受到了震撼，急忙扶起母亲。

他望着母亲，望着母亲花白的头发，半晌不语，只见眼泪在眼眶里打转。

“对不起，大嫂。”他恭恭敬敬地对着母亲鞠了一躬，将一张钱握进母亲手里，转身就走。

母亲连忙叫他：“大兄弟，给你找钱。”

胖子头也没回。

母亲望着手里的钱，眼睛里也泛起了泪花。

天渐渐地黑了。

母亲找了几块木板，将窨井盖住。

这才蹬车回家。

黄琳的病情越来越重。

奶奶守在旁边，嘴里不停地念叨着：“琳琳，忍着点，你妈也快回来了，也快回来了……”

母亲回到家。

黄琳已经痛得汗水打湿了衣裳。见到母亲，立即就流出了眼泪。

母亲吃了一惊：“怎么回事？琳琳？”

黄琳不语。

奶奶：“孩子病了，看样子还病得不轻。”

母亲急问：“哪里难受？琳琳。”

黄琳：“肚子痛。”

“走，赶紧上医院。”母亲背起黄琳就走。

黄琳：“妈，这书包带上。”

母亲背着黄琳大步疾走。

黄琳在母亲的背上发出轻微的呻吟。

母亲忽然想起了什么,忙将女儿从背上放下,变背为抱,将女儿端在手里急走。

黄琳:“妈,这样,这样你会更加吃力。”

母亲:“你肚子疼,妈背着,会硌着肚子,别又碍着了那儿。”

母亲就这样端抱着女儿显然是走得非常吃力,非常艰难,但母亲仍然走得很快。

黄琳咬着嘴唇,尽可能不发出呻吟的声音。

母亲忽然又问:“是不是吃进什么脏东西了?”

黄琳摇摇头。

母亲:“那怎么回事?”

黄琳不语。

山崖上的那丛九叶黄花草在她泪眼模糊中摇曳起来。

到了医院急诊室。

主治医师简单一看,便立即道:“赶紧住院。”

母亲又将女儿抱进病房。

接下来便是急急忙忙的检查,化验、量体温。

母亲问检查的医生:“大夫,这孩子得什么病?”

医生:“初步诊断是腹腔积血伴有急性炎症。”

母亲:“严不严重?”

医生:“需要手术。但要等炎症消退之后。现在就用药消炎。”

母亲:“现在可是疼得厉害。”

护士将大瓶挂上:“这里有镇痛的药物。”

黄琳望着母亲的眼睛,轻声说:“妈,不用担心,我会挺得住的。”

母亲:“别说话了,闭上眼睛,省一些气力。”

黄琳闭上眼睛,过一会又睁开:“妈,你头还晕不晕了?”

母亲:“叫你别说话了。把眼闭上。”

黄琳瞥了一眼床头的书包,这才闭上眼睛。

母亲就守在女儿旁边,用手在她的腹部轻轻按摩。

就这么轻轻地按摩着、按摩着。

一直按摩到女儿闭上眼睛睡着。

一直按摩到第二天天光放亮。

母亲也撑不住上下眼皮打架,渐渐迷盹起来。

就在这迷蒙中,黄琳悄悄下床,从她手底下溜走了——

黄琳匆匆奔进教师办公室,找到王老师就问:"王老师,医科大学华东少年班招考的成绩下来没有?"

王老师脸色冰冷;"成绩下来了。"

黄琳:"我有没有上线。"

王老师:"你没有上线,而且还不是一般的落榜。"

黄琳:"老师,我究竟考了多少分?"

王老师仍然面如严霜:"你还好意思查问这个?我问你是怎么回事?你究竟是怎么回事,你辜负了学校的期望,也辜负了老师的培养。是不是拿了奥林匹克的金牌就骄傲自大翘尾巴啦?

你知道你考了多少?你是参加这次少年班高考全部考生中的最后一名。最后一名不仅仅意味着不能进入大学少年组,而且跟你奥林匹克金牌得主的身份极不相符。那么多考生,你是最后一名,最后一名……"

黄琳呆立当场。眼泪哗哗地下来。

她忽然捂住脸掉头就奔。

她发疯似地奔出校门,奔上大街,奔出古镇,奔进大山,奔上一座悬崖,脚下就是万丈深渊。

"妈,我对不起你!我对不起你……"撕心裂肺的呼喊声如奔涛一波一波地传递开去,在千山万谷之间回荡。

突然,黄琳一闭眼,纵身跳下万丈深渊,如老鹰敛翅下坠。

"琳琳,琳琳……"母亲从恶梦中惊醒,紧紧地抱着黄琳。

黄琳惊醒:"妈,你怎么啦?你怎么啦?"

母亲在自已腿上拧了一把,喃喃自语:"我是在做梦?"

黄琳:“妈,你梦见什么了?”

“没有什么。是梦就好。”母亲静了一会,“琳琳,你那医科大学少年班的考试是什么时候?”

黄琳:“我算过了,还有五天,在省城统考。”

母亲一阵沉默。

黄琳:“妈,是不是我这病生得真不是时候?”

母亲:“又是傻话,生病都不挑日子。”

黄琳:“妈,我这病五天之内会不会好?”

母亲:“会的。孩子,五天之内应该可以出院。”

这时候医生进来。

黄琳忙问:“医生,我这病?”

医生说:“准备手术,脾脏有些问题,似乎是破裂,因为腹腔积血,片子看不太清楚,那要等手术后才能给出结果。”

黄琳:“医生,我的意思是说我这病能不能在五天之内治愈出院。”

医生:“难说。”

母亲:“能不能过一个五六天再来手术?”

医生:“宜早不宜迟。”

母亲:“那就尽早手术。”

医生:“根据血相报告。病人的血型属O(RH阴性)型,非常罕见。也就是O(RH阴性)血型在O型血的族群中的概率只有几千分之一。因为手术需要输血,所以没有适合的血供就不能手术。”

母亲:“那县医院?”

医生:“中心血库我们已经联系过了,他们也没有O(RH阴性)型的库存。”

母亲急了:“这该怎么办哩?医生。”

医生:“那就要想办法尽快找到O(RH阴性)型的健康血体,我们已经通知院办,请他们协查医案,尽快寻找到这种血型的人员。”

母亲:“院办有没有答复?”

医生:“没有,再快也不会这么快。”

母亲:“我去看看。”

医生:“这么着急?”

“我希望我女儿不但五天内能动完手术,而且还能康复出院。”母亲说完就走。

母亲奔进院长办公室:“医生,咱们镇有那种血型叫 O 什么 H 型的人吗?”

一个院办人员说:“叫 O(RH 阴性)血型。我们正在检索,从我们目前掌握的情况来看,近十年当中只有三个人的病历记载过这种血型。”

母亲:“能不能给我一个名单,我这就去求他们,向他买血。”

院办人员便将名单和地址抄在纸上:“一个叫刘义全,住墨池坊。一个叫王三,茅公埠三村人。还有一个是胡新,义庄人。就这三个。”

母亲接了纸条就走。开始了“访血”的艰难历程。

母亲骑着自行车先来到墨池坊。东打听,西打听,终于在别人的指点下找到了刘义全家。

一孩子出来:“你找我爹?”

母亲:“你爹是不是叫刘义全?”

孩子:“我爹是叫刘义全。你找他干嘛?”

母亲:“我找他有点事情。”

孩子:“你不怕传染?”

母亲:“传染什么?”

“我爹是老肝,重症肝炎。要不要叫我爹出来?”

“别别,对不起,算了。”母亲转身走了。

母亲又急匆匆骑车来到茅公埠三村。向人打听王三。

村口的一个老人说:“王三以前是住这个村,几年前就搬走了。听说搬到了王庄。”

母亲谢过老人又走。

母亲再蹬着三轮车奔到王庄。

王庄的人一听说要找王三，立即就七嘴八舌地炸开了。

甲说："王三？王三自打搬到这王庄，没两个月就走了。"

母亲："可知道现在在哪？"

乙说："听说到了海南。"

丙说："不是海南，是深圳，在深圳的工地上烧饭。"

丁说："你那是老皇历了，听说到深圳的第一个月是在工地上做饭，后来就跟人合伙做生意去了。先到的新疆。"

甲说："不，先到的四川。"

丁说："反正后来在俄罗斯租了摊位。"

母亲："他家有没有其他人？"

乙说："家里只有老鼠，破屋常年锁着门，墙都快倒了。"

丙问："你找他什么事情？"

母亲摇摇头："找不到他本人，说也没用。谢谢，谢谢你们。"

母亲骑车离去。

母亲一口气又赶到了义庄，在庄前的水口树下向一个女人打听胡新。

"你找胡新？"那个女人一脸神秘。

母亲："是的，我找胡新。"

"又找胡新，又一个找胡新的女人来了。"那女人对其他女人挤一个鬼脸，大笑起来。

在大树下做针线的其他妇女也跟着一起哄笑。

母亲大惑不解，不觉低头看了看自己："我找错了吗？胡新不在这庄上？"

那女人说："不错，胡新是在这个庄上。你们看看，到现在还有人在找胡新。胡新在不在这个庄上难道你还不清楚吗？"

母亲说："大妹子，你能不能直截了当地告诉我胡新家在哪儿？"

那女人把母亲一番打量："你找胡新什么事情？是不是不可告人？"

"没有什么不可告人。"母亲一脸焦急，"我找他，是因为他身上的血……"

那女人："向他要血？"

母亲："你怎么知道？"

那女人："别说要血，就是想啃他肉的人都大有人在。"

母亲不明底里地愣在那儿。

那女人："你没有去过他家？"

母亲："没有去过，不认识。"

"去吧。他家就是那一间房子。"那女人指了一个地方的几间破屋，并向其他女人迅速地使了一个眼色。

其他女人似乎都在暗自窃笑。

这事显然是颇为蹊跷，母亲心里嘀咕着，但还是向那间屋子走去。

母亲背后的女人们立即全都停下了手里的活计，似乎怀着一种兴奋在等待着将有什么事情发生。

胡家破屋的大门紧闭着。

母亲走到屋前轻轻叩门。

门内传出了瑟瑟的声响。

"有人吗？胡新在不在家里？"母亲仍在叩门。

门动了一下，门缝里嵌着一只眼睛。

母亲望着那眼睛："是胡新的家吧？胡新在不在家里？"

门缝里的眼睛消失了。

母亲等了一会，正欲继续喊门。

门开了。

母亲正欲说话，突然一盆脏水泼出，兜头盖脸地浇在母亲的身上。

大门砰地关上了。

母亲湿淋淋地站在门口。

背后的水口树下传来一阵哄笑。

母亲想继续拍门，想了想，手收住了。

母亲想向水口树下的那些女人问个究竟。

那些女人也哄然散去。

眼看着天色快晚，母亲只得骑车离去。

黄鹂、黄卓、黄杏也闻讯从县城赶到了医院，围在妹妹的床前。

黄杏："妈去访血怎么现在还没有回来？"

黄鹂："妹，相信妈，妈一定能找到这种血型供体。妈为了咱们，就是想摘天上的星星，也会想办法摘到。"

黄琳："我真急死了，大学招收少年班并不是年年都招，好不容易碰着了，都报了名了，却又病了。早不病晚不病，偏在这个时候病。真是急死人了，还有五天就要开考。"

黄杏："我们也急。我们三个刚才都去验了血型。我们都是 B 型，你是 O 型，而且还有 RH 阴性，合不上。"

黄鹂向黄杏急使眼色。

黄杏没有看到，继续道："否则，我们三个马上伸胳膊给你抽几瓶血出来，马上就可以手术，兴许还能赶上考试。"

黄琳想了想，忽然问："姐，你们都是 B 型血，为什么就我是 O 型？"

黄杏又要答话。

黄鹂连忙一扯她衣服，抢开话头："虽然咱妈是 B 型，咱爸是什么血型咱们不知道。兴许爸也是 O 型，而且还有 RH 阴性。"

黄琳闭上眼睛，泪水慢慢溢了出来。

她想起了一件往事——

第十章

她还记得那一年——

六七岁的黄琳和十岁左右的大姐黄鹂一起回家。

有个小男孩突然蹿了过来将黄琳一把推倒,然后转身就逃。

大姐黄鹂追过去,将那小男孩也一把推倒。

小男孩爬起来理直气壮地责问大姐:“我又没有推你,你为什么推我?”

黄鹂:“你推我妹妹了,你为什么推我妹妹?你推的是我妹妹知不知道?”

小男孩:“妹妹?谁是你妹妹?”

小黄琳胸脯一挺:“我是我姐的妹妹。”

小男孩鼻子一耸,手指在自己脸上一刮:“你是你姐的妹妹?也不害臊。我妈说了,你是黄家妈妈领来的,你是没人要的野孩子。”

小黄琳急了:“你才是没人要的野孩子。”

“你是野孩子。”

“你是野孩子。”

两人一句紧递一句。

小男孩最后大笑着跑了,一边跑一边叫:“黄琳是野孩子、黄琳是野孩子……”

小黄琳站在原地哭了。

小黄鹂替妹妹抹泪。

小黄琳突然一把紧揪住姐姐,揪得很紧,像害怕被抛弃似地大叫:“姐,我真是妈领来的野孩子吗?姐,我不是野孩子、不是野孩子……”

小黄鹂把妹妹紧紧搂在怀里:“妹,别怕,你是咱妈养的,他才是野孩子。”

小黄琳仰起泪眼:“他真的才是野孩子?”

小黄鹂:“对,姐亲眼看见他妈把他从地上捡起来的。”

小黄琳立即破涕为笑,拍着小手:“甘宝是野孩子,甘宝才真的是野孩子!”忽又小声问道:“姐你是真的看见他妈把他从地上捡起来的?”

小黄鹂:“姐就是要让他着急,气他。”

小黄琳似乎有几分失望,不再那么开心,背过脸去一抹眼泪。

病房里,黄琳背过脸去抹眼泪。

黄鹂立即就坐到妹妹床边,用毛巾轻轻拭着妹妹的脸,小声说:“妹,别乱想了。咱们几个一起那么多年,是不是亲妹妹还看不出来?”

黄琳点点头,略显羞赧地笑了。

黄家。

母亲将饭菜焐在锅上。一边又忙着在一张张纸上写着什么。

终于一口气写下了十几张纸头。然后给奶奶盛了饭菜,再用分层的盒罐给黄琳装了饭菜。最后夹上一叠纸,提上盒罐,来到医院。

母亲到了医院,见到几个孩子,说:“你们几个赶回来看望妹妹,很好。现在看过了,行了,现在就回家吃饭,吃过饭连夜赶回学校,明天还要上课。课千万不可耽误了。”

三个大的和病床上的黄琳摆摆手,走了。

母亲在一边看着女儿吃饭。

黄琳吃了一会,瞥见那卷纸头:“妈,那是什么?”

母亲说:“你慢慢吃饭。妈有点事,一会就回来。”

说完就夹了纸头走了。

老街上路灯比较昏暗。

母亲将纸头一张张贴在显眼的墙角,或电线杆上。

寥落的行人当中,立即就有人上前细看。

有一人还念出声来——“访血告示:我女黄琳,曾获国际奥林匹克金奖,现患病住院,手术急需O(RH阴性)型血,特向有相同血型者求援,许以高价收购。并当面致谢。一个母亲泣启。”

母亲所贴的每一张纸头前,似乎都有人先后驻足细看。

母亲回到病房,拿起女儿吃过的盒罐去洗,将盒罐里剩饭扒进肚里。

第二天一早。母亲又来到了义庄。

树下仍然聚集着那些做着针线活的女人。

母亲在胡家的破屋前轻轻叩门。心里在说:“这人家怎么总是把门关着?”

门嘎的响了一声。

母亲下意识地退了一步。

那门缝里又露出一对眼睛。

母亲犹豫片刻,又上前敲门。

门终于开了。里面站着的是一个疯了的女人。

母亲:“请问这是胡新的家吧?”

疯女人一脸木然。

母亲:“请问胡新在不在家里?”

“胡新?”疯女人突然大笑起来:“胡新?哈哈,胡新是谁?胡新死了,胡新早就死了……”

说着返身就走,一边喃喃自语着“胡新死了,胡新早就死了……”一边则将手里撕碎的纸头随意抛撒。

母亲还是仍不死心地跟了进去:“请问大妹子,胡新他真的?”

孰料那疯女人猛地转过身,眼睛瞪得比酒盅还大。

母亲也不觉猛地站住。

疯女人戟指着母亲的鼻子:“我恨你,恨你、恨你们这些女人。你们这些女人,女人,滚!”

就这最后一个血源线索了,母亲不能就这样回去,于是堆起笑脸:“大妹子……”

"滚、滚。"疯女人突然操起一柄柴刀。

母亲只得转身退出。

树下,那一群女人似乎早已预料到有这一幕结果,又一次哄笑出声。

母亲忍受着被讥笑的屈辱,再一次走到那些女人跟前。

那些女人不知为什么相互使一个眼色,都低下头装着没有看见。

母亲知道这其中一定有什么原因,但也顾不得那么许多了,走过去问道:"请问各位大妹子大嫂,那是胡新的家吗?胡新现在在哪?"

众女人又暗中各使一个眼色,都不答理。

母亲不屈不挠:"各位大妹子大嫂,求你们告诉我一个准信,我找他有一件急事。你们都不理我,是不是我做错了什么?"

昨天那个说话尖刻的女人终于道:"这几年找胡新的女人,都说自己有什么急事。"

母亲:"大妹子,他家的人怎么说他死了?"

那女人:"是死了。"

母亲一愣:"死了?"

那女人:"跟死了一样。"

母亲:"怎么叫跟死了一样?"

那女人:"你怎么到现在才来?人家一个个早都来过了,你怎么到现在才来?"

母亲:"我以前没有事情不需要找他,前天我才知道这里有一个胡新。"

那女人略显惊讶:"这么说你并不认识这个胡新?"

母亲:"不认识,从没有见过。"

众女人似乎都不相信。

那女人:"那你为什么找他?"

母亲:"我女儿生病,急等开刀。需要输血。但我女儿的血型古怪,医院说这胡新也是这个血型,可以找他商量输血的事情。也就是买血。"

那女人神情认真起来:"这么说还是救人救命的急事?"

母亲:"是的,我必须在最短的时间里尽快找到他。"

那女人:"那你赶紧去监狱看看,那胡新早就坐牢去了。"

母亲:“可知道在哪个监狱?”

那女人:“听说是廿里坪。”

“谢谢,谢谢你们。”母亲上车就蹬。

“等一等,等一等。”不一会,那女人从背后追了上来:“这位大姐,我们那些姐妹推举我出来向你道歉,说一声对不起。如果不是事出有因,我们义庄人决不会这样。”

“不,大妹子,应该谢你。”母亲蹬着三轮车走了。

母亲又汗流浃背地赶往了廿里坪监狱。

松元镇老街上。

一个人的背影伫立在街头墙角前。

随即又撕下了墙上的一张纸头。

病房里。

查房的医生对助手说:“5 号病人,要尽快手术。”

助手:“还在和中心血库联系。”

母亲来到监狱办公室说明来意。

一狱政人员对母亲说:“就在这短短三年中,先后有二十多个女子信以为真,被这所谓胡老板的千万家产打动,为了钱财,因为虚荣,结果被骗。胡新的骗术败露后,一个个受骗的女人先后赶到义庄索赔。胡新的老婆被逼疯。义庄人大概以为你也是为了钱财或因为虚荣才受骗的又一个女人……这胡新也因欺诈和杀人罪,被判了死刑。”

母亲一惊:“他被判了死刑?”

狱政人员:“是的,而且下午三时正就要执行。”

母亲大急:“下午就要执行?就是说下午就要枪毙?”

狱政人员:“反正这事你得抓紧。但要他配合,以他一贯的表现,可能性几乎为零。”

母亲忙说:“按医院记录在案的血型,是 O 型又有 RH 阴性的健康供血体，现在我知道的就只剩下他唯一的一个人了，我女儿的命就全指在他身上了，即使可能性真的为零，我也要把它变成百分之百的希望。”

狱政人员：“但愿一个母亲的爱心，能融化坚冰。”

奇迹是不是真的能够出现？

这时又一个狱政人员进来，对母亲指着另一个房间说：“胡新已经带到，请大妈进去跟他说话。”

母亲走进会客室，只见一个黑壮的汉子，昂头站在那里。

“大兄弟，你就是胡新？义庄的胡新？”

胡新眼角都不瞟一下：“是又怎样？套一句江湖上老话，男子汉大丈夫，站不更名，坐不改姓。”

母亲尽可能放低声音：“胡新大兄弟，我想跟你说一件事情……”

胡新猛地转过身，目光凶狠地盯着母亲，劈口就将母亲的话头粗暴地打断：“没有什么好说的，你什么事情都别跟我说。”然后手一挥，近乎吼了起来，“滚，你给我滚。”

母亲非常冷静：“大兄弟，你听我说……”

“滚，你快给我滚。”胡新挥舞着拳头。

他突然将拳头抵到母亲的鼻子眼前，“滚还是不滚？”

狱警急欲上前。

母亲手在背后摇着止住，仍是心平气和：“大兄弟，你听我说……”

胡新又一次将母亲的话头粗暴地打断：“要说先听我说，你是谁？你叫什么名字？”

“我叫王娟，家住松元镇。”

母亲话还没有说完，胡新就又吼了起来：“滚，我不认识你，滚，我不认识你。”

母亲瞥一眼窗外正午的太阳，想到面前这个人下午就要执行，心里一股说不出的滋味，同时还暗暗的着急，急忙说：“大兄弟，你听我把话说完。”

胡新突然一口吐沫猛地啐到母亲的脸上。

狱警又欲上前。

母亲又在背后摇手止住，不动声色地将吐沫用袖管抹去。

胡新令人汗毛凛凛地冷冷一笑:“你说什么啊?我知道你会说什么。不错,这几年我是有不少女人,糟蹋了不少女人,一个、二个、三个……二三十个还是少说的了,有的是她们自投罗网,有的是我胡新用了威逼利诱的手段。不错,我还杀人。可是我跟你什么关系?我不认识你,我从来就不认识你,你想讹诈?你想讹诈也太迟了。我胡新是活得了今天,活不过明天。你想讹诈还能讹诈到什么?咬我的肉?喝我的血?”

母亲提高了声音:“大兄弟,请你听我把话说完,我不是讹你,我是来求你。”

胡新哈哈大笑:“求我?笑话,天大的笑话。以前确实有一些女人求我,可我胡新现在已是死囚犯人,不是今天枪毙就是明天执行。你会求我什么?我又会帮你什么?”

母亲:“大兄弟,你还真能帮我。”

胡新目中的凶光稍褪了一些,但仍是瞪视着母亲。

母亲说:“大兄弟,事情是这样的,我的孩子病了,现在正在住院,大概脾脏破裂,需要开刀缝合,做手术……”

胡新又一次粗暴地打断:“做手术与我胡新有什么关系?”

母亲一脸的痛苦和焦急:“做手术需要输血,可是我那孩子的血型很怪,是O型,还带有什么RH,是血型中少而又少的血型。所以要输血就要找到这种血。大兄弟,不瞒你说,我可是找了好多人好多地方,现在我就知道你,就剩你大兄弟一个人是这种血型。”

胡新:“你是想输我的血?”

母亲:“大兄弟,是的。”

胡新:“你是想输我的血救你的孩子?”

母亲:“是的,大兄弟。”

胡新大笑:“想不到我胡新原来还是世上一个有用的人,想不到世上还有求我胡新的人。”笑声戛然而止,脸色随即又是一恶,“你知道我胡新是什么人吗?我胡新是犯人,是死刑犯人,是快要执行的死刑犯人。你知道我胡新是什么人?我偷过、抢过、骗过、玩过女人,打过人,杀过人。不错,我是坏人,是恶人。我犯下的事不是一件、两件,是十件、二十件,甚至上百件。我什么坏事没有做过,可以说是屡教不改,无恶不作。我这一辈子做的都是坏事，没有做过一件好事。”

说到这里，又突然扯起喉咙，大声一吼：“走，你走吧。”

母亲一脸悲情：“大兄弟，我求你做做好事，就做这一回好事也行。”

胡新眼一瞪：“我为什么要做好事？我做了那么多坏事，干脆坏事就做到底了。我是坏人，恶人，坏就坏到底了。”

母亲几乎是在哀求：“大兄弟，求求你了。我孩子的命就在你的手里，求求你救救我的孩子。”

胡新双手抱肩：“我为什么要救你的孩子？”

母亲：“就当做一回好事。”

胡新：“我为什么要做好事？我刚才说过，我是坏人、恶人，临死还要放一个停尸屁，坏就坏到底了，不做好事。”

母亲急得几欲流泪：“大兄弟，我真的求求你了。你要我下跪，我这就给你下跪。”

胡新一脸冷漠：“下跪？好啊，跪啊，怎么不跪？”

母亲未作犹豫，就真的跪了下来：“大兄弟，我替我的孩子向你求血。”

胡新内心显然一振，望着母亲的脸，母亲花白的头发：“你真的为你的孩子向我求血？”

母亲：“是的，大兄弟。”

胡新：“你是孩子的妈？”

母亲：“是的，大兄弟。”

胡新：“骗人，你骗人，你是孩子的妈，你怎么不用你的血救你的孩子？”

母亲：“大兄弟，我的血型跟我的孩子不配。如果不是不配，我把我的血流到孩子身上，就是流干了，也不会皱一下眉头。”

胡新：“又是骗人，你是他妈，血型还能不配？”

母亲：“我不是孩子的亲妈。”

胡新：“那就更是可笑了，你不是他亲妈，又何苦跪在这里替他求血？”

母亲流出了眼泪：“大兄弟，这孩子虽然不是我亲生的，但我把这孩子比作亲生的还要亲。大兄弟，这孩子苦命，这孩子一生下来就是苦命……大兄弟，求你救救我的孩子。大兄弟，这事很急，这事真的很急，我那可怜的苦命孩子，现在就躺在病房里，等着开刀，等着一有血就立即手术，再等不得了了。大兄弟，我替我孩子向你求血，是救急现在，也是救她的将来，是治她的病，也是治她的命。大兄弟，我那孩子虽是苦命，却是自小聪明，自小听话。自小就孝顺，自小就成绩好，从没有让大人操心。大兄弟，我那孩子被推荐上了大学少年班的高考名单，如果考上了，就是大学生了。今后就有出息有前途，可是大兄弟啊，我那苦命的孩子现在还躺在病房里等着开刀，离少年班高考就只有五天了，就要在这五天里，我要让我那苦命孩子，做完手术，养好伤口，能够顺顺当当到省城参加少年班高考。大兄弟，这真是十万火急的事情。大兄弟，求求你了，再等不及了。病等不及，命也等不及了，离高考只有五天的时间，天哪，只有五天的时间了。错过这个村，就怕再也没有这店了啊，人家大学少年班不可能年年招生。大兄弟，求求你了……"

母亲已经是声泪俱下。

那胡新仍是一脸冷漠，还冷哼一声："可惜你找错人了，我胡新是铁公鸡一毛不拔，我胡新是冷血动物。"

母亲流着眼泪："大兄弟，母鸡的翅膀能暖出小鸡来，一个母亲急得滚烫的心，难道就不能把大兄弟你给焐热了吗？"

胡新眉头一耸："不要说了，你是焐不热的。再说了哩，我胡某人的血是天上掉下来的？是地上冒出来的？我胡新的血是我自己身上长出来的。世上有死乞白赖空手讨饭的，还没听说有死乞白赖空手讨血的。"

母亲忙从袋里掏出一叠毛票："大兄弟，我这里有钱，我向你买血。这钱虽少些，但也有我卖血的钱，我也卖过血。我这也是以血换血。给，大兄弟，把钱拿上。"

胡新凑过来，目光凶鸷地看着钱，突然劈手将母亲手里的钱打落地上，几乎是歇斯底里地吼了起来："我不要钱，我不要钱，我要钱还有什么用？我已经吃过倒头饭了，我能活过今天，也活不过明天。我就要这样了，你知道吗？"

他举手做了一个手枪的样子，朝自己太阳穴一抵，"你知道吗？我就要死了，你说我要这钱还有个屁用。"

母亲忍住悲戚："大兄弟……"

胡新忽然眉头一舒："有钱也是好事。"

母亲一看："这么说，你是答应了？"

胡新闭上眼睛："我想抽烟，我想喝酒，我想喝最好的酒。"

"大兄弟，大兄弟，我这就给你去办。你等着。"

母亲急忙抓起地上的钱转身就走。

母亲如一阵风奔进附近的代销店：

"来一瓶酒，要最好的酒，再要一包花生米。"

母亲提着酒奔回来："大兄弟，给。"

胡新接过酒瓶，也不拧盖，瓶颈在墙上一敲，瓶颈断开了，然后对着断了的瓶颈就咕嘟咕嘟喝了起来。

忽然想起了什么，嘴一抹："我还要抽烟，要最好的香烟。"

母亲一听，转身就走。

母亲又如一阵风急匆匆奔进代销店：

"再来一包烟，最好的烟，对，火柴，还有火柴。"

母亲奔回会客室："大兄弟，给，最好的香烟。"

胡新点起香烟，闭上眼睛，无限畅快地长长地深吸了一口。两腮瘪下去，尽量地瘪下去。

母亲望着外面正午已过开始走斜的阳光，心里既着急，又怀着极大的期待。

胡新终于长长地吐出了一串烟圈，睁开眼睛，眯看母亲："这有钱真好，可是还缺，还缺一样。"

母亲忙道："大兄弟，你说，我能办的，我这就给你办去。"

胡新又是一口酒，再一口烟，这才眯着眼睛："女人，漂亮年轻的女人。我要漂亮年轻的女人，你办得到吗？"

母亲一时无言以对。

门外的狱警大声正告他："胡新，放老实点。"

胡新却纵声大笑："怎么样？办不到了吧。我胡新一辈子喜欢的就是年轻漂亮的女人。"

母亲的神情严肃起来："大兄弟，你在这上面栽了跟头，难道还要在这上面再栽跟头？"

"什么叫再栽跟头？我已经一跟头跌到屎上去了，难道还怕黄泥？"

胡新指着窗外的阳光："实话告诉你，我胡新不是傻瓜，我已经知道我下午三点就要……"

他又做了一个手枪的手势，照准太阳穴，"我下午三点就要'叭'了，我还有什么想头哩？我还盼什么？我还怕什么？"

说到这，又是一口酒。

母亲："大兄弟……"

胡新又把母亲的话打断了："三点钟，嘿嘿，三点钟，你知道什么叫三点钟？三点钟就是太阳照在那根竿子上，看到了吧？那根竿子上，太阳一爬上那个竿子，我胡新就跟这个人世拜拜了。"

说到这又是喝酒。

母亲不觉朝窗外看了一眼。

太阳光还真快要接近了那根竿子了。

母亲心里异常的着急：

"大兄弟，你的心情我能理解，我知道你的心现在一定很乱，可是我实在没有别的办法，我只能求你了，我可以再给你跪下，可以给你磕头。"

胡新又慢慢点上一支烟：

"谁稀罕你磕头？我告诉你，今天谁都别想得到我身上的一滴血。你就等着听到'叭'的一声去吧，到时候我的血会流进荒草里，流进泥土里。除此而外，谁都别想得到一滴。"

母亲的心揪紧了：

"大兄弟啊，你就真的这么铁心绝情？除了年轻漂亮的女人，除了还有其他什么的坏事不能办，我还可以帮你别的。比如你去了之后，你心里难道就没有什么放不下的？"

胡新："我站着就是一竖，倒下就是一横，赤条条来，赤条条去，无牵无挂，没有什么放不下的。"

母亲："比如你的孩子。"

胡新："我没有孩子。"

母亲:“比如你的妻子。”

胡新:“我妻子是个疯子。”

母亲:“比如你去了之后,就不想每年的清明节有人给你上坟。你如果救了我的孩子,我让我孩子每年到你的坟头供饭、上香、烧纸……”

胡新冷冷一笑:“我不信这个。”

母亲又问:“你有没有母亲?”

胡新心里一震,手似乎被香烟烫了一下。

母亲继续问他:“你这一去,你母亲谁来养她,老人家日后谁来为她捧盒子送终?”

胡新腮帮子肉搐动了一下。

母亲依然一脸急切和诚恳:“凡人都有母亲。人都说儿女是母亲的牵挂,难道母亲就不是儿女的牵挂?”

“不要说了。”胡新突然吼叫起来。只见他猛地摔掉手中的烟头。突然一把劈胸抓住母亲,另一只手里的断酒瓶抵住母亲的太阳穴。

狱警纷纷赶来,围在门口:

“胡新,不可乱来。”

“胡新,还不放手!”

……

胡新怪声大笑,非常恐怖。笑声一停,便厉声道:“没想到我胡新临死之前,还有人来当垫背。”

狱警:“胡新,你赶快松手。”

胡新手中的断瓶稍一用力。

母亲的额上流下了鲜血。

胡新冷笑道:“你不是要血吗？血可是有了。”

母亲非常冷静:“大兄弟,你究竟想干什么?”

胡新:“我想干什么？你刚才不是说可以为我帮忙？帮这帮那我都不要。如果真要帮忙,你就跟他们说去,叫他们替我把死刑改成有期徒刑。不,你叫他们把我放了。”

母亲任凭额头的血在流淌,神色不变:“大兄弟,这,别说我没有办法答应你,恐怕就是他们也做不了这个主。”

胡新:“那你今天不要说得不到我身上的一滴血,而且今天你也得死。”

母亲:“大兄弟,你就真的这么坏吗?”

胡新:“不错。我刚才就已经说过,我是坏人,我是做过许多坏事的坏人,我无恶不作,我既然是坏人,干脆就坏到底了,我做过那么多坏事,难道还怕再做一件坏事?你想活,就叫门口的人全都闪开,你想活,就求他们把我放了。”

“不。”母亲的声音出奇的响亮,“你是一个坏人,确实是一个坏人。”

胡新:“你就真的不想活了?”

母亲:“想活。我有四个孩子,他们都像鸟巢里的小鸟,在张大着嘴等着他们的妈妈。但如果我的死,能使你的死更加罪有应得,能使得所有的人对坏人更加痛恨,那么我的死比你的死要有价值。”

胡新:“你就真的不想用我的血救你的孩子?”

母亲:“想,当然想,孩子是母亲身上的肉啊,我刚才求你,还不是为了这个。但母亲也有母亲的原则,如果为了救自己的孩子,而让一个坏人逃跑了再去作恶杀人,那么、那么一个母亲会不会心安?我的孩子是母亲的孩子,人家的孩子也是母亲的孩子啊。跟你这么说吧,一个母亲不顾一切地救她的孩子是了不起的母亲,有时候一个母亲为了万不得已的必要,舍出自己的孩子,也是了不起的母亲。”

胡新逼视着母亲的目光开始少了一些凶悍。

门外的持枪狱警,也随时准备着冲进来救人。

母亲神色出奇的平静:“大兄弟,不,以我的岁数我可以叫你一声孩子。孩子,你妈在哪?你妈有没有常来看你?孩子,你妈要是看到你现在这样,你知道你妈会怎样的心疼?孩子有出息是做妈的最大的幸福,可是像你这样,你妈到哪都抬不起头来。孩子,我也是一个孩子们的妈……”

胡新又吼了起来:“不要说了,我没有妈,我恨我妈。”

说着扭头望了窗外。眼睛里似有泪花。

母亲趁机又说:“孩子,我可以以一个母亲的名义,告诉你,告诉他,告诉所有的孩子们。”

然后指着窗外,“看到了吗?那些新鲜的花花草草,那些叽叽喳喳的小鸟,还有亮亮堂堂的阳光,多看看这些,多想想这些,心,就会爽朗起来,就会光亮起来。”

胡新收回了抵在母亲太阳穴上的断酒瓶。

母亲这时候捋起了袖子:“孩子,你看到了吗?这些针疤,这些都是针疤。我也卖过血,我卖血是为了我的孩子。但我的血或许也救过别的孩子……”

“不要说了。”胡新一把将母亲推开。

狱警们一拥而上,紧紧地控住了胡新。

胡新朝地上啐了一口:“就那么一句话——我是坏人,我不会做一件好事。想从我身上弄到一滴血,没门。”

狱警押走了胡新。

母亲望着外面快要将近竿子的太阳光,不禁一阵头晕。

一个狱政人员赶紧扶住母亲,将母亲扶到办公室坐下。

母亲焦急万分,内心像被火烧一样灼痛。

看看门外,阳光已经到了竿子附近。

再看看墙上大钟,时钟已到了两点半了。

离执行时间只有半个小时。

病房里。

黄琳眼巴巴地望着窗外,望着窗外的远处。

眼睛一眨不眨。

长长的眼睫毛上挂下了眼泪。

医院也非常着急。

医生说:“21 号黄琳的手术必须抓紧。”

助手挂下电话。

医生问:“血库那边怎么说?”

助手摇摇头:“还没有找到,这种血型的供体太少。”

监狱办公室里。

一个狱政人员将一杯茶递到母亲手里："大妈，这事再急也没有办法。"

母亲不能不急："难道这事就真的没有希望？我那可怜的琳琳也太苦命了。没有血就不能开刀手术，这脾脏破裂可是不能拖的，还有少年班大学招生高考，也是时不等人。这一耽误，可就耽误大了，你说急不急人。"

狱政人员也一脸无奈："说他胡新是恶人，还就是恶人。但没有征得他的同意，谁也不能施行抽血。即使行刑结束，没有他生前同意，也不能打他任何一个器官的主意。血也是一样。"

母亲再瞥一眼挂钟，霍然站起："不行，等不及了，我再求求他救救我的孩子。"

说着就奔了出去。

奔进院子，奔向死囚牢房。

母亲一间间寻找。

每过一间囚室，囚犯都瞪大了惊奇的眼睛。

找到了羁押胡新的死囚间。

胡新一脸诧异："怎么了，你还没有走？"

母亲二话没说，就在死囚间的窗前跪了下来：

"大兄弟，我求求你了。我以我一个孩子的名义，我以我一个母亲的身份，求求你。求求你在这世上做一件好事。这世上，草活四季，人活一世，树要皮，人要的是脸。大兄弟，人过留名，雁留声，谁闭上眼睛都要被人念叨一阵。有善的，有恶的。有的人是牛，春耕夏种，收获多多。有的是蟥虫，除了吃喝，没有别的留下。大兄弟，你当真就不想做一点事情留一点德行让人说道说道？"

胡新仍不为所动，冷冷一笑："没有这个兴趣。我胡新坏事做多了，好事做不习惯。你走吧。我再说一次，我在'叭'的一响之前，决不会为任何人流血。要命可以，我认罪伏法，要血，没门。"

狱政人员欲上前扶起母亲。

这时候一声哨声，放风开始了。

犯人从各个监室里出来，汇聚到院子里。

他们发现了跪在死囚间门口的母亲，全都拥了过来。

有一个人认出来："你？你不是以前常站在后山的山头上望我们的黄妈

妈吗?”

又有一个人也认出来了:“对,就是那个在后山山头的树上,挂满了一树的书的那个黄妈妈。”

于是,所有的犯人,几乎是异口同声地叫起来:

“黄妈妈好!”

“黄妈妈好!”

“孩子、孩子……”母亲急欲站起,大概是腿站麻木了,身子一歪……

众犯人一拥而上,扶起母亲。

众犯人七嘴八舌:

“黄妈妈,你为什么跪在这里?”

“黄妈妈,黄卓不是已经无罪释放?”

“黄妈妈,是不是这个姓胡的家伙,跟你有什么过节?”

“他得罪了你,黄妈妈,我们找他算账。”

于是立即就有人冲着胡新大骂:

“胡新,你这个狗东西,有种的就给老子出来。”

“胡新,你做下那么多坏事,就是死也不得好死。”

“胡新,你这个狗杂种。”有人立即上前踢门。

恶人胡新,眼睛里第一次出现了恐惧。

不一会,收风的哨声响了。

众囚犯立即散回各自的房间。

空荡荡的院子里,又只剩下母亲。以及还有一个陪着的狱政人员。

阳光已经爬上了院子里的那根竿子。

胡新的目光开始显得呆滞。

他也紧瞅着院子里的阳光,还有那根竿子,嘴里仍在大声地自语着:“我胡新罪大恶极,我胡新无恶不作,这辈子我只做坏事,就不做一件好事……”

母亲真不知道如何是好。

忽然,门外响起了刺耳的警笛声。

全副武装的武警进来。

铁门咣当打开。

胡新被押解出来。

他竟仰天大笑："太阳下山了，我胡新最后的日子到了。"

他举起带了铁链的手指着母亲，"怎么样？我胡新是不是说话算数？我再重复一次，我这辈子只做坏事，就不做一件好事，要我的血？没门。哈哈，母亲？什么母亲？我恨我的妈妈，我恨！我恨……"

他又突然变得咬牙切齿。

母亲一阵晕，险些倒地。

狱政人员赶紧扶住母亲。

各个号子里，响起一条声来："黄妈妈，黄妈妈……"

胡新被带走了。

门外又响起了刺耳的警笛声。

母亲脑子里似乎轰的一声炸开。

唯一的念头就是追出去。

警车鸣着警笛，载着死囚胡新，缓缓离去。

母亲追了出来。

警车开始加快速度，颠簸着驶往刑场方向。

母亲随后紧追狂奔，跌跌撞撞大喊着："大兄弟，大兄弟……"

警车的后面拖起一溜灰尘。

母亲就在灰尘里穷追不舍，狂奔着，大喊着……

到了这个时候，母亲都没有放弃。

警车里的胡新，透过车尾的铁窗，望着跌跌撞撞尾追、狂奔、大喊的母亲。

警车离母亲越来越远，警车的影子也越来越小。

母亲脚下一绊，踉跄倒地。

就在这时候，母亲发现前面的警车停了下来。

母亲似乎看到了一线希望，又爬起来狂奔上前。

警车的门打开了。

胡新在武警的押解下走了出来。

没想到这时候的胡新竟是泪流满面。

母亲扑上前:“大兄弟,大兄弟……”

胡新噗通跪了下来:“黄妈妈,请你叫我孩子,请你再叫我一声孩子。”

“孩子——”母亲也跪了下来。

胡新扶起母亲。

母亲也扶起胡新。

胡新:“黄妈妈,你说得对,草活四季,人活一世。树要皮,人要脸。雁过留声,人去了,留下的是被人说道说道的。我胡新做了一辈子坏事,临死之前应该做一件好事。谢谢你,黄妈妈,谢谢你,给我这次机会。”

说到这,胳膊一伸:“来,要多少抽多少。”

母亲流下了眼泪,慢慢地替他卷起袖子。

随车的狱医则拿出了针管。

殷红的鲜血,缓缓地在针管里增加着。

胡新望着远处。

母亲轻声问他:“孩子,你为什么那么恨你的母亲?”

胡新的泪水又顺颊而下:“我是一个孤儿,我妈在我两岁的时候就已经死了。那一年,我妈抱着我去看山下的外婆——”

一个年轻的妈妈,抱着一个两岁的娃娃,在匆匆地走着。

忽然脚下一滑,年轻的妈妈滚下陡峭的山崖。

年轻妈妈的尖叫。

两岁孩子的大哭。

随着崖坡上两个人急速下滚的身影,叫声和哭声在崖谷间惊心动魄地回荡。

终于滚到崖底。

年轻的妈妈死了。额角流血。

两岁的孩子安然无恙,大哭着从妈妈的怀里挣了出来,四周看看,又抱着妈妈大哭。

胡新回忆到这里已是泪流满面。

母亲替他拭去眼泪:“孩子,就这,你能怨恨你妈?你妈妈没有抱头滚下,而是把你紧紧地抱着。你的小命是你妈捡来的啊!可是你妈拿命换来的啊!孩子,你怎么能怨恨你妈?”

胡新一声叹息:“我恨我妈,为什么这么早就不管我了?我恨我妈当时为什么把我抱得紧紧的没有让我死掉?我胡新如果当时死了,我就不会活在世上做下那么多坏事,对不起那么多人。如果当时死了,也就是一死百了,也就不会有我胡新的今天留下那么多骂名,让那么多人痛恨。”

母亲也一时不知说什么好了。

过了一会才道:“孩子,有你这几句话,说明你良知发现,自己也知道自己错了。孩子,虽说悔改已经来不及了,但如果你妈真的地下有知,现在也该把眼闭上了。”

胡新没有点头,也没有摇头,不知想着什么。

针管从胡新的手臂上拔下了。

胡新对母亲一拱手,转身上车。

警车走了。

母亲捧着一瓶血浆,目送警车远去。

泪水将母亲的视线,渐渐地模糊了。

病房。

黄琳的长睫毛上仍挂着泪珠。

她斜躺在床上,打开书包,从书包里拿出一把九叶黄花草。

医生仍在打电话寻血。

黄琳突然看到窗外急急奔来的母亲,忙大叫一声:“妈——”急忙坐起,忽又痛得咬住了嘴唇。

她赶紧将九叶黄花草藏进书包。

母亲则奔进了住院部:“医生,血找到了。廿里坪有一个犯人的血型就是O型有RH。”

说着就掏出血浆：“你看，血已经有了。医生，我女儿的手术能不能快一点？越快越好。我想让我女儿的手术就在这两天做掉。”

医生几乎不敢相信：“我们没有找到，你倒找到了？”

母亲着急地对医生又道：“医生，既然血已经有了，那就赶紧给我女儿手术。”

医生：“这么着急？”

母亲：“越快越好。”

医生说：“血样需要检验。”

母亲说：“那就快些，越快越好。”

医生：“怎么这么着急？”

母亲：“如果现在做完手术，我女儿休息这么几天，就可以提前出院，就可以赶上去省城参加考试。”

医生：“考试？”

母亲：“大学的少年班，知道吗？一考上，初中毕业学生就可以直接去读大学，那我女儿就是连高中都不用读的大学生了。”

医生：“这么说，黄琳已经取得应试资格？”

母亲：“是的，她们学校就推荐了她一个。”

“还有几天时间？”

“还有四天。”

“只怕来不及了。”

“所以求你们抓紧，今天就把手术做了。”

医生说：“手术需要一笔费用，听说你还没有交呢。”

母亲说：“这请你们放心。没有钱我这就去借。我还可以……这说起来也是太惭愧了，别人为我孩子无偿献血，我却为了钱卖血，拿血换钱。但没有别的办法……”

医生想了想：“你在我们医院服务过多年，你可以要求院长减免一部分手术费用。”

“谢谢提醒，我去试试。”母亲立即转身上楼。

到了院长办公室门口，母亲有些犹豫起来。

还是院长先问：“有事？”

母亲说："我女儿病了，要动手术……"

"想调休还是事假？这该找院务部刘主任。王娟同志，以前的事过去也就过去了，什么叫不计前嫌？"院长的语气似乎有一点嫌烦。

母亲鼓足勇气："院长，我女儿动手术要一笔钱，我现在手头紧着，能不能、能不能减免部分，或者缓交一些时候，以后、以后补交？"

院长沉吟片刻。

母亲说："院长，如果这事让你为难也就算了。"

院长说："这样吧。我马上通知院办，手术费减免一半。照程序立即安排手术。孩子的病不能拖。"

母亲非常激动："谢谢院长。"

院长："至于另外一半……"

母亲："另外一半，我再想想办法。"

"这样吧。"院长想了想，"另外一半，我通知院务部，以后就在你工资中扣减。"

母亲凄苦地笑道："我已经被开除了。"

院长一愣："又被开除了？"

母亲说："就那一次为旷工的事，也是我的不对。"

"什么？"院长愤然站起，"我们院长办公会议上个星期研究决定，再一次恢复你的工作。刘主任还没有通知你吗？已经十天了。十天前我们已经告诉了院务部。"

母亲不知道是激动还是委屈，反正一时不知道说什么好了。

院长提高了声音："立即准备手术，费用你暂别考虑，我会通知有关部门。工作的事，我保证让院务部给你一个交待。"

充满感激的母亲，这时倒只是轻轻地说了一声："谢谢院长。"

手术室里，医护人员开始进进出出地忙碌。

黄琳也躺上推车。

母亲帮护士推着推车。

躺在推车上的黄琳，双眼一瞬不瞬地望着母亲的眼睛。

推车推出病房。

推过通道。

推车推到了手术室门口。

母亲给女儿抹掉眼泪:“孩子,坚强。”

黄琳也伸手给母亲刮掉泪水:“妈,你叫我坚强,你也要坚强。”

母亲点点头。

推车推进手术室。

母亲独自怅立门外。

手术室的门关上了。

母亲的泪水滴了下来。

院长走进院务部,一脸不悦。

刘主任忙迎上来:“院长,有事? 有事就打一个电话,我上你那儿。”

院长:“那个王娟复用的事,你通知她了吧?”

刘主任:“这事还搁在这儿。”

院长:“为什么?”

刘主任:“我想,这复用的事,是我们医院单方面作出的决定,现在还只是一厢情愿。人家愿不愿意还不知道。弄得不好就是剃头挑子一头热。”

院长:“谁不想有一个相对固定的职业,以她那么多孩子的那种家境。难道还害怕工资烫手?”

刘主任:“院长,这你就不知道了。听说她离开这里以后,既干钟点工,又在影院门口摆摊,还在饭店里帮厨,只怕收入比这里不止高出几倍。这都是有人看到的。难道她还稀罕这里的那一点工资!”

院长:“这是你的意思。你征求过她的意见? 这是她这么说的?”

刘主任:“我是想找机会征求征求她的意见。”

院长:“找什么机会? 我们作出决定已经十天了,你都没有贯彻。你眼睛里可以没有我这个院长,但参加院长办公会议的那么多领导难道都不在你眼里?”

刘主任:“院长,院长这话可说重了。”

“告诉你,我们之所以作出这个决定一是根据她本人的要求,二者也是县局领导的指示。你就看着办吧。”院长把这句话丢在地上，转身就走。

母亲焦虑不安地守候在手术室门口。

手术正在紧急地进行着。

输血架上的血袋分外触目。

突然，意外的事情发生了——

手术过程中发生了动脉血管大破裂。

从主刀医生与助手紧急交流的眼神中就可以知道事态的严重。

“快，止血钳。”

“快，纱布。”

“快。”

“快。”

几个护士急急地将紧急止血所需要的器械与物品一样样递给医生和助手。

输血架上血袋里的血在迅速减少。

医生口气紧急：“准备备用血。”

助手忙说：“没有备用血。”

医生一惊：“没有备用血？”

护士：“是的，病人家属拿来的血全在这里了。”

医生：“快，快去下面看看。输进去的血又流出去了。手术不能停止，供血更不能中断。”

一护士：“下去也没有用，血库里肯定没有这种血型的备用血。”

医生提高了声音：“快，不能再拖。”

另一个护士这才赶紧出来。

在门外守着的母亲，见门开了，赶紧站起。

出来的不是女儿，而是神色明显慌张的一个护士。

母亲预感到了不祥，赶紧跟了过去，过跑边说：“护士、护士，我女儿手术顺不顺利？”

护士头也不回，一边走一边说："没有什么。就一点小小的情况。"

母亲急了，赶几步赶到护士身边："护士，到底发生了什么？什么小小的情况？"

护士不说。

母亲更急："护士，你告诉我，究竟出了什么事。你说，我不害怕。你不说，我心里揪着，说不定就撑不住了。"

护士边走边说："原来准备的血量不够，需要继续供血。"

母亲紧跟着："原来不是说手术不大，血已经够了？"

护士："病人突然血管破裂，输进去的血又流出来了。所以需要继续供血。否则……"

母亲一阵眩晕，赶紧抓住楼梯扶栏。

"你怎么啦？怎么啦？"护士赶紧将母亲扶到就近的椅子上坐下。

母亲竭力定住心神："这血，这血不是一般的血，一刹时到哪找去？"

护士："我到血库看看，实在没有也没有办法，但在没有竭尽全力之前，就不能放弃，哪怕是一丝一毫的希望。"

母亲忙说："你赶紧去，去，我没有事，你赶紧……"

护士大步地连奔带跑了下楼去了。

母亲又感到一阵眩晕。

护士急匆匆奔进血库："有没有血样O(RH阴性)型。"

血库人员："有。"

护士几乎睁大了眼睛："有？O(RH阴性)型？"

血库人员："没错。"

护士："哪来的？"

血库人员从抽屉里取出一张母亲贴出的访血告示："人家是揭了这张访血告示来的，一次就献出了500 CC。"

护士："什么时候？"

血库人员："就刚才。"

护士："快，赶快给我，上边手术室等着急用。"

这时候母亲也奔到了这里。

护士手中的瓶子高举着一晃:“有了。”

说完转身直奔手术室。

母亲急问血库人员:“姑娘,真的是O型,还有RH的那个血?”

血库人员:“是的。”

母亲几乎不敢相信。

血库小姐认识母亲,就又把访血告示拿了出来,“大妈,你的访血告示还真起了作用。”

母亲急问:“那送血的人男的还是女的?”

血库小姐觉得有些奇怪地打量着母亲:“男的。”

母亲:“现在在哪?”

“走了。”

“长什么样子?”

“高高瘦瘦,岁数跟你差不多大,样子散散的,但很有气质。”

“可知道叫什么名字?”

“没有留下姓名,也没有留下地址。”

“那血钱?算算,我现在就给付掉。”

“你身上有钱?”

母亲伸出胳膊:“姑娘,500,还是1 000,随你。”

血库小姐笑了:“以血换血,这主意倒是新鲜。但人家是无偿献血,没要钱。人家说了,就是冲着你家小女儿叫什么黄琳来的,别说献血,就是割他的肉他也舍得。”

“逢凶化吉,我这小女儿有人助他。”母亲似在思索着什么。

血库小姐晃晃手里的告示:“谁在助她?还不是她妈,是一个母亲的心感动了人家。”

“你姑娘真会说话。”母亲忽然想到了黄琳的手术,赶紧转身又直奔楼上。

这一瓶不知是谁的血换上了输血架。

具有血缘关系的血汩汩地滴进了黄琳的血管。

手术顺利进行。

从医生和护士的脸上可以看到一切都已经转危为安。

门开了，推车推出。

黄琳睡熟了似的，只是比先前进去时显黄，显瘦。

母亲抢步上前。

护士向母亲摆手，示意不要叫唤。

母亲见医生、护士脸色凝重，便更加地不放心起来。便悄问随行的医生：“咋样？这孩子的病碍不碍事？”

医生：“比预想的要严重一些。”

母亲的心又忐忑不安了。

黄琳被七手八脚挪上病床。

母亲坐立不安地守在旁边，紧张地期待着女儿的醒来。

黄琳终于睁开眼睛。

母亲轻着声：“琳琳，怎么样？”

黄琳想了一会：“妈，离考试还有几天？”

母亲：“四天。”

黄琳：“来得及吗？”

“来得及，只好好好休息。你看。”母亲从床头柜下拿出那只书包：“明天、后天、大后天，大后天晚上，咱们连家都不回，就在这镇上上车，妈陪你。到省城天也快亮了，正赶上考试。但你要好好休息。”

黄琳点点头闭上眼睛。

这时院务部刘主任进来：“王娟同志，听说你孩子病啦？现在怎样了？”

母亲说：“多谢刘主任关心，已经动过手术，一切还顺。”

刘主任说：“王娟同志，这就是你的不对了。咱们这个医院是一个镇医院，条件差。以你现在的关系，起码也应该将孩子送到县医院去。”

母亲：“让刘主任见笑了，我哪有什么关系？”

刘主任：“你还没有关系？为了你的工作，上头卫生局的领导都发了话了。你现在的腰杆儿可算粗了，连咱们今后都还要仗你多多关照了。”

母亲：“刘主任这话就有些酸了。”

刘主任：“我能不酸？这世上的事往往还就是这么琢磨不透。你明明看它墙壁上是一只苍蝇，一巴掌打过去，却是钉子。那马路上那么些人，有的看过去极不起眼，弄不好七大姨八大姑搭在哪一条线上，大有来头，后台比谁都硬……”

躺在病床上的黄琳刺了一句：“不然怎么叫阴沟里也会翻船？”

刘主任：“好好，算我阴沟里翻船。王娟同志，我正式通知你：从今天起，你可以正式来上班。”

母亲：“谢谢刘主任。”

刘主任：“不用谢谢，你心里也不会谢我。你能不明白你之所以能重返医院岗位是谁给的机会？但我也不能不奉告几句：我希望今后再不会看到你旷工的事情。我这眼睛不好，我这眼睛里揉不得沙子。”

母亲欲说什么。

刘主任已甩手而去。

母亲的嘴唇有一点颤抖。

黄琳：“妈，不要生气，妈，你过来，我跟你说一句笑话。”

母亲走到她床边。

黄琳附着母亲的耳朵说：“妈，同情他吧。一个人连善良都没有了，还不值得同情？”

母亲笑了。同时也操起了拖把。

母亲又开始了医院保洁工的生活。

扫地、抹窗、拖地板……

母亲干得比什么时候都要卖力。

这时候，那个给黄琳主刀的医生过来，母亲迎上去：“医生，你说黄琳的病，怎么叫比‘预想的还要严重一些’？到底是什么病？”

医生说：“脾脏破裂，肾部也有些损伤。所以手术的时间长一些，术后的愈合时间也相应要长。别的倒没有什么。”

母亲一惊：“脾脏破裂？这好好的脾脏怎么会得破裂？”

“这就要问你的女儿自己去了。”

母亲又问：“术后的愈合时间也相应要长？那要多长时间？”

“一个星期以上，至少十天。”

母亲十分急切：“医生，不能一个星期，更不能十天。按最快的估计，三天够吗?”

“不够。”

“有没有别的办法？除了足够的休息,还有没有药物办法？再贵的药都行,只要能让我女儿三四天内出院。”

“我只能告诉你不能那么着急,除了手术愈合需要一个过程之外,病人还要留院观察一段时间。”

母亲仍在坚持:“能不能先出院两天时间？两天后再回来继续住院。”

“从我医生的角度出发,不能同意黄琳长途坐车,黄琳参加本次考试的计划应该取消。”

母亲着急万分,几乎用了央求的口气:“能不能再想想办法？如果这孩子不能参加今年的这次考试,如果错过大学少年班招考的机会,这孩子不知道会急成什么样子。”

医生:“那也没有办法。你想想,一个脾脏缝合刚刚动了手术的病人,下了手术台三天工夫就去挤那公共汽车,挤一下撞一下,受得了吗？就是不挤不撞,光在那公共汽车上颠上几个小时,弄不好都会创口破裂,腹腔积血。这是闹着玩的？求学固然重要,身体更为要紧。一有不慎,就会留下终身遗憾。这你自己考虑。”

说完,医生走了。

母亲却默立了很长时间。

黄琳躺在床上翻着课本。忽又合上,喃喃自语:“三天,还有三天的时间。”

拖着地板的母亲,耳边一遍遍回响着医生刚才丢下的那最后两句话——“求学固然重要,身体更为要紧。一有不慎,就会留下终身遗憾。这你自己看着办吧。”

母亲心里在说:“这事还真是难事。医生的话不能不听,但琳琳这孩子如果真的失去了这次机会,又不知会急成什么样子。”

最后,母亲还是在心里作出一个决定:“留得青山在,不怕没柴烧。身体第一要紧。”

黄琳忽然想起了什么，挣起身子拿过书包一看，急忙叫了起来：“妈，妈。”

母亲从走廊里奔进病房：“怎么啦？琳琳。”

黄琳问：“妈，我书包里的那把草到哪里去了？”

母亲说：“我还以为什么丢了？妈扔掉了。”

黄琳大急：“妈，你怎么把它扔了？”

母亲嗔道：“什么宝贝，一把草也值得装在书包里面。”

“妈，你知道这是什么草吗？”

“妈怎么不知道，九叶黄花。”

“你知道九叶黄花有什么用吗？”

“再有什么用也不能装在书包里面。能当书读？还是能当课本？看你这孩子，都这么大了还这么贪玩。”

黄琳颇有些委屈，想说什么，欲言又止。

母亲说：“别想其他事情，给妈好好歇着，你知道你什么病吗？没病。是伤，是你自己闯出来的祸水。”

黄琳仍是不语，眸中汪出泪水。

母亲替她抹掉泪水，这才柔声道：“别哭了，妈也不数落你了。老话说，穷人无病就是福。你哪也没病。是硬伤。你究竟做了什么事情？不做下什么事情，一个好好的脾脏能这么受到损伤？你知道缝了几针？你是不是被车子或什么撞啦？”

黄琳摇摇头。

母亲说：“那一定就是上高下低了。你这孩子，天生的就是好蹦好跳好动弹。你看现在弄成这样子。好了，妈也不说你了。”

黄琳水汪汪的大眼睛望着母亲，替母亲抚平颊上几缕乱发，轻声说：“妈，你头还晕吗？”

母亲嗔道：“妈不是好好的吗？怎么又问这个？”

黄琳便不再说话。她想挪动身子换一个躺的姿势，结果感觉到刀口痛得厉害，不禁皱起了眉头，而且鼻尖沁出了汗滴。

母亲赶紧帮她扶正位置。

黄琳问：“妈，我这身了怎么还是这么重？”

母亲说:“刚开过刀都这样子。”

黄琳又问:“三天里能不能好?能不能三天里就可以出院?”

母亲避开正面回答:“琳琳,妈心里在想,这初中刚毕业,隔着高中就想一步跨进大学,就像登天一样,多难。”

黄琳:“越难越富有挑战性。我天生喜欢挑战。难度越大,我情绪就越亢奋,而且越能超常发挥。”

母亲:“整个华东那么多省市,就招收二十个人,我看把握不大。”

黄琳:“谁也没有规定谁就应该是这二十个里头的一个。咱把握不大,人家也同样把握不大,机会均等。这要看实力,还要看敢不敢去拼。我有实力,我也敢拼。”

母亲:“有时条件也能把人限死。”

黄琳:“咱们除了家境贫寒,还有什么条件不如别人?”

母亲:“譬如这病,这病就生得太不是时候。”

黄琳:“妈本来不是说三四天后就能出院?”

母亲轻轻地摇了摇头:“可惜妈不是医生。”

黄琳突然紧紧抓住母亲的胳膊,急了:“妈,是不是我再过三天还不能出院?”

母亲:“孩子,那就要等到大后天再看。”

黄琳似乎感觉到什么不妙,一脸惶急:“妈,是不是医生跟你说了什么?”

母亲:“琳琳,别问那么多,你现在的事就是安心休息。”

“不,”黄琳仍紧紧地攥着母亲的胳膊,“妈,你一定得告诉我,是不是医生跟你说了什么?”

母亲:“这你放心,琳琳,医生说你的手术非常成功,病情并无大碍。”

黄琳:“不,我不是问你这个。妈,医生有没有说再过三天,我能还是不能出院?”

母亲:“琳琳,别问了,你现在就是安心休息。”

黄琳:“妈,你非得告诉我不可,否则我不能安心休息,医生究竟有没有说过再有三天,我到底还能不能出院?”

母亲:“琳琳,不要激动。即使赶不上这次还有下次。”

“妈,你说什么?”黄琳似乎不相信自己的耳朵。

母亲："琳琳，妈是说你还年轻，不是说过了这个村就没有这个店了，今后咱们有的是机会。"

黄琳几乎是声嘶力竭地叫了起来："不。失去一次机会就少一次机会，我不能让机会就这么从面前眼睁睁溜走。少年班以前没有招过，几年才招收这么一次。而且多少人想考，咱们学校就推荐了我一个。我不去考就是占着茅坑不拉屎，就是白砸掉一个名额，还把别人的路给堵了。我今年不去考就再没有机会考了。从初中直升大学，是多少人的梦想和愿望！人生没有几回搏，我不能错过这次机会。妈，我没有别的办法，我只能靠妈，我求妈帮我，帮帮我，一定得让我去考。"

病房里的嚷叫，不但使同室的病友惊讶，连两旁病房里的病人也聚集到门口围观。

黄琳由于激动和创痛，头上汗水直流。

母亲搂着黄琳："琳琳，别急，别这么激动，妈只是说说。妈也希望你再过三天就能出院。妈怎么会不希望自己刚刚初中毕业的女儿就一下子变成大学生呢？能不能出院还要等再过两天再说？现在咱们不提这事。"

"妈，你看。"黄琳推开母亲，霍地抓开被子下床，夸张地迈了几步，"妈，你看我现在就能出院，现在就能……"

正说到这儿，腹部一阵剧烈的疼痛，痛得她脸色惨白，立即就蹲在地上。

"琳琳。"母亲急忙抱起女儿，送到床上，"看你这孩子犟的，这是能硬撑的事情？再犟也不能跟伤痛蛮干。"

黄琳一半是剧痛，一半也是隐隐感到了什么不祥的失望，泪水就渐渐蓄满了。

母亲替她抹去汗水和泪水："琳琳，好好休息，三天后能不能去省城参加考试，就看你现在是不是休息得充分。"

黄琳一脸失望和无奈的痛苦。

这时，刘主任进来："王娟同志，如果我没有记错，这里不应该是你工作的场所。当然，我并不反对你借工作之便来护理自己的女儿，老牛还有舐犊之情，但公私毕竟还有一个界限。现在可是工作时间。"

母亲什么也没有说，抓起拖把走了。

走到门口，又不放心地望了一眼女儿。

这时一个护士拎着一篮水果进来，并将水果放在黄琳的床头柜上："黄琳，你的。"

母亲忙碌着，在竭尽着一个保洁工的责任。

黄琳目光定定地落在水果篮上。只见篮筐有一副飘带，上面写着："祝你早日康复！"

落款是："一个渴望着亲近你却又不敢亲近你的人。"

黄琳的目光里流露出好奇。

这时，黄卓进来。

黄琳轻轻地叫了一声："哥。"

黄卓："今天是星期五，黄杏和姐委托我回家看你。开过刀了？"

黄琳："开过刀了。"

黄卓："开过也就好了。再等一个十天八天就可以出院。"

谁知这话又触到了黄琳的痛处。

黄琳的眼泪又流出来了。

黄卓："怎么？手术做得不好，还是我说得不对？"

黄琳含泪道："哥，医科大学在华东招收少年班，还有四天就要开考，我如果在这之前不能出院，不能在大后天的早上及时赶到省城，就等于放弃。就一点希望都没了。"

黄卓说："不能轻易放弃，多好的一次机会。"

黄琳："有什么办法，我现在的刀口确实很痛。如果世上真有观音菩萨可以保佑我三天内能够出院，我这就给她烧香叩头。"

黄卓问："这事你有没有跟妈说过？"

黄琳："跟妈说了。妈也非常着急，一样痛苦。妈也没有别的办法。"

黄卓锁紧眉头。

没有想到他倒为自己在暗中打了一个主意。

黄琳："哥，你也别急。"

黄卓仍在默想着自己的事情。

黄琳轻声道："哥，如果我能一晚上就长出一对翅膀多好，轻轻松松飞到省城,坐下来就考。”

黄卓仍是不语。

“哥,我给你削一只苹果。”黄琳放下准考证,拿起一只苹果。

黄卓这才道:“妹,实在不行也没有别的办法。老师不是常说身体是钢,知识是刃?没有身体,知识也是白搭。”

“不。”黄琳神情非常坚决:“这么好的机会不能丢掉。”

黄卓一语双关:“是的,机会不能丢掉。”

说完就走出了病房。

“哥……”黄琳举着手里还没有削完的苹果。

黄卓已经一溜烟走了。

黄卓在院区找到了正在拔草的母亲。

母亲问:“卓。什么时候回来的?”

黄卓也不喊妈(他至今还没有叫过一声妈):“我刚回来,我、我想跟你商量一个事情。”说到这,还左右看了看。

母亲不免纳闷:“看你样子,有什么事情这么神秘?”

黄卓问:“我想,妹妹是不是因为刚刚动过手术,不宜立即出院?”

母亲说:“医生是这样说的。”

黄卓:“妹妹失去了一次直升大学的机会是不是非常可惜?”

母亲:“谁说不是?”

“我倒有一个两全其美的办法。”

“你有什么办法能两全其美?”

“县里的高县长是不是上咱们家来过?”

“是啊。”

“高县长是不是留过一张名片给你,让你有事找他?”

“是这么说的。”

黄卓说:“那不就结了。你火速给高县长打一个电话,让他给想想办法。”

母亲问:“想什么办法?”

黄琳捏着削了皮的苹果,走出病房寻找黄卓。

走到花坛附近,黄琳听到哥和妈正在说着什么,便停下脚步。

只听黄卓说:“如果妹妹准考证上黄琳的名字换成我黄卓,妹妹就无须非常勉强地要求提前出院——提前出院也许确实会影响病情,而且参加大学少年班高考的机会对于我们黄家来说也没有失去。你说这,你说这是不是两全其美?”

花坛附近。

黄琳睁大了眼睛,手中削好的苹果也跌落到地上。

中国母亲

下

杜文和 著

中国出版集团
東方出版中心

第十一章

只听母亲无比惊讶地急问:“什么？你是说将你妹妹准考证上的名字变成你的名字?”

黄卓说:“是这意思。但绝不是使用涂改的手段。涂改是弄虚作假。再说她是女的,我是男的,本质上就无法混淆和冒充。”

“除了这个,难道就没有别的正经办法?”

“大学提前班的报考,多半是与推荐相结合的。现在松元中学推荐的黄琳因故退出,再由松元中学改荐她哥哥黄卓,有什么不可?”

“你已经是高中生了。”

“就算我没有上过高中,就算我留级到现在。”

母亲沉下了脸色:“这就是弄虚作假。再说报考的手续已经办了很长时间,怎么可能再为你一个重新补办?”

“所以要请你给高县长打一个电话,或者亲自去一趟县里,让高县长给松元中学打一声招呼,再派人到上头活动活动,疏通疏通。”

“这办法能行?”母亲的脸色非常难看。

黄卓双肩一耸:“这世上只有不肯办的事情,没有办不成的事情。”

话犹未了,母亲啪地就扇了儿子一个耳光,厉声道:“混账的东西,你还算妈的儿子？别说你这办法荒唐透顶,就算你这办法能行,妈也不会为这替你求人。”

黄卓站着不动,亢声道:“这有什么？你不是一天到晚都指望我们一个个都有出息?”

“不错,妈是指望你们一个个都有出息。妈连做梦都盼你们上大学,长知识,有学问。长大了能成个人样,甚至出人头地。但这一切的一切都应该是从正路上走出来的。走得方方正正,踏踏实实。"母亲显然是非常生气。

"难道我这是歪门邪道?"黄卓也十分激动,"这只是一种变通。"

"什么变通?说难听了就是冒名顶替。"

"怎么说都行,反正目的并不肮脏,只是为了能上大学。"

"妈以前跟你说过:人格是最高的学历。别说上了大学,就是读了研究生,得了博士,人品不过关也是徒有虚名。"

黄卓仍是颇感委屈,大声道:"难道我是为了自己?我想上大学,有出息,也是为了咱们黄家。为了咱们黄家祖先的光荣。为了你这么多年苦没有白吃,这么多年的心血没有白费。为了咱们黄家今后摆脱贫困,为了不再受刘品仁他们那些人的白眼,也为了今后能直起腰杆站在嘉妮等人的面前给他们看看……"

"不要说了。"母亲将他打断,"你就是有一千个一万个理由,也不能打这个主意。你想上大学,这是好事。你妹也想上大学,那也是好事。你妹妹现在是最苦恼最着急的时候,你这做哥哥的应该是想出办法来安慰她帮她,而不是拿主意为了自己。妈如果说你是趁火打劫或许太重,如果说你是乘人之危我看也并不为过。"

黄卓不服:"她反正是考不成了,准考证在她手里攥着也是白攥,我这取而代之的前提是因为她已经明摆着快要失去了这次机会,而不是我为了自己而把她蹬开。"

母亲说:"妈理解你的意思。但是你这样做同样会给你妹妹造成伤害。先不说妈并不能帮你办成这件事情。如果妈真的找到高县长,把这事办成了,你妹妹会怎么想哩?妈是为了她的身体劝她别去参加这次考试,结果你倒顶着她去了考场,你妹妹就会误以为妈是为了你才劝她放弃。"

黄卓说:"误会就误会,世上误会的事多了,咱们今后再慢慢给她解释。"

母亲断然拒绝:"不行,你妹妹现在最需要的是安慰和帮助,而不是伤害。"

花坛附近。

黄琳听得已经流下眼泪。

她在心里说："哥，你去考吧。妈，你就帮哥想想办法让哥去考吧。谁考都是咱们黄家的一次机会。"

黄卓用了近乎哀求的口气："你就这么狠心？我求你了，为了儿子，你去求求高县长好吗？求高县长让县招办与省招办联系一下，由松元中学改荐学生名单，补办一张临时准考证，如果还有什么应办的手续，等考完再办，还不是一样。"

母亲说："哪有这么简单，这是你的一厢情愿。妈现在是想请高县长帮忙——幸亏你的提醒，但妈请高县长帮忙是帮你妹妹不要失去这次机会。这机会本来就是琳琳的。"

黄卓："高县长本事再大也不是医生。高县长本事再大也不可能给妹妹身上装一对翅膀，让她平平稳稳地飞到省城。"

母亲："卓，母亲还真是想着了这件事情。如果高县长能派一辆小车，路上开得慢些，免了公共汽车上的碰撞和颠簸，医生或许就会同意，你妹妹或许就还能赶上这次机会。"

"妹妹妹妹，又是妹妹。我是黄家的儿子。你为什么不替我想想。"黄卓一跺脚："说你偏心，你就是偏心。"

母亲说："卓，你妹可怜。咱们应该多想着你妹。"

黄卓委屈欲泪："她可怜我就不可怜吗？我常被人瞧不起，常受人欺负，我也需要机会证明自己。"

"卓，你听妈说……"

母亲还没有说完，黄卓就又嚷嚷起来："我不要听，你就是偏心。在你心里，在这个家里，我不如大姐懂事，不如黄杏听话，现在连最小的黄琳都不如了，连黄琳在你的心里都比我更有地位。为什么？为什么？我知道为什么，我不是不如大姐懂事，我也不是不如黄杏听话，我更不是不如黄琳乖巧。我知道我即使做得比他们好也不会讨你喜欢……"

母亲柔下声音："你说够了没有？"

黄卓滚下了眼泪："没有说够，我是边缘人，我是多余的……"

母亲拽起袖口欲替他抹泪。

黄卓推开母亲。

母亲退后一步，一字一顿地说："还是那句话，你别打你妹琳琳的主意。你明年就高中毕业了，到那时候考上大学才算你的本事。"

黄卓依然是愤愤不平："不要说了。在这个家里，只有黄琳才是你的心肝宝贝。我黄卓上得了上不了大学，又算得什么？"

"卓，你真是这么想的？不错，妈可能最疼琳琳。因为在这个家里，琳琳最小，因为在妈的心里，琳琳最可怜。"

"她可怜，我比她还要可怜。"

说到这，黄卓一跺脚，转身就跑。

母亲奔跑着追了过去。

花坛附近。

黄琳赶紧抹掉眼泪，拣起苹果，退回病房。

黄琳又躺回床上，心情似乎倒平静了下来。

母亲追上黄卓，气喘吁吁："卓，你给妈说说，你怎么会想到你是这个家里最可怜的人哩？"

这当儿，黄鹂、黄杏也出现在了附近。

她们见到母亲和黄卓，刚想喊妈，便感觉到了气氛不对，立即停住脚步。

只见黄卓头一甩："可不是吗？我不可怜谁可怜？我以前有妈，后来妈没有了，有爸，现在爸也没有了。黄琳可怜，我就不可怜吗？她黄琳有妈，可我哩？我什么都没有，我什么都没有。"

委屈的母亲，嘴唇抖动着，一时说不出话来。

黄卓侧身欲走。

"你给我站住。"母亲一声大吼，眼泪跟着就涌了出来。

隐在附近的黄杏急欲奔出来替母亲说话。

黄鹂急忙将她拉住，低声说："让妈把话说出来，把话说出来，妈的心里就会畅快一些。"

母亲逼回眼泪:“卓,你听妈说。”

黄卓一甩头:“我知道你要说什么。”

母亲:“你知道妈要说什么?可不见得。妈刚才感到委屈,妈刚才想大声地问你,我这当妈的就真的不称职吗?我这当妈的究竟要怎样做才能使你称心如意?妈刚才想大声地问你,妈是没有为你们的事情掏心挖肝,可是妈并没有亏待你们四个中的任何一个。妈刚才想大声问你,妈供你们吃,供你们穿,供你们读书,有亲爹亲妈的孩子不也就这样?你们四个,穿得比人家差些,但干干净净;穿得比人家旧些,但整整齐齐;吃得比人家差些,但总归没有饿着。妈在进这个黄家的时候,对着你亲妈的像,在你亲妈的坟前,妈都这样说过,我不会将这些孩子拉扯成就像没有爹妈的孩子,妈刚才还想大声问你,妈做到了没有?妈有没有违背承诺?”

黄卓不语。

母亲抹掉委屈的眼泪:“妈不跟你说这些个了。再一想,妈也不委屈了。儿不孝,娘不教。妈是儿的影子,儿是妈的镜子。你能对妈这样,妈肯定也有没有尽到责任的地方。妈现在想起了一件事情。就是前天,前天妈到小卖部想给你妹妹买一盘蚊香。在那里看到一个小孩,很小很小的一个小孩。他看着杂货架,眼睛一眨不眨,老板说这孩子来过好几次,就是光看,什么也没买。老板问他是不是想买什么东西?小孩手指含在嘴里点点头,问这些东西贵不贵?老板说,有钱就不贵,没有钱就贵了。小孩说他想买两听大罐头,不知道自己的钱够不够。老板问他要什么样的大罐头?那孩子说,他妈在住院,他们是大山里来的,很少吃到鱼,他想给他妈买一听鱼罐头。老板拿下两听鱼罐头。孩子一直伸在口袋里的小手拿出来了,手里紧握着汗湿了的两元几毛钱,孩子问,够吗?老板说够了。卓,妈当时眼泪就掉下来了。妈为那个老板的善良感动,为他的母亲有这样一个懂事的孩子感动。妈于是把手里准备给你妹妹买蚊香的钱全给了那个孩子。后来妈才知道,那妈也不是那孩子亲生的妈。是的,妈羡慕那做母亲的有这样一个懂事的孩子,但妈更要佩服的还是那位母亲,一定是那位母亲在时时事事地感动着孩子,才使他们母子之间会有这样的感情。可我哩?妈不行,妈和儿子还隔着一层,妈首先应该想到的还是妈的责任,妈一定还有什么对不起你的地方……”

“不,妈没有对不起我们的地方。”

黄杏从附近忍不住奔了出来，“妈不要自责。”

黄杏冲到黄卓跟前：“哥，你不要太浑。”

她掀开妈的衣摆，翻出内衣，“哥，你看到了没有？”

然后奔到黄鹂面前，扯出黄鹂身上的内衣，“哥，你看到了没有。”

然后又将黄卓和母亲拉到一起：“哥，你看到了没有？你还委屈？你委屈什么？你看我穿的什么，姐穿的什么？你看你穿的什么，妈穿的什么？你再看看手，你的手细皮嫩肉，妈的手全是老茧。哥，亲妈也不过如此了。哥，我以前说过，我还要再说一遍，没有妈，你只怕命都没了；没有妈，你未必就会那么快被无罪释放；没有妈，你现在还会有这么好的成绩？”

母亲拦住黄杏：“孩子，不要说了。”

黄杏挣脱母亲：

“哥，我还要说。哥，你记不记得上个月我和你晚上回家给学校的食堂拿米？那天夜里妈听到我们敲门，赶紧出来开门，当时你有没有发现，妈一只脚穿着鞋子，一只脚是赤着的吗？过去有人说，什么是菩萨？晚上敲门投宿，赤着脚出来给你开门的就是菩萨。我不是说妈就是菩萨，我可以说妈就是亲妈，可以说咱妈比亲妈还亲。可你哩？哥，妈为你付出了那么多，你连妈到现在都没有叫过一声。哥，你如果是真正的男人，是真正能够知恩图报的男人，现在就当着我们的面，当着妈妈的面叫一声妈妈。”

黄卓低下了头。

却就是不肯叫妈。

“叫啊，叫啊……”

黄杏使劲推搡着黄卓。

黄卓就是犟着头不叫。

母亲说：“杏，算了，也别逼你哥了。”

“妹，算了。”黄鹂也上前将黄杏拉开。

母亲这时候犹豫了一下，还是从贴身的口袋里掏出一封信：“卓儿，这封信是你亲妈生前留下的，是奶奶前一阵交给我的，妈一直不想拿出来。现在，现在趁你们两个都在，杏，你给你哥念念。”

黄杏接过信，眼泪就先掉了下来。

黄杏一边流着眼泪一边念：

“卓儿、杏，当你们看到这封信的时候，妈已经不在世上了。妈生前写下这封信交给奶奶，让奶奶在你们有了新妈之后，交给你们的新妈，请你们的新妈念给你们听听。孩子，妈再也见不到你们，也再顾不上你们了。死的已经死了，活的还要活着。妈临死前的痛苦不全是病痛，妈的痛苦是再也护不着你们、帮不着你们、看不着你们了，妈的痛苦是不知道你们今后的日子会是怎样。好在你们还会有新的妈妈，应该是现在就已经有了新的妈妈了。孩子，生你们容易，养你们难啊，亲妈好做，后妈难当。好在亲妈后妈都是妈，孩子，孩子，妈就要走了……”

黄杏已经泣不成声。

黄鹂替妹擦掉眼泪。

黄杏继续含泣道：“孩子，妈临死前拧过杏，妈临死前还想狠踢卓儿一脚，就是踢不动；妈希望你们今后恨妈，不要想妈，你们现在有现在的妈妈。孩子，妈不能再花钱治这治不好的病了，妈还有最后的 10 元钱，放在信封里交给你们，请你们给你们现在的妈买一点什么吃的或者用的，孩子，爱你们现在的妈吧。我以一个临死的母亲的名义向你现在的妈说一声：谢谢了，拜托了。我以你们曾经的母亲的名义，请你们，甚至是求你们，就现在，现在面对你们现在的妈妈，喊一声妈妈，喊一声亲爱的妈——妈——(一个临死前的母亲的绝笔)。”

念到这里，所有的人无不泪如雨下。

黄杏在母亲面前恭恭敬敬地叫了一声：“妈——”

然后就扑进了母亲的怀里。

黄卓含着眼泪，仍旧站着。

黄杏抬起泪眼：“哥。”

黄卓却抹一把泪转身就走。

母亲替黄杏抹掉眼泪：“杏，你哥不是说你们不回来了嘛，怎么又回来了？”

黄鹂说：“妹妹手术，我们想来想去，还是很不放心。”

母亲说：“你妹手术成功，一切顺利。回学校去吧，这里没有你们什么事情。”

黄鹂：“妈，我们也帮不上妈什么，就看一眼琳琳。”

母亲："一见面，不就又要你说我说，让你妹费心劳神，你妹还不知道能不能就在这两三天里赶快恢复，赶到省城参加大学少年班招考。"

黄杏问："刚才我哥为什么事情？"

母亲叹了一口气："眼看招考的时间快要到了，可是以你妹现在刚开过刀的状况，哪吃得消长途公共汽车的颠颠簸簸，我想请县里的高县长帮忙，看能不能借一辆小轿车送你妹去省城考试，可你哥说干脆请县长帮忙，把推荐你妹去参加考试的名字换成他的名字。也就是反正琳琳去不了，干脆让他顶替，你们说这话浑不浑？"

黄杏："浑。"

母亲："莫说冒名顶替是弄虚作假，人家领导就算肯，咱也不能。再说了，你妹这机会如果错过，那心里的伤痛是一辈子的。"

黄鹂："这机会千万不能错过，有一线希望都要争取，在咱们家四个孩子里，琳琳比谁都重要。因为……"

母亲赶紧接话："因为琳琳最小。"

黄鹂："不仅仅因为最小……"

母亲打断："鹂鹂，不要说了。"

黄杏："妈，我们就看妹妹一眼，就在窗户外面，反正也不让她看见。就看一眼。"

黄鹂："看一眼我们就立即回校。"

母亲这才点点头："你们的课程也不能耽搁。"

不一会，母亲走进病房。

黄琳重削了一个苹果递给母亲。

母亲并没有接过苹果："这是谁送的？"

黄琳："不知道。"

母亲："不知道？"

"护士拿进来的。她说是别人委托她送来的。是一个渴望着亲近我却又不敢亲近我的人。"黄琳托起水果篮上的飘带。

母亲似乎有点紧张："这别人是谁？问护士了吗？"

"问护士了，她说那人没有留下姓名就转身走了。"

"是男的还是女的?"

"我这倒没有问她。"

"莫非你也有男朋友了?"

"妈,看你说的。没有。"

"或者有男生暗地里恋你,却又不好意思暴露。"

黄琳故意歪着头想了一会,说:"没有这样的男生。"

母亲:"按说女儿有魅力,妈也高兴。只是不许处朋友处得过早。"

黄琳:"这我知道。"

一个帽檐扣得很低的人在窗外张望。

黄鹂和黄杏一到,那人赶紧离去。

母亲竭力掩饰住刚才与黄卓的那一番争吵,平静地说:"琳琳,肚里还痛吗?"

黄琳也竭力装着不知道刚才发生的事情:"有一点,还好。"

母亲:"琳琳,妈今天做一个晚班,趁明天休息,准备去一趟县里。"

黄琳:"找高县长帮忙?"

母亲一惊:"你怎么知道?"

黄琳说:"我是猜想。妈,你也太累。别去了。妈,我也想过,能参加三天后的考试当然最好,如果实在不行,也就算了。"

母亲神情坚毅:"有一线机会就要争取,现在还没有到完全绝望的时候。"

黄琳犹豫了一下:"妈如果真的要去请高县长帮忙,干脆就请他帮一个大忙。"

母亲:"什么大忙?"

黄琳:"看能不能换人。其实大姐二姐成绩都不比我差。哥的成绩比我更好。"

窗外,黄杏朝黄鹂扮了一个鬼脸。

母亲忙问："你是不是听到了什么？"

黄琳没有正面回答："妈，如果真的有这种可能，他们能因此而提前进入大学，我也会一样高兴。"

"不要乱想。"母亲从床头柜里捧出课本，"机会还没有完全丢掉。别到时候真的让你考了，你倒又考不出了。"

黄琳神色忧郁："真的，妈，哥的成绩比我要好。"

母亲又问："琳琳，你是不是刚才听到了什么？"

黄琳："妈，你不要问了。"

母亲："琳琳，我再问你一句，你究竟想不想参加省城的考试？"

黄琳不语。

母亲："你究竟想还是不想？告诉妈，到底想还是不想？"

黄琳眼泪流了出来："想，妈，我想。"说着就扑到了妈的怀里。

母亲搂着黄琳，眼睛望着窗外直使眼色。

窗外的黄鹂和黄杏这才离去。

母亲替黄琳抹掉泪水："行啊，妈明天就去县里，请高县长帮忙。"

黄琳抬起泪眼："谢谢妈妈。"

第二天一早。母亲又戴上了父亲的帽子，蹬着三轮车在镇上的汽车站揽客。

母亲一边蹬着空车，一边吆喝："谁去县城？要去县城的赶紧上车。我这是顺路捎脚，便宜。"

不一会，有一个客人爬上了三轮车。

黄琳躺倚在床上捧着课本。

学校王老师进来。

山道上，母亲的三轮车蹬得飞快。

王老师走进病房："黄琳，身体怎么样？"

黄琳："手术还算顺利。"

王老师:“还能不能参加省城的考试?”

黄琳:“医生说目前还不宜多动。一是手术的缝合面较大,二是现在又发现有些并发感染的症状。”

王老师一脸惋惜:“怎么早不早迟不迟,偏在这节骨眼上倒下了。既然这样,也没有办法,只有安心休养。”

黄琳:“我真想早一点出院,即使不为了考试,我也想回到学校,在这闷死人了。”

王老师:“同学们也都想你,都闹着要来看你,硬是被我挡住。你也别急。这治病的事,就得一次性治好,治彻底了,不能半半拉拉,以免往后复发。”

黄琳点点头,拿起一只香蕉:“王老师,你吃。”

王老师接过香蕉,又放进篮子,然后拿出一叠钱:“黄琳,这里有几百元钱,是学校里的老师和同学们捐给你的。”

黄琳喉头一热,不知说什么是好,也不敢去接。

王老师:“拿上,这是老师和同学们的一点心意。”

黄琳:“老师,这不好,真的不好,我不能要。”

王老师指着水果篮上的飘带说:“你看,一个你并不认识的人都给你送了水果,老师和同学们的一点心意你还不收下?来,拿上。”

“谢谢老师和同学们。”黄琳轻轻说了一声,眼眶立即就湿润了。

王老师把钱塞在她手里:“还要告诉你一个好消息。对于你在国际奥林匹克夺得金牌的成绩,学校准备给予奖励,报告已经得到上头的批准。”

黄琳小声问道:“奖励多少?”

王老师竖起三个手指。

黄琳:“三十元吗?”

王老师摇摇头。

黄琳:“三百元?”

王老师:“三千。”

“三千!”黄琳激动得坐着一蹦。

立即就又痛得“哟”了一声。

王老师嗔道:“看你。”

黄琳吐了吐舌头。眼泪哗地涌了出来。

王老师忙掏出了手帕:“是刀口痛吗?”

黄琳摇摇头:“老师,三千元是多少?”说到这,拇指和食指一张,“三千元可有这么一叠?”

王老师:“你这个问答题没有给出前提,是100元的一叠?还是10元的一叠?还是5元的一叠?”

黄琳含泪的目光望着远处,神情非常认真:“我想应该是10元、5元的一叠,甚至还有1元1毛。”

王老师也一脸认真:“如果是10元、5元,那这一叠可就厚了。”

黄琳神情幽远:“我妈为了养活我们,为了让我们读书,卖烤红薯、蹬三轮车,赚的都是小票,一元一毛。有这三千元,我妈要少蹬多少脚的三轮车,要少卖多少只烤红薯!这三千元我不要大票,我要毛票。一大堆毛票,让我妈晚上在家数啊数,使劲地数钱,总是数钱,数的时间越长越好!”

王老师听得眼泪渐渐地流了出来。

黄琳的泪珠更是如断线的珍珠从长睫毛上滚落,她仍是幽幽地说着:“我妈养我这么多年,我没有帮过我妈。三千元我不要大票,我要毛票,一大堆毛票,可算我帮我妈蹬过三轮车、卖过红薯,报答过我妈……”

王老师忍不住抱住黄琳:“琳琳,不要说了。”

到了县里,母亲已经将想说的都说了一遍。

接待室秘书说:“好吧。高县长一回来我们就向他汇报。”

母亲问:“高县长什么时候回来?要么我就坐在这等他一会。”

秘书一脸严肃:“那倒不必,高县长什么时候回来也还难说。”

“这事请你千万别给忘了。你看这个。”母亲摸出名片:“这是高县长给我的,高县长说过,有事找他。”

秘书有些不悦:“我不是已经说过,这事我知道了。你女儿得过奥林匹克金奖,临考前节骨眼上得病住院开刀,眼看考期临近,要去省城参加考试,又怕路上经不起颠簸,想跟高县长借一辆小轿车。是不是就这事情?”

母亲说:“就这事情,谢谢你,千万别忘了汇报。”

秘书不耐烦了:“这用不着你提醒。”

母亲:“对不起,我乡下人不会说话,我是怕这事给耽误了。”

“耽误不耽误难说。”那秘书又埋头忙着自己的事情。“高县长一回来我就向他汇报,如果高县长是在出差,或者开会去了,三五天不回来,那我也无能为力。”

母亲大急:“如果高县长三五天不回来,这黄花菜还真凉了。”

秘书头也不抬:“那也没有办法。”

母亲捏着名片:“除了这上头的办公室电话,还有没有别的联系办法?譬如手机?家里?”

“没有。高县长家不在这里,好像也没有手机。来,下一个。”那秘书已决定不再和母亲啰嗦。

眼看着又一个来访者在这接待秘书的面前坐下,母亲只能不安地离去。

母亲返回途中经过第一中学门口。

时已中午,母亲只是朝学校里看了几眼,就从兜里摸出一块熟山芋,一边吃着一边蹬车走了。

黄家。

奶奶哆哆嗦嗦地摸到桌前,掀开纱罩。

纱罩下笼着母亲出门前早已准备下的饭菜。

奶奶望着饭菜,叹了一声:“我怎么死不掉哩?活着就是给孩子他妈拖累。”

医院里,黄琳合上课本望着窗外。

忽然眼睛一亮,大叫了一声:“妈。”

同室的病友都吓了一跳。

黄琳吐吐舌头,向四周拱拱手,表示了对不起的意思。

母亲在窗外停下三轮车。

黄琳连忙剥开一只香蕉。

母亲进来。

黄琳将香蕉塞进母亲嘴里:“妈,说得怎样?”

母亲摇摇头。

黄琳急了："没有结果？没有办成？"

母亲咽下香蕉："死丫头，塞了妈满满一嘴，妈怎么说话？妈没有见到高县长，但妈把话都留在那里了。"

黄琳忽然想起了什么，四周一瞧，小声说："妈，看看。"

母亲望着女儿手中晃着一叠钱，忙问："哪来的？"

黄琳附着母亲的耳朵小声说："学校里老师和同学们捐的。好几百哩。"

母亲也轻声说："赶紧收好。"

黄琳又道："还有一件好事。"

母亲："什么好事？"

黄琳："给你猜猜。"

母亲："咱们家好事太少，妈猜不出来。"

"学校准备发给我一笔奖金。"黄琳学着老师的样子竖起三根手指，"这么多。"

母亲："三百？"

黄琳咯咯笑了，然后抱着母亲，咬着母亲的耳朵说："三千。"

母亲的眼泪一下涌了出来说："既然这样，今后就不敢马虎了，更要好好地学习，将来报答学校，报效国家。"

黄琳点点头："妈，上大学的学费是不是就差不多了？"

母亲："恐怕差不多了。"

黄琳："高县长会不会真的给咱们派一辆车来？"

母亲："5 号，也就是后天上午考试。来不来车那就要看明天下午。"

母女俩都下意识地瞥了一眼窗外远处的马路。

远处的马路上只有拖拉机和大卡车的行色匆匆。

闭塞的古镇很少能见到小车。

母亲提着拖把走了。

黄琳盯着墙壁。

墙壁上的挂历已经撕到"3"号。

母亲仍在忙碌着。

太阳又一次下山了。

母亲在医院里买了饭菜，给奶奶送回家。

奶奶问："琳琳有没有好些？"

母亲说："好一些了。"

奶奶："那 5 号省城的考试？"

母亲："按现在的情况，刀口还嫩，挤公共汽车确实不行。那要看明天。"

奶奶一声长长的叹息。

夜色降临了。

挂着墙上的钟，滴滴答答的声音似乎格外急促，格外响亮，格外撞人。

天又亮了。

墙上的挂历又撕到了"4"号。

黄琳走到花坛附近，伸展伸展手脚，牵扯的疼痛似乎仍然非常明显。

她想快走几步。咬着牙坚持，不管它三七二十一。

结果还是不出医生所料，腹部针刺刀扎一般，很快便一头大汗，连后脊梁的衣服都湿透了。

母亲从远处急急走来："孩子，咱们可以跟命要强，却不能跟病犯犟。走，妈扶你回房，看你疼的这身大汗！如果再弄出其他什么病来，这怎么得了！"

母亲扶着她，一边走一边安慰："别急，咱们等到今天下午。如果高县长真的能够来车，咱们路上开得慢些，稳些，明天考试反正坐着，应该没有问题。"

母亲扶着黄琳又到床上躺下。

黄琳："妈，你给我后背再垫一个枕头。"

母亲："垫高了不怕伤口压着？"

黄琳:“垫高些我可以看到窗外马路。”

窗外,一辆小车疾驰而来。

母亲和黄琳都瞪大了眼睛,脸上充满了期盼。

小车却没有驶进医院,在窗外的马路上疾驰而过。

黄琳和母亲对望了一眼。

两人都默然无语。

母亲又拿起了扫把准备出去。

黄琳问:“妈,你不是说这两天你已经调休了?”

母亲说:“妈闷,还是做一点事情心里爽快。”

黄琳知道妈这是借着做事来排除心头的焦急。

又一辆小车在窗外的马路上出现。

黄琳竟有一种莫名其妙的紧张,心都提到喉咙眼了。

小车仍然没有拐进医院。很快又在视野里消失。

黄琳内心涌起一阵阵失落与颓丧。

时间过得似乎比平常更快,太阳又斜射进窗户里来了。

黄琳内心竟变得有些烦躁。

这时一个护士进来拉上窗帘。

黄琳说:“护士阿姨,请你把帘拉开。”

护士问:“为什么拉开窗帘?”

黄琳:“我喜欢窗帘拉开。”

护士:“不行,这不是在你家里。”

“拉——开——”黄琳突然声嘶力竭地叫了起来:“不拉开我就会闷死。”

护士吓了一跳。

只见黄琳眼眶里已经蓄满泪水。

护士吐了吐舌头,赶紧拉开窗帘就走。

母亲奔了进来:“琳琳,怎么啦?”

黄琳含着眼泪:“妈,你把窗帘拉上,我不要看了,我不要心总是这么悬着。”

母亲想了想，果真将窗帘再次拉上。

日头西斜，晚霞掩映上来。

焦急地等待了一天的母亲和黄琳终于失望。

黄琳说："妈，完了，彻底地完了。"

母亲拉开窗帘，外面已是万家灯火。

母亲摇摇头："琳琳，你想吃什么？琳琳，你今晚无论想吃什么菜，就是再贵、再贵，妈也给你买去。"

黄琳咬着嘴唇："妈，我今晚什么都不想吃，就是山珍海味也咽不下去。"

母亲再一次望着窗外，心里在说："莫非那个混蛋秘书没有告诉高县长？或者高县长果真就没有回来？"

忽然，母亲凄然一笑。

黄琳噙着泪花："妈，你笑什么？"

母亲一抹泪眼："孩子，其实咱们心里不应该背着一个失望。咱们算什么，一个平头百姓。一个平头百姓想着县太爷的小汽车专接专送，本来就是期望太高。咱们算什么？凭什么？何况人家县领导哪一个不是公务繁忙？孩子，别想了，也别有什么失望。妈这就去食堂买两个好菜，咱们娘儿俩好好吃它一餐。"

黄琳突然抱住母亲，哇的一声哭了。

又圆又大的月亮，高高地挂在天上。凄清，冷寂。

女儿终于睡着了，腮旁还挂着泪痕。

母亲守在旁边，欲给她擦掉泪痕，想想还是没敢把女儿碰醒。

深夜的老街一片寂静。

太阳又一次火红地升起。

天亮了。

不知是谁的一只手，“嚓”的一声撕去墙上的一页日历。那声音似乎特别响亮。

黄琳霍地坐起。

母亲也从打盹中醒来。

俩人都望着窗外的太阳。

墙壁的日历上“5”号的“5”字似乎特别刺眼。

母亲终于道：“琳琳，早饭想吃一点什么？”

黄琳摇摇头。

母亲：“妈打水给你洗脸。”

黄琳：“妈，他们现在恐怕已经走进考场了。”

母亲说：“琳琳，咱们不想这事了。噢，别想了。”

黄琳说：“妈，你也别想了。”

母亲：“无非多读一个三年高中，只要成绩在这，今后还可以念上大学。”

“三年！哈哈，又要再一个三年。好吧，弹指一挥间，三年就再等它三年。”黄琳望着准考证，突然就欲撕碎。

“别撕，留着也是一个纪念。”母亲夺过准考证，“孩子，人说秀才落榜笑是哭，那笑比哭还要难受。你就哭吧，就靠在妈怀里再大哭一场。”

这时，远处突然响起了警车的警笛声。

一辆警车开道。

随后是一辆小型面包车，车上贴着“考试卷运送专车”的字样。

两辆车直接开进了医院。

母亲和黄琳都看到了驶进医院的那两辆汽车。

这时，王老师和中学的校长兴冲冲走进病房。

背后跟着医院院长。

王老师一进来就说：“黄琳，请咱们校长告诉你一个好消息。”

校长说：“黄琳同学，鉴于你的病情与不能亲赴省城参加医大少年班招生统一考试的实际情况，经县教育局招生办公室与省招办反复磋商，并征询了医院的意见，省招办决定在医院单独辟一考场，也就是单独开辟一个只有你黄琳同学一个人考试的考场。这在我省高考招生历史上迄今为止还是唯一的一次。现在考试的试卷已经在警车护送下专车送到，监考人员也随车到达。请你抓紧准备一下，半个小时后开考。”

同室病友和围观的医护人员立即鼓起掌来。

医院院长随即道：“临时考场就在楼上院长会议室。我们派了最好的医生在门口监护。王娟，祝贺你，也预祝你女儿能考出好的成绩。”

母亲不知说什么好了，竟当众流出了眼泪：“谢谢，谢谢领导，谢谢政府。”

随即又对黄琳道：“孩子，抓紧准备。”

黄琳噙着泪、咬着嘴唇，拿出书包里的文具，将准考证端端正正地别在胸前。

工作人员迅速地布置着考场。

门框上拉起了“特设考点”的横幅。

一护士竟将手术室门口的“静”字立架也搬到了门口。

黄琳在众人簇拥下进入考场。

会议室的两扇门轻轻关上。

一名监考人员在考生黄琳的后面坐下。

另一名监考人员咳一声：“请考生们注意了，现在宣布考场纪律……”

门口坐着两个医生，背着急救包，随时准备应付意外。

母亲也守在门口，表情是极力地镇定、从容，内心却显露出难以掩饰的紧张。

院务处刘主任走来。

母亲忙说：“刘主任，我今天是调休。”

刘主任：“不调休也没有什么，你现在可是大人物了。孩子高考，居然上头有人把试卷送到这里，而且警车护送。其实凭这来头，你也根本用不着在这上班。”

门口的医生、护士，都忍不住朝这刘主任瞥了一眼。

母亲害怕影响女儿考试，不愿跟他争论，只当没有听见。

刘主任并不罢休："其实这种考试也是形式，既然已经照顾到这份上了，还不能照顾一个录取？做做样子而已。我说王娟，你尽可以让你的孩子考得轻松一些，甚至不妨马虎。我敢跟你打赌，你那孩子只须在试卷上胡乱写那么几行，即使一多半全错，也一定能考上大学。"

母亲火了，但还是使劲咽下怒气，竭力地淡淡一笑："谢谢刘主任提醒。"

这刘主任似乎刻意不将面前这位女人惹恼就不肯罢休："王娟，我刚才来的路上，有一个人问我说，你看人家王娟，孩子还只初中毕业，就在开始考大学了，你家刘品仁怎样？你家刘品仁是不是不如人家？你猜我怎么说的？我说人家爸妈离婚了，有娘没有爹。这有娘没有爹的孩子，往往才知道用功，才懂得甘苦，才晓得上进？王娟，你也幸亏离婚，亏得这些孩子没爹，你说是不是这道理？"

母亲一股火在升腾，但还是紧抿着嘴唇。

刘主任仍不死心地又逼问了一句："你认为我说得对还是不对？"

母亲终于忍不住了："你跟我过来，咱们到一边去我再告诉你对还是不对。"

刘主任迟迟疑疑地随母亲走到一个角落。

母亲问："你是希望我认为你说得对哩？还是希望我认为你说得不对？"

刘主任："什么意思？"

母亲沉声道："我认为你说得很对。你的意思是说有爹的孩子不如没有爹的孩子。按你的逻辑，你刘主任就是你孩子的障碍，你刘主任倒成了你孩子的绊脚石了。你是你家多余的人吗？你既然替你的孩子羡慕我那些孩子有娘没爹，你是不是也想给你的孩子创造这样的条件？你是存心从此再不想回家？还是准备辞掉这大主任的职务也去下落不明？如果你刘家没有了你这样的男人做爹，或许你刘家的孩子还真的才会长进。"

"你、你……"这刘主任气得不行。

母亲已快步离去。

黄琳在奋笔疾书。

两个监考老师在黄琳的身后看了看卷子，相视一笑，都暗暗点了点头。

这时候，黄鹂、黄卓、黄杏三人，一齐出现在医院门口。

三人经传达室指点，疾奔到临时考场的门外。

母亲一喜："你们?"

黄鹂："放暑假。"

黄杏一指门内："妈?"

"嘘。"母亲轻声道："你妹妹在里面考试。"

正说着，门开了，黄琳当先走出。

黄杏上前就一把将她抱住："妹，考得怎样?"

黄琳被碰痛了，下意识地哟了一声。

母亲忙道："杏，轻点。"

黄鹂也道："走，回病房再说。"

两个姐姐扶着黄琳。

黄琳一脸兴奋："姐，我全考出来了。就最后一道大题有点难做。还有一道题差一点漏了，复题时被我发现，还有最后十分钟，我一口气就做完了……"

两个姐姐也非常开心。

只有黄卓神情落寞地跟在后面。

母亲在一旁想去招呼监考老师。

王老师不知从什么地方冒出来说："黄琳她妈，这不用你管，招办的同志由咱们学校负责接待。"

母亲真是一脸说不出的感激。

病房里，黄家三姐妹兴奋不已。

黄琳扳着手指："接下去还有语文、化学、英语……"

黄杏："英语有什么不懂，我可以教你。大姐语文最好。"

黄鹂："语文这一门，特别是古文，有什么不懂可以问我。"

黄琳："化学是我的弱项。"

黄杏："哥哩?"

黄卓一直尾缩在她们的背后。

黄杏把黄卓拽到前头："哥，你怎么总是站在后面?"

黄卓略显忸怩地说："妹，祝贺你。"

说着，将一直藏掖在背后不知从哪采来的一朵小花递给妹妹："临场发挥非常重要，关键要冷静、细心，尽可能超常发挥。化学是我的强项。有什么不懂问我，虽是急来抱佛脚，总归是临阵磨枪不快也光。"

黄琳也略显忸怩地说："哥，谢谢你。"想了想又说："哥，你们明年也该考大学了。"

黄鹂说："你先考好。你考好了，对我们三个大的也是激励。"

黄杏忘情地拍着手："是啊，你是小妹。小妹考上了大学，我们就是为了难为情也会拼命。"

黄鹂忙道："这是医院，别这么嚷嚷。"

黄杏吐吐舌头，看看周围。

周围的病友也都笑了。

黄卓则抽出一本书："这本《题解》很好。"

黄鹂说："是妈以前给我买的。"

黄琳接过《题解》一翻："这里的题型很多，对我接下来的考试很有好处。"

母亲早已进来，只是悄悄地站在一边，这时说："行了，让你妹好好休息一会。"

一位病友从旁对母亲说："黄家妈妈，我真敬佩，也羡慕你有这么多争气的孩子。一个个都这么比学赶帮，今后的前途一定是无可限量，一个个都准能考上大学。"

"谢谢你的吉言，我还真盼着有这么一天。"母亲然后对几个孩子说："你们两个跟妈回家，就大姐在这陪着妹妹。说话轻点，别影响了别人。走，你们两个跟妈回家做饭。这一阵委屈奶奶了。"

奶奶倚坐在堂屋的躺椅里，显得心神不宁。

老人嘴里念叨着："琳琳，你这开的刀是大刀还是小刀？琳琳，奶奶不放心，奶奶不放心……"

说着，奶奶就挣扎着摸到拐杖，挣扎着站起来，挣扎着拖着半身不遂的身子，艰难地走了数十步，突然腿脚一软，跌倒在地上。

好不容易爬起，又继续拖着沉重的半边身子向前走出堂屋……

街尾龙家。

龙大海同样显得心神不宁。

他翻出画稿。

画稿里有许多人像，包括婴儿、幼儿、少女，其中年岁最大的一张，显然就是黄琳的肖像。

看着，看着，不知为什么，眼泪流出来了。

眼泪滴在黄琳的肖像上，立即就渗开了，模糊了。

模糊成黄琳在医院里的那副模样。

在医院里的那副模样渐渐退去，又变成了现实中的肖像。

他捧起肖像，放在嘴边轻轻吻了一下。

突然，一下似想起了什么。

他急忙将桌上的桃子、大枣、罐头什么的装进一只筐子。

他自言自语地说着："我得再去医院一趟。"

黄家，半身不遂的奶奶又一次瘫倒在地上。

奶奶几次拄着拐杖，颤颤巍巍地试图站起，结果都没有成功。

当又一次快要站起的时候，却又跌倒了。

这时候龙大海经过这里，赶紧扶起奶奶："大妈，你这身子，怎么能一个人出来？大妈，你要去哪？"

奶奶说："我想去医院看我孙女琳琳。我孙女动手术开刀了，听说现在又要考试，别把孩子折腾坏了。"

龙大海说："大妈，孩子没有事。"

奶奶问："你怎么知道？"

龙大海赶紧掩饰："我想，我想吉人自有天相。走，大妈，我扶你回家。"

奶奶瞥见龙大海手里的筐子："你是不是想要去哪？是不是急着有事？"

龙大海又撒了一次小谎："不，大妈，我就是想来看你，阿娟嫂子她们都忙，你没人照顾，我来看看你。走，大妈，我送你回家。"

奶奶还想再说什么。

龙大海已不由分说，将奶奶背到了身上。

奶奶则在他的背上替他拎着筐子。

母亲骑着三轮车回家。车子上坐着龙凤胎黄卓和黄杏。

送子桥上缺了一块石板。

母亲的三轮车经过这破桥，非常危险。

黄杏惊叫起来："妈，当心。"

龙大海将奶奶放在堂屋的椅子上，然后解开筐子："大妈，你看这都是我家后山上长的。你看，我家后山上那一坡桃子树，今年的桃子可是一个比一个大，你也尝尝新鲜。孩子们也该放暑假了，这些大枣，也是自家树上的。大妈，这罐头是给你买的。"

奶奶仔细地端详着龙大海，几乎就是一副考察的目光："我说龙家的大海啊，你以前在省城工作，现在又怎么突然回到了乡下老家？"

龙大海笑了笑："退休了，家乡的空气新鲜。"

奶奶摇摇头："依我看，你不到年龄，你这岁数，就能退休？"

龙大海说："现在工龄到了，也可以早退。"

奶奶问："你在城里，什么工种？也就是干些什么？"

母亲和黄杏也回到了家门口。

听到有人说话，黄杏一扯母亲，示意就在门外，且先听听他们说些什么。

龙大海回答："画画。"

奶奶问："画画也是职业？"

龙大海搓着手："同时也教孩子们画画。"

奶奶："那你的孩子多大了？几个孩子？"

龙大海摇摇头："我没有孩子。"

奶奶问："怎么不生孩子？"

龙大海苦笑了一下。

门外，黄杏也笑了，扯一下妈的衣襟，小着声音："看奶奶问的，比查户口还要仔细。"

母亲也笑了，又要举步进屋却又被黄杏挤挤眼睛拽住："再听听，看他们还能说些什么？"

奶奶又问："你们家那一位哩？就是你孩子他妈？对，你没有孩子。"

龙大海："她死了。"

奶奶一惊："死了？年纪轻轻怎么就不在了哩？"

龙大海："病。这以后就再没有好起来。"

奶奶一声叹息："唉！这世上应该让上了岁数的人先死才是正理。"

龙大海将一只水蜜桃剥了皮递给奶奶。

奶奶想了想，又问："大海啊，你说一个家，有爸没有妈不全，有妈没有爸也是不全。这不全的人家，是不是就像我这老不死的半身不遂的样子？做什么都难。"

龙大海："这也没有办法。"

奶奶："怎么叫没有办法？我这半身不遂是没法治的，世上有多少半个人家，那还是可以整起来的。"

龙大海一时无语。

奶奶又问："大海，你说一个家里，这当爸的重要还是当妈的重要！"

龙大海："同样重要，只是角色不同。"

奶奶："怎么叫角色不同？"

龙大海这时候显出了书生本色："有一个外国人是这么说的——母亲是我们的家，我们来自那里；母亲是大自然，是土，是海洋，但父亲却没有这些特征。父亲在孩子很小的时候，他的作用不能与母亲相提并论。但是，父亲虽然不代表自然界，却代表着人类存在的另一极世界，那就是思想的世界，科学技术的世界，法律和秩序的世界，风纪的世界，阅历和冒险的世界。父亲是孩子的导师之一，他承担的责任更多地表现在指导孩子走向世界！"

门外，黄杏对母亲吐吐舌头小着声："这人还有一点文化。"

奶奶说:“你这话我听不明白。”

龙大海:“还有人这样说,说父亲是房子,庇护着母亲和孩子;父亲是大树,母亲抱着孩子,在大树下幸福地坐着。”

奶奶说:“这才是真正的男人,真正的男人才配做一个父亲。”

龙大海:“其实世上有很多的男人并没有尽到责任。”

奶奶:“你的意思?”

龙大海:“我的意思也包括了我。”

奶奶:“你刚才不是说你没有孩子?”

龙大海不置可否,赶紧站起来:“大妈,我该走了。”

奶奶说:“谢谢你了,以后常来坐坐。”

龙大海:“行。以后有什么事,说一声,我反正闲着也是闲着。”

说着,就从后门走了。

门外,黄杏对母亲说:“妈,这个人非同寻常。”

母亲问:“什么叫非同寻常?是说他很有学问?”

黄杏说:“自从第一次见到他起,我就觉得他心里好像藏着什么事情。”

母亲问:“他能藏着什么事情?”

黄杏摇摇头。

母亲进屋叫了一声妈。

奶奶忙问:“琳琳怎样?”

母亲:“手术成功,第一场考试也已经考了,也很顺利。”

奶奶:“顺利就好。”

这时黄卓进来,抓起一把大枣,拈一颗丢进嘴里。

黄杏也拿起一个桃子。

黄卓问:“妹,这谁拿来的?”

黄杏说:“一个画家。那个叫龙大海的画家。”

黄卓便将手里的几颗大枣又丢进筐里。

母亲说:“妈,我扶你回房休息。”

奶奶被母亲扶进自己的房间,轻声问:“孩子他妈,你觉得龙大海那人怎样?”

母亲问："什么怎样？"

奶奶说："孩子他妈，我看你太累。就是铁做的人，总这样下去也会垮掉。这世上，无论男无论女，总得有人一旁帮着。"

母亲："妈，咱们不说这个。"

奶奶："趁我现在眼睛睁着。免得今后眼睛闭上了，还替你和孩子们担心。"

母亲："妈，看你都说到哪里去了。"

"不，这也是正事。"奶奶口气非常干脆，"你如果不嫌他哩，妈就给你撮合。有妈做媒，谁都不敢说你闲话。"

"妈，现在不说这个。"母亲把奶奶身上的棉被朝上拉拉。

奶奶："怎么现在不说这个？"

母亲："这无根无由，没影子的事，从哪说起。"

奶奶："怎么无根无由，人家不看上你，怎会常往这儿跑？"

母亲："看妈说的，人家是画家，又有文化。"

奶奶："画家就不吃五谷杂粮？有文化的人才知道什么是好什么叫坏。"

母亲："妈，别说了，怕说出去让人笑话。"

奶奶仍在唠叨："我看人家也是喜欢你的，这我看得出来。"

母亲一边麻利地收拾着床头柜上的药瓶，一边说："妈，你也别操心这操心那了，你的事啊，就是把心放宽了休息。"

院子里。

黄卓在使劲劈柴。他好像有什么怨气憋在心里要借着斧头发泄出来，劈柴劈得异常狂怒。

黄杏说："唷，哥今天干活干得这么卖力！这就对了，这才像个男人。"

黄卓歇下斧头："妹，你说，你说妈这满大街蹬车的事，像话吗？"

黄杏："哥问这话什么意思？"

黄卓："你回答我，一个老太婆，蹬一个三轮车满大街地跑，你说像话还是不像话？"

黄杏："不像话。"

黄卓："我也认为不像话。"

黄杏:“妈都这么大岁数了,身体又不好,万一哩……”

黄卓:“万一被熟人看见了,你说咱们的脸面往哪儿搁?”

黄杏的眼睛瞪大了:“哥,你这是什么话?”

这时候母亲来到院子:“卓,别忘了给你妹妹早点把晚饭送去。”

黄卓扔下斧头:“你要去哪?”

母亲把父亲的帽子戴在头上:“妈有事情。”

黄卓说:“这爸的帽子一戴,简直就是男人,多难看。”

母亲走出门口,跨上三轮车:“妈老都老了,还管什么好看难看。”

黄卓立即猜到了什么:“你究竟去哪?”

母亲说:“妈出去转一转,兴许还能碰上几个客人。”

黄卓急了:“原来是去蹬三轮车拉客?我刚才还想,咱们家怎么会有这三轮车呢?”

“蹬三轮车来钱不多,但快,而且都是现钱。”母亲蹬着三轮车欲走。

黄卓上前拦住:“这是男人做的事情。”

母亲说:“妈还有点力气。有力气就和男人没有多少二样。”

黄卓仍是拦住:“你岁数大了。”

“卓,让开。妈趁现在还蹬得动就多蹬几脚。如果今后蹬不动就真的老了。”母亲又欲蹬车。

黄卓使劲拽住:“我求你了。干什么都别蹬这三轮车好不好?”

“卓,别给妈添乱。天都快要晚了,别再给妈耽误时间。”母亲有些生气。

黄卓也扯起喉咙:“我求你了,求你别去蹬这三轮车好不好?”

母亲问:“卓,你难道不知道咱们家穷吗?琳琳如果这次能够考上大学,需要一笔学费。你们三个现在是暑假,过了暑假一开学又是一笔学费。而且你们三个明年也要考大学了,如果考上大学,更要一笔学费。妈现在只能抓紧从一毛一元攒起,积少成多。不然,妈就没有办法面对你们几个的那一笔笔学费了。”

黄卓仍然扯着喉咙:“赚钱的路子难道只有这蹬着三轮车拉客人的一个办法?”

母亲说:“其他的办法,妈也在想着,有了,也不会放过。”

黄卓换了恳求的口吻:“我求你了,真的别去干这事了。你的儿子女儿都这么大了，如果让你蹬着三轮车满大街奔走，人家也会笑话我们几个不孝。”

母亲说：“让妈歇着就是孝顺？你们读书好，成绩好，有知识有学问，今后自己出息了，对国家也能贡献，妈跟着扬眉吐气，那才是最大的孝顺。”

黄卓不屈不挠：“可是我还是认为，真的再别做这事。你说做什么能够赚钱，我和姐姐妹妹四个现在暑假就听你吩咐。”

母亲：“真的听妈吩咐？”

黄卓：“赴汤蹈火都不皱眉头。”

“妈吩咐你们的只有一件事情，那就是在家读书。”母亲用力蹬车就走。

黄卓一把从后面拽住：“你怎么就不为我想想。”

母亲一愣，回过头：“妈怎么就不为你想想？”

黄卓满腹委屈：“你想过没有？你什么时候想过？这小镇就这么大，丢一个屁能从街头臭到街尾。今后人家传出去，说黄卓他妈是个蹬三轮车的，他爸以前是个烤红薯的，这满大街全都知道，你说我钻地洞还是抱着头，我这脸往哪搁？咱们家在乡下，已经被人看不起了，家里穷，更被人看不起，现在爸下落不明妈又是一个蹬三轮车的，这比种庄稼的还不如，你叫我今后在同学堆里怎么做人？”

母亲火了：“在同学堆里做人，难道仅仅是靠娘的体面和老子的风光？做人靠的自己。妈蹬车给你丢脸了？让你塌台了？使你难堪了？妈靠力气吃饭，拿汗水供养你们，赚的是辛苦钱、干净钱，是给你争脸。你怎么就不光彩了？赤脚种出的粮食不香？还是肥料浇出的果子不甜？妈不偷不抢，流的是自己的汗水，挺着腰杆做人做事，你如果真的有知识就该感到脸上有光。”

黄卓还欲再说什么，被奔出来的黄杏拽住。

母亲蹬着三轮车走了。

黄卓竟委屈欲泪，紧紧地咬着自己的嘴唇。

缺了一块石板的送子桥，可以透空看到下面哗哗的流水。

母亲的三轮车又一次在这里遇到了险难。

母亲只能下车，小心翼翼地推车过桥。

病房里。

大姐黄鹂在帮着黄琳准备明天的考试内容。

黄琳非常认真。

黄鹂说:“千万记住。如果是选择题,注意极限法、公式法、图像法、代入法、量纲法、矢量三角形法。如果是解答题,注意变换研究对象、参照系、物理过程,有时候还需要将运用公式分析变换为图像分析……”

黄琳点点头。

黄鹂说:“记住人家的成功经验,就是五个英文字母:ABCDE——A 代表 assiduous,就是刻苦;B 代表 belief,就是信念;C 代表 confident,就是自信;D 代表 diligent,就是勤奋;E 代表 earnest,就是认真。你有这五个方面的条件,我相信你一定能够成功。”

黄琳倒在大姐的怀里,仰脸说:“明天是最后一考了,我还真有点害怕。”

黄鹂拍拍妹妹的后背,样子就像母亲,也学着母亲的口气:“妈怎么唱的?”

然后小着声音,“妹妹你大胆地往前走啊,往前走……”

黄琳笑了,从大姐的怀里钻出来,一甩头发:

“姐,人家说——并非所有的探索都能发现奥秘,并非所有的耕耘都能结出硕果,并非所有的自信的开始都预示着抵达辉煌的目标……但我还要加上一句——人间自有公道,有付出就有收获。”

黄鹂说:“妹,姐盼你成功,妈盼你成功。”

“成败在此一决,明天一定属于我的。”

黄琳猛地从床上站起,忽又痛得立即蹲了下来。

黄鹂赶紧搂住妹妹。

窗外的夜色里,有一个人影在悄悄向里张望。

母亲的三轮车载着客人也在夜色里奔跑。

黄卓与黄杏提着饭菜盒到医院给黄琳和黄鹂送饭,路上看到了蹬车的母亲。

黄杏张口想喊。

黄卓瞪了她一眼。

母亲埋头蹬车,没有看到路边的一双儿女。

三轮车在不远处嘎地停下。

黄卓拉着黄杏转到一棵树后。

接着,母亲就和那下车的客人发生了争执。

那客人拿出一张百元大票。

母亲抱歉的声音:“有没有零钱?票子太大了,我找不开。”

客人一副蛮横的腔调:“我没有零钱,想要就找,不要拉倒。”

母亲:“看看能不能找一个地方兑换一下。”

客人:“这里也没有商店。”

母亲:“要么再往前走走。”

客人:“我就在这下车。”

母亲:“到前面找到商店,换了钱我再送你回来。”

客人:“没有兴趣。”

母亲:“那怎么办呢?”

客人:“我可不是不肯付钱,是你找不开啊。”

母亲:“是我的责任。但是、但是你最好能有零钱,再在身上找找,少个毛把一元的也就算了。”

客人:“坐车付钱。但并没有规定一定得付零钱。整钱就不是钱吗?你找不出怪谁。”

母亲:“你看这事,这事还真是……”

“找不出可别怨我白坐车没有给钱。”那客人转身欲走。

“慢。”黄卓走了出来:“我给你把钱找开。”

母亲一愣。

那客人也似乎不信:“100 元的大票你也能够找得开来?”

黄卓:“那有什么,难道你的 100 元钱能比别的 100 元更大?”

那客人把黄卓上下打量了一下,拿出那张大票:“我料你也不一定找得开来。”

黄卓接过大票,捏住一角,夸张地作势欲撕。

“你干什么?”那人惊叫起来,伸手欲夺。

黄卓将手缩到背后："要么就找一个地方把钱换开，要么就撕一角付你的车钱。"

那人怒了："你小子凭什么横插一杠？"

黄卓："路见不平，人人都有挺身而出的责任。"

"你……"那人欲想威胁。

黄卓挺起胸脯，做出男子汉的雄壮。

那人软了下来，口袋里摸出几元钱。朝三轮车里一扔："我付还不行？大票给我。"

"你果然还有零钱，我听你口气就不是善茬。"黄卓将百元的票子朝地上一扔。

那人捡了钱转身就走。

黄杏朝黄卓一竖大拇指："哥，你还真行。"

黄卓掉头就走。

母亲："卓……"

黄卓似乎没有听见，独自就走远了。

第十二章

今晚,母亲因为不放心儿子,就早早地歇车回家。

看了看儿子的卧室,黄卓还没有回来。

母亲就坐在堂屋里守候,一边将口袋里的零钱抓出来整理。

一张张的压平。

一枚枚的就整起来用纸头筒起。

黄卓终于回来了,没有看一眼母亲就自顾走回自己的房间。

母亲叫了一声,"卓,你到哪里去了?"

黄卓在房间里没有好气地说:"同学家里。"

"卓,妈有话要跟你说。"母亲从堂屋走到黄卓房间的门口。

"砰"的一声,黄卓将房门关上了。

母亲被拒之门外。

第二天下午,黄琳将要进行最后一场考试。

黄鹂将黄琳送到门口:"妹,这是最后一场考试,你一定要考好。"

黄琳:"姐,这是最后一场考试,我一定会考好。"

黄鹂:"再检查一次文具。"

黄琳打开文具盒:"这一支是大姐的钢笔,这一支是二姐的钢笔,这一支是哥的钢笔。"

黄鹂:"还有妈为你削的铅笔。"

黄琳:"有全家人为我助阵,我一定会考好。"

黄鹂目送黄琳进入考场。

考场的门关上了。

大姐黄鹂代替母亲守在门外。

母亲在忙碌着打扫卫生。

眼前,一会儿出现黄琳。

一会儿又出现黄卓。

黄家,黄卓四顾无人,悄悄关上房门。又拿出在监狱里收到的那许多信件——

“卓,请允许我用这样的口吻和语气称呼你。因为任何一个人都有深爱另一个人的权利。我是谁你暂且别问。我自信我不是丑小鸭,其实即使是丑小鸭也有着她容光焕发的未来。

卓,当你与她的暗恋公开的时候,我曾经悄悄地哭过,哭过之后就将对你的那份爱慕深深地掩埋起来,或者说是不露痕迹地珍藏在了心底。或许正如哲人所说过的那样,爱是一粒种子一棵幼芽,当你曾经爱恋过的她不再爱你的时候,另一粒种子萌动了,另一株幼芽又钻出了曾经用理智掩埋过的土壤。

卓,你的刻苦,你的理解能力与悟性,你的出类拔萃的成绩,使你成为一棵树,摇动着那么多人的目光。如果说天妒红颜,那么奇才也同样有更多的磨难,而坚强正是男人耸立的腰杆,也正是柔情的目光最愿意投往的地方。

卓,你不必给我回信,但我希望你能够知道——I Love you(我爱你)。

一个你认识的女孩”

黄卓将一捧信捂在胸口,心里在说:“这女同学究竟是谁?是谁……”

这时房门被突然推开。

沉浸在柔情中的黄卓吓了一跳。

黄杏站在门口。

黄卓慌忙收起信。

“谁的信？是不是情书？”黄杏笑问。

黄卓连忙掩饰：“不是情书，真的不是情书。”

“不是情书就拿出来看看。奇文共欣赏，疑义相与析。”黄杏作势欲夺。

黄卓急忙掩到背后。

黄杏绕到他背后。

黄卓也迅速转过身子。

黄杏鼓掌笑说：“我都看到了，还藏什么？”

黄卓：“你看到了什么？”

黄杏：“的字结构。不是的字结构，你紧张什么？老实交代，又是谁给你的情书？”

黄卓：“连我都不知道。”

“骗人。”黄杏不信，“写给你的情书，你能不知道是谁写的？”

黄卓从背后转出一叠信纸，迅速地晃了晃：“这么多，一封都没有留下名字，真不知道是谁。”

黄杏：“骗我。”

黄卓：“骗你小狗。我都纳闷了那么多天了。”

“这些信什么时候收到的？”

“都是在我坐牢的时候。”

“哥，我真羡慕你。”

“羡慕什么？”

“危难之际见真情。你想想，在你最困难最需要帮助的时候，人家对你伸出了援手，给你信心和力量，用爱情的春风来鼓起你生活的风帆。这是大爱，真爱。”

黄卓问：“她为什么不留姓名？”

黄杏说：“或许这是人家在向你显示爱的神秘。想往和猜想是不是比一个真人站在你面前更加幸福和陶醉？”

“那为什么在我出狱之后，她就再没有给过我一封信哩？”

“真的没有再收到过一封信？”

“真的再没有收到过一封信！”

黄杏沉吟半晌：“所以还是我刚才说的那话，人家是在你最困难最需要帮助的时候向你表示爱意，这是大爱、真爱。当你天空的乌云散尽，重新昂起头来的时候，人家却悄然退却了，在一边静静地欣赏着你，并为你的每一寸进步而高兴，这种不肯暴露身份，默默享受着爱的陶醉，而且并不介入实质性生活的态度，我认为倒是生活的一种极高的境界。这种并不为自己实际贪图什么的女孩，只是默默享受不被对方发觉的仰慕，难道就这一点，还不能令你敬重，或者使你感到幸福？”

黄卓摇摇头：“我并不认为这样。你往往朝好的方面考虑问题，我往往要换一个角度。”

黄杏问：“你的意思？”

黄卓叹了一口气：“现在不说这个。杏，你是不是有什么事情要说？”

黄杏：“嘉妮过生日，请你吃饭，还人模狗样地下了帖子，听说约了一大帮高中的、初中的，甚至还有小学时候流鼻涕的同学。”

黄卓有点不敢相信：“她真的下帖请我？”

黄杏：“人家是不计前嫌。我说哥，你是去还是不去？”

一个护士走过来对正在擦窗户的母亲说：“王娟姐，有人找你。”

母亲一看，是嘉妮的父亲。

嘉父说：“大嫂，我们见过面的。”

母亲神情有些紧张：“是不是你们家孩子？我们家黄卓这一阵、这一阵好像没有跟谁来往。”

嘉父有些尴尬：“大嫂，不是那事，以前是我对不起你。”

母亲：“这回？”

嘉父：“这回是嘉妮过生日，趁着暑假，我想把她的同学们约上几个，大家伙聚聚。”

母亲笑了：“我可不是她同学。”

嘉父也笑了：“我女儿常说你好。她说她还听黄卓经常夸你做的菜好，今儿就是她点你主厨，请你给她们几个孩子做几个好菜。这孩子也是可怜，自小没娘，没有吃过娘做的饭菜。当然，你主厨的工钱我会照付。”

母亲爽快答应：“行。工钱不谈，说个日子。”

嘉父：“后天。”

母亲："你留一个地址。"

黄家。

黄杏说："嘉妮约的这十几个同学里，有你有我还有咱们姐。"

黄卓问："你们去不去？"

黄杏："不去，听说她爸这几年做生意发了大财。这还不是借着过生日故意显摆，我才不去。"

黄卓："你们不去我去。其实跟有钱人接触接触也没有什么不好。至少人家能赚到钱也是本事。钱也没有什么不好，咱们家还不是总为了没有钱发愁？"

"你去就你去。我们反正不去。"黄杏甩手走开。

黄卓也将一封封信折起。

考试快要结束。

门口除了黄鹂之外，还聚集了许多医生护士，包括院长。

院务办公室里。

刘主任正在训斥儿子刘品仁："你就知道玩、玩、玩，一整个公子哥儿，纨绔子弟。你看人家丫头，三级跳远，一冲刺就是大学的门槛。"

刘品仁吊儿郎当："考不上的，你以为她考得上吗？考得上，天就有个洞了。"

刘主任："你怎么知道人家考不上。"

"你看这个，字面朝上，她就没戏。"刘品仁说着，手指一拨，将一枚5分的硬币拨得在桌上滴溜溜打转。

然后用手一按，硬币倒下了："怎么样？字面朝上，我都试了5次了，全都字面朝上。"

刘主任将信将疑。

刘品仁又连试数次，果然都是如此。

刘主任发现了什么，一把抓过硬币。

刘品仁脸色大变。

刘主任愤怒地将硬币扔在地上："自欺欺人。两枚硬币粘在一起，你就这点聪明？这点出息！"

刘品仁讪讪地捡起硬币。

这时忽听医院门外，响起汽车的声音，刘主任头伸出窗外一看，赶紧下楼。

母亲正在院子里卖力地打扫、擦抹。

猛听得汽车声，一抬头，车上下来的竟是县长，忙迎了上去："谢谢你了，高县长。"

县长一下车就问："孩子在哪？"

母亲忙说："楼上，快要结束了。"

县长一挥手："走，上去看看。"

高县长在母亲的陪同下直奔考场。

门口的院长等人，见到县长便欲上前寒暄。

县长摆摆手叫他们不要说话。

刘主任不知在哪搬了一张椅子，连忙放在县长的身后。

（楼梯拐角隐着一个人，很像龙大海。）

这时候考场的大门开了。

黄琳当先走出。

县长迎了上去。一把抓住黄琳的手：

"黄琳同学，辛苦了。我这次专程前来也是为了向你道歉，这一阵实在太忙，一直拖到现在才来看你。"

母亲赶紧说："还不赶快谢谢县长。"

县长拦住正要鞠躬的黄琳："另外哩，我还要代表县政府，并以个人的名义，向省招生办和大学招生处的同志表示感谢。"

招办主任："县长太客气了。"

县长说："我们常说，苦不能苦孩子，穷不能穷教育。这话很对，我们的责任，就在于要把它落到实处。"

一阵掌声。

刘主任的掌声最响。

县长:“我还忘记问问黄琳同学,考得怎样?有没有把握?”

黄琳头发一甩:“很有希望。”

母亲一旁低声嗔道:“可不能把话说满。”

县长:“黄琳同学,你能不能给大家说说,你为什么对自己抱有那么大信心,怀有那么大的希望?”

黄琳一脸稚气,也一脸自豪:“因为我妈说过,一个人,不怕不好,就怕不要。这个‘要’,不是索取而是争取,不是弯腰去拿,而是蹦起来去摘,这个‘要’是向上,是雄心,是渴望,是激情。”

一阵掌声。

黄琳非常老练:“我记得有一次我跟我妈说,我们老师做了一实验,也就是把一块冰放在炉子上烧,后来冰没有了,变成了水,再后来水又没有了,变成了气体。我妈不懂物理,却说出了哲理。我妈说,人也这样,做人做事,心热到什么分上,做人做事就做到什么分上。依我现在的理解,一个人的心是冷的,这个人就是一块冰,活动的范围也就仅限于立足的地方;一个人的心是热的,这个人就会变成水,处于一种常态,可以到处流淌;但只有充满火热的激情的时候,人才会向更高的地方升腾。”

一阵掌声。

(楼梯拐角处一个侧身人的掌声最响,当人们将目光投向他的时候,他迅疾离去。)

母亲忙又轻声道:“琳琳,别说了,别把话说满了。你那么自信,万一不成……”

黄琳说:“妈,我在北京看过一次运动会。有一个单杠运动员从杠上掉了下来,顿时引起哄堂大笑。这个运动员第二次重新抓住单杠,做着做着,又掉了下来,这时候全场鸦雀无声。他第三次重新上杠,终于做完了全套动作,而且非常漂亮,场上立即响起一阵掌声。我却掉下了眼泪。决不言败也是自信,我这次即使考砸了,我相信我还会继续努力,有努力就有未来。”

又是一阵掌声。

县长抓住母亲的手:“谢谢你培养了这么一个女儿。还是那句话,今后有什么事有什么困难，立即找我。”

刘主任在一旁赶紧用膀子触触母亲：“快说谢谢县长。”

母亲：“谢谢县长。”

“谢谢大家，谢谢大家。”县长和大家一一握别。

警笛又一次响起。

警车护送着招办的押卷车离开了医院。

考完了最后一科的黄琳和大姐黄鹂还有母亲又回到了病房。

母亲又问：“琳琳，究竟考得怎么样？”

黄琳：“超常发挥。”

母亲：“你总是感觉很好。”

黄琳：“考上大学应该没有问题。”

母亲：“人家可是总共只招 20 个。”

黄琳：“也没有问题。”

母亲笑了：“你这孩子，总是这么一肚信心。行，妈相信。但高兴也不能摆在脸上，万一失败。还是平常心，万一失败了也跌得轻些。好了，现在剩下的事就是赶紧把病养好了出院。”

黄琳：“还有大姐应该好好休息两天。”

母亲：“鹂鹂，走，跟妈一块回家吃饭。”

黄家。

黄杏锅上锅下地忙着烧饭。

黄卓又在闷闷不乐地摆弄那几封所谓的情书。

母亲和黄鹂蹬着三轮车回来了。

黄卓急忙将情书藏进房间。

母亲跨进大门：“卓……”

黄卓没让母亲把话说完，就转过身去。

母亲：“又什么事情？”

黄卓：“还那件事情，你三轮车别蹬了好不好，我求你了。”

母亲："还是那意思，怕妈给你丢人？"

黄卓："你不常说'好事人不知，坏事传千里'？这事迟早会传出去，一传出去，我所有的同学都会知道。"

母亲神情极其严肃起来："妈蹬三轮车挣钱是什么坏事？我已经说过，妈凭力气吃饭，就是传出去让你的所有同学都知道了，你也不会落人耻笑。谁家不靠力气吃饭？即使有耻笑你的人，那也是他的可耻。妈再说一遍——这不是什么坏事！"

"怎么不是坏事？"黄卓转身奔进自己房间，拿出一大叠信猛地摔在桌上："够了。我已经吃够了让人看不起的苦头。以前刘品仁笑我，后来与嘉妮分手，现在又有女孩子追我，但就是不肯与我见面。为什么人家既然喜欢我、在我坐牢的时候写信给我，却又不肯见我？不把姓名给我？在我出狱之后又再不给我来信？这不明摆的事情。她是喜欢我这个人，却又看不起咱们这个家庭，她是愿意与我意会神交，却又因我的寒酸不肯与我进行实质性的交往。你说我痛不痛苦？你知道我有多痛苦？现在你又成了一个三轮车的车夫。你这不是扎扎实实地在往我伤口上撒盐？"

"不要说了。"黄鹂突然一声大喝。

她扫了一眼桌上的情书："你是为你出生在咱们这样的家庭感到委屈？妈为了咱们辛辛苦苦，没日没夜，一个人独撑这么一个家庭，都没有一句怨言。你不甘贫困，害怕寒酸，力图摆脱现状，应该说没错。但是，知耻而后勇，应该转化成力量，那种改变现状的力量，而不是牢骚、埋怨，更不应该怪罪妈妈。妈所做的一切，也恰恰正是为了摆脱贫困，或者说是在创造条件帮助我们为日后摆脱贫困提供可能。在这个家里，咱们衣来伸手，饭来张口，要吃要穿要读书，全靠妈一个人张罗。咱们帮过妈吗？平心而论，咱们帮过妈多少？不但没有帮助，你反而张口就是指责。我们都已经成人，咱们在为自己着想的同时，也应该为妈想想。"

母亲抹了一下眼泪："卓，你没有一个好爹，也没有一个能干的妈妈。但既然已经生在这样一个家庭，也不用怨谁。细藤上不是照样长出大瓜？这窝虽是穷窝，但前程要靠你们一个个到外面去找，只要努力，说不定照样会有了不起的将来。妈在下班的时候蹬一个三轮车拉客，在你看来很不体面，但为了能够有钱供你们上学，妈这一脚一脚蹬着，心里想的，也是为了日后能替你们把前途蹬宽，蹬出一条好路……”

“我说的可是现在。”黄卓把母亲的话打断，指着桌上的信说，“现在人家就在看不起我了，你这三轮车一蹬，人家就更看不起我了。你看人家，能给我写信，却就是不肯与我见面。”

“错了。”黄鹂也猛地一声将他打断，同时霍地抓起桌上的信件，“你知道这些信是谁写的吗？写这些信的人就在眼前。”

黄卓一惊：“写这些信的人就在眼前？”

母亲也将疑惑的目光停到了黄鹂的脸上。

黄鹂慢慢垂下眼睑：“这些信都是我写给你的。”

黄卓的眼珠差一点没有瞪出眼眶：“这些信是你写给我的？”

母亲立即就明白了什么，想了想说：“是妈叫你姐写的。”

黄卓几乎是声嘶力竭地叫了起来：“为什么？你们这是为什么？”

黄鹂也提高了声音：“为什么你难道还不明白？就是为了填补你失恋的空虚，为了稳定你的情绪，也为了你能振作起来能好好读书，免得破罐子破摔。”

黄卓非常愤怒：“你们这是欺骗。”

母亲极力地平静心气：“孩子，这确实是欺骗。为了这件不应该做的事情，妈向你道歉。你姐为了改变你当时的绝望，为了救你，却又苦于没有别的办法，才迫不得已想出这么一个主意。妈请你原谅。”

黄卓几乎是跺着脚说：“我永远不能原谅，这是对我的愚弄，这是欺骗我的感情，我为我的信以为真感到羞愧。”

黄鹂也不示弱：“要说欺骗，这也是善良的欺骗，带着美好愿望的欺骗。”

黄卓扯着喉咙：“我不要这种欺骗。”

母亲叹道：“卓，你如果不肯原谅你姐，不肯原谅妈，妈也只有向你道歉。”

黄鹂立即道：“这事与妈无关。妈，你别把这事揽到自己身上。弟，你听我解释……”

“不要说了，我不要解释。”黄卓眼泪一抹，突然摔门而去。

母亲追出门外：“卓、卓……”

黄鹂出来拽住母亲：“妈，别去管他。看他离开这个家还能飞到什么地方。”

黄卓忽又返身奔回。

母亲上前欲说什么。

黄卓将母亲拨开。

黄杏拉住他的衣裳:“哥……”

黄卓将她推了一个踉跄。

他冲进大门,一路踢开板凳、绊倒椅子,怒冲冲奔进自己的厢房,从枕头底下翻出那一叠“情书”,又奔到大门外,当着母亲和姐姐、妹妹们的面愤怒地撕扯,一边撕一边流着泪说:“欺骗,你们这是欺骗。人家看不起我,连家里的人也在耍我。我是一个笨蛋,天下第一号的笨蛋,那么多天我都一直蒙在鼓里……”

黄鹂喝了一句:“你还有没有完了?”

黄卓甩头一吼:“就是没有完。”

黄杏一旁撇撇嘴:“谁叫你早恋?谁叫你失恋了就那么痛苦?妈和姐就是再怎么错还不是为你?”

黄卓眼睛一瞪:“我不要同情,不要这种虚构的安慰。这是画饼给我充饥,这与嘲笑有什么区别?这就是朝我伤口上撒盐……”

黄鹂火了:“这不是撒盐,这是止渴。”

黄卓更火:“这是让我望梅止渴。”

黄鹂也辣辣地堵了一句:“谁叫你有这渴病?谁叫你这么早就有这渴病?”

黄卓几乎要跳了起来:“这也怨我?这能怨我?”

黄鹂也不示弱:“这不怨你怨谁?你有那真本事我会犯得着这么费心劳神?就因为你的空虚,我才挖空心思写下那些假情假意的假信。”

黄卓格外火冒三丈:“这能怨我?要怨就该怨咱们家太穷,要怨就该怨我没有做官的爹没有有钱的娘,没有好爸好妈……”

“还不住口。”黄鹂脸孔涨得通红,几乎指着黄卓的鼻尖,“你可以怨咱们这个穷家,可以怨咱们没有好爸,但就是不能怨咱们没有好妈。”

黄卓自知失言,一时愣在当场。

黄杏惶恐不安地望望黄卓又望望妈。

母亲神色平静:“让他说吧,让他说出来心里也许会痛快一些。”

“说啊,怎么不说话了?”奶奶不知什么时候也出来了。

奶奶扶杖立在门外,浑身在发抖:“你姐没有说错。你可以嫌你这个穷家,你可以怨你爹是个懒汉是个无赖是个畜生。但是,但是有我这个老不死的站在这里,就容不得你嫌憎你妈的半句瞎话。你嫌你没有好妈,你还要什么样的好妈?你是畜生,跟你爹一样的畜生。说啊,怎么不说话啦?你再说一句嫌憎你妈的瞎话,奶奶今天就撞死在你这做孙子的面前。”

母亲忙道:“妈,别说了,你这么生气别伤了身子。”

奶奶就把身子靠在母亲身上,手中的拐杖指着黄卓:“咱们乡下,这羊羔喝奶,都知道跪到它妈跟前。那树上的小乌鸦,都晓得把嘴里的吃物,吐一点到它妈嘴里。难不成你这为人之子,别的还没有学会,就先学会了忘本?你、你到底为什么事情竟跟你妈这样?说啊?你到底……”

“够了、够了。”黄卓猛地把手中的一团碎纸朝地上一摔,转身就离家而去,一路疾奔。

奶奶气得浑身哆嗦:“跟他爹一样,又是、又是一个畜生……”

母亲扶住奶奶:“妈,别跟孩子置气,哪一个孩子没有一点性子。杏,扶奶奶进屋休息。”

黄杏扶走奶奶之后,母亲突然一阵头晕。

黄鹂上前扶住:“妈……”

山道上,黄卓一路狂奔。

黄家门口,一股旋风将地上的碎纸旋上半空。

母亲望着面前旋动的碎纸,半晌不语。

黄鹂轻轻叫了一声:“妈。”

母亲不语。

黄鹂又叫了一声:“妈。”

母亲仍是不语。

黄鹂有点害怕起来,用手去触母亲:“妈。”

母亲猛地就将她的手拂开,铁着脸就是一声:“糊涂。这是你做姐的样子？”

黄鹂的倔脾气也拧了起来：“难道我做错了吗？我认为我没有做错。”

母亲怒道：“你弟伤就伤在过早地谈情说爱上头，你怎么能用这谈情说爱再去伤他？”

黄鹂颇感委屈：“这也是情势所迫，当时有当时的特殊情况，我能有什么别的办法？”

母亲：“你说你有办法，原来就是这个办法！”

黄鹂：“这个办法难道不灵？这个办法很有实效。他撕碎的书不是又拼贴起来了吗？他扔掉的课本不是又捡拾起来了吗？”

母亲：“你说这办法不错，当时为什么就不能告诉妈一声哩？”

黄鹂：“我怕你会反对，怕你因为反对把这戏给砸了，一时又再想不出别的办法，弟在牢里的学业那就真的给耽搁给误了。现在想起来，我当时不告诉你的决定是对的，我现在甚至为我当时将这件事秘密进行而感到庆幸。”

母亲：“还要犟嘴，你弟为这情情爱爱的事，第一次崩了，第二次又是个空心汤团，他自然懊恼，他就会想到是被人捉弄。为什么会被人捉弄？穷。他就会想到这是穷的原因，他就会陷入自卑，在人面前抬不起头来。”

黄杏走出门外：“妈，你为什么总是这么替哥担惊受怕？难道就因为他是男孩，是咱们家独养儿子就值得这么娇惯？”

母亲瞪了黄杏一眼。

黄鹂则道：“要说这穷，咱们家穷是事实。真正的男子汉也不会在穷字面前抬不起头来。自卑什么？有本事就去发奋。”

母亲：“这些道理妈都知道，妈也不是特别地宠他。但他现在这一气之下走了。会不会又闹出别的什么事情！”

黄鹂：“妈，这事由我引起，他就是走到天涯海角，我也会把他找回来还你。”

说完，黄鹂也离家而去。

黄卓躺在一处山坡上，闭着眼睛。

他眼睛突然睁开，仰天吼了起来：“我是一个穷鬼、谁叫我是一个穷——鬼！穷就这么可怕！穷就这么可恨、可恶！因为穷，她离我而去。难道还是因为穷就穷得我黄卓需要用虚构的爱情来安慰自己?”

小风骤起。

四周落叶萧萧。

黄鹂一路疾奔。

母亲又蹬着三轮车去镇上载客。

母亲骑着三轮车在老街上转悠,眼前老是抹不掉黄卓的影子。

特别是他“眼泪一抹,摔门而去”的情景总在面前浮现。

这时候大姐黄鹂小时候的一幕又回到了母亲的眼前——

那是一个秋天,医院的一个同事带着孩子到老家串门。那孩子与黄鹂年岁相仿。当时那孩子手里攥一枝甘蔗啃着。

小黄鹂倚在门后,眼睛定定地盯着那孩子在啮咬甘蔗,一副馋得不行的样子,小指头已经伸进了嘴里。

母亲瞥见后,一边和同事聊着,一边对小黄鹂暗暗瞪眼。

小黄鹂偏是没有看见,小眼睛随着那孩子手里的甘蔗的转动而转动。

母亲心里暗自着急。生怕孩子的这副馋相被别人看见。

但小黄鹂仍然是一脸馋相,而且口水都顺着手指流了下来。

好不容易熬到那人带着孩子告辞。

母亲送走那人回来,忽见小黄鹂正捡拾着地上的甘蔗渣在研究。

正当她准备把甘蔗送到嘴里去的时候,母亲把她小手一打,呵斥道:“你就这点出息?再馋也不能在人家面前馋成这样。”

小黄鹂望着地上打落的甘蔗渣,委屈地哭了。

而且一边抹着眼泪就一边朝门外走去。

母亲在背后说:“走吧,一点大鬼东西看你能走到哪去?”

小丫头还真是越走越远。

蹬着三轮车的母亲摇了摇头,长长地叹了一口气。

母亲的记忆又回到了那一天。

眼看着天快晚了，母亲顺着小黄鹂出走的那条路向山坡上寻找，一边找一边叫唤："鹂、鹂……"

找到山坡的高粱地里，只见小黄鹂已经倒在高粱地里睡着了，腮上还留着泪痕。

特别令母亲难受的是孩子手里还紧紧攥着一截啃剩下的高粱秸。

母亲掉下了眼泪，轻轻地抱起女儿，心里在说："鹂，妈哪一天给你买一根最甜最甜的甘蔗。"

不一会，小黄鹂醒来，似乎已经忘记了一切，天真稚气地将仍然紧攥在手里的高粱秸伸到母亲的嘴里："妈，你吃，真甜。"

母亲又一次掉下了眼泪。

小黄鹂惊慌起来："妈，你怎么哭啦？这真的很甜。"

母亲将小黄鹂紧紧地搂在怀里："鹂，妈今后给你买真正的甘蔗，甜的日子，今后一定会有。"

小黄鹂点点头，用胖嘟嘟的小手指给母亲勾去眼泪。

想到这里，母亲叹了一口气："我常说鹂鹂小时候犟气，没想到卓儿更犟。而且这孩子虚荣。他就是穷日子过怕了，盼啊盼的，把好日子看得很重。一碰到什么事情，就伤到自尊，就想到自己的穷就怨恨这个穷。"

这时路旁一个客人招手。

母亲把车子悠了过去。

黄琳独自回家。

黄杏赶忙迎出："妹，你出院了？"

黄琳甜甜一笑，悄声道："我跟医生说我想出院。医生不肯。"

黄杏："那你怎么回家来了？"

黄琳五指并拢，一碰额头："报告二姐姐，妹妹是偷偷溜回来的。"

黄杏一听急了："赶紧回去，病还没有好怎么能偷偷出院？"

黄琳嘻嘻一笑："看把姐急的，我跟医生说啊，我想出院，医生开始是不肯。"

黄杏:“那后来呢?”

黄琳扮一鬼脸:“后来我说,我想我妈了,我不跟我妈钻一个被窝就睡不着觉。”

黄杏也笑了:“耍赖,那医生怎么说?”

黄琳鼻尖一耸:“哼,那医生真坏,他说你还没有断奶?我说是的,我兜里就还有一个奶嘴放着。怎么样?那医生没辙了,只好说:‘行,那就让你出院,但回家还要好好休息。’哼。回到家是不是休息,那就要看我是不是乐意了。”

黄杏:“妈知道不知道你出院?”

黄琳:“不知道。”

黄杏给妹妹理了理头发:“你怎么不打一个电话到隔壁阿毛家哩,我们可以去接你。”

黄琳甩甩胳膊蹬蹬腿:“你看我不是一点都没有事了。姐,妈哩?”

黄杏:“上街蹬车。”

黄琳:“大姐哩?”

黄杏:“找哥去了。”

黄琳:“哥到哪去了?”

黄杏撇撇嘴,一摊双手。

小姨王香家就在附近的一个镇上。

外婆坐在门口抱着小姨的孩子。

黄鹂来到这里:“外婆,我弟有没有来这?”

外婆朝里屋努努嘴:“在,在里屋。一到这就抱着你小姨夫大学里读过的书本死啃。”

黄鹂轻声一哼:“有本事飞到天边去啊!我猜到他就在这里。”

外婆悄悄道:“跟你妈斗嘴了?”

黄鹂:“妈把他娇贵惯了,一不顺心就发脾气。”

外婆:“这孩子。你妈也真不容易。外婆要不是手头这小外孙拖着,我也应该去帮帮你妈。”

黄鹂:“小姨哩?”

外婆："小姨跟你小姨夫到广东做生意去了。"

黄鹂："外婆，我走了。"

外婆："劝劝你妈也别生气。一龙生九子还都不同样。各人都有各人的脾气。再就是叫你妈放心，过一两天，等他气消了我就打发他回去。"

黄鹂临走前瞟了一眼里屋，发觉里屋没人。赶紧进去一看，叫了起来："外婆，外婆，人哩？我弟怎么不在这里？"

外婆闻声进来："怪事了，怎么不在了哩？刚才好像还在这里。到哪里去了？会不会出什么事情？"

黄鹂："外婆，你也别急，我出去找找。"

"来，把这个拿上。"

外婆从竹匾里抓两段胖藕："边啃边找。"

黄鹂接了藕就走。

黄鹂急匆匆镇里镇外地找了一圈，没有发现黄卓的人影。

她心里也不由得暗自着急起来。

忽然，她看到了镇子外的一座山坡。

黄卓正仰面朝天地躺在山坡上看书，他忽然听到山脚下有人上来的窸窸窣窣声，侧过身子瞥见是姐姐黄鹂，便又立即仰正身子，把翻开的书盖在脸上。

黄鹂走到跟前，轻轻叫了一声："弟。"

黄卓装睡不应。

"弟。"黄鹂又叫了一声。

黄卓仍是赌气不睬。

他覆盖在脸上的那本书的封面，赫然可见《高等数学》几个大字。

黄鹂的目光在《高等数学》的封面上停留了好大一会，也许是不忍心叫醒弟弟，也许是猜到了黄卓不肯理睬自己，她默立了一会，悄悄将一节胖藕用手帕包了，丢在弟弟身边，又悄悄按原路返回。

黄卓悄悄睁开眼睛，瞥见黄鹂已走远，便抓过胖藕大嚼起来。

黄鹂回到家里天已经黑了。

母亲、黄杏、黄琳坐在饭桌上都没有心思吃饭。

黄鹂一进家门就把那一节没有舍得吃完的藕伸到母亲的嘴里:“妈你吃吃看,又脆又甜。”

母亲用齿尖啮了一口。

黄鹂又将胖藕伸到黄琳面前:“出院啦?有没有好透?”

黄琳胸脯一挺:“看我是不是非常精神?”然后故意夸张地将藕猛咬下一口。

黄鹂将剩下的藕段递给黄杏。

母亲则把一碗饭送到她手里:“你弟是不是在你小姨家哩?”

黄鹂:“在小姨家里。”

母亲:“在小姨家还跟妈赌气?”

黄鹂:“知耻而后奋。在小姨家看书,连小姨夫大学里的书都啃上了。”

母亲:“这孩子命不高心高。能有志气就好。怕就怕的一个人既嫌穷而又认穷。”

黄杏听了不悦:“哥的脾气那么不好,你还夸他。”

小姨家。

黄卓和外婆坐一桌吃饭。

外婆把一筷菜挟进黄卓碗里:“都这么大了,还常跟你妈怄气。”

黄卓不语,只埋头吃饭。

外婆:“你妈也是苦命,嫁你爸这么一个丈夫。”

黄卓:“早该离了。”

外婆筷子在碗边上一敲:“啐,这话也是你做儿子的能够说的?离了,离了日子就好过了?这世上的人都是配对过日子的。男的离不得女的,这女的啊,也省不得男的。”

黄卓轻哼一声:“矛盾。既然我妈没有嫁好,又说女的省不得男的。你的意思是我爸跟我妈不该离婚?”

外婆:“这离也离了,就不说什么该不该的了。要紧的是你妈得再找一个。”

黄卓瞪大了眼睛:“你说我妈应该再嫁一个男人?”

外婆:“这一个家里,就得互帮互衬,有这么两个人撑着。”

黄卓提高了声音:“外婆你别出什么馊主意好不好,你这话我第一个反对。”

外婆:“这碍着你什么?你没有爹了,给你再找一个爹有什么不好?”

黄卓饭碗一推:“你叫我这脸今后往哪儿搁啊?你叫我今后还要不要做人?”

外婆一脸不解地望着黄卓。

黄卓苦着脸,一副委屈的样子:“咱们家要什么没有什么。这倒好,今后有了。有的是一个晚爹。亲爹是卖红薯的,晚爹说不定是一个挑大粪的。”

外婆:“只要人好,挑大粪也没有什么不好?”

黄卓推桌而起:“这话你别说了好不好外婆。”

“好、好,外婆不说了,外婆不说就是了。”

黄家。

母亲一边收拾着饭桌一边说:“好了,这里用不着你们插手。你们都给妈看书做作业去。”

过了一会又说:“妈明天中午给人家帮厨,不回来吃饭。”

第二天中午,黄卓与一批小学的同学,应邀来到了嘉妮的家里。

嘉妮家非常气派。

小主人嘉妮忙着朝桌上堆香烟、拿水果。

一帮年轻人坐在客厅时高谈阔论,间或也难免有一些自我吹嘘。

甲说:“去年我为一票业务去了一趟瑞士,那国家真是干净,皮鞋半个月不擦,没灰。”

乙说:“千好万好还是家好。我去年赚了钱哪也不去,先在郊区买两亩地造了一幢小楼。住在里面一整个就是外国。”

丙说:“其实该花的要花,该节约的还得节约。现在赚钱难赚,去年我跟爸那么辛苦,到年底刨去税才赚了多少?”

黄卓:“赚了多少?”

丙答："就八十多万。"

黄卓讶然出声："八十多万？"

丙说："少是少了些。但新买了一辆奥迪没算。"

黄卓一脸感慨之色。

这时，正对客厅的大门开了——母亲走了进来。

黄卓下意识地站了起来。

母亲刚要叫他。

黄卓则别过脸又坐进沙发。

母亲愣了一下走进了背后的厨房。

母亲系上围裙，帮着另一个厨师拿刀切菜。

一边侧耳听着客厅里的说话。

但听客厅里一人问道："黄卓，刚才进来的那个女人是嘉妮家请来的钟点工，你也认识？"

黄卓吭哧了一下说："见过，我们家以前的邻居。"

厨房里的母亲手一抖，菜刀一偏。不觉"哟"了一声。

手指上的鲜血汩汩地流了出来。

另一个厨师一惊："怎么了，刀切到手上去了。"

"没有事，一不小心。"母亲勉强地笑了笑，将泪一样咸的血手指吮进嘴里。

黄卓客厅里听到了母亲的声音，站了起来。

同学们不觉都以奇怪的目光看着黄卓。

黄卓又坐了下来。

嘉妮从房间里出来："吃东西呀，别愣着。"

沙发里的黄卓如坐针毡。

嘉妮觉察出来："黄卓，你今天这是怎么啦？怎么心神不定、坐立不安？屁股下真有钉子？"

黄卓说："嘉妮，我中午饭不在这里吃了。"

嘉妮："为什么？"

黄卓："我家里还有一点事情。"

嘉妮："吃过饭再回去也不迟嘛。"

黄卓："不了，我得抓紧回去。"

甲："什么事这么紧急？"

乙："咱们可是难得见面。"

丙："什么事说出来，咱们帮你去办。"

丁："是不是在县城重点中学念书，今后上一个大学，再研究生、博士什么的一路飞黄腾达，就看不起咱们了，还怎么的？"

"不不，咱们后会有期、后会有期，我得走了，先走一步……"黄卓逃似地出了嘉妮家。

嘉妮追出门外。

黄卓已经走远。

嘉妮返身回家，拿了一只鲜红的蛇果跑出。

一个贯来就虚荣心作怪的黄卓，这一次心里特别不是滋味。

他刚才是非常强烈地在内心责怪母亲又使自己难堪，现在则同样强烈地责备自己对不起辛辛苦苦的母亲。

他为自己刚才的所说的话后悔。希望向母亲解释，却又不敢面对母亲疲惫的眼神。

于是一个人漫无目的地在街上走着，低着头一路踢着一只瓶盖。

他知道自己刚才的话一定是刺伤了母亲。

瓶盖脚下滴溜溜地滚着。

瓶盖一路踢到了送子桥头。

送子桥上那个缺了石板的窟窿非常显眼。

母亲每天都要骑着自行车经过这里。

黄卓站在送子桥上，望着窟窿下的流水在呆呆地发愣。

这时水中出现了一个女孩的身影。

黄卓望着水中的那个身影："你走开，我不愿意见到你。"

身影在说："你知道我是谁吗?"

黄卓："我不想知道你是谁。"

身影："还是为过去的事情生气?"

黄卓："我后悔我刚才在你家里。"

身影："为什么?"

黄卓："我不想说。"

身影咯咯地笑了："不是冤家不聚头。咱们的关系果然是非同一般，仅看着水里的影子就知道我是嘉妮了。"

黄卓："因为我曾经彻心彻肝地喜欢过这个名字，后来又受到这个名字刻骨铭心的伤害。而现在……"

嘉妮："现在怎么啦?"

黄卓："现在，不，就是刚才在你家，我又一次受到了伤害。"

嘉妮急了："刚才在我家我可没有招你惹你啊！你真的就那么恨我?"

黄卓不语。

嘉妮递过来一只蛇果："给，这是我爸的一个朋友从澳大利亚带回来的，名字叫蛇果，我想你一定会非常喜欢。"

黄卓突然转过身，冲着她一吼："走，你给我走开。"

嘉妮一笑："别这么凶好不好？给，拿着。我记得你说过，你渴望新鲜，天生好奇，对不了解的都想了解，包括有钱人的神秘。我相信我给你的这只外国的水果你就没有吃过。我更相信你绝不甘心今后被人耻笑说连这样的水果都没有吃过。"

"谢谢提醒。其实我就在一个小时之前，我已经知道我有好面子、爱虚荣的毛病了。就在一个小时前我已经知道我是一个混蛋，一个十足的混蛋。你走，我不希望你靠近我这个混蛋。"

"你今天这是怎么啦?"

黄卓扯着喉咙："我再怎么都与你无关，无关。明白吗？与你无关。"

"你是真的嫌我？还是怕你妈说你早恋?"

黄卓："都有。"

嘉妮："都有?"

黄卓稍稍低下声音："我以前喜欢过的那个嘉妮已经不在了。这是其一。其二，我妈早就说过，早恋终归不是好事。我以前对我妈的话是爱听不听，我现在知道我错了，我现在得对我妈尊重一回。”

嘉妮小嘴一噘：“又是你妈，你妈，你妈确是好人，但你能跟你妈过一辈子？”

黄卓冷哼一声：“我原谅你这话的无知，因为你从小就没有妈。从小就没有受到过你妈的任何教养。”

嘉妮急了：“你神气什么？我没有妈，我何尝不想有妈？你有妈就该神气？活该刘品仁常说，你有一个什么妈？不就是在医院里扫扫地、抹抹窗户、倒倒痰盂？你有妈也是穷妈。”

黄卓说：“不错。我妈低微，但我妈清白。我妈是穷妈，但我妈没有以穷为荣而且并不甘心受穷，我妈总是靠着自己辛辛苦苦的劳动在奋力地消除贫穷。这样的妈你有吗？你什么妈都没有。”

“你、你……”嘉妮气愤欲泪，猛地将那只猩红的蛇果砸在河里，转身就走。

黄卓目光没有追随着她的背影，而是又注意着了桥上的这个窟窿。

他目光渐渐迷离起来，窟窿在恍惚间随着波纹一轮一轮地放大着。

母亲若隐若现的身影也走马灯似地在眼前出现——

街路上，母亲用自行车推着沉重煤气罐。

下坡时，刹车失灵的自行车拽得母亲趔趔趄趄一路小奔。

上坡时，母亲一点一点地向上拱着，使劲地拱着，一小步又一小步竟是那样的艰难。

堂屋里，十三只咸菜坛靠墙排着一溜，母亲将棉衣扎在腰里，露出两只胳膊，在寒冬里腌菜，双手冻得通红。

饭店里，热气腾腾的洗碗池里堆着小山似的碗碟，母亲在麻利地涮碗洗碟，脸上汗水直流，后背衣衫湿透了一片。

傍晚的大雨中，四个孩子都蜷缩在门口的屋檐下等待着母亲回家。

母亲终于在雨帘中出现。

母亲在泥泞的街路上跋涉着，一回到门口，浑身湿透了的母亲就从怀里拿出饭盒，将饭盒里热腾腾的包子分给几个孩子。……

黄卓的目光又模糊起来。

他的眼睛一眨不眨地望着桥上的这个窟窿，泪水一滴滴顺颊而下。

母亲为了自己贫困的孩子，为了这个艰苦的家，坚强地支撑着，付出了整个身心，可自己却嫌弃着母亲，伤害了母亲。

黄卓突然双手捂脸，不敢再想下去。

黄家的桌上摆着简单的几样饭菜。

黄卓磨蹭着回到了家里，垂头丧气。

黄杏对大姐黄鹂挤了挤眼睛。

大姐黄鹂瞪了黄杏一眼。

活泼的黄琳则雀跃而起："哥，听大姐说，你在悄悄用功，连小姨夫大学里的课本都啃上了。"

黄卓没有理她。

黄琳又凑上去："哥，你真棒耶。你今后一定能够考上大学，而且说不定还能考上北京大学。"

黄卓仍垂头不语。

黄杏以为哥还是在为假信那件事生气，便故意逗他开心："哥，别生气了好不好，大姐已经在心里道过歉了。哥，凭你一贯的成绩与眼下的刻苦，今后一定能够考上北大。哥，你有没有梦见过北大？听说美丽的燕园是学子们的天堂。那里有未名湖，有博雅塔。枫叶红了，残荷梗立在湖面上，燕子来了，柳丝轻拂着堤岸。就在那一缕斜阳里，捧一卷书，横坐在湖畔的石头上，将朗诵声轻轻地融进塔影……"

黄卓哼了一声："我算什么？我什么都不是。"

黄琳偏着脑袋："你就没有听说过吗？北大的博大，就在于她能够容纳平凡，北大的伟大，就在于她能够将平凡变成不平凡。"

黄卓吼了起来："你是讽刺我吗？就凭我这德性！我算什么？我是畜生，是虫子。"

"黄卓，你怎么这样跟琳琳说话？"黄鹂站了起来。

黄琳仍然笑着："我可没有说你是畜生。是虫子又怎么啦？人家说在北大是一条虫，出来就是、就是一条龙……"

她虽然竭力地脸上挂笑，眼眶里却蓄满了泪水。

黄卓声音不减:“我没有那资格,我能变龙?我是混蛋。”

黄琳嘴唇颤抖着,竭力不让眼泪滚落下来。

黄卓别过脑袋。

黄鹂在他背后猛地扳过他的肩头:“你今天是吃了枪药?你对姐有意见你可以冲着姐嚷嚷你吼琳琳什么?琳琳说错了什么?琳琳是看你一副垂头丧气的样子,故意奉承你抬举你,让你开心。可你……”

“我今天心里有事,心里有事憋着难受。”黄卓仍梗着脖子,但声音已经弱了许多。

黄杏掷了一句:“你心里有事?有什么事情?还不是那事。我可告诉你,情商太高,智商就会下降。”

黄鹂:“如果还是为那情书的事情,姐向你道歉。”

黄卓又吼了起来:“谁说还是为了那事?”

黄鹂:“那又为了什么事情?”

黄卓不语。

黄鹂:“如果说不出正当的理由,那你就应该为你刚才的态度,为你刚才莫名其妙的发火向琳琳道歉。”

黄琳一抹眼泪:“大姐也别说了,要怪也怪我话多。”

“你道不道歉?”黄鹂又扳过黄卓的肩头。

“嘘。”黄杏手指一竖。

门口响起了三轮车刹车的声音。

母亲回来了。

大家噤住声响。

母亲觉察出气氛有些异常:“你们这是怎么啦?”

黄琳忙道:“妈,没有事情。”

母亲望着她的眼睛:“怎么?哭啦?”

黄琳赶紧一笑:“没有,是刚才眼睛眯进了沙子。”

母亲从提篮里拾出几样饭菜摆上桌子,一边道:“卓,你没有在嘉妮家吃饭?”

黄卓低下声音:“嗯,没有。”

母亲问:“为什么不在嘉妮家吃饭?”

黄卓不语。

母亲说："我知道你最喜欢吃糖醋鱼块，还特地做了这一道好菜，糖下得多多的，醋也浇得重重的，可是等妈端菜上桌的时候，你倒不在那儿了。"

黄卓脑袋垂得更低。

黄鹂和黄琳似乎看出什么，互相对视了一眼。

黄杏缺一些心眼，上桌就吃，嘴里塞得鼓鼓的："妈，你今天、怎么买这么多好菜？"

"吃吧，趁热。"母亲也坐了下来，"人家客气，一定要妈吃了饭再走。妈说我饭不吃了，我还有孩子们在家，能不能让我带两个菜回去？那人家还真大方。来，吃吧，趁热。"

母亲说着，又拨了几筷好菜送进了奶奶的房间。

饭桌上的气氛活跃起来。

唯独黄卓闷声不语。

母亲又回到桌前坐下。

黄卓低垂着的目光，不时地瞟向母亲的左手。

母亲左手的大拇指用布包着。布上渗出血渍。

黄鹂顺着黄卓的目光，也注意到了母亲的左手："妈，你这手怎么啦？"

母亲："妈一不小心，菜刀滑到了手指上。"

黄琳忙道："妈，痛不痛了？"

黄杏："妈，这布不干净，不干净就容易感染。"

"我有创可贴。"黄琳迅速在书包里摸出一块创可贴："妈，换上这个。消炎，止血，不感染。"

三个女儿找剪刀的找剪刀，找布的找布，七手八脚将母亲大拇指上的脏布换下，敷上创可贴，又裹上新布。

母亲竖着大拇指笑了："人家说养儿育女是个累赘，我说有儿有女就是做妈的福气。"

黄卓的脑袋垂得更低。

母亲忽然想起了什么，抓紧扒干净饭碗："你们慢吃，妈还有事情。"

说着，背起堂屋里的棉花包就欲出门。

"妈。"黄鹂丢下饭碗，"妈，你要去哪？"

“妈去棉库交货。”

母亲将棉花包朝背上耸了一耸。

一直埋着头吃饭的黄卓突然推开饭碗抢到母亲面前:“我去。”

“背这么一个棉花包在身上你不嫌难看?”母亲转过身子。

黄卓没有分辩,接过母亲背上的棉花包就走。

这是一座广积粮时期的地道棉库,在古镇背后的山脚下,两扇敞开的铁门非常厚重。

谁也没有想到一场祸事将会要在这里发生。

母亲和黄卓来到棉库门前。

棉包放在地磅上过磅。

母亲在和磅秤背后的会计员计算着脱棉籽的加工报酬。

黄卓在棉库门口朝着深邃的地道内张望。

有一个工人用撬棍撬动一扇铁门,欲把这扇铁门关上。

不料那三米多高大铁门上面的轴箍断了。

那工人仍在底下用撬棍撬门。

大铁门上面的转轴脱出了轴箍。

铁门下的黄卓仍站在门下。

附近的母亲无意中一掉头,猛然瞥见大铁门倒了下来,立即一声尖叫:“卓儿,闪开。”

随着凄厉的尖叫声,母亲一个箭步蹿到铁门前。

黄卓猛一愣神,绊倒在地上。

大铁门倒扑下来。

母亲竟用肩头扛住了一二百公斤的大铁门。

棉库的职工们醒过神来,这才纷纷上前将铁门稳住。

但见母亲脸色煞青,一头冷汗。

黄卓爬起来急忙扶住母亲:“你有没有伤着?”

母亲这才想起晃晃身子:“没事,就是腰有一点闪了筋的样子。”

棉库的职工们都走到母亲跟前:

“没有伤着就好。真是危险。”

“再迟一步，这孩子一准就要被砸趴在地上。”

“大嫂你真是了不起！这么一扇大铁门倒下来那得要多少重量？怎么就给你硬生生扛住了哩？”

母亲脸上仍挂着冷汗：“我也不知道我怎么会有这么大气力。恐怕还是那句老话——抱雏的母鸡能斗得过黄鼠狼。”

黄卓拽着衣袖，替母亲拭去脸上的汗水。

母子俩缴了加工的棉花回家。

两人似乎都想说什么，却又未说。

于是好一阵都没有说话。

黄卓吭哧吭哧着想要叫妈，到了嘴边又叫不起来，憋得头上冒出了大汗。

母亲转脸望着他。

他滚动着舌头底下的“妈”还是没有叫出口来，只是问道：“你腰还痛吗？”

“不痛。”母亲掉过头：“卓……”

黄卓赶紧望着母亲。

母亲却又显然是变了话题：“卓，刚才这事，回家别说给你姐、你妹她们。妈就是有一点闪了腰的样子，别的哪也没有伤着。”

黄卓嗯了一声。

母亲又说：“接下去，你们就要好好地在书本上用功。庄稼也是汗水浇出来的。一整个暑假，可不能荒了书本。”

黄卓又轻轻地嗯了一声。

黄家。

黄鹂、黄杏、黄琳正在进行着姐妹之间的讨论。

黄鹂：“你们还记不记得这句话是谁说的？洗手的时候，日子从水盆里过去；吃饭的时候，日子从饭碗里过去；沉默时，日子便从凝然的双眼中过去。重要的事情是抓住时间。大致就是这个意思。”

黄琳一举手：“报告姐姐，我知道这是谁说的。”

黄鹂故意用着师长的口吻："不用站起来了。请讲。"

黄琳："朱自清先生。"

黄杏："我也听说过一句话，你们听着——"

这时候母亲和黄卓也回到了门口。

只听黄杏一声轻咳："伟人之所以伟大，是因为我们跪着，站起来吧。"

母亲和黄卓在门外不觉停下了脚步。

黄杏："怎么样？'伟人之所以伟大，是因为我们跪着，站起来吧。'说得多好，人就应该有这种自尊与自信。告诉你们吧，马克思说的。"

黄琳："我也说一句给你们听听——'麦哲伦的船队，只有一直向前、向前，才能绕过地球一圈。没有别的捷径，不可能穿过地心。'这句话怎么样？你们可知道是谁说的？"

黄杏："是谁说的？"

"被考住了吧，两位姐姐都被考住了是不是啊？"黄琳脑袋一偏，"是伟大的在下黄琳小姐说的。"

"你想考倒我们，就拿这胡编乱诌的东西。"黄杏伸手就欲去拧她黄琳的耳朵。

黄琳赶紧绕桌就逃："大姐、大姐……"

黄鹂："杏，别闹。"

黄杏不听，揪住了黄琳的耳朵："看你胡编不胡编了，还什么伟大的在下黄琳小姐说的。"

黄琳嘻笑着尖叫起来："妈耶、妈妈耶……"

母亲和黄卓走了进来。

黄琳吐了吐舌头。又忙迎上前："妈，人为什么一碰到急难的时候就要叫'妈耶、妈耶？'"

母亲："你说哩？"

黄琳眼睛调皮地一翻："妈妈是儿女的救星，妈妈无所不能无时不在。妈妈伟大。"

母亲笑着嗔了她一眼，随即就认真道："你们刚才说的话，有几句妈听到了。妈意思明白，都说得很对。但妈还有一句话，早就想问问你们了，一直没有空，现在趁你们四个都在，妈考考你们。"

黄琳立即正襟危坐，一副洗耳恭听的样子。

母亲想了想："妈盼你们都能上一个大学。你们哩，也都应该上一个大学。但做什么事情都得有一个、有一个什么？对，动力，都得有一个动力才能做好。你们说说咱们为什么一定要念一个大学。"

大伙立即就争执开来。

黄杏掰手指："为了报效祖国，为了给咱们老黄家光宗耀祖。"

母亲："对的，这没有说错。"

黄鹂："为了走出大山，为了改变现状，为了能够融入大城市精彩的生活。"

母亲："也对。"

黄杏瞥了一眼一直闷声不响的哥哥："为了别人看得起咱们，不蒸馒头争口气。为了要好的朋友考上大学，今后免得被他们同情，或者被他们抛弃。"

黄琳眨眨眼睛："要说我想上一个大学的原因，比你们都要简单。"

母亲："你也说来听听。"

黄琳摇摇头："不说。"

"你最小，童言无忌，说错了也没有什么关系。"母亲将一只手托在腰部。

黄卓瞥见，暗暗地用脚尖将一只凳子挪到妈的背后。

黄琳则对着两个姐姐的耳朵说了几句什么。

母亲："看你这丫头。就为什么要上一个大学这么个问题也那么神秘。"

黄琳："真要说吗？"

母亲："妈就在等着听哩。你们说为什么要上大学？"

"我们之所以想上大学，"黄琳说到这儿扫了两个姐姐一眼，"一二三。"

于是三个女儿一齐放声道："是为了妈妈，为了妈——妈！"

"为了妈妈，为了妈——妈"脆脆亮亮的声音传得很远很远。

黄卓悄悄地离开了这个房间。

母亲的眼睛有些湿润："看你们这些孩子，尽说傻话。"

"妈，这不是傻话，有人说过，一个人成功的动力，往往来源于、来源于……"黄琳附着母亲的耳朵："往往来源于为了爱你的人和你所爱着的人。"

母亲给黄琳抹掉脸上一个脏迹:“按妈妈的看法,非常简单——你们今后必须念一个大学,那是为了今后你们有用,今后有有用的知识,成一个今后有用的人。”

黄杏:“妈,有些上了大学的,不是也没有什么出息?有些没有上过大学的,不是照样很有出息?”

母亲:“那上了大学没有什么出息的,如果不上大学就更没有出息。那些没有上过大学照样有出息的人,如果上了大学,应该更有出息。”

黄琳:“妈说得对。说来说去还是为了妈妈。为了妈妈这个理论。为了妈对我们的希望,为了妈这些年那么多的千辛万苦。为了妈的愿望不致于落空,为了妈的心血没有白费,我们今生今世必须念一个大学。为了妈妈,妈妈万岁。”

“鬼丫头。”母亲嗔了黄琳一眼,忽然发现身后少了一人:“卓哩?卓到哪去了?”

黄卓房间的门关着。

母亲过去轻轻推了推门。

门从里面上了栓。

黄杏对黄鹂撇撇嘴:“你看哥这臭脾气,好像谁都欠着他似的。”

黄卓把自己关在房间里,正对镜试着叫妈。嘴巴张着,试来试去总叫不出声。

他在自己的嘴上掐了一下。

终于对着镜子叫出了一声妈妈。声音很轻。

他对自己说:“大点声音。”

结果又叫了一声,声音仍是很小。

他又在自己的嘴上掐了一下……

突然门外一声拍门,黄卓手里的镜子掉在地上,像做了什么见不得人的事情,慌忙将镜子捡起来塞进口袋。咳一声,这才若无其事地打开门。

黄杏侧身进来。立即又反手将门关上:“哥,你是不是心里有什么事情?”

黄卓："没有。"

黄杏："我看你心神不定，看妈的眼神也有些怪怪的，是不是跟妈又怎么样了？"

黄卓垂下脑袋："没有。"

黄杏："还说没有，我看你眼神，我就知道你跟妈又拌嘴了。"

黄卓："真的没有。"

黄杏："真的没有就当着大家的面叫一声妈让我们听听。"

黄卓不语。

黄杏："听到了没有？"

黄卓突然一吼："你给我出去……"

天色渐渐地黑了。

今晚，母亲睡得比往日要早。

黄卓则在床上辗转反侧，就是怎么都睡不着觉。

上午在嘉妮家的那一幕又出现在眼前。

黄卓闭上眼睛不敢再想。

下午在棉库里发生的那件事情也紧跟着到了眼前。

黄卓再憋不住了，猛然掀开被子。

母亲的卧室里还亮着灯光。

母亲闭着眼睛坐在床上，背后垫着两只枕头，就这么靠着。

黄卓轻轻地推门进来。身上只穿着一件汗衫。默默地站在母亲床前。

母亲睡着了。脸色显得非常疲累和憔悴。一缕缕白发在灯光下显得分外耀眼。

黄卓在母亲的床头轻轻地跪了下来。

三姐妹听到黄卓的动静，也悄悄地爬了起来。

三姐妹就又蹑起手脚来到母亲卧室门口。

猛见到黄卓跪在母亲床前，她们立即隐在门外。

黄卓仍跪在母亲的床前。

睡着的母亲动了一下，手露在了被子外面。

黄卓跪在床前，把母亲的手掖进棉被。

母亲醒了，见儿子跪在床前，却没有显出多少惊讶："卓，起来，就坐在床边上跟妈说话。"

"我……"黄卓仍跪着没动。

母亲："卓，妈知道你心里还在为你在嘉妮家说的那句话堵着。妈知道你会来的。"

黄卓："我错了。"

母亲："还是那句老话，狗不嫌家穷，儿不嫌母丑。妈知道你今晚上会给妈来说一声什么。"

"我对不起你。"黄卓摸着母亲手指上的裹布，"痛不痛了？是不是还痛?"

母亲叹道："你在嘉妮家说的那句话，痛在妈的心里，那痛，比刀切破了妈的手还痛。"

黄卓："你能不能原谅？原谅我吧。"

母亲："如果这仅仅是伤害了妈，妈可以原谅自己的儿子。但如果因为咱们这大山里头穷，你今后就说松元镇不是你的老家，如果因为我们祖国穷，你就说这不是你的祖国。如果这样，那就真的令人担心，让妈害怕。"

黄卓："求你别再往远处引申了，我明白这个道理。"

母亲："只要你明白，妈就什么都不说了。"

黄卓："你真的原谅我啦?"

母亲："起来吧，地上凉哩，别冻了膝盖。"

黄卓还不肯起来："我还有一个要求。"

母亲："什么事起来再说。"

黄卓神情忸怩起来："我今晚睡你这里。"

母亲嗔道："都一年大，二年小了。"

黄卓带点撒娇："你腰闪了，我给你捏腰。"

“好吧。儿子再大也是妈的孩子。”母亲掀起被角。

黄卓上床钻进被子。

门口忽然有扑哧声禁不住笑了出来。

黄卓瞥见了门口的姐姐和妹妹，羞得将棉被呼的就蒙到了头上。

“我跟妈睡，我跟妈睡。”琳奔进来，笑着扯开被子，“哥都这么大了，还跟妈睡，也不害羞，我跟妈睡，我跟妈睡。”

说着也钻了进去。

黄杏一旁嘟起了嘴巴。

妈忙说：“鹂，去把被子抱来，今晚咱们娘儿五个就挤一张床上。”

黄鹂果真抱来被子。

母亲这才道：“孩子，妈考你们一个问题。”

几个孩子立即呼地从被子里钻出了脑袋。

母亲：“这人啊，呼吸才能活着，活着就要呼吸，你们说说，什么叫呼吸？什么才叫个呼吸？”

大家一时不明所以，无以回答。

黄琳瞪着扑闪扑闪的大眼睛。

黄杏竟下意识地摸了摸自己的鼻子。

母亲提高了声音：“人家说啊——呼，就是出这一口气，吸，就是争这一口气。妈盼你们一个个都能上一个大学，都能有知识，有学问，有出息，就是为这个穷了多少年的穷家，出这个口，为了这个穷了多少年的穷家，争这个气。”

几个孩子静静地听着，一时无语。

……

第十三章

第二天一早，母亲就到门口擦拭那辆三轮车了。

黄卓也走了出来，吭哧了一会说："你这一阵三轮车就别蹬了。"

母亲问："你还是嫌妈蹬这三轮车给你丢脸？"

黄卓连忙解释："现在暑假，我是说我帮你上街蹬车。"

黄杏跑出门外："我也帮妈上街蹬车。"

母亲指着三轮车："你们上去骑骑。"

黄卓上了车，怎么都掌不住把手。三轮车像一头犟牛，东闯西撞。

"我来、我来，我也来试试。"黄杏也跨上车，结果仍是一样的狼狈。

母亲笑道："还敢看不起吗？这破车只有妈它不敢欺负。你们的任务就是别把暑假给耽误了，明年一个个都给妈把大学考上。让开，妈再出去转悠转悠，兴许还能兜到几个客人。"

三轮车响着铃声走了。

黄卓望着母亲的三轮车渐渐远去，忽然想起了什么。

送子桥上的那个窟窿仍是那么刺眼。

母亲推着三轮车好不容易才越过了那个窟窿。

母亲前脚走，黄卓后脚就到了这里。

他在附近找来找去，终于找到一块石板。

那石板很重。

黄卓想扛，扛不动；想抱，抱不起来；想推，推不走；想抬，又没有帮手。折腾了半天，一头大汗，却挪动了不到数米。

正百般无奈,坐在地上喘息,眼前走来一双漂亮的皮鞋。

抬头一看,竟是嘉妮。

嘉妮笑吟吟:“一个篱笆三个桩,一个好汉三个帮。要不要在下帮忙?”

黄卓:“愿不愿随你。”

“想出手就出手。”嘉妮捋起袖子。

两人抬起石板,好不容易才将石板挪到桥上,恰巧就如原配一般地将窟窿给封上了。

黄卓拍拍手,非常满意自己的成功,正想仰头哼上几句什么,忽见母亲骑着三轮车载一客人向这里驶来。

他不愿意让母亲看到自己的孝心,慌乱中急忙隐蔽到桥下。

三轮车到了桥前,母亲又习惯地跳下了车子。

当母亲推着三轮车顺顺当当地趟过石桥时,这才发现窟窿补上了。便笑着对车上的客人说:“这世上还是好人居多。这桥上原有一个窟窿,不知道谁给补上了。”

那客人也道:“修桥补路,积一大德。”

母亲一抬头,发现了嘉妮:“姑娘是你。这桥,这桥洞,你补上的?”

嘉妮下意识地瞥了一眼桥下:“大妈,不是。”

“还不是哩,看你这手。”母亲心痛地抓住嘉妮的手,“都快磨破了。这么嫩的手,真是让人抓着都感到心里喜欢。痛吗?”

嘉妮摇摇头:“不痛。”

母亲:“姑娘,你可真是做了一大好事。这桥啊,多少年了,还就缺这一块石头,不光大妈蹬车不便,就是赶个牛,挑个担的,也很危险。大妈早想找石头给补上了,就是一人搬不动。咦,这么大一块石头?”

嘉妮:“黄妈妈,这石头不是我搬来的。”

“那还有谁?”母亲扭头四顾。

桥下。

黄卓赶紧又往隐蔽处缩了缩,急得向嘉妮又是摆手,又使眼色。

桥头。

嘉妮急忙改口:“不,不是、不是我搬来的,我的意思是说,不是我一个人搬来的。”

母亲:“还有谁？我也要谢他。”

嘉妮偷看了一眼桥下。

桥下。

黄卓下意识地抱住了脑袋。

桥头。

嘉妮忙道:“不,黄妈妈,我的意思是说,不是我一个人搬来的,还有谁哩?”

母亲便说:“你这孩子,既做了善事,又有本事。看,这么大一块石板。我们家黄鹂、黄杏、黄琳,还有黄卓,这事上得向你学习。”

嘉妮又下意识地瞥了一眼桥下。

母亲走了。

等到母亲走远了黄卓才从桥下钻了出来。

嘉妮望着黄卓那副狼狈样子,笑得咯咯咯直不起腰来。

黄卓故意板着脸:“还笑。”

嘉妮掏出手帕给黄卓拭去脸上、头上、鼻尖上在桥洞里蹭来的灰尘。一边擦一边说:“我这回可没有出卖你吧?”

黄卓:“还没有出卖？你还想怎样出卖？一会儿,不是我补上的,一会儿,不是我一个人搬来的,一整个不打自招。”

嘉妮笑道:“我最后不是说了,不是我一个人搬来的那又还有谁哩?”

黄卓:“只这一句话,还有一点才女的智慧。”

嘉妮故意绷起脸:“黄卓,你别总是贬低我。你刚才有没有听到？你妈都说了——我们家黄鹂、黄杏、黄琳,还有黄卓,这事上得向你学习。”

黄卓:“就这事上得向你学习,学你刚才那慌乱的样子,一会儿桥下,一会儿桥下,不是瞥,就是瞅,那眼神儿分明是在告密。”

嘉妮急道:“我只是不会说谎。”

说到这里,嘉妮忽又笑了,凑近黄卓,一脸神秘,轻声道:“你知道我刚才想说什么?”

黄卓:“想说什么?”

嘉妮又撑持不住地一阵好笑。

黄卓:“再笑,再笑,再不说,我可就不听了。”

嘉妮这才忍住笑说:“我刚才说这石头不是我一个人搬来的,你妈就问,那还有谁?你妈说这话的时候,四处张望,我可急的,我差一点想说,你知道我想说什么?不说了,不说了。”

说到这儿,又是忍不住咯咯咯一阵好笑。

黄卓假装眼一瞪:“喂喂喂,你今天可是吃了喜鹊蛋了,有什么想说又没有说出来的话这么好笑?说啊,说出来听听,你刚才到底是什么话想说又没有说出来啊?”

嘉妮忍住笑:“我就说了,我说出来你可不要骂我。”

黄卓胸脯一挺:“小肚鸡肠,能算男子汉大丈夫!”

嘉妮:“那我就说了。刚才我说这石头不是我一个人搬来的,你妈就问,那还有谁?你妈说这话的时候,四处张望,我可急了,差一点想说,还有一头牛,不,是还有一条毛驴帮我搬来的……”

黄卓拳头一扬。

嘉妮往旁边一闪,立即一声哎唷,就蹲在了地上。

黄卓赶紧过来,抓住嘉妮的手,一脸关切:“要不要紧?是不是脚脖子崴了?”

嘉妮状极痛苦:“是脚脖子崴了。崴了又怎么样?还不都是怪你。”

黄卓忙说:“我给你揉揉。”

嘉妮又似很生气:“揉揉能怎么样?再揉也是路不能走了,我怎么回家?”

黄卓:“我来背你。”

嘉妮:“你真敢背我?”

黄卓:“谁说不敢。”

黄卓说着还果真背对嘉妮蹲了下来。

嘉妮这才咯咯地笑着站了起来:“谁说我脚脖子崴了,我就当真那么娇嫩?吓唬你的。”

黄卓："还真是把我吓了一跳。"

嘉妮逼到黄卓面前，小了声音："真的吓了一跳？"

黄卓："真的吓了一跳。"

嘉妮眉毛一挑，心里喜滋滋的，脸上不无神秘地靠近黄卓轻声说："被人心疼的感觉真好。"

黄卓也很是受用："那下回就该是腿瘸了，腰扭了。"

嘉妮："不，下回该是我的模拟考试成绩又下降了几名。"

黄卓："你以为我不会因为少了一个竞争对手而高兴？"

嘉妮："我相信你绝对不会，我认为你会为我的成绩下降而心疼。还是和过去一样。"

黄卓："就那么自信？"

嘉妮头一歪："因为女孩子希望别人心疼。其实哩，其实女人也希望别人心疼。包括你妈，你妈现在也正在被别人心疼。"

黄卓："什么意思。"

嘉妮："你知道我那天过生日，我爸为什么请你妈去做饭？我爸就是觉得你妈太辛苦了，经常蹬着三轮车，就像个男人。所以我爸心疼了，所以我爸请你妈主厨，就是想让你妈找回女人的感觉。"

黄卓："你胡说，我妈不要同情，我妈也不会在意别人是不是心疼。"

嘉妮："不，你用这石板把桥窟窿补上，就是心疼你妈，难道你妈知道了能不高兴？"

黄卓一时无话可说。

嘉妮忽又小着声："喂，如果咱们两家能并成一家？"

黄卓拳头一竖："难道就不怕我爸？"

嘉妮："我爸早就了解过了，你爸早就跟你妈离了。"

黄卓："你爸倒会处心积虑。"

嘉妮："你以前对我就没有处心积虑过吗？"

说到这，嘉妮就抓住了黄卓的手。

这时候，刘品仁从远处走来。

嘉妮眉头一蹙："喝牛奶喝出苍蝇，真是恶心。"

两人分手离去。

黄卓今天的心情特别地好。

他一路吹着口哨，悠悠回家。

黄家。

奶奶在和黄鹂正商量着一件重要事情。

黄卓刚回到家里，就听奶奶在说："鹂鹂，奶奶这建议，你认为是行还是不行？"

"这事我不反对，但还要听听弟、妹他们的想法。黄鹂冲着窗外："卓、杏、琳琳。"

三个弟妹先后进来。

奶奶拍拍床边："坐下，都给我坐下，奶奶跟你们商量一件事情。"

黄琳："奶奶跟我们商量事情？"

奶奶："孩子，奶奶这病是好不起来了。奶奶这身子一天不如一天。这没有什么，人老了。奶奶最担心的是你们妈千万不能倒下。奶奶最舍不得的也是你妈，一个人独撑这么大一个家，就是铁打的脊梁也会累垮。"

几个孩子的脸色都渐渐凝重起来。

"奶奶想啊。"奶奶的目光在几个孩子的脸上扫了一遍，"你爸已经跟你妈分手，你们就应该再有一个爸。"

除了黄鹂，黄卓、黄杏、黄琳都略显惊讶。

黄杏："奶奶，来一个后爹会不会对咱们不好？"

黄琳："不，来一个后爹会不会又对妈不好？"

奶奶："所以要选一个好人，别再像你爸那样不负责任。"

黄卓："奶奶，难道咱们就不能不议论这件事情？"

奶奶使劲支起身子："孩子，做什么事情都得有个帮手。就是挑一个家也是一样。看你妈累的，总得有一个人在旁边倒倒肩膀，也能让她稍歇一会。这事趁奶奶活着，这事不办掉奶奶也闭不上眼睛。奶奶常在床上胡思乱想，有时想到你妈也倒下了，你们就成了一窝既没有人照应，飞又飞不起来的小鸟，那才叫真的可怜。"

黄鹂："奶奶，你是不是心里有什么人选？"

奶奶："龙大海那人不错，自小儿我就知道。以前是你姨外婆家邻居，跟你妈也熟。听说他现在也是光身一根。”

黄卓:“咱们家这一大帮黄口小儿,还不知人家愿不愿意。”

奶奶:“鹂鹂,你去把龙大叔找来,我再当面摸摸他心思。”

黄卓:“奶奶,我不是这意思。”

奶奶一脸不悦:“你是什么意思?你想从中打坎?”

“我的意思……”黄卓哼哧着,“我的意思是这事得先征求征求妈的意见。”

“难得你有这孝心。你什么时候学会了这么孝顺?”奶奶脸色一沉:“鹂鹂,听奶奶话,去把龙大叔找来。”

龙大海在接官亭前写生。

黄家三姐妹悄悄来到背后。

龙大海没有察觉,一边写生,一边嘴里哼着小调:“妹妹你大胆地往前走啊,往前走,莫回头……”

黄家三姐妹在背后扑哧一笑。

龙大海像被别人偷窥去了什么秘密,脸都红了:“唷,是你们三个。来,我给你们一人画一张像。”

黄琳咯咯笑了:“你这人就是记性好,忘性大,我不跟你说过,咱这乡下,人死了才会画像。”

龙大海望着黄琳,竟有一种异样的感觉,目光变得分外的柔和,甚至还有几分酸楚,一时竟忘了说话。

黄琳歪着说:“怎么?我说错了吗?”

龙大海仍是望着黄琳。

眼前的黄琳,竟与他家里的那些画像叠成了一个影子。

一旁的黄琳,不管三七二十一,拿起画笔,就在龙大海的画夹上补了几笔。

黄杏:“看我妹画的,比画家画的还好。”

龙大海这才从发愣中回过神来。

黄鹂这才又说:“大海叔,我奶奶请你过去一趟。”

龙大海来到黄家。

奶奶拍拍床边:“坐。”

龙大海略显局促,双手使劲地搓着:“大妈病有没有好一点?”

“人老了的老病,好不了也不为怪。”奶奶话语一转,开门见山,“你看阿娟怎样?”

龙大海连忙站起来:“大妈,我是看阿娟一个人不容易,就在一点小事上帮帮她,没有其他意思。”

奶奶笑了:“看你慌的。也是一个实心的木头疙瘩。其实有什么别的意思也没有什么。一个孤男,一个寡女。”

龙大海:“大妈这话,倒让我今后真的不敢往这跑了。”

奶奶:“我的意思是希望你俩好上。都是半边人,两家合成一家,互相也有一个照应。”

龙大海:“大妈,这话让智清大哥听见,他不骂我!”

奶奶:“骂你什么?他早已经不要这个家了,也早已经没有这个家了。我也只当他早就死了。”

龙大海:“大妈……”

奶奶:“大海,我也知道这是两厢情愿的事情,是的,我还应该问你喜欢不喜欢阿娟?”

黄杏和黄琳蜇伏在窗外偷听。

黄鹂走过来,一只手拈住她们一只耳朵。

两姐妹不敢吱声,咧着嘴,护着耳朵,被大姐递送开去。

龙大海吭哧吭哧,脸孔涨得通红:“阿娟心善,人好,肯吃苦……”

奶奶:“这么说你是不嫌阿娟了?”

龙大海:“大妈,我哪敢有这想法?我配不上人家。”

奶奶:“大妈给你做媒,阿娟这边,大妈给你们撮合。”

龙大海抹着额头上汗水:“这事、这事还不知道阿娟她咋想。”

奶奶:“她蹬了三轮车到老街上去了。你哩,找她问问。男人主动些,如果真的喜欢,也应该献献殷勤。”

龙大海只是使劲地搓着手。

奶奶:“没有事了,就这事,你也想想。”

龙大海辞出。

镇郊,母亲歇下一个客人,又蹬着空车去转悠着揽客。

三轮车的刹车坏了。

母亲骑了一会才感到有些不对,便压着手柄试了几次。

刹车果然不灵。

母亲骑在三轮车上,一边蹬着,一边埋头试着刹车。

没想到前面有一道急陡的下坡。

母亲没有注意到险情就在眼前。

“不好。”等到母亲发现陡坡,三轮车已经风驰电掣地滑上了下坡道。

母亲急忙再一次刹车。

刹车坏了,悬挂下来的刹车链,在车后拖着一点点火花。

前面有卡车迎面过来。

快要撞上的时候,母亲急速地将把手一扭,三轮车从卡车旁边紧贴着电闪而过。

卡车驾驶员从车窗里伸出脑袋骂了一声。

三轮车像断了缰的野马,在坡道上疾冲直下。

母亲紧咬着牙齿,脸上大汗淋漓。

路上一群山羊,见到三轮车发疯似地过来,吓得惊散奔逃。

前面有一段正在维修的路面,除了高高低低之外,还有一堆堆砂石。

眼看着三轮车如果闯到这段路面再不能刹住,以这种速度,肯定翻车。

“阿娟、阿娟……”

这时龙大海背着画夹,从斜刺里奔出,纵身跳上那段正在维修的路面。

母亲急得大叫起来:“大海,你躲开、躲开、危险……”

龙大海奋不顾身地迎上去,准备在接近的时候一侧身拽住车子。

三轮车快到跟前时,车轮被一堆石头一硌,跳了起来。

母亲被甩出。

附近都是乱石。

龙大海伸手去接。

电光火石间,两人都摔倒在地。

龙大海急忙爬起来:“阿娟,有没有伤着?”

“没有。”母亲将手掌上擦出的血握了起来,“真险,如果不是你这一接,再飞出两尺,头就撞上那一堆大石头了。你哩? 你有没有伤着?”

龙大海的裤子撕破一块:“还好。”

他说着就若无其事地扶起歪倒一边的三轮车。

他很有力气,只一使劲,三轮车就被托起来,摆正在地上。

母亲:“真巧,你怎么也在这里?”

龙大海:“我刚才在你家里。”

“有事?”

“大妈说你在街上蹬车。”

“你是找我? 找我有事?”

“不不,没啥大事。”龙大海有些心慌意乱,“走吧,你回家把伤口抹点药水,我去铺子里替你把车修好。”

母亲:“我得去医院上班。今天是夜班。”

龙大海:“坐上来,我先送你去医院,再去修车。”

母亲坐在龙大海蹬着三轮车上,笑了:“你看我,一个蹬三轮车的人倒变成被人接送的客人了。”

龙大海说:“其实这本就不是女人做的事情。”

母亲沉默了一会,说:“当心,没有刹车。”

上坡的路上,龙大海蹬得非常有力。

一脚使劲往下一踩,车子就往前一蹿。

一脚一脚,非常踏实……

母亲叹了一口气。

龙大海回头道:“你怎么叹气?”

母亲叹道:“你这一脚脚蹬下去多有力量。这才是男人,男人就该有这样子。”

龙大海憨憨地笑了一下。

母亲问:“你这么多年都在城里,又是个画家,怎么还像咱乡下人一样这么有力?”

龙大海:“我这画画儿的,说来也是命苦。几乎跟乡下人一样。”

母亲:“能不能说来听听?”

龙大海吭哧了一阵,结果还是欲言又止。

第二天,母亲回到家里,见家里有些异常:

桌上的饭菜虽然简单,但早已热气腾腾地摆着。

奶奶居中而坐。

四个孩子衣着整齐地列队守在桌旁。

一见到母亲回来,四个孩子立即鼓掌。

母亲非常诧异:“怎么回事?”

四个孩子像经过练习似的,齐声道:“母亲万岁。”

“四个傻孩子,跟妈来什么神神道道?”母亲笑着嗔了他们一眼。

四个孩子仍然表情严肃,又一本正经地齐声说:“祝贺妈妈取得伟大胜利。”

母亲应该惊讶起来:“怎么回事?”

四个孩子终于都撑持不住地一齐哄笑出声。奶奶也跟着笑了。

母亲莫名其妙地在自已身上看了又看。

小黄琳忽然奔过来抱着母亲的脖子,轻轻耳语了几句。

母亲一喜:“真的?”

黄琳从口袋里郑重地取出一纸,小心翼翼地展开,有模有样地咳一声,然后朗声念道:

“黄琳同学,首先对你表示衷心的祝贺,因为我们现在就可以荣幸地通知你,你现在就已经是我们医科大学少年班的一名大学生了……”

“琳琳……”母亲的眼泪突然夺眶而出。

黄琳:“妈,你怎么了?”

母亲任由眼泪流淌:“孩子,你成功了,妈祝贺你。”

黄琳也一抹泪眼:“妈,我们的成绩就是妈的成绩。这也是妈的成功,我们也祝贺妈。”

母亲说:“鹂鹂,把料酒拿来,妈和你们都喝一杯。”

黄鹂转身拿酒。

母亲又道："你们都把好衣裳穿上，今天是咱们家大喜的日子。"

奶奶也高兴地说："对，有什么好衣裳，都穿上，黄家几代人没有出过一个大学生，琳琳是第一个。"

几个孩子站着不动。

母亲："去啊。"

黄杏："好衣服咱们都穿上了。"

黄卓："这已经是我们最好的衣裳。"

"你看我这人，一高兴就糊涂了。"母亲一抹眼睛，"孩子，咱们家条件艰苦，咱们不跟人家比吃比穿。比吃比穿就是比爹比娘，你们爸和你们妈比不上人家。但比学习，比成绩，比知识，比学问，那是比你们自己。你们没有好爹好妈，但你们有好成绩，这是你们自己的，是你们的光彩。"

黄杏嘴快："也是妈的光彩。"

母亲："这话也是。人家都说，孩子有错，苦的是他自己，其实心里最疼的还是他妈。一样，孩子有出息，好的是他们自己，其实心里是高兴的也是他们的妈。"

黄杏："那也是妈培养的结果，应该感谢妈。"

"不，孩子，要说感谢，其实妈应该感谢你们。妈打心里想说一声：谢谢你们。"

母亲说着，竟还真的向四个孩子鞠了一躬。

几个孩子讶然失色。

只听母亲柔声道："孩子，你们的妈非常普通，甚至连普通的妈妈都还不如。没有钱，没有多少文化，也没有体面像样的工作，只有一堆孩子。真的，孩子，妈经常觉得惭愧，觉得对不起你们，妈经常在心里流泪……"

说到这儿，母亲的眼泪又一次在眼眶里打转：

"妈不能给你们好吃好穿，妈肚里没有多少文化，也不能在功课、作业上给你们任何指导，或者帮助。你们全靠自己。全靠自己的努力。有时候，妈晚上睡了，一觉醒来，看你们房间里灯还亮着，就很惭愧，心里就责备自己怎么能比孩子睡得还早？有天夜里，我爬起想催你们早一点睡觉，走到卓儿房间，见卓儿已经伏在桌上睡着了，妈不忍心叫醒，就给他披上一件衣裳。卓儿惊醒了，一看闹钟，背起书包就走。妈吓了一跳：半夜里去哪？急忙在后追着,一直追到学校。原来卓儿把闹钟上的夜里12点半,看成了早上的六点……”

黄杏和黄琳看了黄卓一眼。

黄卓垂下脑袋。

母亲依然泪眼婆娑:“就是因为有你们的努力,妈一听说学校要开家长会,妈就非常高兴,老师表扬你们就是表扬妈。真的,孩子,妈刚才说了,妈是一个普通的妈,甚至连普通的妈都还不如,是你们争气,是你们给妈长了脸了。因为你们,妈腰板挺得很直,因为你们,妈活得有滋有味,苦也苦得有滋有味。所以妈要感谢你们。真的,孩子,妈打内心说一声:谢谢你们。”

几个孩子都咬着嘴唇。

母亲也仰天眨眨眼睛,逼回眼泪:“这世上的人弄得不好,孩子是妈的累赘;弄好了,孩子是妈的财富和骄傲。琳琳是咱们家的老小,但琳琳现在是大学生了,她开了一个好头,你们今后也要一个个跟上。”

黄琳:“妈,其实姐姐和哥的成绩比我要好。只是我比他们幸运一些。”

母亲:“孩子,妈看重成绩,更看重真实的知识。妈盼你们都上大学,更盼你们能够做一个有用的好人。”

“妈,别说了。”黄鹂端起酒杯:“为了祝贺妹妹,也祝贺妈,咱们干杯。”

“等等。”黄琳忙说,“妈,你也去换一件漂亮些的衣裳。”

母亲:“妈就穿这个。”

黄琳:“不行,妈一定要去换一件像样些的衣裳。你们说是不是啊?”

姐姐和哥哥们一致附和支持。

母亲:“妈就算了。”

黄琳半撒娇半认真:“不要,妈一定得去换一件好衣裳来。”

母亲:“算了,妈老都老了。”

黄琳:“我从外国给妈买回来的那件衣裳,妈一穿上,至少年轻10岁。”

黄杏也嚷嚷起来:“妹妹从外国给妈买来的衣裳我们怎么没有看见?妈,衣裳在哪?我去拿来。”

母亲:“别闹了。”

黄鹂:“我们也想看看妈年轻10岁是什么样子?”

黄杏:“还想看看妹妹给妈买的是什么衣裳,外国的衣裳穿上一定很洋。”

母亲:“别闹了。真的别闹了。”

几个孩子嚷嚷着一定要母亲穿上。

母亲只得对黄琳说:“琳琳,妈对不起你。”

黄琳:“妈对不起我?”

母亲:“妈把你给妈买的那件衣裳卖了。”

黄琳望着母亲,抿紧了嘴唇。

黄杏等人都不敢吱声。

母亲给琳琳整了整衣摆:“琳琳,这是妈不对。你从外国大老远地方,省下吃饭钱给妈买下这件衣裳,说什么也是你的一点心意。可是妈却……”

黄琳眸中已经噙泪。

母亲:“琳琳,你怨妈吗?你心里有不痛快,就小声地骂妈两句。”母亲的声音很轻,“妈对不起你。”

黄琳的眼泪哗地流了出来,紧紧抓住母亲的手:“妈,你不要说了。是我们对不起妈。我们要吃饭、要学费。是我们拖累了妈。其实妈在卖衣服的那一天我就知道妈把衣服卖掉了。但是我还是想让妈把这件事说出来,让我们几个今后都记住,妈为了我们读书,连一件新衣服都舍不得穿。”

母亲的眼睛也潮湿了:“琳琳,你真的不怨妈?”

黄琳摇摇头:“我不怨妈。我知道这是因为咱们家没钱。妈,哪一天我工作了,我第一件事情就是给你买一件衣服,不,买很多很多衣服。很多很多好衣服。”

母亲替黄琳抹去泪水:“谢谢你。有这孝心也就够了,妈领了。其实妈往后老了,像奶奶一样路都走不动了,哪能还要那很多很多的好衣服?”

黄琳:“妈今后就是老了,就是路都走不动了。妈就是坐在推车里,我也一天给妈换一件衣服。那时候妈一头白发,一件大红的毛线外套,我和姐姐、哥在后面推着,一边推一边给妈讲故事,就像妈小时候推着我们一样讲故事……”

母亲的泪水就哗地涌了出来。

黄琳:“妈,你哭了?”

母亲:“妈没有白疼你们,妈还不知道能不能活到那一天。”

黄琳急了:“妈,你别这样说,你不但能够活到那一天,而且还能活到一百岁。妈你知道我专长数学,可为什么报考医科大学?我首先想到的就是为妈,为的是能学到本事给妈治病,让妈长寿。”

母亲泪如雨下,嘴唇抖动着:“孩子,有你这份孝心,妈活长活短都知足了。”

黄琳替妈抹掉眼泪。

黄杏也递上毛巾:“妈,别哭了。”

母亲破涕为笑:“妈这人就这样。碰到难事,就是天大的困难,妈不掉一滴眼泪。一碰到苦去甜来的好事,妈的眼泪就忍不住了。好了,妈不哭。”

黄鹂:“妈,你不是说一齐干一杯吗?来,咱们高兴高兴。”

大家端起杯子。

“慢,”母亲忽然想起了什么:“给你爸也放一只酒杯,满上。”

一家人都将一杯干了。

这时奶奶颤颤巍巍地端起父亲的那只酒杯,擎在空中,酒水随着奶奶的抖抖索索不断泼出。

“妈,你不能喝酒,别喝了。”母亲欲夺掉奶奶手中的酒杯。

奶奶摇摇头,神情非常坚毅:“这杯酒我替我儿子喝了。我为我儿子没有尽到做爹做丈夫的责任,替他、替他说一声对不起你们。”

说完,果真一口干了,然后酒杯一扔。

叭一声,酒杯碎了。

母亲和孩子都不觉一愣。

只听奶奶声音很轻,却非常清楚而果断地说:“从此以后,我再没有黄智清这个儿子。”

母亲:“妈……”

奶奶:“阿娟,你以前是我儿媳妇,你如果不嫌弃我,你今后就是我的女儿。”

母亲:“妈,咱们吃饭,不说这话。”

奶奶:“阿娟,你嫌不嫌我?我能不能认你做我女儿?”

母亲:“妈,是女儿是儿媳妇,你都是我妈。”

奶奶显然是不满意这种答复,又提高声音:“我能不能认你做我女儿?”

母亲忙说："能。妈，能。"

"好。"奶奶聚起精神，"那我就以娘的身份，希望你给这帮孩子重找一个爸回来。"

母亲："看你怎么又说到这事？"

奶奶指着几个孩子："鹂鹂、卓、杏、琳琳，你们支持不支持你妈给你们再找一个新爸？"

黄琳："我支持。"

黄杏："我也支持。"

黄卓不语。

奶奶面对黄卓："卓，你还没有说话。"

黄卓垂下脑袋，终于道："我听奶奶的。"

黄鹂："妈，你一个人着实是太辛苦了。"

奶奶："阿娟，这事孩子们都这么说了。这事你得依妈。趁妈活着，你把这事办了。"

母亲："妈，这事不急。即使要办这事，也得等有了合适的再说。"

奶奶："依妈看啊，合适的就在眼前。"

母亲一惊："妈的意思？"

奶奶："我看龙大海那人不错。厚道，踏实，人也本分。还是一个画画的画家，一定知书识礼。"

母亲说："妈，我现在真的还没有考虑到这个事情。"

"你要等到妈这么大岁数再去考虑？"奶奶一脸不悦："你如果怕别人说什么闲话，妈给你做媒。两家合成一家，叫他龙大海搬到这儿来住，我们黄家这老房子宽敞。"

"妈，这事真的过一阵再说。"母亲丢下饭碗，"琳琳和卓儿他们开学都要等着一笔学费，我出去想想办法。"

黄琳忙说："妈，我开学的学费够了。"

母亲："你哪来的学费？"

黄琳拿出一只红纸封："这是给我奥林匹克得奖的奖金。"

母亲看了看："恐怕不够。"

黄琳脑袋一偏，一副又淘气又神秘的样子："还有，我这里还有。"

"你这里还有?"母亲显然感到了吃惊。

黄琳果然又拿出一沓钱:"妈,你看。"

母亲忙问:"琳琳,这钱哪来的?"

黄琳:"我现在不说,反正我的。"

母亲加重了语气:"琳琳,这钱是哪里来的?快,告诉妈。"

黄琳:"反正这钱是我的。"

母亲警惕起来:"琳琳,咱们家虽穷,但一分一厘都要来得明白,不干净的钱坚决不用。"

黄琳急了:"妈,谁说这钱不干净了?我把奥林匹克的奖牌卖了。"

黄鹂等人都吃了一惊。

母亲更是大急:"你说什么?你把奖牌卖了?那是你的荣誉。"

黄琳怯怯地说:"我知道学费不够,正好有人想买这奖牌。我想这太巧了,机会难得,就一咬牙卖了。"

母亲忙问:"卖给谁了?"

黄琳:"那人戴着宽边墨镜,我也没有看清。他说我一定急等钱用。"

母亲再问:"那人怎么知道你考上了大学?"

黄琳:"他说他是学校里问来的。"

母亲:"他又怎么知道你有这枚奖牌?"

黄琳摇摇头。

黄杏:"妹妹得奖,这一带谁不知道。"

母亲:"他为什么要买奖牌?奖牌对他又有什么用处?"

黄琳只是摇头。

"糊涂,真是糊涂!"母亲非常着急,"咱们就是砸锅卖铁也不能把这奖牌卖了。"然后转对黄鹂等人,"你们几个做哥哥、姐姐的,也帮妈访访,有时间出去打听打听,看琳琳的奖牌是被谁买去的,无论是谁买去的,咱们都要想办法赎它回来。"

"妈,那又何必?"黄琳说,"今后有的是机会,到时候我再给妈得几枚奖牌回来。"

"奖牌还嫌多吗?有多少奖牌妈都不嫌多。"妈真的是生气了。

黄杏一旁悄声说:"看妈急的,妹妹的奖牌好像是妈的命一样。"

几个孩子都互相对视了一眼。

母亲丢下饭碗:“你们慢点吃,妈还有事情。”说着就出门走了。

黄鹂瞪了黄杏一样:“咱们这四个,无论谁得了奖励,也就是妈得了奖励,那就是奖励妈。”

奶奶一旁说:“知道这个道理就好,知道这个道理,今后就一个个都给你们妈多得些奖牌。”

镇上,龙大海骑着修好了刹车的三轮车满街兜客。

迎面碰见母亲。

龙大海刹车一压,三轮车唰地就在母亲面前停下。

母亲:“修好了?”

龙大海:“修好了。”

母亲:“给你钱。”

龙大海:“就这么见外?”

两人一刹时就再没有说话。

这时两人也都想到了要将对方细看一眼。

龙大海终于又道:“阿娟,你比以前瘦了。”

母亲指着他摔破了的裤子:“你什么时候换下来,我给你补补。”

龙大海搓着一双大手,吭哧吭哧着,一时不知说什么是好。

母亲就叹了一口气。

龙大海:“你怎么又叹气了?你往常可是连眉头都不多皱的一个人。”

母亲摇摇头:“我那四丫头,为了学费,把一个得了大奖的奖牌卖了。这奖牌是能卖的吗?把荣誉看轻的人就很难进步。我想去赎回来,又不知道买家是谁,你也帮我记着这事,弄巧了,说不定也能撞着。”

龙大海:“其实这事,你也不必太在意了。”

母亲:“我怎么能不在意?那是我孩子的荣誉,也是我这当妈的光彩。能为了钱,把这些个都给卖了。”

龙大海:“人家既然愿意花钱买那并不属于他的奖牌,一定有其原因,或有其理由。”

母亲警觉起来:“什么理由?”

龙大海显然有些紧张，慌忙掩饰："我的意思是说，或者人家对奖牌感到新奇，或者人家是存心资助孩子读书，又怕你们不肯接受，才想出这么个办法。"

母亲说："我只怕另有原因。"

龙大海忙问："你担心会有什么另外的原因？"

母亲不语。

龙大海叹道："你为你几个孩子，操的这心，不碎也要碎了。"

母亲换了话题："你现在还是单身一人过着日子？"

龙大海自我解嘲地笑笑："是的，孤家寡人，形只影单。"

母亲："你就没有想到再找？"

龙大海："找一个中意的也难。"

母亲："要求很高？"

龙大海："阿娟，我大胆说一句你可别骂我。像你这样的还真难找。"

母亲："看你说的，我还没有听到过别的男人这么夸我。"

龙大海："阿娟，智清他究竟去了哪了？"

母亲："南边，不知是深圳还是海南。"

龙大海："寄没寄钱回来？"

母亲摇摇头，苦笑了一下。

龙大海："又快开学了，那几个孩子的学费？听说最小的还考上了大学？"

母亲："你倒知道得很快。"

龙大海："镇上都在传哩，连修车铺的人都说有一个姓黄的孩子，初中毕业就考上了大学，在这松元镇上是第一个才女。我就想到是你家的孩子。"

母亲笑逐颜开："这些孩子，一个个都还争气。"

龙大海："那学费？"

母亲："我再想想办法。"

"这一阵我给人画了些肖像，还卖得了几文。"

"你往后还要用钱。"

龙大海："你怕我帮了你就会粘上？"

母亲："看你说的。"

龙大海:“你现在去哪?”

母亲:“蹬上三轮车再转几圈,看能不能再兜几个客人。”

龙大海:“我今天没事,如果看得起我,我帮你蹬一天,其实这本来就应该是男人做的事情。”

母亲:“那行。我还正想到医院有点事情。”

龙大海:“上车吧,我送你。”

母亲:“一个本来就是蹬车的,哪来这么珍贵。不坐,不像。”

龙大海:“怎么不像?女人往车上一坐,男人使劲地蹬着,这才是真正地像哩。”

母亲笑了:“看样子跟了你这样的男人,也是女人的福气。”

龙大海又吭哧起来:“你、你真是这么想的?”

母亲坐上三轮车,什么也没说。

龙大海蹬着三轮车,一脚一脚,比先前更是有劲。

三轮车到了医院门口。

母亲下车时说:“对客人态度要好。特别老弱病残,人家给几文就几文,也别太计较了。”

龙大海听话地嗯了一声。

远山云雾峰。

黄琳一个人又一次登上了险峰。

一簇簇九叶黄花草在峭壁间摇曳着。

医院血站。

护士见母亲进来,便问:“还要卖血?”

母亲点点头。

护士盯着母亲。

母亲伸出了捋起的胳膊。

护士却拒绝了母亲的要求:“大嫂,这回任你怎么说我都不会给你采血。”

母亲急道:"姑娘,我这回真的又有急事。"

护士:"又是为孩子读书的事,缺钱?"

母亲:"学费什么的,算起来也差不多够了,我是想让孩子多带几个钱在身上,别到时候到了学校碰上什么事情,急等钱用又没有钱了。"

没想到这护士却拿出皮夹:"大嫂,缺多少钱你说,这血你真是不能再抽了,缺多少钱我借给你。"

母亲望着这护士,一时不知说什么是好。

这时候龙大海来到了这里。

他掏出一叠钱递到母亲手里,轻声说:"够吗?这一点你先拿上。"

母亲想说什么,龙大海已经转身走了。

龙大海蹬着三轮车。

来到接官亭一个僻静无人处的时候,龙大海停下车子,从怀里掏出一物,一层层打开,竟是黄琳的那块奖牌。

龙大海如托婴儿似的,将奖牌捧到眼前,一脸慈祥、一眸幸福。

望着望着,不知为什么,眼泪就掉了下来。视线也渐渐模糊了。

奖牌变成了家里的肖像画。

肖像画又变成了黄琳前几天的影子——

黄琳放学经过送子桥头。

早已守候在河畔的一个人迎了上来。只见他戴着宽边墨镜,笠帽压得很低。

两人在送子桥头相遇了。

黄琳害怕起来:"你是什么人?"

戴着宽边墨镜的人说:"姑娘别怕。听说你已经考上大学?"

黄琳:"你怎么知道?"

宽边墨镜:"听你学校里人说的。"

黄琳:"那又怎么样?"

宽边墨镜:"读书需要钱啊,姑娘。"

黄琳:"你这话什么意思?"

宽边墨镜拿出500元钱:“我这里有500元钱,请姑娘拿上。”

黄琳摇摇头:“我妈说过,不属于自己的东西,决不能要。”

宽边墨镜镜片背后的眼睛闪着泪光:“从理论上讲,这钱比什么钱都更属于你的。”

黄琳:“什么叫从理论上讲?那实际呢?什么叫这钱比什么钱都更属于我的?”

宽边眼镜意识到了什么不妥,忙说:“姑娘,这钱你收下吧,如果你一定介意不属于自己的东西决不能要,那么,那么我就强人所难了,你那块金牌能不能给我?能不能卖给我?也就是这钱给你,那金牌给我。”

黄琳:“钱,我很需要,但金牌你又有什么用哩?”

宽边墨镜:“我有我的理由,世上有许多事情的许多理由,也只有自己知道。”

黄琳:“那你是什么人?”

宽边墨镜:“这又是一个只有我自己知道的事情。”

“你真是个怪人,”黄琳头发一甩,“好吧,金牌卖给你就卖给你。”

宽边墨镜把钱塞到黄琳的手里。

黄琳歪头问他:“金牌不在身上,你就不怕我拿了你的钱却不给你金牌?”

宽边墨镜:“我相信你的为人。”

黄琳:“金牌送到什么地方?”

宽边墨镜:“就现在这个地方……”

龙大海又将金牌仔细地收回了怀里。

黄琳回到了家里。

两个姐姐一个哥哥在帮她整理铺盖和行装。

一个人在门口徘徊、张望了一下,像有什么事情。

最后还是走了。

黄杏："没想到琳琳是咱们家最小的一个，倒最有出息。"

黄卓："不对，不叫最有出息，而是先有出息。"

黄琳："是的，你们明年也一定能考上大学。"

黄鹂："妹，就为这话，咱们各击一掌。"

于是四人各击一掌，噼噼啪啪声非常响亮。

黄鹂："咱们说好，如果明年咱们三个考不上大学，怎么处罚？"

黄卓："我学狗叫。"

黄杏："我在地上倒爬三圈。"

黄鹂："我这当大姐的如果考不上，就轮流到你们学校给你们买饭、洗衣服。今后你们有了工作，在城里安下了家，我就给你们管门口带孩子。"

大家全都笑了。笑得有些凄楚。

这时候母亲回家进来："什么事这么开心？"

黄琳："咱们什么事都很开心，就一件事发愁。"

母亲："你有什么事发愁？"

黄琳又是抱着母亲的脖子，在母亲耳边咬了几句什么。

母亲就笑着用手指在她额头上戳："你这死丫头，又拿妈开心。"

黄琳一脸认真："妈，我这可是真话。"

母亲："不说这个。琳琳，你明天就要去学校报到了。一者，上海你以前去过，二者，妈在医院也请不出假来。妈不能送你到上海，只送你到车站。"

黄鹂："妈，我送。"

母亲："你们三个，后天也要去学校了。"

黄琳："妈，姐，你们谁都别送。我外国都去过了，胆大着哩。"

母亲："琳琳，你是这个家里最小的一个孩子，却为大姐二姐还有哥哥，做出了最好的样子。你是这个家里最小的一个，却最先离开了这个家里。"

几个孩子一霎时全都静悄悄的。

母亲："你要出远门了。这一趟不像以前，至少半年，妈可能半年都见不到你。以前，你想睡一个懒觉，妈说，睡吧，妈到时候叫你。衣服脏了，脱下来一扔。虽说没有好吃好喝好穿的，总还有妈，还有奶奶，还有姐姐哥哥们护着、宝贝着。今后到学校，就得自己管自己了，穿得差些，只要干净也行。饭菜不能太省，钱不够，妈给你寄去。除了守法遵纪之外，还要尊重老师，跟同学把关系搞好……”

黄琳：“妈，这我都知道，我还有不放心的事情。妈，我明天走了，姐姐和哥他们后天也全到学校去了，家里只剩下奶奶和你，又空空落落的了。”

说到这，黄琳一脸认真：“妈，我刚才那话，不见得就是人微言轻。真的，妈，我求你给我们娶一个爸回来。否则，你太辛苦了。妈，我求你了。”

她说到这儿，竟在母亲面前噗通跪了下来。

母亲忙去扶她：“琳琳……”

黄琳坚持着说：“妈，我明天就要走了，你不答应我，我也不放心，我就不站起来。姐，你们说哩？”

黄杏也走到母亲面前突然跪下。

黄鹂和黄卓随后也在妈面前跪下。

母亲又一次流出了眼泪。终于泪眼模糊地点点头：“妈依你们，都给妈起来。”

黄琳想了想，又说：“妈，我明天就要走了，还不知道什么时候才能回来。妈，我想在临走之前为妈做一件事情。”

母亲：“想为妈做什么事情？”

“洗脚。”黄琳清澈的大眼睛泛着亮光，“我想给妈洗一次脚。”

二姐黄杏忙说：“这主意不错，我去端水。”

“杏。”母亲用目光将黄杏止住，转对黄琳：“琳，妈这蹬三轮车的臭脚。噢，妈谢谢你了。妈的脚啊，汗臭。”

黄琳：“妈，《诗经》里有这么一首诗——‘父兮生我，母兮鞠我。拊我畜我，长我育我。顾我复我，出我复我。欲报之德，昊天罔极。’意思是说：父亲生我，母亲养我，他们抚育、教导了我。在家里悉心地照顾着我，外出时怀抱着我。如此恩德，比天博大，我该怎样才能报答？妈，你看这几千年前的人都知道对父母感恩，难道我明天就要走了，今晚上为妈尽这么一点孝心都不能吗？”

母亲：“琳琳，你的孝心妈心领了。妈想说一句，你一个人在外，能够一切让妈放心，那就是最大的孝心。”

黄琳水汪汪的眼睛总是那么明亮：“妈，回想在家这么多年，我从来没有帮妈做过什么事情。如果给妈洗一次脚这样的小事我都没有做过，我想我一个人在外面每当夜深人静想到妈的时候，就会觉得亏欠妈太多太多，就会总有一种歉疚在心里堵着，发酸、难受。”

黄鹂也道：“妈，难得妹有这份孝心，你应该成全。”

“你们这些孩子，妈真是没有白疼你们。”

母亲便找凳坐下脱鞋。

姐妹三人，还有黄卓，立即找盆的找盆，打水的打水，拿毛巾的拿毛巾，七手八脚就将一脚盆热腾腾的水端到了面前。

黄琳一边给母亲洗脚一边说：“妈，你还记不记得去年冬天你给我洗脚的事情？”

黄杏抢道：“我还记得，就前年，冬天下雪，是晚上，你在刘老师家里复习，是大姐去接你回家的……”

黄鹂说：“路上又冷又滑，但我们一滑一跌地走着，身上都冒出了热汗。”

黄琳：“我穿在套鞋里的脚都被汗湿了。”

黄鹂：“当时琳琳不停地在说，姐，我真想现在就把脚伸进热水盆里泡一小会。我说，快走，保不准妈在家已经给咱们准备了热水。”

黄杏：“那是自然，当时妈啊，烧了大半锅热水，脚盆、毛巾早都摆出来了，就等你们到家。”

黄琳：“到了家里，果然，一脚盆热水已经在堂屋里摆着了，我跟大姐一到家，坐下来就洗。”

说到这里，仍在给妈洗着脚的黄琳抹了一下眼泪：“当时我真混蛋，我和大姐的两双脚放在脚盆里洗着洗着，盆里的水满出来了，打湿了盆边的棉鞋，我就对妈吼了起来：‘妈你为什么不能少弄一点水，装这么满满一大脚盆，看把棉鞋都弄湿了，冬天里穿上湿棉鞋不冻死人啊！’妈哩，妈什么都没有说，拿起湿棉鞋就到厨房里升火烘烤去了。这时候爸从房间里奔了出来……”

黄杏：“爸一脚把凳子都踢倒了。”

黄琳：“爸怒冲冲指着我鼻子，吼了起来：你别这么娇贵，娇贵什么？妈在脚盆里给你倒上水，等你回来洗脚，你还怨你妈、怪你妈，说你妈脚盆里的水装多了，你知道你妈为什么会在脚盆里弄那么多水吗？”

一旁听着的黄卓睁大了眼睛。

黄鹂和黄杏都瞥了妈一眼。

黄琳接着说："爸的脸都涨红了，声音很大：你妈为了你们一到家就能有热水洗脚，听到门外的远处有一点响动，还以为是你们回来了，就赶紧在盆里倒上热水。谁知道那响动是刘庄的刘二巴子经过咱们家门口。你妈就在这堂屋里一边腌菜一边等你们回来。眼看脚盆里水凉了，就兑上热水，眼看着脚盆里水又凉了，就又兑上热水，一共兑了四次热水，才等到你们回来。你们不但没有谢谢你妈的苦心，还要责怪你妈脚盆里水弄多了，亏你还说得出口，你有没有良心？"

母亲："你还记得这事，我都忘了。"

黄琳立即道："请妈原谅，是我对不起妈。"

母亲："妈能原谅。"

黄琳替妈把脚擦干："后来我每当想到这件事情心里就难受。"

母亲穿上鞋子："琳琳，快别说这话了，今后也不许再说这话。有你这份孝心，妈已经知足了。有你这样的出息，妈已经光彩了。妈还是那句话，今后一个人在外，把人做好，把学问学到，一切让妈放心，那就是最大的孝心。"

黄琳非常懂事地点了点头。

忽然又道："妈，我明天就要走了，真的不知道什么时候才能回来。我暑假、寒假都要打工。"

母亲立即说："暑假、寒假都要回家，妈不在乎你打工的那一点钱。"

黄琳不作正面回答，却道："妈，我不在家里，你会不会想我？"

母亲："想。你才十六岁就离开妈一个人到那么远的地方，妈能不想吗？"

黄琳仰起小脸："我也想妈。妈，我想、我想……我想我明天就要走了……"

母亲似乎明白了什么："傻丫头，你想今晚跟妈睡一个床上？"

黄琳可爱地侧着脑袋："哥不也是……"

"妈依你。"母亲站起来，"今晚早些睡觉。"

黄琳依偎在母亲身边，很快就进入了梦乡。

母亲坐在床上，就这么静静地看着将要离别的女儿。女儿毕竟还小，女儿偏又那么懂事。

夜深人静，只有闹钟滴答滴答的声响。

母亲忍不住掉下了眼泪。

门外。

一条人影悄悄向黄家走来。

人影在黄家门口站住。

站了好长一会。

忽然，他屈起手指在门上叩了叩。

叩得很轻，在静夜里，却显得异常的清脆。

母亲听到叩门声，立即起身下床。

走到门边。

母亲喝问：“谁啊？谁啊？”

连问数声，没有人答应。

母亲捞了一根柴棍握在手里。

门，突然打开。

门外无人，却见一块金牌挂在门上，在朗月的映照下发出柔和的辉光。

母亲急忙拿下金牌，再看附近。

附近站起一条人影。

那人影渐渐远去。

第二天一早，外婆也赶来给琳琳送行。

外婆和奶奶两位白发苍苍的老人站在门口，不断向渐渐远去的黄琳摆手。

老人的眼角挂着老泪。

黄琳坐在妈蹬着的三轮车上，虽渐行渐远，却仍不断地向外婆和奶奶摆手，一边摆手一边喊：“外婆、奶奶，一放暑假，我就回来看望你们。奶奶、外婆……”

奶奶抹一把眼泪：“这孩子，就真的远走高飞了吗？”

“今后一个人在外，就像刚一断奶的孩子，今后这一个人……”外婆老泪纵横。

母亲和黄鹂、黄卓、黄杏蹬着三轮车送黄琳来到车站。

学校的校长、老师、镇里的领导、医院的同事，乃至院务部刘主任和儿子刘品仁，以及嘉妮和她父亲，都前来送行。

但人群中没有见到画家龙大海。

送行的刘主任一反常态，表现得最为殷勤。

母亲一到，刘主任就接过三轮车："恭喜，恭喜，祝贺你啊！我代表我们医院的全体职工，祝贺你望女成凤，果然女已成凤。也预祝你望子成龙，今后也必定子能成龙！"

"谢谢刘主任吉言。"母亲对刘主任从未有过的热情，感到有一点不能适应。

刘主任忽又想到了什么，立即从口袋里摸出车票递给母亲："车票我已买好了，现在就可以上车。"

"谢谢了，谢谢刘主任。"母亲急忙掏钱。

刘主任连忙拦住："钱就算了，不就一张车票。算我送的，算我为孩子送行尽这么一点心意。"

说着，随即又从什么地方拿起一束鲜花，捧送到黄琳的手里："祝贺你，孩子，你为你老黄家争了脸，也为我们医院争了光。你是我们松元镇第一个少年班的大学生，是我们松元镇的骄傲。"

众人鼓掌。

母亲："琳琳，谢谢刘主任。"

黄琳："谢谢刘主任。"

母亲："琳琳，给领导、给老师、给大家伙们说几句什么。"

黄琳就对众人一鞠躬："谢谢领导的关心，谢谢老师的培养，谢谢大家的帮助。燕子无论飞得多远，她都会记得自己曾经的家在什么地方。"

一阵掌声。

黄琳："各位叔叔伯伯，各位大妈大姨，我今天先走一步，我的哥哥、姐姐也都即将要开学离开这个家了。明天，或者后天，我家又只剩下我妈和我奶奶了。我奶奶有病，我妈岁数也渐渐大了，而且身体不好，我们这一走，我们这一走……"

黄琳流下了眼泪。

母亲也流下了眼泪。

黄琳向众人先鞠一躬："拜托了，拜托大家，关照我妈。"

然后又鞠一躬。

刘主任忙说："孩子，放心，你妈有我们照顾，你就一千个放心，以前啊，以前我这人也常犯糊涂，今后、今后你家有什么困难，你妈有什么事情，都包在我的身上。"

黄琳："谢谢刘主任。"

母亲："琳琳，快上车了，跟哥哥姐姐也说几句什么。"

黄琳走到哥哥、姐姐面前。

四双手紧紧地抓在了一起。

黄琳轻轻地说："蓓蕾将在明天开放，冰雪将在明天消融，雏鸟将在明天破壳……明天一切都会好起来的，希望就在明天，这是青春独有的宣言。"

四双手握得更紧。

黄琳眨动着大眼睛："我们老师说过这么一件事情——英国大作家萧伯纳访问苏联时，遇到一位小姑娘。分手的时候，萧伯纳对小姑娘说：'回去告诉你的妈妈，今天陪你玩的是世界著名的萧伯纳。小姑娘回答：请你回去也告诉你的妈妈，今天跟你玩的是苏联小姑娘玛莎，玛——莎。'多么的自信、豪迈。我们现在虽然还一无所有，但我们会拥有未来。"

四周静悄悄的。

母亲一旁提醒："你们三个大的，临分手了，也给你们琳琳说几句什么。"

黄杏："妹，你还记得吗？那天妈晒豆子的时候，每人给我们一粒绿豆，让我们看仔细了，然后要我们把绿豆放进绿豆盒里，再叫我们挑出我们原先拥有的那一粒绿豆，我们找不到了。妈又随手拿出四粒赤豆，叫我们把赤豆扔进绿豆盒里，然后叫我们再找出这四粒赤豆。这非常容易，我们很快就从绿豆堆里挑出了属于我们所拥有的那四粒赤豆。当时我不知道妈的意思，我现在终于想到了——做人就应该出色，应该有与众不同的醒目的地方，才会突出。"

黄琳："妈的意思我记下了。"

黄鹂则当众拿出一只南瓜："琳琳，姐没有好东西送你，就送你一只南瓜。"

静静的人群略显骚动。

刘品仁远远地撇撇嘴："穷样，南瓜能当水果？我还以为是哈密瓜呢！"

刘主任悄悄地瞪了儿子一眼。

只听黄鹂继续道："据说在美国，麻省 Amherst 学院曾经做过一个很有名的实验。科学家用铁做的套子将一只小南瓜紧紧箍住，以检验生长的力量。第一个月，能承受 500 磅的铁套被胀破。再换一个能承受 1 500 磅胀力的铁套，第二个月又被胀破。然后再换另一只更加牢固的铁套，再换一只……一直增加到能够承受 5 000 磅胀力的铁套时，南瓜才停止了生长。这时候科学家剖开南瓜，发现南瓜里充满了一层又一层坚韧牢固的纤维质。恶劣的环境，使它变得异乎寻常的坚硬。更加令人惊骇的是，人们发现这只南瓜藤的根须特别茂密，最长的竟延伸到 8 万英尺之外。为了突破限制它成长的压力，它必须将汲取的触角无限地伸展。"

黄琳："姐的意思我明白了，我会坚强。走出大山，就是为了汲取新的力量。"

母亲向黄卓使了一个眼色。

黄卓："琳琳，哥祝贺你。有一个诗人说过——

过去的无须频频回首，
未来却必须常常仰头，
一年既然分为四季，
是鲜花，不一定非在春天盛开不可。"

黄琳："哥，我理解你的意思，明年你们就要高考了。"

黄卓："请你在大学等我。"

黄琳："我一定在大学等你，还有我的两个姐姐。"

四双手又紧紧抓住，并高高举起，异口同声："我们将来都是最好的，咱们大学里见。"

刘品仁在附近冷哼一声："小鸡刚刚出壳，看见一只乌龟经过，就也把蛋背在身上走路。"

刘主任瞪了自己儿子一眼。

嘉妮一旁恼道："你这是什么意思？"

刘品仁："什么意思？茄子学松鼠，就真能长出尾巴？一人一命，有一个人上了大学，其他人就都想上大学了。做梦。”

嘉妮：“人家成绩就比你好，哪一个不比你好！”

刘品仁：“他们黄家如果今后个个都能考上大学，我刘品仁在这松元镇倒爬三圈。”

嘉妮还想再说什么。

嘉父将女儿拦住。

刘品仁格外得意，仰脸朝天说：“有这么一只玻璃瓶子，瓶底朝着灯光，放一只蜜蜂进去，它以为灯光方向就一定会有鲜花阳光，于是一次又一次撞在瓶底上。结果哩？结果死了。再放一只苍蝇进去，苍蝇只碰了一次壁，就回过头飞出了瓶，尽管飞进了黑暗，但，总是飞出去了。”

黄琳盯着刘品仁：“请你注意，它虽然飞出去了，却还是一只苍蝇，它虽然飞出去了，却飞进了黑暗。”

刘品仁恼道：“你神气什么？不就是考上了一个大学？我们家有的，你们有吗？”说到这，拉长了声音：“我们家有的，你们家有吗？”

刘品仁气焰嚣张。

其父刘主任向刘品仁急使眼色。

刘品仁仍是趾高气扬，得意洋洋。

黄卓等人气得一时也无话可说。

黄琳伶牙俐齿，立即咯咯笑道：“你没有听说过吗？很多鱼都有鱼鳔，就是鱼泡泡，靠这鱼泡泡的吸气瘪气，鱼就可以轻松沉浮，但鲨鱼没有鱼泡泡，鲨鱼只能靠不停地游动来沉浮。人家有的东西，鲨鱼没有，鲨鱼的条件不如人家，但鲨鱼靠不停地游动，锻炼出了力量。”

众人一起鼓掌。

刘品仁恼羞成怒，袖子一捋。

黄卓也不肯示弱，同样袖子一捋。

母亲赶紧挡住黄卓。

刘主任也赶紧挡住自己的儿子。

公共汽车鸣了一下喇叭。

母亲：“琳琳，赶紧上车。”

黄琳向大家挥手上车。

远处的喇叭响起了“送战友，上征程”的歌曲。

黄琳上车坐下。

一个戴着宽边墨镜的男人也挨着黄琳坐下。

母亲以母性的直觉与警惕将那个陌生的男人多看了几眼。

汽车将要开动了。

母亲和黄鹂等与车窗里探出身子的黄琳告别。

黄琳突然又奔下汽车，紧紧地抱着母亲，在母亲的脸上轻轻地吻了一下。

母亲轻轻推开黄琳，嗔道：“看你傻丫头，别闹了，赶紧上车。”

黄琳却小声问母亲：“妈，你头晕病是不是还经常发作？”

母亲说：“没有事，妈的老毛病了。”

黄琳立时又一脸神秘：“妈，你这病，有一个人能给你治好。”

母亲一愣：“谁？”

黄琳：“就那位龙大叔啊。咦，他怎么没来？”

母亲笑了：“他能有什么灵丹妙药？”

黄琳挤挤眼睛：“那可不一定啊。”

这时汽车喇叭响了。

黄琳赶紧上车。

汽车慢慢开动了。

黄鹂、黄卓、黄杏一齐向妹妹摆手。

黄琳大声说：“姐，哥，再见，咱们大学里再见。”

三个哥哥姐姐也齐声道：“咱们大学里再见。”

黄杏：“为了一滴水能够汇进海洋。”

黄杏：“为了让妈因为有咱们而感到自豪。”

黄鹂：“也为了让咱们这个松元镇因为有了咱们而感到骄傲。”

送行的和围观的人群一齐鼓起掌来。

汽车渐渐远了。

终于驶出了老镇。

母亲的目光仍望着远处。

望着望着就掉下了眼泪。

黄鹂替妈拭去眼泪："妈，咱们回去吧。"

母亲："你们先回去吧，你们也回去准备准备，明天开学了，再过一年就该轮到你们高考了。妈现在还要到医院上班。"

刘主任这时候竟还守在母亲身边，立即就说："阿娟，今天你不用上班，我准你一天的假，你家里事多，该忙什么的，忙去。如果急等钱用哩，我去跟财务上打一声招呼，给你预支一部分工资先用。"

母亲忙说："谢谢刘主任关照。我如果真有急事哩，再来麻烦刘主任。现在上班去了。"然后一指东边的太阳，"我今天是中班，现在可还没有迟到。"

刘主任略显尴尬："看看，看你说的。我以往多有得罪，难不成你还记着？"

母亲："没有，我这人脑子还真是就不记事。"

刘主任："不记事就好，不记事就好。"

母亲走了，一边走一边心想："今天这刘主任怎么变了一个人似的？究竟怎么回事？一定有事。"

第十四章

黄智清又回到了松元镇。

他刚走出旅馆,看到了远远走来的母亲忙又缩回去。

“怎么回事?”旁边的黄毛女人也看到了母亲,手指在黄智清脑门上一戳:“你就这点胆量？咱们这趟为什么回来？难道你都忘了?”

黄智清胸脯一拍:“我哪能忘了。”

汽车上。

坐在黄琳身旁的那个戴墨镜的男人,不时地望着黄琳。

望得黄琳竟起了警惕。

那宽边墨镜的男人几次欲言又止,终于搭讪着问:“是上大学去?”

黄琳不置可否。

宽边墨镜的男人摸一块巧克力递给黄琳:“这么小就上大学了,真是了不起。”

黄琳没有答话,也没有接他的东西。

宽边墨镜的男人又盯着黄琳痴痴地看了好大一会,又拿出一瓶矿泉水说:“喝点水吧,姑娘。”

黄琳只是警惕地摇摇头。

宽边墨镜的男人一声叹息。

叹息声很重,黄琳诧异地瞥了他一眼。

路上有人拦车。

宽边墨镜的男人趁着停车的时候下车了,在座位上遗留下一包东西。

车又开动了。

黄琳对着窗外那个宽边墨镜的男人说:“你的东西,你还有东西遗留在车上。”

那宽边墨镜的男人伫立在路边说:“姑娘,给你了。那东西留给你了。你放心,能吃。”

黄琳:“你到底是什么人?”

宽边墨镜的男人没有答话。

黄琳:“我知道你是谁。”

宽边墨镜的男人显然是吃了一惊:“你知道我是谁?”

黄琳:“就是买我奖牌的那个人呗。”

宽边墨镜的男人:“是不是仅此而已?”

黄琳歪着脑袋:“你难道还有更多的秘密?”

宽边墨镜的男人一时无语。

车子走了。

伫立在路边的那个宽边墨镜的男人,背过身去,摘下眼镜似擦了一下眼泪。

车上的黄琳又一次皱起了眉头。

她打开遗留在座位上的包裹,里面有糖有麦片和奶粉……

第二天,黄鹂、黄卓、黄杏背着背包、席子,离开了家门。

母亲将他们送到门口。

临别时说:“你们告诉老师,请老师放心,欠着的那些学费,最多了就在这个月里一定缴清。”

黄鹂:“妈,你也别太累了自己。”

母亲说:“你们读书也要上心,眼看就要高考了。”

刚送走孩子们,龙大海也来到黄家门口:“孩子们都走了?”

母亲:“走了。”

龙大海:“学费够了?”

母亲:“够了。”

龙大海:“如果不够,我有。”

“你手头也不宽裕，你光画画能有什么钱！”母亲顺手将晾在门口绳子上的裤子折起来递给龙大海，“补好了。你这人也省，不知道哪一年做的了，我洗的时候都不敢使劲去搓。”

龙大海把裤子朝腋下一夹，从挎包里取出一束九叶黄花草：“给你。”

母亲笑了：“看你，人家有送花的，却没有看见过送草的。”

龙大海抓抓脑勺：“这是九叶黄花草，听说专治头晕病。”

母亲有些吃惊：“这九叶黄花草只有云雾峰上才有，就为这，也犯得着爬那么高去采？”

龙大海犹豫了一会，这才说出实话：“这是黄琳让我送给你的。”

母亲：“琳琳？”

龙大海：“那天琳琳找到我，要我把这转交给你，但要我答应不说出是她采来的，可是我……”

母亲：“琳琳为什么不亲手交给我？为什么还要你答应她不说出是她上山采来的呢？”

龙大海一时无语。

母亲蓦然想到了什么：“会不会她上一次脾脏破裂，就是因为这事才摔伤了的？她不让你告诉我这草药是她采来的，一定是怕我追问她以前受伤的那件事。”

龙大海：“恐怕还有别的原因。”

母亲：“什么原因？”

龙大海：“明摆着嘛，让我交给你是让给我一个机会，一个向你、向你讨好的机会。”

母亲一时没有说话。

龙大海摸一支烟来点上。

气氛有些尴尬。

母亲终于道：“什么时候空了，我扯几尺布给你做两件衣裳。”

龙大海的神情立即就变得活泛起来：“阿娟，我又有一条来钱的路了。咱这地方要再造一条公路，造公路要用石子。工程上人说，把石块碎成石子，就这么一锄头一锄头地砸，砸下一个立方就是20元钱。我想，白天我有空了我就帮你蹬几趟三轮车，晚上兜不到客了哩，就去砸石头，这活儿论立方算账,多劳多得,不抠时间,砸多少算多少。"

母亲:"还有,只要力气,不要多少技术。这样,你也给我把名报上。"

龙大海:"那又何必。你想做就跟我凑一堆儿。其实,这应该是男人的活。"

"我想我这人,也真是没有用了。"母亲说,"第一条小牛没有养大就卖了。现在这条牛犊又病了。我现在还正急着想拿它派点用场,现在这病着,又不能出栏。"

龙大海:"小牛犊又要卖了?是不是孩子们的学费还没有缴齐?欠多少?看我能不能帮你凑上。如果不够,我还能想点其他办法。"

正说着,没有想到黄智清突然出现在眼前。

母亲和龙大海都不觉一愣。

黄智清却笑笑:"你们聊吧。继续聊。"

龙大海又憨实地搓着手:"智清哥,啥时候回来的?"

黄智清又是笑笑:"对不起,事先没有通知你们,冲撞了。"

龙大海又礼貌性地问了一句:"在外头咋样?"

黄智清瞥了他一眼:"难道这也要向你汇报?"

龙大海非常尴尬:"还去吗?啥、啥时候回去?"

黄智清:"这你们放心,我办完了事就走,不耽误你们。"

母亲终于发话,对黄智清说:"你别句句带刺,他龙大海老实,又是画画儿的文化人,你又何苦总是拿话砸他?"

黄智清:"唷,帮这么牢了。他人老实?老实人怎么也知道在这找女人搭话?还画画儿的文化人。文化人别的没有,就多一根花花肠子。还画画儿,你会画什么?你会画钱?"

龙大海:"不会,没有学过。"

黄智清:"我是问你的画能不能卖钱?"

龙大海:"我的作品跟市场还没有接轨。"

黄智清鼻子一耸:"别酸了,不能卖钱就不能卖钱,还什么市场?接轨?"

母亲:"黄智清,你别把话扯人家身上去,咱们有话咱们说。"

黄智清:"我找你,还真有话要说。"

龙大海:"你们聊,我、我走了。"

母亲挡住："别走，等一会我还有事请你帮忙。"然后转对黄智清："看你这趟回来，好像不是探亲。"

黄智清脚尖在地上拖着："你倒眼尖，阿娟，我想跟你商量一件事情。"

母亲微微一笑："跟我商量事情？"

黄智清："咱们还是回屋里去说？"

母亲："就在这门口说吧。门口说话亮堂。"

黄智清瞥了龙大海一眼。

母亲："说吧。他不是什么外人。"

黄智清："生米已经煮成了熟饭？"

母亲："难道你想说的话见不得外人？"

龙大海便避开到一旁擦车。

母亲也忙碌着将地上的柴禾归拢到一处。

黄智清终于道："阿娟，我想把这房子卖了。"

母亲身子一震，抱在手里一堆柴禾全散落在地上："什么？你想卖房？"

黄智清："我在南边想开一爿饭店，急需一笔资金。"

"不行。"母亲的态度非常坚决，"这老屋是我们母子几个安身立命的地方。"

黄智清故作轻松："急啥，我这是跟你商量。如果不能全卖，卖它一半也行。这里离镇上很近，辟出个三两间房子卖给人家开饭店、做旅馆都行。"

母亲提高了声音："想卖这房子，是谁的主意？"

黄智清两眼望天："是我老婆的主意，当然也是我的主意。"

母亲："想卖房不行。如果你回来自己开饭店、变旅馆，我辟出三两间给你。即使你带着你的那位太太回来，我也不会吝啬几间房子。但想卖不行。"

黄智清："我就是想卖，我要把钱带到那个地方去用。"

母亲的态度依然非常坚决："不行，别说卖屋，就是这房子上的一砖一瓦一根椽子你都别想卖掉。"

"唷。"黄智清一脸不屑："这黄家的房子倒还由不得我了？"

母亲问他："由不得你也很正常。咱们离婚协议上是怎么写的？"

黄智清："协议归协议，做归做。"

母亲认了真了："你想无赖？"

黄智清从口袋里掏出扁酒瓶，喝了一口："无赖就无赖，反正我这一趟回来，决不能空手而归。"

母亲："我就送你三个字吧。"

黄智清："三个字？"

母亲："败家子。"

黄智清："真的不能通融？"

母亲："不能通融，这房子不仅协议上归我，而且是你几个孩子的根，是你黄家祖宗眼睛盯着的地方。黄智清，没想到你一回来，第一件事就是想卖掉房子。房子里还有妈，你难道就没有想到看看？"

黄智清这才脖子一梗，走进昔日的家里。

一旁擦车的龙大海说："房子他要卖让他卖吧，实在不行，今后你和孩子搬到我家住去。"

母亲摇摇头："这里住惯了。"

龙大海："你刚才说有事问我。什么事情？"

母亲："你来看看。"

奶奶闭目倚卧在床上。

黄智清进来："妈。"

奶奶闭目不应。

黄智清："妈，我回来了。"

奶奶闭着眼睛："回来卖屋？"

黄智清："回来看妈。"

奶奶："我没有你这个孝顺儿子。"

黄智清："妈。"

奶奶提高了声音，但仍闭着眼睛："你走，我没有你这个儿子。"

黄智清："妈，我……"

奶奶："你什么都不要说了。我只告诉你，别说你跟孩子他妈打的离婚协议上已经把房子归给了她和孩子，即使你不认这个协议，我还活着，这个房子还是我的。如果我死了，死前立一个遗嘱，也不会把一砖一瓦派到你名下。你想卖屋,你凭什么?”

黄智清:“妈,你就这么狠心?”

奶奶:“我不狠心。我是为你着想。如果你哪一天在外混不下去的时候,一路讨饭又回到了这里,这里说不定还会有人收留你,给你一间偏屋挡挡风雨。如果让你卖了,真的到了那一天,你就连挡风挡雨的地方就都没了。”

黄智清:“妈,你就把我看得那么没用?”

奶奶仍闭着眼睛:“希望你有一天能够衣锦还乡。如果真的有这么一天,你就在这旁边再造一座房子,光大你黄家祖宗的脸面。吃祖宗饭的男人,算不得一条汉子。”

黄智清还欲再说什么。

奶奶提高了声音:“走吧,你走。我不想再看到你了。你——走。”

“妈,你保重。”黄智清转身退出。

奶奶始终闭着眼睛,这时候眼窝里汪出了泪水。

一条小牛犊病歪歪地卧在地上。

母亲:“你说这是什么原因? 黄豆、麦秸、嫩草,吃什么什么不香。”

龙大海:“没有老牛带着,光一头牛犊本来就难养。再看它这眼神,兴许有病。”

母亲:“又不知道得的什么病?”

龙大海:“我也说不出来,趁还活着,干脆卖了。”

母亲:“就这病病怏怏的,卖给谁都是坑人。”

“我带它到兽医站瞧瞧。”龙大海抱起牛犊。

这时黄智清出现在牛栏门口:“唷,谈情说爱也不会挑个地方,在这牛栏里多脏。”

母亲眉毛一竖:“我以前只知道你是个没有正用的男人,现在到外边转这么一圈,就学回来这么一点嘴上的本事。”转对龙大海:“上车。”

龙大海抱着牛犊坐上三轮车。

母亲蹬了三轮车就走。

黄智清拦住:“阿娟,这房子的事情?”

母亲脚下一蹬，只将把手一偏，三轮车就擦着黄智清蹿了出去。

黄智清吓了一跳，醒过神来就追着车子："喂，阿娟，这房子、房子……"

三轮车驶进了兽医站。

那个黄毛女人在一家酒馆喝酒。

黄智清垂头丧气地进来。

黄毛女人："事情办得怎么样了？"

黄智清一脸沮丧："难哩。"

黄毛女人筷子一拍："你自己的房子，还不是想卖就卖，难啥？"

黄智清也坐下来给自己斟上一杯："当时分手就说定了的，房子和孩子全都归她，有协议在哩。"

黄毛女人："谁叫你订那协议？"

黄智清："你当时不是说，什么都可以依她，只要离了，咱们到南边结婚，再开一家店做一个小买卖，就什么都有了。结果哩？……"

黄毛女人火了："这也能怪我，谁知道深圳、海南的钱也不是那么好赚。再说了哩，你一个大老爷们，没有一点屁大的本事，文不能弄墨，武不能操刀，手不能提篮，肩不能挑担，良不良莠不莠。到外面闯世界打拼，像你这种能耐，喝西北风都该呛得你脸红。"

黄智清蔫了。

黄毛女人得理不让人："你说你那房子到底卖还是不卖？"

黄智清不语，伸手就欲给自己斟酒。

黄毛女人劈手就夺过酒瓶，猛地朝桌上一顿："你给我说明白了，你那老屋到底是卖还是不卖？"

黄智清双手一摊："这主真不在我手里。"

黄毛女人格外火了："这主不在你手里？你还算不算一个男人？我问你，我把我男人蹬了，我把我那家蹬了。可你倒好……我图你个什么？你说我图你什么？图你人？一个半老头。图你才？除了打麻将常输，除了闭上眼睛能喝出杯里的酒是什么酒以外，你说你还有没有别的本事？我真是瞎了眼。你说你黄家祖先曾经怎样怎样，你说你黄家老屋多么多少值钱，你说你家还有一个传世的宝物可当三百亩,现在在哪?全是骗人,你这个骗子、骗子……”

说着说着就呜呜地哭了起来。

外面吃饭的客人都朝包厢张望。

慌得黄智清赶紧去把包厢的门给关上。

黄毛女人却发了疯似的一把将门打开:“黄智清,咱们今天就开着门把话说亮堂了——你那老屋究竟是卖还是不卖?”

黄智清:“卖啊,谁说不卖了啊?”

黄毛女人:“那好,现在就去卖去,老娘陪你卖去。”

黄智清:“你啊,你这人,说你性子急还就是性子急,这卖房卖屋,能像青菜萝卜,摆在路边上一吆喝卖就卖了?”

黄毛女人:“你这话什么意思?还是说不想卖怎么的?”

黄智清:“你看你,性子又急了是不是?我的意思是说,即使真的要把老屋卖了,那得先找个买主,得有个买家才行。凭空里卖、卖、卖给谁去?”

黄毛女人一时语塞。

意在推诿的黄智清竟难倒了黄毛女人,不觉神气起来,开始大胆地喝酒,而且竟把酒气喷到了黄毛女人的脸上:“是不是啊?你想想是不是这理?我即使想卖,卖给你吗?”

黄毛女人眼睛眨眨:“有卖的就有买的,无非是卖的找不到买的,买的找不到卖的。有了。”

黄智清:“什么有了?”

黄毛女人:“大街上二手房中介公司,可以挂牌。”

黄智清无语。

黄毛女人:“走,现在就去挂牌,挂牌,成交,付钱,一条龙服务,就像……”

黄智清:“就像什么?”

黄毛女人压低声音:“拉皮条的。”

黄智清还想回味这话的意思,已被黄毛女人拉了就走。

“你们还没有买单。”端盘的小姐上前拦住。

黄毛女人眼一瞪:“还没有喝完,盘子别收了,等一会回来还要继续再喝。”

黄智清和黄毛女人走进了中介公司。

龙大海蹬着三轮车。

母亲坐在三轮车里，抱着小牛犊。

三轮车走在回家的路上。

中介业务员："挂牌可以，但要出示双方的身份证和结婚证。"

黄毛女人："身份证现在可以给你，为什么还要结婚证？"

中介业务员："防止成交之后，房主双方中的一方以不知情为由产生不必要的麻烦。"

黄毛女人："结婚证有的，没带。"

业务员："还要提交产证材料。"

黄毛女人："怎么那么麻烦！"

业务员："提供房屋产证，是为了证明房屋的产权所属，以及与卖方身份的一致性。"

黄毛女人："这我们哪里晓得？没带。"

业务员："而且在挂房之前，我们希望能看到房子，以了解房屋现状与卖家陈述是否一致。"

黄智清火了："你把我们当成骗子？"

业务员："先生别生气，这是我们的行规。"

黄毛女人："行，那就先去看看房子。"

从兽医站回到家。

母亲抱着牛犊，将装着药水的奶瓶嘴塞进牛犊的嘴里，小声说："牛啊，快点把药吃了，让病早一点好起来吧。病好了我就抱你去找一个好的人家。你这牛也跟孩子一样，生在好人家好吃好喝，跟着我这苦人，也就只能委屈你了。"

小牛犊似乎也通人性，硕大的眼睛里一副泪汪汪的样子。

母亲轻轻地抚摸着牛犊："喝吧，快把药喝了。你可不能有个三长两短，黄鹂姐姐、黄杏姐姐、黄卓哥哥这一学期还缺 200 元学费，可都全着落在你的身上了。病一好,我就给你换一个人家。他们三个很快就要考大学了。他们考上大学,也有你一份功劳。到时候你的角也长出来了,到时候我一定会赶到你新主人家里,给你的角上挽一朵绸花。快,把药吃了,快一点病好。对我来说,你现在就是200元钱,就是鹂鹂他们三个还没有交足的学费,不能再拖了,得赶紧去交,这三个孩子如果长期是学校里三个欠费的学生,坐在课堂上读书也读不安心……"

说到这儿,龙大海来到了门口。

龙大海在门外听了一会,走了进去:"孩子们还欠着学费的事怎不早说?就200元?200元我有,我明天就给你送来。"

母亲:"我已经欠你的太多了。"

龙大海:"我欠你的更多。"

母亲:"你欠我的?你什么时候欠过我的?"

龙大海赶紧掩饰:"我,我只是现在身上没有这200元钱。"

母亲:"你就是有,我也不能再要你的了。"

龙大海:"这样好不好,你把牛犊卖给我好不好,这钱就算牛钱。"

母亲:"这牛还病着。"

龙大海:"卖给别人,你怕坑人,不肯。卖给我,我不怨你。再说哩,这药你也给我。由我调理,说不定三两天就好。而且哩,我画画儿也要参考一些动物,做做模特儿。"

母亲再没有话说。

龙大海将小牛犊抱上三轮车:"这车子,晚上我就不送回来了。"

母亲:"今晚我是夜班。"

龙大海:"那行,这一夜说不定我还能帮你蹬上几个客人。"

……

龙大海前脚刚走,后脚黄智清和黄毛女人,以及中介公司的业务员就来到了黄家门口。

黄智清嘴一努:"就这老屋。"

中介公司的业务员显得非常兴奋:"哎呀,这可是有了年代的老屋,典型的徽派风格,清三代的原装建筑。看这封火檐、马头墙,看这牛腿,看这鸥尾,看这木雕窗棂,看这砖雕隔水,看这报本堂匾额下的二十四扇落地屏风式二道门,多大的气派……”

母亲在屋内听到门外有人说话,便隔着窗棂朝外张望。

黄毛女人:“少啰嗦这些个东西,我问你,这老屋想脱手难还是不难?”

业务员:“不难不难,这样的老屋,现在上哪找去。”

黄毛女人:“照你这么说,这老屋还能卖出个三万五万?”

业务员:“应该没有问题。”

黄智清:“这房子不在镇上,起价不会太高?”

“不。”业务员十分老到,“这类古房子、老屋,人家买去不是住人。”

黄智清:“不住人干什么?当个仓库?”

业务员:“你说这话就是笑话了,人家买去,立即就拆了,什么砖头、瓦片、木料,什么花板、构件,原封不动地运到城里,原封不动在城里就恢复起一座古屋。古屋放到城里,那是什么概念?”

黄毛女人:“既然这样,那你就回去挂牌。”

业务员:“挂个多少价?”

黄毛女人:“就挂个五万。”

业务员:“如果急于脱手,就挂低一些,低一些好走。”

黄毛女人:“那就挂一个二万。”

业务员:“二万也太低了一些。就成交了,我们也没有多少佣金。”

黄毛女人:“那依你,这房价,应该挂一个多少万好。”

业务员:“照现在的行情,挂一个四万。”

黄毛女人很爽气:“行,就挂一个四万好了。”

母亲走了出来。

黄智清装着点烟,背过身去。

母亲:“这位大妹子,是在卖房?还是想要买房?”

黄毛女人:“卖房。”

母亲:“这世上的事还奇了怪了。这世上有把别人的东西拿来卖的吗?这三万、五万,跟真的似的。”

黄毛女人双膀一抱:“怎么不是真的?”

母亲:“这房子跟你挨得着吗?”

黄毛女人:“自然挨得着。”

母亲:“这房子跟你相干?”

黄毛女人:“自然相干。”

母亲:“你是这房子的什么人?”

黄毛女人:“房子的主人。”

母亲:“这可不是谁说是主人就谁是主人。”

黄毛女人:“那你是什么人?”

母亲:“这房子的主人。”

黄毛女人:“是不是这房子的主人,那也不是由你说了算的。”

母亲:“那该由谁说了算哩?”

黄毛女人抱臂不语。

母亲:“大妹子,你如果把自己当成这里的一个客人,那就屋里请坐,我给你泡茶,这里有云风山毛尖,可是真正的好茶。你如果把自己当成这里的一个客人,即使想住上个一宿两宿,我这就给你准备被褥。你如果把自己当成一个闲人,对不起,我没有时间奉陪,请你自便。你如果把自己当成这里的主人,我可就要仔细看看了。其实我不用仔细再看,我已经知道你是谁了。你如果识相、知趣,现在就请你走人。”

黄毛女人冷笑着,突然冲着黄智清后背一吼:“黄智清,你这个混蛋。”

黄智清转过身。

黄毛女人蹦到黄智清面前,几乎是指着他的鼻子:“黄智清,你告诉老娘,也告诉她——这个扳着门框就狠的女人,究竟谁是这里的主人。”

黄智清讪讪地望着这个又望望那个,一时不知如何说好。

母亲微微一笑,转身就欲进屋。

黄毛女人“啪”的一声就扇了黄智清一个耳光,气急败坏:“你给我说啊,你哑巴了你?你说她是这老屋的主人,还是我是这老屋的主人?”

黄智清吞吞吐吐:“你们都是,又都不是。”

母亲和黄毛女人几乎在同时发问:“怎么叫你们都是?又都不是?”

黄智清手伸到怀里又摸出扁瓶。

黄毛女人劈手夺过酒瓶,哗地就摔碎在门口:“黄智清,你给老娘把话说清楚了,究竟谁是这里的主人?”

黄智清低下声音:“你是这里的主人。”

“黄智清。”母亲回过身来。

黄毛女人笑了:“怎么样?真的假不了,假的真不了。一山容不得二虎。我胡汉三又回来了,回来卖房子来了,现在请你走人。看在你和黄智清曾经夫妻一场的份上,这些年让你白住,我也不叫你补交房租了。”

母亲气得几乎发抖:“黄智清,你说话可要负责,你再说一遍,究竟谁是这里的主人?”

黄智清小声嘟哝了一句:“要说真正的主人,这是黄家祖传的老屋,要说真正的主人,应该是我,是我奶奶,还有黄卓和黄杏。”

黄毛女人:“什么?你再说一遍。”

黄智清脖子一梗:“要说真正的主人,我黄智清才是这老屋的真正主人。”

黄毛女人眉毛一挑:“这不结了。你黄智清是这老屋的主人。老娘我是你黄智清老婆,老娘我就理所当然地是这老屋的主人。”

说到这,充满挑衅地对母亲微微一笑:“听到了没有?不错,你也曾经是他黄智清的女人。但现在哩?现在离了。现在我是他黄智清的老婆。也就是说,你曾经拥有过,现在没有了;我以前没有过,现在可有了。”

母亲直直地望着黄毛女人。

黄毛女人不但没有后退,反而又上前一步:“你听到了没有?换句话说,你是这老屋曾经的主人,我是这老屋现在的主人。”

母亲目中几欲喷火,但还是使劲地压住:“这还真是奇了怪了,我王娟曾经是这里的主人,现在却不是了,你曾经不是这里的主人,现在却倒是了?”

黄毛女人喉咙极响:“这有什么奇怪?这叫此一时,彼一时。山不转,水转。你过去不是这里的主人,后来曾经是了,我曾经不是这里的主人,但现在是了。”

母亲也提高了声音:“不,我以前不是这里的主人,但后来是了,不但后来是了,而且现在还是。”

黄毛女人:“你想无赖?”

母亲自是毫不示弱:“你才无赖。”

黄毛女人对愣在一旁的二手房中介公司业务员:“你还愣着?回去挂牌,老娘把它卖了。”

母亲:“谁敢挂牌?”

业务员不知所措。

黄毛女人:“还不挂去?把价挂低一些,有谁要买,立即就卖。”

业务员望着母亲。

母亲:“你觉得能挂你就挂吧,你是中介公司的吧?你也替我挂上。”

黄智清一惊:“你也想卖?”

业务员:“究竟谁是主人?产权必须明晰。”

母亲:“我不是挂牌出卖这黄家老屋。我委托你挂牌,是把那送子桥卖了,把那接官亭卖了,把那学圃堂卖了,还有风景区,全都卖了。”

业务员:“这可就笑话了,不是产权所有者无权出售。”

母亲:“我说那些都是我的。”

业务员:“口说无凭,必须出示有效产权证件。”

母亲转对黄毛女人:“听到了没有,不是产权所有者无权出售。你也可以说是你的,因为嘴长在你的嘴上,但口说无凭,必须出示有效产权证件。”

黄毛女人一把拽过黄智清:“他就是有效产权证件。”

母亲:“他怎么就是有效产权证件?”

黄毛女人:“他生在这里,长在这里,他姓黄,这黄家老屋就是他祖上留给他的。我现在是他的女人,明媒正娶的女人,有民政局大红的印章为证。”

母亲:“可惜有时候证件可以过期,有时候证件也会失效。我现在说一句难听的话让你听着——他黄智清的确生在这里,长在这里,他的确姓黄,这黄家老屋也的确是他祖上留给他的。但他已经放弃了他的权利,他在娶了你这个女人的时候,他已经决定放弃这座老屋。”

“胡说,不会是这么回事。”黄毛女人吼叫着,几乎是又蹦又跳,转过身一把揪住黄智清,“你给老娘说说清楚,是不是这么回事?你给老娘说说清楚……”

“谁是老娘?”这时候一个苍老的略显浑浊的声音从里面传了出来。

只见奶奶拄着拐杖走出房间,扶住门框。

母亲走进屋去,扶住颤颤巍巍的奶奶。

黄智清和黄毛女人也跟了进去。

奶奶又重复了一遍:“谁是老娘?有我这老不死的在这,还有谁在黄智清面前口口声声自称老娘?”

黄智清:“妈……”

奶奶望着黄毛女人:“这就是你后来娶的女人?”

黄智清推了推黄毛女人:“赶紧叫妈。”

奶奶:“不用叫了,我早已经说过,我已经没有了你这个儿子。”

黄毛女人冷笑一声:“你说他不是你的儿子,就不是你的儿子了吗?他是你身上掉下来的肉,他的身上流着你的血,他姓的是你老黄家的黄。”

奶奶:“这么说你想认我这个老不死的婆婆?你不嫌做这个黄家门里的媳妇?”

黄毛女人:“不然什么叫嫁鸡随鸡,嫁狗随狗?什么叫生是这个家里的人,死是这个家里的鬼!”

奶奶:“有你这话,我这老不死的就敢斗胆问你一声,我每天都想出去见见太阳,看看河边的柳树,看看田里的菜花啦,你能扶我出去?”

黄毛女人:“我才没那闲空。”

奶奶:“我这身子沉,不能自己洗澡,你能给我擦身?”

黄毛女人:“你别恶心人了。”

奶奶:“这个门里,有黄智清的儿女黄卓和黄杏,没有钱读书,你肯不肯供养?”

黄毛女人:“我供养他们,谁来供养我哩?”

奶奶:“黄智清,你可以领你女人走了。”

黄毛女人望着黄智清。

黄智清也望着黄毛女人。

突然啪的一声脆响,黄毛女人甩手就给了黄智清一个耳光:“黄智清,你这个混蛋,你告诉她们,这黄家老屋究竟是谁的?究竟有没有我的?”

母亲极力平静心情:“大妹子,我可以告诉你,这房子属于我,属于孩子们;我可以告诉你,这房子无论是谁的,现在都不会卖掉,因为上有老,下有小,要有一个地方遮风挡雨;我还可以告诉你,还是那句话,作为客人,你们一踏进这个家,我王娟随时随地为你们泡茶,甚至可以为你们腾出房间,准备被褥……”

“不要说了。”黄毛女人几乎是歇斯底里，“你不要说得那么冠冕堂皇。我要的就是产权，我要的就是卖掉。我也实话告诉你，我急等的就是钱用。”

母亲：“要说急等钱用，我或许比你更加急等钱用，我那三个孩子，至今还欠着学校的学费。”

黄毛女人：“那是你的事情，别把话扯远了，我告诉你，我现在就是要卖这房子。”

母亲突然变得非常冷静：“你没有这个权利。”

黄毛女人：“我怎么没有这个权利？”

母亲：“黄智清，你告诉你的女人，我们在离婚的时候是怎么说的？你不愿意承担抚养孩子、赡养老人的责任，同时也放弃了这老屋的权利。你是不是这么说的？”

黄毛女人嚷嚷着：“他不是傻瓜，他不会这么说的，他能眼睁睁把这么大房子放弃掉不要？”

母亲转身从抽屉里拿出一张红纸：“口说无凭，这就是当时的离婚协议，上面写得清清楚楚。”

黄毛女人劈手夺过协议，嚓嚓嚓，三两下就撕得粉碎：“我不相信，我给你撕了，给你撕了，你也是口说无凭。”

母亲一阵眩晕，急忙扶住门框，定住心神：“大妹子，撕吧，狠狠地撕吧，你撕破了，撕碎了也没有什么，这离婚协议是在民政助理那里打的，他那里还有存根。”

黄毛女人立即停住撕扯，转而又逼向黄智清：“你个姓黄的王八蛋，你们的离婚协议是不是这么打的？”

黄智清吞吞吐吐：“当时不是、不是你这么说的，只要离婚，什么都、都可以依她……”

二手房中介的业务员已估计到再不会有什么希望，手一摔，走了。

“我叫你依她，我是叫你房子都不要了吗？”黄毛女人气急败坏，“你这个骗子，你是骗我，你说你祖上如何如何，你说你家老屋怎样怎样，你说你家祖传的什么东西可当三百亩，全都是骗人、骗人，骗子、你这个骗子……”

黄毛女人突然操起一根棍子：“要没有大家全都没有。”

说着就挥舞木棍，像疯子一样，砸碗、扫瓶、捣缸……

母亲又一阵眩晕。

奶奶瘫倒在地上。

黄智清想拦不敢拦，急得团团转，直跺脚。

这时候医院刘主任走了进来："怎么回事？怎么回事？"

黄毛女人仍在千钧横扫。

刘主任一声大吼："还不住手。"

黄毛女人这才停住棍子："你是什么人？"

刘主任："镇医院院务部主任。"

黄毛女人："要你多管闲事。"

刘主任："王娟是我单位的员工，我自然不允许任何人对她有任何的伤害。"

黄毛女人这才扔下棍子，一拍屁股走人。

黄智清也赶紧跟了出来。

刘主任扶住眩晕的母亲："王娟，你这家里？你这是怎么回事？"

母亲定了定心神，扶起奶奶："是刘主任。"

刘主任望着一屋狼藉："哎呀，这是怎么说的？这到底怎么回事，我要是不及时赶到，还真捅了娄子了。"

"谢谢刘主任。"母亲搬过一把椅子。

刘主任："不坐了，不坐了。"

母亲："刘主任，你是不是有什么事情？这还真是幸亏你了。"

刘主任掏出100元钱："听我们家品仁说，你们家孩子读书，还没有缴齐学费，这一点意思，你先收下。"

母亲不接："这哪能要你的钱哩。"

刘主任："见外了是吧？王娟，我以前对你照顾不周的地方，今儿来一是向你道歉，二是表示一点心意。"

"这、这可不行，刘主任。"母亲过意不去。

"拿上，拿上，别过意不去。推推搡搡，扯扯拉拉，难看。"刘主任放下钱，赶紧就走。

母亲想了想，只好先收了钱，将奶奶抱进厢房。

这才出来忙着收拾家里的一片狼藉。

收拾、收拾着，母亲不断地发愣。

收拾、收拾着，母亲就慢慢地掉下眼泪。

这时候，龙大海走了进来，不觉一愣："这怎么回事？"

母亲擦了一把眼泪："黄智清回来卖屋，我不让卖，他女人却是撒泼，结果就成了这样子了。"

龙大海便也帮着收拾。

母亲渐渐地，眼泪就又流了出来。一声叹息："大海，你说我这人是不是无赖？"

龙大海："你比谁都要强，怎么会是无赖？"

母亲："不，我想我这人好像倒真的成了无赖了一样。你想想，这家、这房子，本来还确实不是我的，我嫁了黄智清，才有了这家、这房子，现在跟他黄智清离婚了，怎么这房子还是我的哩？"

龙大海："丈夫没有了，但你还挑着这个家，所以这房子就自然还在你的名下。"

母亲又一声叹息："我这人从不会耍赖，我何曾会想到赖人家房子？我本来也有房，孩子他爹生病，死了之后，拖下那些债，就卖了房子。我嫁到这个门里时候，已经没有了房子，但也没有带来债务。我嫁到这个门里，难道是冲着这个房子来的？难道是为了这个房子才嫁到这里来的？"

母亲掉下了眼泪："不错，是嫁到这里，才又有了房子。但我不贪图这房子。这房子我不会卖了，将来也不能带走。他黄家的房子，今后还是他黄家的。但我现在又不能没有这房子。我要住吧，这是其一。其二还不在这里。其二，还是为了那些个孩子。种蘑菇还要有蘑菇房，长毛竹还要有土坡地。这房子就是蛋壳，孵小鸡不能没有蛋壳，这房子就是那些个腌菜坛子，腌菜总要有一个坛子。到将来孩子们有出息，全出去了，这房子就是个壳子，就是个坛子，你说我会攥在手里不放？"

龙大海给母亲递上毛巾："把眼泪擦了，再不行，上我那儿住去。我那儿有房，反正也是空着。"

母亲摇摇头，苦笑了一下："难不成我苦命就苦成了溪边上一个寄居蟹了，哪儿有壳，就往哪儿钻吗？"

龙大海忙道:“我,我不是这个意思。”

母亲:“我不怪你。”

龙大海想起了什么,急掏出200元钱:“差一点忘了,这钱你先拿上,明天赶紧到城里替孩子们把学费缴了,欠费生在学校,看别人的眼光,没有刺也会看出刺来。”

母亲:“是的,再下去就该高考了。再困难也不能让孩子在学习上受到委屈。”

龙大海:“钱,够了吗?”

“够了,我们医院刘主任还送来100元钱,他刘主任为什么也会平白无故地送钱?这其中一定有什么关节,但又能有什么关节?”

母亲陷入了沉思。

黄智清又一次醉了。他提溜着酒瓶,摇摇晃晃地醉走在街上。

忽然一个踉跄,脚下一滑,一屁股就坐在地上。

但仍然喝酒。

一边喝一边在说:“他妈妈的,这究竟算一个什么事哩?我黄智清明明、明明有家,却又没有、没有家了。我的孩子,黄杏,还有黄、黄卓,以前没有妈,但有、有爸,现在倒好,现在有、有妈,却又没有、没有爸了……”

他指着黄家的方向——黄家还亮着灯光:“还有那个龙、龙大海,他是哪一家裤子破、破了,冒、冒出的东西?他、他想住、住我老黄家?没、没门。”胸脯一拍,“我黄智清在、在这儿哩。这算什、什么事?我两个孩、孩子,现在有、有妈了,却不是亲妈,现在有、有、有一个亲爸,却又没有爸了,将来再、再有爸哩,又不是亲、亲爸。这什么事、事哩?现在不是黄家的人,住、住在黄家,是黄家、家的人却进不了黄、黄家……”

他挣扎着从地上爬起。

踉踉跄跄地向黄毛女人家走去。

到了地方,黄智清用手指叩门。

没有动静。

用拳头擂门。

也没有动静。

最后，黄智清用酒瓶打门。

门开了。

黄智清刚欲进去，一盆冷水兜头浇了下来。

脸盆也咣当地落地。

黄智清打了一个冷颤，酒醒了一半。

黄毛女人一只手从门里突然伸出来，一把就揪住了黄智清的颈口，声色俱厉："黄智清，你房子究竟要不要了？"

"要，我比你还想要。"

"要不到房子，就去要钱。"

"要钱？"

"要钱也行。"

黄智清眼睛一转："她不是说明天要进城给孩子交什么学费。"

黄毛女人："那就去路上把学费给她断下。"

黄智清："你有那能耐？"

黄毛女人极其阴暗地冷哼一声。

第二天一早，黄毛女人约了两个本家兄弟，咬着他们耳朵，吩咐了一番。

两个男人点点头。

黄智清隐在墙角，想偷听几句。

黄毛女人走过来一把拎住他的耳朵："听什么呀？你给我听着，今天弄不到钱，我拧下你的脑袋。"

第二天一早，母亲揣着 200 元钱赶往学校。

没想到黄智清又出现了，挡住去路："阿娟，咱们能不能再商量商量？就是房子的事情。"

母亲："我已经说过，房子绝不能卖，连一片瓦一块砖头一根椽子都不能卖。"

黄智清似乎醉意还没有全醒："你、你就还那么倔犟。"

母亲："我就是靠倔犟撑过来的。我可告诉你，你别打老屋的主意，老屋是孩子们的根。今后孩子们无论去哪，就是去了国外，到了天边，他们也是风筝，风筝线也被老屋牵着。老屋一卖，这一群孩子，一大家子就全都散了。”

黄智清：“我不全卖，卖个三两间还不行吗？”

母亲：“那也不行。要卖老屋上一砖一瓦一根椽子，除了孩子生病急用，除了孩子上学读书非用不可的学费，否则，不可能有什么讨价还价的余地。”

黄智清：“又是孩子读书上学，总是孩子读书上学。他们已经长大成人，就该去找活挣钱来报答他们的父母，总不能老是花钱、花钱……”

母亲也提高了声音：“虎毒还不食子，这是你做爹的说的人话？”

黄智清声音软了下来：“你现在去哪？”

母亲：“去学校，去给交他们的学费。”

黄智清连忙改口：“阿娟，我看这样，房子可以不卖，但你能不能折一点钱给我？我可是真的急等钱用。”

母亲怒道：“世上急等钱用的地方多了——喝酒急等钱用、抽烟急等钱用、打麻将急等钱用。你就没有想过孩子读书交学费急等钱用那才是正用？”

说到这儿，母亲停了一会，换了和缓的口气：“智清，我身上的这钱如果不是为了去交学费，或许还会匀一点给你，但现在不行。”

黄智清：“为什么现在不行？”

母亲沉声道：“为了孩子，为了孩子们读书。”

黄智清再一次地火了：“又是为了孩子，又是为了读书，又是为了孩子读书。”

母亲：“所以这就叫母亲。”

黄智清向四周一看：“你已经告诉我你身上有钱，你就不怕我抢吗？”

母亲：“你就没有听说过‘抱雏的老母鸡能斗黄鼠狼’这句老话？”

黄智清：“为了这几元钱，你真会拼命？”

母亲：“不是为了几元钱，而是为了孩子。有一件事我一直没有告诉你，那一年在天风山云峰岭上，我和孩子遇到狼了……”

黄智清别过脑袋不听。

母亲仍在说：“有一只母狼把孩子扑倒了。我哩？我逮住了她的狼崽子，一手把柴刀搁在狼崽的脖子上。那母狼嗷嗷叫着，它的眼睛里充满恐慌、紧张,甚至是哀求的可怜。”

黄智清冷冷一句:“后来哩?”

母亲:“后来,后来蹲在远处的还有几只狼都紧急地嗥叫起来,一只只后腿全都伏下。我知道它们准备最后一扑了,就赶紧将狼崽子丢了出去。那母狼叨了狼崽子就跑,另外几只狼也跟在后面走了。”

黄智清:“那也太危险了,没事上什么天风山。”

母亲:“事后孩子问我怎么会有这么大胆量?我说很简单,因为我是一个母亲,因为那是在我的孩子受到威胁的时刻。孩子他爸,我现在身上的200元钱是孩子的学费,事关孩子的将来,那就是我的命。你现在别说是一个人,就是一条狼,我也不怕。”

黄智清摇摇头:“我黄智清不是畜生,不会拦路抢劫。但我告诉你一句——何苦总是拼着命让孩子们读书、读书、再读书!没有必要,真的没有必要。”

“我也告诉你一句——知识也是性命。如果孩子们不是读书的材料,我不强求,三百六十行,行行出状元,既然他们有这个成绩,我就应该成全。”母亲拨开父亲,继续赶路。

黄智清想起了什么,一声大叫:“你给我回来。”

母亲愣了一下,站住了,回过头。

隐在路下的黄毛女人向黄智清远远地瞪了一眼。

母亲继续赶路。

黄智清木立在原地,突然蹲了下来,双手插进蓬松的头发里,使劲地揪抓,使劲地揪抓,眼睛不敢向前看过去。

母亲走着走着。

突然,黄毛女人挡住了去路:“咱们可是冤家路窄。”

母亲立即就警觉起来:“过去常听人说‘狭路相逢’,还果真有狭路相逢的事。”

黄毛女人:“你还那么镇静?”

母亲:“我没有做亏心的事情。”

黄毛女人:“你没了人家的房子,还不亏心?”

母亲:“原来还是那事。”

黄毛女人:“咱们没有完。”

母亲:“你想怎么样?”

黄毛女人:“怎么样? 钱。你不给房子,就得给钱。”

母亲:“我身上还正有几百元钱,却不能给你,一分都不能给你。”

黄毛女人:“想不想给,恐怕不一定由得了你。”

母亲:“就凭你一个?”

黄毛女人双掌轻轻一击,还真有一点古代剪径的意思。

立时从灌木丛里跳出两个汉子,手里都提着棍子。

母亲不觉有些发慌:“你可不要胡来,在咱这一带,几十年还真没有出过大白天拦路抢劫的事情,你想犯法?”

黄毛女人:“我只是要钱,你想房子归你,你就得拿钱出来。”

母亲随手拔起路边一根木桩:“一个子儿你都别想。”

黄毛女人:“你就那么自信。”

母亲冷冷一笑:“我可告诉你,有小偷曾经想从我身上偷钱,被我发现,就为那几毛钱,我连手指头断了,都没有让他把那几毛钱夺走。何况我现在身上的钱有个几百,而且还是我孩子的学费,我就是拼了命也不会让你们得手。”

“那就试试。”黄毛女人对两个堂房兄弟把头一甩。

两个汉子立即就扑了上来。

母亲表现出可怕的勇猛,把着手中的木桩,朝着两个手持木棍的男人就迎了上去。

棍战一触即发。

母亲疯了似的以一对二。

黄毛女人也奔到路坡下捡起一根木棍。

正在这时候,龙大海背着画夹大步如飞地赶来:“阿娟,不要害怕……”

龙大海挥舞着画夹,一冲到就与两个汉子扭打起来。

没提防黄毛女人从坡坎下爬了上来,正巧就在龙大海背后,劈头就是一棍。

龙大海没有提防,立时倒在地上,鲜血直流。

“大海,大海……”母亲赶紧扑了过去。

两个汉子见闯了大祸,赶紧撇下棍子就溜。

母亲什么也顾不得了,使劲背起龙大海,踉踉跄跄直奔医院。

黄毛女人也愣在了那里。

一直隐伏在沟坝下的黄智清这才钻了出来:“看看看,叫你不要蛮来,你偏蛮来,这个倒好,你说这事……”

黄毛女人眼睛一瞪:“看你熊样,天塌下来有老娘顶着,你怕什么!”

黄智清一时不敢再说。

黄毛女人突然想到了什么,在黄智清肩上一拍:“你说咱们最紧要的是什么事情?”

黄智清:“逃啊,赶紧回咱们深圳或者海南。”

“你就这点胆量?真正熊样。”黄毛女人一脸鄙夷,“现在咱们身无分文,想去哪都没有盘缠。”

黄智清:“那咱们?”

黄毛女人:“咱们现在乘虚而入。”

黄智清:“怎么个乘虚而入?”

黄毛女人:“你家里不是还有个祖传宝贝,什么‘可当三百亩’吗?现在正是机会。”

黄智清:“你的意思?”

黄毛女人:“别假装糊涂。你是怕了怎么的?”

黄智清胸脯一挺:“谁说怕了?”

黄毛女人:“那就一不做二不休,赶紧动手。”

两人立即直奔黄家。

母亲背着龙大海进了医院。

迎面碰见刘主任。

刘主任立即表现出过分的热情:“啃啃,怎么回事?看这血流的,是你男人。”

母亲摇摇头。

刘主任立即对接诊的医生护士说:“你们看,你们看,真正的救死扶伤,不是亲人胜似亲人,这就是咱们医院阿娟——一个普通职工的高风亮节。你们要抓紧治疗,用最好的药,用最好的设备,最一流的服务。”

母亲忙说:“谢谢刘主任。”

刘主任:“这还用谢吗?这既是我们医院的职责,也是被你的精神所感染。”

母亲非常感激。

龙大海的救治非常及时也非常顺利。

刘主任对母亲说:“医药费的事,你就别操心了,病人家里有能力支付就支付,没有能力,医院也可以酌情减免。”

母亲真的被感动了,这刘主任这一阵与以往相比,简直是换了一个人似的。

刘主任临走时说:“有什么困难,上楼找我,都同事多年了,不用客气。”忽又想到了什么,“另外,你如果有空,请到我办公室一趟。我说的是如果有空,噢,如果有空。”

“有空,有空,我等一会就上你办公室去。”母亲忙说。

龙大海的伤势好在并不太重。

母亲帮着医生包扎。一边说:“今天幸亏你及时赶来。”

龙大海:“我早晨出来写生,想感受一下太阳初升时的光感,没想到碰到了这事。他们是想抢钱?”

母亲:“是的。”

龙大海:“有没有抢去?”

母亲摇摇头。

龙大海:“这一帮人倒是心狠!”

母亲叹一口气:“这事把你也给连累了。”

龙大海:“这倒没有什么。但这一帮人的责任必须追究,你知道这些人是什么人吗?”

母亲:“知道。”

龙大海:“得去报案。”

母亲半晌不语，想了想说："这事一定是黄智清现在的女人干的，如果事情一闹大，就怕会鸡犬不宁，黄智清不说，还有他妈，还有那些孩子。"母亲又一声叹息，说，"你先歇着，我到上面去去，去去就来。"

母亲敲门走进院务办公室。

刘主任一见到母亲，又立即十二分殷勤："请坐，喝茶……"

又轻轻地把门关上。

不知为什么，母亲的眼前又出现了已经过去的那一幕——

母亲叹了一口气："刘主任，我以前曾经敬重你有知识有文化，为人谦和，满肚修养……"

正说到这儿，窗户里闯进来一阵风，将门给吹得关上了。

这时刘主任连忙将门拉开，像要避什么嫌疑："咱们还是开着门说话。"

母亲显然被激怒了："刘主任，我不会跪下来求你，更不会作践自己，我还没学会用见不得人的办法来达到目的。开着门，关着门都是一样的话……"

想到这里，母亲轻轻地把门打开。

刘主任却连忙又将门给关上。

母亲不好意思再去开门，便问："刘主任是不是有什么事情？"

刘主任亲自将一杯好茶捧到母亲的手里："我真有一件事情，想求你帮忙。"

"刘主任，这不是笑话吧，我能帮主任什么忙？"母亲几乎不敢相信自己的耳朵。

刘主任吭哧了一会："那就直说了吧，咱们医院，你也知道，一直就缺着一个副院长。"

母亲："这倒也是。"

刘主任："我就想我这主任的椅子已经坐了这么多年，也该挪挪了，你说是不是哩？"

母亲有些惊讶："你不想当这主任了？"

刘主任："盯着我这把椅子的，有的是人。"

母亲:“那你哩?”

刘主任:“副院长,我的意思是说,那副院长的位置不是还没有人吗?”

母亲:“这倒也是。只是,只是那位置不是谁想坐就能坐得上的吧?”

刘主任:“就是这话,所以求你帮忙,这个忙一帮,可就帮大了。”

母亲:“刘主任,你可不是开玩笑吧,我一个医院临时勤杂工,哪能帮你这忙?”

刘主任:“见外了,见外了是不?你只要肯帮忙就一定能帮上。你想想,你们家孩子考试都能有专车把考试卷送到这里,那关系是什么关系?”

“那是县长帮忙,是县长惦记着咱们穷地方一个生病的孩子。”

“不就是了。这事也就县长一句话,只要县长发一句话,我从这二楼就可以搬到了三楼。”

“想换一个办公室?刘主任,这可不是你一句话的事情。”

“从主任进到副院长,不是我一句话而是县长一句话的事情。”

母亲理解了:“你的意思?是让我代你向县长求情?”

刘主任非常兴奋:“对了,就这个意思。”

母亲摇摇头:“刘主任,这事我开不了口。”

刘主任:“不,你开得了口的,你说话人家肯定会听,我求你了。”

母亲还是摇头:“县长已经帮过我一回,我不能老叫人家帮忙。”

刘主任:“这忙如果你给帮了,我会一辈子记住你,感谢你的。你想想,我如果当上了副院长,你有什么事我不能帮你?可以把你的临时工变成合同工,把合同工变成正式工,正式工就有劳保,就有退休工资,就有住房可以分配。现在就是你的一句话,帮我;今后就是我的一句话,帮你。”

母亲:“这能交换!”

刘主任:“能交换啊。”

“这不成了鸡毛毛换糖?”

“这一比可就对了。这比法啊,实在。”

母亲摇摇头:“刘主任,这忙我还是不能帮,我能说,县长啊,咱们那医院有一个刘主任想当副院长,你就给他当上吧?能这么说吗?”

刘主任:“这样说就太直了,不,这样说也行,这样说听得明白。”

母亲仍是摇摇头。

刘主任急了："就这么一句话，你去跟县长说去，就这么一句话，我这一辈子都会感激你的。"

母亲站了起来："为了孩子读书的事，我是万不得已，除了这个，我能给领导再添麻烦？"

刘主任："有这层关系不用，那是过期作废。"

母亲掏出刘主任的100元钱，放在桌上："谢谢主任的关心，如果没有别的事，我走了！"

说着就拉开了门。

刘主任："你、你……"

母亲很快就走远了。

龙大海头部已经包扎起来。

黄毛女人和黄智清快走近黄家。

黄智清有些露怯："这事，这事这样做是不是有些不好？"

黄毛女人眉毛一竖："怎么，怕啦？你想临阵脱逃？"

黄智清："我的意思……"

黄毛女人又几乎是声色俱厉："你有什么意思？你有什么意思？我可告诉你，老娘今天如果不找到你们祖上传下的那个什么'可当三百亩'决不罢休。"

黄智清嘟哝了一句："想找也未必就能找得到。"

黄毛女人："找不到也得找，就是把房子掀翻了，把墙推倒了，也要找出来。"

黄智清眼看快到家门口了，又有些畏缩不前。

黄毛女人揪住黄智清："那'可当三百亩'究竟是什么东西？"

黄智清哭丧着脸："匣子我见过，里面什么东西我还真的没有见过。"

黄毛女人竟又嘻嘻一笑："是金子银子，还是什么珠宝，咱们马上就可以揭晓。走。老娘就是挖地三尺，还怕搜不出来。"

龙大海伤势好在不重，可以不住院。

母亲将龙大海扶上三轮车。

黄毛女人率先进入黄家。

黄智清却在门外没敢进去。

黄毛女人回头低声一喝:“看你这胆量,这还是不是你家?我还是不是这家的媳妇?”

黄智清苦着脸,小声说:“我是怕我娘啊。”

黄毛女人:“你娘在哪?”

黄智清:“厢房。”

“这我有办法,我有办法可以叫你不怕。”黄毛女人顺手从大门上摘下一把铜锁。

母亲蹬着三轮车,载着纱布缠头的龙大海,去往龙家。

黄毛女人蹑着手脚,来到厢房前。

大锁朝厢房的门上一挂,喀嚓一声,门给锁上了。

黄毛女人一脸得意,朝黄智清打了一个正眼:“怎么样?有人等于没人。”

奶奶在室内叫了一声:“谁啊?”

黄智清刚要应声。

黄毛女人一把将他的嘴给捂住。

母亲将龙大海扶进龙家。

龙大海一脸抱歉:“真是不好意思,你看我这家里乱的。”

母亲说:“一个男人,乱也难怪,再说了哩,画家,哪有心思顾这。”

说着就帮着收拾起来。

龙大海连忙劝阻:“你别忙乎了,你不是要进城里给孩子们交学费吗,快去,这事别耽误了。”

母亲:“那你?”

龙大海:“没事。”

母亲:“我还有妈在家,我也有一点不太放心。”

龙大海:“我这边没有大碍,你那门口,我帮你照应,要不,现在就去。”

母亲:“头真的不痛了?”

龙大海:“不痛了。”

母亲:“那行。”

黄毛女人和黄智清开始翻箱倒柜。

奶奶听到动静,挣扎下床。

门却被反锁上了。

奶奶瞅着门缝看不清什么,便使劲地搡门:“你们是什么人?你们到底是什么人?”

黄智清有点儿于心不忍。

黄毛女人低声一喝:“还愣着干啥,快找。”

黄智清便又帮着翻箱倒柜。

母亲骑着三轮车,载着龙大海,已看见了黄家。

两人仍在紧急翻找——上阁楼,砸墙壁……

奶奶使劲搡门,使劲地搡:“开门啊,开门,你们到底是什么人?你们是强盗?你们这些强盗?……”

剧烈的撞门声。

苍老的嘶喊声。

一阵阵传出。

黄智清干脆双手捂住了耳朵,蹲在地上。

黄毛女人怀着寻宝的渴望,被厢房里撕心裂肺的叫骂声刺激出加倍的疯狂在搜找着……

母亲骑着三轮车就快到家。

黄毛女人终于后院发现了一堵暗墙,捡起地上柴刀使劲一撬。
暗墙露出一个大洞。
洞里果然躺着一只精致的木匣。
掏出木匣,上面果真镌着“可当三百亩”几个大字。
“找到了,找到了。”黄毛女人欣喜若狂。
“我来看看,里面究竟是什么东西!”黄智清也凑过来。

厢房那边仍传来剧烈的撞门声。

匣上有锁。
锁已锈住。
黄毛女人左撬右弄,一时打不开。
急切之间,她拿起了柴刀。

三轮车在门口停了下来。
母亲似乎听到了异常的声音,赶紧进屋。

黄毛女人照准锈锁,一柴刀下去。
锁劈开了。
黄智清上前就想看看是什么宝贝。
黄毛女人非常霸道,身子一侧,挡住匣子,自己则猛地打开盒盖……
她愣住了。
真应了“说时迟那时快”这句俗话,母亲奔进了家门。
黄毛女人将匣子朝地上一摔,对着凑过来的黄智清正要发作。
忽见母亲大步进来,她赶紧从后门就溜。
黄智清也随后跟了出去。
两人一溜小跑,很快隐进后山的林子。
黄智清好不容易追上黄毛女人:“你看见了什么?那匣子里到底藏的

什么?”

黄毛女人望着黄智清。

黄智清又问了一句:“那匣子里究竟藏的什么宝贝?”

黄毛女人啪的就又甩了他一个耳光,“骗子,你这个骗子,你骗人、骗人……”

几乎是歇斯底里。

黄智清摸着脸,一脸的莫名其妙。

黄家。

母亲就着墙角幽暗的微光,捧起匣子,合上匣盖。

龙大海跟了过来:“什么人干的? 还是那个女人?”

母亲点点头。

厢房又传出奶奶搡门的声音。

母亲赶紧过去打开锁。

奶奶倒在地上。

“妈、妈……”母亲扶起奶奶。

奶奶手指着外面:“这个畜生、畜生,是不是又是他们两个?”

母亲和龙大海将奶奶扶上床。

母亲说:“妈,你别急,没有什么事情。”

奶奶:“我知道就是他们,他们惦记着祖上传来的那件东西。我这老不死的也是他黄家祖上传下来的东西,这畜生怎么就不惦记我哩?”

说着说着,奶奶就流下了眼泪。

母亲替奶奶拭去眼泪:“妈,没有事了,真的没有事了。”

奶奶手指着外面:“是不是被他们找到了,是不是被他们拿去了?”

母亲:“妈,别急,找是让他们给找到了,但他们并没有拿去。”

奶奶叹了一口气:“是你夺下的还是他们留下的?”

母亲:“是他们留下的。”

奶奶床边一拍:“他们没有那么好的良心。”

龙大海出去收拾屋子。

奶奶问母亲:“那大海? 他的头怎么啦?”

母亲说:“他受了一点伤。”

奶奶:“怎么受的伤?”

母亲说:“意外,也是意外,现在已经没有事了。”

奶奶闭上了眼睛。

母亲走出厢房。走到报本堂的墙角。

“可当三百亩”的匣子还静静地躺在地上。

母亲捧起匣子,愣了一会。

龙大海过来,站在背后。

母亲声音很轻:“你怎么不问我这匣子里藏的什么东西?”

龙大海:“因为这不是属于我的东西。”

母亲又望了龙大海一眼。

龙大海转身继续收拾屋子。

母亲则另找了一个秘密的地方,将黄家祖传的匣子,安顿了进去。

卧室里,奶奶忽然想起了什么:“孩子他妈,孩子他妈……”

母亲闻声进来:“妈!”

奶奶:“你不是要进城给孩子们交学费,怎么到现在还没走?”

母亲:“妈,我现在就走,我让大海在这照顾你。”

奶奶点点头。

龙大海一旁也说:“要去就抓紧了,这里有我。”

母亲又望了龙大海一眼,这才出门。

母亲又上路了,怀揣着孩子们的学费。

第十五章

母亲缴齐学费，来到黄卓宿舍，见黄卓的床上有一堆脏衣服，就抱起来泡进水里，谁知道这竟闯下祸了。

当母亲将洗干净的衣服晾到门口铅丝上的时候，黄卓抱着篮球急匆匆回到宿舍：“你什么时候来的？”

母亲：“什么事情那么急？”

黄卓三下五除二地翻了几件衣褂穿上：“我要参加全校的演讲。你先坐一会。”

他走出宿舍，又奔回来在床上一阵翻找。

母亲问他：“你找什么？”

黄卓：“演讲稿。我的演讲稿到哪去了？”

母亲也帮着翻找：“卓，别急，再想想，想想究竟放哪儿了。”

黄卓没有好气：“就在寝室，还能放哪？”

母亲突然想起了什么：“糟了，让妈洗了。”

说着就奔出门外。果然在裤兜里翻出一团纸浆。

黄卓大急：“你看，你这是怎么搞的？”

母亲更急：“糟了，怪妈粗心。这演讲稿是不是非常重要？”

“当然重要。马上演讲就要开始，省里、市里的好多领导和老师都来旁听。”黄卓着急欲泪。

母亲傻了，只是不断地说：“怪妈，真的怪妈，妈这次怎么这么粗心！”

黄卓眼泪一抹：“你下次不要来了。你到学校来啥。人家父母给孩子送穿、送吃的，再不就是送钱，你倒好，添乱来了。”

“郭呆子帮忙，越帮越忙。妈真倒成了郭呆子了。”母亲悔愧交加，深深地自责着。

黄卓咬着嘴唇，站着发呆，只见眼眶里泪花打转。

这时开课的预备钟声响了。

黄卓使劲一跺脚：“预备铃都响了，快要开讲，这怎么办、这怎么办？我的演讲稿没有了你知道吗？我没有演讲稿我怎么演讲？”

母亲掰开纸浆，见字迹糊模，只得说：“卓，别急，这是你写的，总还能忆得起来。”

黄卓瞪着泪眼：“还忆得起来，你当我是天才？当着那么多黑压压一大片人群，紧张都紧张死了。没有稿子，我站在台上，张口结舌说不出话来，那多丢人。”

母亲：“卓，别急。静下心来想想，总能想起几句。”

黄卓一甩手：“还能想起什么，我就只还记得演讲稿的题目就是《我的母亲》。可是我的母亲却让《我的母亲》泡进水里泡成了纸浆。”

第二遍开课的钟声又催命似地响了。

母亲一脸少有的惶急。

“你走吧，你给我回家。今后少来学校。来啥？今后保不定还要添什么乱子。”黄卓一跺脚急奔会场。

母亲重重地坐在床边上，内心既有被儿子丢下的这句话刺痛，更多的只是为自己的粗心所带来的后果感到难受。

无意间，母亲感觉到床单下有一张纸头。

翻出一看，正是那张演讲稿《我的母亲》——

“我敢说我的母亲是天底下最好的母亲。这并不排斥天下有许多许多人的母亲都是伟大的这一事实。我的母亲，从我记事的时候起……”

母亲赶紧合上讲稿，急奔往会场。

当母亲从后门走进会场的时候。只见自己的儿子已经站在讲台上了。

黄卓的神情确实有一点紧张：“老师们、同学们，我今天演讲的题目叫《我的母亲》。我准备过一篇讲稿，但现在已经没有讲稿，《我的母亲》的讲稿，被我的母亲毁了……”

下面鸦雀无声。

黄卓眼睛晶晶有光:“这是我母亲的粗心吗? 不,这或许正是我母亲的伟大——无论她有意或者无意,我现在都会这样认为。或许,母亲总觉得自己给予孩子的还是太少,母亲总觉得自己为孩子们所付出的一切,是那么的理所应当,那么的微不足道。孩子的一点点可爱,一点点成绩,一点点孝心,母亲都会记得非常清楚,但母亲却很快就忘记了她曾经为儿女所做过的什么。我的母亲毁掉了我经过精心准备的《我的母亲》的演讲稿,无论她有意还是无意,我都会坚持地认为这正是母亲的伟大,但就在一分钟之前,我为这事曾经对我母亲发火,甚至用很难听的话对母亲表示了自己的不满。一分钟之前我没有想到这一层,我现在只能在心里说一句: 对不起你,母亲。”

听众席上一片寂静。

黄卓深深地弯下腰来。

当他直起身来的时候,好一会将头仰望高处。

因为这时候有泪在他眼眶中打转。

坐在后排的黄鹂和黄杏泪眼模糊中,突然看到了走进来的母亲,便急忙给母亲腾出座位。

讲台上。

黄卓又继续道:“我想,以母亲的宽容,大概是会原谅我的。这使我想到了两个传说。一个传说是这样说的: 一个年轻人爱上了一个公主。这公主说,要想我嫁给你,除非你能把你母亲的心给我。这年轻的小伙子果然取出了母亲的心。当他怀揣着母亲的心去见那公主的时候,在路上摔了一跤。这时候有一个心疼的声音问他:‘有没有摔痛?’附近并没有人影,原来是母亲的心在问他。”

听众屏声敛息。

黄卓又说:“另一个传说是说有一个地方的风俗非常古怪,当老人活到七十岁以上的时候,便认为他或者她已经老而无用,便要将他们遗弃到一个荒无人烟的地方。这一天有一个儿子按照风俗背着他七十岁的母亲走进深山老林。母亲有一个古怪的举动引起了儿子的注意。儿子发现伏在背上的母亲，一路上总是摘下许多树叶扔在地上，便奇怪地问母亲为什么这样？母亲的回答令儿子羞愧无地。母亲说：我是担心你一个人回去的时候迷路……这两个传说，说的都是同一个意思——什么叫母亲？这就叫母亲。但是，但是我们不能因为母爱的博大与宽容，就经常去做出令母亲失望，甚至对不起母亲的事情。更不能伤害母亲。是的，母亲能够原谅。但因为母亲能够原谅，就经常需要母亲原谅的人，自己则不能原谅自己。"

黄卓一个鞠躬。

台下一阵雷鸣般的掌声。

黄鹂和黄杏都泪眼迷离。

母亲含着眼泪悄悄退出了会场。

黄鹂和黄杏送母亲出来。

母亲说了一句："快高考了，记住给妈用功。"

说完就独自离去。

母亲在回家的路上，又一次拿出了儿子的演讲稿《我的母亲》——

"我敢说我的母亲是天底下最好的母亲。这并不排斥天下有许多许多人的母亲都是伟大的这一事实。我的母亲，从我记事的时候起就对我寄予种种厚望。我记得有一个美国人这样说过：啊，上帝，请给我造就这样一个儿子，他坚强得足以认识自己的弱点，勇敢得足以面对恐惧。遇到挫折时能够昂首而不卑躬屈膝，在成功的时候能够谦虚而不趾高气扬。请给我造就这样一个儿子，他心地纯洁、目标高尚，他在征服别人之前先征服自己，他将拥有未来但又不会忘记过去。我祈求他永远铭记在心的是：真正的伟人也要直率真诚，真正的贤人也要虚怀若谷，真正的强者也要温文尔雅……我母亲虽然没有这样说过，但我知道这就是我母亲心里想要说的话啊！可是我并不是我母亲理想中的儿子，我虚荣、任性，甚至有一点自私。但我现在已经明白了这一点，就是向着母亲要求的目标前进了一步。当我敢于认识自己弱点的时候，我就敢于对母亲轻轻地说一声：你的儿子，不会让你失望！"

母亲将《演讲稿》仔细地折叠起来。

黄琳小时候的一幕来到了眼前——

当时，母亲给一年级的女儿检查作业，发现了一道错题。便说："琳，这一道应该是几？"

小黄琳站在那儿，嘟着嘴不说。

母亲有些急恼："说啊，这一道题的答案究竟应该是几？妈给你说过多少遍了？"

小黄琳竟然犟着就是不说。

母亲真的恼了："说啊。白天的疯劲到哪去了？就知道贪玩。这是该错的题吗？是不是粗心？是不是马虎？"

小黄琳被训得眸中汪出了眼泪。

"把手伸出来。"母亲拿了桌上的尺子在手里。

小黄琳却充满反抗地把两只手都别到了背后。

"别到背后妈就打不到你啦？"母亲拉过她的手用木尺在掌心叭叭地打了几下："今后粗心不粗心了？看你还敢不敢马虎？"

小黄琳泪水在眼眶里转动着，就是不让流出来。

母亲非常生气："说啊，怎么不说话啊？这么豆大一个小人就有这么大的犟劲？"

没料到眼泪汪汪的小黄琳竟突然冒出这么一句："你向我道歉。"

母亲一愣："向你道歉？"

小黄琳："说一声对不起。"

母亲又好气又好笑："你做错了作业，妈还要向你说一声对不起？"

"因为你打人。老师说过，打人就要说对不起。"小黄琳理由十足。

母亲望着眼前这个倔犟的小东西，心头不觉一热，一把将她搂进怀里。

小黄琳这才吧嗒吧嗒地掉下了眼泪。

母亲抚摸着她的小手："对不起，妈以后不打你了。"

小黄琳这才哧啦一声，抹掉鼻涕眼泪。

母亲问她："疼不疼啦？"

小黄琳故作豪壮地摇摇头。

母亲又问："今后做作业还马不马虎？"

小黄琳摇了摇头。

想到这里,母亲撩起衣角,擦了擦湿润的眼睛。

心里说:“这卓儿虽不是我养大的,想必这犟劲,也跟琳琳啊一个样。”

母亲还没有到家,龙大海已在门口迎接。

龙大海在母亲走近的时候,拿出一封信,说:“医科大学寄来的,是不是黄琳的信?”

母亲:“是琳琳的信。”

龙大海下意识地问了一句:“信上都说了些什么? 苦不苦? 习不习惯?”

母亲望了龙大海一眼。

龙大海立即就觉得自己有些过于急不可待,忙说:“我只是随便问问。”

母亲说:“我这黄琳来信,一封一封都说习惯,说学校的环境好、氛围好,老师好、同学好,反正都是好字。你看,这还寄回来一张照片。”

母亲像献宝似地将照片递给龙大海:“你看,这六个人都是一个寝室。”

龙大海取过照片。

母亲一旁说:“看见了吗,那个衣服穿得最差的就是黄琳。”

龙大海其实一眼就认出了黄琳。

“看见了吗? 那个旧衣服的孩子。我常跟她们说,孩子,比吃比穿就是比爹比娘,只有比学习比知识,那才是比你们自己。你们的爸妈没有用,没有出息就靠自己。好在孩子们都很听话。”

“你能把孩子扯成这样,已经是非常不容易了。要供着四个孩子一起读书,也真难为你了。”

母亲一脸满足:“苦一点没有什么,只要能苦出结果,就再苦也不苦了。”

龙大海为母亲的自豪所感动,忽然说了一句:“这照片能不能也给我一张?”

母亲:“你要这照片?”

龙大海忙说:“如果没有多余的也就算了。”

母亲说:“行,给你。我可以写一封信跟这孩子再要。”

龙大海赶紧掩饰:“我这人不知怎么弄的,看到人家孩子有出息,心里就跟着高兴。”

母亲:“那是你心善。”

龙大海想了想，说："我还想跟你说一件事情，不知你肯不肯答应？"

母亲："说来听听。"

龙大海："我想在你这租一间房子。"

"租一间房子？"母亲一愣。

龙大海："只租一间，我可以付你最高的房租，200元一个月都行。"

母亲笑了："你说的怕不是笑话吧？这里一不是城里，二不是市口好的店面。租一间房子有一个二三十元就够了。而且、而且你家还有房子，虽小些，却不也够住？"

"我喜欢这里的房子，我只是、我只是想暑假和寒假来这住住。"

"为什么只租寒假和暑假这么两个时间？"

龙大海一时无语，显得有些窘迫。

母亲忙说："行，我这就替你打扫出一间房子。你想什么时候来住就什么时候来住。"

龙大海又突然冒出一句："你家黄琳这个寒假回不回来？"

母亲："她信上说了，这个寒假不回来了。这个寒假准备找一份家教，或者帮人家翻译一些外文资料。过了寒假，她两个姐姐和一个哥哥，也就要忙着要考大学了。她想等哥哥姐姐考过大学，再回来和他们团聚一个暑假。"

龙大海没有说话，显然在表情上有一点失望的感觉。

母亲似乎也感觉到了一点什么，不觉又将龙大海多看了几眼。问他："你、你怎么对琳琳这么关心？"

龙大海显得有些慌乱，忙说："没有什么？真的没有什么，我也该回去了。"

母亲便又补了一句："其实，时间过起来也快，一晃眼，暑假就快要到了。"

龙大海："这倒也是。"

母亲："你头上的伤要不要紧？"

龙大海："一点外伤，没事。"

说着就走了。

母亲望着他的背影，出神了好大一会。

家里已被龙大海收拾得井井有条。

母亲回到家里，左看看，右看看。心里在说：“城里人，说能干还真是能干，看这收拾的，整整齐齐。原来画家也不都是邋遢。”

“阿娟，阿娟……”这时候奶奶在厢房里呼喊。

母亲走进厢房：“妈”。

“你回来了。”奶奶指着床头柜上的茶水、点心，“孩子他妈，大海这人，我这老不死的没有看走眼睛。可会服侍人了。”

母亲：“是的，城里呆过的人就是细心。”

奶奶：“那你们的事情？你要等到什么时候？”

母亲不语，给奶奶把枕头朝高里塞了塞。

奶奶忽然想起了什么，从枕下摸出一只药瓶，“我想起来了，我这还有一瓶上好的云南白药，你给大海拿去。虽说是外伤，也不可大意。”

龙大海到了家里，第一件事就是倒在床上，拿出了黄琳的照片，双手如捧婴儿，眼睛一瞬不瞬地看着。

看着看着，眼泪就掉了下来。

眼泪掉在照片上，嘴也就着吻了下去。

就这么把琳琳的照片贴着嘴，不知贴了多长时间。

忽然，母亲走了进来。

龙大海吓了一跳，赶紧背过身去，收起照片，擦掉眼泪。

母亲也吓了一跳：“你，你这是怎么啦？”

龙大海赶紧端过凳子：“没，没事，你、你坐，请坐。”

母亲指着墙上的一些画稿：“这些墙上的画儿啊，我先前就想问了，这些个画儿啊，怎么都像我家琳琳？”

龙大海搓着手：“是吗？”

母亲：“好像就是。”

龙大海赶紧掩饰：“你家琳琳我见过几次，怪讨人喜欢，脑子里就留下一个印象，画画儿的时候，画着画着，印象不自不觉地就走出来了，连我都不一定知道是怎么回事。”

“原来是这样。”母亲拿出药瓶，“这是孩子他奶奶备着的一瓶云南白药，专治跌打损伤，你先拿着。”

龙大海:“谢谢孩子他奶奶。”

“孩子他奶奶可总是在我面前夸你。”母亲拿出一罐鱼汤。

龙大海:“孩子他奶奶也总是在我面前夸你!”

母亲:“把这鱼汤趁热喝了,黑鱼肉是长伤口的。”

龙大海也不客气,顺从地一阵猛喝。

母亲想帮着打扫一下家里。

刚拿起扫把,龙大海就说:“坐,你坐下别忙乎了,我也给你画一张像吧。”

母亲笑了:“我那能画?我一个乡下人,一个勤杂工还是临时的。”

龙大海:“不,你是伟大的母亲。”

母亲第一次那么开心:“罢了,罢了,就你会抬举我。”

“坐着别动,我真的给你画画。”龙大海拿起了画板。

“可别糟蹋了这墨啦色的,都是要钱买的,再说我都快要老了,还值得画像?”母亲不让他画。

龙大海说:“你有没有听说过啊!咱这地方,宋朝时候出过一个大人物叫寇准。”

母亲:“听说过的。”

龙大海:“据说这寇准自幼丧父,家境贫寒,全靠母亲织布供他读书。后来寇准上京赶考中了进士,喜讯传到家里,他的老母亲已经身患重病……对不起,我可不是咒你。”

母亲笑了:“没事,我哪能比得上人家寇准的母亲。”

龙大海继续说:“这寇准的母亲临终前,自己对着镜子画了一张像,对家里的刘妈说,日后寇准做官,如果行事不当,你就把像让他看看。”

母亲:“后来哩?”

龙大海:“后来啊,后来寇准官拜宰相,为庆贺生日,准备大宴群僚。刘妈认为不妥,就拿出了寇准母亲的画像,交给寇准……”

母亲急问:“那又能怎么样?”

龙大海:“那画像题着‘寒窗课子图’五个字,并有诗一首——

孤灯深读苦含辛,

望你修身为万民,

勤俭家风慈母训，

他年富贵莫忘贫。

这诗写得多好，寇准一见母亲亲笔，回想到当年母亲陪伴自己寒窗苦读的情景，顿时泪如雨下。立即令人撤去寿宴，清退寿礼，从此专心料理政事，终成一代良相。”

母亲一听，忙说：“这么说来，这画像，我今天还真是要画了，日后不管他们有出息没出息，都不能忘了今天的苦日子。”

说完，便端坐不动。

龙大海笔下悉悉有声。

不一会，一幅母亲的人像便出现在纸上。

母亲：“还有那首诗哩，那首诗也给抄上。”

……

日出。日落。

时间过起来也快，一晃眼，高考快要开始了。

白天：母亲在大街上蹬车的身影与在医院里扫地的身影交替出现。

夜晚：母亲与龙大海并肩坐在公路旁用锄头碎石。

这天中午，母亲端着碗给奶奶递饭。

奶奶劈口就说：“孩子他妈，你跟龙大海那事，也该抓紧办了。你们这事不办，我就是哪一天断气了，也闭不上眼睛。”

母亲给奶奶领口垫上围巾：“妈，孩子们快要高考了，这是头等头等的重要大事。我现在不能分心。等孩子们都高考过了，我再跟大海商量那事。”

奶奶：“两家并成一家，两张床拆掉一张，也不是难事。”

母亲：“妈，真的暂时别说这事。妈，后天就要高考，我得去城里照应照应。我妹夫啊在城里有一个远房亲戚，我想就住他们家里，孩子们每一课考完了之后，好歹能有一口热饭热菜，这家里的事我已经跟隔壁的阿毛说了，大海也会每天都来看你。医院里我也请了假了。”

奶奶说："孩子他妈，孩子们的事也不要管得太细，你身体也不是太好。"

"妈，我会照顾自己。"母亲点点头，抱了奶奶换下的衣裳到门外的溪里去洗。

……

第二天一早，龙大海把三轮车蹬到了门口。

母亲将自家院子里还没熟透的桃子摘了一篮，就坐上龙大海的三轮车去了城里。

母亲和龙大海来到学校，想先看看几个孩子。

只见大门口张贴着"毕业班模拟高考成绩一览表"。

一共三张：第一次模拟考、第二次模拟考、第三次模拟考。

母亲最关心的就是这个，立即站下看榜。

三次模拟考试的成绩一目了然。

黄鹂都是高居榜首。

黄杏和嘉妮轮流占据着第二、第三。

但黄卓不然。

黄卓的一模：560 分，前 15 名之内。

二模：530 分，前 20 名之内。

三模：508 分，跌破了前 30 名。

母亲问龙大海："大海，你是上过大学的，你看黄卓这成绩还能不能上得了大学？"

龙大海："按这成绩，如果没有特殊情况，黄鹂和黄杏已经就在大学门槛里了。"

母亲："我问的是黄卓。你看你，答非所问。"

龙大海犹豫了一下："以我直觉，黄卓一模的成绩，可以考上二本。"

母亲："什么叫二本？"

龙大海："就是二类本科。"

母亲有些急了："那二模、三模的成绩哩？"

龙大海："按二模、三模的成绩，都在三类线附近，二模还行，三模甚至还有些危险。"

母亲:“你的意思,这大学?”

龙大海:“期望值不能太高。”

母亲:“就是说,按这成绩,想考一个很好很好的大学,就难了。一般的大学,仍有希望?”

龙大海:“是这样的。”

母亲:“是不是还可以说,弄得不好,连考上一般大学都难?”

龙大海:“你也别急。虽然这模拟考试,每个学校都力求与真正的高考最大限度地接近,但毕竟还有距离。模拟考试就是模拟考试,真正的高考就是真正的高考。当然,模拟考试也能说明一定的问题,但毕竟还不是真正的高考。有人模拟考试成绩很好,结果临场发挥卡住了,有的模拟成绩不好,结果真正高考的时候,超常发挥。”

母亲:“这样的事,毕竟只是少数。”

龙大海:“这倒也是,这种几率较小。”

母亲:“卓儿这孩子,并不缺少聪明,也知道用功,就是没有一个定盘心,你看这成绩,忽上忽下。如果过几天姐姐妹妹都考上了大学,就剩他一个落榜,你说这事?”

龙大海安慰母亲:“你也别太急,一是模拟考试虽能反映一定的真实水平,却并不能完全说明问题,更不能立即就给出最终的判断。二是,每个大学的录取分数线都不一样,上不了这所大学还可以上那个大学,上不了本科还可以报一个专科。有的专科比本科还好。”

母亲:“我知道你是在宽我。不管怎么说,我还得问问卓儿,这成绩到底怎么回事?”

龙大海:“这临到考试了,还真不能给他压力,顺其自然。”

母亲没有说话,走进了学校。

母亲和龙大海走进了黄卓宿舍。

黄卓不在,床上放着“志愿表”。

母亲翻开志愿表,只见第一志愿的栏里,赫然填着上海政法大学,法律专业,第二专业是闽江大学计算机专业。

“你给看看。”母亲将表格递给龙大海。

龙大海:“这填报志愿很有讲究。有的人高分落榜,有的人低分倒被录取,为什么,志愿没有填好,个人的兴趣追求需要照顾实际。”

母亲:“你看他这兴趣还有追求,跟他的实际哩?”

龙大海:“据我所知,上海政法大学报考的人多,分数线自然就高。”说着,拿起旁边的《历届高考资料汇编》一查,“你看,果然,这个大学的录取分数线很高。”

母亲:“报这所大学,依卓儿现在的成绩,你看?”

龙大海:“说实话,以他模拟高考的成绩,与他填报的这一志愿往年所要求的分数有一定的差距,也就是不太现实,除非高考有超常发挥,否则……”

母亲:“卓儿这孩子,心比天高,命比纸薄,或者说是心高命不高,想法是好的,北大、清华……但还要看看实际……”

龙大海:“看这表格是用铅笔填的,套一句行话,叫未定稿,也就是说或许黄卓还在犹豫。”

母亲:“是应该好好想想。我也在广播里听到,人家都说第一志愿的填报非常重要,要十分的慎重。”

龙大海:“如果考虑保险,第一志愿放低;如果十分在乎学校,那就冒险。”

母亲:“保险在做母亲的看来,是第一重要。至于追求啦,爱好啦,以后还有机会。依我,先把大学考上再说,咱们山里的乡下人,第一步,先走出大山。”

龙大海:“那这第一志愿?”

母亲又显出一贯的决断:“改了,把第一志愿的门槛放低。”

龙大海:“这事还得征求他的意见。”

母亲这一回的表现竟有些武断:“这孩子犟,让他改,他肯定不改,我是他妈,我替他改。”

说着,母亲就拿起橡皮擦了,将第一志愿改成了第二志愿,将第二志愿改成了第一志愿。

龙大海:“这事是不是有些不妥?”

母亲合上表格:“这还不是为了他好。我家里就这孩子,常需要人给他把着。”

母亲和龙大海离开了寝室。

各个课堂都还在上课。

母亲和龙大海离开了学校。

下课了。

黄卓抱着一个篮球,却被黄鹂拽住:“弟,人家的高考志愿表格都交上去了,你还不抓紧?”

黄卓:“我已经填了。”

黄杏:“哥,我去给你拿来交给老师。”

“拜托了。”黄卓篮球朝地上一拍,“现在需要放松!”

母亲找到了所谓的亲戚家里,将篮子放在桌上:“这是自家院子里长的,孩子们尝个新鲜。”

女主人说:“客气啥哩?现在孩子们都吃水蜜桃了。毛桃哪还有人吃?”

母亲非常尴尬:“是的,现在条件好了。”

女主人说:“我在楼下给你腾出一间车库,已经让王妈备了床,也摆了炉子。王妈,你带客人下去。”

“谢谢。多谢了。”母亲转身走出。

走到门外的时候,只听门里女主人的声音——

“三子,把桃篮拿了扔一边去。乡下人就是没有见识。”

母亲脚底咯噔了一下。

又快步急急离去。

黄智清不知道什么时候也来到了县城。

他恰巧经过这里,但没有看到母亲。

母亲也没有发现他。

明天就要高考了,黄家的三个孩子围坐在一起。

起先谁都不说话,就这么沉默着。

大姐黄鹂缓缓道:“明天就要高考了。”

黄杏偷偷瞥了黄卓一眼。

两人都没有说话。

黄鹂望着黄卓:“第一次模拟考试的成绩还行,二模、三模,可就差了去,差得离谱,跌到第几名啦?自己说说。”

黄卓不语。

黄鹂提高了声音:“三年磨一剑,胜败输赢,就要在明天的考场上一决高下。”

黄杏:“考试都考了十二年了,还怕明天的那一考吗?”

“不。”黄卓猛然昂起头:“应该说考试都考了十二年了,就为了明天高考的那一考。”

黄鹂说:“你们两个都把手伸出来让姐看看。”

黄杏撇撇嘴:“姐,你有没有看到有一个作家在书上这么说过?——我不迷信手掌上的纹路,我只相信手指上的老茧加上拳头握起来的力量。”

黄鹂又重复了一遍:“你们两个都把手伸出来让姐看看。”

黄杏和黄卓互看了一眼,都乖乖地把自己的手伸了出来。

黄鹂两只手分别将他们的脉搏仔细一搭,对黄卓说:“弟,你太紧张。”

又转对黄杏:“你哩,你的心态就太放松了。”

黄杏舒展了一下腰身:“你看咱们高三这一年。月考、季考、会考、模考,还有一模、二模、三模,就差没有把人烤焦。教科书、参考书、题解书把人都埋进去了,压得人透不过气来。现在好了,熬过来了,明天、后天、大后天一过,就解放了,解放区的天是明朗的天……”

黄卓瞪了她一眼:“看你得意的样子,考不上大学就该你哭了。”

黄杏不服:“谁说我考不上大学,你怎么知道我就考不上大学?你们能考上我就能考上。咱们班按成绩排座位,考一回变一次,我每一次不都排在第一排?”

黄卓:“你们的目标是大学,但我的梦想是清华、北大、复旦。”

黄杏又顶了一句:“能考上清华、北大是优秀的,但优秀的不一定都能考上清华和北大。”

黄卓:“登得越高,越能看到更多的风光。”

黄杏:“无穷大乘以零还是等于零,那还要根据自己的实力,否则就是好高骛远。”

黄卓:“这不是好高骛远,这是理想。”

黄杏:“难道成天愁眉苦脸、心事重重就能抓住理想?”

黄卓还欲再说什么。

黄鹂止住:“都不要说了。”

然后转对黄杏:“考前是需要良好的心态,但一味地放松,也往往带来轻视的后果。紧张是敌人,无所谓也不是朋友。”

黄杏低声嘟哝了一句:“那剩下来的就只有无所适从。”

黄鹂又转对黄卓:“别担心失败。昂起头,挺着胸,面带微笑,心里装着阳光,自己对自己说:‘上去,没有什么可怕。I'm the king of the world(我是世界之王),只要登上去,再高的大山也在自己的脚下。’”

黄卓点点头,目注远处,眼睛似乎比先前亮了许多。

黄鹂:“不说这些了,还是那句老话,战略上可以藐视,战术上却必须重视。我们现在议论一些实质性的内容。”

黄杏:“什么实质性的内容?”

黄鹂:“有关高考、有关如何才能考好的实质性内容。譬如历史,要考好历史,我认为要精确地把握住‘一条线一大片。’一条线就是一条历史时间流贯穿始终,一大片也就是所有的历史事件都扭结在一条时间的链条上。客观分析,有必然性与偶然性,主观认识,有感情因素与理性色彩。”

黄卓:“物理我比较擅长。我认为高中物理是建立在两个基本思想上的,即能量守恒与动量守恒。几乎所有题目都是围绕着这两个‘守恒’进行的。我们在记住这些定理公式的时候,还不能忘记使用这些定理公式的使用条件。比如:动量守恒的条件:不受外力或者所受外力为零。能机械守恒的条件:只有重力做功或弹簧弹力做功。物理解题要注意变换研究对象、参照系、物理过程,注意变换物理状态,注意把运用公式分析变换为图像分析……而且根据现代科技发展,考题会向电、磁、微粒子方向转移。并特别强调实用性。”

黄杏:“我来说说数学。我认为函数会是数学高考的热点之一。在解析函数题的时候,一定要注意函数的定义域。另外,我们以前对于函数的单调性这一节有所忽视，我们往往只会证明函数在某个区间是单函数，而忽略了函数为单函数必须满足什么条件。”

黄鹂：“还有化学。我们为什么常说化学是理科中的文科……”

附近。突然出现的黄智清正向他们走来。

母亲在菜场匆匆地拣挑着、讨价还价着，以少有的慷慨将一块肥肉扔进篮子里。

只听一旁有两个妇女在谈论着。

一个说：“明天就高考了，真不知道给孩添一点什么营养。”

另一个说：“你就没有听说过‘红叶维尔康’，早上一瓶盖，晚上一瓶盖，吃得下睡得着，还醒脑提神。”

这个说：“真的？”

那个说：“真的。”

这个说：“哪有卖的？”

那个说：“就前面药房就有卖的。”

母亲立住脚步听了一会，便也随着那个高考的家长向前面的药房走去。

校园里，正在紧张地交流切磋着的三个孩子都突然发现了自己的父亲站在面前。

黄智清搓着手，向三个孩子讪笑着：“要高考了是吧？听说明天就要高考了。”

三个孩子互望一眼，都没有答理。

黄智清不无尴尬地干笑了一下，还欲再说什么。

黄鹂似乎没有看到，顾自对弟妹们说：“考完了别抢着交卷，第一个交卷不代表成绩就是第一，最后比的是分数。抓紧考完，考完了就仔细地检查，反复仔细地检查。”

黄智清干咳了一声，又欲再说什么。

黄鹂又一次将父亲的话意堵住：“还有一点非常重要，考试卷的纸张质量一般都不是太好，咱们明天考试都用圆珠笔……”

黄智清立即插上一句：“圆珠笔我给你们去买。”

黄卓瞥了父亲一眼:“你把前提掉了。”

黄智清:“什么前提?”

黄卓:“你们把钱给我,我给你们去买圆珠笔啊!”

黄智清笑了:“自小就是你小子机灵。”

黄杏嘟哝了一句:“只怕给了你钱,圆珠笔没有买来,倒去买酒喝了。”

黄智清讪笑着,又干咳一声。

药房里,母亲付了钱,从柜台上拿了两瓶“红叶牌维尔康”,刚欲离开,突然一阵头晕,险些跌倒在地上。但两瓶营养素仍紧攥在手里。

大堂里坐诊的老中医忙将母亲扶到诊桌前坐下,脉搏一搭,便道:“阴阳失调,疲劳虚脱。”

母亲静定了一会,问道:“医生,这维尔康?”

老中医沉着脸色:“人是铁,饭是钢,一天不吃饿得慌,你这虚脱之症,除了过度疲劳之外,还有营养不良的原因。这需要饭补、菜补、鱼肉补,而不是指望这一瓶又一瓶的营养品。”

母亲虚心地接受着批评。

老中医仍不停歇:“要得好就是菜好饭好。不能光望着这些营养品,指望这些营养品有什么用?”

母亲急问:“你说这维尔康没用?”

老中医:“不是没用,醒脑、提神,一时长长精神,比如有高考的学生,那还是……”

“谢谢医生。”母亲还没有听完这话,立即站起来就走。

母亲赶到学校。

黄智清已经走了。

只见三个孩子,六只手紧紧地抓在一起,全都闭着眼睛。

母亲起先吃了一惊。

只听黄鹂忽然道:“一、二、三。”

顿时三个孩子一齐放声道:“今天是昨天的终点,那么明天就是又一个最新的起点。”

唱诗一样地说完,眼睛全都睁开。

母亲一旁嗔道:“看你们,神神道道。”

三个孩子看到母亲,立即欢呼雀跃地拥了过来。

母亲说:“你们赶紧去把今晚上复习的课本和明天考试要用的文具带上。赶紧跟妈走。”

黄杏:“妈,去哪?”

母亲:“人家为了高考,许多人家的孩子都住了宾馆……”

“真的。”黄杏跳起来搂住了母亲,“咱们也住宾馆?”

母亲说:“咱们住不起宾馆,但妈也给你们找了一个地方,孬好还算安静。”

母亲将车库拾掇得非常干净,很快就在桌上摆下饭菜。

母亲语调平静地说:“明天就要高考了。妈要说些什么哩?咱们医院里每碰到大事之前都要动员。妈不会说话,也不想提醒你们什么。妈只是想说,以前妈希望你们好好读书,成绩上去,今后一个个都上大学。但真的明天就要考大学了,妈却要说,好好地考吧,能考上最好,实在考不上也没有什么,行行出状元,何况考不上还可以再考。有一句话叫怎么说的?”

黄鹂:“错过了月亮,还有朝霞。”

母亲:“就这个意思。”

“不。”黄卓腮帮搐动着,“明天的考试,咱们是破釜沉舟,背水一战,只能成功,没有退路。”

黄杏:“何苦把话说得那么满那么死?”

黄卓:“你想复读?”

黄杏:“谁想复读?复读一年就又得给妈添那么多负担。”

黄卓:“要么就是你不想考上大学。”

黄杏:“谁说我不想考上大学?说我不想考上一个大学,就等于说我在和妈对着干。”

黄卓:“这不就得了。”

黄鹂的筷头在碗边上敲敲:“不说这个,咱们能不能说一点别的?”

“妈的意思就是叫你们放松放松。考得好,妈高兴,考得不好,妈也不怪你们。就是失败了，今后也照样会有光彩。来来，吃菜。”母亲故意装出一副若无其事的样子。

三个孩子这才埋头吃饭。

过了一会黄鹂终于说：“妈，咱们爸又回来了。”

黄杏：“应该说，爸，怎么还没走哩？”

母亲：“在哪？”

黄鹂：“下午到咱们学校去了。”

母亲：“他大概也知道你们高考了，想回来看看你们，鼓励鼓励，说什么他也曾经是你们的父亲。”

黄卓饭碗一顿：“他也算父亲？他算什么父亲？”

黄杏：“他回来是想……”

黄鹂：“别说了，吃饭。”

“对，别说了，咱们什么也别想，就是吃饭。今晚妈给你们壮行。”

母亲端起唯一的一盘荤菜，将红烧肉分别拨给三个孩子。

黄鹂：“妈，你也吃一块。”

“妈不喜欢吃肉。”母亲说着，将自己碗里的饭倒进了那只空了的肉碗，“咱们抓紧吃饭，吃完了再抓紧复习一会，这叫临阵磨枪，不快也光。”

正说到这儿，一道闪电划过窗前，紧接着一声炸雷掉了下来。

错愣间，屋子里一片漆黑。

随后就是雷阵雨倾盆而下。

黄杏嘟哝了一句：“早不停电、晚不停电，怎么现在停电？”

黄卓：“说不定是雷电把高压线打断了。”

黄鹂：“如果真是这样，还不知道什么时候才能修好，不知道什么时候才能来电！”

“你们先摸黑慢慢吃饭，吃饭就闭上眼睛想想明天考试的事情。妈出去看看。”

母亲说着就走了出去。

街道上的路灯也熄了。

大雨越下越大。

母亲冒着大雨，沿街沿巷地寻找着杂货铺。

三个孩子黑坐在库房里。

黄杏："哥、姐，你说我们三年高中，这一个个学生都像什么？"

黄卓："你说都像什么？"

黄杏："我们一个个都像蚕茧里的蚕蛹。学校就像蚕茧，我们在蚕茧里被封闭着孕育了三年。明后三天就是破壳的关键时刻。破出去的，就是飞蛾。破不出去，就是一条僵虫。"

黄鹂和黄卓都没有言语。

黄杏："还有一个比喻。如果说一个人就是一朵蒲公英，明后三天就是飘花的时刻，有的飘到北大，有的飘到清华。有的飘到山顶，有的落进沟谷。有的歇在枝头，有的落进了垃圾堆里。明天的高考是放飞人生的解脱，更是命运归宿的选择时刻。"

黄鹂和黄卓仍没有搭腔。

黄杏："你们怎么都不说话啊？"

黄卓终于道："姐，历年高考的数学卷子里都有一定量的选择题型。选择题常用排除法、直接法、特值否定法，代数法、代入法，其中代入数值法其实是最简单最有效，却又往往最容易不被注意。"

黄鹂没有说话。

黄杏："数学考试我也有一个小小的经验，可以提供出来仅供你们参考。我每次一拿到题，脑子首先跳出来的就是一个个的数学思想，什么换元、递归、数开结合，当然还有公式。而且对试题所给出的条件一定要有足够的重视与高度的敏感。因为不同的条件必然会有不同的结果。"

黄卓默默地点了点头。

黄鹂仍没有说话。

黄杏推了黄鹂一下："姐，你怎么不说话？"

黄鹂却突然道："外面的雨是不是下得更大了？"

黄杏："明天都高考了，你怎么还管它雨下得大还是不大？"

黄鹂："你们说妈到哪去了？"

黄杏："妈大概是去问隔壁人家什么时候来电。"

“不，妈一定到街上买蜡烛去了。我去接妈。”黄鹂站起来就走。

“姐，外面下那么大雨，又是雷又是闪。不，姐，我陪你去。”黄杏也站了起来。

姐妹二人刚走出门外，就与匆匆进来的母亲撞了一个满怀。

母亲：“去哪？回屋回屋，赶紧回屋给妈抓紧复习。”

黄杏：“不是没有电嘛。”

“蜡烛，你看，妈把蜡烛买回来了。”母亲迅速地就将蜡烛点了起来。

点了一支、一支、又一支……

母亲非常兴奋：“你们看妈买了多少？那家铺子里就剩这么多，一下都让妈给买回来了。”

十几支蜡烛点亮在屋里。烛光弥漫出橘红色的温暖。

母亲全身都湿透了，发梢滴着雨水，但却是满脸的满足，仍在一支支地点着。

大姐黄鹂用干毛巾替母亲拭去头上的雨水。

黄杏：“妈，够了。”

母亲：“25 支蜡烛，才顶一盏灯泡，妈给你们点得亮堂一些，你们就可以把书看得清楚一些。”

黄卓：“我来点吧。”

母亲：“你们赶紧把书拿出来复习。”

三个孩子赶紧都把课本拿出来摆在桌上复习。

点完了蜡烛的母亲这才到一边把湿衣服换了，离得远远地又去忙着别的事情，唯恐靠近了会影响孩子们的复习。

融融的烛光中，黄杏忽然掉下了眼泪。

黄鹂悄声问她：“怎么回事？”

黄杏咬着嘴唇瞥了一眼远处的母亲。

黄鹂：“妹，究竟怎么啦？”

黄杏轻声说：“我……姐，我觉得阳光应该是父亲之光，灯光是男人之光，而烛光，烛光是真正的母亲之光。你看这烛光，像不像咱们妈目光里柔柔的眼神？”

黄卓小声呛了一句：“知道是妈在盯着，还不抓紧复习？”

黄杏赶紧就又捧起课本。

第二天一早，考生开始进入考场。

母亲和其他许多家长一样守在旁边。

黄鹂、黄杏、黄卓，都拿着准考证进入考场。

远处的人群中还有一个黄智清也夹在人群中，远远地望着这里。

一开始还是太阳焦猛，随着一堆乌云移来，紧跟着一声雷鸣，天就暗了下来。

母亲暗叫一声："不好"，转身就奔。

母亲奔到杂货店门口，迅速买了三把雨伞。

这时候一声炸雷，大雨瓢泼而下。

母亲抱着雨伞奔回学校门口。

不久，考生陆续退场。

黄鹂、黄杏、黄卓也走出了校门。

母亲连忙将三把伞塞到三个孩子的手："赶快撑上，可不能淋雨，这一出汗一淋雨，病了可就糟了。"

黄鹂也将母亲罩在自己的伞下。

母亲："走，回去吃饭。"

黄杏："妈，你怎么不问我们考得怎样？"

母亲："考过了的就已经考过了，该想的是下一场。妈如果一问你们考得怎么样，你们就会把思想又集中到已经考过的题目上了。"

黄杏："妈简直跟咱们老师说的一样。妈比咱们老师还要老师。"

母亲笑了："妈哪比得上你们老师。"

雨仍在下着，远处的黄智清也随后跟了过来。

回到临时的家里，母亲端出早晨就焐在锅里的饭菜："抓紧吃饭。吃了饭打一个瞌睡。"

这时候父亲黄智清出现在门口。

望着一身湿漉漉的黄智清，母亲吃了一惊："你怎么也在这里？"

黄智清："孩子们高考，怎么说也是一件大事，我不放心。"

三个孩子互望一眼，都在鼻底下哼了一声。

母亲："你在深圳、海南，是又回来了，还是根本就没去？"

黄智清没有回答，站在门口仰天打了一个喷嚏。

母亲说："进来吧，把湿衣裳脱了，自己拿碗盛饭。"

三个孩子望着母亲，都想说什么。

母亲立即道："都给我吃饭，不许说话。"

黄智清果真拿碗装饭。

趁他背过身去的时候，母亲对几个孩子低声说："好歹曾经是你们的爸。"

谁知道就在装饭的时候，黄智清发现黄卓的准考证丢在灶台上。

准考证非常显眼。

黄智清将准考证悄悄装进口袋。

然后，坐下来若无其事吃饭。

三个孩子因为厌恶父亲，低着头很快把饭扒完，全都丢下饭碗。

母亲也丢下饭碗，对黄智清说："你捧着饭碗，我们两个出去说话，让孩子们打一个瞌睡。走。"然后指着闹钟对三个孩子说："一点半开考，我闹到一点。你们一点钟起来，洗一把脸就走。"

母亲和黄智清出了车库，远远地来到一处墙角，说："慢慢吃吧，有什么话吃完了再说。"

三个孩子坐在矮凳上，成一排，伏在一张母亲事先准备下的长条凳上瞌睡。

闹钟滴滴答答地走着。

黄智清说："你现在怎么不问我在哪儿混着？又混得怎样？怎么又回来了？"

母亲说："咱们现在可是桥归桥、路归路了。你就是混成了一尊财神菩萨，那也是你的造化，我们也沾不到你的光亮。你就是混成了一个乞丐，我现在也没有能力帮你。”

“何苦哭穷。我知道你现在可是有钱了，那龙大海可是个会画画的画家。会画猫还是会画狗？”

“请你别把话里的刺伤着人家。我只想告诉你，这个家没有因为你在而能富起来，也没有因为你走了就穷下去。”

“这么说，还不是富了。”

“我是说有你没有你都是一样。”

“是的，我是像泥胎木偶，我是没有用的一个摆设。”

“知道这一点，你就应该知道自己给自己争气。”

正说着，车库内闹钟的铃声响了。

三个孩子走出门外。

并对母亲挥一挥手。

母亲说：“妈不陪你们去了，还那句话——冷静、细心，正常发挥。”

三个孩子在母亲的目送下走远了。

黄智清却暗暗地摸了摸自己的那个衣袋。

黄智清：“我想现在我们应该进屋说话。”

母亲：“还有什么事情？有话就在这里赶紧快说。”

黄智清：“你让我应该学会自己给自己争气。但是我没有办法，甚至可以说现在的情况比什么时候都糟糕。”

“现在说这话什么意思？”

“希望你能借一点钱给我。”

“你找孩子也是借钱？”

“他们都不理我。”

“别说我没有钱，就是有钱，也不会给你。亏你好意思开口？你这当爹的为子女尽过多少责任？三个孩子考大学，如果考上了，得要多少学费……”

黄智清也提高了声音：“不要说了，总是学费学费，这些年，哪一年不是学费学费？”

“那怎样？想读书就得要交学费。”

“就不能不读书？”

“不能。还是那句话，孩子们想上学，又能上学，就得一路让他们念书念上去。”

黄智清一脸不屑：“念吧、念吧，念得你苦一辈子。”

“为了孩子们的上学、念书，就是苦一辈子我也心甘情愿。”

“这么说，你是一分钱都不想给我的了？”黄智清拍拍衣袋，“但愿你到时候不要后悔。”

母亲神情一紧：“什么意思？”

黄智清掏出黄卓的准考证：“看清了吧，准考证。”

母亲大惊失色：“谁的准考证？”

“黄卓。”

“黄卓？”

黄智清面对母亲的吃惊与急怒，愧疚的声音有些颤抖：“真的不肯给钱？你还是不肯给钱？阿娟，我知道拿儿子的前途做抵押不对，我知道我是个畜生，但我没有办法，我是……”

话犹未了，母亲劈手夺过准考证，啪的就给他一个耳光。

然后发了疯似地转身就跑。

母亲奔跑的速度惊人，简直就是不顾一切。

管他摊贩林立，什么人流、车流……

有一辆汽车险些撞上，戛地一声刹车。

尖利的刹车声使得满街吃惊。

母亲已经顾不得许多。

她这时候的心里只有自己的儿子。

母亲发疯发狂似地拼命奔跑。

考生们几乎都已经陆续走进考场。

黄卓急得像热锅上蚂蚁。

一位监考老师说：“找找，再仔细找找。”

黄卓几乎摸遍了全身，非常着急地用着恳求的口吻说：“老师，我真是考生，上午还在这里考了。”

监考老师：“没有办法，我们凭准考证说话。”

黄卓:“我、我的准考证掉了。”

监考老师:“那没有办法,这是你的事情。”

已经进入考场的黄鹂、黄杏,都把头伸出门外,急得直喊:

“再想想,再仔细想想。”

“你怎么把准考证弄丢了哩!”

监考老师低声喝止:“不要嚷嚷。”

开考的预备铃响了。

黄卓几乎带着哭腔,再一次哀求:“老师,求求你了,请你放我进去,我真的是这个考点的考生。”

监考老师:“不是我们不肯通融,而是考场纪律铁面无情。”

两扇门缓缓地合上。

黄卓形只影单,孑然孤立在门外的太阳下面。

两行眼泪渐渐流了下来。

“卓、卓……”正在这时,只见母亲高举准考证狂奔过来。

黄卓心头一热,“妈”字想叫还是没有叫出声来。

“快、快进考场。”母亲气喘吁吁地把准考证朝黄卓手里一塞。

黄卓接过准考证竟下意识地丢下这么一句埋怨的话:“急死我了,准考证怎么会在你的手里?”

说完就头也不回地奔进考场。

考场里的黄鹂从缓缓欲关的门缝里发现母亲似乎摇晃了一下。

但母亲很快抓住一棵树,稳住自己。

黄卓也看到母亲摇晃了一下。

门关上了。

浑身大汗淋漓的母亲,胸口又是一阵绞痛,突然瘫软在地上,昏了过去。

考场外的保安人员,立即将母亲扶进一辆汽车。

考场上。

黄家的三个孩子都在埋头疾书。

母亲被送进县医院的急救室。

医生们立即组织抢救。

大街上，那个黄毛女人在斥责着黄智清："真是笨蛋，没有用的东西。"

黄智清："那咱们现在怎么办哩？"

黄毛女人："还能怎么办？难不成在这等着喝西北风饿死？只有再回海南看看。"

黄智清极不情愿地跟着黄毛女人走了。

考试散场了。

黄家的三个孩子走在同学们的前头。

黄杏："哥，真危险，如果妈再迟到几步，你可就进不了考场了。"

黄鹂："明天还有最后一天，准考证贴身放着，再不可忘了。"

黄卓嘟哝了一句："我这准考证怎么会不在身上？"

黄杏瞪了他一眼："难不成妈会把你的准考证藏起来吗？"

黄卓不再言语。

三个孩子推开门走进车库，只见里面一片凌乱。

黄杏："妈到哪里去了？"

黄鹂："咱们烧饭，不，你们俩在家做饭，我去找妈。"

黄鹂走出门外，脑子里出现了母亲在考场门口摇晃了一下，又急忙抓住一棵树干的情景。

她想到了什么，立即撒腿就跑。

县医院急救室。

母亲脸上罩着氧气，身上吊着大针。

护士紧张地观察着。

这护士忽然觉得不对，急忙奔出病房去叫医生。

医生赶到，立即组织再一次抢救。

抢救似乎无效。

几个医生都将目光瞥向那个胡医生。

胡医生:“心脏过于衰弱,并发症又一齐发作,病情非常危险,但有一分希望就要尽一分努力。”

黄鹂奔进了医院,一个病房一个病房地寻找。

黄鹂在急救室发现了母亲,不顾一切地就冲了进去:“妈、妈……”

护士急忙将她挡住。

黄鹂拨开护士,扑到母亲跟前,撕心裂肺地哭喊着:“妈、妈,你这是怎么啦?妈,你醒醒……”

“请你暂时出去,病人需要安静。”护士将黄鹂推出门外。

一医生也跟了出来。

黄鹂流着眼泪:“医生,我妈怎么啦?我妈得的是什么病?”

医生说:“心脏负担过重,心跳骤停。还有一些旧病复发,肾和胆囊的长期炎症未及时治疗,又影响到肝脏,已经出现腹水……”

黄鹂急得紧紧地抓住医生的胳膊:“医生,要不要紧?我妈的病还能好吗?”

“情况不但不容乐观,而且可以说非常危险。”

黄鹂流着眼泪:“医生,求你们千万要把我妈的病治好。我妈太辛苦了,我妈没有过过一天的好日子。医生,求你了。医生,我这就给你下跪。”

医生急忙扶住黄鹂:“何必这样,尽力而为是我们的责任。”

这时护士对黄鹂招呼:“你妈醒了,让你过去。”

黄鹂奔进急救室:“妈,怎么啦?哪里难受?”

母亲:“鹂鹂,你们明天还要考试,明天是最后一天。”

黄鹂:“妈,你有没有觉得好些?”

母亲抓着黄鹂的手:“鹂鹂,你听不听妈的话?”

黄鹂含着泪眼:“听。”

母亲:“你想不想做孝顺女儿?”

黄鹂:“想。”

母亲:“那就答应妈三件事情。在考试结束之前,不许、不许告诉你弟还有你妹说妈病了。能不能答应？”

黄鹂点点头。

母亲：“第二件事，你们三个只有你看到妈病了，其实妈没有什么。你不能想着这事，千万不能，免得影响考试。听到了吗？”

黄鹂不语。

母亲摘下她胸前的笔，在一张处方笺上连续写下“坚强、坚强、坚强”六个字：“鹂鹂，拿上。你要是真的听妈的话，就把这纸头拿上，心里一乱，就拿出来看看。”

黄鹂点点头，折起纸条。

“第三件事，你现在就走，走，现在就走。”母亲的神情非常坚毅，也疲累得一头虚汗。

黄鹂不敢惹母亲生气，替母亲揩掉汗水说：“妈，我现在就走，你也要安心治病，我们三个一定会考得很好。我们考完了就来看你。”

母亲轻轻地点了点头。

黄鹂恋恋不舍地走了。

母亲看着女儿走出病房。

黄鹂的影子渐渐模糊、模糊……

母亲又昏了过去。

黄卓和黄杏已将饭菜摆出来了，但都一脸焦急。

黄鹂回到这里，先在门外抹干泪痕，整整衣衫，对一棵树笑了一下，这才走进车库。

黄杏急问：“有没有找到妈？”

黄鹂故作轻松：“找到了。”

黄杏：“是不是在咱们学校，在给咱们收拾宿舍、床铺？”

黄鹂：“是的？”

黄卓：“怎么不跟你一起回来吃饭？”

黄鹂：“妈叫咱们好好考试，妈回家去了。”

黄杏：“妈回家去了？这不可能。”

黄鹂：“大概家里有什么事情。”

黄杏:“一定是医院里那个姓刘的主任又在捣蛋,又要说妈无故旷工了。”

黄鹂:“恐怕是这个原因。”

三个孩子埋头吃饭。

过了一会,黄鹂说:“今晚上咱们早一点睡觉,什么书也别看了,什么事也别想。养精蓄锐,明天是这次高考的最后一场,准备最后的冲刺。”

说完,就是沉默。

车库里的灯光黯淡。

突然没有了母亲,一切都似乎显得空洞起来。

而且三个孩子时不时地你望我、我望你,好像都感到有一种什么不祥。

大姐黄鹂忙碌着洗碗收拾。

一边强笑着说:“睡吧,今晚早睡,睡一个好觉,明天、明天……”

说到这,赶紧背过脸去。

黄杏发现异常:“姐,你怎么啦?”

黄鹂偷偷抹掉眼泪:“没事。”

又是一笑,笑得非常牵强。

黄杏看出了破绽:“姐,你哭了?”

黄鹂赶紧掩饰:“姐是迷了眼睛了。”

“不对,姐好像有什么事瞒着我们。姐,你是不是哪地方没有考好?”黄杏追问。

黄卓也一脸狐疑地看着大姐的眼睛。

黄鹂关了电灯:“早些睡吧,姐把灯关了,看你们睡还是不睡。”

黄杏在黑暗中推了一把黄卓,小声说:“咱妈不在,咱姐好像咱妈了。”

三个孩子这才上床睡下。

……

夜静静的。

外面不时传来一阵阵水塘里的蛙叫。

还有闹钟滴答滴答声很响。

黄鹂睡着了,两腮竟还蜿蜒流下眼泪——

医院急救室里。

母亲的脸上罩着氧气罩。

一个护士过来,将母亲垂挂下来的手臂拾起,突然转身就走。

护士奔进医生办公室:"医生,三号病人没有气了。死了。"

医生和护士奔进病房。

母亲真的没有气了。

医生过了一会,才对护士说:"送停尸房吧。"

推尸车进来。

母亲躺在推尸车上,被推了出去……

"不、不、不要、不要……"熟睡中的大姐挣扎着呼叫,却又叫不出声音。

"妈——"大姐黄鹂终于惊叫出声,从睡梦中醒来。

黄鹂呼地坐起:"妈、妈、妈……"

黄卓和黄杏也惊得坐了起来。

黄杏:"姐,怎么啦?"

黄卓拉亮电灯。

只见黄鹂一头大汗,一脸泪水。

"姐,到底怎么啦?"黄杏过来替黄鹂擦汗。

黄鹂:"没有事,姐做梦了,做了一个噩梦。"

"不,"黄卓似乎猜到什么,"姐一定有事在瞒着我们。"

黄杏:"姐,你是不是有什么事瞒着我们? 姐,到底出了什么事情?"

黄卓眼前也出现了母亲身子摇晃了一下的情景,说:"是不是妈病了?"

黄鹂抹了一把眼泪。

黄卓:"一定是妈病了。"

黄鹂:"没有。"

"不,"黄卓非常肯定,"一定是妈病了。我在考场上看到站在门口的妈摇晃了一下。"

黄杏更急:"姐,妈真的病了? 妈现在在哪?"

黄鹂:"听姐的话,都给我好好睡觉。"

黄杏:“不,姐,你说实话,你告诉我们,妈是不是病了?妈现在在哪?”

黄卓:“姐,妈一定是病了,妈是不是为了我的准考证急出的病?是不是为了我的准考证大喊出来的病?狂奔出来的病?一定是,一定是的。”

黄鹂流出了眼泪。

黄杏:“姐,妈一定是病了,妈病得重吗?妈现在在哪?我要去看妈!”

黄鹂赶紧拦住:“不行,这深更半夜,去哪?”

黄卓:“我们去医院。”

黄杏:“医院在哪我认识。”

黄鹂:“你们不能去,妈说了,谁都不许去看她。妈说了,咱们现在最大的事情就是明天把考试考好。”

黄杏:“姐,妈究竟得的什么病?”

黄卓:“重不重?重吗?”

黄鹂:“重。妈得的心脏病,确实是因为弟准考证的事,这么一急一奔跑,心脏病发作。”

黄杏听到这里,二话没说,转身就去开门。

黄鹂一把将黄杏抱住:“妹,不能去。妈不许我告诉你们……”

黄杏拼命挣扎着,几乎吼了起来:“妈的心脏病发作我能不去看妈?我能不去……”

头顶上发出嘭嘭的响声。

这显然是上面住家发出的警告。

黄鹂尽量压低声音:“弟,妹,你们都听姐说。妈因为准考证的事病了,是病得不轻,现在就在医院的急救室里抢救。作为儿女,不要说现在是深更半夜,就是天上下刀子,咱们也应该到医院去看妈。但现在的问题是明天还要考试,明天是咱们这一次或许这一生高考的最后一关。我想妈除了昏迷的时候,眼睛一睁开,首先想到的肯定就是咱们的这一次考试考得好还是不好。咱们现在如果去看妈,妈首先想到的肯定是咱们这一晚上没有睡觉,肯定会担心我们明天考试会考得不好,会内疚是因为自己的病病得不是时候,会责怪自己因为病而耽误了孩子。你们说妈如果再病中加急,这一急会急出什么样的后果?”

黄杏和黄卓互望了一眼。

黄鹂流着眼泪:“弟,妹,姐也想现在就去看妈,姐跟你们一样着急,姐刚才做那噩梦,现在心里还扑通扑通地直跳。姐恨不得现在就门一开,奔去,奔到妈的身边去,但姐不能这么做,也不能让你们这么做。”

“姐,我想妈,我害怕。”黄杏也泪流满面。

黄卓则低着头,使劲地揪着自己的头发。

“你们看,这是妈写给我的。”黄鹂拿出那张纸头。

那张处方笺上写着“坚强、坚强、坚强”六个大字。

大姐将纸头撕成三份,每一份上都有一个坚强。

然后交给黄卓和黄杏各一张:“都拿着,妈叫咱们坚强,咱们就该坚强。现在睡觉,好好地睡上一觉。”

黄卓和黄杏不动。

黄鹂:“咱们明天一考完试就去医院看妈。你们说,咱们明天拿什么看望妈哩?”

卓和杏互望了一眼。

黄鹂:“妈平时最喜欢什么?”

卓和杏几乎是异口同声:“咱们的成绩。”

黄鹂:“对,咱们现在虽然是一无所有,但咱们明天可以拿最好的成绩去医院看妈。现在,睡觉。”

大姐说完就啪的一声把灯关了。

三个孩子躺在床上,翻来覆去。

其实谁也没有睡着。

天亮了。

闹钟突然响了。

三个孩子赶紧起来。

三双手又紧紧地抓在一起。慢慢闭上眼睛。又猛地举了起来。

三个孩子全都流出了泪水。

黄鹂用手替黄卓和黄杏把眼泪抹了。

黄杏也替大姐把泪水抹了。

三个孩子最后一场高考的仪式,一旁缺少了母亲,却多了一重悲壮。

第十六章

黄家三个孩子再一次走进了考场。

嘉妮走进了考场。

刘品仁也走进了考场。

最后一场考试,一切正常。

但就在最后一刻钟,也就是整个高考快要结束的时候,黄卓出了一点事情。

离全场结束大概还有半个小时的样子,黄卓显得非常烦躁,简直是坐立不安。

这很快就引起了监考老师的警惕。

黄卓终于掀起试卷,看了一眼压在试卷下面的纸条。

监考老师注意到了黄卓的动作。

黄卓做一会儿题,就掀起试卷,悄悄看一眼试卷下压着的纸条。

监考老师终于悄悄地来到了黄卓的背后。

当黄卓再次准备掀起试卷的时候,那监考老师沉声说道:"这位同学,请你立即离开考场。"

考场上其他同学都望着黄卓。

黄鹂和黄杏更是非常惊讶。

嘉妮的目光是不能理解。

刘品仁却是一脸的得意。

监考老师又重复了一句:"这位同学,请你立即离开考场。"

黄卓没有作更多的解释,默默地收拾起文具,低头走出了考场。

黄卓一出了考场，立即大步直奔医院。

那位监考老师收起黄卓的试卷，当他拿起那张所谓作弊的纸条的时候惊呆了——

那纸条上只有两个字：坚强。

监考老师飞快地走出考场，想叫回那个被他认为是作弊的考生。

但门外已经没有了黄卓的影子。

医生又一次在紧张地抢救。

母亲终于又一次从死神的手里挣脱出来。

主治医生抹了抹头上的汗水。

母亲："医生，我孩子在哪？"

医生："我们没有见到你孩子啊？"

母亲声音非常虚弱："我刚才好像、好像听到我孩子的声音。"

一护士小声说："你刚才昏过去了。"

母亲摇摇头："医生，我这病还能不能治好？"

"这需要你的配合，那就是好好地休息。"

"医生，我会死吗？"

"请你不要想着这个问题，人需要乐观。"

"医生，我不是怕死。我是不能现在就死。我有四个孩子，四个孩子都没有成人，都还不能自立。医生，乡下有句老话——母亲是木桶的箍啊，箍一断，木桶就全都散了。医生，为了我的那些孩子，我真不能现在就死。"

医生："这你放心，我们会尽我们全部的力量。还是那句话，人需要乐观。"

母亲还欲再说什么，头一歪，又昏了过去。

黄卓直奔医院，半路上想起了什么，返身又直奔考场。

黄鹂和黄杏交了试卷走出考场，远远见黄卓奔了过来。

姐妹急忙迎上去。

黄鹂:“弟,你怎么回事?”

黄杏:“哥,你真的作弊了吗? 我不相信你会作弊。”

黄卓不加置辩,只是说:“快,赶快,我们一块现在就去医院。”

黄鹂急道:“走!”

三人撒腿就跑。

三个孩子冲到急救室。

护士急忙挡住,并关上了房门。

三个孩子非常着急地贴着门上的玻璃看着抢救中的母亲。

母亲又一次醒来,当她看到门外三个孩子的时候,急忙坐起。

医生示意护士:“让他们三个进来。”

黄鹂和黄杏一进来就紧抓住母亲的手:

“妈,怎么啦?”

“妈,什么病?”

母亲说:“没有什么,就胸闷,气急,头晕,现在好多了。鹂鹂,考试考完了? 考得怎样?”

黄杏瞥了黄卓一眼。

黄鹂则瞪了黄杏一眼,忙说:“妈,我们都考得很好。”

母亲不信:“你们好像有什么在瞒着妈?”

黄鹂:“妈,真的,我们三个都考得非常顺利。”

母亲的目光移到黄杏脸上。

黄杏:“顺利,真的顺利。”

母亲的目光移到黄卓脸上。

黄卓也点点头。

母亲:“你们都考得好,妈这心里,比刚才就好过多了。”

黄卓低下头一脸歉疚:“我知道你犯病是因为我的原因,如果我不把准考证忘在家里,你就不会这么着急,就不会急火攻心。”

母亲:“卓儿也那么懂事,妈真是高兴。妈不怪你,要怪就怪妈身体不好。妈这病生的也真不是时候,这一病还不知道得花多少钱……如果你们今后大学考上了,妈这病啊,花的就是你们今后的学费……"

黄鹂:"妈,你现在别想钱的事情,就是把病治好,无论需要多少钱,我们几个兄弟姐妹都能解决。"

黄杏:"反正我已经高中毕业,高考也考了,下面就可以挣钱。"

黄卓:"即使考上大学,现在已经暑假,有的是时间,我们可以去打工。"

正说着,一声叫"妈",黄琳奔了进来。

后面还跟着外婆,以及龙大海。

惊喜的母亲非常开心:"琳琳,放暑假了? 你怎么知道妈病在这里?"

黄琳:"你把你病了的事托人打电话给龙大叔。龙大叔把这事告诉外婆和奶奶,我正好放暑假刚刚到家。"

母亲抚摸着琳琳的头发:"咱们琳琳越发出落成大姑娘的样子了。"

黄琳饱含着眼泪:"妈,什么病? 碍不碍事? 有没有好点?"

这时医生进来:"请你们全都出去,让病人好好休息。"

龙大海:"你们都出去吧,我一个人在这陪你们妈一会。"

母亲仍抓着黄琳的手:"琳琳,妈还以为你这个暑假不回来了,你不是信里跟妈说要在学校打工?"

黄琳抹了一下眼泪:"我想妈了。"

母亲也替她拭去腮旁的泪痕:"你就是不回来,妈也写信叫你回来。妈也想你了。"

医生在一旁有一些不耐烦了:"叫你们出去就赶紧出去,病人需要休息。"

四个孩子这才退出。只留下龙大海一人。

门关上了。

被赶出门外的四个孩子以及外婆,隔着门上的玻璃向内张望。

只见龙大海从包里端出焐在罐子里的鱼汤,将鱼汤一勺勺喂进母亲的嘴里。

母亲:"大海哥,谢谢你了。"

龙大海:"你要谢我,你就见外。"

母亲："好吧，我不谢你。"

龙大海："其实，我能服侍你也是我的福气。"

母亲："看你说的，我一个病人。"

龙大海："病还可以治好。"

母亲叹道："破船偏遭迎头风，旧债还没有还上，孩子们今后还要读书，现在我又病了。这一病又是抢救，又是住院，还不知要多少费用！"

龙大海："心里别总是堵着这事。为了把病治好，该花多少钱，还得要花。"

母亲："我想再好一点，我就出院。"

龙大海："何必这么急，既然有病，就得把病治彻底了。"

母亲："其实我现在就是想出院恐怕也出不了。住院费缴不齐，人家能让我出院？"

"只要你现在病好了，现在咋出不了院哩？住院费我有。"龙大海说着就掏出一叠钱来，"这总该够了。"

母亲："你哪来那么多钱？"

龙大海："听说你生病住院，我知道肯定又得要一大笔钱。我心里一急，就把房子卖了。"

母亲吃惊不小："房子怎么能卖？"

龙大海："看你急的，上次不是跟你说，我想租你一间房子。当时我就想啊，你那房子，虽大，却在乡下，值不了几个钱，我那房子虽小些，却在街上，好卖。再说，我还留了边上一间老屋。"

母亲望着龙大海，半晌不语。

龙大海也望着母亲，半晌不语。

过了一会，母亲轻声说："你那一间老屋太小，又是危房。实在不行，就搬到我那里去住。"

龙大海听到这话，一脸欣喜地望着母亲，认真地点了点头。

四个孩子和外婆仍守在门外。

外婆忽然叹道："你妈这人，一辈子要强，总盼着子女一个个能有出息，就是没有想到爱惜自已的身子。"

黄琳忽然想起了什么，转身就走。

黄鹂则对黄卓和黄杏说：“你们和外婆陪在这里，我出去有点事情。”

黄杏：“去哪？什么事情？”

黄鹂没有答话，转身就走。

黄卓想了想也道：“妹，你和外婆陪在这里，我也出去有点事情。”

说着就走。

黄杏急了：“你们都要去哪？什么事情这么不可告人？”

稍停片刻，黄杏也道：“外婆，你一个人在这坐一会儿，我也出去有一点事情。”

外婆有些不悦：“走吧，统统走吧。”

黄杏撒娇地扮一个鬼脸，也转身离去。

黄琳在医生办公室迅速地翻捡着，终于找到了母亲的病历和化验报告等等，立即细看起来。

一个医生进来：“出去出去，谁叫你擅自进来乱翻？”

黄琳：“我想知道我妈得的究竟是什么病？”

医生：“有这个必要？”

“怎么没有必要？我是36床病人的女儿。”

“我是说有必要你自已看吗？你能看得懂吗？”

黄琳鼻子一耸：“那就向你请教，我妈究竟得的是什么病？”

医生显得极不耐烦：“病多了，心脏、肾脏、血压……”

黄琳倒没有过多计较这位医生的态度，又问：“医生，要不要紧？严不严重？有没有危险？”

医生斜了这小丫头一眼：“什么叫要不要紧？严不严重？有没有危险那要看她的造化。”

黄琳略显愠怒：“什么叫‘那要看她的造化？’你是说应该听天由命？”

医生一边自顾洗手，一边淡淡地说：“有这么点意思。”

“不。”黄琳猛地提高了声音。

那医生不觉一愣。

黄琳显然被激怒了：“什么叫听天由命？病人来到医院，就是把病交给了医院，把命交给了医生，病人之所以来到这个地方是因为指望，而指望的只是医学，而不是指望听天由命。如果是听天由命那就该躺在家里。”

那医生显然也恼怒起来，眼睛瞪大了。

黄琳没有等他发作，却立即就毕恭毕敬地鞠了一躬：“对不起，我言重了。”

那医生这才没有发作，只是把病历往桌上一扔：“你看看病人家属，哪一个这么跟医生说话？没有教养。”

黄琳眉头一竖，但还是低下声音：“对不起，我也是为我妈的病一时心急。对不起，我妈拜托给你们了。”

说到这，眼泪有点溢了出来，赶紧转身就走。

黄琳回到母亲的病房。

母亲正将一把药丢进嘴里咽下，见黄琳脸色有一点不对：“怎么啦？刚才是你在跟医生吵架？”

黄琳哼了一声：“只吵了几句，要不是妈的病指望在他们手里，我早大吵下去了。”

母亲说：“看你这孩子，人家医生一个个都是有文化有学问的人。”

“咱们老师说了，医生是一个崇高的职业。但只有医德加医术才能等于崇高。你看他那态度……”

说到这，黄琳想起了什么，连忙将茶送到母亲嘴边：“妈，你刚才吃药了，得多喝些水。”

母亲：“已经下去了。”

黄琳：“下去还要喝水。要不，胶囊类药物在食道内滞留，容易引起食道溃疡。”

龙大海痴痴地看着黄琳：“孩子书没有白念。”

母亲笑了：“就多了一个讲究。”

这时候一护士进来给母亲挂针。

黄琳瞥了一眼药瓶，眼睛立时就长了精神：“这药？”

护士：“这药怎么啦？”

黄琳：“能不能把药瓶让我看看？”

"药瓶有什么好看？你看得懂吗?"

"这药是不是已经过期?"

"没有过期,过期的药我们怎么会用?"

"不过期这瓶里怎么会有絮状物沉浮？而且这橡质软盖附近有结晶物析出,不是过期就是变质。"

护士语带讽刺:"你倒很懂,看来我们这一行应该让给你了。"

黄琳语气温和:"请你给我看看。作为病人或病人的家属,我想我都有这个权利。"

"看吧,看你能看出什么。"护士极不情愿将挂针的药瓶塞到黄琳的手里。

黄琳仔细一看,脸色非常严肃,一字一顿:"这药不能使用。"

护士:"过期个三五天有什么要紧,别人不都在使用?"

黄琳:"不仅仅是一个过期三五天的问题,这药对我妈并不适用,而且有害。"

母亲、龙大海、外婆脸上露出了惊讶。

护士则有些不屑:"这事你跟医生说去,我们只是按方打针。"说着就在母亲的胳膊上用酒精棉球麻利地抹了几抹。

黄琳提高了声音:"请你再仔细看看,这药真的对我妈的病不但不适用而且有害。"

那护士仍是固执地取出了静脉穿刺的针头。

黄琳急了:"你……"

母亲忙道:"琳琳,咱们听医生护士的。"

外婆也说:"也是,他医生护士,用药还能用错?"

有许多病人听到争吵,涌在门口也七嘴八舌地议论:

"看这孩子。"

"好像她比医生还行。"

"她既然有这本事,何必还让她妈来这看病?"

黄琳急得一跺脚,将就要给母亲注射的那护士猛地拽开:"请你等一会,我现在就去找你们医生……"

正说到这儿,巧的是院领导与几个医生查房正来到门口。

围在门口的看热闹的病人赶紧闪开。

院领导带着医生进来。

黄琳说："医生，我刚才看过我妈的病历，这药对于我妈的病情极不合适，甚至有害。而且这瓶注射液已经过期，有失效变质的可能。"

刚才在办公室里与黄琳"遭遇"过的那位医生一脸不以为然："你说这药已经过期失效，或者已经变质，那是药房与护理部的事情，这我不管。至于你说这药对病情并不合适，甚至有害，那我倒要请教了，因为药是我开的。"

这时所有的目光几乎都注视着黄琳。

外婆怕事，便说："她是孩子，你们别太当真。"

"不。"母亲往上坐了坐，"我相信医生，但我也相信我的女儿。琳琳，你想说什么就大胆地说。"

黄琳充满感激地望了母亲一眼，这才平静地说道："医生，我作为一个女儿，感谢你们对我妈的全力救治。但是同样作为一个女儿，我也不能不对我母亲的治疗过程给予充分的关注。所以即使说错了，还请你们能够原谅。医生，我妈的病情比较复杂，按照检查结果，病有六种之多，其中尤以心脏和血压最为危急。因为病多，这病与病之间相互诱发，互相作用，综合因素非常明显。所以用药就既要考虑主次，也要考虑平衡，不能顾此失彼，更不能割肉补疮。"

病房里静悄悄地，包括门外围观的众人也全都竖起耳朵。

龙大海的注意力尤为集中。

除了那位当班的医生神情显出不屑之外，其他参加查房的院领导的医护人员们无不全神贯注。

只见黄琳从护士手中拿起那瓶药说："这瓶普萘洛尔，是一种对心脏的β受体无选择性的短效阻滞剂，用于治疗快速室上性心律失常和窦性心动过速。但是……"

她从主治医生手里接过病历夹："但是这里写着——王娟，兼患支气管哮喘与心肌炎，并有心力衰弱与低血糖等症，而且甲状腺功能亢进等等。而这种普萘洛尔虽然对抗心律失常有效，却会诱发支气管哮喘，会诱发心力衰竭，而且会掩盖低血糖症或甲状腺功能亢进症的症状，特别是如果突然停药，会使冠心病人心绞痛加重，甚至会产生心肌梗死的严重后果。"

门外围观的病人有的吐了吐舌头。

查房的院领导等人更是面色凝重。

那位主治医生仍是一脸不屑："依你看来，那应该用什么药为好?"

黄琳脱口而出："乙胺碘呋酮。乙胺碘呋酮虽然不宜列为首选的抗心律失常药物，虽然一般只能作为第二线抗心律失常药物备选，但是它不仅特别适用于有威胁生命危险的心律失常的治疗，而且特别适用于我妈的这种病情，它既能抗心律失常，又不会有普萘洛尔所带来的那种副作用。以避免对我妈另外病症的加重。当然，在用药过程中也需要定期进行心电图及甲状腺功能检查，以及加强肺部观察。"

那位主治医生显然仍不服气："说够了没有？你是不是还要想说我这医生应该让你来做了?"

医院领导绷着脸色，冷冷地丢下一句："人家有什么话，你先让人家说完。"

黄琳头发一掠，红扑扑的脸上没有一点怯意，清澈的大眼睛非常精神地注视着那位医生："不，我绝不会夺你饭碗，更没有砸你饭碗的意思。"

说到这突然昂起了脑袋："我是为了我妈，为了我妈的病能够尽快治好。在我的心里，我妈的身体比你的脸面更为要紧。为了我妈的命，我不能不尽我所能，不能不格外地谨慎。"

母亲的眼圈红了。

外婆给母亲递了一块毛巾。

龙大海也掉下了眼泪。

黄琳继续说道："如果现在这个病人不是我妈而是你妈，你会不会这样用药？如果是你妈你就不会这样用药，那就是你的医德问题……"

那位主治医生猛地提高了声音："就是我妈我也是这样用药。"

黄琳非常平静："如果是你妈，你也仍然会这样用药，那就是业务水平问题。无论是医德问题还是医术问题，我想我都有责任知无不言。"

那位主治医师格外火了："看你人不大，话倒老，你别二斤鸭子三斤嘴。你这是把假设当前提，你懂什么?"

黄琳："谁是谁非，当然自有公论。"

"你既然还没有说够，"那位主治医生指着药瓶，"那就有请你继续鸡蛋里再挑骨头。”

黄琳毫不示弱：“当然还有问题。你这处方里还开了降压药物氯压定。我认为就我妈的病情，用氯压定不如用甲基多巴。因为我妈有肾功能不全的并发症。氯压定主要通过阻滞中枢神经系统的α肾上腺素能受体而起降压作用。而甲基多巴主要通过降低交感神经活性而起降压作用，其降压过程不减少肾血流量或肾小球的滤过率，也不影响肾功能，所以特别适用于治疗肾功能不全的高血压患者。而氯压定有抑制胃肠道分泌的作用，对于有溃疡病的高血压患者倒是首选之药。但我妈是肾功能不全的高血压患者，想必你是忽视了这一个因素……”

没想到那位主治医生竟当着那么多人的面，脱下白大褂，团起来猛地朝地上一摔：“我从来没有看到过像你这么挑剔的病人家属，这医生你来当好了。”

说完转身就走。

“你给我回来。”那位一直没有说话的院领导突然一声断喝。

那位自负的主治医生硬生生定住脚步。

这位院领导面色凝重，将母亲的病历夹翻检了一会，对护士说：“把这药撤了。”

护士顺从地从黄琳手中取过吊瓶。

院领导又对一位老年医生说：“刘主任，这位病人从现在起就请你担任主治医生，由你亲自治疗。”

那位老年医生也顺从地从院领导手里接过母亲的病历卡。

院领导这时转过身来，对母亲深深地鞠了一躬。

外婆慌张起来：“你看看，你看看，哪有大医生给病人鞠躬的道理。”

母亲不知为什么竟流下了眼泪。

只听院领导一脸诚恳对母亲说道：“我代表我们这第一人民医院向你表示深深的歉意，并感谢你女儿对我们医院医务工作的失误提出了及时的批评与纠正。否则，一场医疗事故或许已经发生。”

在场的人无不面色凝重。

这位院领导转对黄琳：“你使你母亲避过了一难，也使我们医院避免了一场难堪，我除了向你再一次表示感谢之外，还郑重地向你承诺。第一，关于过期变质药物继续使用问题，我们将责成医药与护理两个部门进行联合调查，将责任人作为事故在全院进行通报。第二，用药确实不当，我们这就组织心血管方面的专家立即重新拟定治疗方案，并邀请你参加。第三，你母亲的医药费用，我们将会酌情减免。”

黄琳一脸认真：“谢谢领导。”

院领导：“你的医学知识令人佩服。”

黄琳这才略显羞涩：“班门弄斧。正所谓初生牛犊不怕虎，我现在还只是医大的一个学生。”

院领导：“咱们现在能不能订一个口头协议？你毕业后愿不愿意到这个医院工作？”

母亲忙道：“琳琳，快跟领导说愿意。”

黄琳却道：“以后的事情只能等到以后再说。”

这位院领导向黄琳伸出手来。

门外围观的众病友全都鼓起掌来。

查房的医生们走了。

黄琳给母亲抹掉泪痕：“妈，你怎么哭啦？”

母亲抚摸着黄琳：“琳琳，妈以前常对你们说，这知识啊，也是命。这话，妈啊，没有白说。”

外婆也道：“孩子，你妈掉泪，是看到你们有用了，兴许是这一高兴，眼泪就流出来了。”

龙大海不知说什么是好地立在一边。

这时候小姨王香也赶到了这里。她挤了进来，紧紧地抓住母亲的手：“姐。”

母亲一愣：“你怎么也来了？快，请坐。”

小姨一边从包里拿出各式水果等物，一边说：“我还是听人家说的，说你病了，把我吓了一跳。你可不能倒下，你如果一倒，一群孩子咋办。”

母亲强打起精神：“没有什么，你看我这不是好好的吗？”

王香：“姐，我知道你倒不下来，你心里有一群孩子牵着挂着，说什么也倒不下来。”

母亲：“说的也是，还是那句老话。——做妈的就是木桶上的箍啊，这铁箍一断，那桶板可就全都散了。”

“姐，我还有一句话不知当不当说？”小姨说到这儿，温情脉脉地望了黄琳一眼。

母亲：“说吧，没有什么当不当说的。”

小姨：“刚才琳琳跟医生说的那些话我在门口都听到了。你这一群孩子，现在连这最小的一个都长了这么大学问。春种秋收，你汗水啊，没有白浇……你辛苦是辛苦，但想想这，也算有福。”

母亲充满爱意和感激的心情，紧紧抓着黄琳的手说：“这人啊，就是这样。当他们小的时候，我搀着他们穿过马路，他们在左右前后地揪着我拽着我。到后来大了，过马路我再想搀着他们，他们却把我的手使劲摔开。我当时心里想啊，难道一个个大了，就不要妈了？再到后来，他们真的大了。再过马路的时候，他们又都争着来搀着我扶着我。我心里在想：你们真的大了，妈也快要老了。以前是妈扶着你们，现在是你们扶着妈了……”

黄琳：“妈，我们现在扶住你，将来扶住你，以后啊，永远地扶着妈，我和哥哥姐姐几个，不但让妈永远不倒，也永远不老。”

母亲笑了：“你们的孝心啊，妈都领了，妈高兴。”说到这忽然想起了什么，“琳琳，你哥和姐他们都到哪里去了？”

大街上。

黄鹂、黄卓、黄杏三个孩子在大街上站成一排。

面前插着一块木板。上面写着：“为了你们孩子的将来，我们诚恳地等待着被你聘为你孩子的家教老师。”

行人虽然总是好奇地打量着他们，却没有人停下。

刘品仁从远处走了过来，吹着口哨。

走近了，这家伙还故意将口哨吹得更响。

黄家三个孩子互望一眼，不约而同地挺起了胸脯。

过了一会，黄鹂被人聘走。

自荐家教的黄家三个孩子，现在只剩下两个。

黄杏忽然想起什么：“哥，我想问你一件事情。”

黄卓："什么事情？"

黄杏："你必须回答。"

黄卓："那要看你提的是什么问题。"

黄杏："这么几年过去了，我从来还没有听你叫过一声妈哩，你什么时候能当着我们面叫一声妈哩？"

黄卓垂下头。

"说啊，你怎么不说？"

"我不知道。"

"妈对你不好？"

"好。"

"好，为什么不叫？"

黄卓不语。

"你说啊，你说好又为什么不叫？"

黄卓突然抬起头冲着黄杏一吼："不要说了，不要说了好不好！"

医院里，龙大海到收费处给母亲结算费用。

母亲在外婆和黄琳及小姨的陪护下，被转进病房疗养。

母亲极不情愿："我一个乡下人，哪能住这么讲究的病房。"

黄琳说："妈，医院既然这么安排，咱们干脆，恭敬不如从命。"

小姨也道："这说明你的危险期已经过去，接下来就是安心地疗养。"

母亲仍是一脸的不安："我哪能就这么娇贵！"

龙大海抱着几个水果罐头进来："急诊的账都付了。"

母亲说："我想明后天就可以出院。"

"别急。治病就得根治，不能留下后患。"龙大海把罐头塞到母亲和外婆手里，"这里有大妈陪你，我出去转转，三轮车就在门口。"

说着就走。

走到门外，又回头望了黄琳一眼。

黄琳待龙大海走远之后，这才道："妈，这画家大海叔的眼神，我怎么总觉得有些怪怪的呢？"

母亲一时没有答话。

黄琳又道："妈，这人为什么对咱们家这么好哩？那一定是非常喜欢妈了。"

母亲仍没有答话，只是目光显得幽远起来。

在县城的街道上，龙大海蹬上三轮车开始沿街揽客。

街口。

自荐家教的牌子还竖在这里。

二姐妹都被应聘走了，牌子后面还只剩下黄卓一个。

龙大海揽客的三轮车蹬了过来。

黄卓看到了远处的龙大海，便收起木板离去。

街口处竖起一个广告牌。

几个广告人员正在研究着如何画画。

龙大海悠了过来，一看："就画这个，我可以试试。"

说着就爬上了脚手架。拿起一个刷子，刷、刷、刷……一个非常漂亮的图案就出现了。然后写下广告语——什么叫长大了？

几个广告人员立即鼓掌。

黄卓走进大排档："老板，你这里要不要打杂的小工？洗碗、洗盘，端一个菜什么的，我会。"

老板问："工钱？"

黄卓："随你。一个钟点多少钱随你。因为我妈生病住院了，要钱。"

老板说："小伙子，就在这干吧。"

这时候，嘉妮和一帮小姐妹嘻嘻哈哈走来。

嘉妮看到了正在大排档里打杂的黄卓，叫了一声："黄卓。"

黄卓似乎没有听到。

嘉妮："黄卓，你怎么在这大排档给人家洗碗、端盘？"

黄卓不予作答。

"是不是没钱？没钱我可以给你。"嘉妮说着就去拉她的坤包。

黄卓："我现在已经知道了，有着汗水的钱才是真钱。小姐，是不是吃饭？"

嘉妮对几个小姐妹说："行，咱们就在这里吃饭。"

黄卓大大方方地递上菜单。

母亲的病似乎好一些了。

外婆和小姨陪在旁边。

天快黑的时候，龙大海和几个孩子先后回到病房。

龙大海摸出两张大钱放在床上："今天可算英雄有了用武之地，给人家画了几笔广告牌，一出手就是200。"

姐妹俩也都喜滋滋地手里抓住钱——

黄杏："妈，你看。钱。"

黄鹂："这是我们给人家孩子做家教挣的。一个小时四元。"

黄杏："咱们俩，统一定价。"

黄卓最后进来，手里捏着钱。

母亲望着黄卓手里捏着的几元钱："你也给人家做家教了？"

黄卓："我是给大排档端盘子、洗碗。"

四个人的钱都放到了母亲的床上。

黄琳则将刚刚折好的一百只千纸鹤串成一串拎了起来："妈，我明天跟哥哥、姐姐一块出去做家教给妈挣钱，今天先送一百只千纸鹤给妈祈福。"

说着就将这串千纸鹤像项链一样挂在母亲的脖子上。

母亲嗔道："看你这丫头，想把妈弄成什么样子。"

龙大海赶紧上前，取下母亲脖子上的千纸鹤挂到墙上。

邻床的一个女病友叹道："这位大嫂真是福气。这些孩子都这么孝顺，这么懂事。丈夫也这么会得疼人。"

母亲看了一眼龙大海。

龙大海臊得低下头。

黄杏和黄琳在一旁掩嘴窃笑。

母亲也笑着说："要说福气，还有我妈还健在着，这也是我的一大福气。

我是有妈的孩子，无论遇到什么事，心里好像都还有依靠。”

外婆：“所以，你得听妈的话，既是为你，也是为你的孩子们想想，暂时还不能出院，就别急着出院。”

母亲：“这心脏的病，犯起来吓人，好了也就好了。”

龙大海：“不是说还有其他什么并发症吗？”

母亲：“带一点药，回家吃着也是一样。我想跟医生说说，明天就要求出院。”

黄琳立即道：“这可不行。危险期虽然已经过去，按常规还必须留院观察三天。”

母亲：“好了好了，现在不说这个。你们几个考试也考完了，现在也该放松放松。琳琳今晚就跟你两个姐姐到她们学校住一晚上。明天的事明天再说。”

黄琳俯身床前，在母亲额颊轻轻吻了一下：“妈晚安。”

黄鹂也到母亲床前，在母亲额头吻了一下，轻轻一声：“妈晚安。”

接来就是黄杏。

轮到黄卓了。

黄杏向他直使眼色，小声说：“哥，叫，叫妈，叫妈。”

黄卓犹豫了一会，仍没有叫出声，最后给妈将被子往上拉拉。

四个孩子这才鱼贯退出。

同房的病友都看得非常感动。

四个孩子刚走进寝室，一个同学送来一支冰棒：“黄鹂，给。”

黄鹂等那个同学走后，将冰棒递给黄琳：“妹，听说你今天为妈的事，跟那个医生争得唇干舌燥，这冰棒应该奖你。”

黄琳则把冰棒递给黄卓：“哥今天能够放下架子到大排档给人家端盘子洗碗为妈挣钱，这支冰棒应该给哥。”

黄卓却把冰棒塞给黄杏：“你们给人家做家教，费的就是口舌，这冰棒应该给你们润润喉咙。”

黄杏则又将冰棒转递给黄鹂：“这是人家送给姐的，应该姐吃。”

就在这推来让去之际，冰棒掉在地上，碎了。

四个孩子面面相觑。

黄杏嘟哝道："早知道要掉地上，倒不如咱们轮流地一人先吃它一口。"

黄鹂："算了，掉就掉了，咱们不想这事。我担心的是咱们这次考试不知能不能考上，如果考不上，妈的心里就又该急了。"

黄杏摸出一枚硬币："我来试试，看咱们三个能不能考上。字面朝上就能考上。"

她把硬币在桌上一旋。

立即就叫了起来："字面，字面……"

等到硬币停倒下来，她转身一看，立即又道："这回不算，重来一次。

硬币又一次在桌上旋转起来。

于是几个孩子一起叫了起来：

"字面朝上。"

"字面朝上。"

"字面。"

"字面。"

三个孩子一起嚷出声来。

嚷得隔壁寝室的嘉妮等人都伸进头来张望。

三女孩这才吐了吐舌头。

硬币再一次倒下了，黄杏显然又一次失望。

黄鹂："妹，咱们不信这个。琳琳，你给我们说说，这大学里的情况。"

黄杏："人家说，大学里都是才子。是不是这样？"

黄琳："大学里才子多，书呆子也多。要不要给你们说一个书呆子的事情听听？"

黄杏："要听。"

黄琳咳一声："我的老师姓马，叫马教授。马教授的老师是一个外国人，是一个非常有名的外科医生。有一天，他到朋友家赴宴，女主人对他说，亲爱的外科大夫，你有一双巧手，请你把这只羊腿切下来好吗？这位外科大夫自然乐意，只见他用餐刀在羊腿上划了几刀，研究了一番，然后，从口袋里摸出包布、棉纱、绷带，对刀口进行了非常漂亮、规范的包扎。做完之后，他以一种叫人放心的口气在羊腿上拍拍，说，'好了，多多休息，好好照料，很快就会好的，实在不行，就请再来。'”

黄琳模仿得惟妙惟肖，一脸认真。

两个姐姐先是愣了一下。

立即就大笑起来。

三姐妹笑得抱成了一团。

黄杏一边揉着肚子一边说：“大学里太有意思了，我一定要上大学。”

黄卓似乎心事重重，悄悄地走了。

黄卓回到了自己的寝室。

嘉妮一个人则悄悄来到黄卓宿舍的后窗下。

后窗太高，够不着。

嘉妮捡了块小石子，掷到窗子的玻璃上。

窗户打开了，伸出一个男生的脑袋。

嘉妮赶紧隐到树后。

窗户关上了。

嘉妮又捡一块小石子，再次掷到窗子的玻璃上。

窗户打开了。

这回伸出来的是黄卓的脑袋。

嘉妮在月光下向黄卓使劲招手。

黄卓披上衣服。

同学问他：“黄卓，去哪？”

黄卓：“我下去看看，看是哪一个混蛋捣鬼。”

说着就溜出了宿舍。

黄卓悄悄奔到窗外。

刚想说话，嘉妮就将一块口香糖塞到他嘴里。

黄卓还没有反应过来，嘉妮已经牵扯着他的手奔进了一片树林。

龙大海陪着母亲坐在石凳上。

母亲：“你说，我家这几个孩子，会不会都考上大学？”

龙大海：“会。”

母亲笑了:“你这是存心顺我。”

龙大海也笑了:“那倒不是。”

母亲:“怎么见得?”

龙大海:“老话说——要得好,大做小;要得乖,小的带。这后一句话的意思是说,小的都这样了,大的还能哪样?你说你们家小女儿都考上了大学,那几个大的,再怎么样也不能落在后面,是不是这理哩?”

“倒也是这理哩。”

“看你这心啊,操的,不碎也得操碎。”

“这就是责任,谁叫我是他们的妈哩。”

“如果他们有爸有爹,有人帮你一把,你就不至于那么累了。”

母亲望了龙大海一眼,没有说话。

龙大海朝母亲身边挪了挪:“这个家,缺一半不圆。就像太极图一样,两个阴阳鱼合在一起,我中有你,你中有我,才是太上无极。”

母亲:“你们有学问的,说话就是比一般人多一些道道。”

龙大海:“对不起,我把话说深了,我的意思是说,孩子有一个当爹的,非常重要。举一个例子,英国伟大的数学家麦克斯韦,之所以能进入数学领域,就是跟他的爹分不开的。一次,麦克斯韦还小的时候,他父亲要他画画,将一瓶插满菊花的花瓶放在他的面前,让他写生。不一会,作品完成了,他的父亲发现儿子所画的作品有一个奇怪的现象,那就是满纸都是几何图形——花瓶是梯形,菊花是一簇簇大大小小的圆圈,叶子全用不同方向的三角形表示。既然孩子对几何图形充满兴趣,父亲就将儿子领进了数学领域,使他的数学天赋日后得到了发挥。”

母亲:“那是当爹的也有文化。”

龙大海:“你说我是不是也有那么一点点文化?”

“何止一点点哩,我想起来了,那是多少年前了,咱们松元镇出了你这么一个大学生,那可是了不得的事情。”

“说起那事,其实也得要感谢我爸。那一年邻居偷了我家一只鸡,我就在墙上画了一只老鳖,写上一句话——偷鸡的是个王八。我爸把我训了一顿,说不作兴这样骂人。后来又说,你这小子画画得不错,就考美院去吧。我后来就考了美院,一考还真考上了。”

过了一会，母亲说："这人啊，一上了年纪，就总要记得过去的事情。"

龙大海："你是说我老了。"

母亲："我是说我。我昨晚上醒来的时候，不知怎么的，还想到我年轻时候出嫁的情形。"

龙大海："能不能说来听听。"

母亲不知为什么竟掉下了眼泪——

男家迎亲的队伍已在门外的大樟树下等着了。

外婆给即将出嫁的母亲梳头："闺女啊，从今而后，你就不在家了，妈再给你梳一次头吧。孩子，你要上高中，家里穷，你就没上高中，回乡务农。这一务农，就12年过去了，咱们家日子一天天好起来了，你又要走了。这一走，就是人家的人了。在这个家里，你什么活都干，什么苦都吃，没吃点好的，没穿上像样的，闺女啊，如今又要上别人家吃苦去了。"

娘的眼泪掉在女儿的头发上。

母亲也在流泪："妈，女儿走了，女儿不能再帮家里干活了，你把女儿养大，女儿也没有报答什么。妈，我就要走了，我、我放心不下妈。妈，妹还在读书，家里没人帮你了。妈，今后冬天千万别下水田。上山带一根拐杖，腰疼病犯了也有一个东西拄着。炉子放在被窝里焐脚，把被子盖紧了，不能弄出火来烧掉什么。夏天少赤光脚，山上蛇多……妈，你也让女儿给你梳一次头发……"

母亲的眼泪也掉在了外婆的头发上。

迎亲的唢呐又在门外吹了起来。

母亲出门就要走了。

外婆流着泪追出来，拿出一个红包，一定要塞给母亲："闺女啊，这里有几元钱，你给拿上，到了人家，苦啊累的，少不得自己也有零花，在这个家里，妈亏你最多……"

母亲在外婆面前双腿一屈就跪了下来："妈，女儿没有尽多少孝心就这么走了。妈,这钱你一定得留着,妹妹的学费又该缴了,咱们家缺粮,还有粮钱……”

外婆急想扶起母亲。

母亲哽咽不起。

外婆流着泪,突然地跪了下来。

母亲赶紧站起来扶起母亲。

两人成了泪人,送亲和迎亲的无不动容……

母亲回想到这里,已经是泪流满面。

龙大海替母亲拭去泪水。

母亲说:“你看我,是不是人老了,就容易想起过去的事情。”

龙大海说:“我也常常想到过去的事情。”

母亲说:“那你说来听听。”

夜晚的校园异常静谧。

嘉妮又给黄卓剥了一支口香糖:“你这次考得怎么样?”

黄卓:“不太理想,甚至是极不理想。”

嘉妮:“又什么事分心?是不是又有什么桃红柳绿缭乱了眼睛?”

黄卓:“人有红粉知己,当为人生添色。”

嘉妮:“那又为了什么?”

黄卓:“先是准考证忘在家里,虚惊一场。再是,再是……不说了。”

嘉妮:“那监考老师混账,不分青红皂白就说你作弊,让你提前出场,如果成绩出来不理想,就找他算账。”

黄卓:“那又何苦?”

嘉妮:“你心怎么好了?”

黄卓:“嘉妮,我问你,我们长大了是不是?”

嘉妮:“那还用说吗?”

黄卓:“那我问你,什么叫长大了?”

嘉妮眨巴着眼睛:“那还用说吗,长大了,就是长高了,长结实了,长成熟了。”

黄卓："不完全正确。"

嘉妮："长大了，就是男孩长胡子了，女孩长心眼了。"

黄卓："还不完全正确。"

嘉妮："那你说什么叫长大了？"

黄卓："长大了，就是心里能够容得下别人了。"

嘉妮下意识地抓住了黄卓的手："黄卓，你变了，这话说得太好了。黄卓，如果咱们都考上了大学，会不会？咦，你报的是哪一个地方的大学？"

黄卓一脸沮丧："我大学考不上了，一定是考不上了。"

嘉妮："为什么会那么悲观？"

黄卓："因为我的第一志愿报考的是上海……"

嘉妮一脸兴奋："好哇，我报考的也是上海。"

黄卓："正因为第一志愿报考的是上海的一所名牌大学，希望才变得渺茫。以我自己估算出的分数，能上三类线就已经不错。我把第一志愿放在一类本科，实在是过于好高骛远。"

嘉妮握着黄卓的手握得更加紧了。

黄卓一声叹息："都怪我，如果我的第二志愿放到第一志愿，考上大学或许还有一线希望。"

嘉妮忙着安慰："在成绩没有出来之前，没有必要过于悲观。"

医院里。

龙大海继续说："就这么一晃，大学毕业了。毕业后留在了省城。后来犯了一个错误，组织上给了一个处分。然后就没精打采地混了这么多年，想想自己在艺术上也不会再有多大成就，干脆，一个报告，提前退休。这不，就回到了老家养老来了。结果哩，姐姐也死了……"

母亲："命运往往就是这样，不然怎么叫造化弄人？你回到老家养老，是牵挂着姐姐？"

龙大海沉吟了半晌："是，也不全是。"

母亲："那就是还有别的牵挂？"

龙大海点点头。

母亲："那还有什么牵挂？"

龙大海不语。

母亲又问:“你刚才说你犯了错误,犯的什么错误?能说吗?”

龙大海欲言又止。

母亲:“不想说就别说了。时候不早了,今晚你跟黄卓挤挤,也该走了。”

龙大海:“就这样再坐一会吧。有一年的傍晚,我在公园里看到老年夫妇,就这样并肩坐在树下的凳子上。老头子睡着了,口水流了出来,老太婆用手帕给他擦掉口水。后来老太婆睡着了,白头一歪,老头子赶紧把肩膀送过去让她靠着。我想人都要老了,老到这分上,有个互相依靠,也是挺好。”

母亲说:“事情就这样一个事情,到了你们文化人嘴里啊,就特别地好了,特别地感人。”

龙大海说:“如果你认为这样的事特别地感人,那我们也可以把这样感人的事留在自己身上。”

母亲叹了一口气:“我怕我配不上你。”

“不。”龙大海又紧紧地抓住了母亲的手。

几天后,母亲出院了。

几个孩子把母亲和外婆扶上三轮车。

母亲对四个孩子说:“过不了多少日子,分数就该出来了,无论考上考不上,那几天你们都要回来,妈不指望你们现在就去挣钱,你们挣钱的日子还在后头。”

几个孩子都没有说话。

母亲忽然又道:“咦,你们大海叔哩?你们大海叔刚才还在,怎么一眨眼就不见了哩。”

几个孩子互相看看。

黄琳:“我去找找。”

她说着就走。

黄琳在门口碰到专门前来送母亲出院的院长、医生等人。

院长:“小黄,你是学医的,暑假应该实习。”

黄琳:“院长,我想见习。”

院长:“见习与实习有什么区别?”

黄琳："见习就是打工。"

院长笑了："行，给你报酬，按天计算。"

黄琳："谢谢院长。"

一护士立即就将一套白大褂递给了黄琳。

黄琳找了一圈。没有找到龙大海。又回到了母亲身边，并附着母亲耳朵说了几句什么。

母亲疼爱地抚摸着女儿的头发。

这时龙大海不知从什么地方匆匆赶来。

母亲和外婆都已经坐上了三轮车。

龙大海犹豫了一下，从一只袋子里拿出一套衣服欲给黄琳："给，大叔给你买的。"

黄琳嫣然一笑，拿出一件白大褂朝身上一套："我有衣服，这才是我的衣服。"

院长和医生护士一阵鼓掌。

母亲一脸幸福："看我琳琳，穿上这白大褂还真好看。"

龙大海有些尴尬，讪讪地将衣服塞回袋子里。

这才骑上三轮车走了。

母亲坐在三轮车上，对几个孩子一边摆手一边说："记住，记住打听打听分数。"

龙大海蹬着三轮车。

黄琳的影子总是不断地在他的面前出现。

小姨王香在黄家忙着做事，忙着服侍病中的奶奶。

龙大海蹬着三轮车送走外婆后又回到了黄家。

龙大海扶着母亲进屋。

"姐，怎么样？"王香迎出来。

母亲："没事，好了。"

奶奶也扶着墙壁出来："孩子他妈，真是好啦？"

母亲忙说:“妈,好了,真是好了。”

奶奶:“这一阵真是多亏了孩子他姨。”

王香:“奶奶快别说这话,以前我有孩子在家绊住手脚。现在好了,孩子被他爸接到城里去了。往后啊,我就有空常来帮帮我姐了。”

奶奶:“还有大海。大海,坐、坐下。”

母亲想起了什么:“妈,大海为了我这病,把街尾上的两间老屋都给卖了。”

奶奶:“卖就卖了,搬到这儿来住。早就该搬到这儿来住了。”

母亲:“我这就给大海顺一间厢房出来。”

奶奶:“你们还不并到一起?”

母亲:“看妈说的。”

奶奶笑了:“是妈糊涂,这并在一起,还该摆上两桌。”

母亲病刚痊愈,就又去了医院上班。

仍然是扫地、抹窗、拖地板。

龙大海则在家里张罗着装起了一部电话。

第一次试机,龙大海就拨通了114:“114吗,请问高考成绩查询电话。”

114:“高考成绩查询,请拨168。再说一遍,高考成绩查询,请拨168。”

龙大海再拨168:“168? 168吗?”

168:“查询高考成绩,请输入准考证号码,请输入准考证号码……”

“准考证号码? 准考证号码?”龙大海东翻西找。

这时母亲回来了。

龙大海指着电话:“你看,有这,往后就方便多了。”

母亲:“装一个电话,得多少钱? 太费钱了。”

“费钱,但省事。”龙大海给母亲搬过凳子,“你想,有什么事,一个电话,这多方便啊。咦,几个孩子的准考证号码,你这儿可有? 现在就可以查分。”

“有,他们三个的全都在我这里。”母亲立即找出准考证。

龙大海拿起电话,拨通168,输入一串号码。

电话的声音非常清晰:

“黄鹂，高考总分628分，全市第一名，全省第二名。谢谢查询。”

母亲睁大了眼睛。

龙大海再拨168，又输入一串号码。

电话又输出另一个的成绩：

“黄杏，高考总分613分全市第22名，全省第69名。谢谢查询。”

母亲眼睛湿润了：“快，再拨，卓儿没有出来，下面就是卓儿了。”

龙大海站起来：“这个你拨。前两个考上大学已成定局。现在就剩下这最后一个。”

母亲接过电话，湿润的眼睛愣愣地望着电话机。

龙大海一旁提醒：“168。先拨168，再拨准考证……”

母亲开始按键。母亲的手在颤抖。

龙大海：“别紧张，按准了，按得结实点。”

母亲按实168，停了下来：“大海，你说卓儿的分数会是一个什么样？”

龙大海：“不会太差，一定不会太差。”

“借你吉言。”母亲又开始按键。

手指仍是那么颤抖。快按到最后一个号码。

龙大海屏住了呼吸。

母亲却又停止了继续按键，并把电话递给龙大海：“我不敢按了，你来按吧。”

龙大海：“你怕什么？”

“我怕我按出来的成绩不好。”

“这成绩是考出来的，不是按出来的。”

“这我知道，但就是害怕。这孩子比姐比他妹还要强，我生怕按出一个差的成绩。这孩子考的时候不顺。先是准考证没带，被卡在门口。后来、后来也怪我多事，如果没有那个纸条，被人家监考的当成作弊，如果不是提前被撵出考场，就会多一些时间检查检查卷子，如果这成绩出来不好，你说？他姐姐妹妹都考上了……”

龙大海：“那就等一会再拨，你先静静心气，我去给你泡一杯茶来。”

母亲站起来，离开电话机转了几圈。

很快又转到电话前：“不行，这心悬着更是难受。就像什么啊，就像在屁股上打针，酒精棉花球擦过了，你眼睛闭上了，他针举着，就是迟迟地不扎下来，让心就这么悬着，这悬着也不好受，干脆……”

龙大海：“干脆拨吧。”

母亲：“你拨我拨？”

龙大海：“我拨你听。”

母亲：“不，还是我拨。我叫孩子坚强，我这当妈的先要坚强。”

龙大海更加肃然起敬。

母亲抓起电话机，想了一下，却又放下。

然后走到墙角，从墙角抓起一段笋干咸菜，塞一点在龙大海嘴里，又塞一点到自己嘴里，就这么嚼着，自己对自己说：“放松，是福不是祸，是祸躲不过。”

母亲似乎还真的放松了，一边嚼着咸菜，一边若无其事地抓起电话，若无其事地按键……

准考证号码很长一串，手指开始还能镇静自若，一到后来就颤抖得厉害。

终于按下了最后一键。

母亲突然闭上了眼睛，一只手捂住了另一只耳朵。

只听声讯台 168 的电话声如雷贯耳：

“黄卓，高考总分 622 分，全市第五名，全省第九名。谢谢查询。”

母亲完全是不敢相信自己的耳朵：“几分？”

龙大海双手攥起了两个拳头：“622 分。”

母亲：“622 分好还是不好？”

龙大海：“好，高分，全市第五名，全省第九名。”

母亲：“大学有希望了？”

龙大海：“何止是有希望，完全是铁板上钉钉。”

母亲：“他们三个都能考上大学？”

龙大海：“可以这么说，他们三个已经考上了大学。”

母亲的眼泪哗地就流了下来。

龙大海受到感染，也慢慢掉下了眼泪。

母亲把毛巾递给龙大海：“这 168 准吗？”

龙大海:“准。”

母亲:“咱们有没有听错?”

龙大海:“没有听错。”

母亲:“再听听,再问一次。”

龙大海按下重拨键加免提键。

168 又开始报告:

“黄鹂,高考总分 628 分,全市第一名,全省第二名。谢谢查询。

黄杏,高考总分 613 分,全市第 22 名,全省第 69 名。谢谢查询。

黄卓,高考总分 622 分,全市第 5 名,全省第九名。谢谢查询。”

龙大海:“没有错吧。要不要再听?”

母亲非常激动:“听。”

龙大海又一次按下重拨键。

168 美妙的声音再一次在黄家老屋回荡开来。

这对于母亲来说,就是福音。

母亲站在堂屋里,泪流满面。

同时,黄家四个孩子也围在学校门口公用电话旁边,突然欢呼起来。

黄卓显得最为兴奋,胸脯一拍:“我考上了,我 622 分,我 622 分,全市第五名,全省第九名。”

他瞥见嘉妮远远过来,急忙冲了过去:“嘉妮,你考上了,我也考上了。”

嘉妮:“我 620 分。你?”

黄卓:“我 622 分,全市第五名,全省第九名。咱们都考上了大学。”

嘉妮:“更重要的是,咱们考上第一志愿都已经没有问题。”

黄卓:“对,我们虽然不是同一所大学,但我们都在上海,都在同一个城市。”

两手紧紧地握在了一起。

远处刘品仁走过,一声冷哼,虽落榜却不落魄。

数日后,一个缭绕着炊烟的傍晚,有两个邮递员来到黄家门口,二话不说,就在门口挂起两挂鞭炮。

一阵噼噼啪啪的鞭炮声骤起。

母亲急忙出来。

一邮递员拿出三个特大信封:“恭喜,恭喜了。”

又一邮递员:“祝贺你们家三个孩子全都考上了大学。”

母亲接过三个信封,看了又看,简直不敢相信自己的眼睛。

邮递员走了。

母亲突然想起了什么,掏出几元钱追上去:“等一等,拿上这个,去买一包烟抽抽。”

龙大海从远处走来。

母亲连忙说:“快,快来看啊,这四个孩子还真都考上了大学。”

龙大海也跟着高兴:“一个北京,一个广州,一个福建。”

母亲说:“我得赶紧去城里,去把这消息告诉他们。”

“你看”,龙大海指着岔路口,“他们回来了。”

母亲站在门口,大老远就使劲向他们招手。

四个孩子飞奔过来。

黄琳抢先拿到录取通知,飞快地一一拆开,大叫起来:“哇,大姐,你听——黄鹂同学,经批准,你被录取到我校中文系汉语言文学专业。这是二姐的,二姐是自动化研究专业,真牛。哥也不错,哥是闽江大学计算机专业,这专业现在最热门了。给,大姐,你的。这是二姐的。还有哥。”

黄杏也非常开心:“大姐北京,我在广州,哥在福建。再加上妹妹在上海,天南海北。今后妈要上北京,大姐那儿;要去广州,到我那儿;要去上海,有妹妹在那。”

母亲心花怒放。

奶奶也颤颤巍巍扶着墙走出来了:“让我看看,都考上了?”

母亲便将三份通知书取给奶奶:“妈,你看,多讲究,字都是烫金的。老大是北京的大学,老二在福建,老三在广州。”

奶奶:“孩子,你们四个都过来,都过来再让奶奶仔细看看。”

四个孩子围到奶奶身边。

奶奶抓住黄琳:“这丫头,你最小,最早上了大学,你哥哥姐姐也被你带出出息来了。”

母亲也说:“这日子过得真快,我还记得我的琳琳,那时候也就、也就草鞋这么大。”

黄琳:“妈,我什么时候也就草鞋这么大?”

龙大海一旁插话:“肯定是说刚生下来的时候。”

“你知道什么?”黄琳假装瞪他一眼,又嘻嘻一笑,非常可爱。

奶奶抓住黄卓:“卓儿懂事最晚,都两岁了,还把门口的鸡屎抓起来塞进嘴里。”

黄杏捂嘴直笑。

奶奶:“你还笑人?你这二丫头,更是糟糕。”

黄杏:“怎么糟糕?”

奶奶:“自小就晓得打扮。奶奶一给你梳了头扎上辫子,你就跑到田埂上,摘些野花,不管红的黄的还是白的,都搬到头上,头上成了花瓶,小疯子一样。”

黄琳朝着黄杏挤了挤眼睛。

黄鹂显得最是沉稳:“现在该轮到我了。”

母亲:“我这大丫头自小最是聪明。人家小时候学个走路,又是搀着,又是扶着的,不知跌多少跟头。”

黄鹂:“我跟头跌得比别人少吗?”

母亲:“你自小儿就没有人教你学过走路。我记得那年夏天,你刚满周岁,还坐在草窝墩里。我蹲在地里剥豆,听到背后有窸窸窣窣的声音,掉头一看。”

黄琳:“怎么啦?”

母亲:“你刚满周岁的大姐,不知道什么时候已经站到了背后。我掉头一看,真的吓了一跳,这个孩子怎么突然自个儿就会走路了哩?她还冲我笑了一笑。”

黄鹂:“我大概是滚出了草窝,爬着爬着爬着就站起来了。”

母亲:“你这孩子从小就犟,掉在地上也不肯哭一哭,不想求人。”

“看看,这么一群孩子。过去的事还都像在眼面前似的,没想到现在都成了大学生了。”奶奶拽着衣袖擦了擦眼窝。

黄杏把话岔开:“妈,妹妹考上大学的时候,你破天荒让我们喝酒,现在咱们三个全考上大学了,是不是也该举杯庆祝?”

母亲:“好,妈现在就去做几个好菜,谁上街去打酒买肉?”

奶奶:“孩子他妈,我想今晚上趁大家都高高兴兴,你跟大海的事,依我看,就今晚办了。”

母亲转身望着龙大海。

龙大海:“只要你能点一个头,我这就去镇上的松风楼订下两桌。”

所有的目光几乎都在盯着母亲。

母亲沉默片刻,终于说:“我们大人的事情,还是以后再说。”

奶奶:“这不行。孩子他妈,趁我活着,你们把事办了。”

母亲:“妈,这事不急。大海,你说哩?”

“那行,听你的。”龙大海非常尊重母亲的意见。

母亲转对黄鹂:“鹂鹂,你去街上打酒、买肉,妈今晚上给你们做几个好菜。”

龙大海从旁插话:“今天是全家大喜的日子,你如果相信我,我去松风楼订一桌菜,让他们送来。”

母亲:“那就有劳你了。”

龙大海转对黄琳:“能不能请琳琳陪我走一趟哩?”

黄琳转望母亲。

母亲:“既然大海叔喜欢你,你就陪大海叔去吧。”

二人走了。

母亲想起了什么,便问黄卓:“卓,妈看你今天好像不是十分高兴。什么原因能告诉妈吗?”

黄卓摇摇头:“没有什么。”

母亲:“不会没有什么,妈看得出来。”

黄卓:“我这次没有考好。”

母亲:“卓,咱要知足,你考了622分,已经是高分了。妈都已经替你知足了。”

黄杏:“妈,我和姐考上的都是重点大学。哥录取的是第二志愿,考上的是普通大学。”

母亲一愣,这才想起自己把黄卓的志愿给改掉的事情。

黄杏:“如果不是那个糊涂的监考老师说哥作弊,将哥提前赶出考场,哥的考分一定比现在还高,不但能考上重点大学,说不定还是清华、北大那些名牌。”

“都怪妈不好,如果不是妈写那个纸条,就不会有作弊的误会。不能怪那监考老师,要怪就怪妈。”母亲一脸自责。

黄鹂忙道:“普通大学照样能出人才,就像咱们家一样。咱们家比普通人家都不如,咱们几个还不照样全都考上了大学。俗话说寒门出孝子,逆境出智慧。”

母亲指着黄鹂:“这话说得虽是不错,但妈看你今天拿到通知书好像也不是十分开心。你有什么事情?你考上了北京的大学,又是重点,你还有什么不满足的?”

黄鹂:“妈,我对我的成绩和结果非常满意。我心里是为别的事堵着。”

母亲:“为什么别的事堵着?”

黄鹂不说。

母亲:“鹂鹂、杏儿、卓,今天应该是你们开心的日子,也是妈开心的好日子,妈希望你们在今晚的饭桌上高高兴兴、开开心心的,有什么事暂时搁着。别叫大海叔难看,大海叔是好人,又有文化,心眼厚实,为了妈的病把新房卖了——当然,这笔钱妈今后也要还他。从今而后,他就住在咱们家了。妈还没和他并在一起,他就是客人,听到了吗?别到时候叫人家难看。”

三个孩子都点了点头。

当晚,松风楼的伙计挑了一担熟菜,走进黄家。

龙大海帮着把熟菜端上饭桌。

黄琳则将母亲悄悄拽到一边。

母亲小声问她:“什么事情?”

黄琳指指忙碌着的龙大海:“这人很怪。”

母亲:“怎么?”

黄琳小声说:“他刚才领我到街上,又是买穿的,又是买吃的。我不要,他非买不可。”

母亲沉吟片刻:“他没有说什么吗?”

黄琳："没有。我去年上大学的路上，有一个戴宽边墨镜的人莫名其妙地在座位上给我留下一包吃物，当时就猜想是这位龙大叔，现在越想越像。"

母亲似乎意识到了什么："嗯，妈知道了，这事以后再说。"

一串鞭炮响了起来。

母亲扶奶奶在正位上坐下。

奶奶咳一声。

大家立即都安静下来。

奶奶说："今天咱们老黄家办酒，是因为，因为喜事，因为高兴。高兴的是你们四个孩子都考上了大学。在过去，大学啊，恐怕就等于秀才……"

黄杏捂嘴欲笑，黄鹂脚在桌下轻轻踢了她一下。

奶奶自顾说："一考上秀才，就是有功名的人了，看到官，可以不叫老爷，只叫大人，看到官，可以自己称自己是学生，不必再自称是小人了。所以啊，你们从今而后，就是有了功名的人了，就不再是小人了，就是有学问的人了。有学问，就是知书识礼。孩子，奶奶只有半边身子，也就是半死的人了，这许多年除了拖累，没有帮过你妈什么。孩子，你们能有今天，全靠你妈。你们就要远走高飞了，今后啊，你们无论到了哪里，都不要忘了你妈。你们今后无论创下什么齐天的大业，都要记住你妈为你们所受的那些罪、吃下的那些苦。"

母亲忙说："妈，今天高兴，不说这个。"

奶奶："不，今天不能不说这个。今天你们四个孩子都给你妈说一句话。每个都说。"

黄琳："我最小，我先说。妈，去年寒假我没有回家，我得找一个地方打工挣钱，为了让妈减轻我们每年学费的负担。妈，你知道我找了一个什么地方打工？我选择了学校门口的干洗店，因为那里挂着很多各种各样好看的衣裳。到了晚上，我关上门，把每一件自认为好看的衣裳都穿在身上试试，结果觉得，没有一件衣裳比妈给我加长过一截的这短褂好看。妈，你看。"

黄琳站起来掀起衣褂，里面果然穿着那件以前母亲给接长了一截的那件短衫。她接着说："这小褂上有妈的一针一线，这小褂比什么好看的衣裳要贴身。穿着这件小褂，我在同学面前从没有自卑过。我穿着它，我就跟妈在一起，我穿着它，我就想到我也应该是妈的贴身小棉袄。”

母亲的眼睛湿润了。

黄杏说：“好，我给妈说一句，说一句什么哩？妈，9 月 3 日就要开学，在走之前，我们就要去学校报到。妈，在我走之前我想请妈帮我再做一件事情。”

母亲含泪插话：“孩子，说吧，你要妈给你做什么事情，妈一定给你去做。”

黄杏流着眼泪说：“妈，什么时候我想请你再给我剪一次指甲。这几年别人也给我剪过指甲，无论谁给我剪指甲我心都悬着，生怕肉给剪了，就妈给我剪这指甲，我靠在妈的怀里，都能剪着剪着就闭上了眼睛。就睡着了。我还想在妈的怀里，被剪着指甲的时候再睡着一次。”

母亲抹一把眼泪：“杏，妈依你。”

黄鹂哽咽着：“我也对妈说一句。在这个家里，我是大姐，人家常说长子如父，长女如母，我是一个不称职的大姐，是妈不称职的大囡。妈，我每次从学校回来，总发现妈的白发又多了几根，妈的皱纹又多了几道，我心里就充满了自责，这些年我没有帮过什么，这些年我没有帮妈分担过哪怕一点点的责任。妈……”黄鹂站了起来，对母亲深深地鞠了一躬，“妈，我对不起你——”

说到这里，大家的眼泪全都哗地流了出来。

母亲站起来将黄鹂按到凳上坐下，又抹了一把眼泪：“孩子，刚才你们说的那些个话，让妈听着，又心酸又暖和。妈也说几句，妈先说一句，孩子，妈对不起你们，你们生在一个穷家，妈没有给你们好吃好穿，妈对你们要求还严，妈总觉得亏欠你们，愧对你们。”

说到这，母亲的眼泪禁不住又流了出来：“孩子，妈还要说的一句话，就是妈谢谢你们。妈是要谢谢你们。人家孩子喝牛奶吃面包长大的，你们是妈这八大缸咸菜就饭养大的，你们没有怨妈没用，没有嫌弃这个穷家，你们把萝卜当人参，把补丁当花，你们当真不懂？你们是宽妈的心，是你们的孝顺。妈要谢谢你们的还有就是你们四个全都考上了大学，你们给妈争脸了，给奶奶争脸了，给这老黄家争脸了。你们今后出息了，妈跟你们沾光。妈谢谢你们。”

母亲又是一个鞠躬。

黄鹂急忙将妈拦住。

奶奶:“卓,你还没有对你妈说吧,也说几句。”

黄杏也对黄卓使眼色。

黄卓低头不语。

黄琳看不过去,哼了一声。

黄杏则在桌底下踢了黄卓一脚。

黄卓终于抬起头:“我想说一个我们同学的一件事情。”

黄杏:“说自己的事情。”

黄卓不理,自顾说:“这个同学跟我一个寝室,我常发现他半夜里躲在被窝里偷听一盒录音磁带。我们觉得奇怪,趁他不在的时候,我们就偷听了一回,那磁带里的声音很怪,不知道说的什么。后来我们才知道,他妈是哑巴,他录的是哑巴母亲的声音。一个哑巴母亲的声音,在儿子听来,竟如圣音。这使我非常感动。”

黄杏:“还有哩?”

黄卓:“没有了。”

黄杏:“这算什么?要么叫一声妈让我们听听?”

黄琳:“对,叫妈,叫一声妈让我们听听。”

黄卓嘴唇嗫嚅着,却就是叫不出声音。

母亲忙说:“算了,别难为卓了。咱们吃饭,吃,能喝酒的也喝一点。”

说到这,母亲举起酒杯,“来,为了四个孩子都考上了大学,这里没有外人,咱们家自己给自己庆祝,干了。”

龙大海抓住母亲的酒杯:“你心脏不好,这一杯我替你干了。”摘下酒杯就一饮而尽。

母亲:“对,孩子,这大海叔可是帮了咱们大忙。一次一次,都是关键时候。孩子,你们也敬大海叔一杯。”

四个孩子举杯干了。

龙大海站起来:“能不能允许我也说两句?”

母亲笑了:“我也忘了,你有学问,早该说几句了。”

龙大海拿出一张画像:“这是我给你们妈画的,送给你们,我一共画了四张。咱们这地方，在宋朝出过一位宰相，叫寇准。这你们都知道。他妈在去世前自己给自己对着镜子画过一张像，叫《寒窗课子图》，并题了四句诗，你们看——

孤灯深读苦含辛，

望你修身为万民，

勤俭家风慈母训，

他年富贵莫忘贫。

今天为祝贺你们考上大学，我把这画送给你们。”

四个孩子各自接过一张。

龙大海端起酒杯：“今天高兴。我也不会说话。反正是为了今天四个孩子都成了大学生了，也为了我龙大海今后在这有一个新家，我先干了。”

他一照酒杯，又给自己酌上：“这第二杯，我敬妈，为感谢妈有心给我做的这份大媒，我先干了。”

奶奶：“好吧，你们慢慢儿喝吧，我菜也吃了，我要先回房间休息。”

母亲便扶着奶奶回房间休息。

等二人走出的时候，龙大海又一次举起酒杯：“这是我今天的第三杯酒，也是我龙大海这一辈子的最后一杯酒。”

此言一出，举座惊愕。

龙大海擎着酒杯：“借这第三杯酒，我敢说这么两句话——

第一句话：戒酒。

第二句话：戒烟。

也就是从今往后，再不抽烟、再不喝酒。”

他一饮而尽，然后抽出腰里的烟斗，将烟斗与空酒杯一齐放在地上。

突然一脚踩下去。

烟斗和酒杯全都碎了。

龙大海一字一顿：“从今往后，谁看到我喝酒，就给我一个耳光，谁看到我抽烟，也给我一个耳光。”

第十七章

当天夜里,母亲和龙大海仍然来到工地,并排坐着,用锄头一锤一锤地砸着石头。

母亲:“你怎么那么坚决地宣布,把烟、酒戒了?”

龙大海:“不喝酒,可以供一个孩子大学;不抽烟,又可以再供一个。”

母亲:“让你还没进这个家门,就受这个穷罪。说实在的,四个孩子都要上大学了,而且眼一眨就要开学,四个人学费加起来确实是一笔很大的数目。但就是再多的钱,我也要尽我的努力,不想把你也拖累进去。”

“你可千万别说这话。一者,咱们两个今后有可能并成一家,如果这样,还分什么你我?二者,即使今后不能并在一起,我帮你也是应该的。”

“这话怎么讲?”

“我欠你的。”

母亲感到惊讶:“你欠我的?你何曾欠我?”

“我欠你的只怕这一辈子都还不清了。”

“你欠我什么了?你欠我什么只怕这一辈子都还不清了?”

龙大海不语,眼中似有泪光闪烁。

母亲忙道:“你,你这是怎么啦?”

龙大海不语。

母亲:“大海……”

龙大海站起来:“咱们回去吧。回去把孩子们的学费盘算一下,看究竟还缺多少。”

母亲:“这事,也累得你跟着操这么大心事。”

龙大海:“这真的没有什么。不过我想,这家里的事情最好别让孩子们知道。”

母亲:“只怕我那些孩子,不会不想这事。”

夜晚。

四个孩子都在大姐的房间里。

黄杏和黄琳嬉笑打闹。

黄卓垂头不语。

黄鹂一脸愁容,心事重重。

过了一会,黄鹂走出房间。

奶奶摸摸索索地从床上起来。

刚离床两步就突然一头栽倒在地上。

……

母亲和龙大海回到家里,母亲帮龙大海整理房间。

龙大海则拿出纸头算账。一边算一边说:“鹂鹂的学费 6 000 元,书杂费、住宿费 2 000 元;杏的学费 5 500 元,书杂费、住宿费 2 000 元;琳琳的学费 5 800 元,书杂费、住宿费 2 200 元……”

黄鹂走到门外,侧耳细听。

龙大海:“卓的学费 5 000 元,书杂费、住宿费 2 000 元。”

母亲:“卓的学费最低。”

龙大海:“卓录取的学校是二类本科,学校稍差一些。”

母亲停下手里的活计,叹了一口气:“唉,想起来,这事也全是怪我,按说卓的分数也该考一个更好些的大学。他填报的第一志愿本就在上海,也怨我自作主张。这事我怎么向卓儿说哩?”

龙大海:“你也别太自责了。俗话说,知道尿床早爬起来了,不就是因为不知道吗?按他一模二模三模的分数……好了,不说这个,继续算账。”

母亲:“我脑子里都记下了,加起来一共是 30 500 元钱。”

龙大海:“我这人往常也不知道节俭,以往余下的,再加卖房的钱,大约 20 000 元左右,缺口 10 000 元左右。”

母亲:“我这次欠你的可真欠多了。”

龙大海:“快别再说这话……”

门口倾听的黄鹂离去。

黄鹂回到自己房间。

黄杏推一推黄鹂:“姐,你今天怎么不大说话?是有什么地方不太开心?”

黄琳:“是因为什么不开心哩?是因为咱们家又住了另外一个人?”

黄鹂摇摇头。

黄杏:“那是什么原因?是因为哥为什么那么高的考分只录取了一个第二志愿?是因为哥只考上了一所普通大学?”

黄鹂:“普通大学也是大学。”

黄琳:“那是什么原因使你总是心事重重?”

黄鹂:“我心事重重的原因,就是因为咱们四个全考上了大学。”

黄杏:“这就怪了。你往日不总是叫我们刻苦、用功,说一定得考上大学,让妈高兴高兴。得,现在考上了,你倒像有了什么心事。”

黄鹂叹了一口气:“对有的人家来说,考上大学很难,对咱们家来说,大学考上了,却是上大学很难。你们想过没有?每个人的学费都在六千元左右,加起来就是几万。几万是什么一个数字?咱们家有吗?最后还不都是压在妈的身上!妈确实为我们都考上了大学感到由衷的高兴。可是另一方面,妈肯定又为咱们一开学就要缴纳的那一笔学费而心急如焚。妈不愿意让我们看到她感受到的压力,尽可能地满脸开心。我知道妈的高兴是真实的,但我每当看到妈一笑的时候,我心里就一阵搐痛。我知道开心着的背后,在承受着沉重的负担。妈的白发比以前多多了。妈脸上的皱纹里该是深藏着多少忧愁!”

黄杏和黄琳都垂下了脑袋。

黄卓:“姐,那你说怎么办哩?”

黄鹂:“要说办法,那就是咱们当中,必须有人退出大学。留下来助妈一臂之力。”

黄杏:“好不容易才跨进大学门槛,现在又要退出?”

黄鹂:“没有别的办法,只有这种选择。否则,妈肯定会被沉重的学费压垮。”

黄卓:“我以前好胜心很强,但也爱慕虚荣;虽然要求进步,只是单纯地追求出人头地,属于自私。但我现在同意大姐的建议,我们四个人当中,应当有人退出大学,以成全别人。因为妈毕竟上了年岁,再不能有这么大的压力。一家四个孩子全上大学,确实也不太现实。”

黄杏:“如果当初有人落榜也就算了。现在考上了,这毕竟是事关前途的一件大事,涮掉谁都是牺牲,涮谁都不合适。”

黄琳:“要退学就让我退学。我年龄最小,以后还可以重新再读。”

黄鹂:“我补充一句,退学的事,在我们三个大的里面圈定,琳琳不予考虑。”

黄琳:“为什么?”

黄鹂:“一是因为你已经大二,二是你的年龄最小,留在家里也帮不了妈什么。”

黄卓:“那就我留在家里。”

黄杏:“是因为你这次没有考好?如果是因为没有考好,没有考上重点大学而放弃,妈就会为那张纸条而后悔,甚至会痛苦一辈子。再说你也是咱们家唯一的一个男孩。我看还是我不读算了。”

黄卓:“我既然是咱们家唯一的一个男子汉,那大丈夫,顶天立地,关键时刻就该舍我其谁?”

黄鹂:“都不要说了,这事既然由我提出,理所当然由我来身体力行。再说我是家里的老大,于情于理也应该由我留下来帮助妈妈。”

黄杏:“不行,这次你的成绩考得最好,考上的学校也是最好,如果你放弃了,那真比谁放弃了都要可惜。”

黄鹂:“这就叫舍得,有舍才有得。一个盆里种三株苗,间出一棵,另外两株就会长得更旺。如果因为我的退出,而你、弟弟、妹妹们能够读得成大学,那么我会因为你们的成功而感到高兴。”

“不。”黄杏说：“在咱们这个家里，大姐沉稳干练，哥心性最高，就算我最是懦弱，今后也没有多大的出息，我想我留在家里帮妈最是合适。”

黄琳想起了什么：“听说现在银行有助学基金，为读书可以申请贷款。而且政府也每年都投入大量资金扶助贫困学生——再穷也不能穷学校，再苦也不能苦孩子嘛……”

黄鹂摇摇头：“想咱妈向国家伸手要救济，妈肯定不肯。说到贷款，咱们家已经欠下那么多债了。咱们也不能让妈再雪上加霜。”

“要么这样。”黄琳又想起了什么，“要么我休学半年，找地方打工，帮妈给咱们攒一些学费。半年之后……”

黄杏抢道：“半年之后我再休学半年，找地方打工，帮妈给咱们攒一些学费，咱们四个就这么轮着，四个不就都能读上大学了吗？”

黄卓摇摇头：“这不是办法。这每年都有一个人休学，那算什么事情？”

黄鹂：“还是干脆一个办法，你们都去上你们的大学，姐留在家里。”

黄杏：“还是那句话，要留就该留我在家，你们今后的出息，一定比我都大。”

黄卓：“我看也不要争了，咱们还是采用最古老的办法——抓阄，让命运来决定我们三个的前途。”

黄琳：“应该是四个。”

黄鹂：“琳琳，你不要掺和。”

黄卓很快撕了三张纸条，各写一个字，然后揉成阄条扔在桌上：“这里有两个‘上’，一个‘下’。谁抓到了‘上’谁上大学，谁抓到了‘下’，对不起，怨自己命运如此。抓吧，你们先抓。”

黄杏：“谁先抓？”

黄鹂：“你先抓吧。”

黄杏闭上眼睛抓了一阄，小心翼翼地拆开，下意识地欢跳起来，但很快就意识到了什么，吐吐舌头，瞥了左右哥哥、姐姐一眼，低声说：“非常对不起，我抓了一个‘上’字。”

黄卓：“姐，轮到你了。”

黄鹂：“卓，你先抓吧。”

黄卓：“我写的阄条，我应该最后一个。这是规矩。”

黄鹂不再谦让，随便抓起一个，拆开来，也是一个“上”字。

黄卓抓起剩下的那个阄条，随手一扔，故作潇洒：“大学梦到此结束。”

黄鹂：“弟……”

黄卓：“姐，你放心，你们尽管去读你们的大学，我不会自暴自弃，今后我除了帮妈干活，除了帮妈挣钱供你们上大学之外，我也会继续自学，世上自学成才的大有人在，中外历史上的许多科学家并没有文凭。好了，睡觉，我接受命运的裁定。”说完，跨出房间。

三姐妹互望一眼，都默不作声。

黄鹂忽然想起了什么，从地上捡起黄卓扔掉的阄条，见上面也写着一个“上”字，转身就奔出了房间。

黄鹂奔进黄卓房间，把阄条朝他手里一塞：“这是你的。弟，你这是真的是嫌弃你所考上的大学是普通大学？”

黄卓：“不是。”

黄鹂：“不是就好。这大学，姐可以不上，你却是非上不可，你如果辍学在家，对妈的打击最大，妈会觉得是她的原因，再怎么解释妈都未必相信，妈会因此而后悔一辈子，后悔一辈子知道吗？弟，在这个家里，姐可以不上大学，你却不能不上。姐不是重男轻女，因为在这个家里，你自小儿的上进心比谁都强，你对自己的期望最高，姐知道，一旦你失学在家，你的失落最大，你在心灵上遭受的打击比谁都重。”

黄卓：“姐，你不用说，我知道，在咱们这个家里，谁放弃了大学的机会，谁都会感到痛苦，因为已经考上了，就跟皮已经长到肉上却要硬生生撕下一样。”

黄鹂：“弟，你刚才的话，姐听了非常高兴，如果妈听到了还会更加高兴。弟，你现在已经学会了考虑别人，学会了为别人着想，听奶奶说你在小的时候，因为你是咱们家唯一的男孩，一吃饭就把最好的菜先挟到你碗里，有什么好穿的好玩的，也都先尽着你依着你，把你惯到了天上。你自小儿就以为自己高人一等，如果饭桌上有什么好菜给其他人吃了，你就会躺在地上打滚。可你现在变了，变得知道了关爱别人。姐替你高兴。是的，咱们家必须有人退出大学来帮助妈减轻负担。姐刚才说了，什么叫舍得？有舍才有得。”

黄卓:“姐……”

黄鹂:“弟,你不用说了。你愿意成全别人,这心意,姐领了。但你不能退出。这个迫不得已的选择,姐是唯一的人选,姐是妈最大的孩子,姐有责任帮妈。你的责任就是为你自己、为妈、为咱们全家争光,说大了就是将来能对社会有用。”

黄卓:“姐……”

“不用说了。”黄鹂把自己的阄条撕了,“就算姐手气不好。就这样说定了,噢,再不许变卦。睡吧。”

姐姐走出弟弟的房间。

黄杏却走了进来:“哥,我知道你这几天心情不好的真正原因还是因为录取的学校不是你的第一志愿。”

黄卓:“我想到招生办查一个明白,为什么高分低取,有的同学分数比我的还低,都考上了上海的那个大学。我填的第一志愿不也就是那个大学?”

黄杏:“对,是得查查,看看其中到底有什么猫腻。”

母亲一早就起床忙着涮锅做饭。

早晨,母亲端着早饭走进奶奶房间,大吃一惊:“妈,妈,你这是怎么啦?妈,你醒醒、你醒醒……”

龙大海和几个孩子都赶到了这里。

母亲将奶奶抱上床铺。

奶奶还有一些知觉,只是说不出话来。

“奶奶,奶奶……”学医的黄琳搭脉搏、掐人中,紧急施救。

奶奶微微睁开了眼睛,一个一个望过去,眼角渐渐流出了眼泪。

母亲一边替奶奶拭掉眼泪,一边急喊:“妈,妈你觉得好些没有?”

奶奶使出最后的力气,抓住母亲的手,又抓住龙大海的手,将两双手紧紧地抓在一起,想说什么,最终还是没有说出什么,一歪头,去了。

“妈……”

“奶奶……”

黄家传出凄厉的哭喊声。

黄琳抓过奶奶的手，脉上一搭："妈，奶奶走了。"

母亲赶紧又抱起奶奶："走，赶紧送妈去医院。"

黄琳："妈，奶奶已经……"

"快。"母亲抱了奶奶就走，"兴许还有希望。"

龙大海飞快地蹬着三轮车。

母亲坐在车子里，怀里抱着奶奶。

一阵紧急抢救。

医生终于摇摇头，停止抢救。

护士也将氧气瓶推出了病房。

三轮车又载着母亲和奶奶回来。

几个孩子都迎出屋外。

母亲又将奶奶抱回床上，替她整了整衣服，回头对龙大海说："给妈准备一口棺材。"

龙大海略显迟疑："现在都兴火化。"

母亲："妈生前说过，她要土葬。骨灰也可以土葬。再准备一套寿衣。看哪儿有绣花鞋卖。"

一旁的邻居说："我会绣花。鞋尖绣一对牡丹，鞋口滚上龙纹条边。"

"难为你了。"母亲又对还没有走的龙大海说，"寿衣挑最好的买。"

龙大海走了。

母亲给奶奶阖上眼皮，轻声说："妈，你就这么走了。妈，你走好。你说过，等我组成了新家你就瞑目了。我还没有组成新家，你怎么这么快就走了呢？你果真走了？妈，这几年我都忙着孩子的事，忙着孩子们的读书上学，没有顾得上照顾你，妈，我对不起你。我知道现在说这话已经晚了，我只能望你走安心了。妈，你已经看到了，大海也来这个家了，四个孩子也全都考上了大学。我知道，你内心还有放不下的事情。妈，智清他会自己照顾自己，万一不行，妈，我在这答应你，如果我能帮他，一定帮他……"

孩子们一旁也跟着母亲落泪。

母亲没有撕心裂肺地号哭，仍只是流着泪说："妈，咱们家穷，孩子们又要快上大学，我们没有条件把你的丧事办得风风光光，但我们也不会让你像没有儿子那样寒碜上路，每年清明我会给你上坟、烧纸。"

几个孩子聚在奶奶身边全都掉下了眼泪。

母亲抚摸着奶奶额头上的一个疤说："孩子，记住奶奶，这个家在奶奶得病之前都是奶奶在家撑着，你们知不知道奶奶脸上为什么会有这疤？妈听说过……"

时间回到数年前——

奶奶抱着一个孩子下楼。

突然脚下一滑。奶奶连孩子一起滚下楼梯。

奶奶额头猛地撞到了地面。

母亲说："奶奶本来可以伸出手按住地面，但奶奶还是让自己的额头着地，双手仍然紧紧抱着杏儿。"

黄杏听到这儿，含泪在奶奶的额疤上吻了一下。

黄鹂、黄卓、琳琳也像她那样，一个个走到跟前，在奶奶的额疤上与奶奶吻别。

几天后，野外耸起了一座坟包。

母亲领着几个孩子在奶奶坟前默立了一会后回家。

黄鹂有意落到后面。

接着，趁别人没有注意，隐到一棵树后。

再后来，黄鹂斜下一条小路，悄悄地走了。

回到家里，母亲发觉了什么："琳琳，你姐哩？你大姐？"

黄琳奔回自己房间，很快又奔出来："妈，这是大姐给你留下的信。"

母亲一愣："什么信？"

黄琳:“大姐走了。”

“走了?”母亲拿过信——

“妈,我走了。请恕我不辞而别。因为我如果当面告诉你我为什么要离家出走的原因,你一定会严厉阻拦,可我又不想跟妈争执跟妈吵架。妈,我只是暂时离家,请你不要生气,我只是外出正正经经地挣钱。更要请妈千万千万要冷静的事是——北京的大学我不去上了。我不是不想去上学,我是不能去上学。咱们家四个孩子都考上了大学,外面看起来轰轰烈烈,可是妈在遭受着多大的困难!妈,我是咱们家老大,只有我最有责任帮妈。妈,请你转告弟弟妹妹,他们必须去读大学,因为有姐有妈,还有将来的大海爸爸帮着。他们必须去读大学。妈,你千万放心,我懂得自己的尊严,而且我也不会放弃学习。请妈妈和大海叔保重身体,祝弟弟妹妹学习顺利。女儿黄鹂。”

母亲掉下了眼泪,抓着信纸的手在发抖。

在场的其他人无不动容。

母亲望着信纸:“鹂鹂,你是懂事的孩子,但越是懂事的孩子,妈越是不能亏待。在这个家里,只要考上了,谁都应该上学。鹂鹂,妈还那句话,就是砸锅卖铁、卖屋、卖血,也不能为了学费把已经考上大学的孩子拉下。”

龙大海:“你也别急,我这就去找她。”

母亲:“你知道她在哪?”

龙大海:“其他地方说不准,还是先到县城看看。”

母亲:“我看这样,你到医院给我顶班顶个几天,我把三轮车蹬到县城,在城里一边揽客一边找她。”

龙大海:“这也是一个办法。”

母亲立即出门跨上三轮车,直奔县城。

黄鹂在县城一家一家地寻找工作。

她走进了文化馆。

母亲的三轮车也朝文化馆方向蹬来。

母亲的目光紧急地在人群中搜找着。

遭到拒绝的黄鹂，又从里面出来。

母亲的三轮车驶近了文化馆。

三轮车到了门口，又驶了过去。

这时黄鹂也走出了大门。

就差十几秒时间，母女之间错过了一次极为难得的相遇的机会。

黄鹂向着母亲的三轮车相反的方向走去。

黄鹂走进了广播站。

母亲的三轮车已载上了客人。

车轮飞速地滚动着，蹬车的母亲仍没有放松寻找。

走进广播站的黄鹂又走了出来。

黄鹂看见档案馆墙上贴着招工启事，驻足看了一会，就走了进去。

夏秋之交的太阳仍然是热辣辣烫人。

母亲已是汗流浃背。

三轮车在树荫下的一个茶摊前停下。

母亲摸出两毛钱想买一杯水喝，想了想，摇摇头，心里在说："不行，现在连一个钱都得攒着。"

母亲收起钱，继续蹬了车寻找女儿，也顺带着揽客。

黄鹂走出县档案馆之后，又走进了文联。

文联主席是个女的，倒很和善："找谁？"

黄鹂："我想找一份工作。"

"你想找一份工作？"女主席摘下眼镜将黄鹂一番打量："你有什么特长？"

黄鹂："我是高中应届毕业的学生。平时最喜欢文学，这是我发表在《新星》杂志上的两篇文章。”

女主席又戴上了老花眼镜，一边继续看她的文件，一边说：“念来听听。”

黄鹂便亮起甜润的嗓音：“第一篇，题目叫《因为我是母亲》。我们老家那山里有很多猴子。一天，有一个人家的一个婴儿被一个猴子抱走了。全村人都出去追赶。那猴子搂着婴儿飞快地爬上了当地最高最陡的一座山峰。全村人将那座山峰包围起来，向上攀爬。那座山峰实在太高太陡、太险峻了，连最健壮的小伙子都感到无法攀登，当人们刚刚到达半山腰的时候，只见一个女人抱着婴儿从峰顶走了下来。人们非常惊讶，问她怎么爬上去的怎么会爬得那么快？那女人回答说：我也不知道我是怎么爬上去的，要问我怎么会爬得那么快，因为我是母亲，因为那山顶有我的孩子。”

女主席听到这儿，低头将目光从眼镜的镜框上方溜出来，又打量了一眼面前的这个女孩。

黄鹂继续在念：“第二篇，题目叫《真正的母爱》。我妈曾经告诉过我这么一件事情：镇上有一个做铁匠的父亲眼看自己老了，就叫儿子外出挣钱，学会自己谋生。母亲悄悄塞给儿子一个铜板。当天晚上，儿子回来把钱交给父亲，说我今天赚了一个铜板。父亲随手把铜板扔进炉子，说这钱不是你赚的。第二天，母亲又给儿子一个铜板，说这次你尽量走远一些，迟一些回来。第二天，儿子回来了，又给了父亲一个铜板，父亲又把铜板扔进了炉子，还是那句话：这钱不是你赚的。儿子非常怀疑地看了母亲一眼。儿子又一次被父亲赶着出门了。这回母亲没有给他铜板，无论儿子怎么要求，母亲就是不给。儿子非常气愤，一跺脚走了。几天以后，那儿子回来，交给父亲几个铜板，父亲照样把铜板扔进炉子，这一次儿子急了，急得冒着被炭火烫伤的危险在炉子里扒拉。父亲说，这一回真是你自己赚的了。母亲问儿子还恨不恨她？母亲说溺爱不是真正的母爱，你已经走出谋生的第一步了。”

女主席又一次摘下眼镜：“你叫什么名字？”

“黄鹂。”

女主席：“小黄同志，我们这里有一份内部交流的文学刊物，不定期出版，还正需要一个同志担任编辑并兼通联工作。”

黄鹂：“那就让我试试，我一定会非常努力。”

女主席：“月薪六百怎么样？当然，根据能力、态度和业绩，还会酌发一些奖金。”

黄鹂：“老师，工资再低一点也行，我只有一个小小的要求。”

女主席：“什么要求？”

黄鹂自己也感到羞于启齿，犹豫了一会，还是说道：“老师，我这要求也许不合情理。”

女主席：“说来听听。”

黄鹂：“我想预支工资。”

女主席：“预支工资？预支多少？”

黄鹂：“如果订一个一年的用工合同，我想预支半年工资，如果订一个三年的用工合同，我就想预支一年的工资。”

女主席皱起了眉头。

黄鹂忙说：“老师，我不是坏人，我可以把身份证压在这里。”

女主席的胖手指在玻璃台板上轻轻点着，一时并不说话。

黄鹂的神情紧张起来：“老师，我知道我这要求非常过分。你能收留我给我一份工作，已经是天大的恩德，我却还要使你为难。但我急等钱用，实在没有办法。老师，我弟弟、妹妹都考上了大学，马上就要开学。我妈拿不出那么多学费，我们家已经欠了不少债务，如果这几天凑不齐学费，我弟弟、妹妹上大学的希望就会破灭。”

女主席显然受到感动：“这样吧，咱们先签一个一年的合同，预支你三个月的工资。就这已经是违反财务规定，但我可以将我的工资先垫付给你。”

“谢谢老师。”黄鹂拿出身份证，“这身份证先压在老师这里。”

女主席：“我记一个号码也就行了。社会上虽有骗子，我相信绝大多数都是好人。”

黄鹂深深鞠了一躬：“谢谢老师。”

母亲蹬着三轮车，一边揽客，一边仍满大街寻找自己的女儿。

有几次看到前面有女孩子的背影很像黄鹂，母亲心情一振，急忙蹬车上前，结果不是。

眼看着几次失望之后，太阳已经快要下山，母亲只得蹬着空车回家。

母亲蹬着三轮车回到家里的时候，天已经黑了。

龙大海迎出门口，接过三轮车：“有没有找着？”

母亲摇摇头。

几个孩子非常懂事地给母亲捧出脸盆，递上毛巾。

黄琳则给母亲仔细地掸着身上的灰尘。

当天的晚饭吃得十分沉闷，谁都没有说话，特别几个孩子连扒饭的动作都尽可能很轻很轻，尽可能不发作一点瓢勺的声音。

丢下饭碗的时候，母亲说：“大后天就要开学了。明天动身。该准备的行李都准备起来。学费的事用不着你们担心，这是妈的责任，妈在你们启程动身的时候会一分不缺地交在你们手里。还有，你们大姐是为了给妈减轻负担才放弃的学业，你们大姐考上的大学比你们谁考上的都好，你们大姐的学习成绩、读书能力，以及未来的前途，本来绝不在你们任何一个人之下，但大姐放弃了。那是为妈，也因为这个穷家。妈想到这里就心里非常难受。”

龙大海递给母亲一条毛巾。

母亲抹了一下眼泪：“黄鹂这个孩子，自小就贤，就懂事，自小就晓得把妈的高兴或者忧愁装在自己心里。记得还抱在怀里时候，妈跟别人说话，她一双大眼睛就滴溜溜盯着妈的脸看。妈说到高兴的时候，她也跟着笑了；妈说到发愁的事情，她也把小脸苦了起来。她还不会说话，有什么好高兴好愁的？高兴的是妈在高兴，愁的是因为妈在发愁。”

几个孩子都低下了脑袋。

母亲：“妈记得你们大姐会说的第一句话，可能你们谁都想不出来。那一天妈一阵阵的牙痛，妈每当嘴里吱溜一声，她就要使劲掰开妈嘴看，而且突然说了一句：‘不痛。’这是你姐开口说的第一句话。妈当时都吓了一跳。”

几个孩子似乎也都受到了感动。

母亲：“到了再大些的时候，大概四五岁的时候，有一阵总是下雨，广播上的天气预报也总是预报有雨。母亲发愁说又预报有雨了，怎么总说有雨？这天都快漏了似的，这山上的柴都晒不干了。过了一会，你们的姐说，妈，天不会再下雨了。妈奇怪了，问她怎么知道，她说，她把总说会下雨的广播线剪了。”

听到这，黄杏忍不住捂嘴欲笑。

黄卓瞪了她一眼。

母亲继续道："孩子，你姐放弃学业，是为妈，也是为挣学费供你们读书。妈做的一切你们可以忘记，姐的情义和恩德却要记住。到了学校好好读书，为你们自己，为妈，也为了你姐。"

几个孩子都含着眼泪点了点头。

母亲："好了，回你们的房间准备准备，杏和琳琳准备明天的晚班车动身。你们两个是 9 月 1 日开学，你们先走。卓和你们大姐开学的时间是 9 月 8 号，比你迟些，还可以在家再待一个星期。"

夜深了，母亲洗了碗，抹了桌子，就和龙大海进房间盘点学费。

龙大海："还差多少?"

母亲从口袋里掏出一把零钱，一张张整理着："今天蹬了二十多元，加上你卖房子的钱，再加上我这个月的工资，再加上卖给森工站的那批毛竹，还缺 8 000 多元。子棉加工成皮棉的加工费还有 100 多元。公路上碎的那几堆石头，施工员已经量过，大概有 80 多元。后门口的药材，大概还可以收个三四十元。"

龙大海："这么说，还缺 7 000 多元!"

三个孩子都集中在一个房间，心情似乎都非常沉重。

黄家的大门早关上了。

突然，门栓被人拨动。

大门被轻轻推开。

黄鹂回来了。

她蹑起手脚，轻轻地穿过堂屋，悄悄地来到弟妹们住的厢房门前。

黄卓房间的灯还亮着。

黄鹂蹑手蹑脚地来到窗前。

只听黄琳叫了一声："姐。"

窗外的黄鹂吓了一跳，赶紧矮下身子。

原来并非叫她。

弟妹们是议论什么。她便贴墙在窗外听了一会。

只听黄琳说："姐，我叫你哩？"

黄杏："什么事情？"

黄琳："姐，咱们大学毕业后的理想是什么？"

黄杏："你是学医的，毕业后就做医生。我学的自动化研究，今后做一个工程师。哥是计算机专业，今后就是 IT 人员。"

黄琳："你说错了。我要问的是你们大学毕业之后第一件想做的事情，除了报考研究生或者把妈接出来享享福之外，还有什么？"

黄卓："你说哩！"

黄琳："我大学毕业之后所做的第一件事情就是赚了钱存上。"

黄杏："存钱？"

黄卓："我猜到了琳琳为什么要说第一件事就是存钱。"

黄杏想了想，低声说："我也猜到了。"

黄琳继续沉声说："大姐为了挣钱供咱们读书，放弃了自己上大学的机会。她葬送了自己的大学梦，葬送了六年中学寒窗的辛苦。大姐有那么好的成绩，大姐葬送的还有自己的前途。"

黄杏和黄卓也都黯然神伤。

窗外。黄鹂感动得掉下了眼泪。

黄琳继续道："我欠大姐的。"

黄杏和黄卓也说："我们都欠大姐的。"

黄琳："如果说欠下的钱还可以偿还，我们欠下的是内疚，是大姐的前途，是大姐再也无法弥补的损失。我们都远走高飞了，我们将来都会有自己的事业和成就，而大姐哩？大姐飞不高走不远了。大姐今后或许只有陪着妈守在家里，守着老屋，守着那几亩山地。大姐曾经和我们一样有过的梦没了，未来也再没有什么追求，到那时候，大姐或许和妈一样，在这儿生男育女，或许和妈一样为了子女读书的学费会蹬着妈留下的三轮车上街揽客。到那时候我们都事业有成回到这老家的时候，我不敢想象那时候我会怎样面对大姐的眼睛。那时候苍老、憔悴的大姐，目光一定是充满笑意的欢欣，但我相信大姐目光背后的深处肯定也会隐藏着忧伤和哀怨。大姐不会在我们的面前倾吐苦水，也不会为她当年的情义后悔，但是大姐怎能不想到当时要不是、要不是……今天也一定会和弟妹们一样鲜光彩亮地衣锦还乡。说真的，到那时我真不知道该怎样去面对大姐的眼睛，大姐的目光。真的不敢，尽管大姐的目光一定是非常欢欣和慈善，或许越是那样我越不敢面对。到那时候，我更不敢面对的或许还有大姐一群孩子的目光，我欠大姐的，同样也欠着他们……”

黄琳一时哽咽难言。

黄杏和黄卓也更是唏嘘饮泣。

窗外。大姐同样是热泪横流。

但她手捂着嘴，不敢出声。

黄杏泪眼迷离：“妹，我理解你的意思，到时候我也存钱。大姐让我们给耽误了，今后我们要拿钱供大姐的孩子读书，一直供到念完大学。”

黄琳：“这是我们今后唯一能够补报大姐的办法，也是我们唯一能够在今后安慰自己的方式。今后大姐的第一个孩子由我负担。”

黄杏：“第二个孩子由我负担。”

黄卓：“第三个孩子由我负担。”

黄琳：“如果大姐只有一个孩子，我供这孩子上完大学。”

黄杏：“我供这孩子读完硕士。”

黄卓：“博士的事由我负担。”

窗外。大姐泪流满面。

暗夜深沉。

院子里有萤火虫在无声地游走。

大姐终于止住暗泣，将纸头包着的一扎什么，悄悄塞进门缝。

然后转身就走。

黄卓捡起地上的纸包，拆开来一看，赶紧追出门外。

只见门外的一道黑影已经飞快离去。

龙大海："这样算来，除去鹂鹂的学费，总共还缺五六百元。"

母亲："这五六百元，明天上午我再另想办法。"

龙大海："什么办法？你还有什么办法？"

母亲不说。

龙大海急道："阿娟，你有什么办法我知道，你是卖血？又想卖血？"

母亲苦笑说："现在只有这个办法。孩子们明天下午就要走了，只有这个办法最快。"

龙大海："就不能再找人借一点钱吗？"

母亲："能借到的地方，我几乎全都借了。"

龙大海捋起衣服："明天要卖血，那就我去。"

母亲："这有什么好争的，我以前已经卖过。"

龙大海："就是以前卖过，才不能常去抽血，再说你身体不好。明天我去。"

这时候黄琳奔了进来："妈，大姐回来过了。"

母亲霍然站起："现在在哪？"

黄卓："姐又走了。"

母亲大急："走，快追。"

黄琳："妈，追不上了。"

母亲："姐是不是回来拿什么东西？她离开家里可是什么都没带。"

黄琳递上钱："姐是回家送钱来的。"

母亲大声说："你怎么不把你姐拽住？怎么不来告诉妈呢？"

黄琳："我没有看见姐，姐把钱塞在门缝里人就走了。"

母亲重重地一声叹息："先把你们两个小的送上大学，鹂鹂我是非找到不可，能上大学的，一个都不能落下。好在她和卓还有几天才开学。"

琳琳漂亮的长睫毛眨动着，也是一时无语。

眼看着琳琳又将离开，龙大海的心里泛起一阵阵说不出的滋味。他忍不住多看了琳琳一眼。

黄琳也不觉多看了他一眼，这才转身走出房间。

龙大海望着母亲，好一会才说："我真是喜欢你们家的几个孩子。我想跟你说一件事情。"

母亲："什么事情？跟我说事情也这么犹犹豫豫？"

龙大海："这几个孩子马上就要读书走了，我能不能给他们一个人买一件衣服？"

母亲："这怎么能再要你破费？为这几个孩子的学费，已经让你操这么大心了。"

"那、那……"龙大海吞吞吐吐了一会说："如果你不介意，那我就给最小的琳琳买一件衣服，买一双鞋子。"

母亲不觉将目光久久地停留在龙大海的脸上，好一阵没有说话。

龙大海忙说："如果你觉得这样不太合适，也就算了。"

母亲似乎已经意识到了什么，想了想说："那就随你的意吧，但也别给孩子买得太好。"

第二天一早，黄琳刚刚起床，龙大海就在自己的房里朝着黄琳招手。

黄琳迟迟疑疑地走了进去。

龙大海拿出早已准备好的衣服、鞋子："琳琳，你又要走了，这一走又得一年半载才能回来。叔送你几套衣服、鞋子。来，穿上让叔看看。"

黄琳："谢谢叔，我妈说过，别人的东西不能随便接受。"

龙大海："琳琳，这事我跟你妈说过。"

黄琳："谢谢大海叔，我真不能接受。我这一身衣服已经挺好。"

龙大海："我现在的正确身份，虽然只是你家的一个房客，但我真是非常非常地喜欢你。来，琳琳，试试这套。这一套衣服你穿上一定非常漂亮。"

黄琳还欲推辞。

母亲出现在门口："琳琳，大海叔也不是外人。我想大海叔租下咱们这间房子也是为了能经常看到你。"母亲这话有一点试探的意思。

龙大海显然显得有些慌乱。

黄琳："为什么为了能经常见到我？难道我跟别人有什么不一样吗？"

龙大海想说什么，欲言又止。

母亲忙说："琳琳，别这么没有礼貌，大海叔是喜欢你呗。来，穿上让大海叔看看,也让妈看看。"

黄琳这才穿上新装。

龙大海十分开心:"果然人是衣装马是鞍,琳琳你照照镜子,简直就是小天仙小公主了。"

然后转对刚刚进来的黄杏等人:"你们说说,琳琳是不是非常漂亮?"

"漂亮,还真的是小天仙小公主了。"黄杏对黄卓挤挤眼睛。

黄琳瞥见,立即脱下衣服扔在床上:"我不要穿了。我就要和我哥哥姐姐一样,穿我妈自己做的衣服。"

说着就甩手走出。

龙大海木立当场。

一时间,尴尬、失落、委屈,甚至还有当年的悔恨,全涌了上来,几欲泪下。

母亲忙说:"看这孩子。大海,你别介意,这孩子就这脾气。"

龙大海折起衣服:"那就请你转交给琳琳。"

母亲:"我看你非常喜欢琳琳这个孩子,今后还是由你交给她吧,我相信会有机会。"

下午,黄杏、黄琳都准备上车去大学上学。

外婆、母亲、龙大海、王香阿姨以及邻居孩子阿毛,都来送行。

(黄鹂也偷偷来了,她只能隐在附近。)

母亲抽出扎在衣服上的针线,将黄琳一粒松动的纽扣紧了一紧。又扽扽黄杏的衣襟。再把黄杏眉毛上沾着的一丝白絮拈掉。

一时谁都没有说话,母子依依惜别的场面非常感人。

汽车启动了。

母亲:"走吧,上车吧。"

两个孩子齐整整地给母亲鞠了一躬:"请妈保重。"

母亲:"还有外婆,你大海叔。"

黄琳:"外婆保重。"

黄杏:"大海叔也保重。"

黄琳有意无意地朝人群中的龙大叔又瞥了一眼。

龙大海似背过身擦了一下眼泪。

汽车走了。

两个孩子全从车窗里伸出脑袋,向母亲挥手,向龙大海挥手。

黄杏又向黄卓挥手:“哥,我们先走一步。”

黄琳也向黄卓眨眨眼睛:“哥,再过一个礼拜,你也将从这里出发。”

黄杏:“哥,到了学校再通电话。”

黄琳:“如果这几天你能见到大姐,请转告她一声:我爱她,我们弟妹都爱她,我们全家都爱她,请她能上学一定得上。”

(隐在附近的黄鹂又流下了眼泪。)

母亲大声说:“你们把学习学好,得空写一封信来。你们大姐的事,妈还在心里挂着。”

汽车走远了。

候车的人群在议论着:

“这是黄家的孩子。”

“一下就出了四个大学生”。

“听说全靠这个当妈的操劳。”

人们向母亲投来羡慕与敬佩的目光。

人群中的龙大海泪眼迷离。

母亲走了过来,递给他一条手帕。

送走三个孩子的当天下午,母亲又将三轮车蹬进了县城。

三轮车的风雨篷上,两面都用红漆写着:“黄鹂,妈在找你。”

说来也巧,黄鹂这时正有事上街。

她匆匆向巷口走来。

蹬着三轮车的母亲转了几圈,转到巷口,正要与黄鹂撞一个正着。

不巧的是黄鹂转身拐进了另一个胡同。

母女又一次失之交臂。

母亲揪心着黄鹂,开始艰辛的寻女之路。

一波未平,一波又起。

几乎与此同时，由于错改志愿，黄卓又与母亲展开了冲突。

母亲蹬着三轮车来到招生办公室门口。

听到里面有人在激烈争吵，母亲停下三轮车，不觉一惊，与人争吵的竟是黄卓——

黄卓脸红脖粗，怒气冲冲："舞弊，这就是舞弊。"

一个戴眼镜的招办人员，怒气更盛："既然你说我们舞弊，那你去告去。"

黄卓桌子一拍："你以为我不敢？"

"眼镜"："你凭什么？你凭什么能告我们？"

黄卓："凭什么？非常简单，还是那句话，为什么我622分的成绩，第一志愿竟没有上线？我全市第五名，全省第九名，你知不知道？你知不知道排名远在我后面的都上了上海的那所大学，那为什么？那究竟因为什么？"

"眼镜"："我刚才已经跟你说过，这里没有任何猫腻，你被录取的就是第一志愿。"

黄卓："不，我的第一志愿就是上大，而不是闽大。"

"眼镜"："空口无凭，我刚才已经从电脑里调出了你的志愿记录。"

黄卓格外来气："我说的舞弊就在这里，我填报的第一志愿明明就是上大，怎么变成了闽大？这是移花接木的把戏，是偷梁换柱的伎俩，是瞒天过海的卑劣手段……"

"你，你……""眼镜"气得眼镜都差一点掉了下来。

母亲奔了进来："卓，卓，人家没有偷改，你的志愿，你的志愿是妈改的。"

黄卓睁大了眼睛："什么？你说什么？"

母亲："卓，是妈自作主张，把你志愿改了，改你志愿的是妈，不是人家。"

黄卓愣在原地，像被谁劈了一个巴掌，愣了足足有一分多钟。

只听围观的众人纷纷指责黄卓。

刘品仁首先发难："告啊，怎么不告去啊？要告把你妈告上法庭。"

众人也跟着说：

"年轻人何苦发那么大火！"

"这叫嘴上没毛，办事不牢，还没把事情弄清爽就瞎嚷嚷。"

"这不，拍桌打板凳又能怎么样？有理不在言高。"

"呵来嚷去,结果哩,放屁砸坑,怪谁?问题还不在自己身上。"

黄卓感到了莫名的屈辱,不自不觉就掉下了眼泪。

母亲拽起袖管欲替黄卓抹去眼泪:"卓,妈……"

黄卓猛地推开母亲。

母亲打一个趔趄,险些跌倒。

黄卓一路飞奔而去。母亲急忙骑上三轮车就追:"卓,卓……"

黄卓在前面一路飞跑。

母亲在后面一路急追:"卓,坐妈的车回去,卓,妈有话要跟你说……"

在文联上班的黄鹂,听到追嚷声,走出门外,一伸头,看到竟是母亲在追弟弟。

下意识地就是一声:"妈——"

母亲一个急刹车,险些栽出去。

黄鹂赶紧一捂嘴,缩回门里。

母亲回顾无人,以为听错了耳朵,赶紧骑了车又追。

黄鹂再从门里出来。

只见母亲已经走得只剩下绰约的背影。

望着望着,黄鹂流下了眼泪,心里在说:"妈,你真是命苦,我知道你在找我,女儿给你添累了,可弟又有了什么事情?弟,还有一个星期就要上大学走了,难道现在又闹出了什么别的事情?"

黄卓奔往回家的路上,任母亲在后面如何追喊,就是不停。

母亲蹬着三轮车,在颠簸的山道上好几次险些出事。

到了松元镇,嘉妮见黄卓远远朝自己奔来,以为发生了什么喜悦的事情,立即就迎了上来:

"黄卓,是不是他们弄错了?还是他们存心作弊?我叫你去招办查查,当然要查,怎么样?"

黄卓气喘吁吁地到了跟前,却并没有停下。

嘉妮伸手去抓他的胳膊。

黄卓猛一挣脱,继续奔往接官亭方向。

“黄卓,黄卓……”诧异的嘉妮急追了过去。

黄家,房间里挂着黄琳的一张照片。

龙大海非常关注地在对着照片画着黄琳的肖像。

画着画着,心里泛起阵阵柔情,眼泪也不知不觉地流了出来。

母亲回到了门口,歇下三轮车。

龙大海画得非常专注,竟没有发现母亲回来。

母亲站在门口。

望望墙上黄琳的照片。

望望画板上正在画着的黄琳的肖像。

望望龙大海潸然而下的眼泪。

母亲又一次感到了诧异,并又一次隐约地意识到了什么。

龙大海一回头,发现了门口的母亲,立时显出慌乱,像偷东西被人发现似的。

画板落地。墨汁碰翻了。

他顾不得这些,急忙收起肖像,撤掉墙上照片,对母亲自我解嘲地嘿嘿笑了一下。

母亲没有将心中的怀疑说出,帮他扶起墨汁瓶,收起地上的杂物。

龙大海想到了话题:“鹂鹂找到没有?”

母亲摇摇头。

龙大海:“心放开一些,好在还有将近一个星期,也许能够找到。”

母亲:“现在最让人挠心的恐怕还是卓儿。他已经知道我给他改了志愿的事情,这孩子心气本来就高,考了重点大学的分,让他上了二本的学校,只怕这个弯转不过来,心里的疙瘩一旦打结打死了,你说我这当妈,该怎么办哩?”

龙大海:“这也怨我。”

母亲:“怨你什么?”

龙大海:“当时没有劝你。”

母亲:“你说这弄错了的事情能不能再改回来哩?”

龙大海:“你是说,想改变志愿,重新录取?”

母亲:“冤假错案,不都更正了吗?”

龙大海:“这跟冤假错案不同,这里有家长的责任。”

母亲:“家长一手制造的冤假错案,就不作兴翻改?”

龙大海:“迟了,恐怕迟了。录取工作早已结束,调档的手续也早已做完,现在都已经忙着开学了。你说这事,现在再改志愿恐怕……”

母亲:“这事你也帮我想想,得想一个办法。”

龙大海直抓头皮。

母亲:“我去医院调休几天。鹂鹂必须找到,还有卓儿,都不能误了这几天开学。”

接官亭里,嘉妮又把一块口香糖塞到了黄卓的嘴里。

黄卓偏头避开。

嘉妮:“你对我生什么气?我改了你的志愿?”

黄卓声音很响:“我没有说你改了我的志愿,但我的志愿毕竟是被人改了,这是现实。”

嘉妮:“你妈改你的志愿,想必也是好心。”

黄卓双手狠拍亭柱:“好心,好心,好心,鲁迅先生说过,被亲爱的人用毒药害死,才是最大的悲哀。”

“事情已经这样,光急也是没用。”

“嘉妮,你说我该怎么办哩,你说我该怎么办?”

“我能有什么办法。”

黄卓一把抓住嘉妮的手:“嘉妮,你说这弄错了的事情就当真不能改吗?”

嘉妮:“你说你弄错了,人家未必肯信。”

“真的是弄错了的啊,我的第一志愿分明是上海,分明是跟你一个学校。”

“可是志愿表上?人家只相信白纸黑字,人家并没有弄错。”

“那是我妈改的，那是一个不识多少字的乡下女人，在没有征得我的同意下擅自改的。”

嘉妮：“一面之词，谁会相信？人家完全可以说是你编造出来的谎言，人家可以说你当初为了保险，故意把第一志愿的门槛放低，结果考分大大超出预期，就又反悔，就又想拿重点大学作为第一志愿。天下有没有这样的好事？如果人家都像你这样，都去编造一个是母亲撤改志愿之类的因由，而纷纷要求变更学校，这不乱了套了？”

“这不是我事后编造的谎言，事实确实是我妈改的，是一个不认识多少字的乡下女人改的。”黄卓的脸都痛苦得有些变形，“我可以要她作证。”

嘉妮：“要想变卦，谁家的母亲不会挺身而出？证人是自己的母亲，不足为凭。”

黄卓瞪着嘉妮：“嘉妮，你也认为我是在编造谎言？”

嘉妮摇摇头：“我是说人家会这么说的。人家还会这么说……”嘉妮装出官腔，“你们老师事先没有跟你们强调过吗？填报志愿要慎重，千万要慎重。”

黄卓的脸上有愤怒，有痛苦，有沮丧。

嘉妮细下声音：“别生气了好不好？我怎么会认为你是在说谎？我们当初是一块商定了同时报考上海，同时报考这所大学的。”

“那你说我该怎么办呢？”

“你当真对你现在录取的这个学校以及这个专业不感兴趣。”

黄卓点点头。

“你当真非常希望去上海？非常希望去上海能读上这所大学？”

黄卓点点头。

“有没有因为我也在上海，我也在上海的那所大学？”

黄卓一时没有任何意思的表示。

“如果不是主要为了这个，我可以向你提一个痛苦的建议。”

“什么痛苦的建议？”

嘉妮斩钉截铁：“两个字——复读。”

“复读？”

“放弃这次升学的机会，再读一年高中。”

黄卓状极痛苦。

嘉妮:“苦心人,天不负,越甲三千可吞吴;有志者,事竟成,百二秦关终属楚。”

黄卓似乎快要掉出了眼泪。

嘉妮把一块香帕递给他:“有一句俗话说——不是你达不到,而是你不够高。”

黄卓抬起泪眼,望着嘉妮。

嘉妮鼓励的目光里充满坚毅。

黄卓又垂下脑袋,双手轻轻地揪住自己的头发。

龙大海揽到了镇上风景区美工的业务,正在学圃堂门上用美术字写着一副对联:砚田无荒年,书镜照千古。

母亲骑着三轮车来到这里:“大海,我想再去一趟城里。”

龙大海:“为鹂鹂的事?”

母亲:“还有卓儿,我去求求招生办的同志,看有没有什么可以挽回的办法。”

正说着,黄卓和嘉妮远远地过来。

母亲立即迎了上去。

嘉妮对黄卓瞥了一眼,赶紧离去。

“卓。”母亲叫了一声。

黄卓不理,自顾向前。

“卓。”母亲上前拦住。

黄卓用肩膀拱开母亲,侧身欲走。

母亲拽住黄卓:“卓。”

黄卓用力一甩,又欲离去。

“卓。”母亲突然撕心裂肺地一叫。

黄卓这才停下脚步站住。

母亲流下了眼泪:“卓,妈对不起你。”

黄卓别过脸去。

母亲:“卓,妈请你原谅。卓……”

黄卓冲天一吼:“不要说了。我只是问你,你为什么偷偷地篡改我的志愿?你为什么要背着我偷改我的志愿?”

龙大海也来到跟前:“卓,跟你妈说话,不能用篡改或偷改这样的话语。”

黄卓又是一吼:“这里没有你说话的分,你是谁,你当你是谁!”

母亲:“卓,有火对妈发火,别跟大海叔这样说话。”

黄卓转对母亲:“那我就问你,还是那句话,你为什么背着我改了我的志愿?你为什么把我的第一志愿改成第二志愿,把我的第二志愿又改成第一志愿?”

母亲:“妈错了,妈对不起你。”

黄卓火气不减:“难道一声认错就可以改变现状,难道一声对不起就能够恢复我本来的命运。我只是问你为什么要涂改我的志愿。”

龙大海欲替母亲不平。

母亲用手止住,仍对着黄卓:“卓,妈是看你一模、二模、三模的成绩都不理想,妈怕你的成绩跟不上第一志愿上的那个大学,妈就想,咱们还是实事求是……”

黄卓格外火了:“实事求是?这就是实事求是?我622分的成绩不明摆在这儿,我这成绩这分数是偷来的吗?”

龙大海忍不住也提高了声音:“这就是你不对了,你这话有强词夺理之嫌。不错,622分的成绩是你的骄傲,但三次模拟考试的500多分就不是你的成绩?622分是你的实际水平,难道这里面就没有超常发挥?你还要想想,填报志愿是在模拟考试之后,是在实际高考之前……”

黄卓梗着脖子:“我跟你说过,你是什么人什么身份?这里没有你说话的分。”

母亲提高了声音:“卓,不许对你大海叔这么没有礼貌。”

龙大海想了想:“是的,我是什么身份?但我想我就以你家一个房客的身份,以一个局外人的身份跟你说话,这样或许更加公允。另外,我也上过大学,接受过高等教育,而且还曾经是一个大学的教师,希望你能听我一句——你妈改动你的志愿,也是希望你能考上大学,走进大学。当时我龙大海也在旁边。真的,你妈改动你的志愿,千真万确是一个心眼希望你能考上大学,走进大学。我套用一句老话:天地良心,日月可鉴。你妈为这好心没有好报，还向你道歉。你还字字如针，句句如刀，得理不饶人，你妈能不感到委屈，能不感到伤心？”

委屈的母亲，眼泪再也忍不住了。

龙大海依然是一字一顿：“卓，大叔也上过大学，能理解你的心情。但你想过没有，你如果高考成绩是500多分，而不是622分，那你妈改动志愿的结果是怎样的英明何等的必要？谁都没有谁想到你在三模都不理想之后会考出这么好的成绩，还是这句话——知道要尿床，早爬起来了。不就是不知道。现在大错已经铸成，但动机和初衷都是好的，都是为了你能考上大学。”

“不。”黄卓也流出了眼泪。

龙大海：“怎么不？”

黄卓眼泪呼啦一抹：“就算出发点是为我能够考上大学，但你们有没有照顾我的感觉？有没有珍惜我的理想？我就是跨进了这所大学，那也是因为门槛太低才跨进去的大学。我的理想，我的兴趣，我的目标，你们考虑过没有，你们这一切都没有为我考虑，也不会为我考虑，你们自私，为了自己……”

母亲：“卓，妈怎么自私？妈怎么就为了自己？”

黄卓一昂头：“大学，大学，你们只知道大学，只知道能上一个大学就好。你们哪管什么大学，你们想到的是所有孩子都考上了大学，不管什么大学。你们满足的是你们自己的理想，是你们骨子里的虚荣。”

母亲身子晃了一下。

龙大海赶紧扶住。

母亲：“卓，说吧，有什么火全朝妈发来，有什么话全对妈说出来。”

黄卓：“我当然还有话说。”

母亲：“说吧，什么心里憋着的话都说出来，说出来让妈听听。”

黄卓一扭头：“当然要说。我还知道你们替我改变志愿一定还有另外一层意思，或者说另外一个目的，那就是普通大学的学费便宜。”

母亲的声音有些颤抖：“卓，你说什么？你重说一遍。”

黄卓咬着牙齿：“因为普通大学的学费便宜。”

母亲的脑袋嗡的一声。

四周立即轰响起巨大的声浪：“因为普通大学的学费便宜，因为普通大学的学费便宜……”

母亲瞪大了不敢相信的眼睛：“卓，你真是这么想的吗？你怎么会这么想哩？”

“因为我妈没了，因为我爸已经不是我爸，因为我不是你亲生的儿子。”黄卓丢下这句话，转身就跑，一边跑，一边擦着眼泪。

“卓，卓……”

母亲急想叫住黄卓。

黄卓已经奔跑出很远。

母亲又一阵眩晕。

隐隐约约地，四周漫起了古老的歌谣《小白菜》——

小白菜啊，地里黄，

两三岁上，没了娘。

跟着爹爹还好过啊，

就怕爹爹娶后娘……

龙大海扶住母亲：“娟，娟，没有事吧。”

母亲摇摇头：“没有事。”

龙大海赶紧安慰：“孩子的一时气话，也别往心里去。”

母亲说：“这孩子，我知道，一直心气就高，学校不理想，那也难怪，何况我这做妈的也确有责任。”

龙大海叹道：“母爱无边，天底下恐怕只有做妈的才会心胸那么宽广。”

母亲过了一会说：“大海，我还得去一趟城哩。”

龙大海：“寻找鹂鹂？”

母亲：“还有卓儿的事情，我想去一趟招办！”

龙大海：“要么我去。”

母亲指着门上还没写完的美术字对联：“你替得了我，我可是替不了你。这学圃堂门上有你这几个字，还真好看了不少。”

龙大海：“内容更好。砚田无荒年，书镜照千古。过去的人比现在人都知道读书的重要，这读书还真是重要。”

母亲：“可不是，你刚跟卓儿说的那些话，有眉有眼，有理有论，头头是道，就是因为读的书多。”

龙大海:“听你这一夸,我这人,打汗毛孔里舒坦。”

母亲心里稳泰了一些,这才骑上三轮车。

龙大海:“路上宁可慢些。”

母亲点点头。

母亲的三轮车蹬得飞快。

到了县城,母亲的三轮车又挂出了木牌——“鹂鹂,妈妈在找你。”

三轮车再一次经过了文联的门口。

母亲来到了招办。

坐班的还是那“眼镜”先生。

母亲进来:“老师”。

“眼镜”:“找谁?”

母亲:“我也不知道找谁,我只是请问一下,我儿子高考填错了志愿的事情。”

“眼镜”:“就那个黄卓。”

母亲:“是的,是的。”

“眼镜”:“这不存在错啊,我记起来了,要错也是错在你啊,不是你给你儿子改了志愿?”

母亲:“是的,确是我错。你看我这一错,错出了这么大的麻烦,俗话说,知错即改……”

“眼镜”:“这可没有办法改了。”

母亲:“可有什么方法补救?”

“眼镜”:“也没有什么方法补救。”

母亲:“就当真不能通融通融?”

“眼镜”的态度挺好:“大妈,你想想,这都什么时候了,招生工作早已结束,调档也都已经完成。开学较早的大学,新生已经陆续报到,你说这录取的事情还怎么调整?何况错不在学校,也不错在我们招办。”

母亲:“是的,这千错万错,全是我错。就我这一错,可坑了我儿子。他一定得上那个大学不可。”

“眼镜”:“哪个大学?”

母亲:“就是那自报的那个第一志愿。”

“眼镜”:“他就那么坚持?”

母亲:“看他样子是一定坚持。”

“眼镜”:“既然这样,也有办法。”

母亲急问:“什么办法?”

“眼镜”:“复读。”

母亲:“复读?”

“眼镜”:“就是不去报到,放弃现在录取的这所大学。现在录取了的这所大学会自动退档。然后带着档案再找一个中学重上高三。参加明年的高考。”

母亲愣住了:“参加明年的高考?重读一年高三?”

“眼镜”:“就这意思。多花一年时间,多缴一年的学费。”

母亲:“那明年是不是就有把握一定能考进那个学校?”

“眼镜”:“难说。”

母亲:“往年是不是也有这个情况?”

“眼镜”:“有这个情况。”

母亲:“往年的结果怎样?”

“眼镜”:“有的如愿以偿,有的反而考得更差。”

母亲:“这……”

“眼镜”:“是的,这有风险。这就需要考生与家长在风险与期望之间作出抉择。”

母亲无话可说。默默离开了招办。

母亲蹬着三轮车来到县政府门口。

犹豫来,犹豫去。

终于还是离开了县政府门口。

心里在说:“是的,开学都快开学了,也就是生米都快煮成了熟饭,县长能有什么办法?咱们不能老给人家添麻烦。”

母亲一路蹬着三轮车快到文联门口。

蹬着，蹬着，突然眼前一亮。

母亲远远地就看到了人群中的黄鹂，立即脚下加劲，使劲地蹬车追了过去。

黄鹂走到文联门口，便欲进去。

母亲急了，高声大叫："鹂鹂——"

黄鹂停下了脚步。

她回头看到了母亲，下意识地一声大叫："妈——"

"鹂鹂——"

母女俩紧紧地抱在了一起。

母亲像害怕再一次失去女儿似地，紧紧地抓住她的手臂："鹂鹂，快，现在还来得及。"

黄鹂故作不解："妈，来得及什么？"

母亲："上大学啊。鹂鹂，赶紧，现在离开学还有几天时间，就是迟到个一天两天，跟学校里说说，也没有什么。"

黄鹂："妈，这你放心，大学我是一定要上。为了我自己的前途，为了妈的愿望，也为了弟弟妹妹今后不再有亏欠我什么的内疚，我一定会上大学。"

母亲喜上眉梢："这就对了，这才像我的女儿。"

"但不是现在。"黄鹂掏出入学通知书，"现在我们想做的事就是打工，就是挣钱，就是替妈减轻负担，帮妈担一点责任。"

说着就将入学通知嚓嚓撕碎，一把扔在地上。

母亲大惊："鹂鹂……"

"妈，你以后别再来找我。我有时间会回去看你和爸。"黄鹂说完就退进小巷。

母亲上车就追。

忽然想到地上的入学通知书，立即回头再把撕碎了的入学通知书一片一片捡起。

然后上车再追黄鹂。

黄鹂这时已经失去了踪影。

小巷七拐八弯。

母亲追来追去也没有追着。

眼看着天色也渐渐晚了。

母亲再转到文联门口，也就是刚才发现黄鹂的地方。

文联已经关上了大门。

母亲只好无可奈何地回家。

母亲又回到了家里。

似乎是人去楼空，老屋一霎那显得非常冷清。

母亲刚想坐下休息一会，忽听到客房里传出嘤嘤哭泣声。

怎么回事？母亲急忙蹑脚去看。

母亲走到客房门口，只见龙大海一边折叠着黄琳的一件衣裳，一边嘤嘤哭泣。

肩膀一耸一耸地，竟哭泣得像个孩子一样。

母亲十分诧异，轻轻地走了进去。

龙大海吃了一惊，赶紧抹掉眼泪，又一次神色非常慌乱。

母亲问他："大海，怎么回事？"

龙大海竭力掩饰："没，没有什么事情。"

母亲："是黄卓招你生气啦？"

龙大海摇摇头。

母亲："是丢了什么东西？"

龙大海摇摇头。

母亲："是哪里不舒服？"

龙大海还是摇摇头。

母亲："大海究竟是怎么回事？"

龙大海终于止住了哽咽："没有什么事，真的没有什么事。"一边说着，一边仍在折叠着黄琳的那件衣裳。

折整齐了，再抖散。

抖散了再折叠起来。

母亲非常奇怪："大海，你怎么啦？"

龙大海这才把衣裳掖到背后，问："卓的事情怎么说？"

母亲："人家招办的意思，是生米已经煮成熟饭，已经没有办法。如果一定坚持重点大学而且非重点大学不可，那就只有一个办法。"

龙大海："什么办法？"

母亲："复读。"

龙大海："是的，如果非原来的第一志愿不可，那就只有复读，但这件事情非同小可，必须征求卓的意见。"

这时候，黄卓回来了。

母亲连忙叫他："卓，卓……"

黄卓径直走进自己房间，没有答话，砰的一声就关上了房门。

母亲轻轻叩门："卓，你还生妈气吗？卓，妈有一件事跟你商量。"

黄卓不理。

母亲仍在轻轻叩门："卓，卓……"

门缝里似乎飘出烧焦了的异味。

母亲闻到了焦味，慌忙使劲拍门："卓，卓，你怎么啦？房间里怎么有烧焦了的味道？"

门突然开了。

黄卓捧着一只脸盆。

脸盆里余火未尽，仍在烧着。

母亲一惊："卓，你把什么烧了？"

黄卓从灰烬里拎起一只纸角，淡淡地说："我烧的是大学的入学通知书，入学通知书被我烧了。"

母亲望着火盆。

火盆里一会儿出现熊熊火焰，一会儿出现完整的入学通知书。

入学通知书又渐渐被大火吞噬。

母亲揉了揉眼睛："卓，你想定了？"

黄卓语气极其生硬："想定了。"

母亲："想复读？"

黄卓忍住眼泪："复读。"

母亲："卓，妈也去招办打听过了，以往是有因为大学不理想而放弃的，所以就复读的。结果不外乎两种,一哩,再考果真考上了,果真考上了想上的那个大学。但也有复读一年,成绩倒反不如以前的。卓,妈只是提醒你一句……”

“不要你提醒。”黄卓将手里的火盆摔在地上,眼泪流了出来。

母亲欲替黄卓拭去眼泪。

黄卓肩膀一扭避开。

母亲一声长叹:“卓,是妈错了,妈对不起你。你既然想定了,下了决心一定复读,这也是你的志愿,妈不拦你。马上就要开学了,妈明天就去一中,帮你联系复读的事情。”

黄卓猛地转过身:“为什么一中?”

母亲:“一中是重点中学,是你的母校。”

黄卓仍是非常气恼:“母校,你还知道那是我的母校?你是存心想让我再回那个学校丢人?”

母亲:“那你的意思?”

“农中不照样有人考上大学。”黄卓丢下这么一句话,退回房间,用力关上了房门。

母亲木立在门口。

龙大海过来,将脸盆捡起。

母亲拿着脸盆回到自己房间,坐在桌旁愣了好一会。

这才拿出一块手帕,将脸盆里的纸灰倒在手帕里。

然后又从口袋里掏出一把被黄鹂撕碎了的入学通知书。

母亲默默地坐着,默默地望着。

泪水又渐渐地出来了。

费了多少心血,辛辛苦苦换来的两份入学通知书,没有想到现在会变成这副样子——

一份碎了。

一份已化为灰烬。

母亲迷离的泪眼里,一会儿出现黄鹂的影子,一会儿出现黄卓的影子。

这时候龙大海走了进来,用热毛巾替母亲拭去眼泪。

母亲向龙大海也送去充满感激的一瞥。

龙大海又把一杯茶捧给母亲："趁热喝了。"

母亲："什么茶？"

龙在海："九叶黄花茶。"

母亲又涌出了眼泪："在这个家里，就琳琳没有让妈这样操心！琳琳这孩子，天底下难找。"

提到黄琳，龙大海也流出了眼泪。

母亲也替龙大海拭掉眼泪。

一种相依为命的感觉，在房间里弥漫开来。

过了一会，母亲将撕碎了的入学通知书又糊了起来，糊成了完整的一张。

龙大海则将纸灰用手帕包了起来，郑重其事地用毛笔在手帕上写下"入学通知书"几个大字。

母亲幽幽地说："还有最后四天，我一定要找到鹂鹂。"

龙大海说："卓复读的事情由我去办。我明天就去农中，替他把报名的手续办了。"

第二天一早，母亲蹬着三轮车又去了城里。

龙大海则去了农中。

第十八章

嘉妮走了。

黄卓送行。神情既高兴又沮丧。

汽车开动了。

嘉妮从车窗里伸出脑袋向黄卓招手："我在上海等你，我在大学里等你……"

母亲到了县城，直奔文联。

到了文联，进门碰到的正是文联主席。

母亲："请问，这里有没有一个女孩，叫黄鹂？"

"有啊。"文联主席也就随便应了一句。

母亲大喜过望，忙抓住她的手："她现在在哪？"

文联主席："去杭州了，昨晚上连夜去了杭州。"

母亲急了："她去了杭州？她为什么要去杭州？她去杭州住在什么地方？"

文联主席："她去杭州说是组稿，她去杭州住在什么地方倒不知道。"

母亲更急："她什么时候回来？"

文联主席："这就难说了，你是她什么人？"

"我是她妈，这孩子去杭州一定是为了躲我。谢谢你了。"母亲转身就走。

母亲直奔火车站。

在火车站歇了三轮车，便抓起公用电话："喂，大海，我现在要去杭州，鹂鹂去杭州了。她是存心躲我,我这就赶紧去杭州找她。那卓的事情?行,你到农中打听打听,哪个老师最好,就上他的班级,行,好,就这样。”

母亲挂上电话,便直奔售票处。

黄鹂在杭州举目无亲,身上只有 100 元钱。

橱窗里琳琅满目的食品,饭店里热气腾腾的饭菜,对她充满了诱惑。

她终于走进了一家名叫“滋味观”的饭店。

母亲也来到了杭州。

面对熙熙攘攘的人流,想找女儿,简直就是大海捞针。

母亲找到西湖边。

到处游人如织,母亲看着眼花缭乱。

有时看走眼了,远看背影很像女儿。

急忙追过去。

走近了,却非常失望。

母亲又漫无目的地来到了女装市场。

这里美女如云,到处都是时髦女郎。

母亲摇摇头,心里在说:“鹂鹂没有钱,她不会来这种地方。”

可是这么大一座城市,又能到哪里去寻找自己的女儿?

想来想去,母亲终于走进了报社。

黄鹂为了挣钱,在滋味观兼职洗碗、端盘。

热气腾腾的大堂里,几个孩子给一个母亲祝寿。

巨大的蛋糕上写着:“祝妈妈生日快乐。”

黄鹂的眼前突然出现了幻影——

那个被簇拥着过生日的母亲就是自己的妈妈。

簇拥着的一群孩子,就是黄鹂、黄杏、黄卓、黄琳。

眼睛一眨,一切都消失了。

面前又出现了蹬着三轮车的母亲。

黄鹂的眼睛潮湿了。

耳听得音响里又播出了歌曲——《大海,我的故乡》:

“大海啊,大海,就像妈妈一样……”

黄鹂再也控制不住眼泪。

这时候,一个客人丢下一张报纸。

黄鹂捡起一张报纸,无意间就这么一瞥,泪眼立时瞪大了——

报纸上有一则小小的黑框通告:

“黄鹂注意了:你母病危,速回。龙大海。”

黄鹂一声大叫:“妈——”

霍然转身,奔出饭厅。

一堂食客,全都面面相觑。

黄鹂发疯狂奔。

路人无不奇怪。

黄鹂一个箭步就闯进了售票处。

火车开了。

母亲和黄鹂都在同一列回家的列车上。

黄鹂在第一节车厢,急不可待地频频朝家的方向张望,恨不得快些,再快些。

母亲则在最末一节车厢,不时向后张望,心里牵挂着女儿不知有没有看到那张通告。

火车呼啸疾行。

母亲和黄鹂先后下了火车。

黄鹂一下火车就狂奔回家。

母亲则又蹬上三轮车,随后也走在回家的路上。

黄家老屋冷冷清清。

昔日孩子都在家的时候的那种热闹已全然不在。

门上落了拳头大一把大锁。

黄鹂疾奔回家。

到了家门口，面对那把大锁，哇地就哭出声来。

她双手抓住大锁，失声痛哭："妈——妈——"

然后想到什么，转身直奔医院。

学圃堂。

龙大海在墙上专心致志地描画着什么。

黄鹂奔到医院。

急速地这个病房看到那个病房。

一直找到院子外面，忽然见到母亲骑着三轮车远远过来，急忙奔过去。

"妈——"

"鹂鹂——"

母女又紧紧抱在一起。

"妈，你没有事吧？"

"鹂鹂，你看到了通告？妈在撒谎，妈是骗你。鹂鹂，你怪妈吗？"

"妈，我不怪你。我不相信这是事实，我早就想过了，这如果是妈在撒谎，那该多好，我情愿情愿情愿妈是骗我。就像噩梦醒来，谢天谢地，幸亏是梦。"

母亲想起了什么，急忙将藏在贴身口袋里的入学通知书递给黄鹂："鹂鹂，妈给你糊上了。妈想还来得及，虽说已经开学，也就迟个几天，跟老师把情况好好说说……"

黄鹂折起通知书："妈，回去再说。"

当晚，母亲和黄鹂、黄卓，以及龙大海坐一桌吃饭。

黄鹂给每个人都把饭盛好，然后说："妈，我知道今天的饭桌上肯定要讨论我的问题。我有一个建议。"

母亲:“说来听听。”

黄鹂:“问题可以讨论,谁都不要急躁,以心平气和为好。”

母亲:“这建议,自然依你。”

黄鹂:“那我先说说弟弟的事情。弟,你已经作出了决定,这是你自己的选择。我们都是大人了,我们应该为自己的选择负责。”

黄卓:“你这是什么意思?”

黄鹂:“姐首先想表达的意思是应该尊重每一个人的选择,包括你的选择。但姐还是想问你一句:你为什么会作出这样的选择?普通大学放弃了,重点大学当真就那么重要?”

黄卓:“一块石头,在石头市场是一个价格,在黄金市场是另一个价格,在珠宝市场又是另一个价格。不同的环境能表现出不同的价值。”

黄鹂:“有时候,石头终究是石头,并不因为环境变化而变化。”

黄卓:“碳与钻石的成分相同,区别就在后者承受过巨大的压力。压力甚至能改变结构。”

黄鹂:“在价值观上,历来就有不同的取向。一种是以起点论英雄,一种是以终点论英雄。”

黄卓:“在价值的取向上,一种是因为干一行,才爱一行。一种是因为爱一行,才干一行。”

黄鹂:“这说明你对你的志趣非常负责。”

黄卓:“至少我不会苟同,不会轻易地就屈从于命运。”

黄鹂:“这说明你为你的选择已经准备了足够多的理性支持。”

黄卓:“至少还可以说并非完全出于冲动。”

黄鹂:“现在的问题是,既然已经锁定了目标,就必须成功登陆,因为背后已经没有退路。”

黄卓:“我知道我会怎样面对未来。”

“现在该说到我的事情了。”黄鹂说到这里,转身从书包里拿出许多大学教材,“妈,我的事情,你千万别替我发愁,我放弃了升入大学的机会,并不意味着我就放弃了大学的学业。妈,你看看,这些都是大学的教材,大学可以在大学里课堂上完成,也可以在大学以外的书本里完成——中文更是可以如此。”

母亲:“鹂鹂,这是你的借口。”

黄鹂:“妈,现在有自修大学,如果在课堂以外通过自学获得大学毕业生的同等水平,照样可以获得大学文凭。”

母亲:“鹂鹂,这是你在安慰妈,我知道你是为了弟妹,为了能省下弟妹们的学费,也是为了让妈减轻负担。”

黄鹂:“妈,我跟你说过,不管为谁,我并没有放弃自己。我知道,否则,对妈来说,成就一个牺牲一个,代价太大。所以我一定会以自学来修完大学,甚至今后考上硕士、博士,以遂了妈的愿望。”

母亲:“会不会只是说说?你是安慰妈吧?”

黄鹂:“妈,据资料介绍,在高等教育高度发达的美国,社区学校的学生大多数年龄都在25岁以上,年龄18—19岁的人仅占19%,大学生年龄偏高的原因很简单,多数人没有选择从高中校门一步跨到大学校门,而是一边工作一边学习,甚至工作一段时间之后再根据自己的需要重新回到大学。”

母亲有些不信:“你这是糊弄妈吧?”

龙大海:“我可以证明,情况属实。”

黄鹂:“过去是自古华山一条道,现在已经是条条道路通罗马。总而言之,我决不会让妈失望。”

母亲:“你真有这个决心!”

黄鹂把一摞大学教材推到母亲跟前:“这就是最好的证明。”

母亲仍不肯完全相信。

黄鹂又说:“妈,我现在在文联上班,相对空闲。”

母亲想了想:“鹂鹂,妈也说不过你,那就依你。”

黄鹂抱住了母亲。

母亲过了一会对黄卓说:“你姐刚才的话你都听到了——既然已经锁定目标,就必须成功登陆。明年这个时候妈再看你的。”

黄卓什么也没说就跑回自己房间,又砰的一声关上了房门。

黄家似乎又恢复到了原来的样子。

母亲仍在医院继续着勤杂工的工作。

龙大海在风景区从事美术工作。

黄鹂工作之余,用业务自修的脚步在行走着大学之路。

黄卓的复读却没有预想中的那么简单轻松。

母亲的命运仿佛天生就不宁静。

这一天,黄卓放学回来了,肩头用力撞开自己的房门。

一张板凳横在堂屋里,他抬脚就将凳子踢开。

母亲闻声进来。

黄卓把书包朝床上一甩。

母亲估计到出了什么事情,想了想说:"黄卓,衣裳破了,脱下,让妈给你补补。"

黄卓不睬。

"卓,衣裳怎么撕成这样?跟人打架啦?"母亲又问了一句。

黄卓仍然不理。

"卓,是不是和人家打架啦?跟妈说。"

黄卓突然冒出一句:"我打不打架与你有什么关系?为什么要跟你说?不用你管。"

母亲被呛得愣了一下,然后又和颜悦色道:"卓,你今天怎么会这样?"

黄卓大声顶嘴:"你要我怎样,还不都是怨你?"

母亲:"什么事怨妈?"

黄卓把头歪到一边。

龙大海走了进来:"你妈跟你说话你怎么不搭理哩?"

母亲又道:"卓,从明天起,你中午还是回家吃饭。"

黄卓:"你这是命令?"

母亲:"妈这是希望。"

黄卓:"有希望就有失望。"

龙大海看不下去,提高了声音:"卓,你怎么跟你妈这样说话?"

黄卓吼着喉咙:"我怎么说话要你管吗?你管得着吗?你算什么?"

龙大海:"我就算一个路人。路人也有打抱不平的责任。"

母亲拦住龙大海:"卓,妈是怕你在学校门口的小饭店里吃饭,不一定能够吃饱。"

黄卓："你怎么不说在外面吃饭更加费钱？"

母亲："而且外面吃饭不一定卫生。"

黄卓："在这家里吃饭就一定卫生？说不定还会有毒。"

龙大海勃然大怒："你、你……"

母亲拦住龙大海，再问黄卓："卓，咱们之间好像真的又结下了什么疙瘩。你刚才说'还不都是怨你'，那究竟什么事怨妈？说出来也好让妈明白明白。"

黄卓却又无语。

龙大海："说啊，怎么不说话啦？"

黄卓脖子突然一梗："人家都有钱去泡网吧，我没有。我就欠了他们5元钱，人家说我'晚娘晚娘，剩饭剩汤'，人家骂我就是没有娘的孩子你知不知道？这不怨你？这不怨你怨谁？"

"黄卓。"龙大海又一次喝住。

龙大海真的火了。

母亲劝道："咱们做饭，别跟孩子怄气了。"

母亲做饭去了。

龙大海尽可能心平气和："卓，你怎么能跟你妈这样说话。"

黄卓歪着脑袋一指墙壁上挂着的画像："我妈在那。那才是我妈。"

龙大海："以前那个妈是你妈，现在这个妈也是你妈。我以一个局外人的身份劝告你，甚至是请求你，等一会饭桌上你应该向你妈道歉。"

黄卓："就不道歉。"

"不肯道歉，叫一声妈也行。我自打进你这个黄家的门，我还没有听你叫过一声妈哩。"龙大海一脸诚恳。

黄卓不语。

龙大海："听到没有？舌头在你嘴里叫一声妈就那么难吗？叫还是不叫？叫一声妈都不肯，还是不敢？"

黄卓头一歪："什么叫敢不敢？我有什么不敢？"

龙大海走进厨房，一边帮母亲端菜一边悄悄说：“你别生气，这孩子还真是犟，我刚才整过他了，晚上吃饭的时候，他会叫你妈的。叫一声妈，你就该消消气了。”

母亲笑道：“跟孩子哪会有赌不完的闲气。不过，我还真想听这孩子叫一声妈哩。”

龙大海：“那你就在饭桌上等着。”

饭菜上桌。三个人坐下。

龙大海不停地向黄卓直使眼色。

黄卓只当作没有看见。

龙大海装着给黄卓挟菜，瞅着他目光转过来的时候瞪了他一眼。

黄卓仍是不睬。

龙大海很是没有面子，但也不便发作，只得在桌底下用脚踩他。

黄卓饭碗朝下一顿：“还让不让人吃饭？”

龙大海眉头一耸：“你……”

“算了，饭桌上就是吃饭。”母亲把好菜挟进他们的碗里。

龙大海低声骂了一句：“你这人就这么口紧？”

黄卓匆匆扒了饭，丢开饭碗欲走。

“黄卓。”母亲把他叫住。

“什么事情？”

“黄卓，妈想查查你的成绩。”

“有什么好查。”

龙大海使着眼色：“还要犟嘴？去把小考的成绩报告单拿给你妈看看。”

黄卓盯着母亲：“你是想找借口整我？”

母亲：“黄卓，你今年复读，这一晃就又要高考了。”

黄卓更火：“要不是你偷改我的志愿，我就不会有复读这档麻烦的事情。”

母亲软下声音：“卓，去把你的作业和成绩报告单都拿来给妈看看。”

黄卓气呼呼走进房间，找出作业本和小考成绩报告单朝桌上一扔：“看吧。要看都拿去看去。”

母亲戴上老花眼镜，翻开作业本——作业本上有不少叉叉，翻开小考成绩报告单——成绩报告单上也有80分以下的成绩。

“卓。”母亲摘下老花眼镜，“你成绩并不理想，功课可得抓紧。”

黄卓眼睛一翻：“我知道你要找机会发难，你抓不住我其他什么把柄，只能在成绩上做做文章。”

母亲：“卓，妈不是在鸡蛋里找骨头，不是故意吹毛求疵，成绩是你自己的，成绩好也是你好。”

龙大海奔进房间捧出母亲所最珍惜的那只盒子，往桌上一放，我又要多嘴了：“你睁大的眼睛看看，这里有你历年来的成绩报告单，还有奖状，无数的奖状，你都看看。你现在是复读，复读应该比以前成绩更好才行。你看看。”

黄卓：“我就不看。”

龙大海：“我觉得你应该仔细看看。”

黄卓：“我不看，就是不看。你们别拿这些压我。人家看不起我，你们也看不起我，我是不如人家，我算什么？”

说完甩手就奔进了自己的房间。

黄卓回到自己的房间，望着墙壁上母亲的遗像，掉下了眼泪。

过了一会，母亲捧着一摞书进来，放在桌上：“这是妈给你借来的参考书。”

然后又摘下黄卓母亲的遗像。

黄卓怒了：“你想干什么？”

母亲用袖管抹去遗像上的灰尘，又将镜框端端正正挂了起来：“卓，你能想着你妈，记着你妈，说明你是个孝顺的孩子，说明你不会忘本。但是，你应该知道，天下几乎所有做妈的，都希望自己的孩子将来有前途，能出息。孩子的出息，就是母亲的幸福。世上的路虽不是只有上大学这么一条，但你现在的事情就是读书，就是把书读好，让你妈在天之灵放心，高兴。”

黄卓什么不说。

母亲走了。

过了一会，黄卓拿起一本课本。

龙大海望着出来的母亲:“娟,你做人太难了,你这当妈的真不容易。”

母亲一笑:“跟孩子生气,生不完的气。不能生气。卓儿复读的成绩不太理想,我想给他请一个辅导老师。”

龙大海:“该请还得请。”

母亲:“花钱的地方,该花还得花。”

龙大海:“这话对,另外,阿娟,我想跟你说一件事情。”

母亲:“什么事情?”

龙大海:“这个家,这几个孩子读书,我想光靠一点工资,再加上蹬蹬三轮车也不解决问题。我想把风景区广告公司承包下来。”

母亲:“承包的风险大些。”

龙大海:“利润也大。我算过了,只要舍得没日没夜的泼出力气,一年下来,可以落下个三万两万,孩子们来年大学的学费也就全都有了。”

母亲叹了一口气:“来这个家里,就是给你背累。”

第二天,母亲又来到医院。

原院务处刘主任又一次准备向母亲发难。

母亲在走廊里埋头拖地,一双皮鞋挡在眼前。母亲停下拖把,抬头见是自己的顶头上司,便叫了一声刘主任。

谁知这刘主任嘿嘿一笑:“你如果不是对我的提升有什么意见,你就应该叫我刘副院长。”

母亲这才想到自己错了,忙说:“对不起,刘院长。”

这刘副院长仍没有走开:“你现在可是光荣了啊。在咱们这个镇上,可是谁都知道有这么一个女人,把几个孩子都送进了大学。光荣啊。”

母亲听出话中变味的意思,倒并不介意:“这其实也没有什么,就是镇子小有一点事就传得满街坊都知道了。”

刘副院长逮住了话柄:“就是镇子小?什么叫‘就是镇子小?’不错,咱们松元镇确实是小,咱们这松元镇的镇医院就格外地小了。俗话说嘛,河小养不了大鱼。”

母亲忙道:“刘院长,我不是这个意思。院长你的孩子?”

刘院长被触到了痛处:“我的儿子能毕业一个高中就已经是天大的不错

了。还想大学？上大学得有一个了不起的妈啊。”

母亲并不把他的话中带刺当一回事情：“其实哩，我这当妈的也还没有完全地尽到责任，我有四个孩子，现在上大学的还只有两个。”

刘副院长面无表情：“你想有四个就四个全都是大学生吗？”

母亲：“我是这么想的。”

刘副院长冷冷一笑：“那就要付出你的全部心血，可惜在这当一个勤杂工会耽误你的许多精力。我想，你是不是应该……”

母亲睁大了眼睛。

刘副院长却并没有把话说完，甩手走了。只留下弦外之音。

龙大海与笔架山广告公司负责人在商谈着什么。

本来应该去农中读书的黄卓，却拐进镇上的一家网吧。

母亲一下班就蹬着三轮车上街揽客。

一会儿，母亲脑子里又出现了黄卓的影子。

于是想了一想，母亲的三轮车斜上了一条岔道。

母亲来到农中教务处。

母亲：“老师，又给你添麻烦来了，我想打听一下三(1)班黄卓的学习情况。如果有可能，想给他找一个辅导老师。”

主任：“黄卓以前的成绩不错，虽不说尖子，能在年级排进前十名已经也算可以。特别是英语，极有天赋。但近来成绩大幅度滑坡。”

母亲：“请问老师，这是什么原因？”

这时又一个老师进来。

主任说：“他就是黄卓的班主任刘老师，黄卓成绩为什么滑坡的原因可以问他。”

刘老师：“你就是黄卓的家长？”

母亲：“刘老师。是的，我是黄卓的家长。”

刘老师：“黄卓这一阵经常缺课。”

母亲吃了一惊:“经常不来上学?”

刘老师:“今天就没来。”

母亲:“什么原因?”

刘老师:“这就要问你们做家长的了。我都替他可惜,他本来也是一棵大学的苗子。”

“谢谢老师提醒。”母亲又想起了什么,“这是我这当妈的失职。老师,今后我可以保证他不再缺课,但以前拉下的成绩,能不能、能不能找一个辅导老师补上?我可以付钱。”

教务主任:“只要他像以前那样肯下功夫,帮他补课,让他恢复到以前的成绩,本就是我们的责任。这你可以放心。”

母亲忙说:“谢谢老师。”

母亲蹬着三轮车又回到了街上。

当母亲途经网吧门口的时候,正巧碰上了刚刚走出网吧的黄卓。

黄卓也看到了母亲,不免有些尴尬。

母亲瞥了一眼网吧,便明白了一切,火腾地就升了起来,但母亲还是轻着声音:“卓,上妈的车,咱们回家。”

黄卓不动。

母亲:“听到没有?”

黄卓还是不动。

母亲真的火了:“你听到没有?你是真神还是菩萨?妈让你坐车都请不动你?还不上来!”

黄卓这才爬上母亲的三轮车。

一路上,谁都没有说话。

到了家里,母亲在一堆旧报纸堆里寻找着什么,终于找到了一张要找的报纸。

母亲走进黄卓房间,挨着他坐下:“黄卓,你实话告诉妈,你这一阵经常旷课,是不是因为网吧?”

"你去过了我的学校?"

"是的,妈去过了你的学校。"

"你为什么要去我的学校?我在学校里怎么样那是我的隐私,你没有权力暗中调查我的情况。"

"不是调查,而是了解。是向老师打听……"

"打听什么?一定是在老师面前说我的坏话。"

"黄卓,妈给你念一张报纸——这是一个母亲的哭诉:我是一个母亲。我儿子迷恋黑网吧的时间只有两个月,可是他的痴迷令我吃惊,说得严重一点就像上了瘾一样。我曾经拖着生病的身体凌晨3点多钟到黑网吧去找他。黑网吧好像有神奇的魔力,经常令我这个生他养他的母亲都感到一种悲哀的无助。听说黑网吧里的有些游戏能让孩子得到现实生活中所谓的一切:金钱、地位、荣誉、朋友……就是这些鸦片一样的东西把孩子们死死地拴在黑网吧里……"

黄卓一声不响。

母亲说:"黄卓,那网吧是不是黑网吧妈不敢说,但妈知道,因为网吧而逃学、旷课就绝对不是好事。"

黄卓显然还是不服。

母亲说:"卓,你虽不是我亲生,但我进了这个家你就是我的儿子,我就有责任。卓,你没有了亲生母亲你更需要照顾,我不是你亲生母亲我更应该给你更多的关心。卓,我不能把你带成像没有母亲的孩子,我这当后娘的如果对你不闻不问,甚至让你走了下坡,我就对不起你墙上的亲生母亲。"

黄卓声音低了一些:"你有完还没有完?"

"卓,如果你真像这报纸说的孩子那样,我就会像报纸的这位母亲一样,就是拼了命也会把你从网吧里拉进学校。妈每天就把三轮车停在网吧门口等你。"

黄卓露出了惊讶。终于低声说:"我不去还不行吗?"

"那好,妈盼的就是你这一句话。"

"要么我今后住校,不再来来往往路过那个网吧。"

母亲说:"行,妈依你,妈现在就送你去学校,补办寄宿手续,你也赶紧收拾收拾。"

母亲蹬着三轮车，载着黄卓，飞快地去往学校。

路上一个汉子挑着一担萝卜迎面而来。

也许是母亲的车子蹬得太快，也许是那个汉子正在换肩，担子与车把一擦，有几个萝卜撞出箩担。

母亲急忙刹车，连说对不起，并替他拾起萝卜。

谁知那汉子得理不让人，眼睛一瞪："你想干什么？你想把我撞死？"

母亲继续道歉："对不起，我眼睛没有看见。"

汉子扯着嗓门："没有看见？难道你眼睛瞎啦？"

"实在对不起，我有急事。"母亲又说。

这汉子非常蛮横："什么急事？是忙救人还是忙奔丧？"

"你这人怎么这样说话？就撞下几个萝卜，道一阵子歉还不够吗？"母亲也来了脾气，跨上车就骑。

"慢着。"那汉子拦在前面，用手抓住把手："你撞了人，难道你还有理？你说我应该怎么说话？我这一辈子光棍，还真没有碰到一个女人教我。是不是你教我几句？"

话刚说到这里，车上坐着的黄卓腾地跳了出来，一劈掌就将那汉子抓着车把的手打开。

那汉子不觉倒退了一步。

黄卓怒声道："你再说一句脏话听听，你再说一句脏话看我不揍你嘴巴。"

汉子上前一步："好你小子，你倒会多管闲事。"

黄卓："多管闲事？这是我妈。你闪不闪开？"

"闪就闪开，我闪开了你还能把我怎么样？"那汉子梗着脖子，脚下立即就退开了一步。

母亲又蹬车赶路，骑了几步，回头对黄卓笑道："人家常说养儿养女都是白养。我早就说过不是。"

龙大海盘下了广告公司。免不了吆三喝四，有些志得意满的样子。

一个老画工走上前："龙老弟，这广告公司现在可是由你承包了，我有一句难听的话不知当不当说？"

龙大海："说来听听。"

老画工："这笔架山广告公司，承揽的多半是风景区广告，难免爬上爬下，有时在悬崖作业，危险的事多了去了，每年都有一二起死人伤人的事发生，你可要小心。"

龙大海哈哈一笑："谢谢你提醒，这我知道。"

母亲在农中宿舍给黄卓铺床、叠被。

又去打来开水。

忙完了才对黄卓说："妈得走了，妈今天夜班。"然后又对同室的同学说，"黄卓是新住进来的，有什么不懂的地方请你们多包涵，有空跟黄卓到我们家来玩。"

母亲走了。

同学们说："黄卓，你妈真好，照顾你这么周到。"

黄卓不觉就望了一眼已经远去的母亲。

龙大海承包下笔架山广告公司，签了合同，兴奋地回到黄家自己的房间。

他冲着挂在墙上的黄琳画像，一笑，又一笑，再一笑。

然后整整衣袖，挺挺胸脯，对墙上的黄琳像说："琳琳，你看我，不，你看爸精不精神？你看爸像不像个经理的样子？琳琳，爸告诉你个好消息，爸当经理了，爸承包了笔架山广告公司，爸现在就是笔架山广告公司的经理。琳琳……"

母亲也从农中回到了家里。

听到房内有说话声，母亲竖起了耳朵。

龙大海忽又拿出黄琳的那件衣裳。

抖散了，再折叠起来。

折叠起来，再抖散开来。

连续反复了好几次。

这才捧着折叠起来的衣服走到墙前。

这时候母亲已经走到房内门口。

龙大海竟全然不知。龙大海对墙上的黄琳说:“琳琳,这么多年了,从你自小到大,爸没有喂过你一口饭,爸没有帮你洗过一次衣服,爸愧为人父。爸对不起你。所以爸自从走进这个家里的这一天起,就发誓要给你折叠一万次衣裳,今天,终于折叠完一万次了。爸知道这于事无补,这是自欺欺人,这仅仅只是爸亏欠你的一种心理安慰而已。琳琳,爸亏欠你太多,爸对不起你,其实爸现在再怎么做也都不能补报以万一了……”

说到这里,龙大海的眼泪已潸然而下。

门口的母亲似乎明白了什么,不觉一阵眩晕,急忙扶住门框。

龙大海忽然想到了什么,急忙抓起电话,胡乱地拨了几个号码:

“喂,琳琳吗?是琳琳吗?我是你爸。告诉你一个好消息,我承包了一家广告公司,也就是笔架山广告公司。我想啊,我想改一个名字,也就是加两个字,叫笔架山琳琳广告公司,你同不同意?对,我先征求一下你的意见,如果不反对那就这样了。你妈啊,你妈身体还行,就是太过于操劳,太累。你妈惦记着你,盼你好好读书,用功,上进。好了,没有别的事爸挂电话了。”

电话一挂下,这才发现了母亲就站在背后。

龙大海吓了一跳,赶紧掩饰:“是、是你?你回来了,来坐下,我正有一个好消息要想告诉你,那广告公司我承包下来了。年底净缴纯利润十万,我想如果做得好,如果做得好……”

他想用不停地说话来掩饰刚才的慌乱。

母亲却递一条毛巾给他:“快,把脸上的泪水擦了。”

龙大海忘记了泪水还挂在脸上,只是尴尬地笑了一笑。

母亲问他:“你刚才是给琳琳打的电话?”

龙大海:“想打一个电话,也不知道电话号码。”

母亲:“我说嘛,琳琳寝室不是说还没有电话。”

“我是想打一个电话试试。”

“所以就管他有人没有人,就对着话筒把想说的就说出来了。”

“你看我这个人,是不是有点二百五?”

“你是有什么心事在瞒着我们,想说出来又压在肚里。你这样就不怕憋得难受?”

龙大海摇摇头,从墙上摘下黄琳的画像。

母亲则将画像又贴到墙上。

两人你望着我,我望着你。

母亲犹豫了一会,还是心里一硬,将心里早就想说的话说了出来:“大海,我能不能不知深浅地问你一句?你说实话,你是不是非常喜欢琳琳?”

龙大海望着母亲,一时也不知道应该说是还是应该否认。

母亲继续说:“因为我发现你每次望着琳琳的时候,目光非常柔和,眼神里充满了慈爱。”

龙大海闭上眼睛,垂下了脑袋。

母亲仍在说:“以我一个做妈妈的理解,那目光是父亲的目光,那眼神是父亲的眼神。而且只有善良的父亲,才会有那么柔和的目光,只有称职的父亲,才会有那么慈爱的眼神。”

龙大海埋着头突然哭了。

耸动着双肩膀不停地抽泣。

母亲柔着声音:“大海……”

龙大海抬起泪眼:“阿娟,你不要说了。”

“大海,你这么伤心,如果我没有猜错,一定与黄琳有关。”

“阿娟,你不要说了,你真的不要说了。”龙大海已是泪流满面。

母亲问:“你是不是想到了油菜花开了的那个春天?那个春天里油菜地里的那个红布包裹?”

龙大海一把抓住母亲的手:“不要说了,求你不要说了。”

母亲抽出手替龙大海拭掉眼泪:“这事已经是只透着一层纸了,把这层纸捅破,或许你我的心里倒都会舒服一些。”

龙大海这才想起急忙否认:“不,琳琳因为是招人欢喜,我才这么心疼琳琳。”

母亲神情平和,终于说出了这么一句话:“以我的估计,你大概就是琳琳的亲生父亲。”

“不,我不是琳琳的亲生父亲,我不配做她亲生的父亲。”龙大海执意否认,泪水却不能止住。

“那我问你？”母亲说，“琳琳住院手术，找不到能够配型的输血供体，有人偷偷献血，那人是不是你？”

龙大海不语。

“在给琳琳偷送水果的那个陌生人，是不是你？”

龙大海不语。

“在琳琳考上大学动身启程的那一天，那个戴着宽边墨镜，留下零食的是不是你？”

龙大海不语。

母亲又问：“琳琳考上大学，学费不够，有人用买走她奥林匹克奖牌暗中资助她学费，后来又悄悄将金牌送还的是不是还是你？”

龙大海欲语又止。

母亲又说：“你曾用大小不同的桃子，还有夹心的面包考验琳琳，我想只有亲生的父亲，才会这么关心孩子的品行。”

龙大海又一次紧抓住母亲的手：“娟，你真的不要说了。我不配做她的父亲，从孩子呱呱落地，到牙牙学语，再到会走路，直至今天成人成才，我为她做过什么？我喂过饭吗？我帮她穿过衣服？我更没有在她上学、放学的路上接送过一次。我算什么父亲？这么多年，风风雨雨，坎坎坷坷，为孩子挡风挡雨的是谁？是你。我心里在说，谢谢你。但我不敢说，我不能说。”

母亲：“那为什么？”

龙大海：“因为孩子是你养大的，那就是你的孩子。我算什么？没有浇灌的人就不配收获，我能不劳而获摘人家的果实？”

母亲：“你这么多年就一直这么憋在心里？”

龙大海：“在我退休回乡之前，我并不知道我的孩子在谁的手里。我姐姐知道。但她并不想让我知道我的女儿究竟被谁收养。直到你嫁到这黄家之前不久，她病了，她怕自己万一哪一天不行，才告诉我你家的琳琳，原是，原是我的骨肉。”

母亲：“你就没有想到过认亲？”

龙大海：“我是想过，但我不能。”

母亲：“那这事，你看要不要告诉琳琳？”

龙大海想了想，坚决地摇了摇头：“不要告诉。”

母亲:“难道你能把这事一辈子藏在心里?一辈子不让孩子知道?一辈子痛苦?”

龙大海:“我宁可自己痛苦。宁可一辈子痛苦。阿娟,你不要把这事告诉琳琳。千万不要,你能不能答应我永远不把这件事告诉琳琳?阿娟。”

母亲:“这是你心里话吗?”

龙大海:“我不能对不起你这么多年的辛苦,也不能让琳琳分心,更不想让孩子知道她有这么一个不负责任的父亲。我这孩子有福,我这孩子能摊上了你是她的福气。她是我的骨肉我却没有养育过她,我会愧对她,再不敢看她的眼睛。”

母亲:“要么这事晚上再说。”

偌大的黄家,晚上吃饭,饭桌上只剩下母亲和龙大海两个人。

母亲:“按说,琳琳能有你这样的爸,也是她的福分。”

龙大海:“你这是安慰我还是损我?”

母亲:“你想想,她爸大学毕业,画家,现在又是一家广告公司的经理。”

龙大海:“可惜这一些都与她的生活离得很远,甚至曾经毫无关系。”

母亲:“那我又要不知深浅的再问一句——你是琳琳这孩子的亲爸,那她的亲妈是谁?现在在哪?”

龙大海抬头望着屋梁,显然是在将泛起的泪水硬逼回去。

母亲想了想:“大海,不方便说也就算了。算我没问。”

龙大海双手捂住了眼睛——

风景如画的油菜田。菜花儿黄了,蝴蝶翻飞。

年轻的龙大海对着一个模特儿隐在油菜田里作画。

模特儿非常漂亮,甚至丰满得极其性感。

四周春意荡漾,更兼菜花撩人。

两人四目相对。

模特儿脉脉含情。

龙大海手中的画笔显然激动得已在颤抖。

模特儿忽然扭头回眸。

龙大海终于放下了画板……

远处。田埂上。

龙大海姐姐,拎着茶壶前来送茶。

龙大海和模特儿渐渐走近。

两人突然拥抱在了一起。

油菜花顿时倒下一片。

田埂上。

龙姐渐渐走近。

菜花儿在摇曳,在抖动。

渐渐走近的龙姐睁大了好奇的眼睛。

她蹑步向前。

到了眼前,龙姐哇的一声惊叫。

扔下水瓶,捂着眼睛转身就跑。

回想到这里,龙大海一声叹息:“那时候也是少不更事,疏于检点,结果闯了大祸。”

母亲:“后来孩子生下来了,这就不用说了,我问的是她亲妈后来到哪里去了。”

龙大海抹了一下眼睛。

将近一年后,那个模特儿悄悄将襁褓中的婴儿放在龙家门口。

龙大海一声叹息:“从此以后,这孩子的亲妈就音讯杳无,这么多年再也没有见过,不知在哪,也不知是死是活。”

母亲:“再说孩子的事情,你龙家怎么不愿意抚养这婴儿?”

龙大海:“我本想把孩子接过来养大,无奈我姐坚决不肯。”

母亲:“所以你姐就将襁褓里的婴儿,再一次……”

龙大海:“正是这样,听她后来说她看见一个女人远远走来,将要经过一片菜地,便将襁褓里的孩子悄悄地放在菜地里,自己则隐藏到附近的竹林里盯着。”

母亲:“那个女人就是我,我听到孩子的哭声,找到菜地里,知道是一个弃婴,就抱回了家里。”

龙大海:“我姐随后一直跟踪到你进了家门,这才回去。”

母亲:“这孩子还算命大。”

龙大海:“而且福分也大,她遇见了一个好妈。”

母亲嗔道:“如果在你们家养着,说不定还会有更大的造化。”

龙大海:“阿娟,我说这些话说出了这件事,你会不会嫌我?”

母亲:“那都是过去的事了。”

龙大海:“你觉得我这人的人品?”

母亲:“除了这,也没有发现什么不端的事情,而且这、这也是过去的事了。”

龙大海:“那除了人品,还有我这人?”

母亲:“你这人就更没话说了,要样有样,要型有型,而且上过大学,又是画家。”

龙大海:“如果你真觉得我没有太多的问题,咱们是不是也该并在一起,也省得两个房间,省得床分开两张。”

母亲不语。

龙大海:“你觉得这事有什么难处?”

母亲想了想,叹道:“我欠你太多。”

龙大海:“现在怎么还说这话?”

母亲拿出一纸,说:“这是我记着的欠条——我第一次生病,欠你医药费800元。孩子他奶奶抢救,欠你急救费500元。孩子考上高中,借你600元。我第二次住院,欠你医药费、住院费3 800元。孩子上大学,借你卖房子的钱22 000元。总共……”

龙大海:“别说了,你怎么还记着这个?”

母亲:“我真是欠你太多。”

龙大海："你如果觉得真的是欠我太多，那不正好，干脆咱们就把婚事办了，并到一起。当然，我没有趁机要挟的意思。"

母亲："这哪里的话，其实哩，我的顾虑也正在这里。我欠你那么多，如果并在一起，把欠的一笔勾销，我不成了无赖？欠钱不还钱，竟用这手段。"

龙大海："不，那是我想娶你。如果你不嫌弃我……"

母亲："我哪会嫌弃你。"

"那这些欠条，就算我娶你的订金，撕了。"龙大海又抓住了母亲的手。

母亲笑道："这还不是一样的事一样的意思！好了，这事要么过一阵再说。我去叫卓吃饭。"

母亲来到黄卓房间门口，听到里面有人说话的声音。想了想，轻轻推门走了进去。

黄卓并没有发觉。只见他在自己母亲的遗像前摆放着一碗饭，正对着母亲的遗像说话："妈，今天是星期五，我回家吃饭。请妈放心，我在这个家里生活得很好。我虽然没有叫过她妈，一声妈都没有叫过，但她确实待我很好。有好吃的先给我吃，每个月都给我零用钱花。我看过杏寄回来的照片，穿得很好。我们跟她在一起就像跟你在一起的时候一样幸福。因为她善良、宽厚。她有时候对我非常严格，但我知道那是为了我好，是为了我的学习和将来。妈，我现在的成绩上去了，一眨眼就又要参加高考了……"

听到这里，母亲非常感动，轻轻地在他背上拍了一下："卓。"

黄卓猛回过头来，一脸不悦。

母亲："卓，吃饭吧。"

黄卓怨气冲冲："你为什么偷听我说话？"

母亲："对不起，是妈错了。妈向你认错。"

黄卓怒气未消。

母亲："卓，妈也知道这是隐私，妈不是故意听的，妈向你认错还不行吗？走，别跟妈计较，走，吃饭。"

黄卓这才轻哼一声，算是没有事了。

今天是夜班，吃了晚饭母亲赶到医院上班。

"信。上海来的。"传达室老头递给母亲一封信。

母亲拆开信一看,不觉一阵眩晕。

传达室老头急忙上前扶住:"怎么啦? 你这是怎么啦?"

"没有事。"母亲摇摇头,抑制不住一脸欣喜。

传达室老头:"什么事那么高兴?"

"到时候请你吃糖。"母亲抓起电话就拨:"喂,大海,你今晚早些睡觉,我明天一早下班有一件很大喜事告诉你。什么喜事? 现在不告诉你,好吧,明天一早。"

母亲将信又仔细地看了一遍。

这一晚上,母亲擦地板、抹窗户,格外来劲。而且看到谁都是笑脸。

第二天一早。母亲急急回到家里。

龙大海也早在门口迎接。

母亲一脸喜气。

"阿娟,什么喜事? 看你这么高兴。"龙大海急问。

母亲反问了一句:"琳琳是不是你的女儿?"

龙大海垂下了脑袋,低声说:"是的,不,不是。"

母亲说:"你想不想这就到上海当着琳琳的面认你亲生的女儿?"

"阿娟,你,你这话的意思?"龙大海犹豫了一下,从皮夹里小心翼翼地取出一张已经发黄的纸条:"阿娟,我本来不应该拿出这个。拿出这个,就有一点跟你争夺的嫌疑,但如果不出示这个,又有一点冒认的嫌疑。阿娟,请你看看,你一定还能认出这个。"

"慢着。"母亲立即到房间里取出一个小小的布包。打开层层叠叠的布,里面也有一张纸条。

两张对撕开的纸条拼在一起,撕痕严丝合缝。上面都写着"命根纸"的字样,并各有一行小字:"1979 年 8 月 3 日出生,小名毛毛。"

母亲笑了:"其实我也没有不相信,我也不是不相信你,大海,我为琳琳找到了她的亲爸,大海,我马上就可以把孩子还给你了。"

龙大海直直地望着母亲:"阿娟,你这话的意思? 你说的今天有喜事告诉我就这喜事?"

母亲把一封信递给龙大海："你看看这个。"

龙大海接过信：

"妈，我亲爱的妈。告诉你一个好消息，我现在已经是一名公派留学生了。我已经被法国的一家医科大学录取，奖学金非常优厚，我将再用不着妈寄钱给我，如果我省吃俭用，再去课余兼一份工作，想必还可以寄钱给你。妈，那是法郎，你有没有见过法郎？妈，学校已经替我订上飞机票了，后天就要乘飞机走了。我已经来不及回家，但我非常想念妈妈，不知妈妈能不能到上海来看我。亲吻妈妈。请代我向大姐问好？还有那个龙大叔，是不是还在咱家？"

龙大海一大滴一大滴泪水砸在信纸上。

"别哭，女儿小小年纪就出国留学了，而且还这么懂事，你应该高兴。"母亲递给龙大海一条毛巾。

龙大海抽泣得更加厉害。

母亲在他背上拍拍："别哭了，孩子要出国留学，是一件喜事，别给哭得不吉利了。"

听到"不吉利"三个字，龙大海连忙煞住哭泣。

母亲给他擦掉眼泪，"大海，咱们收拾一下准备去上海，现在我就把琳琳交给你了。"

没想到龙大海听到这话，抓起属于自己的那张命根纸，嚓的一声撕了。

母亲一惊："你这是？"

龙大海说："阿娟，那天你抱走毛毛的时候，我姐就在附近躲着，她不放心这孩子究竟被抱进什么样人家。当时她一直尾随在你后头。后来她打听到你家生活困难，以为毛毛这辈子要注定命苦，结果被你培养成大学生，现在又要出国留学。阿娟，如果我这时候站出来认她是我的女儿，我还是人吗？我以前干什么去了？我昨晚上跟你说过，我能摘人家的果子？我这当爸的不被人家骂也要自己打自己的耳光。"

母亲说："这是你做人的道理，但孩子毕竟是你亲生的孩子。琳琳就要出国走了，如果你错过这次机会，或许这一辈子你都会后悔得心如刀绞。"

龙大海的嘴唇又微微地发抖。

母亲说："快，抓紧准备准备，现在就跟我一块去上海送送孩子。"

龙大海一声“阿娟”,突然跪倒地上。

母亲急忙将他扶起。

母亲和龙大海坐上了火车。

两人望着窗外闲聊。

母亲:“那以后你就没有结过婚?”

龙大海点点头。

母亲望着龙大海。

龙大海脸上隐显出淡淡的忧伤:“后来为了这事,我背了一个处分,从大学美术教师调任中学美术教师,又从中学调到美术图片公司……一晃就快二十年了。我之所以提前退休又回到家乡,除了难以忘怀故土的山水,还有就是割舍不下这个孩子……”

到了上海,找到了黄琳所在的大学。

母亲在前,龙大海在后。

提着水瓶的黄琳突然看到了母亲,水瓶一扔,就忘情地奔过来一把抱住母亲。

母亲都不好意思地小声嗔道:“看你,死丫头,这里这么多人。”

“那怕什么?”黄琳将抱着的母亲又紧了一紧,这才松开。

母亲问她:“手续齐啦?”

黄琳神情非常骄傲:“齐了,手续全都是学校帮我办的。明天就上飞机,明天……”

正说着,瞥见母亲身后的龙大海,不觉一愣。

龙大海忙欲上前说话。

黄琳却转过身去。

母亲忙指着校园里一座丁香亭说:“琳琳,咱们去那里说话。”

三人丁香亭里坐定。

母亲端详着女儿:“琳琳,妈不是做梦吧,你这么小小年纪就要出国留学?”

黄琳神气得像个公主:“我早就说过,妈的女儿,肯定优秀。而且还是公派留学,咱们大学少年班就我一个。”

母亲一脸的开心:“你这丫头,运气总是比别人要好。”

黄琳刹住嬉笑,正色道:“不,妈终于说了一次错话。妈的女儿不是运气总比别人好,而是妈的女儿比别人优秀。”

母亲:“是因为你的成绩比别人出色?”

黄琳:“这只是其一。”

母亲:“难道还有其二?”

黄琳神色邈远起来:“有一次小课组组织临床实习,我给吴教授担任手术助手……”

吴教授做完了手术:“黄琳同学,现在由你给病人缝合。”

黄琳:“老师,请你再给病人检查一下腹腔。”

吴教授给了黄琳一个疑惑的眼神。

黄琳:“千万不能有什么东西遗留在腹腔里面。”

吴教授略显不悦:“我已检查过了。”

黄琳用了恳求的口气:“老师,请你能不能再检查一次。”

吴教授火了:“我已经说过,我已经检查过了。”

黄琳出奇的固执:“老师,我发现止血的棉球少了一只。”

吴教授:“我是主刀的医生,我能不知道有没有东西遗落在腹腔里面?你怎么知道少了一只止血棉球?”

黄琳:“进来的时候我曾经数过,一共带进来 24 块棉球,现在用过的加上没有用过的一共只有 23 只。”

吴教授脸上露出了赞许的笑容,抬起脚来,只见鞋底下踩着一块棉球……

说到这里,黄琳头发一甩:“妈,怎么样?我是不是仅仅因为成绩出色?”

龙大海说:“更重要的是你妈自小就教会了你们既学学问,又学做人。”

黄琳一脸自得。

母亲慢慢抓住黄琳的手,想了想,终于道:“琳琳,你很快就是出洋的留学生了，妈替你高兴。但你这一走还不知什么时候才能回来。所以，妈赶到上海，一是送你，二是想跟你说一件事情。”

黄琳略感诧异：“什么事情？”

龙大海垂下了脑袋。

母亲：“琳琳，以前有同学说你是领来的孩子，你问过妈有没有这回事情，妈没有明说。但现在应该告诉你了，妈不能让你永远蒙在鼓里。”

黄琳瞪大了眼睛：“我真是领来的抱来的？”

母亲点点头：“是的。琳琳，你的亲生父亲就是这位大海叔。”

“怎么会哩？这不可能，你是我爸？”黄琳瞪大了眼睛。

母亲拿出命根纸递给黄琳：“琳琳，这就是当年贴在你肚子上的命根纸。你亲爸也保留着一张跟这一模一样。”

黄琳劈手就将命根纸撕了：“我不信、我不相信，我就知道你是我妈。难道妈不想要我？妈不要我啦？”

一旁的龙大海掉下了眼泪，并起身欲走。

母亲又拽他坐下，再对女儿说：“琳琳，妈怎么会不要你哩？你这么有出息，妈喜欢你还来不及。但妈只是养大了你的妈，你身上流淌着的血毕竟是这位大海叔身上的血。你还记不记得你那次生病急需输血的事情？你的血型是少有的血型，正是这位大海叔、你的亲生父亲，又一次把自己的血流到你的身上……”

黄琳劈口打断：“那他为什么到现在才来找我？才来告诉我这事？”

母亲说：“琳琳，你亲爸无时无刻不在关注着你关心着你。你生病谁给你悄悄送的水果？你上大学是谁坐在你旁边默默地送你？你知道你的奖牌是谁买去的？为什么买去的吗？买走之后又为什么悄悄送回来哩？孩子，你亲爸是在暗暗地帮你。”

黄琳噙着眼泪：“那你为什么那么狠心？那你当时为什么把我扔了？”

龙大海也噙着眼泪，轻轻地说了一声：“孩子，爸对不起你。”

言罢，又是一阵哽咽。

黄琳猛地抱住母亲，眼泪又哗地流了出来：“妈，你真的不要我了？”

母亲也流着眼泪：“妈怎会不要你。妈疼你还疼不过来。”

黄琳抬起泪眼：“那为什么又要弄出这么一个亲爸？有亲爸就有亲妈，

妈,我不相信你不是我的亲妈。”

母亲:“琳琳……”

黄琳:“妈,你不要说了,除了你,我没有其他什么爸妈。”

当晚,母亲和龙大海一齐帮着黄琳收拾行李。

龙大海似乎为了弥补这十多年来的欠缺,买来各种各样零食和饰物,拼命塞进黄琳的行李箱。

母亲则在一旁抖开一件衣服,给黄琳穿上,说:“琳琳,转过来,让你爸看看。”

龙大海一脸激动,甚至有些奉承的样子:“我们琳琳真是好看,我看这全学校都没有咱们琳琳这么好看的女孩。”

黄琳鼻尖一耸,转过身去。

母亲欲想数落她几句,她却返身搂住母亲,附着母亲的耳根轻声说:“妈,我唱两句歌给你听听。”

随即就哼了起来——

“最亲是天下的妈妈情,

最美是天下,那个妈妈的心……”

母亲的眼睛有些湿润了。

黄琳双手捧着母亲的脸,望着母亲额头的皱纹,望着母亲头上的白发,轻声道:“现代的生命科学还不能让儿女将母亲脸上的皱纹抚平,也还不能让儿女将母亲头上的白发变成青丝,但现代医学已经能够让儿女在将来给母亲解除病痛。我现在出国留学,就是寻找这种现代医学。”

母亲极力忍住眼泪:“琳琳,你的心意妈领了。就是不为了妈也要多学一点本事。”

“妈,你为我们几个孩子,日夜操劳,舍不得吃穿,落下那么多病,可惜我现在还没有学到什么本事。妈,我明天就要走了。”黄琳拿出一件毛线外套披在母亲的身上:“妈,这是我给你织的。我没有钱,我这是把我同学不穿的旧毛衣拆下来洗干净给妈织的。衣裳虽然不好,但好坏都是女儿的一点心意。希望它穿在妈的身上,就像女儿总在妈的身边一样,能给妈遮遮寒冷,挡一点风雨……”

说着说着就哽咽起来。

母亲也掉下了眼泪："孩子，妈谢谢你。妈也心里难受。你今后一个人在外国那么远的地方，妈的胳膊就是再长也照顾不上你了。今后一切就全都要靠自己……"

母亲也哽咽着说不下去。

黄琳给母亲抹掉眼泪："妈，你放心，我会靠我自己证明我是你优秀的女儿。妈，我出国之后你会不会想我？"

母亲："想。但你也别太想妈。"

黄琳："人家常说——妈想儿女山高水长，儿女想妈，轻风一阵。妈，我不会轻风一阵，我会把妈总放在心里。"

没想到母亲突然沉下脸色："不，你要想让妈放心，就别把妈总装在心里，学业第一要紧。"

黄琳点点头，又捧出一只盒子："妈，这盒子里的饼，面里和了葱丝，里面包的是豆沙，跟妈以前常做给我们吃过的饼一模一样，也一模一样的好吃。妈最擅长做这种饼。我在这读书，一想妈，就买这饼吃，妈，这饼你带回去尝尝，看是不是跟妈做的一模一样。"

母亲接过饼盒："好，妈带回去尝尝。"

第二天一早，黄琳和母亲以及龙大海就坐上了去往虹桥机场的校车。

黄琳绝没有想到，她与母亲的这次一别，竟会是终生的永诀。

到了机场，黄琳去办理登机手续。

母亲对龙大海说："你送送孩子，我先走了。"

龙大海急道："这怎么可以。"

母亲："我心脏不好，怕孩子上了飞机，我这心里受不了。你跟孩子解释一下。"

说着就离开了候机大厅。

黄琳领了登机牌回来，忙问："龙大叔，我妈哩？"

龙大海："琳琳，妈走了。"

"妈走了？"黄琳一愣，手里的小包也掉在地上。呆在当场，嘴里喃喃地说："妈走了？我妈不送我了？妈真的不要我了……"

龙大海捡起小包给她。

黄琳推开小包，转身就欲奔出候机大厅。

龙大海急忙将她拉住："琳琳，你妈心脏不好，你妈是担心受不了离别的打击。"

"不，不是，我妈是存心想把我让给你她才走的。"黄琳使劲欲想挣脱。

龙大海仍将她死死拽住："琳琳，你听我说，飞机就要飞了，你千万不能耽误了飞机。"

这时报告本次班机检票登机的广播响了。

黄琳这才停止争执，背起行李，含着眼泪走向登机通道。

但她仍然不断地回头，在人群里寻找自己的母亲。

母亲在一个没有人的角落，忍不住隔着窗户，泪眼迷离地望着停机坪方向。

黄琳在登机通道接受安全检查完毕。

龙大海忍着眼泪向黄琳招手。

黄琳走进了通道，忽又转过身来，摇摇手说："龙大叔，请你多多照顾我妈。"

龙大海含泪点头。

黄琳忽然又说了一句："龙大叔，你也保重。我会记住我身上流的是你的血，到了国外我会给你写信。"

龙大海强忍着的眼泪哗地就流了出来："孩子，我不配做你爸，孩子，有你这句话我就够了，够了。"

黄琳在没入通道之前似乎也抹了一下眼睛。

候机大厅的门外。

母亲泪眼迷离。

黄琳小时候的影子又回到了眼前——

小黄琳生性活泼调皮,有一次随母亲上街,走得累了,就走到母亲前面,拦住母亲,要母亲抱她。母亲故意不理,走过去了。她落在后面就蹲下不走。母亲故意不去等她,似乎没有看到。她就站起来又奔到母亲前面蹲下。母亲仍然不加理会地走过去了,又落在后面的小黄琳蹲在地上见母亲走远了,就又欲站起,忽见母亲回头看她便急又蹲下,母亲冲她一笑,她干脆就坐在了地上。母亲忍住笑返身将她一把抱起,她见自己的小狡黠得逞,咯咯咯地笑了……

这时候龙大海红着眼睛过来:"阿娟。"

母亲:"走啦?"

龙大海咬着嘴唇点点头。

这时有一架飞机升空。

两个人不约而同地仰头去看。

飞机渐去渐远。

母亲:"走吧。"

龙大海:"走吧。"

汽车上。

母亲说:"赶回松元镇,天也晚了,我正好夜班。"

龙大海说:"我那广告公司也要抓紧时间好好经营。经营好了,一年能赚几万。今后孩子们的学费就不用愁了。"

母亲说:"别想了。闭上眼睛,在车上打一个瞌睡。"

下课的学生中,黄卓被班主任叫住:"黄卓,你晚饭后到教务处来。"

黄卓:"什么事情?老师。"

班主任:"根据你妈的要求,教务处决定指派一个老师每天晚上帮你补习功课。你曾经是这个学校的尖子,你应该很快恢复到当初的成绩。"

黄卓:"真是她……不,真是我妈说的吗?"

班主任:"你妈曾经当着我和教导主任的面提过这样的要求。三(2)班胡老师的爱人也在松元镇医院工作,你妈后来又托胡老师转告学校,要求找人帮你补课，并愿意支付辅导费。有你这样的母亲，有你母亲这样的关心，你无论如何都要在尽可能短的时间内迎头赶上。”

黄卓低头望着自己的鞋尖，“嗯”了一声。

一阵冷风卷来一堆枯叶。

黄卓冷不丁打了一个寒战。

班主任：“你冷吗？”

黄卓没有说话。

母亲一下车就赶到医院上班。

老传达在门口将母亲挡住：“王娟同志，我向你传达一个口头通知。”

说到这就压低声音补了一句：“我可是奉命传达。”

母亲不由得愣了一下：“奉谁的命？”

老传达：“刘主任，不，刘副院长。”

母亲：“什么通知？”

老传达就有些结结巴巴：“你、你回去吧，今后就别来这上班了。”

母亲吃惊不小：“为什么？为什么我今后就别来这上班？”

老传达：“我也不知道什么原因，好像你已经被除名。”

母亲急了：“我为什么被除名？这我倒要问问清楚。”

老传达忙道：“刘院长已经下班，要问就明天去问。”

母亲退出医院大门。

只听走廊广播里的天气预报，说一股西伯利亚寒流正在影响我国，明后两天，将会有明显降温。

母亲皱了一下眉头。

母亲回到家里，火急火燎地忙了饭菜，就去房间里找出棉衣、绒裤。

龙大海回到家里，手上沾着颜料：“怎么？又有什么事情？”

母亲急急端出饭菜。

龙大海：“咱们家也出了留学生了。你怎么反而一脸的心事？”

“我不知道我犯下了什么事情，医院又把我解雇了。”

“解雇就解雇。乐得清闲。苦了那么多年了，也该休息休息。”

“现在还不到享福的时候，至少要把一个个孩子拉扯到大学毕业，才能喘一口大气。”

龙大海摇摇头：“就算一个个大学都毕了业，你还会想着让他们再念上硕士，甚至博士。你的心性比天都高，我能不知道。”

母亲想了想：“我今晚就得去问问明白，我王娟又被辞退，看他刘大院长能不能法外开恩，让我王娟继续留用。”

“我看还是别去为好。”

“他刘大院长还能是老虎。”

“他这人既然早就跟你作对，去也不会有什么结果。”

“没有结果也得问一个明白。”

当晚，母亲携带着那盒“妈妈饼”来到新提拔的刘副院长家里。

这刘副院长倒没有过于冷淡：“请坐。”

母亲没坐：“刘主任，不，刘院长，传达室胡大爷说是传达你的意思，我王娟又被解聘了。是不是有这么回事？”

刘院长沉默了一会：“事倒是确有这么回事。”

母亲：“既然有这么回事，我就想问一个明白，究竟是什么原因。如果是下岗、分流，我没有意见，服从。如果是因为我工作上的原因，能否请领导痛痛快快地给一个说法？”

刘副院长：“这是组织决定，我个人也无法回答。”

母亲：“院长已经调走，你是新上任的副院长，不问你应该问谁？”

刘副院长：“看来你倒非常在意你的这份工作。”

母亲：“这份工作是我唯一的固定收入，我自然看重。”

刘院长略带微笑：“你的孩子既然一个个都有那么大的出息，你还不该清闲清闲？”

母亲：“我的孩子现在即使有再大的出息，也一个个还都是在校的学生，需要我这当妈的供养，需要我这当妈的有一份固定的职业。”

刘副院长显得比较得意：“这么说来，你原也只是徒有虚名？我看是不是这样，你的事情，我们院里的几个领导讨论讨论再说。不管怎么说，你的几个孩子一下都考上了大学，也是咱们这镇子上的光荣。我们可以照顾。

这样吧，你先回去。有什么情况我们再另行通知。”

这位刘大副院长明显是在打着官腔。

母亲倒也并不计较，拿出那盒“妈妈饼”说：“刘院长，我这人也拿不出什么东西谢你，这饼虽说是上海带回来的，也是土货。一点心意。”

“好吧，那就收下。”刘副院长表现出一副大度的样子，“否则，你会以为我不肯帮忙。”

母亲谢过，辞出。

母亲摸黑走到楼下的院子里，突听啪的一声，楼上的窗户里扔出一物。

借着院落里微弱的灯光，母亲看清楚了被扔出窗外的正是那盒“妈妈饼”。

母亲抬头久久地望着楼上刘副院长家那亮着灯光的窗户，慢慢地流下了眼泪。

“妈妈饼”在脚下显得非常刺眼。

母亲慢慢捡起那盒“妈妈饼”，走出院落。

大门外一阵寒风袭来，母亲打了一个冷战。

第十九章

天气骤然冷了下来。

第二天一早，母亲蹬着三轮车匆匆赶到了农中学校。

母亲在一个隐蔽的地方歇下三轮车，见学校正在上课，就走进传达室等着。

不一会，下课铃响了。

老传达叫来了黄卓。

母亲叫了一声："卓。"

黄卓却并无一脸高兴的表情，只淡淡地问了句："你怎么来了？"

母亲一只手护着胸口，一只手将手提包拎到他跟前："天冷了，这里有棉衣、绒裤。"

黄卓拎起手提包欲走。

"慢着。卓。"母亲从怀里取出一只铝罐："这是妈给你炖的鸡汤，就在这吃了，趁热。"

老传达叹了一声："还愣着啥哩，看你妈多好。"

黄卓这才大口吃了起来。

母亲在一旁拿出一张纸条："你妹到国外留学去了，这是她法国的地址。上头还有你妹黄杏在广州的大学里的电话。你在功课上有什么不懂的地方，写一个信打一个电话什么的问问她们。妈也在信里跟她们说了，叫她们有什么辅导材料有什么学习心得，经常跟你通通信通通电话，总有好处。妈虽然也读过书，总归还帮不上什么，好在你姐还有你妹都有出息。孩子多没有别的好处，一个带一个也就都带出去了。"

黄卓狼吞虎咽吃完，把空罐递给母亲："你是怎么来的？"

母亲："三轮车。"

黄卓瞥了一眼门外："车哩？"

母亲："停在墙后头了。我怕人家知道你有一个会蹬三轮车的妈，让人笑话。"

黄卓望了一眼母亲，发现母亲穿得单薄，心里想问："妈，你冷不冷啊？"但嘴动了几下，还是没有说出。

母亲把一件厚夹克给他穿上，说："上课去吧。这些下课再来拿去。妈走了。"

上课的预备铃响起。望着穿得单薄的母亲走在风里，望着寒风拂动的一丝丝白发，以及显得有些苍老的背影，黄卓不忍再看下去，转身就走。

"慢着，卓。"母亲拿出那盒"妈妈饼"："我差一点忘了，这饼你也拿去。"

黄卓刚把饼接到手里，一群同学涌了过来：

"黄卓，有什么好吃的？"

"我们能不能也吃一点？"

黄卓望了一眼母亲。

母亲点点头。

黄卓打开饼盒，里面的饼顿时就被一抢而光。

母亲看他们一个个吃得那么津津有味，忽然心里一动。

这时，上课的预备铃响了。

母亲蹬着三轮车回家的路上，那些学生争吃"妈妈饼"那种津津有味的样子，不断在眼前浮现出来。母亲从中想到了一个计划。

广告公司。

龙大海紧张地忙着，不是指挥别人，就是亲自上架画画。

……

母亲来到这里。

龙大海立即停下手中的活计给母亲端茶倒水。

母亲说："大海，我想跟你商量一件事情。"

龙大海:“有什么事还要商量？你说行不就行了。”

母亲神色认真:“大海,你说这人有一双手,哪儿不能挣钱？我刚才一路上就在想,什么下岗啦、什么解聘啦,也没有什么。”

龙大海:“就这个道理,没有必要求那个什么刘副院长。要把解聘看成一个机会,别人给你下岗,你就重找地方给自己上岗。”

母亲笑了:“我也就这个想法,我想开一个烤饼店,专卖黄琳给我买的那‘妈妈饼’。”

龙大海:“妈妈饼？那要有一点技术,还要帮手。”

母亲神采飞扬:“这技术我有。说到帮手,我妹也在面粉厂下岗了,现成的帮手。而且这事也不要多少本钱。以往,孩子们读书要学费,一缺钱就想到借,想到盼工资。现在咱们自己办厂开店,今后自己给自己开工资。”

龙大海也一脸的兴奋:“说得好,咱们今后自己给自己开工资。我支持你开店。”

母亲来到妹妹家里。

母亲来到工商所。

母亲又来到卫生局。

妈妈饼烤饼店。

母亲和妹妹王香分别将营业执照、卫生许可证贴到墙上。

鞭炮声中,龙大海也将“妈妈饼烤饼店”的招牌在门框上挂出。

烤饼店正式开张。

母亲和妹妹王香,以及邻居阿毛姑娘,忙着和面,忙着拌馅,忙着送烤……

忙得不亦乐乎。

母亲说:“这房子临街,市口又好,这饼店今后一定能发。”

王香:“姐,咱们事先可要说好,这老板可要你当。”

母亲笑道:“咱们既然是合伙,就你我都是老板。”

工地上。零售的小贩高声吆喝着：

“来啦，刚出炉的妈妈饼，芝麻皮，豆沙馅，崩脆香甜……”

建筑工人纷纷掏腰包购买。

学校门口也有零售的小贩在高声吆喝：

“快来买啦，刚出炉的妈妈饼，芝麻皮，豆沙馅，崩脆甜……”

放学的学生涌上前，将饼摊围了起来。

烤饼店生意大好。

黄家。

转眼间，又是春节到了。

龙大海在门口燃起一串鞭炮。

大女儿黄鹂也回到了家里，在帮着母亲和面包饺子。

母亲说：“今年春节就咱们几个在家里过了。琳琳在法国，回来不了。杏哩，寒假里打工，准备攒一点下半年的学费，也不回来了。”

黄鹂：“妈，这时间过得真快。”

母亲：“过了年，夏天一到，你和你弟卓一块去考大学，必须考上。今后咱们就不愁学费了，你大海叔承包的广告公司生意好，妈这烤饼店的生意也是不错。”

黄鹂扑哧一笑。

母亲：“你笑什么？”

黄鹂：“妈，我今年夏天会给你一个惊喜。”

母亲：“什么惊喜？”

黄鹂：“暂时保密。”

饭桌上，一家人坐定。

母亲：“鹂鹂，你不是说你也有好消息告诉妈吗？说来听听。”

黄鹂：“现在不说，因为现在还没有最后敲定，到时候有了结果再告诉你们。”

母亲："有什么事还跟妈这么保密。行，妈不问你。但有一条妈必须要对你重复一次，再接下去的高考，你必须跟你弟黄卓一块考上大学。"

龙大海："只要你们能考上大学，学费的事全包在大叔的身上。现在好了，现在大叔有广告公司做你们的经济后盾。"

母亲："咱们家四个孩子，琳琳已经在国外留学。卓儿将要高考。杏儿在学校里的情况怎么样妈不知道。她春节没有回家，这一阵也没有来信，这孩子比较弱，妈最不放心的就是这杏儿。"

母亲的顾虑还真的不幸被言中了——

广州某大学的门口。

以林丹为首的几个流氓在学校门口游荡着，像狩猎者一样监视着门口进进出出的女生。

漂亮的黄杏夹着书本走出了校门。

林丹的目光立即将她攫住。

走在黄杏前面的一个同学随手将一个可口可乐的罐子扔在地上。

黄杏眼睛一亮。心里在说："又是一个。"

可是前前后后有许多同学在走动。

黄杏想了想，走到易拉罐跟前的时候，夹着的书本朝下一掉，掉在易拉罐旁边，然后蹲下，将鞋带紧一紧，在捡起书本的时候，随手也将易拉罐捡了起来。又径直前走。

附近的林丹，向同伴使一个眼色，几个流氓便跨上了摩托车。

黄杏走进校外的那一片小树林。四顾无人，这才自言自语着说："一个易拉罐八分钱，我已经攒了有 50 只了。"

她挑一块石头坐下翻开书本。忽然瞥见眼前出现一双皮鞋。

林丹站在她的面前："对不起，我想打听一下，小姐是不是这个学校的学生？"

黄杏："没有错。"

林丹："我一看就看出来了，小姐不但长得漂亮，而且很斯文很有修养，泡过墨水的就不一样。"

黄杏脸颊微红起来，睨了他一眼，继续看书。

林丹又说：“如果我没有猜错，小姐一定非常缺钱？”

黄杏：“你怎么知道？”

林丹：“小姐贵姓？报一个姓名不介意吧？”

黄杏：“那没有什么，我姓黄。”

林丹：“我不但知道黄小姐手头缺钱，而且还看得出黄小姐内心十分向往现代的甚至时尚的生活。”

黄杏：“你怎么知道？”

林丹指着她身上的那个鳄鱼商标：“鳄鱼牌服装可是昂贵的名牌。据我所知，正宗的法国鳄鱼，那是长嘴朝外。香港好像也有鳄鱼，但是是尾巴朝外。你身上这条鳄鱼，一看就是冒牌，而且还是乡镇企业的冒牌。”

黄杏脸孔通红：“你想告诉我的就是这个？”

林丹：“既然我没有猜错，既然钱对黄小姐非常重要，我想我可以为黄小姐提供帮助。”

黄杏：“我现在还不想让一个我所不认识的人提供帮助。”

林丹：“陌生人未必就都是坏人。而且我只是想为你介绍一份家教，难道通过家教挣钱你也会拒绝？难道你愿意放弃这样一次机会？”

黄杏不觉心动：“教什么课呢？”

林丹：“教什么都行，那是我姨妈的一个孩子。如果黄小姐还能懂一点音乐那就更好了。”

黄杏：“我是学生会的文艺委员。”

林丹：“哎啊，那我就太有眼不识泰山了。怎么样，我领你去我姨妈家吧。”

黄杏：“你是不是哄我？不会是开玩笑吧。”

林丹：“到时候你就知道是不是真的了。”

他转身走出树林，把摩托车骑了进来。

黄杏犹豫着跨上了林丹后座。

烤饼店里仍是热气腾腾。

王香前后张罗。

母亲又一次来到黄卓的学校。

学校里张贴着"毕业班成绩一览表"。

黄卓在几张榜上的成绩都是在前三名之内。

母亲显然是非常欣慰。

母亲走进文联,找到黄鹂:"鹂鹂,你给看看,这是卓这两次模拟高考的成绩。我看他考上大学有没有希望?"

黄鹂:"照他现在这样的成绩和现在这样的发挥,考上他理想中的大学应该绝对没有问题。"

母亲:"那现在就只剩你让妈不放心了。"

黄鹂神秘地一笑:"我现在正式向妈宣布我将放弃今年的高考。"

母亲急了:"你说什么?你不想参加今年的高考?妈报名都给你报了。"

黄鹂故意一笑:"报过名可以作废。"

"不行。"母亲格外大急,"你今年不参加高考,妈就不认你这个女儿。鹂鹂,你想过没有?你弟弟妹妹一个个今后都是大学生,留学生、研究生,博士、教授什么的,你就甘心到老都还是一个高中生?你的弟妹们不会笑话你,你的孩子今后也会为你惭愧。你为什么要放弃高考?还是担心学费?妈再次告诉你,只要妈还能走能动,学费的事就不用你操心。如果是因为学费不考大学也不上大学,那你就是存心叫妈难受。你想让妈欠你一辈子吗?"

黄鹂仍是一脸微笑:"请妈少安毋躁。"

"妈能不急吗?"

黄鹂:"妈,我不考大学,直接给你考一个研究生,怎么样?"

"你说什么?研究生?没有上过大学能上研究生吗?"母亲不敢相信。

黄鹂:"我考中文。我今年一直在自修大学中文。正好我们文联主席的一个大学同学现在是深圳一个大学的研究生导师,她愿意推荐我直接报考她的研究生。妈,你不认为这是一件非常好的事情。"

母亲非常高兴:"那当然了,当然是一件好事。就因为是好事,妈就担心了。你能考得上吗?"

黄鹂:"我非常庆幸当初能找到这么一个单位,这里的书籍很多,我相信我在这里读过的书远远超过大学必修与选修的课本。”

母亲：“那好，妈就等着你创造奇迹。你上次说有消息暂时保密，是不是就是这个消息。”

黄鹂点点头：“因为当时推荐的事还没有最后敲定，我怕到时候还有变化。”

母亲：“那现在哩？”

黄鹂：“现在就要看我考试的成绩。我下个月就要去那个学校考试。”

母亲：“下个月卓也要开始高考。”

母亲又回到了家里。

龙大海与黄卓在一桌吃饭。

他问黄卓：“卓，你妈哩？”

黄卓朝自己房间努了努嘴。

龙大海起身过去。

黄卓也跟了过去。

母亲将一碗饭放在黄卓生母的遗像前说：

“黄卓他妈，你听得见听不见我说话？告诉你一个好消息，黄卓今天就要去县城参加高考了。这孩子天生聪明，又肯用功，虽说去年没有去成大学，但前一阵一模二模的考试，成绩都远在人家的前头。孩子他妈，如果你真的有在天之灵，请你保佑你儿子黄卓，在考场上一要细心，二要沉着冷静……”

龙大海和黄卓在房门外听了一会，回到饭桌。

龙大海问黄卓：“卓，叔问你一句——你妈待你好还是不好？”

黄卓：“好。”

龙大海：“你妈待你像不像亲生儿子？”

黄卓：“像。”

龙大海：“卓，你妈顾着你的冷暖，想着你的学业，没日没夜地辛辛苦苦。你说你妈图的什么？”

黄卓望着龙大海。

龙大海:“孩子,卓,你叔承包的广告公司要到年底才能结账。合同上规定中途不能挪用资金,所以叔虽然整天忙忙碌碌,其实手头并没有一分钱现金。你妈估计你能考上大学,担心到时候录取通知书一到会手忙脚乱,所以现在已经在开始为你筹备大学的费用。前些日子又向医院的同事借了一些。但还是不够。你娘又偷偷地在医院卖血。要不是前天差些晕倒,叔还不知道这些事情。卓,你妈为了你读书的学费,能够一次一次地卖血,就是亲生母亲也不过如此。她图你什么?她跟我说过,她别的什么都不图你,就图你能叫她一声娘一声妈妈。”

黄卓的眼睛有一点热辣起来。

龙大海:“等一会你妈出来,你叫她一声。做妈的图什么?就图这么一点。如果你今后能上大学到了外地,只怕想叫一声妈妈都没有人在边上让你叫了。孩子,听到没有?”

黄卓点了点头。

母亲这时走出了黄卓的房间,在饭桌旁坐下。

龙大海一边将饭碗递给母亲,一边向黄卓暗使眼色。

内向而又倔犟的黄卓,心里想叫,却又觉得怪怪的,一时开不了口。

龙大海急得向黄卓频使眼色。

母亲发现了:“你们这是?”

龙大海连忙将菜挟进母亲的碗里:“没、没有什么。”

一边则在桌下用脚踢黄卓。

黄卓嘴唇动了几动,却格外叫不出声来。

这时母亲说:“卓,准考证可别忘了。文具带全,钢笔里的墨水打足。还有擦皮什么的。”

龙大海抓住了最后一次机会:“跟妈说啊,就说请妈放心。”

黄卓憋得脸红脖子粗,终于只说了一句:“我都准备好了。”

龙大海气得长叹一声。

母亲嗔道:“孩子马上就要去参加高考,应该给孩子打气,你怎么总是叹气?”又转对黄卓说,“卓,咱们抓紧上路。妈陪你去高考。”

饭后，黄卓爬进了门口的三轮车。

母亲也跨上坐垫："卓，叫叔放心，跟叔再见。"

黄卓："叔，再见。"

母亲又转对龙大海："你也不跟孩子说一些什么?"

龙大海："卓，好好考试，给你妈和你黄家争脸。还有叔教你的那事，有机会就别忘了。"

黄卓走了，坐在母亲蹬着的三轮车里。

广州。

在一家豪华的客厅里，黄杏对一个女孩说："咱们作业做完，要不要休息一会?"

女孩："好啊，我早就想休息了。黄老师，你能不能再给我唱一首歌?"

"可以，黄老师现在就给你唱一首。"

那女孩立即鼓掌。

黄杏便深情地唱了起来：

"夕阳河边走，举目望苍穹，
炊烟飘来思乡愁。
多少回朝夕晨暮思念着你哟，
清清河水是我流淌的泪。
窗外月光映照我脸庞。
月之故乡亲人是否安康?
捧一盏乡酒陪伴着你呦，
无论我身在他乡与远方。
给予你喜与悲，不止是那山与水，
分不清梦与醒，
忘不掉是你身影，
穿过岁月春与秋，
尝尽世间爱与愁，
何顾此时别离与拥有。"

那女孩闭着眼睛听完，立即鼓掌："黄老师唱得真好，黄老师……"

她立即吐了吐舌头，因为黄老师掉下了眼泪。

这时林丹进来："表妹，我说你淘气就是淘气，你怎么把黄老师弄哭了？"

黄杏抹掉眼泪："跟她无关。我该走了。"

"等一等。"林丹转对那女孩，"你先回你房间。"

她表妹走了之后，这林丹立即堆起笑容："黄老师，真是对不起。"抬手就欲给黄杏抹泪。

黄杏后退一步。

林丹又嬉笑着说："女人真有意思，这一掉眼泪，就让人动心。黄小姐这一掉眼泪，倒比以前更加漂亮了。"

黄杏笑了一下："我该走了。"

"慢，何必那么着急？"林丹色迷迷上前一步。

黄杏："我回学校还有事情。"

林丹："你就不希望我代我表妹向你表示歉意？"

黄杏："真的没有什么事情，而且真的跟你表妹没有什么关系。"

"大人不计小人过，黄小姐的胸襟，真是令人感动。"林丹又逼近了一些。

黄杏微微一笑："你说错了，我只想家，想我妈了。"

"哎啊，没有想到黄小姐还这么多情。多情的女子就是特别令人可爱。"林丹把手搭在她的肩上。

黄杏把他的手轻轻拂开。

林丹随即就附着她的耳朵说："黄小姐难道就一点都不喜欢我吗？"

黄杏还没有来得及反应。

林丹就一把将她抱住。

黄杏急忙将他推开："对不起，我该走了。"说着就急忙离去。

林丹转到窗户前，望着大街黄杏渐渐远去的身影，两腮的咬肌不停地努动着。

又到了高考的时候。

众同学纷纷走进考场。

黄卓也在母亲的陪送下出现在人群中。

母亲向黄卓摆了摆手。

黄卓也向母亲点点头，走进考场。

广州。

黄杏又一次来到林丹姨妈的家里。

开门的却是林丹。

黄杏走进客厅："秋秋，黄老师来了。"

林丹双手一摊："秋秋不在家里。"

黄杏："我们事先约定的课程安排是今天下午有课。"

"不错。"林丹一脸微笑，"我表妹也是这么说的。但我给了她一张电影票，告诉她今天下午黄老师的学校有课。"

"我可没有告诉你说我下午有课。"

"这是我的借口。"

"你为什么这样说谎？"

"难道你没有看出来吗？那是因为我喜欢你啊？我只有把我表妹支走，咱们才有机会这么共处一室地聊聊。"

"你想聊什么事情？想聊什么事情就赶紧说吧。"

"男女共处一室，你说还能聊一点什么事情。现在除了你我，可是没有外人，咱们能聊一点什么事情，难道你还不清楚？"

黄杏说："既然秋秋不在，那我该走了。"

林丹急忙堵在门口："秋秋不在，可是我在。"

黄杏："如果林先生没有别的什么事情。那我就更该走了。"

"黄小姐何必那么着急？"林丹把一叠钱捻了捻，扔在桌上，"这么多够吗？"

黄杏嘴角一撇："我不稀罕。"

"你不稀罕？你不稀罕票子给人家做什么家教？来吧，我知道你缺着钱用。"

黄杏将他伸过来的手打开："林先生，请你自重。"

"啃，还那么正经，你可知道现在已经到了什么时代？"

"到了什么时代，都只有靠劳动挣钱。"

林丹:“好,说得好,靠劳动挣钱。可是有些人靠劳动只挣一点钱,有的人靠劳动却能挣很多钱。黄小姐,这做家教,一个小时才多少钱?当然。这也应该怪我介绍不当。黄小姐,我给你介绍一个新行当怎么样?我有几个兄弟,在三河街开了一间迪厅,如果你肯去那个地方——一天就一个晚上,我保证月薪在5 000以上。”

黄杏:“去做三陪?吧女?”

林丹:“如果觉得这个名称不雅,我可以允许你在名片上印一个领班的头衔。以黄小姐大学生的身份,而且歌喉甜美,外貌靓丽,特别是这三围……再加上我们一班弟兄的包装,我保证你很快就会蹿红。”

黄杏脸挂鄙夷:“谢谢林丹先生的提携。”

林丹:“怎么谢啊?我知道你会明白怎么谢我。”

黄杏:“请你闪开。”

林丹:“不要难为情嘛。黄小姐,你是希望到了那边让环境改造人,还是希望在这里锻炼成熟了之后再去那里适应环境?”

“闪开。”黄杏想把堵在门口的林丹拽开。

林丹却趁势将黄杏紧紧抱住。

黄杏拼命挣扎。

两人都滚倒在地上。

黄杏发疯似的拳打脚踢,连抠带抓,终于挣脱魔爪,夺门而逃。

林丹追出门外:“好啊,今天你狠。可我告诉你,这一阵子的家教,你一分钱都别想要了。”

黄杏立住脚步:“不该我的钱我一分不要。但我已经付出的劳动,你一分都不能少我。”

林丹:“休想。”

黄杏:“我有合同,你敢耍赖。”

林丹:“走着瞧吧。”

黄杏:“有理走遍天下,走着瞧就走着瞧。”

县文联宿舍。

母亲把大女儿黄鹂的行李在手中掂掂:“鹂,今天是你弟高考的最后一科，妈马上还要去考场那边看看。你去深圳那边考研究生，妈我就不送了。”

黄鹂点点头。

母亲又想起了什么：“钱可放好了？”说着就伸手欲往黄鹂的怀里去摸。

黄鹂闪开：“我知道你又说了——你外公啊，每次出去买牛，都把钱缝在短裤里头。”

“即使不把钱缝在短裤里头，也得分几处放好。万一有小偷，也不至于全都没有。”

“妈，这我知道。”

“还有，我想这考研究生可比考大学难多了，不能有半点马虎。”

“还有什么交代？一并说了。”

“你去的那个地方离广州近，得空去看看你妹妹。”

黄鹂点点头：“还有什么？”

“没有什么了。妈想啊，妈这野心也太大了一些。现在琳琳是研究生了。你再考上。那就只剩下杏和卓了。你想想，如果咱们家有四个研究生，甚至是四个博士，那……”

“妈，我知道你又该说‘学问也是命’了。就因为你被人家博士救过一命，妹妹也被博士救过一命，你就有了博士情结。博士也就是多读几本书罢了。”

母亲似乎生气了：“博士也就是多读几本书罢了？你给妈读啊，你弟弟妹妹们都给妈去读啊，如果你们都能读上博士，算你们的本事。”

黄鹂：“这也难说。”

母亲：“不谈这个了，妈的要求也太高了。妈得赶紧去你弟那边看看，妈不送你了。”

广州。

黄杏又来到林丹姨妈家门口。

一个女人开门出来：“是黄杏老师，请进。”

黄杏：“秋秋她妈，这里的家教我不做了。”

“不做了？为什么不做了？”那女人显然有些急了，“是我们家秋秋得罪你啦？”

黄杏:“不是。”

秋秋也从卧室里奔了出来:“黄老师,进来。”

黄杏:“秋秋,黄老师今天领走工资就不再来了。”

秋秋:“为什么?”

黄杏:“秋秋她妈,请你别问为什么了。你把秋秋的学费给我,我真的今后再不会来了。”

那女人:“既然秋秋这么喜欢你,再说这工钱,还不到一个月。”

黄杏:“那就按天算吧。”

秋秋:“黄老师,你别走,让我妈再加你工资。”

黄杏:“秋秋,黄老师真不能再来。”

那女人:“黄杏老师,这究竟是因为什么原因?”

黄杏:“秋秋她妈,什么原因你也别再问了,我只建议你如果再给秋秋找一个老师,就找一个男的。”

那女人立即就悟到了什么:“你说林丹?”

广州大街上。

林丹与另一个同伙,骑着摩托车,风驰电掣向这里赶来。

林丹赶到楼梯口的时候,黄杏已经下楼。

两人在楼梯口相遇。

黄杏没有看见似地离去。

林丹急忙赶到楼上。

他一奔进秋秋家里就问:“姨妈,那姓黄的工资,你有没有给她?”

秋秋的妈:“给了。丹,告诉姨妈,你是不是与她之间发生了什么过节?”

林丹没有答话。

他从窗户看着窗外街道上疾步离去的黄杏已经汇入人流,脸上一股暴戾之气渐渐掩上眉梢。

第二天,黄杏上完午自修,走出校门,一旁闪出一个大学生样子的女孩,劈口就说:“你是不是黄杏?”

黄杏一愣:“你是?”

那女孩子说："我是生物系大三的许雯，告诉你一个好消息，你妈来了。"

黄杏一喜："我妈来了？在哪？"

那自称许雯的女孩手向西北一指："在西小街路口，带着大包小包，走不动了，就歇在那路口。"

黄杏想妈心切，也未加思考，只说了一声谢谢，拔腿就跑。

抄近路直奔西小街需要途经那片树林。

危险正向黄杏逼近。

黄杏奔进那片树林，突然蹿出三四人一拥而上。

黄杏正欲喊叫，一团破布已经塞进了她的嘴里。

为首的正是林丹。

一伙人将她拖到林中僻静的地方。一阵暴风雨般的拳打脚踢立即就将黄杏打倒在地上。

黄杏孤立无援，只有一脸愤怒。

那个自称许雯的女孩这时也出现在面前，一脸冷笑。

黄杏怒视着这批流氓。

林丹冷冷说道："你别以为是一个大学生就了不起，大学生又怎么啦？你现在就该知道了吧，究竟是你姓黄的厉害还是我姓林的厉害？"

黄杏无法怒骂，只是眼中喷火。

林丹斜抱着膊膀："你从现在开始回心转意还来得及。如果你肯答应陪我们哥们玩玩，那我们就是朋友，我们不但现在就可以放了你，而且包你今后有吃有穿。怎么样？答不答应？"

黄杏蔑视地闭上了眼睛。

林丹将她嘴里的塞布一把扯掉："说啊。"

黄杏脱口就骂："流氓。"

那个自称许雯的女子立即又将破布塞进她的嘴里。

林丹又是一声冷笑："你嘴倒挺硬，就陪我们几个爷们玩玩有什么不好？"

正说到这儿，倒在地上的黄杏猛地蹬了他一脚。

另外几人上前就欲动手。

林丹将他们止住，从裤兜里掏出一支似乎是注满了血水的注射器。

黄杏惊大了眼睛。

“你就真的不肯答应?”林丹目注自己手中的注射器,“你知道这是什么血水？这是艾滋病病人的血水。”

黄杏的目光里顿时布满惊恐。

林丹语调森冷:“我相信一个堂堂的大学生不会不知道艾滋病病人身上的血水注射到她的身上会产生什么样的后果。”

黄杏恐惧得手在发抖。

林丹笑了:“怎么样？害怕了是不？如果不想染上艾滋病就乖乖地答应咱几个爷们,今后随叫随到。现在就等你这一句话了。”

许雯又从黄杏口中摘出破布。

黄杏嘴角哆嗦了一下,想说什么没有说得出来。

“怎么样？答不答应?”林丹将注射器朝黄杏身上比划了一下。

黄杏本能地朝后缩了一下。

林丹:“怎么样？怕了是吧？现在只要你说一个行字,咱们今后就都是自己人了。”

黄杏咬紧着的牙关,突然坚决地崩出两个字来:“不行。”

那声音很响,林丹恼羞成怒,手中的注射器突然地就抵住了黄杏的胳膊:“你到现在还那么嘴硬。”

黄杏咬住嘴唇,眼睛里恐惧与怒火交互迸射,额头上汗水流了下来。

林丹的面目格外狰狞起来:“让你陪我们爷们玩玩,那是抬举你。你还不答应？你究竟答不答应?”

他手中的注射器又朝前紧了一下。

黄杏的胳膊本能地搐动了一下,眼睛不敢看那注射器。

林丹又低喝一声:“你到底答不答应?”

黄杏闭上了眼睛:“就不答应。”

林丹手中的注射器猛地扎了下去。

黄杏一声尖叫,晕了过去。

林丹附着她耳朵,恶狠狠地说:“如果你敢去报警,我们就会一个晚上在你的学校里贴满海报,让全学校的人都知道你是一个三陪女,在歌舞厅坐台。让全学校的人都知道你是被一个暴发户的老婆雇人打伤的。让全学校的人都知道你染上了艾滋病、艾滋病……”

忽然一声唿哨，一帮人一哄而散。

高考还在进行。

母亲蹬着三轮车又来到门口。

万没有想到是又一个大祸降临了这个家庭。

笔架山琳琳广告公司承揽了一笔高楼墙面广告业务。

龙大海拼命干活。他举着一块巨大的牌板，足足有几十斤重，奋力地登上脚手梯，朝垛顶走去。

竹制的脚手梯摇摇晃晃，吱吱嘎嘎。

龙大海一步步走得缓慢，也走得艰难。

快到垛顶的时候，忽听喀嚓一声。

脚手梯断了。

龙大海连人带着牌板摔下脚手架。

工人们惊呼着涌了过来：

“不好，出事了。”

“龙经理摔下来了。”

龙大海倒在地上昏了过去，血流满面。

“龙经理、龙经理……”

“别叫了，快掐人中。”

“快去找一块门板，赶紧送医院抢救。”

“还要赶紧通知老龙他家里的人。”……

考生们陆续走出考场。

母亲看到了黄卓，推着三轮车就迎了上去：“卓，考得怎样？”

黄卓掩饰不住得意，一脸兴奋，猛地打了一个响榧。

母亲：“卓，妈问你考得怎样？”

黄卓又打了一个响榧：“超常发挥。”

母亲也一脸兴奋：“有没有弄错？”

黄卓："没有。"

"走，妈去买一碗红烧肉给你犒劳犒劳。"母亲一拍三轮车边："上。"

黄卓却抢过三轮车："今天我来带你。"

正应了祸不单行那句老话，春风得意的黄卓将三轮车骑得飞也似的。

母亲在车上急得大叫："慢、慢些，危险、危险……"

这时一辆汽车迎面过来。

黄卓正想去抓压刹把，祸事已经发生了。

母亲从倒了的三轮车里爬出来的时候，只见被撞飞出去的黄卓已经昏倒在地。

"卓、卓……"母亲急忙抱起黄卓。

肇事司机急忙打开车门。

医院。

一直抱着黄卓的母亲将黄卓抱进了急救室。

街道上。

一辆救护车鸣响着警笛，也在驶向这所县城最大的医院。

医院。

救护车里的龙大海被抬进紧挨着黄卓的又一间救护室。

黄卓终于从昏迷中睁开眼睛。

"卓……"母亲一激动，突然一阵眩晕，便赶紧扶住墙壁。

黄卓嘴唇动了一下，想叫一声"妈"，却还是没有叫出。

护士指着输血瓶对黄卓说："你妈是失血过多，这么多血都是你妈一个人输给你的。"

黄卓急欲下床去看母亲。

母亲定住心神，走到床边前坐下，冲着黄卓笑道："醒来就好了。妈没有什么。"

黄卓抓住母亲的手,眼泪掉了出来,嘴唇嚅动着,“妈妈”两个字还是没有叫出。

母亲替他擦掉泪水:“疼吗,是不是还痛?”

黄卓摇摇头,望着母亲的血一滴一滴地流进自己的血管,不觉咬着嘴唇,又闭上了眼睛。

只听母亲悄问护士:“医生,这孩子伤得重吗?要不要紧?”

护士:“还算运气,只小腿骨骨折,内脏没有受伤。昏迷是多半因为惊吓。”

母亲:“谢天谢地。如果孩子考上了大学,可不能因为这个给耽误了。那可是一辈子的大事。”

这时候那个肇事司机拎着一大袋水果进来。

龙大海仍在紧急抢救。

母亲从黄卓的急救室出来,恰被广告公司的一个工人看见:

“那不是龙经理家里的人吗?”

又一个工人便走出门外:“龙家嫂子,你别太伤心了,一个好好的人谁知道会出这么个事情!”

母亲一惊:“你不是笔架山琳琳广告公司的吗?公司出了什么事情?”

这工人也是一愣:“你不是为龙经理来的?”

母亲预感到了不祥:“龙大海怎么啦?出事啦?”

这工人垂下了脑袋。

母亲这才发现另一间急救室里还有一个人正在接受抢救,虽然氧气罩遮住脸孔,立即就意识到了什么,顿时就懵了。

工人上前欲扶:“龙大嫂……”

母亲醒过心神,急忙奔进2号急救室。“大海、大海……”

医生:“安静。”

母亲使劲摇撼着龙大海:“大海、大海……”

两个护士上前挡住:“请你安静一些好吗?别影响我们抢救。”

母亲转问几个工人:“怎么回事?他是怎么回事?”

一工人:“龙经理是从脚手架上一不小心,一不小心掉了下来。”

母亲又是一阵眩晕……

黄智清又回到了松元镇。并出现在黄家门口。

他使劲擂门:“开门。人哩?人都到哪里去了?”

擂了一阵门,这才发现门上落着一把大锁。

母亲走出2号急救室,来到一号急救室门口,心里在说:“这事暂时还不能让黄卓知道,别一个倒下了,再把另一个吓出什么病来。”

她抹掉眼泪,整整衣衫。

黄卓看到母亲进来:“我想出院。”

母亲:“孩子,不急。”

黄卓:“医生刚才给我上了夹板,说没有事了,让我转住院部的病房,休息几天就没有事了。我想不如回家休息。”

母亲想了想,一时没有说话。

黄卓发现母亲红肿着眼睛:“我真的没有事了,你别替我担心,我现在就能回家。”

母亲终于说:“也好。”

肇事司机在一旁立即活跃起来:“我这就开车送你们回家。”

母亲:“你先送我孩子回家,我在城里还有一点事情。”

黄卓:“还有什么事情?”

母亲:“撞坏的三轮车要修,你大姐晾在寝室外面的衣裳,我得去给她归收起来。”

肇事司机说:“我先送他回家,医疗费回头再来结账,我反正有押金抵在这里。”

母亲便扶着黄卓下床。

黄卓走出急救室的时候,目光朝2号急救室瞥了一眼。

母亲急忙用身子挡住。

黄卓钻进汽车走了。

龙大海的抢救已经告一段落。

母亲心急如焚地赶回急救室，附着龙大海的耳圈，轻轻叫了几声："大海，大海……"

龙大海没有任何反应。

母亲急问医生："医生，他怎么到现在还没有醒来？是不是伤势很重？"

医生："伤势的确很重，伤在脑干部位，颅内出血，脑电波非常微弱。"

母亲又急问："有没有救活的希望？"

医生："我们尽我们最大的努力，以后的情况不容乐观。即使能保住性命，神智恐怕也不会清醒。"

母亲大急："那不是植物人吗？"

医生："是的，你从现在起，就应该有这种接受一个植物人的思想准备。"

母亲站在那里，脑子里似乎一片空白。

"当然，世上也产生过许多奇迹，我们也会尽我们最大的努力。"医生补了一句安慰性语言，走了。

母亲又从县城赶到广告公司，在和主管部门的领导交涉。

领导说："龙大海的事情确实是一个不幸。这不仅是你所不希望看到，也是我们所不愿意看到的。因为合同期限刚刚过半，效益一时也还无法体现。"

母亲："大海这半年多可是没日没夜，整个身心都扑在这工作上，现在弄成这个样子……"

领导说："这实在是一个非常糟糕的结果。这样吧，龙大海的医疗费用由本公司与其家属对半承担。至于合同，因为意外的不可抗拒的客观原因，合同中止。"

母亲："那报酬就没有了？"

领导说："因为公司效益一时无法核定，是不是这样？一次性补助两千。"

母亲想了想，也无话可说。

这几天，母亲焦急的心分挂两头。

一头是医院里的病人龙大海，一头是家里受伤的黄卓。

有一天，母亲一回家就说："卓，赶紧给 168 打一个电话，查查看，成绩也该出来了。"

黄卓拖着一条受伤的腿，拿起电话，拨通 168。

查询电话立即清晰地报出了结果：

"黄卓，总分 640 分，本市第二名，全省第三名。谢谢查询。"

黄卓激动地望着母亲。

母亲也欣喜地望着黄卓："卓，再拨一次。"

黄卓按下重拨键，出来的是一样的声音一样的结果："黄卓，总分 640 分，本市第二名，全省第三名。谢谢查询。"

黄卓霍地跳了起来，振臂高呼："我考上啦，我考上啦……"

忽然嘴一咧，伤腿碰到了凳子上。

母亲赶紧扶住黄卓："功夫不负有心人，果然考上了，果然考上了……"

这时候电话铃响了。

母亲抓起话筒的手在微微发抖，声音也有些变调："是，鹂鹂，声音再大一点。你妹妹怎么啦？声音再大一点……"

母亲挂上电话。

黄卓望着母亲。

母亲："你大姐的电话。三件事情。第一件事，她考上了中文研究生。"

黄卓立即鼓掌："祝贺我的大姐。"

母亲："第二件事，你已经被上海的那所大学录取，通知书已经寄出，这是大姐通过招生办公室了解到的。"

黄卓仰脸望天，眼泪已在眸中流动。

母亲："还有第三件事。"

黄卓："第三件什么事？"

母亲："你妹妹杏儿在学校里出了点事情。"

黄卓急问："什么事情？"

母亲："具体情况你大姐也不太清楚，她也只是听说，现在已经托人去打听了。"

黄卓："应该没有什么事情。"

母亲："没有事情就好，妈还真怕再有什么事情。"

黄卓想起了什么，问母亲："咦，这一阵怎么没有见到龙大叔？"

母亲尽可能克制住悲痛："出差去了，可能要过一阵才能回来。卓，你大学考上了，我现在就做几个好菜，你拎到你妈坟上，给你妈供上，磕一个头，告诉你妈，你大学考上了，让你妈在九泉之下也能闭上眼睛。孩子，你去告诉你妈，就说自己已经长大，已经是一个坚强的男子汉了，今后有什么风风雨雨自己都能扛住，也好叫你妈放心。"

黄卓点了点头。

第二天，黄卓来到他亲生母亲的墓前：

"妈，你听见了吗？我是卓。妈，我已经考上了大学，通知书也刚刚到了。妈，我过几天就要走了，妈，我还记得你临死的时候流着眼泪说过的最后一句话，你说这世上你最放心不下的就是孩子，就怕我不知道会遇到一个什么样的后妈。妈，你真的可以放心，我现在的妈待我很好，真的很好。大海叔说过，就是亲生母亲也不过如此，所以我也非常惭愧，我这人就是嘴拙，我到现在连妈都没有叫她过一声。我想我会叫的。否则，如果哪一天她也像你一样躺在这里，我会后悔一辈子的。"

一阵野风飚过，扫走一片树叶。

龙大海已经从急救室转到了普通病房。

老外婆守在床头。

母亲又匆匆地赶到了这里，并再一次在在他耳畔轻轻地呼唤："大海，大海哥，你听到了没有？告诉你一个好消息，卓儿已经考上了大学。你听到了没有，咱们家四个孩子都是大学生了，而且有两个已经是研究生了。老大鹏鹏也考上了研究生，说不定他们今后也能是博士，甚至都是博士。大海哥，你听到了没有？你是不是也为他们高兴，为这个家高兴？大海哥，你听到没有？你能不能睁开眼睛看看……"

外婆给母亲递上一块毛巾，自己的眼眶也湿了："娟，你也真是命苦。"

母亲："妈，他就醒不过来了？这么好好的一个人就这么醒不过来了？会真的醒不过来？"

外婆:“医生说,这就是植物人的症状。”

母亲的眼泪又掉了下来。

外婆给母亲拭去眼泪:“娟,妈有一句话不知当不当说。”

母亲点点头。

外婆:“医生说了,这病也就这样子了。妈想,你还是把大海带回家去,一者,省些医药费。二者,一个烤饼店一个病人,你可以一边在烤饼店,一边就近着照顾。像现在这样,乡下、城里的两头跑着,妈就怕你也会被拖垮。”

母亲摇摇头:“现在还不能回去。卓就要上大学了,我不能让他知道大海叔现在成了植物人了,至少现在不能让他知道。这孩子后来跟大海叔还真是越来越投缘了,如果他知道他大海叔成了现在这个样子,一定着急。再说上大学也是孩子们向往着的一件喜事,我也不忍心在他高高兴兴的兴头上给他当头一个霹雷。”

外婆叹道:“你这当妈的,想得太深,有苦总是一个人在咬嚼。”

母亲对龙大海说:“大海哥,咱们等卓上了大学再接你回去好吗?大海哥,我明天就要回去料理一下烤饼店的事情,这一阵由我妈陪你。”

然后转对外婆:“妈,你也那么大岁数了,我一有事还总是让你受累,我心里……”

外婆:“别这么说,你是为了子女,我这是为谁?你赶紧回去,卓儿到学校报到的事不能耽搁。”

黄卓来到笔架山琳琳广告公司,发现里外冷冷清清,非常惊讶。

一个看门的老人上前问他:“小伙子,找谁?”

黄卓:“我找龙大海。”

老人:“你找龙大海?你是他什么人?”

黄卓:“他是我叔。我几天都没有看到他了。”

老人:“你叔出事了你不知道?”

黄卓:“我叔出事了?我叔出什么事了?”

老人:“摔伤了啊,到现在还在医院里昏迷不醒。”

黄卓一听不啻如五雷轰顶,神色大变:“什么?你说什么?”

老人:“孩子,可怜的孩子,你还不知道你叔现在还在医院里躺着?”

黄卓发了疯似的，转身就朝县城狂奔。

黄卓一头大汗地奔到县医院，在各病房挨个儿寻找，终于找到了躺着的龙大海。

“龙大叔，龙大叔……”

黄卓奔进去就使劲摇撼着龙大海。

龙大海毫无知觉。

这时外婆打了饭菜进来。

黄卓一把揪住外婆：“外婆，龙大叔怎么回事？龙大叔怎么回事？”

外婆也掉下了眼泪：“孩子，可怜的孩子，龙大叔是从脚手架上摔下来摔成这样子的，昏迷不醒已经有十多天了。”

黄卓：“外婆，龙大叔还能醒过来吗？龙大叔还能不能醒过来？”

外婆摇摇头：“医生说了，最大的可能就是植物人了。”

“植物人？植物人……”黄卓简直不敢相信自己的耳朵。

黄卓泪流满面，喃喃自语着：“植物人？大海叔成了植物人？”

外婆给他抹掉眼泪：“孩子，你是你妈叫你来的？”

黄卓摇摇头。

外婆：“你妈知不知道你来这？”

黄卓：“不知道。”

外婆：“孩子，你妈真是苦命。你妈每天都要蹬着三轮车到这来照顾你大海叔，又不敢让你知道他伤成这个样子，怕你一时受不了。你妈这个人，总是有苦一个人吃着。卓，你别让你妈知道你来过这里，别让你妈在这事上又为你担心。”

黄卓点点头，抹掉眼泪。

外婆：“孩子，回去吧。你不是就要开学了吗？这里有外婆，你王香小姨也常来这里。回去吧，回去准备准备开学的事情。安心开学。”

黄卓点点头，对龙大海说：“龙大叔，我后天就要开学了，我不能陪你了。龙大叔，你要坚强地挺着，活下去，有妈在你身边，你哪一天说不定还会醒来，龙大叔，我走了……”

外婆给黄卓再一次抹掉眼泪：“走吧，赶紧回去。可别让你妈知道你知道了这事情，不然，你妈心里又要多一层负担。孩子，你妈的命太苦了。好在还有你们这批孩子，你们这批听话的孩子。孩子，回去吧。”

黄卓忍住眼泪，向外婆鞠了一躬。

他这才慢慢走出了病房。

山路上，黄卓回家的身影，被夕阳拉得很长、很长。

当天夜里，黄卓躺在床上怎么睡都睡不着，眼前一会儿是龙大海植物人的模样，一会儿是母亲忙碌的身影。

他心里在说：“妈，我明天也要走了，我们全都走了。妈，你一个人里里外外地操劳，还要为那么多人的学费操心，龙大叔现在又倒下了……妈，我真替你担心，你一个人怎么能承受得了那么多压力？可是我们都走了，我也要走了。我们没有帮过你什么，我连妈都没有叫过你一声……”

黄卓霍然坐起，跳下床发了疯似的做事。

先把家里打扫得干干净净。

饭桌的一条腿晃动，找了钉子钉上。

大门缺了一块板，漏风，找一块板补上。

然后操一把斧头在门口劈柴，一直劈到东方放亮，一直劈到母亲从烤饼店下班回家。

母亲回到家里，看到这一切，非常感动，将捂在饭盒里的热腾腾的包子递给他：“卓，你看你这一宵都没有睡觉！卓，趁热吃了。你有这孝心，妈非常开心，卓，你也是一个苦命的孩子，到学校要自己学会照顾自己。要好好读书，大学、研究生还有硕士、博士什么的一路读上去，苦孩子偏要有一个出息。学费不用担心，有妈跟你大海叔撑着，学费用不着你们发愁。”

黄卓下意识地一声：“大海叔……”

母亲不知道黄卓已经一个人去过医院，仍然瞒着说：“是的，你大海叔承包的广告公司，应该年底就有利润出来，挣个三万两万应该没有问题。而且妈的烤饼店也是生意日见红火。你们只管好好念，别担心什么学费。”

黄卓含着眼泪点了点头。

他耳边又响起了龙大叔的声音："卓，就是亲生母亲也不过如此。你妈不图你什么，就盼你能当面叫她一声妈妈。"

黄卓心里在说："妈妈，请你放心，我都记下了。"

但嘴唇抖动着就是没有说出声来。

母亲推来三轮车。

黄卓又回头望了老屋一眼。

山道上，母亲蹬着三轮车。

三轮车在树荫竹影间隐现。

到了县城，黄卓使劲探头朝着医院方向眺望。

使劲蹬车的母亲，回头叮嘱一句："卓，坐正了。"

母亲将黄卓一直送上火车。

一人提着一个硕大的行囊。

母亲忽然想起了什么，赶紧奔下站台，买了一些水果、瓜子捧进车厢。

然后把口袋里的一点零钱全掏出来："拿上。在外面比不上在家。来，拿上。卓，妈该说的也都说了。其实你也大了，妈也不该说那么多了。还是那句话，在外妈也够不上顾你，自己冷暖当心，饭要吃饱。还有……妈也不多说了。"

母亲一手拎起一个行囊，试一试说："太沉，得有一根绳子拴了，下车可以背着。"

可是一时哪来绳子哩？

这时站台上发车的预备铃响了。

黄卓也急道："车要开了，你下车吧。"

母亲紧急中，解下了裤带，迅速将两个行囊络在一起。这才急忙下车。

火车慢慢启动了。

母亲一只手向儿子摆了摆，便咬着嘴唇转过身去。

伏在窗口的黄卓望着母亲一手抓住裤腰离去的背影，熬了很长时间的眼泪顿时刷地就流了下来。

龙大叔的声音又响了起来："孩子，就是亲生母亲也不过如此，你妈不图你什么，就图你当面叫她一声妈妈。"

妹妹黄杏的身影也出现了："哥，你现在就叫一声妈，现在就当着我们的面叫一声妈。"

黄卓猛地将头伸出窗外，一声大喊脱口而出："妈妈、妈——妈……"

母亲的眼泪哗地流出来了。

"妈妈，妈——妈……"

宏大的喊声汇聚在火车的轰鸣里。

母亲又来到医院，对病床上的植物人说：

"大海，卓走了，卓上大学去了。咱们也该回家了。咱们现在回家。"

龙大海没有任何反应。

龙大海运回到了家里。

小姨王香和烤饼店里的职工全来帮忙。

母亲对小姨说："妹子，你去街上给姐办几碗好菜，买几串炮仗。"

王香一脸诧异："姐，不是过年也不是过节，买什么炮仗？"

母亲："今天是姐跟你大海哥大喜的日子。"

王香惊大了眼睛："姐，你说什么？"

母亲："姐今天跟你大海哥把喜事办了。"

王香："姐，你有没有搞错？大海已经是个植物人了，除了能吃能喝会撒会拉，别的可是什么人事不懂。"

母亲："妹子，你大海哥卖掉自己的房子来到这个家里，早就想跟姐并在一起，姐虽嘴上没有答应他，心里已许了他了，这是一。二哩，在这个家最困难的时候，他挺身而出，支撑了这个家，现在他倒下了，也需要一个人支撑着他的时候，我能退缩？其三，你大海哥之所以受伤，是从广告牌的脚手架上掉下来的，他之所以从广告牌脚手架上掉下来，是因为承揽下了广告公司，他之所以承揽下广告公司，也是因为我几个孩子读书的学费……"

王香噙着泪水："姐，你别说了。姐，我明白你的心情，我现在就去办去。”

母亲在小姨走后，挑出最好的衣服，将自己整整齐齐地穿戴起来。

古朴的老镇，散逸出淳厚温馨的气息。

狗踞在门口。

猫伏在树丫上。

老鸡带领一群小鸡在草垛前觅食。

龙大海毫无知觉地躺在床上。

母亲将亲手扎出的两朵同心结，一朵佩在龙大海胸前，一朵佩在自己胸前。

门窗上贴上了双喜。

粗大的红蜡烛点起来了。

母亲俯在龙大海耳畔，轻轻说：“大海，今天是我们大喜的日子。你想两个家并成一个家，两个房间并成一个房间，两张床并成一张床，今晚上，咱们就真的并在了一起。大海，虽说今天的日子，来得太迟，但我知道，你现在正是最需要我的时候，咱们在这个时候走到一起，想必也不会怪我，不会怪我……”

龙大海的眉梢似乎动了一下。

母亲抓起龙大海的手，滚下了眼泪：“大海，你听到了吗？大海！”

门外的炮仗，噼哩啪啦地响了起来。

蜡烛也爆出了喜花。

但烛泪潸流，有意无意地显示了这一幕喜事的凄凉和悲苦。

烛光渐渐地黯淡下来。

母亲和龙大海依偎而眠。

几天后一早，邮递员从门缝里塞进来一封信。

母亲拆开信，一阵欣喜，连忙拿着信对龙大海说：“大海，你听听，是卓寄来的，你听——”

"亲爱的妈妈,我谨向你,并通过你向全家报告一个好消息,我们学校有八个公派出国交流留学的指标,经过层层筛选和一次又一次的考试,幸运之神终于降临到我的头上。妈,我虽然刚进大学不久,但如果不是复读所打下的基础,或许还不会有这份幸运。所以,与其说是因为妈妈的'过错'让我多读了一年高中,不如说因为多读了一年高中,我要谢谢妈妈。妈,我或许会在出国之前,也就是近一段时间要回来一趟,因为有些材料要办。请代向龙大叔问好。你的儿子黄卓。"

没有知觉的龙大海似在静静地听着。

"我的卓儿又要出国留学去了。琳琳已经在国外硕士与博士一块连读。鹂鹂也是研究生了。今后杏大学毕业了,再读一个研究生什么的。咱们家里就全是研究生了,甚至于今后有可能全是博士。大海,你说我这做娘的该不该知足?我也该知足了。大海,你一个人在家一会,烤饼店有事,我去一趟。"

小镇。

黄卓走下了汽车。

黄家。

黄智清也回来了,并且又出现在了门口。

他叩指敲门:"有人吗?有人吗?"

门内没有应声。

黄智清推门进去:"有人吗?有人吗?……"

植物人龙大海躺在床上。

黄智清走到门口,头朝里一探,猛地见到有人躺着,吓了一跳:"谁?"

植物人没有动静。

黄智清操起一根扁担:"谁?姓龙的,你倒好福气,这日上三竿,还在睡觉。"

植物人仍没有动静。

"你是真的睡着了?还是在装死?你想干什么?你搞什么鬼?你以为

我怕你?”黄智清扁担头在门上一阵狠戳。

植物人仍是没有动静。

“你这是干什么？你再这样装神弄鬼,我这一扁担可就劈下来了。”黄智清抡起扁担朝准龙大海就欲劈下。

龙大海仍是一动不动。

黄智清汗毛竖起来了,大着胆子上前一摸,“吗呀”,吓得转身就逃。

却与刚刚进来的黄卓撞了一个满怀,黄智清还没有看清面前的是谁,就双手连连直摇:“可不是我干的,我毫不知情,我一进来,他就这么躺着,他就……咦,是你,卓儿。”

黄卓不理。

黄智清:“卓儿,你从什么地方回来?”

黄卓冷冷道:“你从什么地方回来?”

黄智清:“你,你小子怎么这样跟你爸说话?”

黄卓:“你什么事这么慌张?”

黄智清:“房内里有一个死人,龙大海死了。”

黄卓急步走进房间。

黄智清跟了过来:“这可跟我没有关系,是不是死了?”

黄卓:“有的人死了,但还活着,有的人活着,但已经死了。”

“你小子,在你爸面前也敢说这混话。他龙大海到底怎么回事?”黄智清仍然惊慌未定。

黄卓神情悲切:“龙大叔为帮助这个家庭,承包了广告公司,后来从广告牌的脚手架上掉下来摔伤了,就成了植物人。”

“哦,原来是这么回事。”黄智清神情轻松起来,“我说卓,你怎么来家了?是放暑假了?”

黄卓垂下了脑袋,没有答理。

黄智清又嬉皮笑脸地凑上来:“儿子,你怎么来家了？是放暑假了?”

黄卓:“我准备出国留学,回家办一些手续,包括当地的证明和家长的担保。”

黄智清来了精神:“听说出国留学的学生,只要成绩好就有奖学金,还可以课外打工,外国的美元、法郎什么的,比咱们这里的钱好赚。儿了,你今后不但有学问，而且还是有钱人了？”

黄卓没有特别的反应，只是微微一笑。

黄智清立时又换了一副低三下四的神情：“卓，爸现在落魄了，爸可是几天没有抽烟、没有酒喝了。”

黄卓：“要钱？”

黄智清一脸谄笑：“卓儿还是那么聪明，一猜就猜着了。”

黄卓数了几元钱给他。

黄智清接了钱转身就走。

走到门口又回头说：“卓，办什么材料，需要爸帮你跑腿，你就吩咐一声。爸在学圃堂支了一张床铺。就住在那儿。”

这时候母亲回到了家里。

黄智清冲着母亲讪讪一笑。

母亲只是瞥了他一眼，就跨进了家门。

黄卓看到母亲，十分高兴，大喊了一声“妈”就奔过来。

母亲更是高兴万分，紧紧抓住黄卓的手：“我的卓儿好像比以前又长高了一点。脸比以前黑了一些，却比在家的时候更加结实。”

黄卓突然想起了什么，返身把包里的东西一股脑倒在桌上，一样一样拿给母亲：“妈，你看，这是上海城隍庙的点心。这是一瓶精制特效护肤灵，冬天搽了不皴裂不生冻疮。你看，还有这件大红毛衣外套，妈穿到身上一定好看。妈，你穿上，让我看看。”

母亲便穿上毛衣外套：“妈老都老了，哪还能穿那么鲜艳？”

黄卓笑道：“妈你照照镜子，看穿上是不是年轻了许多？”

母亲走到镜前。

黄卓非常得意：“妈，我们学校有一个教授，常穿这一件衣服，真是好看，我犹豫了很长时间，最后还是鼓起勇气，问她这件衣服在哪买的。教授说是自己儿子送的，也不知在哪儿买的。我就每天晚饭后一家家店铺去跑，结果有一天，我眼睛突然一亮：就这一件。”

母亲嗔道：“看你，这么好的衣服，一定很贵。”

黄卓忙说：“妈，咱们可要说好，这件衣服你可千万不能卖了，否则就是不想领我这份孝心。”

母亲折起衣服："真是太浪费了。卓儿，你的信，妈收到了。你出国的事情？"

黄卓："基本上万事俱备，我回来只是请镇上出一些证明，请妈在担保栏里签一个名字。办完了立即返回学校，然后出国。"

母亲说："要出什么证明？告诉妈，妈帮你办去。"

黄卓胸脯一挺："妈，你看我还是过去的我吗？这点小事，我自己能办。"

说完，出门就走。

当天，黄卓从镇政府办了材料出来，迎面碰上黄智清。

黄智清问他："卓，材料办得怎么样了？"

黄卓把一个档案袋朝他一晃："全办齐了。等妈回来在担保人一栏签一个名我就可以回学校，再从学校出国去了。"

黄智清："何必等你妈哩？来，担保人我给你签上。"

"不，应该是我妈。"黄卓走了。

黄智清一声叹息。

一旁转出那个黄毛女人："怎么？发什么愣？"

黄智清没有好气："我的儿子就要出国留学了，我发什么愣？我会发愣？"

黄毛女人一脸讥笑："还我的儿子？让人肉麻。"

黄智清："怎么就不是我的儿子？"

黄毛女人："现在很多人出国一留学就再也不肯回来。到时候你这儿子在外国买一别墅，把他妈接去，就再不回来了。你的儿子在哪？还有你的什么儿子？鸡飞蛋打，到头来你就是一个孤寡老人。"

黄智清："你什么意思？"

黄毛女人附着他耳朵嘀咕了几句。

黄智清眼睛睁大了。

"怎么样？跟我分手有什么好处？至少咱们在一起我还可以帮你出出主意。"黄毛女人扬长而去。

黄智清望着远去的儿子，愣了一会，忽然拔腿就追。

在送子桥头，黄智清气喘吁吁地追上了黄卓："儿子，你办的那些材料让爸看看,看看有没有遗漏或弄错的地方。”

黄卓信以为真,就将材料递给了自己的亲生父亲。

谁知道黄智清拿到材料之后,嘿嘿一笑:“儿子,你出国留学之后,是不是就不回来了?”

黄卓:“难说。”

黄智清:“听说在外国赚钱非常容易,你将来一定是个富翁。”

“说不定将来也会在街头乞讨。”

“你小子还在跟你爸哭穷。卓,爸问你,你是不是爸生的儿子?”

“是又怎样?”

“爸自小儿有没有养你?”

“我想做父亲的应该有这个责任。”

“对,做父亲的有这个责任,就像做农民的也有种田的责任一样。但农民既有种田的责任,也有收割的权利。可你爸哩?你这小子出国一留学,就是五大洲四大洋,我到哪收割你去。我看这样,咱们订一个父子合同……”

“什么叫父子合同?”

“看你念书都念哪里去了。譬如我是甲方,你是乙方。甲方抚养过乙方,乙方将来以外汇的形式——人民币也行,来回报甲方。”

“你要多少?”

“60万怎么样?60万美元不算多吧?你今后就是大老板了,一定会成为大老板的。”

“我现在可是身无分文。”

“我们订一个合同,订的是将来。”

“将来是一个未知的概念,即使将来我有发达的一天,我想给你怎么回报以及回报多少,那是我良心的事情。而用契约形式来维持这种血缘上的关系,原本就十分荒唐。”

“这么说你是不想订这份合同?”

“不想订这份合同。”

“当真不想订这份合同?”

“当真不想订这份合同!”

“那好,等你什么时候想通了,这份材料就什么时候给你。”黄智清将材料朝怀里一塞，转身就走。

“爸……”黄卓拔步就追。

“你想抢吗？”黄智清抽出材料作势欲撕，“你再向前一步，我可就要撕了。”

黄卓一时还真没有办法。

黄智清嘿嘿一笑：“儿子，你也别恨你爸突然来这么一套，爸也是为了晚年能有一个依靠。儿子，再仔细想想，什么时候想好了把合同签了，这份材料就什么时候归你。”

说完，得意洋洋地走了。

第二十章

傍晚，母亲从县城赶回家做饭。

黄卓也没精打采地回到了家里。

母亲问："材料齐全了没有？"

黄卓愤愤地说："材料倒是办齐全了……"

"办齐全了就好，抓紧返校，别耽误了出国。"母亲忽然发现儿子的脸色不对，便说，"卓，妈这几天实在太忙，也没有时间帮你，让你一个人走东跑西。"

黄卓气呼呼坐下，一擂桌子。

母亲一惊："卓，怎么回事？"

"材料好不容易办齐了，却又被人拿走了。"

"被谁拿走了？人家为什么拿你材料？"母亲急了。

黄卓不语。

母亲格外着急："卓，究竟怎么回事？是怎么回事赶紧告诉妈啊。"

黄卓："是怎么回事你去问我爸。"

母亲一愣："哪个爸？你爸怎么啦？"

黄卓又是一阵沉默。

母亲更是大急："卓，什么事你赶紧说啊。"

这时候那个黄毛女人出现在门口："有人吗？黄智清让我给你们捎一个口信，想要材料就赶紧带了合同去拿，如果再迟，只怕夜长梦多。假如他喝酒喝醉了，保不定会撕了材料去擦屁股。假如他想抽烟，说不定也会在一急之下，撕了材料去卷烟丝。"

母亲急问:“怎么回事,你给我把话说说清楚。”

黄毛女人嘴一努:“你该问问你的儿子。”

黄卓怒道:“你去告诉他,就是他把材料烧了,我这合同也不会去签。”

黄毛女人:“初生牛犊还果真不怕虎了,真的这么强硬?那些表格可都是大学里印的,我想你如果再去补办一份,恐怕已经来不及了。”

黄卓:“我就是拼着失去一次出国的机会,拼着不去留学也不会签那种合同。”

黄毛女人:“当然,黄智清也说了,实在不签也行,只要能付给他一万元钱……嘿嘿,一手交钱一手交货。否则,嘿嘿,否则……”

她带着威胁性的干笑扬长而去。

母亲冲着黄卓,猛地提高了声音:“卓,究竟怎么回事?”

……

学圃堂是一处破败的古代塾馆。

落魄的黄智清在这里找到了一个栖身之处。

他这时正在有滋有味地喝着小酒,花生米一粒一粒地丢进嘴里。

母亲突然出现在身边,不怒自威:“黄智清,你出去混这么几年就混这么一个人样?就混出这么一个出息?黄卓是你儿子,黄卓跟你一样姓黄,你能忍心做出这么一种事情?虎毒还不食子哩。黄卓出国留学,说小了为他自己,说大了为了国家,跟你挂上,那也是为你黄家光宗耀祖,你能忍心干那缺德的事情?你卡你儿子还不是等于掐你自己的脖子。你是想把你儿子拴在老家的地里,落一个今后就像你这副倒霉的样子?”

黄智清:“我这也是没有办法。”

母亲:“谁逼你了?”

黄智清:“生活所迫。”

母亲:“生活所迫?你有腿有胳膊就不能自食其力?”

黄智清:“你看我这样子,谁会要我?我能给谁干活?”

母亲格外火了:“难道因生活所迫就可以去偷去抢去做见不得人的事情?给谁干活?勤快的人就是没有本事也有人要。懒汉就活该饿死。”

“不要说了。”黄智清把最后一口酒倒进嘴里,“我就是畜生我也不会存心为难自己的儿子，存心拿自己儿子的前程来开这个玩笑。这样吧，听说你现在已经是有钱人了，听说那个什么龙大海承包广告公司发了大财。如果你真的为卓儿的前途着想，就拿一万元钱来。这对你现在来说，或许已经只是九牛一毛。”

母亲怒极而笑：“一万元钱说得那么轻松！鹂鹂读上研究生了，要不要学费？杏儿的大学要不要学费？琳琳是领来的，你可以不管，卓儿出去留学，虽说公派，零用钱也总得给吧？别说我现在拿不出钱来，就是我现在真的是有钱人了，我也不会丢下一万元钱在你面前，不会屈从你的讹诈。而且卓儿的材料你必须给我。”

黄智清：“你真的那么硬气？你就真的不怕我把材料毁掉？”

母亲：“我不相信你的心会狠到这种程度。你以前虽是糊涂，却还不是坏人。”

黄智清：“但我现在没有别的办法。”

母亲：“有困难可以帮你，材料必须给我。”

黄智清：“不行，还是那句话，要么签一份合同，要么丢一万元钱在这。”

母亲大急：“你真是想坏掉卓儿的好事？报到的时间快要到了，再拖就要耽误出国。”

黄智清：“我也没有别的办法，再说材料现在也不在我的手里。”

“你、你……”母亲又气又急，恼怒万分：“行行，你行。我告诉你一句：你如果明天不能把材料还给我的儿子，如果材料里有一页损坏，咱们法庭上见面。如果卓儿因为你这件事耽误了出国留学，我不把你揪到你妈坟头跪下，我不是王娟。”

母亲跺脚离去。

回到家，母亲和黄卓相对而坐，都默不作一语。

过了一会，母亲终于道：“没有材料不行？”

“没有材料这事就整个地砸了。”黄卓霍然站起，焦躁不安地在屋里急速地走来走去。

后山上一座孤坟。

酒后的黄智清脚步踉跄地来到这里。

他双膝猛一跪地，又突然劈了自己两个耳光："妈，你儿子回来了，你儿子是一个混蛋。妈，我对不起你，我也对不起孩子他妈，对不起那些孩子……"

小风吹着树梢。呜呜的风声如哭。

忽然有一只手在他肩上一拍。

母亲走进律师事务所。

不一会，母亲又从律师事务所走了出来。

从律师事务所出来之后，母亲就来到了学圃堂。

"黄智清、黄智清……"

学圃堂空无一人。

母亲刚要退出。

黄智清和黄毛女人走了进来。

母亲将两张合同朝几案上一拍："材料拿来。"

黄毛女人："这可不是一万元钱。一万元钱在哪？"

母亲眼睛一瞪，怒道："这是我和他的事情，与你外人无关。"

黄毛女人被噎得退了一步。

黄智清拿起合同：

"合同。

甲方黄智清，乙方黄卓。

第一款，甲方抚养过乙方。乙方予以承认。

第二款，乙方自工作之日起，回报甲方 50 万元美金，分 10 年付清。

第三款，合同在双方签名之后，甲方立即将扣押的所有乙方的材料归还乙方。"

母亲问："是不是这个意思？"

黄智清激动得嘴唇有些哆嗦："是这个意思。"

母亲："满不满意？"

黄智清："满意。"

那黄毛女人也在一旁按捺不住地朝合同连瞥了几眼。

“满意那就签字。”

“卓儿不在。”

母亲说：“我替他代签。我在松元镇走不掉那不是更加保险？”

“那是，那倒是的。”黄智清连忙在甲方的位置上签下自己的名字。

母亲抓起笔。

黄智清与黄毛女人都瞪大了眼睛。

母亲却又将笔放了下来。

黄智清急了：“签啊，怎么不签？”

母亲：“你材料还没有给我。咱们一手交材料，一手签字。”

黄智清把目光转向黄毛女人。

黄毛女人这才从衣襟里取出材料：“你可不能耍赖。”

母亲又瞪了她一眼：“还是那句话，我们家里的事与外人无关。”

黄毛女人冷冷一笑：“如果耍赖，谅你也走不出这个大门。”

母亲哼了一声，将材料仔细地翻阅一遍，在确信是完整的之后，这才又抓起笔来。

眼看着母亲在乙方位置上落下“黄卓”与“王娟”的名字，黄智清和黄毛女人都松了一口气。

母亲紧紧地攥着材料，掷笔离去。

身后的黄智清与黄毛女人却发生了争执。

黄毛女人：“咱们之间是不是也应该有一个合同。”

黄智清：“什么合同？”

黄毛女人：“这 50 万美金分 10 年付清，那我能得多少呢？咱们之间是不是也应该确立一个比例？”

黄智清：“黄卓是我的儿子。”

黄毛女人：“这主意可是我的。”

黄智清：“你的主意可不止这一个。就因为是你的主意，我跟孩子他妈离婚了。就因为是你的主意，到那边混这么几年，什么也没有落下。就因为是你的主意，我穷困潦倒成这个样子，弄得无家可归……”

黄毛女人：“哟，你还翅膀硬了。不是我的主意，你能在外面见那么多世面？不是我的主意，你能跟我这么年轻漂亮的一个女人一睡就睡上几年？

要不是我的主意，你现在能有这么大一笔合同上的财产？”

母亲回到家把情况简单一说。

黄卓大叫起来：“妈，你有没有搞错，50 万美金的回报？你知道 50 万美金是一个什么概念，那是一笔多大的数字？”

“卓，你先别急，你听妈说。”母亲把黄卓按在凳上坐下。

黄家。

黄卓伏案一阵疾书之后，说：“妈，我念给你听听——亲爱的妈妈，我已经到了国外，这里一切都很好。妈，儿去信没有别的事情，就是想委托你向庄严的法庭起诉我的亲生父亲黄智清，请求法庭认定我与他所签订的那份合同无效并予以撤销。从合同第三款就可以知道，这份合同是在一方胁迫下签订的，应视为无效，而且还应该依法追究胁迫者的责任。但是，他毕竟是我的亲生父亲。妈妈，请你转告父亲，将来在我力所能及的情况下我会尽到我作为一个儿子的责任。同时，为了那一份曾经拥有过的亲情，并请法庭允许我放弃追究对方法律责任的权利……”

母亲点点头，把信纸折了起来：“有这个就行了，你安心在国外留学。一个总想着不劳而获的人，一辈子都别想不劳而获。一个不想尽到责任的人，就不会有他的权利。”

第二天，母亲送黄卓返校。

黄卓：“妈，我走了。”

母亲：“好好读书，特别到了国外，花花世界。咱们是本分人家的孩子，到哪都要踏实，不能忘根。”

黄卓：“妈，你放心。我就是拿了博士文凭，我也会更加知道我是中国人，我是妈的孩子。妈，你说过的一句话，我到现在都还记得：人品是最高的学历。”

“卓，妈还是不放心你。”母亲给他拉了拉衣襟：“你这一去，那就是国外。吃饭、冷暖，有个头疼脑热什么的，都得依靠自己……”

“妈放心，我已经不是个孩子。妈，我走了，我一到国外就赶紧给妈来信。"黄卓检票上车。

汽车启动了。

黄卓头伸出车窗:"妈你回去吧,妈你也保重身体。"

汽车开动了。

母亲:"卓,你也保重。"

黄卓在车窗里向妈挥手。

母亲望着汽车离去,眼睛又一次被泪花迷离了——

一个一岁不到的孩子坐在推车上。那孩子不断地掉头向后。回看到母亲在推车的时候,就咧嘴一笑。

后来母亲闪到旁边,换一个人前去推车。

这一岁不到的小黄卓回过头看到推车的不是母亲,立时就哇的一声哭了。

母亲望着汽车失去踪影的方向,心里在说:"听他奶奶说这孩子自小儿就胆小,一个人出国也不知道心里害不害怕。"

母亲的目光再一次迷离起来——

清晨,窗外鸟叫。

躺在被窝里小黄卓这一天醒得很早,他听到窗外鸟叫,便也啾啾啾地学着鸟叫。

母亲被吵醒了,说:"别叫了,再叫老鼠就来了。"

小黄卓吓得哧溜一声就缩进了被窝里。

过了一会,发觉没有老鼠的动静,就在被窝里又学着老鼠吱吱吱地叫了起来。

……

母亲撩起衣襟揩掉泪花,又自言自语说:"真快,一晃就大了,现在已经成了出国留学的留学生了。"

黄家。

小姨王香拎了几盒妈妈饼进来:“姐,咱们现在的这饼可是越做越好了。”

母亲:“这一阵都是你在辛苦。”

王香:“大海哥有没有好些?”

母亲摇摇头,指着一个房间:“还是一点都没有知觉。”

王香:“姐,你也真是命苦!”

“谁说不是?”黄智清提着酒瓶进来:“说你命苦就是命苦。”

母亲微微一笑:“我命苦吗?我觉得我比谁都有福气。我的那些子女,个个都有出息,不是研究生就是大学生。想到这个我打心眼里开心,我还算命苦?”

黄智清喝一口酒:“孩子他妈,你能苦中作乐,或者说从不以苦为苦,这令我非常敬重。但痛苦就是痛苦,一个好端端的大活人,譬如用手掐这么一下,能不知道痛吗?说不痛那也是忍着不痛。”

母亲说:“你能知道体贴人了,我这还是第一次见着。”

黄智清晃着手里的酒瓶:“一日夫妻百日恩嘛。孩子他妈,听说那个龙大海已经成了植物人了?”

母亲:“你倒还消息灵通。”

黄智清:“守着一个植物人还不等于守着一个僵尸?孩子他妈,你还记不记得咱们从前看过一出戏,叫破镜重圆?”

母亲:“你不是早已经有了一个女人?”

黄智清:“分手了,那女人不是个东西。”

母亲轻轻一笑:“好一个破镜重圆,你就不记得咱们还看过一出戏,叫覆水难收?”

黄智清:“说你傻还就是真傻,他一个植物人还算人吗?就像一棵树一竿竹一根灰蒿子草……”

“不要说了。”母亲突然提高了声音:“他龙大海虽然已经只是一个植物人了,但在我的眼睛里,他是一个汉子。在这个家最困难的时候,真正的父亲撤了,却是他龙大海跨进这个家里,帮助我共同支撑,让我直起了腰杆。他现在倒下了。他现在需要我的照顾。他倒下是轰轰烈烈地倒下的。他就是躺在那里,也比有些人站在那里还高?”

一旁的王香瞥了一眼黄智清。

黄智清的脸孔红了,嗫嚅着说:“你、你还是那个脾气。”

母亲:“你还有没有别的什么事情?”

黄智清:“孩子他妈,你还是那么看不起我?”他拿出那张合同,“看见了吗,这你应该比我清楚,再过几年,也就是等到卓儿工作的时候,我就是百万富翁。你知道 50 万美金是什么概念? 是多大的数字? 这可是你亲手签的。”

“你不说这话,这件事我或许还暂时不提,你现在既然真的把这件事当着个事情,我就现在告诉你,别说 50 万美元,其实你一个子也拿不到。”

黄智清大急,使劲抖着合同:“我有合同在这,难道这合同就不算数吗?”

“我已经请教过律师,这合同其实只是一纸空文。”

“不可能,绝不可能。”

母亲拿出一封信。

这时电话铃响了。

“你把信仔细看看。”母亲将信朝他面前一扔,便抓起电话。

黄智清则捧起信纸。

母亲抓起话筒:“是鹂鹂? 是的,我是你妈。什么? 你说什么? 你妹怎么啦? 鹂鹂,你说慢些,别急,杏究竟怎么啦? 嗯,妈听见了,妈听着哩……”

母亲的声音有些发颤。

黄智清看信的手也在发抖。

王香拖一张凳放在他后头:“黄大哥,别急,坐下来慢慢看啊。看仔细了。”

“你在掺和什么?”黄智清瞪了她一眼。

这时候母亲丢下电话,一脸沉重。

“好啊,你这是存心耍我。”黄智清把那封信扔在地上,“不行,法庭上见就法庭上见。”

“上了法庭,你必输无疑。”母亲捡起儿子留下的那封信:“有没有看清楚了? 在胁迫情况下所签的合同一律视为无效,而且还要追究你欺诈的法律责任。”

黄智清酒瓶一摔："你这不也是欺诈我吗？"

"不对，我这是对付欺诈。"母亲义正词严。

黄智清一脸颓然："这么说我只是空欢喜一场了。"

母亲一声叹息："你再想想，你有手有脚，却不去务务正业，还算男人？你有儿有女，不但不去帮助他们，而且还只是想着怎样去获取回报，你能算父亲？"

黄智清垂下了脑袋："这么说来，我这后半辈子又得要找活做了！这么好的希望，就让你这么一锄头砸了。"

他抓起合同，轻轻地撕了。

母亲："这还有一点男人的样子。至于你后半辈子，我想儿女们如果有能力，他们自会尽到自己的一份孝心。但你也不能把这个当作仅有的依靠。只要自己还能动弹，就不应该闲着。"

黄智清哭丧着脸，一副无奈："这我知道，可是我能干什么哩？我的两个孩子都一个个是大学生研究生了，难道我还能大街上去卖红薯吗？我不是为我的老脸，我是担心丢他们的面子。"

母亲哼一声："你如果真的是担心丢了孩子的脸面，那就打起精神，堂堂正正做人，勤勤恳恳干活，靠一双手吃饭，吃自己的汗水，最不丢人。"

黄智清未置可否，蹲在地上，把破酒瓶里流出的酒用手指蘸了吮进嘴里。

母亲则对王香道："妹子，我还有一件事托你。"

王香："有什么事，姐你尽管吩咐。"

母亲说："刚才鹂鹂电话，说杏儿在学校里发生了一点事情。"

王香和黄智清几乎同时出声："什么事情？"

母亲："暂时还不清楚，但肯定非常严重，我得立即就去学校。妹子，我家里现在最放心不下的就是大海。"

王香说："姐，这你放心，大海哥这里，我替你照应。"

母亲又转对黄智清："咱们俩个虽说不上恩断义绝，但毕竟缘分已尽。不可能再有破镜重圆的时候。而且我想告诉你一件事情：你应该记得当年曾经有一个人撬走路上的一个窨井盖，结果有一个女人在那地方摔了一跤。她后来死了，她虽然死于病情，但也不能说与窨井没有一点责任。你知道她是谁吗？她就是龙大海的……"

黄智清听到这儿，一脸发愣。

母亲坐上南下的火车。

她焦急不安，恨不能一步就能跨到女儿身边。

广州某大学，黄杏挟着课本前往自修室。

她精神不振，目光显得呆痴。

"黄杏。信。"一同学递给黄杏一封信。

黄杏拆开信，只扫了一眼，目光就像被灼了一下，身子一振，立即就将信"嚓嚓嚓嚓"撕碎，撕得非常急促，非常愤怒，像有深仇大恨似地撕碎了又撕。

近旁的同学都怀着一种奇特的目光畏而远之。

这时又一个同学在远处叫喊："黄杏，电话，你的电话……"

黄杏的脑袋似乎立即炸开了。

"电话、电话……"那声音像轰雷一般，自耳际轮番滚滚奔来。

黄杏立即双手捂住耳朵。

那电话、电话的声音仍在猛烈地撞击着她的耳鼓。

黄杏的精神又一次崩溃了。

她突然歇斯底里地尖叫起来。

不久就瘫倒在地上。

"黄杏又发作了、黄杏又发作了……"

同学们惊呼着向这里拢来。

一辆校车在这里停下。

同学们七手八脚地将她抬上校车，直驶医院。

母亲这时候也赶到了这座城市。

来到这所大学，母亲向传达室打听黄杏的住处。

老传达眯起眼睛："你是黄杏家的什么人？"

母亲："我是她妈。"

老传达说："黄杏病了，到医院去了，刚刚送走。"

母亲转身就走。

老传达追上去："在六和医院，一直向南。"

到了医院，黄杏已经清醒，情绪也已经暂时从精神错乱的状态中平静下来。

母亲也寻到了这里。

母亲一见到黄杏就奔了过来："杏儿、杏……"

黄杏一阵惊愕，立即就又低下了脑袋。

陪着的同学互望一眼，立即悄悄离去。

母亲搂着黄杏："杏、杏，哪里不舒服？"

黄杏摇了摇头。

"是不是出了什么事情？"母亲紧盯着女儿的眼睛。

黄杏避开母亲的目光。

"杏，究竟出了什么事情？告诉妈，究竟出了什么事情？"母亲着急地连声逼问。

逼急了的黄杏捂住耳朵："不要问了，你不要问了。"

"杏……"母亲还欲再问。

黄杏推开母亲，奔出病房，奔出医院。

母亲随后急追。

黄杏奔进一座公园。

母亲追上去，堵在她的前面："杏，究竟怎么回事？告诉妈，究竟怎么回事？"

黄杏又一次捂往耳朵嚷叫起来："不要问了，你不要问了，我不知道，我什么都不知道。"

母亲："杏……"

"回去，你给我回去。我不会说，我什么都不想说。"黄杏猛地拨开挡在前面的母亲。

母亲朝一旁踉跄了几步，栽倒在地，额头撞在石椅上，立即就流出血来。

黄杏吓呆了，愣愣地站在那儿。

母亲若无其事地爬了起来。

黄杏突然扑了上去，紧紧地抱住母亲，一声大叫："妈——"

母亲顺势就着石椅坐下，将黄杏搂在怀里。

黄杏呜呜地哭着，双肩剧烈地耸动，简直就是一个受尽了委屈的孩子。

母亲轻轻地抚摸着她的肩膀："孩子，别哭，有什么苦水都倒给妈听听。"

黄杏仍是哭着，还是不说。

母亲："杏儿，这世上凡是做儿女的，没有什么事不可跟妈说的。你不把事情说出来，妈心里就总是悬着，就会吃不下睡不着，白头发一天比一天多起来……"

"妈，你不要说了。我告诉你，我现在就告诉你……"黄杏睁开了泪眼。

母亲将女儿搂得更紧。

黄杏的泪眼中流露出恐惧："妈，妈我得了艾滋病了……"

"什么？"母亲脑子里也是一阵轰鸣："你说什么？你得了艾滋病？你怎么得了艾滋病？"

黄杏恐惧的泪水就又滚了出来。

说完事情经过，黄杏泪流满面："从那以后，我又常常收到他们的恐吓信，还有恐吓电话。他们不但不让我报警，而且还要我去陪他们玩玩，否则、否则……"

母亲愤怒了："流氓，这帮流氓。"

黄杏抽泣着说："自那以后，我一看到信，一听到电话，心里就发抖，脑袋就像炸开了似的，就控制不住地想要大喊大叫。心里就像天塌下来一样的害怕。"

母亲轻轻地在她肩头抚摸着："孩子，别怕，有妈在这里什么都别怕。"

黄杏果真像个孩子，又往母亲的怀里依偎得更深一些。

母亲说："杏儿，咱们得自己先把自己的心给安定下来。妈会逮住那些流氓。但是是不是感染上艾滋病那得等到去医院化验了才能知道。"

黄杏摇摇头："我不去化验，一化验就会让更多的人知道。"

母亲想了想："走，要么妈先送你回学校上课。"

黄杏抬起惊恐的泪眼："妈，我不想上学了，我想跟你回家。"

母亲心尖一颤，但还是平静地说："大学都快毕业了，怎么能说这话哩？"

黄杏："妈，我回到学校，特别是一回到寝室，同学们看着我的目光都是怪怪的，我怀疑她们已经知道这件事情，已经知道我得了艾滋病了，已经把我当成真的什么坐台三陪女了。而且、而且我们系里曾经推荐我免试报读本校的研究生，妈，那可是硕、博连读，毕业出来就是博士。可是、可是听说学校因为我这一段时间的精神反常，已经准备取消我的这个资格。妈，你说我如何在这个学校继续读书！"

母亲急了："杏，这事你有没有向学校领导作过汇报？"

黄杏摇摇头："我怕这事单凭我一面之词说不清楚。"

"不，世上的事不能黑白就这么混淆，是白的，决不怕被说成黑的。杏，不仅这大学还要继续念下去，而且这什么硕、博连读的研究生也不能放弃。杏，妈就在学校附近租一间房子，妈陪你一边看病，一边读书，妈还要帮你找出那流氓的凶手，帮你洗清冤屈。"

黄杏泪眼糊模地望着母亲："妈，这个书我真的不想念了，什么大学文凭，什么硕士、博士，我都不想要了，我只想尽快离开这是非之地。"

"不。"母亲语气非常坚决，"人生在世，很重要的一条就是坚强。如果遇事就后退，这不是妈的性格，也不应该是你的性格。"

黄杏几乎用了哀求的口吻："妈，我想现在就离开这里，离得越远越好。妈，回去吧，我现在就跟妈回家。"

母亲替她拭掉泪花："咱能就这么回去？咱就不想讨回清白？咱们现在收捡起书本回家，对你现在是失去了学业，对你将来会影响到前途，对你这一辈子来说，更重要的是将会永远失去洗刷冤屈，还你清白的机会。"

黄杏捂住耳朵："妈，你不要说了，我要回家，我就是想回家。"

母亲提高了声音："杏，你这是在向流氓屈服，难道你愿意让那些流氓逍遥法外？"

黄杏眸中又噙出了泪水："妈，我怕我真的是感染上艾滋病了，我连做梦都做到自己是一个人人都躲着我的艾滋病患者。"

"是不是艾滋病患者，只有化验才能出结果。你能相信那些流氓？"

"妈，别说这些了，咱们还是回家，我不想让这事再张扬开去。"

母亲神态非常坚毅:“杏,你这孩子从小就是懦弱。咱们不能就这么任人欺负。你现在的事情就是把心放宽,必须在这里继续念书。妈这就在你学校附近租一间房子住下来陪你。”

黄杏脸上露出欣喜的神色:“妈真的陪我在这读书?”

“妈真的陪你。”母亲说,“妈不但在这陪你读书,还要找出那批流氓。”

黄杏心有余悸:“妈,那批流氓心狠手辣。”

“妈不怕。”母亲挺起胸,“只有逮住那批流氓,你就是感染上了艾滋病,也是清白之人。”

黄杏抓紧母亲的胳膊,点了点头。

母亲陪着黄杏走进大学,并一直目送着她走进教室。

……

六和医院催账的电话打进了校办。

校办领导在电话里告诉对方:“这事我们也已经了解过了,黄杏同学的家境确实比较困难,至于她欠下的这一笔应该由她个人承担的医药费,暂时恐怕还难以偿还。至于如何处理,我们再想想办法。”

这时候母亲走了进来:“老师,我是你们学校自动化研究专业学生黄杏她妈……”

校办领导:“就是那个生病的黄杏?我们正要找她家长。刚才六和医院来过电话,说黄杏在得了间歇性精神病之后,已经多次在他们那儿住院就诊,除了公费医疗之外,有一部分应该自己负担的费用还拖欠着没缴……”

母亲:“多少?”

校办领导:“听说是将近三千元的样子。”

母亲:“这事请老师放心,凡是我女儿欠下的钱,我一定想办法尽快还上。”

校办领导:“还有一件事我们也正想通知你们,鉴于黄杏同学目前的精神状况,我们建议她应该回家休学疗养。”

母亲急了:“老师,黄杏自己也有过休学回家的想法,我没有答应。她害怕自己的病,更害怕歧视。老师,我女儿自小就是胆小柔弱的孩子,如果学校做出让她休学回家，对她的精神打击将会更大。”

校办领导：“我们也知道作出这样一个决定对一个学生来说确实是残酷的，而且命运对她来说已经损失很大。黄杏是一个品学兼优的学生。她们自动化研究专业原来已经决定推荐黄杏同学免试升读研究生，而且是硕、博连读。可是现在这个情况，这个推荐看来也只有取消。”

母亲突然一阵眩晕。

校办领导紧张起来。

母亲竭力镇定住心神：“老师，你知道我们农村孩子读一个大学是多么艰难？能读一个研究生成为博士，那更是梦里的梦啊！我女儿大学都快要毕业了，现在让她休学回家。眼看着一个升读研究生的机会到了眼前，却又眼睁睁让这机会给丢了。别说我女儿听到这个消息会急成什么样子，就连我这个当妈的，现在都心如刀绞。老师，我怕我女儿真的受不了这个打击。看她现在这个样子，简直就是一艘破船，根本就再经不起一阵风浪。”

校办领导一脸无奈：“可是，可是我们也不希望这样。”

母亲：“老师，我不怪你们。我知道你们希望黄杏回家休学疗养，以及准备取消免试升读研究生的推荐，都是因为她病了。可是你们知不知道她因为什么才得的这病？”

校办领导：“我们只知道这病与精神刺激以及控制能力下降有关。至于具体原因，听说系领导也询问过黄杏。但黄杏没说。我们也正想了解这事。”

母亲的目光里渐渐喷出了怒火——

黄杏在小树林里遭到艾滋病注射器威胁的那一幕又回到了母亲的眼前。

校办的这位领导听完之后，显然也被激怒了，桌子一拍：“流氓。这帮流氓竟敢光天化日之下对我校的学生做出这等事情。”他抓起电话，“我这就报警。”

“不行，老师。”母亲急忙止住：“出了这事之后，我女儿一次又一次收到恐吓信和匿名电话，对方声称，一旦报警，他们就会在一个晚上让全校的师生都知道黄杏是在歌舞厅坐台的三陪小姐，都知道黄杏感染上了艾滋病，坏尽她的名声。所以黄杏才又气又急又委屈，又害怕艾滋病，但想说又不敢说，孤立无援，整天就像被一张什么网死死罩住。结果就得了这病。”

校办领导：“那些动手的流氓黄杏认不认识？”

母亲：“黄杏说她认识其中的一个。那个人曾经一次次纠缠过她，结果被一次次拒绝。”

校办领导：“那人是谁？”

母亲：“我想在没有弄清之前还是不宜张扬为好。老师，我是黄杏的母亲，我既然已经来到了这里，我想我会处理好这么几件事情。第一，医院里一切应该由黄杏承担的费用现在由我负责，我保证医院不再来麻烦学校。第二，我就在这附近租一间房子，我相信由我这做母亲的在一旁护理，可以保证她决不会影响学业。第三就是找出流氓行凶的罪犯，替黄杏除掉心理上的病根。至于是否真的感染上了艾滋病，我也带她去医院化验出一个结果。”

校办领导颇受感动：“你是一个了不起的母亲！有没有什么需要我们帮忙的地方？”

母亲非常恳切：“如果黄杏这孩子真的感染上了艾滋病，那没有办法。如果没有感染上艾滋病，我希望学校看在一个母亲的份上，并为了它的一个学生的前途，能不能答应我两件事情？”

校办领导：“请讲。”

母亲：“第一件事，请学校取消让黄杏回家休学疗养的打算。第二件事，请给黄杏保留一段时间下学期免试升读研究生的资格。”

这位校办领导沉吟有顷，郑重地说：“我代表学校向你保证，你这两条要求我们全部答应。”

母亲轻轻说了一声：“谢谢。”

“当然，你如果还有什么别的要求和困难，都可以随时提出来，学校一定尽力。”

“谢谢老师。”母亲深深鞠了一躬。

母亲离开学校，就走进了近旁的一座电话亭。

老家，正在张罗着烤饼店的小姨王香听到电话铃声，立即拿起电话："喂，是姐啊。对，现在店里的生意挺好。什么？行，你给我一个地址，我马上就把钱给你汇出来。黄杏出了什么事情？现在情况怎么样了？噢，你就在那边多住些日子，龙大哥和你那个家，还有这个烤饼店，都由我照应，你尽可放心。姐，你自己身体也要当心，你可千万不能倒下来……"

母亲搁下电话。

母亲离开电话亭的第一件事情就是赶到医院的血站，又卖了一次鲜血。

母亲将卖血的钱塞进了洞口。

洞口里的一副眼镜说："黄杏欠费 3 500 元，这里只有 1 500 元。"

母亲忙说："这 1 500 你先收下，过两天等有了再来缴上。"

母亲终于在学校附近觅了一间廉价租金的破屋。

晚上。母亲将黄杏接到这里，端上饭菜。

黄杏立即神志喜乐起来："妈，在这就跟到了家里一样。"

母亲说："这一阵妈就在这陪你。"

黄杏又想起了什么："妈，大姐前几天来这儿了，她说过几天再来。怎么到现在还没有来哩？"

母亲："你姐读的是研究生，肯定功课很忙。杏，有妈在这陪你也就行了。"

黄杏点点头。

母亲："杏，妈等一会要出去一下。"

黄杏："去哪？"

母亲："你吃了饭，看一会书早点睡觉。睡觉前可别忘了吃药。"

母亲离开破屋就径直走进了附近的一个派出所给女儿报案。

夜晚的小树林。

林丹和几个流氓又聚在一起。

流氓甲："林哥，那小妞就这么揍上一顿弄个注射器吓唬吓唬就算完事了吗?”

林丹:“那只是刚刚开头,给她一点时间考虑考虑,等她精神崩溃了,然后……嘿嘿,然后还不是咱们叫她怎样就乖乖地怎样。”

流氓乙:“咱们下面就看林哥的了,看林哥怎么下手。”

流氓甲:“她会不会报案?”

林丹:“她敢?”

干警老马问母亲:“你有没有证据?你说那个叫林丹的人纠集一帮人打伤了你女儿,可有证据?猜测并不能代表证据。”

母亲拿出一些撕碎了的信:“这些信能不能作为证据?这些恐吓信就是证据。”

干警老马:“这匿名信上并没有他的名字。而且电脑打出来的信也无法从笔迹上给予认定。”

母亲:“那就没有办法?”

干警老马:“我们可以找他谈谈。”

母亲走出了派出所,耳边响起那伙流氓警告黄杏的声音:“你如果报警,我们会在一夜之间让全校的人都知道你在歌舞厅坐台,是三陪小姐,你是被暴发户的老婆雇人打伤的……”

那声音不断在耳边响起。

母亲想了想,拿出一张纸条,看了看上面的地址,便直奔黄杏做过家教的那户人家。

母亲找到了这户人家,轻轻叩门。

开门走出的正是林丹的姨妈:“找谁?”

母亲问:“有一个叫黄杏的大学生是不是在这里做过家教?”

林丹姨妈:“是的。”

母亲:“我是她母亲。我想问一下你孩子是不是有一个叫林丹的表哥?”

林丹姨妈:“不错。”

母亲:“我想找他。”

林丹姨妈:“他不在这里。”

母亲:“我想找他。你能不能告诉我林丹的家住哪里?”

“我表哥的家在大河沿 8 号。”秋秋从房间里蹦了出来。

林丹姨妈瞪了秋秋一眼。

母亲辞出。

母亲很快就找到了大河沿 8 号。

开门出来一个女人长得几乎与林丹的姨妈一个模样:“找谁?”

母亲:“请问这里是林丹的家吗?”

林母:“你是?”

母亲:“我想找他。”

林母:“他不在家里。你找他有什么事情?”

母亲:“我女儿前一阵遭到一群暴徒的殴打。”

林母:“那你应该找那群暴徒去啊。”

母亲:“我怀疑林丹与这起事件有关。”

林母:“胡说。平白无故地你凭什么污人清白?”

母亲:“是不是污人清白,那要等林丹出来由我问他几句就会知道。”

林母更恼:“你凭什么问他?你有什么资格问他?要审讯也还轮不到你。”

母亲:“我不和你争吵,我只想再问一句:你儿子林丹究竟在不在家?”

林母:“在家又如何?不在家那又怎样?是不是我说在家你就要将他带走,我说不在家你就要进来搜查?”

母亲也沉下脸色:“如果在家我就当面告诉他一件事情,如果他不在家,就请你转告。”

林母:“说吧。”

母亲:“我已经将他作为嫌疑对象报警。”

林母几乎暴跳起来:“你凭什么报警?你有什么证据?”

母亲:“我现在确实还没有证据,我现在也只是把他作为嫌疑报警。所以请你告诉林丹,那天那几个流氓暴徒曾经丢下话来,说如果我女儿报警,他们就会在一夜之间让我女儿身败名裂。现在我已经报警了,如果真的在大学附近出现什么污我女儿清白的告示之类的东西,那这就是证据。这就是你儿子犯罪的证据。因为现在只有你儿子林丹知道我女儿黄杏已经为这件事报警。”

林母大急:“你?”

母亲:“我相信,我作为一个母亲不希望看到有损我女儿清白流言蜚语出现,而你同样作为一个母亲也同样不希望自己的儿子因为散布流言蜚语而留下把柄,而暴露自己的犯罪事实。”

林母:“这不用你教我。”

母亲:“同样作为母亲,我没有什么可以教你,但我可以提醒一句:如果你儿子真的与这件事有关,只有投案自首。作为母亲,护短不是爱而是害。”

林母大怒:“什么叫投案自首?休想。”

母亲:“咱们或许将要开始一个母亲与另一个母亲的较量。我是为我受害的女儿,你是为你有着犯罪嫌疑的儿子。”

“够了。”林母砰的一声就关上了大门。

母亲又回到了学校附近的那间租来的破屋。

黄杏已经睡了。

母亲用报纸给电灯做了一个灯罩。

灯光柔和下来。

母亲坐在一旁望着熟睡的女儿。

黄杏在母亲的身边,睡得极为恬静。

第二天一早,母亲又送黄杏去学校上课。

“姐。”眼尖的黄杏首先看到了守候在门口的大姐黄鹂。

“妈。”黄鹂也看到了母亲,奔了过来。

母亲:“鹂,你什么时候到的?”

黄鹂:“我坐的夜班火车,这早上刚到。”

母亲:“杏,你先去学校上课。”

黄杏:“姐,我下了课再回家陪你说话。”

黄鹂转望母亲:“回家?”然后压低声音,“不是说胡话吧,妹是不是还常犯病?”

母亲："不是胡话，妈在附近租了一间旧屋。你妹的病好多了。这病其实就是心病，心里的病根除了也就好了……"

这时候传达室老头走出，冲着已经走远了的黄杏："黄——杏，电……"

母亲急忙摆手止住："别，电话我接。"

黄鹂："妈，我来。"

母亲忽然悟到了什么："你就说你是黄杏，你俩声音差不多。什么话都别多说，什么事都可以暂时应承下来。"

黄鹂走进传达室拿起电话。

林丹在街上电话亭里握着电话："你是不是黄杏？好啊，你架子真大，今天终于接电话了。黄杏，你还果然报警了你，你以为你这一报警我们就怕你了不成？我可告诉你，咱们这一帮兄弟可是哪都不怕。黄杏，如果识相一点，咱们见一个面再说。怎么样？你怎么不说话啊？……"

黄鹂握着话筒："什么地方？你再说一遍。"

林丹："这才有一点像话。你可听仔细了……"

黄鹂："我听清楚了。那什么时候？嗯，嗯……"

林丹："最后我再重复两条。第一，既然已经答应了，那就不能不来。否则就是耍我。第二，不能报警。否则，这后果，想必你也能明白。"

他挂下了电话。

黄鹂也挂上电话。

母亲把她拽到外面："鹂鹂，是谁？都说了些什么？"

黄鹂："一个男的，他真把我当成了黄杏。妈，这人怎么这样说话？简直就是流氓。"

母亲："他就是流氓。你妹妹精神上得病，就跟这帮人有关。鹂鹂，他还说什么？"

黄鹂："他要妹妹今晚上 8 点整到回龙桥公园紫藤架跟他见面，而且不能不去、不许报警。"

母亲沉声说："恶棍现身了，除掉他们就是帮你妹除掉心病。鹂鹂，咱们今晚就去会会这帮流氓。"

黄鹂:“要不要报警?”

母亲摇摇头:“我想他们不会不提防你妹妹报警。他们也不会 8 点整就守在回龙桥公园,一定是等在附近。如果一有警察的影子,他们肯定会随时撤走。他一逃掉,线就断了。”

黄鹂:“就咱们两个,有些冒险。”

“妈就是豁出这条老命,也要逮住那些个害你妹妹的家伙。”母亲的神情非常坚毅,“这是一次机会,说什么也不能放过。”

黄鹂点点头。

母亲又轻声吩咐了一句:“这事暂时别告诉你妹。今晚上你就是黄杏。”

当晚,稍稍装饰成黄杏模样的黄鹂,准时出现在回龙桥公园。

回龙桥公园地处郊外。荒野,寂静。

林丹等人果然没有出现。

只有几条人影隐伏在树荫下面,朝着公园紫藤架方向张望。并警惕地观察着四周的动静。

黄鹂静静地在紫藤架下等待着。等待着诱出那帮流氓。

时间一分一秒地过去了,他们没有出现。

黄鹂又耐心地等了一会。看看手表,作出准备回去的样子。

当她离开紫藤架不远的时候,一条人影迎了上来。

来人正是林丹:“黄杏姑娘久等了。”

黄鹂背过脸去。

“唷,生气了是不是啊?”林丹进一步趋近,“让你久等,那是因为担心别有什么警察。”

黄鹂仍没有答话。

“你这一次的表现很好,终于学乖了。”林丹嬉笑着贴近了轻声说:“黄杏,今晚上我可是在五星级的宾馆为你专门包了房间。”

话犹未了,“啪”的一声,黄鹂甩手就给了他一个耳光:“你这个流氓。”

林丹一愣。

母亲不知从什么地方突然出现在面前:“你是不是就是林丹?”

林丹："你们是谁？"

母亲："我是黄杏她妈。"

"好啊，你们都给我等着。"林丹转身欲走。

母亲岂能容他走脱，上前就一把揪住："别走，跟我上派出所去。"

"就你们两个？"林丹突然朝母亲脸上就是一拳。

母亲仍然死命将他揪住，扭打在一起。

黄鹂急得大叫："来人啊，抓流氓啊……"

突然自己的脸上也挨了一个耳光。

三四个年轻人突然出现在面前。

林丹甩开母亲："可都看清楚了，别想有什么人能够帮助你们。我们都是流氓。"

母亲又上前一把将他揪住："今天这里就是有再多的流氓，我就是拼着一死，也不会把你放走。"

"那就试试。"林丹低声一喝："哥儿们，上。"

几个流氓将母亲和黄鹂围住，一步步进逼上前。

在这危急的时候，派出所老马带着几个便衣警察出现在背后。

林丹："什么人？"

老马："派出所干警。"

林丹："撤。"

"做梦。"母亲不知哪来那么大力气，突然一把将林丹掀倒在地上。

老马上前扭住他一只胳膊："林丹，老实一点吧，你早已经被我们监控。"

咔嚓一声，铮亮的手铐卡在了他的手上。

母亲和黄鹂回到租来的那间破屋。

黄杏已经睡熟了，炉子上熬着的中药还冒着热气。

母亲给黄杏把被子掖好，对黄鹂轻声说："你妹的病好多了。这病就要这么安安静静地休息一阵。再说，那帮流氓被抓起来了，她心里的病根就等于被挖掉了。这心病一除，精神上就会一点一点好起来。"

黄鹂一脸感慨："妈，妹妹这病幸亏有你在她身边照应，不然的话，她可能现在就已经休学回家。"

母亲："鹂鹂，你妹已经没有什么问题。你明天就赶回学校，你已经是研究生了，更不能耽误学习。"

"行，我明天就走。"黄鹂从包里拿出一叠钱，"妈，妹妹的医药费不是还没有付清？这里三千元钱，你先拿上。"

母亲有些惊讶："你哪来这么一大笔钱？"

黄鹂没有立即回答。

母亲再一次追问："鹂鹂，这一笔钱你是从哪里弄来的？"

黄鹂："妈，你放心，这笔钱反正是干干净净的钱。"

母亲急了："是干净钱为什么就不能说出一个子丑寅卯。"

黄鹂终于撒了一个谎："妈，我在学校图书馆的资料室兼了一份工作，这是他们预付给我的工资。"

母亲："没有跟妈说谎？"

黄鹂点点头。

母亲："你明天就给我赶紧回你的学校。"

第二天一早。母亲熬了稀饭，买来烧饼、油条。

黄杏的心情已明显晴朗起来。她悄悄地询问黄鹂："姐，研究生的课程紧不紧张？"

黄鹂："研究生的课程以自学为主，学习的节奏要靠自己掌握。"

黄杏："姐，我真羡慕你。大学没有念过，就直接上研究生了。"

黄鹂："你不也是马上就是研究生了。不但免试，而且还硕、博连读。"

黄杏的精神立时显得忧郁起来："可是、可是我病了。"

母亲："杏，别总想着自己的病，你病已经快要好了。再说那个流氓林丹已经被公安局拘留。"

黄杏一脸惊喜："真的？他真的被抓住了？"

母亲："恶人终有恶报，这世上做坏事的都不会有好的下场。杏，这坏人就是欺软怕硬，只会躲在阴暗的地方。咱们只要一声大喝，一声怒吼，就能把他们吓坏。咱们有那么多同学，有那么好的老师，还有政府，有公安，还怕他几个流氓。怎么样？一眨眼就抓起来了。他们今后还能恐吓咱们吓唬咱们吗？"

黄杏笑了，笑得天真烂漫："他们都成了大牢里的囚犯，他们还能吓唬谁去？"

母亲也笑了："妈看到杏儿心胸这么开阔起来，妈心里真是高兴。"

黄杏："有妈在这里，我就海阔天空，我就无忧无虑，而且心里老想唱歌。"

黄鹂忍不住笑了。

母亲嗔道："看你这娇的，都这么大了，妈能总这么守在你身边。杏，吃过早饭你姐就要回她的学校去了。妈得送你姐去火车站。你今天去上课还要妈送吗？"

黄杏胸脯一挺："妈不是说过，我都这么大了。"

母亲送黄鹂来到火车站。

黄鹂似有什么话说，但几次都欲言又止。

母亲终于又问："鹂鹂，那三千元钱真的是人家预付的工资？"

黄鹂想说什么，还是没说。

母亲："鹂鹂，你好像有什么事在瞒着妈？"

黄鹂终于道："妈，我说出来，你千万不要生气。"

母亲急问："什么事情？"

黄鹂："妈又急了是不是？你看，我还没有说出来你都急了。"

母亲："好，你说，妈不急。"

黄鹂："真的不急？"

母亲："真的不急。"

黄鹂："妈，我退学了。"

"什么？退学了？你把研究生给退掉了？"母亲不敢相信地瞪着黄鹂。

黄鹂："那三千元钱就是我以前缴进去的学费。我把我们家的情况跟学校说了，我说我是我们家的长女，有责任提携弟妹，有义务替妈分忧。学校支持我退学的想法，把我的学费又全额退还了给我……"

话还没有说完，母亲掏出那一叠钱，啪地就朝候车室的靠椅上一拍："你给我赶紧拿回去，立即退给学校。"

黄鹂："妈，你听我说。"

母亲非常急怒:“妈不听。”

黄鹂:“妈你听我说嘛。”

“妈现在什么都不想听,妈现在就是要你把钱拿回去,立即退还给学校。”母亲紧逼着黄鹂。

黄鹂轻轻地推了推母亲的肩膀:“妈,你还真的急了?你真的就什么都不想听?”

“什么都不要解释,你现在的事就是赶紧拿上你的学费,回学校恢复你研究生的资格。”

黄鹂也猛地提高了声音:“妈你怎么这么武断?”

母亲仍旧瞪着女儿:“你还有什么解释?你考上大学把大学丢了,考上研究生又把研究生丢了。我知道你这是为了妈,但妈不要你这样帮忙。你要是帮妈?你拿毁了自己的学业、自己的前程来帮妈,比不帮妈还要让妈难受。”

黄鹂声音轻了下来:“妈真的不要着急。事情真的没有妈想的那么糟糕。你希望我把这个研究生继续地念下去,到时候能拿一个硕士、博士,我可以在这向妈保证,我不会让妈失望。”

“怎么叫不让妈失望?”母亲火气还没有平息,“你都把这研究生的学业给停掉了,还哪来硕士、博士?”

黄鹂笑了:“所以这就需要妈少安毋躁,需要妈耐下性子听我解释。”

“说吧,看你能有什么解释。”母亲显然是一脸不信。

黄鹂咳了一声:“妈,我念研究生的时候,曾经在图书馆的古籍资料室打工。当我为了抽出学费而停学的时候,图书馆的领导知道了这个情况,经研究后决定将我转为委培研究生,也就是委托代培的研究生。”

母亲的脸色和缓下来:“委培研究生是不是也是研究生?”

黄鹂:“是研究生,是自费求学的研究生。”

母亲又急了起来:“停了公费念自费,要的钱不是更多了吗?”

黄鹂:“学费确实是提高了不少,但这笔学费将由图书馆全部承担。”

母亲:“人家为什么全部承担?”

黄鹂:“因为我是他们委托代培的研究生。但有一个条件,也就是毕业之后,无论得了硕士还是博士,都得分配在他们那里工作。我想这好啊,多好，学费有人出，工作有人要，何乐而不为？妈，你说何乐而不为？”

母亲的声音低了许多：“委培研究生是不是也能拿到博士？”

黄鹂笑了：“只要念得好，一样有鼻子有眼睛。其实在高等教育非常发达的欧美国家，边工作边学习或者先工作后学习，非常普通，也非常正常。获得学历的途径，就应该有多种渠道……”

妈嗔了一句：“好了，妈不听这些道理。”

“那就把钱拿上，赶紧把医院的账结了。”黄鹂又把钱塞到母亲的手里。

母亲把女儿的领口整了整，柔声说：“鹂鹂，真是难为你了。为了这些弟妹。”

黄鹂笑道：“古话不是说长女如母吗。”

母亲叹道：“咱们家四个孩子，妈最欠的就是欠你。”

这时开始检票。

黄鹂走了。

母亲一直目送到火车缓缓离去。

然后就又忙开了——

母亲走进医院，替黄杏结清住院费用。

母亲又走进派出所。

母亲从派出所出来，又走进了防疫站。

中午，母亲从防疫站出来又赶到学校来接黄杏。

黄杏从校园里远远奔出：“妈，我们校长办公室的领导说有事找你。”

母亲：“什么事情？”

黄杏：“没有说，只是让你赶紧去他那儿一趟。”

母亲赶紧走进校长办公室。

校办领导显然已经认得母亲，赶紧站起来：“请坐。”并指着一个女人说，“有人找你。”

母亲望了望那女人："如果我没有记错，你就是那个林丹的母亲？"

林母："谢谢你还记得。黄杏她妈，我有一点事情想和你商量商量。"

校办领导："是不是我应该暂时回避？"

母亲说："不必。我想我和这位林丹的母亲之间不会有什么见不得人的交易。有什么话都可以锣对锣、鼓对鼓。"

林丹的母亲犹豫了一阵，终于说道："黄杏她妈，我知道你在恨我。"

"我恨的是你的儿子。"

"我是他的母亲，也怨我管教不严。"

"这话也是。我们乡下有一句老话，谁酿下的苦酒谁喝。"

"但我儿子是你把他送进了大牢。"

"把他送进大牢的应该是他自己。"

"难道一个人犯下错误，难道就应该一定要用这种极端的办法对他进行惩罚？"

"不是犯下什么错误，而是犯罪。"

"黄杏她妈，我只有这么一个儿子。你和我一样，都是母亲，将心比心，如果林丹真的被判了刑坐了牢，今后他还有什么脸面，你今后叫他还怎么做人？"

"是的，我们都是母亲，如果真的要将心比心，你要你儿子的脸面，我更要我女儿的尊严。"

"我现在可以代他向你，并通过你向你的女儿黄杏说一声对不起。"

"可惜现在已经迟了。"

"你当真就不肯通融？"

"你的意思我到现在还没有明白。"

"如果你愿意帮忙，你完全可以帮忙。"

"请你再说得明白一点。"

林母言辞闪烁："如果、如果黄杏姑娘与林丹很早就有了、就有了那种恋爱关系……"

母亲立即斩断话头："据我所知，我们家黄杏至今还没有跟谁谈过恋爱。"

林母："我说的只是假如，假如黄杏能够表示她与林丹曾经有过恋爱关系，而他们之间的冲突，完全出于恋爱过程中的言语不合，甚至是情感的误会……”

母亲脸色非常严肃：“不用说了，我已经明白，如此一来，一桩流氓行凶案就变成了恋爱纠纷案。”

林母：“谢谢你的理解。”

母亲：“我知道这是伪证。”

林母：“何苦把话说得那么难听？黄杏她妈，你可能还并不了解我们家庭，我林家也是一个有头有脸的人家。他爸，他姨父，他舅舅，在这座城市里，都可以说是身居要职……”

一旁埋头看报的那位校办领导也不觉抬起了脑袋。

林母：“在公安、检察，甚至法院都有很多关系。而且我还经营着一家公司，有着强大的经济实力……”

母亲显然怒了：“你这是威胁和恐吓？你有再多的关系，也不可能一跺脚就地动山摇，更不可能伸出一只手就能把天遮住。我是一个平民百姓，但我更是一个母亲。还是乡下那句老话：‘抱雏的老母鸡，连黄鼠狼都怕它。’”

林母：“黄杏她妈，你误会了，我的意思是说，我林家虽说不上十分的有权、有钱、有势，但毕竟还是有头有脸，如果今后咱们结成亲家，也不至于怎样辱没你女儿。”

母亲：“我女儿不敢高攀，而且现在说这话也已经迟了。一个被蛇咬过的人，看到草绳都会害怕。”

林母：“行，前头就算我没有说过。那我现在只是请你帮忙。”

说着从包里取出两厚叠钱放在桌上。

母亲瞥了一眼：“你还是希望我去公安局证明一下，黄杏与林丹是恋爱的关系？”

“是的。”

“这不可能。绝对没有可能。”

“难道你就不缺钱用？不够我可以再加。”

“我的确缺钱。”

“这就对了。”

母亲说：“但我可以告诉你一件事情。就在前天，银行门口一辆运钞车被什么三角钉戳破了轮胎，就在押运人员下车检查的时候，两个歹徒抢了装钱的麻袋骑上摩托车就逃，结果摩托车慌慌忙忙又出了车祸，一捆一捆的钱撒了满大街都是，那钱就在我脚下，我眼睛眨都没有眨一下，抬脚就走。那钱不比你这钱多得多了？”

林母：“这钱你真不想要？那你又何苦？林丹就是进了大牢，对你又有什么好处？”

母亲：“坏人关进牢里，好人至少可以安安心心地读书。”

林母还欲再说什么。

母亲：“你不要说了，其实你现在说什么都已经晚了。我刚才已经去过派出所，林丹不但已经供认了这件事情的经过，而且以前还有几件没有破获的强奸案件都跟你儿子有关。”

林母听到这里，不觉一阵眩晕。

母亲上前将她扶住。

林母镇定下心神，将钱收进包里，一声叹息：“怪谁？怪我！我是一个只顾忙生意赚钱却没有尽到教育责任的母亲。”

林母走了。

校办主任充满敬意地将一杯茶送到母亲的手里。

母亲拿出两张证明：“老师，这是医院的收费发票，黄杏的住院费、医药费，应该由个人承担的部分已经全部结清。这一张是医院证明，证明黄杏的精神方面的病情已经得到控制，并有望在短期内得到康复。另外，派出所也告诉我说，他们已经审讯过那个林丹，他们的艾滋病注射器是外面涂了红漆，里面并没有艾滋病病人的血水。但我不放心，还是到防疫站给黄杏做了血液化验，结果都是阴性，并没有感染上什么病毒。老师，这是防疫站的证明。”

校办主任点点头，拿出一份文件：“我也告诉你一个消息——经校长办公会议批准，黄杏同学下学期开始，免试升读研究生。硕、博连读。”

母亲掩饰住激动，低低地说了一声：“谢谢领导。”

校办领导：“要说谢谢，应该是我们谢谢你们家长，谢谢你这位母亲！黄妈妈，你尽管放心回去。我们学校已经决定，黄杏从明天起就可以提前入住研究生宿舍，那里环境相对安静，而且有专职的校工照顾起居和安全。”

母亲又说了一声谢谢。

黄杏搬进了研究生楼。

母亲也收拾停当。

望着舒适的双人宿舍，黄杏非常开心。

母亲也一脸喜悦，想了想说："杏，咱们家五个孩子，妈本来最不放心的就是你。你在你兄弟姐妹行里，脾气最好，也最柔弱……"

黄杏胸脯一挺："我现在身体好了，事情也过去了，什么都不怕了，而且又是研究生了，再过几年就是博士。你现在还不放心？妈是不是希望我长点脾气？"

母亲笑了："看你这丫头。妈放心！"然后正色道，"杏，妈不能总在这陪着你。家里还有很多事情。妈明天就要走了。"

黄杏点点头。突然一把抱住母亲。

母亲抚摸着她柔顺的头发，嗔道："看你，都研究生了，还这么孩子似的。杏，给妈唱一个歌听听。"

黄杏从母亲的怀里抬起头，轻轻哼了起来——

"在那遥远的小山村，
小呀小山村，
我那亲爱的妈妈，
已是白发鬓鬓。
过去的时光难忘怀、难忘怀……"

感人的旋律弥漫开来。

将要离别的母亲和女儿，都已经是一眸泪光。

尾　声

母亲又回到了松元镇。

龙大海仍是植物人躺在床上。

穷极潦倒的黄智清又一次悄悄翻过围墙，蹑着手脚走进后院。
他起掉老墙上一块砖头，从墙洞里取出那只木匣。
木匣上有一行字十分清晰："可当三百亩。"
他小心翼翼地打开木匣……

母亲回到了家里。
从门口的信箱里取出一叠信。
小姨王香忙迎了出来："你回来啦！姐。"

黄家后院。
黄智清打开的木匣里，除了一块砚台，并没有其他什么值钱的东西。
他听前院母亲回来的声音，赶紧丢下木匣和砚台，慌忙翻过围墙就走。
窗户里漏进来的一缕阳光落照在古砚上。
砚匣上——"可当三百亩"几个字异常鲜明。

前院，龙大海一动不动地躺在那里。
母亲坐到他身边，将信一封封拆开，说："大海哥，孩子们都来信了。他们的情况你一定很想知道，我给你说说——

老三黄杏的事我已经跟你说了，她现在已经是硕士和博士连着读的研究生了。

老大鹂鹂现在是在职委培的博士研究生。最近有一本书就要出版。单位还给她分了房子。

这是琳琳从法国寄回来的信。你听：‘亲爱的妈妈、爸爸，我真想念你们，要不是为了在假期打工挣钱，我早已飞到了你们身边。妈，法国有一个习惯，许多人家在天气晴朗的周末，都会把自己家里闲置不用的东西摆到门口的草地上非常便宜地卖掉。妈，我给你挑了一件皮袄，给爸挑了一双鞋子。那家女主人非常喜欢我，又送我一只棕熊娃娃，软绒绒的皮毛，漂亮极了。妈，我真想念你们。妈，你在我的心里比任何人都要伟大。妈，我吻你，我永远是你的女儿。’这里还有一封哩？这一封还是琳琳的信。琳琳说她有一个什么软件研究的成果，以技术转让的形式，被一家电脑公司买走，很快就可以拿到十万美元——十万美元多少人民币？看这孩子。你听，琳琳说了，她要把这十万美元全寄回来，让我把以前的债还掉。其实咱们家也没有多少债务。行，寄回来就寄回来，咱们给她存着。

大海哥，你都听到了吗？你再听听，这一封是卓儿的来信。咱们听听卓儿说些什么？”

母亲把最后一封信拆开，目光似被震了一下。

信上什么内容都没有，只写了一个又一个“妈妈、妈妈……”

一个字比一个字大。

远处似乎响起了黄卓的声音：“妈妈、妈——妈……”

声音如雷行来，轰鸣声越来越响。

母亲掉下了眼泪。眼泪落到纸上，将“妈妈”两个字晕化得很大、很大。

植物人龙大海面无表情，却也有泪水潸然而下。

母亲拿起毛巾，欲替丈夫拭掉泪水，突然眼前一黑，栽倒在地上。

小姨王香惊叫起来：“姐，姐，你怎么啦、怎么啦……”

卧榻上的植物人龙大海的面部神经似乎搐动了一下。

母亲在小姨发疯似的摇撼下，慢慢睁开眼睛。

小姨慌忙扶起母亲，满脸着急：“姐，你怎么啦？你哪里不舒服？我这就送你上医院。你可得挺住，一定得挺住。”

母亲面容憔悴，脸色煞白，拼尽最后力气指着地上的信断断续续地说：

“我的事，别、别告诉那些孩子，他们、他们念书要、要紧。请一定、一定得答应这事。”

小姨目中噙泪地点了点头。

母亲又指着病榻上的植物人龙大海欲说什么，结果话没有出口，就头一歪倒在妹妹的怀里。

王香急得放声哭叫起来：

“姐，你醒醒！姐你醒醒！你醒醒啊！姐……”

凄厉的哭叫声在黄家老屋里回荡着、回荡着。

母亲再没有醒来。

病榻上的植物人龙大海却慢慢地睁开了眼睛。

……

几天后的母亲节，一列出殡的队伍，走出黄家，走出门外，走向山里。

龙大海走在前面，捧着红绫覆盖的骨灰盒，盒上搁着母亲的遗像。

古镇上一个叫阿娟的母亲，就这样以自己柔弱的肩膀，先后将四个子女送出大山，走出闭塞，使之几年后一个个全都成为了博士。

当四个博士回到故乡的时候，母亲已是一个耗干了的空壳，静静地卧进了野山的土里。

四顶博士帽，在号啕大哭中，一顶顶摘下来摆在母亲的坟头。

当四顶博士帽全都戴在母亲坟头上的时候，一双双泪眼迷离的目光里，全都晃动着母亲的影子——

YUWEN KECHENG GAIGE FAZHAN YU CHUANGXIN

语文课程改革发展与创新

BEIJING SHI XIAOXUE BAISUO MINGXIAO
YOUXIU JIAOXUE SHEJI JI LUNWEN JICUI

北京市小学百所名校
优秀教学设计及论文集萃

第三卷

北京市教育学会小学语文教学研究会　组编

主　　编：李春旺　张立军
编　　委：（按姓氏笔画排序）
门海英　马　妍　王秀琴　孔凡艳　石丽君
齐孝源　闫　勇　李　萍　李春旺　李新会
杨伟宁　杨红兵　吴焕海　宋燕晖　张　立
张立军　陈延军　郑秀红　赵方红　祖阿芳
袁红娥　高振宝　曹文军　常祖新　蒋杰英
程淑芬
执行编委：齐孝源

语文出版社
·北京·

图书在版编目（C I P）数据

北京市小学百所名校优秀教学设计及论文集萃. 第三卷 / 李春旺，张立军主编 ；北京市教育学会小学语文教学研究会组编. -- 北京 ：语文出版社，2013.7
（语文课程改革发展与创新）
ISBN 978-7-80241-814-1

Ⅰ. ①北… Ⅱ. ①李… ②张… ③北… Ⅲ. ①小学语文课－教学设计－文集 Ⅳ. ①G623.202-53

中国版本图书馆CIP数据核字(2013)第152345号

责任编辑　章承董
装帧设计　刘姗姗
出　　版　语文出版社
地　　址　北京市东城区朝阳门内南小街51号　100010
电子信箱　ywcbsywp@163.com
排　　版　河北华尚制版有限责任公司
印刷装订　北京市兆成印刷有限责任公司
发　　行　语文出版社　新华书店经销
规　　格　787mm×1092mm
开　　本　1/16
印　　张　27.5
字　　数　463千字
插　　页　10
版　　次　2013年8月第1版
印　　次　2013年8月第1次印刷
印　　数　1-5,300
定　　价　59.00元

010-65253954（咨询）010-65251033（购书）010-65250075（印装质量）

目　　录

序

在课程改革进行十多年之后，在第 29 个教师节即将到来之时，由北京市小语会组织编写的《语文课程改革发展与创新——北京市小学百所名校优秀教学设计及论文集萃》面世了。这是对北京市语文课改的回顾与总结，是送给广大教师的节日礼物。

这套语文教学图书有以下几个特色。

一、规模较大。全书共六卷。入选教学设计 394 篇，教学论文 180 篇，可谓“鸿篇巨制”。它和北京市出版的同类书相比，不敢说“绝后”，但称得上“空前”。

二、作者众多。全书作者近 600 位，主要是百所名校的语文教师。这百所名校，凭借其教学水平、教研能力，的的确确在影响和引领着北京市的小学语文教学。我还欣喜地发现，教学设计的作者，不仅有教师，还有教学干部、教研员；教学论文的作者中，校长、主任、教研员则更多。学校领导、各级教研员“下水”，进行教学设计，撰写教学论文，一方面能起到示范、引领作用，另一方面能促使自己深入课堂，熟悉教情、学情，使自己的指导、引领，更有的放矢，更让人心悦诚服。

三、涵盖面广。教学设计，除了识字课、阅读课、习作课、口语交际课以外，还有比较阅读课、专题总结课、阅读整本书导读课、儿童诗赏析与创作课等，课型比较丰富。教学论文，更是应有尽有，精彩纷呈。有关于教学层面的，包括识字写字、阅读、习作、口语交际、综合性学习等方面。单单阅读，面就比较宽。在众多研讨讲读教学的论文之外，一些论文还把研究的触角伸到略读课文教学以及比较阅读、课内拓展阅读、课外阅读、海量阅读、文学作品欣赏等方面。关于方法、策略指导层面的论文，占了较大的比重，如学习习惯培养、质疑能力开发、学案导学研究、思维导图应用、文言文学习方法、班级读书会流程、信息技术运用、建构基于语言文字运用的教学等。此外，在教学研究、课题研究等方面，也有一些论文入选。

四、质量很高。在394篇教学设计中，有一些是各级研究课、评优课的设计，其中不光浸透了设计者的汗水，也凝聚了指导者的心血。有些教学设计经过反复推敲、试教、锤炼，堪称“经典”。180篇教学论文，绝大多数基于教学中的问题，曰“立地”；大多数能从理论高度、“课标”要求阐述，曰“顶天”，既有理论深度，又有针对性和普适性，广大教师学得来，用得上。还有些论文视角独特，案例典型，有很强的启发和引领作用。

北京是首善之区，教育强市，有非常好的小学语文教学、教研的基础，新中国成立以来，涌现了一批批语文名师、大家。这六卷本的《北京市小学百所名校优秀教学设计及论文集萃》，见证了自第八次基础教育课程改革以来，北京市语文教学改革的发展与创新，见证了一大批优秀教师、校长、教研员在专业上的迅速成长。衷心希望北京市的小学语文教学改革，进一步加强顶层设计，开展一些整体性、区域性的改革实验；进一步加强低年级识字、写字教学研究，加强在语文教学和日常生活中落实语言文字运用能力培养的研究；进一步加强让课外阅读进课程、进课堂、进评价，以促进学生语文素养的研究。在已有的基础上，使北京市的小学语文教学更上一层楼，继续在全国起到引领和辐射作用，使北京市的教师和学生，更快乐、更幸福地教语文、学语文，为广大小学生的语文人生奠基。

崔 峦

2013年6月

神奇的鸟岛

（第一课时）

王朝辉（房山区良乡行宫园学校）

一、教学目标

1. 学会本课“缭、锦、融、洽”等十个生字，认识“雏、疏、鹬”三个认读字。理解并积累“融洽、碧波万顷、眼花缭乱、锦绣画卷”等词语。

2. 理清课文脉络，体会课文第二自然段的写作方法。

3. 学习课文第二自然段，感受鸟岛的神奇，有感情地朗读课文，练习背诵课文。

二、教学重点

学习课文第二自然段，体会鸟岛的神奇。

三、教学难点

理解课文第二自然段，体会课文是怎样把鸟岛的神奇写具体的。

四、教学策略

以读为本，读写结合。

五、教学过程

（一）创设情境，激趣导入

这节课，我们将跟随作者优美的语言踏上一座小岛，去领略那里的神奇。

齐读课题。

（二）初读课文，随文识字

1. 自学课文。

请同学们结合生字表和认读字表自由读课文，注意把字音读准确，把句子读通顺，遇到不懂的词语画个标记，尝试着利用工具书解决。

2. 检查课文的自学情况，顺学而导。

（1）第一自然段，指导学生理解“碧波万顷”这个词语。

a. 指名朗读，说说鸟岛的位置。（青海湖）

b. 出示句子：翻过日月山，穿过倒淌河，我们来到了碧波万顷的青海湖。引导学生想象“碧波万顷”的画面，帮助学生理解词语的意思。

c. 指导学生读出青海湖的广阔与美丽，加深对词语的理解、感悟。

（2）第二自然段，指导学生读准几个字音：

黑颈鹤、环嘴鸥、凤头潜鸭、踱步。

（3）第三自然段，指导学生用“融洽”造句子。

出示句子：这岛上生息着十万多只水鸟，平时相处得十分融洽。

“融洽”是什么意思？生活中谁和谁相处融洽？能语句通顺地告诉大家吗？

（4）第四、第五自然段，引导学生针对字音、字义及课文内容提出问题。

师小结：想象画面、结合生活实际、联系上下文、查字典等都是学习词语的好方法。

【设计意图】随文识字，每个自然段的字词教学各有侧重，培养学生识字的兴趣，提高学生语言表达的能力。这个环节的教学不仅使学生自然地读准字音、掌握字义，还潜移默化地教会学生学习生字、新词的方法，引导学生学会从字词的音、形、义和课文内容等方面质疑，实现教学环节的多效，努力使学生获得终身发展所需的语文技能。

（三）整体感知，理清脉络

初读课文后，请同学们说说鸟岛的神奇体现在哪儿。指导学生在第二自然段旁批注“多”，在第四、第五自然段旁批注“团结”，在第一自然段旁批注“地理位置”。

【设计意图】在问题的引领下，学生了解了每个自然段的主要内容，建立了篇章结构。与此同时，教师也在这个过程中有意识地培养了学生做课堂笔记的习惯。

（四）精读课文，体会“神奇”

1. 默读课文，自主学习。

默读课文第二自然段，画出描写鸟多的词、句，批注自己的感受。自学后和同桌交流。

2. 反馈交流。(按学生交流的顺序进行)

（1）初登鸟岛“眼花缭乱”，感悟“神奇”。

出示句子：踏上鸟岛，眼前的景色令人眼花缭乱。

a. 指导学生结合部首理解“缭”字，结合句子理解“眼花缭乱”，体会岛上鸟多，感悟“神奇”。

b. 指导书写“缭”字。

c. 指导朗读。

【设计意图】通过偏旁理解字义、词义，又通过字义、词义记住生字的偏旁，相辅相成，渗透识字的方法。指导学生按笔顺书写，并把字写美观，加强了学生对生字的记忆，培养学生良好的书写习惯。

（2）天空中群鸟颜色多，感悟“神奇”。

a. 出示：天空中是一群群飞鸟，红的、白的、蓝的、花的。

b. 出示：天空中是一群群飞鸟，红的、白的、蓝的、花的，色彩夺目。

引导学生通过“色彩夺目”体会鸟的颜色多、色彩鲜艳。

c. 出示：天空中是一群群飞鸟，红的、白的、蓝的、花的，组成一幅幅色彩夺目的锦绣画卷。

引导学生理解“锦绣画卷”并进行词语训练，“锦绣画卷、锦绣河山、锦绣前程”等。

d. 引导学生批注颜色多而美，顺势指导朗读。

【设计意图】通过对比，学生的理解在逐步深入，颜色多—颜色多而绚丽—美丽画卷，学生通过自读自悟丰富了认知，感悟到了整体画面的和谐美，神奇之感油然而生。

（3）岛上鸟、鸟巢、鸟蛋数量多，感悟“神奇”。

出示句子：低头看满岛都是各种各样的鸟、鸟巢、鸟蛋，几乎没有我们插足的空地。

a. 如果你到了鸟岛会怎样走？学生做动作体会。

b. 引导学生批注“数量多”。

c. 欣赏画面，指导朗读。

（4）湖水里群鸟种类多，感悟“神奇”。

a. 学生读句子，说感受。引导学生批注“种类多”。

b. 出示句子：湖水里，有斑头大雁，有燕鸥，有环嘴鹬，还有天鹅，风头潜鸭和黑颈鹤。

和课文中的句子对比，说不同，体会形容词和动词的妙用。

c. 指导朗读：有了这些词，就把着装漂亮、体态优美、动作悠闲的水鸟写生动了，让我们一下子就喜欢上它们了，把你的喜爱之情读出来吧！

d. 资料引入，提供练笔素材，拓展“神奇”。

你们知道岛上还有哪些种类的鸟吗？学生说查阅的资料。展开想象，学着课文的样子介绍介绍这些鸟儿，可以介绍它们的动作、外形，还可以插上想象的翅膀把它们拟人化。同桌交流，课堂练笔。

【设计意图】 通过对比读，学生体会到了形容词和动词的妙用，喜欢上了岛上的鸟儿，感受到了它们的快乐，理解了鸟岛是鸟的乐园，再次体会了“神奇”。另外，资料的引入并没有停留在丰富学生认知的表层，深化为结合刚刚学到的写作方法进行练笔，学以致用，学用结合，学生在课外拓展中再次领略了鸟岛的“神奇”，达到了教学环节的多效、教学效果的最大化。

（5）鸟岛是鸟的世界，感悟“神奇”。

出示句子：真是天上飞的是鸟，地上跑的是鸟，水里游的是鸟，一个多么欢乐的鸟的世界。

a. 指导朗读。

b. 引导学生通过方位词体会句子的总结作用。

（五）梳理总结，感悟写法

同学们，课文第二自然段共五句话，每句话都写出了鸟多，作者为什么要这样安排顺序呢？好在哪里？讨论讨论吧。

（六）回归全篇，指导背诵

指导学生背诵课文第二自然段。

（七）设置悬念，引发期待

这节课，我们从青海湖鸟岛上鸟“多”感受到了鸟岛的“神奇”，鸟岛上的鸟又是怎样团结抗敌的呢？下节课我们将再次见证“神奇”。

（八）作业

1. 抄写本课生字新词。
2. 推荐阅读：《难忘的一次观鸟》。

附：板书设计

神奇的鸟岛
- 多　　眼花缭乱
  - 天上　颜色美
  - 地上　数量多
  - 湖里　种类全

  （鸟的世界）

  总——分——总
- 团结？

赵　州　桥

（第一课时）

金会红（房山区良乡行宫园学校）

一、教学目标

1. 学会本课十三个生字以及新词，认读五个字。

2. 学习第一、第二自然段，了解赵州桥的雄伟坚固及设计上的特点。

3. 初步感受我国古代劳动人民的智慧和才干。

二、教学重点

了解赵州桥的雄伟坚固及设计上的特点，初步感受我国古代劳动人民的智慧和才干。

三、教学难点

理清第二自然段中句与句的关系。

四、教学过程

（一）谈桥引入，走近赵州桥

1. 让学生结合生活实际和收集的资料，说一说他们所知道的桥。

2. 出示赵州桥的图片，问：这座桥有什么特点？出示我国著名桥梁专家茅以升对赵州桥的评价："先不管桥的内部结构，仅就它能够存在 1300 多年就说明了一切。"

一问：你们认识这座桥吗？这是赵州桥，又名安济桥，位于河北赵县洨河上，它是世界上现存最早、保存最好的巨大石拱桥，距今已有 1300 多年历史，被誉为“华北四宝之一”。它是当今世界上跨径最大、建造最早的单孔敞肩型石拱桥。1961 年被国务院列为第一批全国重点文物保护单位。1991 年，美国土木工程师学会将安济桥选定为第 12 个“国际历史土木工程的里程碑”。

二说：听了老师的介绍，看着眼前这座历经 1300 多年风雨的古桥，你想说什么？

三写：让我们怀着崇敬的心情郑重地写出它的名字——赵州桥。教师板书课题，学生书空。“赵”字是半包围结构的字，被包部分不要写得过小。

（二）检查预习，初知赵州桥

1. 出示词语，指名读。

（1）赵县　拱形　横跨　冲坏　嘴里

（2）洨河　隋朝　安济桥

2. 句子导读

（1）这么长的桥，全部用石头砌成，下面没有桥墩，只有一个拱形的大桥洞，横跨在 37 米多宽的河面上。

（2）桥面两侧有石栏，栏板上雕刻着精美的图案：有的刻着两条相互缠绕的龙，嘴里吐出美丽的水花；有的刻着两条飞龙，前爪相互抵着，各自回首遥望；还有的刻着双龙戏珠。

结合语境理解“精美、回首遥望”的意思；做动作理解什么叫“抵着”。

（3）赵州桥表现了劳动人民的智慧和才干，是我国宝贵的历史遗产。

3. 自由朗读课文。

4. 指名分自然段朗读课文，做到正确、流利；同桌赛读。

5. 默读课文，谈谈赵州桥给你留下了怎样的印象。

（三）精读课文，品味赵州桥

1. 感受赵州桥的“悠久历史”。

（1）读第一自然段，说说从第一自然段你知道了什么。（赵州桥在哪儿？谁建造的？历史有多久？在世界的影响有多大？）

【设计意图】锻炼学生从文中捕捉信息的能力。

（2）它是隋朝的石匠李春设计并参加建造的，到现在已经有 1300 多年了。

出示赵州桥的图片及我国著名桥梁专家茅以升对赵州桥的评价。

抓住 1300 多年这个数字，联系茅以升的话，你认为说明了什么？

（3）1300 多年，赵州桥经历了 10 次水灾、8 次战乱和多次地震，至今它仍然横跨在洨河上，这是一座伟大的桥。让我们通过朗读来赞美它吧！指名有感情地朗读这一段。

2. 感受赵州桥的“雄伟坚固”。

（1）读第二自然段，弄清句与句之间的关系。这段有几句话？表达了几层意思？

这个自然段共有六句话。第一句概括地写赵州桥非常雄伟。第二句具体写大桥的雄伟，使用具体数字写了桥的长度、宽度，既能走车，又能走人，进一步说明桥宽。两句都是写桥非常雄伟。三、四句写桥的设计特点：特点一是没有桥墩，只有一个拱形大桥洞；特点二是大桥洞顶上的左右两边各有两个小桥洞。五、六句写设计的好处：既减轻流水对桥身的冲击力，使桥不容易被大水冲坏，又减轻了桥身的重量，节省了石料。据此，可以分成三层。

【设计意图】 中年级段落教学是重点，让学生读懂一段话，首先要弄清句与句之间的关系。

（2）用合并层意的方法归纳第二自然段的段意。

（3）抓住重点词句，深刻理解语言。

通过50多米长、9米多宽等数字，联系生活实际，感受赵州桥的雄伟。

通过“这种设计，在建桥史上是一个创举：既减轻了流水对桥身的冲击力，使桥不容易被大水冲坏，又减轻了桥身的重量，节省了石料”一句，理解什么是“创举”，“这种设计”指什么，有什么好处。在书上画出相关语句。

结合史实：1963年的水灾，大水淹到桥拱的龙嘴处，据当地的老人说，站在桥上都能感觉桥身很大的晃动。即使这样大的洪水都没有冲垮桥体。感受赵州桥的坚固。

（4）李春真是个了不起的设计师，让我们带着对他的景仰之情，读一读第二自然段。指导学生有感情地朗读，读出赵州桥的雄伟坚固。

（四）小结感悟，指导书写

1. 总结：学习第一、第二自然段我们知道了什么？

2. 本课生字中哪些笔画较多？观察田字格中的范字，议一议如何写好。

3. 选择笔画较多的字写一写。同桌评价。

【设计意图】 中年级仍要重视学生的书写指导。在新修订的语文课标中对于识字写字部分各年段均提出了“写字姿势正确，有良好的书写习惯”这一目标。

（五）布置作业

抄写生字词；继续朗读课文。

附：板书设计

	历史悠久
赵州桥	
	雄伟坚固

收易拉罐的小男孩
（第一课时）

门　辉（房山区教师进修学校）

一、教学目标

1. 学习本课十四个生字（含两个多音字“折 zhē”和“落 là”）及新词，认读七个字，理解“贮藏、清脆”等词语的意思，能规范地书写“罐、藏”等生字。

2. 能用多音字“折、落”组词，会用“清脆、整整齐齐”造句。

3. 能正确、流利地朗读课文，初步了解课文主要内容，学习课文第一～五自然段，初步感受小男孩有礼貌、有教养的品质。

二、教学重点

学习生字及新词，正确流利地朗读课文，初步感受小男孩有礼貌的品质。

三、教学难点

规范书写“罐、藏”等生字。

四、教学策略

运用“自主、合作、探究”的学习方式，引导学生理解文本；运用多媒体教学课件辅助教学。

五、教学过程

（一）揭示题目，引导质疑

1. 齐读课题，认识“缶”字旁，指导“罐”字书写。

学生观察“罐”字的笔顺，练习书写并评价。

【设计意图】在学生识字写字的过程中，了解汉字知识，激发学生热爱祖国语言文字的感情，培养孩子写后自查的好习惯。

2. 质疑。

师：读了课题，你有什么问题吗？

【设计意图】题目是文章的眼睛。学贵有疑，培养孩子针对课题质疑问难的能力。

（二）初读课文，学习字词

1. 自读课文。要求：读准字音，读通句子。

2. 检查字词。

（1）读生字新词。

出示：饮料、纸箱、聊天、曾经、涌上、垃圾

（2）检查含有多音字的句子。

出示：

句1：朋友讲这是哥儿俩，就住在附近，每个星期天收集邻居家的空易拉罐，已经一年多了，无论是刮风下雨，还是大雪纷飞，次次不落。

学生读后，用“落 là”组词。

句2：朋友与我在屋里聊天，全然不介意小家伙们在贮藏室折腾。

A. 学生读后，用“折”的两个音组词。

B. 理解“折腾”。

C. 理解“贮藏”，指导“藏”的书写。

【设计意图】指导学生在具体的语言环境中确定多音字的读音，积累词语。指导联系生活实际和上下文、借助近义词理解词语的方法。

（3）指导长句朗读，理解积累运用词语。

出示：

哥儿俩还在路上走着，弟弟拉了条绳子在前面拖，一边唧唧喳喳地与在后面推车的哥哥说着什么，清脆的童音在静静的街上回荡。

a. 指导合理停顿。

b. 积累课内 AABB 式词语，练习用“整整齐齐”说话。

c. 理解“清脆”并练习造句。

【设计意图】正确理解、积累、运用词语。培养学生运用工具书据词定义的能力。

（三）再读课文，整体感知

1. 指名朗读课文，想一想：课文讲了一件什么事？

2. 交流反馈，相机指导。

小结：这样的文章就可以抓住“谁、做什么、怎么做的”来说课文讲了一件什么事。

（四）细读课文，感悟品质

过渡：这是两个怎样的小男孩？

1. 自读画批。

默读课文第一～五自然段，思考：这是两个怎样的小男孩？画出相关的语句，写出感受，然后与同桌交流。

2. 汇报交流。

句1：过了大约一个小时，有人敲门，一个男孩的声音：“可以进来吗？”

句2：10分钟光景，孩子们在外屋喊了声：“谢谢啦！再见。”接着传来轻轻的关门声。

句3：几个曾经装满空罐儿的硬纸箱空了，一个摞一个地放得整整齐齐。

小结：一个简单的动作，一句朴实的话语，一个很小的细节，让我们感受到这是两个既有礼貌又有教养的小男孩。

3. 有感情地朗读第一～五自然段。

【设计意图】引导学生抓住人物的语言、动作感受人物的品质，在批注感受的同时关注一些浅显的写法。

（五）再次质疑，设置悬念

1. 找出“我”对小男孩不同的称呼。

2. 引导质疑，设置悬念。

【设计意图】培养学生针对课文内容质疑的能力，为后续学习留下悬念，激发学生进一步探究的兴趣。

（六）布置作业

1. 抄写生字，用“整整齐齐”造句。

2. 继续练习朗读课文，思考所质疑的问题。

附：板书设计

收易拉罐的小男孩

买易拉罐	小家伙
	？
买汽车	男子汉

果敢的判断

（第二课时）

李彩艳（通州区中山街小学）

一、教学目标

1. 理解小泽征尔考虑再三的内容以及能作出果敢判断的原因。懂得在遇到问题时，要相信自己，敢于作出正确的判断。

2. 有感情朗读课文。

3. 用“和谐、目的”造句。

二、教学重点

理解小泽征尔考虑再三的内容以及能作出果敢判断的原因，从而懂得在遇到问题时，要相信自己，敢于作出正确的判断。

三、教学难点

理解小泽征尔考虑再三的内容以及能作出果敢判断的原因，从而懂得在遇到问题时，要相信自己，敢于作出正确的判断。

四、教学过程

（一）复习巩固

1. 读准字音：目的、的确、附和、和谐、桂冠、冠军、乐谱、欢乐。

2. 看拼音写词语：欧洲、指挥棒、权威、考虑再三。

3. 选择字义：考虑再三：①表示又一次；②两次，第二次；③不止一次地，一次又一次地。

4. 联系上下文理解“考虑再三”。

5. 回顾质疑问题。小泽征尔“考虑再三”都考虑些什么？他为什么能作出果敢的判断？

【设计意图】本课有九个生字、三个多音字，数量较多，有必要在第二课时进行复习巩固，同时落实新课标中对识字写字做到“随堂练习，天天练，增强练字意识”的要求；质疑是本单元的训练点之一，因此这节课以疑定教。

（二）深入理解

这两个问题既是编者的意图，也是学生质疑的焦点。为了解决这两个问题，采用如下策略。

1. 结合上下文理解“考虑再三”的内容。

（1）自读思考，提出默读要求：联系上下文围绕乐队、指挥、乐谱三方面思考，读出自己的见解。

（2）小组交流，明确讨论要求：表达自己的理解，有理有据；倾听别人的看法，注意异同；最终形成小组意见。

（3）组织全班学生交流，要求：表达小组的理解，有理有据；倾听其他组的看法，注意异同。

在交流过程中，学生可能出现如下问题：

a. 提取信息不全：一流乐队；全神贯注……

b. 不会提取信息，找不到上下文的联系而读原文……

c. 表达无序，层次不清，要点不明……

（4）分析整理学生信息，形成正确认识。

面对这些情况，恰当提取有用信息，引导学生从整体的角度考虑问题。围绕一流的指挥家、一流的乐队、乐谱这三方面思考小泽征尔考虑的内容。这样学生的思维就会有理、有序。

预设：

a. 不可能是乐队演奏错了，因为这是世界一流的乐队，而且我已经指挥乐队演奏了两次。

b. 不可能是我指挥的错，因为我全神贯注地指挥了两次。

（5）根据提示写出小泽征尔“考虑再三”的内容。

学生动笔填写：不是（乐队）的错，不是（我指挥）的错，因为（我已经全神贯注地指挥乐队演奏了两遍），因此，一定是（乐谱）错了。

（6）学生读一读这句话，教师顺势接读小泽征尔的“不！一定是乐谱错了！”这句话。

【设计意图】从以往教学实际看，学生在讨论环节容易出现诸多问题，如脱离文本理解，零散地、孤立地考虑问题，不注意倾听他人意见，讨论易流于形式。先提出默读思考要求，再提出讨论要求，最后提取学生信息，引导学生达成共识。

学生读的声音也许会非常大，但这句话中丰富的内涵他们一时还不能理解，学生朗读不能到位，只能读出声，不能读出情，因此在下一步有必要引导学生走进文本，合理推想小泽征尔“考虑再三”时复杂的心路历程。

2. 根据语境，推想小泽征尔的心理活动。

补白一：

演奏中，小泽征尔突然发现乐曲中出现了不和谐的地方。开始，他以为是____________，就指挥乐队停下来重奏一次，但是他仍觉得不自然。小泽征尔会问评委：“_________”此时的小泽征尔会是什么心情？（疑惑）

补白二：

小泽征尔问作曲家和评委：“是不是乐谱错了？”

作曲家、评委都郑重声明：“_________________________！”

此时，小泽征尔又会是什么心情？（动摇、焦虑、难堪……）

【设计意图】学生朗读往往只能读出其声，而不能读出其情，因此有必要引导学生走进文本，合理推想小泽征尔“考虑再三”时复杂的心路历程。深入理解小泽征尔的内心世界，再现当时情境，为理解“果敢”作好铺垫。

3. 理解“果敢”。

教师创设语言情境，朗读体会“不！一定是乐谱错了！”

尽管小泽征尔曾经疑惑，尽管小泽征尔曾经动摇，但他考虑再三，面对作曲家和评委，还是终于喊出了自己的判断：“不！一定是乐谱错了！”

尽管小泽征尔曾经焦虑，尽管小泽征尔曾经难堪，但他考虑再三，面对几百名国际音乐大师，他还是勇敢地喊出了自己的判断：“不！一定是乐谱错了！”

在这里，小泽征尔只有一句话，但这句话却喊得那么坚定：“不！一定是乐谱错了！”

在这里，小泽征尔只有一句话，但这句话却喊得那么果敢：“不！一定是乐谱错了！”

4. 再次理解“果敢”。

默读第四自然段，完成如下练习。

（1）小泽征尔不附和权威中的“权威”是指______________________

（2）他们认为只有具备这种素质的人，才真正是世界一流的音乐指挥家。文中的“这种素质”指的是______________________

（3）小泽征尔之所以获得这次大赛的桂冠，是因为______________________

____

5. 静心回顾整件事，思考小泽征尔能作出果敢判断的原因。

预设：a. 坚信自己的正确判断。

b. 不附和权威。

c. 高超的音乐素养。

（三）教师总结全文

学生带着自己的理解与感受，有感情地朗读全文。

（四）用“和谐”、“目的”造句

1. 出示文中原句，想一想词语的意思。

2. 出示词语的义项，鼓励学生多角度造句。

（五）作业

1. 搜集一个敢于向权威说“不”，不迷信权威，挑战权威，最终获得成功的历史人物故事，并读一读。

2. 用“和谐”、“目的”造句。

附：板书设计

考虑再三？
⇩
果敢的判断？

{ 坚信正确判断
  不附和权威
  高超的音乐才能 }

（注：两个问号在最后总结全文时相机擦掉）

海底世界
（第二课时）

徐　超（通州区后南仓小学）

一、教学目标

1. 知识与能力目标：引导学生认识海底世界，获得有关海洋的知识。能正确、流利、有感情地朗读课文。

2. 情感目标：通过品读语言文字，激发学生对大海的热爱及探索海洋奥秘的兴趣。

二、教学重点

了解海底世界景色奇异、物产丰富的特点。

三、教学难点

通过品读语言文字，激发学生对大海的热爱及探索海洋奥秘的兴趣。

四、教学策略

情景教学激发学生读书的兴趣。

五、教学过程

（一）启发谈话，导入新课

北京有个富国海底世界，这一节课我们将继续畅游真正的海底世界。齐读课文题目。

【设计意图】“兴趣是学习的先导”，是“最好的老师”，它可以形成一种内在动力，推动学生去探求知识。这一环节，通过创设情境，激发起学生的求知欲。

（二）初读课文，进入情境

1. 海底世界到底是什么样的呢？打开书自由读课文，要求读准字音，读通句子。

2. 用课文中的一句话告诉大家海底是怎样的世界。（板书：景色奇异、物产丰富）

【设计意图】整体感知课文，培养学生的概括能力。为精读课文，感受海底景色奇异、物产丰富作好铺垫。

（三）精读课文，感受海底的景色奇异、物产丰富

1. 精读第二自然段。

（1）出示图理解“澎湃”。解释“澎湃”是什么意思。

指名读句子，体会海面波涛澎湃，海底依然很宁静。

（2）你是从哪儿看出海底的奇妙、有趣。把你的感受读一读。

【设计意图】通过视觉、听觉等多种感官理解澎湃这个词。首先出示一幅海浪的图片，让学生用一个词形容这壮观的场面，学生很快说出“澎湃”这个词，紧接着播放海浪的声音，让学生解释“澎湃”的意思，学生通过视觉、听觉快速准确地说出词语的意思。因此在语文教学中我们要充分利用教材开发学生的听觉智能。

2. 精读第三自然段。

（1）你找到了哪些声音？画出句子，圈出词语。

出示：有的像蜜蜂一样嗡嗡，有的像小鸟一样啾啾，有的像小狗一样汪汪，有的像人在打呼噜……

（2）交流读句子。

预设：

a. 这个句子你读得很正确流利，但是要不要读得这么响亮呢？找找你的根据。你读得真好，告诉我们为什么你要读得声音轻轻的？找根据。

b. 要用上特制的水中听音器才能听到，可见声音很轻很小，得读得轻一些。你来试试？你还从哪儿看出来不能读得很响亮？

c. “窃窃私语”，出示词语读一读。“窃窃私语”是什么意思？（私下里小

声说话）这里当然是指谁像人一样在小声说话？（海底动物们）看来动物们发出的声音是小小的、轻轻的，谁能给我们读出窃窃私语的情景？（指名读）海底动物们在小声说着什么呢？发出了怎样的声音？请你读读。

【设计意图】教学形式的多样化是发展学生多元智能的前提，特别是一些富有个性的课堂教学设计，引导学生联系上下文，紧扣语言文字抓准文眼。然后由此理解“窃窃私语”的意思，回到课文语境，体会文中指海底动物们像人在小声说话。

3. 精读第四自然段。

（1）自读课文。提出要求：这段写了什么？围绕哪句话写的？用“____”画出中心句。介绍了哪些动物的特点？

（2）指导朗读。注意读出动物的特点。如：梭子鱼行动得快，乌贼和章鱼得慢，等等。

（3）介绍自己喜欢的动物。可以用自己的肢体动作来表演海底动物的活动。

（4）看短片体会海底动物多种多样的活动方式。

【设计意图】表演的过程实际上是加深学生理解课文，创造性地再现课文的情景。

拓展学生的课外知识，激发学生对大海的热爱及探索海洋奥秘的兴趣。体验成功是每个学生的共同愿望，因此在语文教学中，教师应为每个学生提供自我表现、自我塑造的均等机会，让处于不同水平、不同层次的学生都可能显露头角，体验成功。

4. 学习第五、第六自然段。

（1）看录像，读课文，说一说海底还有什么？（板书：植物、矿产）

（2）看图片，欣赏色彩多样、形态各异的植物，并且用四字词语说一说。

5. 总结板书，齐读：“海底真是景色奇异、物产丰富的世界！”

【设计意图】用四字词语说一说海底植物是有意识地培养学生词语的积累。最后齐读使学生再次整体感受海底世界的景色奇异、物产丰富。

（四）拓展练习

1. 生活中利用海洋动物的发明。

2. 未来海洋科学设想。

（五）布置丰富多彩的作业

制作一张海底世界的小报。要求发挥想象，充分利用废旧用品，有立体感。

【设计意图】激发学生从小立下大志，长大探究海洋奥秘的情感。制作一张海底世界的小报，想象未来的海底是什么样子。让学生充分发挥想象力，在画纸上实现自己的科学梦想，在班里的展板上张贴，让这节课的科技知识有了延续，有了同学互相学习的平台。

附：板书设计

海底世界

景	暗中有光	物
色	静中有声	产
奇	动物活动多样	丰
异	植物多彩	富
	矿产丰富	

奇妙的鲤鱼溪

（第二课时）

陈丹丹（通州区运河小学）

一、教学目标

1. 初步学习抓住重点句理解自然段的方法。

2. 了解因果句式的作用，并使用因果句式进行表达。

3. 了解鲤鱼溪的奇妙，体会村民爱鲤鱼的真挚感情。懂得热爱动物、保护动物。

二、教学重点

了解鲤鱼溪的奇妙，体会村民爱鲤鱼的真挚感情。

三、教学难点

初步学习抓住重点句理解自然段的方法。

四、教学过程

（一）复习字词，回忆内容

1. 读准多音字音。

红白相间　漂洗

2. 填写标点和生字。

（1）村民对（鲤）鱼的（感）情很深。

（2）（溪）中的鲤鱼不怕人。

（3）溪中有六七千条灰黑（、）墨绿（、）丹红（、）金黄（、）红白相间（、）

红黑交错的各色鲤鱼，所以这条溪就叫做鲤鱼溪。

3. 读句子，回忆课文内容。

（1）自读这三句话。

（2）根据课文的顺序，用这三句话为大家介绍鲤鱼溪。

【设计意图】在复习环节中字音和字形仍是中年级教学应该进行强化的。因此，此练习巩固了多音字“间、漂”在本课的读音，书写易错字“溪、感”。在巩固字形的同时，引导学生读句子，回忆课文的主要内容。

（二）理解内容，感悟结构

1. 了解鲤鱼溪名字的由来，感受奇妙。

同学们，这条鲤鱼溪到底在哪儿？又为什么叫鲤鱼溪？请你自由读读第一自然段，找找答案。

（1）交流答案（位置、名字由来）。

（2）重点学习因果句。

溪中有六七千条灰黑、墨绿、丹红、金黄、红白相间、红黑交错的各色鲤鱼，所以这条溪就叫做鲤鱼溪。

a. 自读句子，引导学生抓住词体会：

你从哪些词，知道或者感受了什么？

带着你的理解，读读这个句子，让大家体会到数量多、颜色多。

b. 学习在书中做批注：

教师板书演示批注位置和内容。

学生动笔做批注。

c. 填空：因为（　　　　　　），所以这条溪叫做鲤鱼溪，真奇妙！

预设：如学生使用原文进行填空，可引导学生看板书（颜色多、数量多）进行概括。

【设计意图】引导学生在理解第一自然段内容的基础上，通过说感受和填空等形式培养学生的表达能力；同时理解鲤鱼溪的得名因为鱼又多又漂亮。

2. 感受鲤鱼不怕人的奇妙，体会先概括后具体的写作方法。

（1）这里鲤鱼不但又多又漂亮让人称奇，还有更奇妙的呢！请大家默读第二自然段，根据提示进行学习。

a. 用序号标出第二自然段共有几句话。哪句话可以概括第二自然段的内容？(用“～～～”画出)

b. 围绕着这句话，分别写了鲤鱼不怕谁？（用括号分别画出句子）

（2）交流答案。

第二自然段共有五句话；“溪中的鲤鱼不怕人”概括了整个自然段的内容；围绕着“不怕人”，分别写了不怕村民和游客。

预设：在填表题中，“因为溪里的鲤鱼又多又不怕人，吸引了无数游客前去观看”这句话，学生可能会不明确，引导学生读一读，使学生明白这句话要引出鲤鱼不怕游客。

（3）按照自己的理解，把每个句子的序号填在小卷子的表格中。

【设计意图】 通过这几道题的设计，引导学生一步步读懂每句话的内容；再通过表格的直观展现，体会到先总后分的结构，从而明白第二自然段先概括写鲤鱼不怕人，再从村民和游客两个方面进行具体描写。

（4）学做批注。

教师通过板书演示板书的位置和内容：第一句话是概括，第二～五句话是具体。

学生动笔批注。

（5）再读第二自然段，感受鲤鱼的不怕人。

【设计意图】 在整理了整个自然段的结构后，引导学生进行朗读，一是在朗读中使学生体会鲤鱼的不怕人；二是在朗读中梳理整个自然段先概括后具体的顺序。

（6）填空：因为溪中的鲤鱼________，所以说鲤鱼溪太奇妙了！

【设计意图】 引导学生对第二自然段的内容进行概括并填空表达。

（三）感受村民对鲤鱼感情深的奇妙，强化先概括后具体的方法

同学们，鲤鱼溪的鲤鱼为什么不怕人呢？

出示学习提示：

请默读第三自然段，想一想：

1. 哪句话可以概括第三自然段的内容？

2. 围绕着这句话写了哪四方面内容？在书上简单地画一画答案。

3. 看到人鱼之间竟能产生这么深厚的感情，你们有什么想法？

【设计意图】 有了第二自然段的学习基础，放手自学第三自然段，再次体会先概括后具体的写作方法，促进学生理解本段是从四个方面进行具体描写。

（四）结合板书，总结鲤鱼溪的奇妙

因为鲤鱼溪（　　）（　　）（　　），所以说鲤鱼溪非常奇妙！

【设计意图】“为什么说鲤鱼溪是奇妙的”是课文理解的重点，经过一节课的学习，利用因果句式检测和促进学生对这个问题的认识，引导学生根据板书总结课文内容。

（五）读写结合，培养学生表达能力

任选其一：

1. 假如你是一条鲤鱼溪的大鲤鱼，一天，你到了另一条河流，遇见很多其他的鱼朋友，你会怎样对它们介绍你的家乡？

2. 自由自在生活在鲤鱼溪的小鲤鱼们，又结束了快乐的一天，它们可能在谈论什么？

（六）作业

1. 背诵第二自然段。

2. 自读一篇题为《奇妙的……》的文章。

附：板书设计

数量多　颜色多

奇妙的鲤鱼溪　　不怕人　（村民　游客）

感情深

富饶的西沙群岛
（第二课时）

米 莹（通州区东方小学）

一、教学目标

1. 有感情地朗读课文，背诵第三自然段。
2. 通过仔细观察，发挥想象，写一段描写贝壳或海鸟的话。
3. 了解西沙群岛的美丽富饶，产生喜爱西沙群岛的思想感情。

二、教学重点

1. 了解西沙群岛的物产丰富，背诵第三自然段。
2. 通过仔细观察，发挥想象，写一段描写贝壳或海鸟的话。

三、教学难点

1. 理解“西沙群岛的海里一半是水，一半是鱼”的意思。
2. 了解西沙群岛的美丽富饶，产生喜爱西沙群岛的思想感情。

四、教学策略

西沙群岛位于祖国的最南端，它的富饶和美丽，对于生活在祖国北方平原地区的孩子来说十分陌生。如何让孩子们感受到它无穷的魅力，利用网络的便利条件，带领学生们走进西沙群岛的怀抱是最好的办法。我在课前准备了课件。将文字、图像、视频等有机结合在一起，再按照教学要求，随机调控、综合处理。学生们畅游在丰富多彩的具体画面中，自然而然地有一种置身于西沙群岛美丽风光中的感觉。

五、教学过程

（一）复习巩固

导入：这节课，我们来继续学习，请大家齐读课题。

1. 复习新词：

（1）领读词语：看看红色的词语，你发现了什么？（红色字体都是形容词）

（2）你能将合适的词语放到句子中吗？有什么不同？（各种各样：种类不同；各式各样：样式不同）

2. 复习二类字：

（1）完成学习卡上的第一题。

（2）那里的海水怎么样？（相机板书：海水“五光十色”）

【设计意图】巩固一类字的书写，复习概括第二自然段主要内容。

3. 回忆课文内容：

（1）请你打开书翻到第十课，自读课文，回忆一下西沙群岛是个怎样的地方？（相机板书：风景优美、物产丰富）

【设计意图】回忆课文中心句，体会先概括后具体的写作手法。

（2）上节课，我们学习了第一、第二自然段，知道了那里的风景优美。今天我们去看看那里丰富的物产吧！

（二）学习第三自然段

1. 请你根据自学提示学习第三自然段。

出示自学提示：①默读，用横线画出海洋生物的名字，用圆圈圈出它们的特点。②和同学交流不懂的地方。

【设计意图】培养默读习惯，训练学生通过词语概括特点的能力。

（1）指名回答第一问。（相机板书：珊瑚、海参、大龙虾、鱼）

（2）完整地说说这句话：“海底有（　　）的珊瑚、（　　）的海参、（　　）的大龙虾、（　　）的鱼。”

【设计意图】通过完成填空，让学生学会概括主要内容。

2. 精读第三自然段。

（1）学习“珊瑚”。

a. 指名读描写珊瑚的句子。你有什么不懂的地方吗？（预设：不理解“绽开”）

b. 绽开的花朵什么样？看！老师这里有三幅图，你觉得哪幅图中的花是绽开的？（顺便用手势进行理解）花完全地开放了就是——（绽开）真漂亮啊！

c. 指名体会读。

【设计意图】 通过图片对比，理解“绽开”的意思。

d. 出示句子比较。

①海底的岩石上有各式各样的珊瑚。

②海底的岩石上有各式各样的珊瑚，有的像绽开的花朵，有的像美丽的鹿角。

【设计意图】 通过句子比较的方法，让学生理解先概况后具体的写作手法。

e. 除了这两样还有呢，快看！（出示更多珊瑚图片）这里的珊瑚有这么多不同的样子，可真是各式各样呀！一起再来读读！

（2）学习“海参”。

a. 海参是怎样运动的？谁来读读？有什么不明白的地方吗？（预设：不懂“蠕动”）

b. 它和我们见过的蚯蚓和毛毛虫的运动是一样的，谁能用手势表示出来？

c. 它是一只懒洋洋的海参，所以蠕动的时候要慢一点，（手势表示）女生一起来读读这句吧！

【设计意图】 通过模仿海参蠕动的动作，理解“蠕动”。

（3）学习“大龙虾”。

a. 描写大龙虾的句子，能读读吗？

b. 有了这样的硬壳多威武呀！还能保护自己呢！男生快来读读这句吧！

（4）学习“鱼”。

a. 哪些句子是写海底的鱼呢？用“（　　）”括出来。

b. 指名读描写鱼的句子。

c. 这里的鱼给你留下了什么印象？从哪句话感受到的？读读！

d. 都有哪几种鱼呢？为什么有的没有名字？（出图）一起再来读读吧！

【设计意图】 引导学生质疑，感受因为鱼多，所以有的鱼没有名字。

e. 这海底的鱼又何止这四种呢！我们一起来看看吧！（出示：视频）

【设计意图】 通过视频，感受“鱼数量多、种类多”。

f. 这里的鱼真多呀！所以说，一起读——（指名接读）（出示句子）这句话是什么意思？说说你的理解。

g. 真的是一半水，一半鱼吗？作者这样写就是为了让读者感受到那里的鱼多，这叫“夸张”。再来感受一下吧，读！

【设计意图】理解“一半是水，一半是鱼”。学习夸张的修辞方法，突破教学难点。

h. 那就请你试着介绍一下这里的鱼吧！自己先试着完成填空。

（5）过渡：西沙群岛海底有这么多种的海洋生物，所以我们说——（生接读：那里风景优美，物产丰富，是个可爱的地方。）

【设计意图】理解“物产丰富”，回归中心。

（三）学习第四、第五自然段

过渡：那么，西沙群岛的海滩和海岛上，又有哪些丰富的物产呢？（板书：海滩、海岛）

1. 请同学们读读第四、第五自然段，找一找，用直线画出它们的名称。

2. 反馈，海滩上有什么呢？（随机板书：贝壳、海龟）男生一起读读吧！

3. 反馈，海岛上有什么呢？真不愧是“鸟的天下”，（随机板书：鸟的天下）女生读读吧！

【设计意图】借助图片，感受海滩的贝壳各种各样，海龟庞大和“鸟的天下”。

4. 西沙群岛有什么样的贝壳和海鸟呢？有的同学课前搜集了资料，能介绍介绍吗？

【设计意图】通过介绍搜集的资料，拓展知识，让学生了解更多关于西沙群岛的信息。

5. 老师也找到了一些图片，看！请你仔细观察，根据资料或图片，选择你喜欢的来写一写，完成学习卡的第二题。

（1）指名交流，展示随笔，评价。(1 ~2 人)

（2）把你写的读给同桌听一听，互相交流一下吧。

【设计意图】进行“小练笔”。训练学生根据图片合理想象，培养写作能力。

6. 过渡：西沙群岛不仅海底物产丰富，就连海滩和海岛上也如此，所以说……（生接读）

（四）学习第六自然段

1. 小结：通过学习，我们了解到了西沙群岛——（风景优美，物产丰富）

那么，它的将来会怎样呢？请同学们齐读最后一段。

2. 课文哪句话还提到了西沙群岛是可爱的地方？找到的同学一起读读。

3. 看，这两句一句在开头，一句在结尾，这叫首尾呼应，令文章很完整。如果我们习作时也能如此，会让读者感到作文层次分明，结构完整。

【设计意图】适时进行总结概括，渗透首尾呼应的写作方法。

（五）课后小结

1. 同学们，至此我们的西沙群岛之旅就要结束了，学习了这一课，你有什么收获吗？

【设计意图】通过谈收获再次感受西沙群岛的美丽与富饶。

2. 希望你们今后有机会亲自到那里去看一看，真正地去感受它的风景优美，物产丰富吧！

附：板书设计

富饶的西沙群岛
- 风景优美　海水　五光十色
- 物产丰富
  - 海底：珊瑚、海参、龙虾、鱼
  - 海滩：贝壳、海龟
  - 海岛：鸟的天下

有趣的机器人导游
（第二课时）

刘　兵（顺义区石园小学）

一、教学目标

1. 通过不同形式的读书体验，感受机器人导游的聪明有趣，体会科技的发达。

2. 在文本对比和决策体验中，领悟语言表达的特点。能用“如果……就”的句式说一段话，能准确概括出第三、第四自然段的主要内容。

3. 通过朗读评价和角色体验等活动，练习正确、流利、有感情地朗读课文，能读出机器人的有趣。

二、教学重点

感受机器人导游的聪明有趣；能准确概括出第三、第四自然段的主要内容。

三、教学难点

能体会机器人导游的聪明有趣，感受科技发展的神奇力量。

四、教学过程

（一）起势：整体导入，聚焦“有趣”的特点

1. 齐读课题，从课题中初步感知“有趣”。

2. 再现词语，回顾内容。

（1）字词再现，引入课文情境。

诙谐　皱起眉头　疲惫　冲你微笑

历届　求救　　简单　概况

(2) 短语引路，走进课文内容。

讲解（　　）　介绍（　　）　指挥（　　）　游览（　　）

别有一番情趣　　　（　　）的机器人导游

3. 纵观整体，聚焦文章重点。

谁能说说这篇课文向我们介绍了哪几位机器人导游？能加上地点完整地说一说吗？

（二）聚焦：情境体验，揣摩“有趣”的内涵

1. 在情境活动中体验机器人“灵灵”的聪明可爱。

请你们读读描写灵灵的这一自然段，看看灵灵可以为游客做些什么呢？顺势出示：“在中国科学技术馆上班的机器人导游”灵灵，“可以随着场景的变化为大家讲解，还能够与参观的人们进行简单的交流”。

角色介绍，感悟“灵灵”的机智博学。

(1) 出示“隐身人、天文馆、倾斜小屋”等画面，学生结合生活体验及查找到的资料给大家作介绍。

(2) 学生以机器人导游“灵灵”的身份，随着大屏幕变化的场景，给游客作介绍。

(3) 教师出示补充资料，师生对读（学生读数字，教师读其他部分“科技馆有5个主题展厅，拥有常设展项800多个……”），然后请同学们说说“此时你想对灵灵说些什么？”

【设计意图】为了使学生从“随着场景的变化为大家讲解”这一句中感受到灵灵的知识丰富、灵活机智：首先让学生结合自己的生活经验和查找到的资料一幅图一幅图地进行介绍；接着把几幅图连起来，让学生以“灵灵”的身份来介绍；之后继续增大难度，增加大量变化着的场景图片让学生继续介绍；最后出示补充资料，让学生透过有关主题和场景的“数字”进一步体验机器人灵灵的聪明能干。

情境朗读，品味“灵灵”的性格特征：

(1) 机器人导游灵灵不但能讲解，还会与人交流呢！它是怎样与人交流的呢？

一有人走近，它就会冲你微笑。如果你挡了它的道，它会说：“劳驾。”

如果你触摸它的头部，它就会诙谐地说："哦，好痒。"看到你穿得漂亮，它甚至会温柔地说："我喜欢你漂亮的衣服。"不过如果周围挤满了人，使它无法行动，它也会皱起眉头并发出求救的信号。

（2）想想这些语句该怎样读呢？选择你最感兴趣的句子给大家读一读，并说说自己的感受。

a. 对"劳驾"一句的朗读指导：想象着当时的情况和灵灵的表情读一读。

b. 对"哦，好痒"一句的朗读指导：

联系生活实际想一想，游客要是摸你的头，你会怎样？（感觉很亲切，很温暖）带着你的感受读读。

从"诙谐"中感受有趣：诙谐是什么意思？（出示："诙谐——幽默、风趣、引人发笑"）想象着别人摸你，你都忍不住要发笑的感觉，再读一读。

c. 对"我喜欢你漂亮的衣服"一句的朗读指导：

夸奖中体验有趣：灵灵可真是个小精灵，还会称赞人呢！那应该怎样读啊？

结合"温柔地说"想象读：谁能想象灵灵的样子，当一回灵灵，温柔地夸夸老师这个游客呢？

对比语句，从"甚至"中感受机灵：相机圈出"甚至"，对比读，感悟不同。预计此处有难度，教师可找两个同学对比，让学生猜一猜灵灵会夸赞谁，然后再读，理解"甚至"蕴含的意思就会水到渠成。

d. 对"发出求救的信号"一句的朗读指导：

想象，当别人把灵灵团团围住时，它会发出怎样的求救信号呢？

（3）关注句式表达特点，利用"如果________，它就________"的句式整合"交流"。

角色表演，体验"灵灵"的聪明快乐。

a. 角色换位，体验灵灵的有趣。把这段话的"它"换成"我"，指名配乐朗读，同时积累语言。

b. 表演中进一步体验灵灵的有趣及聪明，同时将积累语言转化为运用语言。

理清结构，概括自然段的主要内容。

c. 请你们静静地再看看第三自然段，想想这个自然段主要向我们介绍了什么？

理解重点句：这个自然段是围绕第一句话写的，第一句就是能概括这个自然段内容的重点句，边画边读一读。

d. 通过这一段的介绍，想想灵灵给你留下了怎样的印象呢？说一说它是个什么样的机器人。

2. 在情境活动中体验“三位”机器人本领各异。

（1）提取信息，认识机器人的本领各异。

默读课文第四自然段，结合课文内容填写表格。

机器人导游名字	会做的事情（摘录重点词语）
“冰雪天使”莹莹	
“冰雪精灵”童童	
“冰雪王子”哈力	

学生自主学习的过程，教师巡视并进行“摘录重点词语”的相机指导，重视提取信息的全面性。

（2）对比体验，感悟机器人的本领高超。

让学生想一想这些机器人导游会做的事情哪些你也会做，哪些你做起来有困难，或者根本不会做。引导学生结合重点词句认识到三位机器人热情、知识丰富、活泼以及多才多艺。

（3）决策假设，领悟机器人的功能作用。

如果请你来做冰雪节的策划者，你想让这三位机器人导游以怎样的顺序迎接我们呢？请说明理由。

【设计意图】“策划出场顺序”一是引导学生发现“不同的表达顺序的背后都蕴含着一定的道理”，由此渗透习作中应精心设计与安排表达顺序的意识；二是引导学生进行发散与创新思维训练，为学生主体精神的树立与张扬提供展示平台。

（4）理清结构，概括自然段的主要内容。

默读第四自然段，想想这个自然段主要告诉我们什么？教师相机引发思考：第一句能不能成为概括第四自然段主要内容的重点句？

3. 在回顾与反思中深化对内容与表达的认识。

（1）在结构对比中发现变式，提高概括段意的能力。

引导对比第三、第四自然段的结构，总结概括段落大意的方法。

（2）再读课文题目，对“有趣”的内涵形成个性化感悟。

师：此时再读课文题目——“有趣的机器人导游”，那么为什么说这些机器人是“有趣”的呢？请结合这四位机器人导游谈谈你对“有趣”的新理解。

【设计意图】反思回顾立足两个层面，一是在知识技能层面，即通过第三、第四自然段段落结构的对比，揭示概括自然段段意的方法，为形成概括段意能力打下良好基础；一是在内容情感层面，即通过多种形式的认知与体验之后，再聚焦“有趣”这个词语，挖掘出丰富的内涵，以此提高学生的语感能力。

（三）收合：总结拓展，拓宽“有趣”的外延

小结全文：这节课我们同作者一起，来到了科技馆和冰城哈尔滨，这里的四位聪明可爱的机器人为我们做了导游，此时大家对机器人导游都有了深入的认识。此刻，我想你们也一定和作者一样，心里正在发出这样的赞叹——齐读结尾“这些机器人导游多么有趣呀！”难道机器人仅仅只会做导游吗？它们还会做些什么呢？机器人如此聪明，那么到底是人聪明还是机器人聪明呢？……带着我们产生的新的疑惑和美好的探索欲望结束这节课。

（四）布置作业

1. 继续搜集有关机器人的资料，了解它们在当今生活中的广泛应用。

2. 从搜集的资料中选择其中一个最感兴趣的机器人，仿照第三自然段的方法向同伴介绍。

附：板书设计

有趣的机器人导游
- 科技馆　灵灵　讲解　交流
- 冰城
  - 莹莹
  - 童童
  - 哈力

  各有本领

奇妙的鲤鱼溪
（第二课时）

吴凤荣（顺义区双兴小学）

一、教学目标

1. 学习抓住重点句理解自然段的方法，能用重点句概括自然段的主要内容。

2. 发现句子间以及课文内容间的因果联系，能用因果句式进行说话练习。

3. 通过品词、品句以及展开想象等方法感受鲤鱼溪的奇妙，体会村民对鲤鱼的深挚感情。

4. 能有感情地朗读课文，背诵第二自然段。

二、教学重点

感受鲤鱼溪的奇妙，体会村民对鲤鱼的深挚感情；能用重点句概括自然段主要内容。

三、教学难点

理解各自然段内容，把握各自然段与课题的关系，理解为什么用“奇妙的鲤鱼溪”做课文题。

四、教学策略

引导学生在多媒体的辅助下，借助课外资料，丰富课程内容；依托学案，引导学生结合课文内容展开想象，激活学生情感，完成情感体验，引起学生情感共鸣。

五、教学过程

（一）再现回顾，导入新课

1. 齐读题目，引入情境。（如没有关注“奇妙”时，追问：是怎样的鲤鱼溪？再读）

2. 复现词语，难句导读：

丹红　规定　游客　红白相间　叼走　摇头摆尾　顽皮　感情深　漂洗

（1）开火车读词语。

（2）用“间”的不同音组词。

（3）在语境中读准字音“漂”。

溪中的鲤鱼太漂亮了！

每当村民在溪边洗菜时，漂浮在水面上的菜叶就会吸引一群群的鲤鱼游过来。

每当村民蹲在溪边洗衣洗菜时，鱼儿就成群结队地在他们眼前游来游去，或咬住漂洗的衣服，或叼走几片菜叶，真像顽皮的小孩子。

3. 分自然段读课文，回顾课文内容。

（二）自主合作，因需交流

学习方案：默读课文，从哪儿感受到这是一条奇妙的鲤鱼溪？画出相关语句，结合生活实际谈自己的理解。

（三）共议交流，感悟“奇妙”

1. 鱼“多”的奇妙。

自由读第一自然段，从哪儿感受到了奇妙？

（1）读句子：“溪中有六七千条灰黑、墨绿、丹红、金黄、红白相间、红黑交错的各色鲤鱼，所以这条溪就叫做鲤鱼溪。”说说你从中体会到了什么。

a. 数量多。

读句子，学生易抓住“六七千条”谈感受，让学生带着自己的感受读课文。

引导联系生活实际想象：10 条鲤鱼是多少？100 条呢？……那么六七千条又是多少呢？教师板书“六七千”，带着新的感受再读句子。

补充资料，通过数字对比感受鱼多；如学生没有则教师补充。（“这条小溪长仅一千米，宽也不过二三米。”）引导学生再次与“六七千”比较，带着新的感受再读句子。

【设计意图】利用学生积累的生活经验，为学生找到了比较的参照物，为体会“六七千”这个数字提供基础。这样比较，学生的想象找到了支点，有助于内容理解。

b. 颜色多、种类多。

读句子，抓住表示颜色的词语以及“各色”，说说体会到了什么。想象色彩，再读一读。

发挥想象，溪中的鲤鱼还可能有什么颜色？这么多的颜色，你有什么感觉？相机补充资料：就在这短短的溪流中，竟漫游着几千条鲤鱼，有大有小，最大的可达数十千克重，丹红、金黄、荷绿……色彩极为斑斓。

（2）结合板书和第一自然段的内容，对于“鲤鱼溪”名字的由来，用“因为……所以……”句式练习说话。

2. “鲤鱼不怕人”的奇妙。

过渡：鲤鱼溪的奇妙就体现在鱼多吗？引导学生按要求自学：

（1）默读第二自然段：数一数这个自然段共有几句话，在句首标出序号；想一想每句话的意思；思考这个自然段是围绕哪句话写的，用曲线画出来。

（2）指名回答，相机出示句子。

a. 不怕村民。

每当村民蹲在溪边洗衣洗菜时，鱼儿就成群结队地在他们眼前游来游去，或咬住漂洗的衣服，或叼走几片菜叶，真像顽皮的小孩子。

读句子，抓住“成群结队、游来游去”引导想象画面，体会“不怕人”。

引导抓住“咬住、叼走”追问：咬住什么？叼走什么？如果将两个词调换一下位置，读一读，哪个更好？

每当村民蹲在溪边洗衣洗菜时，你觉得鱼儿还会怎样做呢？拓展延伸，完成填空：

每当村民蹲在溪边洗衣洗菜时，鱼儿就成群结队地在他们眼前游来游去，或________，或________，真像顽皮的小孩子。

抓住“顽皮”体会。（“顽皮”可以换成什么？）引导带着自己的感受读出鲤鱼的顽皮、淘气。

b. 不怕游客。

游客在溪边拍拍手，鲤鱼就摇头摆尾游过来，向上跳跃。有人伸手摸摸鱼背，鱼儿也不离开，像小猫小狗一样温顺。

创设情境，师生分角色，感受鱼儿不怕游客：

情境1：我在溪边拍拍手，你是怎样游过来的？追问：你为什么还向上跳跃呀？你这是做什么呀？

情境2：我伸手摸摸你背……你会怎样做？

带着感受自由读句子，师生合作朗读，读出情趣。

c. 看板书小结，师生配合读，体会自然段的特点：这个自然段主要讲了什么？文中有这样的话吗？画下来读一读，课文是怎样写具体的？

d. 利用填空的方式练习背诵。

溪中的鲤鱼不怕人。每当村民蹲在溪边（　　　）时，鱼儿就（　　　）地在他们眼前（　　　），或（　　　），或（　　　），真像顽皮的小孩子。因为溪里的鲤鱼又多又不怕人，吸引了无数游客前去观看。游客（　　　），鲤鱼就（　　　）过来，向上跳跃。有人（　　　），鱼儿也不离开，像小猫小狗一样温顺。

3. “村民爱鲤鱼”的奇妙。

（1）默读课文第三自然段：这个自然段共有几句话？思考：这个自然段是围绕哪句话写的？写在横线上。

（2）交流并体会村民对鲤鱼的感情。（如学生从总句说，追问：从哪儿可以看出人鱼的情感很深？如直接说喂光饼、定公约、建鱼坟，教师可顺学而导，再引导关注自然段特点）

a. 喂光饼。（结合重点词语谈理解，略处理）

b. 定公约。

抓住“公约”，猜想一下公约的内容？（交流资料，如学生没有则出示——埔源村村民公约：人在鱼在，誓死护鱼，不食不捕，世代相传。）

再读句子，找出“代代相传、好几百年”体会。（相机补充：已经800年了）

c. 建鱼坟。（教师出示图片，学生联系实际生活，感受村民待鲤鱼胜似亲人的情感）

（3）小结并完成填空：因为村民对鲤鱼的感情很深，所以（　　　）。（学生可能会从第三自然段出发，也可能会从整篇文章出发，关注学生发言，适时评价，鼓励学生对内容进行拓展）

（四）回归整体，情感升华

1. 看板书小结深化课题。

2. 情感升华，表达情感：我们马上就要离开鲤鱼溪了，你还有什么话要说吗？

（五）作业

1. 继续修改“奶奶的手可真巧呀！”读给同桌听。（必做）
2. 搜集并阅读一篇有关鲤鱼溪（或人与动物和谐相处）的文章。（必做）
3. 如果在溪旁立一块木牌，你想在上面写些什么？（选做）

附：板书设计

奇妙的鲤鱼溪

鲤鱼多
不怕人——村民、游客
感情深——喂光饼、定公约、建鱼坟
}人鱼奇缘

迎接绿色
（第二课时）

王瑛玮（顺义区马坡中心小学）

一、教学目标

1. 了解人们是怎样爱护这株野生丝瓜的，感受人们对绿色的向往和珍惜，以及对生活的热爱。

2. 能联系课文内容，理解“这道自然的风景，这道人间的风景，给生活增添了乐趣，使这里充满了生机”的含义。

3. 体会第二～四自然段的衬托作用。

4. 有感情地朗读课文，能按要求背诵第八自然段。

二、教学重点

了解人们是怎样爱护这株野生丝瓜的，感受人们对绿色的向往和珍惜，以及对生活的热爱。

三、教学难点

能联系课文内容，理解“这道自然的风景，这道人间的风景，给生活增添了乐趣，使这里充满了生机”的含义。

四、教学过程

（一）再现回顾，导入新课

1. 齐读课文题目，结合上节课的学习谈谈对“绿色”的理解。

2. 结合第一自然段“其实只是株丝瓜，野生的”，体会这是一株普通平常的丝瓜。

3. 通过上节课的学习，用文中的词语说一说“我”的生活状态。（无比压抑）

过渡：正当人们渴望生机的时候，发现了墙角的这株野生的丝瓜。（出示图片）

【设计意图】建立第一、第二课时的联系。

（二）出示学案，自主探究

1. 出示学案：

学案一：

默读课文第六～九自然段，圈画出“我”和邻居呵护丝瓜的词句，批注你从中体会到了什么。同时思考：人们为什么要这样迎接绿色？

学案二：

课文结尾写道：“这道自然的风景，这道人间的风景，给生活增添了乐趣，使这里充满了生机。”默读课文，结合课文内容谈谈对这句话的理解。

2. 展示上节课不懂的问题：课文第二～第四自然段写的是“我”生活的环境，和丝瓜没有关系，为什么还要写这个内容呢？

学生自主选择学案探究，教师巡视、因需指导。

（三）品读课文，共议交流

先以学案一为主思路进行交流，适时融入学案二并解决不懂的问题。

1. 了解人们呵护丝瓜的表现，体会人们对绿色的渴望和珍惜。

整体交流：都有哪些人呵护这株丝瓜了呢？（王叔、孩子们、“我”爱人、老张）提示学生按丝瓜生长的顺序交流。

（1）交流描写王叔的词句。

预计学生能结合“拆、罩、搭架”等词语体会王叔对丝瓜的爱惜与喜爱，如有困难相机把词语变红，进行点拨。

（2）交流描写孩子们的词句。

a. 估计学生能从“忙着递竹竿、拉铁丝”等动词体会孩子对丝瓜的关心、喜爱。

b. 引导学生通过补充“大家一边说鸟笼与丝瓜的事，一边忙着递竹竿、拉铁丝……”一句后面的省略号可能省略了什么？（浇水、递、拉、绑等）深入体会孩子们希望丝瓜赶快长起来的急切心情。

c. 读第六、第七自然段，边读边想象当时的情景，感受其中的快乐。

（3）交流描写“我”爱人的词句。（略处理）

学生容易从“不关、伸”等词语，体会“我”爱人渴望、盼望丝瓜赶快长起来的心情。

（4）交流描写老张的词句。（略处理）

学生可能从“钓绿”体会出他迫切盼望丝瓜生长，渴望绿色的心情。

（5）这么多人都在关爱着丝瓜，迎接着绿色，你能照样子用这种方式来说一说吗？

王叔用鸟笼子 罩（护）着绿色。

____用______ ________绿色。

____用______ ________绿色。

____用______ ________绿色。

【设计意图】整体感知人们呵护丝瓜的表现，体会人们共同珍惜、爱护丝瓜，盼望丝瓜快点长大的心情。

回归小整体：指名读这几段话，进一步感受人们对绿色的向往和珍惜。

2. 理解人们渴望绿色、迎接绿色的原因。

过渡：人们为什么这样渴望绿色、迎接绿色呢？

（1）估计学生能结合“我”生活的环境体会人们对绿色的向往和珍惜，如有困难，可提示学生结合第二～四自然段内容说一说。

再读课文，还能从哪儿体会到人们渴望绿色、迎接绿色的原因？

（2）引导学生从描写丝瓜的语句中体会原因。

a. 感受丝瓜的美所带来的环境的改变（自然的风景）。

出示：

随着时间的推移，丝瓜的藤沿着瓜架爬，最后竟爬到了楼和楼之间的电线上。花，一路黄过去，满楼清香；叶，一路绿过去，鲜嫩滴翠。带着花的丝瓜，惊叹号般地垂着。阳光一照，露珠在叶间闪烁，风一吹，是晶莹的风铃。

读读这句话，说说你感受到了什么？

（a）估计容易从“花，一路黄过去，满楼清香；叶，一路绿过去，鲜嫩滴翠”中体会到丝瓜花颜色美、味道香。难以体会到丝瓜的动态美，可出示对比句帮助学生理解：

花，一路黄过去，满楼清香；叶，一路绿过去，鲜嫩滴翠。

花，金黄的，满楼清香；叶，碧绿的，鲜嫩滴翠。

【设计意图】引导学生在对比中感悟语言。

读出这种动态美。

导语：丝瓜的花和叶带给我们美的享受。再读这段话，还可以从哪儿感受到这种美？

（b）学生容易从“带着花的丝瓜，惊叹号般地垂着。阳光一照，露珠在叶间闪烁，风一吹，是晶莹的风铃”中体会丝瓜的样子可爱。引导学生从句式表达上体会丝瓜的形态美。

（c）环境对比，进一步感受丝瓜的美所带来的环境的改变。还记得“我”原来生活的环境是怎样的吗？（黑色的网、灰色的墙，没有一点生机）现在又是一番怎样的景象呢？用自己的话说一说。（这真是一道自然的风景）

指名读、齐读，边读边想象美丽的景象。会背的同学也可以试着背一背这一段。（配乐）

b. 感受这株丝瓜所带来的人与人之间关系的改变（人间的风景）

过渡：这株丝瓜仅仅改变了人们的居住环境吗？（人与人之间的关系）

相机出示第十自然段前两句话：

有时，我把头伸出阳台，竟会看到五六个伸出的脑袋！这些平日里不大来往的邻居，就在这株丝瓜的牵连中，说着丝瓜以外的话题。

（a）想象一下，他们会说些什么呢？两个人一组说一说。

（b）听了邻里之间的交流，你能说一说这又是一幅怎样的画面吗？（一道人间的风景）

3. 理解结尾一句话的含义。

是啊，正像课文结尾写的：“这道自然的风景，这道人间的风景，给生活增添了乐趣，使这里充满了生机。”

（1）请选择学案二探究的同学谈对这句话的理解，其他同学也要及时谈自己的感受。

（2）联系第一自然段，你们觉得这还是一株普通的丝瓜吗？

（3）写话练习：这丝瓜________________________________。

【设计意图】在写话练习中，深入理解人们迎接绿色的原因，体会人们对绿色的向往和珍惜。

（四）总结全文，升华课题

1. 再读课文题目——迎接绿色，你觉得作者迎接的绿色，仅仅是这株丝瓜吗？他迎接的是由这株丝瓜带来的——欢乐、情趣、和谐、希望、生机……

2. 回答上节课提出的问题：为什么要写自己生活环境的内容呢？（交代原因，形成对比，衬托出丝瓜的作用大）同学们在写文章时，也可以用上这样的写法。

同学们，绿色是希望的象征，愿我们每个人都能享受绿色所带来的乐趣与生机，享受美好的生活。

（五）布置作业

1. 背诵并抄写课文第八自然段。（必做）

2. 读一读《绿，生命的颜色》这篇文章。（选做）

附：板书设计

迎接绿色

罩、架、搭、钓

↓

无比压抑 —衬托→ 乐趣、生机

小蝴蝶花

（第二课时）

刘　彦（顺义区杨镇中心小学）

一、教学目标

1. 结合句子，联系课文内容，体会小蝴蝶花情感的变化。

2. 能有感情地朗读课文。

3. 能写出自己的感受。

4. 能体会到“每一个人都拥有一份独特的美，有了自知之明，才能做到既不以自己的长处而骄傲，又不因自己的短处而失去自信”的道理。

二、教学重点

联系课文内容体会小蝴蝶花的情感变化过程和原因，有感情地朗读课文。

三、教学难点

体会“每一个人都拥有一份独特的美，有了自知之明，才能做到既不以自己的长处而骄傲，又不因自己的短处而失去自信”的道理。

四、教学过程

（一）再现词语，回顾课文

1. 复习字词。

（1）读准字音：

头昏目眩　寒碜（注意“碜”读轻声）自馁

（2）掌握多音字：

埋没（“没”是个多音字，还读什么音？组个词）

朝霞（“朝”是多音字，另外一个读音是什么？组个词）

（3）理解词义：雍容华贵（课文中说什么是“雍容华贵”的？）

（4）难句导读：

名花奇葩　争芳斗艳　迂回流荡

出示句子：

数不尽的名花奇葩在争芳斗艳，说不清的花香在空气中迂回流荡。

【设计意图】利用信息技术手段，巩固生字的读音。借助图片和结合具体的语言环境理解重点词语，指导学生读好课文中的难句，为精读课文做准备。

2. 回顾课文，整体感知。

通过上节课的学习，你觉得这是一朵怎样的小蝴蝶花？

出示填空：（　　　　）的小蝴蝶花

（二）自主读书，感受小蝴蝶花的情感变化及产生原因

小蝴蝶花的情感为什么会有这么大的变化呢？这节课让我们走进小蝴蝶花的内心世界，去感受它的情感变化。

1. 出示学习提示：自由读课文，思考：你从哪些地方感受到小蝴蝶花是高兴、骄傲、自馁、心情舒畅的？用横线画出有关语句，然后带着自己的感受读一读，想想为什么会有这么大的变化？

2. 学生自主读书，思考探究。

（三）交流分享，感悟语言，体会小蝴蝶花的情感变化及原因

1. 高兴的小蝴蝶花。

a. 随学生发言相机出示：

小蝴蝶花生长在草丛里，从紫色的花瓣里不时飘散出一丝淡淡的清香，逗引着蝴蝶从远处飞来。她多么高兴啊！

b. 问：小蝴蝶花为什么这么高兴啊？（从“紫色的花瓣”感受色彩美，从“淡淡的清香”感受香味迷人，从“逗引着蝴蝶从远处飞来”侧面感受她的美丽。）

c. 指导朗读：小蝴蝶花这么漂亮，该怎样读出她高兴的心情？练读，边读边想象。

2. 骄傲的小蝴蝶花。

（1）从“最了不起”感受骄傲。

a. 读一读画出的语句，结合语句说感受。

b. 随学生发言出示句子，这句话中哪个词语最能体现出小蝴蝶花很骄傲？

小蝴蝶花很骄傲。她说：“看来，我是百花中最了不起的了，可惜被埋没在这里，跟这些小草、小花在一起，什么时候才有出头之日呀！”

c. 这里的“百花”指的是谁？（草丛中的小草、小花）

d. 引导深入：除了“骄傲”，你还体会到了什么？（抓住“可惜、埋没、出头之日”感受到小蝴蝶花看不起身边的小草、小花，不甘心在草丛中生活。）

e. 指导朗读：学生自由读，感受小蝴蝶花的骄傲。评价朗读，体验心境。

（2）感受小蝴蝶花骄傲的原因。

导语：小蝴蝶花为什么这么骄傲呢？她认为自己有什么了不起的呢？

a. 身旁小草平平常常。

小蝴蝶花左瞧右看，旁边不过是些平平常常的小草，有的不开花，有的开出一朵半朵小花，也很不惹人注目，更没有什么清香。小蝴蝶花很骄傲。

b. 自身色美味儿香。

小蝴蝶花生长在草丛里，从紫色的花瓣里不时飘散出一丝淡淡的清香，逗引着蝴蝶从远处飞来。她多么高兴啊！

c. 对比朗读，结合具体的语句感受小蝴蝶花的漂亮、高兴。

d. 教师引读：在小蝴蝶花身旁的小草要么不开花，要么开一朵半朵小花，她却有美丽的紫色花瓣，怪不得骄傲地说……那些小草根本没有香味，可我却能散发出一丝淡淡的清香，小蝴蝶花神气十足地说……我不仅漂亮有香味，还能逗引得蝴蝶从远处飞来呢！只可惜被埋没了，小蝴蝶花不甘心地说……

【设计意图】连续三次读，反复再现小蝴蝶花的话，旨在让学生于朗读体验中、联系与对比中懂得小蝴蝶花骄傲的原因，体会其骄傲与无奈的心情。

3. 自馁的小蝴蝶花。

过渡：不久，“百花”中“最了不起”的小蝴蝶花真的有了出头之日，可是，它怎么又一下子变得自馁了呢？

小蝴蝶花一下子变得自馁了。她想：“看来我是百花中最寒碜的花了，谁也不会理睬我！”

（1）“自馁”是什么意思？你从哪儿感受到小蝴蝶花自馁了？

引导学生抓住重点词语谈：“一下子”：表示变化很大，说明小蝴蝶花的心情从一个最高点一下就坠入了低谷；“想”：说明此时此刻她连说的勇气都没有了，只能心里默默地想，默默地难受了；“最寒碜”：她自己认为所有的花中她是最丑的；从“谁也不会理睬我”一句感受缺少朋友而失去自信。

转换角色指导朗读：假如你就是自馁的小蝴蝶花，怎样读才能表现你此刻的心情？

（2）了解自馁的原因。（在“百花园”与名花奇葩比，感受它缺乏自信）

引导：是什么原因使骄傲的小蝴蝶花一下子变得自馁的？

a. 对比：

她说：“看来，我是百花中最了不起的了……”

她想：“看来我是百花中最寒碜的花了……”

你发现了吗？两处“百花”有什么不一样吗？

b. 感受名花奇葩的美。

她看看那汉白玉栏杆里的雍容华贵的牡丹，开得多么旺盛；那正在怒放的碧桃，开得比朝霞还要鲜艳……数不尽的名花奇葩在争芳斗艳，说不清的花香在空气中迂回流荡。

c. 指导朗读，感受百花的美。

d. 展开想象：在这“百花园”中，你还会看到什么花？

运用句式表达：（　　）的（　　）花，开得（　　　　）。

e. 总结提升：真是“数不尽的名花奇葩争芳斗艳，说不清的花香在空气中迂回流荡”。而小蝴蝶花有的只是……（联系前文）

（3）师生配合读第三自然段。

4. 心情舒畅的小蝴蝶花。

正是因为小蝴蝶花在百花园中看到了那么多的名花奇葩，开始变得自馁了。那她后来怎么又变得心情舒畅了呢？请同学朗读第四～六自然段。

（1）按原文填空，感受小蝴蝶花心情舒畅的原因。

“（　　　　　　）！”孩子们都蹲在小蝴蝶花的跟前，（　　　　）这（　　　　）的花儿。听了孩子们的话，小蝴蝶花扬起了头，心情舒畅极了。

结合所填的词句谈一谈有什么感受？

（2）进入角色，展开想象，师生互动：此刻，如果你就是这朵小蝴蝶花，孩子们可能在说什么？听了孩子们的话，你会想些什么？

小结：小蝴蝶花虽然在百花园中显得不起眼，但孩子们喜欢她，并仔细欣赏她。小蝴蝶花发现自己的美，能够正确地看待自己了。

（3）指导朗读：带着自己此时的感受再读这段话——分角色朗读。

【设计意图】 围绕“高兴（骄傲）—自馁—心情舒畅”这一情感变化的线索，读懂小蝴蝶花情感变化的原因，于对话的情境中，展开想象，大胆补白，使学生走进角色，感受小蝴蝶花的内心世界。

（四）回归整体，交流中启思

1. 师生总结，自主表达：小蝴蝶花在草丛中与小草、小花在一起多么高兴，多么骄傲；在百花园里，与数不尽的名花奇葩相比，失去了自信，变得那么自馁；最后，在孩子们的赏识中，感觉到自己有一份独特的美，又找到了自信，心情舒畅极了。此时此刻，你想对小蝴蝶花说些什么呢？

2. 升华情感：希望大家无论在怎样的环境下，都能正确地看待自己，不因自己的长处而骄傲，也不因自己的短处而自馁，自信地做好每件事，心情舒畅地度过每一天。

3. 课文学到这里，你还有不懂的问题吗？

（五）布置作业

1. 有感情地朗读课文。

2. 把课文中的好词好句摘抄在积累本上。

3. 把你想对小蝴蝶花说的话写在日记本上。

4. 阅读建议：第六册《语文读本》中第 54 课《小柳树和小枣树》，相信读后你对今天课文所讲的道理会理解得更加深刻。

附：板书设计

小蝴蝶花

高兴　　骄傲　　自馁　　舒畅

草丛里　　　花园里

捅马蜂窝
（第二课时）

武　宁（顺义区东风小学）

一、教学目标

1. 积累词语。结合语句理解“反驳”的意思并造句。

2. 朗读课文，能说出课文的主要内容，理清课文叙述顺序。

3. 在了解“我”思想感情变化的基础上，联系上下文理解“我”产生“罪孽感”的原因，懂得“不要做一件伤害旁人的事”，激发学生不伤害旁人，与动物和谐相处的情感。

二、教学重点

理解课文内容，联系上下文理解“我”产生“罪孽感”的原因，懂得“不要做一件伤害旁人的事”。

三、教学难点

理解课文第三部分的第十五自然段，懂得“我”产生罪孽感的原因。

四、教学策略

以点带面，以读促思。

五、教学过程

（一）回顾课文，导入新课

1. 认读词语。

出示：

莲蓬　　壮观

——这里，最壮观的要属爷爷窗檐下的马蜂窝了，好像倒垂的一只大莲蓬。

闯进　耗尽　复仇　尸体　剧烈

迟疑　惊恐　沉重　舒心　反驳

出示：

"不行，要蜇死人的！"爷爷说。

"怎么不行？头上蒙块布，拿竹竿一捅就下来。"奶奶反驳道。

2. 回顾课文，说说课文的内容。

简述内容：对于捅马蜂窝这件事，爷爷、奶奶一个说成，一个说不成，引发了"我"强烈的好奇心，于是也就有了捅马蜂窝这个故事。还记得故事是怎样的吗？

如学生有困难则出示：

出于好奇心，"我"__________，马蜂__________；听了爷爷的话，"我"____________。

（二）略读感悟，再现"捅"的情境（略处理）

1. 指名读第七自然段，其他同学边听边想"我"是怎样捅的。

2. 试用自己的话说说"我"是怎么捅马蜂窝的。

3. 想象"我"当时的动作，感受作者用词的准确。

4. 师生配合朗读：老师读描写马蜂的句子，学生读描写"我"的句子，再现当时情景。

（三）自主学习，感知情感变化

过渡：就这样，在好奇心的驱使下，"我"捅了马蜂窝，可是我捅过之后，为什么又暗下决心，"不再做一件伤害旁人的事"？在捅之后"我"的心理到底发生了怎样的变化呢？按自学提示自学：

默读课文思考：捅马蜂窝后，"我"的心理发生了哪些变化？画出相关语句，联系上下文读一读，思考发生变化的原因，可以简单写写批注。

学生自学、教师巡视，了解学生情况，并对个别学生进行指导。

（四）共议交流，理解情感变化的原因

1. 结合学生所画语句，交流"我"的情感变化。

预计学生可能画出“我”害怕、恐惧、后怕、心生罪孽感等心理活动。（依据学生发言板书：恐惧、后怕、罪孽感）

2. 质疑问难：捅马蜂窝之后，“我”的心理发生了这样复杂的变化，你们有什么问题想问吗？其中，你觉得最难理解的是什么？（预计学生多对罪孽感不理解）

3. 以疑导学，重点理解“我”产生罪孽感的原因。

（1）联系上文，理解“我”产生罪孽感的原因。

教师相机引导。若生从“视死如归的架势”“真像一个英雄”等处体会到“我”的罪孽感，则引导学生联系课文第七自然段描写马蜂拼死一搏的语句理解。

出示：

我一回头，只见一只马蜂径直而凶猛地朝我扑来，好像一架燃料耗尽、决心相撞的战斗机。这复仇者不顾一切而拼死的气势使我惊呆了。

a. 读一读，说说你的眼前出现了一幅怎样的画面。

b. 补充出示对比句：我一回头，只见一只马蜂径直而凶猛地朝我飞来，好像一架战斗机。（通过对比，抓住“扑”以及想象“燃料耗尽、决心相撞的战斗机”的架势体会马蜂速度之快和它不顾一切，决心与“我”同归于尽的决心。）

小结：这只小小的马蜂，此时就像燃料耗尽的战斗机，它什么都没有了，只剩下小小的躯体，而它正是用这仅有的、弱小的生命，与“我”作最后一搏。在“我”心中，它已不再仅仅是一只小虫，而是复仇者，这不顾一切而拼死的气势更让“我”感到了——恐惧、震惊、感叹……带着自己的理解再读这句话。

c. 这最后一搏也让马蜂丧失了性命，可它为什么非要这么做呢？（解读爷爷的话。）

若学生从爷爷的话中理解“我”产生罪孽感的原因，则引导学生联系上文先解读爷爷的话。

同桌互读“我”与爷爷的对话，说说从爷爷的话中读懂了什么。

估计学生容易谈出：马蜂蜇“我”是因为“我”毁了它们的家。马蜂蜇了人自己就会死的。如果“它要拼命的！”这句话被学生忽略，则引导：马蜂知道自己蜇了人会死，而它却是怎么做的呢？若学生谈到“它要拼命”则让

学生说说它是如何拼命的？（引导学生联系第七自然段描写马蜂的句子理解）

【设计意图】学生的理解是多方面的，关注的角度也各有不同，此次采用开放性设计，授课时关注学情，以学定教。

（2）品读重点段，感悟“我”复杂的内心世界。

过渡：是啊，一只小虫竟有这样的激情和勇气，这也让“我”为之惊叹，而它现在呢？

出示：

我听了心里暗暗吃惊，一只小虫竟有这样的激情和勇气。低头再瞧瞧这只马蜂，微风吹动着它，轻轻颤动，好似活了一般。我不禁想起那天它朝我猛扑过来时那副视死如归的架势。与毁坏它们生活的人拼出一死，真像一个英雄……我面对这壮烈牺牲的小飞虫的尸体，似乎有种罪孽感沉重地压在我的心上。

指名读，说一说：当“我”再次回想起当天马蜂与“我”作最后一搏的情境时，“我”还是那种害怕的心理吗？（“我不禁……真像个英雄”一句变红。）指导朗读，感受“我”对马蜂的佩服之情。

师生小结：“我”面对着马蜂的尸体，想到了什么呀？

指导朗读：此刻，“我”怎能不背负起沉重的罪孽感呢？请带着自己的理解再读这段话。

（五）以读代讲，体会“我”的盼望与舒心

过渡：想到这一窝无家可归的马蜂，“我”是多么懊悔和自责，我甚至想——（生读）用胶水把这只空空的蜂窝贴上去。为此“我”常常到爷爷的后院等马蜂的到来。

1. 配乐朗读第十七、第十八自然段，体会“我”期盼马蜂到来的真切与失落。

2. 自由读第十九自然段，体会“我”等来马蜂后的开心。

3. 个性朗读全文最后一句话，出示：我不由得暗暗告诉自己：不再做一件伤害旁人的事。（板书：不再做一件伤害旁人的事）

（六）拓展延伸，升华情感

1. 创设情境，练习表达，深化情感。

渐渐地，小马蜂又筑起了第二间、第三间蜂巢，我又看到了那个倒垂的、壮观的大莲蓬，无数金黄色的马蜂爬进爬出，飞来飞去。奶奶生气地说：“真

该死，哪天请人来把这马蜂窝捅下来!”我听了，______反驳道：“________
________。”

【设计意图】总结全文，回应开头的“反驳”，再次为造句作铺垫。

2. 总结全文，升华情感。

看来不但马蜂的死牵动着“我”的心，马蜂的精神更让“我”明白了一个深刻的道理：一个无辜的生命，哪怕再小也不能伤害；一件错事即使再小也不能去做。冯骥才先生的这篇文章不仅仅表明了自己的决心，更是要告诉我们所有的人要从这件事中吸取教训，绝不能再做一件伤害旁人的事。

（七）布置作业

1. 有感情地朗读课文。（必做）

2. 摘录自己喜欢的词句。（必做）

3. 搜集人与动物友好相处的故事与同学交流。（选做）

4. 读一读第十一册课本中冯骥才的作品《珍珠鸟》，感受“我”儿时的决心对“我”后来的影响。（选做）

附：板书设计

捅马蜂窝

恐惧、后怕、罪孽感——佩服

复仇者　　　　英雄

“不再做一件伤害旁人的事”

缝 纫 鸟

（第二课时）

董光利（顺义区李桥中心小学）

一、教学目标

1. 理解课文内容，了解缝纫鸟确实是有缝纫技能的，体会作者观察缝纫鸟时的情感，体会其赞赏缝纫鸟高超的建巢本领和坚韧不拔精神的思想感情。

2. 能正确、流利、有感情地朗读课文，尝试背诵最后一个自然段。

二、教学重点

理解课文内容，体会作者对缝纫鸟的赞赏之情。

三、教学难点

感受作者的细致观察和有序描写。

四、教学策略

在学习方案的引领下实践个性阅读，在交流与感悟中对话、提升。

五、教学过程

（一）复习再现，导入新课

1. 分组再现词语。（略）

2. 回顾课文主要内容。

（二）回顾学案，自主探究

依共拟或者选定的学案进行学习，有困惑时请教学习伙伴或老师。

学案1：默读课文，思考：从哪些地方可以感受到“缝纫鸟是有缝纫技能的”？画出相关的语句，练习有感情地朗读，也可以与同伴交流感受。

学案2：文中三次写到“我”仔细观察缝纫鸟，“我”观察到了什么？有怎样的感受？完成下表后与同伴交流，有感情地朗读感受深的地方。

	观察到的情况	“我”的感受
第一次		
第二次		
第三次		

（三）共议交流，品读感悟

预计大多数学生会围绕“编织的过程”来汇报缝纫鸟是有缝纫技能的；如果学生直接汇报第二部分“鸟巢精致、结实”，则引导学生品读巢的精致、结实后，追问“这样的巢是如何编织而成的”，从而引导关注“编织过程”。

1. 感受缝纫技能高超。

（1）编织的过程不可思议。

它们从印度洋沿岸的草丛中衔来一根根两三尺长的嫩草，用自己的尖嘴，先是把草打成几道圆圈，而后用人类织布的原理，有经有纬地开始把长长的嫩草左右穿梭。

编织的方法巧妙。

学生容易汇报出缝纫鸟就像人类织布那样，有经有纬左右穿梭地编织，可以感受到缝纫鸟确实是有缝纫技能的。相机指导如下：

a. 结合织布图片及动作，想象编织的情形。

b. 了解完整的编织过程，用自己的话说说缝纫鸟是怎样一步一步编织巢穴的，体会有序。

c. 指名朗读。引导学生关注“用自己的尖嘴”，体会“艰巨”，引出下文。

预设：学生前面汇报“过程”时可能提到了“看上去它们那尖嘴的灵巧程度，一点也不比人类的双手差”。若没有提到，则在这里出示，读出感受。

编织过程的劳作艰巨。

但那劳作是相当艰巨的。它们双脚的爪子，首先要紧紧抓住树枝以保护自己，唯一能劳动的就是它们那只尖嘴。一只鸟要花两三天的时间不停歇地劳动，才能编织成一个能让它自己和情侣相依而居的窝。

学生容易从“唯一能劳动”感受到艰巨，抓住“两三天”时间长、“不停歇”劳作累，体会缝纫鸟劳作的艰巨。

a. 想象“唯一能劳动的就是它们那只尖嘴”的劳作场景，体会艰巨。

b. 补白想象：在这两三天的时间里，缝纫鸟要不停歇地用尖嘴做什么？

c. 练习有感情地朗读。

编织的材料特殊。（略处理）

a. 联系实际对比，从“材料”“编织”等角度，体会缝纫鸟确实是有缝纫技能的。

b. 个性化朗读，体会用“不是……而是”强调材料与编织过程不可思议。

整体回归。

引读重点语段，感受编织的过程不可思议：

师：“我”细细地观察，发现缝纫鸟编织巢穴的材料不一般，编织的过程更不一般——（生读）“这种鸟的巢穴，不是用泥糊成的，而是……编织而成的。它们从印度洋沿岸的草丛中衔来一根根两三尺长的嫩草……有经有纬地开始把长长的嫩草左右穿梭。”

师：“我”感叹它们的尖嘴灵巧，同时，也发现“那劳作是相当艰巨的”——（生读）“它们双脚的爪子，首先要……一只鸟要花两三天的时间……相依而居的窝。那个窝，活像个圆葫芦，不过奇怪的是口朝下，肚朝上。”

（2）编织的巢穴精致、结实，不可思议。

那草窝简直就是一个精致的艺术品！它特别像我们小时候用秫秸皮编织的蝈蝈笼子。经纬交织，左右相连，十分结实，即使从大树上掉了下来，也一点儿都没有散解或变形。

学生多能从“像蝈蝈笼子”“经纬交织、左右相连”“一点儿都没有散解或变形”感受到精致、结实。相机引导如下：

a. 对比读，进一步感受草窝的精致。

那草窝就是一个精致的艺术品。
那草窝简直就是一个精致的艺术品！

b. 联系上文的形状描写“像圆葫芦”“口朝下、肚朝上”“像蝈蝈笼子”感受精致，有感情地朗读，读出喜爱与赞叹之情。

（3）总结，整体感受缝纫鸟的缝纫技能不可思议。

缝纫鸟用嫩草编织草窝，用尖嘴有经有纬左右穿梭地编织草窝，编织的草窝还那样精致，那样结实，这些都让我们感受到缝纫鸟的技能是那样不可思议！（板书：不可思议）

2. 感受缝纫鸟坚韧不拔的精神。

（1）融合学案 2 的学生学习成果，补充观察到的情形，体会“我”的情感。

“我”在对缝纫鸟的这两次观察中还有哪些发现？产生了怎样的感受？这次，请按学案 2 学习的同学看着自己的表格，用“当我观察到……我的感受是……”的句式来汇报。

过渡：请使用学案 2 的同学来继续汇报，说说还有怎样的感受。

（2）了解作者对缝纫鸟的第三次观察，感受缝纫鸟坚韧不拔的精神。

学生多会直接汇报观察到“缝纫鸟有的……有的……”，而忽视“只听得那群缝纫鸟叽叽喳喳，一片喧闹”也是“我”观察到的情形。汇报后相机引导：

a. 指名朗读，想象“雨后重建”的劳动场景。

b. 补充“所闻”、所感，体会其忙碌、喧闹。

c. 展开想象，感受其欢乐、不罢休的坚韧。

“我”不仅看到缝纫鸟在修补草窝，还听到它们叽叽喳喳的一片喧闹。它们可能在说什么呢？（出示填空、交流并适时评价）“只听得那群缝纫鸟叽叽喳喳，一片喧闹。它们可能在说____________________”

d. 设疑对话：如果又是一阵狂风暴雨，你的草窝又被打落下来了呢？

e. 填空小结：“缝纫鸟，你真是一只__________的鸟啊！”

教师在学生回答后提升：像缝纫鸟这样——编织巢穴的信念坚定、意志顽强，绝不动摇，这种精神就叫坚韧不拔。（板书：坚韧不拔）

（3）尝试背诵最后一个自然段。

（四）总结，拓展延伸学案

1. 教师小结。

2. 阅读建议。

其实，还有很多文章描写的小鸟也十分有趣，我们来看这篇文章（出示《缝叶莺》），同学们可以用学案 1 从了解缝叶莺的缝纫技能的角度来学习；另外一篇（出示《中国的缝纫鸟》），感兴趣的同学可与同伴拟订学案，自己学习一下。

（五）布置作业

必做：摘录你喜欢的语句，背诵最后一个自然段。

选做：完成《缝叶莺》或《中国的缝纫鸟》的阅读。

附：板书设计

缝纫鸟

过程：衔来→打圈→左右穿梭　　巧妙 ⎫
　　　　　　　　　　　　　　　　　　⎬不可思议 ⎫
巢：精致　结实　　　　　　　　　　　⎭　　　　　⎬特殊
有的……有的……　坚韧不拔　　　　　　　　　　　⎭

我希望有一支神笔
（第二课时）

直欣欣（顺义区教育研究考试中心）

一、教学目标

1. 品读“再也不会”“奔波忙碌”等词句，感受作者丰富的想象，理解其美好的愿望、纯真的爱心。

2. 能有感情地朗读课文，并选择喜欢的一小节背诵。

3. 练习以“我希望有一支马良神笔”为开头，写一段话或合作写一小节诗。

二、教学重点

理解课文内容，感悟作者美好的心灵，丰富的想象，纯真的爱心。

三、教学难点

练习以“我希望有一支马良神笔”为开头，写一段话或合作写一小节诗。

四、教学策略

诵读、感悟、积累。

五、教学过程

（一）情境导入，再现字词

1. 朗读课题。

问读，读好课题：“谁”希望有一支神笔？我希望有“什么”？

2. 再现词句。

（1）哭泣（注意“泣”的读音） 批评 委屈（注意“评”“屈”读轻声）

（2）山脊 （高高）的山脊

泪滴 （委屈）的泪滴

土地 （干旱）的土地

（3）成长 （愉快）地成长

（快乐）地成长

（4）奔波 忙碌

问：这两个词是什么意思啊？读到这两个词你想到了谁？文中说的是谁奔波忙碌？

出示：（ ）奔波忙碌。

鸟妈妈再也不用为搭窝奔波忙碌。

【设计意图】 字词教学是三年级阅读教学的重点之一，通过分类再现一些易错字词的读音、字形和字义理解，并相机进行比较积累和难句导读，体现了对字词的关注，也体现了第一、第二课时的衔接。

（二）回顾内容，生发疑问

1. 指名分小节朗读课文。

思考：“我”用神笔给谁画了什么？能不能用一句完整的话来说一说。

2. 整理板书，把握内容。

小结：这么多的想法呀！“我”要给西西画一双好腿，还要给飞飞画一架真正的飞机；“我”不但要给小鸟画一个温暖的家，还要给小树画一个小太阳和能变雨的白云。“我”为什么有这么多的想法呢？这还需要我们认认真真地深入学习课文。

（三）交流共议，品读体会

1. 学习第一小节。

（1）自由读文，思考：“我”是怎么想到要给西西画一双好腿的？

预计学生多“读懂”因为西西没有了好腿，所以我想到了要给他画一双好腿；也能想到西西可能先天残疾，也可能他遭受了意外，他遇到了行走方面的困难……相机进行如下环节：

（2）结合插图及文本内容，引导体会“没有好腿”的困难：

出示：他只能__________，只能__________，只能__________……

（3）展开想象，感受“有了好腿后的美好”：

现在有了神笔的帮助，西西长出了一双好腿。请你结合着刚才的体会想象一下：西西现在有了一双好腿，“他可以……他可以……他可以……”

（4）对比、转换，练习表达：

出示：再也不会

他现在可以走出家门了，“再也不会”“只能”坐在屋里；

他现在可以来到公园观赏花朵，“再也不会”……

他现在可以……，“再也不会”……

他现在可以……，“再也不会”……

（5）指导朗读与背诵。

a. 师生对读：

师：一个多么美好的愿望啊！“我”希望有一支马良的神笔，“我”想到了谁——

师：他最需要什么？

师：“一双好腿”改变了什么呢？

生：他再也不会……

b. 小结，并尝试背诵。

本小节以“我希望有一支马良的神笔”开头，展开想象，先写要给谁画什么，再写画后的美好愿望。大家也按照这样的顺序再背一背。

2. 学习第二小节。

（1）整理学法。

我们是怎样读懂第一小节的？（师生小结：先带着“‘我’是怎么想到给西西画一双好腿的”这个问题，读第一小节内容，交流“读懂了什么”；然后再展开想象——有了神笔的帮助，带来了哪些变化？接着练习有感情地朗读；最后诵读积累下来。）

（2）迁移运用学法，互相交流。

相机点拨：

a. 结合“诗稿”，联系生活实际体验，理解飞飞受到“批评”后的“委屈”。

b. 强化“再也不会”，感受有了真正的飞机所带来的变化。

（3）指导有感情朗读。

飞飞最爱做纸飞机，现在飞飞有了真正的大飞机，他可以坐着真正的大飞机，到处遨游，再也不会因为撕破了爸爸的诗稿而受到批评了。他多高兴啊，你能读出来吗?

3. 合作学习第三、第四小节。

(1) 自己学习第三、四小节：神笔还实现了“我”怎样的愿望?

(2) 交流学习，相机点拨。

a. 出示插图，体会没家的感受

创设情境：没有温暖的家，下雨会被淋湿！没有温暖的家，……没有温暖的家，……没有家的日子真难啊！

b. 想象对比，感受有家的温暖。

想象表达：“我”用马良的神笔为小鸟画了温暖的家，它再也不用被雨水淋湿，再也不会……，鸟妈妈再也不会……

c. 设疑追问：“我”为什么要给窗前的小树“画上一个小太阳”，还要画上“能变雨的白云”？请你想象着小树生活的改变，有感情地自由朗读第四小节。

4. 总结，自由再读全文。

“我”希望有一支马良的神笔，是因为我还有许多许多美好的愿望。(补充板书省略号)

(四) 创设情境，感悟运用

1. 创设情境，拓展思路。

是呀，有了马良的神笔，可以实现“我”、实现我们多少美好的愿望啊！假如你也有一支马良的神笔，你愿意做点什么呢?

【设计意图】在自由交谈中了解学生的想法，拓展学生的思维，引领学生发现生活中需要帮助的对象，为仿写做准备。

2. 仿写表达，创作诗歌。

(1) 提示写法。

我们也按照书中的格式先写——以“我希望有一支马良的神笔”开头，然后写出自己“想到了谁”“要给他（她、它、他们……）画什么”，最后写出内心的美好愿望。

(2) 自由创作与展示评价。

(五) 回归整体，拓展延伸

虽然我们没有马良那样的神笔，但是我们每个人都有一颗爱心，都有关爱他人的美好愿望。我们相信：只要人人都献出一点爱，人间永远是春天。让我们献出自己的爱心，让世界变得更温暖吧！

（六）布置作业

课下给自己编写的诗歌再补充两三个小节，让诗歌更完整。

附：板书设计

	谁？	画了什么？	
	西西	一双好腿	
	飞飞	一架飞机	
我希望有一支神笔	小鸟	温暖的家	爱心
	小树	太阳白云	
	……	……	

翠　　鸟

（第二课时）

朱　静（北京光明小学怀柔分校）

一、教学目标

1. 能流利地有感情地朗读课文，了解翠鸟行动十分敏捷的特点，产生喜爱鸟类的思想感情。

2. 学习按顺序及抓住特点观察事物的方法。

3. 抓重点词、句，品读课文，体会翠鸟的行动十分敏捷。

4. 学习按顺序、抓重点词语的写作方法。

二、教学重点

抓重点词、句，品读课文，体会翠鸟的行动十分敏捷。

三、教学难点

学习按顺序、抓重点词语的写作方法。

四、教学过程

（一）复习导入，引入课题

老师出示词语（翠鸟、颜色、鲜艳、小巧玲珑、疾飞、小鱼、高高的石壁），引导学生回顾上节课的内容。借助这些词语，说一说课文介绍了什么？

（二）抓重点词、句，体会翠鸟捕鱼时动作的敏捷

1. 揭示学习内容：重点感悟翠鸟捕鱼时动作快。

2. 出示自学提示：“默读第二自然段并思考：从哪些地方能看出翠鸟捕鱼

时的动作很快？画出相应的词语或句子。”

3. 小组合作交流自己学习的结果，组长进行整合。老师提示交流步骤，即：我和大家交流的是第几句话？请大家随我一起看这句话。我是从哪个词语（句子）体会到翠鸟捕鱼时动作敏捷的？我是这样理解的……

4. 小组反馈，指名交流，其他小组补充或提出异议。

【设计意图】 充分发挥学生的自主性，让学生做学习的主人，把学习的主动权真正还给学生，让学生在自主、合作中获取知识，形成能力。

5. 学生交流到哪句话，师生便一起学习相应内容。重点理解翠鸟捕鱼动作快，加强朗读练习。主要体会如下几个词语：疾飞、一眨眼、注视、等待、蹬开、箭一样飞、刹那间、叼起、飞走。（学生说不到或说不全面的地方，老师适时引导）

【设计意图】 引导学生在体会翠鸟动作快的同时还要体会作者用词的准确。

6. 学生交流到第四、第五句话的时候，连起来理解翠鸟捕鱼时一瞬间发生的一系列动作。在这一瞬间翠鸟一连串做了几个动作？作者抓住重点词语“蹬、飞、叼、飞走”，写出了翠鸟捕鱼时动作极快，指名读一读。

【设计意图】 目的在于以朗读促进理解，以理解促进朗读能力的提高。

（三）总结捕鱼过程，体会有序观察

1. 老师请学生借助板书说一说翠鸟捕鱼的全过程。

2. 这段话写了翠鸟捕鱼的全过程，这些句子能不能调换顺序？

3. 老师总结：“我们做任何事情都有一定的顺序，都要遵循一定的顺序，先发生的先写，后发生的后写。”

【设计意图】 学生写作中往往是条理不清，此环节就是要让学生在叙述与思考中学习按一定顺序记叙的方法。

（四）观看视频，感悟翠鸟捕鱼动作快

这就是作者按一定顺序介绍翠鸟捕鱼的全过程，相信作者笔下美丽、机灵、动作敏捷的翠鸟，一定给我们留下了深刻的印象，看视频，通过画面再次体会翠鸟捕鱼时动作快。提出看的目标：认真观看翠鸟是如何捕鱼的，感受它捕鱼时动作之快。

【设计意图】 充分发挥视频的直观作用，让学生身临其境地感受翠鸟敏捷的捕鱼过程，感受作者笔下翠鸟的可爱，感受作者表达的准确、生动。

（五）观看视频，进行仿写练习

1. 观看视频，学生感受到作者表达的准确、生动。下面仿照作者的写法，按一定顺序，抓住一系列的动作，仿写一段话。

2. 学生认真观看视频，看看小刺猬是怎么采果子的。（老师出示小刺猬在郊外采果子的视频）

3. 组内说、指名说、全班交流说说小刺猬采果子的过程。

4. 老师挑出学生运用到的动词，再补充几个动词“捡、蜷、滚、扎、背”。

5. 学生在充分说的基础上练习仿写，老师再次强调按顺序写、注意运用恰当的动词。

6. 老师巡视学生写话活动，进行个别辅导。

7. 交流学生的习作，老师给予肯定和建议。

8. 学生修改自己的习作，进一步做到有序、准确。

【设计意图】目的是实现读写结合，将学到的知识趁热打铁，学生在观察的基础上运用学到的表达方法写一写小刺猬采果子的过程。

（六）布置作业，拓展学习能力

1. 继续练习朗读课文。

2. 课下交流自己写的小习作。

3. 读一篇写小动物的文章。

附：板书设计（略）

一夜的工作

（第一课时）

崔小妹（怀柔区实验小学）

一、教学目标

1. 学会本课生字，理解新词，学习运用“咨询、浏览”两个词语。

2. 正确、流利、有感情地朗读课文，体会结尾两个自然段表达的情感。

3. 了解课文内容，感受总理不辞劳苦的工作精神和简朴的生活作风，产生敬仰之情。

二、教学重点

学习课文，了解周总理工作的劳苦以及生活的简朴，体会作者表达的感情。

三、教学难点

有感情地朗读最后两个自然段，理清作者感情发展的脉络，与作者产生情感上的共鸣，加深阅读感受。

四、教学策略

以读为本，多媒体创设情境，补充、拓展学习资源。

五、教学过程

（一）创设情境，了解总理

1. 出示图片，请学生用一两句话说说对周恩来总理的了解。

2. 教师语言描述，介绍周总理，引入对课文的学习。

配乐，播放相关图片：周恩来，我们新中国的第一任总理。在任总理的近27年间，为国家、为人民日夜操劳。在他的组织领导下，原子弹、氢弹、人造卫星研制相继成功，扬威世界。他还是出色的外交家，开拓了新中国外交的新局面。总理还非常关注人民的精神文化生活，在第一届文代会上，他作了报告，著名的诗人、散文家、文学评论家何其芳对这个报告作了整理，在送给总理审阅的过程中他目睹了总理一夜的工作。

【设计意图】由于年龄和时代的距离，学生对总理的认识缺乏真切的感受，因此教师先向学生介绍有关总理的资料，缩短了学生与文本之间的距离，使课内外有机结合，并为理解课文内容作好铺垫。

（二）初读课文，学习生字词

1. 学习生字。

（1）依次读课后生字表中的生字，并组词语。

（2）学生观察本课生字，重点指导书写易写错的生字。

2. 检查读文中句子及相关段落。指名检查读课文第二自然段的长句子及课文第四自然段。

（1）相机引导学生在具体的语境中理解“咨询”的意思并通过选词填空的形式体会“咨询”和“询问”的不同用法。

王叔叔为解决和邻居发生的纠纷，向律师（　　　）有关的法律知识。

奶奶会上网了，在线向医学专家（　　　）腿疼的治疗方案。

放学后，妈妈（　　　）我在学校的情况。

（2）启发学生深入领会文中为什么用“咨询”。

【设计意图】课前预习既是学习语文的基本方法，也是一种重要的学习习惯。这一环节是为了检查学生的预习情况，为本课学习扫清字音、词义障碍。

（三）潜心会文，感受形象

1. 快速看看课文，从文本中提取关键信息。

作者何其芳目睹了总理一夜的工作，想想总理的工作和生活给他留下了怎样的印象。（工作劳苦、生活简朴）

2. 默读自学，出示自学要求：默读课文，想一想：课文是怎样写出总理工作劳苦和生活简朴的？画一画，读一读，注一注。

（1）学生自学，教师巡视指导。

（2）学生汇报，班内交流。

A. 重点研读课文第四自然段，感受总理工作的认真。

（a）出示句子：

他一句一句地审阅，看完一句就用铅笔在那一句后面画一个小圆圈。他不是普通的浏览，而是一边看，一边在思索，有时停笔想一想，有时还问我一两句。

请学生联系上下文想想“浏览”是什么意思？

在具体语境辨析“浏览”一词的用法，听老师的表述是否正确：

得知参加这次大赛要和同学们一起学习《一夜的工作》，为了上好这一课，我每天都要仔细地浏览课文。

（b）联系上文再说说课文还有哪儿也写出了总理工作劳苦。

抓住“写字台上厚厚的一叠文件”“公鸡打鸣……整整一夜时间……”等语句，体会总理工作量多大，工作时间那么长，不辞劳苦。

（c）指名联系上下文，完整地说说课文是从哪几方面具体写总理工作劳苦的。

B. 重点研读课文第二自然段，体会总理生活简朴。

（a）出示句子：

这是高大的宫殿式的房子，室内陈设极其简单。一个不大的写字台，两张小转椅，一盏台灯，如此而已。

引导学生从强烈的对比及数量词的表达中感受到总理办公室陈设简单，生活简朴。

师生对比读。

（b）抓住文中对夜餐的描写：两杯绿茶、一小碟花生米，数得清颗数……体会总理生活简朴。

3. 配乐读课文第二～六自然段，回顾总理一夜的工作。按审稿前、审稿时、审稿后指定三名学生读。

【设计意图】在汇报交流中，主要引导学生理清课文从三个方面写出了总理工作劳苦，从两方面写出总理生活简朴，并从中了解数字说明、对比方法的作用。

（四）指导朗读，升华情感

1. 学生轻声读课文第七、第八自然段，想一想：在回来的路上，“我”不断地想着，此时，作者的内心洋溢着怎样的情感？

2. 指导读第七、第八自然段，与作者产生共鸣，产生自豪、敬佩的情感。

（1）出示第七自然段：

在回来的路上，我不断地想，不断地对自己说：“这就是我们新中国的总理。我看见了他一夜的工作。他是多么劳苦，多么简朴！”

我不断地对自己说……引导学生体会自己对自己说，怎么读？（语速慢点）

（2）出示第八自然段：

我想高声对全世界说，好像全世界都能听见我的声音：“看啊，这就是我们中华人民共和国的总理。我看见了他一夜的工作。他每个夜晚都是这样工作的。你们看见过这样的总理吗？”

教师引读：我这样对自己说了几遍，我又想高声对全世界说，让我们和何其芳一起高声对全世界说……（学生接读）

引导学生体会反问句的作用（使表达的感情更为强烈），指导读出自豪之情。

（3）教师点拨，体会写法，进一步引导学生学习批注的方法：敬佩、自豪、骄傲的情感越来越强烈。这两个自然段作者直接抒发了对总理的敬仰之情。读书时，我们可以把对内容的理解批注在书旁，对于文章写法（指副板书：对比、抒情）的独到之处也可注在相应的位置。

【设计意图】阅读教学在引领学生读懂课文内容的基础上，还要引领学生读懂作者是怎样表达的，要使学生“意文兼得”。学生目前处在四年级第二学期，他们即将升入高年级，在这里渗透写作的方法，旨在为他们今后的学习作铺垫。

3. 补充总理一日工作安排表及总理病重仍坚持工作的文字资料，使学生由这一夜想到总理一生都在这样忘我工作，鞠躬尽瘁，升华学生内心的自豪、敬仰之情。

学生齐读课文第七、第八自然段，教师总结：1976 年 1 月 8 日，周总理永远地离开了我们。全国人民悲恸欲绝，泪水洒遍 960 万平方公里的国土。我们敬爱的周总理，去世后没有留下一分钱的财产，骨灰也洒在了祖国的大江南北。他留给人们的是永远的怀念。

（五）布置作业，拓展延伸

1. 抄写课后第四题的词语，用“咨询、浏览”造句。

2. 课下继续搜集有关周总理的小故事，下节课我们将以“我敬佩的人——周恩来”为题开个故事会，然后针对总理的这些事写写自己的感想。

【设计意图】课内课外有机融合，拓展学习资源，拓宽学习渠道，以使学生更深刻地感受总理伟大的人格。

附：板书设计

一夜的工作
- 工作劳苦
  - 量　大
  - 认　真
  - 时间长
- 生活简朴
  - 陈　设
  - 夜　餐

（曾获北京市第九届青年教师阅读教学大赛市级一等奖）

卖木雕的少年

（第二课时）

赵振芬（怀柔区怀柔镇中心小学）

一、教学目标

1. 积累运用四个字组成的词语。

2. 正确、流利、有感情地朗读课文。

3. 学习通过人物的言行体会人物的内心活动，理解“我们是朋友”这句话的含义，感受卖木雕的少年对中国人民的友谊，同时学习表达。

二、教学重点

通过人物的动作和语言揣摩人物内心活动，学习表达。

三、教学难点

了解非洲人民同中国人民的友谊。

四、教学过程

（一）课题引入忆内容

利用填空形式回忆课文的主要内容。

“我”在非洲旅行途中想买一个（　　），但我却因为（　　）而不能把它买下来，感到（　　）。后来，（　　）送给我一个木雕小象。

（二）“遗憾”之中悟情感

抓住文中“遗憾”一词，引导学生感受黑人少年那种质朴、善良、感恩的美好心灵和非洲人与中国人之间的友谊，以及重点内容的表达方式与效果。

1. 赞叹声中生“遗憾”。

回顾全文后，教师出示一张张精美的木雕工艺品的图片，让学生用上节课所积累的“琳琅满目、栩栩如生、各式各样、构思新奇、爱不释手、精致……”等词来形容。教师随后将孩子们置身于当时的情景之中：“欣赏了这么多精美的工艺品，此时你最想做什么？”孩子们渴望得到一个栩栩如生的木雕的想法与作者产生共鸣。接着出示第九自然段重点句，指导朗读，感受遗憾：

我也为不能把这件精美的工艺品带回家而感到遗憾。

【设计意图】教会孩子积累词语和运用词语的能力，从而为写好作文打下基础。引导孩子们走进文本，为下文作者在挑选木雕时所流露出遗憾的神情和少年感到遗憾作下铺垫。

2. 品读词句研“遗憾”。

（1）了解“我”的遗憾。

A. 学生轻声读课文第四～第九自然段思考：我为什么感到遗憾呢？

B. 汇报交流。

通过联系上下文，抓住对“捧着”“仔细观赏”“爱不释手”等词的理解，在反复朗读中，了解我为什么如此遗憾，体会当时作者不能把木雕带走时万分遗憾的心情。

（2）体会少年的“遗憾”。

A. 学生自学，画出描写少年遗憾的言行的句子，并在旁边作批注。

B. 汇报交流谈感受。

对比读让我买木雕时的两句话，体会不同：

“买一个吧！”坐凳的主人是个十五六岁，五官端正的黑人少年。

那少年走到我跟前，诚恳地说：“夫人，您买一个吧！”

【设计意图】教孩子通过抓提示语“诚恳”，指导学生朗读，体会到少年因为我没买木雕而感到遗憾的心情。

3. 资料补充升“遗憾”。

（1）课件展示图片，老师补充介绍有关中国无私地帮助非洲的资料，让学生更深刻地体会中非之间的友谊，从而为中国人没能带走木雕而深深感到遗憾的心情。

教师语言描述：孩子们，你们知道吗？战争、自然环境等因素，造成非洲还有很多人生活在贫困中，而我们中国人不嫌弃他们贫穷落后，为他们提供了很多无私的帮助。出示图片和文字资料：

中国派出了100多个医疗队支援非洲。

南财大学生曲翔宇远赴非洲去支教。

当地儿童在中国葛洲坝集团公司向赤道几内亚马拉博市无偿捐赠的公益水井前喝水。

中国帮助非洲修建了著名的坦赞铁路，为修这条铁路，中国政府提供无息贷款9.88亿人民币。有64个中国人为之献出了宝贵的生命。

（2）创设情境，手写我心。

孩子们，也许，当年这位少年的妈妈生病了，就是……

也许，这个村子上唯一的一所学校，也是……

也许，你居住的村子喝上了干净的水，那是……

也许，你每天来这里卖木雕坐着的火车，就是……

假如，你就是这个卖木雕的少年，当你看着眼前的中国人，此时此刻，你想起了什么？面对曾经帮助过我们的中国人带着遗憾就要离开，你打算做什么？拿起笔来写一写。

【设计意图】让孩子们了解非洲人民对中国人民的友谊，对于这方面的知识孩子们知道得太少了，仅凭课本中的文字描写是无法体会到的。于是我巧妙地用教材，课内向课外延伸，用课外资料补充课内不足。为了深刻理解少年流露出“遗憾”的神情更深一层的原因，为了让孩子明白“我们是朋友”这句话的含义，体会少年为什么宁可放弃卖木雕的时间，又那么执着地在宾馆门口等待我的出现，而且不要钱送给我的原因，我采用补充资料和“我手写我心”的教学策略，进一步加深对文本的理解。

（三）细节之中品“感动”

1. 自由读第十~十四自然段，画出最令你感动的句子，有感情地读出来。

2. 汇报交流，分享情感。

（1）等

第十自然段：抓住“专门等候”等词语感受少年特意等我，或许等了很久。

（2）雕

第十一自然段：抓住“送”“一模一样”“拳头大小”等词语感受少年的

真诚。

他在雕小象雕时会遇到哪些困难？

【设计意图】利用课文空白点自然补白，既是口语训练，又是情感内化。

（3）送

第十二自然段：通过品“连连摆手”“不，不要钱。中国人是我们的朋友”等词句，让学生感受情谊无价。

3. 回顾全文，情感再现。

此时，你觉得这小象雕仅仅是一块木头工艺品吗？它还包含着什么呢？你觉得少年还遗憾吗？这位中国友人还会觉得遗憾吗？

教师创设情境：回国以后手捧象雕，少年的音容笑貌再次浮现在我眼前。师生接读：

黑人少年见到我将目光停留在小象坐凳上时，高兴地说：“买一个吧！”

看我很喜欢，走到我跟前，诚恳地说：“夫人，您买一个吧！”

当我语无伦次地回答后，少年望着我，猜测道：“您是中国人吗？”

晚饭后，少年在宾馆附近专门等我。见到我，将一件沉甸甸的东西送到我手上真诚地说：“我雕了个小的，可以带上飞机！”

我高兴地喊起来，要付钱时，少年连连摆手坚决而友好地说：“不，不要钱，中国人是我们的朋友！”

（四）中心句中升情感

“我们是朋友！”是的，我和少年是朋友，中国和非洲是朋友，中国和全世界人民是朋友。让我们大声地告诉大家——我们是朋友！

（五）文字之后延作业

1. 有感情地朗读课文。

2. 找一找，读一读描写非洲风土人情的文章。

附：板书设计

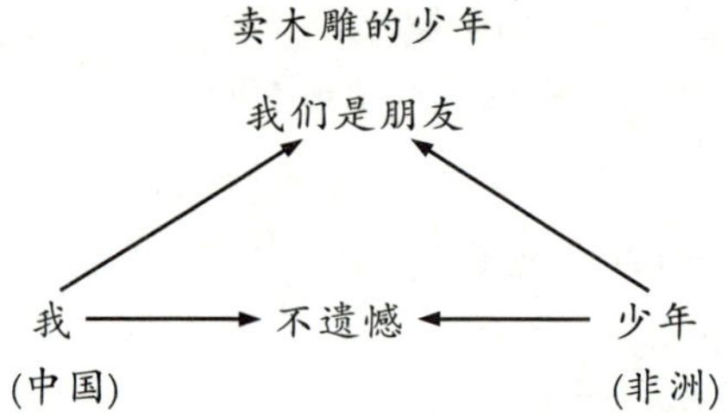

（曾获怀柔区教学设计一等奖）

征友启事
（第一课时）

宋书慧（怀柔区教科研中心）

一、教学目标

1. 认读“征、启、犊、孤、联、驹、陪”七个认读字和一个多音字“系”；理解并运用“或者……或者……或者……”的表达方式。

2. 学习朗读课文。

3. 了解课文内容，知道小牛犊两次征友结果不一样的原因，懂得“对朋友的要求过多，就会失去朋友；对朋友的要求适度，才能找到许多朋友”的道理。

二、教学重点

1. 理解并运用“或者……或者……或者……”的表达方式。

2. 知道小牛犊两次征友结果不一样的原因，懂得“对朋友的要求过多，就会失去朋友；对朋友的要求适度，才能找到许多朋友”的道理。

三、教学难点

理解并运用“或者……或者……或者……”的表达方式。

四、教学策略

“以读为本，注重运用”与多种方法有机结合。

五、教学过程

（一）导入新课，理解题意

1. 同学们，通过昨晚的预习，大家认识了一位新的动物朋友——小牛犊。他怪孤单的，一心想找个朋友，于是就在牛栏前贴出了一张征友启事。这节课我们一起学习第八课《征友启事》。请认真看老师写课题；齐读课题。

2. 通过昨天的预习，谁理解了“启事”的意思？给大家讲一讲。

3. “征友启事”又是什么意思？

【设计意图】在学生初步预习的基础上，通过查字典和联系课文内容的学习方法了解课题意思，帮助学生形成解题意识。

（二）一读课文，读准字音

1. 自己轻声读课文，要读准文中七个认读字和一个多音字的字音。

2. 当小老师，领读课件上七个认读字、一个多音字及词语。

3. 指七名学生按自然段读全文，大家认真听他们是否读得正确。

【设计意图】检查学生预习、自学情况，帮助学生逐步养成认真预习、自学的好习惯。

（三）二读课文，整体感知

1. 自读课文，想想：课文主要讲了一件什么事？

2. 课件——按照谁、干什么、结果怎么样的顺序来回答：课文主要讲了一件什么事？

【设计意图】让学生整体感知课文内容，帮助学生形成篇章意识；初步培养学生完整、简要提取信息方法的意识和能力。

（四）三读课文，质疑梳理

1. 默读课文，想想：你读懂了什么？还有什么不懂的问题？

2. 小组交流解疑，梳理问题。

3. 小组汇报交流，教师相机梳理，引导、归纳有价值的共性问题。

【设计意图】学生初步学习课文内容，自学思考后小组交流，帮助学生形成互助合作意识；初步培养有价值质疑的意识和能力。

（五）四读对比解疑，指导朗读、表达、运用

课件：小牛犊两次征友，结果为什么不一样？你从这件事中受到了什么启发？

1. 学生按照“自学——小组交流——全班交流提升”的顺序解疑感悟，指导朗读、表达、运用。

2. 比较两张启事的相同与不同，学习运用表达方法。

（1）课件：“我想找个朋友。希望这个朋友能和我一起吃草，一起玩耍，一起晒太阳，一起学耕田。谁能做到以上几点，欢迎前来联系……”

（2）课件：“我想找个朋友。希望这个朋友能和我一起吃草，或者一起玩耍，或者一起晒太阳，或者一起学耕田。谁能做到以上一点，欢迎前来联系……”

（3）对比指导朗读，说说两张“征友启事”的内容、结果有什么不同，原因是什么。

a. 第一张“征友启事”的意思不变，还可以怎么说？小组讨论，合作填空。

b. 师相机总结提升：看来同一个内容，可以有不同的表达方式。

3. 深入探究，运用语言。

（1）“或者”一词怎么会有这么大的魔力，动手查字典弄懂意思。

（2）第二张“征友启事”只是把三个“一起”换成了三个“或者”，把“几”换成了“一”，其结果竟是如此不同。

（3）同样：第二张“征友启事”的意思不变，把“或者”换成其他词语，还可以怎么说？自己练习填空。

（4）师相机总结提升：看来同一个内容，可以有不同的表达方式。我们的汉语言是多么的奇妙啊！这两则“征友启事”的不同表达方式，竟然产生了两种截然不同的结果，汉语言真是魅力无穷啊！拿起笔把“或”和“要么”这两个词语写在“或者”的旁边。

（5）如果要你写张“征友启事”，用上“或者……或者……或者……”的表达方式，你应该怎样写？学生拿出作业纸，完成作业练习。

（6）展示交流。

【设计意图】采用教、扶、放的方法让学生感知文本语言表达方式，积累表达方式，进而迁移运用表达方式，体会汉语言的无穷魅力。

（六）五读回归整体，形成解释，升华感受

1. 自读全文，想想：小牛犊两次征友，结果为什么不一样？你从这件事中受到了什么启发？完整地说一说。

2. 师相机引领提升启发：

（1）可以从课文说明的道理来谈。

（2）可以结合生活实际来谈。

（3）也可以从小牛犊应该感谢老牛帮助它找到第一次征友失败的原因来谈。

【设计意图】引领学生回归整体，完整、有条理地回答贯穿全文的问题，旨在着力培养学生形成解释的能力；多角度谈启发，着力培养学生认识的多元与客观。

（七）作业与延伸

1. 继续完善课堂作业：请你写张“征友启事”，用上“或者……或者……或者……”的表达方式。

2. 把你的“征友启事”读给家长听听。

附：板书设计

征友启事

第一次	第二次
“一起……一起……一起……一起……”	“或者……或者……或者……”（或　要么）
没找到一个朋友	找到了许多朋友

珍 珠 泉

（第二课时）

潘　芬（怀柔区教科研中心）

一、教学目标

1. 了解课文叙述的顺序，能根据课文内容展开想象，感受珍珠泉的美丽和可爱。感受作者对珍珠泉、对家乡的赞美和喜爱之情。

2. 能正确、流利、有感情地朗读课文。从第二、第三自然段中任选一段背诵。抄写自己喜欢的语句。

3. 学习抓住景物特点写具体的方法。初步感知直接描写的方法。

二、教学重点

读中感悟，想象珍珠泉的样子，读中积累优美语句。

三、教学难点

能根据课文内容展开想象，感受作者对珍珠泉、对家乡的赞美和喜爱之情。联系上下文和生活实际理解“多像一串一串彩色的珍珠啊”。

四、教学策略

1. 以读为本感受珍珠泉的美丽。

2. 联系上下文和生活实际理解词语和句子。

五、教学过程

（一）复习导入，感知整体美

1. 按自然段朗读课文，回顾内容。

我们继续学习《珍珠泉》，伸出手指跟老师一笔一画书写课题。课文围绕珍珠泉主要写了什么？请六位同学分自然段朗读课文，其他同学认真思考。相机板书：位置、样子、喜爱。

【设计意图】做好课时衔接。根据内容安排落实好本节课的教学目标，采用动手、动口直接整体入课，为后边的教学节约了时间。识字写字是小学阶段的基础内容，不能忽视，师生一起写课题是学生乐于参与的形式，更重要的是老师一笔一画写板书起到了很好的书写示范作用。

2. 对比朗读，感悟情感。

课文中有一句话直接写出了这就是作者吴然家乡的珍珠泉，赶紧找到。师生对比朗读，体会同一个句子不同的读法会有不一样的表达效果。

出示第四自然段：这就是美丽的珍珠泉，这就是我们村的珍珠泉！

【设计意图】快速浏览课文，学生准确提取信息，师生对比朗读感悟不同读法，培养学生语感。

（二）品词赏句，感悟表达美

1. 创设情境，感受位置美。

这就是我们村的珍珠泉，你看作者多自豪呀！就我们村有，别的村没有。那我们可别错过这样的好机会，快快出发。清晨，我们师生一行早早地来到了静悄悄的村子里，村子前面有一个小山包，远远看去真像一个绿色的大绒团，加快脚步，走上山包，树很密，草很深，花很多。读读第一自然段，就清楚珍珠泉所在的位置了，指名说。我们漫步在石板铺成的小路上去欣赏珍珠泉该是多大的享受哇！

【设计意图】教学要大胆取舍，突出重点。第一自然段教师用过渡语创设真实情境以读带讲，直奔下一段的学习，以达到突出教学重点的目的。

2. 从泉水和水泡的特点，感受样子美。

（1）默读第二、第三自然段，从哪些语句感受到珍珠泉美的？把有关的语句画下来，把感受在旁边写一写。最后带着你的理解和想象练习朗读。

【设计意图】自主学习，自读自悟。学生已经具备一定的自学能力、想象能力，学习过批注的方法，所以给足学生自己思考学习的时间很重要。在提取文本信息的基础上，做好深入交流文本的准备。

（2）交流分享，感受珍珠泉的美。

预设1：“水是那样绿，绿得像是被周围的绿树、绿草染过的。水是那样深，又是那样清，清得能看见潭底的青褐色的石头，能看见沉积在潭底的沙粒和已经发黑的树叶。”

A. 从泉水特点绿、深、清感受到水美。三个那样说明什么？特别绿该怎么读？

B. 导：泉水怎么绿了，怎么清了？看看作者是怎样把特点写具体的。

C. 对比读句子，哪种写法更好。

a. 水是那样绿，绿得像是被周围的绿树、绿草染过的。水是那样深，又是那样清，清得能看见潭底的青褐色的石头，能看见沉积在潭底的沙粒和已经发黑的树叶。

b. 水是那样绿，水是那样深，水是那样清。

D. 带着你的理解和想象朗读，入情入境地读，老师会认真倾听，透过声音你会让我听出什么？

E. 不看课文了，你们试着填一填。一分钟快速记忆，看谁能把这段话背下来。这个句子谁会背了，会背的背一背，还没背下来的没关系，看大屏幕一起读。

【设计意图】以学定教，学生汇报泉水，我们就来品读泉水特点的美。提取信息，即泉水的特点“绿、深、清”并不难，难的是抓准重点词深入品读语句，所以，我采用了上面五步呈现了教学过程，不但突破了重点，而且体现了读中感悟，读中赏析，特别是在读中体现了无痕的积累，真正达到了水到渠成。好的学习效果的呈现也让老师享受了课堂。

预设2：“周围镶嵌着高低错落的石头，上面长着一层黑里透绿的青苔。那绿得没有一点儿杂色的蕨草，那悄悄地开放着的花朵，给珍珠泉编了个朴素的花环。”

学生读句子谈感受。是什么给珍珠泉编织了个朴素的花环？指名说。对呀，没有人工的雕琢，这就是大自然赋予它的美丽而朴素的花环，多么难得的景色呀，这就是一种自然的美。那石头，那青苔，那蕨草，那花朵给珍珠泉编了个美丽的花环。这是泉水周围的环境美。

【设计意图】四年级学生品词析句的能力还有欠缺，尤其是难句的品读，所以，我采用教师提升的语言引领学生解读“朴素的花环”。

不但泉水美，而且周围环境也这么美，让我们连起来再领略一下泉水的美，优美的音乐会使我们如入仙境一般。配乐朗读第二自然段。

【设计意图】第二自然段回归整体，配乐朗读进入高潮，共享文本。

预设3：“最有趣的，当然是那晶亮的、饱满的、一嘟噜一嘟噜从潭底冒出来的水泡了！开始，水泡很小，摇晃着越升越高，越来越大，最后在水面绽开了，在‘扑哧’一笑中消失了！”

A. 一嘟噜一嘟噜（数量）　　晶亮的（颜色）　　饱满的（形态）

这部分描写的是由泉眼冒出来的水泡，由小变大，最后消失的有趣过程，这是水泡的动态美。

B. 扑哧一笑，仿佛让你听到了什么，看到了什么？多么快乐、淘气、可爱的水泡呀！

C. 老师也被你们的朗读感染了，我也特想读，闭上眼睛静静地听老师朗读这部分，边听边想象水泡向上冒多有趣呀！

【设计意图】挖掘教材，顺学而导。抓住生成，调控引领，关键是在情景当中乐读、乐品、乐积累，把文本中的语言内化成自己的语言，要知道学是为了用，为了更好地表达。

这是水泡的动态美，阳光照射下的水泡又是怎样的一番景象呢？

预设4：“有时候，透过密密的树叶，太阳筛下一束束金光，照在水面上，照在正升起的水泡上，一直照到潭底青褐色的石头上。水面和潭底，金色的光斑和银色的光斑交错着；水泡闪亮闪亮的，射出红的光，黄的光，绿的光，紫的光……多像一串一串彩色的珍珠啊！”

A. 金色光斑和银色光斑交错着，五光十色，除了红黄绿紫的光，还有什么光？你怎么知道的？……省略号；看插图。你真会学习，不但注意了标点符号，还会利用书中的插图。

B. 向上冒的水泡像珍珠，阳光照射下的水泡也像珍珠，所以，作者最后用了一个比喻句，多像一串一串彩色的珍珠啊！现在你明白为什么叫珍珠泉了吧。我们再有滋有味地读出水泡的美，把这彩色的水泡和动态的水泡永远地留在我们的脑海中！

【设计意图】授之以鱼不如授之以渔，教给学生学习方法是学生学会学习的基础。动态美和静态美有机结合，渗透写法。

从水桶中流出来的水在石板路上跳跃着，在作者眼中那就是珍珠啊，这种喜爱是多么的情有独钟呀！小时候喜爱，现在仍然喜爱！

（三）拓展阅读，领悟写法

学生阅读《灵泉》，思考：《灵泉》与《珍珠泉》对比，写法一样吗？

【设计意图】初步感知直接描写法和间接描写法。

（四）总结全文，回顾美

今天，我们身临其境般欣赏了作者吴然家乡的珍珠泉。小山包上有树，有草，有花，远远看去就像一个大绒团，周围的景色又给珍珠泉编织了花环，这些更衬托出珍珠泉的美。从泉眼冒出来的水泡淘气、可爱，阳光照射下的水泡色彩斑斓，所以，我们和作者一样由衷地发出赞叹："这就是美丽的珍珠泉，这就是我们村的珍珠泉！"多自豪呀！一起来！

（五）布置作业，积累美

1. 从第二、第三自然段中任选一段背诵，最好两个自然段都背。摘录你认为写得好的语句。

2. 课外阅读作者吴然的《歌溪》《珍珠雨》等。

【设计意图】语文教学要追求"大语文"观，教学不能仅仅局限于课本中的内容。落实课外阅读量，阅读积累要有实效。

附：板书设计

- 珍珠泉
  - 位置
  - 样子
    - 泉水
      - 周围环境
      - 绿深清
    - 水泡
      - 色彩
      - 动态
  - 喜爱

（曾获2010年首都师范大学区域教育合作项目课堂教学评比二等奖）

小　珊　迪

（第二课时）

陈丽方（密云县第二小学）

一、教学目标

1. 有感情地朗读课文，把握课文主要内容，理解小珊迪诚实善良的品质。

2. 领悟课文按地点变化顺序记叙的特点以及作者借助外貌、对话描写突出人物特点的方法。

3. 想象情境，能仿照文中对话特点补写珊迪危难时叮嘱弟弟还钱的情景。

二、教学重点

把握课文主要内容，理解小珊迪诚实善良的品质。

三、教学难点

领悟作者借助外貌、对话描写突出人物特点的方法；想象情境，仿照文中对话特点补写一段话。

四、教学策略

依据以读为本，全面提高学生语文素养这一宗旨，我采取“读进去——读出来”的导读方法。在“读进去”时，设法引导学生进入情境与文中人物对话，并将前后内容滚动起来深刻理解珊迪诚实善良的品质。在“读出来”时，着重引导学生品味人物语言（对话）的描写方法，并抓住“还钱”情节中的艺术空白点，以此作为读写结合点，启发学生展开想象，合理补白，在深刻领会珊迪诚实、信守承诺品质的同时，从读学写，突破教学难点。

五、教学过程

（一）感知内容，把握大意（5 分钟）

1. 学生自读课文并思考：课文按地点变换顺序先后记叙了小珊迪哪几件事？

2. 引导学生把三部分内容连起来说一说文章主要内容。

【设计意图】 把握文章主要内容是第二学段的教学难点，因此教师先搭建台阶，再引导学生运用串联各部分内容的方法初步把握文章主要内容，并理解课文按地点变化顺序记叙的特点。

（二）深切研读，深刻感知（25 分钟）

1. 自学提示：小珊迪是怎样一个孩子？他的哪些行为表现让你感动？默读课文，边读边画出描写小珊迪言行神态的语句，思考并练习运用词语批注自己的感受。

【设计意图】 教师提出统领全文的问题，引导学生带着问题自主学习的同时教给学生明确的自学方法，不仅能培养学生自主阅读的能力，达到授之以渔的目的，而且充分体现了学生是课堂主人的教学理念。

2. 学生自学标画，教师巡视提示。自学完毕后，组织集体合作研读。教师指导重点及方法如下：提示学生“课文安排材料有顺序，交流时也要有顺序”。

3. 学习第一部分（第一～八自然段），感受小珊迪的穷苦。

（1）指导朗读描写人物外貌的语段，引导学生抓住描写中“又薄又破”“瘦瘦的小脸”“冻得发青”“一双赤脚”“又红又肿”这些词语真切感受小珊迪的可怜。

【设计意图】 在指导朗读的过程中，教师无痕地点拨学生抓人物典型特点描写外貌的方法。

（2）指导朗读并练习分角色朗读描写珊迪卖火柴的语段，引导学生抓住人物“请”“请求”“乞求”的表现以及主动降价的言语，感受珊迪饥寒交迫已到极点的情形，同时领悟作者通过描写语言、神情突出人物特点的表达方法。

【设计意图】 在指导分角色朗读的同时，教师无痕地点拨学生通过语言、神情描写表现人物特点的方法，将读中悟写落到实处。

4. 学习第二部分（第九～十一自然段），感悟小珊迪的诚信善良。

（1）过渡：就是这样一个穷苦、可怜的小珊迪，他的哪些表现令你感动呢？

（2）仔细读一读小利比的话，算一算：被轧成重伤的小珊迪手中留下（换零钱时花去的）多少钱？

1 先令 =12 便士 12 -4 -7 =1（便士） （还回）（丢了）（留下的）

（3）了解了这些后，你发现什么？（在前后联系中，加深学生的认识：在珊迪的心目中，诚实守信比看病重要，甚至比自己的生命还重要！）

（4）带着前面的发现，再读一读第一～八自然段，你有什么新的感受？

【设计意图】将前后内容滚动起来，加深学生的理解：饥寒交迫的珊迪那样迫切地需要钱充饥保暖，然而为了一个承诺，即使生命垂危，也不多留一便士。将前后内容滚动起来理解，引导学生深刻感受珊迪虽然穷苦、生命垂危，然而视诚实守信比生命重要的高尚品质。同时，领悟开头环境、背景描写的铺垫作用。

（5）激发学生想象写话：（配乐）

被马车轧成重伤的小珊迪拖着血肉模糊的双腿在地上艰难地爬着寻找零钱……找了半天，只找到了四便士，他心急如焚……见到闻讯赶来的小利比，小珊迪又是怎样叮嘱弟弟还钱的，兄弟俩会怎样说，怎样做呢？把你想象到的情景写下来。

①学生写话，写好后读一读。

②学生朗读自己的写话，教师适时评价指导。

预设：教师在表扬优点的同时适时点拨学生省略号表示说话断断续续的用法，并恰当使用省略号；适时提示学生使用多种形式的提示语……

【设计意图】评价学生习作时，教师以表扬为主，激励中提出修改建议，这样，不但顺应学情，使学生易于接受，而且保护了写话兴趣，让写话在自主修改中不断完善。

③学生修改完善写话。

【设计意图】通过激发学生合理想象补白，组织学生赏评、修改，使学生不仅与文本、作者、主人公产生深刻共鸣，深切感受到珊迪的品质，还学到了对话描写的方法，将从读学写落到了实处。

5. 学习第三部分（第十二～十四自然段），感受珊迪善良、手足深情。

过渡：轧断双腿的珊迪为了遵守一个小小的承诺，坚决让弟弟去还钱，这种以生命为代价的诚信，多么令人感动啊！于是，我主动去探望珊迪，再次被感动了。

（1）探望中，小珊迪的哪些表现令你感动？

出示：可怜的珊迪躺在一张破床上，一看见我，就难过地说："先生，我换好零钱往回跑的时候，被马车撞了。我的两条腿全断了，就要死的。"然后对弟弟说："小利比，我可怜的弟弟！我死了你怎么办呢？谁来照顾你呢？"

（2）联系第一～八自然段的内容，再读这段话，你能读懂什么？

【设计意图】将前后内容滚动起来理解，加深了学生的认识：了解到珊迪千方百计纠缠我买火柴的原因——天气寒冷、家中有小弟弟，他不得不这样做，体会到幼小的珊迪在维持兄弟二人生活中历尽了艰辛。以上这些，足见其善良本色，兄弟间手足情深。

（3）联系小利比还零钱时的语句读这段话，你又能读懂什么？

【设计意图】在前后联系中，体会珊迪善良、讲诚信、有骨气，品格高尚，令人敬佩。

（4）（配乐）引读第十三～十四自然段，升华学生情感。

教师：心爱的弟弟有了依靠，珊迪终于了却了唯一的牵挂。

学生齐读：他目不转睛地看着我，像是表示感激。突然，他眼睛里的光消失了，他死了。

教师：万没想到，初次相识却成了永别，忘不了那个初次在旅馆门前遇到的小男孩。

指名读：这时走过来一个小男孩，身上只穿一件又薄又破的单衣，瘦瘦的小脸冻得发青，一双赤脚又红又肿。

教师：小珊迪走远了，然而他的美好品质——诚信、善良却深深地印在我的内心深处，也打动着一代又一代人们的心灵！让我们永远记住他的名字。

学生齐读课题：小珊迪。

【设计意图】通过师生合作朗读，学生将课文前后内容联系在一起，使得小珊迪善良、诚信的形象“站”在每位学生面前。在朗读中，学生不仅深化了认识，还升华了情感，敬佩之情油然而生。

（5）回应课题，渗透小中见大的拟题技巧。

（三）拓展阅读，丰富感受（10 分钟）

1. 过渡：一份真情感动了买火柴的先生，更打动了订报纸的人们，这又是怎么回事呢？

2. 学生自主阅读《语文读本》中《真情的回报》。读后，谈一谈你有什么感受。

学生齐读：诚实的劳动，换来的是难忘的关怀与爱意。

3. 作业布置：继续修改课堂练笔；再读些搜集到的写人的文章，相信这些感人的故事会不断打动你，别忘了，把你心中的感动与大家分享。

【设计意图】得法于课内，得益于课外，以一篇带多篇，使学生在受到思想浸染的同时，进一步丰富写人文章的方法，积累语言，提升语感。

附：板书设计

小珊迪

旅馆前：乞求买火柴

↓

旅馆里：被轧伤，让弟弟还钱　诚信

↓

珊迪家：临死惦念弟弟　　　　善良

自然界之道
（第二课时）

朱立波（密云县第二小学）

一、教学目标

1. 懂得如果违背自然界规律，有时好心也会办错事的道理。

2. 朗读课文，理解“如果不是我们，这些海龟根本就不会受到伤害”这句话的意思，并体会它在表达情意上的作用。

3. 培养学生在了解动物的基础上，热爱、保护动物的感情，并能把自己想到的写下来。

二、教学重点

了解课文内容，懂得如果违背了自然界的规律，有时好心也会办错事的道理，产生热爱和保护动物的感情。

三、教学难点

理解课文中“如果不是我们，这些海龟根本就不会受到伤害”这句话的意思，并体会词语在表达上的作用。

四、教学过程

（一）复习导入，激发兴趣（2分钟）

1. 板书课题，让学生结合初读中的认识，说说题目中的“自然界”指什么，“道”又指什么。

2. 自然界的规律是什么呢？就让我们一起走进课文吧！

（二）回忆课文，知道大意（3 分钟）

1. 自由读课文，想一想课文讲了一件什么事。

2. 是的，我们在南太平洋加拉巴哥岛上看到了怎样的情景？快打开书找一找。

（三）精读课文，感悟“之道”（17 分钟）

1. 过渡：看到这些情景，我和向导是怎么做的？默读全文，我们与向导是怎样做的，为什么这么做？边读边用不同的线条画一画，并用“·”标出重点词语。

【设计意图】让学生自学成为课堂教学的基本环节，教师既提示思考的问题，又提示自学和思考的方法。

在学生默读自学之后组织汇报交流。教师指导的重点如下：

第四自然段：

过渡：我和同伴紧张地看着眼前的一幕，其中一位焦急地对向导说：“你得想想办法呀！”

你读出了什么？（着急。怕幼龟被吃掉）

（1）我们为什么着急？看到了什么？（读第二、第三自然段）

（2）是呀，怜悯之心人皆有之，谁能忍心见死不救呢？向导是怎么做的呢？

出示：向导却若无其事地答道：“叼就叼去吧，自然界之道，就是这样的。”

（1）什么是若无其事？（好像没有那么回事，不动声色）

（2）那该怎么读？自己读—指名读。请你也带着这样的感觉读读这句话。

（3）结合上文说说向导说的自然界之道指的是什么？（嘲鸫吃幼龟是很平常的事。）

师：弱肉强食是自然现象，不该干涉。指名读令我和同伴紧张的一幕。

2. 是呀，面对眼前的情景，我和向导的心情一样吗？带着感受把第四、第五自然段连起来读一读。

3. 向导的冷淡招来了同伴们一片“不能见死不救”的呼喊。（出示）

出示：向导极不情愿地抱起小龟，把它引向大海。那只嘲鸫眼见着到嘴的美食给抱走了，只能颓丧地飞走了。（极不情愿什么意思，为什么会极不情愿？体会向导的心情和做法之间的矛盾与无奈）对比着读一读。

4. 我们的爱心，使一只可爱的幼龟得救了，（板书：爱心　得救）接下来发生了什么事呢？

5. 读一读第八自然段。我们是怎样救幼龟的？再读，抓住一系列的动词体会写具体。抓住形容词体会心情急，跑得快，次数多。

引读：这时，数十只幼龟已成了嘲鸫、海鸥、鲣鸟的口中之食。人们赶快行动了起来。女生读读。（我们的向导赶紧摘下棒球帽，迅速抓起十多只幼龟，放进帽中，向海边奔去。我们也学着他的样子，气喘吁吁地来回奔跑，算是对自己过错的一种补救吧。）

引读：动作再快一点，跑得再快一点。我们每快一秒就可以多抢救出几只小龟。男生读。（我们的向导赶紧摘下棒球帽，迅速抓起十多只幼龟，放进帽中，向海边奔去。我们也学着他的样子，气喘吁吁地来回奔跑，算是对自己过错的一种补救吧。）

6. 我们看到怎样的情景，才有了这样的行为？读第六自然段。看图描绘，出示录像。

让我们看看那惨烈的一幕吧！（播放课件，教师适当讲解）看完再问，你的心情怎样？顺势导读。（你脑海中发生了什么？把这些情景带入文字中，体会着读读。）

7. 面对眼前的一切，我们震惊了。就是我们自认为好心的一个举动，此时此刻却带给小龟们灭顶之灾！而我们只能学着他的样子，气喘吁吁地来回奔跑，算是对自己过错的一种补救吧。

8. 过渡：听着鸟儿满足的欢笑的叫声，望着美丽的沙滩上，被食肉鸟丢弃的幼龟们支离破碎的尸体和斑斑点点的鲜红的血迹，我们低垂着头，默默无语。向导终于发出了他的悲叹。

出示句子：

终于，向导发出他的悲叹：“如果不是我们，这些海龟根本就不会受到伤害。”

读一读，你读出了什么？（后悔、惭愧）

（1）出示对比句，分析带点词的用法。（双重否定表示肯定）

A. 终于，向导发出他的悲叹：“如果不是我们，这些海龟根本就不会受到伤害。”

B. 终于，向导发出他的悲叹：“是我们，这些海龟才受到了伤害。”

（2）对比着读一读说说它们分别是什么意思？

（学生读句子体会两句话表示的意思是相同的）

（3）两句话表示的意思相同，那它们在写法上有什么不同呢？你觉得哪句好？为什么？

【设计意图】引导学生体会双重否定表示肯定的语气，双重否定的句式能增强语气，表现人物悲伤、后悔、惭愧的情感。

9. 启发学生，设想如果我们什么都不做，那会是怎样的情景？请你结合上文找找根据。（从幼龟“探”“欲出而止”看出这些海龟是很有警惕性的。那只小幼龟是侦察兵。）

10. 此时你又是怎样理解向导说的“叼就叼去吧，自然界之道，就是这样的”这句话的？（那样只是叼走一只，却能使更多的幼龟免受食肉鸟的吞噬。）

11. 可是，我们偏偏就没有遵循……把你的感受用如下句式写（说）出来。

如果不是我们______________，这些海龟根本就不会受到伤害。

12. 读到这儿，让我们想一想故事里“自然界之道”中的“道”指的是什么？

【设计意图】把教学重、难点与理解课文的中心思想结合起来，学生学起来有法可循，困难自然也就迎刃而解。

（四）拓展延伸，深化“道理”（10 分钟）

1. 课文记述的是一个真实的故事，它成为作者伯罗蒙塞尔永生难忘的惨痛的教训。老师查到了他的原作，最后有这样一句话：

“人是万物之灵，然而，当人自作聪明时，一切都可能走向反面。”

学生齐读，这就是作者当时心情的真实写照。

小结：了解自然规律，遵循自然规律，人与动物才能和谐发展。

2. 此时此刻你就漫步在沙滩上，你有什么感受，写一写。

请选择其中的一个方面写写自己此时的感受吧！

3. 交流评价。

全文总结：是的，自然界之道存在着许多它固有的道理，我们不可以去违背，否则将会好心办坏事。在大自然中还有许多自然之道等我们去探索，解“道”在前，循“道”在后，“顺其道而胜之”。

【设计意图】在培养学生书面表达能力的同时，进一步提升学生遵从自然界规律，科学办事的思想认识。

（五）依据学情，布置作业（8 分钟）

1. 摘录课后四字词语。
2. 推荐书目：《大自然的启示》。

附：板书设计

		一只得救
	遵循	↑
自然界之道	←	爱心
		↓
		一群遇难

缝　纫　鸟

（第二课时）

罗海英（密云县第三小学）

一、教学目标

1. 理解课文内容，感受我对缝纫鸟高超的建巢本领和不惧困难、坚韧不拔精神的赞赏。

2. 能够结合课文内容感受作者的细致观察和有序描写。

3. 有感情朗读课文，背诵课文最后一个自然段。

二、教学重点

理解课文内容，感受作者对缝纫鸟的赞赏之情。

三、教学难点

能够结合课文内容感受作者的细致观察和有序描写。

四、教学过程

（一）回忆内容，整体感知

1. 齐读题，回忆作者共几次观察缝纫鸟。请用概括的语言说一说，三次观察有什么不同。

2. 生反馈三次的不同：第一次观察的编织全过程；第二次近距离地仔细观察巢穴；第三次雨过天晴，观察到缝纫鸟修补巢穴。

【设计意图】这是一篇比较长的课文，作者的三次观察是课文的主要线索。找到了三次观察的不同，就能够把握课文的主要内容，从而使能学生在整体感知的基础上，继续深入学习。

（二）轻声读全文，画出“我”观察到的情况，在旁边批注读后的感受

（三）学习缝纫鸟三次编织巢穴的过程，感受它的不怕困难与坚韧不拔

1. 学习作者第一次观察缝纫鸟编织巢穴，感受它的灵巧与编织的艰辛。

（1）找出所画的句子，说说作者看到了什么。（板书：编织巢穴）

（2）出示学生找到的句子，感受缝纫鸟的灵巧与作者有序的表达：

它们先从印度洋南岸的草丛中衔来一根根两三尺长的嫩草，再用自己的尖嘴，把草打成几道圆圈，然后后用人类织布的原理，有经有纬地开始把长长的嫩草左右穿梭。

通过读，了解编织的先后顺序，然后按照“先……再……然后……”的顺序说说缝纫鸟是怎样用嘴编织的？（衔草——打圈——穿梭）训练学生语言的表达，感悟作者有序的表达。最后出示缝纫鸟的图片，再读感悟缝纫鸟的灵巧，体会作者赞叹的感情。

（3）通过编织过程体会缝纫鸟劳作的艰辛。

a. 抓住关键词“紧紧、唯一、两三天、不停歇”体会劳作的艰巨。

b. 想象中体会艰辛。是啊，缝纫鸟只有用双脚紧紧抓住树枝才能劳作，如果有个风吹草动，树枝也会随之摇摆，多危险啊！你仿佛看到了什么？

c. 从劳作的时间长抓住重点词想象缝纫鸟的艰辛，感受它的坚强、有毅力，不怕困难。

一只鸟要花两三天时间不停歇的劳动，才能给自己编织成一个能让它自己和情侣相依而居的窝。

生抓住重点词理解，想象当它渴了时，它不停歇；当它累了时，它不停歇；当它脚麻了时，它还是不停歇。最后在读中感受缝纫鸟有毅力，不怕困难。

【设计意图】关注学生的认知习惯，先后通过品味关键词，联系生活实际进行想象，有感情地朗读等方法，让学生感受到缝纫鸟劳作的艰辛，进一步体会它不怕困难，有毅力的品质。另外，在读中感悟作者的写作方法，正是有了细致入微的观察，才能把缝纫鸟编织草窝的过程写得形象生动。

2. 了解巢穴的精致，感受缝纫鸟的本领高超。

（1）感受巢穴的精致、结实。

a. 指读出示课件：

它特别像我们小时候用秫秸皮编织的蝈蝈笼子。经纬交织，左右相连，十分结实，即使从大树上掉了下来，也一点都没有散解或变形。

b. 读中想象缝纫鸟编巢穴的样子，出示巢穴图片再体会，读出赞叹的语气——那草窝简直就是一个精致的艺术品！

（2）结合语句体会惋惜之情。

a. 精致的巢穴被无情地打落在地，说出你是什么心情。

b. 结合“前功尽弃”理解作者的惋惜之情并有感情地朗读。

3. 第三次观察，体会缝纫鸟不会放弃、坚韧不拔的精神。

（1）体会缝纫鸟的不放弃，出示文字并读出坚定的语气。

我相信缝纫鸟是不会就此罢休的。它们一定再去衔草，重新编织可爱的窝——依然那样精致，那样结实。

（2）学习第三次观察的内容，体会不罢休的精神。

a. 找出描写缝纫鸟的句子，想象它会说些什么。

b. 结合全文想一想，面对艰巨的劳作，从它们的快乐中，你又体会到了什么？——乐观，不怕困难，不怕失败。

c. 填空，进一步体会乐观，不怕困难、不怕失败、坚韧不拔的精神。

（　　　　　　）时，它们也不会罢休。

（　　　　　　）时，它们不会罢休。

（　　　　　　）时，它们都不会罢休。

d. 让我们在欢快的音乐声中，读出它们的这种精神。指读，师生同读最后一个自然段。

【设计意图】学生本节课的学习已经到了尾声，随着对缝纫鸟认识的不断深入，学生要对缝纫鸟所带来的启示进行思考、整理、归纳。所以在本环节的教学中采用多种形式加深对它的认识。通过想象缝纫鸟说的话，结合全文进行填空以及引读、配乐读等多种方式的读，让缝纫鸟的形象及品质在学生心中逐渐清晰。

（四）回顾全文，感悟写法

1. 生回顾自己对缝纫鸟的认识：灵巧可爱、不怕困难、坚韧不拔。

2. 想一想作者是怎样把这些展现在我们面前的。体会作者细致的观察和有序的表达。

（五）作业

搜集了解缝叶莺、织布鸟（出示图片）或其他有特点的鸟的资料，下一节课交流。

附：板书设计

缝纫鸟	编织巢穴	本领高超
	修补巢穴	坚韧不拔

今天我真快乐

（习作赏评课）

杨亚文（密云县第三小学）

一、教学目标

1. 激发学生习作的兴趣，促进学生语言的发展。
2. 用自己的话把自己做过的事情写清楚，表达自己真实的感受。

二、教学重点

写自己做过的事，写自己想说的话。

三、教学难点

把感受最深的过程写清楚，表达“快乐的”感受。

四、教学策略

以鼓励为主，进行“五步”赏评。

1. “赏”中树目标。欣赏佳作中，使学生知道“好”作文的标准。
2. “评”中明表达。互评习作中，使学生明白怎样说真话，表真情。
3. “比”中找距离。自我比较中，使学生找到与目标之间的距离。
4. “改”中见成长。自主修改中，使学生看到自己的成长过程。
5. “展”中促发展。平台展示中，使学生得到新发展的动力。

五、教学过程

（一）激趣促再读

1. 表扬学生当堂完成习作，感受到每个同学都在用心，表达自己的快乐。

2. 轻声读自己的习作，边读边回忆生活中的情景，为自己修改习作作铺垫。

（二）赏中明目标

1. 赏真实。

（1）组织学生猜测准备欣赏的文章的作者。通过教师畅谈读习作的感受，组织学生猜猜谁的文章写得最好，能真实地表达自己的快乐。

【设计意图】学生猜测的过程，学生享受到的是一种快乐，产生的是一种心理的期待，树立起学生习作的自信。同时，创设快乐的情境，还使学生在轻松愉悦的氛围中欣赏习作，迫切想看到同学感到快乐的事件。

（2）邀请作者说说自己所写的事件，并朗读自己的佳作。引导学生边听边思考所写的事件，然后组织学生交流听后的感受，再说小作者当老师的助手，给同学判数学题时的情景，随之板书“真实”。

（3）引导学生理清“第一个做完——我做的全对受到表扬——当小助手判同学们的数学书”这一事件的过程，指导学生如何在写所做的事件中表达自己真快乐。

【设计意图】树立起关注周围事物，写真事的目标。引导学生认识真事的过程，感受真事带来的情感，知道小作者如何围绕“快乐”，一步一步写出快乐，同时帮助学生在赏佳作同时学会还原生活。

（4）浏览自己的习作，看内容是否真实，找出与目标的差距，为修改习作作铺垫。

2. 赏清楚。

（1）设置悬念，激发阅读范文的兴趣。通过谈从文章中感受到的小作者有军事才能，可能是未来的军事家，引发学生猜猜小作者会是谁。

（2）小作者读自己的佳作，边读边梳理，读中引导学生认识“对打——撤退——建雪城——造兵器”的过程清楚，随之板书“过程清楚”。

（3）引导学生结合生活实际，再次认识写清楚事件的过程，在过程中感受“战略进攻”“战略撤退”“战略防御”“战略反击”“敌进我退”“三十六计走为上”等战略战术的运用之乐。

评价预设：拿雪球对打是快乐的，因此才有了我们的欢声笑语。对打要讲战略，打不过就跑，“三十六计走为上”，多有头脑。带着想象自己读。充分还原生活，感受文字背后隐含的快乐。

评价预设：这样写打雪仗的过程既清楚又让读者感觉是多么有趣，多么快乐呀！

（4）在交流中引导学生认识把事情的过程表达清楚很重要，并随之板书“快乐”。

（5）再读自己的文章，对自己叙述事件的过程有什么想法或发现？

学生可能回答：事件的过程叙述不够完整，觉得哪个地方写得不清楚……这样在比较中发现自己习作的不足，为自己修改内容作铺垫。

3. 赏表达。

（1）我们欣赏的文章写清了事件的过程，能感受到作者是那么快乐。

（2）再欣赏一篇习作，听后说说你的感受。

重点引导：

a. 引导学生抓住：“心都快飞出去。”“你撞我一下，我撞你一下，玩得真开心。”“我的雪球撞飞其他的雪球，却完好无损。”你感受到什么？怎么会有这样的感受？

引导学生发现：小作者写出了自己的心情，还写出了自己当时的做法。

b. 引导学生抓住：“360 度大回环，躲过雪球。”“来了个晴天霹雳，扔中他的脸。”

引导学生发现：说的都是自己的话，自己心中的快乐，语言很有特色，很了不起。

强调：写出真事、真情、真感觉。但担心他的脸被打坏，启发学生这种做法危险，要注意安全。

小结：说自己想说的话，语言有生活的气息。

（三）评中明表达

1. 出示一篇学生的习作。与文中的人物交流，表扬选材的真实。

2. 与作者交谈，引导学生清楚地认识打雪仗三局两胜的结果是快乐的原因，帮助学生理清事件。

3. 组织学生与作者交流想知道的内容，启发学生想象，帮助作者还原生活。

教师组织，做如下的引导：

（1）第一局交战中，只写了男生获胜，同学们想知道什么？在问答中说出男生获胜的过程。

（2）第二局交战中，你们想知道什么？

【设计意图】可能问：怎么打的？怎么胜？在问答中帮助小作者想象、回忆快乐的情景。

（3）第三局交战，请作者讲述当时的情景。

【设计意图】营造轻松愉悦的谈话过程，在这个过程中，还原生活，捕捉快乐的瞬间，进行无痕的指导，在原有的认知过程中帮助学生发展语言。

（四）改中见成长

1. 引导归纳总结，明确修改的目标：真实、清楚、快乐。
2. 回看自己的文章，与赏评的目标对比，发现什么问题？有什么想法？
3. 修改自己的习作。

（五）展中促发展

1. 展示“表达真情，说自己想说的话”。
2. 展示“补充过程，叙述清楚”。
3. 展示“写出感受最深的地方，内容具体”。

【设计意图】抓住课堂生成，引导学生再次领悟把事件的过程写清楚，说自己的真心话。在展示中，让学生获得修改成功的喜悦，树立独立修改的自信心，更好地激发学生的写作兴趣，使学生乐于表达。

附：板书设计

今天我真快乐

真实——自己做过的事

清楚——做的过程清楚

快乐——说自己想说的话

收易拉罐的小男孩

（第二课时）

王山虎（密云县果园小学）

一、教学目标

1. 通过朗读能了解课文内容。

2. 通过品悟语言文字，体会小哥儿俩为了实现自己的梦想坚持不懈、自强自立的精神。感受作者态度变化的原因。

3. 能联系课文内容说一说结尾一句话的意思。

二、教学重点

通过品悟语言文字，体会小哥儿俩为了实现自己的梦想坚持不懈的精神。感受作者态度变化的原因。

三、教学难点

能联系课文内容说一说结尾一句话的意思。

四、教学过程

（一）课题导入

1. 齐读课题。（随机指导，“易”字读音）

2. 读文中难读的词语。一生读正确其他生跟读一遍，读错了大家指正。投影出示。

（二）通读全文，整体感知

1. 请同学们自由读课文，边读边回忆课文讲了一件什么事。

【设计意图】整体感知，理解大意，为深刻理解奠定基础。同时为情境引入作了铺垫。

2. 是呀！这就是“我”在美国亲眼所见亲耳所听的事呀！

（三）细读感悟，加深体会

1. 学习第一～三自然段，了解事件的开始。

（1）“我”是怎么知道小男孩要来朋友家收易拉罐的呢？读第一～三自然段。

（2）“我”是从朋友的话中知道的。请你读一读朋友的话。你有怎样的感受？用你的读来表达。

【设计意图】通过学生的读来了解学生对朋友当时心情的体会。

（3）师生角色扮演互换读。

a. 师读第一自然段，一生读朋友说的话。

b. 师生互换读，其他同学注意听老师读的和那位同学哪儿读得不一样，老师为什么要这样读？

c. 生再带着感受读。

【设计意图】通过师生互换角色读，引导学生先发现语气上的不同，进而引发学生思考为什么不同，最后达到理解人物心情的目的。

（4）体会表达方式。

a. 哪儿告诉我们这话是朋友说的？（后面有提示语）既然都是朋友说的，把“朋友说”放前边好不好？

b. 连着一段将“朋友说”换位置对比着读一读。

c. 是呀！提示语在后时往往是在表达人物的心情。

d. 体会着读一读。

e. 这段话有提示语我们知道是谁说的，那么没有提示语呢？

f. 在写人物对话时，有时没有提示语我们也能知道是谁说的。

【设计意图】通过引导学生发现提示语位置的不同，引发学生思考，再由学生的自读自悟使他们体会到提示语在后的作用。由提示语在后，引出在写人物对话时可以省略提示语。

（5）想象着情景再来读一读第一～三自然段。

2. 学习第四、第五自然段，了解小男孩如期而至，“我”的所见所闻。

（1）感受小男孩经常地来收易拉罐。

a. “我”和朋友继续聊着天，大约过了一个多小时，两个小男孩如期而至，进门后“我”听到了什么？看到了什么？

（生读第四自然段）

b. 随机出示：

听着他们熟门熟路地进了贮藏室，又听到叮叮当当一阵空罐儿响。朋友与我在屋里聊天，全然不介意小家伙们在贮藏室折腾。

c. 请你再读读“我”听到的、看到的，从这些变红的词句中你体会到了什么？

【设计意图】 引导学生抓住重点词句，从而理解小男孩经常来收易拉罐。

d. 带着体会读一读。

3. 感受两个小男孩的有礼貌。

（1）“我”和朋友继续聊着天，十分钟的光景，两个小男孩折腾完了吗？此时“我”又听到了什么，看到了什么？

（生读第五自然段）

（2）如果是你听到了这样的话，看到这样的场景，你觉得两个小男孩怎么样？

【设计意图】 通过换位体验，能够调动学生已有的生活认知，从而达到体会两个小男孩有礼貌的品质。

（3）这也是“我”全然不介意的原因呀！想象着当时的情景读第四、第五自然段。

4. 学习第六自然段，了解“我”真正看到了小哥儿俩及朋友的讲述。

（1）“我”推开门在大街上看到了小哥儿俩，大的14岁左右，小的10岁左右，这时朋友又告诉了“我”什么？

（生读、说）

（2）随机出示“朋友讲这是哥儿俩，就住在附近，每个星期天收集邻居家的空易拉罐，已经有一年多了，无论是刮风下雨，还是大雪纷飞，次次不落。”

你从朋友的讲述中知道了什么？

（3）跟着老师回忆一下前面“我”的所见所闻。

a. 这个星期（依次出示，师读）——

他们熟门熟路地进入贮藏室，会弄出叮叮当当一阵空罐儿响。

他们说："谢谢啦！再见。"接着传来轻轻的关门声。

他们将几个曾经装满空罐儿的硬纸箱，一个摞一个地放得整整齐齐。

b. 仅仅是这个星期吗？

每个星期（依次出示，生读）——

他们都会熟门熟路地进入贮藏室，都会弄出叮叮当当一阵空罐儿响。

他们都会说："谢谢啦！再见。"接着传来轻轻的关门声。

他们都会将几个曾经装满空罐儿的硬纸箱，一个摞一个地放得整整齐齐。

c. 一年多了！那就是五十多个星期呀！

这一年多（依次出示，生读）——

他们都会熟门熟路地进入贮藏室，都会弄出叮叮当当一阵空罐儿响。

他们都会说："谢谢啦！再见。"接着传来轻轻的关门声。

他们都会将几个曾经装满空罐儿的硬纸箱，一个摞一个地放得整整齐齐。

d. 正是他们这样坚持一年多了，所以（依次出示，生读）——

朋友才会对我说："不，不，别丢掉，放在贮藏室那个硬纸箱里去。今天是星期天，他们会来收的。"

朋友才会全然不介意小家伙们在贮藏室折腾。

【设计意图】通过滚动式读书，和师生合作读，学生能够深刻理解朋友的讲述，从中体会到小哥儿俩收集易拉罐的那份坚持，理解朋友不让扔易拉罐和全然不介意的原因，为体会小男孩为了实现目标坚持不懈的精神奠定了基础。

5. 以读代讲，知道小哥儿俩为什么坚持收集易拉罐。

6. 感受"我"的怀疑。

（1）小哥儿俩要靠卖易拉罐买汽车？你们有什么想法？

（2）根据学生回答出示对比句：

卖易拉罐买汽车？在我们看来不可能，"这能行吗？"

卖易拉罐买汽车？这中间的距离在我看来无疑比从地球到月球还远。"这能行吗？"

a. 对比着读一读，你有怎样的体会？

b. 我们就是作者，用你的读来表达你的怀疑。（指名读）

c. 我们都来读一读，体会这样的表达方式。

【设计意图】学生谈自己的想法，体会到了"我"的感受，在此基础上出示对比句，使学生的感受更加深刻，同时又潜移默化地体会到了打比方表达方式的作用。

（四）体会小哥儿俩为了实现目标坚持不懈的精神，产生佩服的感情

1. 我这样的怀疑，朋友又告诉了“我”什么？（生读、说）

2. 老师告诉同学们一个背景：在美国16岁就可以开车了，一辆便宜的汽车我国大约要卖四万块钱。咱们来算一算：一个易拉罐1毛钱，10个一块钱，100个……那四万块钱小哥儿俩就要收40万个易拉罐呀！同学们想象一下这40万个易拉罐要堆在你的面前那将是怎样的情景？

【设计意图】通过学生对四十万个易拉罐有了直观的印象，对小男孩要收易拉罐之多有了深刻的体会，为体会小哥儿俩的坚持不懈的精神作好了铺垫。

3. 为了收齐这堆砌如山的40万个易拉罐，小哥儿俩是怎样做的？读第六自然段。小哥儿俩就是这样无论刮风下雨，还是大雪纷飞，靠自己稚嫩的双手一个一个……收集着这40万个易拉罐呀！

（1）此时你想对小哥儿俩说些什么？

（2）用你的读来表达你的佩服。（指名读）

（3）带着自己的感受读。

4. 小哥儿俩这样的坚持为了什么？（买汽车）是呀！这辆汽车就是小哥俩的目标、理想，为了实现这个目标、这个理想，用自己的实际行动努力着、坚持着，这种坚持不懈的精神怎能不让我们佩服呢？（齐读）

【设计意图】通过读书使学生了解到要收集如此之多的易拉罐就要坚持去做，从而达到对小哥儿俩行为的佩服，进而体会到了要想干成一件事就必须坚持去做。

（五）感受小哥儿俩的乐观

1. 这时我们再看小哥儿俩，小哥儿俩给了你什么感觉？（生读第十自然段）

2. 带着自己的感受再读。

（六）理解“我”说的话

1. 师读：突然，我涌上一个念头，于是追上这哥儿俩，冲着他们说：“嘿，男子汉们，将来你们这辆车就叫‘易拉罐号’吧！”（课件出示）

2. 我给小哥儿俩这车起的名好不好？为什么好？（生默读课文，联系课文内容说一说）

3. 师导读：

（1）正如同学们所说，因为“我”对小哥儿俩坚持收易拉罐买汽车的行为感到佩服，所以“我”对他们俩说（生齐读。课件出示“我”说的话）

（2）更因为“我”被小哥儿俩为了实现自己的目标坚持不懈的精神所感动，所以我冲着他们说（生齐读）

（3）我们也为小哥儿俩加加油！祝他们早日实现自己的理想，于是我们对他们说（生齐读）

【设计意图】通过三次分层次的导读，使学生对“我”这样说的原因有了更深刻的体会。

（七）角色互换，情感体验

现在你就是小哥儿俩其中一个，听到我这样对你说，你会怎样想？怎样做？

【设计意图】换位思考，进一步体会人物品质。

（八）总结

相信同学们都有自己的理想，老师希望你们每一个人都像小哥儿俩那样为了实现自己的理想坚持着，努力着！也祝愿你们早日实现自己的理想。

（九）作业

写一写你想对小哥儿俩说的话。

附：板书设计（略）

笋　芽　儿

（第二课时）

柴玉如（密云县穆家峪镇中心小学）

一、教学目标

1. 了解笋芽儿成长的过程，体会笋芽儿对春光的向往和奋发向上的勇敢精神。
2. 能够有感情地朗读课文，积累语言。
3. 初步懂得从小要在艰苦的环境中锻炼的道理。

二、教学重点

了解笋芽儿的成长过程。

三、教学难点

联系课文内容，理解课文最后一句话。

四、教学策略

以读为主，指导学生围绕一个中心问题，在读中理解、读中感悟，并在课内与课外阅读结合、读与写结合中升华认识并发展思维。

五、教学过程

（一）由题导入，整体感知（3 分钟）

1. 孩子们，现在正是我们成长的大好时光。在我们的成长过程中，离不开爸爸妈妈、老师、朋友以及更多人的帮助，但更离不开我们自己的努力。她也是这样——读课题——笋芽儿。

2. 师：她是竹子的嫩芽！让我们轻声呼唤它的名字——笋芽儿。

3. 这颗娇嫩的笋芽在大家的帮助下，更是在自己不断努力下最终成长为一株强壮的竹子。快来回忆一下她的成长过程，大家自由读课文。

【设计意图】从课题入手，直观认识笋芽儿。组织学生整体感知全文，并为深入研读课文作好铺垫。

（二）深入研读，理解感悟（25 分钟）

1. 组织学生自读课文，边读边想一想笋芽儿是怎样长大的。

【设计意图】让学生带着这个统领全文的核心问题细读全文，了解笋芽儿的成长过程及她的思想变化历程，为体会笋芽儿对春光的向往和奋发向上的勇敢精神作准备。

2. 组织交流，合作研读。教师指导重点及方法如下：

（1）引导学生朗读第三 ~ 四自然段中笋芽儿和妈妈的对话，并通过指导理解词语"瑟缩""低下了头"和对比朗读句子——"那我还是待在这儿吧。""那我就待在这儿吧。"——感受笋芽儿害怕的心理。（板书：瑟缩　吓住）

引导分角色朗读第一 ~ 四自然段。

（2）引导学生朗读第六自然段，重点指导理解词语"再也沉不住气""扭动""一个劲儿地向上钻"和"不住地说"；引导想象：笋芽儿在向上钻的过程中，如果碰到坚硬的石头，她会怎么做——进而感受笋芽儿努力向上的执着精神。（板书：钻　不怕）

引导分角色朗读第五 ~ 七自然段。

（3）引导学生朗读第九自然段，重点指导理解词语"也要""急得大叫"，感受笋芽儿在艰苦的环境中勇敢锻炼的精神（板书：钻出　勇敢）。

引导分角色朗读第八 ~ 十自然段。

3. 引导学生朗读第十自然段：

终于，笋芽儿脱下了一件件阻碍她成长的衣服，把它们抛在脚下，长成了一株强壮的竹子。她站在山冈上，迎风跳起优美的舞，自豪地喊着："我长大啦！"

抓住笋芽儿一连串的动作——"脱""抛""长""站""跳""喊"——感受笋芽儿成长的快乐与自豪感。

联系上文内容，说一说笋芽儿为什么自豪地喊："我长大啦！"（板书：长

大　自豪）

补充阅读：每逢阳春三月春雨后，笋芽儿顶岩破土，竞相生长，一天之内可生长 30 厘米以上。在此期间，人们置身于竹林之中，可听到竹笋破土和幼竹生长发出的声响。再经过不足 60 天的时间，一株笋芽儿就成长为一根 10 多米高的粗壮的竹子。（积累词语：雨后春笋）

【设计意图】 摒弃平均用力、串讲串问的做法，引导学生抓住重点段落及重点词句，以读为主，在读中品味语言文字，感悟笋芽儿成长过程中的思想变化，体会笋芽儿战胜困难、长大成材后的喜悦与自豪。

4. 联系全文学习。

（1）滚动阅读：笋芽的五次主要表现。

教师引读：从笋芽一次次表现中，我们见证了她的成长。她也曾躲在自己的世界——学生朗读第三～四自然段

教师引读：她不甘心，她要到艰苦的环境去锻炼——学生朗读第六自然段

教师引读：她受到激励，奋发向上——越来越勇敢坚强——学生朗读第九自然段

教师引读：终于——学生朗读第十自然段

（2）体会写法：连起来看看这几处句子，你领会到了什么？还领会到了什么？

教师小结：不仅看到她说的、做的，还看到她怎么说，怎么做。通过抓住笋芽的样子、动作和语言就让我们看到了她成长的过程，也看到了她思想变化的过程。笋芽就是这样长大的。

（3）积累：我想小笋芽的成长经历一定打动了你，请你从第八～十自然段中选择一段记一记吧。

【设计意图】 在深入理解和体会的基础上，再回到全文整体上来，体会句段写法，积累精彩语言。

（三）课外阅读，拓宽认识（6 分钟）

独立阅读《小鹰学飞》这个故事，边读边想一想小鹰是怎样学飞的，并画出文中精彩的句段。

【设计意图】 在学习课文后，进行相同主题的延伸性阅读，使课内外阅读结合，既加大了阅读量，又为学生悟理和练笔提供了丰富的文本资源。

（四）抒发感受，升华认识（6 分钟）

笋芽儿的成长经历和小鹰学飞的过程一定给了你很多触动和启发。先想一想，再写一写，然后读给大家听。

【设计意图】 在深入研读、延伸阅读、理解感悟的基础上，引入感受型练笔，通过读与写的结合，升华认识，学习运用语言。

（五）课后作业

1. 进一步修改课堂练笔。
2. 摘抄课文及《小鹰学飞》一文中自己喜欢的句子。

附：板书设计

长大（自豪）
↑
钻出（勇敢）
↑
笋芽儿　　钻（不怕）
↑
瑟缩（吓住）

画　杨　桃

（第二课时）

王春又　刁小伶（密云县太师屯镇中心小学）

一、教学目标

1. 了解课文内容，知道同一个事物从不同的角度看会有不同的结果。

2. 有感情地朗读课文，体会课文中标点符号所表示的不同语气，背诵最后两个自然段。

3. 结合生活实际谈自己对“我们应该相信自己的眼睛”的看法和体会。

4. 了解本文中破折号及省略号的作用。

二、教学重点

理解课文第十八自然段老师的话，明白“同一个事物从不同的角度看会有不同的结果”。

三、教学难点

1. 理解课文第十八自然段老师的话，体会“同一个事物从不同的角度看会有不同的结果”的道理。

2. 揣摩人物心理，体会故事情境，读好人物对话。

四、教学过程

（一）听写词语，复习导入

再三嘱咐——叮嘱

仔细看——审视

教导的近义词——教诲

形容态度和蔼可亲——和颜悦色

1. 教师听写：看谁把字写工整、写漂亮。

2. 教师纠正：根据学生书写状况进行指导、鼓励。

【设计意图】通过课文重点词语的复习，自然勾起学生对课文内容的回忆，从而使学生温故知新，激发对本课内容的学习兴趣。同时，充分尊重学生。教师在检查学生书写的情况下进行指导，使教学更具有针对性和实效性。

（二）回顾第一课时学生提出的核心问题

1. 出示核心问题：“我”是怎样画杨桃的？同学们对“我”画的杨桃是怎样看的？

2. 再认真读相关句段，组织好语言，准备交流。

3. 学生充分交流。

【设计意图】核心问题的提出旨在使学生们在第一课时梳理课文内容的基础上，引导他们对提出的诸多问题进行整理，从而梳理出本课书的核心问题，意培养学生的质疑能力，良好的自主预习和自主解决问题的学习习惯。这个环节也是为了充分了解学生的元认知，以便老师进行有针对性的教学指导，提高课堂效率。

教师：我到底是怎样画杨桃的呢？为什么同学的态度会发生巨大的转变呢？让我们再次走进课文，相信你会有更大的收获。

（三）体会情境，感悟语言

1. 学习第一、第二自然段。

（1）学生默读第二自然段，用直线画出“我”是怎样画杨桃的句子。

a. 指生读句子，其他同学订正。

出示：“我认认真真地看，老老实实地画，自己觉得画得很准确。”

b. 自己再认真地读一读，思考：能试着用简单的词语来说吗？

c. 依据学生回答批注：认真看、老实画。教师板书：认真看老实画

【设计意图】引导学生抓住重点词语简单说一句话的意思，鼓励学生自觉批注，为以后自主学习奠定基础。

教师：如果是你看到一样熟悉的东西，却和你平时看到的样子不一样，你会怎么样？

问：“我”看到的杨桃就和平时看到的不一样，我为什么“认真看，如实

画”呢？

（2）学生结合第一自然段来谈。

出示：“你看见一样东西，是什么样的，就画成什么样，不要想当然，画走了样。”

a. 学生读句子，说一说体会。

b. 这就是父亲的“叮嘱”，像这样表示说的词还有什么？（积累：叮咛、嘱咐……）

c. 教师引读，体会父亲的叮嘱：

我经常听见父亲叮嘱我，说：……

学生接读：“你看见一样东西，是什么样的，就画成什么样，不要想当然，画走了样。”

当我看到那个杨桃不像我平时看到的样子的时候，我是这样做的：……

学生接读：“我认认真真地看，老老实实地画，自己觉得画得很准确。”

【设计意图】在这个教学环节，教师引导学生联系前文思考问题、解决问题。同时，通过找近义词的方法理解重点词语的意思，从而进一步体会父亲的话，为后面的学习奠定基础。

2. 学习第三～十七自然段。

教师：那么，同学们对我的画又是怎么看的呢？这样的内容在哪些自然段？（三～十七自然段）这些段落有什么特点？（对话多）

教师：主要是谁和谁的对话？（老师和同学们）

（1）自己先读一读，试着读好对话。

a. 同桌分角色读一读第三～十自然段，看谁能把对话读好。

b. 小组展示，学生评价。（正确、流利、标点、态度）

预设：你为什么这样读？

教师小结：看来只有走进当时的情境，读出人物的语气，才能把对话读好。

（2）师生对读：此时，老师也想和同学们一起读一读，感受当时的情境。

（3）过渡：听到同学们的笑声，老师的神情变得严肃了。半晌，他又问道：

a. 指生读句子。

b. 老师可是“严肃”地问的，应该怎么读？

c. 其他同学想想：破折号在这里应该怎么读？

【设计意图】这几段对话很多，但是第三～十自然段学生通过对读感受到了当时同学们对“我”画的杨桃嘲笑、否定的态度。因此，我让学生通过各种形式朗读对话，感受人物的语言，想象当时的情景，尊重学生们的体验。当学生遇到困难时，引导学生找到方法。同时，这部分的处理也是为下面几段的学习作出示范。

（4）教师：于是，老师请这几个同学轮流坐到我的座位上。他们之间说什么了呢？

a. 小组像刚才那样自己练习读好十三～十七自然段。

b. 学生展示读，你为什么这样读呀？谁有不同意见？

c. 跟上面读的一样吗？为什么？

教师小结：看来在这里省略号不像我们平时学的那样表示很多的意思了，在这里表示人物迟疑、犹豫的语气。自己试着读一读。

出示对话：

“不像！”　　“不……像。”

“像五角星！”　　“像……五……角星。”

d. 读一读，说说你发现了什么？

教师小结：你们真会发现，虽然内容一样，但是标点不同，表达的意思也不同，这就是标点的妙用。

（5）问：是谁让你们的看法有了这么大的转变呀？

a. 快速找找老师是怎样做的？

b. “审视了一下杨桃……”对于这句话，你怎么理解？能再说几个表示看的词语吗？（注视、左顾右盼……）

教师：你看，老师这个小小的动作就站在我的角度上看问题了。光这些，还有吗？

教师小结：老师没有直接简单地告诉我们像不像，而是让同学们都站在我的角度看。

【设计意图】第十三～十七自然段同样是对话，同学们在老师的教导下态度发生了转变。学生们自然像第三～十自然段那样进行小组自学，学生能够通过标点符号感受到人物当时的语气、心情。学生们通过了解老师的做法，明白老师的良苦用心。

（6）说话训练：如果你就是坐在我座位上的同学，看到杨桃后，你想对着我说些什么？刚才嘲笑他的同学现在又想说什么呢？学生写在学习单上，进行交流。

【设计意图】这里作为一个说话训练点，主要是尊重学生，鼓励他们说出自己的理解。同时，也有利于对课文难点的突破。

3. 学习第十八自然段。

教师：你们看看老师说的话，和你们说的多相似呀！

（1）学生自由朗读十八自然段。

教师：老师就是这样说的，就把意思表达得清清楚楚。

（2）读了老师的话，你想说什么？

预设：结合课文或者生活实际说一说对“同一个事物从不同的角度看会有不同的结果”的看法。

教师板书：多角度信自己

（3）出示第十八自然段填空，自己记一记。

（4）老师的话和爸爸的话对比，说说你发现了什么？

（5）“我们要相信自己的眼睛”这句话很重要吗？谈谈你的理解。

预设：结合课文内容谈谈谁相信自己的眼睛？

生活中你有“相信自己的眼睛”的事情吗？

【设计意图】鼓励学生对课文中的观点进行思考，通过谈话交流，调动学生对生活的感悟，激发学生的说话的兴趣，从而突破教学难点。

4. 学习第十九自然段。

教师：怪不得作者说，老师和父亲的话使我终生受益呢！快来读一读第十九自然段。

（1）学生自由朗读第十九自然段。

（2）教师小结：看来，这不仅是在教我们做事，更是在教我们做人呀！板书：学做人

（四）总结提升，明白道理

教师：最后，老师送你们一首小诗，快来读一读吧！

意见不同别着急，
换个角度看问题。
相信自己不怀疑，

生活才能有意义。

【设计意图】 教师把这节课需要学生明白的道理，写成了一首小诗，学生读起来朗朗上口。在读中自然引向生活，有利于学生形成正确的人生观。

（五）布置作业，拓展阅读

1. 推荐阅读：《语文读本》中《听别人把话说完》和《战胜命运的孩子》。

附：板书设计

画杨桃	认真看	多角度
（学做人）	老实画	信自己

难忘的八个字

（第二课时）

杨会玲 王娟（密云县太师屯镇中心小学）

一、教学目标

1. 了解先天残疾的“我”在一次耳语测验中，受伤的心灵得到温暖的故事。体会伦纳德老师对“我”母亲般的关怀，加深热爱、尊敬老师的感情。

2. 联系上下文理解句子的意思，在反复品读中理解人物的内心感受。

3. 有感情地朗读伦纳德老师对我说的话，感受那八个字产生的作用。

4. 通过第一、第二自然段的品读，体会段落中连句成段的逻辑关系，渗透人物外貌描写的作用。

二、教学重点

细读描写小女孩的句子，体会小女孩的内心。

三、教学难点

体会伦纳德老师对我说的八个字的用意，感受老师对学生深深的爱。

四、教学策略

创设情境；换位思考；朗读感悟；练笔。

五、教学过程

（一）课前听写

1. 老师用不同方式描述词语，学生猜后写出来。

形容跟大家不一样——与众不同

伦纳德老师的眼睛黑黑的，还（　　　　）的。——笑眯眯

“好像”的近义词——仿佛

形容无法忘记——难忘

2. 和屏幕上核对——错的修改，全对的奖认真书写星一颗。

【设计意图】用多种形式巩固本课词语的理解和书写，激发学生对汉字学习的兴趣。回忆课文内容。

（二）回顾预习问题

1. 和老师一起写课题，齐读。

2. 同学们课下都读课文了，这难忘的八个字是哪八个字呀？

学生说后板书八个字，问：这是谁对谁说的？

伦纳德老师说的这八个字为什么令我难忘呢？这是我们上节课提出的问题。（出示）

【设计意图】课前布置学生带着问题读书思考，培养学生自主读书和预习的习惯。

3. 现在你再来读读课文，思考完善自己的答案，一会儿和大家交流。

预设：学生说不上来，引导用上刚才听写中的词语说得简洁、完整。

（三）精读感悟

1. 学习第一自然段。

（1）我是一个怎样的小女孩呢？请你轻声读读第一自然段，读后用曲线画出相关的句子。

（2）谁来读读。

出示句子：一个小女孩，长着天生的裂唇，弯曲的鼻子，不整齐的牙齿，左耳先天失聪，说起话来还结巴。

师：你们画的是这句吗？都来读读，想想：你眼前出现的是一个怎样的小女孩？

（3）也许你见过嘴唇裂开的孩子、见过鼻子弯曲的孩子、见过牙齿不整齐的孩子、见过耳朵听不见的孩子、见过说话结巴的孩子，可这些都集中在小女孩一个人身上了！想想：她的生活会是什么样子的？

【设计意图】通过创设情境，引导学生走进小女孩，感受她的现实处境，了解她的内心，关心人物的命运和喜怒哀乐，与他人交流自己的感受。

（结合学生发言板书：痛苦、孤独、自卑……）

（4）你们说的这些正是小女孩每天要面对的呀，如果你每天都面对这样的生活，会觉得怎样呀？

（5）怪不得你会这样想：

出示最后一句："我敢肯定，除了家里人以外，没人会喜欢我。"指名读。

师：孩子们，就是因为小女孩有这样丑陋的外表，所以就有了孤独、自卑的内心！让我们一起走进她——师生配乐对读第一自然段。

过渡：直到三年级，伦纳德老师走进了我的生活，她让我改变了这种想法。

2. 学习第二自然段。

（1）伦纳德老师是一位怎样的老师呢？读读第二自然段。

（2）谁来说说？——谁能读出来呀？

（3）这么美丽的老师，难怪同学们都很喜欢她！

现在我找两名同学再来读读！——你们听出了什么？（体会"喜欢"和"爱"）

【设计意图】朗读中体会同学们和小女孩对老师的感情是不一样的。

过渡：美丽的伦纳德老师同学们都喜欢她，而我却爱她，这是为什么呢？我们到一次耳语测验中去看看吧！

3. 学习第三、第四自然段。

（1）指读第三自然段，其他人边听边想：耳语测验中我是怎么做的——说说。

（2）问：孩子，你为什么这么做呀？

这是一种作弊的行为，有可能被老师和同学揭穿，揭穿会怎样？那你为什么还这样做？

师：噢，我明白了！一个小小的动作就让我们感受到你内心深处的想法了！

【设计意图】进入情境，走进角色去思考、去感受。

（3）终于轮到我了，我把左耳对着伦纳德老师，用右手捂住右耳，稍稍把右手抬起一点，我等待着、等待着……这次老师说了什么？

a. 学生说后板书："我希望你是我女儿！"——读读这句话。

b. 伦纳德老师为什么说这句话？是怎么想的呢？

【设计意图】 进入角色，明白老师的用心，注重情感体验，发展感受和理解的能力。

预设：老师为什么对这样一个小女孩说这句话？她最需要的是什么？为什么不说别的话呀？

师：你们体会到了老师的一片用心！小女孩就是每天过着这样的生活，老师看在了眼里，记在了心上，她今天说这句话就是想让小女孩走出自卑，和我们一样快乐、自信地面对生活！老师是那么善良、那么爱我，所以，没有人比我更爱她！

c. 导读。

这位内心痛苦的小女孩走上讲台时，她的耳边响起了八个字，指生接读：我希望你是我女儿！

这位内心孤独的小女孩走上讲台时，她的耳边响起了八个字，指生接读：我希望你是我女儿！

这位内心绝望的小女孩走上讲台时，她的耳边响起了八个字，生齐读：我希望你是我女儿！

【设计意图】 反复朗读中引导学生感受老师说的这八个字所包含的意思和情感。

问：如果你就是这个小女孩，听了老师的这句话会有什么感受？

d. 孩子，现在你想大声说什么？

出示填空：我想说：除了家里人以外，还有（　　　　）喜欢“我”。

（4）出示课文最后一个自然段，引读：“我希望你是我女儿！”这八个字仿佛是一束灿烂的阳光温暖了我受伤的心，令我永远难忘。

4. 延展升华。

同学们，你们知道吗？这位小女孩长大后成为了加拿大一位很有名的作家，她就是这篇课文的作者玛丽·安·伯德。她用她的心灵之笔描绘着完美的人生。然而，她幸福的人生就是从伦纳德老师这句如母亲般温暖、亲切的八个字开始的——生接读“我希望你是我女儿！”

【设计意图】 感受这“八个字”令人难忘的原因以及起到的巨大作用。

（四）练笔表达

美丽、慈爱的伦纳德老师用那颗善良的心温暖小女孩的同时，也触动着我们！此时此刻，你有什么想说的？请你写下来！

【设计意图】升华学生对课文的理解与感悟。

（五）课堂小结

伦纳德老师用一颗真心呵护着这个小女孩。爱可以给人温暖、可以给人自信！让我们也把爱传递给身边的每一个人吧！

（六）作业

1. 把课文中的故事讲给爸爸妈妈听。
2. 阅读《语文读本》中关于“爱”的文章第45～52页。

附：板书设计

	难忘的八个字	
伦纳德老师	我希望你是我女儿	“我”
美丽		痛苦
善良	爱	孤独
真心		自卑…

七颗钻石
（第二课时）

安 竞（平谷区第二小学）

一、教学目标

1. 正确、流利、有感情地朗读课文，继续练习默读课文。

2. 了解水罐由木（端端正正、满水）到银再到金（射出七颗钻石和涌出一股水流）的变化及每次变化的原因。从水罐的变化中体会爱心力量的神奇，感知童话丰富的想象力。

3. 展开想象，感受小姑娘美好的心灵，懂得只有心存爱，生活才能更加美好。

二、教学重点

了解小姑娘的水罐发生的几次变化及每次变化的原因。

三、教学难点

体会小姑娘美好的心灵与七颗钻石的关系，懂得只有心存爱，生活才能更加美好。

四、教学过程

（一）读题入境，温故而知新

1. 齐读课题。

2. 配乐忆读，直击“枯”意，知水珍贵。

（1）配乐忆读，渲染情感。

我们已经知道了在很久很久以前，地球上发生过一次（大旱灾）。所有的河流和（水井）都（干涸）了，（草木丛林）都（干枯）了，许多人和动物也都（干渴）而死。

（2）理解“枯”意，学会运用。

a. 出示“枯”在字典中的三个释义。

b. 结合本段文字及字典中“枯”的意思，明确“枯”在句中的意思。

c. 拓展练习，结合所出示的课外句子，辨析“枯”字在具体语境中的意思。

（3）提出疑问，知水珍贵。

a. 提出疑问。面对这场大旱灾，人们最渴望得到什么？此时的水意味着什么？

b. 学生带着理解再读文本。

【设计意图】注重一个环节的多效性，首先，通过师生配乐读，在较短的时间内让学生迅速融入文本的情境。其次，通过抓关键词“干涸、干枯、干渴”理解旱灾的严重，让学生对“枯”字有更深的理解，并能根据具体语境运用。最后，在理解文本的基础上，切身感受此时水的重要性。

（二）整体感知，默读找变化

1. 提出疑问和自读要求。

然而就是在这样一个凄凉的夜晚，一个小姑娘却拿着水罐走出家门，为生病的母亲找这救命之水。在找水的过程中小姑娘的水罐发生了哪些神奇的变化？请你默读课文找一找，用“——”画出表示水罐变化的句子。

2. 学生汇报和补充。

3. 教师相机点拨。

（三）细读感悟，寻因悟情理

1. 感悟小姑娘手中水罐变化的神奇及原因。

（1）第三自然段，重点抓住关键词句，感受水罐变化的神奇以及小姑娘的孝心。

a. 抓住“竟然”“清亮新鲜”，说出理解，读出情感。

b. 对比朗读。

当她醒来的时候，拿起罐子一看，里面装满了水。

当她醒来的时候，拿起罐子一看，里面竟然装满了清亮新鲜的水。

c. 抓住“喜出望外”，感受小姑娘的心情。

积累词语，换个四字词语来表达小姑娘此时的心情。

d. 知其行，解其意，感受小姑娘的孝心。

看到这清亮新鲜的水，小姑娘是怎么做的？为什么这么做？

学生汇报，感受水的珍贵和小姑娘的孝心。

【设计意图】通过抓关键词语和句子，让学生联系语句及段落，体会关键词语的意思并积累相关词语，感受变化的神奇及小姑娘的心情。此外，在理解文本的基础上，说出体会，读出情感。

（2）第四自然段，自读自悟中感受水罐变化的神奇以及小姑娘的关爱动物之心。

a. 自读提示：自由读第四自然段，边读边体会，哪儿最让你感动。用“——”画出。

b. 学生汇报并说令自己感动的原因，自悟小姑娘关爱动物之心，感受爱心的力量。

（3）第五自然段，重点抓住母女互爱之情，角色扮演，激发学生的想象并体会母女情深。

a. 角色扮演。师配乐读“我就要死了，这水还是你自己喝吧！”此时，你就是这个心地善良的小姑娘，你会对奄奄一息的妈妈说些什么呢？

b. 学生自由想象表达，教师随机点评。

【设计意图】深情对白，落实情感目标。学生在悲情的配乐中，通过想象叙说小姑娘的爱母之心，利于学生更深入地了解人物内心情感，让情感得到升华。

（4）第六自然段，重点联系生活，体会小姑娘对陌生人的关爱之情。

小姑娘咽了一口唾沫，把水罐递给了那个过路人。

a. 提出疑问，联系实际。做咽唾沫状，体会小姑娘的干渴难耐。

b. 谈体会，感受小姑娘对陌生人的关爱之情。

2. 体会小姑娘美好的心灵与七颗钻石的关系。

（1）教师配图深情朗读，学生发挥想象，抒发自己对“爱心力量”的理解。

突然从水罐里射出七颗闪闪发光的钻石，接着从里面涌出一股清澈、新鲜的水流。这清亮新鲜的水流带着小姑娘的爱心，流向了河道，鱼儿变得……流向草木丛林，植物变得……流向人和动物需要的地方，顿时地球上……

（2）理解小姑娘的爱心和七颗钻石的关系。

此时（教师引读）——那七颗钻石越升越高，升到了极高的天空，变成了七颗灿烂的星星，这就是人们看到的北斗七星。孩子们，是什么力量让奇迹一次又一次地发生呢？

【设计意图】 回归文本，总结全文，感受小姑娘美好的心灵，并体会小姑娘美好的心灵和七颗钻石之间的关系，在无痕的教育过程中突破教学难点。

（四）拓展延伸，小诗续情感

这是一篇童话，寄托了作者的美好愿望，作者列夫托尔斯泰曾说：如果忘却自己而爱别人，将会获得安静、幸福和高尚。

因为（学生接读）：爱心是冬日里的一缕阳光，使饥寒交迫的人感到人间的温暖；爱心是沙漠中的一股清泉，使濒临绝境的人看到生活的希望；爱心是旱土中的一滴甘露，使心灵枯萎的人感到情感的滋润。

（五）作业

1. 搜集有关作者的资料，摘录重点信息。
2. 读一读课本第 155 页的小诗《爱心之歌》，摘抄或仿写一小节。

附：板书设计

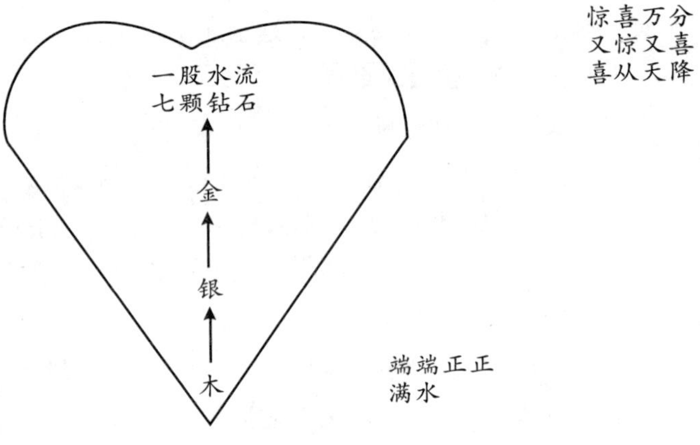

（曾获 2011 年北京市随班就读课堂教学设计及课堂教学评优活动二等奖）

迎接绿色
（第二课时）

姬云燕（平谷区第三小学）

一、教学目标

1. 重点学习课文第五～十自然段，了解人们是怎样爱护这株野生丝瓜的，感受人们对绿色的向往、珍惜。

2. 有感情地朗读课文。较熟练地背诵课文第八自然段，工整抄写其中自己最喜欢的一句话并流利背诵。

3. 联系上下文理解重点句子的意思。

二、教学重点

学习课文第五～十自然段，了解人们是怎样爱护这株野生丝瓜的，感受人们对绿色的向往、珍惜。

三、教学难点

联系上下文理解重点句“这道自然的风景，这道人间的风景，给生活增添了乐趣，使这里充满了生机”。

四、教学过程

（一）回忆内容，导入新课

1. 回忆第二～四自然段内容，重点谈出作者的居住环境给人留下“郁闷、压抑”的印象。

2. 结合课题，导入新课。这里的“绿色”指的是什么？

3. 练读第一自然段内容，感受这株丝瓜的平常、普通。

（二）品读体会，感受丝瓜的独特

1. 读课文第五自然段，感受一株丝瓜就是一个蓬蓬勃勃的生命。

2. 通过指导性评价，引导学生读出不同的读法，表达出自己不同的感受。

（三）细读精思，感悟语言，体会情感

1. 出示自学提示。默读课文第六～九自然段，标画出重点词语或句子，体会大家对这株丝瓜的爱护。

2. 学生自学，边读边标画。

3. 小结自学情况。

4. 汇报交流自学成果。

（1）第六自然段。

a. 关注第二句，指名读一读。

b. 语言叙述帮助学生理清思路。我们从王叔的动作中可以看出他对这株丝瓜的爱护。他先把旧鸟笼的底儿拆掉，然后罩在丝瓜上。

c. 指导朗读。轻轻地罩、慢慢地罩、小心翼翼地罩。（方法：①想象当时情景；②通过动作引导，教师利用一只手轻轻、慢慢地扣在板书“罩”字上。）

（2）第七自然段。

语言创设情境，引导想象，指导朗读。

搭架这天，一大帮孩子围在四周叽叽喳喳的，像小鸟一样。你们都会说些什么呀？小伙伴间先说一说！（同桌互相交流）看你们，叽叽喳喳的，像小鸟一样，在说什么？你们说得可真热闹！谁能读好这段话？

（3）第八自然段。

a. 教师配乐朗读全段内容，请学生用心倾听想象。

b. 激发学生朗读兴趣，想象着那种美，自己练习读一读。

c. 逐句指导朗读。

第一句：在明确所写内容“丝瓜藤”的基础上，通过对“最后”“竟”两个词的品读，体会丝瓜的藤长得又高又远。最后通过图画刺激，想象情景。打开窗户再也不是纠缠不清的视觉污染，而是满眼的绿色。

第二句：明确所写内容“花”“叶”，接下来先引导学生观察画面，想象花和叶的美；再出示格式规范的文字。

花，一路黄过去，满楼清香；

叶，一路绿过去，鲜嫩滴翠。

提示学生欣赏像诗歌一样表达的精彩。

学生自由练读，展示读。评读中抓住语言文字，帮助学生读。重点关注："一路黄过去"，又多又漂亮；"满"，香味的浓郁；花、叶的儿化音以及学生自然而然的动作和表情。

第三句：图画和文字对比读，明确带着花的丝瓜像惊叹号，带着花的丝瓜是风铃。（如果学生这里的理解有困难，引导孩子结合生活实际想风铃什么样？什么像那长长、垂下来叮咚作响的风铃？）

d. 利用动听音乐衬托学生再读全段。

e. 提示学生想象读，练习背诵。

f. 学生书写，教师批阅。如果我们能够认认真真地抄写一遍，会记得更清楚。选择第八自然段中你最喜欢的一句话，漂漂亮亮地写下来。

【设计意图】语文课堂就是一种生活。每一个文字都来源于生活，表达生活带给自己的感受，所以我们会说"文字有色彩，文字有温度，语文是美丽的"。这一自然段的学习，主要选择了教师生动范读创设情境、动听音乐、精美画面等多种形式调动学生朗读的兴趣，引导他们用投入来感受，用心来朗读，体验生活的乐趣，真正落实"以读为本"的教学理念。同时，在这一自然段的学习中，我将课后练习题融入，并给学生提供了写一写的时间和机会。希望通过这样的实践活动使孩子们能够真正热爱我们的语言文字，工工整整书写，踏踏实实做人，能够写一手有自己个性特色的好字，实践"见字如见其人"的古训。

（4）第九自然段以读代讲。

（5）第十自然段。

a. 教师三次引读，体会"这株丝瓜"带来的变化和乐趣。

第一次：这样的变化，其实只是因为一株丝瓜。齐读：其实只是株丝瓜，野生的。第二次：就在这株丝瓜的牵连中，这些平日里不大来往的邻居，说着丝瓜以外的话题。接读：其实只是株丝瓜，野生的。第三次：这道自然的风景，这道人间的风景，给生活增添了乐趣，使这里充满了生机。接读：其实只是株丝瓜，野生的。

b. 结合上下文，理解重点句。

这道自然的风景，这道人间的风景，给生活增添了乐趣，使这里充满了生机。

重点明确：“这里”指的是作者居住的地方；这道自然的风景是这株丝瓜及其相关的语言描述；这道人间的风景是人们对这株丝瓜的爱护，是邻里关系的密切、融洽、和谐。（当学生理解困难时，引导在这株丝瓜的成长过程中你看到了什么？感受到了什么？）

（四）全文总结

孩子们，迎接绿色就是在迎接生活的乐趣、勃勃的生机、蓬勃的生命！让我们热爱生活吧！和作者一起去迎接生命的绿色。

【设计意图】第斯多惠说：“教学艺术的本质不在于传授的本领，而在于唤醒、激励和鼓舞。”最后一个自然段的学习最需要教师这样的鼓励、唤醒！因为孩子对于最后一句的理解和体会是有一定困难的。这时就需要教师营造民主、和谐、安全的学习环境，让孩子们充分地思考、发言，表达自己的真实体会。最后安排了三次复读“其实只是株丝瓜，野生的”，是想通过这样的强化感受，更鲜明地凸显这株丝瓜的不平常，因为它的出现带给了人们惊喜和生活上的变化。

附：板书设计

迎　接　绿　色

			藤
		一株丝瓜	花
罩	搭　架	蓬勃生命	叶
	伸衣竿	乐　　趣	瓜
	钓　绿	生　　机	

（曾获 2005 年北京市基础教育优秀课堂教学设计评选一等奖）

咱俩的秘密

（第二课时）

张　静（平谷区第八小学）

一、教学目标

1. 学习抓重点词批注的方法品读课文，体会小男孩艰苦朴素的美好心灵，以及老师对孩子的关爱和尊重。

2. 写出读后感。

二、教学重点

学习抓重点词批注的方法品读课文，体会小男孩艰苦朴素的美好心灵，以及老师对孩子的关爱和尊重。

三、教学难点

写出读后感。

四、教学过程

（一）揭开面纱，悄悄浮现记忆

1. 回顾全文，引出“悄悄”。

2. 针对“悄悄”引出问题。

那一次，其他同学都在操场上玩，只有小男孩没有去，教室里只剩下我们俩，为什么他还要悄悄地说呢？

（二）久久回味，悄悄保守秘密

1. 咀嚼细腻的心理。

预设1：他是一个可怜的孩子，跟着年迈的奶奶一起生活。奶奶只有微薄的退休金，祖孙俩凑合着过日子。

（1）学生谈理解。怕——担心别人知道他的家境贫穷。

（2）提升学生的理解。抓住“凑合”引读。

教师引读：

吃饭时，我们的饭桌上摆着热腾腾、香喷喷的饭菜，而小男孩儿只能凑合着填饱肚子。你们的玩具是各种各样的，而他呢？——生读。

是呀，哪里会有钱买玩具呀！别人的衣服穿坏了就要买新的，甚至没穿坏就买了好几身新的，而他呢？——生读。

那是怎样的“凑合”呀，祖孙俩生活中的柴米油盐、衣食住行，一切一切都靠奶奶那点儿微薄的退休金。小男孩不想让同学知道他家里很贫困，连买本子都要精打细算，尽管教室里只剩下老师和他，他仍旧悄悄地对老师说——生读。

预设2：不好意思。

（1）默读本段，体会小男孩的不好意思。

（2）教师点拨。别人的练习本通常都是用完了就要买新的，没有一个同学对这事有疑问，只有他提出了这个特殊的要求，你来不好意思地读读吧。

预设3：他不好意思地走到讲台旁，仰着小小的脸，伸出小小的手，递给我一支铅笔，悄悄地说：“老师，我想让您以后用铅笔给我判作业。这样，作业本用完了，我用橡皮一擦，就像新的一样了。”

（1）学生谈感受——小男孩有一些胆怯，怕老师不答应。

（2）联系小男孩内心想法读课文。

你们想想，老师判别人的作业都用红笔，到了他这，还要改，他怕——给老师添麻烦，但重复用一个练习本，省下的钱可以买些吃的，可以买些急用的，也许还能给奶奶添一件过冬的衣服，于是他胆怯地对老师说——生读。

你听听，在小男孩说这句话的时候，心里又不好意思，又担心老师不答应，还怕其他人知道，这么多的感情交织在一起，在小男孩的脑海中不知酝酿了多久，此时他终于有些忐忑、有些惶恐、带着期盼悄悄地说出来了——生读。

2. 品尝心酸的喜悦。

读懂小男孩心理：他冲出教室、冲进同学们当中。想象当时的心理感受。

3. 回味朴素的品质。

（1）默读，用一个词形容对小男孩的印象。

（2）学生板书，教师总结。（懂事、细心、体贴、为他人着想、有自尊心……）

【设计意图】《语文课程标准》指出：语文教学要注重语言的积累、感悟和运用，注重基本技能的训练，给学生打下扎实的语文基础。在阅读过程中笔墨追录，三言两语，生动传神。简单的几个字，批注在书的旁边，久而久之，培养了学生的阅读习惯，提高文学素养。

（三）唇齿留香，悄悄叩击心灵

1. 轻叩人物的尊重与关爱。

（1）批注老师是个怎样的人。

你再读读老师说的话，想想老师只写“优秀”两个字，表面上是好擦，其实呢？

从这个“悄悄”能看出老师对孩子十分——（时常放在心上叫关心，无微不至的关怀、爱护叫关爱，用哪个词语？）

（2）理解老师的理解、鼓励。

保守了这个秘密，就是尊重了孩子的请求，尊重让这个孩子在贫困中勇敢地抬起头来。（板书：尊重）

（3）拓展练习。

老师在小男孩生日那天，送给他的不仅仅是一包练习本，还为小男孩送去了——（温暖、亲情、鼓励、理解、关爱、尊重……）

（4）引入原文，仔细品味。

原文：我没想到是这个孩子教育了我，让我不能轻易嘲笑任何一种要求。他让我明白了每个人活着的方式都是有尊严的。而给一个人尊重比给他什么都更重要。我将一直和这个孩子一起保守这个秘密。

【设计意图】通过拓展填空、感情对话、结合原文几种方式，拉近学生和作者的距离，使学生深入理解“教师保守秘密就是对小男孩的尊重”，叩出作者对小男孩的尊重与关爱。

2. 叩出情感的繁衍与交织。

（1）读写结合。

这件小事看似平淡，但又紧紧抓住我们的心；这位老师和小男孩是那样普通，却深深地印在我的脑海里。

读了这篇课文，我想对老师说：________________________；读了这篇课文，我想对小男孩说：_____________________；读了这篇课文，我想对自己说：_____________________。

（2）读感想，教师点评，学生修改。

【设计意图】阅读教学是教师、学生、文本三者之间对话的过程。通过写话叩出师生情感的繁衍与交织，力求学生的情感与作品之情产生共鸣，触动学生的心灵，达到理解课文的最佳境界。

（四）提纲挈领，悄悄回读课题

1. 介绍文章首尾呼应的特点。

2. 回读课题，教师总结。

最后让我们记住这个艰苦朴素的小男孩，也记住这个关爱学生、尊重学生的老师，悄悄地读一读课题《咱俩的秘密》。

附：板书设计

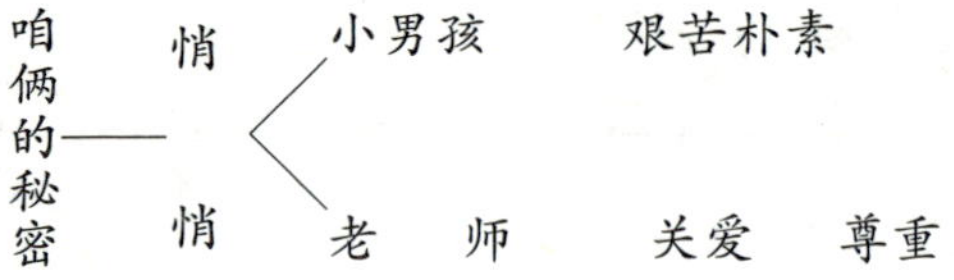

（曾获2012年北京市基础教育优秀课堂教学设计评选二等奖）

鹬蚌相争
（第一课时）

张玉芬（平谷区第八小学）

一、教学目标

1. 学习“鹬”“蚌”的写法，理解“毫不示弱”与“互不相让”的含义。

2. 练习正确、流利、有感情地朗读课文，懂得只为眼前的一点利益互不相让，争执不休，最终只会两败俱伤，让第三者得利的道理。

3. 学习概括方法，发展合理想象、创编故事的能力。

二、教学重点

练习有感情地朗读课文，懂得只为眼前的一点利益互不相让，争执不休，最终只会两败俱伤，让第三者得利的道理。

三、教学难点

懂得只为眼前的一点利益互不相让，争执不休，最终只会两败俱伤，让第三者得利的道理。

四、教学过程

（一）历史故事导入

战国时候，中原大地并立着七个小国：秦、楚、韩、魏、赵、燕、齐。（出示战国七雄图）在这七个国家中，秦国的国力最强大，其他六个国家势力较弱，但相互之间实力相当。秦国一直野心勃勃，想消灭其他六国，统一天下。但他心里明白，如果直接与六国为敌，即使自己再强大，也很难如愿以偿。于是，他一直在等待着机会。

有一回，赵国和燕国闹了点小矛盾，赵王大怒，决定攻打燕国，出出心里的这口气。秦王大喜，相信统一天下的机会来了。然而，当时有个叫苏代的人听说了这件事后，急忙求见赵王。苏代只给赵王讲了一个故事，就立刻打消了赵王攻打燕国的念头，也使得秦王失掉了一个统一天下的好机会。

一个故事，居然就制止了一场战争，什么故事有这么大的力量呢？

【设计意图】故事导入抓住学生的兴奋点，提出问题不但激发学生的探究兴趣，而且将故事与文本很自然地结合起来，为下面深入学习理解课文内容起到推动作用。

（二）初读课文，练习概括

1. 读准字音，指导书写“鹬”“蚌”。

（1）指名试读课题，纠正字音。

（2）板书“鹬”字，学生书空并数出笔画。

（出示“鹬”图片）认识“鹬”：一种水鸟，尖嘴长腿，以啄食水中的小鱼小虾为生。生谈记法。

（3）板书“蚌”字，生谈写法。

（出示“蚌”图片），指名介绍“蚌”。

（4）齐读课题。

2. 初读课文，了解内容。

自读课文，不认识的字看生字表或查字典，做到正确、流利。同时，想想文章主要讲了一个什么故事。

（1）生自己练习朗读。

（2）伙伴间互相读，帮忙指出错处。

3. 指名读，提出建议或表扬。

4. 用简练的话说说文章主要讲了个什么故事。

【设计意图】深刻理解的前提首先是要“读懂”。因此，在学生初读课文时，将基础知识和基本技能方法的指导融入其中：引导学生运用自己熟悉的方法识记生字，把识字方法的选择权交给学生；通过图片认识并了解“鹬”和“蚌”的特点；通过引导学生由“复述”到“概括”等方式使语文学习就像及时雨一样点点入地，润物细无声。

（三）精读课文，理解寓意

1. 指导有语气朗读。

重点指导：

（1）鹬生气了，说：“今天不下雨，明天不下雨，你这蚌就要活活干死！”

读出鹬“生气”的语气。

（2）蚌毫不示弱，说：“今天不放开你，明天不放开你，你这鹬就要活活地饿死！”

引导学生体会“毫不示弱”的不同感受，读出不同的语气。

指名读，男女生对话读，师生分角色读。

2. 表演体会鹬蚌相争的过程。

重点引导学生体会“互不相让”。（板书：互不相让）

3. 想一想鹬和蚌这样“互不相让”的最终结果。（估计：两败俱伤；被渔夫捉走）

【设计意图】因为本则寓言的主旨就在于双方的“互不相让”，因此，理解课文的重点就放在理解这个词上。首先，通过引导学生读出鹬“生气”和蚌“毫不示弱”的不同语气，使他们初步体会双方“互不相让”的态度；然后，利用表演的形式强化理解“互不相让”，使学生更加深刻地理解“互不相让”这个词语的意思，同时利用学生好说、好动、表现欲望强烈的特点，发挥他们的主体作用，使课堂气氛达到高潮。

4. 回顾历史故事。

当年，苏代就是给赵王讲了这个《鹬蚌相争》的故事，如果你是赵王，听了这个故事，你会怎样想呢？

5. 体会寓言的魅力。

师：小故事，大道理，这就是寓言的魅力！（板书：寓言）你还听过或看过哪些寓言故事？（生举例）

【设计意图】此时，学生已经理解了这则寓言故事的内容，而且也模模糊糊地感觉到了它所蕴含的道理，但是，让他们说出这个道理，仍然有难度。所以，此时再把故事和寓言背景结合起来，与文本对话：“如果你是赵王，听了这个故事，你会怎样想呢？”就突破了理解寓意这个难点，帮助学生通过“赵王之口”理解寓言的本意而又避免了空讲大道理的弊病，使教学“文中有道，道中有文，文道统一，水乳交融。”

（四）创编故事，发散思维

“鹬蚌相争，渔夫得利”这个故事流传至今。许多年后，鹬和蚌的子孙再一次在河边相遇了。这次，他们之间又会发生什么新的故事呢？（续编故事）

投影：许多年后，鹬和蚌的子孙再一次在河边相遇了……

【设计意图】 想象力是一种认识能力，是构成学生智力的重要心理因素，它比知识更重要。因此，设计了这一读写结合的训练点。这一训练，不仅是对寓言的一个深化，同时又能培养学生的想象能力；不但加深了对文章内容的理解，使学生的个性得到张扬，而且通过学生续编故事，达到让学生自己明白在生活中要理智，懂得互相谦让的目的。这比通过教师之口说出来效果要好得多！

（五）作业超市

选择一项适合你的作业。

1. 回家把这个故事讲给爸爸妈妈听；2. 把自己新编的故事写下来；3. 再去搜集一些其他的寓言故事，读一读，体会它蕴含的道理。

【设计意图】 这些作业的布置包括训练学生“说”“写”“搜集课外资料”三方面的能力，而且学生可以根据自己的特长和喜好，自主选择其中的一项来做。目的就是为了减轻学生的作业负担，给学生自主选择的权利，达到“兴趣作业”的目的。

附：板书设计

鹬　　　　蚌
↘　　↙
相争　　　　　寓言
（互不相让）
↓↓
渔夫得利

（曾获2008年北京市教学设计大赛一等奖）

守株待兔
（第一课时）

李艳红（平谷区教育研修中心）

一、教学目标

1. 学会本课四个生字，重点识记“耒”“冀”两个字。
2. 能够通顺、流利地朗读课文，尝试背诵课文。
3. 能展开想象，用自己的话把故事讲给别人听。
4. 了解故事内容，懂得寓言中蕴含的道理。

二、教学重点

1. 懂得寓言故事蕴含的深刻道理。
2. 能展开想象，用自己的话把故事讲给别人听。

三、教学难点

懂得寓言所要说明的道理。

四、教学过程

（一）复习导入，理解课题

1. 引出课题。

《狐假虎威》是我们上学期学的一则寓言故事，谁还记得作者是谁？今天我们要学习韩非的另外一则寓言——《守株待兔》。

2. 师生共同书写课题。理解“株”以及课题的意思。

3. 知道这个故事的同学用自己的话讲一讲。

（二）初读课文，准确朗读

1. 自主练读。自由读全文，借助课后生字表读准字音、读通句子，注意断句。

2. 重点检测。

（1）折颈而死。投影出示，重点提示“颈”的读音及所指部位。

（2）因释其耒而守株，冀复得兔。

a. 指导断句。指名读句子，指导句子的正确停顿。

b. 指导生字。

步骤一：出示“耒”的图片，教师讲述。耒，是古代一种翻土用的农具，上面有把手，下面有犁头，可以松土。现在的“耒”已经演变成一个汉字部首，凡是以它作偏旁的字都和古代农具或耕作有关。找一找，以“耒”字作偏旁的都有哪些字？

步骤二：观察“耒”字三条横的长短，教师范写，学生练写。

步骤三：认识“冀”的字形，说说如何写得更漂亮。

（3）兔不可复得，而身为宋国笑。读好的基础上重点指导“为”的不同读音。

出示：wéi①被；②做；③是；④变成。

wèi①帮助；②给、替；③因为；④对、向。

教师明确：很多时候我们可以根据字的意思来确定读音。

【设计意图】依据设想中学生可能遇到的朗读及生字识记困难作重点灵活的指导，凸显语文的工具性，“授之以鱼”的同时也“授之以渔”。如：拓展“耒”字的文字演变过程，渗透据意定音的方法等。

3. 再读全文。

（三）细读课文，理解文意

1. 学生自读，理解文意。默读全文，借助注释和工具书理解每句话的意思，边读边想象当时的情景。

2. 全班交流，拓展文意。

（1）第一句：宋人有耕者，田中有株，兔走触株，折颈而死。

步骤一：指名说第一句话的意思。

步骤二：重点理解“走”的意思，出示：兔走触株　兽见之皆走　儿童急走追黄蝶教师明确：这三句话中的“走”都是“跑”的意思，古今意思差别很大。

【设计意图】“走”的意思古今差别很大，此处提示很有必要。而且，以新带旧，以新引新，将知识的“点”连成“线”。

（2）第二句：因释其耒而守株，冀复得兔。

步骤一：理解“复”和“因”的意思。

教师明确：“因”是“因为白捡了一只兔子”，指原因，所以读的时候要停顿一下，以示强调。

步骤二：引导想象。

结合书中的插图，想象看到这只折颈而死的兔子，种田人是怎么做的，怎么想的？

步骤三：启发想象，引读“释其耒而守株，冀复得兔”。

教师引导：一天过去了，这个种田人……他在想……；两天过去了，这个种田人……他还在想……；一个星期过去了，这个种田人……他的庄稼已经……可是他仍然在想……；一个月过去了，这个种田人……他的庄稼已经……可是他依然在想……

教师小结：孩子们，你们说兔子撞死在树桩上的事会经常发生吗？可是种田人却不这么认为，所以工具也丢了，庄稼也不管了，什么事都不干了，就是一心想着再白捡兔子。对他这种做法，如果我们用一个词来形容，这叫什么？教师相机板书。

（3）第三句：兔不可复得，而身为宋国笑。重点理解“笑”的意思。

3. 讲故事。用自己的话加上想象把这个故事生动地讲给大家听。

（1）学生自由准备（2）指名讲故事。

4. 体会种田人被嘲笑的原因。

5. 出示名言俗语，指名读。

（1）不想出汗，休想吃饭。

（2）麦芒掉进针眼里——凑巧了。

（3）“一劳永逸”的话，有是有的，而“一劳永逸”的事却极少……

【设计意图】引读“释其耒而守株，冀复得兔”这一环节的设计，有两个意图：其一，这句话比较难读难记，反复引读是为了强调朗读，为后面的背诵做准备；其二，这句话义是解释故事寓意的关键，以此为想象点，启发学生体会种田人的荒唐与愚昧，为后面自然揭示寓意作铺垫。

（四）读写结合，明确寓意

教师引导：孩子们，假如时光能够倒流，你就是这个种田人的邻居，会怎么劝他？写在本子上！可以用上黑板上的词语，也可以用上刚才的那几句话。

学生试写后展示读。

教师小结：的确，我们不能总想着不劳而获，不能总希望凭着侥幸就获得成功。因为一分耕耘，一分收获。板书：一分耕耘　一分收获

（五）激发情感，背诵全文

短短的 39 个字不但讲了一个小故事，还让我们明白了一个深刻的道理，这就是古人的聪明才智啊！让我们试着把它背下来！

（六）布置作业

1. 回家把这个小故事绘声绘色地讲给你们的爸爸妈妈听。

2. 《自相矛盾》《滥竽充数》《郑人买履》《老马识途》《曾子杀猪》《螳螂捕蝉》这些寓言都出自《韩非子》这本著作，回家读一读我们还没有学过的其他几个故事。

附：板书设计

守株待兔　　……

一分耕耘　一分收获　　……

（“……”表示学生形容种田人的关键词）

卖木雕的少年

（第二课时）

孙桂银（平谷区第二小学）

一、教学目标

1. 巩固课文中的四字词语，进一步理解这些词语的意思。

2. 正确、流利读课文的基础上做到有感情地朗读课文。

3. 学习通过人物的言行体会人物的内心活动，了解人物品质，从而感受中非人民深厚的友谊。

二、教学重点

有感情地朗读课文，感受中非人民深厚的友谊。

三、教学难点

抓重点词，体会人物的内心活动。

四、教学过程

（一）复习导入，巩固积累

这节课我们继续学习《卖木雕的少年》。课文中有很多四字词语，我们先玩个小游戏，我说词义，你们抢答出相应的词语。

课件出示相应词语，猜两个重点词——琳琅满目、语无伦次，其余词语指名读。

课文中说谁五官端正呀？（黑人少年）这节课我们就去结识那个卖木雕的黑人少年。

（二）细读课文，感悟文本

1. 欣赏瀑布，了解木雕。

（1）自由读第一～四自然段，了解内容。

自读提示：课文中是怎样介绍大瀑布还有木雕的？

读完思考，完成填空：

莫西奥图尼亚大瀑布真是（　　　　），（　　　　）景色（　　　　）。瀑布旁的摊点上，陈列的木雕（　　　　），（　　　　）。其中坐凳（　　　　），大象雕得（　　　　）。

（2）介绍瀑布。（课件出示图）这就是莫西奥图尼亚大瀑布，是世界三大瀑布之一，它比我国的黄果树瀑布还要大20多倍。

（3）欣赏木雕。在瀑布旁的摊点上，陈列着琳琅满目的非洲木雕。你们想亲眼见到那些精美的木雕吗？非常巧，我的一个朋友家里收藏了几件，大家欣赏一下吧。

（4）体验理解词语“沉甸甸”。大家拿在手里感受一下。

（5）简介木雕。非洲木雕是非洲一种非常古老的民间艺术形式，上面娴熟的刀法和它们神秘怪异的造型，使之成为世界各地人们乐于收藏的艺术品。

我也想买一件收藏，在摊点前，我精心挑选，（板：挑选）可是买木雕的过程中却留下了遗憾。“我”的遗憾，黑人少年的遗憾，遗憾之后则是更感人的故事，怎么回事呢？

2. 抓“我”心情变化，体验“我”之情感。

（1）默读课文第五～十五自然段。

阅读提示：画出表现“我”心情变化的词语，想想为什么会有这样的心情？（读—画—思）

（2）生默读后同伴交流。

（3）学生汇报预设及指导。

a. 爱不释手。学生结合书上语句谈理解。

我捧着坐凳，仔细观赏，爱不释手。（板：爱不释手）

指导读出喜爱之情。

b. 犹豫。学生结合书上语句谈理解。

引导：“我”那么喜欢小坐凳，可行李超重又不能买，我的心里很矛盾。你还能从哪一自然段看出我很犹豫？

“啊，不，路太远，这个太重……”，我有些语无伦次。

指导读出矛盾心理。

提示：我有话没说完，欲言又止，这种复杂的心理用一个标点表示出来了（省略号）。还有一个词表现得更加形象准确。（语无伦次）

c. 遗憾。学生读文谈理解。

也许以后我没有机会来这遥远的非洲了，这么精美的具有民族特色的艺术品我却不能把它带回国，真是可惜呀！可我不得不带着遗憾放弃木雕。（板：放弃）

d. 高兴。生读文谈理解。

指导朗读：是呀，真没想到黑人少年专门为我做了一个小的，又专门给我送来，这让我原本失望的心又有了希望，以至于我当时高兴得怎么样？（喊出来）同学们一起高兴地喊出来！

e. 感动。生读文谈理解。

专门为我做的木雕，专程送来，没想到他会不要钱。（板：赠送）

3. 回读少年言行，升华情感。

黑人少年专程赠送给我一个小木雕，这是怎样一个少年呢？让我们把视线聚焦到这位黑人少年的身上。

阅读提示：默读描写黑人少年的相关句子，想想黑人少年给你留下了怎样的印象？

选择恰当的词语做出批注。（读—思—批）

（1）学生自读后同伴交流、汇报。

估想学生汇报：黑人少年很英俊、真诚、聪明……（引导学生结合相关句子说理由）

师引导：黑人少年两次提到“中国人”，为什么呢？

“您是中国人吧？”那少年望着我，猜测到。

少年连连摆手，用不太标准的中国话说：“不，不要钱。中国人是我们的朋友。”

引导思考：从黑人少年的言语、动作中你又感受到了什么？

（对中国人有特殊的感情，认识中国人，对中国人熟悉。）

【设计意图】抓人物的语言、动作、神态，深入了解人物品格。

（2）补充资料，升华情感。

美丽的赞比亚游人如织，为什么黑人少年要说中国人是我们的朋友呢？补充资料：

中国和非洲虽远隔重洋，但中非的友谊却源远流长。20 世纪 60 年代，中国也处于经济困难时期，但中国人民克服重重困难，支援非洲，修建了坦赞铁路。全长 1860 公里，经过河流、山地、森林等各种复杂的地形，修建工作异常艰苦。铁路的建成促进了两国的经济发展，使非洲人民摆脱了贫困。在工程修建过程中，中国有 64 位专家、技术人员为之献出宝贵的生命。

他们永远不能回到自己的祖国了，但非洲人民永远地怀念着他们，一年年，一代代，他们的墓前总是鲜花不断。中非之间也因此结下了深厚的友谊。（板：深厚的友谊）

【设计意图】 重视语文的熏陶感染作用。教师深情地朗读课外资料，让学生了解故事背后的故事，深层了解中非的深厚友谊，在情感上受到感染、启迪。

（3）换位体会。此时你就是那个黑人少年，说说你为什么要专程给“我”送来一个小木雕呢？

虽然木雕变小了，可我捧在手里还是沉甸甸的。这小小的木雕包含着多少真情呀！此时，黑人少年眼睛里的那一丝遗憾已化为可爱的笑容。（图片展示）

（三）读写结合，落实训练

我捧着木雕，心潮澎湃地往回走，一路上想了很多很多，此时，你想些什么呢？请你试着写一写此时的感受。

（四）课堂小结，升华情感

我们要告别美丽的大瀑布了，告别可爱的黑人少年，但我们没有遗憾，因为我们带走了一颗友谊的种子，它会在我们的心里萌芽，长大，中非友谊地久天长。

附：板书设计（略）

（曾获 2011 年第三届全国小学课堂教学交流研讨展示活动“教学设计”类一等奖）

滥竽充数
（第一课时）

张金蓉（平谷区第三小学）

一、教学目标

1. 正确地理解“滥竽充数”这个成语的意思。

2. 学习朗读古文，能正确处理句子中的自然停顿。

3. 理解寓言内容，懂得《滥竽充数》这则寓言“没有真才实学，蒙混凑数是不行的”的寓意。

二、教学重点

理解《滥竽充数》寓言内容，掌握成语。

三、教学难点

懂得寓言所揭示的道理。

四、教学过程

（一）用音乐引入

1. 播放乐曲《凤凰展翅》，引出“竽”这种乐器，进行介绍。

2. 齐读课题，读准字音，识记“竽”“滥”的字形。

（板书：滥竽充数）

【设计意图】用动听的音乐巧妙引出生字“竽”，通过教师介绍，学生观察图片了解竽的制作原料，使学生在学习过程中能随机记住生字写法。“滥”也是一个生字，同样，引起学生注意，读准字音，识记字形。

3. 学生讲述印象中“滥竽充数”的故事。

（二）学习古文

1. 浏览课文，找出这则寓言和以前所学的课文有什么区别。

这是一篇用两千多年前的语言写成的古文，短小精练正是古文的特点，这则寓言，短短44个字，把故事讲得清清楚楚。

【设计意图】 利用学生已有的学习资源，通过观察，比较现代文与古文的不同之处。教师通过总结，点拨古文的特点，并强调“全篇只有44个字”，增强古文对学生的吸引力，提高学生学习古文的兴趣。

2. 初读古文，了解课文内容及课文语言形式。

轻声读课文，借助生字表读准字音，试着把句子读通顺。

3. 根据学生朗读遇到的问题进行梳理，纠正指导。

（1）指导朗读运用的“气息”。

（2）指导句子中的停顿，注意“滑”“好”的读音。

4. 齐读全文。

【设计意图】 这是学生第一次学习古文，读准字音、读通句子是个难点，如果这点做得扎实，对于了解课文意思会有很大帮助。所以要抓住文章中易读错的字，多读多练，把字音读正确，把句子读通顺，并通过教师范读、试读屏幕上标有停顿符号的句子等方法，注意句子中的停顿，了解古文停顿的规则，增强语感。

（三）感悟文本，激活语言与情感

1. 默读课文，理解每句话的意思，把不懂的字、词画下来。

2. 根据学生质疑，帮助学生梳理。

（1）第一自然段。

生生对比读，重点感受“三百人”之多，想象场面之宏大。

板书：必三百人

（2）第二自然段。

展开想象，重点体会齐宣王的心理。（板书：请）抓住“廪食”的意思——廪食就相当于现在工作时领的工资。想象南郭先生是怎么说的，说了些什么。

南郭先生（　　）地说：“____________________。”

（3）第三自然段。

通过齐滑王的特点重点体会南郭先生的心理。

南郭处士想：________________，于是处士逃。

体会南郭先生的心情。带着害怕、心虚、担心、心惊胆战的心情读文句。

板书：一一听之　逃

【设计意图】在了解文章意思时，第一、第三自然段很简单，由学生说出意思，教师随时点拨；第二自然段很难理解，教师要根据在课堂上学生出现的不同问题，予以引导，讲解。待学生弄懂意思之后，创设情境，让学生合理想象，引领学生带着理解读出文中的语气。

3. 表达提升，填充故事。

用自己的话把这个故事讲给大家听，看谁讲得具体生动！

【设计意图】结合文本内容，发挥学生想象，在脑海中形成南郭先生请求为大王吹竽和灰溜溜逃走的场景，体会两种不同情况下不同的表现，不同的想法，提高口语表达能力，为理解寓意埋下伏笔。

4. 联想朗读，感悟寓意。

【设计意图】让学生想象南郭先生逃跑的原因，从而说出对南郭先生的忠告。与此同时，理解寓言的寓意：做什么事不能不懂装懂，不会装会，要有真本领。

（四）巩固课文内容

1. 根据理解解释“滥竽充数”中“充”的意思。

2. 用原文填空。

南郭处士之所以能够滥竽充数，是因为____________________；

后来，南郭处士不能滥竽充数，是因为____________________。

【设计意图】培养学生准确地从文本中提取信息的能力，必须做到“不多字，不少字，用原文填空”。在此环节中，也可使学生正确运用“滥竽充数”这个成语。

3. 积累背诵。

（五）拓展阅读

1. 查查成语字典，初识以下成语意思。

鱼目混珠　名不副实　掩人耳目　货真价实　名副其实

2. “滥竽充数”的近义词、反义词。

近义词：鱼目混珠　名不副实　掩人耳目

反义词：货真价实　名副其实

3. 推荐阅读《中国寓言故事》这本书。

【设计意图】结合文本内容，增加学生知识面，拓展学生思维，将古文学习延伸到课外。

附：板书设计

滥竽充数

必三百人　　　请

一一听之　　　逃

（曾获 2011 年全国中小学教师“精彩一课”评选“教研成果”二等奖）

收易拉罐的小男孩

（第二课时）

杨宝娥（大兴区第八小学）

一、教学目标

1. 理解课文内容，体会小男孩在想靠收易拉罐买汽车这件事中，表现出来的坚持不懈、自立自强的精神。

2. 联系课文内容，说说结尾一句话的意思。

3. 能有感情地朗读课文。

二、教学重点

体会小男孩在想靠收易拉罐买汽车这件事中，所表现出来的坚持不懈、自立自强的精神。

三、教学难点

联系课文内容，说说结尾一句话的意思。

四、教学过程

（一）整体感知提出疑问

1. 出示课题后，请同学说说课文写了一件什么事？

2. 这些都是我从朋友那儿看到、听到、想到的。经过上节课的学习，你还有哪些问题想在这节课解决？同学质疑，教师梳理问题并记录在黑板上。

（二）抓住词句感知人物

下面就让我们一起走入那个美国朋友家中，了解小男孩经历的过程吧！

1. 走入朋友家，初步感知小男孩的懂事。

下面老师找五个同学朗读前五个自然段，小男孩是怎样到我朋友家来收易拉罐的？

（1）收易拉罐的小男孩走了，当时“我忍不住好奇，走进了贮藏室。”你们知道“我”为什么好奇吗？

（2）随学生的汇报出示书中的语句，小男孩在屋里折腾，我朋友为什么不介意？

听着他们熟门熟路地进入贮藏室，又听到叮叮当当一阵空罐儿响。朋友与我在屋里聊天，全然不介意小家伙们在贮藏室折腾。

引导联系生活实际理解：我们一般在家卖废品时会怎样？

（3）通过和上边语句的比较，你想到了什么？

小男孩和朋友的关系很好，他们彼此信任，所以我很好奇。

（4）进到贮藏室我看到了这样的情况：

几个曾经装满空罐儿的硬纸箱空了，一个摞一个地放得整整齐齐。

小男孩给我留下了怎样的印象？（有礼貌、懂事）

【设计意图】以我的情感变化为线索，引导学生抓住语句中的重点词语，初步感知对男孩的印象；结合生活实际感受朋友和小男孩相互之间的信任，从而为下文进一步理解小男孩风雨无阻、坚持不懈地收易拉罐作好铺垫。

2. 与朋友交谈，感知小男孩的与众不同。

这么好的小孩，使我不由得想更多地了解他们，于是我就和朋友聊了起来，请你自读下面的内容。把我从朋友那儿听到的内容画下来，读一读。

（1）同学自学后，朗读所画的内容。

这空罐卖不了多少钱，可是小哥儿俩讲，他们要靠这个买一辆汽车。

（2）看了这个内容，你有什么想法？（同学说想法。预设：不可能实现）

（3）看来同学们的想法不是没有道理，你们和作者的想法是一样的，咱们一块来读读。

卖易拉罐买汽车？这中间的距离在我看来无疑比从地球到月球还远。

通过练习指导有感情朗读，体会我的怀疑和惊讶。

（4）你觉得小哥俩的汽车梦能实现吗？有根据地说说理由。随同学的汇报出示：

朋友讲这是哥儿俩，就住在附近，每个星期天收集邻居家的易拉罐，已经一年多了，无论是刮风下雨，还是大雪纷飞，次次不落。

预设：抓住“每个星期天、一年多了”说明时间长；“刮风下雨、大雪纷飞、次次不落”说明小男孩有毅力，为了梦想在努力地去做，不怕任何困难。

（5）如果你们是小哥俩，我来当妈妈，咱们来表演一下星期天的情景好吗？

找两位同学，一人演哥哥，一人演弟弟。你有英文名字吗？一起起名。教师创设这样三个情景，和不同的学生互动。

a. “皮特，你们看今天的雨这么大，就别去收易拉罐了，反正大家都会给你留着。”

b. “皮特，你看今天天气这么好，爸爸说开车带咱们去公园玩，然后再去吃大餐，今天你们就别去了。”

c. “汤姆，你看弟弟今天都发烧了，我给你 10 美元，你就别去了”。

此时，我们再来读读这句话，说说你的感受。（从同学的谈的感受中提炼概括　板书：次次不落坚持不懈）

看来，要做到次次不落真的很不容易。

【设计意图】针对课文内容，创设情境，使学生走入男孩的现实生活，想象小哥俩面对各种诱惑时的表现，进行口语交际，体会他们坚持不懈的精神。

（6）从这句话中你又能知道些什么？

“他们说是仔细算过的，哥哥达到驾驶车的法定年龄时就能买上车了。”

预设：联系上文“哥哥 14 岁”，到法定驾驶车的年龄是 18 岁，一共有四年，说明他们心里清楚时间长；从坚持这一年的情况来看，他们做得较好，可以证明能买上汽车。

从以上的内容中我们能够感受到小哥俩，是认真细致地想把这个愿望实现的，细致到每个星期要收多少个易拉罐可能都算出来了，而且他们是想靠自己的努力得到。联系上面情境表演的内容，总结板书出：自强自立。

（三）拓展延伸想象说话

1. 听朋友说的这些，看着小哥俩一路上蹦蹦跳跳地走着，我的心里也非常高兴。咱们来看看这小哥俩的情况。找同学朗读以下内容：

哥儿俩还在路上走着，弟弟拉了条绳子在前面拖，一边唧唧喳喳地与在后面推车的哥哥说着什么，清脆的童音在静静的街上回荡。

2. 哥俩在路上走着，这时我就听见他们在叽叽喳喳地说着什么，想象哥哥和弟弟可能会说些什么？

弟弟可能在与哥哥说：“____________________”哥哥可能说：“________________”

（四）回顾整体理解含义

看着小哥俩高兴的样子，想到从朋友那听到的一切，我心里涌上一股高兴的念头，那咱们一块来看看，我是怎样做的！读读

突然，我涌上一个念头，于是追上这哥俩儿，冲着他们说：“嘿，男子汉们，将来你们这辆车就叫‘易拉罐号’吧！”

预设：对男子汉的理解应是身体健壮，守信用，说话算话；叫易拉罐号是对两个小男孩坚持不懈，自立自强精神的一种赞扬。理解到以上两点即可。

（五）小结全文

我到美国朋友家里，听到两个小男孩来收易拉罐，从开始的好奇到怀疑直至从心里敬佩这两个小男孩的行为和举动，这是我的心情变化（指板书的左半部分）。通过朋友向我介绍，我了解了每个星期天小男孩都次次不落地去收易拉罐实现买汽车的梦想，还知道他们是仔细计算过的，感受到了小男孩的坚持不懈，自强自立！希望咱们也能像他们一样，通过努力，实现自己的梦想！

附：板书设计

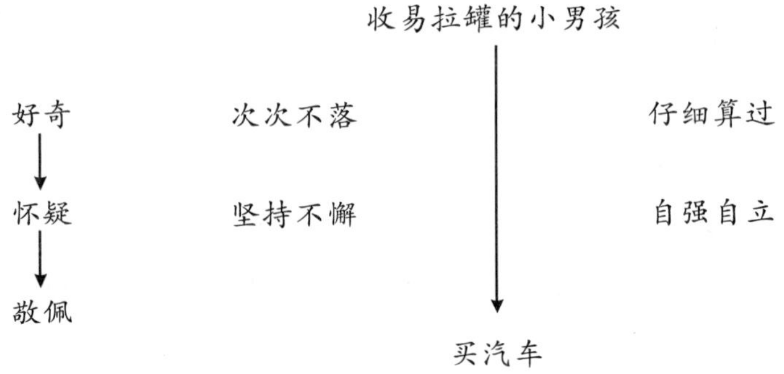

（曾获中国教育科学院“优质课堂与现代教学技艺运用的研究录像课评选”一等奖）

守株待兔

张　敏（大兴区第八小学）

一、教学目标

1. 读通课文，学会四个生字。理解和积累词语。

2. 对照注释揣摩句子的意思，正确、流利地朗读课文。能背诵课文，用自己的话把这个故事讲给别人听。

3. 理解“守株待兔”这个成语的意思，懂得寓言揭示的道理。

二、教学重点

理解“守株待兔”这个成语的意思。

三、教学难点

懂得寓言揭示的道理。

四、教学策略

结合画面和优美的旋律指导学生朗读，培养良好的语感。

五、教学过程

课前谈话：还记得我们学过哪些寓言吗？知道《自相矛盾》和《滥竽充数》出自哪本书吗？（课件出示韩非子图片）它是我国古代著名法学家韩非子所著，里面收录了大量的寓言故事。

（一）揭示课题，导入新课

1. 师板书课题。

这节课咱们就再来学习一则出自《韩非子》的寓言，看老师写课题。

2. 读课题。

3. “守”指什么呢？老师这里有几个“守”的解释，看一看选哪个合适？“株”是什么意思？（板书“树桩子”，同时看图片认识它。）

4. 试着解释“守株待兔”的意思。

【设计意图】理解课题，明白查字典、看书下注释可以理解古文的意思。使学生在课上习得学习古文的方法，为下面的自学打下基础。

（二）初读课文，读正确、通顺

1. 古人是如何讲述这个故事的呢？下面请同学们自己读读课文，看是否能读通顺，把还读不通顺的句子划下来。

2. 师：同学们读书的习惯很好，就要这样，一字一句踏踏实实地读书。

（1）指名读生字：“宋”“株”“耒”“冀”。

【设计意图】初读课文，扫清生字障碍，养成良好的读书习惯。

（2）有几个句子，我把它拿了出来，请同学们读一读：

（课件出示）

“因释其耒而守株，冀复得兔。”

“耒”是什么意思？见过吗？（看课件认识“耒”）

查耒的部首是什么？（学生动手查）

看看课文中哪个字是“耒”部？（耕）

【设计意图】通过自己动手查字典认识部首，做到在课上培养学生的查字典能力；再通过“耕”字的组词、讲解，理解“耒”字的含义。

学生介绍“冀”的记法；介绍怎样写好这个字。

而身为宋国笑。

强调“为”是个多音字。

3. 指名读一遍全文，看看这次是否能把课文读通顺了。

4. 同桌互读，听听他能否把每个字读正确。

【设计意图】在学习完生字后再读课文，反馈学生对生字及多音字的掌握情况；再通过“同桌互读”的形式，发挥学生合作学习的优势，把读书能力的培养落到实处。

（三）再读课文，理解内容

1. 课文读通了，那古人的这些话是什么意思呢？下面请你默读一遍课文，借助字典和课文下面的注释，理解每个句子。把重点字的意思像老师这样标注在旁边。如果有困难可以小组合作学习，小组解决不了的，把它标出来我们一起解决。

【设计意图】根据新课标要求：在教学中积极倡导学生自主、合作、探究的学习方式，培养学生自主学习的能力。在教师的引导下，学生掌握了“查字典”“看注解”理解句子意思的学习方法，再通过小组合作学习解决了一些简单的困惑，提高了课堂的时效。

2. 指名汇报说句意。

（要求：读原句，说重点字的意思，翻译全句。）

第一句：强调“走”在古文中是跑的意思。还记得我们以前学过哪篇古文中也出现过这个字吗？（狐假虎威）

第二句：强调“释”在这里当放下讲，其实在我们以前学过的成语中也出现过。（爱不释手）

【设计意图】在教学中注重知识的迁移，利用学生已有的知识积累，学习新知识，降低了学习难度，使学生真正理解了“释”字的意思。

根据学生回答适时点拨：

（1）者：在古文中“者”的意思一般指“的人”。

（2）“因释其耒而守株，冀复得兔”中“因”是什么意思？（因为、因此、原因）

老师首先肯定这几种答案，然后引导学生比较哪个词更恰当。（因此）

教师追问：到底是因为什么？（学生发挥自己的想象自由回答）

（3）身：在这里的意思是“自己，本身”。

（4）为：学生可能会解释成“成为”。教师引导学生：“为”解释成“被”更好。这句话的意思是“而自己却被宋国人耻笑”。

【设计意图】在引导中帮助学生理解重点字的意思，知道翻译古文时要把重点字翻译准确，再通过学生的想象真正明白“释其耒而守株”的原因，从而也为理解寓意奠定了基础。

3. 质疑：你还有不理解的吗？

4. 自己说一说各句的意思。

5. 句子的意思我们弄懂了，再来读读课文，想象一下当时的情景，想想该用什么样的语气读？指名读课文。

【设计意图】在理解的基础上通过“教师范读”“配乐读”等教学手段指导学生朗读，使学生感受古文的韵律美，从而培养良好的语感。

6. 练习背诵课文。这么精彩的故事，作者只用了几十个字就写清楚了，真是了不起！你想不想把它储存在自己的知识宝库中啊？好，让我们来试着背一背它吧。（出示填空）

7. 讲故事：“古文读起来很美，我想如果你能加上丰富的想象，用自己的话讲一讲也会很动听。”（学生准备后讲故事）

8. 听完这个故事，你有什么话要说吗？（板书：不要心存侥幸，不要不劳而获）

【设计意图】学生通过这个环节抒发自己的感受，这样不仅丰富学生的语言积累，培养学生的口头表达能力，又在抒发情感的过程体会了寓意，受到了情感教育。

（四）学习检测

做语文练习册，检测对重点字的掌握。

1. 学生做。2. 自查。3. 反馈。

【设计意图】检测学生的学习情况，巩固对重点字意思的理解，做到在课堂上关注学生的书写。

附：板书设计（略）

（曾获北京市优秀课堂教学设计评选一等奖）

自相矛盾

李　萍（大兴区教师进修学校）

一、教学目标

1. 认识并会写本则寓言中的生字及新词，理解重点词语的意思，认识认读字“寓”和“戳”。

2. 正确、流利、有感情地朗读课文。

3. 了解这则寓言故事的内容，能说明卖矛和盾的人的可笑之处，懂得“说话、办事必须实事求是，前后一致”的道理。

4. 能演一演《自相矛盾》。

二、教学重点

知道《自相矛盾》这则寓言所讲的故事，并能演一演。

三、教学难点

懂得“实事求是，前后一致”的道理。

四、教学策略

“读与实践相结合”等多种方法相结合。

五、教学过程

（一）学习生字“矛”和“盾”，揭示课题

1. 出示矛和盾图片：提问：同学们这两幅图中画的是什么？

幻灯出示“矛”和“盾”的象形字。

预设：据学生回答板书“矛”“盾”，学生书空。（这两个字都是我们今天要学习的生字）

2. 提问：你知道“矛”和“盾”在古代是做什么用的吗？

3. 教师板书，把课题补充完整，（这就是我们今天要学的一则寓言）请大家齐读课题。

（二）初读寓言，整体感知。

1. 自由读课文，学习其余的生字新词。

（1）自由读课文，要求读准字音、读通句子。

（2）出示课件（课文中的词语——两组词一句话），引导学生正确认读，顺势指导巧记“夸”的字形；理解“锐利、坚固”词义。

（3）检测学生对生字词的掌握情况。

2. 指名读原文，边听边思考：《自相矛盾》讲了一个什么故事？

请学生说一说《自相矛盾》讲了一个什么故事？在汇报的过程中，用上刚才这几个词语。

【设计意图】学生通过自由朗读，对课文内容有了一个整体感知。通过让学生把“锐利”“坚固”亲手送给矛和盾，建立词语之间的内在联系。用上刚认识的这几个词语说一说《自相矛盾》讲了一个什么故事，提高学生的概括、表达能力。

（三）细读课文，了解故事内容，体会寓意

1. 默读课文，理解卖矛和盾的人是怎样夸口的。

（1）提问：他卖矛时怎样夸口？

追问：他这句话是什么意思？他为什么这样夸口？

出示课件：（带有“不论……都……”的句子）

（2）有感情朗读本句，让学生通过同桌互读——指名读——评读的方式体会卖矛时夸口的心理。

（3）按同样的步骤汇报“夸盾”的理解。

2. 对比两次夸口，理解“自相矛盾”的意思。

（1）提问：这个人一心想把它的矛和盾都卖出去，可听了他夸口叫卖的话，还会有人买他的矛和盾吗？

（2）你是不是觉得这个人很可笑？他为什么可笑？默读课文后说说你的

想法。

（同桌说——指名说）

预设：卖矛时只想着夸矛，夸矛时否盾；卖盾时只想着夸盾，夸盾时否矛——自己的语言前后不一、互相抵触，实在让人难以相信。

（3）讲解：这就是“自相矛盾”（幻灯出示解释），现在的“矛盾”还是两种兵器的意思吗？

（4）这个人因夸口，最终落得个“哑口无言”的尴尬下场。（再次提到“夸口”的后果会导致自相矛盾的困境，进入尴尬局面。结合板书）

（四）回顾板书，揭示寓意，学习寓言的方法

1. 提问：学了这则寓言，你明白了一个什么道理？（板书：不能。）

2. 结合板书，点明学会寓言的方法：知故事、明事理（板书：知故事、明事理）。你们今天就是用这种方法学习了第一则寓言《自相矛盾》。随着年级的增高，我们还会学到很多寓言故事，还要用今天的方法。

（五）演一演，《自相矛盾》

1. 自由读课文，在演之前提示：注意夸口的语气和哑口无言的神情。

2. 想一想夸口时应该用什么样的口气，哑口无言又是什么样的神情。然后学生排练，展示。

（六）推荐阅读，丰富积累，介绍作者

推荐寓言故事这本书，激发学生课外阅读兴趣。

（七）布置作业

1. 在田格本上正确、规范书写本课生字两遍。

2. 把这个故事讲给更多的人听，以此来劝诫人们说话做事要实事求是、前后一致。

附：板书设计（略）

难忘的八个字
（第二课时）

吴宝文（昌平区昌盛园小学）

一、教学目标

1. 纠正易读错词语的字音。

2. 了解先天残疾的“我”在一次耳语测试中，受伤的心灵得到温暖的故事，体会伦纳德老师对“我”母亲般的关怀，加深热爱、尊敬老师的感情。

3. 继续学习联系上下文理解句子的方法。

4. 有感情地朗读课文，读出小女孩内心情感上的变化。

5. 培养学生良好的阅读习惯，培养语感。

二、教学重点

了解“我”是一个怎样的孩子；在耳语测试中“我”是怎么做的。

三、教学难点

联系上下文体会伦纳德老师对“我”说的八个字为什么令“我”永生难忘。

四、教学策略

“体验式学习”与多种方法有机结合。

五、教学过程

（一）回顾课文，质疑导入

1. 释题。难忘哪八个字呢？“我”指的是谁？“你”指的又是谁？

2. 质疑。看着板书，你有什么问题想问吗？

【设计意图】依据学生提出的问题，确定本节课的教学任务，以学定教，顺学而导。

过渡：让我们带着这些问题，一起走进课文。

（二）通读全文，整体感知

1. 自由读文。

注意加点字的读音，边读边想：课文主要讲了一件什么事？

2. 检查加点字的读音。

3. 说说课文的主要内容。

课文主要讲了一件什么事呢？

【设计意图】整体感知课文，培养学生初步概括课文主要内容的能力。

（三）逐段品读，理解感悟

1. 学习第一自然段。这是一个怎样的小女孩呢？

（1）自主学习。

默读第一自然段，用“—”画出描写小女孩外貌的句子，看看你从中体会到了什么？

（2）全班交流。

A. 指读画的句子。

B. 从对小女孩外貌的描写，你体会出了什么？

C. 小女孩先天的残疾使她的内心发生了怎样的变化呢？你从哪句话体会出来的？

D. 如果小女孩走在大街上、商场里，可能会出现怎样的境遇？

E. 此时，如果你就是这个残疾、难看而又自卑的小女孩，内心的感受是怎样的呢？

（3）指导朗读。

带着这种感受，读读这一自然段（自由练读、指名读、评读、范读）

【设计意图】抓住小女孩外貌的与众不同，通过换位体验，引导学生走进小女孩的内心世界，读出自己独特的情感体验。

2. 学习第二自然段。

过渡语：就在小女孩特别伤心、痛苦的时候，遇到了伦纳德老师，她又是怎样的一位老师呢？

（1）自主学习。

请大家小声读课文的第二自然段，用“﹏﹏”画出描写伦纳德老师外貌的句子，想一想，

她是一个怎样的老师？

A. 指读画的句子。

B. 出示多媒体教学课件二。

伦纳德夫人长得很胖，很美。她有着金光闪闪的头发和一双黑黑的、笑眯眯的眼睛。虽然穿戴很普通，但每个孩子都喜欢她。

（2）根据所给句式回答问题。

A. 伦纳德老师是怎样的一位老师？

B. 出示多媒体课件三：想象着伦纳德老师和蔼可亲的样子，再读读这几句话。

伦纳德夫人长得很胖，很美。她有着金光闪闪的头发和一双黑黑的、笑眯眯的眼睛。虽然穿戴很普通，但每个孩子都喜欢她。

【设计意图】体会外貌描写的作用，为第三课时学生仿写人物外貌作铺垫。

3. 学习第三、四自然段。

过渡语：小女孩说：“每个孩子都喜欢她，但没有一个人比我更爱她”。这是为什么呢？

（1）依据提示自学。

自学提示：

默读课文第三～四自然段：

A. 在耳语测试中，小女孩是怎么做的？用“——”画出有关语句，想一想，小女孩为什么这么做？

B. 伦纳德老师为什么不说通常说的话，而要说这八个字呢？老师心里又是怎么想的？

（2）小组合作交流。

（3）全班交流研讨。

A. 在这次耳语测试中，小女孩是怎么做的呢？

B. 我们也来做一次耳语测试。

C. 你为什么要把右手稍稍抬起一点呢？你心里是怎么想的？你担心什么呢？

D. 面对这样一个自卑的孩子，伦纳德老师是怎么说的？

E. 伦纳德老师没有说通常测试时说的那些话，而要说这八个字，她心里又是怎么想的？

F. 从这八个字，你体会到了什么？

G. 当小女孩在忐忑不安的等待中，听到这八个字后，心情会是怎样的？让我们饱含深情地再读读这感人肺腑的话语吧！

H. 师生合作读。

“我希望你是我女儿！”这八个字仿佛是一束灿烂的阳光温暖了我受伤的心，令我永远难忘。

【设计意图】引导学生自己研读文本，边读边圈点画记，培养学生良好的阅读习惯。在学生自主学习的基础上合作学习，分享阅读感受。全班交流，教师点拨，通过学生的换位体验，深入理解文本，感受伦纳德老师对小女孩真挚的爱。

（四）总结全文，升华情感

1. 进一步理解难忘。

这八个字为什么令小女孩难忘呢？谁能结合上下文说说？

2. 理解永生难忘。

（1）（资料分享）谁知道这位小女孩长大以后怎么样了呢？

（2）大家想一想，是什么改变了小女孩的命运呢？

（3）是呀！就是这充满浓浓爱意的八个字，使这个自卑的小女孩走出了生活的阴影，并改变了她的命运，所以这八个字令小女孩——永生难忘。

3. 总结提升。

同学们，在我们中国有近八千多万名残疾人。他们需要理解、关心、帮助，让我们伸出友爱之手，去关心他们、帮助他们吧！

——播放残疾人自强不息以及人们关心残疾人的照片，同时配上歌曲《爱的奉献》。

【设计意图】通过资料引入，音乐渲染，进一步突破教学难点，在学生心中播撒爱的种子，使人文目标得以落实。

（五）布置作业，拓展延伸

1. 学习了这篇感人的故事，你一定有许多感受，一定有许多话要说，你想对谁说，说什么呢？请把你想说的话写在写话本上。

2. 北京第13届残奥会刚刚落下帷幕，每位残疾运动员背后都有一个感人的故事，请同学们搜集了解残疾运动员背后的感人故事，语文活动课时讲给大家听。

【设计意图】体现读写结合，培养学生写作能力。通过结合现实实际，进行拓展学习，培养学生搜集整理和综合运用信息的能力，体现大语文教学观。

附：板书设计（略）

渔 歌 子

（一课时）

陈 丽（昌平区教师进修学校）

一、教学目标

1. 认识四个生字，会写三个生字，正确读写“西塞山，白鹭”等词语。
2. 正确、流利、有感情地朗读这首词，背诵这首词。
3. 理解这首词的内容，感受作者笔下的美景和悠然自得的心情。

二、教学重点

理解这首词的意思，感受作者悠然自得的心情。

三、教学难点

融情悟境，感受作者悠然自得的心情。

四、教学策略

“以读为本”和多种教学策略相结合。

五、教学过程

（一）引入课题，了解词牌

1. 引入揭题。

（1）这学期我们曾经学过一首词，还记得吗？一起背诵《忆江南》。

（2）揭示课题，齐读课题。

2. 了解词牌。

提问：词和诗有什么不同？

预设：一般地说，词中的句子字数有多有少，又称长短句，但是这些句子不是随意长短，是按照词牌规定而写的。《忆江南》《渔歌子》是不同的词牌，字数、句式都是不一样的，都属于常见的词牌。《渔歌子》既是词牌名也是这首词的题目，写的是渔翁的歌。

【设计意图】通过让学生回忆诗、词的区别，使学生明白词的特点，知道不同的词牌有不同的格式要求。

（二）初读文本，明了作者

1. 自由读这首词，注意读准字音，读通诗句。

2. 学习生词：西塞山、白鹭、箬笠、蓑衣。

3. 书空练写生字：塞、鹭、笠。

4. 齐读这首词。

5. 师生交流：结合资料，说说对作者的了解。

【设计意图】通过读、写学习生字词，通过交流明了作者，为这首词的学习做好铺垫，同时培养学生搜集、提取信息的能力。

（三）理解诗句，想象诗意

1. 结合提示，小组学习。

学习提示：

（1）默读《渔歌子》，借助注释、字典理解全词，用自己的话说说这首词的意思，把不懂的问题标在书上。

（2）这首词写了哪些事物？用“________”在文中画下来。想一想，全词给你留下怎样的印象？简单标注在书上。

小组交流学习成果，讨论不懂的问题。

预设一：结合图片了解“箬笠”“蓑衣”。

预设二：为什么不须归？

2. 交流反馈。

用自己的话试着说说这首词的意思。

【设计意图】通过看注释，学生自学的方式初步理解词的意思，培养学生的自学能力。对质疑问题进行初步感知，引出后续之学习。

3. 抓色彩姿态，感知美景。

（1）全词写了哪些事物？（西塞山、白鹭、桃花、流水、鳜鱼、箬笠、蓑衣、风、雨）

（2）填上合适的词语，理解感悟全词的意境。

请用一个词语来形容一下这山、这水、这白鹭、这桃花……请同学们想象这些景物的色彩和姿态，来填一填吧！

________西塞山，________白鹭，

________桃花，________流水，________鳜鱼，

________箬笠，________蓑衣，

________风，________雨。

4. 展开想象，描绘画面。

结合刚才的交流和自己的想象，用自己的话再来说一说这首词的意思，看谁说的更美，更有诗情画意。

【设计意图】通过让学生描述想象中景物的颜色和形态，加深对全词的理解，体会作者笔下清新秀美的江南风光。

（四）提炼感受，体会心情

1. 诵读诗词，提炼感受。

（1）结合想象，再读诗词。

（2）全词给你留下了怎样的印象？你能用一个词语来概括一下这美景吗？

预设：清新秀美、山清水秀、秀丽宜人、美景如画……

2. 理解“不须归”，体会诗人心情。

（1）在这首词中，有没有一处写了作者的心情呢？

（2）为什么不须归？是什么留住了作者的脚步呢？

预设：郁郁葱葱的西塞山，清澈见底的溪水，粉红的桃花，肥美的鳜鱼，纵然在斜风细雨的日子，也不愿回去。

（3）留住作者的仅仅是美景吗？联系一下张志和的经历进一步理解。

（4）你能用一个词形容张志和的心情吗？

预设：悠闲自得、悠然闲适……

（5）完成二次批注。

【设计意图】在理解的基础上，诵读全词，想象画面，训练语言表达。在解读文本意象的同时，挖掘作者真实的感受，使学生能够更好地理解诗人情感。

（五）反复吟诵，入情入境

过渡：诗词需要吟诵，才能让我们更深入体会它的意境，感受它的美。谁来美美地读一读？

1. 配乐诵读。

2. 教师引读。

3. 熟读成诵。

【设计意图】全词以景托情，重在表达词人的心境，通过配乐朗读、教师情境引读体会诗情画意、体会作者情感，达到熟读成诵。

（六）阅读拓展，总结全课

1. 阅读拓展。

出示宋代词人苏轼和徐俯的改写之作：

浣溪沙

〔宋〕苏轼

西塞山前白鹭飞，散花洲外片帆微，桃花流水鳜鱼肥。
自庇一身青箬笠，相随到处绿蓑衣，斜风细雨不须归。

浣溪沙

〔宋〕徐俯

西塞山前白鹭飞，桃花流水鳜鱼肥，一波才动万波随。
黄帽岂如青箬笠，羊裘何似绿蓑衣，斜风细雨不须归。

提问：读一读，发现了什么？

预设：都引用了张志和原词中的语言，可见张志和的词实在是太好了，堪称经典。

2. 总结全课。

这首词短短二十七个字，写出了九种事物，有颜色，有姿态，有动有静，烘托了诗人悠然自得的心情，韵味无穷。

3. 布置作业。

结合自己的想象和理解，把《渔歌子》改写成一段话。

【设计意图】以苏轼和徐俯的词作为拓展阅读的素材，进一步感知《渔歌子》的美，知道“改写经典”也是平时活用诗词的好方法，同时激发学生对古典诗词的热爱之情。

附：板书设计

渔歌子

唐　张志和

清新秀丽　　悠然自得

不须归

海底世界

（第二课时）

邵红英（昌平区城关小学）

一、教学目标

1. 能抓住重点句子理解一段话的意思，并体会这段话是怎样写具体的。

2. 了解海底是景色奇异、物产丰富的地方，激发学生热爱自然、探索自然的兴趣。

3. 有感情地朗读课文；背诵自己喜欢的段落。

二、教学重点

了解海底景色奇异、物产丰富的特点。

三、教学难点

抓住重点句子，并体会这段话是怎样写具体的。

四、教学策略

“信息技术与学科教学整合”与多种方法有机结合。

五、教学过程

（一）激趣引入

1. 出示大海图片，进行质疑：你对大海有哪些了解？你还想知道什么？

2. 导入：咱们这节课就带着这些问题，跟随第十课的作者到海底去看一看，探索一下其中的奥秘。请大家齐读课题。

【设计意图】用画面和语言将学生带入学习情景，引导学生学会质疑，养成学而思的习惯。

（二）品读课文

1. 自由读文，想想海底世界给你留下了怎样的印象？

全班交流：谁来说说海底怎样？

【设计意图】使学生了解课文内容，初步感受海底景色的奇异和物产的丰富。

2. 品读第二、三自然段。

（1）你们是从哪儿感受到海底是奇异的美丽的呢？请大家默读第二、三自然段，找一找，画一画。

学生默读课文第二、三自然段，一边读一边想，一边圈点画记，自主学习。

【设计意图】“学而不思则罔，思而不学则殆”，教给学生读书的方法，并指导学生养成带着问题读书，不动笔墨不读书的好习惯。

（2）请同学把自己体会到的在小组里交流交流。

（3）全班交流汇报，教师相机点拨，并指导朗读。

a. 体会海底黑暗中有光点闪烁的景象，并指导朗读。（板书：暗中有光点）

b. 体会海底静中有声音的景象，并指导有感情地朗读。（师出示课件，板书：静中有声音）

海底的动物常常在窃窃私语。你用水中听音器一听，就能听见各种声音：有的像蜜蜂一样嗡嗡，有的像小鸟一样啾啾，有的像小狗一样汪汪，还有的像在打鼾。

c. 想象海底还有什么声音，像课文那样说一说。

出示课件：

有的像蜜蜂一样嗡嗡。 有的像小鸟一样啾啾。 有的像（　　）一样（　　）。

（意图：创设情景，练习说话，丰富学生的语言。）

（4）欣赏海底景色。

出示课件：海底景色音像资料。

（5）请学生带着自己的感受朗读课文。

3. 品读第四自然段。

其实，海底不仅奇妙，还非常有趣呢。咱们快来读读第四自然段。

（1）请大家自己读第四自然段，思考这一段是围绕哪句话写的，把它画下来。

学生自己读书，按要求画句子。

读画的句子。说说这一段主要讲的是什么？（板书：动物）

（2）请学生默读第四自然段。

a. 默读，圈出写了哪几种动物，用一个词概括它们是怎样活动的。

b. 分小组合作学习，合作填写表格。

【设计意图】教给学生自主阅读的方法，培养自主探究和团结合作的精神。给每位学生提供发表看法、展示自我的机会。

c. 选一种你喜欢的动物向同学做汇报。

d. 出示课件：

	动物名称	活动方式	活动特点
海里的动物各有各的活动方式			

学生汇报交流，教师相机点拨。

（3）师生合作读第四自然段，进一步感悟这一段的写法。

（意图：从读悟写，培养学生写作能力，提高写作兴趣。）

（4）海底是不是就这几种动物呢？结合你的资料介绍给大家好吗？

（意图：教给学生阅读的方法，培养学生提取运用资料的能力。）

（5）指导学生有感情地朗读。

那么多海洋动物聚在一起，有快有慢，有进有退，有动的也有不动的，多有意思呀！快把这段再读一读吧！

4. 品读第五、六自然段。

海底不仅有动物资源，还有许多物产呢！不信，你读读第五、六段。

（1）指两名同学分别读第五、六段，说说这两段主要讲的是什么？

生1读后说：第五段讲的是海底的植物很多。（板书：植物）

生2读后说：第六段讲的是海底的矿产丰富。（板书：矿产）

（2）海底的动、植物和矿产不止这些，那还有什么呢？请大家进入咱们的资料城。

学生进入学习平台，自主阅读资料。

交流学习感受。

（意图：利用网络优势，扩展有限的文本内容。）

5. 理解最后一段话：

课文学到这儿，你有什么想说的吗？

齐读最后一句话。（板书：景色奇异、物产丰富）

（三）升华情感

海底的确是个景色奇异，物产丰富的世界呀，带着你的感受把你喜欢的段落再读一读。

课文学完了，你有什么收获吗？

学生进入留言板进行打写。老师巡视。

交流作品。

（意图：回到整体，总结全文。）

（四）拓展延伸

从你们的眼神中我看出大家已经喜欢上了海底，有些同学余兴未消，还想深入了解，请打开网站链接，老师向你们推荐：

书目：《海洋深处的秘密》《海底两万里》《十万个为什么》《少年百科全书》

网站：太平洋海底世界（www. buww. com. cn）、海底探秘专题学习网（xx-sxx. wjedu. net/zhuanti/hdtm）

附：板书设计（略）

（曾获2005年北京市中小学信息技术与学科教学整合教学设计评比一等奖）

威尼斯的小艇

（第二课时）

周继文（昌平区二毛学校）

一、教学目标

1. 朗读课文，背诵课文第二、第四自然段，积累自己喜欢的语句。

2. 学习课文，了解课文从几个方面介绍小艇的写作方法。

3. 学习课文，了解威尼斯独特的风情、小艇的特点及它与人们生活的密切关系。

4. 学习作者抓住特点并把人的活动同事物、风情结合起来进行具体描写的表达方法。

二、教学重点

1. 了解课文从几个方面介绍小艇的写作方法。

2. 了解小艇的特点及它与人们生活的密切关系。

三、教学难点

学习作者抓住特点并把人的活动同事物、风情结合起来进行具体描写的表达方法。

四、教学策略

“以读为本”与多种方法有机结合。

五、教学过程

（一）回忆内容，导入新课

浏览课文，回忆马克·吐温先生具体是从哪几方面介绍小艇的。

（二）了解样子，体会写法

1. 自主学习第二自然段，画出有关的词句，初步感知小艇的样子。

2. 反馈交流，体会写法。

威尼斯的小艇有二三十英尺长，又窄又深，有点儿像独木舟。船头和船艄向上翘起，像挂在天边的新月，行动轻快灵活，仿佛田沟里的水蛇。

（1）交流小艇的样子。

（2）体会表达的特点和好处。

【设计意图】阅读教学应引导学生钻研文本，在主动积极的思维和情感活动中，加深理解和体验，有所感悟和思考。同时为了帮助理解课文，可以引导学生随文学习必要的语法和修辞知识。为此，启发学生自读、自悟，感受作者语言的生动，不仅理解比喻的精彩，还认识到比喻来自多方面的细致观察。

（3）朗读体会，感悟情感。

【设计意图】学生在朗读中通过品味语言，体会作者及其作品中的情感态度，表现自己对作者及其作品情感态度的理解。让学生把理解体会到的读出来，是自己内化的过程，是学生自己与作者的思想靠近的过程。

（4）小结提升，感悟写法。

大家看，作者写小艇进行了多方面细致的观察，既写了它静止的样子，又有行动起来的状态，连用了三个不同的比喻，小艇的样子、造型，以及它行动起来的感觉，就生动形象地呈现在我们的面前了。

3. 交流感受，体会第三自然段内容。

如果你坐在小艇里面会有什么感受？带着这种感受，一起美美地读一读第三自然段！

我们坐在船舱里，皮垫子软软的像沙发一般。小艇穿过一座座形式不同的石桥。我们打开窗帘，望望耸立在两岸的古建筑，跟来往的船只打招呼，有说不完的情趣。

【设计意图】教学中不要面面俱到，对于非重点的段落用朗读一带而过。

（三）品读感悟，体会船夫的驾驶技术好

1. 自主学习，初步感悟。

出示学习提示：默读第四自然段，完成下面各题。

（1）这段话是围绕哪一句话写的？用直线画下来。

（2）你从哪些词句体会到船夫的驾驶技术特别好？在文中适当批注。

（3）这一段在结构上有什么特点？

2. 学生交流后汇报。

【设计意图】阅读教学要让学生在交流和讨论中，敢于提出看法，作出自己的判断。学生先自己思考，再合作学习，并在独立思考，合作交流探讨的过程中得到提高。

3. 分部分朗读，体会文章写法及好处。

第一句齐读，男生读第二～四句，女生读第五句。

交流讨论：男生读的第二～四句和女生读的内容上有什么不同？本段的结构特点是什么？

4. 练习背诵。

先自己试着背一背。再按照提示齐背。

（四）夜景描写，感悟作用

1. 体会热闹的威尼斯离不开小艇。

（1）快速读第五、六自然段，说说文中都写了哪些人，去做什么。

（2）想象：还有哪些人也要坐小艇去做事呢？仿照书上的句子说一说。此时的威尼斯呈现一种怎样的景象？

2. 体会小艇停泊威尼斯也静寂。

（1）品读感悟，体会威尼斯的静寂与美丽。

水面上渐渐沉寂，只见月亮的影子在水中摇晃。高大的石头建筑耸立在河边，古老的桥梁横在水上，大大小小的船都停泊在码头上。静寂笼罩着这座水上城市，古老的威尼斯又沉沉地入睡了。

读一读，这段文字给你的感受是什么？从哪里感受到的？

通过朗读来欣赏威尼斯城月夜静寂的美景，同时播放威尼斯城月夜图片，帮助体会。

（2）引导质疑，体会文章写法。

预设：作者为什么写威尼斯夜晚的静寂？

（3）总结提升。

白天，小艇像活泼的精灵，行驶在水城之中，威尼斯喧闹、繁华。夜晚，小艇停泊于码头上，威尼斯也静寂了，入睡了。第五、第六这两个自然段作者采用了动静结合的写法，让我们感受到小艇与人们的生活密切相关。

（五）抓住写法，总结全文

马克·吐温真不愧是伟大的作家，他从三个不同的方面对威尼斯的小艇进行了生动具体的描写。他运用了不同的表达方式，使我们感受到小艇是威尼斯主要的交通工具，它与人们的生活密切相关。让我们不出国门只从字里行间就领略了威尼斯人的生活，威尼斯所特有的异国风情。

【设计意图】阅读教学最终要回归整体，使学生对课文内容有个整体的把握，把握文章的表达方法，明白作者的写作意图。

（六）布置作业，拓展延伸

1. 背诵文章的第二、第四自然段。
2. 读法国作家乔治·桑的文章《威尼斯之夜》。
3. 仿照课文第二自然段的写法，写写家乡的某处景或某个物，要写出特点来。

【设计意图】欣赏不同作家对威尼斯夜晚的描写，不仅能扩大学生的阅读量，而且能使他们认识到对于同一种美不同作家的描写方式是不同的。仿照课文第二自然段的写法，写写家乡的某处景或某个物，使学生学以致用，让学生学习作者的观察方法，表达特点，培养勤于观察、善于观察、乐于观察的习惯。

附：板书设计（略）

天鹅的故事
（第二课时）

怡久文（昌平区回龙观中心小学）

一、教学目标

1. 了解天鹅的故事，感受天鹅勇敢顽强、团结一心的精神，产生对天鹅的喜爱之情。

2. 能抓住重点词句，深入理解，表达自己的感悟。

3. 能有感情地朗读课文。

4. 写出读后感。

二、教学重点

抓住重点词句深入理解，老天鹅的破冰之举，群天鹅破冰的场面。从中感受天鹅的勇敢顽强、团结一心的精神，感受这鸟儿的可爱。

三、教学难点

抓住描写老天鹅拼死破冰的词句，体会老天鹅勇敢顽强、不怕牺牲的精神。

四、教学过程

（一）谈话导入，引发情趣

同学们，这节课我们继续学习第十八课《天鹅的故事》。故事的主要内容是什么呀？

30 多年过去了，斯杰潘在讲述这个故事时还是那么动容（课件出示最后一个自然段）。鸟儿到底怎样可爱？爱打猎的他为什么对近在眼前的天鹅没有扣动扳机？那猎枪为什么要挂起来，而且一挂就是30多年？

让我们带着这些思考走进斯杰潘的故事，走进他的内心世界，同他一起感受那令人永生难忘的情景。

【设计意图】回顾课文内容，整体感知课文，培养概括能力。通过问题引发学生深层次的思考，激发学生探究的欲望，引领学生走进文本。

（二）品读故事，剖析情感

惊人的壮举

1. 请你浏览一下描写故事的那一部分，把最先打动我们的那一部分用括号标示出来（问学生，然后课件出示课文第五自然段）

2. 默读课文第五自然段思考：

（1）这一段写的是什么？

（2）作者是如何具体描写老天鹅破冰的？在书上做批注。

3. 全班交流，教师点拨：

（1）老天鹅为什么要破冰，结合上文和资料理解。板书：老天鹅破冰

（2）“突然”表明老天鹅的举动很果断，毫不犹豫。

（3）“腾空而起”，力量很大，直冲云霄。

（4）“像石头似的”，说明摔得重，因为飞得高，速度快。

（5）“沉重”也表明心情的沉重。

（6）“第二次，第三次……”每一次是不同的。

4. 你此时是怎样的心情？就带着这种感情读一读。

5. 老天鹅破冰是一种怎样的情景呢？让我们亲眼看看吧。（看课件）

6. （导读）那砰砰的撞击声令人揪心裂肺。

突然遭遇寒流，群体的生存被逼入绝境，老天鹅果断地作出决定，那就是牺牲自己，用生命换取生命。老天鹅——（学生接读）

经过这重重一击，镜子般的冰面被震得震得颤动起来，老天鹅感受到了生的希望，它忘记了疼痛，又开始了又一次勇敢的冲锋。老天鹅——学生接读

冰面上粘着羽毛，淌着鲜血，老天鹅忍着剧痛，又开始了有力的进攻。它——（学生接读）

老天鹅拼死破冰，向困难发起一次又一次的猛攻。每一次的起飞都带着伤痛，每一次的起飞都激荡着大义和悲壮。斯杰潘老人此时是怎样的感情呢？震

惊，敬佩。由衷地称赞它为——顽强的破冰勇士，我们也一起称赞他——顽强的破冰勇士。

【设计意图】让学生潜心研读文本，边读边思考，培养学生不动笔墨不读书的习惯。抓住重点词语品味语言，走进老天鹅的内心世界，感受其精神的伟大。通过现代化教学手段，再现当时的情景，加深学生的理解感悟，通过朗读表达自己独特的情感体验。

感人的壮观

过渡：老天鹅这样做结果如何呢？读一读第六自然段。

1. 初读，理序。“惊住了”：这是一种创举，它们没有想到；这是一种壮举，老天鹅的牺牲精神令他们震惊。“塌陷了”：出现了生的希望。“帮忙了”：有几只天鹅也加入了破冰的行列。“都投入了”：大家一起破冰。（板书：小冰窟窿；几只扩大；整群水面）

2. 导读：老天鹅的壮举令它的同伴惊呆了，当他们看到塌陷的冰面后，如梦初醒，有几只天鹅也加入了破冰的战斗。它们像老天鹅一样，“腾空而起，利用下落的冲力，像石头似的用自己的胸脯和翅膀重重地扑打着冰面”。整群的天鹅都投入了破冰战斗，所有的天鹅都像老天鹅一样“腾空而起，利用下落的冲力，像石头似的用自己的胸脯和翅膀重重地扑打着冰面”。

3. 想想看，百十只天鹅一起破冰，那是一种怎样动人的情景呀？

冰面上一片欢腾。天鹅们有的正在腾空而起，有的正在向下俯冲，有的正在重重撞击冰面。冰面上有鲜红的雪，空中有翻飞的羽毛。那是一团翻滚的白云，那是一道亮丽的霞。

4. 破冰给他们的身体带来了剧痛，它们的心情是怎样的呢？（齐读后一部分）

5. 斯杰潘这时会感受到什么？（天鹅们快乐的叫声使他感到它们对生命的渴望非常强烈，和老天鹅的悲壮一样让人受到心灵的震撼！）

【设计意图】抓住语言文字，理解感悟，并将抽象的文字转化成具体形象的画面。再现天鹅群团结一心，奋力破冰的壮观场面，体会天鹅的心情。

喜人的欢庆

过渡：破冰终于成功了，小小的冰窟窿终于变成了一个很大的水面，它们是怎样欢庆的呢？

1. 读第七自然段。

2. 从它们欢快的叫声中我们仿佛听见他们在说什么？

【设计意图】 通过引发学生想象，培养学生的想象力。引导学生体验天鹅绝处逢生的那种欢愉，那种喜悦。

（三）回味故事，叩击心扉

1. 作者按照这样的顺序记叙斯杰潘老人讲的故事。老人亲眼目睹了天鹅破冰的情景，老天鹅的悲壮，天鹅群体的欢快、喜悦，深深地打动了他。（课件：深情地说："多么可爱的鸟儿啊"）

2. 这"可爱"是斯杰潘老人饱含深情说出来的，意义很重很重，斯杰潘认为，鸟怎样可爱呀？

3. "爱打猎的斯杰潘老人为什么没有扣动扳机？"

看到天鹅破冰的情景后，斯杰潘的内心受到了极大的震撼，那些鸟儿是那么勇敢、顽强，那么团结一心，它们渴求生命的愿望是那么强烈。它们简直就是一个个精灵，我们人类怎么能践踏它们的生命呀！如果杀害它们，自己会受到良心的惩罚。

4. "为什么非要把猎枪挂了起来，而不是埋掉或者藏起来？"想到自己的猎枪曾经掠夺过许多这样的生命，自己的双手曾经沾满它们的鲜血，他感到了深深的愧疚和自责。他将那猎枪挂在墙上，以时时刻刻警示自己，要尊重一切生命。我想可能还有一丝惩戒，已向那些可爱的生灵表示深深的歉意。

5. 和斯杰潘老人一起感动吧，自己再读一读最后一段。

【设计意图】 总结课文，进一步理清文章的写作思路，学习作者的表达方式。回应上课伊始提出的问题，升华情感，使人文性目标得到落实。

（四）拓展资料，提升理性，布置作业

1. 这样的故事你们在预习中又读了三个。品读这一个个动人的故事，你肯定有话想说，你又想对谁说呢？（老天鹅、斯杰潘老人、生活中的人们……）请你选择一下，把要说的话写下来。

2. 《阅读动物》这是一本很好的书，这里的故事很生动，这里的语言很深刻。比如……你可以买来或借来读一读。

【设计意图】 读写结合，深化对课文的理解感悟，培养学生的写作能力。引领学生课外阅读。扩大学生的阅读量，体现大的语文教学观。

附：板书设计：

	天鹅的故事	
老天鹅		小冰窟窿
几只	破冰	扩大
	（可爱）	
整群		水面

检　　阅

（第二课时）

李　芳（延庆县第一小学）

一、教学目标

1. 通过图文结合、角色体验、联系生活实际等方法理解句子意思，抓住重点语句，体会“这个小伙子真棒!”和“这些小伙子真棒!”的深刻含义。感受大家对博莱克的尊重与爱护，以及博莱克自尊、自信、自强的个性品质，激发学生尊重和爱护他人，自尊、自信、自强的情怀。

2. 以读引写，能联系自己的生活实际和阅读中的经验发表自己的见解。

二、教学重点

把握关键语句，体会人物心理的变化，并有感情地朗读课文。

三、教学难点

领悟作者“这个小伙子真棒!”和“这些小伙子真棒!”的深层含义。感受儿童队员对残疾人博莱克的尊重和爱护，以及博莱克自尊自强的个性品质。

四、教学策略

“以读为本”读悟结合。

五、教学过程

（一）导入新课

这节课我们继续学习第十四课《检阅》。齐读课题。

（二）复现生字，复习巩固

字词朋友们也等待着你们检阅呢！

出示生字：俱乐部　拄拐　队伍　洪亮　纠正　鸦雀无声　情不自禁　人山人海

出示句子：国庆节到了。多么盛大的节日！多么隆重的检阅！街道上人山人海，楼房上彩旗飘扬，主席台上站满了国家领导人和外国贵宾。

读了这段话你有什么感受？从哪些词语感受到的？

过渡语：是啊，多么盛大的节日！多么隆重的检阅啊！在这次检阅中谁给观众们留下了深刻的印象呢？

（设计意图：运用多种形式巩固复现字词，积累词语，打牢识字的基础，为阅读教学作好铺垫。）

（三）自由读文，整体感知

1. 自由朗读课文：一边读一边想，文中谁给观众们留下了深刻的印象？

2. 说一说文中谁给你留下了深刻的印象？为什么？（板书：博莱克）

现场的观众和你们有同样的感受，所以观众称赞他说……出示句子：这个小伙子真棒！

3. 还有谁给你留下了深刻印象？为什么？（板书：儿童队员）

【设计意图】整体感知课文内容，培养边读书边思考的习惯，激发学生学习的欲望。

（四）角色体验，感情朗读

1. 体会“这个小伙子真棒！”

（1）你从哪些地方感受到“这个小伙子真棒！”？

（2）此时你看到了一个怎样的博莱克？

（3）再来读一读，读出博莱克当时出色的表现。

（4）观众们也看到了这样的博莱克，所以他们说……（生接读）过渡语：如果说，博莱克凭着他在检阅中的出色表现赢得了观众的称赞，那儿童队员们又是因为什么得到了大家的称赞呢？让我们走进检阅前的那次讨论去看一看，听一听，想一想。

2. 体会“这些小伙子真棒！”

（1）读一读相关的段落，想一想队员们在讨论一件什么事，这件事怎么样。

（2）队员们在讨论什么事？这件事怎么样？你从哪知道的？

（3）我们来看“棘”这个字。（出示字源图片，师解释“棘”字）根据“棘”的意思，“棘手”可以怎样理解？那么放到句子中，“棘手的事”又是什么意思呢？

（4）默读课文，想一想你从文中哪些地方感受到这件事情非常棘手，勾画出相关的语句。

（5）汇报：你从文中哪些地方感受到这件事情非常棘手？

a. 出示句子1：一些事情已经商定，可是从大家的表情可以看出来……为什么谁都不愿意第一个开口呢？读一读，读出你的感受。

b. 出示句子2：俱乐部里立刻鸦雀无声。

鸦雀无声是一种怎样的场面？教室里为什么鸦雀无声？读一读，读出鸦雀无声的感觉。

c. 出示句子：劝他不去？要不把他放在队尾？再不就把他藏在队伍中间？……

d. 这里一连用了几个问号？通过这一连串的问号你感受到了什么？你还从哪些词语感受到他们心里非常矛盾？不就是一次检阅，用得着这么矛盾吗？

e. 这一连串的问题真的难住了队员们。再来读，读出队员们矛盾的心理。

f. 如果你是他们中的一员，你可能和他们有着相同的想法，你会想……你也许和他们有着不同的想法，你又会想……请把你们的想法写下来。

【设计意图】通过角色转换，让学生走进课文，通过不同角色的亲身体验，与文本展开零距离的对话，由此更能激起学生的矛盾心理，感受文中儿童队员们善良的心灵和他们关心爱护残疾人的优秀品质。

（6）多么善良的孩子们，他们既想使队伍整齐划一，更不想伤害自己的好伙伴博莱克，所以队员们的心情才这样矛盾。再来读一读这些句子，读出队员们矛盾的心理。

（7）哪位是队长，你有什么好主意呢？这么好的主意应该怎样说？谁再读队长的话。

（8）队员们，你觉得队长的提议好吗？好在哪儿？

（9）队长这么好的提议，你们赞同吗？快来读一读，读出你们的赞同来。

出示句子：太棒了！这才叫儿童队呢！别的队肯定会羡慕我们……

（10）是什么让孩子们高兴地作出了这样的决定，把这次参加检阅的机会给了博莱克呢?

(11) 正因为有了队员们的尊重和信任，才有了检阅队伍中自信、坚强的博莱克。再来读博莱克在检阅中的表现。

(12) 从他高昂着头，挺起胸膛，迈出的步伐，想象一下，走在队伍中的博莱克会想些什么?

(13) 带着自己的理解，谁再来读一读队伍中的博莱克。(配乐读)

(14) 博莱克是一位拄着拐的孩子，他要想和其他队员走得同样整齐，必须付出比常人更多的努力，通过这个镜头，你仿佛看到了博莱克训练时的哪些镜头?(生想象)

【设计意图】鼓励想象，培养学生通过想象理解课文，体会博莱克的自尊自强的个性品质。

(15) 此时，你觉得这是一位怎样的小伙子?

(16) 正因为自信和坚强才有了检阅中博莱克这么出色的表现，面对这样的博莱克，你想对他说些什么?

(17) 让我们一起来夸夸这个小伙子。——生:“这个小伙子真棒!”

(18) 博莱克刻苦训练的一幕幕的镜头，一个个场景，不仅你看到了，我看到了，成千上万的观众也看到了。所以，他们由衷地称赞……想到队员们对博莱克的尊重与信任，人们又一次赞叹……正因为有了这样自信坚强的博莱克有了尊重与信任他人的儿童队员们，才有了这样不一般的儿童队伍，让我们再一次赞叹……

【设计意图】通过不断反复朗读“这个小伙子真棒!”和“这些小伙子真棒!”这两句话，并且每次都是在不同感悟的基础上引导朗读。

(五) 想象说话，拓展升华

大家想象一下，检阅仪式结束后，大家又回到了学校俱乐部里。这时，队员们和博莱克会说些什么呢?

【设计意图】挖掘课文的空白点，在平等对话的基础上调动学生的情感体验，让他们去想象思考，从而获得情感的共鸣。学生的真情实感在流淌，情感在升华。

(六) 课堂小结

这次检阅不仅检阅了儿童队员们的队伍，也检阅了他们的心灵。你有什么要说的吗?

附：板书设计（略）

爬山虎的脚

（第二课时）

帅景义（延庆县第一小学）

一、教学目标

1. 复习词语，巩固生字新词。

2. 通过自主学习、讨论交流、朗读、画图、动作演示等方式把握课文主要内容与要点，知道爬山虎叶子的特点，尤其是脚的特点，并了解二者之间的联系。

3. 在学习课文的过程中，产生乐于观察与探究周围事物的兴趣，体会本文语言准确优美的特点。

二、教学重点

通过学习理解爬山虎脚的特点，学习作者抓住特点进行观察和表达的方法。

三、教学难点

体会作者清楚有序，具体描述爬山虎脚的特点的表达方式。

四、教学策略

“以读为本”与多种方法有机结合。

五、教学过程

（一）揭示课题，复现词语

1. 同学们，上节课我们初读了第六课《爬山虎的脚》。这节课我们继续学习。请齐读课题。跟老师一起把“爬”和“虎”再书空写写。

2. 请看大屏幕，白板出示：我会读：均匀　休想　叶柄触角　痕迹　嫩茎　重叠空隙　触着墙（1. 开火车轮流领读；2. 说出三个带点字的共同点：多音字。然后用另外的读音组词）

（二）自读课文，感知大意

1. 请自由朗读课文，回忆课文围绕课题都写了什么内容？（自由朗读，思考）

2. 组织交流：

（1）课文主要内容。（点拨学生的发言并随机板书：位置：墙上、房顶、叶子、脚）

（2）写脚是从课文第几自然段到第几自然段写的？（预设：第三～五自然段）

（三）理解课文，感受特点

1. 了解爬山虎脚的特点。

（1）选择首要学习的学习内容。

谈话：同学们，你们都见过爬山虎的叶子吗？那么你现在最感兴趣的问题是什么？（过渡语：同学们对于爬山虎的脚和爬墙这些内容很陌生，也更感兴趣。那么咱们就先来学习写脚的这部分内容好吗？）

【设计意图】从学生生活经验出发，引导学生选择首要学习的最感兴趣的学习内容。一是教为学服务，尊重学生的主体地位；二是也能在教学的最佳时间根据学情需要突出教学重点，突破教学难点。

（2）抓重点词句感悟“爬山虎脚的”外形特点：

A. 默读第三自然段，运用第一组课文学习的阅读方法：边读边想象画面，一面阅读一面想象爬山虎脚的样子。

B. 组织交流：白板出示爬山虎的叶和脚的图片，学生指出爬山虎的脚，说出理由。

C. 白板出示第三自然段文字，点拨批注：写的顺序（位置、形状或样子、颜色）和“比喻”的写法。

D. 指导背诵：请你看图片向别人介绍一下爬山虎的脚。

（3）抓重点词画画方式体会爬山虎用脚爬墙的过程。

过渡语：这脚是怎样爬上墙和屋顶的呢？来看第四自然段。

A. 默读，想象脚爬墙时的情形，画出爬墙时候脚发生的变化的词语。然后把你的想象用简笔画画在预习本上。

B. 指名画出简笔画，并结合阅读想象说说自己为何这样画？指名到黑板上画出，预设：

可能会：（1）正确的爬墙情形；（2）只画出刚出墙的情形；（3）画出触墙后的情形。

C. 读课文内容再评议和修改简笔画。

D. 白板出示爬山虎爬上墙后脚的样子图片和第四自然段课文。朗读第四自然段，并且勾画出一系列的动词：触、变、巴、弯、拉、贴、爬。教师利用笔和胳膊、身体给学生演示爬上墙的情形。体会几个动词关系。

E. 指导背诵。爬墙过程。（白板出示爬墙的图片，利用遮屏方式练习看图背诵。）

（4）抓住重点词语体会爬山虎的脚与墙的关系。

A. 爬墙时候脚还有哪些变化，请自由朗读第五自然段。

B. 引导交流，随机点拨板书：离墙萎，触墙活。

C. 你看看作者观察得是多么仔细，还要长时间的观察。看看第三自然段到第五自然段，哪些词句让你感受到是长时间仔细观察的。

2. 感受爬山虎叶子的特点。

（1）爬山虎的叶子是怎样的？请边读课文第二自然段边想象。（自由朗读想象）

（2）引导交流并板书：

A. 朗读、看图片欣赏。

B. 朗读铺墙的优美句子。

C. 白板出示："叶尖一顺儿朝下，在墙上铺得那么均匀，没有重叠起来的，也不留一点儿空隙。一阵风拂过，一墙的叶子就漾起波纹，好看得很。"

找找文中用了几个"一"，选择每个"一"是什么意思？

一：①数目字，最小的整数；②一律，没有例外；③满、全；④表示最少。

（教师根据学生找到的批注着重号）

D. 白板出示爬上墙的图片，出示文字，带动作读出风中动态美。（微风动态美）

E. 体会静态和动态描写。白板运用遮屏方式出示句子两种颜色的句子，女生朗读静态的景象；男生朗读动态的景象。

小结：你们朗读的两部分有何不同？（板书：静态、动态）

【设计意图】抓住重点词句和书上插图，感受叶子的特点与美丽；结合具体语境体会多义字的不同含义；体会静态与动态描写相结合的方法，感受作者长期细致观察的好习惯。

3. 体会爬山虎的脚与叶子之间的关系：光光的墙上为什么能铺满生机勃勃的叶子呢？

【设计意图】引导学生在阅读中注意段与段间的联系，体现中段阅读教学的特点。

（四）课堂练笔，积累运用

白板出示：我会想象，我会写：当人们经过爬山虎的时候，都会夸赞道："多美的爬山虎啊！"有的人还会问道："爬山虎怎么会爬得那么高？"爬山虎的脚听到可高兴了，它向人们自我介绍说："__________"（独立写话后交流评议）

（五）扩展延伸，观察练笔

观察自己感兴趣的动物或植物，或是做个小实验写下观察日记。

附：板书设计（略）

两小儿辩日

（第二课时）

张书平（延庆县第三小学）

一、教学目标

1. 通过学生自学，能够根据课后注释疏通全文，了解故事内容，体会两小儿善于观察、说话有理有据和孔子实事求是的态度。

2. 通过小组交流、全班讨论和教师指导，理解“游”“辩斗”“车盖”“盘盂”“去”“以”“探汤”“为”的意思，体会古今词义的差异。

3. 通过教师指导读、自由读、齐读、指名读等方式，使学生能正确、流利、有感情地朗读并背诵课文，在诵读中初步感受文言文的特点，激发学生学习文言文的兴趣。

二、教学重点

在理解意思的基础上，能够正确、流利、有感情地朗读和背诵课文。

三、教学难点

读懂句子的意思；体会两小儿善于观察、说话有理有据和孔子实事求是的态度。

四、教学策略

巧用多媒体课件：让学生借助图片理解课文意思；通过对重点句多种形式朗读感悟课文的情趣；为动画配音的辩斗中明理。

五、教学过程

（一）简介孔子，激趣导入

1.（课件出示孔子像）

同学们看，他就是我国古代的大教育家——孔子！孔子曾经说过这样一句话，大家一定都不陌生，一起读：（知之为知之，不知为不知，是知也。）谁理解这句话的意思？

这充分体现了孔子严谨的治学态度。今天我们要学习一个孔子东游时发生的故事，相信读了这个故事，你会对此有更深的体会。（板书：两小儿辩日）

2. 审题：这里的“辩”怎么理解？结合辩字，谁来说说题目的意思？

【设计意图】通过图片初识孔子，并通过孔子说过的一句话让学生对孔子实事求是、严谨的治学态度有个初步的了解。通过“辩”字字义的理解，帮助学生理解课题的意思，同时为后面的辩论作铺垫。

（二）读通课文，了解意思

1. 这是一篇文言文，读通句子是学习课文的基础。请同学们自由地读课文，遇到读不准的音或读不通的句子可以画个“？”

2. 刚才我看到很多同学都作标记了。现在认真听老师读课文，看看你的问题能不能通过听老师的读来解决。（师读课文后问：在读课文上，你们还有问题吗？然后让学生自由读课文，指名读）

3. 句子读通了，要想了解这个故事，还需要读懂句子的意思。回忆一下，我们以前读懂一篇文言文，都采用了哪些方法？

预设：看注释、结合上下文、联系背景、查阅工具书、问老师或同学。

4. 下面请大家继续运用看注释、结合上下文以及问同学、问老师这样的好方法了解字的意思、弄通句的意思、再试着说说全文的意思。学完后同桌之间互相说一说。

质疑，解疑，重点指导：

日初出大如车盖，及日中则如盘盂，此不为远者小而近者大乎？

（1）通过图片认识“车盖”：车盖就是古时车上的篷盖，像雨伞一样，呈圆形。现在你们知道哪部分是车盖吗？车盖有多大呢？

（2）通过图片理解“盘盂”：“盂”到底有多大呢，老师这儿准备了两张图片，我们一起来看一看：盂是一种装酒食的敞口器具。现在用手势告诉老师，盂有多大？

（3）指名说句子的意思，然后带着自己的理解读句子。出示句子：一儿曰："日初出沧沧凉凉，及其日中如探汤，此不为近者热而远者凉乎？"

（4）抓住"汤"字，体会古今字义差异：这里"汤"怎么理解？汤作为热水在成语中也出现过，谁知道？（赴汤蹈火、固若金汤、扬汤止沸）

（5）说说这句话的意思。

5. 指名完整地说说课文的意思。

【设计意图】学生自主选择学习方法自学，理解文言文的大意。同时通过体会重点词语，感受古今词义的变化。

（三）读懂课文，读出韵味

1. 两个小孩究竟在辩论太阳的什么呢？（太阳的远近）

2. 辩斗中两个小孩各持怎样的观点和理由呢？现在请同学们默读课文，用直线画出第一个小孩的观点和理由，用"～～～～"画出第二个小孩的观点和理由。

交流：

（1）在辩斗中两个小孩各持什么观点？

出示句子：

一儿曰："我以日始出时去人近而日中时远也。"

一儿以日初出远，而日中时近也。

这两句话都是在叙述小孩的观点，但表述形式一样吗？你发现了什么？（第二句话是转述形式）谁能把它改为前一句的叙述形式？

出示：__________曰："______________________________。"

读一读这两句话，女生读第一句，男生读第二句：

（2）他们各自的理由又是什么呢？

（3）看来，虽然两小儿每天看到的是同样一轮太阳，但对太阳的认识却截然不同。（出示图片，引读）

（4）远小近大、近热远凉，两个小孩说的有没有道理？因此，他们都认为自己是正确的，而且在陈述自己的理由时，都用了同样的句式，是什么？（反问句）请大家再读一读这两句话，体会这样表达的效果。指读，男女对读。

（5）结合板书小结：两个小孩一个认为——日初近日中远，因为——远小近大；另一个认为——日初远日中近，因为——近热远凉。课文通过三组反义词，就把两个小孩的观点说得这样清楚，仅仅用了117个字就让我们了解了两个小孩辩斗的情景，可见文言文的——简约！

（6）再读课文：老师读陈述的句子及旁白，男生读第一个小孩的观点和理由，女生读第二个小孩的观点和理由。

【设计意图】通过勾画、交流，理解两个小孩的观点和理由，了解两个小孩喜欢探索、说话有理有据的特点；通过自由读、男女对读、教师引读等方式，体会文言文的简约，为辩斗做铺垫。

（四）走进辩论，感悟情趣

1. 课文的内容懂了，也能读出文言文的韵味了，现在我们放松一下，欣赏一个简短的动画。这个动画是老师根据课文的内容做的，但由于老师的疏忽，编辑时把声音弄丢了。老师想请你们根据对课文的理解来给辩斗的两个小孩配音。（播放动画）

2. 要想给两个小孩配音，必须要像他们那样进行辩斗。（板书：辩斗）你们认为怎样才能辩起来，斗起来呢？结合学生发言，师小结：正像同学们说的那样，真正的辩斗，不但要观点明确，理由充分，还要注意自己的语速，眼睛要看着对方，要在气势上压倒对方。另外如果能适当地加上动作效果会更好。

3. 同桌之间一人选择一个角色练习辩一辩，斗一斗。

师巡视，指导。

4. 找两人进行辩论，师进行指导示范，然后学生灵活运用语言再练习辩一辩。

5. 找两个人来给辩斗的小孩配音：请男生推荐一名辩者来当第一个小孩，女同学推荐一名善辩的人做第二个小孩。老师演孔子。

提示：要注意看画面，要让声音和画面很好地结合起来。其他同学如果觉得我们的配音效果好，就给予掌声（同时播放动画）

【设计意图】通过给动画配音，让学生通过亲身实践，感受辩论的情境。同时，激发学生学习文言文的兴趣。

（五）感悟形象，积累语言

1. 在辩斗中，你看到了两个怎样的小孩？（善于观察，说话有理有据。）

2. 从中，你们又看到了一位怎样的孔子呢？师小结：作为一位大教育家，知识渊博的“孔圣人”，敢于在两个孩子面前承认自己的“不知”，这也再次验证了他的那句话——“知之为知之，不知为不知，是知也。”他这样做就是实事求是，就是智慧的表现！

3. 孔子一向奉行实事求是，言行一致。在他教育弟子的言谈中，就有很多相关的格言，这些话对我们现在的人也有一定的教益。老师这搜集了一些，一起读：

（1）吾日三省吾身：为人谋而不忠乎？与朋友交而不信乎？传不习乎？

（2）与朋友交，言而有信。

（3）听其言而观其行。

（4）君子名之必可言也，言之必可行也。

【设计意图】引导学生体会孔子“不能决”的做法，并结合相关资料，帮助孩子理解孔子实事求是的做法，感受大学问家严谨的治学态度，从而明白课文所说明的道理，把学问和做人很好地结合起来。

4. 布置作业。

（1）课下搜集太阳距离地球远近的相关资料。

（2）熟背课文，并把这个有趣的故事讲给家人。

附：板书设计

两小儿辩日

一儿		一儿
日初近　日中远	辩斗	日初远　日中近
近大远小		远凉近热

古诗两首
（第二课时）

张　文　于金燕（延庆县第四小学）

一、教学目标

1. 借助注释理解诗句意思，创设情境想象诗歌所描绘的意境，体会朋友间的深情厚谊，进而明确学习古诗文的基本方法。

2. 在品读、比较及介绍其他送别诗的过程中，培养学生的鉴赏能力。

3. 在品读、吟诵中，指导学生有感情地诵读古诗，培养主动积累的习惯，激发对古诗文的热爱之情。

二、教学重点

理解诗句的意思，想象诗歌描绘的情景，体会作者的思想感情。

三、教学难点

想象诗歌描绘的情景，体会作者的思想感情。

四、教学过程

（一）谈话导入，比较诗题

今天，请同学们和老师一起学习第二十课《古诗两首》。指名读两首诗的题目。比较两首诗题目中有什么共同之处——送（别）。

介绍：古代交通不便，离别之后很难相见，于是诗词成了他们抒发情怀的方式，大量的送别诗成为特别的一类。同是送别，不同的人，不同的场景，送别时又有怎样的情感呢？让我们先来学习第一首诗。

【设计意图】引导学生通过比较诗题，为更好地理解“送别诗文”作者思想感情表达做好脚手架。

（二）循序渐进，读懂诗题

1. 初读题目：这首诗题目很长，共有十个字、五个词。读的时候不要平均用力，你觉得哪个词重要就着重读哪个词，试着读一读吧。

2. 点拨拓展：生自由练读后师指名读题，相机点拨，拓展“三名一别”；离别的难舍难分。

3. 个性读题：不同的感受，不同的读法，你想怎么读就怎么读。自己再读一读题目。

4. 梳理题意：学生理解第一首诗题目的意思。

（三）自主学习，读通诗句

1. 自由读：读准字音，读通诗句。（自己练一练）

2. 指名读：谁来读给大家听一听？

3. 读出诗的节奏感。

（四）借助注释，理解诗意

1. 诗读通了，诗句的意思你能读懂吗？学好古诗的第三步就是理解诗意。

交流：读懂古诗的好方法。（借助注释，我们就可以逐字逐句地读懂古诗）

2. 请大家借助注释，在小组交流中试着说说每行诗句的意思。

3. 全班交流。（引导学生汇报自己理解的诗句）

预设：

“故人西辞黄鹤楼”：故人？辞？为什么是西辞？老朋友在西边辞别了黄鹤楼。

“烟花三月下扬州”：“烟花三月”告诉了我们什么？下？（为什么用“下”？比如说咱们去北京说不说下北京？从“西”和“下”看得出来作者用词特别准确。）在繁花似锦的阳春三月（乘船）顺江而下到扬州去。

“孤帆远影碧空尽”：孤零零的小船越走越远，渐渐消失在碧蓝的天空里。

“唯见长江天际流”：只看见浩荡的长江水向天边流去。

4. 指生连起来说诗意。

【设计意图】以学生为主，运用以前学习古诗的方法理解诗句大致意思。

（五）展开想象，体验诗情

1. 学好古诗，不光要理解诗句表面意思，还得走进诗句想象意境，体会蕴含在字里行间的情感。

（1）默读诗句，你看到哪些景物？（黄鹤楼、烟花、孤帆、长江）

（2）由这些景物展开想象，你面前出现怎样的画面？

预设：[前两行]

黄鹤楼——想象：辞别场面拓展：楼的雄伟楼与江的关系

烟花——（学生依据“烟花三月下扬州”想象画面）

师引生扩展想象：“阳春三月”的美景还会是怎样的？此时，你还会看到什么？听到什么？甚至还能闻到什么？

（播放视频）师生欣赏，辅助走进情境。

（播放音乐）指导朗读前两行诗句。

过渡：老朋友远去，你面前又出现了怎样的画面？学习后两句。

诗人看见了什么？（孤帆、远影、碧空、长江、流到天际）

师生谈话，交流感受和理解。教师引导学生围绕“孤帆”“尽”“流”深入体会。

教师点拨提问，感悟情怀：

①只有孤单的一条船吗？

依据学生回答，教师引读体会：

是啊，长江上一定会有千帆竞渡，长江两岸一定是繁花似锦，但是，此时此刻，诗人看不见，他能看到的，只有——生：孤帆远影

师：只有那一叶载着他的好朋友远去的——生：孤帆远影

师：只有他心头的那一叶装满了依依别情的——生：孤帆远影

师：我们一起来朗读——生：孤帆远影碧空尽，唯见长江天际流。

②此时，你有什么想问李白的呢？

预设：老朋友孟浩然的船已经不见了，你为什么不离去？在望什么呢？

师：是呀，翘首远望，望着小船渐行渐远，尽的是什么？（板书：尽）仅仅是这些尽了吗？他和孟浩然一起相处，曾经那样相谈甚欢呀！而此时，同学们，孟浩然登船远去，那么是什么尽了？（预设：一起相处的日子尽了；把酒论诗的情真意切的快乐尽了）

③指导有感情朗读：读出你的情感，展示你的情怀。（播放音乐）

小结：李白的送别以目相送、默默无语、别情依依。（板书：以目相送）

拓展并引导朗诵：这真是：去年下扬州，江送黄鹤楼。眼望帆去远，心逐江水流。

让我们用朗读再现这朋友真情。（师生齐诵读，能背则背）

（六）运用学法，自主品读

1. 描写送别的经典诗篇还有很多，接下来我们就来学习另外一首。投影出示《送元二使安西》。

2. 通过上一首诗的学习，我们知道应该怎样学习古诗——师生总结学法。（读懂诗题—读准字音读通诗句—理解诗意—想象意境—体会情感）

3. 教师介绍主题网页。学生浏览，自主学习。

4. 汇报自学收获：

（1）读诗文。

（2）解诗意：

师生交流：师生、生生互动交流自己的理解，质疑、答疑。

相机点拨：这首诗也有个“尽”，是什么意思？尽的是什么？（板书：以酒相送）

（3）入诗境、悟诗情：一、二句进行画面想象，三、四句引导“更”字的联想。引导理解，读出别情。

5. 同学们，我们能不能把这两首千古绝唱记在心中！师生共同背诵。

（七）拓展延伸，多元抒怀

你还阅读了哪些描写送别的诗？（课件展示中选择性朗读）

（八）布置作业，改写悟情

选择课文中一首古诗，编写成一个送别的故事，敢于加入自己的合理的想象和感受。

总结提升：不论是以目相送的默默无语还是以酒相送的酣畅淋漓，说到底都是因为朋友之间有一份（人间真情），他们都是在（以情相送）。因为有了情，这些文字才被人们代代传颂，因为有了情，才被称为民族的瑰宝啊！

附：板书设计（略）

卖木雕的少年

（第一课时）

贾素然（大兴区第八小学）

一、教学目标

1. 学会本课生字新词，积累词语。
2. 初读课文，了解课文主要内容。
3. 朗读课文，理清课文的叙述顺序，了解文章的第一、第二部分内容。

二、教学重点

学会新字词，积累一些成语。

三、教学难点

朗读课文，理清课文的叙述顺序。

四、教学策略

“自主探究与学习方法提炼”相结合的方法。

五、教学过程

（一）激发兴趣，引入新课

1. 谈话：你们喜欢旅游吗？都去过哪里？我也喜欢旅游，其中一处景观给我留下了深刻的印象，而且还拍下照片留作纪念，我们一起欣赏。

2. 出示图片。提问：你们看到了什么？

3. 出示“莫西奥图尼亚大瀑布”的名字，指导练读。

【设计意图】图片导入不仅激发学生学习兴趣，还指导了瀑布的读法，分散了词语教学的难点。

4. 揭示课题：

我来到非洲南部，不仅游览了莫西奥图尼亚大瀑布，还去挑选了木雕。在挑选木雕时，我结识了卖木雕的少年（出示少年图片）。我与少年之间到底发生了怎样的故事？今天我们一起学习第二十七课《卖木雕的少年》。教师板书课题，学生齐读课题。

（二）检查预习，学会新词

1. 自由读课文，读准字音，读通句子。读后，同桌互相检查课文中画的新词。

2. 检查词语自学情况。

（1）出示第一组生字词，练读。

猜测　标准　非洲　宾馆　诚恳　遗憾

（2）出示第二组易读错词语，练读。

即将　流露　模样　附近　吹拂　沉甸甸

3. 读句子，积累成语。

（1）读句子，找到句中的四字词语。

出示五个句子：A. 我来到莫西奥图尼亚大瀑布，这里真是名不虚传，游人如织，景色十分壮观。

B. 摊点里陈列的木雕琳琅满目，各式各样。

C. 这些座凳构思新奇，大象雕得栩栩如生。

D. 我捧着座凳，仔细观赏，爱不释手。

E. “啊，不，路太远，这个太重……”我有些语无伦次。

（2）点明句中成语。

（3）给出正确成语答案，说明确定成语的方法：是用成语词典验证的。

（4）在书中标画出成语。

（4）读带有成语的句子。

（5）理解“爱不释手”。

预设：

因为看到栩栩如生、构思新奇的象墩让我太喜欢了，都舍不得放下。

4. 记忆生字。

（1）把词语中出现的新生字用自己喜欢的记字方法记一记，难写的、容易写错的在书的空白处写一写。

（2）挑一两个难写的同桌互查，然后用自己常用的记字方法记一记难写、容易写错的字。

（3）强调注意“释”“虚”的写法。（你认为哪个字容易写错，来提醒大家，在桌子上写一写）

【设计意图】通过自主、合作以及教师对重点字词的点拨夯实了字词的学习，注重了语言的积累，从中体会作者用词的准确。

5. 回读课文，检查读音。

（三）整体感知，理清顺序

1. 默读全文。思考：课文写了一件什么事？独立思考后先和同桌说一说。

2. 理清文章顺序。

（1）指名说一说课文写了一件什么事？

（2）学生回答时老师提炼板书。

想买　挑选　放弃　送给

（3）理清顺序。

提问：根据板书说一说：课文按什么顺序写的？

3. 利用方法，巩固所说内容。

学生看板书提示再说课文主要讲了一件什么事。

（先说给同桌听一听。集体交流：谁能再说给大家听一听？）

【设计意图】通过自主探究、合作交流的方式理清文章思路，在学生遇到困难时提示抓重点词语的方法归纳主要内容。

（四）学习第一～三自然段

1. 情境叙述第一自然段。

2. 学习第二自然段。

教师导读：带着朋友的叮嘱，首先，我来到——

学生接读：

（1）读到这句话你眼前出现了怎样的画面？你从哪个词语感受到的？

（2）带着你的想象再读句子。

（3）出示图片，感受名不虚传，十分壮观。

导语：这里为什么会游人如织？我们一起走进莫西奥图尼亚大瀑布看个究竟。

资料介绍：莫西奥图尼亚瀑布高 120 米，相当于 40 层楼的高度。宽 1800 米，是世界三大瀑布之一。在当地语译为“雷霆翻滚的云雾”。想象我们站在瀑布脚下，听见震耳欲聋的声音，看到云雾翻滚的瀑布，我们不禁赞叹“这里真是名不虚传”。（出示词语“名不虚传”）

（4）看着画面带着自己的感受再读这句话。（出示完整句子）

3. 学习第三自然段。

（1）导语：游览了大瀑布壮观景象后，又来到卖木雕的摊点前。我看到了什么？请你读课文第三自然段。

（2）谁来说一说我看到了什么？

（3）文中是怎样写的，读一读。（出示句子）

（4）出示木雕图片，理解“琳琅满目”。

（5）解释：孩子们，你们知道吗？木雕是非洲最常见的工艺品，由于非洲大多数民族没有文字，是靠木雕传承他们的历史文化，让全世界的人们了解非洲。如此珍贵、优美的木雕工艺品已成为世界各国人们喜爱珍藏的艺术品。

（6）带着感受再读句子。（自由读，同桌读）

（7）应用“琳琅满目”。

生活中还有哪些物品可以用“琳琅满目”来形容？（商场的柜台里摆放着许多珠宝，玉器，真是什么？）

【设计意图】 培养积累和运用语言的能力。

（8）理解后读第三自然段。

孩子们，让我们重新回到摊点前，再来感受这里的木雕是琳琅满目的，捧起书，一起读第三自然段。

看到这么构思新奇、琳琅满目的木雕，我到底买没买？下节课由郝老师带领我们继续学习。

附：板书设计（略）

卖木雕的少年
（第二课时）

郝丽萍（北京小学大兴分校）

一、教学目标

1. 默读课文，通过抓住卖木雕少年的动作和语言，体会他的质朴善良。

2. 分角色朗读，感受中非人民之间友好的情谊。

3. 理解课文内容，抓住对非洲少年的印象以及“为什么要雕刻一个小木雕送给‘我’”的思想感情，进行读写训练。

二、教学重点

通过默读课文，学会理解句子中蕴含的意思；通过抓住卖木雕少年的动作和语言，体会他质朴善良的思想感情。

三、教学难点

理解课文内容，抓住对非洲少年的印象以及“他为什么要雕刻一个小木雕送给‘我’”体会思想感情；抓住课文的空白点进行读写训练。

四、教学过程

（一）检测四字词语，巩固字词教学

1. 导入学习内容。

2. 检测：情景听写四字成语

出示：

（1）我来到莫西奥图尼亚大瀑布，这里真是（名不虚传）。

（2）摊点里陈列的木雕（琳琅满目）。

（3）这些座凳构思新奇，大象雕得（栩栩如生），我捧着座凳，仔细观赏（爱不释手）。

【设计意图】设置听写的语境，检测学生是否能正确地使用并巩固本课学到的四字成语。这个环节的设计不仅巩固了文中的四字成语，还能巧妙地运用这些语句来复习回顾第一课时所学的内容，为导入下一步的新知学习起到承上启下的作用。

3. 反馈听写情况：同桌互相交换订正，如果写错了，先改正过来，再把正确的在旁边写两遍。

【设计意图】把词语检测的目标做扎实，达到积累的目的。特别要关注全体学生掌握学习的情况。

（二）回顾课文内容，引发学生质疑

1. 小声朗读课文，回忆课文写了一件什么事。

2. 由写作顺序导入学习，引发学生质疑。

预设：卖木雕的少年为什么送给“我”一个小木雕？

【设计意图】从学生的学习需要出发，由学生的质疑导入对课文的学习。

（三）自主学习交流，体会少年和“我”遗憾的心情

1. 卖木雕的少年给你留下怎样的印象？

出示：

自学提示：默读课文第五～九自然段，画出描写少年语言和神态的语句读一读，然后想一想卖木雕的少年给你留下怎样的印象。

2. 交流汇报：

（1）先读画的句子，然后谈体会。

（2）品读语句，揣摩少年的内心，体会少年的形象。

出示：

“买一个吧！”座凳的主人是个十五六岁、五官端正的少年。

那少年走到我跟前，诚恳地说：“夫人，您买一个吧！”

“您是中国人吧？”那少年望着我，猜测道。

少年的眼睛里流露出一丝遗憾的神情。

【设计意图】在这个环节的处理上，根据学生的汇报适时出示课件。指导学生有条理地表达自己的理解。本课的对话较多，所以要指导学生读出不同的语

气。指导时先让学生自己说说课文中的对话应该用什么语气来读，提示学生寻找课文中语气词的提示，读出诚恳的语气时先要理解“诚恳”的含义，通过对少年先后说的两句话的对比来体会，然后反复读。对于“我”的语无伦次，指导学生想象“语无伦次”的话应该怎样说。让学生真正在悟中读、读中悟。最后引导学生想象“我”和少年第一次会面的情景分角色有语气地朗读对话。

3. 过渡导入：当少年确认了我是中国人，他不禁流露出一丝遗憾的神情。

出示：

我点了点头。少年的眼睛里流露出一丝遗憾的神情。我也为不能把这件精美的工艺品带回国而感到遗憾。

（1）体会两个“遗憾”表达的不同情感。

【设计意图】文中两次出现“遗憾”，可其表达的意义却不一样，让学生明白一个词语在不同的环境中意思也会有所不同，从而感受我们祖国语言的丰富性。

（2）补充资料，播放音乐并出示图片。

出示：

六十年代，我们国家虽然非常困难，但是支援非洲修建了一条长达 1860 千米长的铁路，这条铁路叫坦赞铁路。修建这条铁路花了 10 年时间，贷款 9.88 亿元人民币，发运设备材料近 100 万吨，派出工程技术人员 5 万人次。最后建起桥梁 320 座，车站 93 个，隧道 22 座，为此，65 个中国人献出了宝贵的生命。

【设计意图】学生查找的资料很简单，缺乏数据的说明。这个资料的补充全面具体，加上背景音乐的烘托，震撼、感动，为学生理解感受非洲人民对中国人民的友好情谊起到了铺垫推动的作用。

（3）再次深入体会少年为什么“遗憾”？

4. 带着体会分角色读课文第五～九自然段。

（四）创设语言情境，拓展写话训练

1. 导入：看着我遗憾地离去，此时少年心里会想些什么呢？在白天到夜晚来临之前的这段时间他都做了什么？

出示：看着我遗憾地离去，少年想，______________

__________________________________于是，________

____。

【设计意图】情境的创设，能引发学生想象的思维。适时的写话训练使学生对非洲少年的印象以及对卖木雕少年为什么要雕刻一个小木雕送给“我”的深刻理解充分地表达出来，从而夯实了写话技能的培养。

2. 交流写话内容。

（五）分角色朗读，体会中非人民的友好

1. 从“我”和少年第二次会面的情景中再次感受少年给你留下的印象。

2. 自学课文：默读课文第十～十五自然段，找出描写少年语言、动作、神态的语句，体会少年形象。

出示：

暮色中，我忽然发现在一堆隆起的岩石上，坐着一位少年，晚风吹拂着他的衣襟。……看样子，他是专门在这里等候我的。

“我雕了个小的，可以带上飞机。”少年将一件沉甸甸的东西送到我手里。

少年连连摆手，用不太标准的中国话说：“不，不要钱。中国人是我们的朋友。”

（1）交流学习收获。

（2）少年为什么送“我”一个小木雕？

（3）理解：座凳太大，带不走是因为沉甸甸，现在只有拳头那么大可以带走了，为什么还是沉甸甸的？

（4）带着体会分角色读课文第十一～十五自然段。

【设计意图】这一环节的安排进一步深化文章主题，体现“朋友”间的友好。（不是一般的朋友）本文中卖木雕少年的一言一行，跟“我”可能是中国人、是他们的朋友密切相关。以“朋友”为这部分学习的切入点，引领学生感悟卖木雕的少年对我产生的友好之情，从而再次体会升华到中非人民的友好之情。在这部分的朗读训练上要注重学生个性化的阅读，引导学生抓住文本读进去，以朗读表达出来。可采取引读的方式表达语感，必要时教师范读。

出示：

他笑了，露出了两排洁白的牙齿。

体会：少年为什么笑了？（引导学生个性表达，多方位谈自己的理解）

（六）总结课文思路　提升人物情感

结合板书，两种思路。

（七）布置查找资料，课后检测达标

查找资料：中国对哪些国家做了哪些方面的援助？

附：板书设计：

卖木雕的少年

↓

想买　选择　放弃　送给

我　木雕

↓

中国人　友情

（曾获第三届全国小学课堂教学交流研讨展示活动教学设计类一等奖）

捅马蜂窝

（第二课时）

李桂芸（大兴区滨河小学）

一、教学目标

1. 了解课文内容，理解“我”思想感情的变化，体会变化的原因。
2. 理解文中心理描写的作用。
3. 有感情地朗读课文。产生不伤害旁人，与动物和谐相处的情感。

二、教学重点

了解课文内容，理解“我”思想感情的变化，产生不伤害旁人，与动物和谐相处的情感。

三、教学难点

理解“我”思想感情变化的原因。

四、教学策略

“以读为本”与多种方法有机结合。

五、教学过程

（一）导入新课，整体感知

1. 上节课我们学习了《捅马蜂窝》，这节课我们继续学习。齐读课题。
2. 浏览课文，思考：课文写了一件什么事？

【设计意图】课文较长，概括主要内容是学生学习的难点，让学生回忆课文写了一件什么事，在不露痕迹中突破难点，同时也是对全文的整体回顾。

（二）紧抓线索，理清思路

默读课文，画出描写我思想感情变化的句子，再联系课文想一想，为什么会有这样的变化？

1. 默读课文，思考：我对马蜂的思想感情是怎样发展变化的？

和学生一起理出思路：好奇、渴望→胆怯、迟疑→浑然不顾→心悸、害怕→吃惊、赞叹→懊悔、自责→盼望马蜂归来

【设计意图】抓住了这条思想感情变化的线索，就像抓住了全文的中枢神经，虽然课文很长，但学生已经抓住了它的脉络，起到了牵一发而动全身的作用。

2. 默读思考：先想一想，每次思想感情变化的原因，再联系全文，把这些变化联系起来想一想，为什么会有这样的变化？画出有关语句。

（三）深读细悟，品味语言

1. 体会“我”的好奇与渴望。

（1）“爷爷的后院是我儿时的乐园”，很少有人去，为什么却是我儿时的乐园？

（与大自然的亲近感，使我觉得有无穷的乐趣。取蝉衣，挖蚯蚓，驱蜢虫……）

师：有好奇心，才有无穷的乐趣。“我”无意中听到爷爷奶奶的对话，心里产生怎样的反应？

（2）怎么读才能表现出我强烈的好奇与渴望？

2. 体会“我”捅马蜂窝时的胆怯与吃惊。

“非凡而冒险的行动”表现出内心的扬扬得意；“开始有些迟疑”看出内心还是有些恐惧；“最后还是好奇战胜了胆怯”，透着儿童的强烈好奇心。

师：作者的心理描写特别形象地再现了孩子的淘气好奇的心理，这说明作者善于抓住人物的心理活动描写，这样会使我们体会得更深刻。

a. 品味我一系列的动作。

（顶住、使劲摇撼、扔掉、跑、抬手、挡住脸、捂着脸、大叫）

假如你是一个电影导演，让你将捅马蜂窝这部分拍下来，再现当时的情形，你将怎么拍？（一个全景、一个近景、一个特写）

一些受惊的马蜂轰地飞起来，我赶紧用竿头顶住蜂窝使劲摇撼两下，只听

“嗵”的一声，一个沉甸甸的东西掉下来了，跟着一团黄色的飞虫腾空而起，我扔掉竿子，往小门那边跑。

我抬手想挡住脸，只觉眉心像被针扎似的剧烈地一疼，挨蜇了！我捂着脸大叫。

画出描写动作的词语。说一说这样写的好处。

师：动作描写，形象地为我们展现了当时紧张的画面，使我们如身临其境。

【设计意图】让学生当导演拍摄当时的情景，调动了学生的积极性，引导学生抓住动词想象当时的场景。

b. 品味对马蜂的描写。

我一回头，只见一只马蜂径直而凶猛地朝我扑来，好像一架燃料耗尽、决心相撞的战斗机。这复仇者不顾一切而拼死的气势使我惊呆了。

体会比喻句的好处。

做动作帮助理解：径直、扑。

c. 怎么读才能把我捅马蜂窝时的激烈场面表现出来？

3. 体会我由害怕到懊悔的原因。

（1）一方面：我自己的切身感受，在捅马蜂窝之后，一只不顾一切而拼死的马蜂狠狠地蜇了我；另一方面是听了爷爷的话，我觉得：马蜂不再是一只令我好奇的小昆虫，而是“与毁坏它们生活的人拼个一死”的英雄。

（2）此时此刻，你有什么感受呢？怎样读才能把你的感受读出来？

4. 体会“我”自责盼马蜂的心理。

（1）师：这种对马蜂的敬佩，和对自身的罪孽感，让我对马蜂有了深深的牵挂，文中哪些语句能体现这种感情？

学生找到这些语句，画下来，带着自己的体会朗读，谈体会。

（2）在我的牵挂之后，一个小巧的、银灰色的第一间蜂窝已经筑成了。在高兴之余，我暗暗告诉自己：不再做一件伤害旁人的事。你是怎样理解的？

（四）拓展延伸，升华情感

1. 学习了这一课，我们都被这个故事深深地感动了，你想对文中的哪个角色说些什么呢？（可以对文中的马蜂说，可以对文中的我说，可以对爷爷说，也可以对同学们说。）

2. 你知道一些人与动物和平相处的事吗？说给大家听。

【设计意图】这样的设计，是为了达到读写结合的目的，提高学生的习作能力。不是唯一的题目，开放了学生的思维空间。

附：板书

捅马蜂窝

好奇、渴望→胆怯、迟疑→浑然不顾→心悸、害怕
→吃惊、赞叹→懊悔、自责→盼望马蜂归来
（不再做一件伤害旁人的事）

（曾获大兴区教学设计一等奖）

草船借箭
（第二课时）

申艳梅（东城区东交民巷小学）

一、教学目标

1. 了解“草船借箭”的故事情节，使学生认识到诸葛亮“借”箭成功的主要原因是由于他的有胆有识、足智多谋和神机妙算。

2. 能有感情地朗读课文，了解诸葛亮、周瑜、鲁肃、曹操的特点。

二、教学重点

让学生读懂课文的前因后果，在读的基础上，认识诸葛亮“借”箭成功的主要原因是有胆有识、足智多谋和神机妙算。

三、教学难点

体会诸葛亮的神机妙算表现在善识人心，有智慧，有胸怀。

四、教学策略

“以读为本”与多种方法有机结合。

五、教学过程

（一）图片导入，谈话兴趣

1. 师：今天我们继续学习第十九课，请大家齐读课题。

2. （出示人物图片）羽扇纶巾，布衣白袍。运筹帷幄，决胜千里。笑谈间诸葛亮留下了多少传奇故事？同学们，让我们快打开书，走进课文。

（二）整体感知，切入中心

1. 浏览课文，并回顾主要内容。

学生说主要内容。

2. 读了《草船借箭》这个故事，你觉得诸葛亮是一个什么样的人？试着用四字词语概括。

周瑜又是一个什么样的人呢？

【设计意图】在初步了解课文内容的基础上，针对学生的心理特点，引导学生自己组织语言，用四个字来概括诸葛亮是一个什么样的人，不仅开拓学生思路、培养创新能力，同时也是语言积累的良好契机。

3. 谈话质疑：周瑜是一位才华横溢、文武双全的政治家和军事家；曹操也是集政治家、军事家、诗人于一身；甚至鲁肃，也是一位有勇有谋的名将。都是智者，诸葛亮怎么就胜过他们了呢？诸葛亮略胜一筹的到底是什么呢？

（三）品读课文，体会“神机妙算”

1. 出示自学要求：默读课文，把你认为能表现诸葛亮神机妙算的语句用“﹏﹏”画下来，并简单写出批注。

2. 学生反馈、交流讨论：

预设学生回答：

（1）知天文：大雾漫天，看出诸葛亮神机妙算。

A. 生读“这时候大雾漫天，江上连面对面都看不清。”

B. 指名读，指导读出雾大。

C. 质疑：这会不会是凑巧赶上的大雾呢？你从哪看出来的？

（a）出示课件对比，引导学生体会诸葛亮知天文。

第一天，不见诸葛亮有什么动静；第二天，仍然不见诸葛亮有什么动静；直到第三天四更时候，诸葛亮秘密地把鲁肃请到船里。

第三天四更时候，诸葛亮把鲁肃请到船里。

（b）带着你的理解再读读这段话。

【设计意图】通过对比阅读，使学生体会诸葛亮提前三天就算好了天气，所以立下军令状时才胸有成竹；指导有感情地朗读，使学生对人物的理解更加深刻。

（2）懂地理：

A. 生读“诸葛亮下令把船头朝西，船尾朝东，一字儿摆开，又叫船上的军士一边擂鼓，一边大声呐喊。”

（a）学生初谈感受。

（b）老师相机点拨。

（c）引导学生读出感受。

B. 生读“诸葛亮又下令把船掉过来，船头朝东，船尾朝西，仍旧擂鼓呐喊，逼近曹军水寨去受箭。”

（a）师质疑：船头和船尾为什么要调转方向，这其中有什么奥妙呢？

（b）自由读，体会诸葛亮对地形的了解，对借箭每一个环节的周密安排。

C. 生读“天渐渐亮了，雾还没有散……可是这边的船顺风顺水，已经驶出二十多里，要追也来不及了。”

（a）什么是顺风顺水？

（b）你从中感受到了什么？

（c）师小结：滚滚长江东逝水，长江水流方向向东，此刻风向向东，因此船受箭归来才会顺风顺水，可见，诸葛亮把双方所处的地理位置、受箭的每一个环节都考虑得那么周密，真是滴水不漏，这就是神机妙算啊。难怪周瑜长叹一声，说——（引导学生读：诸葛亮神机妙算，我真比不上他！）

【设计意图】通过对借箭环节的朗读、理解、感悟，感受诸葛亮不但懂地理，而且能够周密安排，真是神机妙算。学生对人物的理解又加深了一步。

（3）识人心：诸葛亮笑着说……看出他神机妙算。

导读：诸葛亮能够草船借箭成功，除了他上知天文，下懂地理外，还从哪儿看出他的神机妙算？

（识人心）说明诸葛亮对每个人的性格特点和心理的了解。

A. 一读诸葛亮的“笑”，体会知曹操。

（a）诸葛亮算得准不准呢？指名读句子，谈体会。

（b）男女生对读，再次感受诸葛亮预测准。

（c）诸葛亮这笑中蕴含着什么？学生带着感受读句子。

B. 再读诸葛亮的“笑”，体会知鲁肃。

（a）借箭时，鲁肃一直和诸葛亮在一起，见证了整个过程，为什么还会吃惊？请你联系上下文了解鲁肃这个人。

（b）师生对读。感受鲁肃忠厚老实，顾全大局。

C. 小结：这一笑，不仅笑出了鲁肃的忠厚胆小，笑出了曹操的谨慎多疑，更笑出了诸葛亮运筹帷幄的大将风度！这个“笑”字用得多好啊，真是一字值千金！这就是名著语言的魅力。

D. 请同学们再次有感情读句子。

E. 小结写法：孩子们，在学习交流中，我发现本文在写人物时，特别有特点，主要是用人物的对话来推进故事的发展。鲜明的人物形象，更增添了故事的吸引力，这就是经典作品的艺术魅力。

【设计意图】在学生潜心探究了诸葛亮神机妙算的基础上，抓住诸葛亮神秘的一“笑”适时、适度地巧问妙点，引导学生感悟隐藏其中的深刻内涵和众多信息，使学生对课文内容的理解更透彻，对人物形象的把握更准确，大大深化了探究的成果。

（四）总结全文，课外拓展

1. 纵观草船借箭整个故事的前因后果，诸葛亮的神机妙算到底神在哪里，妙在何处呢？

2. 你能说说周瑜到底哪一点比不上诸葛亮吗？诸葛亮略胜一筹的到底是什么呢？

3. 读写结合，课外扩展：

（1）读写结合：草船借箭这个故事情节曲折生动，扣人心弦，文中四个人物栩栩如生，个性鲜明，给我们留下了深刻的印象。请你选择一位，写一写你最想对他说的话。

（2）拓展：是啊，千百年来，诸葛亮这个人物形象，深受广大读者的喜爱，成为后世忠臣的楷模，智慧的化身。唐朝著名诗人元稹写过一首赞美诸葛亮的诗。

（3）拓展：生讲知道的《三国演义》中体现诸葛亮神机妙算的故事，教师点评。

（五）布置作业，课外延伸

请同学们继续阅读《三国演义》这部书，选一个你最喜欢的有关诸葛亮的故事，准备召开一个“读故事，品诸葛”故事赏析会。

附：板书设计（略）

桥
（第二课时）

范金科（东城区府学胡同小学）

一、教学目标

1. 有感情地朗读课文。

2. 理解课文内容，感悟老支书在危难面前所表现出来的无私无畏、不徇私情、英勇献身的崇高精神，以及题目所蕴含的深意。

3. 领悟课文中环境描写推动情节发展、设置悬念等表达方法。

二、教学重点

1. 感悟老支书在危难面前所表现出来的无私无畏、不徇私情、英勇献身的崇高精神。

2. 领悟课文中环境描写推动情节发展、设置悬念等表达方法。

三、教学难点

1. 理解题目所蕴含的深意。

2. 领悟课文中环境描写推动情节发展、设置悬念等表达方法。

四、教学过程

（一）整体回顾，新课导入

1. 齐读课题。

2. 回顾课文内容：在这座窄窄的木桥上发生了一件什么事？

（二）走进洪水，悟其“法”，感其“境”

1. 结合第一课时学习，交流：这场洪水带给你怎样的感受？

2. 轻声读描写洪水的句子，思考：文章是怎样把这样的感受表达出来的？

3. 随学生汇报，教师点拨。

（1）简短的句式

黎明的时候，雨突然大了。像泼。像倒。

a. 学生自由读，交流：你发现了什么？

b. 教师小结：短句可以简洁有力地渲染气氛。课文中还有很多短句，读书时可以关注。

c. 指导朗读。

（2）比喻句

山洪咆哮着，像一群受惊的野马，从山谷里狂奔而来，势不可当。

a. 学生交流感受。

b. 指导朗读。

（3）拟人句

a. 随生汇报，出示相应句子。

b. 教师引导，学生情感朗读。

c. 有感情地朗读所有用拟人修辞方法描写洪水的句子。

4. 播放视频，直观感受洪水的肆虐、可怕。

5. 自由读所有描写暴雨、洪水的句子。

【设计意图】本环节中首先立足文本，关注表达，引导学生品味描写暴雨和洪水肆虐、可怕的语句，促使学生言意兼得。在此基础上，播放视频，创设情境，渲染氛围，使学生置身于洪水来临的危机情境之中，为进一步体会老汉的崇高品质奠定了基础。

（三）走进老汉，品其“言行”，悟其“心”

1. 默读第七～二十七自然段，思考并批画：面对这样肆虐、可怕的洪水，有什么是出乎你的预料吗？

2. 学生交流，教师点拨。

（1）体会老汉的无私无畏。

a. 学生交流自己的批画语句。根据学生发言，出示：

木桥前，没腿深的水里，站着他们的党支部书记，那个全村人都拥戴的老汉。

b. 角色转换、交流：此时你就是党支部书记，为什么不跑？

c. 在师生交流中，教师点拨，引导学生关注当时的环境。

点拨①勾连上文：老汉看见了慌乱的人群，你们看见了吗？

（指名读上文中描写人群慌乱的语句）

点拨②情景想象：此时，这是一座怎样的木桥？想象会发生什么？

d. 指导朗读。

e. 感悟老汉无私无畏的精神：此时，老汉在你心中是个怎样的人？

（2）体会老汉的一心为民。

a. 学生交流自己的出乎意料。根据学生发言，出示：

老汉清瘦的脸上淌着雨水。他不说话，盯着乱哄哄的人们。他像一座山。

b. 联系上下文，体会老汉此时内心所想：面对危急的洪水、混乱的人群，老汉，你在想什么？

c. 师生交流，教师提问：党员为什么要排在后边？

d. 学生阅读相关拓展资料。

e. 学生谈对“党员排到后边”的理解：此时，你对老汉内心所想的“让党员排到后边”又有了怎样的理解呢？

f. 感悟老汉一心为民的精神：老汉在你心中又是个怎样的人？

g. 提问：此时，谁会觉得老汉像一座山？

h. 指导朗读。

（3）体会老汉的不徇私情、父爱如山。

A. 体会老汉的不徇私情。

a. 学生交流自己的批画内容。根据学生发言，出示：

老汉突然冲上前，从队伍里揪出一个小伙子，吼道：“你还算是个党员吗？排到后面去！”老汉凶得像只豹子。

b. 创设情境，体会老汉此时所想：作为父亲把亲生儿子从队伍里揪出来，他怎么想的啊？

c. 体会老汉心情，感情朗读。

d. 感悟老汉的不徇私情：此时，老汉在你心中又是一个怎样的人？

e. 过渡：同样这一声吼，在不久之后再次响起，找到相关语句读读。

B. 体会老汉的父爱如山。

a. 出示老汉的两次“吼”：

老汉突然冲上前，从队伍里揪出一个小伙子，吼道：“你还算是个党员吗？排到后面去！”老汉凶得像只豹子。

老汉吼道：“少废话，快走。”他用力把小伙子推上木桥。

b. 轻声读这两段话，联系文章内容思考：两次“吼”有哪些不同？

c. 指导朗读第二次“吼”。

d. 体会老汉的父爱如山：从这次吼中又体会出了什么？

e. 再次出示第一次“吼”，引导学生交流：让我们再来静静地看老汉的第一次“吼”。此时，你心中涌动着怎样的情感？

f. 男女生合作读。

3. 整读描写老汉言行的句子。

【设计意图】朱熹曾说：“读书要切己体验，不可只作文字看。”本文的故事离学生生活较远，学生能读懂故事的大意，但对于老汉的崇高品质和光辉形象理解起来有一定困难。此环节中设计的多处角色转换、想象，使学生想老汉心中所想，悟老汉心中之情，一步步走进人物内心，与人物产生共鸣，自然而然地理解了老汉的言行，感悟到其崇高品质和光辉形象，突出了教学重点。

（四）读写结合，深入理解题目含义

1. 情景创设，读写结合。

2. 汇报交流。

3. 师生交流中，理解题目所蕴含的深意。

4. 深情再读课题。

（五）走出课文，总结表达方法

1. 浏览课文，提出问题：作者是用什么样的方法使老汉的形象鲜活地树立在我们心中的？

2. 学生交流，教师重点从以下几方面进行点拨：

（1）老汉言行。

（2）环境描写推动了情节发展，塑造老汉的光辉形象。

（3）巧设悬念，震撼心灵。

【设计意图】《语文课程课标》指出：“在阅读中了解文章的表达顺序，体会作者的思想感情，初步领悟文章的基本表达方法。”因此，本环节的设计力求使学生在充分感知文章内容的基础上交流，自主发现环境描写推动情节发展，语

言、动作的描写，设置悬念等表达方法对烘托、刻画老汉这一形象的重要作用，最终揭示小说的特点，为学生语言表达的运用奠定基础。

（六）布置作业，拓展延伸

1. 有感情地朗读课文。
2. 课外阅读推荐《脊梁》。

附：板书设计

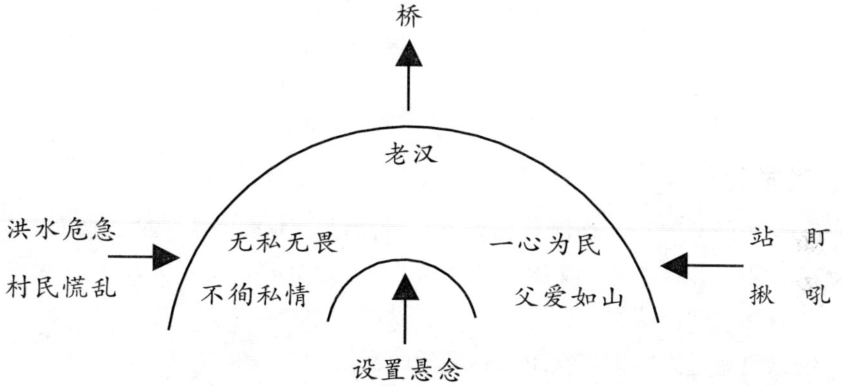

将 相 和

（第二课时）

郭 珩（东城区府学胡同小学）

一、教学目标

1. 理解课文内容，感悟蔺相如的机智勇敢、不畏强暴、能言善辩；廉颇的耿直畅快、知错就改，以及他们以国家利益为重的高尚品质。

2. 有感情朗读课文。

3. 领悟通过人物言行突出人物品质的写法。

4. 领悟三个故事之间的内在联系。

二、教学重点

感悟蔺相如的机智勇敢、不畏强暴、能言善辩；廉颇的耿直畅快、知错就改，以及他们以国家利益为重的高尚品质。

三、教学难点

领悟三个故事之间的内在联系。

四、教学过程

（一）复习导入

回顾课文内容：课文讲了哪几个小故事？

（二）感知将相不和的原因

1. 学生浏览课文，找出表现“将相不和”原因的句子。

2. 学生交流谈体会：廉颇对蔺相如不服气。

3. 过渡：蔺相如真的只凭一张嘴就得到重用了吗？让我们带着这个问题再来认真地读一读三个小故事。

【设计意图】 学生通过思考“蔺相如真的只凭一张嘴就得到重用了吗?”这样一个问题，研读三个小故事，抓住蔺相如言行描写进行学习，在自读、自悟、交流、讨论中一步步体会到蔺相如的品质。

（三）细读全文，感悟蔺相如、廉颇人物形象

1. 出示自学要求，学生自学画批：

默读课文，画出蔺相如的语言，想一想他是在什么情况下说的，从中体会到什么？把你的感受写在书上。

2. 学生汇报交流，教师相机引导，并指导有感情朗读。

（1）“完璧归赵”——体会蔺相如的机智、勇敢、运筹帷幄、外交家的风范。

A. 从蔺相如出使秦国前的语言，体会“机智勇敢”。

蔺相如想了一会儿，说：“我愿意带着和氏璧到秦国去。如果秦王真的拿十五座城来换，我就把璧交给他；如果他不肯交出十五座城，我一定把璧送回来。那时候秦国理屈，就没有动兵的理由。”

B. 从蔺相如“智取”和氏璧的语言，再次体会“机智勇敢”。

蔺相如看这情形，知道秦王没有拿城换璧的诚意，就上前一步，说：“这块璧有点儿小毛病，让我指给您看。”

C. 从蔺相如“勇护”和氏璧的语言，继续体会“机智勇敢”。

他理直气壮地说：“我看您并不想交付十五座城。现在璧在我手里，您要是强逼我，我的脑袋和璧就一块儿撞碎在这柱子上!”

（a）学生交流，教师点拨：

引导学生把蔺相如语言、动作相联系体会其品质。

引导学生进一步体会蔺相如的勇敢：为什么要把脑袋和这块璧一块撞碎呢?

（b）体会蔺相如的“理直气壮”，情感朗读。

D. 从蔺相如“暗送”和氏璧的语言，体会外交家的风范。

“和氏璧已经送回赵国去了。您如果有诚意的话，先把十五座城交给我国，我国马上派人把璧送来，决不失信。不然，您杀了我也没有用，天下的人都知道秦国是从来不讲信用的!”

（a）同桌根据填空交流，体会三句话的言外之意。

（b）全班交流。引导学生体会三句话之间的联系，从而进一步感受蔺相如的大智大勇。

【设计意图】阅读教学要引导学生钻研文本，在主动积极的思维和情感活动中，加深理解和体验。蔺相如在此处对秦王所说的三句话，言有尽而意无穷，学生通过补充内容练习的引导，深入思考蔺相如每句话的弦外音，体会三句话逻辑关系的严密性。在读议之中深入思考，不仅感悟了人物品质，更在心目中切实树立起了蔺相如这一杰出外交家形象。

E. 回读蔺相如出使秦国之前的语言，体会他的"运筹帷幄"。

F. 师生接读，整合理解。

（2）"渑池之会"——体会蔺相如机智、勇敢、知大局。

他走到秦王面前，说："请您为赵王击缶。"秦王拒绝了。蔺相如再要求，秦王还是拒绝。蔺相如说："您现在离我只有五步远。您不答应，我就跟您拼了！"

A. 学生交流，体会蔺相如"维护国家尊严、机智、勇敢"。

B. 学生质疑：在这个故事中，还有你不明白的地方吗？

C. 教师出示资料，引导学生解疑。

【设计意图】学贵有疑，学生能够结合文本提出不同的问题，提出具有思考价值的问题，说明学生们的思维是活跃的，是在潜心读文中主动进行探究性学习。当学生们对所提问题有了初步的理解后，教师适时适度地出示当时渑池之会的背景资料，进一步引发学生深入思考，提升学生对蔺相如这一人物形象的认识。同时引领学生随人物走进历史，感悟历史故事的特点。

（3）回扣问题"蔺相如真的只凭一张嘴就得到重用了吗？"小结蔺相如人物形象。

3. "负荆请罪"——生生交流、读写结合中深入体会人物形象。

（1）提问：廉颇、蔺相如又是怎么和好的呢？

（2）学生交流：

A. 结合蔺相如语言、行动，体会顾全大局，以国家利益为重。

B. 结合廉颇负荆请罪，体会知错就改，顾全大局。

4. 再次感悟人物形象：现在你对廉颇、蔺相如又有什么新的认识？

5. 读写结合，拓展想象。

（1）创设情境，出示练笔要求：

请你想象廉颇负荆请罪，与蔺相如见面时的情景。运用能表现人物特点的语言、动作的描写，再现当时的画面。

（2）学生习作并汇报。

【设计意图】 为学生搭建运用语言，进行表达的平台。在习作过程中，学生不仅对原文进行了整体回顾，对文本留白处展开了恰当的想象，而且在描写人物语言、动作的过程中，进一步揣摩廉颇和蔺相如的内心，将读与写，写与悟结合在一起，实现了读写互促。

（四）生生交流，揭示故事间的联系，突破难点

1. 题目为《将相和》，“负荆请罪”就是写他们和好的故事，为什么还要写“完璧归赵”和“渑池之会”呢？

2. 教师小结。

【设计意图】 在深入理解三个故事内容的基础上，帮助学生形成篇章意识。

（五）布置作业，拓展阅读

1. 把《将相和》这个故事讲给爸爸妈妈听。

2. 阅读《史记》中的其他小故事。

附：板书设计（略）

月球之谜

（第二课时）

李之彤（东城区府学胡同小学）

一、教学目标

1. 理解课文内容，了解月球表面的基本情况，以及课文提到的和月球相关的未解之谜。

2. 根据已了解的实验结果，提出自己的猜想。培养学生就掌握的材料提出问题的能力。

3. 激发学生探索月球奥秘的兴趣，对为此付出巨大努力的人们产生敬佩之情。

4. 积累一些与月亮有关的诗句。

二、教学重点

了解月球是个怎样的世界，知道文中介绍的关于月球的不解之谜。

三、教学难点

理解文中介绍的月球不解之谜，以及对为此做出巨大努力的人们产生敬佩之情。

四、教学策略

“以读为本”、展开想象、利用相关课外资料、读写结合等与多种方法有机结合。

五、教学过程

（一）复习回顾，导入新课

1. 这节课我们继续学习第二十二课，齐读课题。

2. 复习词语。

（1）指名读词。出示：

夜空 降临遐想 悬挂奥秘 努力荒漠 奇异登上 任何一旦 曾经神秘 探索

（2）根据课文内容给“迷”组词。

3. 回忆课文都向我们介绍了有关月球的哪些内容呢？出示：

先……再……最后……

（二）学习课文第一自然段，感受月亮的美丽

1. 过渡，引趣：师读第一句话，你想到什么了？

2. 积累诗句：播放课件

3. 师生对读，有感情朗读第一自然段。

【设计意图】本环节通过复习字词，回忆课文的主要内容，帮助学生尽快地进入本节课的学习。教师以引读的方式，让学生边读边积累相关的诗句，同时感受夜晚月亮的美丽。

（三）学习第二自然段，体会月球表面的奇异

1. 初上月球，你都看到了怎样的景物？轻声读读第二自然段。

根据学生发言，顺学而导。

2. “黑沉沉”与“灿烂”对比感受奇异。

（1）学生找到“黑沉沉”“灿烂”谈自己的想法。出示

这里的天空黑沉沉的，表面却洒满灿烂的阳光。

（2）你有怎样的感受？（出图）读出你的感受。

3. 通过“荒漠”与在地球上看到的月亮的美丽的对比，体会奇异。

（1）赏读中品味“满是”“任何”，感受月球是荒漠。

（2）学生找到“满是”“任何”谈自己的想法。

（3）引导想象，读出体会。

4. 观看视频，进一步感受月球是一片荒漠。

5. 男女生对读，体会奇异。

我们远望月球——女生读第一句话；我们近观月球——男生读第二自然段。

6. 这样的景象引发你怎样的思考？

【设计意图】本环节引导学生边读边思，边读边想象，通过评读、赏读、对读、引读等多种读书活动，抓住关键词句，去感受月球上的奇异景象。

（四）学习第三～七自然段，感受月球之谜的神秘

1. 快速读课文，想想课文向我们介绍了哪些月球之谜。

2. 选择你最感兴趣的月球之谜自己先读读，想想为什么感兴趣，引发了哪些猜想，然后和同学交流交流。

3. 全班交流，根据学生发言，顺势而导。

●谜一：细菌放入尘土中死

（1）学生谈体会，指导读出“一下子”“都”。

（2）引导想象：在自然界细菌都存在于哪些地方？

（3）了解写法。

出示前半句：人们根据这样的实验结果；出示后半句：引起了我们的猜想。合作读。

●谜二：水藻中放入尘土更青绿

（1）学生自由谈感受。

（2）体会用词的准确，根据学生发言，出示，思考：意思一样吗？

水藻一旦放进月球尘土里，就长得特别鲜嫩青绿。

水藻一旦放进月球尘土，就长得特别鲜嫩青绿。

观看视频，理解意思。

（3）看到这些你会产生怎样的猜想呢？仿照第一个谜，写出自己的猜想。出示：

难道________________？

（4）带着疑问再读这段话。

【设计意图】在这一教学环节中，学生对比书上的语句后，对自己的理解产生质疑，利用多媒体演示实验进行的过程，使用直观的形象帮助学生将从文本中获取的信息形象化，加深对文字的理解，更好地体会实验的奇妙之处，从而落实重点，突破难点。补充句式的练习，学生仿照上文的形式，读与写相结合，这不仅是激发了学生对探索科学知识的兴趣，更重要的是培养学生提取、筛选自己已掌握、已了解的信息，并且能用恰当的方式进行表达。既培养学生就掌握的材料提出问题的能力，同时也为下文利用自己搜集到的资料来汇报做好准备。

●整合谜一和谜二：

（1）这两个实验，有什么共同点吗？不同的地方呢？

（2）书上有一句话恰当地表达了我们此时的感受吗？板书：令人费解

●谜三：月球比地球更古老。学生自由谈感受。

4. 扩充课外资料

（1）了解“……”的用法。仅仅就课文中说到的这三个月球之谜吗？你是怎么知道的？

（2）你们还知道哪些月之谜吗？仿照课文中的说法来交流。出示：

书中的方式（实验——猜想）　　　　自己的方式

【设计意图】 此环节不仅是交流搜集到的课外资料，学生还要将这些资料进行再次加工与整理，运用本节课上了解的表述方法，进行交流。学生完成了读书、思考、提取、交流、评价这样几个环节，从而达到读写结合、读写互促的效果。

（五）体会人类的巨大努力

过渡：同学们的交流是有趣的，轻松的，可要登上月球，发现这些不解之谜可并不轻松。

1. 阅读相关资料。

（1）老师也了解到了一些信息，出示，看有怎样的感受。

——1961 年 5 月至 1972 年 12 月，历时 11 年……

——花费 255 亿美元……

——先后有 2 万家企业、200 多所大学和 80 多个、科研机构参与，总人数超过 30 万人……

——完成 6 次登月飞行……

——把 12 人送上月球并安全返回地面……

你有怎样的感受？你想怎么读这句话呢？出示：

古往今来，人们为了探索月球的奥秘，付出了巨大的努力。

（2）这努力可不只是要花好多钱，费好多的时间。出示资料、图片。

1967 年 1 月 27 日。宇航员维尔基尔、爱德华和罗杰，本应该是第一个踏上月球的人，可是在一次试飞中一场无情的大火吞没了他们年轻的生命。

听到这样的消息，你又有怎样的感受呢？你想怎么读？出示：

古往今来，人们为了探索月球的奥秘，付出了巨大的努力。

【设计意图】本环节通过课外资料的分层介绍，引导学生去逐步理解“巨大的努力”的含义。使得学生在学习完本课之后不仅获得了科学知识，同时也为研究者们不懈的努力而赞叹，真正落实“情感、态度、价值观”这一教学维度目标。

（六）课后质疑

1. 这就是我们为之付出巨大努力的月球，这就是有着许多未解之谜的月球，夜空中的它多么迷人，此时你又有怎样的想法呢？出图。

2. 体会首尾呼应的写法。

这两句话它们一个在开头，一个在结尾，时时刻刻在告诉我们，人类对月球的向往。我们一起读读这两句话。板书：继续探索

【设计意图】整个教学中引导学生四次交流自己的想法，用学生疑问、思考来推动他们自己的学习，使得本节课在不断生疑、不断解疑中进行。同时渗透给学生科学研究就需要这样一种质疑、解疑的态度。这样的设计既很好地体现了学生的主体地位，同时又很好地发挥了教师的引导、点拨作用。

（七）布置作业

1. 摘抄自己喜欢的句子，把课上了解到的月球奥秘讲给家人听。

2. 背自己喜欢的描写月亮的古诗句。

附：板书设计（略）

跨越百年的美丽
（第二课时）

吴　丹（东城区府学胡同小学）

一、教学目标

1. 理解课文内容，运用联系上下文、结合课外资料、质疑解疑等方式，体会文中含义深刻的句子。

2. 思考人生的意义，体会居里夫人的科学精神和高尚人格，理解课题的深刻内涵。

3. 有感情地朗读课文。

二、教学重点

理解课文内容，体会居里夫人的科学精神和高尚人格。

三、教学难点

联系上下文理解含义深刻的句子，思考人生的意义。

四、教学策略

“以读为本”与多种方法有机结合。

五、教学过程

（一）复习生字词，整体感知内容

1. 齐读课题。

2. 复习生字词。

（1）听写词语：注意把字写得工整、美观，书写姿势正确。

顽强　荣誉　卓有成效　寻藤问根

（2）反馈修改。

3. 浏览课文，回顾内容。

（1）打开书，浏览课文，回忆一下课文主要讲了哪些内容。

（2）回忆美丽庄重的形象：宣布发现镭时，是什么定格在历史上，定格在我们心中呢？

【设计意图】从复习入手，做好第一、二课时的衔接。再现居里夫人登上科学院讲台时的庄重形象，找准这节课学生学习的起点。

（二）学习第三自然段，感受居里夫人对科学的热爱与执着

1. 画批居里夫妇在提炼镭的过程中遇到的困难。

（1）学习提示：默读第三自然段，在提炼镭的过程中，居里夫人遇到了哪些困难？用简单的词语批注在空白处。

（2）交流批注，修改批注。

2. 面对困难的做法，感受居里夫人坚定执着的科学精神。

（1）她是怎么做的呢？谁来读一读。

（2）交流读后的感受：从居里夫人这些做法中，你感受到了什么？

a. 感受居里夫人的坚定执著。

b. 通过历经“三年又九个月”的艰辛提炼，将“成吨”与“0.1 克”进行对比，谈感受。

c. 播放居里夫妇提炼镭的视频。

3. 探究居里夫人坚定执著的原因，感受居里夫人寻藤问根的科学精神。

（1）居里夫人为什么要这样做呢？学生交流想法，可以联系前文思考。（寻藤问根的科学精神。）

（2）小结：因为她有寻藤问根的科学态度，所以她才这样的坚定执著！

4. 完整地朗读第三自然段。

【设计意图】关注学生的认知，从学生容易学的地方入手，将整件事交给学生，让学生自学，从具体事例中感受人物的精神品质，锻炼归纳概括的能力。培养学生勾前连后的学习意识，引导学生发现要从全局的角度去看待人物，为后面学习探究中心，体会文章的主旨“科学精神之美”做好铺垫。

（三）学习第四～六自然段，感受居里夫人为科学献身的精神。

1. 自学质疑。

（1）默读第四～六自然段，想想你有什么不懂的问题吗？把疑问标注在旁边。

（2）学生质疑。教师梳理、板书学生的疑问。

关于课文内容的简单问题，可以借助已学的课文内容或者资料弄明白的，学生之间随即解决。

2. 先在小组里讨论提出的问题。

3. 交流解疑。

预设一　人生意义

1. 学生谈想法。

（1）自身容貌的对比。

a. 学生自由谈理解。

b. 出示句子，指名朗读：

在工作卓有成效的同时，镭射线也在无声地侵蚀着她的肌体。她美丽健康的容貌在悄悄地隐退，逐渐变得眼花耳鸣，浑身乏力。

还记得她曾经的样子吗？出示句子，指名朗读：

玛丽·居里穿着一袭黑色长裙，白净端庄的脸庞显出坚定又略带淡泊的神情。那双微微内陷的大眼睛，让你觉得能看透一切，看透未来。

c. 从这样的变化中，体会出了什么？（献身科学）

d. 带着此时的感受，有感情地朗读。

（2）承受的外界压力。

a. 学生自由谈想法。

b. 小结：面对着丈夫早逝、社会歧视，她只是默默地工作。

2. 通过刚才的交流，对这部分内容你想怎么读呢？自己试着读一读。

3. 创设情境，请一名学生有感情朗读。

4. 你是否理解了居里夫人的人生意义指什么？（热爱科学，献身科学）

她就是这样，把自己献给了钟爱的科学！

预设二：变成……变成……变成……变成……

1. 学生自由谈想法，出示句子：

她从一个漂亮的小姑娘，一个端庄坚毅的女学者，变成科学教科书里的新名词“放射线”，变成物理学的一个新的计量单位“居里”，变成一条条科学定律，她变成了科学史上一块永远的里程碑。

2. 大家都来读读这句话，她都变成了什么？

3. 仔细观察一下，你发现了什么？

4. 学生结合资料谈谈居里夫人的这些贡献。

（1）学生交流资料，自由谈。

（2）通过我们的交流，你有怎样的感受？

5. 当我们了解了这些之后，你心中涌动着怎样的情感？怀着这样的情感，自己再来读读这段话。

6. 师生合作有感情朗读“四个变成”的句子。

预设三：视名利如粪土

1. 学生谈想法。（因为居里夫人热爱科学、献身科学，所以她视名利如粪土）

2. 她就是这样，为科学而生，为科学而死，直到她生命的最后一息，才离开她心爱的实验室。难怪爱因斯坦会这样赞美她，齐读爱因斯坦的评价：

在所有的世界著名人物中，玛丽·居里是唯一没有被盛名宠坏的人。

【设计意图】课标指出“要爱护学生的好奇心、求知欲，充分激发学生的主动意识和进取精神，倡导自主、合作、探究的学习方式。”“在交流和讨论中，敢于提出自己的看法，作出自己的判断。”在本环节的学习中，学生在自主质疑、解疑中，在讨论交流中，在师生互动、生生互动中完成理解、完善、提高、深化的学习过程，结合课外资料来谈居里夫人对科学研究的贡献，理解了文中含义深刻的语句，更感悟到了人物的科学精神和高尚人格。

（四）总结升华

1. 当我们再来看课题，这美丽表现在哪些方面？

2. 这是一篇散文，还记得散文的特点吗？这篇文章的“神”是什么呢？

3. 现在你知道，课题为什么是跨越百年的美丽？

4. 相信你们一定还记得在文章初始，居里夫人那定格在历史、定格在每个人心中的美丽形象。通过这节课的阅读交流，你觉得还有什么定格在历史上，定格在每个人的心中？

5. 展示科学史上著名科学家的图片，最终定格在居里夫人的照片上。

【设计意图】课标指出“语文是实践性很强的课程，应着重培养学生的语文实践能力，而培养这种能力的主要途径也应是语文实践”。学生先懂其意，再悟其理，终得其法。就在这样的语言实践中，学习语言，运用语言，感受语言的魅力。

（五）布置作业

1. 有感情地朗读课文。

2. 阅读课后的“阅读链接”或有关居里夫人的传记，将自己的感受写在小作文本上。

附：板书设计

跨越百年的美丽

		庄重形象
热爱		寻藤问根
	科学	坚定执著
献身		贡献巨大
		淡泊名利

将　相　和

（第二课时）

杜艳萍（东城区和平里第四小学）

一、教学目标

1. 抓住人物的言行感受人物形象，体会蔺相如机智勇敢、顾全大局的品质和廉颇知错就改的精神，以及他们共同的爱国思想。

2. 理解课文内容，体会“和”的重要性，练习有感情地朗读课文。

3. 领悟三个故事之间的内在联系。

二、教学重点

抓住人物的言行感受人物形象，体会人物品质。

三、教学难点

理解课文内容，体会“和”的重要性。

四、教学策略

适时引入课外资料，提升学生对“和”的认识；引导学生自主学习，感受人物形象。

五、教学过程

（一）复习导入，感知文脉

1. 通过上节课的学习，我们知道了课文讲述了三个小故事，分别是什么？

2. 谁能用上这三个词，简要地说说本文的主要内容？

【设计意图】练习概括主要内容的同时，可以帮助学生初步感知这三个小故事之间的内在联系。

（二）抓住矛盾，体会“不和”

1. 题目中的这个“和”字是什么意思呢？有“和好”肯定先有“不和”，文章有一处直接写出了将相之间的不和。快速浏览课文，找一找。

2. 出示：廉颇很不服气，他对别人说：“我廉颇攻无不克，战无不胜，立下许多大功。他蔺相如有什么能耐，就靠一张嘴，反而爬到我头上去了。我碰见他，得给他个下不了台！”

（1）指名读，你从中读懂了什么？

（2）结合《廉颇蔺相如列传》的原文再次体会廉颇的不服气。

（3）难道真像廉颇说的那样，蔺相如仅凭一张嘴就被封为上卿了吗？我们来从文中找找依据。

（三）自读课文，勾画重点

1. 请你默读课文，画出描写蔺相如言行的句子，体会蔺相如是一个怎样的人，并在文中做批注。

2. 学生默读课文，批注。

（四）品味语言，感悟形象

1. 学习“完璧归赵”。

（1）结合学生所画语句体会蔺相如是一个怎样的人。

重点句一：蔺相如想了一会儿，说：“我愿意带着和氏璧到秦国去。如果秦王真的拿十五座城来换，我就把璧交给他；如果他不肯交出十五座城，我一定把璧送回来。那时候秦国理屈，就没有动兵的理由。”

预设：“想了一会儿”“我一定把璧送回来”——想了一会儿便成竹在胸，机智。

重点句二：蔺相如看这情形，知道秦王没有拿城换璧的诚意，就上前一步，说：“这块璧有点儿小毛病，让我指给您看。”

预设：蔺相如抓住秦王爱玉之心借找宝玉的毛病，巧妙要回宝玉，看出他很机智。

蔺相如会怎样说这句话呢？

重点句三：他理直气壮地说："我看您并不想交付十五座城，现在璧在我手里，您要是强逼我，我的脑袋和璧就一块儿撞碎在这柱子上！"

a. 从"撞碎"能体会出什么？（勇敢）朗读。

b. 真的要撞吗？（抓住秦王爱玉的心理——机智）

c. 为什么蔺相如"理直气壮"地说这句话？

重点句四：蔺相如进宫见了秦王，大大方方地说："和氏璧已经送回赵国去了。您如果有诚意的话，先把十五座城交给我国，我国马上派人把璧送来，决不失信。不然，您杀了我也没有用，天下的人都知道秦国是从来不讲信用的！"

预设：借天下人给秦王施加压力，告诉他不但得不到璧，还将失信于天下人。——机智

此时的蔺相如已完璧归赵，他更加无所畏惧，你就大大方方地给大家读读吧。

（2）你觉得蔺相如争的只是一块和氏璧吗？

（3）师生对读，整合内容。

（4）抓住表假设关系的词再次感受蔺相如的机智。

【设计意图】充分给学生提供自读自悟的机会，对于学生理解到位的内容，教师给予充分的肯定；对于学生容易忽略的内容，如表示假设的词语的作用，教师发挥其应有的作用，随机点拨，帮助学生更好地体会蔺相如的大智大勇。

2. 学习"渑池之会"。

（1）重点抓住"您跟我只有五步远，您不答应，我就跟您拼了！"体会蔺相如的勇敢。

（2）有感情朗读蔺相如的语言。

（3）你知道为什么蔺相如一定要逼秦王击缶吗？

3. 学习"负荆请罪"。

（1）蔺相如在渑池之会能够保赵王全身而退，还有谁起了重要作用？（读相关段落）也难怪廉颇听到赵王封蔺相如为上卿时，会不服气呀，指名读第十六自然段。

（2）听到这样的话，蔺相如是避而不见，即使见到了也避而远之。他是这样对手下人说的，指名读第十七自然段。

（3）比较这两段话，你看出这两个人有什么不同吗？体会蔺相如、廉颇的品质。

（4）想象写话。体会“和”的重要性。

（五）总结全文，升华主题

1. 体会蔺相如以爱国为基础的大智大勇和顾全大局的品质。
2. 理解三个故事之间的内在联系。
3. 体会“和”的重要性。
4. 推荐《史记》。

【设计意图】本单元的主题是“中国古典名著之旅”。对于《将相和》这样的经典课文，应注意挖掘它所蕴含的中华文化的精髓，让经典入耳入心。在此基础上，引入孔子、孟子关于“和”的论述，提升学生对“和”的认识，感受“和”的魅力，初步感受中国“和”文化的精髓。

附：板书设计（略）

少年闰土
（第二课时）

刘长明（北京景山学校）

一、教学目标

1. 有感情地朗读课文，背诵第一自然段。

2. 通过学习对闰土外貌、语言、动作的描写，体会人物特点，感受人物形象。

3. 运用联系上下文、抓住重点词语、结合课外资料等方法，理解含义深刻的句子，体会“我”思想感情的变化。

二、教学重点

1. 通过学习对闰土外貌、语言、动作的描写，体会人物特点，揣摩“我”思想感情的变化。

2. 理解文中含义深刻的句子。

三、教学难点

1. 理解含义深刻的句子。

2. 体会“我”思想感情的变化。

四、教学过程

（一）回顾课文内容，复习导入新课

1. 课文写了“我”和闰土相见、相处、分别的过程，在相处过程中，闰土给“我”讲了许多稀奇的事。

2. 相见时：“我”非常高兴。

（二）感受人物形象，体会情感变化

1. 在“我”与闰土相处的日子里，听着闰土给“我”讲的许多稀奇的事，“我”有怎样的感受？你是从哪儿体会出来的？默读课文，做些简单的批画。

预设一：雪地捕鸟

“这不能。须大雪下了才好。我们沙地上。下了雪，我扫出一块空地来，用短棒支起一个大竹匾，撒下秕谷，看鸟雀来吃时，我远远地将缚在棒上的绳子只一拉，那鸟雀就罩在竹匾下了。什么都有：稻鸡，角鸡，鹁鸪，蓝背……”

（1）结合语句交流感受。

（从“扫出、支起、撒下、看、拉”等描写闰土动作的词语来体会闰土的确是个会捉小鸟雀的孩子。“我”很好奇，所以盼着下雪，想学着做做。）

（2）引入资料，对比理解。（出示《从百草园到三味书屋》中的片段）

……（这方法）我却不大能用。明明见它们进去了，拉了绳，跑去一看，却什么也没有，费了半天力，捉住的不过三四只。

提问：对比读一读，有什么新的发现？

学生通过读书，抓住“须大雪下了才好”“短棒”“大竹匾”“远远地”“只一拉”等词句体会出闰土很聪明，而且经验丰富。

（3）有感情朗读。

【设计意图】引入《从百草园到三味书屋》中的一段资料，目的在于给学生读书思考的空间，让学生在对比中加深对文本内容的理解，不仅知道闰土这个人物的特点，而且感受到运用一连串准确的动词刻画人物的作用。

预设二：海边拾贝

结合第八自然段谈感受：由贝壳的颜色多、种类多，体会到闰土见多识广，见识丰富；“我”听后觉得很有意思。

预设三：看瓜刺猹

（1）闰土是怎么讲的？指名读。

（2）听了他的话，“我”头脑中会出现怎样的画面？

（3）文章中就有描写这个画面的内容，读一读。

出示第一自然段，对比着读读，你有什么发现？

a. 一是闰土说的话，一是“我”想象的画面。

b. 闰土的话中没有外貌描写，可在第一自然段中有。

（出示第四自然段）对比两处外貌描写，一个是我们相见时“我”看到的；一个是多年后还印在“我”脑海中的，可见闰土给“我”的印象实在是太深了。

（4）体会语言特点，指导朗读。

a. 范读，你听后会有什么感受？

（闰土的讲述语言生动形象，很吸引人；同时运用第二人称，让“我”有身临其境的感觉。）

b. 想象一下他当时讲的时候什么样？（绘声绘色）

（5）听着他的讲述，“我”心中会有怎样的感受？

（“我”心中对这样的经历充满好奇，同时不免产生一丝紧张，于是更加佩服闰土的勇敢。）

【设计意图】本环节中，教师引导学生勾连第一自然段的内容，通过对比阅读，加深对闰土这一人物形象的感受。同时，体会闰土语言的特点，在感情朗读中，体会“我”的情感。

预设四：看跳鱼儿

（1）结合课文内容体会闰土见多识广，生活丰富多彩。

（2）出示课外资料。（跳鱼儿的图片）

（3）读一读。体会“我”的感受。（充满好奇）

2. 整读四件事，感受情感变化。

3. 研读第十六自然段，突破难点。

闰土仅仅给“我”讲了这些事吗？读读课文。（出示第十六自然段）

啊！闰土的心里有无穷无尽的希奇的事，都是我往常的朋友所不知道的。他们不知道一些事，闰土在海边时，他们都和我一样，只看见院子里高墙上的四角的天空。

（1）结合“无穷无尽”“不知道”体会闰土见多识广。

（2）自由读，“我”听着闰土这无穷无尽的稀奇事时什么心情？（羡慕）

填空：“我”只知道（　　　），不知道（　　　　）。

（程度一般的学生结合课文第十四自然段来填；稍好的学生可以结合前面几件事来填；能力强的学生可以根据自己的理解展开想象来填。）

“我”只知道（西瓜在水果店里出卖），不知道（西瓜有这样危险的经历）。

“我”只知道（装弶就能捉小鸟雀），不知道（须大雪下了才能）。

“我”只知道（发生在院子里的一些事），不知道（外面的世界如此精彩）。……

（3）探究差别大的原因。

对比第一自然段和第十六自然段。结合第二自然段理解：身份不同、环境不同、经历不同……

闰土	我
一望无际 海边 西瓜地 ……	四角的天空 院子里 高墙上的 ……

（4）回读第十六自然段，理解重点句。

a. “我”和“往常的朋友”日日、月月、年年生活在深宅大院，生活天地狭窄、生活单调，就像是井底之蛙一样。

b. 表达了“我”的向往之情。

【设计意图】本环节的设计采用对比的方法，引导学生抓重点词语，联系上下文，理解“四角的天空”的含义，走进“我”的情感世界，有效地突破了教学难点。

（三）体会分别之情，指导积累语言

1. 读十七自然段，体会依依不舍之情。

2. 回读第一自然段，背诵。

（四）总结全文内容，揣摩写作方法

1. 整读前文，感受人物形象。

（1）回顾“我”的情感变化。

（2）读完了课文，闰土给你留下了怎样的印象？

他讲的事都是发生在海边农村的新鲜事，从中看出闰土是个知识经验丰富、聪明勇敢、见多识广、生活自由自在的孩子。

【设计意图】通过对闰土讲的新鲜事的回顾，使学生对闰土这一人物形象有比较完整的认识。

2. 作者是怎样写的，使我们也深深地记住闰土了呢？

（1）抓住闰土的外貌、动作、语言描写，突出人物特点，使人物形象鲜明。

（2）选取典型事例表现人物特点，有详有略地安排材料。

（3）文章开篇就描写了闰土夏夜看瓜刺猹的画面，强调这个形象给“我”的印象非常深刻。

【设计意图】引导学生在学完课文之后，再次整合课文，在理解课文内容、感受人物形象的基础上，关注表达方法，在阅读中学习表达。

（五）拓展延伸阅读，布置课后作业

1. 继续阅读鲁迅先生的小说《故乡》。
2. 抄写描写闰土外貌和动作的语句。

附：板书设计

少年闰土

相见

相处
- 雪地捕鸟
- 看跳鱼儿
- 看瓜刺猹
- 海边拾贝

→ 聪明勇敢　见多识广　经验丰富

分别

伯牙绝弦
（第一课时）

张　聪（东城区史家胡同小学）

一、教学目标

1. 正确、流利地朗读课文，并尝试读出古文的韵味。背诵课文，积累中华经典诗文。

2. 能根据注释初步了解课文大意，感受伯牙和子期之间的“知音”深情。

3. 借助课外资料了解“高山流水”的文化含义；感受优秀诗文所具有的文化魅力。

二、教学重点

能借助注释初步了解文言文大意；感受伯牙和子期之间的“知音”深情。

三、教学难点

借助课外资料了解“高山流水”的文化含义，感受优秀诗文所具有的文化魅力。

四、教学策略

赋予“诵读”这一传统教学方式以现代意义：在实践中提升言语，在情境中引导诵读，在品读中感受意蕴。

五、教学过程

（一）抓住题眼，渲染文化氛围

1. 今天我们要来学习一篇文言文，它讲述了一个发生在两千多年前春秋时期的故事。

2. 指名读课题，并解题。

3. 借助篆书的字形特点，引导学生理解“绝”的含义：

（1）在篆书中，“绝”字右边是一把刀和一个人，左边是一束丝。你理解“绝”的意思了吗？

（2）是啊，咱们的汉字多有味道呀，一个字就是一幅画，以刀断丝就是“绝”。只不过，伯牙切断的可不是一般的丝，而是琴弦。

【设计意图】“激情”。通过篆书“绝”的引入，渲染传统文化氛围，激发学生的学习兴趣，感动于中华汉字的魅力。

（二）悦耳悦目，指导读出韵味

1. 自读课文，把字音读准确，句子读通顺。

指名读课文，引导学生将课文读正确，读通顺，注意恰当停顿。

2. 指导读出韵味。

预设：当学生没有读出古文韵味时，教师通过范读给予点拨、引导。

3. 理解读。自学课文，借助课下注释，理解文章大意，并读出自己的理解。

【设计意图】“让学”。通过三次朗读，充分调动学生自主学习的能力，自读自悟，感动于古文阅读的“新趣”。

4. 抓住重点字词读：

（1）我们一起来看——在这篇课文中，“善”字出现了四次，意思一样吗？谁能结合着课文来说一说。

（2）你想怎样来读“善哉”？

倾听学生的朗读，如果学生未能读出赞叹的语气，则通过教师范读，启发学生用心感受词语所传递出的情感。

（3）创设情境，朗读“善哉”：

此时，你面对的拔地而起的高山，你想怎么读？

如果你眼前是一条波光粼粼的小溪，你想怎样赞美它？

（4）带词入句，读出情感：谁愿意像钟子期那样，赞美一下伯牙的琴声。

【设计意图】“经历”。理解“善”字在具体语境下的不同含义，经历语言实践的过程，感受古文的意蕴，感动于古文表达的精妙。

（三）悦心悦意，感受挚友深情

1. 自读自悟，感受情谊

（1）默读课文，找出具体地描写“伯牙善鼓琴，钟子期善听”的语句。

伯牙鼓琴，志在高山，钟子期曰：“善哉，峨峨兮若泰山！”志在流水，钟子期曰：“善哉，洋洋兮若江河！”

（2）学生想象情境，自读感悟。

2. 创设情境，体会情谊

（1）创设情景，生生合作读。

预设：倾听学生的朗读，抓住课堂生成资源，通过评价性语言顺势引导，启发学生想象情景，读出画面。

（2）师生合作读。

预设：师读：伯牙鼓琴，志在高山，

生读：钟子期曰：“善哉，峨峨兮若泰山！”

师读：志在流水，

生读：钟子期曰：“善哉，洋洋兮若江河！”

评价预设：这就是——“伯牙所念，钟子期必得之。”

【设计意图】“造境”。在语言情境中培养学生的语感，让语言充实学生的内心情感，读文生情，情动形言。

3. 抓关键词，感悟情谊

（1）理解“念”：

A. 从文中找出与“念”意思相近的词。——“志”。

B. 理解“念”与“志”的意思：两个字都是“心字底”，意思都是——“想”。

伯牙与子期心有灵犀，真是一对“知念”的好友呀！（板书：知念）

（2）理解“志”：

A. 引入资料：老师在课前查找了一些相关资料，我们的这篇课文，选自古书《列子》，在秦代的《吕氏春秋》中，也记录了这个故事，都来读一读：

伯牙鼓琴，志在高山，钟子期曰：“善哉，峨峨兮若泰山！”志在流水，钟子期曰：“善哉，洋洋兮若江河！”

——《列子》

（伯牙）志在泰山，钟子期曰：“善哉乎鼓琴，巍巍乎若泰山！”……志在流水，钟子期复曰：“善哉乎鼓琴，汤汤（shāngshāng）乎若流水！”

——《吕氏春秋》

B. 学生交流：你欣赏哪一种写法？说说感受。

C. 品读：a. 体会“高山”与“泰山”之间的不同。

b. 感受泰山与江河是在形容伯牙的志向与情怀。

D. 借助资料，引导学生理解“高山流水”在中国文化中所具有的特殊含义。出示：

智者乐水，仁者乐山。

E. 这里的“志”仅仅是“想”吗？

预设：学生能理解这里的“志”的意思是理想、是志向、是情怀。（板书：知志）

【设计意图】“明‘志’”。引入资料，拓展阅读，通过复活古代的语言文化，使学生感受“志”的含义，感动于“相知”的快乐。

4. 悦志悦神，体会知音真谛

（1）体会失去挚友的悲情：

A. 学生读出相关的语句：“子期死，伯牙谓世再无知音，乃破琴绝弦，终身不复鼓。”

B. 引读：

师读：当伯牙“志在高山”时，却听不到子期说——

生读：善哉，峨峨兮若泰山！

师读：当伯牙“志在流水”时，却听不到子期说——

生读：善哉，洋洋兮若江河！

（2）表达阅读感受：

A. 痛失挚友的伯牙，一定有许多话想对子期倾诉，想象一下，伯牙会怎样对子期说？

（也可以运用课文中文言文的表达形式来表达）

子期死，伯牙曰：“________________”乃破琴绝弦，终身不复鼓。

B. 学生交流、表达。

C. 小结：只有这样心心相印，至死不渝的生命之交，我们才能称他们为——知音。（板书：知音）

【设计意图】“表达”。把学生的课堂生成资源转化为教学资源，以写抒情，体会“知音”的真谛，感动于挚友的深情，与文本所表达的思想感情产生精神的共鸣。

（3）创设情境，指导背诵。

（4）背诵。

附：板书设计

伯牙绝弦

知音

知志

知念

珍　珠　鸟

（第二课时）

夏敬华（北京光明小学）

一、教学目标

1. 了解原本怕人的小鸟在作者肩头睡着了的原因，体会到人与小鸟友好相处是靠相互信赖建立的。

2. 抓住重点语句，理解“信赖，往往创造出美好的境界”的含义。

3. 有感情地朗读课文。

4. 通过比较阅读引导学生感悟出写事文章的篇章结构。

二、教学重点

1. 了解原本怕人的小鸟竟然在作者肩头睡着了的原因。

2. 体会人与鸟的和谐关系是靠相互信赖建立的。

三、教学难点

理解“信赖，往往创造出美好的境界”的含义。

四、教学策略

“以读带讲”与多种方法有机结合。

五、教学过程

（一）从课题入手，导入新课

1. 读课题。

2. 在读这个课题时，脑中一定会闪现出这课书要讲一种小动物，是什么呀？

3. 解题：珍珠鸟还有一个很有寓意的别名叫“锦花鸟”。正应了一个成语，有谁想到了？——“锦上添花”（板书）（积累成语），这花儿就是——生：珍珠。

4. 在学生有了一定认识，也对这种小鸟感兴趣时出示图画，学生情不自禁地说：“好小啊！”指导学生再读题目《珍珠鸟》，读出感受。

【设计意图】带着感受去读，与第一次读题目感受是不一样的，有了直观上的感受，读出了层次，也读出了进一步的理解。

（二）体会珍珠鸟的可爱

1. 诵读全文，思考作家冯骥才是怎么描写珍珠鸟的。生：出声读。

2. 你们对珍珠鸟都有了哪些了解呢？谁来介绍一下珍珠鸟？（生：我发现了，珍珠鸟胆子小！课文说“它是一种怕人的鸟。”生：珍珠鸟啼叫的声音也很小，又细又亮，一定很清脆——“从中传出笛儿般又细又亮的声音显得格外轻松自在了。”生：它小，就能轻易地由疏格的笼子钻出身。瞧，多么像它的母亲，红嘴红脚，灰蓝色的毛，只是后背还没有生出珍珠似的圆圆的白点。它好肥，整个身子好像一个蓬松的球儿。）师：这段话介绍了珍珠鸟的形体、颜色。（板书：形体、颜色）

3. 通过读书，了解到珍珠鸟可以用一个字形容——（生：就是“小”）瞧这一个个“小”，我们会想到好多形容小的成语——（生：小巧玲珑。再次积累成语）

4. 刚才同学们是抓住了珍珠鸟的某一方面来介绍的，谁能将大家说的这几个方面综合起来，用一段话来介绍珍珠鸟啊？

【设计意图】在学生说的基础上，练习整合，训练学生组织语言的能力，语文课上落实“说”的训练。

（三）品味人与小鸟的“信赖”

1. 珍珠鸟这么娇小玲珑，难怪作者说：“真好！朋友送我一对珍珠鸟。”（投影出示）请同学一起来读这两个句子。

2. 引导学生把这个句子放到段里去读，就又有新的体会了。我给小鸟安了家，为了让小鸟住得舒适又温暖，我还在笼内放了一卷干草，这说明我对小鸟特别什么呀？生：我对小鸟特别喜爱。（板书——喜爱）师：说得多好呀！

你就用喜爱的心情再读这段话。（指导读书）

3. 引导学生把段落放到全文里去读，感受恐怕就不仅仅是个“喜爱”了。可能会读出新的东西，悟出深的道理来。学生读全文。找到“信赖，往往创造出美好的境界”。

师小结：我们把句子放到段里去读时，读出了“喜爱”，我们把段放到全篇去读时，读出了更深一层意思，“信赖”。我们把这个句子再读一遍：引出“信赖”。这美好的境界是什么呀？出示图片，你们看……

（四）亮出观点，品味语言谈出理解

师：这美好的境界多令人向往啊！曾有位作家读完冯骥才这篇散文后，不无感慨地说：冯骥才养珍珠鸟，“他所做的一切就是什么也不做。”这个观点，你们同意吗？（板书：做了　不做）请大家细读课文，用课文中的语言来证明你们自己的观点。（出示要求：默读课文第二～十三自然段，边读边画出支持自己观点的语句并批注出自己的思考。）

【设计意图】一条主线，起着统领全文的作用。这个设计也力图体现新课标倡导的探究性学习方式。

交流解读：（一）同意做了，交流做了什么？为什么这么做？（二）同意不做的，交流什么事儿作者不做？为什么不做？分小组交流后，集体反馈。

例：我便用吊兰长长的、串生着小绿叶的垂蔓蒙盖在鸟笼上。

作者为珍珠鸟营造了一个类似大自然一样的生活环境。他这样做就是让鸟儿们生活得安全舒适、轻松自在。引：你们看，我们从作者做的行为中体会到了作者对珍珠鸟的关心爱护。

例：我呢，决不掀开叶片往里看，连添食加水时也不睁大好奇的眼去惊动它们。

作者做的是为珍珠鸟添食加水，否则它们就会渴死饿死。

例：我呢，决不掀开叶片往里看，连添食加水时也不睁大好奇的眼去惊动它们。

不去看，因为作者知道鸟怕人。从中体会出作者对鸟的关爱与尊重。

例：我不管它。

作者在什么情况下不管珍珠鸟？

［投影出示］

起先，这小家伙只在笼子四周活动，随后就在屋里飞来飞去。一会儿落在

柜顶上；一会儿神气十足地站在书架上，啄着书背上那些大文豪的名字；一会儿把灯绳撞得来回摇动，跟着跳到画框上去了。只要大鸟在笼里生气地叫一声，它立即飞回笼里去。

【设计意图】 品词、品排比这一修辞手法的精当运用，夯实语文基础，上出语文课的味道

师：在不管的情况下鸟儿有了什么变化？

重点第十一段：它先是离我较远，见我不去伤害它，便一点点挨近，然后蹦到我的杯子上，俯下头来喝茶，再偏过脸瞧瞧我的反应。我只是微微一笑，依旧写东西。它就放开胆子跑到稿纸上，绕着我的笔尖蹦来蹦去，跳动的小红爪子踏在纸上发出嚓嚓的响声。

从这段中看出作者不管鸟。原本怕人的小鸟在作者不管的情况下是一只什么样的鸟啦？哪些词语的描写让我们感到鸟儿的淘气顽皮啦？读出来。

重点第十二段：我不动声色地写，默默享受着这小家伙亲近的情意。这样，它完全放心了。索性用那涂了蜡似的、角质的小红嘴，嗒嗒啄着我颤动的笔尖。我用手抚一抚它细腻的绒毛，它也不怕，反而友好地啄两下我的手指。

师：作者做的是什么？给予必需的生活保障。不做的是什么？妨碍它自由生活的一切都不做。作者的不做给予鸟的是平等、自由轻松的生活空间。这就是他所做的一切，就是什么也不做的含义！让我们一起再来感受那动人的一幕吧！声情并茂地再读这话句。

师：看，这就是小鸟趴在“我”肩头做梦的情景，请给画面题词。生：和谐。师：老师也想到了一个四字词语——小鸟依人

（五）提升观点，感悟延伸

信赖，创造出的美好境界，留在了我们每一个人的心里，留在了作者的笔下，你还能说一说信赖让珍珠鸟有了什么吗？填写出自己的感悟理解吧！

【设计意图】 动笔写，课堂上写的落实。至此，语文的听说读写四项能力训练在课堂上都落到了实处。

1. 填空：信赖，让珍珠鸟（　　　）；信赖，让作者（　　　）；信赖，让我（　　　）。

2. 这篇文章的作者是冯骥才（作者图），提到冯骥才大家能说说我们学过他的哪些作品吗？

3. 大家看这是文章《捅马蜂窝》的结尾，（出文字）读。这是《挑山工》

的结尾，（出文字）读。大家看这是我们今天学习的《珍珠鸟》一课的结尾。（出文字）一起读读。

4. 发现了吗？冯骥才这几篇文章的结尾有什么特点呢？生：由对一件事情的叙述到感悟出一个深刻的道理。

教师小结：我们在写叙事类的文章时可以采用这样的写法。

【设计意图】举一反三，学一篇带多篇，回顾旧知与拓展新知相结合。体现了高段语文教学对作者写作方法的指导。

5. 拓展阅读。

6. 布置作业。

附：板书设计

珍珠鸟			锦上添花
喜爱	信赖	本性	胆小如鼠
		叫声	清脆悦耳
做	生活保障	外形	娇小玲珑
		绒毛	细腻
不做	尊重平等	颜色	
和谐			小鸟依人

写作方法——由事及理

（曾获北京市课堂教学大赛语文学科一等奖，首届全国优秀课例评选一等奖）

冬阳·童年·骆驼队
（第二课时）

孔燕燕（东城区前门小学）

一、教学目标

1. 理解课文内容，正确、流利、有感情地朗读课文。
2. 结合重点句体会作者的童趣、童情。揣摩这种情感是怎么表达出来的。

二、教学重点

理解课文内容，结合重点句体会作者的童趣、童情，有感情地朗读课文。

三、教学难点

揣摩作者的童趣、童情是怎么表达出来的。

四、教学策略

一条主线贯穿景、趣、情，既渗透学法，又兼顾写法。

五、教学过程

（一）骆驼队是北京的景

1. 创设情境，感受地域特色。（视频）

看，温暖的冬阳下，骆驼一头连一头地排成队，犹如一道长城，十分壮观！驼铃声悦耳动听，童年的“我”站在旁边静静地看着。哪些画面深深地印在我的脑海里？

2. 回顾四景，复习脉络，导入新课。

骆驼队是老北京一景，回顾上节课的学习内容。

相机板书：骆驼吃草——骆驼系铃——骆驼脱毛——骆驼走了

【设计意图】文章叙述的背景离现在孩子们的生活较远，特别是骆驼队这一老北京浓厚的地域特色更是学生所不能体验的。视频的引入旨在帮助学生感受作品的“京味”特征，初步感受作者围绕“骆驼队”表达的原因。注重整体把握，复习文章的主要内容。

（二）骆驼队是童年的趣

1. 默读课文，边读边思考在这四个场景中，我有怎样的表现。画出相关语句，简单批注自己的感受，有感情地朗读。

2. 预设学生的学习情况，顺学而导。

（1）品味第一个生活场景，抓住“呆”字做文章。

a. 阅读文本，初识“呆”。

品读骆驼咀嚼样子的句子。抓住三个“那样”，通过删词的方法，与原句比较体会童年的趣。

关注学生的批注，引导用“我干了什么”，简单三个字进行概括。（预设学生：模仿骆驼咀嚼。板书：我模仿）

b. 引入素材，再识“呆”。

观看录像片段，感受小英子的投入，形象的鲜活。指导朗读。

c. 对比体会，重识“呆”。

回到文中，找找与呆意思相近的词（“傻”），对比读，感受不同。

七岁的英子：我看呆了，自己的牙齿也动起来。

42 岁的林海音：冬阳底下学骆驼咀嚼的傻事，我也不会再做了。

导语：看来这“呆”，这“傻”只属于孩子，只属于童年！（板书：傻气）（指导学生批注）

（2）品味第二个生活场景，抓住“情趣”展开想象。

a. 理解“情趣”字面义。

b. 围绕“情趣”展开想象。

在这寂寞的沙漠里，随着骆驼缓缓的步伐，铃铛也发出了高低不同的声响，在冬日暖阳下，你觉得这铃铛的声响仿佛是什么？发挥你的想象，这驼铃给寂寞的旅程还可能增添了哪些情趣？

c. 回文朗读品味情趣。

师读：在茫茫的大沙漠中，没有山，没有水，也没有人烟。天和地的界限并不那么清晰，都是昏黄一体。静得可怕，寂寞的可怕。生读：“我的幼稚心灵中……”师接读：爸爸说，也许，你的想法更美些。我是定然想不到的。

导语：原来，这美妙的幻想只属于孩子，只属于童年！（板书：我遐想情趣）（指导学生批注）

（3）品味第三个生活场景。学习写法，围绕冬阳定基调。

a. 关注课题，发现“冬阳”——表明时间。

b. 回文再读，发现“冬阳”，学习写法——书写基调。

冬天快过完了，春天就要来了，太阳特别暖和，暖得让人想把棉袄脱下来。可不是吗？骆驼也脱掉了它的旧驼绒袍子了。

a. 抓住“也”字理解由物及人的写法。

b. 冬天还没有过去，这天气又怎么会暖和？（指导：圈圈暖字）。

c. 聚焦全段，指导有感情地朗读。

小结：冬阳是暖暖的，心是暖暖的，童年是暖暖的。（板书：我来剪温暖）（指导学生批注）

（4）回味第四幅生活场景，通过朗读让学生们感受到童年的趣。

a. 分角色朗读。

b. 对比读，谈感受。

夏天来了，再不见骆驼的影子，我又问妈妈：“夏天它们到哪里去？”

“谁？”

“骆驼呀！”

妈妈回答不上来了，她说：“总是问，总是问，你这孩子！”

“夏天它们到哪里去？”夏天来了，再不见骆驼的影子，我又问妈妈。

妈妈不解地说：“谁？”

我赶忙答道：“骆驼呀！”

“总是问，总是问。”妈妈回答不上来了，说，“你这孩子！”

哪个段落更能体现英子心里想什么就问什么的天真可爱？（板书：我追问）

体会到英子在没有提示语的情况下，语言衔接紧凑，表现出英子不做停

顿，急切追问的那份对骆驼队的情不自禁的思念。（板书：想念）

【设计意图】这一部分主要在品画面充分自学，自读自悟，悟表达，交流碰撞，教师对学生的指导、引领和点拨中进行。

（三）骆驼队是一生的情

1. 齐读最后两个自然段。

导语：想念伴着我长大，我想啊，想我的骆驼，想我的北京，想我的童年。于是我默默地想，慢慢地写，把我的童年记录下来。

2. 品味“默默地”“慢慢地”。

（1）骆驼的哪些行为让她有所感悟？回顾全文找出相关语句读一读。

预设可能出现的情况。

它们排列成一长串，沉默地站着，等候人们的安排。

那样丑的脸，那样长得牙，那样安静的态度。

看它从不着急，慢慢地走，总会到的；慢慢地嚼，总会饱的。

它们软软的脚掌走在软软的沙漠上，没有一点点声音，您不是说，它们走上三天三夜都不喝一口水，只是不声不响地咀嚼着从胃里倒出来的食物吗？

小结：骆驼是安静的、缓慢的，林海音也是默默的、慢慢的。这是因为老师教过，要学骆驼，沉得住气。

（2）骆驼对作者做人、做事都有影响，在老北京，骆驼队是很典型的。骆驼队，是流动的，暗示着在季节交替中童年一去不返。你看骆驼队的安静、缓慢、沉默，是不是和序言的娓娓道来相通呢。让我们也带着作者的这份安静、从容来积累下面的语句吧！教师引读

夏天过去，——秋天过去，冬天又来了，骆驼队又来了，童年一去不返了。

我对自己说——把它们写下来吧，让实际的童年过去，心灵的童年永存下来。

我只能——默默地想，慢慢地写，就这样，我写了一本《城南旧事》。（板书：想念改怀念）

3. 积累：合上《城南旧事》，拿起你的笔默默地积累自己喜欢的语言。

小结：42 岁的林海音虽然身居台湾，可童年的记忆却没有被一条海峡割断，骆驼队是北京的景，骆驼队是童年的趣，骆驼队更是她一生的情，它记录着她儿时的天真，少年时的沉稳，当童年重临心头时更多了一份淡淡的忧伤。

（板书：景、趣、情）

【设计意图】注重语言的积累，试着理解作者及作品。

作业设计

1. 留心观察生活，仿照本课积累素材，记录童年生活中难忘的景、趣、情。

2. 拓展阅读《城南旧事》。

附：板书设计

冬阳·童年·骆驼队

骆驼吃草	我模仿	傻气
骆驼系铃	我遐想	情趣
骆驼脱毛	我来剪	温暖
骆驼走了	我追问	怀念
景	趣	情

桃花心木
（第二课时）

杨　磊（东城区前门小学）

一、教学目标

1. 联系上下文抓重点语段理解，结合实际理解感悟出的人生哲理。
2. 培养学生进行概括性复述的能力，体会作者借物喻人的写作方法。
3. 有感情地朗读课文。

二、教学重点

联系上下文抓重点语段理解，结合实际理解感悟出的人生哲理。

三、教学难点

培养学生进行概括性复述的能力，体会作者借物喻人的写作方法。

四、教学策略

进行多种形式的朗读训练，在读中理解。

五、教学过程

（一）整体回顾，初识桃花心木

1. 揭示课题：继续学习台湾作家林清玄的散文——《桃花心木》，齐读课题。

2. 通过第一节课的学习，结合同学们课前搜集的课外资料，交流对桃花心木有了哪些了解。学生交流有关桃花心木树形、材质、用途等方面的资料。

3. 鼓励学生说出一段话概括桃花心木的多个特点。

（二）走进文本，结识种树人

1. 自读课文，边读边想：这位种树人最初留给作者的印象是什么？用一个词概括出来。通过认真阅读课文，学生能够找到“奇怪”一词。

2. 请大家再来浏览课文，把带有“奇怪”一词的句子找出来，读一读，你发现了什么？学生通过再次浏览文章会发现：文中带有“奇怪”的句子分别是——

奇怪的是，他来得并没有规律，有时隔三天，有时隔五天，有时十几天才来一次；浇水的量也不一定，有时浇得多，有时浇得少。

我越来越感到奇怪。

更奇怪的是，桃花心木苗有时莫名其妙地枯萎了。

3. 听读训练。教师范读，学生认真听，用心体会——发现了什么？

4. 学生谈一谈自己的发现：

通过“奇怪的是、越来越感到奇怪、更奇怪的是”，学生发现作者对这个种树人种树的行为越来越好奇，奇怪的程度越来越强。

5. 指导朗读，读出自己的理解。

6. 出声音读读第三～十一自然段，概括地说说种树人的哪些行为让作者觉得奇怪、越来越奇怪、更为奇怪。

我奇怪的是____________浇水没规律、浇水量不一定

越来越奇怪的是____________浇水时间不一定

更为奇怪的是____________及时补种树苗

7. 请一个同学将这三部分内容连起来说一说。

【设计意图】引导学生因好奇而读文，因发现而生疑。学生在自读自悟中，在这种读、思、议的过程中，逐渐走进课文，与文中人物及作者开始初步对话。

（三）品读交流，感悟种树之道

1. 作者情不自禁地产生了哪些疑问呢？引导学生从文中寻找。

2. 面对这一连串的问题，这位种树人轻轻松松，简简单单说了两段话，把所有的问题都说清楚了，找到这两段话自己读读。

种树的人笑了，他说：“种树不是种菜或种稻子，种树是百年的基业，不像青菜几个星期就可以收成。所以，树木自己要学会在土里找水源。我浇水只

是模仿老天下雨，老天下雨是算不准的，它几天下一次？上午或下午？一次下多少？如果无法在这种不确定中汲水生长，树苗自然就枯萎了。但是，在不确定中找到水源、拼命扎根，长成百年的大树就不成问题了。”

种树人语重心长地说：“如果我每天都来浇水，每天定时浇一定的量，树苗就会养成依赖的心，根就会浮在地表上，无法深入地下，一旦我停止浇水，树苗会枯萎得更多。幸而存活的树苗，遇到狂风暴雨，也会一吹就倒。”

3. 自读这两段话，换位思考，想想换做种树人会怎样回答。

4. 引导学生进一步思考：是啊，种树人的话里，饱含着自己的种树之道。再次默读这两段话，把他独特的种树之道找出来。

5. 通过前面几个环节对种树人的语言的理解，学生交流了这些内容：

模仿　　寻找水源　　拼命扎根　　汲水生长

6. 教师引导学生进行口语交际：如果你就是其中的一棵树，你想对种树人说些什么呢？师生进行交流。

7. 再来读读这两段话，把自己当成种树人，把自己的感受读进去。

8. 师生进行引读练习：

即使身处逆境，遭遇不幸，林清玄告诉我们——在不确定中生活的人，能比较经得起生活的考验；即使得到上天很好的眷顾或是出现了意外，林清玄告诉我们——在不确定中生活的人，会锻炼一颗独立自主的心；无论遇到什么情况，面对什么环境，林清玄都会这样告诉我们——在不确定中生活的人，能学会把很少的养分转化成巨大的能量，努力生长。

【设计意图】通过教师引读的方式，使学生深入体会这人生哲理对我们深深的启示，并联系实际，引导学生对“不确定”进行深层次的理解。此处的设计意在将学生的视线由种树人引向“我”，引发对文中作者那段感悟的理解和讨论。

（四）回归整体，揣摩写法

1. 抓首尾，体会写法。

现在，窗前的桃花心木苗已经长得与屋顶一般高，是那么优雅自在，显示出勃勃生机。种树的人不再来了，桃花心木也不会枯萎了。

学生通过读文，再联系文章的开头，能体会出：这是首尾呼应的写法，写出了种树人的成果。

2. 悟道理，体会写法。

由结尾引出作者的写作特点——作者由种树这个很普遍的事例，引出了种树人的种树之道，悟出了人生的哲理。文章虽以植物命题，作者却由树到人，从中悟出了对人的启发，揭示了一个深刻的人生哲理，这是一种借物喻人的写法。

【设计意图】 在感悟道理之后，体会作者写法的巧妙，通过进一步阅读，学习写作方法。

3. 赏作品，延伸阅读。

教师介绍：林清玄是台湾一位非常高产的作家，他的文章总能从日常生活的平凡小事中感悟到深刻的人生哲理。

【设计意图】 出示作者的其他作品，拓展阅读，将学生的阅读实践引向中学语文将要学习的篇目，达到激发学生阅读欲望的作用。

（五）布置作业：

1. 积累感悟到的人生哲理，并摘抄下来。
2. 阅读林清玄的文章，浏览他的博客。

附：板书设计

桃花心木

种树人		林清玄
奇怪——模仿——用心良苦		
寻找水源	不	经得起考验
汲水生长	确	独立自主
拼命扎根	定	努力生（成）长

借种树　　喻做人

走遍天下书为侣

（第二课时）

李　辉（北京第一师范学校附属小学）

一、教学目标

1. 认识“侣、娱”等四个生字，会写“侣、娱、盒、豫、趟、诵、零、编、某”等九个生字。

2. 了解作者将书作为伴侣的原因，感悟读书方法。

3. 正确、流利、有感情地朗读课文，读出作者对书的热爱；背诵第七自然段。

4. 体会作者以推理方式层层剥笋地表达自己观点的方法。

二、教学重点

把握文章主要内容，体会作者对书的热爱。

三、教学难点

1. 体会作者选择一本书陪伴自己旅行的理由及反复读书的方法，并受到启发。

2. 感受作者对阅读的热爱，体会文章的表达手法。

四、教学过程

（一）漫谈引入——揭题、解题

1. 谈话导入，出示课题。

在 1974 年的世界儿童图书节上，英国著名女作家尤安·艾肯作了热情洋溢的讲演。在献词中她做了一个有趣的假设：如果你只能带一样东西供自己娱乐，你会选择什么呢？她选了一本书，并且以此作为献词的题目，那就是《走遍天下书为侣》。

2. 板书课题，认识“侣”字。“侣”是一个生字，谁能记住？看看字形，想一想字义，由此你能联想到什么？（伴侣、情侣、形影不离、如影相随）

3. 读出理解，引发质疑。

（1）你怎么理解课题？读出你的感受。（2）有什么问题？

预设：为什么走遍天下与书为侣？怎么与书为侣？

【设计意图】背景资料的引入，让学生了解文章的出处及写作背景，激起学习的兴趣；学生初读文章的题目，借助“侣”字的字理进行识字，同时教给学生“抓住重点字进行词语联想理解课题”的方法，进而围绕课题质疑，引起阅读期待。

（二）学习“为什么走遍天下与书为侣?”

1. 默读课文，想想作者选择一本书陪伴自己旅行的理由是什么，用“_”画出来。

2. 交流汇报。

你喜爱的书就像一个朋友，就像你的家。

你总能从一本书中发现新的东西，不管你看过多少遍。

一本你喜爱的书就是一位朋友，也是一处你随时想去就去的故地。

3. 作者就这样直接写出这三个原因，好不好，为什么？

4. 想一想，作者是如何生动具体地写出“以书为侣”的原因的？怎样表达自己的情感的呢？默读相关段落，在旁边进行批注。交流：

（1）出示：这有什么关系呢？你不会因为以前见过你的朋友就不愿再见到他们了吧？你不会因为熟悉家中的一切就弃家而去吧？

A. 读了这三句话你发现了什么？（都是反问句）

B. 给它们换一个说法。

C. 连续有理有力的反问让你体会到什么了？——强调朋友越见越亲，家越回越依赖，每一次新的接触都会让我们与朋友的情感更深一层，强调我们对朋友、家的感情。

出示：你喜爱的书就像一个朋友，就像你的家。

此时你读懂了什么？通过比喻，作者把书比喻成家，比喻成朋友，每一次新的接触都让我们的情感更深一层，表达出自己爱书的情感。

指导朗读——要读出反问的语气。作者设想的“你”的语言，要读出感叹与惊奇，还要引导学生结合自己的生活体验，将自己的感受融进去。

（2）出示：你已经见过朋友一百次了，可第一百零一次再见面时，你还会说：“真想不到你懂这个！”你每天都回家，可不管过了多少年，你还会说：“我怎么没注意过，灯光照着那个角落，光线怎么那么美！”

A. 学生汇报。

B. 作者这样的例子，表达了什么情感？你从哪体会到的？

朋友间次次相见，家日日都回，却不会生厌，反而有新的发现，新的收获。

C. 出示：你总能从一本书中发现新的东西，不管你看过多少遍。你读懂了什么？

看来同学们体会到了这例子的生动与贴切。作者以常见的事物为喻，生动而又巧妙地说明了一本书可以常读常新，读而不厌。

朋友、家从不同角度去看，会发现不同的美，说明一本书值得反复去读。正是“旧书不厌百回读，熟读深思子自知”。

D. 指导朗读——要读出感叹与惊奇。

（3）出示：一本你喜爱的书就是一位朋友，也是一处你随时想去就去的故地。

A. 这句话中把什么比作了什么？（把书比作了朋友和故地。）

B. 作者为什么这样比？

“故地”，指书已读多遍，了解并熟悉；“想去就去”，是说方便，随心所欲，想读就读。由前面的“你喜爱的书就像一个朋友，就像你的家”，到现在的“就是”“也是”，愈加表达出了作者对书浓郁的情感，对一本书喜爱到百读不厌的程度。

5. 拓展练习。

根据你自己的读书感受，填一填，读一读，尊重学生个性化见解。一本你喜爱的书就是____________，也是____________。

（三）学习“怎么与书为伴？”

1. 默读第七自然段，用“（　　）”画出作者具体怎样一遍一遍读书的语句。你读懂了什么，批注在旁边。

2. 交流。出示：首先我会思考，故事中的人为什么会这样做，作家为什么要写这个故事。然后，我会在脑子里继续把这个故事编下去，回过头来品味我最欣赏的一些片断，并问问自己为什么喜欢它们。我还会再读其他部分，并从中找到我以前忽略的东西。做完这些，我会把从书中学到的东西列个单子。最后，我会想象作者是什么样的，他会有怎样的生活经历……

A. 学生汇报。

B. 顺学而导。

（a）梳理写作顺序：抓住“首先、然后、最后”这三个表示顺序的词语来介绍读书的方法。

（b）谈谈“一遍又一遍地读一本书”，读什么？怎么读？

思考　品味、欣赏　寻找新知　小结收获　想象

读书百遍，其意自现。从不同的角度以不同的方式去读，无论是理解故事内容，揣摩写作目的，续编故事，品味写法，还是积累所得，都能读得津津有味，收获颇丰。

（c）挑战读，按课文内容填空。相机理解“新东西”的意思。

首先我会（　　），（　　）为什么会这样做，（　　）为什么要写这个故事。然后，我会在脑子里继续把这个故事编下去，回过头来（　　）我最（　　）的一些片断，并问问自己（　　　）。我还会再读其他部分，并从中找到我以前忽略的东西。做完这些，我会把从书中学到的东西列个单子。最后，我会（　　　）。

（d）自由读，想象着你就是著名作家尤安·艾肯，你怎样向大家介绍你的读书方法？试着背一背这一自然段，再与伙伴比赛，看谁记得又快又牢，并谈谈自己的感受。

（e）读同样的文字，每个人都有自己的独特感受。怪不得作者说，读书，“从某种意义上说，它是你自己的东西，因为世上没有两个人会用同一种方式读同一本书。”理解这句话的含义。

【设计意图】引导学生梳理、概括，这既是理解内容的过程，更是锤炼思维的过程。引导学生理清反复地读一本书的方式方法，并受到启发。在自由读、挑战读、介绍读书方法中，达到背诵的目的。

（四）学习作者提出“走遍天下书为侣”的主张

1. 读到这，我们已经理解了尤安·艾肯选择一本书为侣周游世界的原因

及她的读书方法。如果，把第一～三自然段的内容删去，行不行？好不好？

2. 这鲜明的观点是什么？从哪感受到的？

出示：如果你问到我，我会毫不犹豫地回答："我会选择一本书。"

对此，我的回答是："是的，我愿意读上一百遍，我愿意读到能背诵的程度。"

3. 默读第一～三自然段，你发现作者是怎样鲜明地表达了"走遍天下书为侣"的观点吗？文章中还用到"假设"的方法了吗？找一找。在层层递进的假设中，一步步表明观点。

4. 指导朗读：第一自然段假设的提问，所罗列的事物要读出疑问的语气，作者的两次回答要读得肯定、坚决，给人以毋庸置疑的感觉。

【设计意图】教师引导学生发现作者怎样鲜明地表达"走遍天下书为侣"的观点，揣摩层层递进的假设写法，体会这样写的精妙。

（五）阅读拓展——《神奇的书》

你喜欢这首诗吗？画出书神奇的地方。想一想作者怎么表达的。朗读给大家听。

神奇的书

（美国）艾米莉·狄金森

没有一艘非凡的战舰/能像一册书/把我们带到浩瀚的天地/没有一匹神奇的骏马/能像一首诗/带我们领略人世的真谛/即令你一贫如洗/也没有任何栅栏能阻挡/你在书的王国遨游的步履/多么质朴无华的车骑！/可是它装载了/人类灵魂的全部美丽！

（六）作业设计

联系自己的平时读书心得和经验，也可以联系名人读书的故事来写一写对读书的看法。表达要有顺序，最好用上学到的假设、列举、反问的方法。

附：板书设计（略）

（原载人民教育出版社、延边教育出版社出版《新课标教案·语文》五年级上册）

匆　　匆

（第一课时）

张润霞（东城区培新小学）

一、教学目标

1. 有感情朗读课文，了解课文的主要内容。

2. 抓住重点句，体会作者感慨时光匆匆的思想感情，在自读自悟中懂得时间的来去匆匆，懂得要珍惜时间。

3. 在诵读中体会语言的美，积累语言。

二、教学重点

学习理解作者对时间匆匆流去的生动形象的描写。

三、教学难点

引导学生从读中体会语言的美，在读中品味字里行间作者流露的感情。

四、教学策略

朗读感悟文本内涵，朗读感悟文体特点。

五、教学过程

（一）释题，初解“匆匆”

1. 教师板书课题“匆匆”，提示字形。

2. 听写两个带生字的词语：挪移　蒸融（提示两个生字相似笔画的区别）

3. 朗读理解含有两个生词的语句：

太阳他有脚啊，轻轻悄悄地挪移了。

过去的日子如轻烟，被微风吹散了，如薄雾，被初阳蒸融了。

体会两个句子中的比喻、拟人的修辞方法。有感情朗读。

4. 通过预习，你知道作者这篇文章想告诉我们什么道理吗？（珍惜时间）

这是一篇散文，散文的特点是什么？（形散神聚）

【设计意图】扎实字词学习，落实识字写字。2011 版的新课标明确提出，识字写字要贯穿小学的每一个学段。学生到了六年级，对于生字词语的学习，如何在课上得到落实呢？本课开始之初，设计了一个生字词语学习的环节。这个环节由三部分组成：一是听写本课需要学习掌握的生字词“挪移”和“蒸融”，对生字中易错之处给予提示；二是品读带有两个生字新词的语句；三是体会语句所运用的拟人、比喻修辞方法的妙处所在。六年级的词语教学，一定要巧妙设计，在关键之处，在学生的易错之处下工夫。

（二）读文，理解“匆匆”

1. 自学思考：这篇散文写得好，好在哪里？为什么？

2. 集体反馈交流、品味语言

（1）燕子去了，有再来的时候；杨柳枯了，有再青的时候；桃花谢了，有再开的时候。但是，聪明的，你告诉我，我们的日子为什么一去不复返呢？

a. 读上面的语句。谈谈自己读后的体会。

b. 老师相机点拨。教师用评价的方式引导学生有感情朗读。

c. 感悟“问句”的写法。

d. 用填空的方式帮助学生背诵积累优美语段。

（2）在默默地算着，八千多日子已经从我手中溜去；像针尖上一滴水滴在大海里，我的日子滴在时间的流里，没有声音，也没有影子。我不禁头涔涔而泪潸潸了。

a. 谈谈自己读后的体会。理解“头涔涔”“泪潸潸”。

b. 教师用评价的方式引导学生有感情朗读。练习上下文，深入理解“头涔涔　泪潸潸”。

c. 抓住重点字“溜”“滴”体会作者用词的精妙。

d. 品味比喻句深入体会。

（3）洗手的时候，日子从水盆里过去；吃饭的时候，日子从饭碗里过去；

默默时，便从凝然的双眼前过去。

a. 作者抓住生活中的点滴小事，从中感受时光匆匆而过，悄无声息。

b. 体会排比句，朗读感悟。

c. 结合自己的生活实际，用下面的句式练习说话：________的时候，日子____________；________的时候，日子____________；________的时候，日子________。

【设计意图】仿说典型语段，经历语言实践。文章中选取了生活中的细小事情：吃饭、洗手、睡觉……中，日子悄悄溜走，一去不复返。使用排比句式，层层递进。新课标强调语文是语言运用的实践课程，因此在语文课上，学生从文中学习方法，练习口头表达，亲历运用语言的过程，促进孩子的语文能力发展！

（4）以读代讲体会情感

师生对读六个问句：

朱自清站在窗前，思绪纷飞，他一问自己——

在逃去如飞的日子里，在千门万户的世界里的我能做些什么呢？只有徘徊罢了，只有匆匆罢了。

只有徘徊罢了，只有匆匆罢了，他二问自己——

在八千多日的匆匆里，除徘徊外，又剩些什么呢？

过去的日子如轻烟，被微风吹散了，如薄雾，被初阳蒸融了；他三问自己——

过去的日子如轻烟，被微风吹散了，如薄雾，被初阳蒸融了；我留着些什么痕迹呢？

是啊，到底留着些什么痕迹呢？他四问自己——

我何曾留着像游丝样的痕迹呢？

难道像游丝样的痕迹都没有留下就离开这世界吗？他五问自己——

我赤裸裸来到这世界，转眼间也将赤裸裸地回去罢？

愤愤不平呀，他六问自己——

但不能平的，为什么偏要白白走这一遭啊？

（5）朗读课文结尾句，体会与第一自然段相照应的写作方法。

【设计意图】理解感情朗读，感受文本情感。“品读、赏析，读中悟情”是这节课重要教学过程。对于品读，设计了几个引导点：一要品读叠词和短句的妙用；二要品读各种修辞方法的表达；三要品读重点句、段。赏析，把它融于品读之中，强调于品读之后。读中悟情，一悟作者对虚度时光的无奈与惋惜；二悟旧时代年轻人已有觉醒又为前途不明而彷徨的复杂心情；三悟时间的宝贵，珍惜时间的重要。这样，学生就读懂了一篇文章，悟出了一个情，懂得了一个理。

（三）深思，感悟“匆匆”

1. 朱自清短短50年的人生，文中说“为什么偏要白白走这一遭”。朱自清是“白白走这一遭”吗？谈谈你的理解。

（1）资料：朱自清（1898—1948），是一位诗人、学者，而且还是一位杰出的散文大师，他为我们留下许多脍炙人口的散文佳作，他的散文被称作“美文的典范”。主要作品有《背影》《欧游杂记》《荷塘月色》等190多万字的作品。

（2）学生补充朱自清“宁可饿死，不领美国救济粮”的故事，体会朱自清给世人留下的精神财富。

2. 有感情朗读课文。

【设计意图】渗透散文特点，关注文本写法。本文是一篇文质兼美的名篇，运用了多种写作方法，比如散文的形散神聚的特点，运用比喻、排比、问句、首尾照应等写作方法。通过让学生自学全文，找到自己喜欢的语句，说说喜欢的原因，在赏析的过程中，一一体会出文章的写作方法之妙。在一遍又一遍的朗读中，学生感悟到全文的段式结构的特点。至于散文“形散神聚”的特点，更是在品味与感悟中慢慢渗透，渐渐领悟。

附：板书设计

匆匆	形散神聚
（珍惜时间）	拟人　比喻　排比
	问句　首尾照应

毛泽东词二首(《清平乐·六盘山》)

(第二课时)

孙　铮（东城区板厂小学）

一、教学目标

1. 理解《清平乐·六盘山》的意思，体会词所表达的意境和毛泽东的乐观自信的情感。

2. 通过理解关键词语，体会“象征”“借景抒情”等写作方法的作用。

3. 指导学生有感情地朗读课文，并会背诵、默写课文。

二、教学重点

在理解词义的基础上，指导学生有感情地朗读课文，并会背诵、默写。

三、教学难点

在理解词义的基础上，体会作者表达的思想感情。

四、教学过程

(一) 提取资料的比较

师导语：请一位同学来读一读三份资料，哪份资料对你学习本课更有帮助？

出示课件：毛泽东的资料；长征的资料；毛泽东诗词的特点。

指名读资料，学生选择、讨论。

师小结：今天我们就一起走进诗人毛泽东，领略他大气的文采以及博大的胸怀。

【设计意图】意在教会学生在搜集处理信息的过程中，还要学会进行有效地筛选。

（二）诗与词特点的比较

1. 师：同学们，刚才我们谈到曾经学习过毛泽东主席的一首诗：《七律·长征》还记得吗？

出示课件：《长征》　指名读。

2. 师：今天，我们要学习他的一首词，板书《清平乐·六盘山》学生齐读题目。

出示课件：《清平乐》

学生自由读　同桌互读　指名读

3. 出示课件：《长征》和《清平乐》

师：两首作品有何相同和不同之处？

生比较同异，老师相机指导，讲解：词牌、长短句、上下阕的知识。

学生再次自由读，指名读。

【设计意图】引导学生通过自主、合作、探究性的学习，自己发现诗与词形式的特点，老师顺学而导，教给学生“词”的有关知识，使学生对“词”这种新学习的文学体裁有了初步的了解，进而激发学习的兴趣。

（三）上下阕内容的比较

师：请对照着书下的注释，说说这首词的意思。学生自由说。

1. 学习上阕

（1）师：在上阕中“天高云淡，望断南飞雁”这句中的“望断”一词是什么意思？学生对照注释理解词义。

a. 师点拨：“断”本指断开，在这里，它的词义发生了变化。

引读：此时，面对这如诗如画的美景，毛主席站在高高的六盘山上，极目凝望着一行行南飞的大雁，该怎么读，才能读出主席此时的情怀呢？　指名读

b. 师点拨：讲解毛泽东推敲“飞”与“归”的典故。

（2）师：是的，眼前的美景让主席也不禁豪情万丈，直抒胸臆，于是感慨道：生齐读下一句：不到长城非好汉，屈指行程二万。

a. 点拨：“不到长城非好汉”

（a）师：红军长征的目的地并不是“长城”啊？这是什么意思呢？

出示 ppt：六盘山地图

师：介绍六盘山资料，讲解“长城”象征革命根据地。

（b）师：“不到长城非好汉”这句诗是双重否定句，表示的是肯定的意思，该怎么读出肯定的语气呢？　指名读

b. 点拨“屈指行程二万”

（a）师：“屈指”什么意思？红军长征是历尽千辛万苦的，这么多的困难，为什么在毛主席的眼中却是“屈指可数”的呢？

引导学生体会：对困难的藐视体现大无畏的精神。（师板书：无畏）

（b）师：请同学们再次浏览《长征》，看看哪些地方在表达上与“屈指”有异曲同工的作用。指名说。

（c）播放长征视频，师感情旁白。引导学生读句子，读出气势。

师与生对比读，师轻读或重读“二万”，体会出“屈指”的内涵，体现对困难的藐视。

（3）师：请同学们再读读上阕，看看哪些诗句描述的是作者看到的，哪些诗句描述的是作者想到的。用文中的诗句来回答。

师引读：1935 年 10 月的一天，主席率领红军将士登上了六盘山，极目远眺，他看到了____________学生接读：天高云淡，望断南飞雁。

此时，千重思绪，万般感慨，涌上毛泽东的心头。他不禁感慨道____________

学生接读：不到长城非好汉，屈指行程二万。

师小结：有景有情，情景交融。一切景语皆情语。这样的景物，恰好能体现主席此时的心情呀。学生再齐读上阕。

【设计意图】为了拉进学生与诗词背景的距离，将背景资料、长征地图、多媒体资源和课文进行有机的整合。通过指导学生补充资料，观看视频录像，启发学生来理解文本承载的内涵，再通过引读、对比读等多种形式的朗读指导，来帮助学生体会作者的情怀。

2. 学习下阕：

（1）点拨：“六盘山上高峰，红旗漫卷西风”

师：漫卷是什么意思？毛主席看到了在风中招展的红旗，他还看到了什么？

学生讨论、指名说。

师评价：是呀，他看到了胜利的希望（前景），所以，他想到了：

生齐读："今日长缨在手，何时缚住苍龙？"

（2）点拨："今日长缨在手，何时缚住苍龙？"

a. 师：长缨在这里仅仅指长长的绳子吗？还象征着什么？苍龙又象征着什么？今日是个什么样的日子呢？

出示 ppt：今日是个____________的日子！

学生思考，指名说，完成填空。

b. 师：正是有了如此强大的力量，有了革命胜利的希望，毛主席才更加充满了必胜的信心。（板书：必胜）

师指导朗读。学生练读，指名读。

3. 师：请同学们完整地读一读下阕，看看和上阕有什么相同之处？

总结：上下阕都是先写景后抒情；长缨和苍龙与长城一样，都运用了象征的手法。

4. 配乐读词，练习背诵。

5. 师生同默写词。

【设计意图】引导学生整体理解词的内容的同时，通过上下阕内容的比较，体会到"象征""借景抒情"这些写作方法的作用；并引导学生由表及里，由浅入深，由内容到情感，层层深入地进行朗读练习；使学生在学习课文中能够走进文本，理解词的意境，体会作者的情感，并获得独特审美体验。指导学生能够在课上背诵并默写课文，也力求体现课堂教学的时效性。

（四）书法欣赏的比较

出示课件：三幅不同字体的《清平乐·六盘山》

1. 师：同学们，欣赏完了我们自己的作品之后，我们再来看三幅书法作品，内容都是《清平乐·六盘山》。如果让你选择一幅挂在家里，你会选哪幅？为什么？

2. 师：介绍毛主席的手迹。指导学生欣赏。

师生配乐，用敬仰之情朗诵全词。

【设计意图】引导学生在欣赏作品中感受到毛泽东诗词、书法作品的磅礴大气，"字如其人，文如其人"，从而体会到语文学习的丰富之美；并初步感悟到我国诗词和书法这些艺术形式的博大精深，产生学习的兴趣，进而为其终身学习奠基。

（五）布置作业

必做题：背诵并默写《清平乐·六盘山》。

选做题：预习《浪淘沙·北戴河》，查找诗人写作的背景资料，了解词中运用的典故。

【设计意图】必做题要求学生为第二首词查找相关资料，也是对学生课上学习筛选资料的学习效果的反馈。选做题要求有能力的同学课外再积累毛泽东的其他诗词作品，对课上的学习进行拓展和延伸。

附：板书设计

毛泽东词二首

清　平　乐

六盘山

一九三五年十月

上阕	天高云淡，	六盘山上高峰，	下阕
无畏	望断南飞雁。	红旗漫卷西风。	必胜
	不到长城非好汉，	今日长缨在手，	
	屈指行程二万。	何时缚住苍龙？	

（曾获北京市六城区第五届“京城杯”小学课堂教学交流“优秀展示课”，2010年北京市小学语文学科优秀课堂教学设计征集与评选活动一等奖）

老人与海鸥

（第二课时）

张　平（东城区板厂小学）

一、教学目标

1. 有感情地朗读课文，感受老人与海鸥之间深厚的感情。
2. 学习运用动作、语言、神态描写表现人与动物之间真挚的情感。

二、教学重点

1. 有感情地朗读课文，感受老人与海鸥之间深厚的感情。
2. 学习运用动作、语言、神态描写表现人与动物之间真挚的情感。

三、教学难点

学习运用动作、语言、神态描写表现人与动物之间真挚的情感。

四、教学策略

"以读为本"与多种方法有机结合。

五、教学过程

（一）回忆课文，整体把握

1. 继续学习第二十一课，齐读课题。
2. 复习上节课学过的词语。学生带读，全班齐读。

撮嘴呼唤　抑扬顿挫　亲昵说话　啧啧称赞

翻飞盘旋　连声鸣叫　扇动翅膀　肃立不动

3. 读完词，联系课文内容，脑海中会浮现出两幅怎样的画面？

老人和海鸥是什么关系，才会有这样的举动。找到文中明确写出老人和海鸥之间关系的句子。

如果将这句话改动一个字，细细体会一下，有什么不同。

老人和海鸥的爱是相互的，老人爱海鸥，海鸥送老人。这两幅画面中，哪个最令人意想不到？

（二）再读课文，提出质疑

快速默读课文，找出让人意想不到的海鸥的举动。读一读找到的句子。

出示句子

假如此时在翠湖边看到这样的情形，会产生什么疑问？

总结：结合课文内容提出有价值问题的方法：紧紧抓住这几段的主要内容，围绕海鸥让人意想不到的做法，提出值得深思的问题。

【设计意图】结合文章重点情节，培养学生质疑思考的能力。引导学生关注重点情节，提出有价值的问题，让学生有目的、有方向地主动获取和掌握新知识。

（三）品读感悟，学习写法

海鸥为什么会有这样让人意想不到的举动呢？

默读课文，找出表现老人待海鸥像亲人一样的内容，画出相关的句子。把感受用简练的词语批注在书上。

读句子，谈感受。

1. 引用资料，体会爱。

“他背已经驼了，穿一身褪色的过时布衣，背一个褪色的蓝布包，连装鸟食的大塑料袋也用得褪了色。朋友告诉我，这位老人每天步行二十余里，从城郊赶到翠湖，只为了给海鸥送餐，跟海鸥相伴。”

关注文中反复出现的词语——“褪色”，读出文字背后的深意。

去掉“赶”，体会老人的辛苦。

听老师读资料，完成填空。“老人真名叫吴庆恒，是昆明化工厂的一个普通退休工人。那时他每个月只有308元的退休工资。老人出门舍不得坐五毛钱一趟的公交车，十几年来每天步行20余里，给海鸥送餐，与海鸥相伴。为了省钱，一碗稀饭，一个馒头，一碟咸菜，就是他的一顿大餐。平时，他最大的奢侈就是抽上一包2毛钱的劣质香烟。身体不舒服了，他也决不去医院看病，能挺就挺过去，实在不行就自己买点草药。但是这位老人却舍得每天买四块五一斤的饼干给海鸥吃。老人去世后，人们发现他家里最值钱的东西竟然只是6个鸡蛋。而那是他给海鸥做饼干的配料。”

老人舍不得（　　），舍不得（　　），却唯独舍得（　　）。

结合舍与不舍，谈感受。指导朗读。

【设计意图】语文课程是学习语言的课程，要培养理解和运用语言文字的能力。课标调整后更强调语言的运用，强调运用语言文字能力的培养。在教学过程中补充资料，设计听说训练，目的不仅是为了加深理解，体会情感，更是让学生悟出学习的方法，在用资料的过程中提高各种语文基本能力。

2. 观察细节，体会爱。

“老人把饼干丁很小心地放在湖边的围栏上，退开一步，撮起嘴向鸥群呼唤。立刻便有一群海鸥应声而来，几下就扫得干干净净。老人顺着栏杆边走边放，海鸥依他的节奏起起落落，排成一片翻飞的白色，飞成一篇有声有色的乐谱。”

最打动人的是哪些细节？

总结：作者就是通过一个个细腻传神的动作，展现了老人细致入微的爱。

指导朗读：

读出老人的良苦用心。

老人顺着栏杆边走边放，海鸥依他的节奏起起落落。人与鸥和谐相处，景美，情更美。读出这诗一样的美感。

3. 理解词语，体会爱。

“在海鸥的鸣叫声里，老人抑扬顿挫地唱着什么。侧耳细听，原来是亲昵得变了调的地方话——‘独脚’‘灰头’‘红嘴’‘老沙’‘公主’……”

文中的“抑扬顿挫”是什么意思？

师范读。指导学生朗读。

4. 发现变化，体会爱。

“谈起海鸥，老人的眼睛立刻生动起来。”

“老人望着高空盘旋的鸥群，眼睛里带着企盼。”

眼睛是心灵的窗户，我们从老人的眼睛里读出了喜爱，品出了牵挂。

通过语言、神态的描写体会老人对海鸥的无限深情。

（四）读写结合，体会海鸥对老人的爱

老人的离世是那样的突然。和海鸥相依相伴，相知相守了十几年的老人一夜之间变成了冷冰冰的照片。你觉得海鸥面对老人的遗像，会产生怎样的情感？

引导：老人和海鸥像亲人一样，如今父亲去世了，儿女们会有怎样的情感？

老人和海鸥十几年来相知相守，如今却再也见不到他了，儿女们会有怎样的情感？

饱含深情地配乐朗读描写海鸥的内容。

师生合作，配乐朗读描写老人爱海鸥，海鸥送老人的内容。

练笔：当照片上的老人默默地注视着与他相伴了十几年的“儿女”们，他好像满怀深情地说些什么？当我们不得不去收起遗像的时候，海鸥们大声鸣叫着，好像情谊深长地说些什么？

总结：虽然老人去世了，可他的身影留在了翠湖湖畔；虽然老人不在了，但这幅人鸥和谐的画面却永远留在我们的记忆中。我们曾经学过冯骥才的《珍珠鸟》，知道“信赖，往往创造出美好的境界”。今天，我们学习了《老人与海鸥》，它的作者邓启耀告诉我们：“我真的相信天下万物本是同根同心，相信冥冥中有一种共通的语言。”

（五）作业

这篇课文改编自邓启耀的《寂寞鸥灵》，建议大家课后阅读原作，继续体会这感人至深的人鸥之情。

附：板书设计（略）

唯一的听众
（第二课时）

赵连杰（东城区前门小学）

一、教学目标

1. 正确认读生字词，能有感情地朗读课文。

2. 通过反复朗读、抓关键词、联系上下文、融入情境体会等方法，理解含义深刻的句子。

3. 理解课文内容，通过细读老教授神态、语言的句子，感受老人对“我”的爱护与鼓励。

二、教学重点

了解课文内容，知道老教授是一位能给予他人真诚、无私帮助的慈祥而可敬的老人，体会作者对老教授的感激与敬佩的思想感情。

三、教学难点

根据课文内容，展开合理的想象，体会人物复杂的心理。

四、教学策略

抓住作者的情感线，引出老人的表现，通过联系上下文、抓重点词、读写结合、多样朗读等来品味老人的美好心灵。

五、教学过程

（一）走进“我”的情感

1. 这节课我们继续学习课文《唯一的听众》。通过上节课的学习我们知道了作者先后在这三个地方拉琴，分别拥有了这些听众，回忆一下作者当时的心情是怎样变化的？

出表格：

地点	听众	“我”的心情
家里	父亲和妹妹	
树林	聋老人	
舞台	成百上千的听众	

2. 完成表格的填写后，你有什么问题吗？（预设：是什么使“我”的心情发生了这样的变化？教授、首席为什么要装聋，而不是直接指导我？……）

【设计意图】理清课文思路，特别是作者的情感线索是高年级阅读重要的训练点，对于刚上六年级的学生来说，通过提问的方式为学生搭设思维的支架，可以帮助学生降低学习难度，使他们得到循序渐进的练习、提高，从而也为下文的学习做好铺垫。

（二）走近诗一般的老人

1. 让我们带着这个问题默读课文，找到直接描写老人的句子画下来。

2. 指名反馈。

我感觉到背后有人，转过身时，吓了一跳：一位极瘦极瘦的老妇人静静地坐在木椅上，平静地望着我。

老人叫住了我，说：“是我打搅了你了吗，小伙子？不过，我每天早晨都在这儿坐一会儿。”一束阳光透过叶缝照在她的满头银丝上，“我想你一定拉得非常好，可惜我的耳朵聋了。如果不介意我在场，请继续吧。”……“也许我会用心去感受这音乐。我能做你的听众吗，每天早晨？”

她一直很平静地望着我。

我停下来时，她总不忘说上一句：“真不错。我的心已经感受到了。谢谢你，小伙子。”

有一次，她说我的琴声能给她带来快乐和幸福。

我也常常忘记她是聋子，只看见老人微笑着靠在木椅上，手指悄悄打着节奏。她慈祥的眼睛平静地望着我，像深深的潭水……

3. 同学们找的很全，老人的这些言谈举止给你什么感受？

【设计意图】抓住老人对“我”的帮助作为教学的突破口，引导学生关注老人的语言与神态，感受老人的形象。这个环节是学生在这节课上第一次读描写老人的语句，初步感受她言谈举止总是波澜不惊。

（三）走进老人诗一般的心灵

1. 细心的同学发现了吗，在这些句子中，有一个词语出现了三次？（平静地望）在书中圈出来。

2. 研读老人平静的眼神：

（1）老人三次平静地望着我，看似相同的神情中，却蕴含着许多的不同，这三次平静的眼神中到底有什么不同呢？让我们再一次静静地去读课文，先思考老人第一次平静地望中包含着什么？

（2）反馈第一次“平静地望”，学习联系上下文的写法（预设：从平静的眼神中看到对“我”自尊心的保护、鼓励、用心良苦……）。

a. 出示句子，自己谈体会。通过学生回答来明确联系上下文的方法，要求学生一定要联系上下文去解读文本，这才是一种阅读能力的体现。

b. 指导朗读。

我这颗受伤的心在老人平静的眼神和诗一般的语言中得到了拯救。哪里写到了这一点？“嘿，毕竟有人夸我了，尽管她是一个聋子。”“嘿”有一种什么样的感情？（高兴、兴奋、窃喜）读得再轻些，因为是心里想的。读好感叹词非常重要，它可以表达人物的情感。

（3）理解第二次、第三次老人“平静地望”的神情中又包含了什么？在语文书的旁边用一两个词写下自己的感受。谁来谈谈自己的感受，并告诉大家你联系了课文的哪里感受到的？

a. 反馈第二次平静，学生通过老人的语言自己体会。（预设：从平静的眼神中看到鼓励、对“我”有信心、关爱……）

在朗读中进行师生与文本对话，进一步理解老人对我的关爱：

有了那天的相遇，我非常开心。于是第二天早晨我来到了树林，面对我唯一的听众开始拉琴，当我停下来的时候，老人说——（指名读：“真不错。我的心已经感受到了。谢谢你，小伙子。”）第三天，当我结束了练习停下来的时候，老人又说——（指名读：“真不错。我的心已经感受到了。谢谢你，小伙子。”）第四天老人还是这样说——（指名读：“真不错。我的心已经感受到了。谢谢你，小伙子。”）每一天老人在我停下来的时候，总不忘说一句——（齐读：“真不错。我的心已经感受到了。谢谢你，小伙子。”）

我心里洋溢着一种从未有过的感觉，什么感觉？（温暖、自信、喜悦……）于是就越拉越好，逐渐找回了自信。

b. 反馈第三次平静，学生自己从老人动作和语言上体会。（预设：欣赏、高兴、欣慰、期望……）

李白在诗中曾说：“桃花潭水深千尺，不及汪伦送我情。”诗中的潭水成为了两个人深厚友谊的象征，那么老人这平静眼神中的深深潭水又象征着什么呢？（两个同学互相说一说）更象征着老人对我的欣赏与期望。

【设计意图】抓住课文三次描写老人“平静地望着我”展开教学，重点突出。三次“平静地望着我”反馈各有侧重，第一次训练联系上下文理解句子；第二次抓老人“望”与老人语言的联系；第三次抓住“深深的潭水”，引导学生多角度体会老人呵护青年成长的美好心灵，让老人的形象深深地扎根在学生心里。

3. 就是因为老人无言的鼓励和美丽的谎言，使我的小提琴水平有了很大的提高。课文在第十自然段，当我知道每天听我拉琴的这位老人是音乐学院的教授后，使用了省略号，会发生什么呢？你有没有新的问题产生？（为什么一直装聋？）

4. 老人想没想过告诉小伙子真相呢？我想她想过，也许从第一次开始就想过，可是又为什么没有说呢？让我们一起走进老人的内心世界，去揣摩她的想法，来看看这三次平静地望后面藏着老人一颗怎样的心？你就是老人……

投影出示：

“呦，这有个练琴的小伙子，____________________。”

“他现在已经找回了一点自信，我要不要告诉他我的真实身份，然后指导他一下呢？____________________。”

“他完全可以独立去演奏了，进步真快。他还不知道我是谁呢？____________________。”

学生说一说。这样的老人不是在用耳朵听我演奏，而是用心在听我演奏，用心帮助我成长。当我们走进了人物的内心世界，就真正读懂了这个人，这也是一种读书的方法。

(四) 再次走进“我”的情感

后来，小伙子拥有了成百上千的听众。指名读，他为什么总能想起这清晨里唯一的听众呢?（感恩、敬佩、尊敬；永远的、唯一的听众）

这是诗一般的老人，她有着诗一般的语言，更有着诗一般的心灵。

【设计意图】抓住文章的空白点，进行教材的二度开发，引导学生的认识、情感得到升华。

(五) 布置作业与延伸

抄写课文给你留下印象深刻的句子。

附：板书设计

唯一的听众

“我”	老人（平静地望）
沮丧	保护
兴奋	鼓励
自豪	期望

落　花　生

（第二课时）

李京然（西城区奋斗小学）

一、教学目标

1. 抓住文章中的重点词，理解花生的可贵之处，懂得做人应该做一个对他人有好处的人，不做只讲体面而对他人没有好处的人。

2. 初步了解借物喻人的写作方法，试着加以运用。

3. 初步培养学生利用课外资源帮助理解课文的学习意识。

4. 有感情朗读课文。

二、教学重点

1. 抓住文章中的重点词，理解花生的可贵之处，懂得做人应该做一个对他人有好处的人，不做只讲体面而对他人没有好处的人。

2. 初步了解借物喻人的写作方法，试着加以运用。

三、教学难点

初步了解借物喻人的写作方法，试着加以运用。

四、教学过程

（一）复习导入，回顾：我眼中的花生

1. 这节课我们继续学习第十五课，齐读课题——《落花生》。打开书，自读课文，想一想课文围绕花生都写了哪些内容？（种花生、收花生、尝花生、议花生）

2. 在种花生收花生的过程中，我们有怎样的感受呢？谁来读读第一自然段。

3. 在我们的眼中花生有哪些好处？（味美、可以榨油、价钱便宜）

过渡：是呀，我们都看到了花生的好处。而在父亲的眼中，花生有一样最可贵。是什么呢？

看自学提示。

（二）默读自学，品悟：父亲眼中的花生

1. 自学提示：默读第十 ~ 十五自然段，画下父亲谈论花生的语句，想一想父亲眼中的花生是怎样的？做批注。

2. 全班交流。

预设：【引导抓住重点词体会。】

花生的好处有很多，有一样最可贵：它的果实埋在地里，不像桃子、石榴、苹果那样，把鲜红嫩绿的果实高高地挂在枝头上，使人一见就生爱慕之心。你们看它矮矮地长在地上，等到成熟了，也不能立刻分辨出来它有没有果实，必须挖起来才知道。

（1）学生交流。

对比读书：一人读书，一人读投影，其他同学认真听，仔细想：从他们的读中，你发现了什么？（对比的写法）【板书：对比】

（2）父亲在肯定了它们都有果实，都有好处，都有价值的基础上再读读这段话，画一画具体哪些内容进行了对比？（高高——矮矮、挂——埋、见——挖）

（3）从这些对比中，你又发现了什么？【板书：高矮挂埋见挖】

（花生的特点 1：把自己的果实埋起来，这就是不炫耀，深藏不露。

花生特点 2：外表不好看，这就是朴实无华。）【板书：朴实无华】

花生特点 3：虽然不好看，可是很有用。【板书：默默奉献】

3. 朗读指导：经过父亲的点拨，花生的特点一下呈现在我们面前，花生的形象也高大起来了。此时此刻再读父亲的话，你会带着怎样的语气来读呢？（赞美、敬佩等）

（三）理解道理，感悟喻人

1. 父亲仅仅是在谈论花生吗？（更是在谈论做人）

2. 我理解了父亲这句话的含义了吗？（人要做有用的人，不要做只讲体面，而对别人没有好处的人。）齐读这两句话。

3. 什么叫只讲体面？（除了体面，什么都不讲）你能举出只讲体面而对别人没有好处的例子吗？讲体面对不对？对，关键是不能只讲体面。

教师小结：爸爸希望孩子做人不能只追求外表的体面，更重要希望我们做一个脚踏实地、埋头苦干、不计名利，像花生一样对别人有用的人。昨天同学们在初读课文之后问了一个问题就是：难道做桃子、石榴、苹果这样又好看有用的人不好吗？这个问题说出了很多同学的心里话。现在我们就来讨论讨论：你长大了准备做像花生一样的人，还是准备做像桃子、石榴、苹果那样的人呢？为什么？

4. 补充资料：时代背景：

当时的政府腐败，很多王孙贵族，不务正业，吃喝玩乐，没有一点民族责任感。许地山的父亲，不希望孩子是这样的，希望他们真真正正为国家出力，要对国家做贡献，而不要讲究生活的安逸富足。

谈话：由资料我们可以看出由于许地山父亲本人所具有的性格品质，以及当时时代背景的不同，所以父亲教育孩子的观念与我们现在会有所不同。现在，对父亲为何要我们做像花生那样的人，你能理解了吗？

师小结：可见课前搜集与课文或作者有关的时代背景的资料，对我们深入理解文本是有很大帮助的。

（四）结合资料，再谈“我眼中”的花生

教师引导：这次谈话，对许地山一生产生了重大的影响，从文中的哪句话中能够读出来？文中最后一句话是这样说的：“我们谈到夜深才散，花生做的食品都吃完了，父亲的话却深深地印在我的心里。”

为什么不用“记”而要用“印”？老师这儿有三段资料，你们读一读，看哪一个课外资料更能够帮助你解决这个问题？

课件出示：

许地山是五四新文学运动时期具有一定影响力的作家，他在抗日战争时期为抗日救国事业奔走呼号，因劳累过度而病逝。（成就和贡献）

在许地山的文字当中走一个来回，就是和一个高尚的人在谈话。（别人对其作品的评价）

他曾说：“我要向落花生一样，踏踏实实地做一个纯朴的人，有用的人，我要为中华而生，为中华而贡献。”（自我要求）

教师小结：我们在搜集资料后，还要学会结合文本进行删减，这样课外资源的使用才会有效。

教师小结：一个“印”足以说明，父亲的话对我的影响是多么的深。

指导朗读：“印”，语速要慢，注意停顿，这样才能读出味道来。自由练读，指名朗读。

教师引导：花生精神已经融入了许地山的生命。花生在许地山眼中已经不再是一棵普通的植物，而是？

预设：是他的人格追求，是他人生的指南、坐标……

（五）感悟生活，谈我眼中的——

谈话：父亲借谈花生教育我们做默默奉献、朴实无华的人。其实，在我们的生活中，可以从很多的事物中得到启示，下面我们就来谈谈我们眼中的事物。

1. 李老师在我们身边找到一件物品，你们认识吗？粉笔

2. 拿两支粉笔（一支是完整的，一支是粉笔头）问：粉笔的身躯哪去了？粉笔牺牲自己换来的是什么？由此你想到什么人？老师、清洁工

3. 出示例文：

一提到＿＿粉笔＿＿我便想起了它在黑板上走过，留下了一行行清晰的字迹，可是它自己的生命却在一点点地减少。它无私奉献，只为我们能吸取更多的知识。奉献是一种无私的美，它无声无息，但它就在我们的身边。由此，我想到了具有这种品质的交通警察，不管风霜雨雪，不管严寒酷暑，他们都在坚守岗位，换来了交通的快捷通畅。这难道不也是一种奉献吗？

想一想：生活中还有哪些事物带给我们启示？

师总结：同学们，刚才我们在写话的时候，都是按照先写事物的特点、品质，再写联想到的具有这些品质的代表人物，这种写作手法就叫：借物喻人。事物表面的特点我们能够用我们的感官去体会，但是，事物内在的品质则需要我们用心去感受，在此，我也希望你们都能做个有心人，用眼睛去发现美，用心去感受美。

（六）布置作业：

1. 继续修改、完成小练笔。

2. 完成《学、探、诊》上的作业。

3. 推荐阅读：古诗：《石灰吟》《墨梅》《蜂》《咏蝉》；古文：《爱莲

说》；现代散文《白杨礼赞》

附：板书设计

落花生——人生启示

借物喻人

特点——	——	——品质
挂埋		朴实无华
高矮	对比	
见挖		默默奉献

怀念母亲
（第二课时）

张秋玥（西城区黄城根小学）

一、教学目标

1. 品味揣摩重点词句，感受课文朴实的语言中所包含的深深的思母与念国之情。

2. 在感悟情感的过程中，初步领会文章“引用几十年前日记和散文片段”的写作手法。

3. 有感情地朗读课文。

二、教学重点

初步领会文章“引用几十年前日记和散文片段”的写作手法。

三、教学难点

品味揣摩重点词句，感受课文朴实的语言中所含的深深的思母与念国之情。

四、教学策略

1. 填写表格，品读作者经历的叙述，整体把握思母成梦。

2. 摘录赏析，品读日记及作品片段，细细品味思母成痛。

3. 补充资料，品读作者的内心感受，提升感悟思母成恨。

五、教学过程

（一）回顾课文，奠定“怀念”的情感基调

1. 回顾课文的主要内容和课文与众不同的表达形式。

2. 交代学习目标：细细品味作者是通过怎样的描写来表达对两个母亲深切的怀念之情。

【设计意图】引导学生关注文本的表达方法和情感表达，这符合新课标第三学段针对阅读所提出的要求：在阅读中了解文章的表达顺序，体会作者的思想感情，初步领悟文章的基本表达方法。

（二）品读作者经历的叙述，初步体会怀念之情

1. 自读作者叙述自己经历的相关段落，填写表格。

2. 全班交流，梳理表格中的内容。

适时追问：透过“食不下咽”“寝不安席”“抱终天之恨”，从中感受到了什么？

3. 引导学生就表格中填写的内容，体悟作者的情感。

<table>
<tr><th>不同时期</th><th>生活经历</th><th>摘录最能体现怀念之情的四字词语或短语</th></tr>
<tr><td>6 岁（1917 年）</td><td>离开母亲</td><td rowspan="3">食不下咽　寝不安席　灵魂不全
泪流不止　频来入梦　抱终天之恨
……</td></tr>
<tr><td>20 岁（1931 年）</td><td>母亲弃养</td></tr>
<tr><td>24 岁（1935—1945 年）</td><td>德国留学</td></tr>
</table>

思念时间之长　　无论身处何方　　怀念之情延续

【设计意图】形散而神聚，是散文结构美的集中表现。本文“散”表现在：一是时间跨度大；二是空间转换广；三是事件牵涉多。通过上述表格的设计填写，学生会从中看到，作者就是这样按照时间的推移，把复杂的人和事放在每个空间里，有的随意点染，有的泼墨描绘，错落有致。

（三）品读引用的日记、作品片段，体会思母思国至切

1. 默读自悟，整体感知插入的日记和作品片段的主要内容。

（1）提出自学提示：四则日记和作品片段，想一想：它们分别写了什么？请你用简洁的语言概括在书上。

（2）默读中巡视，点评学生的小标题，点拨引导：在什么情境下想到了什么？

2. 全班交流，共同修改小标题。

黄昏思乡　房东盼儿归　想家、想故国、想朋友　风雨交加又思国　梦里思母

3. 对照小标题，引导学生联系地看四则日记和作品片段，寻找异同。

相同点：都有“思”，紧紧围绕着对两个母亲的“思念”

不同点：不同的环境、不同的表达情感的方式、不同的日期

【设计意图】引导学生在感知引入的日记与作品片段中，留心感悟它们之间的内在联系和与全篇的联系。

4. 引导学生具象到语言文字，品味作者深深的怀念之情。

交流要求：请你找出最打动你的一句话读一读，并说一说为什么打动你。

5. 在生生交流的基础上，进行摘录，提升个性化的感悟。

摘录建议：在摘录卡上摘录一句最打动你的句子，写出为什么这样的描写打动了你。

6. 全班交流，回读前文，感受作者思母思国情至切。

第一则日记

然而这凄凉并不同普通的凄凉一样，是甜蜜的，浓浓的，有说不出的味道，浓浓地糊在心头。

（1）利用字词辨析，理解“糊”字。

季老是位语言大师，他完全可以用一个更优美的字眼“漾”，或者用更强烈的字眼“包”，那么为什么要用“糊”呢？这样写有什么好处？

（2）在理解的基础上，有感情地朗读。

【设计意图】语言是形象和思想的物质外壳，没有准确的富有表现力的语言，就无法描写出鲜明的形象，无法创造出深远的意境。散文的语言更是如此。因此，在教学散文时教师要注意引导学生分析，仔细品味字、词、句，相机点拨，深入体会作者在“炼字”“炼词”“炼句”上的功夫，让学生注意体会作者的各种表达方式，以培养学生运用语言的能力。

第二则日记

我现在才知道，古今中外的母亲都是一样的！

看到她的神情，我想起自己长眠于故乡地下的母亲，真想哭！

（1）勾连第二自然段，体会思母之痛。

A. 为什么真想哭？联系作者痛失母亲后的表现，感受这是怎样的一种痛。

我痛哭了几天，食不下咽，寝不安席。我真想随母亲于地下。我的愿望没

能实现，从此我就成了没有母亲的孤儿。一个缺少母爱的孩子，是灵魂不全的人。我怀着不全的灵魂，抱终天之恨。一想到母亲，就泪流不止，数十年如一日。

B. 为什么作者有这样的痛？联系自己的生活经历体会原因。

我六岁离开我的生母，到城里去住。中间曾回故乡两次，都是奔丧，只在母亲身边呆了几天，仍然回到城里。在我读大学二年级的时候，母亲弃养，只活了四十多岁。

（a）这几个数字，不仅说明了作者痛失生母悲恸欲绝的原因：离别母亲年龄之小、与母亲见面机会之少、见面时间之短、母亲生命之短，更渲染了他心中的那份“追悔不及”。

（b）“弃养”什么意思？作为语言大师的季羡林，为什么却用这样的一个词？联系第二自然段内容体会作者痛失母亲的悔恨、愧疚、悲痛的复杂情感。

（2）补充作者的其他作品，体会“抱终天之恨”。

这是一个穷得不能再穷的家庭了。因此，幼年时我大部分时间是和母亲形影不离。母亲走到哪里，我就跟到哪里。母亲到地里摘绿豆荚，我便跟到地里，在母亲身后跑来跑去，不停地问这问那。捉到一只蚱蜢，我一定要拿给母亲看一看。棒子上长了乌霉，我一定要问母亲这是为什么。母亲总是一边摘着豆荚一边耐心地回答我的问题，脸上露出慈祥的笑容。

有一次我回家听对面的宁大婶子告诉我说：“你娘经常说：‘早知道送出去回不来，我无论如何也不会放他走的！’”简短的一句话里面含着多少辛酸，多少悲伤啊！母亲不知有多少日日夜夜，眼望远方，盼望自己的儿子回来啊！然而这个儿子却始终没有归去，一直到母亲离开这个世界。

——选自《一条老狗》

（3）激情导读。（配乐）

7. 继续交流摘录的语句和摘录的原因。

【设计意图】散文中的意境，饱含了作者思想感情的艺术画面，蕴含着动人的生活激情，还富有精辟的生活哲理和深刻的艺术美感。因文本内容距离学生较远，学生体会起来没有很深的资料作支撑是不够的，因而在此恰当地引入资料，使学生更好地体会季羡林对母亲真挚的爱慕与深深的思念。

（四）总结全文，升华思母念国之情

不错，正如大家摘录的这样，季羡林对自己经历的介绍以及引用的日记、作品片段，无不让我们实实在在地看到他远离故土，身居异国他乡，犹如孩子离开母亲的怀抱。作者正是把这种对自己生身母亲的无限思念之情带入了自己对祖国的眷恋之中，而且这种情感一直萦绕在他的心头，乃至形成了一种情怀，那就是——

我一生中有两个母亲，一个是生我的母亲，一个是我的祖国母亲。我对这位母亲怀着同样崇高的敬意和同样真挚的爱慕。

（五）布置作业与延伸

推荐读书《留德十年》《季羡林散文精选》。

附：板书设计

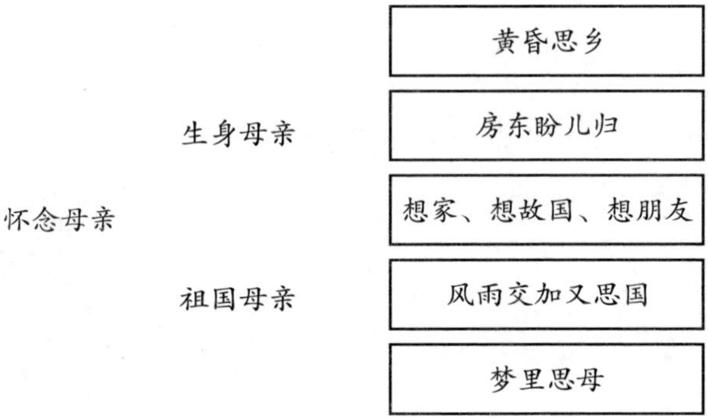

学写读后感

（第二课时）

张　建（西城区民族团结小学）

一、教学目标

1. 在评价、分析读后感的初稿过程中，进一步明确读后感的基本要求，积累将感受写具体的方法。

2. 在修改读后感的初稿过程中，初步运用将感受写具体的方法修改自己的习作。

二、教学重点

积累将感受写具体的方法并初步运用这些方法修改自己的习作。

三、教学难点

积累将感受写具体的方法并初步运用这些方法修改自己的习作。

四、教学过程

（一）导入

1. 回顾：什么是读后感？写读后感的最基本要求是什么？（读是基础，感是重点）

2. 我们还一起读了《“渔王”与渔民》这篇文章，完成了读后感的初稿。这节课，我们将以一些同学的读后感当作例子进行讲评，使自己的初稿修改得更好。明确学习任务——评改读后感。

（二）整体初步讲评

1. 教师对初稿进行整体评价：

（1）常规评价　书写比较工整：95%

语句比较通顺：77%

没有错别字：18%

写后进行了修改：64%

（2）写读后感的专项评价　清楚简练地概括原文的主要内容：93%

自拟题目恰当：86%

能用凝练的一句话明确自己的感受点：95%

指名朗读原文，回顾主要内容。指名汇报自己的题目。

指名朗读自己的感受点，并说说是从哪个角度写的。

a. “读了这篇文章，我最大的感受是实践出真知。”——郭紫约

角度一：实践出真知

b. “亲身体验成功与失败是多么重要。”——杭昊

角度二：亲身体验对于学习和成长多么重要

c. “家长不能什么都包办代替，否则孩子将一事无成。”——赵奕

“家长不肯放手，反而会害了孩子。”——姚菁璇

角度三：家长要让孩子亲身实践是重要的教育方法

d. “在生活中我们要当像渔民那样善于总结，发现问题的人。”——王雪岩

角度四：要像渔民那样寻找问题的根源

91%的同学读后感的结构比较完整。

过渡语：看到大家完成了上节课学习任务和认真的写作态度，我真替你们高兴。不过，大家的读后感也存在着一些问题。征得王泽鑫的同意，我们先以她的初稿为例进行评改。

2. 指名朗读例文，请同学们思考：这篇读后感具备了以上这些优点之外，还有什么值得大家学习的地方？还有哪些不足？

学生发言，教师进行梳理规整：优点——她运用了结合原文关键词句谈感受和结合生活实际谈感受的方法；不足——谈感受的内容不够具体。

【设计意图】教师以学习者的身份整体评价全班完成初稿的情况，学生汇报各自的感受点，并用凝练的一句话写出来，从多个角度促进学生思维的发展。再

以一篇具有典型性初稿为例引导学生自主发现其优点与不足。

（三）指导把“感”写具体

1. 进一步学习“结合生活实际谈感受”的写法：

（1）学生自由朗读例文的第四自然段。

这个故事让我想起，去年我想向妈妈学习做饭，但妈妈怕油烫到我，所以半途而废了，一直到今天，我才只会蒸米饭。

她在结合生活实际谈感受时结合的是自己的亲身经历，写了两个内容——“不会炒菜”和“只会蒸米饭”。对照着她的感受点——“亲自体验非常重要”，你认为把哪个内容写具体更好呢？为什么？根据学生发言，引导学生明确要把突出感受点的内容写具体。

谁蒸过米饭？为了突出感受点——“亲自体验非常重要”，说说你亲手蒸米饭时有什么想法呀？学生交流后小结：如果王泽鑫同学在读后感中能把这些内容都写出来，突出感受点的内容就写得具体了。

（2）默读例文 2 思考：用笔画出他的感受点，想想他是怎么把突出感受点的内容写具体的呢？

根据学生的发言小结：看来，感受点可以在开头就明确，也可以在结尾深化主题，还可以出现在文章中间，说明读后感的行文结构不是单一死板的。

他是怎么把突出感受点的内容写具体的呢？

出示例文 2 的片段：

我曾在《读者》中看到一个故事：小雄鹰出生后，鹰妈妈要让它们学会飞翔，就会先把小鹰带到悬崖上，并把它们推下去。如果它们不飞翔的话，则会摔死，小鹰只好张开双臂，最终学会飞翔。不久，母亲又会断了小鹰的粮，小鹰会饿得嗷嗷叫，只好自己去捕食。鹰妈妈就是这样让孩子们独立生活的。

小结：这就是我们第一课时所学到的引用资料谈感受的写法。看来我们结合生活实际谈感受时，既可以结合亲身经历，也可以结合阅读中获取的信息。

2. 进一步学习“结合原文中的关键词句谈感受”的写法：

在初稿中，老师还看到有些同学先摘录了原文中的关键词句，再写出了自己对某句话、某个词语的感受，大家读一读，她写出了自己的感受了吗？

出示学生初稿中的片段：

我对第三自然段中最后一句话很有感受：我都毫无保留地告诉他们，可他们的捕鱼技术还不见长进！我觉得“毫无保留”就是说明“渔王”把自己一生总结的技术全部、一点儿都不留地告诉了他的儿子。

学生自由朗读后发现：没有真正将感受写出来，而且表达比较生硬、不自然。怎样能做到自然、富有真情地表达自己的体会呢？请试着读一读，填一填。

小组讨论，之后学生汇报。

故事里的“渔王”说过，“我都毫无保留地告诉他们，可他们的捕鱼技术还不见长进！”读到这里，我想：________________________________。

学生汇报填空的内容。适时提炼：我们刚才先结合了原文的关键词句，之后产生联想。这样表达不但自然，还使读后感有了说服力。

【设计意图】 通过阅读初稿中的片段，感受到结合原文中的关键词句不要生硬地转述，可以对感受深的语句产生联想，自然流露自己的想法。

（四）修改习作

1. 下面请同学们读一读自己的初稿，想一想把突出感受点的内容写具体这一点你做得怎么样，修改问题突出的片段，使文章更具有说服力。

2. 学生个人修改，教师巡视。

3. 学生在实物投影下，汇报交流的过程中，发现、积累将感受写具体的其他写法，如：将生活中的人物、情节与原文进行对比；引用名言警句、谚语俗语、古诗词；想象文中人物的心理活动……

（五）小结

1. 布置作业：继续对全篇读后感进行修改。

2. 推荐阅读记录卡，鼓励学生在日常的课外阅读中为今后写读后感积累素材。

3. 齐读有关写读后感的名人名言，鼓励学生养成写读后感的习惯。

附：板书设计（略）

（曾获2010年北京市基础教育优秀课堂教学设计评选活动一等奖，全国第八届青年教师阅读教学观摩活动一等奖；原载《北京教研》2010年第四期）

将 相 和

（第二课时）

芦 平（西城区民族团结小学）

一、教学目标

1. 了解课文内容，领悟三个故事之间的内在联系。感受人物形象，体会人物的爱国思想和他们各自的美好品质，体验阅读名著的兴趣。

2. 有感情地朗读课文。

二、教学重点

1. 了解课文内容，领悟三个故事之间的内在联系。感受人物形象，体会人物的爱国思想和他们各自的美好品质。

2. 有感情地朗读课文。

三、教学难点

领悟三个故事之间的内在联系。

四、教学策略

“以读为本”与多种方法有机结合。

五、教学过程

（一）回顾内容，整体感知

1. 这篇课文讲了三个小故事，上节课我们用小标题概括出了这三个小故事的内容，还记得吗？全文由这三个小故事组成，我们还知道它们之间是有关联的。

2. 回顾故事发生的背景，补充介绍。

3. 既然是“和好”，那说明他们以前有过“不和”，他们为什么不和呢？我们看看廉颇是怎么说的？

廉颇很不服气，他对别人说：“我廉颇攻无不克，战无不胜，立下许多大功。他蔺相如有什么能耐，就靠一张嘴，反而爬到我头上去了。我碰见他，得给他个下不了台！”

（1）从这句话中，你都读明白了些什么？

（2）蔺相如究竟是怎样的一个人，是像廉颇说的吗？先读一读“完璧归赵”这个故事。

【设计意图】整体感知，理清课文的思路，抓住文眼“和”字，将三个看似“相对独立”的小故事有机地结合在一起，把矛盾的焦点指向了廉颇的错误认识上，形成一条教学的主线。

（二）品析语言，感受人物形象

1. 研读“完璧归赵”。

这个故事发生时，秦国已经夺取了魏国的大部分土地，又集中了兵力，大举进攻楚国。尽管如此，仍未停止对赵的进攻。

出示自学要求：默读第二～十自然段，思考：蔺相如是怎样说怎样做的，从中感受出他是个怎样的人？把有关句子、词语勾画下来，再把它们有感情地读一读。

全班交流：

语段一：蔺相如想了一会儿，说：“我愿意带着和氏璧到秦国去。如果秦王真的拿十五座城来换，我就把璧交给他；如果他不肯交出十五座城，我一定把璧送回来。那时候秦国理屈，就没有动兵的理由。”

（1）蔺相如“想了一会儿”，他在想什么？

（2）指导朗读。

语段二：他理直气壮地说：“我看您并不想交付十五座城。现在璧在我手里，您要是强逼我，我的脑袋和璧就一块儿撞碎在这柱子上！”

（1）“理直气壮”是什么意思？蔺相如的理由到底充分在哪里？指导朗读。

（2）蔺相如真的撞了吗？体会蔺相如的勇敢机智。

（3）小结：抓人物言行特点来体会人物品质是一种很好的方法。

【设计意图】抓住“理直气壮”和“大大方方”这两个关键词语，引导学生联系秦王爱玉的心理，对“蔺相如真的撞了吗”这一问题展开探究，使蔺相如“知己知彼、不畏强暴”的形象在学生心中丰满起来。

语段三：到了举行典礼那一天，蔺相如进宫见了秦王大大方方地说：“和氏璧已经送回赵国去了。您如果有诚意的话，先把十五座城交给我国，我国马上派人把璧送来，决不失信。不然，您杀了我也没有用，天下的人都知道秦国是从来不讲信用的。”秦王没有办法，只得客客气气地把蔺相如送回赵国。

（1）从“大大方方、客客气气”这两个词能体会到什么？揣摩一下秦王当时的心理。

（2）引读：正所谓，“知己知彼，百战不殆”。在国家危难之时，在群臣无策之际，他挺身而出，将自己的生死置之度外，面对强大的敌人毫无惧色，真是唇如枪，舌如剑。谁来有语气地读一读？

（3）蔺相如完璧归赵是靠一张嘴吗？此时，你们读出了一个怎样的蔺相如来？

（4）小结：正是有了这样的爱国精神，这样的大智大勇，蔺相如不仅“完璧归赵”，还让秦国没有理由对赵国动兵，留下了这一千古流芳的故事。那你们想不想知道最后秦王到底有没有以城换璧呢？

请看《史记·廉颇蔺相如列传》原文中的介绍：秦亦不以城予赵，赵亦终不予秦璧。他回国后被封为上大夫。这为后面的将相“失和”埋下了伏笔。

【设计意图】把一个单一的事件置于复杂的社会背景中来叙述，是《史记》叙事的一个重要特色，本文的因果关系也比较复杂。要引导学生先分清每个故事各自的前因后果，为后面联系起来认识故事的前因后果做好铺垫。

2. 研读“渑池之会”

语段：蔺相如说：“您跟我现在只有五步远。您不答应，我就跟您拼了！”

（1）从一个“拼”字可以看出什么？

（2）还有一个重要的原因使得蔺相如敢和秦王去“拼”？正是赵国文臣武将的团结一心，蔺相如才有如此足的底气，读一读蔺相如的话。

（3）小结：“完璧归赵”的结果是蔺相如被封为上大夫，“渑池之会”后又被晋升为上卿，职位比廉颇高。本来顺理成章的事，却造成了将相的不和，于是有了负荆请罪的故事。

【设计意图】前两个故事，虽在结构和情节方面，有相似之处，但《渑池之会》是《完璧归赵》的发展，蔺相如的一升再升，官位居于廉颇之上，这一将相“不和”的表面原因就显而易见了。在突出“拼”字的教学，引导学生揣摩人物内心，感受人物形象的同时，进行感悟，理解故事和故事之间的关系。

3. 研读“负荆请罪”

语段：蔺相如说：“秦王我都不怕，会怕廉将军吗？大家知道，秦王不敢进攻我们赵国，就因为武有廉颇，文有蔺相如。如果我们俩闹不和，就会削弱赵国的力量，秦国必然乘机来打我们。我所以避着廉将军，为的是我们赵国呀！”

（1）蔺相如是个怎样的人？

（2）读一读描述负荆请罪的句子。看插图，设想一下，他们会怎么说？怎么做？你对廉颇有了什么新的认识？

（3）小结：将相和好的根本原因是什么？同心协力的意思浓缩为一个字，就是课题中的——和。赵国武有廉颇，文有蔺相如，秦国很多年都不敢再进攻赵国。

（三）评价人物，理清故事联系

1. 课文题目为《将相和》，最后一部分就是讲了这个故事，为什么还要写前两个故事？“渑池之会”又是“完璧归赵”的发展，“完璧归赵”“渑池之会”这两个小故事的结果是“负荆请罪”的起因，合起来构成“将相和”这一更加完整的故事。

2. 补充资料：《史记》特色之一——追根求源，详因略果。

3. 评价人物：谁能用一句话说说你最喜欢哪个人物，为什么？

4. 推荐阅读。

【设计意图】回扣课题，领悟三个故事之间的内在联系，使学生感到在这样环环相扣故事之间，人物形象也在发展变化着，是那样的栩栩如生。引入《史记》特色之一——追根求源，详因略果。即要追溯事情发生的根源。原因是详细的，而结果是简略的。这是《史记》叙事艺术的精妙所在，读史就是需要探微，寻根究源的，从而进一步促进学生和文本间的有效对话。

（四）布置作业：

1. 《诊断》第 40 ~ 41 页；

2. 有感情地朗读课文。

附：板书设计（略）

“儿童诗的赏析与创作”语文实践活动
（第二课时）

马　佳（北京第二实验小学）

一、教学目标

1. 尝试创作儿童诗，抒发内心真情实感，注意诗歌格式。

2. 通过有感情地朗读、交流讨论、抓住重点词语等方式赏析学生自创的儿童诗，进一步感悟儿童诗真情表达的方法。

3. 感受儿童诗语言的魅力，激发学生对儿童诗的兴趣和尝试创作儿童诗的信心，初步培养审美意识，激发对生活的热爱。

二、教学重点

尝试创作儿童诗，抒发内心真情实感。

三、教学难点

通过有感情地朗读、抓住重点词语赏析儿童诗、全班交流的方式，进一步感悟儿童诗真情表达的方法。

四、教学过程

（一）引入阶段

1. 中国被称为“诗的国度”。我们学过古诗、现代诗，最近我们又一起欣赏了我们教材中几首很有意思的儿童诗，也欣赏了人教版教材中的儿童诗。你们最喜欢哪首？我们一起再来有感情地读一读。

2. 现在，你对儿童诗有了哪些了解？

【预设】内容特点：写儿童的生活，富有童真童趣。

形式特点：分行、分节写作，可以加标点，也可以不加。

手法特点：运用比喻、拟人、夸张、想象、反复等写作手法。

语言特点：简洁凝练、通俗易懂。

类别：大致分为抒情类、叙事类、童话类。

【设计意图】在第一课时初步了解儿童诗的基础上，以学生最为喜欢的一首儿童诗为教学资源，回忆儿童诗的特点，以此拉近学生与儿童诗的心理距离。

（二）尝试创作儿童诗

1. 激发创作兴趣。

在生活中，你们也一定有过许多有趣的发现，发现之后也一定特别想把自己的心里话说出来与人分享。让我们也拿起笔，把这些有意思的事情、发自心底的真实情感用诗歌的形式记下来，在与大家分享的同时，没准将来你真能成为一名大诗人呢。

写诗的时候，要注意诗歌的格式，分行写。最关键的，是要把最想说的话、最真实的感受写下来。

2. 学生尝试创作儿童诗。

3. 赏析学生自创的儿童诗。

（1）抒情类的儿童诗歌

【预设一】A. 现场采访小作者：

你怎么想起要写这首诗？学生介绍创造背景。

你觉得哪句写得特别满意？是一开始就想到要这样表达吗？

为什么改成这样写了？

B. 采访小读者：

你们喜欢他的诗吗？

哪一句或哪个词最打动你？你仿佛看到了一幅什么样的画面？

【教师引导】a. 诗的语言是反复推敲、不断琢磨出来的。哪个词最能表达你的情感就要用哪个词。在诗歌中，一词一句都含情呀！

b. 一个词就带给我们一幅美丽的画面，把心底的那份情感表达了出来，这就是诗歌语言的魅力。

【预设二：同题赏析】

将学生创作的诗歌和作家创作的儿童诗或网络上的儿童诗进行对比赏析。

采访小读者：你们更喜欢谁的诗歌？为什么？

采访小作者：和别人的诗歌相比，你觉得谁写得更好？为什么？

【教师引导】看来，同一事物会因作者不同的心情、不同的感受，而写出不同的诗歌来。这里没有谁对谁错，只要是表达了当时自己的心情、内心的真情实感就会打动别人。多读多借鉴别人的作品，也会对你创作有帮助。

【设计意图】创设校园题材作品赏析、同题作品对比赏析的情境，通过采访小作者、采访小读者、小作者与小读者之间自由对话的互动形式，引导学生将赏析的目光聚焦在“用什么样的语言形式表达内心的真情实感”，为叙事类儿童诗的赏析指明方向。

（2）叙事类的儿童诗歌

【预设】听了他的诗，你们有什么问题要问小作者的吗？

教师适时引导学生围绕“如何把自己的真情实感表达出来”这一方面进行赏析。

如：你为什么要写这件事？你为什么要用这个词？你当时的心情如何？我没有感受到。

是不是用这个词，就能把你当时的心情表现得更生动了？

【教师引导】

a. 这件事选得好，有自己的视角，与众不同，是自己生活中的小乐趣。发现时你就一定很兴奋吧，难怪写出来会打动我们。可见，只有自己先被感动了，才会打动别人呀！

b. 在诗歌中叙事，除了要把事情写明白之外，还要通过重点的字句表达心中的情感。只是单纯地叙述一件事，可称不上“叙事诗”。

【设计意图】教师适时进退，为学生创造一个更为开放的交流空间。在现场提问、生生互动的讨论交流中，学生再次感悟儿童诗真情表达的方法。

（3）童话类的儿童诗歌

【预设】

A. 小作者介绍创作背景：创作灵感从何而来？

B. 小读者进行点评：喜欢吗？为什么？对你有哪些启发？

教师适时引导学生从“儿童诗的写法特点”这一方面进行赏析。

如：通过比喻、拟人、夸张、反复等写法表达自己的真情实感。

通过大胆而合理的想象，将自己的情感抒发得淋漓尽致。

【设计意图】将学生自创的儿童诗歌作为课堂生成的新资源，在采访、讨论、赏析中，力求步步深入地感悟重点词语在抒发内心真情时的妙处。

（三）课堂小结。

写首小诗并不难，打开眼界寻素材。
童真童趣不可少，真情表达最重要。
拟人比喻和夸张，合理想象方法妙。
一字一词含情感，字斟句酌是法宝。

【设计意图】以打油诗的方式总结本节课的重点内容，既是一种整体性的回归，又能帮助学生理清学习脉络，加深理解，促进自主感悟。

（四）布置作业。

1. 根据今天学习的真情表达的方法，修改、完善你的儿童诗作品，让它更精彩，为班级儿童诗集《心底的歌》提供好作品。

2. 继续阅读儿童诗，在课前精彩五分钟的时间再交流。

附：板书设计

儿童诗的赏析与创作

（富有童趣）

真情表达
- 展开想象
- 比喻、拟人、夸张
- 推敲重点字词

（曾获2011年北京市基础教育优秀课堂教学设计评选一等奖）

丰　碑

（第二课时）

解　玮（北京市西城区师范学校附属小学）

一、教学目标

1. 了解红军队伍在行军途中军需处长被严寒冻死的感人事迹。通过质疑、抓住重点词语和想象等方法，采取分层递进方式，引导学生逐步深入思考，体会军需处长毫不利己，专门利人的优秀品质。

2. 以初读、精读、赏读为线索，抓住重点段，理解描写军长的语句，体会表达的情感。

3. 有感情地朗读课文，在读中感受人物的形象，领悟理解人物品质，培养学习能力。

4. 通过写碑文，对军需处长给予评价，表达情感。

二、教学重点

理解描写军长和军需处长的语句，体会军需处长毫不利己，专门利人的优秀品质。

三、教学难点

采取分层递进方式，引导学生逐步深入思考，理解“大雪很快覆盖了军需处长的身体，他成了一座晶莹的丰碑”这句话的意思。

四、教学策略

“自主、合作、探究”的学习方式，以情感人，以读为本。

五、教学过程

（一）创设情境激情导入

今天这节课，让我们一起回到那艰苦的战争岁月，去感受发生在红军行军途中的一个可歌可泣的感人故事！

1. 师板书，生书空课题。

2. 顺势齐读课题：丰碑。

3. 指名读一、二自然段。

思考：红军战士是在怎样的环境中行军的？

4. 放录像，感受当时环境的恶劣、行军的艰难。

思：红军战士还会遇到什么困难？

（板书：思索?）

【设计意图】 运用多媒体教学手段把学生带到了艰苦的长征路上，对教学目标的完成起到了启发诱导的作用。

（二）初重点品读体会精神（分析军需处长这一人物）

1. 就在这时，前进的队伍突然停了下来，你知道发生了什么事吗？

2. 默读第七自然段。

思考：读后你有什么不明白的问题或有什么收获？

3. 将学生质疑归纳为以下两个问题，课件出示。

（1）为什么军需处长穿着单薄破旧的衣服？

（2）为什么军需处长牺牲前神态十分镇定，十分安详？

4. 学生利用读书所得解答交流。

（1）在这冰天雪地中，这位老战士身上为什么穿着这样单薄破旧的衣服？

（2）投影出示句子，进行换词练习，体会“贴”字的用词准确。

（3）一个人被严寒包围，被活活冻死时会是怎样的感觉呢？肯定是常人难以忍受的痛苦，但军需处长牺牲前的神态却十分镇定、十分安详，看不出丝毫的痛苦和恐惧，这又是为什么呢？

5. 教师相机启发引导，想象情景。

引导学生体会到军需处长当时穿的衣服的单薄破旧、所承受的寒冷；他已完全把个人的生死置之度外，作为一名军需处长他尽到了应尽的职责。

6. 自由练习有感情朗读此段，加深体会。

7. 天气这么冷，作为掌管军需物资的军需处长却因衣服单薄而被冻死了，你觉得他是一个什么样的人？

（生板书：舍己为人、一心为公、毫不利己、专门利人……）

8. 齐读第七自然段，体会崇敬之情。

9. 展开想象，说体会。军需处长牺牲了，死得那样安详，没有一句豪言壮语，然而牺牲前他心里肯定有许多话想说，他想对谁说、说些什么呢？

10. 指名配乐有感情读，加深体会。

【设计意图】启发学生进行多角度思考，从可能会对战友们说、对首长说、对家人说、对自己说等多方面展开丰富的想象，把语言表达训练、思维训练和深入体会人物的内心世界有机结合起来。

（三）侧面描写体会精神（分析军长这一人物）

1. 结合预习时对第八～十二自然段的画批小组交流。

2. 根据自学提示汇报小组交流所得。

出示填空：

当军长发现有人被冻死时，他（悲愤）
当军长知道他就是军需处长时，他（震惊）
当军长眼睛湿润地久久地站在雪地时，他（内疚）
当军长向军需处长敬了一个军礼的时候，他（敬佩）

3. 军长为什么会有这样的变化？（对战士的关怀）

4. 此时军长心潮澎湃，你说他在心中会对军需处长说些什么呢？

5. 指名读描写军长的语句，体会他对战士的关爱之情。

6. 文章主要写军需处长，为什么还用了大量的笔墨描写军长呢？（侧面描写）

【设计意图】引导学生抓住重点词句去感知、想象、品味，在品词、品句、品评中培养语感。进一步体会军长的悲愤说明对战士的爱，引导体会军长此时自责、难过、崇敬等交织在一起的复杂的情感。

7. 师引读生接读此部分内容，体会军长的复杂心情及侧面描写的烘托作用。

【设计意图】创设情境，情感导读，使学生与作者之间产生情感上的共鸣。从而更深刻地理解课文内容，理解作者的写作意图。

（四）回顾重点深入领悟

回读第七小节，感受军需处长精神的伟大！

【设计意图】在朗读中完成对于知识的准确、深刻与全面性的诠释。

（五）题目连接体现中心

1. 课件出示，齐读第十三小节，说说你对这段内容的理解。
2. 教师边说边在黑板上画石碑。
3. 现在你能不能回答军长开始的思索？

（板书：坚信）（画箭头）提示教学思路。

（六）总结全文升化情感

1. 请同学们在课本插图下方为军需处长题一两句碑文。

（用一两句话或几个词赞扬军需处长的精神）

2. 学生书写碑文。
3. 指名朗读碑文。
4. 学生板书碑文。

（七）作业超市

1. 继续将给军需处长的碑文写完。
2. 收集有关红军的故事，讲给同学、家人听。

推荐阅读：（美）哈里森·索尔兹伯里著《长征——前所未闻的故事》

附：板书设计（略）

冬阳·童年·骆驼队
（第二课时）

庄　婕（西城区育民小学）

一、教学目标

1. 抓住表达“我”真情实感的词句，体会“我”童年生活的情趣。
2. 初步学习和运用真实表达自己情感的方法。
3. 有感情地朗读课文。背诵自己喜欢的段落。

二、教学重点

1. 初步学习和运用真实表达自己情感的方法。
2. 有感情地朗读课文。背诵自己喜欢的段落。

三、教学难点

初步学习和运用真实表达自己情感的方法。

四、教学过程

（一）回顾内容，引入思考

回顾内容，板书小标题。再看小标题，出示思考题：你有怎样的发现？

每个场景都离不开骆驼，那就让我们跟随英子走近画面，去看看骆驼留给了她怎样的印象，这些画面又带给我们怎样的感受呢。

【设计意图】课后习题分别站在文中“我”的角度看骆驼，站在读者的角度看画面。此处将两个问题融合，引导学生从画面中感受骆驼、英子，感受情感及文字的表达效果。

（二）深入学习，感受童趣

1. 画面入手，体会情感，感悟写法。

画面1：观看骆驼队来

【设计意图】静心研读文本，会发现这段文字、这幅画面为全文奠定了观察的视角，一开篇作者就以5岁孩子的视角看世界、想问题。

（1）学生抓住文字谈骆驼留给“我”的印象。

预设：抓住“一长串”感受到“多”；“沉默着站着”感受到“安静、听话”；“天气又干又冷”“双峰的驼背上，每匹都驮着两麻袋煤”“一步一步走来的”感受到“不怕冷、不怕累，大老远地来送煤”。

（2）创设情境，拉近学生与作者的距离。

假如你就是5岁的小英子，当你看到它们在又干又冷的天气中，排成一长串，沉默地站着，双峰的驼背上，驮着两麻袋煤，还是从门头沟一步一步走来的时候，你会想些什么呢？

预设：“真有意思，大冷天的还能看见这么多的骆驼”，感受欣喜；“它们不怕冷，不怕累吗？怎么这么听话呢？它们从哪来？”感受好奇；“骆驼可真够不容易的，驮着那么重的东西，在大冷天里走了那么多的路……”感受骆驼的不容易。

【设计意图】营造情境，在情境里动情、入境，让学生跟随英子回到5岁，感受她的心理活动，感受孩子的童真童趣。

（3）有感情朗读，传达理解。

小结：原文中没有直接写出英子的内心活动，但是我们通过研读文字、展开想象就可以揣摩到她的心理。正是因为作者用心看、用心想、用心写，我们又用心读、用心体会，所以才会感同身受。

画面2：观察骆驼咀嚼

（1）感知印象，交流感受。

学生的印象往往会从以下几个方面获得：长相，丑丑的脸、长长的牙；态度，安静、沉得住气；习性，慢慢的、不着急。

（2）创设情境，展开想象。

看到庞大的骆驼站在那里这样地咀嚼着，小英子会想些什么呢？

预设：它怎么这么吃东西呀？吃得多香呀！太有意思了，这样丑的脸，那么长的牙，嚼得可真慢呀！它是怎么嚼的呀？跟我嚼东西好像不太一样啊……

她就是这样站在那里，边看边想，越想看得就越细，看着看着她都入迷了，自己好像一只小骆驼也跟着嚼起来。

哪句话写的是这个意思呀？

出示句子：我看呆了，自己的牙齿也动起来。

对于“呆”字，有的同学这样质疑：“呆”是“傻、愣”的意思，用在这里不合适吧。此时你再看，有什么新想法？

预设：仔细观察，用心感受，达到了痴迷的程度。

作者就是运用这样的词语传神地写出了英子的痴迷。

（3）指导朗读、积累。

愿意读好吗？愿意积累下来吗？能不能在短时间内把这细致的描写，能传达情感的语言记住？有什么好方法？

预设：关注词语的重复，“那样”这个词语出现了三次，重复是在强调，也是一种表达方式；关注描写的层次，先说了骆驼在咀嚼，咀嚼时的样子，它具体是怎么吃的，又写了“我”的感受；关注画面。

【设计意图】语言学家吕叔湘说过：词语要嵌在上下文里头才有生命，才容易记住，才知道用法。学生最初看“呆”只是理解了表面意思，所以不喜欢。创设情境让学生走进画面，走进作者的内心，使学生对“呆”的感悟不是停留在表面，而是与画面相连、与情感相连。阅读教学中要鼓励学生多诵读，在诵读实践中不断积累，加深体验，培养语感。此时我们不仅积累的是画面、感受，更是传情的表达。

画面3：聆听驼铃遐想

（1）从印象入手，用心感受骆驼。

预设：直接描写了驼铃声，联系文章能感受其好听悦耳；透过“三天三夜、不声不响”等词语，感受骆驼的特点，耐饥渴、能在沙漠中长时间行走。

（2）通过多种形式诵读第六～九自然段，感受英子的内心世界。

【设计意图】这部分内容是通过人物的对话再现场景，骆驼的印象、英子的内心世界也表现在了语言中；《义务教育语文课程标准》中说到“阅读是学生的个性化行为，不应以教师的分析来代替学生的阅读实践。”所以想通过多种读法的设计，引导学生感悟人物语言。

a. 先将第七自然段父亲转述的语言改为他直接说的话，再隐去提示语，将我和爸爸对话的内容联系起来读。

预设：我们就会感受到英子的好问、好思、不轻易放弃；英子还是一个有心的孩子，能记住爸爸曾经说过的话，并用上他说的话有理有据地反驳，说得爸爸哑口无言。

b. 当第二个感受学生没有感悟到的时候，则可以这样引导：出示经过修改的第八自然段，将“！”改成“，”，将反问句改为陈述句。引导学生反复诵读。

小结：看来，标点和句式的恰当运用也能巧妙表现人物内心。

通过欲剪驼绒袍子、询问骆驼行踪让学生感受到英子不论在什么时候都十分惦记骆驼，她是多么天真、善良。

2. 填空，整合内容。

出示1：夏天过去，秋天过去，冬天又来了，骆驼队又来了，“我”仿佛就站在家门前，看____________；“我”仿佛就站在骆驼面前，看____________；看着那在冬阳下闪着光亮的驼铃，“我”不禁____________；看到骆驼脱下的毛皮垂在肚皮底下，“我”真想____________；夏天看不见骆驼的影子，“我”总问____________。

出示2：留在“我”记忆中的骆驼是________________________

出示3：留在“我”记忆中的童年生活是________________________

【设计意图】前面对于文本的解读是站在一个个场景上的，学生感知相对比较单一，只从一件事看骆驼，看画面留给“我”的感受。设计三次填空练习，逐层出现，旨在整合画面，梳理英子对于骆驼的印象，归总英子对童年的感受。为下文体会情感，升华情感作铺垫。

（三）怀念童年，升华情感

读读第十五、十六自然段，哪些语句也流露出这样的情感呢？

学生随意围绕语句谈感受，教师点拨：情感流露的方式很多，可直接抒发，可间接流露。作者就是这样用饱含深情的语句抒发着自己对童年的留恋之情。

（四）结合文本，再悟写法

童年的作者就是这样默默地看、听、想，感受着，并在这几者的交融中表达了童年的快乐，对童年的怀念。作者运用传神的词语，恰当的句式和标点，直接抒发情感的语句，准确、巧妙地表现了人物的内心和情感。这在我们的习作中也可以借鉴。

我们也和作者一样拥有快乐、幸福的童年。出示一组学生童年生活的照片。引导学生借鉴课文中表达真情实感的方法，修改自己的习作。

【设计意图】 在进入单元学习时就开始布置本单元习作内容。学生动笔试写，随着本单元阅读教学的推进，从读学写、以读促写，逐步修改、完善自己的习作。

（五）布置作业

1. 有感情地朗读课文，背诵自己喜欢的段落。
2. 修改“童年乐趣”的练笔。
3. 拓展阅读《城南旧事》。

附：板书设计

冬阳·童年·骆驼队

	观看骆驼队来	用心感受
天真　好问　……	观察骆驼咀嚼	用心表达
想念　珍藏　回味	聆听驼铃遐想	有感染力的词句　标点
	想剪驼绒袍子	
	询问骆驼行踪	直接抒发情感

临死前的严监生

（第一课时）

王　玲（西城区育翔小学）

一、教学目标

1. 学习生字新词，理解词语“郎中、哥子、登时、诸亲六眷、揩揩眼泪、挑掉一茎、一日重似一日、一声不倒一声”的意思。

2. 正确、流利地朗读课文，品读文中重点语句，感受严监生吝啬的性格特点。

3. 体会通过细节描写表现人物特点的方法，并在练笔中学习运用。

二、教学重点

品读文中重点语句，感受严监生吝啬的性格特点。

三、教学难点

在练笔中学习运用通过细节描写表现人物特点的方法。

四、教学策略

“以读为本”与多种方法有机结合。

五、教学过程

（一）导入新课。

1. 这节课，我们将翻开古典文学名著《儒林外史》，认识吴敬梓笔下一位家喻户晓的人物。他叫什么呀？学生说名字，教师板书（严监生）。这个字是个多音字，有两个读音，在这里读四声。你们知道什么是监生？

2. 对，监生就像我们常说的举人、秀才之类的，是给读书人的一种称号。严监生名大育，字致和。他这个监生的称号，可是他用钱买来的。说到钱，你们看。出示：

他家有十多万银子。钱过百斗，米烂陈仓，僮仆成群，牛马成行。良田万亩，铺面二十多间，经营典当，每天收入少有几百两银子。有人估计，严监生的银子加起来，一个挨一个地摆，能绕着他家那偌大的后山摆上万圈。所以导读中是怎么说的？

3. 就是这样一个很有钱的人，在临死前会是怎样的情形呢？今天我们要学的小片段就是临死前的严监生。板书（临死前的）

（二）初读课文，理解字词

1. 指名读片段，纠正字音。

（1）学生读片断，边读边纠正字音。

（2）这个片断的语言半文半白，有一些词语的确不好读，全班齐读：诸亲六眷、郎中、哥子、登时、一日重似一日、一声不倒一声、揩揩眼泪、挑掉一茎。

2. 理解重点词语的意思：诸亲六眷、一声不倒一声、哥子、挑掉一茎、登时。

（三）精读课文，感受人物形象

1. 交流预习，补充画批。

（1）谁来说说，临死前的严监生留给你什么样的印象呀？（请你用词语概括地说说。）

（2）你们是从哪些地方体会到严监生的吝啬呢？小组内交流画批中的理解。

（3）把理解补充在画批上。

2. 全班交流，深入理解。

从课文的哪些语句中体会到严监生的吝啬呢？随学生发言，出示：

a. 严监生喉咙里痰响得一进一出，一声不倒一声的，总不得断气，还把手从被单里拿出来，伸着两个指头。大侄子走上前来问道：“二叔，你莫不是还有两个亲人不曾见面？”他就把头摇了两三摇。

联系下文理解“伸着两个指头”，体会病重。板书：两茎灯草

理解“把钱看得比他的亲人还要重”。

出示课外资料，谈感受。在《儒林外史》中有这样一段描述：

“逐日夫妻四口在家度日，猪肉也舍不得买一斤；每当小儿子要吃时，在熟切店内买四个钱的哄他就是了。”“过了灯节后，就叫心口疼痛，初时撑着……后来就渐渐饮食少进，骨瘦如柴，又舍不得银子买药吃……”

b. 二侄子走上前来问道：“二叔，莫不是还有两笔银子在那里，不曾吩咐明白?”他把两眼睁的滴溜圆，把头又狠狠摇了几摇，越发指得紧了。

抓具体描写说吝啬。

由动作神态揣摩内心活动：严监生已经病入膏肓，可是大侄子、二侄子都没有猜出他的心思，真是心急如焚，如果这时他能说话，你想他会说什么呀?

指导朗读。

小结：刚才我们抓住了描写严监生动作神态的语句，揣摩到了人物的内心活动，感受到了他的吝啬。谁来读读描写二侄子的话，谁来读读描写严监生的句子？再分别指名读这段话。

c. 奶妈抱着哥子插口道：“老爷想是因两位舅爷不在跟前，故此记念。”他听了这话，把眼闭着摇头，那手只是指着不动。

体会严监生的心情或是心理活动。

有感情朗读。

d. 赵氏慌忙揩揩眼泪，走进上前道：“爷，别人都说的不相干，只有我能知道你的意思！……你是为那灯盏里点的是两茎灯草，不放心，空费了油。我如今挑掉一茎就是了。”说罢，忙过去挑掉一茎。众人看严监生时，点一点头，把手垂下，登时就没了气。

指导朗读。女生来读读赵氏说的话，男生读读描写严监生的语句，我们再来感受他的吝啬。

（四）回读课文，品味作者语言

1. 师：同学们，刚才我们抓住了描写严监生的语句，进行了深入学习。寥寥几句，就让严监生吝啬的形象跃然纸上。请同学们再来读读这几句精妙的描写吧。出示句子。

严监生喉咙里痰响得一进一出，一声不倒一声的，总不得断气，还把手从被单里拿出来，伸着两个手指头。

他就把头摇了两三摇。

他把两眼睁的滴溜圆，把头又狠狠摇了几摇，越发指得紧了。

他听了这话，把眼闭着摇头，那手只是指着不动。

众人看严监生时，点一点头，把手垂下，登时就没了气。

2. 谁来说说这几句话写的是什么呀？

3. 细节描写对表现人物特点起什么作用呢？板书：细节描写　人物特点

4. 教师小结：作家吴敬梓就是通过对严监生的动作神态的细节描写，把严监生的吝啬刻画得入木三分。这就是细节描写的作用，它突出了人物的特点。板书：突出

5. 在这些细致的描写中，严监生固执地伸着的这两个指头，（板书：两个指头）成为了中国文学宝库中的经典性细节。这个经典性细节突出表现了严监生吝啬的特点。再读句子。

（五）学习写法，进行小练笔

1. 观看录像，仔细观察小伙伴在掰腕子时的细微动作和神态，然后修改片断。

2. 交流点评后小结：这节课，细节描写不只是表现在动作神态的描写上，其实还可以通过心理活动等方面的细节描写突出人物特点。

（六）总结全课，拓展延伸

这节课，我们还认识了《儒林外史》中的严监生，他的吝啬形象深入人心。其实，在《儒林外史》中还有许多生动鲜活的形象。请同学们在课下走进《儒林外史》，感受那一个个鲜活的人物，感受文学名著的无穷魅力吧。

（七）作业

1. 正确、流利地朗读课文。

2. 继续修改《掰手腕比赛》的小片段。

3. 推荐阅读：世界文学史上四大吝啬鬼形象。

附：板书设计（略）

（曾获北京市西城区“西城杯”教学比赛二等奖）

钓鱼的启示

（第二课时）

生　烁（西城区育翔小学）

一、教学目标

1. 读懂“我”从钓鱼这件事中获得的启示，懂得从小受到严格教育的重要，并从中获得道德实践的勇气和力量，提高抵制各种诱惑的能力。

2. 培养质疑、解疑的习惯和能力，运用联系上下文和生活实际，结合课外资料等方法，理解含义深刻的句子。

3. 有感情地朗读课文。

二、教学重点

读懂“我”从钓鱼这件事中获得的启示，懂得从小受到严格教育的重要，并从中获得道德实践的勇气和力量，提高抵制各种诱惑的能力。

三、教学难点

培养质疑、解疑的习惯和能力，运用联系上下文和生活实际，结合课外资料等方法，理解含义深刻的句子。

四、教学过程

（一）引导质疑，复习引入

1. 齐读课题。

2. 请你试着围绕课题提出问题，帮助同学们回顾通过第一课时学习了解到的内容。

教师梳理、归并学生质疑：

问题一：围绕“钓鱼”，课文写了一件什么事？

问题二：从“钓鱼”这件事中，作者获得的“启示”是什么？

3. 小结：在学习的过程中，一定要重视“问”，能够提出问题说明我们在进行思考，带着问题学习是一个非常重要的学习方法；我们还要“善于提问”，围绕课题提问就是一个很好的方法，因为课题往往揭示了课文中的关键性内容。在以后的学习中，我们要努力做到敢于提问、善于提问。

【设计意图】复习引入，建立两课时之间的联系；培养质疑的习惯，教给质疑的方法。

（二）抓住“启示”，深入学习

1. 刚才同学们谈到了，作者从钓鱼的经历中收获了这样的启示：

把钓到的大鲈鱼放回湖中，一个人要是从小受到这样严格的教育的话，就会获得道德实践的勇气和力量。

（1）出示句子。

（2）作者的这句话是什么意思？

2. 同学们刚才初步谈了谈对“启示”的理解，但是，要想深入理解“启示”的深刻含义，仅仅就这样谈字面的意思是远远不够的。回忆一下，要想理解这样含义深刻的句子，我们应该运用怎样的方法。

引导回忆已有学习方法：

联系上下文；联系生活实际；结合课外资料。

【设计意图】强化学生已经接触、运用过的方法。

3. 刚才我们还谈到了在学习的过程中要敢于提问、善于提问，现在你能不能针对这句话提几个问题，引导同学们深入阅读思考？

【设计意图】再次培养质疑的习惯，培养质疑的能力。

预设问题角度：

（1）围绕“这样严格的教育”——什么样的教育？从哪儿看出是“严格的教育”？

（2）围绕“道德实践的勇气和力量”——道德实践为什么需要“勇气和力量”？

（3）围绕分句间的关系——为什么说“一个人要是从小受到这样严格的教育的话，就会获得道德实践的勇气和力量”？

4. 小结：围绕句子中的关键词语，多提几个“是什么”“为什么”“怎么样”，也能够帮助我们深入思考。

5. 围绕提出的问题，运用有关学习方法，认真默读课文，深入理解作者感悟到的“钓鱼的启示”。

要求：在默读的过程中，画出与深入理解有关的重点语句，把自己的感受简要批注在旁边。

【设计意图】运用方法，自主学习

6. 反馈：

(1) 围绕“严格的教育”理解。

a. 父亲的态度是怎样的？

平静　不容争辩　坚定

b. 在什么情况下这么坚定？

c. “我”为什么不想放回大鲈鱼？

从来没有见过这么大的鲈鱼；

到处都是静悄悄的，看不见其他人和船的影子

【设计意图】对前文提供的信息进行分析、归类，培养思维能力。

d. 在鲈鱼的由钓到放的过程中，“我”的心情是怎样变化的？

得意——着急——伤心——不舍

e. 朗读表现“我”心情的语句，体会“我”的心情变化。

f. 父亲理解“我”的心情吗？从哪儿看出来的？

父亲盯着鲈鱼看了好一会儿——舍不得这条又大又漂亮的鲈鱼；理解孩子的心情。

g. 小结：道德只是个简单的是与非的问题，实践起来却很难。父亲具有道德实践的勇气和力量。

h. 朗读描写父亲表现的两句话。

i. 朗读第三~九自然段，体会父子两人的心情。

(2) 围绕“道德实践的勇气和力量”。

a. 为什么道德实践需要勇气和力量？

b. 对于各种诱惑，课文中有一个形象的说法——理解“鱼”的含义。

(3) 围绕分句间的关系——为什么说“一个人要是从小受到这样严格的教育的话，就会获得道德实践的勇气和力量”？

a. 在人生的旅途中，面对各种诱惑人的“鱼”，“我”是怎么做的？你能推测一下吗？

——引导结合课文中“著名的建筑设计师”这一信息。

7. 朗读重点句。

（1）导语总结激情。

（2）齐读：“把钓到的大鲈鱼放回湖中，一个人要是从小受到这样严格的教育的话，就会获得道德实践的勇气和力量。”

8. 总结回顾学习方法。

在今天的学习过程中，我们抓住题目、抓住重点语句提出问题，结合上下文、生活实际、课外资料等深入阅读、思考画批，理解难句、解决问题，真正理解了“钓鱼的启示”的含义，这样的学习方法是要在以后的学习中继续运用的；同时，我们还关注到，作者虽然在结尾才写出“钓鱼的启示”是什么，但是在前面叙事的过程对人物语言、神态、动作以及周围环境的描写，都是与所要揭示的“启示”密切相关的，这样才会让我们读起来这么印象深刻、深有同感，这样的表达方法也是我们要学习、运用的。

【设计意图】整体回顾学习方法；引导学生关注表达方法，为完成本单元习作做铺垫。

（三）拓展延伸，尝试练笔

1. 作者抓住生活中的小事，写出了自己收获的启示，下面也请同学们围绕“启示”进行练笔。

从以下两个内容中选择一个写一写。

（1）课文中哪些语句对你有启发？你由此想到了什么？

（2）生活中的哪件事给你带来了启示？你有什么收获？

2. 指名读，简评。

（四）布置作业

修改完善小练笔。

附：板书设计（略）

真理诞生于一百个问号之后

（第二课时）

于　静（西城区展览路第一小学）

一、教学目标

1. 理解三个关于科学发现的故事，能从具体事例中正确理解“真理诞生于一百个问号之后”的含义。

2. 能联系上下文理解含义深刻的句子。

3. 通过学习课文，初步领悟课文用具体事例说明观点的写作方法。

二、教学重点

理解三个关于科学发现的故事，能从具体事例中正确理解“真理诞生于一百个问号之后”的含义。

三、教学难点

1. 通过学习课文，初步领悟课文用具体事例说明观点的写作方法。

2. 能联系上下文理解含义深刻的句子。

四、教学策略

借助表格引导学生关注事件的相同点，进而深入思考，领悟议论文的表达特点。

五、教学过程

（一）读题导入，明确观点

（二）感受科学精神，领悟写法

1. 学习第二自然段，理解观点。

纵观千百年来的科学技术发展史，那些定理、定律、学说的发现者、创立者，差不多都善于从细小的、司空见惯的现象中看出问题，不断发问，不断解决疑问，追根求源，最后把“?”拉直变成“!”，找到真理。

（1）出声读，你能不能对照着这段话的内容进一步谈谈对“真理诞生于一百个问号之后”这个观点的理解？

（2）再读，科学家是怎样把“?”拉直变成“!”的？你能读懂“拉直”的意思吗？

（3）作者用两个标点符号表明了科学家发现真理的过程，这样写有什么好处？

【设计意图】从整体上概括地理解“真理诞生于一百个问号之后”这句话的意思。

2. 默读第三~六自然段，发现事件的相似处，引发思考。

（1）科学家从发现问题到找到真理，经历了这样一个由？—！的过程，作者为了证明这个观点，举了三个具体的事例，你能照着上节课填写的表格来说说吗？

（2）刚才我们借助表格横向了解了三件事例的内容，现在请你们纵向来看看这个表格的内容，你们有什么发现？

（3）这些都是同学们在纵观表格内容时初步的发现，但究竟有哪些相同点呢？还得需要我们细细研读这三个事例，在对比中寻找答案。

出示思考题，

认真默读三个事例，思考：科学家们发现真理的过程有什么相同的地方？请你作简单批注。

（4）学生默读画批。

【设计意图】借助表格引导学生关注到科学家发现真理过程的相似，引起深入思考的兴趣。

3. 集体交流。

（1）都是从生活中很普通的事情中敏锐地发现了问题。

“洗澡是一件非常普通的事情，而美国麻省理工学院机械工程系的谢皮罗教授却敏锐地注意到：每次放掉洗澡水时，水的漩涡总是朝逆时针方向旋转。”

“谁知当水落到花瓣上后，溅上盐酸的花瓣奇迹般地变红了，波义尔立即敏感地意识到紫罗兰中有一种成分遇盐酸会变红。”

“一次儿子睡觉时，他发现儿子的眼珠忽然转动起来。他感到很奇怪，连忙叫醒儿子，儿子说他刚才做了个梦。”

引导学生关注到科学家们都是从普通事中发现问题，突出了他们敏锐的观察力。

a. 见到普通的细小的现象马上产生疑问，最终找到根本原因，发现真理，这叫什么呢？

b. 结合对三句话的理解谈谈“见微知著”的意思。

（2）都善于从现象中提出疑问，不断发问，进行思考。

“这是为什么呢？谢皮罗紧紧抓住这个问题不放，……”

“那么，这种物质到底是什么？别的植物中会不会有同样的物质？别的酸对这种物质会有什么样的反应？这对化学研究有什么样的意义？”

“这位医生想，眼珠会不会与做梦有关呢？会是什么关系呢？他百思不得其解。”

引导学生关注到发现问题后，科学家能够马上不断提出问题深入思考，突出他们善于思考的能力。

a. 读读科学家提出的这些问题，有什么发现吗？

那么，这种物质到底是什么呢？别的植物中会不会有同样的物质？别的酸对这种物质会有什么样的反应？这对化学研究有什么样的意义？

b. 我们该怎么读这段话？

c. 科学家们善于由一个问题开始不断思考，产生一连串的问题，这又叫什么呢？

（3）在寻找答案的过程中都经历了反复实验的过程。

“谢皮罗仅仅抓住这个问号不放，进行了反复的实验和研究。”

“这一奇怪的现象以及一连串的问题，促使波义尔进行了许多实验。”

“于是，带着一连串的疑问，他以儿子、妻子、邻居为实验对象，进行了反复的观察实验。”

引导学生关注到科学家是经过了反复实验，不放弃，在一次次失败中不断探索、研究，突出了他们坚持不懈的科学精神。

a. 理解“反复”、“许多”词语表达的意思

b. 不断地解决心中的疑问，不断地印证自己的猜测是否正确，追溯产生现象的真正原因，这就叫——追根求源、不断探索、打破砂锅问到底

4. 理解“有所发现，有所发明，有所创造，有所成就。”中四个词语的关系。

启发思考：“发现、发明、创造、成就”这四个词能颠倒顺序吗？

洗澡水的旋涡，紫罗兰的变色，睡觉时眼珠的转动，这些都是很平常的事情。善于“打破沙锅问到底”的人，却从中有所发现，有所发明，有所创造，有所成就。

【设计意图】 通过深入阅读科学家的事例，进而领悟其蕴含的对待科学研究的精神。

（三）回扣第一自然段，再次理解题目的含义

1. 通过研读三个事例，你们发现科学家发现真理的过程中什么是相同的？

2. 交流关于科学发现的资料，思考：作者为什么要写三个事例？

板书：具体事例说明观点

3. 此时，你对题目又有什么新的理解吗？

4. 齐读第一自然段。

【设计意图】 引导学生关注课文的结构，初步感悟议论文的特点。

（四）理解第八自然段，感悟写法

1. 课文到这完全可以结束，为什么还要写第八自然段？

板书：有准备、独立思考、锲而不舍

2. 总结：作者不但通过具体事例说明观点，还总结观点，并为每一个热爱科学的人指明了方向。

（五）总结全文，谈学习收获

课文学完了，能对照板书的内容谈谈你的学习收获吗？

【设计意图】 从文章的结构、科学家研究精神等多个角度进行总结。

附：板书设计

真理诞生于一百个问号之后		表明观点
? —具体事例→ !		说明观点
见微知著		
善于发问		
不断探索		
有准备　独立思考　锲而不舍		指明方向

自己的花是让别人看的

（第二课时）

尹　红（西城区展览路第一小学）

一、教学目标

1. 理解并积累“脊梁、莞尔一笑、花团锦簇、姹紫嫣红、耐人寻味”等词语。

2. 通过多种形式的品读，从字里行间感受异域民族风情，并能运用多种方法理解含义深刻的句子。

3. 初步感受作者借助景物描写，倾吐心声，阐述哲理的写作方法。

4. 有感情地朗读课文，积累课文中的优美语言，背诵课文第三自然段。

二、教学重点

1. 有感情地朗读课文，感受民族风情，积累课文中的优美语言。

2. 运用多种方法理解含义深刻的句子。

三、教学难点

1. 通过朗读体会“人人为我，我为人人”这颇耐人寻味的境界。

2. 初步感受作者借助景物描写，倾吐心声，阐述哲理的写作方法。

四、教学策略

“以读为本”，通过朗读引导学生个性化地、多角度地、深入地体味语言。

五、教学过程

（一）散读课题，个性诵读，传递初读感受

（二）浏览回顾，边读边思，善于发现问题

1. 浏览课文，回顾：文章写了一件什么事？

2. 读中发现结构特点：文章的哪几个自然段写了这件事？

3. 读后引问促思：既然从第二自然段开始叙述事情的起因，顺理成章就应该从这里开始即可，那作者第一段写了什么呢？

【设计意图】此处设计了三个层次的读，从理解内容到布局谋篇，引领学生关注作者的表达。这种有层次的读书方法有利于引导学生由浅入深地阅读。

（三）抓住特点，读出理解，学习重点段落

1. 自读自悟，默读中画批：感悟异国奇丽的景色，思考美丽依旧不变的原因。

·间隔了四五十年，作者两次来到德国，看到了一种怎样奇丽的景色？请在文中用“____”画出相关的语句并在旁边批注。

·结合上下文思考：为什么作者说“美丽并没有改变”？

2. 交流分享，不同角度看奇丽

（1）放置的地方不同：屋里——窗外

（2）摆放的方向不同：朝里——朝外

a. 读中想象：你想象一下，作为辛苦栽花的主人看到了什么？看不到什么？

b. 读中生疑：德国人为什么这样养花？

（3）角色朗读，揣度女主人的心境。

女主人莞尔一笑说：“正是这样！”

a. 个性朗读，说出独特感受：你能揣度一下女房东的心境，读出她莞尔一笑中包含了什么，简简单单的一句话又蕴含了什么吗？

b. 比较朗读，体会女主人的真正心境：那我们把怀有不同心境的房东请出来，大家听听他们是怎样读的，你觉得哪个房东的心境与文中这位房东太太的心境比较接近，为什么？

【设计意图】朗读把教材无声的文字变为有声的语言，把文中静止的感情变为真情实感，既能了解作者说了什么，与作者的心灵相感通，又能把课文中的人

物、情景展现出来。采取比较读的方法，抛去了更多的分析，引发学生彼此诵读时情感的碰撞，让学生在听读中找到最贴近文本的朗读。

3. 品读词语，想象情景，配乐诵读：感受作者漫步街头所看到的奇丽景象。

（1）学生散谈，适时从不同角度评价对词语理解的准确度。

a. 理解：花团锦簇、姹紫嫣红、应接不暇，这些词语说明花多，花美。

b. 出示书中插图：

看图想象：这是一家窗前的景象，那你想象一下整个一条街一户挨着一户，窗前的景致连在一起是什么样的景象？

（2）配乐自由读——指名读。

4. 作者看到这样的景象，想到了什么？这种境界让我们感悟到什么？

人人为我，我为人人

小结：他们心中有一份社会责任，乐于为他人服务，懂得分享是来自于相互之间的给予。我们由德国人爱花的情愫想到了更丰富的内容，这就叫“颇耐人寻味”的境界。

（四）借助资料，关注表达，理解句子含义

1. 默读思考：四五十年过去了，作者又一次来到德国看到了奇丽的景象，为什么说这种美丽并没有改变呢？

2. 整合文中反复出现的句子读，初步体会其用意。

家家户户都在养花。

走过任何一条街，抬头向上看，家家户户的窗子前都是花团锦簇、姹紫嫣红。

我走在街上，抬头一看，又是家家户户的窗口上都开满了鲜花。

3. 引用资料，借助作者之言，深入体会其用意。

读书是要关注文中重复出现的内容，你们思考过吗，这只是简单的重复吗？作者在表达中又有什么独具匠心之处？让我们阅读一段作者在《漫谈散文》中的一段话，相信你会有所发现。

我甚至于想用谱乐谱的手法来写散文，围绕着一个主旋律，添上一些次要的旋律；主旋律可以多次出现，形式稍加改变，目的只想在复杂中见统一，从而调动起读者的趣味，得到更深更高的美感享受。

——季羡林《漫谈散文》

【设计意图】体会文章反复出现的写法，借用季老在《漫谈散文》中的话解读这样写的好处，一语道破作者写到家家户户的窗前花朵，是在一次次强调自己的花是给别人看的。这就如同音乐中的主旋律，每一次写到它，作者都力求从不同角度给我们展现美。第二自然段在对比中凸显美；第三自然段在欣赏景物中享受美；第四自然段让我们感受到在永恒中绽放美，让读者享受更深更美的意境。

（五）浏览全文，关注文线，总结板书

小结语：作者从刚到德国看到德国人养花的不同方式感到吃惊，到走到街上看到满目的鲜花感到惊叹，让作者不得不叹服这个民族，这正是作者的真情流露。

（六）布置作业与延伸

1. 抄写本课生字新词。
2. 背诵课文第三自然段，写下你对含义深刻句子的理解。

附：板书设计

自己的花是让别人看的

人人为我，我为人人

↓

奇丽：与众不同　花团锦簇　姹紫嫣红　应接不暇

奇特：吃惊 ——→ 惊叹 ——→ 叹服

月　光　曲

（第二课时）

董　葳（北京小学）

一、教学目标

1. 边读边想象，感受“月光曲”的美好，体会曲调的变化。

2. 感受文中想象的妙处，在情境练笔中尝试运用；初步感知想象与布局谋篇的关系。

3. 背诵第九自然段，积累语言。

4. 感受音乐家贝多芬同情穷苦人的博大情怀。

二、教学重点

边读边想象，感受“月光曲”的美好，体会曲调的变化。

三、教学难点

感受文中想象的妙处，在情境练笔中尝试运用。

四、教学策略

情景想象，读写结合。

五、教学过程

（一）整体回顾，创设情境

引导学生抓住“清幽的月光”和“一对穷兄妹”这两个关键内容，回忆

《月光曲》这个传说故事的主要内容。

【设计意图】整体感知课文内容，在回忆中重温贝多芬走近茅屋到走进茅屋的过程，回顾贝多芬弹奏一曲后激动的心情，为后面的学习奠定基础。

（二）聚焦想象，品味精妙

1. 品画面。

（1）浏览课文，找到文中具体描写“月光曲”内容的自然段。

（2）默读第九自然段，画下文中描写穷兄妹听着乐曲想象到的内容。想一想，穷兄妹想象到的情景是怎么变化的?

皮鞋匠静静地听着。他好像面对着大海，月亮正从水天相接的地方升起来。微波粼粼的海面上，霎时间洒满了银光。月亮越升越高，穿过一缕一缕轻纱似的微云。忽然，海面上刮起了大风，卷起了巨浪。被月光照得雪亮的浪花，一个连一个朝着岸边涌过来……皮鞋匠看看妹妹，月光正照在她那恬静的脸上，照着她睁得大大的眼睛。她仿佛也看到了，看到了她从来没有看到过的景象，月光照耀下的波涛汹涌的大海。

a. 学生交流。

b. 教师引导概括：

月亮升起，微波粼粼

月亮升高，波涛汹涌

c. 学生朗读穷兄妹想象的这部分内容，感受这种情景的变化。教师组织学生评价朗读。

【设计意图】在评读中“咬文嚼字”，生成对文本的理解。在入情入境的朗读中感受乐曲给人带来的美妙意境，同时体会到贝多芬不同凡响的创作才华。

2. 找曲调。

（1）兄妹俩是依靠乐曲旋律进行想象的，请学生推测《月光曲》的旋律是怎么变化的。

（2）体会当乐曲的旋律变得激昂时，贝多芬的心情。

（3）学生齐读，表现出乐曲旋律的变化，感受贝多芬越来越激动的心情。

【设计意图】从想象的情境中读出曲调的变化，将想象与乐曲本身建立联系，初步感受到通过想象来表现乐曲旋律的独特写法。为后面听乐曲旋律，想象画面的“读写结合”奠定基础。

3. 品想象。

（1）组织学生讨论：删去文中想象的部分好不好。

皮鞋匠静静地听着。……皮鞋匠看看妹妹，月光正照在她那恬静的脸上，照着她睁得大大的眼睛。……

（2）引导学生从贝多芬、盲姑娘、读者本身、音乐艺术等不同角度交流，体会文中想象部分的精妙。

预设：

盲姑娘的角度：更能感受到盲姑娘懂音乐，是贝多芬的知音，心灵相通。

贝多芬的角度：遇知音的激动心情，同情穷人。

读者的角度：更容易感受到乐曲所表达的意境，入情入境。

……

小结：这段想象太重要了，把本来不容易用语言直接表现的艺术形式，形象地描绘出来了，让我们感受到了乐曲的内涵，感受到了知音间的心灵相通。

【设计意图】紧紧围绕“想象”这一重点，使学生从不同角度，充分、深入感受到这种表达方法的精妙。

4. 巧背诵。

学生根据板书提示，背诵第九自然段。

皮鞋匠静静地听着。他好像面对着大海，月亮正从（　　　　　　）。微波粼粼的海面上，（　　　　　　）。月亮（　　），穿过（　　）。忽然，（　　），（　　）。被月光照得（　　　　），一个连一个（　　）……皮鞋匠看看妹妹，月光正照在她那恬静的脸上，照着她睁得大大的眼睛。她仿佛也看到了，看到了她从来没有看到过的景象，（　　　　）。

（三）读写结合，写法运用

1. 回读：贝多芬弹奏了一曲，又创作了一曲。请学生朗读盲姑娘弹奏第一曲的情景。

贝多芬坐在钢琴前面，弹起盲姑娘刚才弹的那首曲子。姑娘听得入了神，一曲弹完，她激动地说：“弹得多纯熟啊！感情多深哪！您，您就是贝多芬先生吧？”

2. 推测：在贝多芬弹奏第一曲时，盲姑娘听得入了神，这首乐曲会给她带来怎样的想象？

（1）教师假设：也许贝多芬当时弹奏的正是他那首著名的《黎明奏鸣曲》，盲姑娘就站在钢琴旁，听得入了神。

（2）学生闭上眼睛边听音乐，边根据旋律想象盲姑娘仿佛看到了什么。（放两遍乐曲）

（3）学生仿照课文的第九自然段，将想象到的内容写下来。

（4）学生交流。

3. 讨论：实际上，课文在这里并没有把想象的内容写进去，这又是为什么呢？

【设计意图】巧妙创设“读写结合”点，大胆的推测，为这个传说故事增添传奇色彩，既没有脱离文本的意境，又训练了学生运用想象进行表达的能力。同时，写又为读服务，引导学生从布局谋篇的角度体会作者详略安排的独具匠心，使学生明白，运用想象要符合文章的需要。

（四）情境朗读，回归全文

1. 伴随《月光曲》这首钢琴曲，情境引读：

耳畔这舒缓的音乐让我们不禁回想起，那个幽静的夜晚——学生朗读第二自然段。

那一刻让贝多芬心动，他走近茅屋，听到了这样一番谈话——学生朗读第三自然段。

那一刻让贝多芬感动，他走茅进屋，弹了一曲——学生朗读第六自然段。

那一刻让贝多芬激动，于是借着清幽的月光又弹奏了一曲——学生背诵第九自然段。

2. 总结全文：

贝多芬用自己的音乐带给这对穷兄妹美的享受，给予了他们精神上的财富。这正如他自己所说的——我的音乐只应当为穷苦人造福。让我们记住这美丽的传说，记住这精彩的想象，记住这位令人敬仰的音乐家——贝多芬。

【设计意图】在引读中，从重点段的学习，到回归文本的整体，感受贝多芬人格的魅力，升华文章主题。

附：板书设计（略）

跨越百年的美丽
（第二课时）

李　铜（北京小学）

一、教学目标

1. 重点品读第三、四自然段，并有感情地朗读部分语段。
2. 体会含义深刻的句子以及课题的含义。
3. 感受居里夫人的巨大贡献和伟大精神。

二、教学重点

品读第三、第四自然段，感悟居里夫人的精神，并有感情地朗读部分语段。

三、教学难点

联系上下文等方法体会含义深刻的句子以及课题的含义。

四、教学策略

“对话文本”与其他方法相结合。

五、教学过程

（一）回顾——定格的形象之美

1. 复习主要内容：对居里夫人的一生，课文主要写了哪几方面的内容？

居里夫人宣布发现镭，震惊讲坛。

居里夫人提炼出镭，做出巨大贡献。

居里夫人美名流传，但她淡泊名利。

2. 回顾美丽形象：居里夫人的形象之美不仅表现在外貌上，更重要的是，她的报告是划时代的科学成就。（板书：形象之美）

【设计意图】理清文路，整体把握课文内容。

（二）品味——研究的精神之美

1. 学生默读自学：在后面两部分内容里，表现了居里夫人怎样的“美”？

2. 重点语句交流：

（1）就像是在海滩上捡到一个贝壳……别人摘叶她问根。

a. 学生围绕着句法品读。

b. 相机点评：作家正是通过对比，表现居里夫人的与众不同。

c. 师生合作朗读，读出居里夫人的与众不同。

（2）为了提炼纯净的镭……终于从成吨的矿渣中，提炼出了0.1克镭。

a. 学生抓住关键词，联系生活实际谈感受。

b. 相机点评：居里夫人执着探索、坚持不懈，都通过这些关键词语生动体现。

c. 指名有感情朗读，读出居里夫人的坚定执着。

（3）在发现镭之后的不断研究中……只是默默的工作。

a. 学生感受“变化之中的不变”。

b. 相机点评：居里夫人把自己的健康、生命都献给了科学研究。

c. 指名有感情朗读，读出居里夫人的坚定执着、无私忘我。

【设计意图】居里夫人的精神之美，学生初读之后即有感受。但如不经过咬文嚼字的品读过程，这种感受必然流于肤浅。居里夫人的执着、坚定、忘我，作家正是通过特色鲜明的言语形式表现出来的。例如：对比句式的运用；数量词的反差；“变”对“不变”的衬托，都有力地表现出居里夫人的献身精神。只有深入对话文本，学生才可能真正走进居里夫人的心灵。

3. 播放视频渲染：居里夫人工作的极端的困难情况是难以想象的。让我们走进她的工作情境，再次感受她的艰辛与坚定。

【设计意图】文本表现力再大，文章内容毕竟远离学生生活，再加之科学知识背景薄弱，学生对文本感悟到的层次很可能参差不齐。视频资料直观形象，可以补充并提升学生阅读后的感悟，让居里夫人的形象更加高大。

4. 突破难句理解：居里夫人这样坚定执着、如此无私忘我，在她眼中人生的意义到底是什么？

学生展开讨论后交流。

师总结：人活着就要有价值，这价值就是为人类做贡献。

5. 语言积累背诵：就让居里夫人的为科学甘心奉献的精神之美也定格在我们心中。指导背诵：

她从一个漂亮的小姑娘，变成了一个端庄坚毅的女学者，科学教科书里的新名词“放射线”，变成了物理学上一个新的计量单位“居里”，变成了一条条科学定律，她变成了科学史上一块永远的里程碑。

【设计意图】此处排比的句式，高度概括了居里夫人的“美丽”，是言、意、法的高度统一。学生在之前感悟之后，情感正在高峰，抓住积累的契机，促学生得意、得言、得法。

（三）欣赏——淡泊的人格之美

居里夫人不仅为科学献出了自己的全部，而且她还淡泊名利。这部分内容中，你又发现了怎样的美？结合课文、也可以结合自己搜集的资料来谈。课文中只是选择了很少的一部分事例。

【设计意图】学生运用资料的能力，语文课应该加以重视和培养。引导学生运用事例交流感受，即是训练学生归纳资料，辅证观点的语用能力。

（四）感悟——课题的内涵之美

1. 回悟课题：课文我们读完了，相信你现在一定对课题有了更为深入、更为全面的理解。

2. 引导交流：抓关键词“跨越百年”“美丽”，形成解释。

3. 总结全文：里居里夫人所有的美丽，可以用一个词来概括，那就是单元导读中——科学精神。随着同学们的成长，大家会对这个词有更全面、更深入的感悟。

4. 延伸思考：正像爱因斯坦说的那样：居里夫人的品德力量和热忱，哪怕只有一小部分存在于欧洲知识分子中间，欧洲就会面临一个光明的未来。科学事业呼唤科学精神，呼唤拥有科学精神的人。

5. 布置作业：读一读“课后链接”——爱因斯坦写给居里夫人的悼词。结合课文内容，写出自己的感受。要求：文从字顺、不少于200字。

附：板书设计（略）

（曾获西城区“西城杯”小学课堂教学比赛一等奖）

老人与海鸥

（第二课时）

毕　然（北京第一实验小学）

一、教学目标：

1. 有感情地朗读课文，体会老人与海鸥之间如亲人一般的感情。

2. 朗读课文的重点语句，抓住重点词、联系上下文体会句子的意思，并揣摩作者是如何把老人与海鸥之间的感情写具体的。

3. 通过朗读表达自己的真实感受，表现人与动物和谐相处的感人画面。

二、教学重点：

引导学生抓住文中的重点词句，感受老人与海鸥和谐相处的动人画面，体会老人与海鸥之间如亲人一般的感情。

三、教学难点：

通过朗读表达自己的真实感受，表现人与动物和谐相处的感人画面。

四、教学策略：

以读为本，在朗读中感悟真情、实践语言。

五、教学过程：

（一）谈话导入，整体回顾

师：这节课让我们一起继续走进老人与海鸥的情感世界。请同学们齐读课题。

整体回顾：请同学们快速默读全文，简要说说课文讲了什么事。

【设计意图】紧扣单元学习重点，继续练习用较快的速度默读课文，回忆主要内容，形成对文章的整体认识，为后面的情感朗读做好准备。

（二）质疑导学，感悟亲情

1. 激发情感，引导质疑。

（1）师：老人去世后，我们把他的遗像安放在了翠湖边，就在那里，就在那个时刻，发生了什么意想不到的事情？

A. 指名三个学生分别读第十五、十六、十七自然段。

B. 交流最让自己意想不到的一幕。

（2）引导质疑：我们又重温了那让人意想不到，惊心动魄的一幕，面对这样的情景，你有什么疑问吗？

（3）梳理学生提出的问题。形成本课核心问题“为什么会发生这样意想不到的事？”想想读了文章的哪一部分就能够找到问题的答案。

【设计意图】顺学而导，从学生最感兴趣的内容和最集中的问题引入，朗读、解疑与感悟相结合，展开学习过程。

2. 阅读释疑，感悟老人对海鸥的亲情。

（1）学习文章第一部分（第一～十三自然段），引导学生自读自悟。

自学要求：带着问题再读课文，看看哪些内容能够解决你的问题，把重点语句画下来，还可以在空白处批注下你的感受。

学生默读思考，做标记、批注，朗读批画的句子。

（2）小组交流讨论。

（3）全班汇报分享。

【设计意图】采用大板块、开放式的教学设计，随学生发言点拨，指导学生朗读重点词语与句子。通过品读词句后的深情朗读，引导学生发现各段落内在的情感线索。

重点段落教学提示：

第二自然段：

A. 在朗读中引导学生抓住三个“褪色”，“只为了”等词语理解老人对海鸥的爱。

B. 补充有关海鸥老人吴庆恒生活贫苦却精心照顾海鸥的文字、图片资料。

C. 引导学生思考：当你知道了老人的生活境况，再看到他的行为，你有了怎样的感受？

第三自然段：

A. 透过海鸥飞成的有声有色的乐谱，你仿佛听到了什么，又看见了什么？

B. 蓝天做纸，海鸥就像跳动的音符，这乐谱演奏的是怎样的乐曲呢？

C. 将自己想象到的、感受到的送入句子中，指名、全班配乐朗读“老人顺着栏杆边走边放，海鸥依他的节奏起起落落，排成一片翻飞的白色，飞成一篇有声有色的乐谱”。

第四～十一自然段：

重点引导学生在朗读中关注“亲昵”的话语，“得意”的神态，“生动”的眼神。

第十二自然段：

A. 人们都说眼睛是心灵的窗户，透过老人企盼的目光我们看到了他的心，老人在企盼什么？

B. 指导朗读。

第十三自然段：

A. 教师小结：此时在我们眼中，那亲昵的呼唤、企盼的眼神、有声有色的乐谱都汇成了这一句话“老人和海鸥像亲人一样”。此时，刚才我们看到的乐谱还仅仅是有声有色吗？还包含着——深深的情，浓浓的爱。

B. 师生有感情地对读。

（a）生 1 读第二自然段中描写老人外貌的句子。

师：十多年了，一到冬天，我们总能看到这位衣着简朴的老人——全班齐读有声有色的乐谱一句。

（b）生 2 读第四自然段描写老人亲昵地呼唤海鸥的句子。

师：十多年了，一到冬天，我们总能听到在老人亲昵的呼唤声中——全班齐读有声有色的乐谱一句。

（c）师：望着高空盘旋的鸥群，老人的眼睛里带着企盼，他多么想——全班齐读有声有色的乐谱一句。

3. 回读难点，感悟海鸥对老人的亲情。

（1）请学生齐读海鸥送别老人时的三个片段。

（2）师：此时回想当时的场景，你明白海鸥为什么会那样做了吗？还觉得不可思议吗？

（3）引导思考：在老人的遗像前，海鸥做出了什么举动，让我们感觉到它们就像人一样悼念自己的亲人。

（4）创设情境读第十六自然段。

（5）引导想象：亲人离去了，面对他的遗像，海鸥们大声鸣叫，它们会说……

学生展开想象，描述自己想象的情境。

【设计意图】引导学生在反复朗读的基础上，通过想象、移情、神思、感悟等多种心理活动，激活已有经验储备，与文本进行心灵对话，"以身体之，以心验之"。

（三）回旋画面，留有思考

1. 师：我们真的愿意相信，冥冥中有一种共通的语言，海鸥的话，老人一定听到了；海鸥的心，老人一定明白了。一起读课文的最后一句。

学生读：他的心里一定是飞翔的鸥群。

2. 老人的心里是怎样的鸥群呢？

学生齐声朗读、背诵第三自然段人鸥共同构成的和谐美好的画面。

3. 播放文章作者邓启耀先生说给同学们的话，与学生分享作者带给我们的感动和思考。

（同学们：你们好，我叫邓启耀。我想说的是：像海鸥老人这样的人……才可能学会包容，学会和他人、和万物共同生活在这个世界上。谢谢！）

4. 总结：作者的话一定给同学们带来了更多的思考。老人和海鸥构成的那有声有色的画面会永远定格在我们心里，展现在我们眼前。

【设计意图】通过作者的录音讲话，拉近了学生与文本、与作者的距离，密切了书本世界和生活世界之间的联系，拓展了学生对文本意义的思考。

（四）布置作业，延伸拓展

1. 朗读：朗读全文。选择文中感受最深的画面有感情地朗读，并尝试背诵下来。

2. 练笔：把读这个故事的感受或是听了作者的话内心的感想写下来，与作者交流对话。（邓启耀博客 http：//dengqiyao. blshe. com）

3. 拓展阅读：阅读原文《寂寞鸥灵》。

【设计意图】把朗读训练延伸到课外。通过上网发帖或者是写信的方式，一是为学生搭建真实的与作者心灵对话的平台；二是这种课内外结合开展的语言实践活动，也暗示给学生一种语文学习方法。

附：板书设计

老人与海鸥
- 相伴
  - 亲昵
  - 企盼
- 送别
  - 瞻仰
  - 守灵

（亲昵、企盼、瞻仰、守灵）→ 像亲人一样

（曾获北京市阅读教学大赛一等奖）

我眼中的三国人物——曹操

（口语交际）

甄　珍（北京第一实验小学）

一、教学目标

1. 运用口语交际的方法进行交流实践。
2. 学习多角度看待文学作品中人物的阅读方法。
3. 产生阅读经典的浓厚兴趣和热爱国学的强烈情感。

二、教学重点

1. 运用口语交际的方法进行交流实践。
2. 学习多角度看待文学作品中人物的阅读方法。

三、教学难点

学习多角度看待文学作品中人物的阅读方法。

四、教学策略

以《大家论坛》的教学情境为载体，引导学生多向、多层次地交流。

五、教学过程

（一）激趣导入

1. 视频导入，诵原著开篇词。2. 各抒己见，说阅读之感受。3. 聚焦人物，谈印象深的人。

【设计意图】借助电视剧《三国演义》片头曲的视频画面导入新课，进而通过背诵小说开篇词《临江仙》，激发学习兴趣，悄然把学生带入学习活动中。

（二）交际热身

1. 聚焦人物，话说曹操。2. 创设情境，《大家论坛》。3. 明确方法，学会交际：说清楚——有理有据；听明白——捕捉信息；会交流——主动回应。4. 个人畅说，学习实践：说说曹操给你留下的印象。

（1）曹操知道关羽身在曹营心在汉，并不计较。关羽过五关斩六将后，曹操还送锦袍给他，并放他去找刘备。（“心胸宽广”说）

（2）（支持观点）曹操的确是心胸宽广的人。官渡之战后，曹操的士兵从袁绍那里发现了他手下官员给袁绍的密信。曹操得知后并没有杀这些人，还说这次战役持续时间长，自己当时也很迷茫，何况手下将士呢。

（3）（反对观点）凡是对曹操出言不逊的人，都被他杀了。说明他不是心胸宽广，是心胸狭窄。（“心胸狭窄”说）

教师点拨：（1）文学作品的特点就是通过精彩的故事，表现典型的人物形象，体现作者的价值观。同样，主讲人亮出观点以后，如果用典型的事例加以佐证，就很有说服力。（2）不仅要听明白对方的观点，还要从中获得新的启发。回应前面的主讲人后，可以再做进一步补充，使共同的观点更完善，理由更充分。

【设计意图】借助《大家论坛》这一情境，赋予学生双重角色：既是主讲嘉宾，也是听众。有效搭设学生表达个性化见解的平台，引领他们运用口语交际的方法进行话题交流，促进思维水平和口语交际能力的提高。

（三）体验实践

1. 分组交际：对桌两个同学就对曹操的看法发表意见，有提问也有争论，以理服人。

2. 同桌展示：一组对桌起立交流，其他学生从中获得启发。一方观点：曹操很讲道理：以《削发代首》的故事佐证。（“讲道理”说）对方观点：并非如此，还是心胸狭窄，以《青梅煮酒论英雄》的故事佐证。

3. 集体交流：话题越来越深入，两个人说不如大家说，集体加入讨论。

（1）支持曹操心胸宽广的观点，从他对待魏种的态度就足见一斑。

（2）他就是一个心胸狭窄的人，以《一人一口酥》的故事佐证。

（3）曹操的确是心胸狭窄的人，为报杀父之仇，不惜杀掉 10 万无辜百姓……

（4）曹操这次杀戮是因为自己父亲被杀，精神受了刺激。

（5）王夫之说曹操杀人横尸遍野，用10万百姓性命报杀父之仇太凶狠了。（“凶狠”说）

教师点拨：既然从曹操报杀父之仇这件事上难以下结论，试着用其他史实来佐证。

（6）赤壁之战曹操惨败，他却能三笑，可见心胸并不狭窄。

（7）支持心胸宽广的观点。曹操捉住吕布以后，也抓住了曾和他做朋友的陈宫，陈宫要求曹操赐死。之后，曹操难过地厚葬了他，还承担了奉养他家眷的责任，说明他是有情有义的人。（“有情有义”说）

（8）官渡之战，袁绍手下大将许攸投奔曹操的时候，他没顾上穿鞋就出去迎接，说明他非常珍惜人才。（“广纳贤才”说）

（9）这是收买人心。当时曹操已经是丞相，他这样做完全是想利用许攸为自己卖命。

教师点拨：看问题角度不一样，结果不一样。

（10）当时曹操军营已经没粮食了，他这样做就是想利用许攸得到粮食，赶快战胜袁绍。

（11）这不是利用，是曹操真心为得到人才而高兴。

教师点拨：观点不同时，用其他的事例说明，可能更有说服力。

（12）董卓杀人如麻，手下众臣敢怒不敢言。曹操用刀暗杀董卓，被董卓从镜子里发现了，便随机应变说是来献刀的，这证明他很机智。（“机智”说）

（13）这是狡猾。他还让人仿徐庶老母亲笔迹给徐庶写信把徐庶骗进曹营。（“狡猾”说）

教师点拨：一个一个地说，注意彼此间的礼貌和应有的风度。

（14）曹操献刀的时候，不仅说明他反应很快，勇敢机智。他能冒险这样做最重要的是因为心里装着黎民百姓，是胸怀大志的表现。

教师点拨：古诗文诵读课上学到过一些表现曹操胸怀大志的诗词。

学生背诵《龟虽寿》《短歌行》，感受曹操的壮志豪情和文学造诣。（“文学造诣”说）

（15）曹操确实很有文学造诣，但我读过他写的《铜雀台赋》。用现在的话说他就是一个好色之徒。他不仅想当大王还想让美貌的二乔在铜雀台陪伴在

自己左右。（“好色之徒”说）

（16）如果冷静来看，曹操杀董卓，的确是为民除害。

教师点拨：刚才你只认为曹操是心胸狭窄的人，看来现在比刚才的认识更深刻了。

（17）其实，曹操还是一个多疑的人，《草船借箭》的例子就能证明……还有，周瑜假写密信，故意让曹操发现，以此离间他和手下水兵将领。这封信果真让曹操开始怀疑自己手下大将，最终杀了他们，导致曹军大败。（“多疑”说）

（18）同意上面的观点。还要说的是，曹操也是个广开言路的人。当初是他手下的谋士让他把处境狼狈的汉献帝接到许都，这样就可以挟天子以令诸侯了。他采纳了这个意见，为后来统一北方奠定了基础。（“广开言路”说）

【设计意图】在个人说的基础上，引导学生进入“对桌说——大家说”的交流层次。螺旋式、多回合的交流过程，把话题引向深入，也为每个学生提供了运用交际方法进行交流的机会。在彼此启发借鉴和老师的评价、点拨下，每个学生也都有机会获得“一加一大于二”的学习效能。

4. 盘点收获：

（1）个人盘点

大家论坛大家争鸣。随着话题讨论的深入，和刚上课时候比你对曹操有什么新的认识？

a. 原来，只认为曹操是了不起的军事家，听同学一说，发现他还有不少缺点，回家后还要再读《三国演义》，争取对他有更全面的认识。

b. 曹操原来有很多特点，这是以前读书时没想到的。现在，曹操这个人物形象在我的眼中丰满多了。

（2）对桌交流

【设计意图】通过个人盘点、对桌同步交流，指导学生与上课伊始进行对比，人人开口，巩固口语交际方法，梳理学习收获。

（四）总结提升

1. 如何读书：读书就要读一读、想一想、说一说，相互启发借鉴，认识就会有新的提升。

2. 如何看人：无论是古人还是今人，名人还是凡人，都既有优点也有缺点，都会在发展变化中表现出自己的多重性格。我们无论是看待生活中还是文学作品中的人和事，角度一定要多元，思考要深刻，认识要辩证，评价才能更客观。

3. 如何看名著：文学名著的价值就在于典范的语言，精彩的故事，典型的人物和深刻而独到的主题，它给予我们的是心灵的滋养和精神的关怀。

4. 师生共勉：名言推荐

【设计意图】通过总结和共勉，夯实阅读方法，使学生产生继续走进经典名著的浓厚兴趣，进一步唤起他们热爱国学的强烈情感。

附：板书设计（略）

（曾获中央教科所教案评比一等奖）

自己的花是让别人看的

（第二课时）

贾薇薇（北京第一实验小学）

一、教学目标

1. 有感情地朗读课文，背诵、积累优秀的语言。

2. 借助工具书、图片、课外资料，运用展开想象、联系上下文等方式，理解“莞尔一笑”“花团锦簇”“姹紫嫣红”“应接不暇”等词语的意思和含义深刻的句子，并体会其表达效果。

3. 感受德国风情，体会“人人为我，我为人人”的崇高境界。

二、教学重点

有感情地朗读课文，背诵、积累优秀的语言。

三、教学难点

感受德国风情，体会“人人为我，我为人人”的崇高境界。

四、教学策略

亲历语言实践活动，积累语言，学习语言运用。

五、教学过程

（一）回顾课文，走进语言

1. 同学们，上节课我们一起学习了《自己的花是让别人看的》这篇课文。

今天，我们就继续跟随季羡林先生，到德国去感受那里美丽的风光和独特的异域风情。

2. 请同学们浏览课文，回忆主要写了什么内容。

【设计意图】 整体感知课文，把握文章的主要内容。

（二）品读词句，积累语言

1. 学习第二自然段，初感“吃惊”：

（1）宇宙间美的东西很多，花在其中占重要的地位。爱花的民族也很多，德国在其中占重要的地位，甚至到了令人吃惊的程度。自由读第二自然段，找一找德国人爱花的哪些举动让人感到吃惊。

（预设学生可以自主发现：1. 家家户户都在养花，令人吃惊；2. 把花都栽在临街窗户的外面，花朵都朝外开，在屋子里只能看到花的脊梁，令人吃惊。）

（2）教师引导发现：分角色朗读对话，借助工具书理解“莞尔一笑”，感受第三个“吃惊”。

（3）结合三个“吃惊”，质疑。

（预设：为什么把花都栽在临街窗户的外面，花朵都朝外开，在屋子里只能看到花的脊梁？女房东为什么对我的发问表现得如此平静？）

【设计意图】 了解课文内容，由“吃惊”引起质疑，激发学生进一步阅读、探究的兴趣。

2. 学习第三自然段，解读“吃惊”：

（1）带着你心中的疑问，默读后面的课文，去寻找答案。

随学生发言出示：走过任何一条街，抬头向上看，家家户户的窗子前都是花团锦簇、姹紫嫣红。许多窗子连接在一起，汇成了一个花的海洋，让我们看的人如入山阴道上，应接不暇。

a. 引导理解“花团锦簇”“姹紫嫣红”，①结合图片发现相同，都是描写花的美丽；②查字典比较不同，抓住“团”“簇”，感受花的繁茂，数量多、种类多；抓住“姹”“嫣”感受花的姿态娇艳，色彩丰富。

b. 引导学生抓住“任何”“家家户户”“许多”“汇成”等词语感受一个阳台、一条街道、条条街道、整个城市如花海般的美丽景象，体会是家家户户的阳台扮靓了整个城市。

c. 练习有感情地朗读课文。

【设计意图】 借助图片、利用比较等方法引导学生理解重点词语，感受花美和景美，为感悟“人人为我，我为人人”这一文章主旨做好铺垫。

（2）边读边想象，说一说你的脑海中出现了怎样的画面。

【设计意图】使学生的眼前呈现出生动、真实、可感的画面，产生身临其境之感。

（3）欣赏德国街景图片，并借助课外资料和图片理解“山阴道”“应接不暇”，练习有感情地朗读。

【设计意图】边欣赏图片边朗读达到了读中理解，读中感悟，读中受到情感熏陶的效果。

（4）背诵课文。

【设计意图】丰富语言积累，奠定实践基础。

（5）每一家都是这样，在屋子里的时候，自己的花是让别人看的；走在街上的时候，自己又看别人的花。这就是——人人为我，我为人人。

3. 回勾第二自然段，领悟“吃惊”：

（1）此时此刻，再读课文的第二自然段，想一想刚才头脑中的疑问，你现在还感到吃惊吗？为什么？

a. 自主读书，发现三个“都”。

b. 交流感受，感知“人人为我，我为人人”。

【设计意图】帮助学生释疑，将“人人为我，我为人人”这一抽象的道德准则与德国人爱花的具体行为建立联系，由此感受到每个人在享受“人人为我”带来的极大的愉悦和满足的同时，做到“我为人人”便是自然而然，顺理成章的事了，使难点的突破水到渠成。

（2）带着这种感受和理解，练习有感情地朗读。

出示：每一家都是这样，在屋子里的时候，自己的花是让别人看的；走在街上的时候，自己又看别人的花。人人为我，我为人人。我觉得这一种境界是颇耐人寻味的。

（三）读写结合，实践语言

1. 创设情境，引读导写：

师引读：四五十年前，当季羡林先生在德国留学时，他曾经每天被这样的画面深深吸引——

生接读：走过任何一条街，抬头向上看，家家户户的窗子前都是花团锦簇、姹紫嫣红。许多窗子连接在一起，汇成了一个花的海洋，让我们看的人如入山阴道上，应接不暇。

师引读：四五十年中，当季羡林先生每每回忆起自己的留学生涯时，他脑海中总有一幅熟悉的画面挥之不去——

生接读：走过任何一条街，抬头向上看，家家户户的窗子前都是花团锦簇、姹紫嫣红。许多窗子连接在一起，汇成了一个花的海洋，让我们看的人如入山阴道上，应接不暇。

师导写：四十五年后，当季羡林先生再次来到德国时，他发现很多东西变了，可走在街上，抬头一看，——

学生接写：____。

【设计意图】引导学生运用在课文中习得的语言和自己的语言积累，进行实践，丰富和加深对课文的理解。

2. 是啊，难怪季羡林先生这样说道——“变化是有的，但是美丽并没有改变。”你觉得这没有改变的“美丽”都包含什么呢?

（预设：景色的美丽，人的美丽，民族的美丽。）

【设计意图】总结课文，升华情感。

3. “人人为我，我为人人”。这么多年来，正是因为有了这样的人，才让我们不禁由衷地赞叹——

出示：多么奇丽的景色！多么奇特的民族！

（四）拓展延伸，发展语言

布置作业：

1. 背诵第三自然段。

2. 摘录自己喜欢的词语和句子。

3. 推荐课外阅读：一篇文章《重返哥廷根》，一本书《留德十年》。

【设计意图】扎实落实语言积累，激发学生的阅读兴趣，拓展学生语言积累与实践的空间。

附：板书设计（略）

（曾获 2009 年北京市小学教师基本功大赛一等奖）

古诗词三首(《秋思》)

(第二课时)

高凤娥（北京市宣武师范学校附属第一小学）

一、教学目标

1. 有感情地朗读古诗，做到熟读成诵。

2. 继续运用已有的古诗学习方法正确理解诗句的意思；通过想象及读写结合的训练，丰富学生的情感体验，深入体会诗人所要表达的思乡之情；能把古诗改写成小故事。

3. 继续拓展积累思乡诗词，进一步激发学生对古诗词及对祖国语言文字的热爱之情。

二、教学重点

运用边读诗句边想象和读写结合的方法深入理解古诗内容，真切体会诗人情感，学习把古诗改写成故事的方法。

三、教学难点

真切感受客居他乡之人对家乡、亲人的深切思念之情。

四、教学策略

根据古诗特点，借助想象空间，以读写结合为主要教学策略，引导学生深入走进文本，真切体会诗人的思乡之情。

五、教学过程

（一）初读古诗，整体感知

1. 学生有感情地诵读《古诗词三首》中的第一首《泊船瓜洲》，引出第二首诗《秋思》，读题，从诗的题目中你读懂了什么？学生初步感知这也是一首思乡诗。

2. 初读古诗，要求：读准字音、正确停顿。

（二）运用学法，疏通诗意

1. 上节课我们运用哪些学习古诗的方法理解了《泊船瓜洲》这首诗的意思？

学生回忆学法：看注释理解诗句，查字典理解字义，联系上下句理解诗意，结合资料理解诗人情感，等等。

2. 我们就运用以上这些方法自学《秋思》一诗，初步理解诗的大意。

3. 学生交流，疏通诗意，教师相机点拨，重点落在运用怎样的方法可以解决疑难问题上。

（1）洛阳城里见秋风，欲作家书意万重。

学生借助文下注释重点理解“意万重”的意思就是：形容要表达的意思很多；借助联系上下文的方法理解“欲”字的意思就是：想要。

（2）复恐匆匆说不尽，行人临发又开封。

学生借助文下注释和联系上下文这两种方法重点理解“又开封”的意思是：又一次把封好的书信拆开。

4. 跟同桌小伙伴完整地说说整首诗的意思，再来诵读古诗。

【设计意图】语文能力的提高依赖于语文实践。教师调动学生已有的学习方法指导自学，这一教学策略不但为学生提供了学以致用的机会，而且发挥了阅读主体的积极性，为有效的互动交流奠定了基础。学生交流学习收获时不仅在互动中加深对古诗内容的正确理解，而且在教师对学法的特别关注中，进一步强化了语文实践意识，使自学能力的培养落到实处。

（三）想象意境，体会情感

1. 从“见”入手，联想诗人眼中的秋景。

在《泊船瓜洲》一诗中，是春风引发了诗人王安石的思乡之情。在《秋思》一诗中，又是什么引发了诗人张籍的思乡情怀呢？

（1）诗人说“洛阳城里见秋风”，对于“见秋风”你有什么疑问吗？风是可以感受到的，但是看不见，看见的是秋风中的景色，联系生活实际想一想：当萧瑟的秋风吹来之时，你见到的会是怎样的情景？

（2）你们眼中的这一幅幅秋天的画面又何尝不是诗人看到的秋景啊！请你展开联想，写一写：“萧瑟的秋风吹来，客居他乡的诗人看到________________。”

（3）学生交流自己的写话，诵读第一行诗句。

【设计意图】此环节从学生熟悉的秋景入手，调动学生已有的生活积累回忆秋天的景象；学生随着诗人不知不觉地进入到诗人思乡的特定环境之中，与诗人眼中的秋景巧妙对接，无痕地将学生带进《秋思》的情境中，体会诗人“见秋风”时的思绪。这是诗人思乡情感的生成点，也是学生认知的起点，还是良好的教学切入点，有利于学生贴近文本，走近人物的内心。

2. 走近诗人，感悟“乡愁生于秋风里”。

为什么诗人的眼里秋天如此凄冷、萧瑟呢？或许下面的资料可以解开你心中的疑惑：学生读诗人写作背景资料：

《秋思》的作者是唐代诗人张籍，他家境贫寒，患有严重的眼疾，多年客居他乡，不能回家。而今在洛阳看见秋风乍起，更加思念家乡和亲人，于是写下了《秋思》这首诗。

（1）这样的人见到这样的景，心中不禁会想起什么呢？再次展开想象继续写一写：

“萧瑟的秋风吹来，客居他乡的诗人看到__________。他不禁想到__________。”

（2）学生交流自己的写话。

诗人的心中所想并没有一一道出，仅仅用了三个字表达了出来，就是“意万重”，就是看似简单的这三个字，引发了我们无尽的遐想，让我们悄然走进了诗人的情感世界。看来，“边读诗句边想象”的确是古诗阅读的好方法！

（3）学生带着对诗人心情的理解，诵读第一句诗。

【设计意图】这是学生通过想象进行的第二次写话练习。教师意在借助想象，在学生与文本、作者之间搭起一座桥梁，让学生从“看到的”揣摩“想到的”，从而走进诗人的内心世界，抒写诗人心境，深入体会诗人客居他乡多年，当秋风吹起时内心的孤独与寂寞，对家乡、亲人的深深思念，体验诗中所说的“意万重”之意。当学生真的透过诗句理解了诗人此时的思乡之情时，朗读不用教师过多指导，自然水到渠成，这样可以达到“以写促读”的目的，热爱古诗文的情感也悄然渗透。

3. 倾吐心声，感受“乡愁寄寓家书中”。

（1）诗人要把他心中这“万重之意”通过一封家书传递给家人，他会在信中对谁倾诉什么呢？根据自己刚才写话的内容，想象诗人心中所想，说一说。

【设计意图】这一环节是第三次展开想象，教师意在引导学生借助前两次写话的内容，再次想象诗人会在家书中写什么。学生想象的内容依据就是前面两次写话的内容，例如：对父母的牵挂、对亲人的思念、对孩子的叮咛、对家乡的不舍和眷恋……学生在想象与表达中，与诗人的情感产生共鸣，同时将悠悠思乡之情植根于自己的内心。

（2）“开封”与“又开封”有什么不同？诗人为什么又一次把刚刚封好的家书打开呢？

教师小结：从我们对诗人“开封”“又开封”的想象中，揣摩出诗人生怕遗漏了对哪一个亲人的问候，这一细节的刻画使我们进一步体会到诗人有“说不尽”的“意万重”，表达了他对家乡、亲人的思念之情。

（3）把你对诗人内心的思乡之情的理解融入诗句中，朗读第二句诗。

4. 配乐诵读，感受“乡愁仍在寂寞处”。

（四）拓展想象，总结方法

《秋思》是一首叙事抒情诗，如果将我们对诗句意思的理解和刚才想象的内容融合在一起，就可以将它改写成一个小故事，但若想让这个故事更加生动，把诗人的思乡之情表达得淋漓尽致，你认为我们还可以抓住哪些情节继续展开想象？

学生总结：我们还可以想象诗人“又开封”时的语言、动作、神态、心理活动等加以细致刻画，使这个故事更加生动。

【设计意图】学生通过一次又一次的想象，在空间上、情感上与诗人面对面、心贴心，感同身受地内化了“思乡情”，之后又通过改写外化成自己的语言，丰富了自身的情感。改写训练不仅再现了诗中的动人故事，还充分发挥出古诗教材独有的人文价值与艺术魅力。

（五）布置作业

1. 把《秋思》这首诗改写成具体、生动、感人的小故事。

2. 背诵、默写古诗《秋思》。

3. 继续拓展积累以“思乡”为主题的古诗词。

附：板书设计（略）

（曾获北京市教学设计比赛三等奖，西城区“智慧教师、生命课堂”教学设计一等奖）

真理诞生于一百个问号之后
（第二课时）

李荣梅（北京育才学校小学部）

一、教学目标

1. 理解三个关于科学发现的故事，能从具体事例中正确理解题目的含义。

2. 联系上下文，理解含义深刻的句子。

3. 学习本课中用具体事实说明一个观点的方法。

4. 通过对课文内容的理解，教育学生懂得“只有善于观察，不断发问、不断解决疑问、锲而不舍地追根求源，才能在现实生活中发现真理”的道理。

二、教学重点

1. 能从具体事例中正确理解“真理诞生于一百个问号之后”的含义。

2. 揣摩文章表达顺序，学习用具体事例说明道理的写法。

三、教学难点

联系上下文，理解含义深刻的句子。

四、教学策略

“自主探究”与多种方法有机结合。

五、教学过程

（一）起势：导入新课，明确观点

出示课题，引导朗读。这就是作者的观点，回顾质疑内容："真理诞生于一百个问号之后"是什么意思？为什么说"真理诞生于一百个问号之后"？

（二）承接：自主诵读，初探观点

1. 自读课文：真理诞生于一百个问号之后到底是什么意思？

2. 研读第二自然段，围绕问题研读并讨论：

（1）"司空见惯""追根求源"是什么意思？在我们的生活中，你认为哪些事是我们司空见惯的事？

（2）"?""!"分别表示什么？这样表述有什么好处？

【设计意图】抓住重点词语，联系生活实际，了解词句的意思，并初步理解观点的意思。

（三）聚焦：品读事例，用事例论证观点

1. 品读第三～五自然段。

为什么说真理诞生于一百个问号之后呢？为了说明这个观点，作者列举了几个事例，请回顾一下是哪几个事例？

2. 自由读第一个事例。

（1）为什么说真理诞生于一百个问号之后？把印象深刻的地方画下来。

a. "从非常普通的事件中敏锐地注意到。"

感受到谢皮罗非常善于观察，对于我们司空见惯的事情，能够敏锐地发现问题。

b. "紧紧地抓住不放，进行反复地实验。"他是如何反复地做这个实验？

感受到谢皮罗从地点不同、水质不同、容器大小不同等角度进行了反复实验。

（2）共同归纳，填写表格。

事例	发现问题	研究问题	解决问题

（3）探究事例与观点的关系：因为谢皮罗（　　　　），所以说真理诞生于一百个问号之后。

【设计意图】有重点地学习一个事例，了解文章的表达顺序，即：发现问题－

反复研究－得出结论；初步领悟文章用具体事例说明一个观点的表达方法。

3. 其他两个事例又是如何印证这个观点的呢？默读第四、五自然段，批画，填写表格。

事例	发现问题“?”	研究问题……	解决问题“!”

4. 观察表格，你发现了这三个事例间有什么相同点？

【设计意图】引导学生从关注事例的内容上转移到关注事例的内在表达上，进而关注事例的表达意图上。经过填写表格，进行比较阅读，在讨论和交流中，引导学生敢于提出看法，做出自己的判断。把握三个事例的内在联系，领悟文章用具体事例说明一个观点的表达方法。

5. 小结三个事例。

（1）指名读第六自然段，为什么说真理诞生于一百个问号之后呢？

（2）比较“发现、发明”的异同，“发明、发现、创造、成就”四个词语能否颠倒顺序？

6. 指名读课文第七、八两个自然段。

（1）两段中有几个词反复出现，是什么？并联系第二自然段的内容，解释“见微知著”。

（2）比较第七自然段与第二自然段，讨论这两段是什么关系呢？

（3）指名读第八自然段，发现真理需要哪些条件？感受到发现真理不难，但机会是给那些有准备的人，善于独立思考的人，具有锲而不舍精神的人。

（4）进入练习，巩固观点。只有（　　　）的人，在（　　）之后，才能诞生真理。

（5）总结议论文的基本格式，即：提出观点——事例论证——总结观点。

（6）引导学生带着不同情感反复诵读题目。

【设计意图】小结理解词句的方法，可以用查字典、交换词语顺序、联系生活实际的方法，还可以通过联系上下文来理解。通过训练，使学生懂得要获得真理，需要有准备的头脑，要独立思考，要有锲而不舍的科学精神。同时初步了解议论文的基本结构特点。

（四）收合：布置作业与延伸

1. “真理千千万，起点在一问。”请查阅相关资料，验证这一观点。

2. 摘抄对自己有启发的语句。

3. 仿照课文写法写一段话，用具体事实说明一个观点。比如“功夫不负有心人”“虚心使人进步，骄傲使人落后”。

附：板书设计（略）

凡　　卡
（第二课时）

王　丹（北京教育学院宣武分院）

一、教学目标

1. 整体把握主要内容，理解重点句子的含义。揣摩课文运用对比和穿插的表达方法，体会表达效果。有感情地朗读课文。

2. 通过自读自悟、比较、朗读等多种方式了解凡卡悲惨的学徒生活，体会他极度痛苦和迫切要离开城市的心情。

3. 感悟含蓄结尾写“梦”的含义和作用，体会人物的悲惨命运源于当时社会的黑暗。

二、教学重点

了解凡卡悲惨的学徒生活，体会他极度痛苦和迫切要离开城市的心情。

三、教学难点

了解课文运用对比和穿插的表达方法，体会表达效果。感悟含蓄结尾写“梦”的含义和作用。

四、教学策略

自读自悟、比较、朗读等多种方式相结合。

五、教学过程

（一）忆旧知，期待深入对话

1. 回顾背景资料及课文主要内容。

2. 找一找信中的哪些语句直接描写了凡卡求爷爷带他离开。

亲爱的爷爷，发发慈悲吧，带我离开这儿回家，回到我们村子里去吧！我再也受不住了！……我给您跪下了，我会永远为您祷告上帝。带我离开这儿吧，要不，我就要死了！……

快来吧，亲爱的爷爷……我求您看在基督的面上，带我离开这儿。可怜可怜我这个不幸的孤儿吧。

亲爱的爷爷，来吧！

3. 默读凡卡的信，找一找凡卡为什么强烈地请求爷爷带他回乡下。画下相关的语句，把自己的阅读感受批画下来。

【设计意图】通过对背景资料和主要内容的回顾既整体感知了课文，也引领学生从课始就入情入境，直入重点内容的学习。

（二）品言行，感受悲惨生活

1. 在品析词语中体会

这是小凡卡挨打的情景，透过凡卡的叙述你看到什么了？

昨天晚上我挨了一顿毒打，因为我给他们的小崽子摇摇篮的时候，不知不觉睡着了。老板揪着我的头发，把我拖到院子里，拿皮带揍了我一顿。这个礼拜，老板娘叫我收拾一条青鱼，我从尾巴上弄起，她就捞起那条青鱼，拿鱼嘴直戳我的脸。

（重点体会“揪、拖、戳”等动词，学生谈理解后朗读。）

2. 在上下联系中发现

（1）还有哪儿也写到凡卡挨打？

（2）透过这么多挨打的情景，你有什么发现呢？

（3）关注“拿皮带、拿鱼嘴、拿楦头”，你又有什么发现？

【设计意图】通过对重点词语的评析和朗读，引导学生切实感受凡卡在城市里的悲惨遭遇。

3. 在个性朗读中体验

（1）除了挨打，小凡卡还因为什么这么强烈地要求离开？

（2）凡卡认为自己的生活已经到了怎样的地步？——

我的生活没有指望了，连狗都不如！

（3）这就是凡卡的现实生活，如果请你用一个词来形容，你认为是什么？

（4）情感朗读。

4. 在情境朗读中升华

（1）再读凡卡要求离开的句子，请同学们想一想凡卡在和爷爷说这些话的时候是怎样的心情？

a. 体会关键词读出情感。

b. 体会标点符号读出情感。

（2）创设情境朗读。

（3）浏览第十自然段，试着用“宁可……也不”的方式替凡卡说说心里话。

【设计意图】朗读是帮助学生理解课文、发展语言、陶冶情感的重要手段，也是感受语言、训练语感的基本方法。通过多次多种形式的朗读，在读中加深学生的体验，使学生与凡卡同呼吸共命运，力求使其情感和主人公融为一体。

（三）抓对比，深悟悲惨生活

1. 在回忆中对比

（1）课文除了写信还写了什么？

（2）凡卡在回忆中看到了____________，之所以会想到这样的画面是因为________________。

a. 爷爷在乡下过的是怎样的生活呢？

b. 透过凡卡砍圣诞树的情景，你看到了凡卡怎样的生活？

（3）为什么在凡卡写信的过程中还穿插着写他的回忆？

2. 在朗读中对比

创设情境对比朗读。

【设计意图】《课标》要求高年级学生能够初步领悟文章的基本表达方法。也就是要求学生既要注视思想内容，又要聚焦语言形式，得意又得言。通过体会穿插和对比的表达方式，进而感悟文章的思想内涵。

（四）解梦意，揭示人物命运

1. 凡卡甜蜜的希望只是在梦中才实现，你觉得作者想暗示我们什么呢？

2. 对于凡卡来说，____________________只是一个梦。

3. 为什么悲惨的命运无法摆脱？

【设计意图】 理解“梦”的含义，再悟对比写法，引发学生对黑暗的社会制度的思考。

（五）作业

1. 把本课与《卖火柴的小女孩》对比读一读，看看从中能体会到些什么。写几句话，分别赠给两位小主人公。

2. 推荐阅读：《契诃夫短篇小说集》。

【设计意图】 一篇带多篇，课内带课外，激发阅读兴趣。

附：板书设计

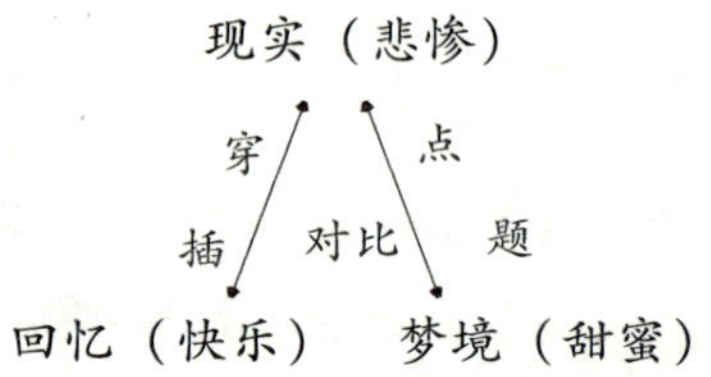

（曾获西城区“关注过程，提高实效”课堂教学研讨活动一等奖）

威尼斯小艇

（第二课时）

郭新新（北京市朝阳师范学校附属小学）

一、教学目标

1. 通过抓住重点词句等方法，了解船夫驾驶技术好、小艇同威尼斯水城的关系密切。

2. 通过补充课外资料，加深学生对威尼斯的独特风情的体会。

3. 通过有层次、有感情地朗读课文，领会作者把人的活动同事物、风情结合起来描写的表达方法。

二、教学重点

1. 通过抓住重点词句等方法，了解船夫驾驶技术好、小艇同威尼斯水城的关系密切。

2. 通过补充课外资料，加深学生对威尼斯的独特风情的体会。

三、教学难点

通过有层次、有感情地朗读课文，领会作者把人的活动同事物、风情结合起来描写的表达方法。

四、教学策略

“以境悟情”与多种方法有机结合。

五、教学过程

（一）激情导入

1. 上节课我们初步领略了威尼斯那美丽的风光，感受到她独一无二的迷人风情。这节课，让我们坐上小艇继续畅游威尼斯，一起去欣赏、品读、感受威尼斯那说不完的情趣。

2. 用自己喜欢的方式读第四～六自然段，边读边想：你从中又感受到了什么？简单批注，写写感受。

（二）以境会文，感受人之情趣

1. 理解文段，体会船夫的驾驶技术特别好

（1）学生初谈感受。

（2）老师相机点拨。

A. 抓住动词、形容词、人们的感受体会行船速度快、驾驶自如

行船的速度极快，来往船只很多，他操纵自如，毫不手忙脚乱。

遇到极窄的地方，他总能平稳地穿过，而且速度非常快，还能作急转弯。

两边的建筑飞一般地往后倒退，我们的眼睛忙极了，不知看哪一处好。

a. 坐在他的船上，你会有什么感觉？（惊险，刺激）

b. 你发现了这句话从哪个角度来写的？（人们的感受）

c. 这样写有什么好处？（更加生动、具体、真实）

B. 通过“挤”体会驾驶技术高超

不管怎么拥挤，他总能左拐右拐地挤过去。

a. 结合自己的经历，说说什么叫“挤”？我们说的挤和这里说的“挤”有何区别？

b. 假如你坐在这船上，会有什么样的感受？

C. 总结写法

同学们，这一段，运用总分的写作方法，不仅抓住了人物的感受这样间接的侧面的描写，而且也采用通过动作、环境这样的直接描写，这样就从几个不同的方面，具体的写出了船夫的驾驶技术特别好，使文章显得更加具体、生动。

2. 创设情境，读出说不完的情趣

（1）同学们想去体验一下船夫的驾驶技术吗？让我们登上小艇，做好

准备。

看，圣马可广场上的著名的意大利的歌剧表演马上就要开始了，去看表演的人可真多啊！来往的船只是那么的多，咱们能按时到达吗？……

呦，这水巷中的小艇简直太多了，如此的拥挤不堪，可是他……

哎呀，这么窄的地方太危险了，这么小的拐角，小心……

看，这沿河两岸的建筑物飞一般地往后倒退……小结：啊，我们终于们没有错过这精彩的歌剧表演，真是太感谢这位船夫了。此时此刻，再来读这句话，谁来试试——船夫的驾驶技术特别好！

3. 资料拓展，结合语境悟人之情趣

这艇、这人、这景，真是汇成了一道亮丽的风景线啊！世界上很多的游客都来这里旅游，他们把足迹留在了威尼斯的每一个角落。我国的文学家余秋雨在游览了威尼斯后，就曾写道“对世界各国的多数游客来说，徜徉于威尼斯的河道小巷，就像来到了童年时代的梦境。”

【设计意图】结合本文内容让学生通过抓住重点的词句谈理解，让学生感受到船夫的驾驶技术高超、体会作者的表达特点；通过设计不同层次的朗读，通过课外资料的拓展，使学生体会到威尼斯特有的说不完的情趣，帮助学生把抽象的理解具象化，从而形象地体会到船夫的驾驶技术特别好。

（三）以文会文，感受景之情趣

1. 视频引入，感受小艇的作用

从语言文字中，我们感受到了小艇与人们的关系是那么的密切，你们想看看威尼斯人一天的生活吗？让我们开始一段威尼斯之旅，仔细观察：人们都用小艇去做些什么？你从中又感受到了什么？

（1）学生谈感受

（2）教师相机点拨

A. 白天的喧闹，感受艇动人动

a. 去哪里都要坐小艇。——人们的生活离不开小艇，小艇是主要的交通工具，等于大街上的汽车。

b. 小艇给人们带来了乐趣。——没有汽车的尾气和鸣笛的嘈杂声，仿佛只有人们的笑声，整个城市都充满了生机、温馨和浪漫。

B. 夜晚的静寂，感受艇静人静

簇拥在一起的小艇一会儿就散开了，消失在弯曲的河道中，传来一片哗笑和告别的声音。

这喧哗和告别的声音，更加衬托出了威尼斯夜晚的静寂。看，作者把动静结合的写作方法运用得恰到好处。

小结：正像同学们所说，小艇不仅与人们的生活有着密切的关系，更给人们带来了许多说不完的情趣。

2. 拓展阅读，感受景之情趣

（1）让我们一起走进这美丽而又宁静的夜晚，感受充满着梦境的威尼斯之夜。一起来轻轻地读一读阅读链接中的《威尼斯之夜》。

3. 回顾课题，提升阅读情感

（1）威尼斯的小艇不但给威尼斯带来独特的魅力，而且也给让我们感受到了许多说不完的情趣，此时此刻当我们要与威尼斯告别，要与小艇说再见时，看着眼前的这一切，你又会怎样读课题？

一丝留恋，一丝不舍。我想，这篇文章只是让我们对威尼斯有了一些的感受和了解，更多的是意犹未尽的感觉，如果你还想进一步地领略、欣赏威尼斯独特的风情，还可以看看这些作家写的文章，细细地品味威尼斯那说不完的情趣！（ppt）

（2）推荐阅读，延伸感受威尼斯的情趣。

余秋雨《寻常威尼斯》　朱自清《威尼斯》　冰心《再寄小读者——通讯六》

【设计意图】结合文本内容，让学生获取有效的信息，从而体会到小艇与人们的关系密切。借助直观的视频资料，拉近了学生与威尼斯人的距离，使学生能够更为直接地感受到小艇对威尼斯人的重要作用，感悟到人、景、物的关系。

（四）渗透写法，仿写练笔

1. 引发思考：威尼斯有那么多美丽的景物，为什么作者偏偏选择小艇来写呢？

A. 抓住了最具特点的事物来写。

B. 小艇与人们的生活联系紧密。

总结：在写一处景物时，要抓住景物的特点把它写具体，怎样才能写具体呢？除了以往的方法外，还可以用上今天学到的写作方法。

2. 仿写练习

提示：想一想，你曾经去过哪些地方，那里给你留下了什么深刻的印象呢？抓住景物的特点，写具体。试着用上这节课学习到的方法。

反馈：看来要想抓住特点把一处景物写好，不仅要懂得一些方法，更要善于观察与积累。

（五）布置作业

1. 继续完善小练笔。
2. 背诵课文第四～六自然段。

附：板书设计

	主要的交通工具	
威尼斯的小艇	小艇的样子独特	抓住特点
	船夫的驾驶技术好	不同方面
	人们的生活与小艇息息相关	动静结合

威尼斯的小艇
（第二课时）

朱芳郁（朝阳区南湖东园小学）

一、教学目标

1. 通过不同形式的读书活动，使学生能正确、流利地朗读全文，背诵课文第四～六自然段，积累自己喜欢的语句。

2. 通过用不同方式自主研究，引导学生从威尼斯美丽、独特的风情、小艇的特点以及它同威尼斯水城的关系来诠释船夫的驾驶技术为什么特别好。

3. 引导学生领悟作者抓住事物特点和把人的活动同事物、风情结合起来描写的表达方法，并结合具体情境进行语言表达训练。

二、教学重点

通过用不同方式自主研究，引导学生从威尼斯美丽、独特的风情、小艇的特点以及它同威尼斯水城的关系来诠释船夫的驾驶技术为什么特别好。

三、教学难点

引导学生领悟作者抓住事物特点和把人的活动同事物、风情结合起来描写的表达方法，并结合具体情境进行语言表达训练。

四、教学策略

“深入一点，波及其余”的教学策略。

五、教学过程

（一）依据预问，提炼核心问题。

1. 齐读课题，浏览课文，回顾主要内容。

2. 借助课前前测，学生的兴趣点“船夫的驾驶技术特别好”，引发学生思考：你们是从哪感受到船夫的驾驶技术特别好的？（即：教学主问题 1）

【设计意图】由学情确定学习目标，体现顺学而导。

（二）研读文本，感知核心问题

研读船夫的驾驶技术特别好。

1. 生找到相关段落，师出示自学提示：

> 选择自己喜欢的一种方式（如列表、抓重点词语谈体会、朗读、图示、写感受等），自学第四自然段，然后用不同方式展示你对“船夫的驾驶技术特别好”的学习体会。

学生依提示自主学习。教师巡视，了解情况，点拨指导。

2. 在自学基础上，生以不同的方式进行集体交流：

（1）预设一：学生交流读完这一段后的感受。

a. 学生会感受到小艇的速度极快。b. 学生会感受到小艇轻快灵活。

（2）预设二：学生通过朗读表现自己的理解。

（3）预设三：学生用列表的方法汇报：

什么情况下	船夫怎样表现
急驶的时候	能拐弯
拥挤的时候	挤进挤出
极险极窄的地方	能够穿过去，速度极快

（4）预设四：学生借助已有的品读文字的方法，自主抓住重点词语以及修辞手法谈体会。

a. 抓住核心词语“操纵自如”。借助“操纵自如”的本义和勾连下文的方法，理解船夫的驾驶技术特别好。

b. 抓住重点词语：三个“总能”；几个关联词“不管……总能……总能……而且……还能……”把船夫那种高超的驾驶技术写得活灵活现。

c. 抓夸张的修辞手法“两边的建筑物飞一般地往后倒退”，衬托了船夫的驾驶技术高超。

【设计意图】理解“船夫的驾驶技术特别好”这一问题时，师给足时间让学生自行读书，设计了学生用不同方式进行汇报，有为学生学所做的监控方法。倡导学生自主探究的精神。

3. 在充分感知船夫驾驶技术高超的基础上，指导有感情朗读。

4. 深入研读，共同梳理本段的写法特点。

5. 引导学生运用写法合理想象，续写本段。

船夫天天在水上工作，他还会遇到什么情况？进行读写结合的训练。

课文学到这里，同学们你们有什么问题要问吗？课中再次引发学生质疑：船夫的驾驶技术为什么这么好？（即：教学主问题2）

【设计意图】课中质疑，体现教学过程中，教师对学生学习需求的再次调研，依据学生学习需求，展开教学设计。

（二）依据“船夫的驾驶技术特别好”这一段的学习方法，以“船夫的驾驶技术为什么这么好”为问题，波及学生理解其他段思维的活动（下面的环节都要依据学生的发现来汇报交流，体现顺学情而导）

预设：从小艇是重要交通工具感受到的。

1. 生读第一自然段。抓住“纵横交叉、等于汽车、主要”，感受水城特点。

2. 师出示有关威尼斯的文字、视频材料，辅助理解水城河道纵横交错的特点。

威尼斯是世界著名的旅游胜地，周围被海洋环绕，这座水上城市河道纵横交错，桥梁姿态各异，小艇轻便灵活。全城有117条纵横交错的大小河道，靠400多座桥梁把他们连结起来。威尼斯城不但城内没有汽车和自行车，也不见红绿交通灯，小艇就是“公共汽车”。威尼斯的小艇同威尼斯水城同样闻名于世。这里热闹非凡，充满了异国情调，吸引着世界各地的游人前去游览观光。小艇就成了威尼斯主要的交通工具。

3. 船夫每天都在这样的水面上工作，驾驶技术就特别好。

4. 指名有语气读第一自然段。

【设计意图】这样可以集中学生的注意力，满足他们的求知欲。既整体地了解“水上城市”的地理风貌，又找到船夫的驾驶技术特别好的一个理由。

预设：从小艇外形奇特、内部舒适感受到的。

1. 交流小艇样子独特之处。

2. 比较品读，关注表达方法。

（1）出示对比句，自由读，思考它们的不同：

a. 威尼斯的小艇有二三十英尺长，又窄又深。船头和船艄向上翘起，行动轻快灵活。

b. 威尼斯的小艇有二三十英尺长，又窄又深，有点儿像独木舟。船头和船艄向上翘起，像挂在天边的新月。行动轻快灵活，仿佛田沟里的水蛇。

（2）交流感受，领悟文本表达特点：事实描写和想象描写相互融合。作者由小艇深而窄的特点联想到了熟悉的事物——独木舟；由船头和船艄向上翘这样的事实联想到了熟悉的事物——挂在天边的新月；由水中活动轻快灵活联想到了——田沟里的水蛇。将小艇的特点活灵活现地展现在我们眼前。

3. 师启发：这种奇特的样子跟小艇轻快灵活有什么关系？（多媒体课件呈现小艇的样子）学生联系“独木舟，新月，水蛇”的样子，体会到：两头翘起和水面接触少，小艇在水面上轻快灵活，水蛇更是如鱼得水，轻快自在不受任何拘束。船夫驾驶这样的小船能不好吗？

【设计意图】在讨论中不仅理解比喻和比较的不同，还抓住了小艇外形的特点和船夫驾驶技术好之间的关系。

预设：从威尼斯人生活离不开小艇感受到的。

1. 品读生活场景，感受表达方法。

过渡语：威尼斯是水上城市，河道纵横交叉，小艇成了主要的交通工具，船夫的驾驶技术如此的好，他们都带威尼斯人干什么去了。

默读课文第五自然段，思考：作者写了哪些威尼斯人的生活场景？试着填写表格。

什么人	坐着小艇去干什么	说明什么
商人夹了大包的货物，匆匆走下小艇	沿河做生意	
青年妇女在小艇里高声谈笑		
孩子由保姆伴着，坐着小艇	到郊外去呼吸新鲜的空气	
庄严的老人，带了全家，夹了圣经，坐着小艇	上教堂去做祷告	

2. 根据所填内容总结：从白天的喧闹到夜晚的静寂来表现威尼斯人的生

活离不开小艇。

3. 交流拓展：设想一下，还会有什么人乘着小艇去做什么？引导学生想象如：大学生们坐小艇去学校、游客们坐小艇游览威尼斯……

小结：不论是白天还是晚上，威尼斯的人们工作和生活都离开不小艇，也说明了小艇的重要。船夫一刻不停地忙碌着，驾驶技术一定高超。

4. 指导朗读。读出威尼斯动静结合的静谧之美，感受小艇和水城息息相关的独特风情。

（三）回望总结，走出威尼斯风情

通过今天的学习，你有什么收获呢？你还有什么问题想问吗？

（四）收合：布置作业与延伸

1. 积累文中的好句好段；运用写法介绍一处自己熟悉的事物。学生自选其一。

2. 推荐课外阅读：《威尼斯之夜》

附：板书设计

先概括后具体
威尼斯小艇　主要的交通工具　对比、夸张、衬托、想象
船夫的驾驶技术特别好　小艇的特点：外形：窄　深　翘；行动：快
小艇的作用　息息相关

伯牙绝弦

（一课时）

蔡　振（朝阳区呼家楼中心小学）

一、教学目标

1. 能够正确、通顺地朗读课文，字音读对，断句合理，并背诵全文。

2. 借助注释了解课文大意，能够说出文言文的意思，并复述课文内容。

3. 体会文章中的思想情感，感受伯牙对知音的珍惜之情与失去知音后的惋惜与悲痛之情。

二、教学重点

能够理解伯牙视钟子期为知音的原因。

三、教学难点

能够通过钟子期的话语和古文中的介绍，体会出伯牙视钟子期为知音的原因。

四、教学策略

“以读为本”“资料辅助”与多种方法结合。

五、教学过程

（一）导入

教师播放《高山流水》，感受音乐的优美，创设氛围。

欣赏完优美的音乐，我们就要走进和这首乐曲有关的一则故事。这是一则发生在两千多年前春秋时代的故事，打开语文书，翻到第25课，读一读课题。有的同学可能会读错“弦”的读音。教师及时指出并在板书上注音。

（二）读通课文，感知课文

1. 初读课文，读通读顺。我们学习古文，第一步要能够把课文读通读顺。

2. 同学们读完后，也来听听教师范读。学生认真听，注意仔细听教师读文时的节奏和停顿。

3. 指名朗读、检查，教师相机指导。

【设计意图】学习文言文，读通是基础。通过学生自读、教师示范、相互检查、及时指导，突破文言文学习的第一个难点，为之后的学习铺平道路。

（三）理解文意，再次朗读

1. 质疑解难，交流课文中的困难之处

读完之后，你还有什么地方不太明白吗？

【预设】a. 伯牙为何视钟子期为知音？b. 伯牙为何要砸琴？c. 什么是“知音”？……

教师可将学生们质疑的问题记录在黑板上，如果学生的质疑可以在当时由其他学生帮助解答，则可以当时解答。

2. 检查预习，指点方法

接下来和老师一起看大屏幕，看一看我们是否掌握了文中语句的意思。出示：“伯牙善鼓琴，钟子期善听。”“善哉，峨峨兮若泰山!”，指名解释句意和重点字的意思。（伯牙善于弹琴，钟子期善于听琴；好啊，巍峨的样子好像泰山一样。）重点提示“善”在不同语句中有两个不同的解释。

教师追问如何理解重点字的意义。

预设：通过注释理解；联系上下文理解字义；通过自己的经验理解字义……

同学们一下就总结出了理解文言文的辅助方法：通过注释理解字义、词义；联系上下文理解字义、词义；通过自己查字典得到的字义、词义。

3. 理解文意

请同学们两人一组，结合书下注释、联系上下文，说一说古文讲了什么故事。

（伯牙善于弹琴，钟子期善于欣赏。伯牙弹琴时，心里想到高山，钟子期就说："好啊，巍峨的样子就像泰山一样！"伯牙心里想到流水，钟子期就说："好啊，广阔的样子就像长江黄河一样！"伯牙心里想什么，钟子期一定能听出来。钟子期死后，伯牙说这个世界上再也没有我的知音，于是把琴砸了，终生不再弹琴。）

4. 分句检查，一人解释一句的意思，其他同学聆听补充。最后指名一人总体解释整篇课文。

【设计意图】教师通过学生的质疑，梳理出本课学生存在的问题，可帮助教师理解学生的学情，在部分问题上着重分析；如遇到学生没有明显疑问，也可以在之后的学习过程中继续探索发现。在之前读通课文的基础上引导学生理解文言文的意思，更重要的是帮助学生总结出学习文言文的方法，为之后的文言文学习打好基础。

（四）感悟知音，再解绝弦

1. 从人物入手，说明二人关系

读通了课文，就让我们一起认识一下两位主要人物，谁来介绍一下，伯牙和子期分别是什么人？

资料：伯牙是春秋战国时期晋国的上大夫，春秋时著名的琴师，擅弹古琴（是琴不是筝），技艺高超，既是弹琴能手，又是作曲家，被人尊为"琴仙"。相传钟子期是一个戴斗笠、披蓑衣、背冲担、拿板斧的樵夫（砍柴人）。伯牙和钟子期二人互为"知音"。（板书：伯牙、钟子期、知音）

在文中，你如何看出伯牙弹琴的高明之处呢？没错，伯牙能通过琴声表达自己的内心和情感。（板书：情、心）

2. 质疑"知音"：为什么伯牙视钟子期为"知音"呢？

提出主要问题：伯牙是当时闻名天下的琴师，他的听者众多，为什么伯牙视钟子期为"知音"呢？

3. 默读课文，体会"知音"（请同学们默读课文，你从哪些句子能看出子期是伯牙的知音。边默读边用笔画出来。）

交流发言：

【预设 1】我画的是"伯牙鼓琴，志在高山，钟子期曰：善哉，峨峨兮若泰山；志在流水，钟子期曰：善哉，洋洋兮若江河。"

师：那我们先看前半句。从这句话中如何体会到的？

【钟子期一下子听出了伯牙弹琴的内容。】

师：当伯牙鼓琴，志在高山，钟子期心中浮现出怎样的高山？

【巍峨的泰山。（试着读出那种巍峨峻拔的气魄。指导朗读。）】

师：那么多的意向钟子期只用了一个峨峨兮便表达出来了。古人说话真是简约啊。你还能从这句话中看出什么吗？

【通过语气词“哉”“兮”看出钟子期十分强烈地感受到了伯牙的内心。（子期在赞美伯牙弹琴弹得好。一起来赞美一下。）】

师：同学们，读书就应当像你们这样，从字里行间读懂文章的味道。那么下面那句话你们也是深有体会，能不能用你们的朗读把你们的体会朗读出来。（练读，指导朗读）

高山也罢，流水也罢，善鼓琴的伯牙无论弹什么，钟子期都能听懂。所以文中用了一句话概括，就是——【伯牙所念，钟子期必得之】（齐读）

【预设2】我画的是“伯牙所念，钟子期必得之”。

师：你从这句话中看出了什么？

【不管伯牙心里有什么，钟子期都能听出来（伯牙的心中所想从哪个字能看出来？）】指导朗读。

师：那么钟子期都能听出来什么呢？我们一起看前面的句子。（接**【预设1】**）

4. 丰富内容，探究知音（同学们，其实伯牙和子期只是一次偶然的相遇，读一读屏幕上的文字，让我们对他们有更多的了解）

【出示】一天，楚王君臣饮宴，请伯牙弹琴助兴。伯牙弹了他的成名大作《水仙操》，但他没有想到，就是这样一首优秀的乐曲，楚王听了后却连连摇头说：“太嘈杂了，换首别的弹弹吧！”伯牙换了一首《高山流水》，然而楚王和大臣们已经喝得酩酊大醉，甚至有人在琴声中已昏昏睡着了……所以，伯牙独自一人来到山间排遣内心的孤独与寂寞。万万没想到，一个砍柴人——钟子期，竟如此懂得他的琴声！

师：可以想象，当伯牙志在高山，没有人会像子期那样说——（引）【峨峨兮若泰山】

当伯牙志在流水，没有人会像子期那样说——（引）【洋洋兮若江河】

当伯牙听到这些时，他的心情如何？

【预设：惊喜、喜出望外、激动、庆幸、高兴、快乐、欣喜若狂……】

此时的伯牙多么想把自己内心的激动和欣喜化作高山流水般的音韵在这山

中回荡，他又多想向子期倾诉内心啊。同学们，假如你就是伯牙，你想对子期说什么？

让我们再深入想一想，此时他们还仅仅是音乐上的知音吗？（生活上的知音、人生的知音……）

过渡：知音的相遇是心灵的交融，让人快乐，让人幸福。让我们通过朗读再来感受知音相遇的那种激动和欣喜。

5. 深入体会，音以明志

“知音”仅仅是知道对方心里在想什么吗？泰山、长江、黄河在中国古代又有怎样的寓意？这种寓意与伯牙的内心又有怎样的联系呢？学生思考后回答，师相机补充资料：泰山常常形容人的志向；长江、黄河形容人宽广的胸怀。

可见，钟子期连伯牙内心的志向都能听出来，这才是伯牙寻找已久的“知音”啊！

6. 拓展课文，感悟绝弦

伯牙和子期二人约定，一年之后的中秋佳节，还在这里相聚，届时伯牙鼓琴，钟子期听琴；一年之后，伯牙满怀期待地来到约好的地点，看到的不是钟子期的人，而是他的坟，钟子期临死前，特意让人把他埋到这里，说即使自己已经入土，也要听到伯牙的琴声。

悲痛的伯牙在子期的墓前写了一首短歌，老师来给大家读一读。（配乐，师朗读）

忆昔去年春，江边曾会君。
今日重来访，不见知音人。
但见一抔（póu）土，惨然伤我心！
伤心伤心复伤心，不忍泪珠纷。
来欢去何苦，江畔起愁云。
子期子期兮，你我千金义。
此曲终兮不复弹，三尺瑶琴为君死！
摔碎瑶琴凤尾寒，子期不在对谁弹！
春风满面皆朋友，欲觅知音难上难。

（特效音响起摔琴的声音）伯牙破琴绝弦，他向世人宣告了什么？身为乐师，他还断绝了什么？

【预设:】 知音不在，我不弹琴了；再弹琴也没人能听懂，很没意思……断绝了希望、前程、友谊……

7. 练读最后一句（表现出破琴绝弦的决心和勇气），升华情感。

破琴、绝弦，对于一位以奏乐为生的乐师来说，需要多么大的勇气，同学们试着读出伯牙那份勇气。（引）伯牙乃破琴绝弦，终身不复鼓。

【设计意图】 通过分析语句、导入资料，教师引导学生理解“知音”的深刻含义，更重要的是要把课文中所蕴含的“知音”之情激发出来，感染学生。所以在设计中加入了大量的资料帮助学生理解所谓“知音”，不仅仅是知道对方心里所想，更重要的是知道对方心中的志向和理想，所以这正是伯牙视子期为知音的原因，也是伯牙为失去“知音”而摔琴的根源。

（五）读写训练

读到这里，你想不想对伯牙说些什么呢？请你写在作文纸上。学生进行写话训练，教师巡视，挑选写得恰当的指名朗读。

（六）总结，背诵

1. 反馈之前学生的质疑问题。

2. 俗话说“千古知音最难觅”，我们每个人也都在苦苦寻觅自己的知音……也许一无所获，但如果遇到了，请一定要珍惜对方。希望你们从这个故事中感受到人与人之间的那种温暖。让我们再次深情朗读课文，能背诵就背诵。

附：板书设计

伯牙绝弦

			心	
钟子期	知	必得	音	伯牙
			情	

（曾获第三届全国中小学教学中的互联网搜索优秀教案评比北京地区三等奖）

十六年前的回忆
（第二课时）

张继红（朝阳区白家庄小学）

一、教学目标

1. 理解文中含义深刻的句子。

2. 了解李大钊同志在被捕前、被捕后与敌人作斗争的事迹，缅怀革命先烈，记住这个人物，使学生受到生动的革命传统教育。

3. 体会本课前后照应的写法以及这种写法的好处。

4. 有感情地朗读课文。

二、教学重点

了解李大钊同志在被捕前、被捕后与敌人作斗争的事迹，缅怀革命先烈，记住这个人物，使学生受到生动的革命传统教育。

三、教学难点

理解文中含义深刻的句子。

四、教学策略

“以读为本”与多种方法有机结合。

五、教学过程

（一）回顾上节所学内容，交流上节学习的收获

【设计意图】通过回顾，唤起学生前一节课学习的感受，为本节课的学习奠

定感情基础。

（二）引发研讨，深读悟情感受人物精神。

今天让我们继续走近李大钊，请大家默读第十八～二十八自然段，从他被捕后，从他在法庭上的语言、动作、神态你能体会出李大钊是一个怎样的人呢？边读边画出有关语句，并批注你的感受。

【设计意图】这个问题设计起到牵一发而动全身的作用，在学生对文本有充分感知的基础上，引发研讨，训练学生的阅读理解能力，逻辑思维能力，利于学生整体上把握课文内容，进而深刻领会课文的思想感情。

学生初谈感受，教师相机点拨：

1. 读议课文的第十九自然段。

（1）教师引导学生抓住“父亲”外表的变化谈感受。抓住重点词语：仍旧　灰布旧棉袍　没戴眼镜　乱蓬蓬。引导学生理解李大钊受过酷刑，学生理解不到可补充资料帮助体会。

（2）抓住“平静而慈祥的脸”引导学生深入品读，与前边描写的外貌进行对比，进一步感受英雄形象。

（3）带着自己的感受感情朗读第十九自然段，读出自己的体会。

2. 以课文的第二十二自然段为切入点，上挂下联。

（1）生自由朗读课文的第二十二自然段。

（2）根据段中的第一、第二句话，引发质疑，激起学生心中的感情波澜。

父亲被捕十几天了，今天女儿终于看到了父亲，看到了仍旧穿着旧棉袍，头发乱蓬蓬，没戴眼镜的父亲，见到了平静而慈祥的父亲，而父亲却瞅了瞅我们一句话也没说，可是我知道，父亲此时一定有许多话要和我们说。同学们，你能理解父亲的心吗？父亲要说什么？请大家拿起你的笔写下来！

父亲的心中纵然有着千言万语，可是此刻的他却是非常安定，非常沉着，这是怎样的父亲啊，你又怎样的理解？

（3）联系上下文十九～二十八自然段，学生谈自己的想法。

（4）教师小结，回扣段中的重点句子。

【设计意图】从先生子女后来的访谈和传记作品中，可以感受到他对孩子的爱。他深深地爱着他的子女家人。可是为了不连累亲人，为了不在敌人面前表现出丝毫的软弱，他把爱深深地埋在心里。这是普通人难以做到的事情啊！这种力量正是源于李大钊同志对中国革命事业必胜的信心。在此，反复引导学生深入诵读，感悟，反复与文本对话，从中受到情感上的震撼。

（5）师生对读第二十二自然段。

（6）联系上下文，小组交流，走进人物的内心世界，感悟人物精神的伟大。

相机出示重点句子：

他的心被一种伟大的力量占据着。这个力量就是他平日对我们讲的——他对于革命事业的信心。

【设计意图】重点朗读这段话，引导学生深入理解，在反复的诵读中感悟人物之所以不平凡的内在原因。

（三）深入研读，在情感的升华中品悟写法。

（体会文章首尾呼应的表达方式）

过渡语：正是因为他的心被这样一种力量占据着，所以面对越来越严重的局势，毫不犹豫地选择留下；面对魔鬼般的敌人，他依然保持着他那严峻的态度；面对凶狠的法官，亲人的呼喊，能那样的镇定、从容。

因为他的心——生：（再读重点句）

师：就是这样一个不平凡的人，他为了共产主义事业献出了自己宝贵的生命。

1. 出示课件，（李大钊临刑前的照片等资料，配上音乐）

教师激情述说：（缓缓出示）

1927 年 4 月 28 日，这是一个春天的下午，李大钊与另外 19 位年轻的革命者一起走向了刑场。他们的青春本来应该像春花一样灿烂，而此刻他们面对的是两台巨大而阴森的绞刑架。大钊先生深情地望了一眼身边的同志，面对反动派第一次使用了从帝国主义国家买来的绞架。李大钊昂首第一个走上绞架，发表了最后一次演讲："我们已经培养了很多同志，如同红花的种子，撒遍各地。我们深信，共产主义在世界、在中国，必然要得到光荣胜利。"敌人丧心病狂地折磨李大钊，绞刑竟达四十分钟之久，李大钊为了共产主义事业，献出了宝贵的生命，牺牲时年仅三十八岁。

引文中最后一部分：再读文章的最后一段，此时此刻，你的心中涌动的又是怎样的一种感情呢？

（预设：激动，愤慨，感动，难过————）

师：是呀，正因如此，女儿李星华在文中的第一段就发出了这样的心声——

出示：

1927 年 4 月 28 日，我永远忘不了那一天。那是父亲的被难日，离现在已经十六年了。

结尾：开头结尾遥相呼应，女儿永远也忘不了父亲，忘不了父亲的音容英姿，那沉着、镇定的父亲的面容已深深地留在了女儿的心中，十六年来记得那样深刻。著名教育家陶行知老先生说过这样一句话：国家是我们每个人的，爱国是每个人的本分。从古至今，多少爱国志士用自己不同的方式表达着对祖国的无限热爱之情，为有牺牲多壮志，敢教日月换新天。虽然无数像李大钊一样的烈士已经离我们而去，但他们忠于革命事业、临危不惧、为国家民族而把个人生死置之度外的精神相信同样会牢牢地记在我们每一个人的心中，因为牢记就是最好的怀念。

附：板书设计

十六年前的回忆

永远忘不了

被捕前	局势严重	对革命高度负责	
被捕时	不慌不忙	充满必胜的信心	
法庭上	镇定沉着	忠诚	怀念

凡　　卡

（第二课时）

陈立华（朝阳区劲松第四小学）

一、教学目标

1. 了解在当时的社会环境下凡卡悲惨的学徒生活，体会他极度痛苦的心情；有感情地朗读课文。

2. 揣摩课文的表达方法，体会作者叙述、信的内容和回忆插叙结合来写的表达效果。体会结尾“梦”的含义。

二、教学重点

了解凡卡悲惨的学徒生活，体会他极度痛苦的心情。

三、教学难点

感受文章的独特形式，揣摩课文的表达方法。

四、教学策略

“以读为本”与多种方法有机结合。

五、教学过程

（一）回顾整体，理清文章脉络

1. 回忆课文内容，写了哪几方面的内容？初读文章后的感受是什么？

2. 哪部分内容重点写了凡卡的悲惨生活？（写信）

（二）直奔重点，聚焦信的内容

1. 快速浏览课文，哪些段落是信的内容？

第三、第八、第十、第十一、第十二、第十五自然段是信的内容，文中都有引号。

【设计意图】通过这个环节的设计使学生能够找出文章的重点段落，同时解决“引号”的问题。

2. 默读信的内容，文中直接写求爷爷接他回乡下的句子有哪些？学生画出来。

> 亲爱的爷爷，发发慈悲吧，带我离开这儿回家，回到我们村子里去吧！我再也受不住了！……
>
> 带我离开这儿吧，要不，我就要死了！……
>
> 亲爱的爷爷，我再也受不住了，只有死路一条了！……
>
> 快来吧，亲爱的爷爷，我求您看在基督的面上，带我离开这儿。
>
> 亲爱的爷爷，来吧！

（1）引出资料：契诃夫说的话“简洁是天才的姊妹”。

（2）学生朗读，了解到“亲爱的爷爷”反复出现了四次，表面上显得语言比较啰唆。

（3）对比产生疑问：契诃夫说文章要简洁，可这儿处却这么啰唆，不是自相矛盾吗？让学生谈自己的体会。（凡卡的生活实在是太悲惨了，才会如此用笔）

【设计意图】引用课外资料使学生产生疑问，激发他们探究问题的兴趣，最后要回归到语言文字上，这样写的用意是更加突出凡卡生活的悲惨，以至于对于自己唯一的亲人发出这样的求救声。

（三）品读重点，体味“生活”

1. 学生浏览课文信的内容，在文中找出最能反映凡卡生活悲惨现状的一句话。

> “我的生活没有指望了，连狗都不如……”

2. 再次默读信的内容，从哪些语句中体会到了凡卡的生活连狗都不如？哪个镜头深深地刺痛了你，谈谈自己的感受。

预设一：第八自然段。用“之所以凡卡说自己的生活没有指望了，连狗都不如是因为……”这样的句式谈谈自己的想法。

之所以凡卡说自己的生活没有指望了，连狗都不如，是因为所有的人都不把他当人看。（老板、老板娘、伙计对凡卡都是那样的狠毒——抓动词：揪、拖、揍、戳、捉弄）

之所以凡卡说自己的生活没有指望了，连狗都不如，是因为他的生活条件太差了。（吃——简直没有；睡——过道里；穿——没有鞋穿）

之所以凡卡说自己的生活没有指望了，连狗都不如，是因为他干的活太多了，太重了。（鞋匠的学徒却还要看孩子、干家务、替伙计买酒……）

【设计意图】给学生一个统领学习重点段落的问题，还要指导学生阅读的方法。所以在这里提供给学生一个句式，让他们有一个自主学习的空间，达到分层次深入理解句子，层层剥笋，直击凡卡悲惨生活的目的，让学生走进凡卡的内心。

预设二：第十自然段

凡卡为了逃离现在悲惨的生活，对自己唯一的亲人——爷爷许下了怎样都可以的诺言：搓烟叶、做错事挨打、擦皮鞋、放羊、长大照顾爷爷，而这一切更能凸显出他现在的生活真是连狗都不如。

3. 分角度引读。

（1）学生站在凡卡的角度，向爷爷叙述自己的悲惨生活。（5 次）

教师引读：爷爷，我的生活没有指望了，连狗都不如。学生分五次接读。

（2）学生站在凡卡的角度，向爷爷发出自己的哀求。

教师引读：爷爷，我的生活没有指望了，连狗都不如。所有的人都不把我当人看，随意的使唤我、欺负我，我没有吃的，睡在过道里，还要干很多很多重活。学生接读：

> 亲爱的爷爷，发发慈悲吧，带我离开这儿回家，回到我们村子里去吧！我再也受不住了！……
>
> 带我离开这儿吧，要不，我就要死了！……
>
> 亲爱的爷爷，我再也受不住了，只有死路一条了！……
>
> 快来吧，亲爱的爷爷，我求您看在基督的面上，带我离开这儿。
>
> 亲爱的爷爷，来吧！

【设计意图】通过师生的合作朗读，再一次感受凡卡的悲惨境遇，为后边的教学环节做好铺垫。

4. 回忆过往，总结写法。

（1）透过这封信，我们知道了凡卡遭受的苦，看到了凡卡的悲惨生活。凡卡的信除了写出了自己的悲惨生活，还有他在莫斯科的见闻，以及对以往生活的回忆。

a. 学生浏览“写信”的内容。

b. 谈自己的感受。凡卡觉得乡下的生活是快乐、美好的。

c. 总结板书一边是悲惨的现实（苦），一边是快乐的回忆（乐），这就是反衬。

（2）探讨乡下的生活是否悲惨？

乡下的生活就不悲惨了吗？找到相关的句子，谈谈自己的想法。（乡下的生活同样充满了苦难，不然爷爷也不会把自己唯一的孙子送到城里当学徒了，即使是这样也想回到乡下去，说明城里的学徒生活更加让凡卡觉得悲惨）

（3）明确插叙、对比、反衬的好处：突出凡卡学徒生活的悲惨。

（四）升华主题，体会“梦”的含义

1. 读文找出凡卡的梦是什么？（爷爷收到了信，正在读他的信）

2. 研读课文，讨论交流：凡卡能够实现他回到乡下和爷爷一起生活的愿望吗？

（1）信是寄出去了，但是爷爷根本不会收到，因为他没有写清收信人的地址。

（2）即使爷爷收到了信，也不可能把凡卡接回家，因为爷爷的生活同他一样悲惨，不然就不会把他送到城里当学徒了。

3. 揭示“梦”的含义：凡卡的梦实现不了，他终将回到现实生活之中。梦醒了，他还要接受现实生活，生活得甚至比现在更加凄惨，因为他的梦想破灭了。

（五）读写结合，感悟人物命运

1. 与《卖火柴的小女孩》对比读一读，从中能够体会到什么？（在悲惨的生活中，他们都有对美好生活的向往，充满了童真童趣。所不同的是卖火柴的小女孩的美好愿望都是幻想出来的，而凡卡觉得的美好生活是曾经真实存在的。而在梦中实现自己的愿望，更体现出他们现实生活的悲惨境遇。）

2. 读写结合：写几句话分别送给卖火柴的小女孩和凡卡。

附：板书设计

凡卡
- 准备写信　　作者叙述
- 写信
  - 学徒生活——苦
  - 回忆往事——乐
- 寄信　甜蜜希望——梦

（准备写信、写信）——悲惨命运

（曾获朝阳区第六届“朝阳杯”课堂教学创新大赛教学设计一等奖）

十六年前的回忆

（第二课时）

孟　靖（朝阳区芳草地国际学校）

一、教学目标

1. 抓住描写李大钊的言行的语句，结合具体情境，感受李大钊忠于革命，坚贞不屈的崇高精神，感受作者对父亲的敬仰与怀念。

2. 能联系上下文和时代背景理解含义深刻的句子。领悟课文前后照应的表达方法。

3. 有感情地朗读课文。

二、教学重点：

1. 抓住描写李大钊言行的语句，结合具体情境，并联系上下文和时代背景理解含义深刻的句子，感受李大钊忠于革命，坚贞不屈的崇高精神。

2. 能联系上下文和时代背景理解含义深刻的句子。

三、教学难点：

能联系上下文和时代背景理解含义深刻的句子。

四、教学策略：

品词析句，体会人物面对危险沉着镇定；

对比朗读，理解人物面对敌人勇敢无畏；

填补空白，感受人物面对亲人无比慈祥。

五、教学过程：

（一）复习导入，把握回忆

1. 今天我们继续学习第十课，齐读课题。

2. 通过上节课的学习，你能说说课文写了什么事？

3. 作者李星华是按什么顺序叙述的？

（被捕前、被捕时、法庭上、被害后）

（二）细读品味，走进回忆

在这些内容中你对哪一部分印象最深刻，就来默读相关的段落，简单写写你印象深刻的原因。

1. 自由汇报。

2. 根据学生发言出示第七自然段。

（1）体会父亲对待工作负责的态度让我感动。

（2）再默读这一部分，父亲是在什么情况下说的这番话？（局势越来越严重）

A. 工友阎振三被抓

B. 军阀张作霖搜查

C. 父亲烧毁文件，对我含糊回答。

3. 学习第五自然段：

（1）抓重点词语体会沉着镇定

“从来……更”“不论……总是……总是”感受父亲的慈爱。

（2）学生自读，从这段话中怎么感受到局势严重呢？

幻灯：

那年春天，父亲每天夜里回来得很晚。每天早晨，不知道什么时候他又出去了。有时候他留在家里，埋头整理书籍和文件。是因为——

父亲前后态度的对比多么明显啊，读出这种变化。

4. 父亲留下来意味着在生命和工作之间他选择了什么？

5. 父亲宁可牺牲生命也要坚持工作，那么他到底做着怎样的工作？

补充资料：

李大钊当时的社会地位（一个爱国的民主主义者，我国最早的马克思主义传播者。对中国共产党的创建作出了至关重要的贡献。）

当时的斗争环境（1927 年 4 月 12 日，以蒋介石为首的国民党新右派在上海发动反对共产党的政变，这就是历史上著名的“四．一二”政变。）

【设计意图】通过资料的展示让学生了解当时的斗争形势，了解李大钊是中国共产党的创始人，有很高的革命声望和工作能力。

6. 父亲宁可牺牲生命也要坚持的仅仅是一项工作吗？（革命事业，共产主义的信念）

7. 局势越来越严重，越来越危险，（板书：局势）李大钊甚至可以说是选择了死亡。谁能读读爸爸的话，读出爸爸的坚决。

（三）对比朗读，理解人物面对敌人无所畏惧（学习第八～十七自然段）

1. 自由汇报（军警人多很危险，父亲非常镇定）

2. 根据学生发言出示幻灯

出示：短短的一段新闻还没看完，就听见啪，啪……几声尖锐的枪声，接着是一阵纷乱的喊叫。

父亲不慌不忙地从抽屉里取出一支闪亮的小手枪，就向外走。

“不要放走一个!”窗外一声粗暴的吼声。穿灰制服和长筒皮靴的宪兵，穿便衣的侦探，穿黑制服的警察，一拥而入，挤满了这间小屋子。他们像一群魔鬼似的，把我们包围起来。他们每人拿着一支手枪，枪口对着父亲和我。他们夺下了父亲的手枪，把父亲全身搜了一遍。

父亲保持着他那惯有的严峻态度，没有向他们讲任何道理。因为他明白，对他们是没有道理可讲的。

残暴的匪徒把父亲绑起来，拖走了。

（1）体会敌人的人多势众。“纷乱”“挤满”“包围”。

（2）父亲的态度让你感受到了什么？（板书：镇定）

（3）父亲仅仅是明白和他们是没有道理可讲吗？

出示幻灯补充填空：

因为他明白，对他们是没有道理可讲的。因为父亲更明白（　　　　）。

【设计意图】让学生能够想象到父亲在保护女儿，保护党组织，父亲在避免暴露目标导致更多人的牺牲，父亲希望用自己的牺牲换来更多人能够继续坚持工作。

（4）此刻被捕，已经预示了父亲最终的结局，你从这冷静的背后读懂了

什么？（板书：死亡　无畏）

（5）体会写法：当时的情形是那样的惊心动魄，但是我们却从中感受到了一份从容和镇定。作者是用什么办法让我们感受到的呢？默读这部分文字思考。

（6）与敌人的虚张声势相对比（板书：对比），更衬托出了李大钊面临死亡的冷静与无畏。同桌合作朗读。

（7）师生对读，体会人物精神。（配着枪声）

这部分，描写生动具体，老师读描写环境和敌人的语句，你们读描写李大钊的语句。

（四）文本补白，感受人物面对亲人无比慈祥

1. 根据学生发言出示幻灯：

父亲仍旧穿着他那件灰布旧棉袍，可是没戴眼镜。我看到了他那乱蓬蓬的长头发下面的平静而慈祥的脸。

父亲瞅了瞅我们，没对我们说一句话。他脸上的表情非常坚定，非常沉着。他的心被一种伟大的力量占据着。这个力量就是他平日对我们讲的——他对于革命事业的信心。

2. 抓“平静”深入学文。

（1）资料介绍，体会人物精神。

教师：两处描写都让我们感受到父亲的平静，在平静外表下的父亲，忍受着怎样的折磨，你能结合资料谈谈吗？

出示课外资料补充文本。感受父亲的坚强无畏。（李大钊被捕后，受尽了敌人的残酷拷打和折磨，敌人惨无人道地用竹签敲进他的指缝里，最后竟剥去了他双手的指甲；工友组织了劫狱队，但他坚决不同意。）有感情朗读。

（2）刚刚看到父亲，他的神态是平静的。我们都哭了，但父亲脸上的表情还是非常安定、非常沉着。难道，他一点儿都不担心我们吗？文本补白。

幻灯：父亲瞅了瞅我们，没对我们说一句话。他脸上的表情非常安定，非常沉着。如果有机会说话，父亲会对我们说：（　　　　　　　　　　）

（3）从中你感受到什么？（板书：亲人　慈祥）

【设计意图】让学生感受到李大钊的革命精神和高尚的品格。

3. 小结：李大钊同志被捕前后经受了重重考验，面对工作和生命，毅然决然地选择了工作；面对亲人表情平静，革命意志不动摇，面对敌人的威逼利

诱，革命信心坚定，令人敬佩。

（五）揣摩写法，感动回忆

1. 聚焦文章最后三个自然段。交流体会悲痛。

2. 把第一自然段和这三个自然段读一读，第一自然段可不可以删掉？

小结：这种方法突出了作者对父亲被害的事情记忆深刻，也表达了作者对父亲的深深的怀念。这就是——首尾呼应（板书：呼应）。

（六）拓展延伸，留恋回忆

1. 李大钊的墓碑上刻着中国共产党中央委员会这样的评价——齐读

幻灯：他对中国人民的解放事业，对马克思主义的信仰和无产阶级的革命前途无限忠诚。他为在我国开创和发展共产主义运动的大无畏的献身精神，永远是一切革命者的光辉典范。

（七）作业设计

1. 结合第65页“课外书屋”的提示，阅读一两本革命题材的小说。

2. 清明节快到了，如果你祭扫了烈士墓，请把自己的感受写下来。

3. 登录网站（http：//lidazhao.com）了解李大钊的其他故事。

附：板书设计

十六年前的回忆

	局势	镇定	
李大钊	死亡	无畏	对比
	亲人	慈祥	呼应

将　相　和

（第二课时）

张美娜（朝阳区呼家楼中心小学）

一、教学目标

1. 研读“渑池会见”和“负荆请罪”，感受蔺相如机智勇敢、不畏强暴的精神和顾全大局的优秀品质；感受廉颇知错就改的精神，并且体会他们的爱国思想。

2. 有感情地朗读课文。

3. 领悟三个故事之间的内在联系，激发学生阅读中国名著的兴趣。

二、教学重点

感悟蔺相如不畏强暴、顾全大局，廉颇知错就改的优秀品质，以及他们的爱国精神。

三、教学难点

体味“和”的深刻含义，领悟三个小故事之间的内在联系。

四、教学过程

（一）回顾导入

1. 师：孩子们，还记得那个流传千古、令世人称颂的故事吗？今天我们接着学习第十八课。

2. 打开手中的课文，快速浏览并回忆一下，将相之间在什么情况下是和的，什么情况下是不和的呀？

【设计意图】回顾全文，梳理线索，进入情境。

（二）品人物言行，走进相如、廉颇

师：我们一起来看，同朝为臣的将相之间，却是分分合合，就此，你有什么疑问吗？

自学提示：默读“渑池之会”“负荆请罪”这两部分内容，思考将相之间“和”到“不和”，再到“和”的原因是什么？

【设计意图】激发学生思考，培养学生有效质疑的习惯和能力。

1. 学习“和”。

问题：在渑池会上，将相之间“和”的原因是什么？能结合他们当时的表现来谈谈吗？

蔺相如说：“您现在离我只有五步远。您不答应，我就跟您拼了。”

（1）紧抓“拼”字。

师：一个拼字，舍弃的是自己的性命，维护的是却是赵国的尊严。

（2）解释鼓瑟就是一种侮辱。

师：古代乐师的地位是很低贱的，秦王令赵王鼓瑟，就好像在向世人宣告，你比我低，你的国家比我的国家低，这自然是一种侮辱。

（3）引入《史记》原文，指名读。

相如曰：“五步之内，相如请得以颈血溅大王矣！”左右欲刃相如，相如张目叱之，左右皆靡。

（4）创设情境，指导朗读。

师：咱们一起想象一下当时的情境，两个人相距只有五步的距离，可谓是很近了，而他们的身份却是一君，一臣，这种情况下，蔺相如要想既让秦王击缶，又不至于激怒秦王，除了高声厉喝？还有不同的读法吗？

【设计意图】通过抓人物的言行，感悟蔺相如的不畏强暴、爱国；感受古典名著的魅力，激发阅读兴趣；在情境中读出理解来。

2. 学习“不和”。

问题：蔺相如在渑池会上立了功，被封为上卿，官在廉颇之上，这时将相之间就不和了，他们不和的原因究竟是什么？

我廉颇攻无不克，战无不胜，立下许多大功。他蔺相如有什么能耐，就靠一张嘴，反而爬到我头上去了。我碰见他，得给他个下不了台！

（1）引入资料：孩子们，廉颇何许人也呀，竟敢口出狂言，查找到相关资料了吗？

（2）引入视频：据说有一次他三番五次地挡住蔺相如的去路。师：想想如果换作是我们，听了廉颇的话，面对他的百般刁难，会怎么想，怎么做。

【设计意图】通过抓人物的言行、引入资料、联系生活实际感悟蔺相如的忍辱负重、爱国，感受廉颇的居功自傲。

3. 学习“再和”。

（1）师：廉颇心生妒忌，将相之间失和，换作常人势必会与他针锋相对，一决高低，可是蔺相如却不同，他又是怎么说的，怎么做的呢？后来他们怎么又和了呢？

蔺相如：秦王我都不怕，我会怕廉将军吗？大家知道，秦国不敢进攻我们赵国，就因为赵国武有廉颇，文有蔺相如。如果我们两个闹不和，就会削弱赵国的力量，秦国就要乘机来打我们了。我所以避着廉将军，为的是我们赵国呀。

a. 师点拨：对照着廉颇的话看一看，他们心中都想的是谁呀？

b. 引读：身为堂堂的上卿，他的这些做法，手下都看不过去了，而他却早已做到了心中有数。让我们一起走进蔺相如的内心世界。

师：当他想到“秦王不敢进攻我们赵国，就因为武有廉颇，文有蔺相如”的时候，他对手下说：

生：我所以避着廉将军，为的是我们赵国呀。

师：当他想到“如果我们俩闹不和，就会削弱赵国的力量，秦国必然乘机来打我们”的时候，他对手下说：

生：我所以避着廉将军，为的是我们赵国呀。

师：当他想到，赵国的利益应该高于一切的时候，他对手下说：

生：我所以避着廉将军，为的是我们赵国呀。

秦王他都不怕，会怕廉将军吗？

c. 引入王立群的评价：一位著名的学者，曾经这样说，蔺相如，为了国家的利益，对外则置生死于不顾，对内则忍辱负重不计前嫌，可谓大志大勇也！

廉颇：于是，他脱下战袍，背上荆条，到蔺相如门上请罪。

师点拨：这身战袍曾陪伴他驰骋沙场；大败齐国；逼退秦兵……这身战袍，对他而言，是荣誉、是地位、是名利的象征，此时，他脱下了战袍，正所谓“知错就改，善莫大焉！”廉颇，可敬也！

（2）配乐想象写话。

师：将相二人重归于好，此情此景他们会说些什么，又会做些什么呢？请把你想象到的写在纸上。

【设计意图】 通过抓人物的言行、引入资料、对比朗读感悟蔺相如的顾全大局、爱国，感受廉颇的知错就改、爱国；培养学生读写结合的能力。

（三）评价两人物，激发阅读兴趣

师：多么令人感动的画面啊，任时光飞逝，任岁月百转千回，也难以抹去它所闪烁的熠熠光辉，故事读完了，在你的心灵深处，廉颇和蔺相如又给你留下了怎样的印象呢？

【设计意图】 培养学生结合事例评价人物的能力。

（四）再读小故事，感悟内在联系

师：正所谓“宰相肚里能撑船，将军背上能负荆。”现在我们再来看这三个小故事和课题，你有什么疑问吗？

【设计意图】 回归整体，突破难点。

（五）回首本课题，品味“和”之文化

师：中国有句古话“家和万事兴”，我们现在也在提倡“和谐社会”，也是这个意思啊。

【设计意图】 引导学生在生活中体会“和文化”。

（六）作业

1.《将相和》中“将”指（　　），“相”指（　　），“和”指（　　）。文中主要讲了（　　）个故事，分别是（　　）、（　　）、（　　）。写出了将相之间由（　　）到（　　）又到（　　）的经过。

2. 你是如何评价蔺相如和廉颇的？

3. 把其中你喜欢的故事讲给他人听。

附：板书设计

将　相　和

蔺相如　　　不畏强暴　　　顾全大局

爱国

廉　颇　　　知错就改

（曾获第三届全国中小学教学中的互联网搜索优秀教案评比北京地区三等奖）

草船借箭

（第二课时）

杨　泽（朝阳区白家庄小学）

一、教学目标

1. 了解故事情节，全面准确地感受人物形象，体验阅读名著的乐趣。

2. 有感情地朗读课文。

3. 体会课文前后呼应的写作手法以及这么写的好处。

二、教学重点

了解故事情节，全面准确地感受人物形象，体验阅读名著的乐趣。

三、教学难点

全面准确地感受人物形象。

四、教学过程

（一）复习引入，明确探究目标

1. 浏览课文，说一说故事的前因后果，以及起因中初步感知到的周瑜形象。

2. 明示本节课的探究目标：草船借箭这个故事中，诸葛亮给你留下了怎样的印象？

（二）围绕目标，研讨提升认识

1. 逆向探究，体会神机妙算

（1）默读课文，逆向探究草船借箭的整个过程中，如果诸葛亮哪些地方算不准，就会使借箭最终失败。

（2）反馈梳理，引导学生体会神机妙算。

a“晓气象、知地理、巧谋划”部分，学生能够在认真研读的基础上，通过合作讨论体会到诸葛的神机妙算。

晓气象，预设反馈：如果算不出三天后有雾，而且是“大雾漫江”，就会被曹军发现而失败。

学法指导：用“如果……就”的句式说一说自己的逆向推断。（板书：晓气象）

朗读指导：“这时候大雾漫天，江上连面对面都看不清。”

想想怎样读才能表现出雾大到如此程度。

知地理，预设反馈：如果不是回来时“顺风顺水”，天亮时就会被曹军发现而追上。（板书：知地理）

巧谋划，预设反馈：如果没用“立草靶、青幔遮船”，不擂鼓引诱，调转船头受箭，就不可能引得曹军放箭，得到十万多支箭。（板书：巧谋划）

【设计意图】由前期学情调研而知，这部分不是学生理解的困难点，学生们完全能够通过自读探究后的研讨加以解决。这一环节的教学，既培养了学生的思维能力，又培养了学生口头的表达能力。

b 体会“善识人”学生会有一定的困难，老师进行重点导学。

知曹操，反馈内容：如果曹操派兵出来，诸葛亮的计谋就会失败。

投影出示：诸葛亮笑着说：“雾这样大，曹操一定不敢派兵出来。”

相机导学：诸葛亮为何断定曹操一定不敢出兵？（板书：谨慎多疑）

大家对《三国演义》都有所了解，其中有很多事情表现出曹操的这个特点，你能给大家介绍介绍吗？

引导交流资料：曹操杀吕伯奢全家的故事，阐明曹操谨慎多疑的性格。

【设计意图】文中对曹操的性格展示不多，研讨中发挥同伴互助作用，借助资料来加以阐释，同时资料引入也能激起学生对这部名著的兴趣。

知鲁肃，反馈内容：如果鲁肃告诉周瑜，计划就会被周瑜识破。

投影出示：“不过不能让都督知道，他要是知道了，我的计划就完了。”

相机导学：诸葛亮怎么知道周瑜让鲁肃来打探，诸葛说不对都督讲，鲁肃就真的不对周瑜说吗？仅是忠厚老实？谁能运用自己了解到的知识谈谈原因？

引导交流资料：鲁肃请孔明，力主孙刘联合抗曹的情况，点明鲁肃是为了顾全大局。（板书：顾全大局）

【设计意图】对鲁肃的认识容易偏于“忠厚老实”，在“赤壁之战”这个大背景下才能更准确认识鲁肃这个人。

再知周瑜：再看“他要是知道了，我的计划就完了。”体会到什么？

简介“蒋干盗书”、“周瑜打黄盖”，说明诸葛深知周瑜也是才干过人，必会看破他的计谋。（副板书：才干过人）

引导辨析：本文要表现周瑜的哪一方面？

【设计意图】既认识到周瑜的才干过人，更要明白本文要表现的是他的嫉贤妒能

（3）体会诸葛亮的神奇

a 浏览全文，回看整个故事，想一想在故事的那个阶段诸葛亮就把“草船借箭”的方案通盘谋划好，已然成竹在胸了，从中你感受到了什么。

b 反馈内容：感悟到诸葛亮在立下军令状前就把“草船借箭”的方案通盘谋划好，感受到真是孔明太“神”了。（板书：神机妙算）

（二）激起思辨，体会顾全大局

1. 联系周瑜的陷害，分析诸葛亮明知是计，为什么还要立下军令状？（板书：顾全大局）

2. 诸葛亮已知周瑜在陷害自己，他有哪些选择可以避免被害？有这么多种方法，他为什么还要选择去“借箭”？

【设计意图】明白诸葛亮是为了不误了“赤壁之战”中孙、刘联合抗曹的“大事”，而做出的顾全大局的选择。

（三）品味人物描写，体会气定神闲

1. 默读课文，画出直接描写诸葛亮的语句，反复地读一读这些句子，从中你能感受到诸葛亮怎样一种风采？

2. 学生自学，边画边读边体会。

3. 自主反馈，预设：

“我愿意立下军令状，三天造不好，感受惩罚。”

“我自有妙用。第三天管保有十万支箭。”

第一天，不见诸葛亮有什么动静；第二天，仍然不见诸葛亮有什么动静；直到第三天四更时

候，诸葛亮秘密地把鲁肃请到船里。

诸葛亮笑着说："雾这样大，曹操一定不敢派兵出来。我们只管饮酒取乐，天亮了就回去。"

体会到诸葛亮的运筹帷幄、成竹在胸的那种气定神闲和从容不迫的气韵风度。

4. 重点研读

a 投影出示：诸葛亮笑着说："雾这样大，曹操一定不敢派兵出来。我们只管饮酒取乐，天亮了就回去。"

b 相机导学：想一想他为什么笑？这是一种怎样的笑？

完成练习：诸葛亮（　　）笑着说："雾这样大，……"（板书：气定神闲）

5. 指导朗读：读出诸葛的自信、从容不迫的风度，胸有成竹、运筹帷幄的神态。

（四）探究人物心理，体会前后呼应的写作手法

1. 导语：学到这里我们一定对他的"神机妙算"佩服得五体投地，也被他"顾全大局"和"气定神闲"的风采所折服。你们知道吗，文中有一个人也是这样，他是谁？

2. 你从哪里看出周瑜对诸葛亮真的是心服口服了？谈谈你的理解。

投影出示：周瑜长叹一声，说："诸葛亮神机妙算，我真比不上他！"

3. 读一读开头，对比结尾，你发现周瑜的心理发生了怎样的变化？（嫉妒—折服）

4. 本文在表达上很有特色，尤其是前后呼应的写作手法，如结尾与开头。这样能使结构更加严谨，大大增强故事的完整性和严密性。文中的很多内容前后呼应，你能找出来读一读吗？

（五）延伸拓展，感悟名著魅力

1. 结合板书，想一想我们是怎样全面准确地感受到诸葛亮这个人物形象的。

事件（逆推）——神机妙算　人物描写——气定神闲　信息拓展——顾全大局

2. 资料运用，加深认识。

（1）出示：人们对诸葛亮的评价

司马懿：天下奇才也！

乾隆：端推诸葛是完人！

鲁迅评论说："状诸葛亮之智而近于妖。"

（2）学生自由谈乾隆、鲁迅、司马懿对诸葛亮评价的理解，加深对孔明的感受。

3. 课堂是我们获取知识的主渠道，但是仅靠课堂上来学习知识是远远不够的，因此，必须向课外延伸，加大阅读量，丰富积累。

【《三国演义》中有关诸葛亮精彩故事】（火烧博望坡、借东风、三气周瑜、七擒孟获、空城计、挥泪斩马谡）

【设计意图】学习全文后，通过教师出示的课外内容，可以激发学生阅读《三国演义》的兴趣。

附：板书设计

			晓气象	鲁肃	
		顾全大局			顾全大局
			善知人	周瑜	
草船借箭	诸葛亮	神机妙算			嫉贤妒能
			知地理	曹操	
		气定神闲			谨慎多疑
			巧谋划		

桥

（第二课时）

赵亚娟（朝阳区花家地实验小学）

一、教学目标

1. 学生在通读全文后，至少能够积累三句文中的比喻句或拟人句。

2. 通过研读课文词句，结合洪水肆虐的危急情境，逐步深刻感受老汉在危急时刻把生的希望让给别人，把死的危险自己扛起来的人格与精神。

3. 积淀情感，让学生通过层层深入的感情朗读课文，得到语感的有效提升。

4. 积累课文特色语言，了解课文布局谋篇、环境描写的表达特点，理解“老汉像一座山”和“老汉和桥之间的象征意义”。

二、教学重点

通过研读课文词句，结合洪水肆虐的危急情境，逐步深刻感受老汉在危急时刻把生的希望让给别人，把死的危险自己扛起来的人格与精神。

三、教学难点

积累课文特色语言，了解课文布局谋篇、环境描写的表达特点，理解“老汉像一座山”和“老汉和桥之间的象征意义”以及题目“桥”的深刻含义。

四、教学过程

（一）课前故事，回顾旧知

1. 课前故事（配乐）：人民公仆——孔繁森

2. 今天我们来继续学习第十六课，同样是描写一位共产党员的感人事迹。齐读课题《桥》。

3. 快速浏览课文：思考课文讲述了一件什么事。

（二）感悟环境描写，烘托紧张气氛

1. 作者又是怎样通过这篇小小说，将老汉的形象塑造丰满的呢？让我们走进课文去寻找答案。

2. 出示自学提示：

默读课文第一～四自然段，思考：这是一个怎样的夜晚？

你是从哪些地方感受到的？用“——”画下来，并将自己的感受批注下来。

（1）汇报交流

教师预设：你是从哪儿感受到险情危急的？

这是一支优美的舞姿吗？这支舞蹈威胁着村民们的生命。

这突如其来的山洪来得凶猛而急切，不受控制。

比喻修辞方法。这样写有什么好处？

（2）“村庄惊醒了”，你能想象当时的情景吗？惊醒的仅仅是村民吗？

（3）用一个四字词语形容此时此刻村民们的行为。（板书：惊慌失措）

3. 环境的生动描写，烘托出村民们惊慌失措的紧张气氛。（指导朗读）

村庄惊醒了。人们翻身下床，却一脚踩进水里。是谁惊慌地喊了一嗓子，一百多号人你

拥我挤地往南跑。近一米高的洪水已经在路面上跳舞了。人们又疯了似的折回来。东面、西面

没有路。只有北面有座窄窄的木桥。

【设计意图】疏通课文，进一步从课文语言文字中感受山洪的凶猛，时间之紧迫。通过想象危急时刻人们恐慌的表现，感受人们的心情及情况之紧急。为体会老汉精神奠定基础。

（三）研读语句，层层深入，理解老汉是党员、是父亲、是“一座山”的人物形象

1. 想象如果村民就这样乱七八糟，毫无秩序地拥向窄窄的木桥，会有怎样的结果？

2. 当村民惊慌失措的时候，就在这里，这座窄窄的木桥旁，站着一位老

汉。（指名朗读）

死亡在洪水的狞笑中逼近。木桥前，没腿深的水里，站着他们的党支部书记，那个全村人都拥戴的老汉。老汉清瘦的脸上淌着雨水。他不说话，盯着乱哄哄的人们。他像一座山。

理解：在村民的心中，这是一个什么样的党支部书记？

（1）理解“拥戴”这个词语。（欣赏和爱戴。）

（2）此时的老汉是一个怎样的人？（沉着、冷静、镇静、坚定）从哪儿看出来的？

a. 人物的神态：盯

b. “他像一座山”，为什么说他像一座山？

c. 与村民表现对比，体现老汉的镇静、临危不惧。

3. 老汉的话语虽然不多，但是句句却含义深刻，具有震撼力，此时此刻，危难当头，他是所有村民们的主心骨。当大家听从他的指挥依次奔上大桥时，我们再来看看此时的环境有什么变化？

（指名读）水渐渐窜上来，放肆地舔着人们的腰。

（1）（指名读）这是什么修辞方法？此时用拟人的手法，作者想说明什么？

（2）洪水无情地咆哮着，连那窄窄的木桥，在洪水猛力的冲刷下已经不堪重负，发出了痛苦的呻吟。就在此时，老汉突然发现了一个状况？通过我们多次的朗读，你们已经知道这个年轻人是谁了吗？

4. 当他发现自己的儿子也在逃生的队伍里时他是怎么做的？（指名回答再出示）

老汉突然冲上前，从队伍里揪出一个小伙子，吼道：“你还算是个党员吗？排到后面去！”

老汉凶得像只豹子。

（1）为什么要把儿子“揪”出来？面临生死关头，儿子作为党员更应该做什么？

（2）哪几个字体现了老汉的当时的心情。（冲、揪、吼）

（3）谁来读一读。

5. 此时的老汉又是一个怎样的人？（板书）这就是一个优秀共产党员的形象。

6. 如老汉所想，村民们得救了。最后，只剩下他和他的儿子。谁来读一读!

水，爬上了老汉的胸膛。

小伙子推了老汉一把，说："你先走。"

老汉吼道："少废话，快走。"他用力把小伙子推上木桥。

（1）此时此刻洪水已经危及到了生命，看到他和儿子的言行？你感受到什么？

（2）指名分角色朗读。

（3）抓"推"，教师导读。（师生配合，烘托气氛）

【设计意图】这环节不仅体会受人拥戴的老汉在危急时刻以自己的威信、沉稳和果决的指挥，作出了在"危急时刻把生的希望让给百姓，把死的危急由党员扛"的指示。通过指导学生根据老汉言行思考这么做、说的原因，渗透阅读方法——透过字面思考隐含的意思。体会在洪水齐腰的危急时刻老汉严格行事，通过毫不留情地揪出小伙子党员，要求大家做到把生的希望让给村民们，把死的危险党员扛起来。

（四）升华主题，感受"心中桥"，写下自己的感受

1. 虽然村民们得救了，但是肆虐的洪水，无情的吞没了小伙子和全村人拥戴的老汉，让我们看看五天后洪水退却时发生了什么事？这也是全文最令人感伤的段落。

2. 学生配乐朗读——五天以后，洪水退了。一个老太太，被人搀扶着，来这里祭奠。

她来祭奠两个人。她丈夫和她儿子。

3. 通过我们对课文的研读，仔细回想：这篇小小说在表达方法上有什么特点？

4. 通过学习，老汉的形象深入人心，请结合课文内容和自己的感悟，二选其一完成小练笔：

（1）《桥》中的老汉是一个____________的人。我是从________________感受到的。他把_____________让给别人，把_________留给自己。在危难面前，

老汉为村民架起了一座跨越死亡的____________桥。

（2）请你用自己的话来赞美老汉，并尽量使用上"桥"字。

5. 汇报（教师适时板书，点拨评价）

6. 回想课文内容，课文为什么要用“桥”为题呢？

【设计意图】最后时刻，老汉毅然将生的希望让给他人，把死的危险自己扛起来的伟大人格与精神深入人心，在此创设氛围揭示课文，结尾带给学生一种震撼力，从而体会文章构思新颖别致，设置悬念，前后照应的写作特点。小练笔的设计照顾不同层次学生的需求，在他们结合自己的感受抒发情感的同时，加深体会课文以“桥”为题目的含义，从而突破教学难点。

（五）拓展阅读

推荐一篇文章《丰碑》(此文表达特点及人物形象的塑造与本文相似)。

附：板书设计

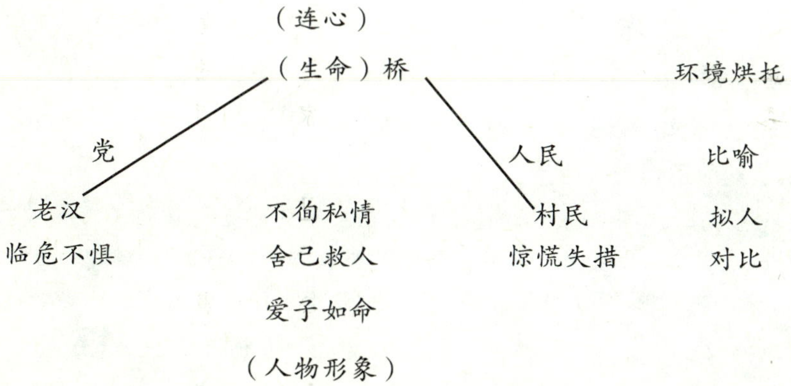

真理诞生于一百个问号之后

（第二课时）

石文君（朝阳区白家庄小学）

一、教学目标

1. 学习课文用典型事例说明观点的写作方法，了解议论文的形式，感受议论文表达的逻辑严谨性。

2. 通过引领学生对文章中重点词句的思考讨论，让学生了解科学发现的一般规律，领悟见微知著，独立思考，锲而不舍，不断探索的科学方法和科学精神。

3. 读写结合。仿照课文写法，用具体事实说明观点。

二、教学重点

学习课文用典型事例说明观点的写作方法，了解议论文的形式，感受议论文表达的逻辑严谨性。

三、教学难点

通过引领学生对文章中重点词句的思考讨论，让学生了解科学发现的一般规律，领悟到见微知著，独立思考，锲而不舍，不断探索的科学方法和科学精神。

四、教学策略

质疑探究、通读体悟、资料辅助

五、教学过程

（一）梳理文本、问题回顾

1. 回顾文章内容及文章结构。

2. 再读观点，回顾问题。

（二）对比学习、深析论据

1. 抓第二自然段，从普遍规律找到观点依据，感受语言形象、直观。

2. 回读事例，概括事例内容。

【设计意图】 此处设计一是检验学生第一课时梳理事例的学习效果，另外也是在训练提取信息，归纳概括语言的能力。

3. 对比学习，从具体事例中找到观点依据。

（1）自学画批：请同学们再认真地默读这三个事例，看看他们都是怎样把“?”拉直变成“!”找到真理的。结合三个事例看看你还有什么新的发现，把你的发现用简单的词句批画在书上。

（2）小组交流发现。

a. <u>对比学习发现一：从司空见惯的生活小事中发现问题</u>

①以“见微知著”为核心引导发现。

②列举生活事例，对照自己如何对待“司空见惯”的事情。

③回读课文，提炼发问。

首先：抓住“敏锐”、“敏感”、“奇怪”这三个词体会他们能敏锐地发现问题。

其次：从发问及第二个事例发问的过程中体会他们善于提问以及提问的过程的思维层次。

④与观点相对接：问题——真理，体会真理千千万，起点是一问。

b. <u>对比学习发现二：反复研究中解决问题</u>

①指名读：反复研究实验的句子。

谢皮罗紧紧抓住这个问号不放，进行了反复的实验和研究。

这一奇怪的现象以及一连串的问题，促使波义耳进行了许多实验。

于是，带着一连串的疑问，他以儿子、妻子、邻居为实验对象，进行了反复的观察实验。

②回归观点：强调发现问题与得到真理的关系，为观点服务，证明观点。

如果观点是“功夫不负有心人”，你觉得应该详写什么内容？

③补充资料，感受反复实验研究艰辛。

波义耳迅速跑回实验室，他把硫酸、硝酸等各种酸分别倒入一个个烧瓶中，再加水稀释，然后把一朵朵鲜花依次放入每个烧瓶中，为了不错过任何一个实验的结果，他整天在实验室里观察、对比，从而发现所有的酸都能使紫色的花变红。他又大胆设想并又搜集了各种树木、花草的果实、枝叶、根，用水和酒精分别浸制经历了无数个实验结果对比，最后发明了石蕊试纸。

c. 对比学习发现三：真理诞生过程相同：发现问题——反复研究——找到真理

①体会真理诞生过程：发现问题——反复研究——找到真理

②引发质疑：结构相同，发现真理的过程相同，为什么写三个事例？

③体现论证的严谨性。

作者选取了众多事例中真实的、不同方面的、典型的事例来说明观点。只有一个事例那叫“孤证”，两个叫“无独有偶”，有三个事例具体、全面地说明问题，极大地增强了可信度和说服力。

④深情对读三个事例探究真理的过程。

【设计意图】课堂学习过程中始终一环接一环地引导学生不断地发现问题，进行讨论，进行思考，这也是一个模仿真理的探究过程，以此将学生阅读的重点从关注事例内容的直观感受，慢慢深入到关注事例的表达效果和意图上，体会议论文语言、组织材料的严谨性，培养学生能发问，会发问，在探究过程中感受学习语言的快乐。

（三）读写结合、拓展延伸

1. 大家还知道哪些科学发现发明的事例，请你仿照课文中的事例叙述过程也写一写你知道的真理诞生的过程。

2. 学生独立写话，展示，评价。

3. 回扣观点，体会典型事例。

【设计意图】语文学习的目的是要使学生掌握好语言知识，并懂得运用，这些能力都来自于包括字词句段、篇章结构、写作素养等在内的诸多知识的积累，而课堂练笔更为重要的是给了学生运用知识和能力的机会。此环节的读写结合，一是验证学生是否读懂了观点——真理发现的过程，二是训练学生的表达能力。

（四）前后联系、回归观点

1. 自读第七、第八自然段，交流发现和感受，结合前文理解第八自然段重点句。

3. 再读课题，深化观点。

（五）布置作业

1. 推荐一套好书《十万个为什么》。

2. 摘录你感受深的句子，并记下来。

附：板书设计（略）

鲁滨孙漂流记

孙　宇（朝阳区呼家楼中心小学）

一、教学目标：

1. 阅读作品梗概，浏览作品精彩片段，了解大意。
2. 关注人物命运，体会鲁滨孙不怕困难、顽强生存、积极乐观的人生态度。
3. 激发学生阅读原著的愿望。
4. 引导学生阅读中注重批注、积累，养成良好的阅读习惯。

二、教学重点

了解名著大意，体会鲁滨孙不怕困难、顽强生存、积极乐观的人生态度，激发学生阅读原著的愿望。

三、教学难点

体会鲁滨孙不怕困难、顽强生存、积极乐观的人生态度。

四、教学过程

热身：玩儿猜猜游戏

1. 猜蛋糕

交流感受：注意听，分析，大声提示同伴

2. 猜书

（一）导入

著名台湾作家林海音曾说过“我们是吃饭长大的，也是读书长大的。”

今天我们就来一起认识一本书。

出示课题：《鲁滨孙漂流记》

1. 知道书的作者是谁吗？

英国作家丹尼尔·笛福

2. 追问：你知道什么叫漂流吗？

顺势引导：随波逐流。水到哪儿，它就跟到哪儿，没有定所。那么，我们这本书中的主人公鲁滨孙，他漂到了哪？有哪些不一样的经历呢？想知道吗？快点打开课文去看个究竟吧。

3. 我们打开资料，快速浏览课文，看看这篇课文在安排上与其他课文相比有什么不一样的地方。

预设：发现课文分两部分内容

【设计意图】从题目入手是阅读一本好书的开始，表面看这只是解题，实际是一种阅读方式的渗透。

（二）阅读梗概，了解主要内容，激发阅读期待

1. 那我们就先来快速读读梗概部分，课前同学们都预习了，相信你们能用较快速度完成。

出示阅读提示：

梗概围绕鲁滨孙漂流写了哪些内容？

预设1：乘船漂流到岛上。在岛上造房定居，为了生存开始放牧种植，救了野人星期五。被船长救回英国。

预设2：学生程度弱，出示课件

师：【出示课件】是这样吗？简要一句话概括。

2. 请你尝试着用小标题概括一下每一件事，可以写在书的空白处。

预设：流落荒岛　造房定居　放牧种植　救“星期五”　被救回国【板书】

3. 把这些内容连起来说一说，看看你有什么发现？

小结：故事的梗概就是这本书的主要内容，通过阅读梗概我们就可以大致了解整本书的内容了。

4. 交流：同学们，读完故事梗概，你现在最期待阅读哪部分内容？两人小组交流一下。

【设计意图】阅读梗概部分，既是培养学生概括提取信息的能力，同时也是向学生介绍读一本书的方法。整体感知，再有针对性地关注人物命运。

（三）浏览精彩片断，感受人物形象，再次激发阅读期待

过渡：刚才很多同学都为鲁滨逊流落荒岛的情节吸引，生性热爱冒险的鲁滨逊独自流落荒岛，他是怎样险象环生的？又遇到了哪些让我们意想不到的困难？他是怎么克服的呢？要想深入了解鲁滨孙是怎样在荒岛上生存下去的，我们就要细致阅读书中的精彩片断。

1. 出示阅读提示，感受精彩之处。

（1）浏览精彩片段，在你认为精彩的内容边上做批注。

巡视学情随时调整

怎样的鲁滨孙？把感受凝练成词批注在旁边。

（2）交流精彩内容和体会。

2. 细读对照表，领悟人物形象。

刚刚同学说到了好处坏处对照表，相信每一位同学读了这一段内容内心都会有一阵波动。

（1）读一读鲁滨孙面临的困境，假设流落荒岛的是你，你的心情怎样？

（2）面对这样的困境，鲁滨孙又是怎样想的呢？出示对照表，自己左右对照着读一读。

（3）小组合作对读，边读边体会面对恶劣处境鲁滨孙的态度。（请一组同学对读）

这时，你又看到了一个怎样的鲁滨孙？

（4）想传递给人们的经验是什么？【板书：乐观】

（5）理解“聊以自慰”。

这里有一个词语“聊以自慰”，老师给大家提供了“聊”字的三个解释，你能联系上下文选择正确的选项吗？你能联系上下文解释这个词语的意思吗？

（6）师：a. 带入进去解词

b. 只能姑且安慰一下自己．为什么是姑且呢？

是呀，在那种情况下环境很难改变，所以鲁滨孙不仅在用顽强的意志力在努力活下去，支撑他的还有强大的内心。

你想对他说什么吗？

c. 补充批注

小结：鲁滨逊就是这样一遍又一遍地聊以自慰地安慰着自己，并且总结出

了这样一条经验教训，对于这样有哲理的句子我们阅读时候就可以摘录下来。

【设计意图】阅读不是简单的读，有思考的读才称得上阅读。引导学生通过画批及时将感受记录下来，对作品主人公有一个深入的认识。

（四）拓展阅读，推动阅读期待

1. 读完精彩片段，你还想在阅读中关注什么内容？

生：自由交流

小结：每一部分内容都有作者要传达的思想，你们关注的内容恰恰是作者想传递给你们的。

老师带来一份关于作者笛福的资料，快速阅读，你了解到他要表达什么吗？

小结：相信当你了解作者的心意后阅读中你会收获更多。

老师还带来两份精彩片段，一个讲的是鲁滨孙为何在荒岛生活 28 年；另一个则是鲁滨孙口中提到的“人生中最大的一次冒险。”

分组读

相互交流

反馈听后的感受

【设计意图】带着浓浓的阅读期待一气呵成地读完之后，孩子们会渴望交流。抓住契机引导交流，交流中打开学生的阅读视野。

（五）完成阅读记录卡

通过几个精彩片段，相信在同学们的心目中已经出现了一个有血有肉的鲁滨孙形象。快点把你的阅读感受和阅读期待记录下来吧，一会儿和同学们分享。

小结：从你们的发言中我听出你们已经迫不及待地要拿起这本书读一读了。希望这阅读卡能像美丽的漂流瓶一样载着你阅读的快乐传递给更多小伙伴，一起经历一场不一样的旅行。

【设计意图】在阅读之后仅仅激起兴趣是不够的，让学生将阅读感受及时写在记录卡一方面是阅读习惯的培养；一方面在学生分享的过程中顺势点评，引导学生明白阅读感受就是读后感的核心内容，激发学生阅读后写读后感的积极性。

（六）布置作业，课外阅读

1. 完成阅读分享，以回信方式寄回。

2. 借阅图书。

附：板书设计

鲁滨孙漂流记

流落荒岛		批注
造房定居	智慧	
畜牧种植	顽强	
救“星期五”	乐观	
被救回国		分享交流

后　　记

十年的课改实践，北京市广大小学语文教师、学校教学干部和教研员默默地耕耘，无悔地求索，在课改这片希望的田野上洒下了无数的汗水。他们勤于思考，勇于实践，不断创新，取得了丰硕的成果。

《北京市小学百所名校优秀教学设计及论文集萃》精选了近600位教师的教学设计和论文，涉及人教版、北师大版、北京版多种版本教科书。

本套书主要包含两部分内容。一部分是优秀的教学设计，这些教学设计具体展示了每位教师课堂教学“实况”，便于广大教师从“实况”中进一步领会每位优秀教师是如何把自己的教育思想付诸实践的。这些优秀的教学设计会成为给大家解决困惑的钥匙，帮助大家备好课，上好课。另一部分是优秀的教学论文，这些论文详尽地讲述了自己对语文学科特点和规律的认识，以及根据课改精神和新课标要求实施语文教学的基本经验，会对广大语文教师有很大的启发。

提高小学语文教育质量的关键在于建设一支思想素养和业务素养优良的小学语文教师队伍，有了这支高素质的教师队伍，才能有高质量的小学语文教育。正如2011年版《义务教育语文课程标准》指出的那样：“教师应确立适应社会发展和学生需要的语文教育观念，注重吸收新知识，不断提高自身的综合素养。”我们相信，这套书的出版，能促使广大教师深层次地探讨教学改革与创新，并从中分享优秀教师的教学智慧和教学经验，不断地丰富自己，完善自我。

这部集萃，汇聚着的是教学一线的老师们勤于思考、勇于实践的生命之声，浸润着的是一些对小学语文教学有想法的思考者的心血与汗水，充盈着的是真实课堂里生成的精彩篇章。它立足思考，源于课堂；它求异求新，成于实践。

崔峦先生是我国小语界德高望重的专家。他虽然日常工作繁忙，但当我们请他为这套书作序时，先生欣然应允，令人十分感动。

感谢各位编委为这套书组织、初审等付出的辛劳；更要感谢我市百所名校的校长、老师们的全力支持。

这套优秀教学设计和论文集萃得以出版，得到了语文出版社领导和相关同志的大力支持，他们同样付出了艰辛劳动，向他们表示深深的谢意。

课程改革发展得很快，语文教学研究也非常活跃。我们希望这套书能够真正成为小学语文教师有益的朋友。

李春旺

2013 年 6 月